歴史・時代小説
登場人物索引
アンソロジー篇 2000-2009

An Index

Of

The characters

In

Historical novels

Compiled by DB-Japan Co., Ltd.

ⓒ 2010 by DB-Japan Co., Ltd.
Printed in Japan

刊行にあたって

　歴史・時代小説ファンなら例えば織田信長、坂本龍馬、宮本武蔵、銭形平次などが主人公の、あるいは登場している小説が読みたくなることがあるだろう。彼らほど有名な歴史上の、また架空の人物ならば書店や図書館の書架に並んだ本の背文字をざっと眺め渡せば、望みの本の何冊かを見つけ出すことは可能であろう。しかし、それはあくまで織田信長坂本龍馬などの人名がタイトル中や帯に使用されている範囲であり、彼らが登場する小説作品の全体の一部に過ぎないであろう。また、インターネットの本の検索サービスを利用してキーワード検索で探す方法もあるが、キーワード関連のもの全てを拾ってしまうので逆に膨大な量のデータが検索されてその中から必要なものを選択することは容易ではない。

　ましてや歴史上一般的にはあまり知られていない戦国武将の誰某、会津藩士の誰某といった特定の人物が登場する小説があるのか知りたい、あるいは過去に読んだ作品のタイトルも作家の名前も忘れたが、確か江戸が舞台で「さよ」という名前の奉公人の少女が登場する作品があったが、その作品をもう一度読んでみたいと思ったりしても、それら望みの小説作品を探し出すのは大変難しいことと思われる。

　本書はそうした読者の要求に答えるために編集された歴史・時代小説の登場人物索引であり、先に刊行した「歴史・時代小説登場人物索引　アンソロジー篇」の継続版である。2000年(平成12年)～2009年(平成21年)の10年間に国内で刊行された歴史・時代小説のアンソロジー189冊に収録された小説作品1,775点に登場する主な登場人物のべ6,128人を採録した。歴史・時代小説ファンの読書案内としてだけではなく、図書館員のレファレンスツールとしても大いに活用して頂ければ幸いです。

　不十分な点もあるかと思われますが、お気付きの点などご教示頂ければ幸いです。なお続けて単行本篇の継続版の刊行を予定しております。

2010年5月

ＤＢジャパン

凡　例

1. **本書の内容**

　本書は国内で刊行された歴史・時代小説のアンソロジーに収録された各作家の小説作品に登場する主な登場人物を採録した人物索引である。先に刊行した「歴史・時代小説登場人物索引 アンソロジー篇」の継続版である。

2. **採録の対象**

　2000年(平成12年)～2009年(平成21年)の10年間に刊行された歴史・時代小説のアンソロジー189種に収録された小説作品1,775点に登場する、中国歴史人物など外国人も含めた主な登場人物のべ6,128人を採録した。その中には作品の中で主要と思われる犬、猫などの動物名も採録した。

3. **記載項目**

　登場人物名見出し ／ 人物名のよみ
　肩書・職業 ／ 登場する小説作品名 ／ 作家名 ／ 収録先アンソロジー ／ 出版者 ／ 刊行年月
　(例)
　　常山御前（鶴姫）　つねやまごぜん（つるひめ）
　　備前児島の常山城主・上野肥前守隆徳の北の方、備中の守護・三村修理亮元親の妹　「黒髪の太刀」　東郷隆　戦国女人十一話　作品社　2005年11月；代表作時代小説 平成十三年度　光風社出版　2001年5月

　1) 登場人物に別名がある場合は（　）に別名を付し、見出しに副出した。
　2) 人物名のよみ方が不明のものについては末尾に＊(アステリスク)を付した。
　3) 同作品名が複数のアンソロジーに収録されている場合は、収録先アンソロジー ／ 出版者 ／ 刊行年月　を列記した。

4. **排列**

　1) 登場人物名の姓名よみ下しの五十音順とした。「ヴァ」「ヴィ」「ヴォ」はそれぞれ「バ」「ビ」「ボ」とみなし、「ヲ」は「オ」、「ヂ」「ヅ」は「ジ」「ズ」とみなして排列した。
　2) 濁音・半濁音は清音、促音・拗音はそれぞれ一字とみなして排列し、

長音符は無視した。

5．名前から引く登場人物名索引
　人物名の名前からも登場人物名見出しを引けるように索引を付した。
　(例)
　　主水　もんど→堀　主水　ほり・もんど

　1)排列はよみの五十音順とした。
　2)→(矢印)を介して登場人物名見出しを示した。

6．収録アンソロジー一覧(五十音順)
・愛染夢灯籠-時代小説傑作選　講談社（講談社文庫）　2005年9月
・赤ひげ横町-人情時代小説傑作選　新潮社（新潮文庫）　2009年1月
・赤穂浪士伝奇-べんせいライブラリー時代小説セレクション　勉誠出版　2002年12月
・仇討ち-時代小説アンソロジー1　小学館（小学館文庫）　2006年12月
・合わせ鏡-女流時代小説傑作選　角川春樹事務所（ハルキ文庫）　2003年2月
・息づかい-好色時代小説集　講談社（講談社文庫）　2007年2月
・石川五右衛門の生立-捕物時代小説選集3　春陽堂書店（春陽文庫）　2000年4月
・異色中国短篇傑作大全　講談社（講談社文庫）　2001年3月
・異色忠臣蔵大傑作集　講談社（講談社文庫）　2002年12月
・異色歴史短篇傑作大全　講談社　2003年11月
・偉人八傑推理帖-名探偵時代小説　双葉社（双葉文庫）　2004年7月
・伊豆の歴史を歩く-伊豆文学賞・歴史小説傑作集II　羽衣出版　2006年3月
・犬道楽江戸草紙-時代小説傑作選　徳間書店（徳間文庫）　2005年8月
・浮き世草紙-女流時代小説傑作選　角川春樹事務所（ハルキ文庫）　2002年10月
・江戸色恋坂-市井情話傑作選　学習研究社（学研M文庫）　2005年08月
・江戸浮世風-人情捕物帳傑作選　学習研究社（学研M文庫）　2004年08月
・江戸三百年を読む　上-傑作時代小説　江戸騒乱編　角川学芸出版（角川文庫）　2009年9月
・江戸三百年を読む　下-傑作時代小説　幕末風雲編　角川学芸出版（角川文庫）　2009年9月
・江戸の刺客-書き下ろし時代小説傑作選6　大洋図書（大洋時代文庫）　2005年9月
・江戸の商人力-時代小説傑作選　集英社（集英社文庫）　2006年12月
・江戸の鈍感力-時代小説傑作選　集英社（集英社文庫）　2007年12月
・江戸の爆笑力-時代小説傑作選　集英社（集英社文庫）　2004年12月

- 江戸の秘恋-時代小説傑作選　徳間書店（徳間文庫）　2004年10月
- 江戸の満腹力-時代小説傑作選　集英社（集英社文庫）　2005年12月
- 江戸の漫遊力-時代小説傑作選　集英社（集英社文庫）　2008年12月
- 江戸の闇始末-書下ろし時代小説傑作選7　ミリオン出版（大洋時代文庫）　2006年4月
- 江戸の老人力-時代小説傑作選　集英社（集英社文庫）　2002年12月
- 江戸夢あかり-市井・人情小説傑作選　学習研究社（学研M文庫）　2003年7月
- 江戸夢日和-市井・人情小説傑作選2　学習研究社（学研M文庫）　2004年1月
- 江戸宵闇しぐれ-人情捕物帳傑作選二　学習研究社（学研M文庫）　2005年3月
- 艶美白孔雀-捕物時代小説選集7　春陽堂書店（春陽文庫）　2000年11月
- 黄土の虹-チャイナ・ストーリーズ　祥伝社　2000年2月
- 逢魔への誘い-問題小説傑作選6 時代情恋篇　徳間書店（徳間文庫）　2000年3月
- 大江戸有情-書き下ろし時代小説傑作選4　大洋図書（大洋時代文庫）　2005年6月
- 大江戸事件帖-時代推理小説名作選　双葉社（双葉文庫）　2005年07月
- 大江戸殿様列伝-傑作時代小説　双葉社（双葉文庫）　2006年07月
- 大江戸猫三昧-時代小説傑作選　徳間書店（徳間文庫）　2004年11月
- 大江戸の歳月-新鷹会・傑作時代小説選　光文社（光文社文庫）2003年6月
- 大江戸犯科帖-時代推理小説名作選　双葉社（双葉文庫）　2003年10月
- 大岡越前守-捕物時代小説選集6　春陽堂書店（春陽文庫）　2000年10月
- 大奥華伝　角川書店（角川文庫）　2006年11月
- 親不孝長屋-人情時代小説傑作選　新潮社（新潮文庫）　2007年7月
- 怪奇・怪談時代小説傑作選　徳間書店（徳間文庫）　2004年9月
- 怪奇・伝奇時代小説選集4 怪異黒姫おろし　春陽堂書店（春陽文庫）　2000年1月
- 怪奇・伝奇時代小説選集5 北斎と幽霊　春陽堂書店（春陽文庫）　2000年2月
- 怪奇・伝奇時代小説選集6 清姫・怨霊ばなし　春陽堂書店（春陽文庫）　2000年3月
- 怪奇・伝奇時代小説選集7 幽明鏡草紙　春陽堂書店（春陽文庫）　2000年4月
- 怪奇・伝奇時代小説選集8 百物語　春陽堂書店（春陽文庫）　2000年5月
- 怪奇・伝奇時代小説選集9 怪談牡丹燈籠　春陽堂書店（春陽文庫）　2000年6月
- 怪奇・伝奇時代小説選集10 怪談累ケ淵　春陽堂書店（春陽文庫）　2000年7月
- 怪奇・伝奇時代小説選集11 妖艶の谷　春陽堂書店（春陽文庫）　2000年8月
- 怪奇・伝奇時代小説選集12 血塗りの呪法　春陽堂書店（春陽文庫）　2000年9月
- 怪奇・伝奇時代小説選集13 四谷怪談　春陽堂書店（春陽文庫）　2000年10月
- 怪奇・伝奇時代小説選集14 累物語　春陽堂書店（春陽文庫）　2000年11月
- 怪奇・伝奇時代小説選集15　春陽堂書店（春陽文庫）　2000年12月
- 姦殺の剣-書下ろし時代小説傑作選3　ミリオン出版（大洋時代文庫）　2005年4月

- 感涙-人情時代小説傑作選　KK ベストセラーズ（ベスト時代文庫）　2004 年 11 月
- 逆転　時代アンソロジー　祥伝社（祥伝社文庫）　2000 年 5 月
- 九州戦国志-傑作時代小説　PHP 研究所（PHP 文庫）　2008 年 12 月
- 機略縦横!真田戦記-傑作時代小説　PHP 研究所（PHP 文庫）　2008 年 7 月
- 釘抜藤吉捕物覚書-捕物時代小説選集 4　春陽堂書店（春陽文庫）　2000 年 5 月
- 紅蓮の剣-書下ろし時代小説傑作選 5　ミリオン出版（大洋時代文庫）　2005 年 9 月
- 紅蓮の翼-異彩時代小説撰　叢文社　2007 年 8 月
- 軍師直江兼続　河出書房新社（河出文庫）　2008 年 11 月
- 軍師の生きざま-時代小説傑作選　コスミック出版（コスミック文庫）　2008 年 11 月
- 軍師の生きざま-短篇小説集　作品社　2008 年 11 月
- 軍師の死にざま-短篇小説集　作品社　2006 年 10 月
- 傑作捕物ワールド第 1 巻　岡っ引き篇　リブリオ出版　2002 年 10 月
- 傑作捕物ワールド第 2 巻　与力同心篇　リブリオ出版　2002 年 10 月
- 傑作捕物ワールド第 3 巻　人気侍篇　リブリオ出版　2002 年 10 月
- 傑作捕物ワールド第 4 巻　女の情念篇　リブリオ出版　2002 年 10 月
- 傑作捕物ワールド第 5 巻　渡世人篇　リブリオ出版　2002 年 10 月
- 傑作捕物ワールド第 6 巻　名奉行篇　リブリオ出版　2002 年 10 月
- 傑作捕物ワールド第 7 巻　犯科帳篇　リブリオ出版　2002 年 10 月
- 傑作捕物ワールド第 8 巻　明治推理篇　リブリオ出版　2002 年 10 月
- 傑作捕物ワールド第 9 巻　妖異怪談篇　リブリオ出版　2002 年 10 月
- 傑作捕物ワールド第 10 巻　人情捕縄篇　リブリオ出版　2002 年 10 月
- 決戦　川中島-傑作時代小説　PHP 研究所（PHP 文庫）　2007 年 3 月
- 剣が哭く夜に哭く-新選代表作時代小説 20　光風社出版　2000 年 1 月
- 剣聖-乱世に生きた五人の兵法者　新潮社（新潮文庫）　2006 年 10 月
- 剣の意地　恋の夢-時代小説傑作選　講談社（講談社文庫）　2000 年 9 月
- 剣の道忍の掟-信州歴史時代小説傑作集第三巻　しなのき書房　2007 年 6 月
- 剣よ月下に舞え-新選代表作時代小説 23　光風社出版（光風社文庫）　2001 年 5 月
- 剣狼-幕末を駆けた七人の兵法者　新潮社（新潮文庫）　2007 年 6 月
- 恋模様-極め付き時代小説選 2　中央公論新社（中公文庫）　2004 年 10 月
- 侍たちの歳月-新鷹会・傑作時代小説選　光文社（光文社文庫）　2002 年 6 月
- 侍の肖像-信州歴史時代小説傑作集第二巻　しなのき書房　2007 年 5 月
- 斬刃-時代小説傑作選　コスミック出版（コスミック時代文庫）　2005 年 5 月
- しぐれ舟-時代小説招待席　広済堂出版　2003 年 9 月
- 地獄の無明剣-時代小説傑作選　講談社（講談社文庫）　2004 年 9 月
- 時代劇原作選集-あの名画を生みだした傑作小説　双葉社（双葉文庫）　2003 年 12

月
・時代小説 読切御免第一巻　新潮社（新潮文庫）　2004 年 3 月
・時代小説 読切御免第二巻　新潮社（新潮文庫）　2004 年 3 月
・時代小説 読切御免第三巻　新潮社（新潮文庫）　2005 年 12 月
・時代小説 読切御免第四巻　新潮社（新潮文庫）　2005 年 12 月
・七人の役小角　小学館（小学館文庫）　2007 年 10 月
・七人の十兵衛-傑作時代小説　PHP 研究所（PHP 文庫）　2007 年 11 月
・疾風怒涛！上杉戦記-傑作時代小説　PHP 研究所（PHP 文庫）　2008 年 3 月
・士道無惨！仇討ち始末-時代小説傑作選四　新人物往来社　2008 年 3 月
・春宵 濡れ髪しぐれ-時代小説傑作選　講談社（講談社文庫）　2003 年 9 月
・小説「武士道」-時代小説短編傑作選　三笠書房（知的生きかた文庫）　2008 年 11 月
・職人気質-時代小説アンソロジー4　小学館（小学館文庫）　2007 年 5 月
・神出鬼没！戦国忍者伝-傑作時代小説　PHP 研究所（PHP 文庫）　2009 年 3 月
・新選組アンソロジー上巻-その虚と実に迫る　舞字社　2004 年 2 月
・新選組アンソロジー下巻-その虚と実に迫る　舞字社　2004 年 2 月
・新選組興亡録　角川書店（角川文庫）　2008 年 9 月
・新選組伝奇　勉誠出版　2004 年 1 月
・新選組烈士伝　角川書店（角川文庫）　2003 年 10 月
・人物日本剣豪伝一　学陽書房（人物文庫）　2001 年 4 月
・人物日本剣豪伝二　学陽書房（人物文庫）　2001 年 4 月
・人物日本剣豪伝三　学陽書房（人物文庫）　2001 年 5 月
・人物日本剣豪伝四　学陽書房（人物文庫）　2001 年 6 月
・人物日本剣豪伝五　学陽書房（人物文庫）　2001 年 7 月
・人物日本の歴史 古代中世編-時代小説版　小学館（小学館文庫）　2004 年 1 月
・人物日本の歴史 戦国編-時代小説版　小学館（小学館文庫）　2004 年 3 月
・人物日本の歴史 江戸編〈上〉-時代小説版　小学館（小学館文庫）　2004 年 5 月
・人物日本の歴史 江戸編〈下〉-時代小説版　小学館（小学館文庫）　2004 年 7 月
・人物日本の歴史 幕末維新編-時代小説版　小学館（小学館文庫）　2004 年 9 月
・素浪人横町-人情時代小説傑作選　新潮社（新潮文庫）　2009 年 7 月
・関ヶ原・運命を分けた決断-傑作時代小説　PHP 研究所（PHP 文庫）　2007 年 6 月
・世話焼き長屋-人情時代小説傑作選　新潮社（新潮文庫）　2008 年 2 月
・戦国軍師列伝-時代小説傑作選六　新人物往来社　2008 年 3 月
・戦国女人十一話　作品社　2005 年 11 月
・戦国忍者武芸帳-時代小説傑作選五　新人物往来社　2008 年 3 月
・戦国武将国盗り物語-時代小説傑作選七　新人物往来社　2008 年 3 月

- 代表作時代小説 平成十二年度　光風社出版　2000年5月
- 代表作時代小説 平成十三年度　光風社出版　2001年5月
- 代表作時代小説 平成十四年度　光風社出版　2002年5月
- 代表作時代小説 平成十五年度　光風社出版　2003年5月
- 代表作時代小説 平成十六年度　光風社出版　2004年4月
- 代表作時代小説 平成十七年度　光文社　2005年6月
- 代表作時代小説 平成十八年度　光文社　2006年6月
- 代表作時代小説 平成十九年度　光文社　2007年6月
- 代表作時代小説 平成二十年度　光文社　2008年6月
- 代表作時代小説 平成二十一年度　光文社　2009年6月
- たそがれ長屋-人情時代小説傑作選　新潮社（新潮文庫）　2008年10月
- 散りぬる桜-時代小説招待席　広済堂出版　2004年2月
- 鎮守の森に鬼が棲む-時代小説傑作選　講談社（講談社文庫）　2001年9月
- 鍔鳴り疾風剣-新選代表作時代小説22　光風社出版（光風社文庫）　2000年11月
- 伝奇城-文庫書下ろし/伝奇時代小説アンソロジー　光文社（光文社文庫）　2005年2月
- 動物-極め付き時代小説選3　中央公論新社（中公文庫）　2004年11月
- 東北戦国志-傑作時代小説　PHP研究所（PHP文庫）　2009年9月
- 灯籠伝奇-捕物時代小説選集8　春陽堂書店（春陽文庫）　2000年12月
- 捕物小説名作選一　集英社（集英社文庫）　2006年8月
- 情けがからむ朱房の十手-傑作時代小説　PHP研究所（PHP文庫）　2009年1月
- 撫子が斬る-女性作家捕物帳アンソロジー　光文社（光文社文庫）　2005年9月
- 女人-時代小説アンソロジー2　小学館（小学館文庫）　2007年2月
- 人情草紙-信州歴史時代小説傑作集第四巻　しなのき書房　2007年7月
- 幕末京都血風録-傑作時代小説　PHP研究所（PHP文庫）　2007年11月
- 幕末の剣鬼たち-時代小説傑作選　コスミック出版（コスミック文庫）　2009年12月
- 花ごよみ夢一夜-新選代表作時代小説24　光風社出版（光風社文庫）　2001年11月
- 花と剣と侍-新鷹会・傑作時代小説選　光文社（光文社文庫）　2009年6月
- 花ふぶき-時代小説傑作選　角川春樹事務所（ハルキ文庫）　2004年7月
- 万事金の世-時代小説傑作選　徳間書店（徳間文庫）　2006年4月
- 秘剣・豪剣!武芸決闘記-時代小説傑作選二　新人物往来社　2008年3月
- 秘剣舞う-剣豪小説の世界　学習研究社（学研M文庫）　2002年11月
- 妃・殺・蝗-中国三色奇譚　講談社（講談社文庫）　2002年11月
- 必殺!幕末暗殺剣-時代小説傑作選三　新人物往来社　2008年3月
- 武芸十八般-武道小説傑作選　KKベストセラーズ（ベスト時代文庫）　2005年10月

- 武士道-時代小説アンソロジー3　小学館（小学館文庫）　2007年3月
- 武士道日暦-新鷹会・傑作時代小説選　光文社（光文社文庫）　2007年06月
- 武士道歳時記-新鷹会・傑作時代小説選　光文社（光文社文庫）　2008年6月
- 武士道春秋-新鷹会・傑作時代小説選　光文社（光文社文庫）　2006年6月
- 武士の本懐-武士道小説傑作選　KKベストセラーズ（ベスト時代文庫）　2004年6月
- 武士の本懐〈弐〉-武士道小説傑作選　KKベストセラーズ（ベスト時代文庫）　2005年5月
- 武将列伝-信州歴史時代小説傑作集第一巻　しなのき書房　2007年4月
- ふりむけば闇-時代小説招待席　広済堂出版　2003年6月
- 蛇の眼-捕物時代小説選集2　春陽堂書店（春陽文庫）　2000年3月
- 変事異聞-時代小説アンソロジー5　小学館（小学館文庫）　2007年7月
- 星明かり夢街道-新選代表作時代小説21　光風社出版　2000年5月
- 本能寺・男たちの決断-傑作時代小説　PHP研究所（PHP文庫）　2007年2月
- 誠の旗がゆく-新選組傑作選　集英社（集英社文庫）　2003年12月
- 幻の剣鬼　七番勝負-傑作時代小説　PHP研究所（PHP文庫）　2008年5月
- 源義経の時代-短篇小説集　作品社　2004年10月
- 「宮本武蔵」短編傑作選　角川書店（角川文庫）　2003年1月
- 宮本武蔵伝奇-時代小説セレクション　勉誠出版　2002年12月
- 紅葉谷から剣鬼が来る-時代小説傑作選　講談社（講談社文庫）　2002年9月
- 柳生秘剣伝奇-時代小説セレクション　勉誠出版　2002年12月
- 柳生武芸帳七番勝負-時代小説傑作選一　新人物往来社　2008年3月
- 約束-極め付き時代小説選1　中央公論新社（中公文庫）　2004年9月
- 闇の旋風-問題小説傑作選5 捕物帖篇　徳間書店（徳間文庫）　2000年1月
- 幽霊陰陽師-捕物時代小説選集5　春陽堂書店（春陽文庫）　2000年6月
- 夢を見にけり-時代小説招待席　広済堂出版　2004年6月
- 酔うて候-時代小説傑作選　徳間書店（徳間文庫）　2000年9月
- 吉原花魁　角川書店（角川文庫）　2009年12月
- 乱世の女たち-信州歴史時代小説傑作集　しなのき書房　2007年9月
- 龍馬と志士たち　コスミック出版（コスミック文庫）　2009年11月
- 歴史小説の世紀-天の巻　新潮社（新潮文庫）　2000年9月
- 歴史小説の世紀-地の巻　新潮社（新潮文庫）　2000年9月

登場人物名目次

【あ】

あい	1
愛新覚羅 福臨　あいしんかくら・ふりん	1
愛洲 移香斎　あいす・いこうさい	1
会津屋清助　あいずやせいすけ	1
愛蔵　あいぞう	1
饗庭 氏直　あえば・うじなお	1
愛生　あおい	1
葵小僧（市之助）　あおいこぞう（いちのすけ）	1
葵 新八郎　あおい・しんぱちろう	1
葵の前　あおいのまえ	1
青馬の俵助　あおうまのひょうすけ	2
青木 昆陽（文蔵）　あおき・こんよう（ぶんぞう）	2
青木 武太夫保知　あおき・ぶだゆうやすとも	2
青木 弥太郎　あおき・やたろう	2
青地 三左衛門　あおじ・さんざえもん	2
青地 三之丞　あおじ・さんのじょう	2
青山 熊之助　あおやま・くまのすけ	2
青山 主膳　あおやま・しゅぜん	2
青山 播磨　あおやま・はりま	2
青山 彦十郎　あおやま・ひこじゅうろう	3
アカ	3
赤池 覚（ボンベン）　あかいけ・さとる（ぼんべん）	3
赤岡 大助　あかおか・だいすけ	3
赤鬼　あかおに	3
赤川 左門　あかがわ・さもん	3
赤坂 伝三郎　あかさか・でんざぶろう*	3
県 茂左衛門　あがた・もざえもん	3
赤西 蠣太　あかにし・かきた	3
赤根 武人　あかね・たけと	3
阿賀野 喜三郎　あがの・きさぶろう	3
赤埴彦　あかはにひこ	4
赤羽 又兵衛　あかばね・またべえ	4
赤松 次郎左衛門（樋口 又七郎定次）　あかまつ・じろうざえもん（ひぐち・またしちろうさだつぐ）	4
赤松 則良（大三郎）　あかまつ・のりよし*（だいざぶろう）	4
赤丸　あかまる	4
赤麿　あかまろ	4
赤虫　あかむし	4
秋草 右京之介　あきくさ・うきょうのすけ	4
秋篠　あきしの	4
秋月 新十郎　あきずき・しんじゅうろう	4
秋月 常陸介　あきずき・ひたちのすけ	4
秋田 源四郎　あきた・げんしろう	5
秋太郎（伊那の秋太郎）　あきたろう（いなのあきたろう）	5
秋葉 大輔（影浦 大輔）　あきば・だいすけ（かげうら・だいすけ）	5
秋葉の行者　あきばのぎょうじゃ	5
秋丸　あきまる	5
秋元越中守 富朝　あきもとえっちゅうのかみ・とみとも	5
秋山 蔵人　あきやま・くらんど	5
秋山 小兵衛　あきやま・こへえ	5
秋山 大治郎　あきやま・だいじろう*)	5
秋山 長右衛門　あきやま・ちょうえもん	5
秋山 長左衛門　あきやま・ちょうざえもん	6
秋山 長兵衛　あきやま・ちょうべえ	6
秋山 信友　あきやま・のぶとも	6
秋山 晴近　あきやま・はるちか	6
アキレス・ハンフウキ	6
悪大夫（源ノ大夫）　あくだゆう（げんのだゆう*）	6
阿久里　あくり	6
明智日向守 光秀　あけちひゅうがのかみ・みつひで	6
明智 光秀　あけち・みつひで	6
明智 光秀　あけち・みつひで	7
明智 光秀（十兵衛）　あけち・みつひで（じゅうべえ）	7
総角　あげまき	7

(1)

上松の孫八　あげまつのまごはち	7
アケミ	7
顎十郎　あごじゅうろう	7
顎十郎（仙波 阿古十郎）あごじゅうろう（せんば・あこじゅうろう）	7
あこや	7
浅井 兵庫　あさい・ひょうご	7
浅右衛門　あさえもん	7
朝岡 門三郎　あさおか・もんざぶろう	7
安積 五郎　あさか・ごろう	8
浅川の富蔵　あさかわのとみぞう	8
浅木 弦之進　あさき・げんのしん	8
浅吉　あさきち	8
麻吉（稲荷の麻吉）あさきち（いなりのあさきち）	8
朝霧　あさぎり	8
朝倉 義景　あさくら・よしかげ	8
浅次郎　あさじろう	8
浅田 宗伯　あさだ・そうはく	8
浅太郎　あさたろう	8
浅沼 半兵衛　あさぬま・はんべえ	8
浅野安芸守 吉長　あさのあきのかみ・よしなが	9
浅野内匠頭　あさのたくみのかみ	9
浅野内匠頭 長矩　あさのたくみのかみ・ながのり	9
浅野 平左衛門　あさの・へいえもん	9
浅野 又左衛門　あさの・またざえもん	9
浅野 茂七郎　あさの・もしちろう	9
浅野 安左衛門　あさの・やすざえもん	9
浅羽 三十郎　あさば・さんじゅうろう	9
朝山 源五右衛門　あさやま・げんごえもん*	9
浅里　あさり	10
浅利 又七郎　あさり・またしちろう	10
浅利 又七郎義明　あさり・またしちろうよしあき	10
浅利 与一　あさり・よいち	10
足利 尊氏　あしかが・たかうじ	10
足利 直義　あしかが・ただよし	10
足利 茶々丸　あしかが・ちゃちゃまる	10
足利 政知　あしかが・まさとも	10
足利 義秋　あしかが・よしあき	10
足利 義輝　あしかが・よしてる	10
足柄 金太郎（雨宮 一三郎）あしがら・きんたろう（あめみや・いちさぶろう）	11
芦谷 采女　あしや・うねめ	11
安宿　あすか	11
梓 尚春　あずさ・なおはる	11
梓 正巳　あずさ・まさみ	11
東 蔵人　あずま・くろうど	11
吾妻三之丞　あずまさんのじょう	11
安住 圭吾　あずみ・けいご	11
アダ	11
阿琢　あたく	11
厚木 寿一郎　あつぎ・じゅいちろう*	11
艶丸　あでまる	12
跡部山城守　あとべやましろのかみ	12
亜 智一郎　あ・ともいちろう	12
穴吹 大器　あなぶき・だいき	12
阿那女　あなめ	12
穴山 小助　あなやま・こすけ	12
穴山 信君（梅雪）あなやま・のぶきみ*（ばいせつ）	12
穴山 梅雪　あなやま・ばいせつ	12
姉小路 公知　あねがこうじ・きんとも	12
油日の和十　あぶらびのわじゅう	12
安倍 休之助　あべ・きゅうのすけ	13
阿部 十郎　あべ・じゅうろう	13
安倍 晴明　あべの・せいめい	13
阿部豊後守　あべぶんごのかみ	13
あほの太平　あほのたへい*	13
あま	13
尼子 勝久　あまこ・かつひさ	13
尼子 晴久　あまこ・はるひさ	13
尼子 久幸　あまこ・ひさゆき	13
尼子 義久　あまこ・よしひさ	13
天野 源右衛門　あまの・げんえもん	14
天野 宗一郎　あまの・そういちろう	14
天野 大蔵（伝吉）あまの・だいぞう（でんきち）	14
天野 伝五郎　あまの・でんごろう	14
天野屋利兵衛（利兵衛）あまのやりへえ（りへえ）	14

尼御台（北条 政子）　あまみだい（ほうじょう・まさこ）	14
甘利 虎泰　あまり・とらやす	14
甘利備前守　あまりびぜんのかみ	14
甘利 弥八郎　あまり・やはちろう	14
雨坊主　あめぼうず	14
雨宮 一三郎　あめみや・いちさぶろう	14
雨森 十五郎　あめもり・じゅうごろう*	15
綾江　あやえ	15
綾路　あやじ	15
綾瀬　あやせ	15
漢田人　あやたひと	15
あやの	15
綾乃　あやの	15
綾野　あやの	15
綾姫　あやひめ	15
新井 白石　あらい・はくせき	15
新井 良信　あらい・よしのぶ	15
荒尾 志摩　あらお・しま	16
荒尾但馬守　あらおたじまのかみ	16
荒城 右近　あらき・うこん	16
荒木 久左衛門　あらき・きゅうざえもん	16
荒木 五郎右衛門　あらき・ごろうえもん	16
荒城 左京　あらき・さきょう	16
荒木 又右衛門　あらき・またえもん	16
荒木 村重　あらき・むらしげ	16
荒木 村重　あらき・むらしげ	17
荒作 弥次郎　あらさく・やじろう	17
嵐 三五郎　あらし・さんごろう	17
嵐 夢之丞　あらし・ゆめのじょう	17
荒二郎　あらじろう*	17
有綱　ありつな	17
有馬 新七　ありま・しんしち	17
有馬 藤太　ありま・とうた	17
有馬 藤太　ありま・とうた*	17
有馬 頼貴　ありま・よりたか	18
在原ノ伸道　ありわらの・のぶみち	18
阿波太夫　あわだゆう	18
阿波大夫　あわだゆう	18
阿波局　あわのつぼね	18

安釐王　あんきおう	18
安甲　あんこう	18
安国寺 恵瓊　あんこくじ・えけい	18
安国寺 恵瓊（正慶）　あんこくじ・えけい（しょうけい）	18
安西 伊賀之助　あんざい・いがのすけ	18
安西 紀平次　あんざい・きへいじ	18
安西 善友　あんざい・よしとも	18
安仙湖　あん・せんこ	19
安珍　あんちん	19
安鎮　あんちん	19
安展　あんてん	19
安藤 右京　あんどう・うきょう	19
安藤 喜八郎　あんどう・きはちろう	19
安藤 治右衛門　あんどう・じえもん	19
安藤 重長　あんどう・しげなが	19
安藤 則命　あんどう・そくめい	19
安藤 帯刀　あんどう・たてわき	19
安藤 帯刀　あんどう・たてわき	20
安藤対馬守 信正　あんどうつしまのかみ・のぶまさ	20
安藤対馬守 信睦　あんどうつしまのかみ・のぶゆき	20
安藤 彦兵衛直次　あんどう・ひこべえなおつぐ	20
安兜冽　あんどれ	20
暗夜軒　あんやけん	20
按里（霧隠才蔵）　あんり（きりがくれさいぞう）	20

【い】

伊阿弥　いあみ	20
飯岡助五郎（石渡助五郎）　いいおかのすけごろう（いしわたすけごろう*）	20
井伊掃部頭 直弼　いいかもんのかみ・なおすけ	20
飯河肥後守 宗信　いいかわひごのかみ・むねのぶ	21
飯河豊前守　いいかわぶぜんのかみ	21
飯倉 久太郎　いいくら・きゅうたろう	21
飯倉 修蔵　いいくら・しゅうぞう	21

飯島 平左ヱ門	いいじま・へいざえもん	21
飯島 平左衛門	いいじま・へいざえもん	21
飯田 覚兵衛	いいだ・かくべえ	21
飯田 金六	いいだ・きんろく	21
井伊 直弼	いい・なおすけ	21
井伊 直政	いい・なおまさ	22
飯沼 新右衛門	いいぬま・しんえもん	22
伊右衛門（金屋伊右衛門）	いえもん（かねやいえもん*）	22
伊岡 重作	いおか・しげさく*	22
伊賀崎 道順	いがさき・どうじゅん	22
伊賀守敦信	いがのかみあつのぶ	22
伊賀屋三次（三次）	いがやさんじ（さんじ）	22
猪谷 唯四郎	いがや・ただしろう	22
五十嵐 浜藻	いがらし・はまも	22
猪狩 忠左衛門	いかり・ちゅうざえもん	22
伊刈 又之丞	いがり・またのじょう	22
伊吉	いきち	22
伊木 彦六	いき・ひころく	23
伊久	いく	23
郁子	いくこ	23
生島 新五郎	いくしま・しんごろう	23
生田 庄太夫	いくた・しょうだゆう	23
生田 慎之丞	いくた・しんのじょう	23
生田 伝八郎	いくた・でんぱちろう	23
伊具 四郎	いぐの・しろう	23
幾松	いくまつ	23
幾松	いくまつ	24
幾世	いくよ	24
池沢 半之助	いけざわ・はんのすけ	24
池田 金三郎	いけだ・きんざぶろう	24
池田 大次郎	いけだ・だいじろう	24
池田 大助	いけだ・だいすけ	24
池田 忠雄	いけだ・ただかつ	24
池田 恒興	いけだ・つねおき	24
池田 出羽	いけだ・でわ	24
池田 信輝	いけだ・のぶてる	24
池田播磨守	いけだはりまのかみ	24
池田 文次	いけだ・ぶんじ	24
池田 光政	いけだ・みつまさ	25
池ノ上 惟高	いけのうえ・これたか	25
池ノ坊 専好	いけのぼう・せんこう	25
韋 元豊	い・げんぽう	25
生駒 弥八郎	いこま・やはちろう	25
伊左右衛門	いさえもん	25
井坂 十郎太	いさか・じゅうろうた	25
伊佐吉	いさきち	25
伊三吉	いさきち	25
伊作	いさく	25
イーサク（伊作）	いーさく（いさく）	25
伊三次	いさじ	26
伊三蔵（追分の伊三蔵）	いさぞう（おいわけのいさぞう）	26
伊三郎	いさぶろう	26
伊三郎（五本木の伊三郎）	いさぶろう（ごほんぎのいさぶろう）	26
伊沢 軍次	いざわ・ぐんじ	26
井沢 玄内	いざわ・げんない	26
伊沢 才覚	いざわ・さいかく	26
伊沢 春泥	いざわ・しゅんでい	27
石和 甚三郎	いさわ・じんざぶろう	27
伊沢 大蔵	いざわ・たいぞう	27
井沢 弥惣兵衛	いざわ・やそべえ	27
石井 兵助	いしい・ひょうすけ	27
石井 孫七	いしい・まごしち	27
石垣 為之丞	いしがき・ためのじょう	27
石上 源十郎	いしがみ・げんじゅうろう	27
石谷因幡守 穆清	いしがやいなばのかみ・あつきよ	27
石谷 清昌	いしがや・きよまさ	27
石川 明石	いしかわ・あかし	27
石川 五右衛門	いしかわ・ごえもん	27
石川 五右衛門	いしかわ・ごえもん	28
石川 主膳	いしかわ・しゅぜん	28
石川 彦之丞	いしかわ・ひこのじょう	28
石川備前守 貞清	いしかわびぜんのかみ・さだきよ	28
石川備中守 通清	いしかわびっちゅうのかみ・みちきよ	28
石河 兵助	いしかわ・ひょうすけ	28
石川備後 為元	いしかわびんご・ためもと	28

石川 房之丞	いしかわ・ふさのじょう 28	伊勢屋重兵衛(重兵衛)	いせやじゅうべえ(じゅうべえ) 32
石川 藻汐	いしかわ・もしお 29	伊勢屋四郎左衛門	いせやしろうざえもん 32
石倉 左門(石森 市之丞)	いしくら・さもん(いしもり・いちのじょう) 29	伊勢屋徳兵衛(徳兵衛)	いせやとくべえ(とくべえ) 32
石黒 兵馬	いしぐろ・ひょうま 29	磯貝 源之進	いそがい・げんのしん 32
石黒 武太夫	いしぐろ・ぶだゆう 29	五十君 勝貞	いそこ・かつさだ 32
石子 伴作	いしこ・ばんさく 29	五十君 久助	いそこ・きゅうすけ 32
石坂 保	いしざか・たもつ 29	磯の禅師	いそのぜんし 32
石塚 源太夫	いしずか・げんだゆう 29	板垣 信形	いたがき・のぶかた 32
石田 喜左衛門	いしだ・きざえもん 29	板倉伊賀守 勝静	いたくらいがのかみ・かつきよ 32
石田治部少輔 三成	いしだじぶのしょう・みつなり 29	板倉 留六郎	いたくら・とめろくろう* 32
石田 孫八郎	いしだ・まごはちろう 29	板倉 兵次郎	いたくら・ひょうじろう 33
石田 三成	いしだ・みつなり 29	井田さん	いださん 33
石田 三成	いしだ・みつなり 30	板野 勘左衛門	いたの・かんざえもん 33
石出 帯刀	いしで・たてわき 30	板野 京之進	いたの・きょうのしん 33
石出 直胤	いしで・なおたね 30	板野 小七	いたの・しょうしち* 33
伊志原 薫	いしはら・かおる 30	伊太八	いたはち 33
石原 甚十郎	いしはら・じんじゅうろう 30	板部岡 江雪斎	いたべおか・こうせつさい 33
石松(森の石松)	いしまつ(もりのいしまつ) 30	伊丹 左太夫	いたみ・さだゆう 33
石森 市之丞	いしもり・いちのじょう 30	伊丹 仙太郎	いたみ・せんたろう 33
韋 城武	い・じょうぶ 30	板屋 兵四郎	いたや・へいしろう* 33
石渡 助五郎	いしわたすけごろう* 30	伊太郎	いたろう 33
伊助	いすけ 30	いち(お市の方)	いち(おいちのかた) 34
伊助	いすけ 31	市川 義平太	いちかわ・ぎへいた 34
和泉 図書助	いずみ・ずしょのすけ 31	市川 源三郎	いちかわ・げんざぶろう 34
和泉守	いずみのかみ 31	市川 小平太	いちかわ・こへいた 34
和泉屋甚助(甚助)	いずみやじんすけ(じんすけ) 31	市川 新十郎	いちかわ・しんじゅうろう 34
和泉屋北枝	いずみやほくし 31	市川 団十郎(五代目)	いちかわ・だんじゅうろう(ごだいめ) 34
泉山 虎之介	いずみやま・とらのすけ 31	市川 平左衛門	いちかわ・へいざえもん 34
石動 十三郎	いするぎ・じゅうざぶろう 31	市川 三すじ	いちかわ・みすじ 34
以世	いせ 31	市五郎	いちごろう 34
伊勢 貞親	いせ・さだちか 31	九 庄五郎	いちじく・しょうごろう 34
伊勢蔵	いせぞう 31	市助	いちすけ 35
伊勢伝十郎(谺の伝十郎)	いせでんじゅうろう(こだまのでんじゅうろう) 31	市三	いちぞう 35
伊勢 平左衛門	いせ・へいざえもん 31	市蔵	いちぞう 35
伊勢屋	いせや 32		

一太郎	いちたろう	35
市太郎	いちたろう	35
市之助	いちのすけ	35
一ノ瀬 直久	いちのせ・なおひさ	35
一戸 小藤太	いちのへ・ことうた	35
市兵衛	いちべえ	35
市兵衛	いちべえ	36
市松	いちまつ	36
市村 幸之進	いちむら・こうのしん	36
市村 真次郎	いちむら・しんじろう	36
市村 鉄之助	いちむら・てつのすけ	36
一文斎	いちもんさい	36
市山 富三郎(瀬川 菊之丞)	いちやま・とみさぶろう(せがわ・きくのじょう)	36
一葉	いちよう	36
一国	いっこく	36
一水舎半丘(半丘)	いっすいしゃはんきゅう(はんきゅう)	37
井土 虎次郎	いつち・とらじろう	37
井土 隼人	いつち・はやと	37
一刀斎	いっとうさい	37
一瓢	いっぴょう	37
井手 勘七	いで・かんしち	37
猪手麻呂	いでまろ	37
いと		37
伊藤 一刀斎	いとう・いっとうさい	37
伊東 一刀斎景久	いとう・いっとうさいかげひさ	37
伊藤 一刀斎景久	いとう・いっとうさいかげひさ	38
伊藤 一刀斎景久(弥五郎)	いとう・いっとうさいかげひさ(やごろう)	38
伊東 甲子太郎	いとう・かしたろう	38
伊藤 喜兵衛	いとう・きへえ	38
伊藤 三弥	いとう・さんや	38
伊藤 七蔵政国	いとう・しちぞうまさくに	38
伊東 祐親(入道)	いとう・すけちか(にゅうどう)	38
伊藤 博文	いとう・ひろぶみ	38
伊藤 博文	いとう・ひろぶみ	39
伊東 弥五郎(一刀斎)	いとう・やごろう(いっとうさい)	39
糸川 市次郎(藤田 三郎兵衛)	いとかわ・いちじろう(ふじた・さぶろべえ*)	39
糸吉	いときち	39
糸路	いとじ	39
夷奈	いな	39
稲岡 奴之助	いなおか・ぬのすけ*	39
伊奈 図書	いな・ずしょ	39
稲妻吉五郎	いなずまきちごろう	39
稲田 助九郎	いなだ・すけくろう	39
猪名田の三介	いなだのさんすけ	39
稲田 安次郎	いなだ・やすじろう	40
稲富 直家	いなとみ・なおいえ	40
伊那の秋太郎	いなのあきたろう	40
稲葉淡路守 紀通	いなばあわじのかみ・のりみち	40
稲葉 四郎	いなば・しろう	40
稲葉丹後守 正通	いなばたんごのかみ・まさみち	40
稲葉 正勝	いなば・まさかつ	40
稲葉 正休	いなば・まさやす	40
伊奈 半左衛門	いな・はんざえもん	40
伊奈 半十郎忠治	いな・はんじゅうろうただはる	40
稲姫	いなひめ	40
稲生 次郎左衛門	いなふ・じろうざえもん	40
いなみ		41
稲荷の麻吉	いなりのあさきち	41
犬井 庄八	いぬい・しょうはち	41
犬養連 音	いぬかいのむらじ・おと	41
犬塚 石斎	いぬずか・せきさい	41
犬塚 平蔵	いぬずか・へいぞう	41
犬塚 又内	いぬずか・またない	41
犬坊	いぬぼう	41
伊根	いね	41
井上河内守 正甫	いのうえかわちのかみ・まさもと	41
井上 外記	いのうえ・げき	41
井上 玄斎(伝兵衛)	いのうえ・げんさい(でんべえ)	42
井上 源三郎	いのうえ・げんざぶろう	42
井上 玄丹	いのうえ・げんたん	42
井上 毅	いのうえ・こわし	42

井上 真之助　いのうえ・しんのすけ　42	今村 丹下　いまむら・たんげ　46
井上 多聞　いのうえ・たもん　42	伊牟田 尚平　いむた・しょうへい　46
井上 弥五郎　いのうえ・やごろう　42	伊牟田 与市郎　いむた・よいちろう　46
伊之吉　いのきち　42	猪由(くろものの猪由)　いゆい(くろもののいゆい)　46
猪之吉　いのきち　42	
猪之吉　いのきち　43	伊与吉　いよきち　46
伊之助　いのすけ　43	イラチの安　いらちのやす　46
猪介　いのすけ　43	郎女　いらつめ　47
亥太　いのだ　43	入江 織之助　いりえ・おりのすけ　47
猪之田 又兵衛(兵斎)　いのだ・またべえ*(へいさい*)　43	入江 政重　いりえ・まさしげ　47
	入田 刑部　いりた・ぎょうぶ　47
猪股能登守　いのまたのとのかみ　43	入布(永倉 新八)　いりふ(ながくら・しんぱち)　47
伊之松　いのまつ　43	
伊庭 軍平秀俊　いば・ぐんぺいひでとし　43	いろはの銀次　いろはのぎんじ　47
	伊呂姫　いろひめ　47
伊庭 八郎　いば・はちろう　43	いわ　47
伊庭 八郎　いば・はちろう　44	磐井 威一郎(柴田 平蔵)　いわい・いいちろう(しばた・へいぞう)　47
井原 西鶴　いはら・さいかく　44	
伊原 繁之進　いはら・しげのしん　44	岩井 半四郎　いわい・はんしろう　47
伊吹 平九郎　いぶき・へいくろう　44	岩倉 具視　いわくら・ともみ　47
指宿 藤次郎(河島 昇)　いぶすき・とうじろう(かわしま・のぼる)　44	岩佐 庄次郎　いわさ・しょうじろう　47
	岩佐 良順　いわさ・りょうじゅん　47
伊平　いへい　44	岩瀬繁蔵　いわせしげぞう　48
伊兵太　いへいた　44	岩瀬 七十郎　いわせ・しちじゅうろう　48
伊兵衛　いへえ　44	岩蔵(地雷也の岩)　いわぞう(じらいやのいわ)　48
異房　いぼう　44	
今井 兼平　いまい・かねひら　45	岩太　いわた　48
今井 尚武　いまい・しょうぶ　45	岩田 金千代　いわた・かねちよ　48
今井 四郎兼平　いまい・しろうかねひら　45	岩成 主税助　いわなり・ちからのすけ*　48
今泉 源兵衛　いまいずみ・げんべえ　45	石姫　いわひめ　48
今泉 みね　いまいずみ・みね　45	岩間 小熊　いわま・こぐま　48
今井 信郎　いまい・のぶお　45	岩本 孫右衛門　いわもと・まごえもん　48
今井 祐三郎　いまい・ゆうさぶろう　45	隠々洞覚乗　いんいんどうかくじょう　48
今川 氏親　いまがわ・うじちか　45	胤栄　いんえい　49
今川 義元(梅岳 承芳)　いまがわ・よしもと(ばいがく・しょうほう)　45	胤栄(宝蔵院胤栄)　いんえい(ほうぞういんいんえい)　49
今中 豊介　いまなか・ほうすけ　45	仁穆大妃　いんもくでび　49
今西 儀大夫　いまにし・ぎだゆう　45	
今西 平三郎　いまにし・へいざぶろう　46	【う】
今橋 剛蔵　いまばやし・ごうぞう*　46	
今参ノ局　いままいりのつぼね　46	上島 伊平　うえしま・いへい*　49
今参りの局(大館今)　いままいりのつぼね(おおだて・いま)　46	植甚　うえじん　49
	上杉 景勝　うえすぎ・かげかつ　49

上杉 景勝　うえすぎ・かげかつ	50
上杉 景虎（北条 氏秀）　うえすぎ・かげとら（ほうじょう・うじやす）	50
上杉 謙信　うえすぎ・けんしん	50
上杉 謙信（輝虎）　うえすぎ・けんしん（てるとら）	50
上杉 謙信（長尾 景虎）　うえすぎ・けんしん（ながお・かげとら）	51
千坂対馬 清胤　うえすぎつしま・きよたね	51
上杉 綱憲　うえすぎ・つなのり	51
上田 秋成　うえだ・あきなり	51
上田 美忠　うえだ・よしただ	51
上野 彦馬　うえの・ひこま	51
上野 力太郎　うえの・りきたろう	51
上原 三郎四郎　うえはら・さぶろうしろう	51
上宮 壮七郎　うえみや・そうしちろう	51
植村 家貞　うえむら・いえさだ	51
右衛門　うえもん	52
魚勝　うおかつ	52
魚足　うおたり	52
鵜飼 高麗十郎　うがい・こまじゅうろう	52
宇賀長者　うがのちょうじゃ*	52
宇喜多 豪兵衛猛秀　うきた・ごうべえたけひで	52
宇喜田 直家　うきた・なおいえ	52
宇喜多 秀家　うきた・ひでいえ	52
卯吉　うきち	52
卯吉　うきち	53
浮寝ノ小太郎　うきねのこたろう*	53
右京 慎策（ハイカラ右京）　うきょう・しんさく（はいからうきょう）	53
右京局　うきょうのつぼね	53
浮世亭主水（主水）　うきよていもんど（もんど）	53
卯次　うさじ	53
宇三郎　うさぶろう	53
宇佐美駿河守 定満　うさみするがのかみ・さだみつ	53
宇佐美駿河守 定行　うさみするがのかみ・さだゆき	53
鵜沢 左内　うざわ・さない	53
鵜沢 聡一郎　うざわ・そういちろう	53
牛右衛門　うしえもん	53
牛尾 太郎左衛門　うしお・たろうざえもん	54
丑太郎　うしたろう	54
牛之助　うしのすけ	54
丑松　うしまつ	54
牛松　うしまつ	54
丑六　うしろく	54
牛若丸（源 義経）　うしわかまる（みなもとの・よしつね）	54
臼井 六郎　うすい・ろくろう	54
臼井 亘理　うすい・わたり	54
卯助　うすけ	55
ウストン	55
太秦 小佐衛門　うずまさ・こざえもん*	55
宇簀女　うずめ	55
うずら様（鶉 伝右衛門）　うずらさま（うずら・でんえもん）	55
鶉 伝右衛門　うずら・でんえもん	55
うた	55
右大臣さま（源 実朝）　うだいじんさま（みなもとの・さねとも）	55
歌浦　うたうら	55
歌川国直　うたがわくになお	55
宇田川 小三郎　うだがわ・こさぶろう	55
歌川 広重　うたがわ・ひろしげ	56
歌川 芳花　うたがわ・よしはな	56
歌川 芳雪　うたがわ・よしゆき*	56
歌橋　うたはし	56
宇多 頼忠　うた・よりただ	56
内田伊勢守 正容　うちだいせのかみ・まさかた	56
内田 三郎右衛門　うちだ・さぶろえもん*	56
内田 十蔵　うちだ・じゅうぞう	56
内田 法眼　うちだほうげん	56
内山 伝兵衛　うちやま・でんべえ	56
宇津木 丈大夫　うつぎ・じょうだゆう	56
宇都宮民部少輔 鎮房　うつのみやみんぶしょうゆ・しげふさ	56
宇都宮 弥三郎朝房　うつのみや・やさぶろうともふさ	57
内海 次郎　うつみ・じろう	57

優曇華 残雪　うどんげ・ざんせつ	57
鰻屋の鉄さん　うなぎやのてつさん	57
畝 源三郎　うね・げんざぶろう	57
畝 源太郎　うね・げんたろう	57
畝 東作　うね・とうさく	58
采女　うねめ	58
うの	58
宇之吉　うのきち	58
卯之吉　うのきち	58
宇野 吉五郎　うの・きちごろう*	58
鵜野 九郎右衛門　うの・くろうえもん	58
卯之助　うのすけ	58
鵜野 清兵衛　うの・せいべえ	58
宇野 太左衛門　うの・たざえもん	59
宇平　うへい	59
卯兵衛　うへえ	59
馬吉（春念）　うまきち（しゅんねん）	59
厩戸皇太子　うまやどこうたいし	59
厩戸皇太子（聖徳太子）　うまやどこうたいし（しょうとくたいし）	59
海つばめのお銀　うみつばめのおぎん	59
海坊主の親方　うみぼうずのおやかた	59
梅ヶ枝　うめがえ*	59
梅吉　うめきち	59
梅吉　うめきち	60
梅崎 実之助　うめざき・じつのすけ	60
梅次郎　うめじろう	60
梅津　うめず	60
梅津 兵庫　うめず・ひょうご	60
梅津 六兵衛　うめず・ろくべえ	60
梅野　うめの	60
梅之助　うめのすけ	60
梅野 春咲　うめの・はるさき	60
楳本 法神　うめもと・ほうしん	60
浦風　うらかぜ	61
浦上 宗景　うらがみ・むねかげ*	61
裏宿七兵衛　うらじゅくしちべえ	61
裏次郎　うらじろう	61
浦部 隼人　うらべ・はやと	61
裏松 重子（大方殿）　うらまつ・しげこ（おおかたどの）	61
浦見坂 周助　うらみざか・しゅうすけ	61
雨竜 千吉　うりゅう・せんきち	61
雲橋　うんきょう	61
運慶　うんけい	61
海野能登守 輝幸　うんののとのかみ・てるゆき	61

【え】

栄（お栄）　えい（おえい）	61
栄五（大前田栄五郎）　えいご（おおまえだえいごろう）	62
栄次郎　えいじろう	62
栄二郎　えいじろう	62
英泉　えいせん	62
鋭飛　えいひ	62
永楽銭　えいらくせん	62
瑛琳　えいりん	62
江口 房之助　えぐち・ふさのすけ	62
回向院の茂七　えこういんのもしち	62
絵師　えし	63
絵島　えじま	63
絵島の局　えじまのつぼね	63
江副 兵部　えぞえ・ひょうぶ*	63
蝦夷菊　えぞぎく	63
越後の又四郎　えちごのまたしろう	63
越後屋佐吉（佐吉）　えちごやさきち（さきち）	63
越前屋佐兵衛（佐兵衛）　えちぜんやさへえ（さへえ）	63
越前屋長次郎（長次郎）　えちぜんやちょうじろう（ちょうじろう）	63
エテ公　えてこう	63
エドウィン・ダン	63
江藤 治郎兵衛　えとう・じろべえ	64
江戸屋千之助（千之助）　えどやせんのすけ（せんのすけ）	64
慧能　えのう	64
役君小角　えのきみおずぬ	64
榎本 釜次郎（榎本 武揚）　えのもと・かまじろう（えのもと・たけあき）	64
榎本 武揚　えのもと・たけあき	64
海老名 友清　えびな・ともきよ	64
恵美押勝　えみのおしかつ	64

エロイーズ	64
円覚　えんかく*	65
円空　えんくう	65
円謙坊　えんけんぼう	65
燕山君　えんざんくん	65
遠州屋杢兵衛(杢兵衛)　えんしゅうやもくべえ(もくべえ)	65
遠城 治左衛門　えんじょう・じざえもん*	65
遠城 宗左衛門　えんじょう・そうざえもん*	65
延次郎　えんじろう	65
円蔵　えんぞう	65
円鍔 藤之進　えんつば・とうのしん*	65
役小角(小角)　えんのおずぬ(おずぬ)	65
円明海　えんめいかい	65

【お】

お愛の方　おあいのかた	66
おあき	66
お秋　おあき	66
緒明の嘉吉　おあけのよしきち	66
お葦　おあし	66
お綾　おあや	66
於阿和の方　おあわのかた	66
笈川 玄一郎　おいかわ・げんいちろう	66
おいち	67
お市　おいち	67
おいち(歌川 芳花)　おいち(うたがわ・よしはな)	67
お市の方　おいちのかた	67
お糸　おいと	67
お糸の方　おいとのかた	67
おいね	68
お岩　おいわ	68
於いわ　おいわ	68
追分の伊三蔵　おいわけのいさぞう	68
王　おう	68
扇屋　おうぎや	68
王 香君　おう・こうくん	68
王 時雍　おう・じよう	69

王 珍　おうちん	69
おうの	69
王 飛(異房)　おう・ひ(いぼう)	69
お梅　おうめ	69
お梅　おうめ	70
おえい	70
お栄　おえい	70
おえつ	70
お江与ノ方　おえよのかた	70
おえん	70
おえん	71
おゑん	71
大海人皇子　おおあまのおうじ	71
大海人王子(天武天皇)　おおあまのおうじ(てんむてんのう)	71
大石 内蔵助　おおいし・くらのすけ	71
大石 内蔵助　おおいし・くらのすけ	72
大石 内蔵助良雄　おおいし・くらのすけよしお	72
大石 内蔵助良雄　おおいし・くらのすけよしかつ	72
大石 鍬次郎　おおいし・くわじろう	72
大石 三平　おおいし・さんぺい	72
大石 進　おおいし・すすむ	72
大石 進　おおいし・すすむ	73
大石 主税　おおいし・ちから	73
大石 八左衛門種政　おおいし・はちざえもんたねまさ	73
大井 行吉　おおい・ゆきよし*	73
大岩 金十郎(吉十郎)　おおいわ・きんじゅうろう(きちじゅうろう*)	73
大浦 弥四郎(津軽 為信)　おおうら・やしろう(つがる・ためのぶ)	73
大江 連四郎　おおえ・れんしろう	73
大岡越前守　おおおかえちぜんのかみ	73
大岡越前守　おおおかえちぜんのかみ	74
大岡越前守 忠相　おおおかえちぜんのかみ・ただすけ	74
大岡 忠相　おおおか・ただすけ	74
大垣 武兵衛　おおがき・ぶへえ	74
大方殿　おおかたどの	74
大鐘 啓之進　おおがね・けいのしん	75

大来 団次郎(嗅っ鼻の団次) おおきた・だんじろう*(かぎっぱなのだんじ) 75	太田 与兵衛 おおた・よへえ 78
大分君 恵尺 おおきだのきみ・えさか 75	大旦那さま おおだんなさま 78
正親町 町子 おおぎまち・まちこ 75	大塚 嘉久治 おおつか・かくじ 78
大木 弥四郎 おおき・やしろう 75	大塚 喜兵衛 おおつか・きへえ 78
大久保 源太 おおくぼ・げんた 75	大槻 伝蔵 おおつき・でんぞう 78
大久保 権左衛門 おおくぼ・ごんざえもん 75	大月の小六 おおつきのころく 78
大久保 新十郎 おおくぼ・しんじゅうろう 75	大友 宗麟 おおとも・そうりん 78
大久保 忠隣 おおくぼ・ただちか 75	大友皇子 おおとものおうじ 78
大久保 忠世 おおくぼ・ただよ 75	大友皇子 おおとものみこ 79
大久保 利通 おおくぼ・としみち 75	大友 到明 おおとも・むねあき 79
大久保 彦左衛門 おおくぼ・ひこざえもん 76	大友 義鑑 おおとも・よしあき 79
大久保 満壽子 おおくぼ・ますこ 76	大友 義鑑(宗玄) おおとも・よしあき(そうげん) 79
大倉 左門 おおくら・さもん 76	大友 義鎮(大友 宗麟) おおとも・よししげ(おおとも・そうりん) 79
大倉 徳兵衛 おおくら・とくべえ 76	大友 義晴(七郎義晴) おおとも・よしはる(しちろうよしはる) 79
大胡 秀綱 おおご・ひでつな 76	大鳥 圭介 おおとり・けいすけ 79
大沢 春朔 おおさわ・しゅんさく 76	大鳥 修理之介 おおとり・しゅりのすけ 79
大海人皇子 おおしあまおうじ 76	大鳳 金道 おおとりの・かねみち 79
大海人皇子 おおしあまのみこ 76	大鳥屋勘七 おおとりやかんしち 79
大塩 格之助 おおしお・かくのすけ 76	大西 十兵衛 おおにし・じゅうべえ 79
大塩 平八郎 おおしお・へいはちろう 76	大西 平三郎 おおにし・へいざぶろう 80
大島 山十郎(陽炎) おおしま・さんじゅうろう(かげろう) 76	大沼 市兵衛 おおぬま・いちべえ 80
大隅 右京 おおすみ・うきょう 77	大野木 源右衛門 おおのぎ・げんえもん 80
大瀬 おおせ 77	大野 九郎兵衛 おおの・くろうびょうえ 80
大高 源五 おおたか・げんご 77	大野 九郎兵衛 おおの・くろべえ 80
大滝の五郎蔵 おおたきのごろうぞう 77	大野 治長 おおの・はるなが 80
大竹 金吾 おおたけ・きんご 77	大橋 新左衛門 おおはし・しんざえもん 80
大館今 おおだて・いま 77	大橋 万作 おおはし・まんさく 80
大館 佐子 おおだて・さんこ 77	大場 兵六 おおば・へいろく 80
大館 次郎教氏 おおだて・じろうのりうじ 77	大原 右之助 おおはら・うのすけ 80
大田 直次郎(蜀山人) おおた・なおじろう(しょくさんじん) 77	大原 宗兵衛 おおはら・そうべえ* 81
大谷 左門之介 おおたに・さもんのすけ 77	大番頭 おおばんとう 81
大谷 吉継 おおたに・よしつぐ 77	大比 おおひ 81
太田原 藤七 おおたばら・とうしち 78	大姫 おおひめ 81
太田 孫二郎 おおた・まごじろう 78	大深 虎之允 おおふか・とらのじょう 81
	大前田栄五郎 おおまえだえいごろう 81

大政　おおまさ	81	
大峰銀次郎（銀次郎）　おおみねぎんじろう（ぎんじろう）	81	
大村　康哉　おおむら・やすや	81	
大山　格之助　おおやま・かくのすけ	81	
大和田　平助　おおわだ・へいすけ	81	
岡　源次郎　おか・げんじろう	82	
岡　左内　おか・さない	82	
岡沢　義十郎　おかざわ・ぎじゅうろう*	82	
小笠原　金三郎　おがさわら・きんざぶろう	82	
小笠原　慶庵　おがさわら・けいあん	82	
小笠原　玄信斎長治　おがさわら・げんしんさいながはる	82	
小笠原図書頭　長行　おがさわらずしょのかみ・ながみち	82	
小笠原　長秀　おがさわら・ながひで	82	
お梶　おかじ	82	
緒方　章（洪庵）　おがた・あきら（こうあん）	83	
岡田　以蔵　おかだ・いぞう	83	
尾形　光琳　おがた・こうりん	83	
緒方　重三郎　おがた・じゅうざぶろう	83	
尾形　深省（乾山）　おがた・しんせい（けんざん）	83	
岡田　忠蔵　おかだ・ちゅうぞう	83	
岡田　仁兵衛　おかだ・にへえ*	83	
お勝　おかつ	83	
岡っ引き　おかっぴき	83	
多門　伝八郎　おかど・でんぱちろう	84	
おかな	84	
おかね	84	
お兼ちゃん　おかねちゃん	84	
岡野　左内　おかの・さない	84	
岡浜　松次郎　おかはま・まつじろう	84	
岡　平内　おか・へいない	84	
岡部丹波守　おかべたんばのかみ	84	
万歳爺　おかみ	84	
岡見　善助　おかみ・ぜんすけ	85	
お亀　おかめ	85	
岡本　岡太　おかもと・おかた	85	
岡本　次郎左衛門　おかもと・じろうざえもん	85	
岡本　武右衛門　おかもと・ぶえもん	85
岡本　平右衛門　おかもと・へいえもん	85
岡安　十左衛門　おかやす・じゅうざえもん	85
岡安　甚之丞　おかやす・じんのじょう	85
おかよ	85
お加代　おかよ	85
お軽　おかる	86
岡　和三郎　おか・わさぶろう	86
小川　瀬兵衛　おがわ・せべえ*	86
おきく	86
お菊　おきく	86
お菊　おきく	87
おきく（菊女）　おきく（きくじょ）	87
お菊ばあさん　おきくばあさん	87
おきた	87
沖田　総司　おきた・そうじ	87
沖田　総司　おきた・そうじ	88
おきち	88
お吉　おきち	88
沖津　おきつ	88
翁　おきな	88
おきぬ	88
おきぬ	89
お絹　おきぬ	89
荻生　徂徠　おぎゅう・そらい	89
おきよ	89
お喜代　おきよ	90
お清　おきよ	90
お聖　おきよ	90
お清　おきよ*	90
お京　おきょう	90
おきわ	90
お喜和　おきわ	91
おキン	91
おぎん	91
お銀　おぎん	91
お銀（海つばめのお銀）　おぎん（うみつばめのおぎん）	91
小串　清兵衛　おぐし・せいべえ	91
小串　波三郎　おぐし・なみさぶろう*	91

奥平 九八郎貞昌　おくだいら・くはちろうさだまさ*	91
奥平 源蔵　おくだいら・げんぞう	91
奥平 源八　おくだいら・げんぱち	92
奥平 貞昌　おくだいら・さだまさ	92
奥平 貞能　おくだいら・さだよし	92
奥平 主馬　おくだいら・しゅめ	92
奥平 信昌　おくだいら・のぶまさ	92
奥平 隼人　おくだいら・はやと	92
奥田 主馬　おくだ・しゅめ	92
奥田 頼母　おくだ・たのも	92
奥津 龍之介　おくつ・りゅうのすけ	92
お国　おくに	92
おくま	93
お熊　おくま	93
奥 政景　おく・まさかげ	93
おくみ	93
奥村 助十郎　おくむら・すけじゅうろう	93
奥村 忠右衛門　おくむら・ちゅうえもん*	93
奥村 弥五兵衛　おくむら・やごべえ	93
奥村 大和(諏訪 頼豊)　おくむら・やまと(すわ・よりとよ*)	93
おくめ	94
おくめ	94
お粂　おくめ	94
奥山 交竹院　おくやま・こうちくいん	94
小倉 松千代　おぐら・まつちよ	94
小倉屋新兵衛　おぐらやしんべえ	94
小栗上野介 忠順　おぐりこうずけのすけ・ただまさ	94
御曲輪の御前　おくるわのごぜん	94
おけい	94
お恵　おけい	94
桶屋の鬼吉　おけやのおにきち	95
おげん	95
お源　おげん	95
お鯉　おこい	95
おこう	95
お孝　おこう	96
お幸　おこう	96
お甲　おこう	96

お香　おこう	96
小河 十太夫　おごう・じゅうだゆう*	96
小河 久太夫　おご・きゅうだゆう*	96
おこと	96
お琴　おこと	96
おこと婆さん　おことばあさん	96
おこな	97
お此　おこの	97
おこま	97
お駒　おこま	97
おころ	97
おこん	97
お今　おこん	98
お紺　おこん	98
お佐枝　おさえ	98
お冴　おさえ	98
おさき	98
尾崎 富右衛門　おざき・とみえもん	98
お貞　おさだ	98
お定　おさだ	98
お貞さん　おさださん	98
おさち	99
おさつ	99
おさと	99
お里　おさと	99
お実　おさね	99
おさめの方(染子)　おさめのかた(そめこ)	99
おさよ	99
お小夜　おさよ	99
お小夜　おさよ	100
お小夜(察しのお小夜)　おさよ(さっしのおさよ)	100
大仏 伝七郎　おさらぎ・でんしちろう	100
おさらば小僧　おさらばこぞう	100
おさわ	100
お沢　おさわ	100
小沢 幾弥　おざわ・いくや	100
お沢の方　おさわのかた	100
おさん	100
おさん	101
おさん(吾妻三之丞)　おさん(あずまさんのじょう)	101

(13)

おさん婆さん　おさんばあさん	101
おしか	101
押川 治右衛門　おしかわ・じえもん*	101
押切の駒太郎　おしきりのこまたろう	101
おしげ	101
おしず	101
おしづ	102
お静　おしず	102
お品　おしな	102
おしま	102
お島　おしま	102
お島　おしま	103
お嶋　おしま	103
お霜　おしも	103
おしゅん	103
お俊　おしゅん	103
お順　おじゅん	103
於順　おじゅん	103
お志代　おしよ	103
おしん	103
お信　おしん	103
お新　おしん	103
お新　おしん	104
おすぎ	104
おすず	104
お鈴　おすず	104
お捨　おすて	105
小角　おずぬ	105
小角(役君小角)　おずぬ(えのきみおずぬ)	105
小角行者(金峯小角)　おずぬぎょうじゃ(きんぷおずぬ)	105
小津 平兵衛包房　おず・へいべえかねふさ	105
おすま	105
おすみ	105
お須美　おすみ	106
お澄　おすみ	106
尾住 阿気丸　おずみ・あきまる	106
於寿免　おすめ	106
おせい	106
お勢　おせい	106
おせき	106
お関　おせき	107
おせん	107
お仙　おせん	107
お千　おせん	107
おせん(麝香のおせん)　おせん(じゃこうのおせん)	108
おせん(太公望おせん)　おせん(たいこうぼうおせん)	108
おそで	108
お袖　おそで	108
おその	108
お園　おその	108
おそめ	108
お染　おそめ	108
おたえ	109
お妙　おたえ	109
お妙　おたお	109
おたか	109
お高　おたか	109
お鷹　おたか	109
おたき	109
お滝　おたき	109
お滝　おたき	110
お滝の方　おたきのかた	110
おたけ	110
お竹　おたけ	110
織田 左門　おだ・さもん	110
織田 三七信孝　おだ・さんしちのぶたか	110
織田 三介信雄　おだ・さんすけのぶかつ	110
織田 獣鬼　おだ・じゅうき	110
織田 草平　おだ・そうへい	110
オタツ	110
お達　おたつ	110
お辰　おたつ	111
お辰(鬼神のお辰)　おたつ(きしんのおたつ)	111
小田内膳正　おだないぜんのしょう	111
男谷下総守　おだにしもうさのかみ	111
男谷 精一郎　おたに・せいいちろう	111
男谷 精一郎　おだに・せいいちろう	111
男谷 精一郎(新太郎)　おだに・せいいちろう(しんたろう)	112

男谷 信友　おだに・のぶとも	112
男谷 彦四郎　おだに・ひこしろう	112
おたね	112
お種　おたね	112
お多根　おたね	112
織田 信雄　おだ・のぶかつ	112
織田 信孝　おだ・のぶたか	112
織田 信忠　おだ・のぶただ	112
織田 信長　おだ・のぶなが	113
織田 信長　おだ・のぶなが	114
おたま	114
お玉　おたま	114
お珠　おたま	115
お民　おたみ	115
おたよ	115
お多代　おたよ	115
小田原御前　おだわらごぜん	115
於丹　おたん	115
落合 清四郎　おちあい・せいしろう	115
落合 忠右衛門　おちあい・ちゅうえもん*	115
おちえ	115
おちか	115
お千加　おちか	115
おちか(綾瀬)　おちか(あやせ)	115
おちず	116
おちせ	116
お千勢　おちせ	116
越智 武夫　おち・たけお	116
お茶々　おちゃちゃ	116
おちよ	116
お千代　おちよ	116
お蝶　おちょう	116
お蝶　おちょう	117
お長　おちょう	117
お通　おつう	117
お通(小野のお通)　おつう*(おののおつう*)	117
おつぎ	117
お槻さま　おつきさま	117
お蔦　おつた	117
おつな	117
おつね	118
お恒　おつね	118
お常　おつね	118
おつま	118
おつや	118
おつやの方　おつやのかた	118
おつゆ	118
お露　おつゆ	118
お露　おつゆ	119
お鶴　おつる	119
おてい	119
お貞の方　おていのかた	119
小出切 一雲　おでぎり・いちうん	119
お鉄　おてつ	119
お照　おてる	119
おてん	119
音　おと	120
おとき	120
お時　おとき	120
おとく	120
お徳　おとく	120
於徳　おとく	120
男　おとこ	120
音五郎　おとごろう	120
おとし	120
お年　おとし	121
音次郎　おとじろう	121
音二郎　おとじろう	121
おとせ	121
お登勢　おとせ	121
音なし源　おとなしげん	121
音無 清十郎　おとなし・せいじゅうろう	121
音無 兵庫　おとなし・ひょうご	121
おとは	121
音松　おとまつ	121
於富　おとみ	121
お富の方　おとみのかた	121
おとよ	122
お登代　おとよ	122
お豊　おとよ	122
お登代(お加代)　おとよ(おかよ)	122
お虎　おとら	122
お寅　おとら	123

お酉　おとり	123
おとわ	123
お登和　おとわ	123
音羽　おとわ	123
お直　おなお	123
お直の方　おなおのかた	123
おなつ	123
お夏　おなつ	123
お鍋の方　おなべのかた	123
おなみ	123
お波　おなみ	124
お浪　おなみ	124
鬼吉（桶屋の鬼吉）　おにきち（おけやのおにきち）	124
鬼熊五郎　おにくまごろう	124
鬼武　おにたけ	124
オニピシ	124
鬼坊主清吉（川越の旦那）　おにぼうずせいきち（かわごえのだんな）	124
鬼麿　おにまろ	124
鬼若　おにわか	124
おぬい	124
おぬい	125
お縫　おぬい	125
お縫の方　おぬいのかた	125
於袮　おね	125
お禰（禰々）　おね（ねね）	125
おねね（北政所）　おねね（きたのまんどころ）	125
小野 和泉　おの・いずみ	125
おのう	125
尾上 小紋三　おのえ・こもんざ	125
小野川 喜三郎　おのがわ・きさぶろう	125
小野川喜三郎　おのがわきさぶろう	125
おの女　おのじょ	125
小野 次郎右衛門忠明（神子上 典膳）　おの・じろうえもんただあき（みこがみ・てんぜん）	126
小野 次郎右衛門忠明　おの・じろえもんただあき	126
小野 助三郎　おの・すけさぶろう	126
小野 善鬼　おの・ぜんき	126
小野 大膳　おの・だいぜん	126
小野田 龍太　おのだ・りゅうた	126
小野寺 幸右衛門　おのでら・こうえもん	126
小野寺 佐内　おのでら・さない	126
小野寺 十内　おのでら・じゅうない	126
小野のお通　おののおつう*	126
小野 篁　おのの・たかむら	126
小野 春風　おのの・はるかぜ	127
おのぶ	127
お蓮　おはす	127
小幡 伊織　おばた・いおり	127
小幡 勘兵衛　おばた・かんべえ	127
小幡 硯次郎　おばた・げんじろう	127
小幡 小平次　おばた・こへいじ	127
小幡 図書之介景純　おばた・ずしょのすけかげずみ	127
小幡 信貞　おばた・のぶさだ	127
お初　おはつ	127
お初　おはつ	128
お波津　おはつ	128
お初（初瀬）　おはつ（はつせ）	128
お花　おはな	128
小花 鉄次郎　おばな・てつじろう	128
お波奈の方　おはなのかた	128
おばば	128
お浜　おはま	128
お浜　おはま	129
おはる	129
お春　おはる	129
おはん	130
お半の方　おはんのかた	130
おひさ	130
お久　おひさ	130
お秀　おひで	130
お秀の方　おひでのかた	130
首皇子　おびとのおうじ	130
お紐（ヒモ）　おひも（ひも）	130
お百　おひゃく	130
おひろ	131
おふう	131
おふき	131
おふく	131
お福　おふく	131

お福（春日局） おふく（かすがのつぼね）	131
お福の方 おふくのかた	131
おふさ	131
おふさ	132
お房 おふさ	132
おふじ	132
お藤 おふじ	132
飯富 兵部 おぶ・ひょうぶ	132
お二三 おふみ	132
お文 おふみ	132
お文 おふみ	133
おふゆ	133
お冬 おふゆ	133
お冬さま おふゆさま	133
おぼろ麻耶 おぼろまや	133
お万阿 おまあ	133
おまき	133
おまさ	133
おまさ	134
おまち	134
おまつ	134
お松 おまつ	134
お松 おまつ	135
お万津 おまつ	135
おまゆ	135
お万 おまん	135
悪萬 おまん	135
お万の方 おまんのかた	135
阿万の方 おまんのかた	135
おみさ	135
おみち	136
お道 おみち	136
お道（滝野） おみち（たきの）	136
おみつ	136
お光 おみつ	136
お美津 おみつ	136
お美都 おみつ	136
おみね	137
お峰 おみね	137
お峯 おみね	137
お峰の方 おみねのかた	137
おみの	137
お美濃 おみの	137
おみや	137
おみよ	137
おみよ	138
お美代 おみよ	138
おみわ	138
おむら	138
沢瀉 彦九郎 おもだか・ひこくろう	138
お元 おもと	138
お茂登 おもと	138
おもと（お琴） おもと（おこと）	139
お茂代 おもよ	139
おもん	139
お紋 おもん	139
お八重 おやえ	139
お八重（八重） おやえ（やえ）	139
お安 おやす	140
小山田 一学 おやまだ・いちがく	140
小山田 多門 おやまだ・たもん	140
小山田 鉄平 おやまだ・てっぺい	140
おやや	140
おゆい	140
おゆう	140
お悠 おゆう	141
おゆき	141
お幸 おゆき	141
お雪 おゆき	141
おゆみ	141
お弓（弓） おゆみ（ゆみ）	141
お由良 おゆら	142
お由羅の方 おゆらのかた	142
お百合 おゆり	142
お由利 おゆり	142
お葉 およう	142
およし	142
お芳 およし	142
お由 およし	142
およね	143
お米 およね	143
およめ	143
おらく	143
おらん	143
お蘭 おらん	143

阿蘭　おらん	143
お蘭の方　おらんのかた	143
おりう	143
お利江　おりえ	143
折小野　おりおの	143
おりき	144
お力　おりき	144
おりく	144
織部 純之進　おりべ・じゅんのしん	144
お柳　おりゅう	144
お竜　おりゅう	144
お龍　おりゅう	144
おりよ	144
おりょう	144
おりょう	145
お了　おりょう	145
おりん	145
お琳　おりん	145
おるい	145
オルガンティーノ	145
おれん	145
おれん	146
お蓮　おれん	146
お蓮の方　おれんのかた	146
大蛇　おろち	146
お若　おわか	146
お和歌　おわか	146
尾張 宗春　おわり・むねはる	146
音外坊　おんがいぼう	146

【か】

懐王　かいおう	146
快慶　かいけい	147
甲斐 源三郎　かい・げんざぶろう	147
貝ノ馬介　かいのうますけ*	147
海部 善六　かいふ・ぜんろく	147
楓　かえで	147
楓姫　かえでひめ	147
花押　かおう	147
カオル	147
加賀御前　かがごぜん	147
加々美 主殿　かがみ・たのも	147
加賀屋寿之助（寿之助）　かがやじゅのすけ（じゅのすけ）	147
柿生 昌平　かきお・しょうへい	147
鶴亀助　かきすけ	148
嘉吉　かきち	148
嗅っ鼻の団次　かぎっぱなのだんじ	148
柿沼 岸之助　かきぬま・きしのすけ	148
柿本 源七郎　かきもと・げんしちろう	148
鍵屋万助（万助）　かぎやまんすけ（まんすけ）	148
角右衛門（夜兎の角右衛門）　かくえもん（ようさぎのかくえもん）	148
覚円坊　かくえんぼう	148
覚慶（足利 義秋）　かくけい（あしかが・よしあき）	148
霍光　かく・こう	148
角さん　かくさん	148
角次郎　かくじろう	148
覚善　かくぜん	148
角蔵　かくぞう	149
角太郎　かくたろう	149
格之進　かくのしん	149
加具美　かぐみ	149
覚楪　かくよう	149
筧 卯三郎　かけい・うさぶろう	149
景家　かげいえ	149
筧 惣一郎　かけい・そういちろう	149
掛井 半之丞　かけい・はんのじょう*	149
影浦 大輔　かげうら・だいすけ	149
加筥梓　かけし	150
影の喜兵衛　かげのきへえ	150
影山 久馬　かげやま・きゅうま	150
陽炎　かげろう	150
かこめ	150
葛西 信清　かさい・のぶきよ	150
風車の浜吉　かざぐるまのはまきち	150
笠戸　かさど	150
累　かさね	150
笠原 助左衛門　かさはら・すけざえもん	151
笠松 平九郎　かさまつ・へいくろう	151
風森 太兵衛　かざもり・たへえ*	151
梶井　かじい	151

鰍沢 素平	かじかさわ・もとよし	151
梶川 源八郎	かじかわ・げんぱちろう	151
加治 源之介	かじ・げんのすけ	151
梶女	かじじょ	151
梶田 藤蔵	かじた・とうぞう	151
加治 日曜丸	かじ・にちようまる	151
梶野 長庵	かじの・ちょうあん	151
加地 主水	かじ・もんど	152
嘉十郎(縄手の嘉十郎)	かじゅうろう(なわてのかじゅうろう)	152
柏木 啓二郎	かしわぎ・けいじろう	152
柏原 浩太郎	かしわら・こうたろう*	152
梶原 左近	かじわら・さこん	152
梶原 長門	かじわら・ながと	152
梶原 景時	かじわらの・かげとき	152
果心	かしん	152
可寿江(村山 たか)	かずえ(むらやま・たか)	152
春日 正太郎	かすが・しょうたろう	152
春日 新九郎	かすが・しんくろう	153
春日ノお局様	かすがのおつぼねさま	153
春日局	かすがのつぼね	153
春日局(お福)	かすがのつぼね(おふく)	153
春日部伊勢守 唯悪	かすかべいせのかみ・ただわる	153
香月(お香)	かずき(おこう)	153
香月 弥右衛門	かずき・やえもん	153
嘉介	かすけ	153
鹿角 彦輔	かずの・ひこすけ	153
数原 惣兵衛	かずはら・そうべえ	153
数馬	かずま	154
鹿妻 天平	かずま・てんぺい*	154
霞之助	かすみのすけ	154
花扇	かせん	154
片岡 京之介	かたおか・きょうのすけ	154
片岡 源五右衛門	かたおか・げんごえもん	154
片岡 直次郎	かたおか・なおじろう	154
片岡 直次郎(直侍)	かたおか・なおじろう(なおざむらい)	154
片岡 直次郎(直侍)	かたおか・なおじろう(なおざむらい)	155
片桐 且元	かたぎり・かつもと	155
片桐 小次郎	かたぎり・こじろう	155
片桐 歳三	かたぎり・さいぞう	155
加田 三七	かだ・さんしち	155
加田三七	かだ・さんしち	155
荷田 春満	かだの・あずままろ	155
片帆	かたほ	155
片山伯耆守 久安	かたやまほうきのかみ・きゅうあん	155
勝魚(勝念坊)	かちお(かちねんぼう)	155
勝念坊	かちねんぼう	156
勝	かつ	156
勝商	かつあき	156
勝 海舟	かつ・かいしゅう	156
勝川 春草	かつかわ・しゅんしょう	156
勝子	かつこ	156
勝 小吉	かつ・こきち	156
勝五郎	かつごろう	157
葛飾 北斎	かつしか・ほくさい	157
葛飾北斎	かつしかほくさい	157
勝 成裕	かつ・せいゆう	157
勝三	かつぞう	157
勝蔵	かつぞう	157
勝田 喜六	かつた・きろく	157
カッテンディーケ		157
河童	かっぱ	157
勝姫	かつひめ	157
勝本 三四郎	かつもと・さんしろう	157
桂 栄之進	かつら・えいのしん	158
桂 小五郎	かつら・こごろう	158
桂 小五郎(木戸 孝允)	かつら・こごろう(きど・こういん)	158
桂 小五郎(木戸 孝允)	かつら・こごろう(きど・たかよし)	158
加藤 明利	かとう・あきとし	158
加藤 明成	かとう・あきなり	158
加藤 右馬允	かとう・うまのじょう	158
加藤 吉太夫	かとう・きちだゆう	158
加藤 清正	かとう・きよまさ	158
加藤 清正	かとう・きよまさ	159

加藤 清正（虎之助）　かとう・きよまさ（とらのすけ）　159	鐘捲 自斎通家　かねまき・じさいみちいえ　162
加藤 左馬助嘉明　かとう・さまのすけよしあき　159	鐘巻 文五郎（自斎）　かねまき・ぶんごろう（じさい）　162
嘉藤太　かとうだ　159	印牧 弥二郎　かねまき・やじろう　162
加藤 忠広　かとう・ただひろ　159	金屋伊右衛門　かねやいえもん*　162
加藤 段蔵（飛加藤）　かとう・だんぞう（とびかとう）　159	加乃　かの　162
加藤肥後守 清正　かとうひごのかみ・きよまさ　159	かの（小雪）　かの（こゆき）　162
加藤 美作　かとう・みまさか　159	狩野 伊太郎　かの・いたろう　162
加藤 安兵衛　かとう・やすべえ　159	狩野 園次郎　かのう・えんじろう*　163
門倉 静馬　かどくら・しずま　160	加納 藤兵衛　かのう・とうべえ　163
角倉 信之助　かどくら・しんのすけ*　160	加納屋彦兵衛（彦兵衛）　かのうやひこべえ（ひこべえ）　163
門田 豊之助　かどた・とよのすけ　160	狩野 融川　かのう・ゆうせん　163
角屋七郎兵衛（七郎兵衛）　かどやしちろうべえ（しちろべえ）　160	加納 了善　かのう・りょうぜん　163
加奈　かな　160	鹿乃江　かのえ　163
金井 勘兵衛　かない・かんべえ*　160	鏑木　かぶらき　163
香苗　かなえ　160	鏑木 主馬　かぶらぎ・しゅめ　163
金津 新兵衛　かなず・しんべえ　160	鏑木 兵庫　かぶらぎ・ひょうご　163
金丸 強右衛門　かなまる・すねえもん　160	嘉平　かへい　163
かなめ（勧進かなめ）　かなめ（かんじんかなめ）　160	嘉兵衛　かへえ　163
金森出雲守　かなもりいずものかみ　161	かまいたちの長　かまいたちのちょう　164
金輪 勇　かなわ・いさむ　161	釜岡 権蔵　かまおか・ごんぞう　164
可児 才蔵　かに・さいぞう　161	鎌次郎　かまじろう　164
カニシカ　161	神余 親綱　かまなり・ちかつな　164
蟹丸 悠軒　かにまる・ゆうけん　161	加真藻　かまも　164
金売り吉次　かねうりきちじ　161	ガマ六　がまろく　164
鐘ヶ江 甲太郎　かねがえ・こうたろう*　161	上泉伊勢守 秀綱　かみいずみいせのかみ・ひでつな　164
金子 市之丞　かねこ・いちのじょう　161	上泉伊勢守 秀綱（大胡 秀綱）　かみいずみいせのかみ・ひでつな（おおご・ひでつな）　164
金子 新左衛門　かねこ・しんざえもん　161	上泉常陸介 秀胤　かみいずみひたちのすけ・ひでたね　164
金子 与三郎　かねこ・よさぶろう　161	上泉 秀綱　かみいずみ・ひでつな　164
金成 弥右衛門　かねなり・やへえ*　161	上泉主水正 泰綱　かみいずみもんどのしょう・やすつな*　164
金成 弥兵衛　かねなり・やへえ*　162	上泉 泰綱　かみいずみ・やすつな　165
金成 与九郎　かねなり・よくろう*　162	上坂 半左衛門安久　かみさか・はんざえもんやすひさ　165
兼平 綱則　かねひら・つなのり　162	神様　かみさま　165
鐘巻 自斎　かねまき・じさい　162	神沢出羽守　かみさわでわのかみ*　165
鐘巻 自斎　かねまき・じさい　162	雷大吉　かみなりだいきち　165
	神林 東吾　かみばやし・とうご　165

神谷 源蔵　かみや・げんぞう*	165	
神屋 宗湛　かみや・そうたん	165	
神屋宗湛　かみやそうたん	165	
神谷 伝八郎　かみや・でんぱちろう	165	
亀吉　かめきち	165	
亀吉　かめきち	166	
亀寿丸(北条 次郎時行)　かめじゅまる(ほうじょう・じろうときゆき)	166	
亀ぞう(ばちびんの亀ぞう)　かめぞう(ばちびんのかめぞう)	166	
亀太　かめた	166	
カメネフスキー	166	
亀八　かめはち	166	
蒲生 一平　がもう・いっぺい	166	
蒲生 氏郷　がもう・うじさと	166	
カモ七　かもしち	166	
賀茂 忠行　かもの・ただゆき	166	
鴨ノ内記　かものないき	166	
鴨 直平　かもの・なおひら	167	
萱野 三平　かやの・さんぺい	167	
加山 英良　かやま・えいりょう*	167	
香山 又右衛門　かやま・またえもん*	167	
香山 幹之助　かやま・みきのすけ*	167	
加谷 利助　かや・りすけ	167	
佳代　かよ	167	
加代　かよ	167	
香代　かよ	167	
唐草　からくさ	167	
烏の与作　からすのよさく	168	
烏婆　からすばば	168	
烏山 烏石　からすやま・うせき	168	
ガラッハ　がらっぱち	168	
狩麻呂　かりまろ	168	
かる	168	
軽の大臣　かるのおとど	168	
川合 勘解由左衛門　かわい・かげゆざえもん	168	
河合 甚左衛門　かわい・じんざえもん	168	
河合 半左衛門　かわい・はんざえもん	168	
河合 半左衛門　かわい・はんざえもん	169	
河合 又五郎　かわい・またごろう	169	
河上 彦斎　かわかみ・げんさい	169
川上 彦斎　かわかみ・げんさい	169
河上 彦斎(高田 源兵衛)　かわかみ・げんさい(たかだ・げんべえ)	169
川上 三右衛門　かわかみ・さんえもん	169
河上娘　かわかみのいらつめ	169
川越の旦那　かわごえのだんな	169
川越屋夫婦　かわごえやふうふ	170
川崎 刑部　かわさき・ぎょうぶ	170
川崎 小秀　かわさき・こひで	170
川路 利良　かわじ・としよし	170
川島　かわしま	170
河島 昇　かわしま・のぼる	170
河尻 秀隆　かわじり・ひでたか	170
蛙の伝左　かわずのでんざ	170
川田 平内　かわだ・へいない	170
河内屋藤助　かわちやとうすけ	171
川原 慶賀　かわはら・けいが	171
河原 佐久之進　かわはら・さくのしん	171
川村 菊馬　かわむら・きくま	171
川村 三助　かわむら・さんすけ	171
河村 瑞賢(十右衛門)　かわむら・ずいけん(じゅうえもん)	171
川村 純義　かわむら・すみよし	171
川本 喜兵衛　かわもと・きへえ	171
寒烏の黒兵衛　かんがらすのくろべえ	171
岸涯小僧　がんぎこぞう	171
貫高　かんこう	171
勘左衛門　かんざえもん	172
神崎 幸四郎　かんざき・こうしろう	172
神崎 甚五郎　かんざき・じんごろう	172
勘作　かんさく	172
勘次　かんじ	172
勘七　かんしち	172
かん生　かんしょう	172
干将　かんしょう	172
勘次郎　かんじろう	172
勧進かなめ　かんじんかなめ	172
勘助　かんすけ	172
観世 金三郎　かんぜ・きんざぶろう	173
神田 権太夫　かんだ・ごんだゆう	173

神南 佐太郎	かんなみ・さたろう	173
神林 麻太郎	かんばやし・あさたろう	173
神林 千春	かんばやし・ちはる*	173
神林 東吾	かんばやし・とうご*	173
神林 東吾	かんばやし・とうご*	174
神林 通之進	かんばやし・みちのしん*	174
蒲原 求女(深井 染之丞)	かんばら・もとめ(ふかい・そめのじょう)	174
甘父	かんぷ	174
勘兵衛(疾風の勘兵衛)	かんべえ(はやてのかんべえ)	174
神部 数馬	かんべ・かずま	174
巌流	がんりゅう	174
甘露寺 大造	かんろじ・だいぞう	174

【き】

偽庵	ぎあん	174
城井谷安芸守 友房	きいだにあきのかみ・ともふさ	174
義一	ぎいち	174
鬼一法眼	きいちほうげん	175
喜右衛門	きえもん	175
樹緒	きお	175
桔梗	ききょう	175
桔梗屋平七	ききょうやへいしち	175
きく		175
菊	きく	175
菊(駒菊)	きく(こまぎく)	175
菊次	きくじ	175
菊女	きくじょ	176
菊池 小太郎	きくち・こたろう	176
菊姫	きくひめ	176
菊丸	きくまる	176
菊弥	きくや	176
菊弥	きくや	176
菊龍	きくりゅう	176
喜佐	きさ	176
喜左衛門	きざえもん	176
喜作	きさく	176
喜三郎	きさぶろう	176
喜志夫	きしふ	176
木嶋 元介	きじま・もとすけ	176
木十(林森)	きじゅう(りんしん)	177
喜十郎	きじゅうろう	177
鬼神のお辰	きしんのおたつ	177
喜助	きすけ	177
義助	ぎすけ	177
喜助(小日向の喜助)	きすけ(こひなたのきすけ)	177
義助	ぎすけ*	177
キセ		177
喜勢(喜知次)	きせ(きちじ)	177
義仙	ぎせん	178
徽宗	きそう	178
喜蔵	きぞう	178
喜曽次	きそじ	178
木曽屋徳次郎	きそやとくじろう	178
木曽義仲	きそよしなか	178
木曽義仲	きそよしなか	178
喜多	きた	178
北岡 留伊	きたおか・るい	178
北川 俊庵	きたがわ・しゅんあん	178
喜多 勘一郎	きた・かんいちろう	179
喜田 十太夫	きだ・じゅうだいゆう	179
起多 正一	きた・しょういち	179
起田 正一	きだ・しょういち*	179
北田 源兵衛	きただ・げんべえ	179
北ノ方	きたのかた	179
北政所	きたのまんどころ	179
北畠 具教	きたばたけ・とものり	179
北原 掃部助	きたはら・かもんのすけ	179
北原 彦右衛門	きたはら・ひこえもん	179
貴田 孫兵衛	きだ・まごべえ*	179
北町 千鶴	きたまち・ちず	179
北政所	きたまんどころ	180
喜多村 茶山	きたむら・さざん*	180
喜太郎	きたろう*	180
吉右衛門	きちえもん	180
吉五郎	きちごろう	180
吉五郎(聖天の吉五郎)	きちごろう*(しょうてんのきちごろう)	180

吉三郎　きちさぶろう	180	
喜知次　きちじ	180	
吉次　きちじ	180	
吉次（金売り吉次）　きちじ（かねうりきちじ）	180	
吉十郎　きちじゅうろう*	181	
吉次郎　きちじろう	181	
吉次郎（鼠小僧）　きちじろう（ねずみこぞう）	181	
吉蔵　きちぞう*	181	
吉太郎　きちたろう	181	
吉兵衛　きちべえ	181	
吉兵衛（鉄砲の吉兵衛）　きちべえ（てっぽうのきちべえ）	181	
吉兵衛（都田の吉兵衛）　きちべえ（みやこだのきちべえ）	181	
吉弥　きちや	181	
喜蝶　きちょう	182	
帰蝶　きちょう	182	
吉川 広家　きっかわ・ひろいえ	182	
吉川 元春　きっかわ・もとはる	182	
木戸 孝允　きど・こういん	182	
木戸 孝允　きど・たかよし	182	
きぬ	182	
きぬ	183	
絹　きぬ	183	
きぬえ	183	
衣笠 卯之助　きぬがさ・うのすけ	183	
絹川 弥三右衛門　きぬかわ・やざえもん	183	
杵右衛門　きねえもん	183	
杵山 銀之丞　きねやま・ぎんのじょう	184	
キノ	184	
紀の国屋角太郎（角太郎）　きのくにやかくたろう（かくたろう）	184	
紀伊国屋文左衛門　きのくにやぶんざえもん	184	
紀伊国屋文左衛門（紀文）　きのくにやぶんざえもん（きぶん）	184	
木下 勝俊　きのした・かつとし	184	
木下 藤吉郎（豊臣 秀吉）　きのした・とうきちろう（とよとみ・ひでよし）	184	
木下 藤吉郎（羽柴 秀吉）　きのした・とうきちろう（はしば・ひでよし）	185	
儀之助　ぎのすけ	185	
紀 道足　きの・みちたり	185	
木庭 貞政　きば・さだまさ	185	
喜八　きはち	185	
喜八郎　きはちろう	185	
紀文　きぶん	185	
喜平次　きへいじ	185	
喜平次（上杉 景勝）　きへいじ（うえすぎ・かげかつ）	185	
喜平太（むささび喜平太）　きへいた（むささびきへいた）	185	
喜兵衛　きへえ	185	
喜兵衛（影の喜兵衛）　きへえ（かげのきへえ）	186	
君香　きみか	186	
君松（幾松）　きみまつ（いくまつ）	186	
奇妙丸（織田 信忠）　きみょうまる（おだ・のぶただ）	186	
金 誠一　きむ・そんいる	186	
木村 喜左衛門　きむら・きざえもん	186	
木村 小太郎　きむら・こたろう	186	
木村 大八　きむら・だいはち	186	
木村 継次　きむら・つぐじ	186	
木村長門守 重成　きむらながとのかみ・しげなり	186	
木村常陸介　きむらひたちのすけ	186	
木村 武兵衛　きむら・ぶへえ	186	
金 礼蒙　きむ・れもん	186	
肝付 庄左衛門　きもつき・しょうざえもん	187	
牛根 兵六　きもつき・へいろく	187	
久一郎　きゅういちろう	187	
久右衛門　きゅうえもん	187	
久作　きゅうさく	187	
久治　きゅうじ	187	
久七（佐沼の久七）　きゅうしち（さぬまのきゅうしち）	187	
久次郎　きゅうじろう	187	
久助　きゅうすけ	187	
牛助　ぎゅうすけ	187	
久蔵　きゅうぞう	187	
九造（吉行 九造）　きゅうぞう*（よしゆき・きゅうぞう*）	188	

牛塔牛助（牛助）　ぎゅうとうぎゅうすけ（ぎゅうすけ）	188
久兵衛　きゅうべえ	188
休兵衛　きゅうべえ	188
九兵衛　きゅうべえ	188
魏 有裕　ぎ・ゆうゆう	188
虚庵　きょあん	188
京吉　きょうきち	188
京極佐渡守　きょうごくさどのかみ	188
京極 高次　きょうごく・たかつぐ	189
京極 竜子　きょうごく・たつこ	189
京極丹後守 高広　きょうごくたんごのかみ・たかひろ	189
京極の御息所（御息所）　きょうごくのみやすどころ（みやすどころ）	189
杏四　きょうし	189
行潤　ぎょうじゅん	189
喬生　きょうせい	189
行尊（文明寺行尊）　ぎょうそん（ぶんめいじぎょうそん）	189
京太郎　きょうたろう	189
鏡太郎　きょうたろう	189
刑部　ぎょうぶ	190
教来石 兵助　きょうらいし・ひょうのすけ	190
清河 八郎　きよかわ・はちろう	190
玉栄　ぎょくえい	190
玉女　ぎょくじょ	190
玉笙　ぎょくしょう	190
曲亭馬琴（滝沢 馬琴）　きょくていばきん（たきざわ・ばきん）	190
清子　きよこ	190
許 宣　きょ・せん	191
清原 秋忠　きよはら・あきただ	191
清原 秋広　きよはら・あきひろ	191
清原 彦右衛門　きよはら・ひこえもん	191
清秀　きよひで	191
清姫　きよひめ	191
喜与夫　きよふ	191
清松 弥十郎　きよまつ・やじゅうろう	191
許陽　きょよう	191
鬼雷神越右衛門　きらいじんこしえもん*	192
吉良上野介　きらこうずけのすけ	192
吉良上野介 義央　きらこうずけのすけ・よしなか	192
吉良 左兵衛義周　きら・さひょうえよしちか	192
吉良左兵衛 義周　きらさひょうえ・よしちか	193
切岡 孝太郎　きりおか・こうたろう	193
霧隠（織田 獣鬼）　きりがくれ（おだ・じゅうき）	193
霧隠才蔵　きりがくれさいぞう	193
霧隠才蔵（才蔵）　きりがくれさいぞう（さいぞう）	193
桐塚 兵吾　きりずか・ひょうご	193
桐野 利秋　きりの・としあき	193
桐野 利秋（中村 半次郎）　きりの・としあき（なかむら・はんじろう）	193
霧姫　きりひめ	193
桐山 辰之助　きりやま・たつのすけ	194
桐若　きりわか	194
喜六　きろく	194
きわ	194
キン	194
銀　ぎん	194
銀（猩々の銀）　ぎん（しょうじょうのぎん）	194
金 慶元　きん・けいげん	194
金三郎　きんざぶろう	194
銀鮫 鱒次郎　ぎんざめ・ますじろう	194
金さん　きんさん	194
金さん　きんさん	195
金次　きんじ	195
銀次　ぎんじ	195
銀次（いろはの銀次）　ぎんじ（いろはのぎんじ）	195
銀次（竜舞の銀次）　ぎんじ（りゅうまいのぎんじ）	195
錦瑟　きんしつ	195
金次郎　きんじろう	195
銀次郎　ぎんじろう	195
銀次郎　ぎんじろう	196
金助　きんすけ	196
欽宗　きんそう	196
金蔵　きんぞう	196
錦太夫　きんだゆう	196

金 忠善（太田 孫二郎）　きん・ちゅうぜん（おおた・まごじろう）	196	
闇千代　ぎんちよ	196	
金 通精　きん・つうせい	196	
金八　きんぱち	197	
金八（遠山 金四郎）　きんぱち（とおやま・きんしろう）	197	
金八（遠山左衛門尉）　きんぱち（とおやまさえもんのじょう）	197	
金原 忠蔵　きんばら・ちゅうぞう*	197	
金峯小角　きんぷおずぬ	197	
金平　きんぺい	197	
銀平　ぎんぺい	197	
金兵衛　きんべえ	197	
金兵衛　きんべえ	198	
金星　きんぼし*	198	
金蓮　きんれん	198	

【く】

光海君　くあんへぐん	198	
空庵先生　くうあんせんせい	198	
くおん	198	
陸田 精兵衛　くがた・せいべえ	198	
釘抜藤吉　くぎぬきとうきち	198	
九鬼 守隆　くき・もりたか	199	
九鬼 嘉隆　くき・よしたか	199	
日下部連 駒　くさかべのむらじ・こま	199	
日下 隆之進　くさか・りゅうのしん	199	
草乃　くさの	199	
草深 甚四郎　くさぶか・じんしろう	199	
櫛木 石見　くしき・いわみ	199	
九条 稙通　くじょう・たねみち	199	
楠 小十郎　くすのき・こじゅうろう	199	
楠 小次郎（桂 小五郎）　くすのき・こじろう（かつら・こごろう）	199	
楠見 主膳　くすみ・しゅぜん	199	
屑屋　くずや	199	
久世 藤吾　くぜ・とうご	200	
久世 半五郎　くぜ・はんごろう	200	
久世 広之　くぜ・ひろゆき	200	
口蔵　ぐちぞう	200	
蛇の平十郎　くちなわのへいじゅうろう	200	
朽木 弥五郎　くつき・やごろう	200	
屈原（平）　くつ・げん（へい）	200	
工藤 祐経　くどう・すけつね	200	
九度兵衛（生首の九度兵衛）　くどべえ（なまくびのくどべえ）	200	
宮内の娘　くないのむすめ	200	
国市　くにいち	200	
国定忠治（忠治）　くにさだちゅうじ（ちゅうじ）	201	
国戸 団左衛門　くにと・だんざえもん	201	
邦之助　くにのすけ	201	
邦原 勘次郎　くにはら・かんじろう	201	
国松　くにまつ	201	
国麻呂　くにまろ	201	
國盛　くにもり	201	
久能 昌介（浜田屋治兵衛）　くのう・しょうすけ（はまだやじへい）	201	
九戸 政実　くのへ・まさざね	201	
久保田 宗八郎　くぼた・そうはちろう	201	
久保田 正矩　くぼた・まさのり	201	
久保田 龍三郎　くぼた・りゅうざぶろう	202	
熊井 十次郎　くまい・じゅうじろう	202	
熊王　くまおう	202	
熊倉 伝十郎　くまくら・でんじゅうろう	202	
熊倉 伝之丞　くまくら・でんのじょう	202	
熊造　くまぞう	202	
熊田 恰　くまだ・あだか	202	
熊野屋吉右衛門（吉右衛門）　くまのやきちえもん（きちえもん）	202	
久美　くみ	202	
くめ	202	
久米 孝太郎　くめ・こうたろう	202	
久米 盛次郎　くめ・せいじろう*	202	
粂八　くめはち	203	
粂村（おくめ）　くめむら（おくめ）	203	
雲切仁左衛門　くもきりにざえもん	203	
雲地 団右衛門　くもじ・だんえもん	203	
倉坂 左門　くらさか・さもん	203	
倉西 幸三　くらにし・こうぞう	203	
倉八 十太夫　くらはち・じゅうだゆう	203	
蔵秀　くらひで*	203	

栗助　くりすけ	203	黒田 如水　くろだ・じょすい	206
栗田 久左衛門　くりた・きゅうざえもん	203	黒田 如水孝高　くろだ・じょすいよしたか	206
栗田 伝兵衛　くりた・でんべえ	203	黒田 長徳　くろだ・ながのり	207
栗原 右三郎　くりはら・うさぶろう	203	黒田 長溥　くろだ・ながひろ	207
栗原 右門　くりはら・うもん	204	黒田 長政　くろだ・ながまさ	207
栗本 瀬兵衛(鋤雲)　くりもと・せべえ*(じょうん)	204	クロード・ウイエ	207
栗山 善助　くりやま・ぜんすけ	204	クロネ	207
栗山 善助(栗山 備後)　くりやま・ぜんすけ(くりやま・びんご)	204	黒姫　くろひめ	207
栗山 大膳　くりやま・だいぜん	204	黒藤 源太夫　くろふじ・げんだゆう	207
栗山 備後　くりやま・びんご	204	黒兵衛　くろべえ	207
来栖 源四郎　くるす・げんしろう	204	黒兵衛(寒鳥の黒兵衛)　くろべえ(かんがらすのくろべえ)	207
車丹波守　くるまたんばのかみ	204	黒部 賛之助　くろべ・さんのすけ*	207
クロ	204	黒部 又右衛門　くろべ・またえもん	207
黒板 猪七郎　くろいた・いしちろう*	204	くろものの猪由　くろもののいゆい	208
黒江 剛太郎　くろえ・ごうたろう	204	グロリア	208
黒江 孫右衛門　くろえ・まごえもん	205	桑形 与四郎(槍の与四郎)　くわがた・よしろう(やりのよしろう)	208
黒川 健吉　くろかわ・けんきち	205	桑名 紀八郎　くわな・きはちろう	208
黒川 源太主　くろかわ・げんたぬし	205	桑名 休務　くわな・きゅうむ*	208
九郎三　くろざ	205	桑名 古庵　くわな・こあん	208
黒沢 勝義　くろさわ・かつよし	205	桑名 水也　くわな・みずや*	208
黒沢 岩十郎　くろさわ・がんじゅうろう*	205	桑名屋 徳兵衛　くわなやとくべえ	208
黒沢 五郎　くろさわ・ごろう	205	桑畑 権兵衛　くわはた・ごんべえ*	208
黒沢 陣九郎　くろさわ・じんくろう	205	桑山 十兵衛　くわやま・じゅうべえ	208
九郎蔵　くろぞう	205	軍蔵　ぐんぞう	208
黒田甲斐守 政冬　くろだかいのかみ・まさふゆ	205		

【け】

桂庵　けいあん	209
桂英　けいえい	209
敬公　けいこう	209
佳子　けいし	209
恵順　けいじゅん	209
啓次郎　けいじろう	209
Kのおじさん　けいのおじさん	209
慶芳　けいほう*	209
袈裟八　けさはち	209
月雲斎(神沢出羽守)　げつうんさい(かみさわでわのかみ*)	209
月海(彌三郎)　げっかい(やさぶろう)	210

黒田勘解由(黒田 官兵衛孝高)　くろだかげゆ(くろだ・かんべえよしたか)　205
黒田勘解由 孝高(黒田 官兵衛)　くろだかげゆ・よしたか(くろだ・かんべえ)　205
黒田 官兵衛　くろだ・かんべえ　206
黒田 官兵衛(如水)　くろだ・かんべえ(じょすい)　206
黒田 官兵衛孝高　くろだ・かんべえよしたか　206
黒田 官兵衛孝高(黒田 如水)　くろだ・かんべえよしたか(くろだ・じょすい)　206
黒田 三右衛門　くろだ・さんえもん　206
黒田 主膳　くろだ・しゅぜん　206

月光院	げっこういん	210
月光院(左京の方)	げっこういん(さきょうのかた)	210
月山大君夫人	げっさんたいくん*	210
欅 一十郎	けやき・いちじゅうろう	210
欅 三十郎	けやき・さんじゅうろう	210
玄庵	げんあん	210
幻庵(北条 長綱)	げんあん(ほうじょう・ながつな)	210
源右衛門	げんえもん	210
健吉	けんきち	210
検校(夜もすがら検校)	けんぎょう(よもすがらけんぎょう)	210
源五郎	げんごろう	211
源左衛門	げんざえもん	211
乾山	けんざん	211
源次	げんじ	211
源次(むささびの源次)	げんじ(むさ さびのげんじ)	211
源七	げんしち	211
元章	げんしょう	211
見性院	けんしょういん	212
源次郎	げんじろう	212
源助	げんすけ	212
阮籍	げんせ	212
源蔵	げんぞう	212
源造	げんぞう	212
源蔵(海坊主の親方)	げんぞう(うみぼうずのおやかた)	212
玄蔵(下針)	げんぞう(さげばり)	213
源太	げんた	213
源太(音なし源)	げんた(おとなしげん)	213
源田 格次郎	げんだ・かくじろう	213
源太夫	げんだゆう	213
源太郎	げんたろう	213
玄兎	げんと	213
玄道	げんどう	213
源内	げんない	213
源ノ大夫	げんのだゆう*	213
源八	げんぱち	214
源兵衛	げんべえ	214
憲法	けんぽう	214
玄浴主	げんよくす	214
建礼門院	けんれいもんいん	214

【こ】

小荒井 新十郎	こあらい・しんじゅうろう	214
小池 大炊助	こいけ・おおいのすけ	214
小池 文次郎	こいけ・ぶんじろう	214
ごい鷺の弥七	ごいさぎのやしち	214
小泉 喜助	こいずみ・きすけ	215
小泉 三申	こいずみ・さんしん	215
小泉 弥兵衛	こいずみ・やへえ	215
小出 重興	こいで・しげおき	215
小糸	こいと	215
小井戸の手長	こいどのてなが	215
小稲	こいね	215
小稲(宮村 稲子)	こいね(みやむら・いねこ)	215
豪	ごう	215
洪庵	こうあん	216
項羽	こう・う	216
光雲	こううん	216
康王	こうおう	216
降穏	こうおん	216
甲賀 伊織	こうが・いおり	216
孝吉	こうきち	216
幸吉	こうきち	216
康熙帝	こうきてい	216
孔圉	こうぎょ	216
康慶	こうけい	216
孝謙上皇(女帝)	こうけんじょうこう(じょてい)	216
孝謙天皇	こうけんてんのう	216
勾坂甚内	こうさかじんない	217
高坂弾正 昌信	こうさかだんじょう・まさのぶ	217
高坂 昌宜	こうさか・まさのぶ*	217
幸作	こうさく	217
光三郎	こうざぶろう	217
幸三郎	こうざぶろう	217
衡山居士	こうざんこじ	217
侯じいさん	こうじいさん	217
高 爾旦	こう・じたん	217

香月 源四郎	こうずき・げんしろう	217
幸助	こうすけ	217
上泉伊勢守	こうずみいせのかみ	218
上泉伊勢守 秀綱	こうずみいせのかみ・ひでつな*	218
勾践	こうせん	218
句践（勾践）	こうせん（こうせん）	218
項 荘	こう・そう	218
光造	こうぞう	218
高孫	こうそん	218
公孫卿	こうそんけい	218
幸太	こうた	218
孝太郎	こうたろう	218
庚太郎	こうたろう	218
河内山 宗俊	こうちやま・そうしゅん	219
黄蝶	こうちょう	219
弘忍	こうにん	219
鴻池 善右衛門	こうのいけ・ぜんえもん	219
河野 通直入道	こうの・みちなおにゅうどう	219
高 師直	こうの・もろなお	219
高 師泰	こうの・もろやす	219
甲ノ六	こうのろく	220
項 伯	こう・はく	220
幸八	こうはち	220
香妃	こうひ	220
豪姫	ごうひめ	220
光武帝	こうぶてい	220
孝平	こうへい	220
幸兵衛（上州屋幸兵衛）	こうべえ*（じょうしゅうやこうべえ*）	220
弘法大師	こうぼうだいし	220
光明皇后（安宿）	こうみょうこうごう（あすか）	220
小梅	こうめ	220
孝明天皇	こうめいてんのう	220
蝙蝠安	こうもりやす	221
香冶 完四郎	こうや・かんしろう	221
高 乙那	こ・うるな	221
紅蓮	こうれん	221
香六	こうろく*	221
小えん	こえん	221
桑折 小十郎	こおり・こじゅうろう	221
郡屋 土欽	こおりや・どきん	221
小垣 兵馬	こがき・ひょうま	221
木枯しきぬ	こがらしきぬ	221
こがらしの丈太	こがらしのじょうた	221
木枯し紋次郎	こがらしもんじろう	222
小菊	こぎく	222
小吉	こきち	222
ゴーギャン		222
小倉 仙十郎	こくら・せんじゅうろう	222
木暮 徳馬	こぐれ・とくま	222
小源太	こげんた	222
ご後室様（紅蓮）	ごこうしつさま（こうれん）	222
九重	ここのえ*	222
虚斎	こさい	222
小さん	こさん	223
古志	こし	223
ゴシケヴィチ		223
小侍従	こじじゅう	223
呉 子胥	ご・ししょ	223
小柴 小五郎	こしば・こごろう	223
小柴 六三郎	こしば・ろくさぶろう	223
小島 万兵衛	こじま・まんべえ*	223
呉 順官（ぬらりの順官）	ご・じゅんかん（ぬらりのじゅんかん）	223
五条の姫君	ごじょうのひめぎみ	223
小次郎	こじろう	223
小新	こしん	224
壺遂	こすい	224
梢	こずえ	224
小机 源八郎	こずくえ・げんぱちろう	224
五介	ごすけ	224
小菅 邦之助	こすげ・くにのすけ	224
五助ヴィチ（ゴシケヴィチ）	ごすけびち（ごしけびち）	224
小鶴姫	こずるひめ*	224
御前	ごぜん	225
小袖	こそで	225
小園	こぞの	225
五太	ごた*	225
五代目	ごだいめ	225
小館 守之助	こたち・もりのすけ	225

名前	読み	頁
小谷 佐伝次	こたに・さでんじ	225
谺の伝十郎	こだまのでんじゅうろう	225
小太郎	こたろう	225
小蝶	こちょう	225
胡蝶尼	こちょうに	225
コックス		226
小鼓	こつづみ	226
小蔦	こつた	226
小壺	こつぼ	226
小露	こつゆ	226
小手鞠	こでまり	226
小寺 官兵衛孝高（黒田 官兵衛）	こでら・かんべえよしたか（くろだ・かんべえ）	226
小寺 政職	こでら・まさもと	226
小てる	こてる*	226
高 得宗	こ・どうくちょん	226
後藤 小十郎	ごとう・こじゅうろう	226
後藤 象二郎	ごとう・しょうじろう	227
後藤但馬守 賢豊	ごとうたじまのかみ・かたとよ	227
後藤 多門	ごとう・たもん	227
古藤田 主水	ことうだ・もんど	227
後藤 又太夫	ごとう・まただゆう	227
後藤 又兵衛	ごとう・またべえ	227
後藤 茂助	ごとう・もすけ*	227
言栄	ことえ	227
琴乃	ことの	227
粉河 新左衛門	こなかわ・しんざえもん	227
小夏	こなつ	228
小南	こなん	228
小西 精太郎	こにし・せいたろう	228
小早川 隆景	こばやかわ・たかかげ	228
小早川 秀秋	こばやかわ・ひであき	228
小林 一茶（弥太郎）	こばやし・いっさ（やたろう）	228
小林 勘蔵	こばやし・かんぞう	228
小林 正之丞	こばやし・せいのじょう*	228
小林 寛之進	こばやし・ひろのしん	228
小林 平八郎	こばやし・へいはちろう	229
小林 弥市郎	こばやし・やいちろう	229
小林 優之進	こばやし・ゆうのしん	229
小春	こはる	229
小日向の喜助	こひなたのきすけ	229
小藤 左兵衛	こふじ・さへえ	229
小文	こふみ	229
五瓶	ごへい	229
五平	ごへい	229
小平次	こへいじ	229
小平次（仏の小平次）	こへいじ（ほとけのこへいじ）	230
小平太	こへいた	230
五兵衛	ごへえ	230
伍兵衛	ごへえ	230
小法師（羽黒の小法師）	こぼうし（はぐろのこぼうし）	230
五本木の伊三郎	ごほんぎのいさぶろう	230
駒井 鉄之丞	こまい・てつのじょう	230
駒王	こまおう	230
駒菊	こまぎく	230
小牧 治部左衛門	こまき・じぶざえもん	230
小俣 市兵衛	こまた・いちべえ	230
小松	こまつ	231
小松 一学	こまつ・いちがく	231
小松崎 多聞	こまつざき・たもん	231
小松 典膳	こまつ・てんぜん	231
小松の方	こまつのかた	231
小松屋佐七（佐七）	こまつやさしち（さしち）	231
小南 五郎右衛門	こみなみ・ごろうえもん*	231
こむろ		231
小室 鉄之助	こむろ・てつのすけ	231
小森 八郎	こもり・はちろう	231
小弥太	こやた	232
小ゆき	こゆき	232
小雪	こゆき	232
小雪（雪女）	こゆき（ゆきおんな）	232
小動 門之助	こゆるぎ・もんのすけ	232
小よね	こよね	232
吾来警部	ごらいけいぶ	232
顧 侶松	こ・りょしょう	232
維明	これあきら	232

惟任 光秀(明智 光秀) これとう・みつひで(あけち・みつひで)	232
五郎 ごろう	232
五郎左 ごろうざ	233
五郎左衛門 ごろうざえもん*	233
五郎次 ごろうじ*	233
小六(大月の小六) ころく(おおつきのころく)	233
五郎助七三郎 ごろすけしちさぶろう	233
五郎八 ごろはち	233
ゴロヴニン	233
こん	233
ゴン	233
権 ごん	233
ゴン(作二) ごん(さくじ)	233
権左 ごんざ	233
権左衛門 ごんざえもん	234
権三郎 ごんざぶろう	234
権次 ごんじ	234
権次(野ざらし権次) ごんじ(のざらしごんじ)	234
権三 ごんぞう	234
権太 ごんた	234
権大納言忠長卿 ごんだいなごんただながきょう	234
権太郎 ごんたろう*	234
近藤 勇 こんどう・いさみ	234
近藤 勇 こんどう・いさみ	235
近藤 勇 こんどう・いさみ	236
近藤 勇(島崎 勇) こんどう・いさみ(しまざき・いさみ)	236
近藤 勇(宮川 勝五郎) こんどう・いさみ(みやがわ・かつごろう)	236
近藤 右門(むっつり右門) こんどう・うもん(むっつりうもん)	236
近藤 勘四郎 こんどう・かんしろう	236
近藤 左門 こんどう・さもん	236
近藤 周助(島崎 周平) こんどう・しゅうすけ(しまざき・しゅうへい)	236
近藤 重蔵 こんどう・じゅうぞう	236
近藤 重蔵守重 こんどう・じゅうぞうもりしげ	237
近藤 主馬介 こんどう・しゅめのすけ*	237
近藤 智忠 こんどう・ともただ	237
近藤 方昌 こんどう・のぶあき	237
近藤 勇五郎 こんどう・ゆうごろう	237
権八 ごんぱち	237
権兵衛 ごんべえ	237
権兵衛(直助権兵衛) ごんべえ(なおすけごんべえ)	237

【さ】

佐井木 重三郎 さいき・じゅうざぶろう*	237
斉木 兵庫 さいき・ひょうご	237
西京屋留蔵(留蔵) さいきょうやとめぞう(とめぞう)	237
西郷 隆盛 さいごう・たかもり	238
西郷 従道(真吾) さいごう・つぐみち(しんご)	238
崔芝賢 さい・しけん	238
税所 篤 さいしょ・あつし	238
西條 武右衛門 さいじょう・ぶえもん*	238
才次郎 さいじろう	238
崔信 さい・しん	238
財前 卯之吉 ざいぜん・うのきち	238
サイゾー(片桐 歳三) さいぞー(かたぎり・さいぞう)	238
才蔵 さいぞう	238
才谷 梅太郎 さいたに・うめたろう	238
佐一郎 さいちろう	239
斎藤 逸当 さいとう・いっとう	239
斎藤 勘解由 さいとう・かげゆ	239
斎藤 歓之助 さいとう・かんのすけ	239
斎藤 宮内 さいとう・くない	239
斎藤 十左衛門 さいとう・じゅうざえもん	239
斎藤 主馬之助 さいとう・しゅめのすけ	239
斎藤 主馬之助(伝鬼房) さいとう・しゅめのすけ(でんきぼう)	239
斎藤 新太郎 さいとう・しんたろう	239
斎藤 龍興 さいとう・たつおき	239
斎藤 伝鬼房(金平) さいとう・でんきぼう(きんぺい)	239

斎藤 伝鬼坊(斎藤 主馬之助)　さい 240
とう・でんぼう(さいとう・しゅめのす
け)
斎藤 道三(松浪 庄九郎)　さいとう・ 240
どうさん(まつなみ・しょうくろう)
斎藤 道三(松波 庄五郎)　さいとう・ 240
どうさん(まつなみ・しょうごろう)
斎藤 利光　さいとう・としみつ 240
斎藤 一　さいとう・はじめ 240
斎藤 一(山口 五郎)　さいとう・はじ 240
め(やまぐち・ごろう)
斎藤 妙椿　さいとう・みょうちん 240
斎藤 弥九郎　さいとう・やくろう 240
斎藤 義竜　さいとう・よしたつ 241
斎藤 義龍　さいとう・よしたつ 241
才兵衛　さいべえ* 241
左右田 勘兵衛　さうだ・かんべえ 241
サエ 241
佐伯 真束　さえきの・まつか 241
佐伯連 金手　さえきのむらじ・かなて 241
三枝 喬之介　さえぐさ・きょうのすけ* 241
三枝 源次郎　さえぐさ・げんじろう 241
三枝 源次郎　さえぐさ・げんじろう* 241
三枝 十兵衛　さえぐさ・じゅうべえ 242
三枝殿　さえぐさどの 242
早乙女 主水之介　さおとめ・もんど 242
のすけ
酒井雅楽頭 忠清　さかいうたのか 242
み・ただきよ
酒井雅楽頭 忠恭　さかいうたのか 242
み・ただやす
酒井 忠次　さかい・ただつぐ 242
坂上 主膳　さかがみ・しゅぜん 242
榊 天鬼　さかき・てんき 242
榊原 健吉　さかきばら・けんきち 242
榊原 健吉　さかきばら・けんきち 243
榊原 鍵吉　さかきばら・けんきち 243
榊原 政岑　さかきばら・まさみね 243
坂崎 伊豆守　さかざきいずのかみ 243
坂崎 勘解由　さかざき・かげゆ 243
坂崎 五郎兵衛　さかざき・ごろべえ 243
坂崎 恒三郎　さかざき・つねさぶろう 243
坂崎出羽守 成政　さかざきでわのか 243
み・なりまさ

坂崎出羽守 成正　さかざきでわのか 243
み・なりまさ
坂部 伊織　さかべ・いおり 243
坂部 一郎兵衛(矢太郎)　さかべ・い 243
ちろべえ(やたろう)
酒巻 源左衛門　さかまき・げんざえ 243
もん
坂巻 鶴之助(鶴)　さかまき・つるの 244
すけ(つる)
相模屋伊助(伊助)　さがみやいすけ 244
(いすけ)
坂村 甚内　さかむら・じんない 244
坂本 鉉之助　さかもと・げんのすけ 244
坂本 孫左衛門　さかもと・まござえも 244
ん
坂本 養川　さかもと・ようせん 244
坂本 竜馬　さかもと・りょうま 244
坂本 龍馬　さかもと・りょうま 244
坂本 龍馬　さかもと・りょうま 245
坂本 竜馬(才谷 梅太郎)　さかもと・ 245
りょうま(さいたに・うめたろう)
相良 庄兵衛　さがら・しょうべえ 245
相良 隼人之助　さがら・はやとのす 245
け
さき 245
佐吉　さきち 246
作吉　さきち 246
佐吉(石田 三成)　さきち(いしだ・み 246
つなり)
左京の方　さきょうのかた 246
狭霧　さぎり 246
さく 246
佐久　さく 246
作吾　さくご 246
作二　さくじ 246
作十　さくじゅう 247
佐久造　さくぞう 247
作兵衛　さくべえ 247
佐久間 恪二郎　さくま・かくじろう 247
佐久間 寛斎　さくま・かんさい 247
佐久間 象山　さくま・しょうざん 247
佐久間 象山　さくま・ぞうざん 247
咲丸　さくまる* 247

桜井大隅守 吉勝　さくらいおおすみのかみ・よしかつ	247	笹原 文蔵　ささはら・ぶんぞう	251
桜井 霞之助　さくらい・かすみのすけ	248	笹原 与五郎　ささはら・よごろう	251
桜井 五郎助　さくらい・ごろすけ	248	篠村 主馬　ささむら・しゅめ*	251
桜井 左吉　さくらい・さきち	248	佐七　さしち	251
桜井 捨蔵　さくらい・すてぞう	248	佐嶋 忠介　さじま・ちゅうすけ	251
桜井 半兵衛　さくらい・はんべえ	248	佐十郎　さじゅうろう	252
桜井 与惣兵衛　さくらい・よそべえ*	248	佐助　さすけ	252
桜木 咲之進　さくらぎ・さきのしん	248	佐世 得十郎　させ・とくじゅうろう	252
佐倉 俊斎　さくら・しゅんさい	248	左太　さた*	252
佐倉 四郎　さくら・しろう	248	定吉　さだきち	252
桜田 郁之助　さくらだ・いくのすけ	248	佐竹 貫之丞　さたけ・かんのじょう	252
桜谷 俊助　さくらだに・しゅんすけ	248	貞七　さだしち	253
佐倉 主水正　さくら・もんどのしょう	248	定七（万七）　さだしち（まんしち）	253
下針　さげばり	249	定次郎　さだじろう	253
佐五平　さごへい	249	定次郎（天馬の定次郎）　さだじろう（てんまのさだじろう）	253
左近　さこん	249	貞近　さだちか	253
左近（お佐枝）　さこん（おさえ）	249	佐太郎　さたろう	253
左近 雅春　さこん・まさはる	249	早竹（竹念坊）　さちく（ちくねんぼう）	253
笹井 新九郎　ささい・しんくろう	249	五月　さつき	253
小江　さざえ	249	佐々 淳次郎　ささ・じゅんじろう	253
佐々木 愛次郎　ささき・あいじろう	249	佐々 成政　ささ・なりまさ	253
佐々木 源吉　ささき・げんきち	249	佐々 祐之進　ささ・ゆうのしん*	253
佐々木 剣之助　ささき・けんのすけ	249	察しのお小夜　さっしのおさよ	254
佐々木 小次郎　ささき・こじろう	249	殺手姫　さでひめ	254
佐々木 小次郎　ささき・こじろう	250	さと	254
佐々木 小次郎（巌流）　ささき・こじろう（がんりゅう）	250	佐登　さと	254
佐々木 新三郎（石井 兵助）　ささき・しんざぶろう（いしい・ひょうすけ）	250	座頭　ざとう	254
笹木 仙十郎　ささき・せんじゅうろう	250	座頭市　ざとういち	254
佐々木 只三郎　ささき・ただざぶろう	250	佐藤 新太郎　さとう・しんたろう	254
佐々木 唯三郎　ささき・ただざぶろう	250	佐藤 忠信　さとう・ただのぶ	254
佐々木 豊彦　ささき・とよひこ	250	里江　さとえ	254
佐々木 盛綱　ささき・もりつな	250	里美　さとみ	255
佐々木 義賢　ささき・よしかた	251	里見 平八郎　さとみ・へいはちろう	255
笹子錦太夫 政明（錦太夫）　ささこきんだゆう・まさあき*（きんだゆう）	251	里見 又之助　さとみ・またのすけ	255
佐々島 俊蔵　ささじま・しゅんぞう*	251	里村 藤之助　さとむら・ふじのすけ	255
笹沼 与左衛門　ささぬま・よざえもん	251	サナ	255
佐々野 平伍　ささの・へいご	251	早苗　さなえ	255
笹原 伊三郎　ささはら・いさぶろう	251	佐梨 幸二郎　さなし・こうじろう	255
		真田伊豆守 信之　さなだいずのかみ・のぶゆき	255
		真田 大助幸安　さなだ・だいすけゆきやす	255

真田 信安　さなだ・のぶやす	256
真田 信幸　さなだ・のぶゆき	256
真田 信之　さなだ・のぶゆき	256
真田 範之助　さなだ・はるのすけ*	256
真田 昌幸　さなだ・まさゆき	256
真田 昌幸　さなだ・まさゆき	257
真田 幸隆　さなだ・ゆきたか	257
真田 幸綱　さなだ・ゆきつな	257
真田 幸村　さなだ・ゆきむら	257
真田 幸村　さなだ・ゆきむら	258
佐沼の久七　さぬまのきゅうしち	258
佐野島 夏子(サナ)　さのしまなつこ(さな)	259
佐野 七五三之助　さの・しめのすけ	259
佐野 甚三衛門　さの・じんざえもん	259
佐野 善佐衛門政言　さの・ぜんざえもんまさこと	259
佐野 政言　さの・まさこと	259
佐原 三郎次　さはら・さぶろうじ	259
佐原 太郎　さはら・たろう*	259
佐分 儀兵衛　さぶ・ぎへえ	259
三郎　さぶろう	259
佐兵衛　さへえ	259
佐兵衛　さへえ	260
寒井 千種(天野 宗一郎)　さむい・ちぐさ*(あまの・そういちろう)	260
サムライ	260
武士　さむらい	260
左門　さもん	260
左文字 小弥太　さもんじ・こやた	260
さよ	260
佐代　さよ	260
沙代　さよ	260
沙与　さよ	260
小夜　さよ	261
小夜衣　さよぎぬ	261
更級姫　さらしなひめ	261
猿飛佐助　さるとびさすけ	261
猿飛佐助(咲丸)　さるとびさすけ(さくまる*)	261
猿飛佐助(佐助)　さるとびさすけ(さすけ)	261
笊ノ目 万兵衛　ざるのめ・まんべえ	262
猿曳(伝次)　さるひき(でんじ)	262
猿丸　さるまる	262
紗流麻呂　さるまろ	262
さわ	262
佐和　さわ	262
沙和　さわ	262
沢井 多津　さわい・たず	262
沢口 久馬　さわぐち・きゅうま	262
沢田 源内　さわだ・げんない	262
沢田 清左衛門　さわだ・せいざえもん	263
沢乃井　さわのい	263
沢橋 さし　さわはし・さわ	263
沢村 助之進　さわむら・すけのしん	263
沢村 田之助(三代目)　さわむら・たのすけ(さんだいめ)	263
佐原 甚右衛門　さわら・じんえもん	263
三右衛門　さんえもん	263
三喜　さんき	263
三吉　さんきち	263
三五右衛門　さんごえもん	263
三斎　さんさい	264
三次　さんじ	264
算治　さんじ	264
三七殿(織田 信孝)　さんしちどの(おだ・のぶたか)	264
三条 実美　さんじょう・さねとみ	264
三条の方　さんじょうのかた	264
三介(猪名田の三介)　さんすけ(いなだのさんすけ)	264
さんぞう	264
三蔵　さんぞう	264
三蔵(幻の三蔵)　さんぞう(まぼろしのさんぞう)	265
三代目　さんだいめ	265
サンチョ・パンサ	265
三の姫宮　さんのひめみや	265
三平　さんぺい	265
山陽　さんよう	265

【し】

ジイク氏　じいくし	265

十三妹(第二夫人) しいさんめい(だいにふじん)	265		自斎 じさい	268
じぇすと・十次郎(十次郎) じぇすとじゅうじろう(じゅうじろう)	265		治作(浄念) じさく(じょうねん)	268
塩市丸の母(北ノ方) しおいちまるのはは(きたのかた)	265		宍戸 元源 ししど・げんげん*	268
塩川 五太夫 しおかわ・ごだゆう	265		四条 隆平 しじょう・たかひら*	268
塩川 正十郎 しおかわ・せいじゅうろう*	266		志津 しず	268
塩川 荘太郎 しおかわ・そうたろう*	266		志津 しず	269
塩川 八右衛門正春 しおかわ・はちえもんまさはる	266		紫都 しず	269
塩津 与兵衛 しおず・よへえ	266		静 しず	269
塩田 正五郎 しおた・しょうごろう*	266		志津(小春) しず(こはる)	269
シオツツ	266		静枝 しずえ	269
塩見 平右衛門 しおみ・へいえもん	266		静 しずか	269
塩女 しおめ	266		静御前 しずかこぜん	269
慈恩(相馬 四郎義元) じおん(そうま・しろうよしもと)	266		静御前 しずかごぜん	269
紫垣 小太郎政信 しがき・こたろうまさのぶ	266		治助 じすけ	269
志賀 庫之助 しが・くらのすけ	266		治助 じすけ	270
志賀 左近 しが・さこん	267		静子 しずこ	270
鹿蔵 しかぞう	267		静田 権之進 しずた・ごんのしん*	270
志賀寺上人(上人) しがでらしょうにん(しょうにん)	267		施世驃(文秉) し・せいひょう(ぶんへい)	270
志賀 平六左衛門 しが・へいろくざえもん	267		施世綸(文賢) し・せいりん(ぶんけん)	270
鹿間 梅次郎 しかま・うめじろう	267		設楽 半兵衛 しだら・はんべえ	270
式亭三馬 しきていさんば	267		七五郎 しちごろう	270
式部少輔正信 しきぶのしょうゆうまさのぶ	267		七助 しちすけ	270
重右衛門 しげえもん	267		七蔵(だら七) しちぞう(だらしち)	270
重三郎(伏鐘重三郎) しげざぶろう(ふせがねしげざぶろう)	267		七之助 しちのすけ	270
重助 しげすけ*	267		七兵衛 しちべえ	271
茂田 一次郎 しげた・いちじろう	267		七兵衛(裏宿七兵衛) しちべえ(うらじゅくしちべえ)	271
繁太夫 しげだゆう	267		子朝 しちょう	271
繁野 しげの	268		七郎 しちろう	271
滋野 上総介 しげの・かずさのすけ	268		七郎兵衛 しちろうべえ	271
重平 しげへい*	268		七郎義晴 しちろうよしはる	271
しげる(おしま)	268		七郎丸 しちろうる	271
慈玄 じげん	268		疾(大叔) しつ(たいしゅく)	271
始皇帝 しこうてい	268		十官 じっかん	271
地獄の辰 じごくのたつ	268		実成院 じっしょういん	271
			十返舎一九 じっぺんしゃいっく	272
			蕗 杏之介 しとみ・きょうのすけ	272
			信濃守勝統 しなののかみかつむね	272
			しの	272
			志乃 しの	272
			志野 しの	272

(34)

篠井 求馬 しのい・もとめ	272	
篠崎 大助 しのざき・だいすけ	272	
篠崎 弥左衛門 しのざき・やざえもん	273	
東雲 丈太郎 しののめ・じょうたろう	273	
篠原 国幹 しのはら・くにもと	273	
篠原 泰之進 しのはら・たいのしん	273	
篠原 義之助 しのはら・よしのすけ*	273	
司馬 遷 しば・せん	273	
柴田 勝家 しばた・かついえ	273	
柴田 外記 しばた・げき	273	
柴田 七九郎康忠 しばた・しちくろうやすただ	273	
柴田 十太夫 しばた・じゅうだゆう	273	
柴田 庄兵衛 しばた・しょうべえ	273	
柴田 平蔵 しばた・へいぞう	273	
次八 じはち	274	
柴山 愛次郎 しばやま・あいじろう	274	
柴山 修理 しばやま・しゅり	274	
芝山別当 主膳 しばやまべっとう・しゅぜん	274	
しび六 しびろく	274	
子婦 しふ	274	
渋川 六蔵 しぶかわ・ろくぞう	274	
渋沢 藤吉 しぶさわ・とうきち	274	
治平（座頭） じへい（ざとう）	274	
次兵衛 じへえ	274	
治兵衛 じへえ	274	
治兵衛 じへえ	275	
志保 しほ	275	
シーボルト	275	
嶋岡 礼蔵 しまおか・れいぞう	275	
島川 しまかわ	275	
島越 角馬 しまごし・かくま	275	
島崎 勇 しまざき・いさみ	275	
島崎 周平 しまざき・しゅうへい	275	
島津薩摩守 しまずさつまのかみ	275	
島津 忠恒（又七郎） しまず・ただつね（またしちろう）	275	
島津 久光 しまず・ひさみつ	275	
島津 義弘 しまず・よしひろ	275	
島津 義弘 しまず・よしひろ	276	

嶋田出雲守 利木 しまだいずものかみ・としき*	276
島田 魁 しまだ・かい	276
島田 倉太郎 しまだ・くらたろう*	276
島田 魁 しまだ・さきがけ	276
島田 作兵衛 しまだ・さくべえ	276
島田 鉄之助 しまだ・てつのすけ	276
島田 虎之助 しまだ・とらのすけ	276
島田 虎之助 しまだ・とらのすけ	277
島村 東次郎 しまむら・とうじろう	277
清水 一学 しみず・いちがく	277
清水 重平 しみず・じゅうへい*	277
清水 新次郎 しみず・しんじろう	277
清水の次郎長 しみずのじろちょう	277
清水の長五郎（次郎長） しみずのちょうごろう（じろちょう）	277
シメオン	277
下川 利之助 しもかわ・りのすけ	277
下田 歌子（平尾 せき） しもだ・うたこ（ひらお・せき）	277
下田 猛雄 しもだ・たけお	278
下毛野 素尚 しもつけぬの・もとなお	278
下斗米 秀之進（相馬 大作） しもとまい・ひでのしん（そうま・だいさく）	278
シャクシャイン	278
寂長 じゃくちょう	278
麝香のおせん じゃこうのおせん	278
ジャック・ドゥ・ラ・フォンテーヌ	278
ジャンヌ・ダルク	278
じゅあん	278
周庵 しゅうあん	278
十右衛門 じゅうえもん	278
重五 じゅうご	279
十左衛門 じゅうざえもん	279
重七 じゅうしち	279
十次郎 じゅうじろう	279
重助 じゅうすけ	279
十蔵 じゅうぞう	279
重蔵 じゅうぞう*	279
重蔵坊 じゅうぞうぼう	279
十兵衛 じゅうべえ	279
重兵衛 じゅうべえ	279
重兵衛 じゅうべえ	280

朱炎	しゅえん	280
朱亥	しゅがい	280
寿桂尼	じゅけいに	280
主人	しゅじん	280
十官	じゅっかん	280
寿之助	じゅのすけ	280
首馬	しゅめ	280
春燕	しゅんえん	280
俊寛	しゅんかん	280
順吉	じゅんきち	280
淳子	じゅんこ	281
順斎	じゅんさい	281
順治帝(愛新覚羅 福臨)	じゅんちてい(あいしんかくら・ふりん)	281
春鳥	しゅんちょう	281
春念	しゅんねん	281
徐 阿繡	じょ・あしゅう	281
徐 市	じょ・いち	281
紹益	じょうえき	281
庄右衛門	しょうえもん	281
浄円	じょうえん	281
浄円院由利	じょうえんいんゆり	281
浄海	じょうかい	281
浄閑	じょうかん	282
正慶	しょうけい	282
浄慶	じょうけい	282
照月	しょうげつ	282
勝光院	しょうこういん	282
浄光院(お静)	じょうこういん(おしず)	282
庄次(真砂の庄次)	しょうじ(まさごのしょうじ)	282
庄司 嘉兵衛	しょうじ・かへえ	282
東海林 小次郎	しょうじ・こじろう	282
庄司 甚右衛門	しょうじ・じんえもん	282
東海林 宗三郎	しょうじ・そうざぶろう	282
庄司ノ甚内	しょうじのじんない	282
東海林 隼人助	しょうじ・はやとのすけ	282
庄司 半兵衛	しょうじ・はんべえ	283
庄司 又左衛門	しょうじ・またざえもん	283
東海林 弥太郎	しょうじ・やたろう	283
上州屋幸兵衛	じょうしゅうやこうべえ*	283
成就坊	じょうじゅぼう	283
徐 宇爕	じょ・うしょう	283
猩々の銀	しょうじょうのぎん	283
庄二郎	しょうじろう	283
庄助	しょうすけ	283
松仙(松江)	しょうせん(まつえ)	283
庄太	しょうた	283
庄太	しょうた	284
正太	しょうた	284
庄田下総守 安利	しょうだしもうさのかみ・やすとし	284
庄太夫	しょうだゆう	284
尚太郎	しょうたろう	284
正太郎	しょうたろう	284
常珍坊	じょうちんぼう	284
聖天の吉五郎	しょうてんのきちごろう	284
正塔	しょうとう	284
聖徳太子	しょうとくたいし	284
上人	しょうにん	285
浄念	じょうねん	285
正之助	しょうのすけ*	285
丈之助	じょうのすけ*	285
丈八	じょうはち	285
荘林 十兵衛	しょうばやし・じゅうべえ	285
荘林 十兵衛	しょうばやし・じゅうべえ*	285
庄林 八治郎	しょうばやし・はちじろう	285
庄平	しょうへい	285
庄兵衛	しょうべえ	285
笑兵衛	しょうべえ	285
笑兵衛	しょうべえ	286
聖武天皇(首皇子)	しょうむてんのう(おびとのおうじ)	286
湘蓮	しょうれん	286
正六	しょうろく	286
鋤雲	じょうん	286
如雲斎	じょうんさい	286
徐 牙之(粉河 新左衛門)	じょ・がし(こなかわ・しんざえもん)	286

蜀山人　しょくさんじん	286
如水　じょすい	286
書生　しょせい	286
女帝　じょてい	286
徐 南川　じょ・なんせん	286
徐 福（徐 市）　じょ・ふく（じょ・いち）	287
ジョルジュ・アルバレス	287
白井 亨　しらい・とおる	287
地雷也の岩　じらいやのいわ	287
白江　しらえ	287
白鳥 十郎　しらとり・じゅうろう	287
白縫姫　しらぬいひめ	287
白女　しらめ	287
子竜　しりゅう	287
子竜　しりょう	287
シルリング	288
四郎　しろう	288
施 琅　し・ろう	288
次郎　じろう	288
四郎右衛門　しろうえもん	288
四郎二郎　しろうじろう	288
四郎時貞　しろうときさだ	288
しろがね屋善兵衛（善兵衛）　しろがねやぜんべい（ぜんべえ）	288
次郎吉（鬼雷神越右衛門）　じろきち（きらいじんこしえもん*）	288
次郎吉（鼠）　じろきち（ねずみ）	288
次郎吉（鼠小僧次郎吉）　じろきち（ねずみこぞうじろきち）	288
次郎左衛門　じろざえもん	288
次郎作　じろさく	289
城 資盛　しろ・すけもり*	289
白妙　しろたえ	289
次郎長　じろちょう	289
次郎長（清水の次郎長）　じろちょう（しみずのじろちょう）	289
城ノ目 田左衛門　しろのめ・たざえもん*	289
次郎兵衛　じろべえ	289
しん（おしん）	289
新一郎　しんいちろう	290
秦 檜　しん・かい	290
新貝 弥七郎　しんかい・やしちろう	290
信吉　しんきち	290
新吉　しんきち	290
新吉　しんきち	291
神宮 迅一郎　じんぐう・じんいちろう	291
信玄　しんげん	291
新五　しんご	291
真吾　しんご	291
神後 伊豆（伊阿弥）　じんご・いず（いあみ）	291
神後伊豆守 宗治　じんごいずのかみ・むねはる	291
人皇王　じんこうおう	291
新五郎　しんごろう	291
甚五郎　じんごろう	291
新五郎（浜の嵐新五郎）　しんごろう（はまのあらししんごろう）	291
甚三郎　じんざぶろう	292
甄氏　しんし	292
信次　しんじ	292
新十郎　しんじゅうろう	292
志ん生　しんしょう	292
新庄 伊織　しんじょう・いおり	292
信次郎　しんじろう	292
信助　しんすけ	292
新助　しんすけ	292
甚助　じんすけ	292
甚助　じんすけ	293
新三　しんぞう	293
秦 宗権　しん・そうけん	293
新谷 半兵衛　しんたに・はんべえ	293
信太郎　しんたろう	293
新太郎　しんたろう	293
仁太郎　じんたろう	293
神通丸　じんつうまる	293
進藤 源四郎　しんどう・げんしろう	293
進藤 左近　しんどう・さこん	294
進藤 三左衛門　しんどう・さんざえもん	294
進藤 弥五郎　しんどう・やごろう	294
真如院　しんにょいん	294
新之助　しんのすけ	294
進之助　しんのすけ	294
新八　しんぱち	294

晋鄙	しんぴ	294
甚平	じんぺい	294
新兵衛	しんべえ	294
甚兵衛	じんべえ	295
神保 小太郎	じんぼ・こたろう	295
神保 大学茂安	じんぼ・だいがくしげやす	295
神保 長三郎相茂	じんぼ・ちょうざぶろうすけしげ	295
新免 武蔵	しんめん・むさし	295
新免 武蔵(宮本 武蔵)	しんめん・むさし(みやもと・むさし)	295
新門 辰五郎	しんもん・たつごろう	296
信陵君	しんりょうくん	296

【す】

すい(木枯しきぬ)	すい(こがらしきぬ)	296
水鏡	すいきょう	296
垂仁帝	すいにんてい	296
水原 親憲	すいばら・ちかのり	296
末松	すえまつ	296
すが		296
菅田 平野	すがた・ひらの	296
菅沼 紀八郎(桑名 紀八郎)	すがぬま・きはちろう(くわな・きはちろう)	296
菅沼 景八郎	すがぬま・けいはちろう	296
菅沼 十郎兵衛定氏(巳之助)	すがぬま・じゅうろべえさだうじ(みのすけ)	297
菅沼 新八郎定則	すがぬま・しんぱちろうさだのり	297
管野 草太郎(山路 金三郎)	すがの・そうたろう(やまじ・きんざぶろう)	297
菅野 六郎左衛門	すがの・ろくろうざえもん	297
菅谷巡査	すがやじゅんさ	297
杉	すぎ	297
杉浦 平右衛門	すぎうら・へいえもん*	297
杉江	すぎえ	297
すぎすぎ小僧	すぎすぎこぞう	297
杉田 玄白	すぎた・げんぱく	297
杉田 庄左衛門	すぎた・しょうざえもん	298
杉谷 弥十郎	すぎたに・やじゅうろう*	298
杉田 立卿	すぎた・りっけい	298
杉原 小三郎	すぎはら・こさぶろう	298
杉原 隼人	すぎはら・はやと	298
杉辺 刑部	すぎべ・ぎょうぶ*	298
杉村 義衛(永倉 新八)	すぎむら・よしえ(ながくら・しんぱち)	298
杉本 茂十郎	すぎもと・しげじゅうろう*	298
杉本 新左	すぎもと・しんざ	298
杉本 茂十郎	すぎもと・もじゅうろう	298
杉山 三左衛門	すぎやま・さんざえもん*	298
杉若越後守(無心)	すぎわかえちごのかみ(むしん)	299
助	すけ	299
助右衛門	すけえもん	299
助蔵	すけぞう	299
鈴木 意伯	すずき・いはく	299
鈴木 右近	すずき・うこん	299
鈴木 右近忠重	すずき・うこんただしげ	299
鈴木 重成	すずき・しげなり	299
鈴木 精右衛門	すずき・せいえもん	299
鈴木 精右衛門	すずき・せいえもん*	299
鈴木 主税	すずき・ちから	300
鈴木 長太夫	すずき・ちょうだゆう	300
鈴木 伝内	すずき・でんない	300
鈴木 乗之助	すずき・のりのすけ	300
鈴木 蝙弥	すずき・へんや	300
鈴木 孫市	すずき・まごいち	300
鈴木 三樹三郎	すずき・みきさぶろう	300
鈴木 主水	すずき・もんど	300
鈴木 竜作	すずき・りゅうさく	300
鈴田 重八	すずた・しげはち	300
須田 房之助(星野 房吉)	すだ・ふさのすけ(ほしの・ふさきち)	300
捨蔵	すてぞう	300
捨蔵(前砂の捨蔵)	すてぞう(まえすなのすてぞう*)	300
すて姫	すてひめ	301

捨松　すてまつ	301
須藤　市右衛門　すどう・いちえもん	301
首藤　鏡右衛門　すどう・きょうえもん	301
須藤　金八郎　すどう・きんぱちろう	301
崇徳天皇　すとくてんのう	301
須永　庄九郎　すなが・しょうくろう	301
須永　柳玄　すなが・りゅうげん	301
須原　小一郎　すはら・こいちろう	301
須摩　すま	301
すみ	301
墨縄の佐平　すみなわのさへい	301
栖屋善六（善六）　すみやぜんろく（ぜんろく）	302
諏訪御料人　すわごりょうにん	302
諏訪　三郎　すわ・さぶろう	302
諏訪　大助　すわ・だいすけ	302
諏訪　忠厚　すわ・ただあつ*	302
諏訪　忠林　すわ・ただとき	302
諏訪　則保　すわ・のりやす	302
諏訪　頼重　すわ・よりしげ	302
諏訪　頼豊　すわ・よりとよ*	302

【せ】

栖雲斎　せいうんさい	303
清海入道　せいかいにゅうどう	303
青巌和尚　せいがんおしょう	303
清吉　せいきち	303
政吉　せいきち*	303
清五郎　せいごろう	303
清左衛門　せいざえもん	303
西施　せいし	303
聖者　せいじゃ	304
青州先生（梁 元象）　せいしゅうせんせい（りょう・げんしょう）	304
清十郎　せいじゅうろう	304
清次郎　せいじろう	304
清蔵　せいぞう	304
誠太郎　せいたろう	304
正徳帝（万歳爺）　せいとくてい（おかみ）	304
清之助　せいのすけ	305
精之助　せいのすけ	305
清兵衛　せいべえ	305
精林　せいりん*	305
清六　せいろく	305
瀬川　せがわ	305
瀬川　菊之丞　せがわ・きくのじょう	305
せき	305
碩翁　せきおう	305
関口　柔心　せきぐち・じゅうしん	306
関口　八郎左衛門氏業　せきぐち・はちろうざえもんうじなり	306
関口　兵蔵　せきぐち・へいぞう	306
石舟斎　せきしゅうさい	306
関　新蔵国盛　せき・しんぞうくにもり	306
関　達之助　せき・たつのすけ	306
石潭　良金　せきたん・りょうきん	306
せき刀自　せきとじ	306
関戸播磨守　吉信　せきどはりまのかみ・よしのぶ	306
関根　小十郎　せきね・こじゅうろう	307
関屋（お滝の方）　せきや（おたきのかた）	307
女衒野郎　ぜげんやろう	307
世津　せつ	307
勢津　せつ	307
雪斎　せっさい	307
薛濤　せつとう	307
瀬戸助　せとすけ	307
瀬名波　幻雲斎　せなわ・げんうんさい	307
銭形の平次　ぜにがたのへいじ	307
銭形平次　ぜにがたへいじ	307
妹尾　東次郎　せのお・とうじろう	308
瀬平　せへい*	308
瀬谷　住兵衛　せや・じゅうべえ	308
世良　新太郎　せら・しんたろう	308
世良　半之丞　せら・はんのじょう	308
芹沢　鴨　せりざわ・かも	308
芹沢　鴨（木村　継次）　せりざわ・かも（きむら・つぐじ）	308
芹沢　甚四郎　せりざわ・じんしろう	308
扇歌　せんか	308
仙厓　せんがい	309
全海和尚　ぜんかいおしょう	309

前鬼　ぜんき		309
善鬼　ぜんき		309
善鬼 三介（小野 善鬼）　ぜんき・さんすけ（おの・ぜんき）		309
仙吉　せんきち		309
千吉　せんきち		309
千石 少弐　せんごく・しょうに		309
仙左衛門　せんざえもん		309
仙次（野ざらし仙次）　せんじ（のざらしせんじ）		309
千珠　せんしゅ*		309
善助　ぜんすけ		309
センセー		310
仙蔵　せんぞう		310
仙造　せんぞう		310
善太　ぜんた		310
仙田 忠兵衛　せんだ・ちゅうべえ		310
仙太郎　せんたろう		310
仙太郎（三津田の仙太郎）　せんたろう（みつたのせんたろう）		310
仙千代（与三左衛門）　せんちよ（よざえもん*）		310
仙之介　せんのすけ		310
仙之助　せんのすけ		311
千之助　せんのすけ		311
善之助　ぜんのすけ		311
千 利休　せんの・りきゅう		311
仙波 阿古十郎　せんば・あこじゅうろう		311
仙波阿古十郎（顎十郎）　せんば・あこじゅうろう（あごじゅうろう）		311
仙波 一之進　せんば・いちのしん		311
仙波 七郎太　せんば・しちろうた		311
千姫　せんひめ		311
千姫（天樹院）　せんひめ（てんじゅいん）		312
膳平　ぜんぺい		312
善兵衛　ぜんべえ		312
千松（お千代）　せんまつ*（おちよ）		312
千弥太　せんやた		312
仙六　せんろく		312
善六　ぜんろく		312

【そ】

宗右衛門　そうえもん		312
惣右衛門　そうえもん		313
宗瓦　そうが		313
増賀上人　ぞうがしょうにん		313
宗吉　そうきち		313
宗玄　そうげん		313
宗三郎　そうざぶろう		313
曹児　そうじ		313
相州　そうしゅう		313
曹 昭容（瑛琳）　そう・しょうよう（えいりん）		313
曹 植　そう・しょく		313
宗助　そうすけ		313
惣助　そうすけ		314
曹 操　そう・そう		314
爽太　そうた		314
惣太　そうた		314
惣太（村上 宇兵衛）　そうた（むらかみ・うへえ）		314
左右田 主膳　そうだ・しゅぜん		314
左右田 孫兵衛　そうだ・まごべえ		314
宗太郎　そうたろう		314
宗長　そうちょう		314
宗対馬守 義真　そうつしまのかみ・よしざね		314
宗徳　そうとく		314
宗徳　そうとく		315
宗凡（隼人）　そうはん（はやと）		315
曹 丕　そう・ひ		315
宗兵衛　そうべえ		315
惣兵衛　そうべえ		315
相馬 主計　そうま・かずえ		315
相馬 主計　そうま・かずえ*		315
相馬 四郎義元　そうま・しろうよしもと		315
相馬 大作　そうま・だいさく		315
宗佑　そうゆう*		315
宗琳　そうりん		315
宗六　そうろく		316
宗六　そうろく*		316

蘇我倉山田 石川麻呂 そがくらやまだ・いしかわまろ	316	
曾我 五郎時致 そが・ごろうときむね	316	
曾我 十郎祐成 そが・じゅうろうすけなり	316	
蘇我 入鹿 そがの・いるか	316	
蘇我 馬子 そがの・うまこ	316	
蘇我 蝦夷 そがの・えみし	316	
曾我 五郎 そがの・ごろう	316	
曾我 十郎 そがの・じゅうろう	316	
蘇我 田守 そがの・たもり	316	
疎暁 そぎょう	317	
十河 九郎兵衛高種 そごう・くろうびょうえたかね	317	
祖式 弦一郎 そしき・げんいちろう*	317	
祖心尼 そしんに	317	
袖吉 そできち	317	
曾根 内匠 そね・たくみ	317	
曾根 羽州 そね・はしゅう	317	
その	317	
園田 兵太郎 そのだ・ひょうたろう	317	
園部 久之助 そのべ・ひさのすけ	317	
染吉 そめきち	317	
染子 そめこ	317	
染太郎 そめたろう	318	
染八 そめはち	318	
染屋治兵衛(治兵衛) そめやじへえ(じへえ)	318	
征矢野 覚右衛門 そやの・かくえもん	318	
曾呂利新左衛門 そろりしんざえもん	318	
曾呂利新左衛門(杉本 新左) そろりしんざえもん(すぎもと・しんざ)	318	
孫 化龍 そん・かりょう	318	

【た】

第一夫人 だいいちふじん	318	
太公望おせん たいこうぼうおせん	318	
大五郎 だいごろう	318	
大三郎 だいざぶろう	318	
鯛沢 新三郎 たいざわ・しんざぶろう	319	
大師(弘法大師) だいし(こうぼうだいし)	319	
大叔 たいしゅく	319	
大助 だいすけ	319	
多市 たいち	319	
太一 たいち	319	
大道寺 玄蕃 だいどうじ・げんば	319	
大道 破魔之介 だいどう・はまのすけ	319	
第二郡屋 だいにこおりや	319	
第二夫人 だいにふじん	319	
当麻 蹶速 たいまの・くえはや	320	
大門屋展徳(展徳) だいもんやのぶとく(のぶとく)	320	
平 清盛 たいらの・きよもり	320	
平 貞盛 たいらの・さだもり	320	
平 重盛 たいらの・しげもり	320	
平 忠盛 たいらの・ただもり	320	
平 時忠(勘作) たいらの・ときただ(かんさく)	320	
平 将門 たいらの・まさかど	320	
平 正盛 たいらの・まさもり	320	
平 良兼 たいらの・よしかね	320	
平 兵部之輔 たいら・ひょうぶのすけ	320	
大竜院泰雲 だいりゅういんたいうん	321	
大六 だいろく	321	
多江 たえ	321	
妙 たえ	321	
妙子の方 たえこのかた	321	
妙姫 たえひめ	321	
絶間姫 たえまひめ	321	
多岡 左助 たおか・さすけ	321	
高 たか	321	
多賀井 又八郎 たかい・またはちろう*	321	
高丘親王 たかおかしんのう	322	
高垣 源三郎 たかがき・げんざぶろう	322	
高木 正斎 たかぎ・しょうさい*	322	
高木 宗兵衛 たかぎ・そうべえ	322	
高木 彦四郎 たかぎ・ひこしろう	322	
高倉院 たかくらいん	322	
高倉 信右衛門 たかくら・しんえもん	322	

高桑 政右衛門	たかくわ・せいえもん	322		宝井 数馬	たからい・かずま	326
高島 甚内盛次	たかしま・じんないもりつぐ	322		たき		326
たか女	たかじょ	322		瀧井 山三郎	たきい・やまさぶろう	326
多賀 新兵衛	たが・しんべえ	323		滝川 幸之進	たきがわ・こうのしん	326
高杉 晋作	たかすぎ・しんさく	323		滝川 三九郎	たきがわ・さんくろう	326
高須 久四郎	たかす・きゅうしろう	323		滝沢 休右衛門	たきざわ・きゅうえもん	326
高須 久子	たかす・ひさこ	323		滝沢 信太郎	たきざわ・しんたろう	327
誰袖	たがそで	323		滝沢 馬琴	たきざわ・ばきん	327
高田 采女	たかだ・うねめ	323		滝蔵	たきぞう	327
高田 郡兵衛	たかだ・ぐんべえ	323		太吉	たきち	327
高田 源兵衛	たかだ・げんべえ	323		滝乃	たきの	327
高田 源兵衛	たかだ・げんべえ	324		滝野	たきの	327
高田 三之丞	たかだ・さんのじょう	324		滝の井	たきのい	327
高田殿	たかだどの	324		滝之助	たきのすけ	327
高田 直之助	たかだ・なおのすけ	324		滝夜叉姫	たきやしゃひめ	327
高田 兵助	たかだ・へいすけ*	324		滝山	たきやま	327
たかとり		324		田桐 重太郎	たぎり・じゅうたろう	327
鷹取	たかとり	324		田桐 セツ	たぎり・せつ	328
高鳥 新兵衛	たかとり・しんべえ	324		沢庵	たくあん	328
高根 勘右衛門	たかね・かんえもん	324		宅悦	たくえつ	328
高野 十太郎	たかの・じゅうたろう	325		沢彦	たくげん	328
高野 長英	たかの・ちょうえい	325		田口 蔵人	たぐち・くろうど	328
高野 平八（山崎 与一郎）	たかの・へいはち（やまざき・よいちろう）	325		多久 長門	たく・ながと	328
高野 蘭亭	たかの・らんてい	325		たけ		328
高橋 外記	たかはし・げき	325		竹内 数馬	たけうち・かずま	328
高橋 紹運	たかはし・じょううん	325		竹内 久右衛門	たけうち・きゅうえもん	328
高畠 庄三郎	たかばたけ・しょうざぶろう	325		竹内 平馬	たけうち・へいま	328
高畑 房次郎	たかはた・ふさじろう	325		竹内 廉太郎（金原 忠蔵）	たけうち・れんたろう（きんばら・ちゅうぞう*）	328
高林 喜兵衛	たかばやし・きへえ	325		竹柴ノ小弥太（小弥太）	たけしばの・こやた（こやた）	328
高林 佐大夫	たかばやし・さたゆう	325		竹島	たけしま	329
高松 勘兵衛	たかまつ・かんべえ	325		竹次郎	たけじろう	329
高峯 藤左衛門（杢兵衛）	たかみね・とうざえもん（もくべえ）	325		竹二郎	たけじろう	329
高安 彦太郎	たかやす・ひこたろう	326		竹助	たけすけ	329
高柳 楠之助	たかやなぎ・くすのすけ	326		たけぞう		329
高柳 又四郎	たかやなぎ・またしろう	326		武田 勝頼	たけだ・かつより	329
高柳 又四郎利辰	たかやなぎ・またしろうとしとき	326		武田 観柳斎	たけだ・かんりゅうさい	329
高山 常次郎	たかやま・つねじろう	326		武田 源三郎	たけだ・げんざぶろう	330
				武田 源之進	たけだ・げんのしん	330
				武田 信玄	たけだ・しんげん	330

武田 信玄	たけだ・しんげん	331	多田蔵人 行綱 ただくろうど・ゆきつな	335
武田 信玄(武田 晴信) たけだ・しんげん(たけだ・はるのぶ)		331	多田 草司 ただ・そうじ	335
武田 信繁	たけだ・のぶしげ	331	忠長卿(権大納言忠長卿) ただながきょう(ごんだいなごんただながきょう)	335
武田 信直	たけだ・のぶただ	331		
武田 信縄	たけだ・のぶつな	331	多田 三郎 ただの・さぶろう	335
武田 信虎	たけだ・のぶとら	331	忠信利平 ただのぶりへい	335
武田 信虎(信直) たけだ・のぶとら(のぶなお)		331	忠平 考之助 ただひら・こうのすけ	335
武田 信恵	たけだ・のぶよし	331	立川 兼太郎 たちかわ・けんたろう	335
武田 晴信	たけだ・はるのぶ	331	立川 主税 たちかわ・ちから	335
武田 晴信(信玄) たけだ・はるのぶ(しんげん)		332	立川 主水 たちかわ・もんど	335
			橘 左典 たちばな・さでん	335
武田 晴信(武田 信玄) たけだ・はるのぶ(たけだ・しんげん)		332	立花 直芳 たちばな・なおよし	335
			橘小染 たちばなのこそめ	335
武田 安次郎(袖吉) たけだ・やすじろう(そできち)		332	橘 三千代 たちばなの・みちよ	335
			橘 基好 たちばなの・もとよし	336
武市 半平太 たけち・はんぺいた		332	立花 宗茂 たちばな・むねしげ	336
竹千代 たけちよ		332	立原 源太兵衛 たちはら・げんたべえ*	336
竹中 半兵衛 たけなか・はんべえ		333		
竹内 伊賀亮 たけのうち・いがのすけ		333	多津 たつ	336
			辰(宝引の辰) たつ(ほうびきのたつ)	336
竹之丞 たけのじょう		333		
竹之助(切岡 孝太郎) たけのすけ(きりおか・こうたろう)		333	辰親分(宝引きの辰) たつおやぶん(ほうびきのたつ)	336
竹姫 たけひめ		333	辰親分(宝引の辰) たつおやぶん(ほうびきのたつ)	336
武弘 たけひろ		333		
竹俣 清兵衛 たけまた・せいべえ		333	辰吉 たつきち	336
竹俣三河守 たけまたみかわのかみ		333	辰吉 たつきち	337
竹松 たけまつ		334	辰五郎 たつごろう	337
竹村 武蔵 たけむら・むさし		334	辰次 たつじ	337
竹本 長十郎(平 兵部之輔) たけもと・ちょうじゅうろう(たいら・ひょうぶのすけ)		334	辰次郎 たつじろう	337
			辰三 たつぞう	337
			辰蔵 たつぞう	337
竹森 槻之助 たけもり・つきのすけ		334	辰造 たつぞう	337
竹屋 弥次兵衛 たけや・やじへえ		334	辰造(地獄の辰) たつぞう(じごくのたつ)	337
田坂 権太夫 たさか・ごんだゆう		334		
田沢 主税 たざわ・ちから		334	辰之助 たつのすけ	337
多子 たし		334	辰之助(小早川 秀秋) たつのすけ(こばやかわ・ひであき)	337
多七 たしち		334		
多襄丸 たじょうまる		334	辰之助(彫辰) たつのすけ(ほりたつ)	337
多津 たず		334		
太助 たすけ		334	竜之助 たつのすけ*	338
			伊達 安芸 だて・あき	338

伊達 小次郎(陸奥 宗光)	だて・こじろう(むつ・むねみつ)	338
伊達 兵部	だて・ひょうぶ	338
建部 兵庫	たてべ・ひょうご	338
伊達 政宗	だて・まさむね	338
伊達 政宗(梵天丸)	だて・まさむね(ぼんてんまる)	338
帯刀	たてわき	339
田所 主水	たどころ・もんど	339
田中 市之進	たなか・いちのしん	339
田中 イト	たなか・いと	339
田中 河内介	たなか・かわちのすけ	339
田中 三郎兵衛	たなか・さぶろべえ	339
田中 新兵衛	たなか・しんべえ	339
田中 大膳	たなか・だいぜん	339
田中 貞四郎	たなか・ていしろう*	339
田中 伝左衛門	たなか・でんざえもん	339
田中 直哉	たなか・なおや	340
田中 光顕	たなか・みつあき	340
田中 吉政	たなか・よしまさ	340
谷風梶之助	たにかぜかじのすけ	340
谷川 三次郎	たにがわ・さんじろう*	340
谷川 次郎太夫	たにがわ・じろうだゆう	340
谷口 登太	たにぐち・とうた	340
谷村 慶次郎	たにむら・けいじろう	340
谷村 要助	たにむら・ようすけ*	340
谷村 竜太郎	たにむら・りゅうたろう	340
田沼 意次	たぬま・おきつぐ	340
田沼 意次	たぬま・おきつぐ	341
田沼 意知	たぬま・おきとも	341
田沼 甚五兵衛	たぬま・じんごべえ	341
多補	たね	341
種田 勘九郎	たねだ・かんくろう	341
煙草屋	たばこや	341
旅人	たびびと	341
旅法師	たびほうし	341
多平	たへい	342
太平(あほの太平)	たへい*(あほのたへい*)	342
太兵衛	たへえ	342
タマ		342
珠	たま	342
玉扇	たまおうぎ	342
玉川 歌仙	たまがわ・かせん	342
玉菊	たまぎく	342
玉木 宗庵	たまき・そうあん	342
たま吉	たまきち	342
玉置 半左衛門	たまき・はんざえもん	343
珠子	たまこ	343
玉子(細川 ガラシア)	たまこ(ほそかわ・がらしあ)	343
玉虫	たまむし	343
玉村 朱蝶	たまむら・しゅちょう*	343
珠世	たまよ	343
田宮 伊右衛門	たみや・いえもん	343
民谷 伊右衛門	たみや・いえもん	344
田宮 晋之介	たみや・しんのすけ	344
田宮 長勝	たみや・ながかつ	344
田宮 又左衛門	たみや・またざえもん	344
田村 菊太郎	たむら・きくたろう	344
田村 銕蔵	たむら・てつぞう*	344
田村 半右衛門	たむら・はんえもん	344
為吉	ためきち	344
為次郎	ためじろう	344
保	たもつ	344
田本 研造	たもと・けんぞう	345
田安 宗武	たやす・むねたけ	345
たよ		345
多代	たよ	345
多羅尾 四郎右衛門光俊	たらお・しろうえもんみつとし*	345
だら七	だらしち	345
樽屋杵右衛門(杵右衛門)	たるやきねえもん(きねえもん)	345
太郎	たろう	345
俵 幹雄	たわら・みきお	345
丹覚坊(蛍)	たんかくぼう(ほたる)	345
団九郎(通り魔の団九郎)	だんくろう(とおりまのだんくろう)	345
段七	だんしち	345
団十郎(八代目)	だんじゅうろう(はちだいめ)	346

弾正大弼景家(景家) だんじょうだいひつかげいえ(かげいえ)	346	茶屋四郎次郎 ちゃちしろうじろう	349
丹波屋弥兵衛(弥兵衛) たんばややへえ(やへえ)	346	茶屋 四郎次郎 ちゃや・しろうじろう	349
		ちゃり文 ちゃりもん	349
		仲華 ちゅうか	349
		忠源坊 ちゅうげんぼう	349

【ち】

千秋 ちあき	346	忠吾 ちゅうご	349
千明 ちあき	346	忠次 ちゅうじ	350
千秋 城之介 ちあき・じょうのすけ	346	忠治 ちゅうじ	350
ちえ	346	中将 ちゅうじょう	350
千加 ちか	346	中条 右京(吉村 右京) ちゅうじょう・うきょう(よしむら・うきょう)	350
千賀 ちか	346	中条兵庫頭 長秀 ちゅうじょうひょうごのかみ・ながひで	350
血頭の丹兵衛 ちがしらのたんべえ	346	忠助 ちゅうすけ	350
千賀 道栄 ちが・どうえい	347	忠助 ちゅうすけ*	350
竹庵 ちくあん	347	忠蔵 ちゅうぞう	350
筑後屋新之助(新之助) ちくごやしんのすけ(しんのすけ)	347	中馬 大蔵 ちゅうまん・おおくら	350
千種 ちぐさ	347	千代 ちよ	350
竹念坊 ちくねんぼう	347	千代 ちよ	351
千坂 通胤 ちさか・みちたね	347	趙 桓(欽宗) ちょう・かん(きんそう)	351
千坂 民部 ちさか・みんぶ	347	張儀 ちょう・ぎ	351
千々石 伝内 ちじいわ・でんない	347	長吉 ちょうきち	351
千々岩 求女 ちじわ・もとめ	347	張佶 ちょう・きつ	351
千津 ちず	347	兆恵 ちょうけい	351
千勢 ちせ	347	張騫 ちょう・けん	351
千勢 ちせ	348	張敖 ちょう・ごう	351
知足院隆光 ちそくいんりゅうこう	348	趙 構(康王) ちょう・こう(こうおう)	351
地次 源兵衛 ちつぎ・げんべえ	348	長五郎 ちょうごろう	352
千鳥 ちどり	348	嘲斎 ちょうさい	352
千夏 ちなつ	348	長次 ちょうじ	352
千野 兵庫 ちの・ひょうご	348	張子能 ちょう・しのう	352
千葉 定吉 ちば・さだよし	348	長者 ちょうじゃ	352
千葉 サナ子 ちば・さなこ	348	長次郎 ちょうじろう	352
千馬 三郎兵衛 ちば・さぶろべえ	348	長二郎(かまいたちの長) ちょうじろう(かまいたちのちょう)	352
千葉 周作 ちば・しゅうさく	348	長助 ちょうすけ	352
千葉 周作 ちば・しゅうさく	349	長助 ちょうすけ	353
千早 ちはや	349	長増 ちょうそう*	353
千春 ちはる	349	長太郎 ちょうたろう	353
ちひろ	349	張 天衛(和田 源兵衛) ちょう・てんえい(わだ・げんべえ)	353
千穂の岐夫(岐夫) ちほのふなんど(ふなんど)	349	長兵衛 ちょうべえ	353
智文 ちもん	349		

張 邦昌（張 子能）ちょう・ほうしょう（ちょう・しのう）	353
張 良 ちょう・りょう	353
千代菊 ちよぎく	353
千代丸（堀 育太郎）ちよまる（ほり・いくたろう）	353
鄭 仁弘 ちょん・いんほん	354
張 輔 ちょんふ	354
鄭 汝立 ちょん・よりぷ	354
陳 恵山 ちん・けいざん	354
陳 元贇 ちん・げんぴん	354
陳 元明 ちん・げんめい	354
沈 仙 ちん・せん	354
陳 平 ちん・ぺい	354
珍万先生（高根 勘右衛門）ちんまんせんせい（たかね・かんえもん）	354

【つ】

つえ	354
津江 藤九郎 つえ・とうくろう	354
塚次 つかじ	355
塚原 新右衛門 つかはら・しんえもん	355
塚原 新右衛門（卜伝）つかはら・しんえもん（ぼくでん）	355
塚原 新右衛門 つかはら・しんえもん*	355
塚原 新右衛門高幹（卜伝）つかはら・しんえもんたかもと（ぼくでん）	355
塚原土佐守 新左衛門安重 つかはらとさのかみ・しんざえもんやすしげ	355
塚原土佐守 安幹 つかはらとさのかみ・やすもと	355
塚原 卜伝 つかはら・ぼくでん	355
塚原 卜伝（塚原 新右衛門）つかはら・ぼくでん（つかはら・しんえもん）	355
塚本 権之丞 つかもと・ごんのじょう	355
塚本 与惣太 つかもと・よそうた	356
津軽 為信 つがる・ためのぶ	356
栂川 つがわ	356
月影 兵庫 つきかげ・ひょうご	356
月ヶ瀬 式部 つきがせ・しきぶ	356
月形 潔 つきがた・きよし	356
月形 洗蔵 つきがた・せんぞう	356
月里 つきさと*	356
調首 子麻呂 つきのおびと・ねまろ	356
調首 子麻呂 つぎのおびと・ねまろ	356
月姫 つきひめ	356
筑紫 権之丞 つくし・ごんのじょう	356
津久美 美作 つくみ・みまさか	357
津雲 半四郎 つぐも・はんしろう*	357
柘植 半兵衛 つげ・はんべえ	357
辻 平右衛門 つじ・へいえもん	357
辻 兵内（無外）つじ・へいない（むがい）	357
津島 輔四郎 つしま・すけしろう	357
津月 小太郎 つづき・こたろう*	357
都築 三之助 つずき・さんのすけ	357
津月 棟行 つずき・むねゆき*	357
津田 梅子 つだ・うめこ	357
津田 かつ女（勝子）つだ・かつじょ（かつこ）	357
津田 幸二郎（鉞）つだ・こうじろう（まさかり）	357
津田 権之丞親信 つだ・ごんのじょうちかのぶ	358
津田 庄左衛門 つだ・しょうざえもん	358
津田 宗及 つだ・そうきゅう	358
津田 兵馬 つだ・ひょうま	358
土石 つちいし	358
土江 長三郎 つちえ・ちょうざぶろう*	358
土江 彦蔵 つちえ・ひこぞう*	358
土香 つちか*	358
土子 泥之助 つちこ・どろのすけ	358
土子 土呂之助 つちこ・どろのすけ	358
土田 惣馬 つちだ・そうま	358
土田 又四郎 つちだ・またしろう	358
土橋 平大夫 つちはし・へいだゆう	359
土人（前鬼）つちひと（ぜんき）	359
土屋 三餘 つちや・さんよ	359
筒井 定次 つつい・さだつぐ	359
筒井 順慶 つつい・じゅんけい	359
筒井 紋平 つつい・もんぺい	359
堤 算二郎 つつみ・さんじろう	359
堤 将人 つつみ・まさと	359
綱手 つなて*	359

ツネ	359
常吉　つねきち	359
常吉　つねきち	360
常蔵　つねぞう	360
常山御前（鶴姫）　つねやまごぜん（つるひめ）	360
津乃　つの	360
燕の十郎　つばくろのじゅうろう	360
妻五郎　つまごろう	361
つや	361
鶴　つる	361
鶴吉　つるきち	361
鶴太郎　つるたろう	361
鶴姫　つるひめ	361
鶴見 銀之助　つるみ・ぎんのすけ	361
鶴屋南北　つるやなんぼく	362
鶴若　つるわか	362
津和　つわ	362
ツンベリー	362

【て】

娣　てい	362
貞阿　ていあ	362
貞次郎　ていじろう	362
鄭旦　ていたん	362
ティポヌ	362
貞立尼　ていりゅうに	362
弟子丸 五郎助　でしまる・ごろうすけ	362
手塚 半兵衛　てずか・はんべえ	363
鉄　てつ	363
鉄以　てつい	363
鉄五郎　てつごろう	363
鉄さん（鰻屋の鉄さん）　てつさん（うなぎやのてつさん）	363
鉄次　てつじ	363
鉄舟　てっしゅう	363
出尻伝兵衛　でっちりでんべえ	363
鉄砲の吉兵衛　てっぽうのきちべえ	364
鉄門海（鉄）　てつもんかい（てつ）	364
手長（小井戸の手長）　てなが（こいどのてなが）	364
寺井 権吉　てらい・けんきち	364
寺尾 求馬之助　てらお・くまのすけ	364
寺尾 文三郎　てらお・ぶんざぶろう	364
寺尾 孫之丞　てらお・まごのじょう	364
寺門 朱次郎　てらかど・あけじろう	364
寺田 五右衛門宗有　てらだ・ごえもんむねあり	364
寺田 半左衛門　てらだ・はんざえもん	364
照菊　てるぎく	364
輝虎　てるとら	365
照葉　てるは	365
照姫　てるひめ	365
照月　てれつく	365
テン	365
天一坊　てんいちぼう	365
天一坊（宝沢）　てんいちぼう（ほうたく）	365
伝吉　でんきち	365
伝吉　でんきち	366
伝鬼房　でんきぼう	366
伝九郎頭巾　でんくろうずきん	366
伝左（蛙の伝左）　でんざ（かわずのでんざ）	366
伝次　でんじ	366
伝七　でんしち	366
天智帝　てんじてい	366
天智天皇　てんじてんのう	366
天樹院　てんじゅいん	367
伝蔵　でんぞう	367
天童 一角　てんどう・いっかく	367
天童 敬一郎　てんどう・けいいちろう	367
天王寺屋宗及（津田 宗及）　てんのうじやそうきゅう（つだ・そうきゅう）	367
伝兵衛　でんべえ	367
伝兵衛（出尻伝兵衛）　でんべえ（でっちりでんべえ）	367
転法寺 兵庫　てんぽうじ・ひょうご	367
伝法寺 兵部　でんぽうじ・ひょうぶ	367
天馬の定次郎　てんまのさだじろう	368
伝馬 与兵衛　でんま・よへえ	368
天武天皇　てんむてんのう	368
天宥法印　てんゆうほういん	368
伝六　でんろく	368

【と】

土肥 実平　とい・さねひら　368
土井 利勝　どい・としかつ　368
藤吉　とうきち　368
藤吉(釘抜藤吉)　とうきち(くぎぬきとうきち)　368
道鏡　どうきょう　368
道鏡(弓削道鏡)　どうきょう(ゆげのどうきょう)　368
藤九郎盛長(盛長)　とうくろうもりなが(もりなが)　369
道家 孫太郎　どうけ・まごたろう　369
道玄　どうげん　369
登子　とうこ　369
藤五　とうご　369
藤悟(とげ抜きの藤悟)　とうご(とげぬきのとうご)　369
東郷 藤兵衛重位　とうごう・とうべえしげたか　369
藤三　とうざ　369
藤作　とうさく　369
藤三郎　とうさぶろう　369
東施　とうし　369
藤七　とうしち　369
藤十郎　とうじゅうろう　369
道遂　どうすい　370
藤助　とうすけ　370
藤堂 仁右衛門　とうどう・にえもん　370
藤堂 平助　とうどう・へいすけ　370
藤八　とうはち　370
藤八(めくぼの藤八)　とうはち(めくぼのとうはち)　370
董妃　とうひ　370
藤兵衛　とうべえ　370
道龍　どうりゅう　370
道話先生　どうわせんせい　371
遠柳 金五郎忠今(金さん)　とおやなぎ・きんごろうただいま(きんさん)　371
遠山 金四郎　とおやま・きんしろう　371
遠山 左衛門尉　とおやまさえもんのじょう　371
遠山 左衛門尉 景晋　とおやまさえもんのじょう・かげくに　371
遠山 左衛門尉 景元　とおやまさえもんのじょう・かげもと　371
遠山 左衛門尉 影元(金さん)　とおやまさえもんのじょう・かげもと(きんさん)　371
通り魔の団九郎　とおりまのだんくろう　371
咎人　とがにん　371
戸叶 伝兵衛　とがのう・でんべえ　371
とき　372
時枝 頼母　ときえだ・たのも　372
時子　ときこ　372
土岐 次郎　とき・じろう　372
土岐 政房　とき・まさふさ　372
土岐 盛頼　とき・もりより　372
土岐 頼芸　とき・よりあき　372
常盤木　ときわぎ　372
徳川 家綱　とくがわ・いえつな　372
徳川 家光　とくがわ・いえみつ　372
徳川 家光　とくがわ・いえみつ　373
徳川 家光(竹千代)　とくがわ・いえみつ(たけちよ)　373
徳川 家茂　とくがわ・いえもち　373
徳川 家康　とくがわ・いえやす　373
徳川 家康　とくがわ・いえやす　374
徳川 家康　とくがわ・いえやす　375
徳川 家慶　とくがわ・いえよし　375
徳川 綱条　とくがわ・つなえだ　375
徳川 綱吉　とくがわ・つなよし　375
徳川 綱吉　とくがわ・つなよし　376
徳川 秀忠　とくがわ・ひでただ　376
徳川 光友　とくがわ・みつとも　376
徳川 宗春(尾張 宗春)　とくがわ・むねはる(おわり・むねはる)　376
徳川 義直　とくがわ・よしなお　376
徳川 慶喜　とくがわ・よしのぶ　376
徳川 吉通　とくがわ・よしみち　376
徳川 吉宗　とくがわ・よしむね　376
徳川 吉宗　とくがわ・よしむね　377
徳川 頼方(徳川 吉宗)　とくがわ・よりかた(とくがわ・よしむね)　377
徳川 頼宣　とくがわ・よりのぶ　377

得月齋(甚五郎)　とくげつさい(じんごろう)	377
徳子　とくこ	377
徳三郎　とくさぶろう	377
徳次　とくじ	377
徳次　とくじ	378
徳次郎(木曾屋徳次郎)　とくじろう(きそやとくじろう)	378
徳三　とくぞう	378
徳太郎　とくたろう	378
徳之市　とくのいち	378
徳山 五兵衛秀栄　とくのやま・ごへえひでいえ	378
徳兵衛　とくべえ	378
徳丸 半助(小山田 一学)　とくまる・はんすけ(おやまだ・いちがく)	379
土気 将監　とけ・しょうげん	379
とげ抜きの藤悟　とげぬきのとうご	379
戸坂 八助　とさか・はちすけ*	379
トササナ	379
土佐坊昌俊　とさのぼうしょうしゅん	379
土佐の坊尊快　とさのぼうそんかい	379
トシ	379
寿姫　としひめ	379
豊島屋十右衛門(十右衛門)　としまやじゅうえもん(じゅうえもん)	379
豊島屋半次郎　としまやはんじろう	379
とせ	380
登瀬　とせ	380
杜侘　とだ*	380
富田 一放　とだ・いっぽう	380
戸田 三郎四郎　とだ・さぶろしろう	380
富田 重政　とだ・しげまさ	380
富田 重持　とだ・しげもち	380
富田 治部左衛門景政　とだ・じぶざえもんかげまさ	380
戸田 新次郎　とだ・しんじろう	380
富田 勢源　とだ・せいげん	381
戸田 大一郎　とだ・だいいちろう	381
富田 康玄　とだ・やすはる	381
咄然斎　とつねんさい	381
とてちん松　とてちんまつ	381
都々逸坊扇歌(扇歌)　どどいつぼうせんか(せんか)	381
十時 攝津　ととき・せっつ	381
十時 半睡　ととき・はんすい	381
十時 半睡　ととき・はんすい	382
とど助(土々呂進)　とどすけ(とどろすすむ)	382
土々呂進　とどろすすむ	382
兎祢　とね	382
土橋 市太夫　どばし・いちだゆう	382
鳥羽 十郎太　とば・じゅうろうた	382
鳥羽法皇　とばほうおう	382
飛加藤　とびかとう	382
鳶ノ甚内　とびのじんない	382
トホウ	382
トーマス・ライト・ブラキストン(ブラキストン)	383
登美　とみ	383
富岡 鉄斎　とみおか・てっさい	383
富子　とみこ	383
富坂 俊三　とみさか・しゅんぞう	383
富蔵　とみぞう	383
富造　とみぞう	383
富蔵(浅川の富蔵)　とみぞう(あさかわのとみぞう)	383
富高 与一郎　とみたか・よいちろう	383
富田 蔵人高定　とみた・くらんどたかさだ*	384
富太郎　とみたろう	384
富永 隼人　とみなが・はやと	384
富永 弥兵衛　とみなが・やへえ	384
富本繁太夫(繁太夫)　とみもとしげだゆう(しげだゆう)	384
鳥見屋地兵衛　とみやじへえ	384
戸村 兵馬　とむら・ひょうま	384
とめ	384
留吉　とめきち	384
留吉　とめきち*	385
留三郎　とめさぶろう	385
留蔵　とめぞう	385
留造　とめぞう	385
とも	385
登茂　とも	385
ともえ	385
巴　ともえ	385

(49)

巴御前　ともえごぜん	385	
伴吉　ともきち	386	
友五郎　ともごろう	386	
伴蔵　ともぞう	386	
友蔵　ともぞう	386	
友造　ともぞう	386	
知次 茂平　ともつぐ・もへい	386	
友之助　とものすけ	386	
友之助（劉 友晃）　とものすけ（りゅう・ゆうこう）	386	
伴 安成　ともの・やすなり	386	
伴 善男　ともの・よしお	387	
友兵衛　ともべえ	387	
伴部 兵庫介　ともべ・ひょうごのすけ	387	
友松 清三氏宗（偽庵）　ともまつ・せいぞううじむね（ぎあん）	387	
友六　ともろく	387	
戸谷 清四郎　とや・せいしろう	387	
外山豊前守　とやまぶぜんのかみ	387	
登世　とよ	387	
登代　とよ	387	
豊　とよ	387	
豊市　とよいち*	388	
豊浦（若山）　とようら（わかやま）	388	
豊雄　とよお	388	
豊菊　とよぎく	388	
豊吉　とよきち	388	
豊次　とよじ	388	
豊志賀　とよしが	388	
豊島 仙太郎　とよしま・せんたろう	388	
豊須賀　とよすが	388	
登与助（川原 慶賀）　とよすけ（かわはら・けいが）	388	
豊田　とよだ	388	
豊鶴　とよつる	388	
豊臣 秀次　とよとみ・ひでつぐ	389	
豊臣 秀吉　とよとみ・ひでよし	389	
豊臣 秀吉　とよとみ・ひでよし	390	
豊臣 秀頼　とよとみ・ひでより	391	
豊寿　とよひさ	391	
杜 洛真　と・らくしん	391	
虎之助　とらのすけ	391	
寅松　とらまつ	391	

刀菊 弥三郎　とら・やさぶろう	391	
刀菊 弥太郎　とら・やたろう	391	
鳥井甲斐守 忠耀　とりいかいのかみ・ただてる	391	
鳥居 源八郎　とりい・げんぱちろう	391	
鳥居 深造　とりい・しんぞう	392	
鳥居 強右衛門　とりい・すねえもん	392	
鳥井 宗室　とりい・そうしつ	392	
鳥居 元忠　とりい・もとただ	392	
鳥居 主水正　とりい・もんどのしょう	392	
鳥居 耀蔵　とりい・ようぞう	392	
鳥居 耀蔵（林 頑固斎）　とりい・ようぞう（はやし・がんこさい）	392	
鳥海 半兵衛　とりうみ・はんべえ	392	
鳥飼 郡兵衛　とりかい・ぐんべえ	392	
鳥飼 十蔵　とりかい・じゅうぞう	393	
鳥越 主馬助　とりごえ・しゅめのすけ	393	
鳥浜の岩吉　とりはまのいわきち	393	
ドルゴン	393	
泥亀　どろかめ	393	
とわ	393	
呑海　どんかい	393	
呑太　どんた	393	
尊室説　とんたっとちゅえつ	393	
豚鈍　とんどん	393	

【な】

ない	393	
内藤 伊織　ないとう・いおり	394	
内藤 数馬　ないとう・かずま	394	
内藤豊後守 信満　ないとうぶんごのかみ・のぶみつ	394	
内府殿（徳川 家康）　ないふどの（とくがわ・いえやす）	394	
直　なお	394	
直江 兼続　なおえ・かねつぐ	394	
直江山城守 兼続　なおえやましろのかみ・かねつぐ	394	
直江山城守 兼続　なおえやましろのかみ・かねつぐ	395	
直江山城守 兼続　なおえやましろのかみ・なおつぐ	395	
直吉　なおきち	395	

直子	なおこ	395
直侍	なおざむらい	395
直次	なおじ	395
直次郎	なおじろう	395
直助	なおすけ	396
直助(権兵衛)	なおすけ(ごんべえ)	396
直助権兵衛	なおすけごんべえ	396
直綱	なおつな	396
直基	なおもと	396
永井 敬五郎	ながい・けいごろう	396
永井 権左衛門(権左)	ながい・ごんざえもん(ごんざ)	396
長井 四郎左衛門	ながい・しろうざえもん*	396
中井 清太夫	なかい・せいだゆう	396
長井 利隆	ながい・としたか	397
長井 長弘	ながい・ながひろ	397
那珂 采女	なか・うねめ	397
長尾越前守 政景	ながおえちぜんのかみ・まさかげ	397
長尾 景虎	ながお・かげとら	397
長尾 景虎(上杉 謙信)	ながお・かげとら(うえすぎ・けんしん)	397
長岡肥後守 宗信	ながおかひごのかみ・むねのぶ	397
長尾 つる女	ながお・つるじょ	397
長尾 貞之助	ながお・ていのすけ*	397
長尾 晴景	ながお・はるかげ	397
長尾 政景	ながお・まさかげ	397
中川 右京太夫	なかがわ・うきょうだゆう	398
中川 勘左衛門	なかがわ・かんざえもん	398
中川 佐平太	なかがわ・さへいた	398
中川 新兵衛	なかがわ・しんべえ	398
中川 文吉	なかがわ・ぶんきち	398
永倉 新八	ながくら・しんぱち	398
長坂 寅次郎	ながさか・とらじろう	398
長崎野郎	ながさきやろう	399
長沢 英三郎	ながさわ・えいざぶろう	399
中島 歌子	なかじま・うたこ	399
中島 衡平	なかじま・こうへい	399
中島 五郎作	なかじま・ごろさく	399
中島 登	なかじま・のぼる	399
長瀬 光太郎	ながせ・こうたろう*	399
中田 玄竹	なかだ・げんちく	399
中田 庄兵衛	なかだ・しょうべえ	399
長田 新之丞	ながた・しんのじょう	399
中務	なかつかさ	400
中津川 祐範	なかつがわ・ゆうはん	400
長綱 縫殿助	ながつな・ぬいのすけ	400
永戸 数馬	ながと・かずま	400
中臣 鎌子(藤原 鎌足)	なかとみの・かまこ(ふじわらの・かまたり)	400
中臣 鎌足	なかとみの・かまたり	400
中根 才次郎	なかね・さいじろう	400
中根 与七郎	なかね・よしちろう	400
中大兄皇子	なかのおおえのおうじ	400
中大兄王子(天智天皇)	なかのおおえのおうじ(てんじてんのう)	400
中野 孝子	なかの・こうこ	400
中野 権平	なかの・ごんべい	400
長野 主膳	ながの・しゅぜん	401
長野 主馬	ながの・しゅめ	401
中野 碩翁	なかの・せきおう	401
中野 竹子	なかの・たけこ	401
長野 業政	ながの・なりまさ	401
中野播磨守 清茂(碩翁)	なかのはりまのかみ・きよしげ*(せきおう)	401
長野 氷山	ながの・ひょうざん	401
中野 平内	なかの・へいない	401
中野 優子	なかの・ゆうこ	401
中野 利右衛門	なかの・りえもん	401
中畑 馬之允	なかはた・うまのすけ	401
中原 兼遠	なかはら・かねとう	402
中原 尚雄	なかはら・なおお	402
中原 武太夫	なかはら・ぶだゆう	402
長松 次郎右衛門	ながまつ・じろうえもん	402
中丸 治兵衛	なかまる・じへえ	402
永見右衛門尉 貞愛	ながみうえもんのじょう・さだちか	402
中御門氏(寿桂尼)	なかみかどし(じゅけいに)	402
永見 吉英	ながみ・よしひで*	402
中村 伊勢	なかむら・いせ	402
中村 円太	なかむら・えんた	402
中村 鶴女	なかむら・かくにょ	402

中村 勘三郎	なかむら・かんざぶろう	402
中村 勘平	なかむら・かんぺい	403
中村 喜久寿	なかむら・きくじゅ	403
中村 鹿之助	なかむら・しかのすけ	403
中村 十蔵	なかむら・じゅうぞう	403
中村 清右衛門	なかむら・せいえもん	403
中村 鶴蔵	なかむら・つるぞう	403
中村 仲蔵	なかむら・なかぞう	403
中村 伯信	なかむら・はくしん*	403
中村 半次郎	なかむら・はんじろう	403
中村 半次郎(桐野 利秋)	なかむら・はんじろう(きりの・としあき)	404
中村 半次郎	なかむら・はんじろうな	404
仲谷 九蔵	なかや・きゅうぞう*	404
仲 保次	なか・やすつぐ	404
中山 家吉	なかやま・いえよし	404
中山 勘解由	なかやま・かげゆ	404
中山 仙十郎	なかやま・せんじゅうろう	404
中山 忠光	なかやま・ただみつ	404
中山 団五右衛門	なかやま・だんごえもん*	404
中山 貞之助	なかやま・ていのすけ*	405
中山 弥一郎	なかやま・やいちろう	405
中山 安兵衛	なかやま・やすべえ	405
中山 安兵衛(堀部 安兵衛)	なかやま・やすべえ(ほりべ・やすべえ)	405
半井 玄節	なからい・げんせつ	405
半井 千鶴	なからい・ちず	405
長柄の安盛(安盛)	ながらのやすもり(やすもり)	405
ナガレ目	ながれめ	405
泣き兵衛	なきべえ	405
奈倉 左兵衛	なくら・さへえ	405
名倉 弥一	なぐら・やいち	405
梨本 桔平	なしもと・きっぺい	406
灘兵衛	なだべえ	406
なつ		406
奈津	なつ	406
那津	なつ	406
長束 正家	なつか・まさいえ	406
夏目 五郎左衛門	なつめ・ごろうざえもん	406
夏目 雪之丞	なつめ・ゆきのじょう	406
七生	ななお	406
奈々姫	ななひめ	406
難波吉士 高雄	なにわのきし・たかお	407
名張 虎眼	なばり・こがん	407
隠の与次	なばりのよじ	407
鍋島 勝茂	なべしま・かつしげ	407
鍋島 茂綱	なべしま・しげつな	407
鍋島信濃守 勝茂	なべしましなののかみ・かつしげ	407
鍋島 生山	なべしま・しょうさん	407
鍋島 直勝	なべしま・なおかつ	407
鍋島 直茂	なべしま・なおしげ	407
なほ女	なほじょ	407
生首の九度兵衛	なまくびのくどべえ	408
菜美	なみ	408
波合の半蔵	なみあいのはんぞう	408
波入 勘之丞	なみいり・かんのじょう	408
並川 浪十郎	なみかわ・なみじゅうろう	408
並木 五八(五瓶)	なみき・ごはち(ごへい)	408
並木 五瓶	なみき・ごへい	408
並木 正三	なみき・しょうぞう	408
並木 拍子郎	なみき・ひょうしろう	408
並木 拍子郎	なみき・ひょうしろう*	408
波越 伊平太	なみこし・いへいた	409
浪越 典膳	なみこし・てんぜん	409
名村 恵介	なむら・けいすけ	409
奈良原 喜八郎	ならはら・きはちろう	409
成田 勘兵衛	なりた・かんべえ	409
成田 治郎作	なりた・じろさく	409
成田 宅右衛門	なりた・たくえもん	409
斉温	なりはる	409
鳴神上人	なるかみしょうにん	409
成島 甲子太郎(柳北)	なるしま・きねたろう(りゅうほく)	409
成島 柳北	なるしま・りゅうぼく	409
成瀬 定太郎	なるせ・じょうたろう	409
成瀬 兵馬	なるせ・ひょうま	410

成富 又左衛門　なるとみ・またざえもん*	410
鳴海 三七郎　なるみ・さんしちろう	410
縄手の嘉十郎　なわてのかじゅうろう	410
南郷力丸　なんごうりきまる	410
南部信濃守　なんぶしなののかみ	410
南部 高信　なんぶ・たかのぶ	410
南部山城守 重直　なんぶやましろのかみ・しげなお	410
南陽房　なんようぼう	410
南陽房（日運上人）　なんようぼう（にちうんしょうにん）	410

【に】

新出 去定　にいで・きょじょう	410
二位の尼御前（時子）　にいのあまごぜ（ときこ）	411
仁王堂兵太左衛門　におうどうへいたざえもん	411
二階堂 行義　にかいどう・ゆきよし	411
仁吉　にきち	411
和生 久之助　にぎゅう・きゅうのすけ*	411
逃げ水半次　にげみずはんじ	411
西岡 鶴之助　にしおか・つるのすけ	411
西尾 仁左衛門　にしお・にざえもん	411
錦木　にしきぎ	411
西沢 勘兵衛　にしざわ・かんべえ	411
西沢 左京　にしざわ・さきょう	411
西村 賢八郎　にしむら・けんぱちろう	411
西村 左平次　にしむら・さへいじ	412
仁助　にすけ	412
日運上人　にちうんしょうにん	412
日潤　にちじゅん	412
日道　にちどう	412
日蓮　にちれん	412
蜷原 嘉門　になはら・かもん	412
二宮 久四郎　にのみや・きゅうしろう	412
二宮 三太夫　にのみや・さんだゆう	412
二宮 忠八　にのみや・ちゅうはち*	412
二宮 半四郎　にのみや・はんしろう	413
仁平次　にへいじ	413
仁兵衛　にへえ	413
日本左衛門　にほんざえもん	413
日本駄右衛門　にほんだえもん	413
入田 親誠　にゅうた・ちかざね*	413
入道　にゅうどう	413
ニュートン先生　にゅーとんせんせい	413
女院（建礼門院）　にょいん（けんれいもんいん）	413
仁礼 源之丞　にれ・げんのじょう	413
仁寛　にんかん	413
人形屋安次郎（安次郎）　にんぎょうややすじろう（やすじろう）	414

【ぬ】

ぬい	414
縫殿助　ぬいのすけ	414
額田王　ぬかたのおおきみ	414
額田女王　ぬかたのおおきみ	414
ヌジ	414
沼田 顕泰（万鬼斎）　ぬまた・あきやす（まんきさい）	414
沼田 朝憲（弥七郎）　ぬまた・あさのり（やしちろう）	414
沼田 景義（平八郎）　ぬまた・かげよし（へいはちろう）	415
沼野 玄昌　ぬまの・げんしょう*	415
ぬらりの順官　ぬらりのじゅんかん	415
ぬれ闇の六助　ぬれやみのろくすけ	415

【ね】

根上 孫四郎　ねがみ・まごしろう	415
根岸 兎角　ねぎし・とかく	415
根岸の政次　ねぎしのまさじ	415
根岸肥前守　ねぎしひぜんのかみ	415
根岸肥前守 正虎　ねぎしひぜんのかみ・まさとら	415
根岸肥前守 鎮衛　ねぎしひぜんのかみ・やすもり	416
猫清　ねこせい	416
猫之助　ねこのすけ	416
猫政　ねこまさ*	416
鼠　ねずみ	416
鼠小僧　ねずみこぞう	416

鼠小僧次郎吉　ねずみこぞうじろきち　416	梅鶯　ばいおう　419
鼠小僧の次郎吉　ねずみこぞうのじろきち　416	梅岳 承芳　ばいがく・しょうほう　419
ねね　416	灰方 藤兵衛　はいかた・とうべえ　420
禰々 ねね　416	ハイカラ右京　はいからうきょう　420
子之吉　ねのきち　417	拝郷 鏡三郎　はいごう・きょうざぶろう　420
眠 狂四郎　ねむり・きょうしろう　417	梅雪　ばいせつ　420
	灰屋紹益（紹益）はいやじょうえき（じょうえき）　420

【の】

野方 甚右衛門　のがた・じんうえもん　417	馬殷　ば・いん　420
野上 市之助　のがみ・いちのすけ　417	波賀 彦太郎　はが・ひこたろう　420
野口 左京　のぐち・さきょう　417	袴野ノ麿　はかまのまろ　420
野ざらし権次　のざらしごんじ　417	羽川 金三郎　はがわ・きんざぶろう　420
野ざらし仙次　のざらしせんじ　417	萩　はぎ　420
野地 金之助　のじ・きんのすけ　417	萩香　はぎか　421
野末 頼母　のずえ・たのも　417	はぎの　421
野田 市左衛門　のだ・いちざえもん　417	萩乃　はぎの　421
野田 文蔵　のだ・ぶんぞう*　418	萩姫　はぎひめ　421
野寺 知之丞　のでら・とものじょう　418	萩丸　はぎまる　421
野殿 新之介　のとの・しんのすけ*　418	萩山 徳次郎　はぎやま・とくじろう　421
野中兵庫頭 鎮兼　のなかひょうごのかみ・しげかね　418	萩原 作之進　はぎわら・さくのしん　421
野々村 玄庵　ののむら・げんあん　418	萩原 新三郎　はぎわら・しんざぶろう　421
野平 孝右衛門　のひら・こうえもん　418	白翁堂　はくおうどう　421
のぶ　418	白翁堂勇斎　はくおうどうゆうさい　422
延沢能登守 満延　のぶさわのとのかみ・みつのぶ　418	白 潤娘　はく・じゅんじょう　422
野藤　のふじ*　418	白娘子　はくじょうし　422
野伏ノ勝　のぶせのかつ　418	白石先生　はくせきせんせい　422
展徳　のぶとく　418	伯蔵主　はくぞうしゅ　422
信直　のぶなお　418	白蝶　はくちょう　422
野見 宿禰　のみの・すくね　419	莫耶　ばくや*　422
野村　のむら　419	白羅　はくら　422
野村 市助　のむら・いちすけ　419	羽黒の小法師　はぐろのこぼうし　422
野村 彦右衛門　のむら・ひこえもん　419	禿げっちょ　はげっちょ　422
野村 望東　のむら・もと　419	橋口 壮介　はしぐち・そうすけ　422
野村 理三郎　のむら・りさぶろう　419	橋口 伝蔵　はしぐち・でんぞう　422
則元　のりもと　419	橋田 十内　はしだ・じゅうない　423
	羽柴筑前守 秀吉（豊臣 秀吉）はしばちくぜんのかみ・ひでよし（とよとみ・ひでよし）　423

【は】

	羽柴 秀吉　はしば・ひでよし　423
	羽柴 秀吉（豊臣 秀吉）はしば・ひでよし（とよとみ・ひでよし）　423
	羽柴 秀吉（豊臣 秀吉）はしば・ひでよし（とよとみ・ひでよし）　424

橋本 左内	はしもと・さない	424
芭蕉	ばしょう	424
葉末	はずえ	424
蓮根 左仲	はすね・さちゅう	424
長谷川 宗喜	はせがわ・そうき	424
長谷川 竹丸	はせがわ・たけまる	424
長谷川 冬馬	はせがわ・とうま	424
長谷川 縫殿助	はせがわ・ぬいのすけ	425
長谷川 平蔵	はせがわ・へいぞう	425
支倉 常長（六右衛門）	はせくら・つねなが（ろくえもん）	425
馬賽	ば・そう	425
秦 切左衛門	はた・きりざえもん	425
畠山検校	はたけやまけんぎょう	425
畠山 真之介（新吉）	はたけやま・しんのすけ*（しんきち）	426
畑島 伝兵衛	はたしま・でんべえ*	426
羽田 信作	はだ・しんさく	426
畑中 伝兵衛	はたなか・でんべえ	426
秦 貞連	はたの・さだつら	426
波多野 秀尚	はたの・ひでなお	426
秦 真比呂	はたの・まひろ	426
秦造 河勝	はたのみやつこ・かわかつ	426
秦ノ 安秋	はたの・やすあき	426
秦部 魚足	はたべの・うおたり	426
旗本偏屈男	はたもとへんくつおとこ	426
ハチ		427
八五郎（ガラッハ）	はちごろう（がらっぱち）	427
八左衛門	はちざえもん	427
蜂須賀 彦右衛門	はちすか・ひこえもん	427
八助	はちすけ	427
八代目	はちだいめ	427
ばちびんの亀ぞう	ばちびんのかめぞう	427
八兵衛	はちべえ	427
八兵衛（淀川 八郎右衛門）	はちべえ（よどがわ・はちろうえもん）	427
蜂屋 謙三郎	はちや・けんざぶろう	428
蜂屋 慎吾	はちや・しんご	428
八郎秀高	はちろうひでたか	428
はつ		428
初　はつ		428
初瀬	はつせ	428
泊瀬部王子	はつせべおうじ	428
八田 軍平	はった・ぐんべい	428
服部 吉兵衛	はっとり・きちべえ	428
服部 源三郎	はっとり・げんざぶろう	428
服部 小十郎	はっとり・こじゅうろう	428
服部 小平次	はっとり・こへいじ	428
服部 三郎兵衛	はっとり・さぶろべえ*	429
服部 大陣	はっとり・たいじん	429
服部 梅竹	はっとり・ばいちく	429
服部 半蔵	はっとり・はんぞう	429
服部 半蔵正就	はっとり・はんぞうまさなり	429
服部 半蔵正成	はっとり・はんぞうまさなり	429
服部 撫松	はっとり・ぶしょう	429
服部 正就	はっとり・まさなり	429
初音	はつね	429
花　はな		429
花江	はなえ	430
花枝	はなえ	430
バナガンガ		430
花吉	はなきち	430
落語家	はなしか	430
花田 紀右衛門	はなだ・きえもん*	430
花廼屋	はなのや	430
花房	はなぶさ	430
花房 一平	はなぶさ・いっぺい	430
花丸	はなまる	431
塙 十四郎	はなわ・じゅうしろう	431
塙 武助	はなわ・ぶすけ*	431
土津公（保科 正之）	はにつこう（ほしな・まさゆき）	431
歯抜け	はぬけ	431
馬場 多岐之介	ばば・たきのすけ	431
馬場 信春	ばば・のぶはる	431
ハビーブ		431
浜吉（風車の浜吉）	はまきち（かざぐるまのはまきち）	431
浜島 庄兵衛（日本左衛門）	はましま・しょうべえ（にほんざえもん）	432

浜蔵	はまぞう	432
浜田 喜兵衛（丑太郎）	はまだ・きへえ（うしたろう）	432
浜田 源次郎	はまだ・げんじろう	432
浜田屋治兵衛	はまだやじへい	432
浜の嵐新五郎	はまのあらししんごろう	432
浜村屋瀬川菊之丞（路考）	はまむらやせがわきくのじょう（ろこう）	432
早川 主馬	はやかわ・しゅめ	432
早川 典膳	はやかわ・てんぜん	432
林 桜園	はやし・おうえん	432
林 頑固斎	はやし・がんこさい	432
林 謹之助	はやし・きんのすけ	432
林崎 甚助	はやしざき・じんすけ	433
林 三之丞	はやし・さんのじょう	433
林田 左文	はやしだ・さもん	433
林 董	はやし・ただす	433
林 忠崇	はやし・ただたか	433
林 董三郎（林 董）	はやし・とうさぶろう*（はやし・ただす）	433
林 連作	はやしのむらじ・つくり	433
林 美里	はやし・みさと	433
林家正蔵	はやしやしょうぞう	433
早瀬 隼人	はやせ・はやと	433
疾風小僧（仁太郎）	はやてこぞう（じんたろう）	433
疾風の勘兵衛	はやてのかんべえ	434
隼人	はやと	434
隼之助	はやのすけ	434
隼小僧	はやぶさこぞう	434
隼 新八郎	はやぶさ・しんぱちろう	434
速水 研四郎	はやみ・けんしろう	434
早見 伝兵衛	はやみ・でんべえ	434
早水 藤左衛門	はやみ・とうざえもん	434
原口 馬之助	はらぐち・うまのすけ	435
原口 慎蔵	はらぐち・しんぞう	435
原口 孫左衛門	はらぐち・まござえもん	435
原 小隼人	はら・こはやと	435
原田 甲斐	はらだ・かい	435
原田 勘左衛門	はらだ・かんざえもん	435
原田 小次郎	はらだ・こじろう	435
原田 佐之助	はらだ・さのすけ	435
原田 左之助	はらだ・さのすけ	435
原 胤昭	はら・たねあき	435
原 雅之進	はら・まさのしん	436
原 保太郎	はら・やすたろう	436
針ヶ谷 夕雲	はりがや・せきうん	436
針谷 夕雲	はりがや・せきうん	436
ハル		436
波留	はる	436
春香	はるか	436
春風小柳	はるかぜこりゅう*	436
春吉（由太郎）	はるきち（よしたろう）	436
春駒太夫	はるこまだゆう	436
春蔵	はるぞう	436
媛姫	はるひめ	437
春兵衛	はるべえ	437
樊噲	はん・かい	437
坂額御前	はんがくごぜん	437
ハンカラーシルク		437
咸宜	はんぎ	437
半丘	はんきゅう	437
半左衛門	はんざえもん	437
半次	はんじ	437
半次（逃げ水半次）	はんじ（にげみずはんじ）	437
半七	はんしち	437
半七（和佐次郎右衛門）	はんしち（わさ・じろえもん）	438
播随院長兵衛	ばんずいいんちょうべえ	438
幡随院長兵衛	ばんずいいんちょうべえ	438
半助	はんすけ	438
范 増	はん・ぞう	438
盤三	ばんぞう	438
半蔵（波合の半蔵）	はんぞう（なみあいのはんぞう）	438
半田 惣右衛門	はんだ・そうえもん	438
半田屋九兵衛（九兵衛）	はんだやきゅうべえ（きゅうべえ）	438
板東 十郎兵衛	ばんどう・じゅうろべえ	438
般若 半兵衛	はんにゃ・はんべえ	438

判 彦左衛門　ばん・ひこざえもん*	438
ハンフウキ	439
斑平　はんぺい	439
半兵衛　はんべえ	439
范蠡　はん・れい	439
范蠡　はんれい	439

【ひ】

柊 仙太郎　ひいらぎ・せんたろう	439
柊 仙太郎　ひいらぎ・せんたろう	440
檜垣 清治　ひがき・せいじ*	440
ピカリッぺ	440
疋田 清五郎　ひきた・せいごろう	440
疋田 文五郎　ひきた・ぶんごろう	440
疋田 豊五郎　ひきた・ぶんごろう	440
疋田 豊五郎　ひきだ・ぶんごろう	440
疋田 文五郎(栖雲斎)　ひきた・ぶんごろう(せいうんさい)	440
疋田 豊五郎　ひきた・ぶんごろう*	440
疋田 文五郎景忠　ひきた・ぶんごろうかげただ	440
樋口 十郎兵衛定勝　ひぐち・じゅうろべえさだかつ	440
樋口 十郎兵衛定䎡　ひぐち・じゅうろべえさだたか	441
樋口 宗助　ひぐち・そうすけ	441
樋口 奈津(一葉)　ひぐち・なつ(いちよう)	441
樋口 飛騨次郎左衛門尉 重定　ひぐちひだじろうざえもんのじょう・しげさだ	441
樋口 又七郎定次　ひぐち・またしちろうさだつぐ	441
樋口 主水助　ひぐち・もんどのすけ	441
曳馬野 玄馬　ひくまの・げんま	441
鬚の又四郎　ひげのまたしろう	441
彦坂 織部　ひこさか・おりべ	441
彦作　ひこさく	442
彦三郎(神保 大学茂安)　ひこさぶろう(じんぼ・だいがくしげやす)	442
彦太郎(高安 彦太郎)　ひこたろう(たかやす・ひこたろう)	442
彦兵衛　ひこべえ	442
彦六　ひころく	442
寿　ひさ	442
久栄　ひさえ	442
久豊(美作守久豊)　ひさとよ(みまさかのかみひさとよ)	442
土方 楠左衛門　ひじかた・くすざえもん*	442
土方 歳三　ひじかた・としぞう	442
土方 歳三　ひじかた・としぞう	443
土方 歳三　ひじかた・としぞう	444
土子 泥之助　ひじこ・どろのすけ	444
毘沙門天　びしゃもんてん	444
被慈利　ひじり	444
日高 市五郎　ひだか・いちごろう	444
ピーター・グレイ	444
比田 帯刀　ひだ・たてわき	444
秀三郎　ひでさぶろう	445
秀三郎　ひでさぶろう*	445
秀姫　ひでひめ	445
ひとみ	445
人見 勝太郎　ひとみ・かつたろう	445
ひな菊　ひなぎく	445
ひな女　ひなじょ	445
日野 勝光　ひの・かつみつ	445
檜 兵馬　ひのき・ひょうま	445
日野 甚太夫孝貞　ひの・じんだゆうたかさだ	445
日野 富子　ひの・とみこ	446
日野屋久次郎(久次郎)　ひのやきゅうじろう(きゅうじろう)	446
火花　ひばな	446
卑弥呼　ひみこ	446
比村 源左衛門　ひむら・げんざえもん	446
姫　ひめ	446
ヒモ	446
百助(権左衛門)　ひゃくすけ(ごんざえもん)	446
百助　ひゃくすけ*	446
白蓮教主　びゃくれんきょうしゅ	446
ビヤ樽ジョージ　びやだるじょーじ	446
檜山 荘之助　ひやま・そうのすけ	446
瓢庵　ひょうあん	447
兵庫　ひょうご	447

俵助（青馬の俵助） ひょうすけ（あおうまのひょうすけ）	447
兵藤 外記 ひょうどう・げき	447
兵藤 玄蕃 ひょうどう・げんば	447
飄々斎佐兵衛 ひょうひょうさいさへえ	447
瓢六 ひょうろく	447
日吉姫 ひよしひめ	447
ひょっとこ官蔵 ひょっとこかんぞう	447
ひょろ松 ひょろまつ	448
平井 進之助 ひらい・しんのすけ	448
平生 弥惣 ひらう・やそう	448
平岡石見守 頼勝 ひらおかいわみのかみ・よりかつ	448
平岡 松月斎 ひらおか・しょうげつさい	448
平岡 伝蔵 ひらおか・でんぞう	448
平尾 せき ひらお・せき	448
平賀 源内 ひらが・げんない	448
平賀 源内 ひらが・げんない	449
平川 軍太夫 ひらかわ・ぐんだゆう	449
平田 十三郎 ひらた・じゅうざぶろう	449
平田 孫三郎 ひらた・まごさぶろう	449
平田 武蔵 ひらた・むさし	449
平田 武仁（無二斎） ひらた・むに（むにさい）	449
平田屋利兵衛 ひらたやりへえ	449
平手 左京亮 ひらて・さきょうのすけ	449
平手 造酒 ひらて・みき	449
平松 時次郎 ひらまつ・ときじろう	449
平山 鋭太郎 ひらやま・えいたろう	449
平山 金四郎 ひらやま・きんしろう	450
平山 行蔵 ひらやま・こうぞう	450
平山 行蔵（子竜） ひらやま・こうぞう（しりゅう）	450
平山 行蔵（子竜） ひらやま・こうぞう（しりょう）	450
平山 三之丞 ひらやま・さんのじょう	450
ピリト	450
蛭川 真弓 ひるかわ・まゆみ	450
広沢 真臣 ひろさわ・さねおみ	450
広田 伊織 ひろた・いおり	450
広田 大五郎 ひろた・だいごろう	450
弘中 勝之進 ひろなか・かつのしん	451
ピント	451

【ふ】

ファン・カッテンディーケ（カッテンディーケ）	451
馮 ふう	451
風外 ふうがい	451
風箏（九条 稙通） ふうそう（くじょう・たねみち）	451
風魔小太郎 ふうまこたろう	451
風魔ノ小太郎 ふうまのこたろう	451
武衛さま ぶえいさま	451
深井 染之丞 ふかい・そめのじょう	451
深尾 喜左衛門 ふかお・きざえもん	451
深草六兵衛 ふかくさろくべえ	451
深田 清兵衛 ふかだ・せいべえ	452
深堀 三右衛門 ふかほり・さんえもん*	452
深見 十兵衛 ふかみ・じゅうべえ	452
深谷 新左衛門 ふかや・しんざえもん	452
深谷 清海入道 ふかや・せいかいにゅうどう	452
ふき	452
ふき（おふき）	452
福 ふく	452
福井 かね ふくい・かね	452
福岡 市郎右衛門 ふくおか・いちろうえもん*	453
福沢 百助 ふくざわ・ひゃくすけ	453
福沢 諭吉 ふくざわ・ゆきち	453
福士 成豊 ふくし・なるとよ	453
福士 半平 ふくし・はんぺい	453
福島 五郎太 ふくしま・ごろうた	453
福島 丹波治重 ふくしま・たんばはるしげ	453
福島 正則 ふくしま・まさのり	453
福島 正則（市松） ふくしま・まさのり（いちまつ）	453
福善僧正 ふくぜんそうじょう	454
福田 平馬 ふくだ・へいま	454
福田 林太郎 ふくだ・りんたろう	454
フクムシ	454

(58)

福屋吉兵衛（吉兵衛）　ふくやきちべえ（きちべえ）	454
福来　佐太夫　ふくら・さたゆう＊	454
福禄童　ふくろくわらべ＊	454
夫差　ふさ	454
芙佐　ふさ	454
ふさ江（花房）　ふさえ（はなぶさ）	454
扶佐姫　ふさひめ	454
房姫　ふさひめ	454
布佐女　ふさめ	455
藤井　十四郎　ふじい・じゅうしろう	455
富士　右衛門　ふじ・うえもん	455
富士　宇右門　ふじ・うえもん	455
富士　宇衛門　ふじ・うえもん	455
フジ枝　ふじえ	455
藤岡屋由蔵（由蔵）　ふじおかやよしぞう（よしぞう）	455
藤乙　ふじおと	456
藤川　吉右衛門　ふじかわ・きちえもん＊	456
藤吉　ふじきち	456
藤木　紋蔵　ふじき・もんぞう	456
藤子　ふじこ	456
藤崎　信三郎　ふじさき・しんざぶろう	456
藤崎　六衛門　ふじさき・ろくえもん	456
藤島　貞助　ふじしま・さだすけ	456
藤田　五郎（斎藤 一）　ふじた・ごろう（さいとう・はじめ）	456
藤田　三郎兵衛　ふじた・さぶろべえ＊	456
藤田　伝五　ふじた・でんご	456
藤田　徳馬　ふじた・とくま	457
フジツボーシャ	457
藤波　友衛　ふじなみ・ともえ	457
藤沼　庫之助　ふじぬま・くらのすけ	457
藤沼　内記　ふじぬま・ないき	457
藤乃　ふじの	457
藤野　ふじの	457
藤野　幸右衛門　ふじの・こうえもん＊	457
藤野　浩之　ふじの・ひろゆき	457
富士春　ふじはる	457
武子美　ぶ・しび	457
藤姫（おつな）　ふじひめ（おつな）	458
藤松　ふじまつ	458
富士松（陳 元明）　ふじまつ（ちん・げんめい）	458
伏見小路　甚十郎　ふしみこうじ・じんじゅうろう	458
藤村　新三郎　ふじむら・しんざぶろう	458
藤山　軍兵衛　ふじやま・ぐんべえ	458
藤原　兼家　ふじわらの・かねいえ	458
藤原　鎌足　ふじわらの・かまたり	458
藤原　忠通　ふじわらの・ただみち	458
藤原　頼長　ふじわらの・ただみち	458
藤原　三守　ふじわらの・ただもり	458
藤原　豊成　ふじわらの・とよなり	458
藤原　仲麻呂　ふじわらの・なかまろ	458
藤原　仲麿（恵美押勝）　ふじわらの・なかまろ（えみのおしかつ）	459
藤原　道隆　ふじわらの・みちたか	459
藤原　道長　ふじわらの・みちなが	459
藤原　基経　ふじわらの・もとつね	459
藤原　百川　ふじわらの・ももかわ	459
藤原　良房　ふじわらの・よしふさ	459
伏鐘重三郎　ふせがねしげざぶろう	459
布施　権十郎　ふせ・ごんじゅうろう	459
布施　新九郎　ふせ・しんくろう	459
布施　孫左衛門　ふせ・まござえもん	459
二木　豊後　ふたつぎ・ぶんご	459
プチャーチン	460
淵脇　平馬　ふちわき・へいま	460
布都姫　ふつひめ	460
武帝　ぶてい	460
富徳　ふとく	460
道祖王　ふなどおう	460
舟橋　康賢　ふなばし・やすかた	460
岐夫　ふなんど	460
文恵　ふみえ	460
文江　ふみえ	460
普門院の和尚さん　ふもんいんのおしょうさん	460
ブラキストン	461
古市　総十郎　ふるいち・そうじゅうろう	461
古内　志摩　ふるうち・しま	461
古高　俊太郎（喜右衛門）　ふるたか・しゅんたろう（きえもん）	461

古畑 丈玄 ふるはた・じょうげん	461
古山 奈津之助 ふるやま・なつのすけ	461
不破 友之進 ふわ・とものしん	461
不破 伴作 ふわ・ばんさく	461
不破 龍之進 ふわ・りゅうのしん*	461
文吉 ぶんきち	462
文桂(宮の越の検校) ぶんけい(みやのこしのけんぎょう)	462
文賢 ぶんけん	462
文吾(石川 五右衛門) ぶんご(いしかわ・ごえもん)	462
文次 ぶんじ	462
文四郎 ぶんしろう	462
文助 ぶんすけ	462
文蔵 ぶんぞう	462
文蔵 ぶんぞう	463
文秉 ぶんへい	463
文明寺行尊 ぶんめいじぎょうそん	463

【へ】

平 へい	463
平右衛門 へいえもん	463
平吉 へいきち	463
平原君 へいげんくん	463
平五郎 へいごろう	463
平左 へいざ*	463
兵斎 へいさい*	464
兵左衛門 へいざえもん	464
平次 へいじ	464
平次(銭形の平次) へいじ(ぜにがたのへいじ)	464
平次(銭形平次) へいじ(ぜにがたへいじ)	464
平十郎 へいじゅうろう	464
平十郎(蛇の平十郎) へいじゅうろう(くちなわのへいじゅうろう)	464
平四郎 へいしろう	464
平次郎 へいじろう	464
兵助 へいすけ	464
兵助 へいすけ	465
平助 へいすけ	465

兵介(柳生 兵庫助利厳) へいすけ(やぎゅう・ひょうごのすけとしとし)	465
平蔵(ましらの平蔵) へいぞう(ましらのへいぞう)	465
平太 へいた	465
平八郎 へいはちろう	465
米芾(元章) べい・ふつ(げんしょう)	465
平兵衛 へいべえ	465
平栗 久馬 へぐり・きゅうま	465
平秩 東作 へずつ・とうさく	465
蛇吉(吉次郎) へびきち(きちじろう)	466
ヘルナンド	466
ヴェルレーヌ	466
弁慶 べんけい	466
弁天小僧菊之助 べんてんこぞうきくのすけ	466
弁之助 べんのすけ	466
ヘンミー	466
逸見 宗助 へんみ・そうすけ	466

【ほ】

法師 ほうし	466
芳春院 ほうしゅんいん	466
北条 氏直 ほうじょう・うじなお	467
北条 氏秀 ほうじょう・うじやす	467
北条 次郎時行 ほうじょう・じろうときゆき	467
北条 時政 ほうじょう・ときまさ	467
北条 長綱 ほうじょう・ながつな	467
北条 政子 ほうじょう・まさこ	467
宝蔵院胤栄 ほうぞういんいんえい	467
宝蔵院胤栄(胤栄) ほうぞういんいんえい(いんえい)	467
宝沢 ほうたく	468
朴木 五郎 ほうのき・ごろう	468
宝引きの辰 ほうびきのたつ	468
宝引の辰 ほうびきのたつ	468
坊丸(武田 源三郎) ぼうまる(たけだ・げんざぶろう)	468
北枝(和泉屋北枝) ほくし(いずみやほくし)	468
卜伝 ぼくでん	468

ホシ		469	堀 右衛門　ほり・うえもん	472
保科 惣吾　ほしな・そうご		469	堀内 伝右衛門　ほりうち・でんえもん	472
保科筑前守 正俊　ほしなちくぜんのかみ・まさとし		469	堀江 惣十郎　ほりえ・そうじゅうろう	472
保科肥後守 正之　ほしなひごのかみ・まさゆき		469	堀尾 金助　ほりお・きんすけ	473
			堀尾 方泰　ほりお・まさやす	473
保科 正之　ほしな・まさゆき		469	堀尾 吉晴　ほりお・よしはる	473
保科 正之(幸松)　ほしな・まさゆき(ゆきまつ*)		469	堀口 久兵衛　ほりぐち・きゅうべえ	473
			堀口 弥三郎　ほりぐち・やさぶろう	473
星野 小五郎　ほしの・こごろう		469	堀式部少輔 安高　ほりしきぶしょうゆ・やすたか	473
星野 房吉　ほしの・ふさきち		469		
星野 又八郎　ほしの・またはちろう		469	彫辰　ほりたつ	473
穂積 孫八　ほづみ・まごはち		469	堀丹波守 宗昌　ほりたんばのかみ・むねまさ*	473
細井 弥一郎　ほそい・やいちろう		469		
細尾 敬四郎　ほそお・けいしろう		470	堀 藤次　ほりの・とうじ	473
細川 興秋　ほそかわ・おきあき		470	堀部 主膳　ほりべ・しゅぜん	473
細川 ガラシア　ほそかわ・がらしあ		470	堀部 安兵衛　ほりべ・やすべえ	473
細川 ガラシャ　ほそかわ・がらしゃ		470	堀部 安兵衛(中山 安兵衛)　ほりべ・やすべえ(なかやま・やすべえ)	474
細川 加羅奢　ほそかわ・がらしゃ		470		
細川 三斎(細川 忠興)　ほそかわ・さんさい(ほそかわ・ただおき)		470	堀部 弥兵衛　ほりべ・やへえ	474
			堀 主水　ほり・もんど	474
細川 忠興　ほそかわ・ただおき		470	堀 弥太郎　ほり・やたろう	474
細川 忠興(三斎)　ほそかわ・ただおき(さんさい)		470	梵字雁兵衛　ぼんじがんべえ	474
			本寿院　ほんじゅいん	474
細川 忠利　ほそかわ・ただとし		471	本寿院(お福の方)　ほんじゅいん(おふくのかた)	474
細川 藤孝(與一郎)　ほそかわ・ふじたか(よいちろう)		471		
			本庄 宮内少輔　ほんじょう・くないしょう	474
細野 権八郎　ほその・ごんぱちろう		471		
蛍　ほたる		471	本庄 茂平次　ほんじょう・もへいじ	474
ボッカン和尚　ぼっかんおしょう		471	ぽん太　ぽんた	474
ボッコ		471	本多 伊織　ほんだ・いおり	474
堀田相模守 正亮　ほったさがみのかみ・まさすけ		471	本田越前守 重富　ほんだえちぜんのかみ・しげとみ	475
払田 弾正　ほった・だんじょう		471	本多上野介 正純　ほんだこうずけのすけ・まさずみ	475
堀田 正俊　ほった・まさとし		471		
堀田 六郎　ほった・ろくろう		472	本多佐渡守 正信　ほんださどのかみ・まさのぶ	475
仏の小平次　ほとけのこへいじ		472		
ホノスセリ		472	本多 重次　ほんだ・しげつぐ*	475
ホホデミ		472	本田 忠勝　ほんだ・ただかつ	475
ほり		472	本多 忠吉郎　ほんだ・ちゅうきちろう*	475
堀伊賀守　ほりいがのかみ		472		
堀 育太郎　ほり・いくたろう		472	本多 正純　ほんだ・まさずみ	475
堀出雲守 之敏　ほりいずものかみ・ゆきとし		472	本多 政長　ほんだ・まさなが	475
			本多 正信　ほんだ・まさのぶ	476

本多 民部左衛門　ほんだ・みんぶざえもん	476
梵天丸　ぼんてんまる	476
ボンベン	476

【ま】

マイ	476
舞　まい	476
前砂の捨蔵　まえすなのすてぞう*	476
前田 慶次郎　まえだ・けいじろう	476
前田 慶次郎(咄然斎)　まえだ・けいじろう(とつねんさい)	477
前田 玄以　まえだ・げんい	477
前田 土佐守 直躬　まえだとさのかみ・なおみ	477
前田 利長　まえだ・としなが	477
前田 慶次利大　まえだ・よしつぐとします	477
前田 吉徳　まえだ・よしのり	477
前原 弥五郎(伊東 一刀斎景久)　まえはら・やごろう(いとう・いっとうさいかげひさ)	477
前原 和助　まえばら・わすけ	477
真壁 安芸守 氏幹　まかべあきのかみ・うじもと	477
真壁 大印　まかべ・だいいん	477
真壁 道無(暗夜軒)　まかべ・どうむ(あんやけん)	478
曲淵 甲斐守 景漸　まがりぶちかいのかみ・かげつぐ	478
まき	478
槙 俊之介　まき・しゅんのすけ	478
槙助　まきすけ*	478
蒔田 金五　まきた・きんご	478
牧 仲太郎　まき・なかたろう	478
牧の方　まきのかた	478
牧野 勘兵衛　まきの・かんべえ	478
牧野 遠江守 康哉　まきのとおとうみのかみ・やすとも	478
牧野 長門守 成文　まきのながとのかみ・しげふみ	479
牧野 兵庫頭 長虎　まきのひょうごのかみ・ながとら	479
真葛の長者　まくずのちょうじゃ	479
孫右衛門　まごえもん	479
孫三郎　まごさぶろう	479
馬越 三郎　まごし・さぶろう	479
孫七　まごしち	479
孫次郎　まごじろう	479
孫八(上松の孫八)　まごはち(あげまつのまごはち)	479
孫兵衛　まごべえ	479
マサ	480
正井 宗昧　まさい・そうまい	480
政江　まさえ	480
鉞　まさかり	480
正木 伊織　まさき・いおり	480
正木 辰之進　まさき・たつのしん	480
政吉　まさきち	480
正木 灘兵衛　まさき・なだべえ	480
雅子　まさこ	480
真砂　まさご	480
真砂の庄次　まさごのしょうじ	480
政五郎　まさごろう	481
政五郎(大政)　まさごろう(おおまさ)	481
政次(根岸の政次)　まさじ(ねぎしのまさじ)	481
正七　まさしち	481
雅乃　まさの*	481
増田 長盛　ました・ながもり	481
間島 惣右衛門　ましま・そうえもん	481
ましらの平蔵　ましらのへいぞう	481
満寿　ます	481
増壁 佑一郎　ますかべ・ゆういちろう*	481
真杉 小十郎　ますぎ・こじゅうろう	481
増蔵　ますぞう	481
益田 蔵人　ますだ・くろうど	482
馬爪 源五右衛門　まずめ・げんごえもん*	482
馬詰 柳太郎　まずめ・りゅうたろう	482
増山 永斎　ますやま・えいさい	482
間瀬 定八　ませ・さだはち	482
又市　またいち	482
又右衛門　またえもん	482
又衛門　またえもん	482

又右衛門（柳生但馬守 宗矩） また 482
えもん（やぎゅうたじまのかみ・むねの
り）
又七 またしち 482
又七郎 またしちろう 482
又十郎 またじゅうろう 483
又四郎（越後の又四郎） またしろう 483
（えちごのまたしろう）
又四郎（鬚の又四郎） またしろう（ひ 483
げのまたしろう）
又之助 またのすけ 483
又八郎 またはちろう 483
またぶどん 483
まつ 483
松 まつ 483
松 まつ 484
松（とてちん松） まつ（とてちんまつ） 484
松井 次左衛門 まつい・じざえもん* 484
松井 半左衛門 まつい・はんざえも 484
ん
松浦 静山 まつうら・せいざん 484
松浦 伝蔵 まつうら・でんぞう 484
松浦肥前守 まつうらひぜんのかみ 484
松恵 まつえ 484
松江 まつえ 484
松尾 まつお 484
松王様 まつおうさま 484
松岡 萬 まつおか・つもる 485
松尾 多勢子 まつお・たせこ 485
松川 三郎兵衛 まつかわ・さぶろべ 485
え
松木 誠四郎 まつき・せいしろう 485
松木 内匠 まつき・たくみ 485
松吉 まつきち 485
松子 まつこ 485
松五郎 まつごろう 485
松五郎 まつごろう 486
松崎 慊堂 まつざき・こうどう 486
松沢 哲之丞 まつざわ・てつのじょう 486
松沢 哲之進 まつざわ・てつのしん 486
松寿 まつじゅ* 486
松助 まつすけ 486
松造（油日の和十） まつぞう（あぶら 486
ひのわじゅう）

松造夫婦 まつぞうふうふ 486
松平伊豆守 信綱 まつだいらいずの 486
かみ・のぶつな
松平伊豆守 信祝 まつだいらいずの 486
かみ・のぶとき
松平伊豆守 信祝 まつだいらいずの 487
かみ・のぶとき
松平和泉守 乗全（和泉守） まつだ 487
いらみのかみ・のりたけ（いずみ
のかみ）
松平 右近将監 まつだいら・うこん 487
しょうげん
松平近江守 正次 まつだいらおうみ 487
のかみ・まさつぐ
松平 鶴翁 まつだいら・かくおう 487
松平 清康 まつだいら・きよやす 487
松平 外記 まつだいら・げき 487
松平 定信 まつだいら・さだのぶ 487
松平 三助 まつだいら・さんすけ 487
松平 新九郎 まつだいら・しんくろう 487
松平図書頭 康平 まつだいらずしょ 487
のかみ・やすひら
松平 忠輝 まつだいら・ただてる 487
松平 忠敏 まつだいら・ただとし 488
松平 忠直 まつだいら・ただなお 488
松平 頼母 まつだいら・たのも 488
松平 主税介 まつだいら・ちからの 488
すけ
松平 長七郎長頼 まつだいら・ちょう 488
しちろうながより*
松平 綱教 まつだいら・つなのり 488
松平 直矩 まつだいら・なおのり 488
松平中務 正幸（中務） まつだいらな 488
かつかさ・まさゆき（なかつかさ）
松平 斉宣 まつだいら・なりのぶ 488
松平 信綱 まつだいら・のぶつな 488
松平 信綱 まつだいら・のぶつな 489
松平肥後守 正容 まつだいらひごの 489
かみ・まさかた
松平 正容 まつだいら・まさかた 489
松平美濃守 吉保（柳沢 吉保） まつ 489
だいらみののかみ・よしやす（やなぎ
さわ・よしやす）
松平 元康（徳川 家康） まつだいら・ 489
もとやす（とくがわ・いえやす）

松平 主水	まつだいら・もんど	489
松田 織部之助	まつだ・おりべのすけ	489
松田 小吉	まつだ・こきち	489
松田 重助	まつだ・しげすけ*	489
松田 兵馬	まつだ・へいま	489
松田屋勘次郎（勘次郎）	まつだやかんじろう（かんじろう）	489
松田 与五郎	まつだ・よごろう	489
松太郎	まつたろう	490
松永弾正 久秀	まつながだんじょう・ひさひで	490
松長 長三郎	まつなが・ちょうざぶろう	490
松永 久秀	まつなが・ひさひで	490
松永 久通	まつなが・ひさみち	490
松波 勘十郎	まつなみ・かんじゅうろう	490
松浪 庄九郎	まつなみ・しょうくろう	490
松波 庄五郎	まつなみ・しょうごろう	490
松波 庄五郎	まつなみ・しょうごろう	491
松野河内守 助義	まつのかわちのかみ・すけよし	491
松之助（中山 家吉）	まつのすけ（なかやま・いえよし）	491
松の丸（京極 竜子）	まつのまる（きょうごく・たつこ）	491
松の丸さま	まつのまるさま	491
松の丸殿	まつのまるどの	491
松原 庵之助	まつばら・いおのすけ	491
松原 仙千代	まつばら・せんちよ	491
松原 忠司	まつばら・ただし	491
松原 忠司	まつばら・ただじ	491
松姫	まつひめ	491
松前 哲郎太	まつまえ・てつろうた	491
松村 彦太郎	まつむら・ひこたろう	492
松本備前守 尚勝	まつもとびぜんのかみ・ひさかつ	492
松本備前守 政信	まつもとびぜんのかみ・まさのぶ	492
松本 秀持	まつもと・ひでもち	492
松本 良順	まつもと・りょうじゅん	492
松山 大蔵	まつやま・だいぞう	492
松山 不苦庵	まつやま・ふくあん	492
松山 主水	まつやま・もんど	492
松山 主水大吉	まつやま・もんどだいきち	492
松山 主水大吉（雷大吉）	まつやま・もんどだいきち（かみなりだいきち）	492
万里小路典侍 清子	までのこうじのすけ・きよこ	492
万天姫	までひめ	493
的場 慎太郎	まとば・しんたろう	493
真女児	まなご	493
間部 詮房	まなべ・あきふさ	493
真鍋 小兵衛	まなべ・こへえ	493
真帆	まほ	493
真堀 洞斎	まぼり・どうさい	493
幻の三蔵	まぼろしのさんぞう	493
儘田 筑前	ままた・ちくぜん	493
間宮 織部	まみや・おりべ	493
間宮 林蔵	まみや・りんぞう	493
間宮 和三郎	まみや・わさぶろう	494
豆六	まめろく	494
摩耶	まや	494
真弓	まゆみ	494
まり		494
麻里	まり	494
マリアンヌ・マンシュ		494
摩梨花	まりか	494
鞠婆	まりばば	494
マル		494
丸亀	まるがめ	495
丸目 蔵人佐	まるめ・くらんどのすけ	495
丸目 隼人	まるめ・はやと	495
丸目 文之進	まるめ・ぶんのしん	495
丸毛 貞三郎	まるも・ていざぶろう	495
円山 応挙	まるやま・おうきょ	495
万鬼斎	まんきさい	495
万財 二郎九郎	まんざい・じろくろう	495
万三郎	まんざぶろう	495
万七	まんしち	495
満照	まんしょう*	495
万次郎	まんじろう	495
萬次郎	まんじろう	496
万助	まんすけ	496
万蔵	まんぞう	496

萬田 弥太郎	まんだ・やたろう	496
万太郎	まんたろう	496
満之助	まんのすけ	496
萬姫	まんひめ	496
万六	まんろく	496

【み】

三浦 休太郎	みうら・きゅうたろう	497
三浦 権太夫	みうら・ごんだゆう	497
三浦 庄司	みうら・しょうじ	497
美絵	みえ	497
三重吉	みえきち	497
みを		497
美尾	みお	497
御神楽 采女(旗本偏屈男)	みかぐら・うねめ(はたもとへんくつおとこ)	497
三方 武松	みかた・たけまつ	497
三方 末武	みかた・まつたけ*	497
三河屋喜蔵(喜蔵)	みかわやきぞう(きぞう)	498
三河屋幸三郎(幸三郎)	みかわやこうざぶろう(こうざぶろう)	498
みき		498
三木田	みきた	498
三樹 八郎	みき・はちろう	498
三雲 清兵衛	みくも・せいべえ	498
三宅 志賀之助(猫之助)	みけ・しかのすけ(ねこのすけ)	498
眉間尺	みけんじゃく	498
神子上 典膳	みこがみ・てんぜん	498
神子上 典膳(小野 次郎右衛門忠明)	みこがみ・てんぜん(おの・じろえもんただあき)	498
美沙生	みさお	499
御里 炎四郎	みさと・えんしろう	499
三沢 伊兵衛	みさわ・いへえ	499
三沢 亀蔵	みさわ・かめぞう	499
三島 権三衛門	みしま・ごんざえもん	499
箕島 宗太郎	みしま・そうたろう	499
三島屋武右衛	みしまやぶゆうえ*	499
みづき		499
美月	みずき	499
三杉 敬助	みすぎ・けいすけ	499
水木 玄庵	みずき・げんあん	499
三杉 さわ	みすぎ・さわ	499
水木 新八郎	みずき・しんぱちろう	500
水草	みずくさ	500
三鈴	みすず	500
美鈴	みすず	500
水田 吉太夫	みずた・きちだゆう*	500
水沼 雷之進	みずぬま・らいのしん	500
水野和泉守 忠邦	みずのいずみのかみ・ただくに	500
水野越前守	みずのえちぜんのかみ	500
水野越前守 忠邦	みずのえちぜんのかみ・ただくに	500
水野 是清	みずの・これきよ	500
水野 十郎左衛門	みずの・じゅうろうざえもん	500
水野 十郎左衛門	みずの・じゅうろうざえもん	501
水野 忠邦	みずの・ただくに	501
水野 忠辰	みずの・ただとき	501
水野 藤助	みずの・とうすけ	501
水野土佐守 忠央	みずのとさのかみ・ただなか	501
水野ひゅうが守 勝成	みずのひゅうがのかみ・かつなり	501
ミス・リード		501
溝口 半兵衛	みぞぐち・はんべえ	501
みその		501
溝呂木 庄右衛門	みぞろぎ・しょうえもん	501
溝呂木 新三郎	みぞろぎ・しんざぶろう	501
深谷	みたに	501
三谷 甚兵衛	みたに・じんべえ	502
三谷 又助	みたに・またすけ	502
ミチ		502
道島 五郎兵衛	みちしま・ごろべえ	502
三千歳	みちとせ	502
道之助	みちのすけ	502
みつ		502
美津	みつ	502
三井 丑之助	みつい・うしのすけ	503
光子	みつこ	503

三津田の仙太郎　みつたのせんたろう	503
光村 帯刀　みつむら・たてわき	503
三土路 保胤　みどろ・やすたね	503
みな	503
水無瀬　みなせ	503
南淵 年名　みなふち・としな	503
南の方(豪姫)　みなみのかた(ごうひめ)	503
源 清光　みなもと・きよみつ*	503
源 実朝　みなもとの・さねとも	503
源 融　みなもとの・とおる	503
源 博雅　みなもとの・ひろまさ	504
源 雅信　みなもとの・まさのぶ	504
源 行家　みなもとの・ゆきいえ	504
源 義経　みなもとの・よしつね	504
源 義朝　みなもとの・よしとも	504
源 義仲(木曾義仲)　みなもとの・よしなか(きそよしなか)	504
源 義仲(木曽義仲)　みなもとの・よしなか(きそよしなか)	504
源 義仲(駒王)　みなもとの・よしなか(こまおう)	505
源 頼朝　みなもとの・よりとも	505
源 頼朝(武衛さま)　みなもとの・よりとも(ぶえいさま)	505
源 頼光　みなもとの・よりみつ	505
みね	505
美音　みね	505
美補　みね	505
みね(お峰の方)　みね(おみねのかた)	505
峰吉　みねきち	505
峰村 彌久馬　みねむら・やくま	506
ミノ	506
巳乃　みの	506
箕浦 猪之吉　みのうら・いのきち	506
箕浦 雄介　みのうら・ゆうすけ	506
三乃吉　みのきち	506
巳之吉　みのきち	506
箕吉　みのきち	506
巳之助　みのすけ	506
箕輪 伝四郎　みのわ・でんしろう	506
美鶴　みはく	507
壬生 孝之　みぶの・たかゆき	507
みほ	507
美穂　みほ	507
三保蔵　みほぞう	507
美保代　みほよ	507
美作守久豊　みまさかのかみひさとよ	507
三村 清十郎親宣　みむら・せいじゅうろうちかのぶ	507
三村 元親　みむら・もとちか	507
みや	507
美也　みや	507
美耶　みや	507
美弥　みや	508
宮井 玄斎　みやい・げんさい	508
宮入 欽之助　みやいり・きんのすけ	508
宮川 右衛門尉　みやがわ・うえもんのじょう*	508
宮川 勝五郎　みやがわ・かつごろう	508
宮城 彦輔　みやぎ・ひこすけ	508
三宅 勝之進　みやけ・かつのしん	508
三宅 久次郎　みやけ・きゅうじろう	508
三宅 太郎光国　みやけの・たろうみつくに	508
みやこ	508
宮小路 保昌　みやこうじ・やすまさ	508
都田の吉兵衛　みやこだのきちべえ	508
都 伝内　みやこ・でんない	509
宮崎 友禅　みやざき・ゆうぜん	509
宮地 新六郎　みやじ・しんろくろう	509
御息所　みやすどころ	509
宮の越の検校　みやのこしのけんぎょう	509
宮野辺 源次郎　みやのべ・げんじろう	509
宮部 鼎蔵　みやべ・ていぞう	509
宮部 長熙　みやべ・ながひろ	509
宮村 稲子　みやむら・いねこ	509
宮本 伊織　みやもと・いおり	509
宮本 造酒之助　みやもと・みきのすけ	509
宮本 武蔵　みやもと・むさし	509
宮本 武蔵　みやもと・むさし	510
宮本 武蔵　みやもと・むさし	511

宮本 武蔵(たけぞう) みやもと・むさし(たけぞう)	511
ミヨ	511
美代 みよ	511
美代 みよ	512
妙海 みょうかい	512
妙源 みょうげん	512
妙信 みょうしん	512
妙心尼 みょうしんに	512
明千坊 みょうせんぼう	512
妙念 みょうねん	512
三好 みよし	512
三好 清海(清海入道) みよし・せいかい(せいかいにゅうどう)	512
三好 清海入道 みよし・せいかいにゅうどう	512
三好 長逸 みよし・ながゆき	512
三好 長慶 みよし・ながよし	513
三芳野 みよしの*	513
三好 孫六郎(三好 義継) みよし・まごろくろう(みよし・よしつぐ)	513
三好 政康 みよし・まさやす	513
三好 義継 みよし・よしつぐ	513

【む】

無外 むがい	513
向井 将監 むかい・しょうげん	513
向井 甚八 むかい・じんぱち	513
麦 むぎ	513
むささび喜平太 むささびきへいた	513
むささびの源次 むささびのげんじ	513
武蔵坊弁慶(弁慶) むさしぼうべんけい(べんけい)	514
無心 むしん	514
武宗 むそう	514
六浦 琴之丞 むつうら・きんのじょう	514
むっつり右門 むっつりうもん	514
陸奥 宗光 むつ・むねみつ	514
武藤 喜兵衛(真田 昌幸) むとう・きへえ(さなだ・まさゆき)	514
宗像 氏貞 むなかた・うじさだ	514
無二斎 むにさい	514
牟非 むひ	514
村尾 市右衛門 むらお・いちえもん*	515
村垣 むらがき	515
村垣 左吉 むらがき・さきち	515
村上 宇兵衛 むらかみ・うへえ	515
村上 吉之丞 むらかみ・きちのじょう	515
村上 権左衛門 むらかみ・ごんざえもん	515
村上 俊五郎 むらかみ・しゅんごろう	515
村上 俊五郎 むらかみ・しゅんごろう*	515
村上 庄左衛門 むらかみ・しょうざえもん	515
村上 天流 むらかみ・てんりゅう	515
村上 浪六(村上 信) むらかみ・なみろく(むらかみ・まこと)	515
村上 信 むらかみ・まこと	515
村上 満信 むらかみ・みつのぶ	516
村越 三造 むらこし・さんぞう*	516
村沢 むらさわ	516
村瀬 むらせ	516
村瀬 藤馬 むらせ・とうま	516
村田 むらた	516
村田 勘太夫 むらた・かんだゆう	516
村田 新八 むらた・しんぱち	516
村田 助六 むらた・すけろく	516
村田屋卯吉(卯吉) むらたやうきち(うきち)	516
村田 与三 むらた・よぞう	516
村地 信安 むらち・のぶやす	516
村地 亮之介 むらち・りょうのすけ	517
村山 五六郎 むらやま・ごろくろう	517
村山 左近 むらやま・さこん	517
村山 たか むらやま・たか	517
村山 龍平 むらやま・りゅうへい	517
夢裡庵(富士 右衛門) むりあん(ふじ・うえもん)	517
夢裡庵(富士 宇右門) むりあん(ふじ・うえもん)	517
夢裡庵(富士 宇衛門) むりあん(ふじ・うえもん)	517
夢裡庵(富士 宇衛門) むりあん(ふじ・うえもん)	518
室井 貞之助 むろい・さだのすけ	518
室屋 安向 むろやの・あむか	518

室屋 麻向　むろやの・まむか　518

【め】

めくぼの藤八　めくぼのとうはち　518
メンデス・ピント（ピント）　518

【も】

茂市　もいち　518
孟阿　もう・あ　518
毛利 小三次　もうり・こさんじ　518
毛利 修理大夫　もうりしゅりだゆう　518
毛利 輝元　もうり・てるもと　519
毛利 元綱　もうり・もとつな　519
毛利 元就　もうり・もとなり　519
最上 義光　もがみ・よしみつ　519
最上 義康　もがみ・よしやす　519
木喰上人　もくじきしょうにん　519
木犀　もくせい　519
杢之助　もくのすけ　519
杢兵衛　もくべえ　519
茂七　もしち　519
茂七　もしち　520
茂七（回向院の茂七）　もしち（えこういんのもしち）　520
文字とよ　もじとよ　520
文字春　もじはる　520
茂助（嘲斎）　もすけ*（ちょうさい）　520
望月 伊之助　もちずき・いのすけ　520
望月 七郎　もちずき・しちろう　520
望月 千代　もちずき・ちよ　520
望月 千代女　もちずき・ちよじょ　520
望月 兵馬　もちずき・ひょうま*　520
望月 兵太夫　もちずき・へいだゆう　521
物注 満柄　もつぎ・まつか　521
元吉　もときち　521
元吉　もときち*　521
元助　もとすけ　521
元助（音外坊）　もとすけ（おんがいぼう）　521
物部連 麻呂　もののべのむらじ・まろ　521

茂平　もへい　521
茂平次　もへいじ　521
茂兵衛　もへえ　521
桃井 三左衛門　ももい・さんざえもん　521
桃井 春蔵　ももい・しゅんぞう　521
桃井 春蔵直一　ももい・しゅんぞうなおかず　521
桃井 春蔵直勝　ももい・しゅんぞうなおかつ　522
桃井 八郎左衛門直由　ももい・はちろうざえもんなおたか　522
百々地 三太夫　ももち・さんだゆう　522
百地 三太夫（百地 丹波）　ももち・さんだゆう（ももち・たんば）　522
百地 丹波　ももち・たんば　522
森岡 金吾　もりおか・きんご　522
森川出羽守 重俊　もりかわでわのかみ・しげとし　522
森川 若狭　もりかわ・わかさ　522
森 勘左衛門　もり・かんざえもん　522
森口 慶次郎　もりぐち・けいじろう　522
森島 新兵衛　もりしま・しんべえ　522
森積 嘉兵衛　もりずみ・かへえ　523
守蔵　もりぞう　523
森蔵　もりぞう　523
森蔵　もりぞう*　523
森田 思軒　もりた・しけん　523
森田屋 清蔵　もりたやせいぞう　523
森 当左衛門　もり・とうざえもん　523
盛長　もりなが　523
森 長可　もり・ながよし　524
森の石松　もりのいしまつ　524
森野 元次郎（柳全）　もりの・げんじろう*（りゅうぜん）　524
森 半右衛門　もり・はんえもん*　524
森本 儀兵衛　もりもと・ぎへえ*　524
守屋 甚太夫　もりや・じんだゆう　524
森山 七郎兵衛　もりやま・しちろべえ　524
森 与平　もり・よへい　524
森 乱丸　もり・らんまる　524
森 蘭丸　もり・らんまる　524
森 六郎右衛門　もり・ろくろうえもん*　524
森脇 友三郎　もりわき・ともさぶろう　525
諸岡 一羽　もろおか・いっぱ　525

(68)

諸岡 一羽斎	もろおか・いっぱさい	525
諸住 伊四郎	もろずみ・いしろう	525
門三郎	もんざぶろう	525
紋治（山嵐の紋治）	もんじ（やまあらしのもんじ）	525
紋次郎（木枯し紋次郎）	もんじろう（こがらしもんじろう）	525
紋蔵	もんぞう	525
門田 清一郎	もんだ・せいいちろう	525
モンテスパン夫人	もんてすぱんふじん	525
主水	もんど	525
主水正	もんどのしょう	526
主水之助	もんどのすけ	526
門馬 勘右衛門	もんま・かんえもん	526

【や】

八一	やいち	526
弥一	やいち	526
弥市	やいち	526
八重	やえ	526
八重咲	やえさき	527
八重姫	やえひめ	527
弥右衛門	やえもん	527
やを		527
八百蔵	やおぞう	527
八百蔵吉五郎（吉五郎）	やおぞうきちごろう（きちごろう）	527
八木 為三郎	やぎ・ためさぶろう	527
弥吉	やきち	527
柳生 左門友矩	やぎゅう・さもんとものり	528
柳生 十兵衛	やぎゅう・じゅうべえ	528
柳生 十兵衛（七郎）	やぎゅう・じゅうべえ（しちろう）	528
柳生 十兵衛光厳	やぎゅう・じゅうべえみつよし	528
柳生 十兵衛三厳	やぎゅう・じゅうべえみつよし	528
柳生 十兵衛三厳	やぎゅう・じゅうべえみつよし	529
柳生 石舟斎	やぎゅう・せきしゅうさい	529
柳生 石舟斎宗厳	やぎゅう・せきしゅうさいむねよし	529
柳生但馬守 宗矩	やぎゅうたじまのかみ・むねのり	529
柳生但馬守 宗矩	やぎゅうたじまのかみ・むねのり	530
柳生但馬守 宗矩（又右衛門）	やぎゅうたじまのかみ・むねのり（またえもん）	530
柳生但馬守 宗厳	やぎゅうたじまのかみ・むねよし	530
柳生但馬守 宗厳（石舟斎）	やぎゅうたじまのかみ・むねよし（せきしゅうさい）	530
柳生 利厳	やぎゅう・としとし	530
柳生 利厳（如雲斎）	やぎゅう・としとし（じょうんさい）	530
柳生 友景	やぎゅう・ともかげ	530
柳生 友矩（左門）	やぎゅう・とものり（さもん）	530
柳生の五郎左（五郎左）	やぎゅうのごろうざ（ごろうざ）	530
柳生播磨守	やぎゅうはりまのかみ	530
柳生飛騨守 宗冬	やぎゅうひだのかみ・むねふゆ	531
柳生 兵庫厳包	やぎゅう・ひょうごとしかね	531
柳生 兵庫助	やぎゅう・ひょうごのすけ	531
柳生 兵庫助利厳	やぎゅう・ひょうごのすけとしとし	531
柳生 兵庫助利厳（兵助）	やぎゅう・ひょうごのすけとしとし（へいすけ）	531
柳生 兵助厳包（連也斎）	やぎゅう・ひょうすけとしかね（れんやさい）	531
柳生 杏姫	やぎゅう・へんひ	531
柳生 眞純	やぎゅう・ますみ	531
柳生 又右衛門宗矩	やぎゅう・またえもんむねのり	531
柳生 宗厳（石舟斎）	やぎゅう・むねとし（せきしゅうさい）	531
柳生 宗矩	やぎゅう・むねのり	531
柳生 宗矩	やぎゅう・むねのり	532
柳生 宗矩（又右衛門）	やぎゅう・むねのり（またえもん）	532
柳生 宗冬	やぎゅう・むねふゆ	532

柳生 宗冬(又十郎)	やぎゅう・むねふゆ(またじゅうろう)	532
柳生 宗厳(石舟斎)	やぎゅう・むねよし(せきしゅうさい)	532
柳生 宗頼(柳生但馬守 宗矩)	やぎゅう・むねより(やぎゅうたじまのかみ・むねのり)	533
柳生 宗頼(柳生 宗矩)	やぎゅう・むねのり(やぎゅう・むねのり)	533
柳生 列堂	やぎゅう・れつどう	533
柳生 連也(柳生 兵庫厳包)	やぎゅう・れんや(やぎゅう・ひょうごとしかね)	533
柳生 連也斎(兵助)	やぎゅう・れんやさい(へいすけ)	533
矢口 仁三郎	やぐち・にさぶろう	533
櫓下のかしら	やぐらのかしら	533
弥五兵衛	やごへえ	533
弥五兵衛	やごべえ	533
弥五郎	やごろう	533
弥左衛門	やざえもん	533
弥三郎	やさぶろう	533
彌三郎	やさぶろう	534
野三郎成綱	やさぶろうなりつな*	534
弥七	やしち	534
弥七(ごい鷺の弥七)	やしち(ごいさぎのやしち)	534
弥七郎	やしちろう	534
矢島 市之助	やじま・いちのすけ	534
矢島の局	やじまのつぼね	534
矢島 文治郎	やじま・ぶんじろう	534
矢島 保治郎	やじま・やすじろう	534
矢島 与右衛門	やじま・よえもん	534
安	やす	535
八寿	やす	535
安(蝙蝠安)	やす(こうもりやす)	535
安井 算哲	やすい・さんてつ	535
安川 宗順	やすかわ・そうじゅん	535
安川 田村丸	やすかわ・たむらまる	535
安吉	やすきち	535
安吉(イラチの安)	やすきち(いらちのやす)	535
弥助	やすけ	535
矢助	やすけ	536
安五郎	やすごろう	536
安次	やすじ	536
安次郎	やすじろう	536
安二郎	やすじろう	536
安蔵	やすぞう	536
安田 作兵衛	やすだ・さくべえ	536
安太郎	やすたろう	536
安富 主計	やすとみ・かずえ	536
やすな姫	やすなひめ	536
安之助	やすのすけ	536
安春	やすはる	537
安広	やすひろ	537
保本 登	やすもと・のぼる	537
安盛	やすもり	537
安森 吉三郎	やすもり・きちさぶろう	537
谷津 主水	やず・もんど*	537
弥惣次	やそうじ	537
八十右衛門	やそえもん	537
八十吉	やそきち	537
弥太吉	やたきち	537
矢田 五郎右衛門(塙 武助)	やだ・ごろうえもん(はなわ・ぶすけ*)	537
矢田部 織部	やたべ・おりべ	537
弥太郎	やたろう	538
矢太郎	やたろう	538
夜刀	やと	538
柳川 三五郎	やながわ・さんごろう	538
柳沢 淇園	やなぎさわ・きえん	538
柳沢出羽守 吉保	やなぎさわでわのかみ・よしやす	538
柳沢 吉保	やなぎさわ・よしやす	538
柳田 伝七郎	やなぎだ・でんしちろう	538
柳瀬 三左衛門	やなせ・さんざえもん	538
矢並 四郎(佐倉 四郎)	やなみ・しろう(さくら・しろう)	539
矢之吉	やのきち	539
矢野 圭順(室井 貞之助)	やの・けいじゅん(むろい・さだのすけ)	539
矢野 五右衛門	やの・ごえもん	539
弥八	やはち	539
破唐坊	やぶからぼう	539
藪 三左衛門	やぶ・さんざえもん	539

藪 大八郎　やぶ・だいはちろう	539
弥平　やへい	539
弥平次　やへいじ	539
弥兵衛　やへえ	539
山嵐の紋治　やまあらしのもんじ	539
山内 伊賀之亮　やまうち・いがのすけ	540
山内 伊賀亮　やまうち・いがのすけ	540
山内 春竜　やまうち・しゅんりゅう	540
山内土佐守 豊昌　やまうちとさのかみ・とよまさ	540
山内 元右衛門　やまうち・もとえもん*	540
山浦 清麿　やまうら・きよまろ	540
山浦式部 道見　やまうらしきぶ・どうけん*	540
山岡 九蔵　やまおか・きゅうぞう*	540
山岡 鉄舟　やまおか・てっしゅう	540
山岡 鉄太郎(鉄舟)　やまおか・てつたろう(てっしゅう)	540
山岡 鉄太郎(鉄舟)　やまおか・てつたろう(てっしゅう)	541
山岡 道阿弥　やまおか・どうあみ	541
山鹿 素行　やまが・そこう	541
山県 銀之丞　やまがた・ぎんのじょう	541
山上 順助　やまがみ・じゅんすけ*	541
山上 長十郎　やまがみ・ちょうじゅうろう	541
山岸 弥五七　やまぎし・やごしち	541
山際 市之介　やまぎわ・いちのすけ	541
山口 和　やまぐち・かず	541
山口 源吾　やまぐち・げんご	541
山口 五郎　やまぐち・ごろう	541
山口 平太　やまぐち・へいた	542
山崎 左門　やまざき・さもん	542
山崎 蒸　やまざき・すすむ	542
山崎 平　やまざき・たいら	542
山崎屋四郎右衛門(四郎右衛門)　やまざきやしろうえもん(しろうえもん)	542
山崎 与一郎　やまざき・よいちろう	542
山路 金三郎　やまじ・きんざぶろう	542
山下 惣右衛門　やました・そうえもん	542
山下義経(義経)　やましたのよしつね(よしつね)	542
山科 小次郎　やましな・こじろう	542
山科 言経　やましな・ときつね	542
山城宮内の娘(宮内の娘)　やましろくないのむすめ(くないのむすめ)	543
山城屋政吉　やましろやせいきち*	543
山城屋長助　やましろやちょうすけ	543
山瀬 右近(西沢 左京)　やませうこん(にしざわ・さきょう)	543
山田 浅右衛門　やまだ・あさえもん	543
山田 朝右衛門　やまだ・あさえもん	543
山田 浅右衛門(平太)　やまだ・あさえもん(へいた)	543
山田 浅右衛門吉睦　やまだ・あさえもんよしちか	543
山田 朝右衛門吉昌(吉昌)　やまだ・あさえもんよしまさ(よしまさ)	543
山田 右衛門作　やまだ・うえもんさく	543
山田 金太夫　やまだ・きんだゆう	543
山田 佐兵衛　やまだ・さへえ	544
山田 如水　やまだ・じょすい	544
山田 孝之助(風外)　やまだ・たかのすけ*(ふうがい)	544
山田の局　やまだのつぼね	544
山田 半兵衛　やまだ・はんべえ	544
山田 浮月斎　やまだ・ふげつさい	544
山田 方谷　やまだ・ほうこく	544
山田 茂平　やまだ・もへい	544
大和川 喜八郎　やまとがわ・きはちろう	544
倭脚折　やまとのあしおり	544
東漢直 駒　やまとのあやのあたい・こま	544
大和守直基(直基)　やまとのかみなおもと(なおもと)	544
倭彦命　やまとひこのみこと	545
山名 伊織　やまな・いおり	545
山中和泉守 重治　やまなかいずみのかみ・しげはる	545
山中 鹿之介　やまなか・しかのすけ	545
山中 重次郎　やまなか・しげじろう*	545
山中 陣馬　やまなか・じんば	545
山中 陸奥　やまなか・むつ	545
山中 良吾　やまなか・りょうご	545
山南 敬助　やまなみ・けいすけ	545

山根　やまね		546
山内 容堂　やまのうち・ようどう		546
山野 八十八　やまの・やそはち		546
山彦　やまひこ		546
山伏(秋葉の行者)　やまぶし(あきばのぎょうじゃ)		546
山南 敬助　やまみなみ・けいすけ		546
山村 甚兵衛　やまむら・じんべえ		546
山村 忠之進　やまむら・ただのしん		546
山村 長太夫　やまむら・ちょうだゆう		546
山本 克己(一ノ瀬 直久)　やまもと・かつみ(いちのせ・なおひさ)		546
山本 勘介　やまもと・かんすけ		547
山本 勘助　やまもと・かんすけ		547
山本 剛兵衛　やまもと・ごうへえ*		547
山本 志丈　やまもと・しじょう		547
山本 伝太郎　やまもと・でんたろう		547
山本 道庵　やまもと・どうあん		547
山百合　やまゆり		547
山吉 新八　やまよし・しんぱち		547
山吉 新八　やまよし・しんぱち		548
矢村 清内　やむら・せいない		548
弥生　やよい		548
耶律 阿保機　やりつ・あほき		548
耶律 徳光　やりつ・とくこう		548
耶律 倍(人皇王)　やりつ・ばい(じんこうおう)		548
槍の与四郎　やりのよしろう		548
弥六　やろく		548

【ゆ】

湯浅 玄冲　ゆあさ・げんちゅう		548
湯浅 民部　ゆあさ・みんぶ*		548
ゆい		548
由比 七兵衛　ゆい・しちべえ		549
油井 正雪　ゆい・しょうせつ		549
由井 正雪　ゆい・しょうせつ		549
由比 正雪　ゆい・しょうせつ		549
由比 文内　ゆい・ぶんない		549
ゆう		549
由布　ゆう		549
結城 庄三郎　ゆうき・しょうざぶろう		549
結城 新十郎　ゆうき・しんじゅうろう		549
結城 秀康　ゆうき・ひでやす		549
結城 孫兵衛　ゆうき・まごべえ		549
勇五郎　ゆうごろう		550
勇斉　ゆうさい		550
勇斎(白翁堂勇斎)　ゆうさい(はくおうどうゆうさい)		550
夕月 弦三郎　ゆうずき・げんざぶろう		550
勇太　ゆうた		550
右太　ゆうた*		550
祐堂　ゆうどう		550
有徳院様(徳川 吉宗)　ゆうとくいんさま(とくがわ・よしむね)		550
ゆき		550
由季　ゆき		550
由紀　ゆき		550
ゆき江　ゆきえ		550
雪江　ゆきえ		551
雪於　ゆきお		551
雪女　ゆきおんな		551
行国(山村 忠之進)　ゆきくに(やまむら・ただのしん)		551
雪園　ゆきぞの		551
行春　ゆきはる		551
雪姫　ゆきひめ		551
雪姫(黒姫)　ゆきひめ(くろひめ)		551
行正(雪姫)　ゆきまさ(ゆきひめ)		552
幸松　ゆきまつ*		552
結解 勘兵衛　ゆげ・かんべえ		552
油下 清十郎俊光　ゆげ・せいじゅうろうとしみつ		552
弓削 是雄　ゆげの・これお		552
弓削 道鏡　ゆげの・どうきょう		552
ユゴー		552
ゆのみ		552
由布 雪下　ゆぶ・せっか		552
弓　ゆみ		552
由美吉(若菜)　ゆみきち(わかな)		552
弓木 常右衛門　ゆみき・つねえもん*		552
弓麻呂　ゆみまろ		553
百合　ゆり		553
由利　ゆり		553

由利（浄円院由利）　ゆり（じょうえんいんゆり）　553
由利 鎌之助　ゆり・かまのすけ　553

【よ】

余市　よいち　553
与市　よいち　553
與一郎　よいちろう　553
楊 一清　よう・いっせい　553
楊 果　よう・か　553
夜兎の角右衛門　ようさぎのかくえもん　554
要次郎　ようじろう　554
瑶泉院　ようぜいいん　554
要蔵　ようぞう　554
用連　ようれん　554
与右衛門　よえもん　554
余吉　よきち　554
与吉　よきち　554
横倉 甚五郎　よこくら・じんごろう　554
横瀬 庄兵衛　よこせ・しょうべえ　554
横瀬 利七郎　よこせ・りしちろう　555
横田 主馬　よこた・しゅめ　555
横田 次郎兵衛　よこた・じろべえ　555
横田 甚五郎　よこた・じんごろう　555
横田 常右衛門　よこた・つねえもん　555
横田 内膳正 村詮　よこたないぜんのしょう・むらのり　555
横田備中守 高松　よこたびっちゅうのかみ・たかとし　555
横田 兵助　よこた・へいすけ　555
横地 郡太左衛門　よこち・ぐんたざえもん　555
横地 太郎兵衛　よこち・たろべえ　555
横地 藤蔵　よこち・とうぞう　555
横山 大膳長知　よこやま・だいぜんながちか　555
与三左衛門　よざえもん*　556
与作　よさく　556
与作（烏の与作）　よさく（からすのよさく）　556
与謝 蕪村　よさの・ぶそん　556
よし　556

与次（隠の与次）　よじ（なばりのよじ）　556
吉井 雄二　よしい・ゆうじ　556
吉衛　よしえ　556
由江　よしえ　556
由尾　よしお　556
吉岡 源左衛門直綱（憲法）　よしおか・げんざえもんなおつな（けんぽう）　556
吉岡 憲法（直綱）　よしおか・けんぽう（なおつな）　557
吉岡 憲法直賢　よしおか・けんぽうなおかた　557
吉岡 憲法直綱（清十郎）　よしおか・けんぽうなおつな（せいじゅうろう）　557
吉岡 憲法直光　よしおか・けんぽうなおみつ　557
吉岡 憲法直元　よしおか・けんぽうなおもと　557
吉岡 主膳　よしおか・しゅぜん　557
吉岡 甚作　よしおか・じんさく　557
吉岡 徹之介　よしおか・てつのすけ　557
吉岡 伝七郎（又市）　よしおか・でんしちろう（またいち）　557
吉岡 又市郎　よしおか・またいちろう　557
吉岡 又七郎　よしおか・またしちろう　557
吉川 左京覚賢　よしかわ・さきょうあきかた　557
吉川 常賢　よしかわ・つねかた　558
嘉吉（緒明の嘉吉）　よしきち（おあけのよしきち）　558
依志子　よしこ　558
義子　よしこ　558
美子　よしこ　558
芳公　よしこう　558
吉沢 長次郎　よしざわ・ちょうじろう　558
由次郎（阿波太夫）　よしじろう（あわだゆう）　558
芳三　よしぞう　558
由蔵　よしぞう　558
吉田 源四郎　よしだ・げんしろう　558
吉田 松陰（吉田 寅次郎）　よしだ・しょういん（よしだ・とらじろう）　559
吉田 清助　よしだ・せいすけ　559
吉田 宗桂　よしだ・そうけい　559

(73)

吉田 忠左衛門	よしだ・ちゅうざえもん	559
吉田 伝内	よしだ・でんない	559
吉田 東洋	よしだ・とうよう	559
吉田 寅次郎	よしだ・とらじろう	559
吉田 杢助	よしだ・もくすけ	559
吉田 元吉(吉田 東洋)	よしだ・もときち(よしだ・とうよう)	559
由太郎	よしたろう	559
由太郎	よしたろう	560
義経	よしつね	560
吉野	よしの	560
吉野 梢	よしの・こずえ	560
吉野 平左	よしの・へいざ	560
吉野屋平兵衛(平兵衛)	よしのやへいべえ(へいべえ)	560
好姫	よしひめ	560
美姫(美子)	よしひめ(よしこ)	560
吉昌	よしまさ	560
吉松	よしまつ*	560
吉村 右京	よしむら・うきょう	560
吉行 九造	よしゆき・きゅうぞう*	561
与司郎	よしろう	561
余助	よすけ	561
与助	よすけ	561
与惣次	よそじ	561
依田 啓七郎	よだ・けいしちろう	561
依田 源八郎信幸	よだ・げんぱちろうのぶゆき	561
依田 善九郎信春	よだ・ぜんくろうのぶはる	561
依田 信蕃	よだ・のぶしげ	561
淀川 八郎右衛門	よどがわ・はちろうえもん	561
淀君	よどぎみ	562
米吉	よねきち	562
米倉 喜左衛門	よねくら・きざえもん	562
米沢 新九郎	よねざわ・しんくろう	562
米七	よねしち	562
米田 貞政	よねだ・さだまさ	562
米田 孫四郎	よねだ・まごしろう	562
与八	よはち	562
与平	よへい	562
与兵衛	よへえ	562
四方吉親分	よもきちおやぶん	563
夜もすがら検校	よもすがらけんぎょう	563
与六	よろく	563
万丸秀継	よろずまるひでつぐ	563
永昌大君	よんちゃんでぐん	563

【ら】

頼 久太郎(山陽)	らい・きゅうたろう(さんよう)	563
頼 山陽	らい・さんよう	563
頼 春水	らい・しゅんすい	563
雷電為右衛門	らいでんためえもん	563
らく		563

【り】

りえ		564
李 英	り・えい	564
利吉	りきち	564
りく		564
李 建	り・けん	564
利左衛門	りざえもん	564
李 嗣源	り・しげん	564
李 従珂	り・じゅうか	564
李 従厚	り・じゅうこう	564
鯉丈	りじょう	564
李 章武	り・しょうぶ	564
利助	りすけ	564
梨世	りせ	565
里瀬	りせ	565
李夫人	りふじん	565
利兵衛	りへえ	565
りや		565
リュウ		565
龍吉	りゅうきち	565
劉 瑾	りゅう・きん	565
竜宮童子	りゅうぐうどうじ	565
隆源入道(諏訪 忠林)	りゅうげんにゅうどう(すわ・ただとき)	565
隆光(知足院隆光)	りゅうこう(ちそくいんりゅうこう)	565

劉劭	りゅう・しょう	565
劉生	りゅうせい	566
柳全	りゅうぜん	566
柳川堂	りゅうせんどう	566
竜造寺 家久	りゅうぞうじ・いえひさ	566
竜造寺 家久（多久 長門）	りゅうぞうじ・いえひさ（たく・ながと）	566
竜造寺 隆信	りゅうぞうじ・たかのぶ	566
竜造寺 高房	りゅうぞうじ・たかふさ	566
竜造寺 藤八郎高房	りゅうぞうじ・とうはちろうたかふさ	566
竜造寺 伯庵	りゅうぞうじ・はくあん	566
龍太	りゅうた	566
滝亭鯉丈（鯉丈）	りゅうていりじょう（りじょう）	566
劉徹	りゅう・てつ	567
劉徹（武帝）	りゅう・てつ（ぶてい）	567
竜之助	りゅうのすけ	567
劉文叔（光武帝）	りゅう・ぶんしゅく（こうぶてい）	567
隆平	りゅうへい	567
劉病已	りゅう・へいい	567
劉邦	りゅう・ほう	567
柳北	りゅうほく	567
竜舞の銀次	りゅうまいのぎんじ	567
劉友晃	りゅう・ゆうこう	567
竜堂寺 転	りゅどうじ・うたた	568
竜堂寺 左馬之介	りゅうどうじ・さまのすけ	568
良玄	りょうげん	568
良言	りょうげん	568
梁 元象	りょう・げんしょう	568
良抄	りょうしょう	568
良石和尚	りょうせきおしょう	568
良太	りょうた	568
了然	りょうねん	568
緑円	りょくえん*	568
りよ子	りよこ	568
りん		568
りん		569
林森	りんしん	569

【る】

るい		569
るい		570
ルコック警部	るこっくけいぶ	570
ルシオ		570
るり		570

【れ】

麗卿	れいきょう	570
麗卿	れいけい	570
レオナルド・ダ・ヴィンチ		570
蓮月	れんげつ	570
蓮生	れんしょう	570
レンドルフ		570
廉之助	れんのすけ	571
連也斎	れんやさい	571

【ろ】

浪庵	ろうあん	571
老人	ろうじん	571
六右衛門	ろくえもん	571
六郷 伊織	ろくごう・いおり	571
ロク助	ろくすけ	571
六助	ろくすけ	571
六助（ぬれ闇の六助）	ろくすけ（ぬれやみのろくすけ）	571
六蔵	ろくぞう	571
六之助	ろくのすけ	572
漉之介	ろくのすけ*	572
六兵衛	ろくべえ	572
六兵衛（深草六兵衛）	ろくべえ（ふかくさろくべえ）	572
六文銭	ろくもんせん	572
六郎次	ろくろうじ	572
路考	ろこう	572
六方 角蔵	ろっぽう・かくぞう	572
ロラン大尉	ろらんたいい	572
盧縮	ろわん	572

論々亭三喜(三喜) ろんろんていさんき(さんき)		573
論々亭水鏡(水鏡) ろんろんていすいきょう(すいきょう)		573

【わ】

わか		573
若浦(おふゆ) わかうら(おふゆ)		573
若さま わかさま		573
若杉 伊太郎 わかすぎ・いたろう		573
若蔵 わかぞう		573
若だんな(一太郎) わかだんな(いちたろう)		573
若月 雨太郎 わかつき・あめたろう		573
若菜 わかな		573
若林 五郎諸行 わかばやし・ごろうもろゆき		573
若林 宗八郎諸正 わかばやし・そうはちろうもろまさ		574
若者 わかもの		574
若山 わかやま		574
脇坂淡路守 安董 わきざかあわじのかみ・やすただ		574
和吉 わきち		574
和久 宗是 わく・そうぜ		574
和倉木 壮樹郎 わくらぎ・そうじゅろう		574
和気 清麻呂 わけの・きよまろ		574
和佐 次郎右衛門 わさ・じろえもん		574
和佐 大八郎 わさ・だいはちろう		574
和三郎 わさぶろう		574
和助 わすけ		575
和助(春蔵) わすけ(はるぞう)		575
和田 源兵衛 わだ・げんべえ		575
和田 仙之助 わだ・せんのすけ		575
和田 藤馬 わだ・とうま*		575
渡辺 篤 わたなべ・あつし		575
渡部 数馬 わたなべ・かずま		575
渡辺 数馬 わたなべ・かずま		575
渡辺 勘兵衛 わたなべ・かんべえ		576
渡辺 きみ わたなべ・きみ		576
渡辺 金兵衛 わたなべ・きんべえ		576
渡辺 源四郎 わたなべ・げんしろう		576
渡辺 源太 わたなべ・げんた		576
渡辺 小右衛門 わたなべ・こえもん		576
渡辺 庄九郎 わたなべ・しょうくろう		576
渡辺 助左衛門 わたなべ・すけざえもん		576
渡辺 長兵衛守 わたなべ・ちょうべえまもる		576
和田 信淵 わだ・のぶひろ*		576
和田 又次郎 わだ・またじろう		576
和田 弥太郎 わだ・やたろう		577
和田 義盛 わだ・よしもり		577
和知 庸助 わち・ようすけ		577

【あ】

あい
細川忠興の家臣長岡肥後守宗信と花江の娘 「生きすぎたりや」 安部龍太郎 地獄の無明剣-時代小説傑作選 講談社(講談社文庫) 2004年9月

あい
大川へ身投げをしかけたが弁当屋の与平夫婦といっしょに暮らすようになった娘 「心中未遂」 平岩弓枝 江戸の商人力-時代小説傑作選 集英社(集英社文庫) 2006年12月

愛新覚羅 福臨　あいしんかくら・ふりん
満州族政権の清王朝三代皇帝 「董妃」 陳舜臣 代表作時代小説 平成十七年度 光文社 2005年6月

愛洲 移香斎　あいす・いこうさい
刀術の名人 「上泉伊勢守秀綱」 桑田忠親 人物日本剣豪伝一 学陽書房(人物文庫) 2001年4月

会津屋清助　あいずやせいすけ
吉原の今売出し中の花魁三千歳の馴染みで石見の浜田六万一千石の御用商人 「青楼悶え花-べらんめェ宗俊」 天宮響一郎 大江戸有情-書き下ろし時代小説傑作選4 大洋図書(大洋時代文庫) 2005年6月

愛蔵　あいぞう
口入れ屋から欠落ち人の尋ね出しを請け負うのを仕事にしている追っかけ屋 「隠れ念仏」 海老沢泰久 代表作時代小説 平成二十一年度 光文社 2009年6月

饗庭 氏直　あえば・うじなお
足利尊氏の侍臣 「足利尊氏」 村上元三 人物日本の歴史 古代中世編-時代小説版 小学館(小学館文庫) 2004年1月

愛生　あおい
百鬼党に襲われ葛城の小角に助けられた伊吉家の姫 「小角伝説-飛鳥霊異記」 六道慧 七人の役小角 小学館(小学館文庫) 2007年10月

葵小僧(市之助)　あおいこぞう(いちのすけ)
池ノ端仲町の日野屋の隣家の唐物商近江屋喜兵衛、実は強盗団の首領 「江戸怪盗記」 池波正太郎 情けがらむ朱房の十手-傑作時代小説 PHP研究所(PHP文庫) 2009年1月;江戸の鈍感力-時代小説傑作選 集英社(集英社文庫) 2007年12月

葵 新八郎　あおい・しんぱちろう
先代将軍家斉の末子、小梅村に屋敷を与えられた若侍 「巷説闇風魔」 木屋進 幽霊陰陽師-捕物時代小説選集5 春陽堂書店(春陽文庫) 2000年6月

葵の前　あおいのまえ
高倉帝の寵姫、中宮建礼門院に上童として召し使われていた少女 「葵の風」 五味康祐 人物日本の歴史 古代中世編-時代小説版 小学館(小学館文庫) 2004年1月

あおう

青馬の俵助　あおうまのひょうすけ
深川平野町で青馬という居酒屋を開いている御用聞き「からくり富」泡坂妻夫　江戸浮世風-人情捕物帳傑作選　学習研究社(学研M文庫)　2004年8月

青馬の俵助　あおうまのひょうすけ
深川平野町で青馬という居酒屋を開いている御用聞き「夢裡庵の逃走-夢裡庵先生捕物帳」泡坂妻夫　代表作時代小説　平成十五年度　光風社出版　2003年5月

青木 昆陽(文蔵)　あおき・こんよう(ぶんぞう)
甘藷栽培で有名な学者、大岡越前の指示で古書探索の旅に出ることになった男「蜜の味」羽田雄平　斬刃-時代小説傑作選　コスミック出版(コスミック時代文庫)　2005年5月

青木 昆陽(文蔵)　あおき・こんよう(ぶんぞう)
町奉行大岡越前守忠相の組下同心となった学者、「蕃藷考」の著者「大岡越前守」土師清二　大岡越前守-捕物時代小説選集6　春陽堂書店(春陽文庫)　2000年10月

青木 武太夫保知　あおき・ぶだゆうやすとも
尾張藩士、尾張貫流槍術の藩中きっての使い手「武太夫開眼」杉本苑子　武芸十八般-武道小説傑作選　KKベストセラーズ(ベスト時代文庫)　2005年10月

青木 弥太郎　あおき・やたろう
江戸御用盗の首魁、本所南の割下水に住む小普請「貧窮豆腐」東郷隆　愛染夢灯籠-時代小説傑作選　講談社(講談社文庫)　2005年9月

青地 三左衛門　あおじ・さんざえもん
備前岡山藩池田家の藩士、弓の達人青地三之丞の伯父「備前名弓伝」山本周五郎　武士の本懐-武士道小説傑作選　KKベストセラーズ(ベスト時代文庫)　2004年6月

青地 三之丞　あおじ・さんのじょう
備前岡山藩池田家の藩士、弓の達人「備前名弓伝」山本周五郎　武士の本懐-武士道小説傑作選　KKベストセラーズ(ベスト時代文庫)　2004年6月

青山 熊之助　あおやま・くまのすけ
剣客、御家人青山家の嫡男「ごめんよ」池波正太郎　感涙-人情時代小説傑作選　KKベストセラーズ(ベスト時代文庫)　2004年11月

青山 主膳　あおやま・しゅぜん
火附盗賊改め方「日本三大怪談集」田中貢太郎　怪奇・怪談時代小説傑作選　徳間書店(徳間文庫)　2004年9月

青山 主膳　あおやま・しゅぜん
美しい婢お菊が働いていた番町の家の冷酷な主人「皿屋敷」田中貢太郎　怪奇・伝奇時代小説選集13 四谷怪談　春陽堂書店(春陽文庫)　2000年10月

青山 播磨　あおやま・はりま
番町に屋敷を持つ七百石の旗本で水野十郎左衛門を頭に頂く白柄組の若侍「番町皿屋敷」岡本綺堂　怪奇・伝奇時代小説選集13 四谷怪談　春陽堂書店(春陽文庫)　2000年10月

青山 彦十郎　あおやま・ひこじゅうろう
御家人青山家の当主、青山熊之助の父親　「ごめんよ」池波正太郎　感涙-人情時代小説傑作選　KKベストセラーズ(ベスト時代文庫)　2004年11月

アカ
川舟をねぐらのようにしている犬　「川風晋之介」風野真知雄　斬刃-時代小説傑作選　コスミック出版(コスミック時代文庫)　2005年5月

アカ
大の犬好きだった岡安家の飼犬の赤犬　「岡安家の犬」藤沢周平　時代小説 読切御免 第四巻　新潮社(新潮文庫)　2005年12月

赤池 覚(ボンベン)　あかいけ・さとる(ぼんべん)
三池監獄から樺戸集治監に移送される囚人たちの一人で自由民権運動にたずさわって逮捕投獄された男、鹿児島県士族で渾名はボンベン　「ボンベン小僧」津本陽　剣よ月下に舞え-新選代表作時代小説23　光風社出版(光風社文庫)　2001年5月

赤岡 大助　あかおか・だいすけ
会津藩士　「涙橋まで」中村彰彦　鎮守の森に鬼が棲む-時代小説傑作選　講談社(講談社文庫)　2001年9月

赤鬼　あかおに
京の都に出没する夜盗の群れの首領の大男　「夜叉姫」中村晃　怪奇・伝奇時代小説選集12 血塗りの呪法　春陽堂書店(春陽文庫)　2000年9月

赤川 左門　あかがわ・さもん
岐阜城を本拠にしていた織田家中の荒武者　「信長豪剣記」羽山信樹　変事異聞-時代小説アンソロジー5　小学館(小学館文庫)　2007年7月

赤坂 伝三郎　あかさか・でんざぶろう*
マダガスカル島の港町ディエゴ・スアレズでフランス料理店を経営する天草生まれの男　「アイアイの眼-バルチック艦隊壊滅秘話」西木正明　代表作時代小説 平成十六年度　光風社出版　2004年4月

県 茂左衛門　あがた・もざえもん
越前宰相忠直の家臣　「忠直卿行状記」海音寺潮五郎　江戸三百年を読む 上-傑作時代小説 江戸騒乱編　角川学芸出版(角川文庫)　2009年9月

赤西 蠣太　あかにし・かきた
仙台坂の伊達兵部の屋敷にいたまだ新米の家来の侍、密偵　「赤西蠣太」志賀直哉　時代劇原作選集-あの名画を生みだした傑作小説　双葉社(双葉文庫)　2003年12月

赤根 武人　あかね・たけと
幕末外国連合艦隊の襲撃に備えて萩藩に結成された奇兵隊幹部　「汚名」古川薫　愛染夢灯籠-時代小説傑作選　講談社(講談社文庫)　2005年9月

阿賀野 喜三郎　あがの・きさぶろう
元和偃武と言われる元和元年(1615)に生まれ戦国生き残りの老武者である祖父に育てられた弓月藩士、東軍流の剣の使い手　「死ねぬ」大久保智弘　散りぬる桜-時代小説招待席　広済堂出版　2004年2月

あかは

赤埴彦　あかはにひこ
一族の長老、美しい娘水無瀬の父「四人の勇者」多岐川恭　大江戸犯科帖-時代推理小説名作選　双葉社（双葉文庫）2003年10月

赤羽 又兵衛　あかばね・またべえ
上伊那高遠城の大殿保科筑前守正俊の腹心の者、元武田家の幕下にあった男「槍弾正の逆襲」中村彰彦　武将列伝-信州歴史時代小説傑作集第一巻　しなのき書房　2007年4月

赤松 次郎左衛門（樋口 又七郎）　あかまつ・じろうざえもん（ひぐち・またしちろう）
美濃国の岩村にいた無動流の祖と称する兵法者、正体は念流宗家の八世にして馬庭念流の祖樋口又七郎定次「惨死」笹沢左保　偉人八傑推理帖-名探偵時代小説　双葉社（双葉文庫）2004年7月

赤松 則良（大三郎）　あかまつ・のりよし*（だいざぶろう）
幕末に長崎に開設された海軍伝習所の伝習生に選ばれた幕臣、明治維新後も明治海軍の創設に関わった人物「天命の人」三好徹　代表作時代小説　平成二十年度　光文社　2008年6月

赤丸　あかまる
讃岐国の狸を司る右衛門狸の子狸「戦国狸」村上元三　動物-極め付き時代小説選3　中央公論新社（中公文庫）2004年11月

赤麿　あかまろ
忍者、服部半蔵正成が破門した伊賀者「虚空残月-服部半蔵」南原幹雄　戦国忍者武芸帳-時代小説傑作選五　新人物往来社　2008年3月

赤虫　あかむし
天文道師の老婆「飛奴」泡坂妻夫　地獄の無明剣-時代小説傑作選　講談社（講談社文庫）2004年9月

秋草 右京之介　あきくさ・うきょうのすけ
筋金入りの貧乏浪人楠見主膳の住む長屋に越してきた色男の立派な侍「黒のスケルツォ」藤水名子　散りぬる桜-時代小説招待席　広済堂出版　2004年2月

秋篠　あきしの
吉原の遊女、敵討の許可を得て江戸へ来た紀州藩士清水新次郎の女「秋篠新次郎」宮本昌孝　ふりむけば闇-時代小説招待席　広済堂出版　2003年6月

秋篠　あきしの
織田信長の侍女「本能寺の信長」正宗白鳥　歴史小説の世紀-天の巻　新潮社（新潮文庫）2000年9月

秋月 新十郎　あきずき・しんじゅうろう
大垣五万石の石川家の家臣秋月長房の嫡男「惨死」笹沢左保　偉人八傑推理帖-名探偵時代小説　双葉社（双葉文庫）2004年7月

秋月 常陸介　あきずき・ひたちのすけ
天下に敵なしと言われる兵法者「鬼神の弱点は何処に」笹沢左保　七人の十兵衛-傑作時代小説　PHP研究所（PHP文庫）2007年11月

あきや

秋田 源四郎　あきた・げんしろう
福島正則の輩下で関が原の戦いで奮闘中に落馬し救けられた武将　「戦国夢道陣」加納一朗　怪奇・伝奇時代小説選集14 累物語　春陽堂書店(春陽文庫)　2000年11月

秋太郎(伊那の秋太郎)　あきたろう(いなのあきたろう)
渡世人　「裏切った秋太郎」子母澤寛　人情草紙-信州歴史時代小説傑作集第四巻　しなのき書房　2007年7月

秋葉 大輔(影浦 大輔)　あきば・だいすけ(かげうら・だいすけ)
土浦藩土屋家の老職秋葉大膳の嫡男で父に盾ついて江戸へ飛び出してきた男　「うどん屋剣法」山手樹一郎　感涙-人情時代小説傑作選　KKベストセラーズ(ベスト時代文庫)　2004年11月;逆転 時代アンソロジー　祥伝社(祥伝社文庫)　2000年5月

秋葉の行者　あきばのぎょうじゃ
東海の名代の天狗　「妖魔の辻占」泉鏡花　怪奇・伝奇時代小説選集7 幽明鏡草紙　春陽堂書店(春陽文庫)　2000年4月

秋丸　あきまる
唐土広州から船で天竺へ向った高丘親王に仕えることになった少年　「儒艮」澁澤龍彦　歴史小説の世紀-地の巻　新潮社(新潮文庫)　2000年9月

秋元越中守 富朝　あきもとえっちゅうのかみ・とみとも
甲州谷村藩主　「名君と振袖火事」中村彰彦　剣の意地 恋の夢-時代小説傑作選　講談社(講談社文庫)　2000年9月

秋山 蔵人　あきやま・くらんど
伊豆韮山の堀越公方家の重臣　「前髪公方」宮本昌孝　春宵 濡れ髪しぐれ-時代小説傑作選　講談社(講談社文庫)　2003年9月

秋山 小兵衛　あきやま・こへえ
秋山大治郎の父、無外流の辻平右衛門の門人　「剣の誓約-「剣客商売」より」池波正太郎　約束-極め付き時代小説選1　中央公論新社(中公文庫)　2004年9月

秋山 小兵衛　あきやま・こへえ
鐘ヶ淵の隠宅の老剣客　「鬼熊酒屋」池波正太郎　赤ひげ横町-人情時代小説傑作選　新潮社(新潮文庫)　2009年1月

秋山 小兵衛　あきやま・こへえ
鐘ヶ淵の隠宅の老剣客　「夫婦浪人」池波正太郎　素浪人横町-人情時代小説傑作選　新潮社(新潮文庫)　2009年7月

秋山 大治郎　あきやま・だいじろう
剣術道場主　「剣の誓約-「剣客商売」より」池波正太郎　約束-極め付き時代小説選1　中央公論新社(中公文庫)　2004年9月

秋山 長右衛門　あきやま・ちょうえもん
御先手組の同心田宮又左衛門の朋輩　「日本三大怪談集」田中貢太郎　怪奇・怪談時代小説傑作選　徳間書店(徳間文庫)　2004年9月

あきや

秋山 長左衛門　あきやま・ちょうざえもん
御先手同心、婿養子のあっせんを半ば仕事にしている男 「権八伊右衛門」 多岐川恭　怪奇・伝奇時代小説選集13 四谷怪談　春陽堂書店(春陽文庫) 2000年10月

秋山 長兵衛　あきやま・ちょうべえ
青山百人町に住む御先手同心 「四谷怪談・お岩」 柴田錬三郎　怪奇・伝奇時代小説選集13 四谷怪談　春陽堂書店(春陽文庫) 2000年10月

秋山 信友　あきやま・のぶとも
戦国武将、岩村城を明け渡させ女城主で織田信長の叔母のおつやの方を妻とした武田信玄麾下の将 「孤軍の城」 野田真理子　代表作時代小説 平成二十年度　光文社 2008年6月

秋山 信友　あきやま・のぶとも
戦国武将、東美濃の岩村城を攻めた武田信玄の重臣 「霧の城」 安部龍太郎　代表作時代小説 平成十七年度　光文社 2005年6月

秋山 晴近　あきやま・はるちか
戦国武将、武田家の知将 「最後の赤備え」 宮本昌孝　地獄の無明剣-時代小説傑作選　講談社(講談社文庫) 2004年9月

アキレス・ハンフウキ
長崎出島に邸宅を持つ阿蘭陀人甲比丹の黒人奴隷 「出島阿蘭陀屋敷」 平岩弓枝　女人-時代小説アンソロジー2　小学館(小学館文庫) 2007年2月

悪大夫(源ノ大夫)　あくだゆう(げんのだゆう*)
讃岐の国多度郡の住人で天性の荒気ものだったがにわかに入道し仏道に帰し阿弥陀仏に近づこうと真直ぐに西をめざして歩き出した大男 「極楽急行」 海音寺潮五郎　歴史小説の世紀-天の巻　新潮社(新潮文庫) 2000年9月

阿久里　あくり
武田家当主晴信(信玄)直属の御支配屋敷のくノ一 「くノ一懺悔-望月千代女」 永岡慶之助　戦国忍者武芸帳-時代小説傑作選集五　新人物往来社 2008年3月 ; 剣の道忍の掟-信州歴史時代小説傑作集第三巻　しなのき書房 2007年6月

明智日向守 光秀　あけちひゅうがのかみ・みつひで
戦国武将、織田信長の家臣で丹波亀山城主 「最後に笑う禿鼠」 南條範夫　本能寺・男たちの決断-傑作時代小説　PHP研究所(PHP文庫) 2007年2月

明智 光秀　あけち・みつひで
戦国武将、主君織田信長に叛逆し本能寺を急襲し信長を殺害した男 「老の坂を越えて」 津本陽　人物日本の歴史 戦国編-時代小説版　小学館(小学館文庫) 2004年3月

明智 光秀　あけち・みつひで
戦国武将、主君織田信長を討つかどうか迷いに迷っている男 「ときは今」 滝口康彦　本能寺・男たちの決断-傑作時代小説　PHP研究所(PHP文庫) 2007年2月

明智 光秀　あけち・みつひで
戦国武将、織田軍有力の将の一人で九州の名族惟任の姓と日向守を与えられた男 「優しい侍」 東秀紀　異色歴史短篇傑作大全　講談社 2003年11月

明智 光秀　あけち・みつひで
戦国武将、織田信長を殺し十年以上も隠れていた叡山を降りてきた旅僧　「二頭立浪の旗風-斎藤道三」　典厩五郎　戦国武将国盗り物語-時代小説傑作選七　新人物往来社　2008年3月

明智 光秀(十兵衛)　あけち・みつひで(じゅうべえ)
戦国武将、室町将軍足利義輝に仕え織田信長との連絡役を務めた側近　「義輝異聞 遺恩」　宮本昌孝　代表作時代小説　平成十三年度　光風社出版　2001年5月

総角　あげまき
吉原の太夫　「張りの吉原」　隆慶一郎　吉原花魁　角川書店(角川文庫)　2009年12月

上松の孫八　あげまつのまごはち
渡世人、上松の甚兵衛の子分　「ひとり狼」　村上元三　花と剣と侍-新鷹会・傑作時代小説選　光文社(光文社文庫)　2009年6月;時代劇原作選集-あの名画を生みだした傑作小説　双葉社(双葉文庫)　2003年12月

アケミ
淀君側近の親衛娘子隊「七人組」の隊長格、森元隆の異母妹　「情炎大阪城」　加賀淳子　戦国女人十一話　作品社　2005年11月

顎十郎　あごじゅうろう
北町奉行所筆頭与力・森川庄兵衛を叔父に持つ風来坊、顎十郎と呼ばれる顎の長い男　「紙凧」　久生十蘭　江戸宵闇しぐれ-人情捕物帳傑作選二　学習研究社(学研M文庫)　2005年3月

顎十郎(仙波 阿古十郎)　あごじゅうろう(せんば・あこじゅうろう)
江戸一の捕物の名人　「両国の大鯨(顎十郎捕物帳)」　久生十蘭　傑作捕物ワールド第3巻 人気侍篇　リブリオ出版　2002年10月

顎十郎(仙波 阿古十郎)　あごじゅうろう(せんば・あこじゅうろう)
武家、元甲府勤番の風来坊　「顎十郎捕物帳(捨公方)」　久生十蘭　捕物小説名作選一　集英社(集英社文庫)　2006年8月

あこや
上杉家の京方雑掌・神余親綱が屋敷に囲った人魚に似た女　「人魚の海」　火坂雅志　夢を見にけり-時代小説招待席　広済堂出版　2004年6月

浅井 兵庫　あさい・ひょうご
示現流皆伝の小旗本、無役の小普請組　「ほたるの庭」　杉本苑子　犬道楽江戸草紙-時代小説傑作選　徳間書店(徳間文庫)　2005年8月

浅右衛門　あさえもん
保津川に沿った街道から身を隠すようにある村の老衆のひとり　「はだしの小源太」　喜安幸夫　武士道春秋-新鷹会・傑作時代小説選　光文社(光文社文庫)　2006年6月

朝岡 門三郎　あさおか・もんざぶろう
尾張藩士、国奉行吟味役　「鳩侍始末」　城山三郎　侍の肖像-信州歴史時代小説傑作集第二巻　しなのき書房　2007年5月

あさか

安積 五郎　あさか・ごろう
浪人、清河八郎が結成した尊王攘夷の党「虎尾の会」同志　「謀-清河八郎暗殺」綱淵謙錠　必殺!幕末暗殺剣-時代小説傑作選三　新人物往来社　2008年3月

浅川の富蔵　あさかわのとみぞう
小伝馬町の牢屋敷の牢名主　「狂女が唄う信州路」笹沢左保　人情草紙-信州歴史時代小説傑作集第四巻　しなのき書房　2007年7月;約束-極め付き時代小説選1　中央公論新社(中公文庫)　2004年9月

浅木 弦之進　あさき・げんのしん
美濃高須城の妙姫と駈落したが護り役の蛯原嘉門によって天童に連れて行かれて幽閉された小姓　「怨霊高須館」加納一朗　怪奇・伝奇時代小説選集10 怪談累ケ淵　春陽堂書店(春陽文庫)　2000年7月

浅吉　あさきち
浅草駒形町の料理茶屋「富川」の板前だった優男　「長命水と桜餅」宮本昌孝　夢を見にけり-時代小説招待席　広済堂出版　2004年6月

麻吉(稲荷の麻吉)　あさきち(いなりのあさきち)
意地の悪い目明し　「左の腕」松本清張　親不孝長屋-人情時代小説傑作選　新潮社(新潮文庫)　2007年7月;傑作捕物ワールド第7巻 犯科帳篇　リブリオ出版　2002年10月

朝霧　あさぎり
吉原の花魁　「南蛮うどん」泡坂妻夫　闇の旋風-問題小説傑作選5 捕物帖篇　徳間書店(徳間文庫)　2000年1月

朝倉 義景　あさくら・よしかげ
越前一乗谷の朝倉氏の当主　「富田勢源」戸部新十郎　人物日本剣豪伝一　学陽書房(人物文庫)　2001年4月

浅次郎　あさじろう
松倉町の近所では仲のよい夫婦で通っていた男女二人組の盗賊　「法恩寺橋-本所見廻り同心」稲葉稔　大江戸有情-書き下ろし時代小説傑作選4　大洋図書(大洋時代文庫)　2005年6月

浅田 宗伯　あさだ・そうはく
漢方で名の知れた医者　「老鬼」平岩弓枝　武士道春秋-新鷹会・傑作時代小説選　光文社(光文社文庫)　2006年6月;時代小説 読切御免第四巻　新潮社(新潮文庫)　2005年12月

浅太郎　あさたろう
博徒・板割りの浅太郎、国定忠治の弟分に待遇される頭のいい若い男　「真説・赤城山」天藤真　大江戸犯科帖-時代推理小説名作選　双葉社(双葉文庫)　2003年10月

浅沼 半兵衛　あさぬま・はんべえ
戦国武将、佐久の岩尾城主大井行吉軍の将　「戦国佐久」佐藤春夫　武将列伝-信州歴史時代小説傑作集第一巻　しなのき書房　2007年4月;歴史小説の世紀-天の巻　新潮社(新潮文庫)　2000年9月

浅野安芸守 吉長　あさのあきのかみ・よしなが
芸州広島の浅野本家当主「奥方切腹」海音寺潮五郎　女人-時代小説アンソロジー2　小学館(小学館文庫) 2007年2月

浅野内匠頭　あさのたくみのかみ
播州赤穂五万三千石の大名「錯乱」高橋直樹　異色忠臣蔵大傑作集　講談社(講談社文庫) 2002年12月

浅野内匠頭　あさのたくみのかみ
播州赤穂藩主、勅使接待役を命ぜられた小大名「吉良上野の立場」菊池寛　赤穂浪士伝奇-べんせいライブラリー時代小説セレクション　勉誠出版 2002年12月

浅野内匠頭 長矩　あさのたくみのかみ・ながのり
赤穂藩藩主「千里の馬」池宮彰一郎　異色忠臣蔵大傑作集　講談社(講談社文庫) 2002年12月

浅野内匠頭 長矩　あさのたくみのかみ・ながのり
播州赤穂の領主「火消しの殿」池波正太郎　大江戸殿様列伝-傑作時代小説　双葉社(双葉文庫) 2006年7月

浅野内匠頭 長矩　あさのたくみのかみ・ながのり
播州赤穂藩主、勅使饗応役をつとめていて江戸城中で高家吉良義央に刃傷に及んだ殿様「柳沢殿の内意」南條範夫　江戸三百年を読む 上-傑作時代小説 江戸騒乱編　角川学芸出版(角川文庫) 2009年9月

浅野 平右衛門　あさの・へいえもん
備中船尾村の旧家の当主「燈籠堂の僧」長谷川伸　武士道日暦-新鷹会・傑作時代小説選　光文社(光文社文庫) 2007年6月

浅野 又左衛門　あさの・またざえもん
織田信長の足軽組頭、同じ足軽組頭木下藤吉郎(のちの太閤秀吉)の妻となったお禰の父親「琴瑟の妻-ねね」澤田ふじ子　人物日本の歴史 戦国編-時代小説版　小学館(小学館文庫) 2004年3月

浅野 茂七郎　あさの・もしちろう
備中船尾村の旧家の当主浅野平右衛門の末弟「燈籠堂の僧」長谷川伸　武士道日暦-新鷹会・傑作時代小説選　光文社(光文社文庫) 2007年6月

浅野 安左衛門　あさの・やすざえもん
備中船尾村の旧家の当主浅野平右衛門の中の弟、池田丹波守の徒士「燈籠堂の僧」長谷川伸　武士道日暦-新鷹会・傑作時代小説選　光文社(光文社文庫) 2007年6月

浅羽 三十郎　あさば・さんじゅうろう
奥羽越同盟軍の二本松丹羽藩の銃士隊所属の武士「遥かなる慕情」早乙女貢　地獄の無明剣-時代小説傑作選　講談社(講談社文庫) 2004年9月

朝山 源五右衛門　あさやま・げんごえもん*
出雲国の出で毛利氏に仕えたあと築城の才があるところから織田家に召し抱えられた武士「修道士の首」井沢元彦　偉人八傑推理帖-名探偵時代小説　双葉社(双葉文庫) 2004年7月

あさり

浅里　あさり
斎藤道三(松波庄五郎)の女房「斎藤道三残虐譚」柴田錬三郎　人物日本の歴史 戦国編-時代小説版　小学館(小学館文庫)　2004年3月

浅利 又七郎　あさり・またしちろう
中西派一刀流の剣客、若狭小浜藩酒井家の剣術師範で千葉周作の養父「千葉周作」長部日出雄　人物日本剣豪伝四　学陽書房(人物文庫)　2001年6月

浅利 又七郎義明　あさり・またしちろうよしあき
幕末の剣客、中西派一刀流の浅利又七郎義信の養子「山岡鉄舟」豊田穣　人物日本剣豪伝五　学陽書房(人物文庫)　2001年7月

浅利 与一　あさり・よいち
越後の城氏の居城鳥坂城を包囲する鎌倉幕府軍の増援軍に加わった弓の名手「坂額と浅利与一」畑川皓　紅蓮の翼-異彩時代小説撰　叢文社　2007年8月

足利 尊氏　あしかが・たかうじ
征夷大将軍「足利尊氏」村上元三　人物日本の歴史 古代中世編-時代小説版　小学館(小学館文庫)　2004年1月

足利 直義　あしかが・ただよし
足利尊氏の弟、執政「足利尊氏」村上元三　人物日本の歴史 古代中世編-時代小説版　小学館(小学館文庫)　2004年1月

足利 茶々丸　あしかが・ちゃちゃまる
伊豆韮山の堀越公方足利政知の息子「前髪公方」宮本昌孝　春宵 濡れ髪しぐれ-時代小説傑作選　講談社(講談社文庫)　2003年9月

足利 政知　あしかが・まさとも
堀越公方、六代将軍義教の第三子で伊豆韮山の堀越に居館を設けて住んだ人「前髪公方」宮本昌孝　春宵 濡れ髪しぐれ-時代小説傑作選　講談社(講談社文庫)　2003年9月

足利 義秋　あしかが・よしあき
室町将軍足利義輝の弟、奈良興福寺一乗院門跡で後の十五代将軍義昭「義輝異聞 遺恩」宮本昌孝　代表作時代小説 平成十三年度　光風社出版　2001年5月

足利 義輝　あしかが・よしてる
世に剣豪将軍と謳われた室町幕府将軍「義輝異聞 遺恩」宮本昌孝　代表作時代小説 平成十三年度　光風社出版　2001年5月

足利 義輝　あしかが・よしてる
足利十三代将軍、新当流の達人「刀」綱淵謙錠　剣聖-乱世に生きた五人の兵法者　新潮社(新潮文庫)　2006年10月

足利 義輝　あしかが・よしてる
足利十三代将軍、兵法将軍の渾名を冠されるほど剣の遣い手として知られる将軍「露カ涙カ-秘剣一ノ太刀」早乙女貢　花ごよみ夢一夜-新選代表作時代小説24　光風社出版(光風社文庫)　2001年11月

あつぎ

足柄 金太郎(雨宮 一三郎)　あしがら・きんたろう(あめみや・いちさぶろう)
将軍家御鉄砲玉薬奉行の与力　「蛇穴谷の美女」　水上準也　怪奇・伝奇時代小説選集5 北斎と幽霊　春陽堂書店(春陽文庫)　2000年2月

芦谷 采女　あしや・うねめ
赤津藩忍び組の首領・馬立牛斎の美しい娘お雪を妻にした国家老の息子　「筒を売る忍者」　山田風太郎　逢魔への誘い-問題小説傑作選6 時代情恋篇　徳間書店(徳間文庫)　2000年3月

安宿　あすか
聖武天皇の皇后　「道鏡」　坂口安吾　人物日本の歴史 古代中世編-時代小説版　小学館(小学館文庫)　2004年1月

梓 尚春　あずさ・なおはる
梓城の城主、伯爵　「幽霊買い度し(ハイカラ右京探偵暦)」　日影丈吉　傑作捕物ワールド第9巻 妖異怪談篇　リブリオ出版　2002年10月

梓 正巳　あずさ・まさみ
法律書生、梓伯爵の異母弟　「幽霊買い度し(ハイカラ右京探偵暦)」　日影丈吉　傑作捕物ワールド第9巻 妖異怪談篇　リブリオ出版　2002年10月

東 蔵人　あずま・くろうど
幕府の巡見使を迎える羽州新庄藩の案内役を務めることになった藩士　「御案内」　高橋義夫　代表作時代小説 平成十二年度　光風社出版　2000年5月

吾妻三之丞　あずまさんのじょう
両国にある芝居小屋「小梅座」の女役者で一座の花形　「七化けおさん」　平岩弓枝　武士道歳時記-新鷹会・傑作時代小説選　光文社(光文社文庫)　2008年6月

安住 圭吾　あずみ・けいご
八丁堀の同心、出戻った綾野が働きをすることになった武家　「赤い糸」　嵯峨野晶　江戸の刺客-書き下ろし時代小説傑作選6　大洋図書(大洋時代文庫)　2005年9月

アダ
パリのモンマルトルに住んでいる日本の女芸人　「巴里に雪のふるごとく」　山田風太郎　偉人八傑推理帖-名探偵時代小説　双葉社(双葉文庫)　2004年7月

阿琢　あたく
治蝗将軍魏有裕と王香君の子　「黄飛蝗」　森福都　妃・殺・蝗-中国三色奇譚　講談社(講談社文庫)　2002年11月

厚木 寿一郎　あつぎ・じゅいちろう*
菅原警察署の一等巡査、旧幕時代は東町奉行所の同心　「西郷はんの写真(耳なし源蔵召捕記事)」　有明夏夫　傑作捕物ワールド第8巻 明治推理篇　リブリオ出版　2002年10月

厚木 寿一郎　あつぎ・じゅいちろう*
大阪曽根崎警察署の副署長　「脱獄囚を追え」　有明夏夫　星明かり夢街道-新選代表作時代小説21　光風社出版　2000年5月

あでま

艶丸　あでまる
都に名高い大盗人の首魁 「口を縫われた男」 潮山長三　怪奇・伝奇時代小説選集4 怪異黒姫おろし　春陽堂書店(春陽文庫)　2000年1月

跡部山城守　あとべやましろのかみ
大坂東町奉行、老中水野越前忠邦の弟 「短慮暴発」 南條範夫　人物日本の歴史 江戸編<下>-時代小説版　小学館(小学館文庫)　2004年7月

亜 智一郎　あ・ともいちろう
雲見番頭、実は将軍直属の隠密方で将軍上洛に加わり二条城に入った男 「妖刀時代」 泡坂妻夫　代表作時代小説 平成十八年度　光文社　2006年6月

亜 智一郎　あ・ともいちろう
雲見番頭、実は将軍直属の隠密方で備中岡山に潜入した男 「吉備津の釜」 泡坂妻夫　代表作時代小説 平成十九年度　光文社　2007年6月

穴吹 大器　あなぶき・だいき
赤津藩忍び組を出て城下町で男根移植をする性形外科医をはじめた男 「筒を売る忍者」 山田風太郎　逢魔への誘い-問題小説傑作選6 時代情恋篇　徳間書店(徳間文庫)　2000年3月

阿那女　あなめ
三宝宮の巫女 「血塗りの呪法」 野村敏雄　怪奇・伝奇時代小説選集12 血塗りの呪法　春陽堂書店(春陽文庫)　2000年9月

穴山 小助　あなやま・こすけ
戦国武将、真田幸村の家臣 「旗は六連銭」 滝口康彦　機略縦横!真田戦記-傑作時代小説　PHP研究所(PHP文庫)　2008年7月

穴山 信君(梅雪)　あなやま・のぶきみ＊(ばいせつ)
戦国武将、武田家の御親類衆で甲斐の国で駿河にもっとも近い下山領主 「信虎の最期」　二階堂玲太　武士道歳時記-新鷹会・傑作時代小説選　光文社(光文社文庫)　2008年6月

穴山 梅雪　あなやま・ばいせつ
戦国武将、武田家の重臣だった男 「伊賀越え」 新田次郎　本能寺・男たちの決断-傑作時代小説　PHP研究所(PHP文庫)　2007年2月

姉小路 公知　あねがこうじ・きんとも
公家で国事参政右近衛権少将、急進尊攘派の卿 「猿ヶ辻風聞」 滝口康彦　幕末京都血風録-傑作時代小説　PHP研究所(PHP文庫)　2007年11月

姉小路 公知　あねがこうじ・きんとも
公卿、禁裏内部で攘夷激派の旗頭と呼ばれた人 「異説猿ヶ辻の変-姉小路公知暗殺」 隆慶一郎　必殺!幕末暗殺剣-時代小説傑作選三　新人物往来社　2008年3月

油日の和十　あぶらびのわじゅう
伊賀の忍者、服部半蔵の手の者 「夕陽の割符-直江兼続」 光瀬龍　戦国軍師列伝-時代小説傑作選六　新人物往来社　2008年3月

あまこ

安倍 休之助　あべ・きゅうのすけ
松本藩御納戸役、由紀との婚礼の日に重傷を負わされ担ぎこまれて来た男 「藪の蔭」山本周五郎　乱世の女たち-信州歴史時代小説傑作集第五巻　しなのき書房　2007年9月

阿部 十郎　あべ・じゅうろう
新選組から分離脱盟した高台寺党の御陵衛士「墨染」東郷隆　時代小説 読切御免第三巻　新潮社(新潮文庫) 2005年12月;誠の旗がゆく-新選組傑作選　集英社(集英社文庫) 2003年12月

安倍 晴明　あべの・せいめい
陰陽師「青鬼の背に乗りたる男の譚」夢枕獏　愛染夢灯籠-時代小説傑作選　講談社(講談社文庫) 2005年9月

阿部豊後守　あべぶんごのかみ
幕府老中「北斎と幽霊」国枝史郎　怪奇・伝奇時代小説選集5 北斎と幽霊　春陽堂書店(春陽文庫) 2000年2月

あほの太平　あほのたへい*
村の子供たちがいじめの対象としているぼけ老人、柳生の遣い手「柳生の鬼」隆慶一郎　七人の十兵衛-傑作時代小説　PHP研究所(PHP文庫) 2007年11月;柳生秘剣伝奇-時代小説セレクション　勉誠出版　2002年12月

あま
藩の新田普請奉行の添役で妻と離縁した津島輔四郎の家に女中奉公に来た百姓の娘「邯鄲」乙川優三郎　代表作時代小説 平成十五年度　光風社出版　2003年5月

尼子 勝久　あまこ・かつひさ
出雲の富田城落城で滅亡した尼子一族のひとりの青年僧「雲州英雄記」池波正太郎　軍師の死にざま-短篇小説集　作品社　2006年10月

尼子 勝久　あまこ・かつひさ
戦国武将、尼子新宮党の尼子誠久の遺児「吉川治部少輔元春」南條範夫　紅葉谷から剣鬼が来る-時代小説傑作選　講談社(講談社文庫) 2002年9月

尼子 晴久　あまこ・はるひさ
戦国武将、出雲国の守護代から中国地方十一カ国を制した尼子経久の孫で富田城城主「不敗の軍略-毛利元就」今村実　戦国武将国盗り物語-時代小説傑作選七　新人物往来社　2008年3月

尼子 久幸　あまこ・ひさゆき
戦国武将、出雲国の守護代から中国地方十一カ国を制した尼子経久の弟「不敗の軍略-毛利元就」今村実　戦国武将国盗り物語-時代小説傑作選七　新人物往来社　2008年3月

尼子 義久　あまこ・よしひさ
戦国武将、毛利軍に攻囲された月山富田城に籠城する尼子家総大将「月山落城」羽山信樹　地獄の無明剣-時代小説傑作選　講談社(講談社文庫) 2004年9月

あまの

天野 源右衛門　あまの・げんえもん
戦国武将、明智光秀の家臣 「瘤取り作兵衛」 宮本昌孝　武士の本懐〈弐〉-武士道小説傑作選　KKベストセラーズ(ベスト時代文庫) 2005年5月

天野 宗一郎　あまの・そういちろう
旅籠「かわせみ」の客で長崎から江戸に来たという若い医者、実は将軍家御典医天野宗伯の息子 「美男の医者」 平岩弓枝　鍔鳴り疾風剣-新選代表作時代小説22　光風社出版(光風社文庫) 2000年11月

天野 大蔵(伝吉)　あまの・だいぞう(でんきち)
唐物商近江屋喜兵衛(葵小僧)の老父に化けた盗賊 「江戸怪盗記」 池波正太郎　情けがからむ朱房の十手-傑作時代小説　PHP研究所(PHP文庫) 2009年1月;江戸の鈍感力-時代小説傑作選　集英社(集英社文庫) 2007年12月

天野 伝五郎　あまの・でんごろう
旅の無頼浪人、信州・松本藩士小西精太郎の父の敵 「仇討ち街道」 池波正太郎　人情草紙-信州歴史時代小説傑作集第四巻　しなのき書房　2007年7月

天野屋利兵衛(利兵衛)　あまのやりへえ(りへえ)
赤穂藩に出入りしていた大坂商人で大石内蔵助の頼みを受け武具を調達した人物 「命をはった賭け-大坂商人・天野屋利兵衛」 佐江衆一　江戸の商人力-時代小説傑作選　集英社(集英社文庫) 2006年12月

尼御台(北条 政子)　あまみだい(ほうじょう・まさこ)
将軍源実朝の母 「右京局小夜がたり」 永井路子　歴史小説の世紀-地の巻　新潮社(新潮文庫) 2000年9月

甘利 虎泰　あまり・とらやす
戦国武将、甲斐武田家の老臣 「異説 晴信初陣記」 新田次郎　軍師の生きざま-短篇小説集　作品社　2008年11月

甘利備前守　あまりびぜんのかみ
武田家家老、駿河守護・今川氏親の使者として甲斐に来た宗長と矢留め(停戦)の交渉にあたった男 「二千人返せ」 岩井三四二　代表作時代小説 平成十六年度　光風社出版　2004年4月

甘利 弥八郎　あまり・やはちろう
甲斐国の武田晴信軍の武将 「嘘」 武田八洲満　武士道日暦-新鷹会・傑作時代小説選　光文社(光文社文庫) 2007年6月

雨坊主　あめぼうず
丹沢山中で死んでいた小田原の銭湯「花房の湯」の主人 「愚妖」 坂口安吾　偉人八傑推理帖-名探偵時代小説　双葉社(双葉文庫) 2004年7月

雨宮 一三郎　あめみや・いちさぶろう
将軍家御鉄砲玉薬奉行の与力 「蛇穴谷の美女」 水上準也　怪奇・伝奇時代小説選集5 北斎と幽霊　春陽堂書店(春陽文庫) 2000年2月

雨森 十五郎　あめもり・じゅうごろう＊
播磨国姫路藩本多家譜代の家臣で中老職　「無明の宿」　澤田ふじ子　女人-時代小説アンソロジー2　小学館(小学館文庫)　2007年2月

綾江　あやえ
五十石取りの藩士伊丹仙太郎の妻、藩の目付役の娘　「黒兵衛行きなさい」　古川薫　大江戸猫三昧-時代小説傑作選　徳間書店(徳間文庫)　2004年11月

綾路　あやじ
吉良上野介の妻富子の侍女　「富子すきすき」　宇江佐真理　異色忠臣蔵大傑作集　講談社(講談社文庫)　2002年12月

綾瀬　あやせ
京町の大見世「松大黒楼」の遣り手、元女郎　「はやり正月の心中」　杉本章子　吉原花魁　角川書店(角川文庫)　2009年12月；時代小説　読切御免第三巻　新潮社(新潮文庫)　2005年12月

漢田人　あやたひと
帰化人　「時の日」　新田次郎　変事異聞-時代小説アンソロジー5　小学館(小学館文庫)　2007年7月

あやの
御徒士の片岡家の婿養子になった御家人くずれの直次郎のまるで世間知らずの妻　「罪な女」　北原亞以子　逢魔への誘い-問題小説傑作選6　時代情恋篇　徳間書店(徳間文庫)　2000年3月

綾乃　あやの
一流の算術家になるため越後水原から江戸に出てきた山口和の師望月藤右衛門の娘　「風狂算法」　鳴海風　武士道春秋-新鷹会・傑作時代小説選　光文社(光文社文庫)　2006年6月

綾野　あやの
贅沢を禁止した寛政の改革で思わぬ悲劇に突き落とされていく呉服問屋の若夫婦の妻　「赤い糸」　嵯峨野晶　江戸の刺客-書き下ろし時代小説傑作選6　大洋図書(大洋時代文庫)　2005年9月

綾姫　あやひめ
参州田原城主三宅家の息女　「火術師」　五味康祐　職人気質-時代小説アンソロジー4　小学館(小学館文庫)　2007年5月

新井 白石　あらい・はくせき
江戸の材木商河村瑞賢の家に出入りするようになった学者の青年　「智恵の瑞賢」　杉本苑子　江戸の商人力-時代小説傑作選　集英社(集英社文庫)　2006年12月

新井 良信　あらい・よしのぶ
幕末の長府藩の番方　「夜叉鴉」　船戸与一　時代小説-読切御免第一巻　新潮社(新潮文庫)　2004年3月

あらお

荒尾 志摩　あらお・しま
備前岡山藩家老 「割を食う」 池宮彰一郎　仇討ち-時代小説アンソロジー1　小学館（小学館文庫）2006年12月

荒尾但馬守　あらおたじまのかみ
大坂西町奉行、江戸から来任し大坂の腐敗を正そうとした男 「死刑」 上司小剣　石川五右衛門の生立-捕物時代小説選集3　春陽堂書店（春陽文庫）2000年4月

荒城 右近　あらき・うこん
飛騨の山間にある小城・横尾城の城主荒城道休の正室の子 「横尾城の白骨」 南條範夫　怪奇・伝奇時代小説選集15　春陽堂書店（春陽文庫）2000年12月

荒木 久左衛門　あらき・きゅうざえもん
戦国武将、織田信長軍に包囲された伊丹城に残した人質の一族たちを見捨てた城代 「六百七十人の怨霊」 南條範夫　怪奇・伝奇時代小説選集12 血塗りの呪法　春陽堂書店（春陽文庫）2000年9月

荒木 五郎右衛門　あらき・ごろうえもん
戦国武将、織田信長に謀叛した荒木村重の家来 「優しい侍」 東秀紀　異色歴史短篇傑作大全　講談社 2003年11月

荒城 左京　あらき・さきょう
飛騨の山間にある小城・横尾城の城主荒城道休の側室の子 「横尾城の白骨」 南條範夫　怪奇・伝奇時代小説選集15　春陽堂書店（春陽文庫）2000年12月

荒木 又右衛門　あらき・またえもん
伊勢の津三十二万三千石の藤堂家に客分として迎えられている武芸者 「夢剣」 笹沢左保　江戸三百年を読む 上-傑作時代小説 江戸騒乱編　角川学芸出版（角川文庫）2009年9月

荒木 又右衛門　あらき・またえもん
剣客、元郡山藩の剣術師範格で渡辺数馬の義兄 「荒木又右衛門」 尾崎秀樹　人物日本剣豪伝三　学陽書房（人物文庫）2001年5月

荒木 又右衛門　あらき・またえもん
元岡山池田家の家臣で弟の敵を追う渡部数馬の親類縁者、大和郡山藩の剣の指南役 「胡蝶の舞い-伊賀鍵屋の辻の決闘」 黒部亨　士道無惨!仇討ち始末-時代小説傑作選四　新人物往来社 2008年3月

荒木 又右衛門　あらき・またえもん
大和郡山の松平家に仕える武士、柳生流の剣客 「荒木又右衛門」 池波正太郎　人物日本の歴史 江戸編〈上〉-時代小説版　小学館（小学館文庫）2004年5月

荒木 又右衛門　あらき・またえもん
大和郡山藩剣術指南役、渡部数馬の姉婿 「割を食う」 池宮彰一郎　仇討ち-時代小説アンソロジー1　小学館（小学館文庫）2006年12月

荒木 村重　あらき・むらしげ
戦国武将、織田信長に謀叛して籠城していた有岡城を脱出した男 「優しい侍」 東秀紀　異色歴史短篇傑作大全　講談社 2003年11月

荒木 村重　あらき・むらしげ
戦国武将、織田信長の翼下にあった摂津有岡城主　「村重好み」　秋月達郎　ふりむけば闇-時代小説招待席　広済堂出版　2003年6月

荒木 村重　あらき・むらしげ
戦国武将、織田信長軍に包囲された伊丹城に残した人質の一族たちを見捨てた城主　「六百七十人の怨霊」　南條範夫　怪奇・伝奇時代小説選集12 血塗りの呪法　春陽堂書店（春陽文庫）　2000年9月

荒木 村重　あらき・むらしげ
戦国武将、摂津有岡城主で織田信長に叛旗をひるがえした男　「官兵衛受難」　赤瀬川隼　愛染夢灯籠-時代小説傑作選　講談社（講談社文庫）　2005年9月

荒作 弥次郎　あらさく・やじろう
鎌倉の宝治の合戦で三浦側についた領主小佐田助良の所従　「宝治の乱残葉」　永井路子　鎮守の森に鬼が棲む-時代小説傑作選　講談社（講談社文庫）　2001年9月

嵐 三五郎　あらし・さんごろう
猿若町の劇場に出ている三枚目役者　「嫉刃の血首」　村松駿吉　怪奇・伝奇時代小説選集8 百物語　春陽堂書店（春陽文庫）　2000年5月

嵐 夢之丞　あらし・ゆめのじょう
浅草初音座の人気若女形　「お小夜しぐれ」　栗本薫　合わせ鏡-女流時代小説傑作選　角川春樹事務所（ハルキ文庫）　2003年2月

荒二郎　あらじろう*
吉原の用心棒　「張りの吉原」　隆慶一郎　吉原花魁　角川書店（角川文庫）　2009年12月

有綱　ありつな
源義経の女（むすめ）千珠（仮の名）の良人　「義経の女」　山本周五郎　源義経の時代-短篇小説集　作品社　2004年10月

有馬 新七　ありま・しんしち
薩摩藩の志士、藩内の尊皇討幕派の首領　「寺田屋の散華」　津本陽　幕末京都血風録-傑作時代小説　PHP研究所（PHP文庫）　2007年11月

有馬 新七　ありま・しんしち
薩摩藩士、過激派誠忠組の同志たちの中心人物　「伏見の惨劇-寺田屋事変」　早乙女貢　必殺!幕末暗殺剣-時代小説傑作選三　新人物往来社　2008年3月

有馬 藤太　ありま・とうた
官軍の東山道軍の副参謀　「新撰組隊長」　火野葦平　新選組伝奇　勉誠出版　2004年1月

有馬 藤太　ありま・とうた*
薩摩藩士、軍使として下総流山の大百姓家にいた新選組局長近藤勇を訪ねた男　「流山の朝」　子母澤寛　人物日本の歴史 幕末維新編-時代小説　小学館（小学館文庫）　2004年9月;新選組興亡録　角川書店（角川文庫）　2008年9月

ありま

有馬 頼貴　ありま・よりたか
久留米藩有馬家の当主「有馬騒動 冥府の密使」野村敏雄　怪奇・伝奇時代小説選集6 清姫・怨霊ばなし　春陽堂書店(春陽文庫)　2000年3月

有馬 頼貴　ありま・よりたか
有馬家九代当主「有馬猫騒動」柴田錬三郎　動物-極め付き時代小説選3　中央公論新社(中公文庫)　2004年11月

在原ノ伸道　ありわらの・のぶみち
大和ノくに添上ノ郡の小領池ノ上惟高の秘書官「牛」山本周五郎　動物-極め付き時代小説選3　中央公論新社(中公文庫)　2004年11月

阿波太夫　あわだゆう
素人の旦那芸の浄瑠璃語り、元足袋屋の若旦那「土場浄瑠璃の」皆川博子　時代小説-読切御免第一巻　新潮社(新潮文庫)　2004年3月

阿波大夫　あわだゆう
鍋町の表長屋に住む富本の師匠「南蛮うどん」泡坂妻夫　闇の旋風-問題小説傑作選5 捕物帖篇　徳間書店(徳間文庫)　2000年1月

阿波局　あわのつぼね
将軍源実朝の乳母、北条政子の同腹の妹「右京局小夜がたり」永井路子　歴史小説の世紀-地の巻　新潮社(新潮文庫)　2000年9月

安釐王　あんきおう
魏王、信陵君の異母兄「虎符を盗んで」陳舜臣　動物-極め付き時代小説選3　中央公論新社(中公文庫)　2004年11月

安甲　あんこう
按摩「赤西蠣太」志賀直哉　時代劇原作選集-あの名画を生みだした傑作小説　双葉社(双葉文庫)　2003年12月

安国寺 恵瓊　あんこくじ・えけい
備中の高松城を攻めていた羽柴秀吉軍と毛利軍の講和の斡旋にあたっている僧「ヤマザキ」筒井康隆　歴史小説の世紀-地の巻　新潮社(新潮文庫)　2000年9月

安国寺 恵瓊(正慶)　あんこくじ・えけい(しょうけい)
毛利家の使僧、正慶は別号「一字三星紋の流れ旗」新宮正春　紅葉谷から剣鬼が来る-時代小説傑作選　講談社(講談社文庫)　2002年9月

安西 伊賀之助　あんざい・いがのすけ
西ノ丸御書院番士松平外記の同僚「鰈の縁側」小松重男　人物日本の歴史 江戸編〈下〉-時代小説版　小学館(小学館文庫)　2004年7月

安西 紀平次　あんざい・きへいじ
平城村宮ノ谷の黒屋敷の主の豪傑「みささぎ盗賊」山田風太郎　歴史小説の世紀-地の巻　新潮社(新潮文庫)　2000年9月

安西 善友　あんざい・よしとも
代言人、梓伯爵の学友で東京府士族「幽霊買い度し(ハイカラ右京探偵暦)」日影丈吉　傑作捕物ワールド第9巻 妖異怪談篇　リブリオ出版　2002年10月

あんど

安 仙湖　あん・せんこ
徐南川の甥、中級官僚　「蛙吹泉」　森福都　異色中国短篇傑作大全　講談社(講談社文庫)　2001年3月

安珍　あんちん
熊野へもうでる旅の若い僧　「新釈娘道成寺」　八雲滉　怪奇・伝奇時代小説選集6 清姫・怨霊ばなし　春陽堂書店(春陽文庫)　2000年3月

安珍　あんちん
熊野参詣をする途中に村長の家に一夜の宿を借りた二人の僧のひとり　「邪恋妖姫伝」　伊奈京介　怪奇・伝奇時代小説選集8 百物語　春陽堂書店(春陽文庫)　2000年5月

安珍　あんちん
毎年熊野権現に参籠して仏道の修業をする僧　「恋の清姫」　橘爪彦七　怪奇・伝奇時代小説選集6 清姫・怨霊ばなし　春陽堂書店(春陽文庫)　2000年3月

安鎮　あんちん
熊野権現の宝前に参向する奥州白河の僧　「清姫」　大岡昇平　怪奇・伝奇時代小説選集6 清姫・怨霊ばなし　春陽堂書店(春陽文庫)　2000年3月

安展　あんてん
唐土広州から船で天竺へ向った高丘親王にしたがう日本の僧　「儒艮」　澁澤龍彦　歴史小説の世紀-地の巻　新潮社(新潮文庫)　2000年9月

安藤 右京　あんどう・うきょう
目付、書物奉行近藤重蔵の私行上のことを調べた武士　「近藤富士」　新田次郎　江戸三百年を読む 下-傑作時代小説 幕末風雲編　角川学芸出版(角川文庫)　2009年9月

安藤 喜八郎　あんどう・きはちろう
大和郡山藩の槍術師範遠城治郎左衛門の二男、安藤家の養子となった若者　「死出の雪-崇禅寺馬場の敵討ち」　隆慶一郎　士道無惨!仇討ち始末-時代小説傑作選四　新人物往来社　2008年3月

安藤 治右衛門　あんどう・じえもん
旗本　「割を食う」　池宮彰一郎　仇討ち-時代小説アンソロジー1　小学館(小学館文庫)　2006年12月

安藤 重長　あんどう・しげなが
寺社奉行　「妖尼」　新田次郎　江戸の老人力-時代小説傑作選　集英社(集英社文庫)　2002年12月

安藤 則命　あんどう・そくめい
桜田門外にある弾正台の係官、のちの中警視　「天衣無縫」　山田風太郎　逆転 時代アンソロジー　祥伝社(祥伝社文庫)　2000年5月

安藤 帯刀　あんどう・たてわき
紀州家附家老　「御落胤」　柴田錬三郎　人物日本の歴史 江戸編<下>-時代小説版　小学館(小学館文庫)　2004年7月

あんど

安藤 帯刀　あんどう・たてわき
紀州家附家老　「大岡越前の独立」直木三十五　傑作捕物ワールド第6巻 名奉行篇　リブリオ出版　2002年10月

安藤対馬守 信正　あんどうつしまのかみ・のぶまさ
幕末の老中、磐城平五万石の大名　「笊ノ目万兵衛門外へ」山田風太郎　武士道-時代小説アンソロジー3　小学館（小学館文庫）2007年3月

安藤対馬守 信睦　あんどうつしまのかみ・のぶゆき
寺社奉行、磐城平五万石の城主　「ありんす裁判」土師清二　大江戸の歳月-新鷹会・傑作時代小説選　光文社（光文社文庫）2003年6月

安藤 彦兵衛直次　あんどう・ひこべえなおつぐ
戦国武将、小牧・長久手ノ戦における徳川家康軍の将　「武返」池宮彰一郎　代表作時代小説 平成十四年度　光風社出版　2002年5月

安兜冽　あんどれ
男装の若き女剣士、朝鮮柳生の女剣士柳生杏姫の愛弟子　「李朝懶夢譚」荒山徹　代表作時代小説 平成十八年度　光文社　2006年6月

安兜冽　あんどれ
男装の若き女剣士、朝鮮柳生の女剣士柳生杏姫の愛弟子　「流離剣統譜」荒山徹　代表作時代小説 平成十九年度　光文社　2007年6月

暗夜軒　あんやけん
兵法者、塚原卜伝の弟子　「斎藤伝鬼房」早乙女貢　人物日本剣豪伝一　学陽書房（人物文庫）2001年4月

按里（霧隠才蔵）　あんり（きりがくれさいぞう）
くノ一、宣教師ルイス・フロイスが堺の花街の女に生ませた子　「霧隠才蔵の秘密」嵐山光三郎　剣の道忍の掟-信州歴史時代小説傑作集第三巻　しなのき書房　2007年6月

【い】

伊阿弥　いあみ
兵法者、上泉伊勢守の高弟　「花車」戸部新十郎　鎮守の森に鬼が棲む-時代小説傑作選　講談社（講談社文庫）2001年9月

飯岡助五郎（石渡助五郎）　いいおかのすけごろう（いしわたすけごろう＊）
下総飯岡のやくざ　「座頭市物語」子母沢寛　時代劇原作選集-あの名画を生みだした傑作小説　双葉社（双葉文庫）2003年12月

井伊掃部頭 直弼　いいかもんのかみ・なおすけ
幕府大老、彦根藩主　「釜中の魚」諸田玲子　江戸三百年を読む下-傑作時代小説 幕末風雲編　角川学芸出版（角川文庫）2009年9月;異色歴史短篇傑作大全　講談社　2003年11月

飯河肥後守 宗信　いいかわひごのかみ・むねのぶ
細川家の重臣「雨の中の犬-細川忠興」岳宏一郎　地獄の無明剣-時代小説傑作選　講談社（講談社文庫）2004年9月

飯河豊前守　いいかわぶぜんのかみ
細川家の重臣、飯河肥後守の父「雨の中の犬-細川忠興」岳宏一郎　地獄の無明剣-時代小説傑作選　講談社（講談社文庫）2004年9月

飯倉 久太郎　いいくら・きゅうたろう
信州矢崎の藩主堀家の家臣、主君宗昌から愛情薄れた嬖妾と宗昌の児を押し付けられた男「被虐の系譜-武士道残酷物語」南條範夫　時代劇原作選集-あの名画を生みだした傑作小説　双葉社（双葉文庫）2003年12月

飯倉 修蔵　いいくら・しゅうぞう
信州矢崎の藩主堀家の家臣、暴君の当主式部少輔安高に滅私奉公した飯倉家の主「被虐の系譜-武士道残酷物語」南條範夫　時代劇原作選集-あの名画を生みだした傑作小説　双葉社（双葉文庫）2003年12月

飯島 平左ヱ門　いいじま・へいざえもん
牛込に屋敷をかまえる神陰流の極意を極めた武芸者、お露の父「人形劇 牡丹燈籠」川尻泰司　怪奇・伝奇時代小説選集9 怪談牡丹燈籠　春陽堂書店（春陽文庫）2000年6月

飯島 平左衛門　いいじま・へいざえもん
牛込の旗本、お露の父「怪談 牡丹燈籠」大西信行　怪奇・伝奇時代小説選集9 怪談牡丹燈籠　春陽堂書店（春陽文庫）2000年6月

飯島 平左衛門　いいじま・へいざえもん
御広敷番頭を務めていた旗本、お露の父「牡丹燈籠」長田秀雄　怪奇・伝奇時代小説選集9 怪談牡丹燈籠　春陽堂書店（春陽文庫）2000年6月

飯田 覚兵衛　いいだ・かくべえ
戦国武将加藤清正に仕えた武士、肥後加藤家の内紛後同家を去った老臣「飯田覚兵衛言置のこと」南條範夫　鍔鳴り疾風剣-新選代表作時代小説22　光風社出版（光風社文庫）2000年11月

飯田 覚兵衛　いいだ・かくべえ
肥後熊本城主加藤清正（虎之助）の重臣「虎之助一代」南原幹雄　九州戦国志-傑作時代小説　PHP研究所（PHP文庫）2008年12月

飯田 金六　いいだ・きんろく
奥右筆衆、小菅邦之助の同僚「深川夜雨」早乙女貢　剣の意地 恋の夢-時代小説傑作選　講談社（講談社文庫）2000年9月

井伊 直弼　いい・なおすけ
桜田門外で水戸や薩摩の脱藩浪士たちに殺害された幕府大老「雪の音」大路和子　愛染夢灯籠-時代小説傑作選　講談社（講談社文庫）2005年9月

井伊 直弼　いい・なおすけ
幕末江戸城桜田門外において水戸・薩摩の浪士らによって暗殺された大老「首」山田風太郎　人物日本の歴史 幕末維新編-時代小説版　小学館（小学館文庫）2004年9月

いいな

井伊 直政　いい・なおまさ
戦国武将、徳川家康の側近　「絶塵の将」　池宮彰一郎　春宵 濡れ髪しぐれ-時代小説傑作選　講談社(講談社文庫)　2003年9月

飯沼 新右衛門　いいぬま・しんえもん
奥御祐筆組頭をつとめる旗本　「夢の茶屋」　池波正太郎　江戸の老人力-時代小説傑作選　集英社(集英社文庫)　2002年12月

伊右衛門(金屋伊右衛門)　いえもん(かねやいえもん*)
本所元町の醤油問屋の主人　「金太郎蕎麦」　池波正太郎　江戸の満腹力-時代小説傑作選　集英社(集英社文庫)　2005年12月

伊岡 重作　いおか・しげさく*
大阪若松町の監獄本署を立川兼太郎と一緒に脱獄した囚人　「脱獄囚を追え」　有明夏夫　星明かり夢街道-新選代表作時代小説21　光風社出版　2000年5月

伊賀崎 道順　いがさき・どうじゅん
伊賀の忍者　「忍びの砦-伊賀崎道順」　今村実　戦国忍者武芸帳-時代小説傑作選五　新人物往来社　2008年3月

伊賀守敦信　いがのかみあつのぶ
藩政改革に力を入れる若い藩主　「いさましい話」　山本周五郎　江戸の老人力-時代小説傑作選　集英社(集英社文庫)　2002年12月

伊賀屋三次(三次)　いがやさんじ(さんじ)
神田多町の岡っ引　「死の釣舟」　松浦泉三郎　蛇の眼-捕物時代小説選集2　春陽堂書店(春陽文庫)　2000年3月

猪谷 唯四郎　いがや・ただしろう
尾張柳生家の宗家柳生兵庫助利厳の高弟猪谷忠蔵の倅、兵法師範　「秘剣笠の下」　新宮正春　地獄の無明剣-時代小説傑作選　講談社(講談社文庫)　2004年9月

五十嵐 浜藻　いがらし・はまも
江戸で名高い俳諧の女流宗匠　「浜藻歌仙留書」　別所真紀子　大江戸事件帖-時代推理小説名作選　双葉社(双葉文庫)　2005年7月

猪狩 忠左衛門　いかり・ちゅうざえもん
組頭、藩の旧政権の秋庭派の頭　「深い霧」　藤沢周平　剣の意地 恋の夢-時代小説傑作選　講談社(講談社文庫)　2000年9月

伊刈 又之丞　いがり・またのじょう
肥前平戸藩の元藩主松浦静山が隠居する本所下屋敷付き藩士のなかでは随一の剣の使い手　「笹の露」　新宮正春　幻の剣鬼 七番勝負-傑作時代小説　PHP研究所(PHP文庫)　2008年5月

伊吉　いきち
深川久永町にある材木問屋「信濃屋」の手代　「木置き場の男」　乾荘次郎　紅蓮の剣-書下ろし時代小説傑作選5　ミリオン出版(大洋時代文庫)　2005年9月

いくま

伊木 彦六　いき・ひころく
松代の城下から離れた隠居所付の侍臣として真田信之が撰んだ近習の一人「獅子の眠り」池波正太郎　機略縦横!真田戦記-傑作時代小説　PHP研究所(PHP文庫)　2008年7

伊久　いく
美濃国多治見藩士の忠平考之助と婚約した才媛と評判の高い娘「わたくしです物語」山本周五郎　江戸の爆笑力-時代小説傑作選　集英社(集英社文庫)　2004年12月

郁子　いくこ
引越し大名・松平直矩の側室、東園大納言基資の娘「引越し大名の笑い」杉本苑子　大江戸殿様列伝-傑作時代小説　双葉社(双葉文庫)　2006年7月

生島 新五郎　いくしま・しんごろう
山村座の人気歌舞伎役者「絵島の恋」平岩弓枝　乱世の女たち-信州歴史時代小説傑作集　しなのき書房　2007年9月;大奥華伝　角川書店(角川文庫)　2006年11月

生島 新五郎　いくしま・しんごろう
大奥年寄・絵島と情を通じていた人気役者「大奥情炎事件」森村誠一　乱世の女たち-信州歴史時代小説傑作集第五巻　しなのき書房　2007年9月

生島 新五郎　いくしま・しんごろう
木挽町の山村座の歌舞伎役者、美男で女どもの人気を博していた役者「絵島・生島」松本清張　江戸三百年を読む 上-傑作時代小説 江戸騒乱編　角川学芸出版(角川文庫)　2009年9月

生田 庄太夫　いくた・しょうだゆう
幕府の巡見使を迎える羽州新庄藩の案内役を務めることになった藩士「御案内」高橋義夫　代表作時代小説 平成十二年度　光風社出版　2000年5月

生田 慎之丞　いくた・しんのじょう
道に迷って古寺に踏み込んだ美男の若侍、貧乏旗本生田家の末弟「悲願千人斬り」橘千秋　怪奇・伝奇時代小説選集7 幽明鏡草紙　春陽堂書店(春陽文庫)　2000年4月

生田 伝八郎　いくた・でんぱちろう
大和郡山藩藩士生田江平の養子、明石藩家臣庄林八左衛門の二男「死出の雪-崇禅寺馬場の敵討ち」隆慶一郎　士道無惨!仇討ち始末-時代小説傑作選四　新人物往来社　2008年3月

伊具 四郎　いぐの・しろう
鎌倉詰めの御家人、宝治の合戦で北条に味方した武士「宝治の乱残葉」永井路子　鎮守の森に鬼が棲む-時代小説傑作選　講談社(講談社文庫)　2001年9月

幾松　いくまつ
京で舞の名手として知られていた三本木の芸妓「京洛の風雲」南條範夫　幕末京都血風録-傑作時代小説　PHP研究所(PHP文庫)　2007年11月

幾松　いくまつ
京都三本木の遊郭に住む芸妓、勤皇の志士桂小五郎の恋人「信州の勤皇婆さん」童門冬二　乱世の女たち-信州歴史時代小説傑作集第五巻　しなのき書房　2007年9月

幾松　いくまつ
京都三本木の遊里の芸妓、元小浜藩酒井家の下級武士の娘　「京しぐれ」南原幹雄　鍔鳴り疾風剣-新選代表作時代小説22　光風社出版(光風社文庫)　2000年11月

幾世　いくよ
江戸吉原「松葉屋」の遊女　「乱れ火-吉原遊女の敵討ち」北原亞以子　士道無惨!仇討ち始末-時代小説傑作選四　新人物往来社　2008年3月

池沢　半之助　いけざわ・はんのすけ
旗本、徳川軍の京都市中見廻組隊士　「まよい蛍」早乙女貢　鎮守の森に鬼が棲む-時代小説傑作選　講談社(講談社文庫)　2001年9月

池田　金三郎　いけだ・きんざぶろう
足利十三代将軍義輝の小姓　「露カ涙カ-秘剣一ノ太刀」早乙女貢　花ごよみ夢一夜-新選代表作時代小説24　光風社出版(光風社文庫)　2001年11月

池田　大次郎　いけだ・だいじろう
新選組隊士、常陸下妻の郷士の次男で天狗党崩れの男　「死に番」津本陽　時代小説読切御免第二巻　新潮社(新潮文庫)　2004年3月

池田　大助　いけだ・だいすけ
南町奉行大岡越前守忠相の愛臣の青年武士　「娘軽業師(池田大助捕物日記)」野村胡堂　傑作捕物ワールド第6巻　名奉行篇　リブリオ出版　2002年10月

池田　忠雄　いけだ・ただかつ
備前岡山藩藩主　「割を食う」池宮彰一郎　仇討ち-時代小説アンソロジー1　小学館(小学館文庫)　2006年12月

池田　恒興　いけだ・つねおき
戦国武将、小牧・長久手ノ戦における羽柴秀吉軍の将　「武返」池宮彰一郎　代表作時代小説　平成十四年度　光風社出版　2002年5月

池田　出羽　いけだ・でわ
備前岡山藩家老　「備前天一坊」江見水蔭　大岡越前守-捕物時代小説選集6　春陽堂書店(春陽文庫)　2000年10月

池田　信輝　いけだ・のぶてる
戦国武将、織田信長麾下の将　「大返しの篝火-黒田如水」川上直志　戦国軍師列伝-時代小説傑作選六　新人物往来社　2008年3月

池田播磨守　いけだはりまのかみ
町奉行　「笊ノ目万兵衛門外へ」山田風太郎　武士道-時代小説アンソロジー3　小学館(小学館文庫)　2007年3月

池田　文次　いけだ・ぶんじ
中奥扈従、正井宗昧の茶道の弟子で宗昧の妻おとよと駈落ちした男　「萩の帷子-雲州松江の妻敵討ち」安西篤子　士道無惨!仇討ち始末-時代小説傑作選四　新人物往来社　2008年3月

池田 光政　いけだ・みつまさ
備前岡山三十五万石の領主、文武の道に精しく特に弓が好きな名君　「備前名弓伝」山本周五郎　武士の本懐-武士道小説傑作選　KKベストセラーズ(ベスト時代文庫)　2004年6月

池ノ上 惟高　いけのうえ・これたか
大和ノくに添上ノ郡の小領　「牛」山本周五郎　動物-極め付き時代小説選3　中央公論新社(中公文庫)　2004年11月

池ノ坊 専好　いけのぼう・せんこう
立花の当代随一　「花車」戸部新十郎　鎮守の森に鬼が棲む-時代小説傑作選　講談社(講談社文庫)　2001年9月

韋 元豊　い・げんぽう
勾当人、治蝗将軍林易直の曾孫　「黄飛蝗」森福都　妃・殺・蝗-中国三色奇譚　講談社(講談社文庫)　2002年11月

生駒 弥八郎　いこま・やはちろう
百姓一揆の不手際によりお取り潰しとなった美濃郡上藩の飛騨高山の城と陣屋の接収を命じられた加賀大聖寺藩の郡奉行　「受城異聞記」池宮彰一郎　小説「武士道」-時代小説短編傑作選　三笠書房(知的生きかた文庫)　2008年11月

伊左右衛門　いさえもん
武州中野村の百姓・長助の息子、幼くして母を亡くした若者　「わらしべの唄」薄井ゆうじ　夢を見にけり-時代小説招待席　広済堂出版　2004年6月

井坂 十郎太　いさか・じゅうろうた
藩の城代家老陸田精兵衛の一人娘千鳥の婿養子になる若侍　「日日平安」山本周五郎　時代劇原作選集-あの名画を生みだした傑作小説　双葉社(双葉文庫)　2003年12月

伊佐吉　いさきち
恋しい竹二郎と二人きりになるために親分を殺して逃げてきた博徒　「フルハウス」藤水名子　夢を見にけり-時代小説招待席　広済堂出版　2004年6月

伊三吉　いさきち
渡世人　「背中の新太郎」伊藤桂一　人情草紙-信州歴史時代小説傑作集第四巻　しなのき書房　2007年7月

伊作　いさく
長崎オランダ商館の商務員補、老中田沼意次の子意知に殺されたウストンの怨念を晴らすため日本に残った男　「邪鬼」稲葉稔　伝奇城-文庫書下ろし/伝奇時代小説アンソロジー　光文社(光文社文庫)　2005年2月

イーサク(伊作)　いーさく(いさく)
長崎オランダ商館の商務員補、老中田沼意次の子意知に殺されたウストンの怨念を晴らすため日本に残った男　「邪鬼」稲葉稔　伝奇城-文庫書下ろし/伝奇時代小説アンソロジー　光文社(光文社文庫)　2005年2月

いさじ

伊三次　いさじ
廻り髪結い、北町奉行所定廻り同心不破友之進の小者「備後表」宇江佐真理　職人気質-時代小説アンソロジー4　小学館(小学館文庫)　2007年5月

伊三次　いさじ
廻り髪結い、北町奉行所定廻り同心不破友之進の小者(手先)だった男「因果堀」宇江佐真理　江戸の秘恋-時代小説傑作選　徳間書店(徳間文庫)　2004年10月

伊三次　いさじ
廻り髪結い、北町奉行所定廻り同心不破友之進の小者をつとめる男「ただ遠い空」宇江佐真理　合わせ鏡-女流時代小説傑作選　角川春樹事務所(ハルキ文庫)　2003年2月

伊三次　いさじ
廻り髪結い、北町奉行定廻り同心不破友之進の手先「星の降る夜」宇江佐真理　撫子が斬る-女性作家捕物帳アンソロジー　光文社(光文社文庫)　2005年9月

伊三次　いさじ
浅草の香具師の元締・吉五郎の手下、親分のむすめお長に亭主にと見こまれた男「女毒」池波正太郎　逢魔への誘い-問題小説傑作選6 時代情恋篇　徳間書店(徳間文庫)　2000年3月

伊三蔵(追分の伊三蔵)　いさぞう(おいわけのいさぞう)
渡世人「ひとり狼」村上元三　花と剣と侍-新鷹会・傑作時代小説選　光文社(光文社文庫)　2009年6月;時代劇原作選集-あの名画を生みだした傑作小説　双葉社(双葉文庫)　2003年12月

伊三郎　いさぶろう
岡っ引、花川戸の伊三郎「幽霊陰陽師」矢桐重八　幽霊陰陽師-捕物時代小説選集5　春陽堂書店(春陽文庫)　2000年6月

伊三郎　いさぶろう
花川戸の岡っ引「妖異お告げ狸」矢桐重八　石川五右衛門の生立-捕物時代小説選集3　春陽堂書店(春陽文庫)　2000年4月

伊三郎(五本木の伊三郎)　いさぶろう(ごほんぎのいさぶろう)
武州本庄宿の博徒の頭分「公事宿新左」津本陽　花ごよみ夢一夜-新選代表作時代小説24　光風社出版(光風社文庫)　2001年11月

伊沢 軍次　いざわ・ぐんじ
札幌樺戸集治監看守長、香川県士族「北の狼」津本陽　新選組アンソロジー下巻-その虚と実に迫る　舞字社　2004年2月

井沢 玄内　いざわ・げんない
三河国刈谷藩の普請方の組頭「犬曳き侍」伊藤桂一　動物-極め付き時代小説選3　中央公論新社(中公文庫)　2004年11月

伊沢 才覚　いざわ・さいかく
甲賀忍者「猿飛佐助の死」五味康祐　神出鬼没!戦国忍者伝-傑作時代小説　PHP研究所(PHP文庫)　2009年3月;剣の道忍の掟-信州歴史時代小説傑作集第三巻　しなのき書房　2007年6月

伊沢 春泥　いざわ・しゅんでい
英一蝶の流れを汲んだ若い絵師、御家人伊沢家の次男「鷺娘」潮山長三　怪奇・伝奇時代小説選集10 怪談累ケ淵　春陽堂書店（春陽文庫）　2000年7月

石和 甚三郎　いさわ・じんざぶろう
戦国武将、甲斐武田家の宿老板垣信形の家臣「異説 晴信初陣記」新田次郎　軍師の生きざま-短篇小説集　作品社　2008年11月

伊沢 大蔵　いざわ・たいぞう
築地の舶来雑貨卸問屋「伊沢屋」の主人　「「舶来屋」大蔵の死」早乙女貢　大江戸事件帖-時代推理小説名作選　双葉社（双葉文庫）　2005年7月

井沢 弥惣兵衛　いざわ・やそべえ
紀州藩士、地方巧者で藩主になった徳川吉宗が非常に可愛がっている武士「紀の海の大鯨-元禄の豪商・紀伊国屋文左衛門」童門冬二　人物日本の歴史 江戸編＜下＞-時代小説版　小学館（小学館文庫）　2004年7月

石井 兵助　いしい・ひょうすけ
旧幕時代の旗本の三男坊で榎本武揚に私怨をもつ者「桜十字の紋章」平岩弓枝　代表作時代小説 平成二十年度　光文社　2008年6月

石井 孫七　いしい・まごしち
野山藩の手代の部屋住みの若侍、刺客として江戸へ遣わされた男「消えた黄昏」高橋三千綱　散りぬる桜-時代小説招待席　広済堂出版　2004年2月

石垣 為之丞　いしがき・ためのじょう
成田家分家の当主成田治郎作の母方の叔父「風露草」安西篤子　愛染夢灯籠-時代小説傑作選　講談社（講談社文庫）　2005年9月

石上 源十郎　いしがみ・げんじゅうろう
牢人者「首」早乙女貢　剣よ月下に舞え-新選代表作時代小説23　光風社出版（光風社文庫）　2001年5月

石谷因幡守 穆清　いしがやいなばのかみ・あつきよ
町奉行「城中の霜」山本周五郎　人物日本の歴史 幕末維新編-時代小説版　小学館（小学館文庫）　2004年9月

石谷 清昌　いしがや・きよまさ
勘定奉行・長崎奉行「江戸城のムツゴロウ」童門冬二　愛染夢灯籠-時代小説傑作選　講談社（講談社文庫）　2005年9月

石川 明石　いしかわ・あかし
石川五右衛門の浜松に住む父「石川五右衛門」鈴木泉三郎　幽霊陰陽師-捕物時代小説選集5　春陽堂書店（春陽文庫）　2000年6月

石川 五右衛門　いしかわ・ごえもん
山村で母と暮らす代々伊賀の郷士であった家の子ども、のちの石川五右衛門「石川五右衛門の生立」上司小剣　石川五右衛門の生立-捕物時代小説選集3　春陽堂書店（春陽文庫）　2000年4月

いしか

石川 五右衛門　いしかわ・ごえもん
太閤秀吉に召し抱えられた細作となった浪人、お伽衆曽呂利新左衛門の親友　「五右衛門と新左」　国枝史郎　石川五右衛門の生立-捕物時代小説選集3　春陽堂書店（春陽文庫）2000年4月

石川 五右衛門　いしかわ・ごえもん
太閤秀吉の暗殺を仕損じて京から逃げて来たさむらい姿の男　「石川五右衛門」　鈴木泉三郎　幽霊陰陽師-捕物時代小説選集5　春陽堂書店（春陽文庫）2000年6月

石川 五右衛門　いしかわ・ごえもん
大泥棒　「霧隠才蔵の秘密」　嵐山光三郎　剣の道忍の掟-信州歴史時代小説傑作集第三巻　しなのき書房　2007年6月

石川 五右衛門　いしかわ・ごえもん
盗賊　「五右衛門処刑」　多岐川恭　石川五右衛門の生立-捕物時代小説選集3　春陽堂書店（春陽文庫）2000年4月

石川 主膳　いしかわ・しゅぜん
番町の表六番町に屋敷のある旗本　「千軍万馬の闇将軍」　佐藤雅美　愛染夢灯籠-時代小説傑作選　講談社（講談社文庫）2005年9月

石川 彦之丞　いしかわ・ひこのじょう
浪人者、高田常次郎と同じ組長屋に住んでいた武士　「尺八乞食」　山手樹一郎　江戸の商人力-時代小説傑作選　集英社（集英社文庫）2006年12月

石川備前守 貞清　いしかわびぜんのかみ・さだきよ
豊臣家の木曾代官、のち尾張犬山城主　「命、一千枚」　火坂雅志　侍の肖像-信州歴史時代小説傑作集第二巻　しなのき書房　2007年5月；時代小説 読切御免第四巻　新潮社（新潮文庫）2005年12月

石川備中守 通清　いしかわびっちゅうのかみ・みちきよ
伊予国の国主　「戦国狸」　村上元三　動物-極め付き時代小説選3　中央公論新社（中公文庫）2004年11月

石河 兵助　いしかわ・ひょうすけ
戦国武将、織田軍団の後継者として名乗りを上げた羽柴秀吉軍の将士　「一番槍」　高橋直樹　斬刃-時代小説傑作選　コスミック出版（コスミック時代文庫）2005年5月

石川備後 為元　いしかわびんご・ためもと
戦国武将、上杉の四家老の一人　「城を守る者」　山本周五郎　軍師の生きざま-時代小説傑作選　コスミック出版（コスミック文庫）2008年11月；疾風怒涛!上杉戦記-傑作時代小説　PHP研究所（PHP文庫）2008年3月

石川 房之丞　いしかわ・ふさのじょう
旗本屋敷で催された歌留多の会に来た若侍で鬼婆横町で妖婆を見た四人のひとり　「妖婆」　岡本綺堂　怪奇・伝奇時代小説選集12 血塗りの呪法　春陽堂書店（春陽文庫）2000年9月

石川 藻汐　いしかわ・もしお
石川五右衛門の浜松に住む母　「石川五右衛門」　鈴木泉三郎　幽霊陰陽師-捕物時代小説選集5　春陽堂書店(春陽文庫)　2000年6月

石倉 左門(石森 市之丞)　いしくら・さもん(いしもり・いちのじょう)
武芸者、東軍流の遣い手　「柳生連也斎」　伊藤桂一　人物日本剣豪伝三　学陽書房(人物文庫)　2001年5月

石黒 兵馬　いしぐろ・ひょうま
駿河国の小藩小島藩の重臣の妻志保の又従兄　「川沿いの道」　諸田玲子　代表作時代小説 平成十九年度　光文社　2007年6月

石黒 武太夫　いしぐろ・ぶだゆう
加賀藩武芸師範、北陸に並びなき兵法遣いと称された男　「飛竜剣敗れたり」　南條範夫　秘剣舞う-剣豪小説の世界　学習研究社(学研M文庫)　2002年11月

石子 伴作　いしこ・ばんさく
香具師、実は大岡越前守忠相の部下　「天守閣の音」　国枝史郎　蛇の眼-捕物時代小説選集2　春陽堂書店(春陽文庫)　2000年3月

石坂 保　いしざか・たもつ
旧会津藩士　「薄野心中-新選組最後の人」　船山馨　新選組アンソロジー下巻-その虚と実に迫る　舞字社　2004年2月;新選組烈士伝　角川書店(角川文庫)　2003年10月

石塚 源太夫　いしずか・げんだゆう
小田原藩を脱藩し御鳥見役矢島久右衛門の屋敷を訪ねてきた浪人　「千客万来」　諸田玲子　合わせ鏡-女流時代小説傑作選　角川春樹事務所(ハルキ文庫)　2003年2月

石田 喜左衛門　いしだ・きざえもん
久留米藩有馬家の家臣、藩主頼貴の奥方附女中さわの父　「有馬騒動 冥府の密使」　野村敏雄　怪奇・伝奇時代小説選集6 清姫・怨霊ばなし　春陽堂書店(春陽文庫)　2000年3月

石田治部少輔 三成　いしだじぶのしょう・みつなり
戦国武将、豊臣秀吉の側近　「盗っ人宗湛」　火坂雅志　本能寺・男たちの決断-傑作時代小説　PHP研究所(PHP文庫)　2007年2月

石田 孫八郎　いしだ・まごはちろう
妖刀村正を帯びて登城してきた腰物方の同心　「心中むらくも村正」　山本兼一　代表作時代小説 平成十九年度　光文社　2007年6月

石田 三成　いしだ・みつなり
戦国武将、関ヶ原の戦いに敗れた西軍の大将　「石田三成の妻」　童門冬二　星明かり夢街道-新選代表作時代小説21　光風社出版　2000年5月

石田 三成　いしだ・みつなり
戦国武将、関ヶ原の戦に敗れ京都六条河原で斬首されようとしている男　「義」　綱淵謙錠　人物日本の歴史 戦国編-時代小説版　小学館(小学館文庫)　2004年3月

いしだ

石田 三成　いしだ・みつなり
戦国武将、豊臣家の筆頭奉行　「石鹸」　火坂雅志　軍師の生きざま-短篇小説集　作品社　2008年11月

石出 帯刀　いしで・たてわき
小伝馬町の牢屋敷牢屋預　「獄門帳」　沙羅双樹　約束-極め付き時代小説選1　中央公論新社(中公文庫)　2004年9月

石出 直胤　いしで・なおたね
囚獄奉行　「城中の霜」　山本周五郎　人物日本の歴史 幕末維新編-時代小説版　小学館(小学館文庫)　2004年9月

伊志原 薫　いしはら・かおる
市ヶ谷にある直心流伊志原道場の一人娘で凄腕の女剣士　「江戸に消えた男」　鳴海丈　斬刃-時代小説傑作選　コスミック出版(コスミック時代文庫)　2005年5月

石原 甚十郎　いしはら・じんじゅうろう
福井藩士　「城中の霜」　山本周五郎　人物日本の歴史 幕末維新編-時代小説版　小学館(小学館文庫)　2004年9月

石松(森の石松)　いしまつ(もりのいしまつ)
清水の次郎長の子分　「森の石松が殺された夜」　結城昌治　大江戸犯科帖-時代推理小説名作選　双葉社(双葉文庫)　2003年10月

石森 市之丞　いしもり・いちのじょう
武芸者、東軍流の遣い手　「柳生連也斎」　伊藤桂一　人物日本剣豪伝三　学陽書房(人物文庫)　2001年5月

韋 城武　い・じょうぶ
唐の剣南西川節度使、美女薛濤を官妓として召し抱えた男　「薛濤-中国美女伝」　陳舜臣　代表作時代小説 平成十四年度　光風社出版　2002年5月

石渡助五郎　いしわたすけごろう＊
下総飯岡のやくざ　「座頭市物語」　子母沢寛　時代劇原作選集-あの名画を生みだした傑作小説　双葉社(双葉文庫)　2003年12月

伊助　いすけ
葛籠職人、旅の女おきくと夫婦約束を交わした男　「一会の雪」　佐江衆一　剣の意地 恋の夢-時代小説傑作選　講談社(講談社文庫)　2000年9月

伊助　いすけ
商家の娘を騙したうえに親をゆするやくざ者　「小田原鰹」　乙川優三郎　江戸の満腹力-時代小説傑作選　集英社(集英社文庫)　2005年12月

伊助　いすけ
日蔭町の刀商　「虎徹」　司馬遼太郎　江戸三百年を読む 下-傑作時代小説 幕末風雲編　角川学芸出版(角川文庫)　2009年9月

伊助　いすけ
霊岸島町に何代も続く酒問屋「加勢屋」の番頭、元は紙問屋の一人息子でおちかの馴染み客　「はやり正月の心中」　杉本章子　吉原花魁　角川書店（角川文庫）　2009年12月；時代小説　読切御免第三巻　新潮社（新潮文庫）　2005年12月

和泉 図書助　いずみ・ずしょのすけ
藩の国家老　「いさましい話」　山本周五郎　江戸の老人力-時代小説傑作選　集英社（集英社文庫）　2002年12月

和泉守　いずみのかみ
幕府老中、三州西尾の大名　「暑い一日」　村上元三　武士道春秋-新鷹会・傑作時代小説選　光文社（光文社文庫）　2006年6月

和泉屋甚助（甚助）　いずみやじんすけ（じんすけ）
京橋三十間堀にある材木問屋、粋人を気取って金を湯水のように遣っている男　「憚りながら日本一」　北原亞以子　浮き世草紙-女流時代小説傑作選　角川春樹事務所（ハルキ文庫）　2002年10月

和泉屋北枝　いずみやほくし
葛飾北斎の高弟の浮世絵師、三味線で猿回しのはやし物を弾く隠し芸を持つ男　「浮世猿」　中山義秀　江戸夢日和-市井・人情小説傑作選二　学習研究社（学研M文庫）　2004年1月

泉山 虎之介　いずみやま・とらのすけ
剣術使い　「愚妖」　坂口安吾　偉人八傑推理帖-名探偵時代小説　双葉社（双葉文庫）　2004年7月

石動 十三郎　いするぎ・じゅうざぶろう
弘前藩主津軽信著の元家臣、忍術中川流の猛者で脱藩し中山道を行く浪人　「灰神楽」　峰隆一郎　代表作時代小説 平成十三年度　光風社出版　2001年5月

以世　いせ
京都三条御幸町にある諸国買物問屋「但馬屋」の主人弥左衛門の妻　「雪提灯」　澤田ふじ子　春宵 濡れ髪しぐれ-時代小説傑作選　講談社（講談社文庫）　2003年9月

伊勢 貞親　いせ・さだちか
礼儀作法の一流派伊勢流の家元の一人、将軍足利義政の政所執事　「伊勢氏家訓」　花田清輝　歴史小説の世紀-天の巻　新潮社（新潮文庫）　2000年9月

伊勢蔵　いせぞう
外神田界隈を縄張にする岡っ引　「驚きの、また喜びの」　宇江佐真理　江戸宵闇しぐれ-人情捕物帳傑作選二　学習研究社（学研M文庫）　2005年3月

伊勢伝十郎（谺の伝十郎）　いせでんゅうろう（こだまのでんじゅうろう）
素破、伊賀者　「御諚に候」　鈴木輝一郎　時代小説 読切御免第四巻　新潮社（新潮文庫）　2005年12月

伊勢 平左衛門　いせ・へいざえもん
薩摩島津家家老、同家柱石の臣の一人で鶴姫の縁組先の肥前唐津への使者に立った男　「鶴姫」　滝口康彦　酔うて候-時代小説傑作選　徳間書店（徳間文庫）　2006年10月

伊勢屋　いせや
棒手振りの魚屋角次郎の旬の鰹を千両で買おうと申し出た日本橋通町の呉服屋「鰹千両」宮部みゆき　情けがらむ朱房の十手-傑作時代小説　PHP研究所(PHP文庫) 2009年1月；撫子が斬る-女性作家捕物帳アンソロジー　光文社(光文社文庫) 2005年9月

伊勢屋重兵衛(重兵衛)　いせやじゅうべえ(じゅうべえ)
質両替商「笊医者」山手樹一郎　武士道日暦-新鷹会・傑作時代小説選　光文社(光文社文庫) 2007年6月

伊勢屋四郎左衛門　いせやしろうざえもん
蔵前の札差の大店「伊勢屋」のあるじ「逃げ水」山本一力　代表作時代小説　平成十七年度　光文社　2005年6月

伊勢屋徳兵衛(徳兵衛)　いせやとくべえ(とくべえ)
蔵前の札差、札差仲間で三本の指に入る大身代「千軍万馬の闇将軍」佐藤雅美　愛染夢灯籠-時代小説傑作選　講談社(講談社文庫) 2005年9月

磯貝 源之進　いそがい・げんのしん
北町奉行所の定廻り同心「首なし地蔵は語らず(地獄の辰・無残捕物控)」笹沢左保　傑作捕物ワールド第5巻 渡世人篇　リブリオ出版　2002年10月

五十君 勝貞　いそこ・かつさだ
戦国武将、織田信長の五男坊丸の傳「最後の赤備え」宮本昌孝　地獄の無明剣-時代小説傑作選　講談社(講談社文庫) 2004年9月

五十君 久助　いそこ・きゅうすけ
織田信長の五男坊丸の傳子「最後の赤備え」宮本昌孝　地獄の無明剣-時代小説傑作選　講談社(講談社文庫) 2004年9月

磯の禅師　いそのぜんし
京の白拍子で源義経の妻となった静御前の母親「静御前」西條八十　源義経の時代-短篇小説集　作品社　2004年10月

板垣 信形　いたがき・のぶかた
戦国武将、甲斐武田家の宿老「異説 晴信初陣記」新田次郎　軍師の生きざま-短篇小説集　作品社　2008年11月

板垣 信形　いたがき・のぶかた
戦国武将、武田家の家臣で勝千代(のちの武田信玄)の傳役「甲斐国追放-武田信玄」永岡慶之助　戦国武将国盗り物語-時代小説傑作選七　新人物往来社　2008年3月

板倉伊賀守 勝静　いたくらいがのかみ・かつきよ
備中松山藩公、老中筆頭「伏刃記」早乙女貢　紅葉谷から剣鬼が来る-時代小説傑作選　講談社(講談社文庫) 2002年9月

板倉 留六郎　いたくら・とめろくろう*
新発田藩士だった父の敵討ちの旅に出る久米家の兄弟の付添人になった叔父「八十一歳の敵」長谷川伸　武士道春秋-新鷹会・傑作時代小説選　光文社(光文社文庫) 2006年6月

いたろ

板倉 兵次郎　いたくら・ひょうじろう
越後新発田藩の勘定奉行、目付の板倉理兵衛の弟 「乙路」 乙川優三郎 代表作時代小説 平成十九年度 光文社 2007年6月

井田さん　いださん
今戸に引移った「わたくし」の家に来た泊り客、父の俳諧の友だちで四谷の質屋の息子 「猿の眼」 岡本綺堂 怪奇・伝奇時代小説選集14 累物語 春陽堂書店（春陽文庫） 2000年11月

板野 勘左衛門　いたの・かんざえもん
藩の新番組の士板野小七の父 「連理返し」 戸部新十郎 武士道日暦-新鷹会・傑作時代小説選 光文社（光文社文庫） 2007年6月

板野 京之進　いたの・きょうのしん
藩の新番組の士板野小七の兄、頭でっかちの小七と違い姿態秀麗な男 「連理返し」 戸部新十郎 武士道日暦-新鷹会・傑作時代小説選 光文社（光文社文庫） 2007年6月

板野 小七　いたの・しょうしち*
藩の新番組の士、頭でっかちの動作がからくり人形のような男 「連理返し」 戸部新十郎 武士道日暦-新鷹会・傑作時代小説選 光文社（光文社文庫） 2007年6月

伊太八　いたはち
神田多町の岡っ引・伊賀屋三次の腰巾着 「死の釣舟」 松浦泉三郎 蛇の眼-捕物時代小説選集2 春陽堂書店（春陽文庫） 2000年3月

板部岡 江雪斎　いたべおか・こうせつさい
小田原北条家の重臣 「猿飛佐助の死」 五味康祐 神出鬼没!戦国忍者伝-傑作時代小説 PHP研究所（PHP文庫） 2009年3月;剣の道忍の掟-信州歴史時代小説傑作集第三巻 しなのき書房 2007年6月

伊丹 左太夫　いたみ・さだゆう
江戸城菊之間詰めの使番 「殿中にて」 村上元三 酔うて候-時代小説傑作選 徳間書店（徳間文庫） 2000年9月;剣の意地 恋の夢-時代小説傑作選 講談社（講談社文庫） 2006年10月

伊丹 仙太郎　いたみ・せんたろう
五十石取りの藩士で綾江の夫、新陰流の免許皆伝で御前試合に出場する武士 「黒兵衛行きなさい」 古川薫 大江戸猫三昧-時代小説傑作選 徳間書店（徳間文庫） 2004年11月

板屋 兵四郎　いたや・へいしろう*
加賀小松の土木技術者、金沢の辰巳用水の工事差配者 「霞の水」 戸部新十郎 武士道春秋-新鷹会・傑作時代小説選 光文社（光文社文庫） 2006年6月

伊太郎　いたろう
本所元町の醤油問屋金屋伊右衛門の一人息子 「金太郎蕎麦」 池波正太郎 江戸の満腹力-時代小説傑作選 集英社（集英社文庫） 2005年12月

いち(

いち(お市の方)　いち(おいちのかた)
会津藩士笹原与五郎の妻、藩主松平正容の寵愛を受けていた女　「拝領妻始末」　滝口康彦　女人-時代小説アンソロジー2　小学館(小学館文庫)　2007年2月

市川 義平太　いちかわ・ぎへいた
江戸町奉行大岡越前守の供侍、「宝沢様御事」を記した者　「天一坊覚書」　瀧川駿　大岡越前守-捕物時代小説選集6　春陽堂書店(春陽文庫)　2000年10月

市川 源三郎　いちかわ・げんざぶろう
江戸払いになり新門辰五郎が静岡で開いた「玉川座」に呼ばれてきた人気役者　「望郷三番叟」　海渡英祐　闇の旋風-問題小説傑作選5 捕物帖篇　徳間書店(徳間文庫)　2000年1月

市川 小平太　いちかわ・こへいた
巌流島の決闘で宮本武蔵に敗れた佐々木小次郎の高弟市川平左衛門の子　「武蔵を仆した男」　新宮正春　江戸三百年を読む 上-傑作時代小説 江戸騒乱編　角川学芸出版(角川文庫)　2009年9月

市川 新十郎　いちかわ・しんじゅうろう
猿若町の劇場に出ている二枚目役者　「嫉刃の血首」　村松駿吉　怪奇・伝奇時代小説選集8 百物語　春陽堂書店(春陽文庫)　2000年5月

市川 団十郎(五代目)　いちかわ・だんじゅうろう(ごだいめ)
役者の五代目市川団十郎、成田屋の嫡男　「反古庵と女たち」　杉本苑子　江戸の爆笑力-時代小説傑作選　集英社(集英社文庫)　2004年12月

市川 平左衛門　いちかわ・へいざえもん
巌流島の決闘で宮本武蔵に敗れた佐々木小次郎の高弟、小平太の父　「武蔵を仆した男」　新宮正春　江戸三百年を読む 上-傑作時代小説 江戸騒乱編　角川学芸出版(角川文庫)　2009年9月

市川 三すじ　いちかわ・みすじ
江戸市村座の女形、立女形沢村田之助の弟子で病で両手両足を失った師の世話もした男　「冰蝶」　皆川博子　鍔鳴り疾風剣-新選代表作時代小説22　光風社出版(光風社文庫)　2000年11月

市五郎　いちごろう
京町の大見世「松大黒楼」の楼主　「はやり正月の心中」　杉本章子　吉原花魁　角川書店(角川文庫)　2009年12月;時代小説 読切御免第三巻　新潮社(新潮文庫)　2005年12月

市五郎　いちごろう
金沢町の荒物屋の親爺　「赤い紐」　野村胡堂　傑作捕物ワールド第1巻 岡っ引き篇　リブリオ出版　2002年10月

九 庄五郎　いちじく・しょうごろう
戦国武将、近江水口城主中村一氏の家臣で元阿閉家の奉公人　「勘兵衛奉公記」　池波正太郎　武士の本懐〈弐〉-武士道小説傑作選　KKベストセラーズ(ベスト時代文庫)　2005年5月

市助　いちすけ
旗本の若殿六浦琴之丞の供の中間　「悪因縁の怨」　江見水蔭　怪奇・伝奇時代小説選集5 北斎と幽霊　春陽堂書店(春陽文庫)　2000年2月

市助　いちすけ
湯殿山麓の宿継ぎ場・大網に住む水呑み百姓、暴れ者の大男鉄五郎の幼なじみ　「泣けよミイラ坊」　杉本苑子　江戸夢あかり-市井・人情小説傑作選　学習研究社(学研M文庫)　2003年7月

市三　いちぞう
桐生の代々織物で名を売ってきた店を引き継いだ吉田清助が経営改革を行い職人の中で一人だけ残した男　「学者商人と娘仕事人-桐生商人・吉田清助」　童門冬二　江戸の商人力-時代小説傑作選　集英社(集英社文庫)　2006年12月

市蔵　いちぞう
岡っ引　「夜の道行(市蔵、情けの手織り帖)」　千野隆司　傑作捕物ワールド第10巻 人情捕縄篇　リブリオ出版　2002年10月

市蔵　いちぞう
筑前博多の立花城から高い賃銀に釣られて岩屋城へ移ってきた足軽　「さいごの一人」　白石一郎　九州戦国志-傑作時代小説　PHP研究所(PHP文庫)　2008年12月

一太郎　いちたろう
江戸通町の廻船問屋「長崎屋」で妖達と暮らすひ弱な跡取り息子　「茶巾たまご」　畠中恵　撫子が斬る-女性作家捕物帳アンソロジー　光文社(光文社文庫)　2005年9月

市太郎　いちたろう
江戸の久永町にある材木問屋「大野屋」の一人息子　「面影ほろり」　宇江佐真理　代表作時代小説 平成二十一年度　光文社　2009年6月

市太郎　いちたろう
千住の娼婦だったおぬいの前夫の連れ子　「おっ母、すまねえ」　池波正太郎　親不幸長屋-人情時代小説傑作選　新潮社(新潮文庫)　2007年7月

市之助　いちのすけ
池ノ端仲町の日野屋の隣家の唐物商近江屋喜兵衛、実は強盗団の首領　「江戸怪盗記」　池波正太郎　情けがからむ朱房の十手-傑作時代小説　PHP研究所(PHP文庫)　2009年1月；江戸の鈍感力-時代小説傑作選　集英社(集英社文庫)　2007年12月

一ノ瀬 直久　いちのせ・なおひさ
九州福岡藩の支藩の秋月藩士、尊王攘夷派の青年隊の猛者　「仇-明治十三年の仇討ち」　綱淵謙錠　士道無惨!仇討ち始末-時代小説傑作選四　新人物往来社　2008年3月

一戸 小藤太　いちのへ・こうた
藩の新田普請奉行の添役津島輔四郎の朋輩　「邯鄲」　乙川優三郎　代表作時代小説 平成十五年度　光風社出版　2003年5月

市兵衛　いちべえ
奥平大膳太夫の家中御近習今村丹下の所にいた忠義な家来　「婚礼の夜」　神田伯龍　怪奇・伝奇時代小説選集11 妖艶の谷　春陽堂書店(春陽文庫)　2000年8月

いちべ

市兵衛　いちべえ
甘酒売りに身を落とした絵師、元は歌川国芳門下の俊秀　「証」　北原亞以子　合わせ鏡-女流時代小説傑作選　角川春樹事務所(ハルキ文庫)　2003年2月

市兵衛　いちべえ
江戸が東京に変わるまで代々吉原で引手茶屋をしていた「わたくし」の家の当主で風流人の父　「猿の眼」　岡本綺堂　怪奇・伝奇時代小説選集14 累物語　春陽堂書店(春陽文庫)　2000年11月

市兵衛　いちべえ
上総国市原郡姉ヶ崎村の名主で伊豆大島へ島流しになった次郎兵衛の下男　「上総風土記」　村上元三　江戸の鈍感力-時代小説傑作選　集英社(集英社文庫)　2007年12月;侍たちの歳月-新鷹会・傑作時代小説選　光文社(光文社文庫)　2002年6月

市松　いちまつ
戦国武将、羽柴秀吉(豊臣秀吉)子飼いの家臣　「絶塵の将」　池宮彰一郎　春宵 濡れ髪しぐれ-時代小説傑作選　講談社(講談社文庫)　2003年9月

市松　いちまつ
戦国武将、織田軍団の後継者として名乗りを上げた羽柴秀吉軍の将士　「一番槍」　高橋直樹　斬刃-時代小説傑作選　コスミック出版(コスミック時代文庫)　2005年5月

市村 幸之進　いちむら・こうのしん
さとの夫、徒士組の市村家の当主　「花の顔」　乙川優三郎　愛染夢灯籠-時代小説傑作選　講談社(講談社文庫)　2005年9月

市村 真次郎　いちむら・しんじろう
徒士組市村家の嫁さとと夫幸之進の息子　「花の顔」　乙川優三郎　愛染夢灯籠-時代小説傑作選　講談社(講談社文庫)　2005年9月

市村 鉄之助　いちむら・てつのすけ
旧新選組隊士　「歳三の写真」　草森紳一　新選組興亡録　角川書店(角川文庫)　2008年9月

一文斎　いちもんさい
少しも売れない川柳の宗匠　「仙台花押」　泡坂妻夫　代表作時代小説 平成十二年度　光風社出版　2000年5月

市山 富三郎(瀬川 菊之丞)　いちやま・とみさぶろう(せがわ・きくのじょう)
大坂道頓堀に並ぶ芝居小屋の女形役者、のちの瀬川菊之丞　「五瓶劇場けいせい伝奇城」　芦辺拓　伝奇城-文庫書下ろし/伝奇時代小説アンソロジー　光文社(光文社文庫)　2005年2月

一葉　いちよう
中島歌子の主宰する歌塾「萩の舎」に入門した娘　「命毛」　出久根達郎　代表作時代小説 平成十八年度　光文社　2006年6月

一国　いっこく
越前宰相忠直の寵愛の女　「忠直卿行状記」　海音寺潮五郎　江戸三百年を読む 上-傑作時代小説 江戸騒乱編　角川学芸出版(角川文庫)　2009年9月

いとう

一水舎半丘（半丘）　いっすいしゃはんきゅう（はんきゅう）
俳諧の宗匠　「悪因縁の怨」　江見水蔭　怪奇・伝奇時代小説選集5　北斎と幽霊　春陽堂書店（春陽文庫）　2000年2月

井土 虎次郎　いつち・とらじろう
関口流・柔術の道場主関口八郎左衛門の愛弟子、近江・膳所の浪人井土兵庫の次男　「柔術師弟記」　池波正太郎　武芸十八般-武道小説傑作選　KKベストセラーズ（ベスト時代文庫）　2005年10月

井土 隼人　いつち・はやと
柔術家関口八郎左衛門の愛弟子・井土虎次郎の兄　「柔術師弟記」　池波正太郎　武芸十八般-武道小説傑作選　KKベストセラーズ（ベスト時代文庫）　2005年10月

一刀斎　いっとうさい
兵法者、越前印牧氏の一族鐘巻自斎に入門した後小田原に下り一刀流の名を拡めた老人　「茶巾」　戸部新十郎　代表作時代小説　平成十三年度　光風社出版　2001年5月

一瓢　いっぴょう
浅草茅町に住む幇間　「萩寺の女」　久生十蘭　偉人八傑推理帖-名探偵時代小説　双葉社（双葉文庫）　2004年7月

井手 勘七　いで・かんしち
秋月藩の本藩黒田家の奥頭取を勤めている武士　「月と老人」　白石一郎　江戸の老人力-時代小説傑作選　集英社（集英社文庫）　2002年12月

猪手麻呂　いでまろ
楢葉池の長者　「猿聟物語」　新田次郎　動物-極め付き時代小説選3　中央公論新社（中公文庫）　2004年11月

いと
首斬り同心山田浅右衛門の妻　「刀の中の顔」　宇野信夫　怪奇・怪談時代小説傑作選　徳間書店（徳間文庫）　2004年9月

いと
信州矢崎の藩主堀家の家臣飯倉修蔵の次女、暴君安高の妾にされた娘　「被虐の系譜-武士道残酷物語」　南條範夫　時代劇原作選集-あの名画を生みだした傑作小説　双葉社（双葉文庫）　2003年12月

伊藤 一刀斎　いとう・いっとうさい
兵法者　「飛猿の女」　郡順史　怪奇・伝奇時代小説選集11　妖艶の谷　春陽堂書店（春陽文庫）　2000年8月

伊藤 一刀斎　いとう・いっとうさい
兵法者、一刀流の祖　「小野次郎右衛門」　江崎誠致　人物日本剣豪伝二　学陽書房（人物文庫）　2001年4月

伊東 一刀斎景久　いとう・いっとうさいかげひさ
兵法者、鐘捲自斎の高弟でのちの一刀流の祖である伊東一刀斎景久　「信長豪剣記」　羽山信樹　変事異聞-時代小説アンソロジー5　小学館（小学館文庫）　2007年7月

いとう

伊藤 一刀斎景久　いとう・いっとうさいかげひさ
天下にその名が知られた兵法者　「烈風の剣-神子上典膳vs善鬼三介」　早乙女貢　秘剣・豪剣!武芸決闘記-時代小説傑作選二　新人物往来社　2008年3月

伊藤 一刀斎景久（弥五郎）　いとう・いっとうさいかげひさ（やごろう）
兵法者、一刀流の祖　「伊藤一刀斎」　南條範夫　人物日本剣豪伝一　学陽書房（人物文庫）　2001年4月

伊東 甲子太郎　いとう・かしたろう
勤王論者、新選組参謀のち分離独立して禁裡御陵衛士となり新選組に斬られた男　「近江屋に来た男-坂本龍馬暗殺」　中村彰彦　必殺!幕末暗殺剣-時代小説傑作選三　新人物往来社　2008年3月

伊東 甲子太郎　いとう・かしたろう
新撰組を脱退して孝明天皇御陵衛士を拝命した士　「寒月」　谷元次郎　新選組伝奇　勉誠出版　2004年1月

伊藤 喜兵衛　いとう・きへえ
御先手組の与力　「日本三大怪談集」　田中貢太郎　怪奇・怪談時代小説傑作選　徳間書店（徳間文庫）　2004年9月

伊藤 喜兵衛　いとう・きへえ
御先手組の与力で仲間をおとしいれたり賄賂を執ったりする悪辣な男　「四谷怪談」　田中貢太郎　怪奇・伝奇時代小説選集13 四谷怪談　春陽堂書店（春陽文庫）　2000年10月

伊藤 喜兵衛　いとう・きへえ
青山百人町の御先手組屋敷の与力　「四谷怪談・お岩」　柴田錬三郎　怪奇・伝奇時代小説選集13 四谷怪談　春陽堂書店（春陽文庫）　2000年10月

伊藤 三弥　いとう・さんや
剣客柿本源七郎の門人　「剣の誓約-「剣客商売」より」　池波正太郎　約束-極め付き時代小説選1　中央公論新社（中公文庫）　2004年9月

伊藤 七蔵政国　いとう・しちぞうまさくに
織田信長の馬まわり三百石の家臣　「女は遊べ物語」　司馬遼太郎　戦国女人十一話　作品社　2005年11月

伊東 祐親（入道）　いとう・すけちか（にゅうどう）
平家に仕える伊豆の大名、元は源家の家人　「頼朝勘定」　山岡荘八　人物日本の歴史 古代中世編-時代小説版　小学館（小学館文庫）　2004年1月

伊藤 博文　いとう・ひろぶみ
アメリカ・サンフランシスコに着いた岩倉使節団の副使　「サンフランシスコの晩餐会」　古川薫　変事異聞-時代小説アンソロジー5　小学館（小学館文庫）　2007年7月

伊藤 博文　いとう・ひろぶみ
宮内卿、初代内閣総理大臣　「女傑への出発」　南條範夫　剣の意地 恋の夢-時代小説傑作選　講談社（講談社文庫）　2000年9月

伊藤 博文　いとう・ひろぶみ
枢密院議長、元長州の志士「ごめんよ」池波正太郎　感涙-人情時代小説傑作選　KKベストセラーズ(ベスト時代文庫)　2004年11月

伊東 弥五郎(一刀斎)　いとう・やごろう(いっとうさい)
兵法者、越前印牧氏の一族鐘巻自斎に入門した後小田原に下り一刀流の名を拡めた老人「茶巾」戸部新十郎　代表作時代小説　平成十三年度　光風社出版　2001年5月

糸川 市次郎(藤田 三郎兵衛)　いとかわ・いちじろう(ふじた・さぶろべえ*)
浪人者で元相馬の中村藩士、神夢想流の居合の使い手「無明剣客伝」早乙女貢　星明かり夢街道-新選代表作時代小説21　光風社出版　2000年5月

糸吉　いときち
本所深川一帯をあずかる岡っ引茂七の下っ引「お勢殺し」宮部みゆき　江戸の満腹力-時代小説傑作選　集英社(集英社文庫)　2005年12月

糸吉　いときち
本所深川一帯をあずかる岡っ引茂七の下っ引「鰹千両」宮部みゆき　情けがからむ朱房の十手-傑作時代小説　PHP研究所(PHP文庫)　2009年1月；撫子が斬る-女性作家捕物帳アンソロジー　光文社(光文社文庫)　2005年9月

糸路　いとじ
丸正という呉服屋の後家「蕩児」南條範夫　逆転 時代アンソロジー　祥伝社(祥伝社文庫)　2000年5月

夷奈　いな
倭の女王卑弥呼が魏に献上した奴隷で天竺人の僧・竺法護の従僕となった男「終身、薄氷をふむ」陳舜臣　鍔鳴り疾風剣-新選代表作時代小説22　光風社出版(光風社文庫)　2000年11月

稲岡 奴之助　いなおか・ぬのすけ*
小説家村上浪六の弟子「村上浪六」長谷川幸延　武士道歳時記-新鷹会・傑作時代小説選　光文社(光文社文庫)　2008年6月

伊奈 図書　いな・ずしょ
徳川家譜代吏僚、京都総奉行に任命された男「絶塵の将」池宮彰一郎　春宵 濡れ髪しぐれ-時代小説傑作選　講談社(講談社文庫)　2003年9月

稲妻吉五郎　いなずまきちごろう
江戸城松の廊下の刃傷沙汰の赤穂飛脚となった早水藤左衛門と萱野三平を追う兇賊一団の男「赤穂飛脚」山田風太郎　江戸の漫遊力-時代小説傑作選　集英社(集英社文庫)　2008年12月

稲田 助九郎　いなだ・すけくろう
伊勢・長島の浪人、荒井町のはずれの百姓家に念友山岸弥五七と住む男「夫婦浪人」池波正太郎　素浪人横町-人情時代小説傑作選　新潮社(新潮文庫)　2009年7月

猪名田の三介　いなだのさんすけ
女郎屋の主人で博徒の親分の「俺」が昔喧嘩で刺殺した博徒「三介の面」長谷川伸　怪奇・伝奇時代小説選集10 怪談累ケ淵　春陽堂書店(春陽文庫)　2000年7月

いなだ

稲田 安次郎　いなだ・やすじろう
指名手配の浪士、水戸の郷士「笊ノ目万兵衛門外へ」山田風太郎　武士道-時代小説アンソロジー3　小学館（小学館文庫）2007年3月

稲富 直家　いなとみ・なおいえ
細川家屋敷にいた鉄砲の名人「蠢めく妖虫」西村亮太郎　怪奇・伝奇時代小説選集8 百物語　春陽堂書店（春陽文庫）2000年5月

伊那の秋太郎　いなのあきたろう
渡世人「裏切った秋太郎」子母澤寛　人情草紙-信州歴史時代小説傑作集第四巻　しなのき書房　2007年7月

稲葉淡路守 紀通　いなばあわじのかみ・のりみち
丹波国福知山藩主「鰤の首」神坂次郎　大江戸殿様列伝-傑作時代小説　双葉社（双葉文庫）2006年7月

稲葉 四郎　いなば・しろう
天流の武芸者「喪神」五味康祐　歴史小説の世紀-地の巻　新潮社（新潮文庫）2000年9月

稲葉丹後守 正通　いなばたんごのかみ・まさみち
徳川幕府老中「一座存寄書」鈴木輝一郎　異色忠臣蔵大傑作集　講談社（講談社文庫）2002年12月

稲葉 正勝　いなば・まさかつ
幕府老中「閨房禁令」南條範夫　約束-極め付き時代小説選1　中央公論新社（中公文庫）2004年9月

稲葉 正休　いなば・まさやす
幕府若年寄「御用部屋御坊主 慶芳」古賀宣子　武士道春秋-新鷹会・傑作時代小説選　光文社（光文社文庫）2006年6月

伊奈 半左衛門　いな・はんざえもん
関東郡代伊奈半十郎の嫡男、父とともに江戸上水の開削工事にあたった武士「伊奈半十郎上水記」松浦節　代表作時代小説　平成十五年度　光風社出版　2003年5月

伊奈 半十郎忠治　いな・はんじゅうろうただはる
関東郡代、江戸上水の開削工事にあたることになった武士「伊奈半十郎上水記」松浦節　代表作時代小説　平成十五年度　光風社出版　2003年5月

稲姫　いなひめ
徳川譜代の本多忠勝の娘で真田信幸の妻となった女性「龍吟の剣」宮本昌孝　機略縦横！真田戦記-傑作時代小説　PHP研究所（PHP文庫）2008年7月

稲生 次郎左衛門　いなふ・じろうざえもん
御家人、吉良家武士が赤穂浪士と戦った無銘の古刀を腰に帯びていた御目付「大奥情炎事件」森村誠一　乱世の女たち-信州歴史時代小説傑作集第五巻　しなのき書房　2007年9月

いなみ
北町奉行定廻り同心不破友之進の妻 「星の降る夜」 宇江佐真理 撫子が斬る-女性作家捕物帳アンソロジー 光文社（光文社文庫） 2005年9月

稲荷の麻吉　いなりのあさきち
意地の悪い目明し 「左の腕」 松本清張 親不孝長屋-人情時代小説傑作選 新潮社（新潮文庫） 2007年7月;傑作捕物ワールド第7巻 犯科帳篇 リブリオ出版 2002年10月

犬井 庄八　いぬい・しょうはち
藩の家臣譜の編纂を行っている学者宇津木丈大夫の娘の縁談相手の藩士 「男の縁」 乙川優三郎 代表作時代小説 平成十八年度 光文社 2006年6月

犬養連 音　いぬかいのむらじ・おと
舎人 「左大臣の疑惑」 黒岩重吾 人物日本の歴史 古代中世編-時代小説版 小学館（小学館文庫） 2004年1月

犬塚 石斎　いぬずか・せきさい
南町奉行鳥居甲斐守の叔父で飛ぶ鳥も落とすと云う権勢家 「疾風魔」 九鬼澹 怪奇・伝奇時代小説選集4 怪異黒姫おろし 春陽堂書店（春陽文庫） 2000年1月

犬塚 平蔵　いぬずか・へいぞう
蔵前中ノ御門御蔵手代番屋敷の下級役人、実は老中酒井雅楽頭の密偵 「貧窮豆腐」 東郷隆 愛染夢灯籠-時代小説傑作選 講談社（講談社文庫） 2005年9月

犬塚 又内　いぬずか・またない
上州厩橋十五万石酒井家の江戸詰公用人、のち江戸詰家老 「九思の剣」 池宮彰一郎 武士道-時代小説アンソロジー3 小学館（小学館文庫） 2007年3月

犬坊　いぬぼう
南伊那小野村の百姓の倅、のち領主関新蔵国盛の近侍となった男 「犬坊狂乱」 井上靖 侍の肖像-信州歴史時代小説傑作集第二巻 しなのき書房 2007年5月

伊根　いね
母親に捨てられて稲荷鮨売りの組仲間と南森下町の長屋でくらしている九歳の少女 「花童」 西條奈加 代表作時代小説 平成二十一年度 光文社 2009年6月

井上河内守 正甫　いのうえかわちのかみ・まさもと
遠州浜松藩主、内藤家下屋敷内で農家の嫁を手籠めにした殿様 「密夫大名-べらんめェ宗俊」 天宮響一郎 姦殺の剣-書下ろし時代小説傑作選3 ミリオン出版（大洋時代文庫） 2005年4月

井上河内守 正甫　いのうえかわちのかみ・まさもと
浜松六万石の譜代大名、奏者番の同僚内藤家の下屋敷内で押して不義を働いた男 「色でしくじりゃ井上様よ」 佐藤雅美 大江戸殿様列伝-傑作時代小説 双葉社（双葉文庫） 2006年7月

井上 外記　いのうえ・げき
会津藩主加藤明成の暗愚に耐えかね藩を出奔した元家老堀主水の一行に合力を申し出た浪人者 「堀主水と宗矩」 五味康祐 小説「武士道」-時代小説短編傑作選 三笠書房（知的生きかた文庫） 2008年11月

いのう

井上 玄斎(伝兵衛) いのうえ・げんさい(でんべえ)
江戸に聞こえた剣客で下谷車坂の直心影流の道場主、熊倉伝之丞の実兄 「創傷九か所あり-護持院ヶ原の敵討ち」 新宮正春 士道無惨!仇討ち始末-時代小説傑作選四 新人物往来社 2008年3月

井上 源三郎 いのうえ・げんざぶろう
理心流目録者、のち新選組副長助勤 「理心流異聞」 司馬遼太郎 新選組興亡録 角川書店(角川文庫) 2008年9月

井上 玄丹 いのうえ・げんたん
下谷黒門町の医師 「蛇神異変」 黒木忍 怪奇・伝奇時代小説選集5 北斎と幽霊 春陽堂書店(春陽文庫) 2000年2月

井上 玄丹 いのうえ・げんたん
黒門町の医師 「壁虎呪文」 黒木忍 怪奇・伝奇時代小説選集6 清姫・怨霊ばなし 春陽堂書店(春陽文庫) 2000年3月

井上 毅 いのうえ・こわし
フランスの法制研究のため警保寮大警視川路利良らとともにパリへ派遣された司法中録 「巴里に雪のふるごとく」 山田風太郎 偉人八傑推理帖-名探偵時代小説 双葉社(双葉文庫) 2004年7月

井上 真之助 いのうえ・しんのすけ
信濃飯田藩の忠臣井上源兵衛の次男坊で幕府の企みから主君堀家の血統を守るため姫君を刺せと命じられた若侍 「月の出峠」 山本周五郎 侍の肖像-信州歴史時代小説傑作集第二巻 しなのき書房 2007年5月

井上 多聞 いのうえ・たもん
北町与力 「闇風呂金-べらんめぇ宗俊」 天宮響一郎 江戸の刺客-書き下ろし時代小説傑作選6 大洋図書(大洋時代文庫) 2005年9月

井上 弥五郎 いのうえ・やごろう
出羽国山形城下の中根家の未亡人たか女の夫で奉公人十蔵の旧主人であった中根政之助の敵の武士 「逆転」 池波正太郎 武士道歳時記-新鷹会・傑作時代小説選 光文社(光文社文庫) 2008年6月

伊之吉 いのきち
塚次が婿入りした豆腐屋の売子 「こんち午の日」 山本周五郎 江戸の商人力-時代小説傑作選 集英社(集英社文庫) 2006年12月

伊之吉 いのきち
品川の遊女屋「うま屋」の板前で遊女の花押に惚れた男 「仙台花押」 泡坂妻夫 代表作時代小説 平成十二年度 光風社出版 2000年5月

猪之吉 いのきち
岡っ引、無宿者だったのを同心近藤左門に引き立てられたおこぜのような面の男 「ビードロを吹く女」 胡桃沢耕史 江戸宵闇しぐれ-人情捕物帳傑作選二 学習研究社(学研M文庫) 2005年3月

いばは

猪之吉　いのきち
代々の博徒・達磨の猪之吉一家の七代目の貸元　「純色だすき」　山本一力　散りぬる桜-時代小説招待席　広済堂出版　2004年2月

伊之助　いのすけ
日本橋の旅籠屋「山伊」の若旦那　「怨霊ばなし」　多岐川恭　怪奇・伝奇時代小説選集6　清姫・怨霊ばなし　春陽堂書店（春陽文庫）　2000年3月

猪介　いのすけ
伊賀の忍者、伊賀崎道順の部下　「忍びの砦-伊賀崎道順」　今村実　戦国忍者武芸帳-時代小説傑作選五　新人物往来社　2008年3月

亥太　いのだ
戦国も終わり米沢から江戸見物に出てきた古強者前田慶次利大の供の中間　「丹前屏風」　大佛次郎　疾風怒涛!上杉戦記-傑作時代小説　PHP研究所（PHP文庫）　2008年3月

猪之田　又兵衛（兵斎）　いのだ・またべえ*（へいさい*）
兵法者、摂州尼崎に在る新陰流猪之田道場のあるじで将軍家武術指南役柳生宗矩と同門の仲　「秘し刀　霞落し」　五味康祐　七人の十兵衛-傑作時代小説　PHP研究所（PHP文庫）　2007年11月

猪股能登守　いのまたのとのかみ
戦国武将、上州沼田城代で鈴木主水の名胡桃城をうばい取った男　「男の城」　池波正太郎　軍師の生きざま-時代小説傑作選　コスミック出版（コスミック文庫）　2008年11月

伊之松　いのまつ
海松杭（みるぐい）の伊之松という凶状持ち、ごろつきの蝙蝠安に仕事の邪魔をされた男　「蝙蝠安」　長谷川伸　釘抜藤吉捕物覚書-捕物時代小説選集4　春陽堂書店（春陽文庫）　2000年5月

伊庭　軍平秀俊　いば・ぐんぺいひでとし
伊庭八郎の養父、心形刀流九代目で伊庭道場の当主　「伊庭八郎」　八尋舜右　人物日本剣豪伝五　学陽書房（人物文庫）　2001年7月

伊庭　八郎　いば・はちろう
江戸の伊庭道場の跡とり、幕軍遊撃隊隊士　「歳三の写真」　草森紳一　新選組興亡録　角川書店（角川文庫）　2008年9月

伊庭　八郎　いば・はちろう
江戸城無血開城に反対して江戸を脱走して上総請西藩領にやって来た旧幕隊士　「坐視に堪えず」　東郷隆　代表作時代小説　平成十九年度　光文社　2007年6月

伊庭　八郎　いば・はちろう
心形刀流の剣術家で講武所助教授、幕臣伊庭軍平の後継　「ごめんよ」　池波正太郎　感涙-人情時代小説傑作選　KKベストセラーズ（ベスト時代文庫）　2004年11月

伊庭　八郎　いば・はちろう
幕末の剣客、江戸四大道場の一つ練武館を開いた伊庭家の御曹司　「剣客物語」　子母澤寛　幕末の剣鬼たち-時代小説傑作選　コスミック出版（コスミック文庫）　2009年12月

いばは

伊庭 八郎　いば・はちろう
幕末の剣客、幕臣で遊撃隊士「伊庭八郎」八尋舜右　人物日本剣豪伝五　学陽書房（人物文庫）2001年7月

井原 西鶴　いはら・さいかく
俳諧師「世之介誕生」藤本義一　代表作時代小説 平成十四年度　光風社出版　2002年5月

伊原 繁之進　いはら・しげのしん
旗本、昌平黌教授方で遊女町や岡場所を調べている学者「夜鷹三味線」村上元三　情けがからむ朱房の十手-傑作時代小説　PHP研究所(PHP文庫)　2009年1月

伊吹 平九郎　いぶき・へいくろう
堺の豪商に雇われた用心棒「一字三星紋の流れ旗」新宮正春　紅葉谷から剣鬼が来る-時代小説傑作選　講談社(講談社文庫)　2002年9月

指宿 藤次郎(河島 昇)　いぶすき・とうじろう(かわしま・のぼる)
薩摩藩士、新選組隊士となり隊内に間者として潜入した男「祇園石段下の決闘」津本陽　新選組アンソロジー下巻-その虚と実に迫る　舞字社　2004年2月

伊平　いへい
奈良井の宿はずれに住む毛皮売のじいさん「鼠」岡本綺堂　人情草紙-信州歴史時代小説傑作集第四巻　しなのき書房　2007年7月;動物-極め付き時代小説選3　中央公論新社(中公文庫)　2004年11月

伊兵太　いへいた
柳生の庄の隣村奥原の忍び、柳生宗矩が探索に使っている男「〈第三番〉小太刀崩し-柳生十兵衛」新宮正春　柳生武芸帳七番勝負-時代小説傑作選一　新人物往来社　2008年3月

伊兵衛　いへえ
神田鍋町の老舗問屋「和久井屋」の若旦那で箱入り息子といわれている男「太公望のおせん」平岩弓枝　武士道日暦-新鷹会・傑作時代小説選　光文社(光文社文庫)　2007年6月

伊兵衛　いへえ
浅草馬道の貸元「骨折り和助」村上元三　万事金の世-時代小説傑作選　徳間書店(徳間文庫)　2006年4月

伊兵衛　いへえ
本所清水町の裏長屋で今まさに死のうとしていた糊売りの老婆お幸を見守っていた大家「末期の夢」鎌田樹　花と剣と侍-新鷹会・傑作時代小説選　光文社(光文社文庫)　2009年6月

異房　いぼう
始皇帝の車右、徐福の学友「方士徐福」新宮正春　異色中国短篇傑作大全　講談社(講談社文庫)　2001年3月

今井 兼平　いまい・かねひら
信濃国木曽谷の豪族・中原権守兼遠の倅、源義仲の妾巴の兄の武将「義仲の最期」南條範夫　代表作時代小説　平成十三年度　光風社出版　2001年5月

今井 尚武　いまい・しょうぶ
戯作者十返舎一九の弟子と称して舞の家に長々と居候を決めこんでいる謎めいた浪人者「よりにもよって」諸田玲子　代表作時代小説　平成二十一年度　光文社　2009年6月

今井 四郎兼平　いまい・しろうかねひら
木曾の武者、源義仲の友「山から都へ来た将軍」清水義範　武将列伝-信州歴史時代小説傑作集第一巻　しなのき書房　2007年4月

今泉 源兵衛　いまいずみ・げんべえ
山越藩江戸御留守居役「五輪くだき」逢坂剛　時代小説　読切御免第二巻　新潮社(新潮文庫)　2004年3月

今泉 みね　いまいずみ・みね
元将軍家奥御医師の桂川甫周の娘「夢は飛ぶ」杉本章子　代表作時代小説　平成十五年度　光風社出版　2003年5月

今井 信郎　いまい・のぶお
旧幕臣、京都見廻組与力頭で坂本龍馬を斬った男「近江屋に来た男-坂本龍馬暗殺」中村彰彦　必殺!幕末暗殺剣-時代小説傑作選三　新人物往来社　2008年3月

今井 信郎　いまい・のぶお
幕臣、幕末に京都見廻組の隊士となった武士「龍馬暗殺」早乙女貢　人物日本の歴史幕末維新編-時代小説版　小学館(小学館文庫)　2004年9月

今井 祐三郎　いまい・ゆうさぶろう
新選組隊士「新選組物語」子母沢寛　新選組烈士伝　角川書店(角川文庫)　2003年10月

今川 氏親　いまがわ・うじちか
駿府国主、今川義元の父「鴛鴦ならび行く」安西篤子　軍師の生きざま-時代小説傑作選　コスミック出版(コスミック文庫)　2008年11月;戦国軍師列伝-時代小説傑作選六　新人物往来社　2008年3月

今川 義元(梅岳 承芳)　いまがわ・よしもと(ばいがく・しょうほう)
禅僧雪斎の愛弟子、のち駿府国主「鴛鴦ならび行く」安西篤子　軍師の生きざま-時代小説傑作選　コスミック出版(コスミック文庫)　2008年11月;戦国軍師列伝-時代小説傑作選六　新人物往来社　2008年3月

今中 豊介　いまなか・ほうすけ
幕末の長州藩支藩の清末藩藩士「夜叉鴉」船戸与一　時代小説-読切御免第一巻　新潮社(新潮文庫)　2004年3月

今西 儀大夫　いまにし・ぎだゆう
代々者頭格の家柄の今西家の家督を継いだ長男、八重の夫「秋海棠」安西篤子　花ごよみ夢一夜-新選代表作時代小説24　光風社出版(光風社文庫)　2001年11月

いまに

今西 平三郎　いまにし・へいざぶろう
代々者頭格の家柄の今西家の三男で兄嫁と不義密通の関係に走った武士「秋海棠」安西篤子　花ごよみ夢一夜-新選代表作時代小説24　光風社出版（光風社文庫）2001年11月

今橋 剛蔵　いまばやし・ごうぞう*
長州萩藩の盗賊改方「萩城下贋札殺人事件」古川薫　大江戸犯科帖-時代推理小説名作選　双葉社（双葉文庫）2003年10月

今参ノ局　いままいりのつぼね
将軍足利義政の乳母、室町御所きっての権勢家「乳母どの最期」杉本苑子　人物日本の歴史　古代中世編-時代小説版　小学館（小学館文庫）2004年1月

今参りの局（大館今）　いままいりのつぼね（おおだて・いま）
礼儀作法の一流派伊勢流の家元伊勢貞親に入門して免許皆伝をとったあと将軍足利義政の側室になった女性「伊勢氏家訓」花田清輝　歴史小説の世紀-天の巻　新潮社（新潮文庫）2000年9月

今村 丹下　いまむら・たんげ
奥平大膳太夫の家中御近習で隠居した母の家にいたおみわという美人の腰元をみそめた男「婚礼の夜」神田伯龍　怪奇・伝奇時代小説選集11　妖艶の谷　春陽堂書店（春陽文庫）2000年8月

伊牟田 尚平　いむた・しょうへい
薩摩藩士、清河八郎が結成した尊王攘夷の党「虎尾の会」同志「謀-清河八郎暗殺」綱淵謙錠　必殺！幕末暗殺剣-時代小説傑作選三　新人物往来社　2008年3月

伊牟田 与市郎　いむた・よいちろう
開拓使八等出仕「薄野心中-新選組最後の人」船山馨　新選組アンソロジー下巻-その虚と実に迫る　舞字社　2004年2月;新選組烈士伝　角川書店（角川文庫）2003年10月

猪由（くろものの猪由）　いゆい（くろもののいゆい）
首実検される首級の化粧手として織田信長に奉公した「私」の男、首実検に立ち合うくろもの「首化粧」浅田耕三　花ごよみ夢一夜-新選代表作時代小説24　光風社出版（光風社文庫）2001年11月

伊与吉　いよきち
深川佐賀町にある干鰯問屋「日高屋」の女房おりきの弟「橋を渡って」北原亞以子　江戸の秘恋-時代小説傑作選　徳間書店（徳間文庫）2004年10月

イラチの安　いらちのやす
旧幕時代に大坂東町奉行所御抱え手廻りを勤めた源蔵の手先「脱獄囚を追え」有明夏夫　星明かり夢街道-新選代表作時代小説21　光風社出版　2000年5月

イラチの安　いらちのやす
探索御用の親方源蔵の手下「西郷はんの写真（耳なし源蔵召捕記事）」有明夏夫　傑作捕物ワールド第8巻　明治推理篇　リブリオ出版　2002年10月

郎女　いらつめ
歌詠み、うだつの上がらない官人弓麻呂の妻　「しゐやさらさら」　梓澤要　異色歴史短篇傑作大全　講談社　2003年11月

入江 織之助　いりえ・おりのすけ
戦国武将、大坂方の軍師真田幸村配下の将　「真田の蔭武者」　大佛次郎　軍師の生きざま-短篇小説集　作品社　2008年11月

入江 政重　いりえ・まさしげ
織田軍に攻囲された志貴城主松永弾正久秀の近臣　「天守閣の久秀」　南條範夫　軍師の死にざま-短篇小説集　作品社　2006年10月

入田 刑部　いりた・ぎょうぶ
戦国武将、九州豊後の領主大友義鑑(宗玄)の三男到明の傅役　「ピント日本見聞記」　杉本苑子　九州戦国志-傑作時代小説　PHP研究所(PHP文庫)　2008年12月

入布(永倉 新八)　いりふ(ながくら・しんぱち)
本の行商をする長屋の老人、元新選組隊士永倉新八　「剣菓」　森村誠一　江戸の老人力-時代小説傑作選　集英社(集英社文庫)　2002年12月

いろはの銀次　いろはのぎんじ
掏摸　「大江戸花見侍」　清水義範　江戸の爆笑力-時代小説傑作選　集英社(集英社文庫)　2004年12月

伊呂姫　いろひめ
筑前の宗像大神宮第七十九代大宮司宗像氏貞の妹　「宗像怨霊譚」　西津弘美　怪奇・伝奇時代小説選集8 百物語　春陽堂書店(春陽文庫)　2000年5月

いわ
旧幕臣・京都見廻組与力頭今井信郎の妻　「近江屋に来た男-坂本龍馬暗殺」　中村彰彦　必殺!幕末暗殺剣-時代小説傑作選三　新人物往来社　2008年3月

磐井 威一郎(柴田 平蔵)　いわい・いいちろう(しばた・へいぞう)
藩の勘定吟味役、剣の遣い手・高鳥新兵衛の幼なじみ　「蝦蟇の恋-江戸役職白書・養育目付」　岳宏一郎　代表作時代小説 平成十六年度　光風社出版　2004年4月

岩井 半四郎　いわい・はんしろう
名女形といわれる人気役者　「麝香下駄」　土師清二　幽霊陰陽師-捕物時代小説選集5　春陽堂書店(春陽文庫)　2000年6月

岩倉 具視　いわくら・ともみ
公家、王政復古派の同志　「孝明天皇の死」　安部龍太郎　幕末京都血風録-傑作時代小説　PHP研究所(PHP文庫)　2007年11月

岩佐 庄次郎　いわさ・しょうじろう
町医岩佐良順の養子で遊学を終えて江戸から帰国した青年医師　「向椿山」　乙川優三郎　代表作時代小説 平成十六年度　光風社出版　2004年4月

岩佐 良順　いわさ・りょうじゅん
町医、青年医師岩佐庄次郎の養父　「向椿山」　乙川優三郎　代表作時代小説 平成十六年度　光風社出版　2004年4月

いわせ

岩瀬繁蔵　いわせしげぞう
笹川河岸のやくざ 「座頭市物語」 子母沢寛　時代劇原作選集-あの名画を生みだした傑作小説　双葉社(双葉文庫)　2003年12月

岩瀬 七十郎　いわせ・しちじゅうろう
いかさま師の百助の仲間、偽石川主膳 「千軍万馬の闇将軍」 佐藤雅美　愛染夢灯籠-時代小説傑作選　講談社(講談社文庫)　2005年9月

岩蔵(地雷也の岩)　いわぞう(じらいやのいわ)
天馬町牢の新入りの囚人、旗本中間 「群盲」 山手樹一郎　侍たちの歳月-新鷹会・傑作時代小説選　光文社(光文社文庫)　2002年6月

岩太　いわた
庖丁人鈴木長太夫の二男で乞食になった若者 「よじょう」 山本周五郎 「宮本武蔵」短編傑作選　角川書店(角川文庫)　2003年1月;七人の武蔵　角川書店(角川文庫)　2002年10月

岩田 金千代　いわた・かねちよ
旗本 「近藤勇と科学」 直木三十五　新選組興亡録　角川書店(角川文庫)　2008年9月

岩成 主税助　いわなり・ちからのすけ*
戦国武将、三好三人衆の一人 「村雨の首-松永弾正」 澤田ふじ子　戦国武将国盗り物語-時代小説傑作選七　新人物往来社　2008年3月

石姫　いわひめ
土津公(会津松平家藩祖保科正之)の継室お万の方が生んだ姫 「鬼」 綱淵謙錠　歴史小説の世紀-地の巻　新潮社(新潮文庫)　2000年9月

岩間 小熊　いわま・こぐま
江戸の剣術家根岸兎角の兄弟子でかつて常州江戸崎の諸岡一羽道場で三羽烏の一人と囃された男 「恩讐の剣-根岸兎角vs岩間小熊」 堀和久　秘剣・豪剣!武芸決闘記-時代小説傑作選二　新人物往来社　2008年3月

岩間 小熊　いわま・こぐま
常陸の剣術家諸岡一羽斎の高弟 「剣法一羽流」 池波正太郎　秘剣舞う-剣豪小説の世界　学習研究社(学研M文庫)　2002年11月

岩間 小熊　いわま・こぐま
兵法者諸岡一羽斎の内弟子 「根岸兎角」 戸部新十郎　人物日本剣豪伝二　学陽書房(人物文庫)　2001年4月

岩本 孫右衛門　いわもと・まごえもん
元岡山池田家の家臣で弟の敵を追う渡部数馬の親類縁者、荒木又右衛門の門弟 「胡蝶の舞い-伊賀鍵屋の辻の決闘」 黒部亨　士道無惨!仇討ち始末-時代小説傑作選四　新人物往来社　2008年3月

隠々洞覚乗　いんいんどうかくじょう
江戸に出府した兜巾篠懸の行者姿の山伏 「ぎやまん蝋燭」 杉本苑子　江戸三百年を読む 上-傑作時代小説 江戸騒乱編　角川学芸出版(角川文庫)　2009年9月

胤栄　いんえい
兵法者、奈良興福寺の塔頭・宝蔵院の院主　「刀」綱淵謙錠　剣聖-乱世に生きた五人の兵法者　新潮社(新潮文庫)　2006年10月

胤栄(宝蔵院胤栄)　いんえい(ほうぞういんいんえい)
南都興福寺宝蔵院の覚禅房法印、兵法者でのち上泉伊勢守の門弟　「〈第一番〉無刀取りへの道-柳生石舟斎」綱淵謙錠　柳生武芸帳七番勝負-時代小説傑作選一　新人物往来社　2008年3月

仁穆大妃　いんもくでび
朝鮮王朝第十四代王・宣祖の後継妃　「李朝懶夢譚」荒山徹　代表作時代小説　平成十八年度　光文社　2006年6月

仁穆大妃　いんもくでび
朝鮮王朝第十四代王・宣祖の後継妃　「流離剣統譜」荒山徹　代表作時代小説　平成十九年度　光文社　2007年6月

【う】

上島　伊平　うえしま・いへい＊
黒石藩の普請方三杉敬助の同輩　「清貧の福」池宮彰一郎　歴史小説の世紀-地の巻　新潮社(新潮文庫)　2000年9月

植甚　うえじん
江戸千駄ヶ谷の植木屋　「甲州鎮撫隊」国枝史郎　新選組興亡録　角川書店(角川文庫)　2008年9月

上杉　景勝　うえすぎ・かげかつ
戦国武将、会津領主　「夕陽の割符-直江兼続」光瀬龍　戦国軍師列伝-時代小説傑作選六　新人物往来社　2008年3月

上杉　景勝　うえすぎ・かげかつ
戦国武将、上杉家当主　「くノ一紅騎兵」山田風太郎　軍師の死にざま-短篇小説集　作品社　2006年10月

上杉　景勝　うえすぎ・かげかつ
戦国武将、上田城主長尾政景の子で上杉謙信が死んだ後相続して越後の太守となった人物　「芙蓉湖物語」海音寺潮五郎　疾風怒涛!上杉戦記-傑作時代小説　PHP研究所(PHP文庫)　2008年3月

上杉　景勝　うえすぎ・かげかつ
戦国武将、先代上杉謙信のあとを継いで越後国主となった男　「羊羹合戦」火坂雅志　疾風怒涛!上杉戦記-傑作時代小説　PHP研究所(PHP文庫)　2008年3月;異色歴史短篇傑作大全　講談社　2003年11月

うえす

上杉 景勝　うえすぎ・かげかつ
戦国武将、太閤の命によって越後から百二十万石に大加増されて会津に入部した将「直江兼続参上」南原幹雄　軍師の生きざま-時代小説傑作選　コスミック出版(コスミック文庫)　2008年11月;関ヶ原・運命を分けた決断-傑作時代小説　PHP研究所(PHP文庫)　2007年6月

上杉 景勝　うえすぎ・かげかつ
戦国武将、豊臣秀吉により領国の越後から会津へ移封された大名「美鷹の爪」童門冬二　軍師の生きざま-時代小説傑作選　コスミック出版(コスミック文庫)　2008年11月;疾風怒涛!上杉戦記-傑作時代小説　PHP研究所(PHP文庫)　2008年3月

上杉 景虎(北条 氏秀)　うえすぎ・かげとら(ほうじょう・うじやす)
戦国武将、関東の雄北条氏康の息子で上杉謙信が養子として迎えた美貌の若殿「流転の若鷹」永井路子　疾風怒涛!上杉戦記-傑作時代小説　PHP研究所(PHP文庫)　2008年3月

上杉 謙信　うえすぎ・けんしん
戦国武将、越後の国主で関東管領「川中島の戦」松本清張　決戦 川中島-傑作時代小説　PHP研究所(PHP文庫)　2007年3月

上杉 謙信　うえすぎ・けんしん
戦国武将、越後の国主で関東管領「竹俣」東郷隆　疾風怒涛!上杉戦記-傑作時代小説　PHP研究所(PHP文庫)　2008年3月

上杉 謙信　うえすぎ・けんしん
戦国武将、越後の領主で信州・川中島において甲斐の武田軍と大決戦をおこなった上杉軍の総大将「真説 決戦川中島」池波正太郎　人物日本の歴史 戦国編-時代小説版　小学館(小学館文庫)　2004年3月

上杉 謙信　うえすぎ・けんしん
戦国武将、越後国主で春日山城主「忍法短冊しぐれ-加藤段蔵」光瀬龍　戦国忍者武芸帳-時代小説傑作選五　新人物往来社　2008年3月

上杉 謙信　うえすぎ・けんしん
戦国武将、越後春日山城に敵将北条氏康の息子氏秀を養子として迎えた当主「流転の若鷹」永井路子　疾風怒涛!上杉戦記-傑作時代小説　PHP研究所(PHP文庫)　2008年3月

上杉 謙信　うえすぎ・けんしん
戦国武将、中越後の栃尾城主「一生不犯異聞」小松重男　時代小説-読切御免第一巻　新潮社(新潮文庫)　2004年3月

上杉 謙信(輝虎)　うえすぎ・けんしん(てるとら)
戦国武将、越後の領主「城を守る者」山本周五郎　軍師の生きざま-時代小説傑作選　コスミック出版(コスミック文庫)　2008年11月;疾風怒涛!上杉戦記-傑作時代小説　PHP研究所(PHP文庫)　2008年3月

上杉 謙信（長尾 景虎）　うえすぎ・けんしん（ながお・かげとら）
戦国武将、越後守護代長尾為景の子で越後国の領主となった男　「上杉謙信」檀一雄　武将列伝-信州歴史時代小説傑作集第一巻　しなのき書房　2007年4月 ; 決戦 川中島-傑作時代小説　PHP研究所（PHP文庫）　2007年3月

千坂対馬 清胤　うえすぎつしま・きよたね
戦国武将、上杉の四家老の一人で合戦で留守城番を勤めた男　「城を守る者」山本周五郎　軍師の生きざま-時代小説傑作選　コスミック出版（コスミック文庫）　2008年11月 ; 疾風怒涛！上杉戦記-傑作時代小説　PHP研究所（PHP文庫）　2008年3月

上杉 綱憲　うえすぎ・つなのり
出羽米沢藩の当主、吉良上野介と富子の息子　「富子すきすき」宇江佐真理　異色忠臣蔵大傑作集　講談社（講談社文庫）　2002年12月

上田 秋成　うえだ・あきなり
「雨月物語」の作者、晩年南禅寺境内の草庵に住んでいた人　「ますらを」円地文子　歴史小説の世紀-天の巻　新潮社（新潮文庫）　2000年9月

上田 秋成　うえだ・あきなり
大坂の文人、与謝蕪村の友人　「夜半亭有情」葉室麟　代表作時代小説 平成二十一年度　光文社　2009年6月

上田 美忠　うえだ・よしただ
剣客、警視庁師範で鏡新明智流桃井春蔵門下の四天王といわれた達人　「明治兜割り」津本陽　武士の本懐〈弐〉-武士道小説傑作選　KKベストセラーズ（ベスト時代文庫）　2005年5月 ; 人物日本の歴史 幕末維新編-時代小説版　小学館（小学館文庫）　2004年9月

上野 彦馬　うえの・ひこま
長崎新大工町で撮影処を営む写真家　「坂本龍馬の写真」伴野朗　龍馬と志士たち　コスミック出版（コスミック文庫）　2009年11月

上野 力太郎　うえの・りきたろう
中寺町源光寺裏に住む男四人の世帯の一員、官界志望　「村上浪六」長谷川幸延　武士道歳時記-新鷹会・傑作時代小説選　光文社（光文社文庫）　2008年6月

上原 三郎四郎　うえはら・さぶろうしろう
旗本で御勘定頭上原甚左衛門の嫡子、癇気（てんかん）を理由にお役ご免となった男　「御用金盗難（まん姫様捕物控）」五味康祐　傑作捕物ワールド第4巻 女の情念篇　リブリオ出版　2002年10月

上宮 壮七郎　うえみや・そうしちろう
おりょうの幼いころの初恋の人で手跡指南所の師匠　「帰り花」北原亞以子　代表作時代小説 平成二十一年度　光文社　2009年6月

植村 家貞　うえむら・いえさだ
旗本、大和国高市郡二万五千石の大名　「〈第五番〉一つ岩柳陰の太刀-柳生宗冬」中村彰彦　柳生武芸帳七番勝負-時代小説傑作選一　新人物往来社　2008年3月

右衛門　うえもん
讃岐国の狸を司る狸「戦国狸」村上元三　動物-極め付き時代小説選3　中央公論新社（中公文庫）2004年11月

魚勝　うおかつ
河岸の魚屋の主人で十手持ちの親分になりたがっている男「恋売り小太郎」梅本育子　代表作時代小説　平成十二年度　光風社出版　2000年5月

魚足　うおたり
厩戸皇太子（聖徳太子）に仕える舎人の長・子麻呂の部下「子麻呂道」黒岩重吾　地獄の無明剣-時代小説傑作選　講談社（講談社文庫）2004年9月

鵜飼 高麗十郎　うがい・こまじゅうろう
長崎通辞、江戸に来て岡っ引の佐七と捕り物くらべをしようといった者「捕物三つ巴（人形佐七捕物帳）」横溝正史　傑作捕物ワールド第1巻 岡っ引き篇　リブリオ出版　2002年10月

宇賀長者　うがのちょうじゃ*
王朝時代が衰え武家朝が顕れようとする時代土佐の国の浦戸という所にいた驕慢な長者「宇賀長者物語」田中貢太郎　怪奇・伝奇時代小説選集15　春陽堂書店（春陽文庫）2000年12月

宇喜多 豪兵衛猛秀　うきた・ごうべえたけひで
宇喜多中納言の妾腹の忘れがたみ「伊賀の聴恋器」山田風太郎　江戸の爆笑力-時代小説傑作選　集英社（集英社文庫）2004年12月;恋模様-極め付き時代小説選2　中央公論新社（中公文庫）2004年10月

宇喜田 直家　うきた・なおいえ
戦国武将、備前佐伯の天神山城主浦上宗景の寵童からのち備播二ヵ国四十六万石の主になった男「備後の畳」南條範夫　代表作時代小説　平成十四年度　光風社出版　2002年5月

宇喜多 秀家　うきた・ひでいえ
戦国武将、関ヶ原の戦いに敗れ八丈島へ流された備前中納言「母恋常珍坊」中村彰彦　地獄の無明剣-時代小説傑作選　講談社（講談社文庫）2004年9月

宇喜多 秀家　うきた・ひでいえ
戦国武将、備前岡山五十七万石の太守で関ヶ原西軍の総帥「日本の美しき侍」中山義秀　武士の本懐-武士道小説傑作選　KKベストセラーズ（ベスト時代文庫）2004年6月

卯吉　うきち
煙管師、千住の娼婦だったおぬいの再婚相手「おっ母、すまねえ」池波正太郎　親不幸長屋-人情時代小説傑作選　新潮社（新潮文庫）2007年7月

卯吉　うきち
湖東守山の宿の妓楼に泊まって遊女と一夜を過ごした旅の男「蛍日の初夜」伊藤桂一　代表作時代小説　平成十二年度　光風社出版　2000年5月

うしえ

卯吉　うきち
深川のお不動様のきわに住む腕利きの女衒　「月島慕情」　浅田次郎　代表作時代小説　平成十五年度　光風社出版　2003年5月

浮寝ノ小太郎　うきねのこたろう*
戦国武将真田幸隆に仕えた忍者　「謀略の譜」　広瀬仁紀　機略縦横!真田戦記-傑作時代小説　PHP研究所(PHP文庫)　2008年7月

右京　慎策(ハイカラ右京)　うきょう・しんさく(はいからうきょう)
外務嘱託の私立探偵、元国際スパイ　「幽霊買い戻し(ハイカラ右京探偵暦)」　日影丈吉　傑作捕物ワールド第9巻　妖異怪談篇　リブリオ出版　2002年10月

右京局　うきょうのつぼね
将軍源実朝の御台所坊門の姫君の乳母　「右京局小夜がたり」　永井路子　歴史小説の世紀-地の巻　新潮社(新潮文庫)　2000年9月

浮世亭主水(主水)　うきよていもんど(もんど)
もと旗本の戯作者で噺家　「噺相撲」　島村匠　江戸の闇始末-書下ろし時代小説傑作選7　ミリオン出版(大洋時代文庫)　2006年4月

卯三次　うさじ
駆け出しの目明し　「卯三次のウ」　永井路子　大江戸犯科帖-時代推理小説名作選　双葉社(双葉文庫)　2003年10月

宇三郎　うさぶろう
通町のろうそく問屋「柏屋」の主人、先代の一人娘お清の婿　「迷い鳩(霊験お初捕物控)」　宮部みゆき　傑作捕物ワールド第4巻　女の情念篇　リブリオ出版　2002年10月

宇佐美駿河守　定満　うさみするがのかみ・さだみつ
戦国武将、上杉謙信の参謀役　「上杉謙信」　檀一雄　武将列伝-信州歴史時代小説傑作集第一巻　しなのき書房　2007年4月;決戦 川中島-傑作時代小説　PHP研究所(PHP文庫)　2007年3月

宇佐美駿河守　定行　うさみするがのかみ・さだゆき
戦国武将、上杉謙信の師傳ともいうべき人物　「芙蓉湖物語」　海音寺潮五郎　疾風怒涛!上杉戦記-傑作時代小説　PHP研究所(PHP文庫)　2008年3月

鵜沢　左内　うざわ・さない
渡りお徒士で旗本津久井主水正の用度方、鵜沢聡一郎の父親　「砂村心中」　杉本苑子　万事金の世-時代小説傑作選　徳間書店(徳間文庫)　2006年4月

鵜沢　聡一郎　うざわ・そういちろう
旗本小笠原大膳太夫家の渡りお徒士、渡りお徒士・鵜沢左内の馬鹿息子　「砂村心中」　杉本苑子　万事金の世-時代小説傑作選　徳間書店(徳間文庫)　2006年4月

牛右衛門　うしえもん
町火消し衆の筆頭　「火術師」　五味康祐　職人気質-時代小説アンソロジー4　小学館(小学館文庫)　2007年5月

うしお

牛尾 太郎左衛門　うしお・たろうざえもん
戦国武将、山陰の尼子家の荒武者 「月山落城」 羽山信樹　地獄の無明剣-時代小説傑作選　講談社(講談社文庫) 2004年9月

丑太郎　うしたろう
奥州磐崎郡三坂の城主三坂越前守隆景に仕えた武者 「怪(かい)」 綱淵謙錠　怪奇・怪談時代小説傑作選　徳間書店(徳間文庫) 2004年9月

牛之助　うしのすけ
遠江の高天神城から浜松へ出した使者を務めた雑兵 「雑兵譚」 数野和夫　紅蓮の翼-異彩時代小説撰　叢文社 2007年8月

丑松　うしまつ
下谷練塀小路の河内山宗俊の屋敷に出入りする小悪党の一人 「闇風呂金-べらんめぇ宗俊」 天宮響一郎　江戸の刺客-書き下ろし時代小説傑作選6　大洋図書(大洋時代文庫) 2005年9月

丑松　うしまつ
下谷練塀小路の河内山宗俊の屋敷に出入りする小悪党の一人 「青楼悶え花-べらんめェ宗俊」 天宮響一郎　大江戸有情-書き下ろし時代小説傑作選4　大洋図書(大洋時代文庫) 2005年6月

丑松　うしまつ
御徒士の片岡家の婿養子になった御家人くずれの直次郎の弟分 「罪な女」 北原亞以子　逢魔への誘い-問題小説傑作選6 時代情恋篇　徳間書店(徳間文庫) 2000年3月

牛松　うしまつ
近山銀四郎と名乗って賭場で背中の入れ墨をひけらかしていた無宿者 「雪肌金さん(遠山の金さん捕物帳)」 陣出達朗　傑作捕物ワールド第6巻 名奉行篇　リブリオ出版 2002年10月

丑六　うしろく
浅草の馬道に住む人足、正月六日になずな売りに化けて日本橋の大津屋に来た男 「七種粥」 松本清張　江戸浮世風-人情捕物帳傑作選　学習研究社(学研M文庫) 2004年8月

牛若丸(源 義経)　うしわかまる(みなもとの・よしつね)
千本の刀を集めるため京を荒し回っていた弁慶が五条の橋で会った源氏の少年、のちの源義経 「弁慶と九九九事件」 直木三十五　源義経の時代-短篇小説集　作品社 2004年10月

臼井 六郎　うすい・ろくろう
九州福岡藩の支藩である秋月藩の佐幕派の上級藩士臼井亘理の長男 「仇-明治十三年の仇討ち」 綱淵謙錠　士道無惨!仇討ち始末-時代小説傑作選四　新人物往来社 2008年3月

臼井 亘理　うすい・わたり
九州福岡藩の支藩である秋月藩の佐幕派の上級藩士 「仇-明治十三年の仇討ち」 綱淵謙錠　士道無惨!仇討ち始末-時代小説傑作選四　新人物往来社 2008年3月

卯助　うすけ
深川西念寺横の料理屋「松葉屋」に親娘揃って働きはじめた下男の老人　「左の腕」　松本清張　親不孝長屋-人情時代小説傑作選　新潮社(新潮文庫)　2007年7月;傑作捕物ワールド第7巻 犯科帳篇　リブリオ出版　2002年10月

卯助　うすけ
肥後玉名郡上沖津村の仏師　「長崎犯科帳」　永井路子　傑作捕物ワールド第7巻 犯科帳篇　リブリオ出版　2002年10月

ウストン
長崎オランダ商館の随行員で老中田沼意次の子意知に殺されたオランダ人　「邪鬼」　稲葉稔　伝奇城-文庫書下ろし/伝奇時代小説アンソロジー　光文社(光文社文庫)　2005年2月

太秦　小佐衛門　うずまさ・こざえもん*
能楽囃子方、小鼓方の頭取　「狂言師」　平岩弓枝　職人気質-時代小説アンソロジー4　小学館(小学館文庫)　2007年5月

宇簀女　うずめ
賀部野の長者喜志夫の婢　「猿聟物語」　新田次郎　動物-極め付き時代小説選3　中央公論新社(中公文庫)　2004年11月

うずら様(鶉　伝右衛門)　うずらさま(うずら・でんえもん)
御三家筆頭尾張徳川家の戸山屋敷の御差配　「化鳥斬り」　東郷隆　代表作時代小説 平成二十年度　光文社　2008年6月

鶉　伝右衛門　うずら・でんえもん
御三家筆頭尾張徳川家の戸山屋敷の御差配　「化鳥斬り」　東郷隆　代表作時代小説 平成二十年度　光文社　2008年6月

うた
関ヶ原の戦いに敗れた石田三成の妻　「石田三成の妻」　童門冬二　星明かり夢街道-新選代表作時代小説21　光風社出版　2000年5月

右大臣さま(源　実朝)　うだいじんさま(みなもとの・さねとも)
鎌倉第三代将軍　「右京局小夜がたり」　永井路子　歴史小説の世紀-地の巻　新潮社(新潮文庫)　2000年9月

歌浦　うたうら
江戸吉原「松葉屋」の遊女　「乱れ火-吉原遊女の敵討ち」　北原亞以子　士道無惨!仇討ち始末-時代小説傑作選四　新人物往来社　2008年3月

歌川国直　うたがわくになお
浮世絵師、式亭三馬の小説の挿絵を書いている中堅画家　「羅生門河岸」　都筑道夫　偉人八傑推理帖-名探偵時代小説　双葉社(双葉文庫)　2004年7月

宇田川　小三郎　うだがわ・こさぶろう
日本橋蠣殻町の酒問屋で倉庫責任者をしていた稀代の大酒呑みで奉行所から江戸に入ってくる酒を吟味する酒改役に任命された男　「宇田川小三郎」　小泉武夫　江戸の満腹力-時代小説傑作選　集英社(集英社文庫)　2005年12月

うたが

歌川 広重　うたがわ・ひろしげ
掛茶屋で吾嬬社の真景を描こうとして夜雨を待つ絵師、元幕臣　「おしゅん 吾嬬杜夜雨」坂岡真　代表作時代小説 平成二十一年度　光文社　2009年6月

歌川 芳花　うたがわ・よしはな
女流絵師　「恋忘れ草」　北原亞以子　江戸色恋坂-市井情話傑作選　学習研究社(学研M文庫)　2005年8月

歌川 芳雪　うたがわ・よしゆき*
掛小屋芝居の女方・藤松と同じ長屋に住む貧乏絵師　「吉様いのち」　皆川博子　浮き世草紙-女流時代小説傑作選　角川春樹事務所(ハルキ文庫)　2002年10月

歌橋　うたはし
大名の邸宅の奥女中　「鬼面変化」　小山竜太郎　怪奇・伝奇時代小説選集8 百物語　春陽堂書店(春陽文庫)　2000年5月

宇多 頼忠　うた・よりただ
石田三成の妻うたの父、豊臣秀吉の家臣　「石田三成の妻」　童門冬二　星明かり夢街道-新選代表作時代小説21　光風社出版　2000年5月

内田伊勢守 正容　うちだいせのかみ・まさかた
下総小見川一万石の大名、背中に彫物を入れていた酔狂な大名　「彫物大名の置き土産」　佐藤雅美　代表作時代小説 平成十三年度　光風社出版　2001年5月

内田 三郎右衛門　うちだ・さぶろえもん*
赤穂浪士高田郡兵衛の叔父、旗本　「脱盟の槍-「赤穂浪士伝」より」　海音寺潮五郎　約束-極め付き時代小説選1　中央公論新社(中公文庫)　2004年9月

内田 十蔵　うちだ・じゅうぞう
出羽国山形の城下から旧主人の未亡人と実弟と共に敵討ちの旅に出た中根家の奉公人の男　「逆転」　池波正太郎　武士道歳時記-新鷹会・傑作時代小説選　光文社(光文社文庫)　2008年6月

内田法眼　うちだほうげん
将軍徳川家光の実弟忠長卿のお手医師　「閨房禁令」　南條範夫　約束-極め付き時代小説選1　中央公論新社(中公文庫)　2004年9月

内山 伝兵衛　うちやま・でんべえ
外神田にある井伊兵部少輔の上屋敷の老用人　「蜜の味」　羽田雄平　斬刃-時代小説傑作選　コスミック出版(コスミック時代文庫)　2005年5月

宇津木 丈大夫　うつぎ・じょうだゆう
雪国の藩で「御家中興記」と題した家臣譜の編纂を行っている学者　「男の縁」　乙川優三郎　代表作時代小説 平成十八年度　光文社　2006年6月

宇都宮民部少輔 鎮房　うつのみやみんぶしょうゆ・しげふさ
戦国武将、九州豊前国に四百年続く城井流宇都宮家の総帥　「城井一族の殉節」　高橋直樹　九州戦国志-傑作時代小説　PHP研究所(PHP文庫)　2008年12月

宇都宮 弥三郎朝房　うつのみや・やさぶろうともふさ
戦国武将、九州豊前国に四百年続く城井流宇都宮家の総帥鎮房の嫡男 「城井一族の殉節」 高橋直樹　九州戦国志-傑作時代小説　PHP研究所(PHP文庫)　2008年12月

内海 次郎　うつみ・じろう
新選組から分離脱盟した高台寺党の御陵衛士、阿部十郎の同志 「墨染」 東郷隆　時代小説 読切御免第三巻　新潮社(新潮文庫)　2005年12月;誠の旗がゆく-新選組傑作選 集英社(集英社文庫)　2003年12月

優曇華 残雪　うどんげ・ざんせつ
希代の悪党、残雪の乱の首領 「大江戸花見侍」 清水義範　江戸の爆笑力-時代小説傑作選　集英社(集英社文庫)　2004年12月

鰻屋の鉄さん　うなぎやのてつさん
鳥取城下にある旅籠屋「万好屋」のひとり娘お多根が婿に迎えた鰻屋の息子 「幽霊まいり」 峠八十八　怪奇・伝奇時代小説選集13 四谷怪談　春陽堂書店(春陽文庫)　2000年10月

畝 源三郎　うね・げんざぶろう
八丁堀の定廻り同心 「白萩屋敷の月」 平岩弓枝　江戸色恋坂-市井情話傑作選　学習研究社(学研M文庫)　2005年8月;傑作捕物ワールド第10巻 人情捕縄篇　リブリオ出版　2002年10月

畝 源三郎　うね・げんざぶろう
八丁堀の定廻り同心、神林東吾の親友 「三つ橋渡った」 平岩弓枝　情けがからむ朱房の十手-傑作時代小説　PHP研究所(PHP文庫)　2009年1月

畝 源三郎　うね・げんざぶろう
八丁堀の定廻り同心、神林東吾の親友 「初春の客」 平岩弓枝　撫子が斬る-女性作家捕物帳アンソロジー　光文社(光文社文庫)　2005年9月

畝 源三郎　うね・げんざぶろう
八丁堀の定廻り同心、神林東吾の親友 「猫一匹-御宿かわせみ」 平岩弓枝　代表作時代小説 平成十四年度　光風社出版　2002年5月

畝 源三郎　うね・げんざぶろう
八丁堀の定廻り同心、神林東吾の親友 「猫芸者おたま-御宿かわせみ」 平岩弓枝　代表作時代小説 平成十六年度　光風社出版　2004年4月

畝 源三郎　うね・げんざぶろう
八丁堀の定廻り同心、神林東吾の親友 「美男の医者」 平岩弓枝　鍔鳴り疾風剣-新選代表作時代小説22　光風社出版(光風社文庫)　2000年11月

畝 源三郎　うね・げんざぶろう
八丁堀の定廻り同心、神林東吾の親友 「薬研堀の猫」 平岩弓枝　大江戸猫三昧-時代小説傑作選　徳間書店(徳間文庫)　2004年11月

畝 源太郎　うね・げんたろう
旧幕時代の八丁堀の定廻り同心畝源三郎の息子 「桜十字の紋章」 平岩弓枝　代表作時代小説 平成二十年度　光文社　2008年6月

うねと

畝 東作　うね・とうさく
長崎奉行所の同心　「泥棒が笑った」　平岩弓枝　江戸の老人力-時代小説傑作選　集英社（集英社文庫）　2002年12月

采女　うねめ
京の祇園の境内で興行している女歌舞伎の一座の女　「酒と女と槍と」　海音寺潮五郎　時代劇原作選集-あの名画を生みだした傑作小説　双葉社（双葉文庫）　2003年12月

うの
武州本庄宿随一の上宿「ひろ木屋」の看板娘　「公事宿新左」　津本陽　花ごよみ夢一夜-新選代表作時代小説24　光風社出版（光風社文庫）　2001年11月

宇之吉　うのきち
目明し　「番町牢屋敷」　南原幹雄　斬刃-時代小説傑作選　コスミック出版（コスミック時代文庫）　2005年5月

卯之吉　うのきち
奥州南部領内の海辺の村人で十年前に嵐の海で死んだとされていたが生きて戻った男　「海村異聞」　三浦哲郎　剣が哭く夜に哭く-新選代表作時代小説20　光風社出版　2000年1月

卯之吉　うのきち
穀物売買の生業をなす「俵屋」の下女ふきの長兄、船町稲荷のお狐さまになりすます男　「師走狐」　澤田ふじ子　万事金の世-時代小説傑作選　徳間書店（徳間文庫）　2006年4月；動物-極め付き時代小説選3　中央公論新社（中公文庫）　2004年11月

卯之吉　うのきち
神田多町で御用を預かる子之吉親分の養子　「花火の夜の出来ごと」　田中満津夫　灯籠伝奇-捕物時代小説選集8　春陽堂書店（春陽文庫）　2000年12月

宇野 吉五郎　うの・きちごろう*
有楽町の裏長屋に住んでいた無頼漢の一人者　「貧窮豆腐」　東郷隆　愛染夢灯籠-時代小説傑作選　講談社（講談社文庫）　2005年9月

鵜野 九郎右衛門　うの・くろうえもん
鵜野清兵衛の父　「由井正雪の最期」　武田泰淳　江戸三百年を読む 上-傑作時代小説 江戸騒乱編　角川学芸出版（角川文庫）　2009年9月

卯之助　うのすけ
京の正三位侍従舟橋家の領地で禁裏へ氷を献上している氷室村の村人、お加代と夫婦の約束した男　「夜の蜩」　澤田ふじ子　逆転 時代アンソロジー　祥伝社（祥伝社文庫）　2000年5月

卯之助　うのすけ
京都三条小橋の旅籠「池田屋」の手代　「池田屋の虫」　澤田ふじ子　撫子が斬る-女性作家捕物帳アンソロジー　光文社（光文社文庫）　2005年9月

鵜野 清兵衛　うの・せいべえ
由井正雪の弟子　「由井正雪の最期」　武田泰淳　江戸三百年を読む 上-傑作時代小説 江戸騒乱編　角川学芸出版（角川文庫）　2009年9月

宇野 太左衛門　うの・たざえもん
この春藩の勘定奉行にまで昇りつめた男 「九月の瓜」 乙川優三郎　代表作時代小説　平成十四年度　光風社出版　2002年5月

宇平　うへい
畿内富ノ森の農民 「まよい蛍」 早乙女貢　鎮守の森に鬼が棲む−時代小説傑作選　講談社（講談社文庫）　2001年9月

卯兵衛　うへえ
唐木の卯兵衛、伊那谷の三州街道で一家を張る非道なことで知られる親分 「何れが欺く者」 笹沢左保　剣の道忍の掟−信州歴史時代小説傑作集第三巻　しなのき書房　2007年6月

馬吉（春念）　うまきち（しゅんねん）
山深い真葛の里の長者の卑僕、入信後の名は春念 「春念入信記」 山岡荘八　侍たちの歳月−新鷹会・傑作時代小説選　光文社（光文社文庫）　2002年6月

厩戸皇太子　うまやどこうたいし
斑鳩宮の皇太子 「牧場の影と春−斑鳩宮始末記」 黒岩重吾　代表作時代小説　平成十五年度　光風社出版　2003年5月

厩戸皇太子（聖徳太子）　うまやどこうたいし（しょうとくたいし）
用明天皇の皇子 「子麻呂道」 黒岩重吾　地獄の無明剣−時代小説傑作選　講談社（講談社文庫）　2004年9月

海つばめのお銀　うみつばめのおぎん
江戸城松の廊下の刃傷沙汰の赤穂飛脚となった早水藤左衛門と萱野三平を追う兇賊一団の女 「赤穂飛脚」 山田風太郎　江戸の漫遊力−時代小説傑作選　集英社（集英社文庫）　2008年12月

海坊主の親方　うみぼうずのおやかた
旧幕時代に大坂東町奉行所御抱え手廻りを勤めた男 「脱獄囚を追え」 有明夏夫　星明かり夢街道−新選代表作時代小説21　光風社出版　2000年5月

梅ヶ枝　うめがえ*
太物屋「近江屋」の内儀で吉原の遊女だったお直の昔の仲間、奴女郎 「紫陽花」 宇江佐真理　吉原花魁　角川書店（角川文庫）　2009年12月

梅吉　うめきち
小名木川岸の海辺大工町の船大工 「おんな舟」 白石一郎　紅葉谷から剣鬼が来る−時代小説傑作選　講談社（講談社文庫）　2002年9月

梅吉　うめきち
心中した男、岡崎の太物問屋「小倉屋」の奉公人 「遺書欲しや」 笹沢左保　怪奇・怪談時代小説傑作選　徳間書店（徳間文庫）　2004年9月

梅吉　うめきち
伝馬町の油屋「信州屋」のむすこ、品川の妙泉院に安置されたはだぬぎ弁財天に抱きついた男 「はだぬぎ弁天（同心部屋御用帳）」 島田一男　傑作捕物ワールド第2巻 与力同心篇　リブリオ出版　2002年10月

うめき

梅吉　うめきち
都田の三兄弟の末弟 「森の石松が殺された夜」 結城昌治　大江戸犯科帖-時代推理小説名作選　双葉社(双葉文庫)　2003年10月

梅崎 実之助　うめざき・じつのすけ
新選組隊士 「武田観柳斎」 井上友一郎　新選組烈士伝　角川書店(角川文庫)　2003年10月

梅次郎　うめじろう
花川戸の岡っ引伊三郎の下っ引 「妖異お告げ狸」 矢桐重八　石川五右衛門の生立-捕物時代小説選集3　春陽堂書店(春陽文庫)　2000年4月

梅次郎　うめじろう
江戸四谷忍町の質屋近江屋七兵衛の甥 「鼠」 岡本綺堂　人情草紙-信州歴史時代小説傑作集第四巻　しなのき書房　2007年7月;動物-極め付き時代小説選3　中央公論新社(中公文庫)　2004年11月

梅津　うめず
兵法者、東国剣流の遣い手 「富田勢源」 戸部新十郎　人物日本剣豪伝一　学陽書房(人物文庫)　2001年4月

梅津 兵庫　うめず・ひょうご
兵法者、しんとう流の達人 「笹座」 戸部新十郎　代表作時代小説 平成十四年度　光風社出版　2002年5月

梅津 六兵衛　うめず・ろくべえ
美濃国主斎藤義龍の兵事の師、神道流の名人 「真説 佐々木小次郎」 五味康祐　剣聖-乱世に生きた五人の兵法者　新潮社(新潮文庫)　2006年10月

梅野　うめの
久留米藩主有馬頼貴の屋敷の奥で絶対の権力を持っていた老女 「有馬騒動 冥府の密使」 野村敏雄　怪奇・伝奇時代小説選集6 清姫・怨霊ばなし　春陽堂書店(春陽文庫)　2000年3月

梅之助　うめのすけ
鳥取城下にある旅籠屋「万好屋」のひとり娘お多根が婿に迎えたこんにゃく屋の息子 「幽霊まいり」 峠八十八　怪奇・伝奇時代小説選集13 四谷怪談　春陽堂書店(春陽文庫)　2000年10月

梅野 春咲　うめの・はるさき
狂歌師の珍万先生の弟子、色好みの先生を本郷のだいこん畑のかたわらにある遊女屋に案内した男 「だいこん畑の女」 東郷隆　代表作時代小説 平成二十一年度　光文社　2009年6月

楳本 法神　うめもと・ほうしん
剣客、上州敷島村を根拠地とした法神流の流祖 「楳本法神と法神流」 藤島一虎　武士道歳時記-新鷹会・傑作時代小説選　光文社(光文社文庫)　2008年6月

浦風　うらかぜ
美濃国一万石の大名本庄宮内少輔の側妾　「妖呪盲目雛」　島本春雄　怪奇・伝奇時代小説選集5 北斎と幽霊　春陽堂書店（春陽文庫）2000年2月

浦上　宗景　うらがみ・むねかげ＊
備後佐伯の天神山城主、少年宇喜田直家を男色の対手として寵愛した男　「備後の畳」南條範夫　代表作時代小説　平成十四年度　光風社出版　2002年5月

裏宿七兵衛　うらじゅくしちべえ
俠盗、青梅村の裏宿の小百姓　「俠盗の菌」　もりたなるお　愛染夢灯籠-時代小説傑作選　講談社（講談社文庫）2005年9月

裏次郎　うらじろう
相州小田原在の刀鍛冶の親方の下で修行をする甚兵衛の兄弟子　「甚兵衛の手」　七瀬圭子　紅蓮の翼-異彩時代小説撰　叢文社　2007年8月

浦部　隼人　うらべ・はやと
小藩の次席家老　「放し討ち柳の辻」　滝口康彦　小説「武士道」-時代小説短編傑作選　三笠書房（知的生きかた文庫）2008年11月

裏松　重子（大方殿）　うらまつ・しげこ（おおかたどの）
将軍足利義政の母親、日野富子・勝光兄妹の大叔母　「乳母どの最期」　杉本苑子　人物日本の歴史　古代中世編-時代小説版　小学館（小学館文庫）2004年1月

浦見坂　周助　うらみざか・しゅうすけ
八人の剣士「左右良八天狗」の一人　「妖剣林田左文」　山田風太郎　幻の剣鬼 七番勝負-傑作時代小説　PHP研究所（PHP文庫）2008年5月

雨竜　千吉　うりゅう・せんきち
元御家人の息子で御一新後は横浜の貿易会社に勤めて英語修業をする青年　「慕情」宇江佐真理　代表作時代小説　平成十三年度　光風社出版　2001年5月

雲橋　うんきょう
材木屋九谷屋の根岸の別宅の隣人、京都から江戸に来たという仏師　「棺桶相合傘」　水谷準　灯籠伝奇-捕物時代小説選集8　春陽堂書店（春陽文庫）2000年12月

運慶　うんけい
仏師　「運慶」　松本清張　歴史小説の世紀-天の巻　新潮社（新潮文庫）2000年9月

海野能登守　輝幸　うんののとのかみ・てるゆき
信州のさる小藩の藩主式部少輔正信の先祖、伝説的な武将　「人斬り斑平」　柴田錬三郎　時代劇原作選集-あの名画を生みだした傑作小説　双葉社（双葉文庫）2003年12月

【え】

栄（お栄）　えい（おえい）
橋場の割烹料理屋「茶の市」の元主人で殺害された利兵衛の隠居所の女中　「泥棒番付」　泡坂妻夫　剣よ月下に舞え-新選代表作時代小説23　光風社出版（光風社文庫）2001年5月

えいご

栄五（大前田栄五郎）　えいご（おおまえだえいごろう）
上州無宿、のち街道切っての大親分　「赤城の雁」伊藤桂一　時代小説 読切御免第二巻　新潮社（新潮文庫）2004年3月

栄次郎　えいじろう
下京烏丸通りの鋳屋町にある経師屋「井筒屋」の実直な職人　「雁の絵」澤田ふじ子　江戸夢あかり-市井・人情小説傑作選　学習研究社（学研M文庫）2003年7月

栄次郎　えいじろう
大伝馬町にある木綿問屋「岩戸屋」の婿・平吉の幼なじみ、じつはお手玉小僧とよばれた掏摸　「おしろい猫」池波正太郎　大江戸猫三昧-時代小説傑作選　徳間書店（徳間文庫）2004年11月

栄次郎　えいじろう
南八丁堀の葉茶屋「駿河屋」の雇人　「春宵相乗舟佃島」出久根達郎　春宵 濡れ髪しぐれ-時代小説傑作選　講談社（講談社文庫）2003年9月

栄二郎　えいじろう
心斎橋筋木挽町にある小間物店伊勢屋の一人娘お琴の婚約者で薬種問屋の次男坊　「道頓堀心中」阿部牧郎　代表作時代小説 平成十四年度　光風社出版　2002年5月

栄二郎　えいじろう
旦那に捨てられたお定が女手一つで育て上げてきた息子　「女衒の供養」澤田ふじ子　代表作時代小説 平成二十年度　光文社　2008年6月

英泉　えいせん
三味線の芸人仙之介の知り合いの蒔絵師　「怨霊三味線」原石寛　怪奇・伝奇時代小説選集11 妖艶の谷　春陽堂書店（春陽文庫）2000年8月

鋭飛　えいひ
亡命百済人の孤児、間者の長　「無声刀」黒岩重吾　剣の意地 恋の夢-時代小説傑作選　講談社（講談社文庫）2000年9月

永楽銭　えいらくせん
僧浄閑の弟、兄とともに甲斐国の乱波だった男　「山賊和尚」喜安幸夫　代表作時代小説 平成十三年度　光風社出版　2001年5月

瑛琳　えいりん
後漢の皇帝曹の寵妃、隠密武官・朱炎の恋人だった女　「惜別姫」藤水名子　撫子が斬る-女性作家捕物帳アンソロジー　光文社（光文社文庫）2005年9月

江口　房之助　えぐち・ふさのすけ
喧嘩をして追われてお新のいる岡場所に紛れこんできた若い侍　「なんの花か薫る」山本周五郎　江戸夢あかり-市井・人情小説傑作選　学習研究社（学研M文庫）2003年7月

回向院の茂七　えこういんのもしち
本所深川の岡っ引の親分　「置いてけ堀（本所深川ふしぎ草紙）」宮部みゆき　傑作捕物ワールド第9巻 妖異怪談篇　リブリオ出版　2002年10月

絵師　えし
旅籠に泊っていた京の絵師　「仇討心中」　北原亞以子　恋模様-極め付き時代小説選2　中央公論新社(中公文庫)　2004年10月

絵島　えじま
大奥御年寄、七代将軍家継の生母・月光院の寵任を得ていた女　「大奥情炎事件」　森村誠一　乱世の女たち-信州歴史時代小説傑作集第五巻　しなのき書房　2007年9月

絵島　えじま
大奥女中、奥女中総取締役のお年寄　「絵島の恋」　平岩弓枝　乱世の女たち-信州歴史時代小説傑作集　しなのき書房　2007年9月；大奥華伝　角川書店(角川文庫)　2006年11月

絵島の局　えじまのつぼね
将軍生母月光院付上臈で大奥の有力者　「絵島・生島」　松本清張　江戸三百年を読む　上-傑作時代小説　江戸騒乱編　角川学芸出版(角川文庫)　2009年9月

江副　兵部　えぞえ・ひょうぶ＊
播州の野口城を攻囲した総大将羽柴秀吉の謀略で「命を救う」と名指しされた城内の五人の武士の一人　「五人の武士」　武田八洲満　花と剣と侍-新鷹会・傑作時代小説選　光文社(光文社文庫)　2009年6月

蝦夷菊　えぞぎく
老女　「赤西蠣太」　志賀直哉　時代劇原作選集-あの名画を生みだした傑作小説　双葉社(双葉文庫)　2003年12月

越後の又四郎　えちごのまたしろう
怪しい旅人　「蛇(だ)」　綱淵謙錠　動物-極め付き時代小説選3　中央公論新社(中公文庫)　2004年11月

越後屋佐吉(佐吉)　えちごやさきち(さきち)
角兵衛獅子の親方や女衒を経て今戸で金貸しを営む北国者　「雪の精(銭形平次捕物控)」　野村胡堂　傑作捕物ワールド第9巻　妖異怪談篇　リブリオ出版　2002年10月

越前屋佐兵衛(佐兵衛)　えちぜんやさへえ(さへえ)
下谷車坂の榊原道場近くの風呂屋の主人、榊原健吉の撃剣会興行に出資した男　「大きな迷子」　杉本苑子　剣狼-幕末を駆けた七人の兵法者　新潮社(新潮文庫)　2007年6月

越前屋長次郎(長次郎)　えちぜんやちょうじろう(ちょうじろう)
滝亭鯉丈の弟、為永正輔という講釈師でのちの小説家為永春水　「羅生門河岸」　都筑道夫　偉人八傑推理帖-名探偵時代小説　双葉社(双葉文庫)　2004年7月

エテ公　えてこう
美貌の夜鷹お葉の仲間のせむし男　「吸血の妖女」　島守俊夫　怪奇・伝奇時代小説選集11　妖艶の谷　春陽堂書店(春陽文庫)　2000年8月

エドウィン・ダン
農業指導のため函館に来たアメリカ人、英国人事業家ブラキストンの親友　「謎の人ブラキストン」　戸川幸夫　剣が哭く夜に哭く-新選代表作時代小説20　光風社出版　2000年1月

えとう

江藤 治郎兵衛　えとう・じろべえ
長崎奉行所与力、江戸表へ象を護送する責任者の一人の老武士 「ああ三百七十里」 杉本苑子　江戸の漫遊力-時代小説傑作選　集英社(集英社文庫)　2008年12月;極め付き時代小説選3　動物　中央公論新社(中公文庫)　2004年11月

江戸屋千之助(千之助)　えどやせんのすけ(せんのすけ)
勤皇・攘夷派の商人 「京しぐれ」 南原幹雄　鍔鳴り疾風剣-新選代表作時代小説22　光風社出版(光風社文庫)　2000年11月

慧能　えのう
禅宗の六代目の祖 「慧能」 水上勉　紅葉谷から剣鬼が来る-時代小説傑作選　講談社(講談社文庫)　2002年9月

役君小角　えのきみおずぬ
呪術者 「葛城の王者」 黒岩重吾　七人の役小角　小学館(小学館文庫)　2007年10月

榎本 釜次郎(榎本 武揚)　えのもと・かまじろう(えのもと・たけあき)
幕軍陸海総司令官、旧幕軍海軍副総裁 「歳三の写真」 草森紳一　新選組興亡録　角川書店(角川文庫)　2008年9月

榎本 武揚　えのもと・たけあき
旧幕臣、旧幕府の残存艦隊を率いて江戸湾を脱出し北海道へ戦いの場を求めていった男 「歳三、五稜郭に死す」 三好徹　幕末の剣鬼たち-時代小説傑作選　コスミック出版(コスミック文庫)　2009年12月

榎本 武揚　えのもと・たけあき
五稜郭で官軍に敗れ反逆罪で投獄されたが二年で赦免されて新政府の役人となった男 「赦免船-島椿」 小山啓子　武士道歳時記-新鷹会・傑作時代小説選　光文社(光文社文庫)　2008年6月

榎本 武揚　えのもと・たけあき
幕軍陸海総司令官、旧幕軍海軍副総裁 「歳三の写真」 草森紳一　新選組興亡録　角川書店(角川文庫)　2008年9月

榎本 武揚　えのもと・たけあき
幕臣、主戦論を唱え戊辰戦争を函館五稜郭開城まで戦った男 「勝海舟と榎本武揚」 綱淵謙錠　人物日本の歴史　幕末維新編-時代小説版　小学館(小学館文庫)　2004年9月

海老名 友清　えびな・ともきよ
大和の信貴山城主松永久秀の老臣 「村雨の首-松永弾正」 澤田ふじ子　戦国武将国盗り物語-時代小説傑作選七　新人物往来社　2008年3月

恵美押勝　えみのおしかつ
大納言、豊成の弟 「道鏡」 坂口安吾　人物日本の歴史　古代中世編-時代小説版　小学館(小学館文庫)　2004年1月

エロイーズ
ルイ十四世の寵妃モンテスパン夫人に仕える女官でマリアンヌと同室の娘 「毒薬」 藤本ひとみ　代表作時代小説　平成十八年度　光文社　2006年6月

64

えんめ

円覚　えんかく*
唐土広州から船で天竺へ向った高丘親王にしたがう日本の僧 「儒艮」 澁澤龍彦 歴史小説の世紀-地の巻 新潮社(新潮文庫) 2000年9月

円空　えんくう
蝦夷地に渡って有珠山善光寺を再興し木仏づくりにはげんだ廻国僧 「蝦夷地円空」 立松和平 代表作時代小説 平成十五年度 光風社出版 2003年5月

円謙坊　えんけんぼう
日本洛陽絵師の大鳳金道に変な絵の揮毫を頼んだ山法師 「不動殺生変」 潮山長三 怪奇・伝奇時代小説選集5 北斎と幽霊 春陽堂書店(春陽文庫) 2000年2月

燕山君　えんざんくん
朝鮮王朝第十代王、好色の殺人鬼という汚名を残す暴君 「柳と燕-暴君最期の日」 荒山徹 伝奇城-文庫書下ろし/伝奇時代小説アンソロジー 光文社(光文社文庫) 2005年2月

遠州屋杢兵衛(杢兵衛)　えんしゅうやもくべえ(もくべえ)
老中田沼意次の引き立てにより田沼一派に贈られた茶器・骨董などを売り捌いていた商人 「てれん(街商)」 白石一郎 江戸の商人力-時代小説傑作選 集英社(集英社文庫) 2006年12月

遠城 治左衛門　えんじょう・じざえもん*
大和郡山藩の槍術師範遠城治郎左衛門の長兄 「死出の雪-崇禅寺馬場の敵討ち」 隆慶一郎 士道無惨!仇討ち始末-時代小説傑作選四 新人物往来社 2008年3月

遠城 宗左衛門　えんじょう・そうざえもん*
大和郡山藩の槍術師範遠城治郎左衛門の三男、後添えとの子 「死出の雪-崇禅寺馬場の敵討ち」 隆慶一郎 士道無惨!仇討ち始末-時代小説傑作選四 新人物往来社 2008年3月

延次郎　えんじろう
糸屋の次男、色事師 「湯のけむり」 富田常雄 江戸の鈍感力-時代小説傑作選 集英社(集英社文庫) 2007年12月

円蔵　えんぞう
博徒・日光の円蔵、国定忠治の一家の参謀格の年長者 「真説・赤城山」 天藤真 大江戸犯科帖-時代推理小説名作選 双葉社(双葉文庫) 2003年10月

円鍔 藤之進　えんつば・とうのしん*
福井藩士 「城中の霜」 山本周五郎 人物日本の歴史 幕末維新編-時代小説版 小学館(小学館文庫) 2004年9月

役小角(小角)　えんのおずぬ(おずぬ)
葛城山に入って修行を始めた後全国の山々に登った行者 「睡蓮-花妖譚六」 司馬遼太郎 七人の役小角 小学館(小学館文庫) 2007年10月

円明海　えんめいかい
湯殿山本山の別当寺注連寺に逃げ込んで仏門に入った月海の行仲間で最初に土中入定を遂げた上人 「贋お上人略伝」 三浦哲郎 歴史小説の世紀-地の巻 新潮社(新潮文庫) 2000年9月

【お】

お愛の方　おあいのかた
肥前の国三十五万七千余石の名家竜造寺家の十九代当主高房の側室　「怨讐女夜叉抄」　橋爪彦七　怪奇・伝奇時代小説選集6 清姫・怨霊ばなし　春陽堂書店(春陽文庫)　2000年3月

おあき
深川西念寺横の料理屋「松葉屋」に親娘揃って働きはじめた女中の娘　「左の腕」　松本清張　親不孝長屋-人情時代小説傑作選　新潮社(新潮文庫)　2007年7月;傑作捕物ワールド第7巻 犯科帳篇　リブリオ出版　2002年10月

お秋　おあき
下総流山の大百姓の娘　「流山の朝」　子母澤寛　人物日本の歴史 幕末維新編-時代小説版　小学館(小学館文庫)　2004年9月;新選組興亡録　角川書店(角川文庫)　2008年9月

お秋　おあき
海苔問屋「大むら屋」の長女、「長崎屋」の若だんな一太郎の兄・松之助と縁談のあった娘　「茶巾たまご」　畠中恵　撫子が斬る-女性作家捕物帳アンソロジー　光文社(光文社文庫)　2005年9月

緒明の嘉吉　おあけのよしきち
伊豆戸田村の腕の良い船大工の棟梁　「白い帆は光と陰をはらみて」　弓場剛　伊豆の歴史を歩く-伊豆文学賞・歴史小説傑作集Ⅱ　羽衣出版　2006年3月

お葦　おあし
柳生家の遠縁の女　「伊賀の聴恋器」　山田風太郎　江戸の爆笑力-時代小説傑作選　集英社(集英社文庫)　2004年12月;恋模様-極め付き時代小説選2　中央公論新社(中公文庫)　2004年10月

お綾　おあや
山賊の小頭領の一人娘　「妖魔千匹猿」　下村悦夫　怪奇・伝奇時代小説選集12 血塗りの呪法　春陽堂書店(春陽文庫)　2000年9月

お綾　おあや
備前岡山城下の旅籠「半田屋」の美しい娘　「備前天一坊」　江見水蔭　大岡越前守-捕物時代小説選集6　春陽堂書店(春陽文庫)　2000年10月

於阿和の方　おあわのかた
豪族・山家三方衆の作手亀山城主奥平美作守貞能の嫡男九八郎貞昌の奥方　「おふうの賭」　山岡荘八　戦国女人十一話　作品社　2005年11月

笈川 玄一郎　おいかわ・げんいちろう
藩政改革に力を入れる藩主の命で勘定奉行に就任し江戸表から国許に下った男　「いさましい話」　山本周五郎　江戸の老人力-時代小説傑作選　集英社(集英社文庫)　2002年12月

おいち
中仙道本山宿のはずれの一軒家で八年前に木枯し紋次郎に助けられたことを覚えていた女 「何れが欺く者」 笹沢左保 剣の道忍の掟-信州歴史時代小説傑作集第三巻 しなのき書房 2007年6月

お市　おいち
大垣藩の馬回り役の若侍を同時に愛した名家の姉妹二人の姉 「蚊帳のたるみ」 梅本育子 代表作時代小説 平成十四年度 光風社出版 2002年5月

お市　おいち
燈長屋の家主甚兵衛の娘 「義士饅頭」 村上元三 武士道日暦-新鷹会・傑作時代小説選 光文社(光文社文庫) 2007年6月

お市　おいち
柳生家の侍女 「伊賀の聴恋器」 山田風太郎 江戸の爆笑力-時代小説傑作選 集英社(集英社文庫) 2004年12月;恋模様-極め付き時代小説選2 中央公論新社(中公文庫) 2004年10月

お市　おいち
浪人者高田常次郎の妻 「尺八乞食」 山手樹一郎 江戸の商人力-時代小説傑作選 集英社(集英社文庫) 2006年12月

おいち(歌川　芳花)　おいち(うたがわ・よしはな)
女流絵師 「恋忘れ草」 北原亞以子 江戸色恋坂-市井情話傑作選 学習研究社(学研M文庫) 2005年8月

お市の方　おいちのかた
会津藩士笹原与五郎の妻、藩主松平正容の寵愛を受けていた女 「拝領妻始末」 滝口康彦 女人-時代小説アンソロジー2 小学館(小学館文庫) 2007年2月

お糸　おいと
女役者の一座の花形吾妻三之丞の贔屓で蔵前片町の札差「大和屋」の娘 「七化けおさん」 平岩弓枝 武士道歳時記-新鷹会・傑作時代小説選 光文社(光文社文庫) 2008年6月

お糸　おいと
独りばたらきの女盗賊 「鬼平犯科帳 女密偵女賊」 池波正太郎 花ごよみ夢一夜-新選代表作時代小説24 光風社出版(光風社文庫) 2001年11月

お糸　おいと
奈良井の宿で毛皮売の伊平じいさんを手伝う娘 「鼠」 岡本綺堂 人情草紙-信州歴史時代小説傑作集第四巻 しなのき書房 2007年7月;動物-極め付き時代小説選3 中央公論新社(中公文庫) 2004年11月

お糸の方　おいとのかた
播州姫路藩主榊原政岑の愛妾 「鈴木主水」 久生十蘭 歴史小説の世紀-天の巻 新潮社(新潮文庫) 2000年9月

おいね

おいね
大坂堀江一番町の分銅屋休兵衛の娘 「花咲ける武士道」 神坂次郎 江戸の爆笑カ-時代小説傑作選 集英社(集英社文庫) 2004年12月

お岩　おいわ
御先手組の同心田宮又左衛門の娘 「日本三大怪談集」 田中貢太郎 怪奇・怪談時代小説傑作選 徳間書店(徳間文庫) 2004年9月

お岩　おいわ
四谷左門町にある御先手の組屋敷に住む田宮家の娘、婿養子の伊右衛門の妻 「権八伊右衛門」 多岐川恭 怪奇・伝奇時代小説選集13 四谷怪談 春陽堂書店(春陽文庫) 2000年10月

お岩　おいわ
四谷左門町の御先手同心組屋敷の田宮家の家付き娘、伊右衛門の妻 「四谷怪談・お岩」 柴田錬三郎 怪奇・伝奇時代小説選集13 四谷怪談 春陽堂書店(春陽文庫) 2000年10月

お岩　おいわ
四谷左門殿町に住んでいた御先手組の同心田宮家の娘で伊右衛門という浪人を婿養子にした女 「四谷怪談」 田中貢太郎 怪奇・伝奇時代小説選集13 四谷怪談 春陽堂書店(春陽文庫) 2000年10月

お岩　おいわ
侍をやめて何の職もない民谷伊右衛門の女房 「四谷快談」 丸木砂土 怪奇・伝奇時代小説選集13 四谷怪談 春陽堂書店(春陽文庫) 2000年10月

於いわ　おいわ
御家人の田宮又左衛門の一人娘で田宮家の入り婿になった伊右衛門の妻 「奇説四谷怪談」 杉江唐一 怪奇・伝奇時代小説選集13 四谷怪談 春陽堂書店(春陽文庫) 2000年10月

追分の伊三蔵　おいわけのいさぞう
渡世人 「ひとり狼」 村上元三 花と剣と侍-新鷹会・傑作時代小説選 光文社(光文社文庫) 2009年6月;時代劇原作選集-あの名画を生みだした傑作小説 双葉社(双葉文庫) 2003年12月

王　おう
沂水の人、ダンディな若者 「錦瑟と春燕」 陳舜臣 鎮守の森に鬼が棲む-時代小説傑作選 講談社(講談社文庫) 2001年9月

扇屋　おうぎや
箱根山詣りの帰路に頭が膨張した奇っ怪な童を買い請けた日本橋の商人 「異聞胸算用」 平山夢明 伝奇城-文庫書下ろし/伝奇時代小説アンソロジー 光文社(光文社文庫) 2005年2月

王　香君　おう・こうくん
治蝗将軍魏有裕の妻 「黄飛蝗」 森福都 妃・殺・蝗-中国三色奇譚 講談社(講談社文庫) 2002年11月

王　時雍　おう・じよう
開封留守「僭称」井上祐美子　愛染夢灯籠-時代小説傑作選　講談社(講談社文庫)2005年9月

王珍　おうちん
小田原の唐人寺の坊主「外郎と夏の花」早乙女貢　代表作時代小説　平成十二年度　光風社出版　2000年5月

おうの
高杉晋作の妾、下関の妓楼で三味線師匠をしていた女「青梅」古川薫　江戸三百年を読む 下-傑作時代小説 幕末風雲編　角川学芸出版(角川文庫)　2009年9月

王　飛（異房）　おう・ひ（いぼう）
始皇帝の車右、徐福の学友「方士徐福」新宮正春　異色中国短篇傑作大全　講談社(講談社文庫)　2001年3月

お梅　おうめ
吉原仲之町の引手茶屋「あづま屋」のかかえ芸者「廓法度」南原幹雄　春宵 濡れ髪しぐれ-時代小説傑作選　講談社(講談社文庫)　2003年9月

お梅　おうめ
牛込の旗本の屋敷に奉公しているお柳の妹「ほたるの庭」杉本苑子　犬道楽江戸草紙-時代小説傑作選　徳間書店(徳間文庫)　2005年8月

お梅　おうめ
京の壬生村に屯所をかまえた新選組の局長芹沢鴨の女「降りしきる」北原亞以子　新選組興亡録　角川書店(角川文庫)　2008年9月

お梅　おうめ
江戸の筆屋の女中、のち京都四条堀川の太物問屋菱屋平兵衛の妻「血汐首-芹沢鴨の女」南原幹雄　新選組烈士伝　角川書店(角川文庫)　2003年10月

お梅　おうめ
私娼窟の手入れが行われて北町奉行所の牢に入れられた遊女「のうぜんかずらの花咲けば」宇江佐真理　代表作時代小説　平成十九年度　光文社　2007年6月

お梅　おうめ
新選組局長芹沢鴨の情婦で芹沢とともに暗殺された女「総司が見た」南原幹雄　偉人八傑推理帖-名探偵時代小説　双葉社(双葉文庫)　2004年7月

お梅　おうめ
青山百人町の御先手組屋敷の与力伊藤喜兵衛の娘「四谷怪談・お岩」柴田錬三郎　怪奇・伝奇時代小説選集13 四谷怪談　春陽堂書店(春陽文庫)　2000年10月

お梅　おうめ
谷中の鍼医の宮の越の検校（文桂）が養女にした娘「能面師の執念」佐野孝　怪奇・伝奇時代小説選集7 幽明鏡草紙　春陽堂書店(春陽文庫)　2000年4月

お梅　おうめ
亭主を盗賊の一味に殺され中山道上松宿近くの山中の廃屋にさらわれてきた若い女「灰神楽」峰隆一郎　代表作時代小説　平成十三年度　光風社出版　2001年5月

おうめ

お梅　おうめ
南伝馬町に店を構える呉服屋「駿河屋」のひとり娘　「末期の夢」　鎌田樹　花と剣と侍-新鷹会・傑作時代小説選　光文社(光文社文庫)　2009年6月

お梅　おうめ
父親がいとなんでいる大きな質店の後妻の座についた伯母と同居する姉妹の妹　「雲母橋」　皆川博子　春宵 濡れ髪しぐれ-時代小説傑作選　講談社(講談社文庫)　2003年9月

お梅　おうめ
小梅村の代々庄屋をつとめていた農家の長女　「彼岸花」　宇江佐真理　代表作時代小説 平成二十年度　光文社　2008年6月

お栄　おえい
絵師葛飾北斎の娘、離婚騒動を起こして舞の家に転がり込んでいる女　「よりにもよって」　諸田玲子　代表作時代小説 平成二十一年度　光文社　2009年6月

お栄　おえい
橘場の割烹料理屋「茶の市」の元主人で殺害された利兵衛の隠居所の女中　「泥棒番付」　泡坂妻夫　剣よ月下に舞え-新選代表作時代小説23　光風社出版(光風社文庫)　2001年5月

お栄　おえい
東海道の金谷宿から街道に出て客を引く招女(売女)、雲助の常吉が惚れた垢抜けない女　「雲助の恋」　諸田玲子　江戸色恋坂-市井情話傑作選　学習研究社(学研M文庫)　2005年8月；浮き世草紙-女流時代小説傑作選　角川春樹事務所(ハルキ文庫)　2002年10月

お栄　おえい
料理屋の女将、おときの娘　「浅間追分け」　川口松太郎　人情草紙-信州歴史時代小説傑作集第四巻　しなのき書房　2007年7月

お栄　おえい
雉子町の道具屋の後家、つつましく生きてきて耄碌が始まった女　「キヨ命」　高橋義夫　女人-時代小説アンソロジー2　小学館(小学館文庫)　2007年2月

おえつ
元新選組隊士相馬主計の妻　「明治新選組」　中村彰彦　新選組アンソロジー下巻-その虚と実に迫る　舞字社　2004年2月

お江与ノ方　おえよのかた
二代将軍秀忠の美しい奥方　「春日局」　杉本苑子　大奥華伝　角川書店(角川文庫)　2006年11月

おえん
吉原の貸し金取りたてをする付き馬屋「弁天屋」の娘、鉤縄をふりまわすじゃじゃ馬　「おいらん殺し(付き馬屋おえん)」　南原幹雄　傑作捕物ワールド第4巻 女の情念篇　リブリオ出版　2002年10月

おえん
公方様(徳川吉宗)のご改革に協力したいと思う亭主の十右衛門に酒を原価で売る小さな居酒屋「豊島屋」を開かせた女房 「夢の居酒屋」 童門冬二 酔うて候-時代小説傑作選 徳間書店(徳間文庫) 2006年10月

おえん
黒助稲荷の権九郎一家の姐御、渡り折助の金八(遠山左衛門尉)に恋をした女 「隠密奉行」 小島健三 幽霊陰陽師-捕物時代小説選集5 春陽堂書店(春陽文庫) 2000年6月

おえん
大坂の唐物商「平戸屋」の若旦那・万太郎の嫁 「借り腹」 阿部牧郎 息づかい-好色時代小説集 講談社(講談社文庫) 2007年2月

おえん
担ぎの油売りをしている箕吉の姉で十五年も病んでとうとう亡くなった女 「梅の雨降る」 宮部みゆき 代表作時代小説 平成十二年度 光風社出版 2000年5月

おえん
馬屋「弁天屋」の娘 「爪の代金五十両」 南原幹雄 吉原花魁 角川書店(角川文庫) 2009年12月

おえん
晩年の宮本武蔵の側に仕えた女性、天草後家で細川藩士寺尾孫之丞と求馬之助の姉 「宮本武蔵の女」 山岡荘八 「宮本武蔵」短編傑作選 角川書店(角川文庫) 2003年1月; 七人の武蔵 角川書店(角川文庫) 2002年10月

おゑん
旗本佐井木重三郎の妾、凄年増 「魔の笛」 野村胡堂 怪奇・怪談時代小説傑作選 徳間書店(徳間文庫) 2004年9月

大海人皇子　おおあまのおうじ
天智帝の弟 「薬玉」 杉本苑子 剣の意地 恋の夢-時代小説傑作選 講談社(講談社文庫) 2000年9月

大海人王子(天武天皇)　おおあまのおうじ(てんむてんのう)
皇太子中大兄王子の弟、のち天武天皇 「額田女王」 平林たい子 歴史小説の世紀-天の巻 新潮社(新潮文庫) 2000年9月

大石 内蔵助　おおいし・くらのすけ
元赤穂浅野家の家老、赤穂開城以来仇討ちを願う同志たちを密かにまとめてきた人物 「密使」 古賀宣子 代表作時代小説 平成十七年度 光文社 2005年6月

大石 内蔵助　おおいし・くらのすけ
元赤穂藩家老 「討入」 直木三十五 赤穂浪士伝奇-べんせいライブラリー時代小説セレクション 勉誠出版 2002年12月

大石 内蔵助　おおいし・くらのすけ
元赤穂藩城代家老 「山科西野山村」 千野隆司 異色忠臣蔵大傑作集 講談社(講談社文庫) 2002年12月

おおい

大石 内蔵助　おおいし・くらのすけ
元赤穂藩城代家老「残る言の葉」安西篤子　異色忠臣蔵大傑作集　講談社(講談社文庫)　2002年12月

大石 内蔵助　おおいし・くらのすけ
赤穂藩の城代家老で赤穂四十七士の吉良邸討ち入りを決行した人物「命をはった賭け-大坂商人・天野屋利兵衛」佐江衆一　江戸の商人力-時代小説傑作選　集英社(集英社文庫)　2006年12月

大石 内蔵助　おおいし・くらのすけ
赤穂藩家老、山科にいる大石そっくりのもう一人の好色で残虐非道な大石内蔵助「二人の内蔵助」小山龍太郎　赤穂浪士伝奇-べんせいライブラリー時代小説セレクション　勉誠出版　2002年12月

大石 内蔵助　おおいし・くらのすけ
播州赤穂藩の国家老「舞台うらの男」池波正太郎　花と剣と侍-新鷹会・傑作時代小説選　光文社(光文社文庫)　2009年6月

大石 内蔵助　おおいし・くらのすけ
播州赤穂藩国家老「桂籠」火坂雅志　仇討ち-時代小説アンソロジー1　小学館(小学館文庫)　2006年12月;異色忠臣蔵大傑作集　講談社(講談社文庫)　2002年12月

大石 内蔵助良雄　おおいし・くらのすけよしお
赤穂藩筆頭国家老「千里の馬」池宮彰一郎　異色忠臣蔵大傑作集　講談社(講談社文庫)　2002年12月

大石 内蔵助良雄　おおいし・くらのすけよしかつ
元浅野内匠頭の家老で赤穂浪士の頭領、細川家に御預り中の身「或日の大石内蔵助」芥川龍之介　赤穂浪士伝奇-べんせいライブラリー時代小説セレクション　勉誠出版　2002年12月

大石 鍬次郎　おおいし・くわじろう
新選組隊士「新選組物語」子母沢寛　新選組烈士伝　角川書店(角川文庫)　2003年10月

大石 鍬次郎　おおいし・くわじろう
新選組隊士、前身は武州日野在の大工で人斬り鍬次郎と呼ばれた男「高台寺の間者」新宮正春　代表作時代小説 平成十二年度　光風社出版　2000年5月

大石 三平　おおいし・さんぺい
元赤穂藩馬廻役大石五左衛門良総の次男「左兵衛様ご無念」新宮正春　異色忠臣蔵大傑作集　講談社(講談社文庫)　2002年12月

大石 進　おおいし・すすむ
九州柳川藩の無名の剣客、江戸に出て四大道場を破った男「高柳又四郎の鍔」新宮正春　秘剣舞う-剣豪小説の世界　学習研究社(学研M文庫)　2002年11月

大石 進　おおいし・すすむ
筑後柳川の剣客、江戸の名だたる剣術道場を荒している長大な竹刀を振り回す容貌魁偉の大男　「天真嚇機・剣尖より火輪を発す」　千野隆司　斬刃-時代小説傑作選　コスミック出版(コスミック時代文庫)　2005年5月

大石 進　おおいし・すすむ
幕末の剣客、筑後柳河藩剣術師範役　「大石進」　武蔵野次郎　人物日本剣豪伝五　学陽書房(人物文庫)　2001年7月

大石 主税　おおいし・ちから
元赤穂藩城代家老大石内蔵助の長男　「残る言の葉」　安西篤子　異色忠臣蔵大傑作集　講談社(講談社文庫)　2002年12月

大石 八左衛門種政　おおいし・はちざえもんたねまさ
剣客大石進の祖父　「大石進」　武蔵野次郎　人物日本剣豪伝五　学陽書房(人物文庫)　2001年7月

大井 行吉　おおい・ゆきよし*
戦国武将、佐久の岩尾城主　「戦国佐久」　佐藤春夫　武将列伝-信州歴史時代小説傑作集第一巻　しなのき書房　2007年4月;歴史小説の世紀-天の巻　新潮社(新潮文庫)　2000年9月

大岩 金十郎(吉十郎)　おおいわ・きんじゅうろう(きちじゅうろう*)
尾張藩直轄領南知多の利屋村の庄屋で困窮した村を救うため蜜柑栽培を根付かせた男　「蜜柑庄屋・金十郎」　澤田ふじ子　江戸の満腹力-時代小説傑作選　集英社(集英社文庫)　2005年12月

大浦 弥四郎(津軽 為信)　おおうら・やしろう(つがる・ためのぶ)
戦国武将、南部藩の家臣だったが南部宗家に叛旗を翻しのち初代津軽藩主となった男　「ゴロツキ風雲録」　長部日出雄　東北戦国志-傑作時代小説　PHP研究所(PHP文庫)　2009年9月

大江 連四郎　おおえ・れんしろう
飛騨の山奥にあるという銀山を探りに来て奇怪な異人の棲む館に捕われた男、吉宗のお庭番で根来八人衆のひとり　「畸人の館」　加納一朗　怪奇・伝奇時代小説選集15　春陽堂書店(春陽文庫)　2000年12月

大岡越前守　おおおかえちぜんのかみ
江戸町奉行　「天一坊覚書」　瀧川駿　大岡越前守-捕物時代小説選集6　春陽堂書店(春陽文庫)　2000年10月

大岡越前守　おおおかえちぜんのかみ
江戸町奉行　「奉行と人相学」　菊池寛　大岡越前守-捕物時代小説選集6　春陽堂書店(春陽文庫)　2000年10月

大岡越前守　おおおかえちぜんのかみ
江戸町奉行、将軍吉宗のご落胤と名乗る天一坊の吟味にあたった者　「天一坊事件」　菊池寛　大岡越前守-捕物時代小説選集6　春陽堂書店(春陽文庫)　2000年10月

おおお

大岡越前守　おおおかえちぜんのかみ
江戸南町奉行「靭猿」諏訪ちゑ子　艶美白孔雀-捕物時代小説選集7　春陽堂書店(春陽文庫) 2000年11月

大岡越前守 忠相　おおおかえちぜんのかみ・ただすけ
江戸町奉行「殺された天一坊」浜尾四郎　江戸三百年を読む 下-傑作時代小説 幕末風雲編　角川学芸出版(角川文庫) 2009年9月;大江戸犯科帖-時代推理小説名作選　双葉社(双葉文庫)　2003年10月

大岡越前守 忠相　おおおかえちぜんのかみ・ただすけ
江戸町奉行「大岡越前守」土師清二　大岡越前守-捕物時代小説選集6　春陽堂書店(春陽文庫) 2000年10月

大岡越前守 忠相　おおおかえちぜんのかみ・ただすけ
江戸町奉行「直助権兵衛」松原晃　艶美白孔雀-捕物時代小説選集7　春陽堂書店(春陽文庫) 2000年11月

大岡越前守 忠相　おおおかえちぜんのかみ・ただすけ
江戸町奉行「天守閣の音」国枝史郎　蛇の眼-捕物時代小説選集2　春陽堂書店(春陽文庫) 2000年3月

大岡越前守 忠相　おおおかえちぜんのかみ・ただすけ
江戸町奉行、妾宅がある町内に住む大学者・荻生徂徠を訪ねた男「妾宅奉行」物上敬　艶美白孔雀-捕物時代小説選集7　春陽堂書店(春陽文庫) 2000年11月

大岡越前守 忠相　おおおかえちぜんのかみ・ただすけ
南町奉行「御落胤」柴田錬三郎　人物日本の歴史 江戸編〈下〉-時代小説版　小学館(小学館文庫) 2004年7月

大岡越前守 忠相　おおおかえちぜんのかみ・ただすけ
南町奉行「大岡越前の独立」直木三十五　傑作捕物ワールド第6巻 名奉行篇　リブリオ出版 2002年10月

大岡越前守 忠相　おおおかえちぜんのかみ・ただすけ
南町奉行「二人半兵衛」大栗丹後　大岡越前守-捕物時代小説選集6　春陽堂書店(春陽文庫) 2000年10月

大岡 忠相　おおおか・ただすけ
南町奉行「消えた生き証人」笹沢左保　犬道楽江戸草紙-時代小説傑作選　徳間書店(徳間文庫) 2005年8月

大垣 武兵衛　おおがき・ぶへえ
松山藩指南役、直真影流の剣士「嘲斎坊とは誰ぞ」小田武雄　江戸の爆笑力-時代小説傑作選　集英社(集英社文庫) 2004年12月

大方殿　おおかたどの
将軍足利義政の母親、日野富子・勝光兄妹の大叔母「乳母どの最期」杉本苑子　人物日本の歴史 古代中世編-時代小説版　小学館(小学館文庫) 2004年1月

大鐘 啓之進　おおがね・けいのしん
風来坊浪者、備中松山藩で納戸番を務める大鐘家の三男坊で駈け落ちして江戸に出てきた男 「八寸の圭表」 鳴海風　武士道日暦-新鷹会・傑作時代小説選　光文社(光文社文庫) 2007年6月

大来 団次郎(嗅っ鼻の団次)　おおきた・だんじろう*(かぎっぱなのだんじ)
同心 「三度殺された女」 南條範夫　闇の旋風-問題小説傑作選5 捕物帖篇　徳間書店(徳間文庫) 2000年1月

大分君 恵尺　おおきだのきみ・えさか
大海人皇子の舎人 「無声刀」 黒岩重吾　剣の意地 恋の夢-時代小説傑作選　講談社(講談社文庫) 2000年9月

正親町 町子　おおぎまち・まちこ
正親町家の娘、柳沢出羽守吉保の愛妾 「元禄おさめの方」 山田風太郎　大奥華伝　角川書店(角川文庫) 2006年11月

大木 弥四郎　おおき・やしろう
旗本の箱入娘お縫の許婚者、お縫の恋人伊井三次郎を殺害した男 「池畔に立つ影」 江藤信吾　怪奇・伝奇時代小説選集7 幽明鏡草紙　春陽堂書店(春陽文庫) 2000年4月

大久保 源太　おおくぼ・げんた
南町奉行所定廻り同心、町奉行根岸肥前守の部下 「さいかち坂上の恋人」 平岩弓枝　江戸浮世風-人情捕物帳傑作選　学習研究社(学研M文庫) 2004年8月

大久保 権左衛門　おおくぼ・ごんざえもん
江戸城松の廊下にて赤穂藩主浅野内匠頭の刃傷沙汰があった際の当番御目付、多門伝八郎の目付仲間 「男は多門伝八郎」 中村彰彦　武士の本懐-武士道小説傑作選　KKベストセラーズ(ベスト時代文庫) 2004年6月

大久保 新十郎　おおくぼ・しんじゅうろう
隠密同心 「七夕火事一件始末」 今川徳三　艶美白孔雀-捕物時代小説選集7　春陽堂書店(春陽文庫) 2000年11月

大久保 忠隣　おおくぼ・ただちか
徳川幕府老中首座、大久保忠世の嫡男 「陰の謀鬼-本多正信」 堀和久　戦国軍師列伝-時代小説傑作選六　新人物往来社 2008年3月

大久保 忠世　おおくぼ・ただよ
戦国武将、小牧・長久手ノ戦における徳川家康軍の将 「武返」 池宮彰一郎　代表作時代小説 平成十四年度　光風社出版 2002年5月

大久保 利通　おおくぼ・としみち
明治新政府の高官 「遭難前夜」 古賀宣子　武士道日暦-新鷹会・傑作時代小説選　光文社(光文社文庫) 2007年6月

大久保 利通　おおくぼ・としみち
明治新政府高官 「西郷暗殺の密使」 神坂次郎　人物日本の歴史 幕末維新編-時代小説版　小学館(小学館文庫) 2004年9月

おおく

大久保 彦左衛門　おおくぼ・ひこざえもん
御旗本頭、神君よりの旧臣　「国戸団左衛門の切腹」五味康祐　武士の本懐-武士道小説傑作選　KKベストセラーズ（ベスト時代文庫）2004年6月

大久保 彦左衛門　おおくぼ・ひこざえもん
三河譜代の旗本　「江戸っ子由来」柴田錬三郎　江戸三百年を読む 上-傑作時代小説 江戸騒乱編　角川学芸出版（角川文庫）2009年9月

大久保 満壽子　おおくぼ・ますこ
明治新政府の高官大久保利通の妻　「遭難前夜」古賀宣子　武士道日暦-新鷹会・傑作時代小説選　光文社（光文社文庫）2007年6月

大倉 左門　おおくら・さもん
北国の藩の中では格の高い家の当主で毎夜邸を脱け出して辻斬りをしている男　「雪女」加藤武雄　怪奇・伝奇時代小説選集4 怪異黒姫おろし　春陽堂書店（春陽文庫）2000年1月

大倉 徳兵衛　おおくら・とくべえ
朝日町西筋の海苔問屋の楽隠居、上方新聞の投書家　「西郷はんの写真（耳なし源蔵召捕記事）」有明夏夫　傑作捕物ワールド第8巻 明治推理篇　リブリオ出版　2002年10月

大胡 秀綱　おおご・ひでつな
兵法者で新陰流の開祖、上州大胡城主　「上泉伊勢守秀綱」桑田忠親　人物日本剣豪伝一　学陽書房（人物文庫）2001年4月

大沢 春朔　おおさわ・しゅんさく
「雨月物語」の作者上田秋成の門人　「ますらを」円地文子　歴史小説の世紀-天の巻　新潮社（新潮文庫）2000年9月

大海人皇子　おおしあまおうじ
天智天皇の弟、のちの天武天皇　「無声刀」黒岩重吾　剣の意地 恋の夢-時代小説傑作選　講談社（講談社文庫）2000年9月

大海人皇子　おおしあまのみこ
皇子　「左大臣の疑惑」黒岩重吾　人物日本の歴史 古代中世編-時代小説版　小学館（小学館文庫）2004年1月

大塩 格之助　おおしお・かくのすけ
大坂天満の町与力大塩平八郎の養子　「短慮暴発」南條範夫　人物日本の歴史 江戸編〈下〉-時代小説版　小学館（小学館文庫）2004年7月

大塩 平八郎　おおしお・へいはちろう
大坂天満の町与力、陽明派の学者で天明の飢饉にさいして民衆救済のため武装蜂起した男　「短慮暴発」南條範夫　人物日本の歴史 江戸編〈下〉-時代小説版　小学館（小学館文庫）2004年7月

大島 山十郎（陽炎）　おおしま・さんじゅうろう（かげろう）
並外れた武芸の腕を持つ遊女、実は大島三十郎という若衆で直江兼続に仕官したいという者　「くノ一紅騎兵」山田風太郎　軍師の死にざま-短篇小説集　作品社　2006年10月

大隅 右京　おおすみ・うきょう
旗本、吉原の太夫瀬川がはじめて恋い慕った男 「乱れ火-吉原遊女の敵討ち」 北原亞以子　士道無惨!仇討ち始末-時代小説傑作選四　新人物往来社　2008年3月

大瀬　おおせ
一族の長の娘・水無瀬が夫にと望んだ美しい若者 「四人の勇者」 多岐川恭　大江戸犯科帖-時代推理小説名作選　双葉社(双葉文庫)　2003年10月

大高 源五　おおたか・げんご
赤穂藩浅野家の旧臣 「桂籠」 火坂雅志　仇討ち-時代小説アンソロジー1　小学館(小学館文庫)　2006年12月;異色忠臣蔵大傑作集　講談社(講談社文庫)　2002年12月

大滝の五郎蔵　おおたきのごろぞう
火付盗賊改方の密偵をつとめている男、おまさの夫 「鬼平犯科帳 女密偵女賊」 池波正太郎　花ごよみ夢一夜-新選代表作時代小説24　光風社出版(光風社文庫)　2001年11月

大竹 金吾　おおたけ・きんご
手付同心 「寒紅梅」 平岩弓枝　愛染夢灯籠-時代小説傑作選　講談社(講談社文庫)　2005年9月

大竹 金吾　おおたけ・きんご
南御番所の同心 「金唐革の財布」 平岩弓枝　大江戸の歳月-新鷹会・傑作時代小説選　光文社(光文社文庫)　2003年6月

大館今　おおだて・いま
礼儀作法の一流派伊勢流の家元伊勢貞親に入門して免許皆伝をとったあと将軍足利義政の側室になった女性 「伊勢氏家訓」 花田清輝　歴史小説の世紀-天の巻　新潮社(新潮文庫)　2000年9月

大館 佐子　おおだて・さんこ
将軍足利義政の側妾、今参ノ局の従兄大館常誉入道の娘 「乳母どの最期」 杉本苑子　人物日本の歴史 古代中世編-時代小説版　小学館(小学館文庫)　2004年1月

大館 次郎教氏　おおだて・じろうのりうじ
今参ノ局の供侍、将軍足利義政の側妾佐子の兄 「乳母どの最期」 杉本苑子　人物日本の歴史 古代中世編-時代小説版　小学館(小学館文庫)　2004年1月

大田 直次郎(蜀山人)　おおた・なおじろう(しょくさんじん)
江戸から長崎へ出張して来ている勘定所の役人で文人としても名の知られた男 「泥棒が笑った」 平岩弓枝　江戸の老人力-時代小説傑作選　集英社(集英社文庫)　2002年12月

大谷 左門之介　おおたに・さもんのすけ
関ケ原の負け戦の大将大谷刑部の隠し子 「妖異女宝島」 葉田光　怪奇・伝奇時代小説選集11 妖艶の谷　春陽堂書店(春陽文庫)　2000年8月

大谷 吉継　おおたに・よしつぐ
戦国武将、越前敦賀の城主 「石田三成の妻」 童門冬二　星明かり夢街道-新選代表作時代小説21　光風社出版　2000年5月

おおた

太田原 藤七　おおたばら・とうしち
北町奉行所の定廻り同心 「密室-定廻り同心十二人衆」 笹沢左保　代表作時代小説　平成十五年度　光風社出版　2003年5月

太田 孫二郎　おおた・まごじろう
紀州雑賀衆の鉄砲の名手、豊臣秀吉に抗戦を続けるために朝鮮に渡り朝鮮軍に奔った武人 「何処か是れ他郷」 荒山徹　代表作時代小説　平成十六年度　光風社出版　2004年4月

太田 与兵衛　おおた・よへえ
小藩の勘定方 「白魚橋の仇討」 山本周五郎　紅葉谷から剣鬼が来る-時代小説傑作選　講談社(講談社文庫) 2002年9月

大旦那さま　おおだんなさま
十一歳の捨松が丁稚奉公に出された日本橋通町の呉服問屋「上総屋」の大旦那さま 「首吊り御本尊」 宮部みゆき　江戸の商人力-時代小説傑作選　集英社(集英社文庫) 2006年12月

大塚 嘉久治　おおつか・かくじ
上野彰義隊組頭丸毛貞三郎とかつて京都で一緒に見廻組肝煎をやった幕臣 「玉瘤」 子母沢寛　江戸三百年を読む 下-傑作時代小説 幕末風雲編　角川学芸出版(角川文庫) 2009年9月

大塚 喜兵衛　おおつか・きへえ
肥後細川藩士 「秘剣」 五味康祐　幻の剣鬼 七番勝負-傑作時代小説　PHP研究所(PHP文庫) 2008年5月

大槻 伝蔵　おおつき・でんぞう
加賀藩主前田吉徳の側用人、御用商人と結託して藩政を我物としている者 「加賀騒動」 安部龍太郎　江戸三百年を読む 下-傑作時代小説 幕末風雲編　角川学芸出版(角川文庫) 2009年9月

大槻 伝蔵　おおつき・でんぞう
加賀藩主前田吉徳の寵臣 「影は窈窕」 戸部新十郎　人物日本の歴史 江戸編〈下〉-時代小説版　小学館(小学館文庫) 2004年7月

大月の小六　おおつきのころく
天下人秀吉の大軍に包囲された小田原城に二人組で潜入した乱破 「外郎と夏の花」 早乙女貢　代表作時代小説　平成十二年度　光風社出版　2000年5月

大友 宗麟　おおとも・そうりん
戦国武将、豊後の大名大友義鑑の嫡男 「大友二階崩れ-大友宗麟」 早乙女貢　戦国武将国盗り物語-時代小説傑作選七　新人物往来社　2008年3月

大友皇子　おおとものおうじ
天智帝の息子 「薬玉」 杉本苑子　剣の意地 恋の夢-時代小説傑作選　講談社(講談社文庫) 2000年9月

大友皇子　おおとものみこ
皇太子「左大臣の疑惑」黒岩重吾　人物日本の歴史　古代中世編-時代小説版　小学館（小学館文庫）2004年1月

大友 到明　おおとも・むねあき
戦国武将、九州豊後の領主大友義鑑（宗玄）の三男「ピント日本見聞記」杉本苑子　九州戦国志-傑作時代小説　PHP研究所（PHP文庫）2008年12月

大友 義鑑　おおとも・よしあき
戦国武将、豊後の大名で宗麟の父「大友二階崩れ-大友宗麟」早乙女貢　戦国武将国盗り物語-時代小説傑作選七　新人物往来社　2008年3月

大友 義鑑（宗玄）　おおとも・よしあき（そうげん）
戦国武将、九州豊後の領主「ピント日本見聞記」杉本苑子　九州戦国志-傑作時代小説　PHP研究所（PHP文庫）2008年12月

大友 義鎮（大友 宗麟）　おおとも・よししげ（おおとも・そうりん）
戦国武将、豊後の大名大友義鑑の嫡男「大友二階崩れ-大友宗麟」早乙女貢　戦国武将国盗り物語-時代小説傑作選七　新人物往来社　2008年3月

大友 義晴（七郎義晴）　おおとも・よしはる（しちろうよしはる）
戦国武将、九州豊後の領主大友義鑑（宗玄）の嫡男でのちの宗麟「ピント日本見聞記」杉本苑子　九州戦国志-傑作時代小説　PHP研究所（PHP文庫）2008年12月

大鳥 圭介　おおとり・けいすけ
江戸開城に反対して総野に転戦する旧幕府軍の総督、元歩兵奉行「遥かなる慕情」早乙女貢　地獄の無明剣-時代小説傑作選　講談社（講談社文庫）2004年9月

大鳥 圭介　おおとり・けいすけ
用兵家、江戸を脱走して鴻ノ台へ屯集した大隊の総督「生命の灯」山手樹一郎　変事異聞-時代小説アンソロジー5　小学館（小学館文庫）2007年7月

大鳥 修理之介　おおとり・しゅりのすけ
盗賊の首領更級姫の山塞にやって来た武士の若者「邪恋妖姫伝」伊奈京介　怪奇・伝奇時代小説選集8　百物語　春陽堂書店（春陽文庫）2000年5月

大鳳 金道　おおとりの・かねみち
日本洛陽絵師、或る日粟田口慈済堂横の家に来た山法師から変な絵の揮毫を頼まれた男「不動殺生変」潮山長三　怪奇・伝奇時代小説選集5　北斎と幽霊　春陽堂書店（春陽文庫）2000年2月

大鳥屋勘七　おおとりやかんしち
品川宿のはずれに店を持つ泉州陶器藩御用の薬種屋「廃藩奇話」堀和久　大江戸殿様列伝-傑作時代小説　双葉社（双葉文庫）2006年7月

大西 十兵衛　おおにし・じゅうべえ
戦国武将、山陰の尼子家の荒武者「月山落城」羽山信樹　地獄の無明剣-時代小説傑作選　講談社（講談社文庫）2004年9月

おおに

大西 平三郎　おおにし・へいざぶろう
福岡藩の家禄の低い士族の三男、武術師範上村家への婿入りの婚礼の夜に失踪した男「妖しい月」白石一郎　闇の旋風-問題小説傑作選5 捕物帖篇　徳間書店(徳間文庫) 2000年1月

大沼 市兵衛　おおぬま・いちべえ
伊豆諸島の新島で代々船大工をしている家の長男で代々飛騨の流人次八の墓守をしている男「臥龍桜の里」小山啓子　武士道日暦-新鷹会・傑作時代小説選　光文社(光文社文庫) 2007年6月

大野木 源右衛門　おおのぎ・げんえもん
松本藩の徒士屋敷に住む下級藩士、虎徹の剣を持つ男「三番勝負片車」隆慶一郎　剣の道忍の掟-信州歴史時代小説傑作集第三巻　しなのき書房　2007年6月

大野 九郎兵衛　おおの・くろうびょうえ
元赤穂藩末席家老「南天」東郷隆　異色忠臣蔵大傑作集　講談社(講談社文庫) 2002年12月

大野 九郎兵衛　おおの・くろべえ
元赤穂藩の城代家老「噂のぬし」新井英生　大江戸の歳月-新鷹会・傑作時代小説選　光文社(光文社文庫) 2003年6月

大野 九郎兵衛　おおの・くろべえ
播州赤穂藩家老「柳沢殿の内意」南條範夫　江戸三百年を読む 上-傑作時代小説 江戸騒乱編　角川学芸出版(角川文庫) 2009年9月

大野 治長　おおの・はるなが
戦国武将、豊臣家の家老「軍師二人」司馬遼太郎　武将列伝-信州歴史時代小説傑作集第一巻　しなのき書房　2007年4月;軍師の死にざま-短篇小説集　作品社　2006年10月

大橋 新左衛門　おおはし・しんざえもん
武州深谷宿で公事宿をひらいていた公事師で新陰流の剣の遣い手だった男「公事宿新左」津本陽　花ごよみ夢一夜-新選代表作時代小説24　光風社出版(光風社文庫) 2001年11月

大橋 万作　おおはし・まんさく
武州深谷宿で公事宿をひらいていた大橋新左衛門の兄、新左衛門とおなじ新陰流の剣の遣い手「公事宿新左」津本陽　花ごよみ夢一夜-新選代表作時代小説24　光風社出版(光風社文庫) 2001年11月

大場 兵六　おおば・へいろく
両国やげん堀の喜助長屋に住む浪人、南町奉行遠山金四郎を助けて動いている男「紅恋の鬼女」小島健三　石川五右衛門の生立-捕物時代小説選集3　春陽堂書店(春陽文庫) 2006年4月

大原 右之助　おおはら・うのすけ
徳川吉宗に仕えたお徒士、隅田川の鐘が淵の底を探った水練の熟練者「鐘が淵」岡本綺堂　怪奇・伝奇時代小説選集15　春陽堂書店(春陽文庫) 2000年12月

大原 宗兵衛　おおはら・そうべえ＊
北国の藩の江戸留守居役、藩存続のため二百両を捻出しなければならない男　「疼痛二百両」池波正太郎　たそがれ長屋-人情時代小説傑作選　新潮社(新潮文庫) 2008年10月;万事金の世-時代小説傑作選　徳間書店(徳間文庫) 2006年4月

大番頭　おおばんとう
みかんに恋焦がれたという若旦那のために夏の真っ盛りにみかんを探し歩くことになった商家の大旦那　「千両蜜柑異聞」小松重男　万事金の世-時代小説傑作選　徳間書店(徳間文庫) 2006年4月

大比　おおひ
古志老人の向いの家の男、大酒飲みのあぶれ者　「一夜の客」杉本苑子　時代小説 読切御免第二巻　新潮社(新潮文庫) 2004年3月

大姫　おおひめ
鎌倉幕府初代将軍源頼朝と妻政子の長女　「千本桜」領家髙子　異色歴史短篇傑作大全　講談社 2003年11月

大深 虎之允　おおふか・とらのじょう
野山獄の囚人、在獄四十九年にもなる老人　「吉田松陰の恋」古川薫　人物日本の歴史 江戸編<下>-時代小説版　小学館(小学館文庫) 2004年7月

大前田栄五郎　おおまえだえいごろう
上州無宿、のち街道切っての大親分　「赤城の雁」伊藤桂一　時代小説 読切御免第二巻　新潮社(新潮文庫) 2004年3月

大政　おおまさ
清水湊・紺屋町にある剣術道場の指南役で次郎長の一の子分といわれた男　「大兵政五郎」諸田玲子　代表作時代小説 平成十三年度　光風社出版 2001年5月

大峰銀次郎(銀次郎)　おおみねぎんじろう(ぎんじろう)
材木商の大店「大峰屋」の主　「心、荒む」北山悦史　大江戸有情-書き下ろし時代小説傑作選4　大洋図書(大洋時代文庫) 2005年6月

大村 康哉　おおむら・やすや
元直参旗本の大村老人の息子、彰義隊さわぎのあと江戸を脱走したきり消息不明の男　「怪盗ハイカラ小僧」真鍋元之　蛇の眼-捕物時代小説選集2　春陽堂書店(春陽文庫) 2000年3月

大山 格之助　おおやま・かくのすけ
薩摩藩士、島津久光が京都へ派遣した誠忠組の同志　「伏見の惨劇-寺田屋事変」早乙女貢　必殺!幕末暗殺剣-時代小説傑作選三　新人物往来社 2008年3月

大和田 平助　おおわだ・へいすけ
豊島町の裏長屋に住む貧乏浪人、仙田忠兵衛とともに身売りをして薩摩屋敷の浪士隊に加わった男　「浪人まつり」山手樹一郎　素浪人横町-人情時代小説傑作選　新潮社(新潮文庫) 2009年7月

おかげ

岡 源次郎　おか・げんじろう
越前大野藩の国侍、吉原の来て遊女小ゆきに惚れた男 「吉原大門の殺人」 平岩弓枝　吉原花魁　角川書店(角川文庫) 2009年12月

岡 左内　おか・さない
戦国武者 「ばてれん兜」 神坂次郎　疾風怒涛!上杉戦記-傑作時代小説　PHP研究所(PHP文庫) 2008年3月

岡沢 義十郎　おかざわ・ぎじゅうろう*
南町奉行所の定廻り同心 「京屋の箱入娘-風車の浜吉捕物綴」 伊藤桂一　代表作時代小説 平成十四年度　光風社出版 2002年5月

岡沢 義十郎　おかざわ・ぎじゅうろう*
南町奉行所の定廻り同心 「月夜駕籠」 伊藤桂一　剣よ月下に舞え-新選代表作時代小説23　光風社出版(光風社文庫) 2001年5月

小笠原 金三郎　おがさわら・きんざぶろう
備前岡山藩主池田光政の御落胤と名乗って城下へ乗り込んだ浪人 「備前天一坊」 江見水蔭　大岡越前守-捕物時代小説選集6　春陽堂書店(春陽文庫) 2000年10月

小笠原 慶庵　おがさわら・けいあん
亡き武田信玄の御伽衆の一人だった男 「信虎の最期」 二階堂玲太　武士道歳時記-新鷹会・傑作時代小説選　光文社(光文社文庫) 2008年6月

小笠原 玄信斎長治　おがさわら・げんしんさいながはる
兵法者針谷夕雲の師、三州高天神城主小笠原長忠の弟 「針谷夕雲」 稲垣史生　人物日本剣豪伝三　学陽書房(人物文庫) 2001年5月

小笠原図書頭 長行　おがさわらずしょのかみ・ながみち
幕府老中格 「猿ケ辻風聞」 滝口康彦　幕末京都血風録-傑作時代小説　PHP研究所(PHP文庫) 2007年11月

小笠原 長秀　おがさわら・ながひで
信濃の守護職、北朝の武家方 「生命の糧」 柴田錬三郎　武将列伝-信州歴史時代小説傑作集第一巻　しなのき書房 2007年4月

お梶　おかじ
旗本車谷竜之助の未亡人、渡り折助の金八(遠山左衛門尉)に恋をした女 「隠密奉行」 小島健三　幽霊陰陽師-捕物時代小説選集5　春陽堂書店(春陽文庫) 2000年6月

お梶　おかじ
京の祇園社の境内にある茶店の女主人 「秘図」 池波正太郎　侍たちの歳月-新鷹会・傑作時代小説選　光文社(光文社文庫) 2002年6月

お梶　おかじ
松本藩士西村金太夫の妻、松代藩士依田啓七郎の家に遣られたお高の実の母 「糸車」 山本周五郎　乱世の女たち-信州歴史時代小説傑作集第五巻　しなのき書房 2007年9月

お梶　おかじ
浅草諏訪町の居酒屋「ちどり」の女将お駒の妹、馬喰町の旅籠の女中頭 「夕化粧」 杉本章子　合わせ鏡-女流時代小説傑作選　角川春樹事務所(ハルキ文庫) 2003年2月

緒方 章（洪庵）　おがた・あきら（こうあん）
浪華で指折りの医塾「思々斎塾」で学ぶ若い蘭方医、後の洪庵　「禁書売り」築山桂　撫子が斬る-女性作家捕物帳アンソロジー　光文社(光文社文庫)　2005年9月

岡田 以蔵　おかだ・いぞう
土佐の剣客、幕末の「三人斬り」の一人　「剣客物語」子母澤寛　幕末の剣鬼たち-時代小説傑作選　コスミック出版(コスミック文庫)　2009年12月

岡田 以蔵　おかだ・いぞう
土佐の剣士、"人斬り"の異名をとる刺客人　「異説猿ヶ辻の変-姉小路公知暗殺」隆慶一郎　必殺!幕末暗殺剣-時代小説傑作選三　新人物往来社　2008年3月

岡田 以蔵　おかだ・いぞう
土佐藩士、幕末の京都で「人斬り以蔵」と名を知られた刺客　「無明の剣」津本陽　愛染夢灯籠-時代小説傑作選　講談社(講談社文庫)　2005年9月

尾形 光琳　おがた・こうりん
京の陶工尾形乾山の亡き兄で絵師として名声が高かった男　「乾山晩愁」葉室麟　代表作時代小説 平成十八年度　光文社　2006年6月

緒方 重三郎　おがた・じゅうざぶろう
浪人、生玉村の人足の取締り浅右衛門の用心棒　「苦界野ざらし仙次」高橋義夫　時代小説 読切御免第三巻　新潮社(新潮文庫)　2005年12月

尾形 深省（乾山）　おがた・しんせい（けんざん）
京の陶工、兄で絵師の尾形光琳亡き後義姉たちの後見役になっている男　「乾山晩愁」葉室麟　代表作時代小説 平成十八年度　光文社　2006年6月

岡田 忠蔵　おかだ・ちゅうぞう
上州厩橋十五万石酒井家の中小姓兼役奉書目付、のち江戸留守居役　「九思の剣」池宮彰一郎　武士道-時代小説アンソロジー3　小学館(小学館文庫)　2007年3月

岡田 仁兵衛　おかだ・にへえ*
京都東町奉行所同心　「夜の橋」澤田ふじ子　情けがからむ朱房の十手-傑作時代小説　PHP研究所(PHP文庫)　2009年1月

お勝　おかつ
元紀州田辺城主杉若越後守の未亡人、京都粟田口に住む老女　「粟田口の狂女」滝口康彦　剣が哭く夜に哭く-新選代表作時代小説20　光風社出版　2000年1月

お勝　おかつ
深川吉永町の丸源長屋の住人、松吉の女房　「謀りごと」宮部みゆき　時代小説-読切御免第一巻　新潮社(新潮文庫)　2004年3月

岡っ引き　おかっぴき
年に一度神無月の夜に押し込みを働く男を追う岡っ引　「神無月」宮部みゆき　親不孝長屋-人情時代小説傑作選　新潮社(新潮文庫)　2007年7月;江戸夢あかり-市井・人情小説傑作選　学習研究社(学研M文庫)　2003年7月

おかど

多門 伝八郎　おかど・でんぱちろう
江戸城松の廊下にて赤穂藩主浅野内匠頭の刃傷沙汰があった際の当番御目付　「男は多門伝八郎」　中村彰彦　武士の本懐-武士道小説傑作選　KKベストセラーズ（ベスト時代文庫）　2004年6月

おかな
深川の干鰯問屋「蝦夷屋」の女中、訳ありの子供を預かる鎮五郎夫婦に育てられた娘　「堀留の家」　宇江佐真理　しぐれ舟-時代小説招待席　広済堂出版　2003年9月

おかね
暗殺された新政府参議広沢真臣の愛妾　「天衣無縫」　山田風太郎　逆転 時代アンソロジー　祥伝社（祥伝社文庫）　2000年5月

おかね
岡っ引吉次の手下清六の母親　「暫く、暫く、暫く」　佐藤雅美　時代小説 読切御免第四巻　新潮社（新潮文庫）　2005年12月

おかね
浅草田原町の田楽長屋に住む料理人の徳兵衛の倅新助の女房　「寿ぎ花弔い花」　飯野笙子　大江戸有情-書き下ろし時代小説傑作選4　大洋図書（大洋時代文庫）　2005年6月

おかね
白い牝猫お千代を飼っている大工の松五郎の女房、姦通をし遠島になった女　「お千代」　池波正太郎　世話焼き長屋-人情時代小説傑作選　新潮社（新潮文庫）　2008年2月

お兼ちゃん　おかねちゃん
洲崎堤で縊り殺されていた浅草町内の数珠屋の娘　「異妖編」　岡本綺堂　怪奇・伝奇時代小説選集4 怪異黒姫おろし　春陽堂書店（春陽文庫）　2000年1月

岡野 左内　おかの・さない
戦国武将、上杉家の食客で宇都宮の蒲生家の家来　「くノ一紅騎兵」　山田風太郎　軍師の死にざま-短篇小説集　作品社　2006年10月

岡浜 松次郎　おかはま・まつじろう
岡山藩池田家の剣術指南役を勤める白井亨の道場の門弟　「天真嚇機・剣尖より火輪を発す」　千野隆司　斬刃-時代小説傑作選　コスミック出版（コスミック時代文庫）　2005年5月

岡 平内　おか・へいない
備前の宇喜多家の老臣、備中成羽の土豪三村親成の嫡男清十郎の旧知の友　「人斬り水野」　火坂雅志　斬刃-時代小説傑作選　コスミック出版（コスミック時代文庫）　2005年5月

岡部丹波守　おかべたんばのかみ
徳川方に包囲された高天神城に籠城する駿河衆の城代　「城から帰せ」　岩井三四二　代表作時代小説 平成十八年度　光文社　2006年6月

万歳爺　おかみ
明の第十一代皇帝　「黒竜潭異聞」　田中芳樹　代表作時代小説 平成十二年度　光風社出版　2000年5月

岡見 善助　おかみ・ぜんすけ
三河国刈谷藩の下級の藩士、勘定方の下役の下役で風采の上がらない男 「犬曳き侍」
伊藤桂一　動物-極め付き時代小説選3　中央公論新社(中公文庫)　2004年11月

お亀　おかめ
五代目市川団十郎の女房で無類の好き者の愚女 「反古庵と女たち」杉本苑子　江戸の
爆笑力-時代小説傑作選　集英社(集英社文庫)　2004年12月

お亀　おかめ
江戸へ帰る万助が熱田の築出しに一軒できた遊び茶屋で泊り客になってやった女郎 「熱
田狐」梅本育子　星明かり夢街道-新選代表作時代小説21　光風社出版　2000年5月

岡本 岡太　おかもと・おかた
藩の中老家の庶子である志乃が三度目になる嫁入りをする下士の柔術師範の男 「蟹」
乙川優三郎　代表作時代小説 平成十二年度　光風社出版　2000年5月

岡本 次郎左衛門　おかもと・じろうざえもん
元赤穂浅野家大坂留守居役、御家断絶後は大石内蔵助の使いとして江戸山科間を往復
していたが旗本向井家の用人となった男 「大坂留守居役岡本次郎左衛門」井上ひさし
犬道楽江戸草紙-時代小説傑作選　徳間書店(徳間文庫)　2005年8月

岡本 武右衛門　おかもと・ぶえもん
元岡山池田家の家臣で弟の敵を追う渡部数馬の親類縁者、荒木又右衛門の門弟 「胡蝶
の舞い-伊賀鍵屋の辻の決闘」黒部亨　士道無惨!仇討ち始末-時代小説傑作選四　新人
物往来社　2008年3月

岡本 平右衛門　おかもと・へいえもん
御徒目付 「絵島・生島」松本清張　江戸三百年を読む 上-傑作時代小説 江戸騒乱編
角川学芸出版(角川文庫)　2009年9月

岡安 十左衛門　おかやす・じゅうざえもん
大の犬好きだった岡安家の家族、隠居の身 「岡安家の犬」藤沢周平　時代小説 読切御
免第四巻　新潮社(新潮文庫)　2005年12月

岡安 甚之丞　おかやす・じんのじょう
大の犬好きだった岡安家の当主、近習組に出仕する武士 「岡安家の犬」藤沢周平　時
代小説 読切御免第四巻　新潮社(新潮文庫)　2005年12月

おかよ
豆腐屋の働き者の娘おこうの我儘で手前勝手な弟妹たちの末の妹 「邪魔つけ」平岩弓
枝　親不幸長屋-人情時代小説傑作選　新潮社(新潮文庫)　2007年7月

お加代　おかよ
京の西賀茂の奥にある正三位侍従舟橋家の領地で禁裏へ氷を献上している氷室村の村
娘 「夜の蜩」澤田ふじ子　逆転 時代アンソロジー　祥伝社(祥伝社文庫)　2000年5月

お加代　おかよ
上松の居酒屋「佐倉屋」の酌婦、もとは武家の娘 「無礼討ち始末」杉本苑子　侍の肖像-
信州歴史時代小説傑作集第二巻　しなのき書房　2007年5月

お軽　おかる
大石内蔵助の隠宅の妾奉公人、京都島原の遊女　「山科西野山村」　千野隆司　異色忠臣蔵大傑作集　講談社（講談社文庫）　2002年12月

岡 和三郎　おか・わさぶろう
野山藩の部屋住みの若侍、刺客として江戸へ遣わされた男　「消えた黄昏」　高橋三千綱　散りぬる桜－時代小説招待席　広済堂出版　2004年2月

小川 瀬兵衛　おがわ・せべえ ＊
尾張藩御納戸御金方　「ちょんまげ伝記」　神坂次郎　剣の意地 恋の夢－時代小説傑作選　講談社（講談社文庫）　2000年9月

おきく
深川七場所の遊所のひとつ大新地の芸者　「手燭の明り」　梅本育子　鎮守の森に鬼が棲む－時代小説傑作選　講談社（講談社文庫）　2001年9月

おきく
中村座の座元勘三郎十一代目の女房　「影かくし」　皆川博子　鎮守の森に鬼が棲む－時代小説傑作選　講談社（講談社文庫）　2001年9月

おきく
日本橋和泉町の老舗の下駄屋「平野屋」の娘　「麝香下駄」　土師清二　幽霊陰陽師－捕物時代小説選集5　春陽堂書店（春陽文庫）　2000年6月

おきく
旅の年増女　「一会の雪」　佐江衆一　剣の意地 恋の夢－時代小説傑作選　講談社（講談社文庫）　2000年9月

お菊　おきく
火附盗賊改め方青山主膳の家の婢　「日本三大怪談集」　田中貢太郎　怪奇・怪談時代小説傑作選　徳間書店（徳間文庫）　2004年9月

お菊　おきく
好い後妻をもらうために女房を殺す残忍な百姓の与右衛門が六人目に迎えた女房が生んだ女の子　「累物語」　田中貢太郎　怪奇・伝奇時代小説選集14 累物語　春陽堂書店（春陽文庫）　2000年11月

お菊　おきく
新選組局長芹沢鴨の情婦で芹沢とともに暗殺されたお梅の妹　「総司が見た」　南原幹雄　偉人八傑推理帖－名探偵時代小説　双葉社（双葉文庫）　2004年7月

お菊　おきく
日本橋横町の小間物屋「菊村」の娘　「石灯篭（半七捕物帳）」　岡本綺堂　傑作捕物ワールド第1巻 岡っ引き篇　リブリオ出版　2002年10月

お菊　おきく
俳人小林一茶の女房、信州野尻の本百姓の娘　「蚤さわぐ」　杉本苑子　人情草紙－信州歴史時代小説傑作集第四巻　しなのき書房　2007年7月

お菊　おきく
番町に屋敷を持つ旗本の青山播磨に仕えている腰元で家宝の皿を割って手討ちにされた娘　「番町皿屋敷」　岡本綺堂　怪奇・伝奇時代小説選集13 四谷怪談　春陽堂書店（春陽文庫）2000年10月

お菊　おきく
番町の青山主膳の家の婢で秘蔵の皿を割って主人夫婦に折檻され井戸へ身を投げた美しい娘　「皿屋敷」　田中貢太郎　怪奇・伝奇時代小説選集13 四谷怪談　春陽堂書店（春陽文庫）2000年10月

おきく（菊女）　おきく（きくじょ）
浅井家に父親の代から仕えてきて落城を迎えた大阪城の淀どのの奥に仕える女中　「菊女覚え書」　大原富枝　歴史小説の世紀-天の巻　新潮社（新潮文庫）2000年9月

お菊ばあさん　おきくばあさん
五代目市川団十郎の祖母で口やかましい猛女　「反古庵と女たち」　杉本苑子　江戸の爆笑力-時代小説傑作選　集英社（集英社文庫）2004年12月

おきた
隈本城下の京町にある旅館「伊吹屋」の女中　「よじょう」　山本周五郎　「宮本武蔵」短編傑作選　角川書店（角川文庫）2003年1月；七人の武蔵　角川書店（角川文庫）2002年10月

沖田 総司　おきた・そうじ
新撰組組士、剣の天才と謳われた男　「沖田総司 青狼の剣」　多勢尚一郎　新選組伝奇　勉誠出版　2004年1月

沖田 総司　おきた・そうじ
新撰組副長助勤　「暗殺街」　村尾慎吾　新選組伝奇　勉誠出版　2004年1月

沖田 総司　おきた・そうじ
新選組一番隊組長　「千鳥」　森満喜子　新選組アンソロジー上巻-その虚と実に迫る　舞字社　2004年2月

沖田 総司　おきた・そうじ
新選組一番隊組長　「総司の眸」　羽山信樹　誠の旗がゆく-新選組傑作選　集英社（集英社文庫）2003年12月

沖田 総司　おきた・そうじ
新選組隊士　「沖田総司の恋-「新選組血風録」より」　司馬遼太郎　恋模様-極め付き時代小説選2　中央公論新社（中公文庫）2004年10月

沖田 総司　おきた・そうじ
新選組隊士　「私設・沖田総司」　三好徹　新選組烈士伝　角川書店（角川文庫）2003年10月

沖田 総司　おきた・そうじ
新選組隊士　「切腹-八木為三郎翁遺談」　戸川幸夫　剣よ月下に舞え-新選代表作時代小説23　光風社出版（光風社文庫）2001年5月

おきた

沖田 総司　おきた・そうじ
新選組隊士　「総司が見た」　南原幹雄　偉人八傑推理帖-名探偵時代小説　双葉社(双葉文庫)　2004年7月

沖田 総司　おきた・そうじ
新選組隊士、近藤一派の天才剣士　「京の夢」　戸部新十郎　花と剣と侍-新鷹会・傑作時代小説選　光文社(光文社文庫)　2009年6月

沖田 総司　おきた・そうじ
新選組副長助勤　「虎徹」　司馬遼太郎　江戸三百年を読む 下-傑作時代小説 幕末風雲編　角川学芸出版(角川文庫)　2009年9月

沖田 総司　おきた・そうじ
新選組副長助勤　「甲州鎮撫隊」　国枝史郎　新選組興亡録　角川書店(角川文庫)　2008年9月

沖田 総司　おきた・そうじ
新選組副長助勤　「宵々山の斬り込み-池田屋の変」　徳永真一郎　必殺!幕末暗殺剣-時代小説傑作選三　新人物往来社　2008年3月

沖田 総司　おきた・そうじ
新選組副長助勤　「祇園石段下の決闘」　津本陽　新選組アンソロジー下巻-その虚と実に迫る　舞字社　2004年2月

沖田 総司　おきた・そうじ
理心流近藤道場師範代、のち新選組副長助勤　「理心流異聞」　司馬遼太郎　新選組興亡録　角川書店(角川文庫)　2008年9月

おきち
深川黒江町の料理屋「伊豆政」の年増の仲居　「恋あやめ」　梅本育子　春宵 濡れ髪しぐれ-時代小説傑作選　講談社(講談社文庫)　2003年9月

お吉　おきち
清元喜代文の代稽古もしている女目明し　「舞台に飛ぶ兇刃」　瀬戸口寅雄　艶美白孔雀-捕物時代小説選集7　春陽堂書店(春陽文庫)　2000年11月

お吉　おきち
南茅場町の表具師「但馬屋」の内儀、尼浄円が産んだ子をひきとった女　「二人の母」　杉本苑子　鍔鳴り疾風剣-新選代表作時代小説22　光風社出版(光風社文庫)　2000年11月

沖津　おきつ
猟師の源内の別れた女房、もとは武家の出の女　「無礼討ち始末」　杉本苑子　侍の肖像-信州歴史時代小説傑作集第二巻　しなのき書房　2007年5月

翁　おきな
書生の喬生の隣の家に住む補鍋匠(鍋釜などの鋳かけをする職人)の翁　「牡丹燈記」　岡本綺堂　怪奇・伝奇時代小説選集9 怪談牡丹燈籠　春陽堂書店(春陽文庫)　2000年6月

おきぬ
新潟のダッポン小路という色里の若い女郎　「絹の女」　早乙女貢　剣が哭く夜に哭く-新選代表作時代小説20　光風社出版　2000年1月

おきぬ
池ノ端仲町の問屋「日野屋」の主人久次郎の女房 「江戸怪盗記」 池波正太郎 情けがからむ朱房の十手-傑作時代小説 PHP研究所(PHP文庫) 2009年1月；江戸の鈍感力-時代小説傑作選 集英社(集英社文庫) 2007年12月

おきぬ
湯島天神境内にある料理茶屋「小松屋」の女中 「いぶし銀の雪」 佐江衆一 江戸夢あかり-市井・人情小説傑作選 学習研究社(学研M文庫) 2003年7月

お絹　おきぬ
火のついた七夕かざりを振り回し日本橋呉服町の太物商「伊勢屋」を全焼させた娘 「七夕火事一件始末」 今川徳三 艶美白孔雀-捕物時代小説選集7 春陽堂書店(春陽文庫) 2000年11月

お絹　おきぬ
麹町のおうちに住むお琴や行儀作法のお師匠様の家に住むお弟子 「異説・慶安事件」 多岐川恭 大岡越前守-捕物時代小説選集6 春陽堂書店(春陽文庫) 2000年10月

お絹　おきぬ
地方から深川にやってきたすっ転びお絹と呼ばれる巾着切り 「因果堀」 宇江佐真理 江戸の秘恋-時代小説傑作選 徳間書店(徳間文庫) 2004年10月

お絹　おきぬ
日本橋の薬種問屋「紀の国屋」の若隠居角太郎の隣人、旗本の妾で美貌の毒殺犯 「夜嵐お絹の毒」 戸川昌子 合わせ鏡-女流時代小説傑作選 角川春樹事務所(ハルキ文庫) 2003年2月

荻生 徂徠　おぎゅう・そらい
江戸町奉行大岡越前守忠相を頓智の奉行と評した大学者 「妾宅奉行」 物上敬 艶美白孔雀-捕物時代小説選集7 春陽堂書店(春陽文庫) 2000年11月

おきよ
顔に大きな痣のある家に籠もりがちで黄表紙を読むのが好きな娘 「八百屋お七異聞」 島村洋子 浮き世草紙-女流時代小説傑作選 角川春樹事務所(ハルキ文庫) 2002年10月

おきよ
紀州藩お弓御用役和佐大八郎の妻 「和佐大八郎の妻」 大路和子 紅葉谷から剣鬼が来る-時代小説傑作選 講談社(講談社文庫) 2002年9月

おきよ
主家のために隠密な旅をしている女 「恋文道中」 村上元三 紅葉谷から剣鬼が来る-時代小説傑作選 講談社(講談社文庫) 2002年9月

おきよ
美濃国郡上八幡の領主金森出雲守家中の若侍富高与一郎が両国に遊びにいって会った夜鷹の女 「蓆」 松本清張 侍の肖像-信州歴史時代小説傑作集第二巻 しなのき書房 2007年5月

おきょ

お喜代　おきよ
火事で全焼した瓦町の油屋「河内屋」の生き残りの一人娘　「落ちた玉いくつウ」佐藤雅美　江戸浮世風-人情捕物帳傑作選　学習研究社(学研M文庫) 2004年8月

お清　おきよ
常陸の目吹生まれの百姓の子、浅草茅町の小間物問屋の内儀と密会を重ねる大工の伊太郎の女房　「不忍池暮色」池波正太郎　江戸の秘恋-時代小説傑作選　徳間書店(徳間文庫) 2004年10月

お清　おきよ
浅草田原町の田楽長屋に住む料理人の老人の死にからむ謎を追う手習い師匠の下女の娘　「寿ぎ花弔い花」飯野笙子　大江戸有情-書き下ろし時代小説傑作選4　大洋図書(大洋時代文庫) 2005年6月

お聖　おきよ
対馬藩主寵愛の側室の一人、下級藩士日高市五郎の嫁となるはずだった女　「海峡の使者」白石一郎　花ごよみ夢一夜-新選代表作時代小説24　光風社出版(光風社文庫) 2001年11月

お清　おきよ*
通町のろうそく問屋「柏屋」の女主人で先代の一人娘　「迷い鳩(霊験お初捕物控)」宮部みゆき　傑作捕物ワールド第4巻 女の情念篇　リブリオ出版　2002年10月

お京　おきょう
向島の料理屋「笹屋」の娘　「ちっちゃなかみさん」平岩弓枝　感涙-人情時代小説傑作選　KKベストセラーズ(ベスト時代文庫) 2004年11月;歴史小説の世紀-地の巻　新潮社(新潮文庫) 2000年9月

お京　おきょう
大坂新町遊郭で女郎奉公をしている女　「熊野無情」大路和子　剣よ月下に舞え-新選代表作時代小説23　光風社出版(光風社文庫) 2001年5月

お京　おきょう
日本橋の橋づめにさらし者になった女で吉原の遊女屋に下げ渡された女郎　「宙を彷徨う魂」玉木重信　怪奇・伝奇時代小説選集12 血塗りの呪法　春陽堂書店(春陽文庫) 2000年9月

お京　おきょう
藩のお家騒動の連判状を飯田の殿様に届ける役目を負った武家娘　「伝奇狒々族呪縛」水沢雪夫　怪奇・伝奇時代小説選集11 妖艶の谷　春陽堂書店(春陽文庫) 2000年8月

お京　おきょう
老渡世人の吉兵衛の娘、洗馬宿の砥石問屋の嫁　「狂女が唄う信州路」笹沢左保　人情草紙-信州歴史時代小説傑作集第四巻　しなのき書房　2007年7月;約束-極め付き時代小説選1　中央公論新社(中公文庫) 2004年9月

おきわ
市村座の木戸芸者三次の独り娘で父親の仕事を恥ずかしがって相手にしなくなった娘　「木戸前のあの子」竹田真砂子　春宵 濡れ髪しぐれ-時代小説傑作選　講談社(講談社文庫) 2003年9月

お喜和　おきわ
人形屋安次郎が自分の女房になる女だと思い定めた町娘　「あやつり組由来記」　南條範夫　江戸の商人力-時代小説傑作選　集英社(集英社文庫)　2006年12月

お喜和　おきわ
老尼妙海の娘、浅草馬道の料亭の仲居　「じじばばの記」　杉本苑子　江戸の老人力-時代小説傑作選　集英社(集英社文庫)　2002年12月

おキン
根津権現の大鳥居の真向かいで生菓子を商う三崎屋の隠居で有名な因業婆さん　「三本指の男」　久世光彦　情けがからむ朱房の十手-傑作時代小説　PHP研究所(PHP文庫)　2009年1月

おぎん
長崎の浦上の山里村居つきの農夫孫七の養女で養父母と三人天主のおん教を奉じて牢に投げこまれた童女　「おぎん」　芥川龍之介　怪奇・伝奇時代小説選集4 怪異黒姫おろし　春陽堂書店(春陽文庫)　2000年1月

お銀　おぎん
煙草問屋「甲州屋」の美人内儀、狂歌師平秩東作の娘　「平秩東作」　井上ひさし　江戸夢日和-市井・人情小説傑作選二　学習研究社(学研M文庫)　2004年1月

お銀　おぎん
江戸南町奉行所入り口の腰掛茶屋の手伝いをする娘　「二人半兵衛」　大栗丹後　大岡越前守-捕物時代小説選集6　春陽堂書店(春陽文庫)　2000年10月

お銀(海つばめのお銀)　おぎん(うみつばめのおぎん)
江戸城松の廊下の刃傷沙汰の赤穂飛脚となった早水藤左衛門と萱野三平を追う兇賊一団の女　「赤穂飛脚」　山田風太郎　江戸の漫遊力-時代小説傑作選　集英社(集英社文庫)　2008年12月

小串　清兵衛　おぐし・せいべえ
樋口家十七世樋口又七郎定次の従兄弟、神道流の遣い手　「樋口一族」　井口朝生　人物日本剣豪伝三　学陽書房(人物文庫)　2001年5月

小串　波三郎　おぐし・なみさぶろう*
一万石の大名堀家の網奉行配下の若い武士　「黒船懐胎」　山岡荘八　江戸の爆笑力-時代小説傑作選　集英社(集英社文庫)　2004年12月

奥平　九八郎貞昌　おくだいら・くはちろうさだまさ*
豪族・山家三方衆の作手亀山城主奥平美作守貞能の嫡男　「おふうの賭」　山岡荘八　戦国女人十一話　作品社　2005年11月

奥平　源蔵　おくだいら・げんぞう
宇都宮藩主奥平氏の連枝で改易処分を受けた奥平内蔵允一族の武士兵藤外記の母方の親戚　「ほたる合戦-浄瑠璃坂の仇討ち」　高橋義夫　士道無惨!仇討ち始末-時代小説傑作選四　新人物往来社　2008年3月

おくだ

奥平 源八　おくだいら・げんぱち
宇都宮藩主奥平氏の連枝で改易処分を受けた宿老奥平内蔵允の息子 「ほたる合戦-浄瑠璃坂の仇討ち」 高橋義夫　士道無惨!仇討ち始末-時代小説傑作選四　新人物往来社　2008年3月

奥平 貞昌　おくだいら・さだまさ
戦国武将、武田勝頼の攻撃に落城寸前に追い込まれた長篠城の城主 「鳥居強右衛門」 池波正太郎　小説「武士道」-時代小説短編傑作選　三笠書房(知的生きかた文庫)　2008年11月

奥平 貞能　おくだいら・さだよし
戦国武将、鳥居強右衛門の主人で徳川家康にしたがっている将 「炎の武士」 池波正太郎　決戦 川中島-傑作時代小説　PHP研究所(PHP文庫)　2007年3月

奥平 主馬　おくだいら・しゅめ
宇都宮藩主奥平氏の筆頭家老奥平隼人の弟 「ほたる合戦-浄瑠璃坂の仇討ち」 高橋義夫　士道無惨!仇討ち始末-時代小説傑作選四　新人物往来社　2008年3月

奥平 信昌　おくだいら・のぶまさ
戦国武将、徳川家康にしたがっている奥平貞能の長男 「炎の武士」 池波正太郎　決戦 川中島-傑作時代小説　PHP研究所(PHP文庫)　2007年3月

奥平 隼人　おくだいら・はやと
宇都宮藩主奥平氏の筆頭家老 「ほたる合戦-浄瑠璃坂の仇討ち」 高橋義夫　士道無惨!仇討ち始末-時代小説傑作選四　新人物往来社　2008年3月

奥田 主馬　おくだ・しゅめ
尾張徳川家の重臣、本寿院と四代藩主吉通母子の寵を得て出世した男 「臍あわせ太平記」 神坂次郎　愛染夢灯籠-時代小説傑作選　講談社(講談社文庫)　2005年9月

奥田 頼母　おくだ・たのも
尾張藩主徳川吉通の寵臣 「ちょんまげ伝記」 神坂次郎　剣の意地 恋の夢-時代小説傑作選　講談社(講談社文庫)　2000年9月

奥津 龍之介　おくつ・りゅうのすけ
旗本の二男でいま業平と評判の高い美しい若殿 「蛇性の淫」 小島健三　怪奇・伝奇時代小説選集14 累物語　春陽堂書店(春陽文庫)　2000年11月

お国　おくに
牛込に屋敷をかまえる武芸者飯島平左ェ門の後妻に入った妾 「人形劇 牡丹燈籠」 川尻泰司　怪奇・伝奇時代小説選集9 怪談牡丹燈籠　春陽堂書店(春陽文庫)　2000年6月

お国　おくに
牛込の旗本飯島平左衛門の愛妾 「怪談 牡丹燈籠」 大西信行　怪奇・伝奇時代小説選集9 怪談牡丹燈籠　春陽堂書店(春陽文庫)　2000年6月

お国　おくに
江戸四谷忍町の質屋「近江屋」の女中 「鼠」 岡本綺堂　人情草紙-信州歴史時代小説傑作集第四巻　しなのき書房　2007年7月;動物-極め付き時代小説選3　中央公論新社(中公文庫)　2004年11月

おくめ

おくま
江戸で噂の巾着切り・八百蔵吉五郎に惚れて付き纏う両国の水茶屋の女 「八百蔵吉五郎」 長谷川伸 釘抜藤吉捕物覚書-捕物時代小説選集4 春陽堂書店(春陽文庫) 2000年5月

おくま
深川の木戸番笑兵衛の女房お捨の財布を掏ろうとした女、名うての巾着切りだった老婆 「名人かたぎ」 北原亞以子 江戸宵闇しぐれ-人情捕物帳傑作選二 学習研究社(学研M文庫) 2005年3月

お熊　おくま
旗本深谷家の中働きの阿婆擦れ女 「怪談累ヶ淵」 柴田錬三郎 怪奇・伝奇時代小説選集10 怪談累ヶ淵 春陽堂書店(春陽文庫) 2000年7月

奥 政景　おく・まさかげ
織田家の侍大将、元八尾城主小倉家の遺臣 「蘭丸、叛く」 宮本昌孝 本能寺・男たちの決断-傑作時代小説 PHP研究所(PHP文庫) 2007年2月;時代小説 読切御免第三巻 新潮社(新潮文庫) 2005年12月

おくみ
神田お玉が池稲荷近くの飯屋「初音」で働く娘 「さんま焼く」 平岩弓枝 江戸宵闇しぐれ-人情捕物帳傑作選二 学習研究社(学研M文庫) 2005年3月

おくみ
石川五右衛門の浜松に住む女房 「石川五右衛門」 鈴木泉三郎 幽霊陰陽師-捕物時代小説選集5 春陽堂書店(春陽文庫) 2000年6月

奥村 助十郎　おくむら・すけじゅうろう
加賀尾山城主前田利家の重臣、末森城の守将 「結解勘兵衛の感状」 戸部新十郎 大江戸の歳月-新鷹会・傑作時代小説選 光文社(光文社文庫) 2003年6月

奥村 忠右衛門　おくむら・ちゅうえもん*
播州赤穂の領主浅野内匠頭長矩の用人 「火消しの殿」 池波正太郎 大江戸殿様列伝-傑作時代小説 双葉社(双葉文庫) 2006年7月

奥村 弥五兵衛　おくむら・やごべえ
大坂の戦豊臣方の将真田幸村の家臣で間諜の指揮者 「戦国無頼」 池波正太郎 剣の道忍の掟-信州歴史時代小説傑作集第三巻 しなのき書房 2007年6月

奥村 大和(諏訪 頼豊)　おくむら・やまと(すわ・よりとよ*)
戦国武将、信濃の名族津月一族と同盟をむすんだ甲斐の武田晴信の目付で諏訪の遺臣 「寝返りの陣」 南原幹雄 侍の肖像-信州歴史時代小説傑作集第二巻 しなのき書房 2007年5月

おくめ
江戸城大奥の中﨟 「世は春じゃ」 杉本苑子 江戸の鈍感力-時代小説傑作選 集英社(集英社文庫) 2007年12月

おくめ

おくめ
長谷川町で髪結いをしている女、花房一平の母親がわりのような存在 「子を思う闇」 平岩弓枝 花と剣と侍-新鷹会・傑作時代小説選 光文社(光文社文庫) 2009年6月

お粂　おくめ
岡っ引人形佐七の恋女房 「捕物三つ巴(人形佐七捕物帳)」 横溝正史 傑作捕物ワールド第1巻 岡っ引き篇 リブリオ出版 2002年10月

奥山 交竹院　おくやま・こうちくいん
奥医師 「絵島・生島」 松本清張 江戸三百年を読む 上-傑作時代小説 江戸騒乱編 角川学芸出版(角川文庫) 2009年9月

奥山 交竹院　おくやま・こうちくいん
奥医師、六代将軍家宣の側室月光院のお気に入り 「絵島の恋」 平岩弓枝 乱世の女たち-信州歴史時代小説傑作集 しなのき書房 2007年9月;大奥華伝 角川書店(角川文庫) 2006年11月

小倉 松千代　おぐら・まつちよ
織田信長の小姓、信長の側室お鍋の方の連れ子 「蘭丸、叛く」 宮本昌孝 本能寺・男たちの決断-傑作時代小説 PHP研究所(PHP文庫) 2007年2月;時代小説 読切御免第三巻 新潮社(新潮文庫) 2005年12月

小倉屋新兵衛　おぐらやしんべえ
浅草御蔵前諏訪町の薬種問屋の主人 「首なし地蔵は語らず(地獄の辰・無残捕物控)」 笹沢左保 傑作捕物ワールド第5巻 渡世人篇 リブリオ出版 2002年10月

小栗上野介 忠順　おぐりこうずけのすけ・ただまさ
群馬の権田村烏川畔に於いて官軍によって斬殺された革新的な政治家 「普門院の和尚さん」 井伏鱒二 歴史小説の世紀-天の巻 新潮社(新潮文庫) 2000年9月

御曲輪の御前　おくるわのごぜん
沼田城主沼田顕泰の三男弥七郎朝憲の妻、上州厩橋の城主北条丹後守弥五郎の娘 「死猫」 野村敏雄 武士道歳時記-新鷹会・傑作時代小説選 光文社(光文社文庫) 2008年6月

おけい
笠井の居酒屋の酌取女 「森の石松が殺された夜」 結城昌治 大江戸犯科帖-時代推理小説名作選 双葉社(双葉文庫) 2003年10月

お恵　おけい
関流の算術家望月藤右衛門の一番弟子山口和が故郷越後に残してきた恋人 「風狂算法」 鳴海風 武士道春秋-新鷹会・傑作時代小説選 光文社(光文社文庫) 2006年6月

お恵　おけい
浪人夕月弦三郎の家の近所に住む岡っ引風呂徳の一人娘で評判のはねっ返り 「河童小僧」 寿々木多呂九平 怪奇・伝奇時代小説選集10 怪談累ケ淵 春陽堂書店(春陽文庫) 2000年7月

桶屋の鬼吉　おけやのおにきち
尾張名古屋生まれの博奕打、清水次郎長の一の乾分になった男　「桶屋の鬼吉」　村上元三　武士道歳時記-新鷹会・傑作時代小説選　光文社（光文社文庫）2008年6月

おげん
塚次と祝言した豆腐屋の娘おすぎの母親　「こんち午の日」　山本周五郎　江戸の商人力-時代小説傑作選　集英社（集英社文庫）2006年12月

お源　おげん
極楽往生組の浪人並川浪十郎の情婦　「往生組始末記」　飯田豊吉　怪奇・伝奇時代小説選集8　百物語　春陽堂書店（春陽文庫）2000年5月

お源　おげん
羅生門河岸の切店の女郎　「羅生門河岸」　都筑道夫　偉人八傑推理帖-名探偵時代小説　双葉社（双葉文庫）2004年7月

お鯉　おこい
元武士の仙次の嫂で二人で手に手をとって出奔した駆け落ち者　「苦界野ざらし仙次」　高橋義夫　時代小説　読切御免第三巻　新潮社（新潮文庫）2005年12月

お鯉　おこい
根岸肥前守鎮衛の侍女　「寒紅梅」　平岩弓枝　愛染夢灯籠-時代小説傑作選　講談社（講談社文庫）2005年9月

おこう
江戸北町奉行所の与力筆頭仙波一之進の女房　「熊娘-おこう紅絵暦」　高橋克彦　代表作時代小説　平成十五年度　光風社出版　2003年5月

おこう
女乞食　「看板」　池波正太郎　歴史小説の世紀-地の巻　新潮社（新潮文庫）2000年9月

おこう
大工町の長屋に住む担ぎの油売りの箕吉の一家と近所付き合いをしているおばさん　「梅の雨降る」　宮部みゆき　代表作時代小説　平成十二年度　光風社出版　2000年5月

おこう
日本橋の本町通りにある呉服屋「志ま屋」の末娘　「おこう」　平岩弓枝　侍たちの歳月-新鷹会・傑作時代小説選　光文社（光文社文庫）2002年6月

おこう
母親が死んでから父親と二人幼い弟妹たちのために朝は豆腐を夜は麦湯を売って働いてきた娘　「邪魔っけ」　平岩弓枝　親不幸長屋-人情時代小説傑作選　新潮社（新潮文庫）2007年7月

おこう
北町奉行所筆頭与力・仙波一之進の元芸者の妻　「猫清」　高橋克彦　大江戸猫三昧-時代小説傑作選　徳間書店（徳間文庫）2004年11月

おこう
本所元町の醤油問屋金屋伊右衛門の女房　「金太郎蕎麦」　池波正太郎　江戸の満腹力-時代小説傑作選　集英社（集英社文庫）2005年12月

おこう

お孝　おこう
祇園の料亭「深雪」に勤める女、夫は元土州藩の武士で江戸へ出奔してしまった男　「暗殺街」村尾慎吾　新選組伝奇　勉誠出版　2004年1月

お幸　おこう
家宝のような毘沙門天の木像を何度も借金の抵当にしていた貧乏人の喜平次の娘「木像を孕む女体」江本清　怪奇・伝奇時代小説選集15　春陽堂書店(春陽文庫)　2000年12月

お幸　おこう
本所清水町の裏長屋で今まさに死のうとしていた糊売りの老婆　「末期の夢」鎌田樹　花と剣と侍-新鷹会・傑作時代小説選　光文社(光文社文庫)　2009年6月

お甲　おこう
織田信長に謀叛した荒木村重の家来荒木五郎右衛門の妻で明日処刑される女　「優しい侍」東秀紀　異色歴史短篇傑作大全　講談社　2003年11月

お甲　おこう
辻占売りの少女おみつの養母　「塩むすび」笹沢左保　感涙-人情時代小説傑作選　KKベストセラーズ(ベスト時代文庫)　2004年11月

お香　おこう
旗本青江但馬の未亡人で白萩屋敷の女主人　「白萩屋敷の月」平岩弓枝　江戸色恋坂-市井情話傑作選　学習研究社(学研M文庫)　2005年8月;傑作捕物ワールド第10巻 人情捕縄篇　リブリオ出版　2002年10月

小河 十太夫　おごう・じゅうだゆう*
黒田藩江戸詰の藩士、武蔵の門人　「人形武蔵」光瀬龍　「宮本武蔵」短編傑作選　角川書店(角川文庫)　2003年1月;七人の武蔵　角川書店(角川文庫)　2002年10月

小河 久太夫　おご・きゅうだゆう*
剣客宮本武蔵の弟子、黒田藩江戸詰家士　「化猫武蔵」光瀬龍　大江戸猫三昧-時代小説傑作選　徳間書店(徳間文庫)　2004年11月;宮本武蔵伝奇-時代小説セレクション　勉誠出版　2002年12月

おこと
御先手同心田宮家の入婿伊右衛門の上長である与力伊藤喜兵衛の妾　「権八伊右衛門」多岐川恭　怪奇・伝奇時代小説選集13 四谷怪談　春陽堂書店(春陽文庫)　2000年10月

お琴　おこと
心斎橋筋木挽町にある小間物店伊勢屋長兵衛の一人娘　「道頓堀心中」阿部牧郎　代表作時代小説 平成十四年度　光風社出版　2002年5月

お琴　おこと
蘭学者高野長英の娘で新吉原の稲本楼に売られて大地震のとき焼け死んだといわれている若い女　「川は流れる」夏川今宵　江戸の刺客-書き下ろし時代小説傑作選6　大洋図書(大洋時代文庫)　2005年9月

おこと婆さん　おことばあさん
霊岸島の遠州屋の隠居で猫好きの婆さん　「猫一匹-御宿かわせみ」平岩弓枝　代表作時代小説 平成十四年度　光風社出版　2002年5月

おこん

おこな
おみつの代わりに深川芸者お文の女中になった女 「ただ遠い空」 宇江佐真理 合わせ鏡-女流時代小説傑作選 角川春樹事務所（ハルキ文庫） 2003年2月

お此　おこの
江戸四谷忍町の質屋近江屋七兵衛の女房 「鼠」 岡本綺堂 人情草紙-信州歴史時代小説傑作集第四巻 しなのき書房 2007年7月;動物-極め付き時代小説選3 中央公論新社（中公文庫） 2004年11月

おこま
傘問屋の主人新之助の幼なじみで岡場所勤めをして町内に帰って来た女 「にがい再会」 藤沢周平 剣よ月下に舞え-新選代表作時代小説23 光風社出版（光風社文庫） 2001年5月

お駒　おこま
金貸しの越後屋佐吉の家の下女、もとは角兵衛獅子をやっていた姉妹の妹 「雪の精（銭形平次捕物控）」 野村胡堂 傑作捕物ワールド第9巻 妖異怪談篇 リブリオ出版 2002年10月

お駒　おこま
小舟町の地金問屋「三河屋」の女中で首を絞って死んだ女 「三河屋騒動」 潮山長三 怪奇・伝奇時代小説選集11 妖艶の谷 春陽堂書店（春陽文庫） 2000年8月

お駒　おこま
新撰組副長土方歳三が商家で働いていた頃に恋仲になった女 「土方歳三 残夢の剣」 江崎俊平 新選組伝奇 勉誠出版 2004年1月

お駒　おこま
深川吉永町の丸源長屋の住人、芸者あがりの女 「謀りごと」 宮部みゆき 時代小説-読切御免第一巻 新潮社（新潮文庫） 2004年3月

お駒　おこま
浅草諏訪町の居酒屋「ちどり」のおかみ 「夕化粧」 杉本章子 合わせ鏡-女流時代小説傑作選 角川春樹事務所（ハルキ文庫） 2003年2月

お駒　おこま
大奥女中、湯島天神の富籤を買った女 「梅の参番」 島村洋子 夢を見にけり-時代小説招待席 広済堂出版 2004年6月

お駒　おこま
八百蔵お駒を名乗る女賊、武州松山の米問屋の養女だった女 「悔心白浪月夜」 青木憲一 幽霊陰陽師-捕物時代小説選集5 春陽堂書店（春陽文庫） 2000年6月

おころ
江戸城大奥の中臈粂村（おくめ）の婢女 「世は春じゃ」 杉本苑子 江戸の鈍感力-時代小説傑作選 集英社（集英社文庫） 2007年12月

おこん
詐欺師の女 「おちょくり屋お紺」 神坂次郎 紅葉谷から剣鬼が来る-時代小説傑作選 講談社（講談社文庫） 2002年9月

おこん

お今　おこん
薬研堀に一戸をかまえるもとは深川の小今という芸者だった女の金貸し　「恋の酒」　山手樹一郎　酔うて候-時代小説傑作選　徳間書店(徳間文庫)　2006年10月

お紺　おこん
小間物問屋の老舗「三々屋」の主人になった頭のいい娘　「恋知らず」　北原亞以子　江戸夢あかり-市井・人情小説傑作選　学習研究社(学研Ｍ文庫)　2003年7月

お紺　おこん
浄心寺に近い六間堀町にある料理屋「小菊」のおかみ　「夜ごとの夢」　伊藤桂一　愛染夢灯籠-時代小説傑作選　講談社(講談社文庫)　2005年9月

お佐枝　おさえ
四天王寺門前の饅頭屋「高麗屋」の娘、男の形で大坂四天王寺の楽人・東儀左近将監を名乗る女　「禁書売り」　築山桂　撫子が斬る-女性作家捕物帳アンソロジー　光文社(光文社文庫)　2005年9月

お冴　おさえ
元直参旗本で警視庁の邏卒となった大村老人のむすめ　「怪盗ハイカラ小僧」　真鍋元之　蛇の眼-捕物時代小説選集2　春陽堂書店(春陽文庫)　2000年3月

おさき
麹町三番町の御家人都築三之助の妻　「獄門帳」　沙羅双樹　約束-極め付き時代小説選1　中央公論新社(中公文庫)　2004年9月

尾崎 富右衛門　おざき・とみえもん
南部藩士、元々は播州姫路の城主榊原政峰の家臣で剛直の士　「かたくり献上」　柴田錬三郎　大江戸殿様列伝-傑作時代小説　双葉社(双葉文庫)　2006年7月

お貞　おさだ
松倉町の近所では仲のよい夫婦で通っていた男女二人組の盗賊　「法恩寺橋-本所見廻り同心」　稲葉稔　大江戸有情-書き下ろし時代小説傑作選4　大洋図書(大洋時代文庫)　2005年6月

お定　おさだ
一度は自分と子どもを捨てて家を出ていった旦那が気鬱の病になって京都・俵屋町の長屋に引き取った女　「女衒の供養」　澤田ふじ子　代表作時代小説　平成二十年度　光文社　2008年6月

お定　おさだ
大きな質屋の小町娘お静を捨てた旗本の若侍小谷佐伝次の新妻　「五月闇聖天呪殺」　潮山長三　怪奇・伝奇時代小説選集4　怪異黒姫おろし　春陽堂書店(春陽文庫)　2000年1月

お貞さん　おさださん
市ガ谷の合羽坂下の小間物屋の独り娘　「異妖編」　岡本綺堂　怪奇・伝奇時代小説選集4　怪異黒姫おろし　春陽堂書店(春陽文庫)　2000年1月

おさち
枕絵師清次郎の前で陰間の吉弥と絡む姿を見せた茶屋女 「泥水に泳ぐ魚」 開田あや 姦殺の剣-書下ろし時代小説傑作選3 ミリオン出版(大洋時代文庫) 2005年4月

おさつ
信州柏原村の本百姓小林弥五兵衛の女房、俳人小林一茶の継母 「蚕さわぐ」 杉本苑子 人情草紙-信州歴史時代小説傑作集第四巻 しなのき書房 2007年7月

おさと
浅草花川戸町の酒屋主人伝兵衛の三度目の女房 「岡っ引源蔵捕物帳(伝法院裏門前)」 南条範夫 捕物小説名作選一 集英社(集英社文庫) 2006年8月

おさと
本所回向院前の小間物商「紅屋」の一人娘、小僧の辰吉と乳兄妹だった女 「龍の置き土産」 高橋義夫 ふりむけば闇-時代小説招待席 広済堂出版 2003年6月

お里　おさと
深川の高橋に四代前から店を構えている米屋「小原屋」の住み込みの女中 「十六夜髑髏」 宮部みゆき 時代小説 読切御免第三巻 新潮社(新潮文庫) 2005年12月

お里　おさと
盗賊一味が中京の紅花問屋「佐渡屋」にもぐりこませた手引きの女中 「女狐の罠」 澤田ふじ子 闇の旋風-問題小説傑作選5 捕物帖篇 徳間書店(徳間文庫) 2000年1月

お実　おさね
江戸本郷のだいこん畑のかたわらにある遊女屋の美人女郎 「だいこん畑の女」 東郷隆 代表作時代小説 平成二十一年度 光文社 2009年6月

おさめの方(染子)　おさめのかた(そめこ)
お側用人柳沢出羽守吉保の側妾 「元禄おさめの方」 山田風太郎 大奥華伝 角川書店(角川文庫) 2006年11月

おさよ
江戸下谷で貧しい暮らしをしているおりょうの幼い娘 「帰り花」 北原亞以子 代表作時代小説 平成二十一年度 光文社 2009年6月

おさよ
日本橋の呉服屋の隠居・山城屋藤兵衛の妾腹の娘 「対の鉋」 佐江衆一 職人気質-時代小説アンソロジー4 小学館(小学館文庫) 2007年5月

お小夜　おさよ
薩摩の女間者 「柳生隠密記」 中村豊秀 柳生秘剣伝奇-時代小説セレクション 勉誠出版 2002年12月

お小夜　おさよ
小島藩の城下町にある紙問屋「末広屋」の若後家 「女たらし」 諸田玲子 代表作時代小説 平成二十年度 光文社 2008年6月

お小夜　おさよ
人気女形・嵐夢之丞に会いたいと小屋裏に来た不器量な町娘 「お小夜しぐれ」 栗本薫 合わせ鏡-女流時代小説傑作選 角川春樹事務所(ハルキ文庫) 2003年2月

おさよ

お小夜　おさよ
本所大徳院門前の花屋宗兵衛の娘、元深川黒江町の料理屋「伊豆政」の仲居　「恋あやめ」梅本育子　春宵 濡れ髪しぐれ-時代小説傑作選　講談社(講談社文庫)　2003年9月

お小夜(察しのお小夜)　おさよ(さっしのおさよ)
蛍小路でお上の十手を預かる御用聞きの姐さん　「三本指の男」久世光彦　情けがからむ朱房の十手-傑作時代小説　PHP研究所(PHP文庫)　2009年1月

大仏 伝七郎　おさらぎ・でんしちろう
京都の東町奉行所同心　「池田屋の虫」澤田ふじ子　撫子が斬る-女性作家捕物帳アンソロジー　光文社(光文社文庫)　2005年9月

おさらば小僧　おさらばこぞう
江戸から伊勢神宮に出張ってきた名うての掏摸　「犬の抜けまいり」佐江衆一　江戸の漫遊力-時代小説傑作選　集英社(集英社文庫)　2008年12月;犬道楽江戸草紙-時代小説傑作選　徳間書店(徳間文庫)　2005年8月

おさわ
信州上田村の大庄屋の嫁だったが角兵衛獅子の弥一と江戸に逃げてきた女　「はぐれ角兵衛獅子」小杉健治　夢を見にけり-時代小説招待席　広済堂出版　2004年6月

おさわ
新選組局長近藤勇の江戸の妾だった女　「波」北原亞以子　新選組アンソロジー下巻-その虚と実に迫る　舞字社　2004年2月

おさわ
本所吉田町を根城にしている夜鷹、深川の芸者から崩れて来た女　「夜鷹三味線」村上元三　情けがからむ朱房の十手-傑作時代小説　PHP研究所(PHP文庫)　2009年1月

お沢　おさわ
明治四年駿府の林家を出て祖父鳥居耀蔵の供をして東京に来た孫娘　「東京南町奉行」山田風太郎　傑作捕物ワールド第6巻 名奉行篇　リブリオ出版　2002年10月

小沢 幾弥　おざわ・いくや
西軍(薩長軍)と戦う奥羽列藩同盟の東北諸藩の一つ二本松藩の少年兵　「人間の情景」野村敏雄　花と剣と侍-新鷹会・傑作時代小説選　光文社(光文社文庫)　2009年6月

お沢の方　おさわのかた
肥前ノ国三十五万七千石の太守鍋島勝茂の愛妾　「鍋島騒動 血啜りの影」早乙女貢　怪奇・伝奇時代小説選集6 清姫・怨霊ばなし　春陽堂書店(春陽文庫)　2000年3月

おさん
阿波国徳島の子供たちの一団に加わってお伊勢参りに出かけた犬　「犬の抜けまいり」佐江衆一　江戸の漫遊力-時代小説傑作選　集英社(集英社文庫)　2008年12月;犬道楽江戸草紙-時代小説傑作選　徳間書店(徳間文庫)　2005年8月

おさん
紀州平尾村に住む取上げ婆、村の感応院の弟子・宝沢の育ての親　「天一坊」額田六福　大岡越前守-捕物時代小説選集6　春陽堂書店(春陽文庫)　2000年10月

おさん
経師屋喜左衛門の妻 「湯のけむり」 富田常雄 江戸の鈍感力-時代小説傑作選 集英社(集英社文庫) 2007年12月

おさん
中村座の座元勘三郎十一代目の女房おきくの妹 「影かくし」 皆川博子 鎮守の森に鬼が棲む-時代小説傑作選 講談社(講談社文庫) 2001年9月

おさん(吾妻三之丞) おさん(あずまさんのじょう)
両国にある芝居小屋「小梅座」の女役者で一座の花形 「七化けおさん」 平岩弓枝 武士道歳時記-新鷹会・傑作時代小説選 光文社(光文社文庫) 2008年6月

おさん婆さん おさんばあさん
堤燈長屋の住人、赤穂浪士武林唯七の妻 「義士饅頭」 村上元三 武士道日暦-新鷹会・傑作時代小説選 光文社(光文社文庫) 2007年6月

おしか
醜女 「残り火」 北原亞以子 万事金の世-時代小説傑作選 徳間書店(徳間文庫) 2006年4月;剣の意地 恋の夢-時代小説傑作選 講談社(講談社文庫) 2000年9月

押川 治右衛門 おしかわ・じえもん*
薩摩藩日向穆佐の郷士、伊集院家武将・源次郎忠真の暗殺を命ぜられた鉄砲の名手 「仲秋十五日」 滝口康彦 武士道-時代小説アンソロジー3 小学館(小学館文庫) 2007年3月

押切の駒太郎 おしきりのこまたろう
独りばたらきの盗賊 「鬼平犯科帳 女密偵女賊」 池波正太郎 花ごよみ夢一夜-新選代表作時代小説24 光風社出版(光風社文庫) 2001年11月

おしげ
上宿の旅籠にいる年増の飯盛女で病気持ちの女 「鬼の宿」 和巻耿介 大江戸の歳月-新鷹会・傑作時代小説選 光文社(光文社文庫) 2003年6月

おしげ
本所の商家の小梅にある妾宅で下女をしている顔いちめんに痘痕のある少女 「梅屋のおしげ」 池波正太郎 江戸色恋坂-市井情話傑作選 学習研究社(学研M文庫) 2005年8月

おしず
江戸日本橋通一丁目の小間物店「白木屋」の鼈甲職人文次の病がちの女房 「亀に乗る」 佐江衆一 代表作時代小説 平成十三年度 光風社出版 2001年5月

おしず
旅籠屋「山伊」の若旦那伊之助の妾で殺害された女 「怨霊ばなし」 多岐川恭 怪奇・伝奇時代小説選集6 清姫・怨霊ばなし 春陽堂書店(春陽文庫) 2000年3月

おしず
両国橋東詰の麦飯屋で働く女、殺された魚屋の庄太の女房 「置いてけ堀(本所深川ふしぎ草紙)」 宮部みゆき 傑作捕物ワールド第9巻 妖異怪談篇 リブリオ出版 2002年10月

おしず

おしづ
徳川方に包囲された高天神城に籠城する甲斐武田衆の城番滋野上総介の妻 「城から帰せ」 岩井三四二 代表作時代小説 平成十八年度 光文社 2006年6月

お静　おしず
江戸鉄砲洲の瀬の国屋の女中で当主の久右衛門の子を孕んで大川へ身を投げて死んだ女 「なでしこ地獄」 広尾磨津夫 怪奇・伝奇時代小説選集14 累物語 春陽堂書店（春陽文庫） 2000年11月

お静　おしず
処刑される国定忠治の首をほしがる女 「暮坂峠への疾走」 笹沢左保 江戸の漫遊力−時代小説傑作選 集英社（集英社文庫） 2008年12月

お静　おしず
浅草茅町第六天の裏にある大きな質屋「伊勢屋」の小町娘で旗本の若侍に捨てられた女 「五月闇聖天呪殺」 潮山長三 怪奇・伝奇時代小説選集4 怪異黒姫おろし 春陽堂書店（春陽文庫） 2000年1月

お静　おしず
徳川二代将軍秀忠の側室、高遠領主となった保科正之の生母 「浄光院さま逸事」 中村彰彦 乱世の女たち−信州歴史時代小説傑作集第五巻 しなのき書房 2007年9月

お品　おしな
深川の料亭「金太楼」の女将 「出合茶屋」 白石一郎 江戸の秘恋−時代小説傑作選 徳間書店（徳間文庫） 2004年10月

お品　おしな
深川吉永町の丸源長屋の住人、余助の女房 「謀りごと」 宮部みゆき 時代小説−読切御免第一巻 新潮社（新潮文庫） 2004年3月

お品　おしな
深川佐賀町の千鰯問屋の元跡取り息子・吉三郎と同じ裏長屋に住む女 「男気」 鈴木晴世 江戸の闇始末−書下ろし時代小説傑作選7 ミリオン出版（大洋時代文庫） 2006年4月

おしま
根津権現前の岡場所「吉野」の売女 「夜の辛夷」 山本周五郎 江戸色恋坂−市井情話傑作選 学習研究社（学研M文庫） 2005年8月

おしま
芝・田町の岡場所にある「つたや」で身を売る女、弥太吉の幼なじみ 「田町三角夢見小路」 加納一朗 灯籠伝奇−捕物時代小説選集8 春陽堂書店（春陽文庫） 2000年12月

おしま
松井町の娼家「しげ村」の抱えの乳房の上のほくろが男を魅惑する女 「ほくろ供養」 井口朝生 江戸夢あかり−市井・人情小説傑作選 学習研究社（学研M文庫） 2003年7月

お島　おしま
百姓の女房、丈八が誤って右腕を斬り落とした女 「狂女が唄う信州路」 笹沢左保 人情草紙−信州歴史時代小説傑作集第四巻 しなのき書房 2007年7月;約束−極め付き時代小説選1 中央公論新社（中公文庫） 2004年9月

お島　おしま
料理屋の仲居、黒川健吉の妻　「村上浪六」　長谷川幸延　武士道歳時記-新鷹会・傑作時代小説選　光文社（光文社文庫）　2008年6月

お嶋　おしま
呉服屋の娘で薩摩藩上屋敷に奉公して下っ端女中をしていたが欠落ちした女　「隠れ念仏」　海老沢泰久　代表作時代小説　平成二十一年度　光文社　2009年6月

お霜　おしも
賀茂川で水死体で見つかったならず者の安蔵と関係のある女　「夜の橋」　澤田ふじ子　情けがからむ朱房の十手-傑作時代小説　PHP研究所（PHP文庫）　2009年1月

おしゅん
吾嬬社の掛茶屋の看板娘　「おしゅん　吾嬬杜夜雨」　坂岡真　代表作時代小説　平成二十一年度　光文社　2009年6月

お俊　おしゅん
小藩の槍術指南番高木宗兵衛の妻　「白魚橋の仇討」　山本周五郎　紅葉谷から剣鬼が来る-時代小説傑作選　講談社（講談社文庫）　2002年9月

お順　おじゅん
御一新後横浜で英語修業をする青年雨竜千吉の行方知れずの恋人　「慕情」　宇江佐真理　代表作時代小説　平成十三年度　光風社出版　2001年5月

於順　おじゅん
上州沼田城主真田信幸に仕える侍女　「男の城」　池波正太郎　軍師の生きざま-時代小説傑作選　コスミック出版（コスミック文庫）　2008年11月

お志代　おしよ
初老の武士菅沼景八郎が病妻の妻の介護をゆだねた中年の女　「介護鬼」　菊地秀行　女人-時代小説アンソロジー2　小学館（小学館文庫）　2007年2月；異色歴史短篇傑作大全　講談社　2003年11月

おしん
日本橋の古本屋の娘で御書物同心東雲丈太郎の妹と仲が良い娘　「鶯替」　出久根達郎　代表作時代小説　平成十四年度　光風社出版　2002年5月

おしん
本所・横網町にある居酒屋「鬼熊」の亭主熊五郎の養女　「鬼熊酒屋」　池波正太郎　赤ひげ横町-人情時代小説傑作選　新潮社（新潮文庫）　2009年1月

お信　おしん
京の公事宿「鯉屋」の居候・田村菊太郎の女、料理茶屋「重阿弥」の仲居　「梅雨の蛍」　澤田ふじ子　江戸宵闇しぐれ-人情捕物帳傑作選二　学習研究社（学研M文庫）　2005年3月

お新　おしん
浅草山の宿の紙屋の主人又四郎の家出した娘　「濡事式三番」　潮山長三　怪奇・伝奇時代小説選集7　幽明鏡草紙　春陽堂書店（春陽文庫）　2000年4月

おしん

お新　おしん
大工の佐吉の女房になった絵を描くのが好きな青物屋の娘　「さびしい水音」宇江佐真理　万事金の世-時代小説傑作選　徳間書店（徳間文庫）2006年4月

お新　おしん
大根畑と呼ばれる岡場所に逃げ込んできた若い侍江口房之助をかくまってやった娼婦　「なんの花か薫る」山本周五郎　江戸夢あかり-市井・人情小説傑作選　学習研究社（学研M文庫）2003年7月

おすぎ
東海道藤沢宿に近い間道の茶店の女　「一会の雪」佐江衆一　剣の意地 恋の夢-時代小説傑作選　講談社（講談社文庫）2000年9月

おすぎ
豆腐屋の娘、塚次と祝言をあげた三日めに出奔した自堕落な女　「こんち午の日」山本周五郎　江戸の商人力-時代小説傑作選　集英社（集英社文庫）2006年12月

おすず
江戸本町の美濃屋の勘当息子信太郎のかつての許嫁で七人組の押しこみに手ごめにされて自害した娘　「おすず」杉本章子　代表作時代小説 平成十二年度　光風社出版　2000年5月

おすず
代々木野の社の石段の下にある茶店の娘　「老鬼」平岩弓枝　武士道春秋-新鷹会・傑作時代小説選　光文社（光文社文庫）2006年6月；時代小説 読切御免第四巻　新潮社（新潮文庫）2005年12月

おすず
料理屋「梅川」の奉公人で美形の娘、真板竜之助の幼馴染　「俎上の恋」梅本育子　愛染夢灯籠-時代小説傑作選　講談社（講談社文庫）2005年9月

お鈴　おすず
吉原の格子女郎、湯島天神の富籤を当てた女　「梅の参番」島村洋子　夢を見にけり-時代小説招待席　広済堂出版　2004年6月

お鈴　おすず
浅草御蔵前諏訪町の薬種問屋の主人小倉屋新兵衛の養女　「首なし地蔵は語らず（地獄の辰・無残捕物控）」笹沢左保　傑作捕物ワールド第5巻 渡世人篇　リブリオ出版　2002年10月

お鈴　おすず
本所五間堀で古道具屋「鳳来堂」を営む音松の女房　「びいどろ玉簪」宇江佐真理　代表作時代小説 平成十七年度　光文社　2005年6月

お鈴　おすず
両国の料理屋「大和屋」女中、肉体をつかって男たちを操る悪女　「紅恋の鬼女」小島健三　石川五右衛門の生立-捕物時代小説選集3　春陽堂書店（春陽文庫）2000年4月

お捨　おすて
深川の中島町澪通りの木戸番・笑兵衛の女房　「名人かたぎ」　北原亞以子　江戸宵闇しぐれ－人情捕物帳傑作選二　学習研究社（学研M文庫）　2005年3月

お捨　おすて
深川中島町の木戸番の笑兵衛の女房　「ともだち」　北原亞以子　たそがれ長屋－人情時代小説傑作選　新潮社（新潮文庫）　2008年10月

小角　おずぬ
葛城山に入って修行を始めた後全国の山々に登った行者　「睡蓮－花妖譚六」　司馬遼太郎　七人の役小角　小学館（小学館文庫）　2007年10月

小角　おずぬ
神城当麻・葛城地方の村に住む少年、はるかな過去から来て百鬼党の鬼と闘う者　「小角伝説－飛鳥霊異記」　六道慧　七人の役小角　小学館（小学館文庫）　2007年10月

小角（役君小角）　おずぬ（えのきみおずぬ）
呪術者　「葛城の王者」　黒岩重吾　七人の役小角　小学館（小学館文庫）　2007年10月

小角行者（金峯小角）　おずぬぎょうじゃ（きんぷおずぬ）
盗賊の疾風一味で坊主あがりの悪党　「腰紐呪法」　島本春雄　怪奇・伝奇時代小説選集10　怪談累ケ淵　春陽堂書店（春陽文庫）　2000年7月

小津 平兵衛包房　おず・へいべえかねふさ
刀工、目一箇流の剣術者　「一期一殺」　羽山信樹　春宵 濡れ髪しぐれ－時代小説傑作選　講談社（講談社文庫）　2003年9月

おすま
深川中島町で一人暮らしをする女、おもんのお喋り友達　「ともだち」　北原亞以子　たそがれ長屋－人情時代小説傑作選　新潮社（新潮文庫）　2008年10月

おすま
本所相生町にある老舗の足袋問屋「若狭屋」の女房、竃職人の佐久造と一夜を過ごしたことのある女　「両国橋から」　千野隆司　逢魔への誘い－問題小説傑作選6　時代情恋篇　徳間書店（徳間文庫）　2000年3月

おすみ
絵師の清次郎が剣術道場主に頼まれて似姿を描いた麻縄で縛り上げられた女　「絡め獲られて」　開田あや　紅蓮の剣－書下ろし時代小説傑作選5　ミリオン出版（大洋時代文庫）　2005年9月

おすみ
沼田藩の代表剣士加治源之介の女房で評判の美女　「妻を怖れる剣士」　南條範夫　江戸の爆笑力－時代小説傑作選　集英社（集英社文庫）　2004年12月

おすみ
長崎の浦上の山里村居つきの農夫孫七の妻で天主のおん教を奉じて夫と養女のおぎんと三人牢に投げこまれた女　「おぎん」　芥川龍之介　怪奇・伝奇時代小説選集4　怪異黒姫おろし　春陽堂書店（春陽文庫）　2000年1月

おすみ

お須美　おすみ
日本橋の呉服太物商「伊勢屋」の養女、足の立たない甃娘　「腰紐呪法」　島本春雄　怪奇・伝奇時代小説選集10 怪談累ケ淵　春陽堂書店（春陽文庫）2000年7月

お澄　おすみ
日本橋田所町の呉服屋「近江屋」の女中、家計を助けて働く孝行娘　「夜の道行（市蔵、情けの手織り帖）」　千野隆司　傑作捕物ワールド第10巻 人情捕縄篇　リブリオ出版　2002年10月

尾住 阿気丸　おずみ・あきまる
陰陽師壬生孝之の友達の侍でよくしゃべるから百舌鳥の阿気丸と綽名されている男　「口を縫われた男」　潮山長三　怪奇・伝奇時代小説選集4 怪異黒姫おろし　春陽堂書店（春陽文庫）2000年1月

於寿免　おすめ
戦国武将渡辺勘兵衛の妻、豊臣秀保の家臣金子閣蔵の三女　「勘兵衛奉公記」　池波正太郎　武士の本懐＜弐＞-武士道小説傑作選　KKベストセラーズ（ベスト時代文庫）2005年5月

おせい
子供の時に盗っ人一味にさらわれて盗みの道具に使われていた女　「三つ橋渡った」　平岩弓枝　情けがからむ朱房の十手-傑作時代小説　PHP研究所（PHP文庫）2009年1月

おせい
質両替商伊勢屋重兵衛の後妻　「笊医者」　山手樹一郎　武士道日暦-新鷹会・傑作時代小説選　光文社（光文社文庫）2007年6月

おせい
畳職人喜八の母親、備後表といわれる極上の畳表を織ってきた老女　「備後表」　宇江佐真理　職人気質-時代小説アンソロジー4　小学館（小学館文庫）2007年5月

お勢　おせい
金沢町の質屋の娘、殺されたお春と無二の仲の美しい娘　「赤い紐」　野村胡堂　傑作捕物ワールド第1巻 岡っ引き篇　リブリオ出版　2002年10月

お勢　おせい
大川端に引きあげられた女の土左衛門で担ぎの醤油売りの大女　「お勢殺し」　宮部みゆき　江戸の満腹力-時代小説傑作選　集英社（集英社文庫）2005年12月

おせき
芝の柴井町の糸屋「近江屋」の娘で十三夜の前日の夜に子どもたちから影を踏まれた女　「影を踏まれた女」　岡本綺堂　怪奇・伝奇時代小説選集11 妖艶の谷　春陽堂書店（春陽文庫）2000年8月

おせき
深川門前仲町の口入屋「井筒屋」の番頭長兵衛の女房　「いっぽん桜」　山本一力　たそがれ長屋-人情時代小説傑作選　新潮社（新潮文庫）2008年10月

お関　おせき
海辺大工町の長屋の住人、売女　「べらぼう村正」　都筑道夫　星明かり夢街道-新選代表作時代小説21　光風社出版　2000年5月

お関　おせき
大川にかかる永代落橋の大惨事で二人きりの姉妹で旗本の側女になった妹にも死なれて出家した女　「姉と妹」　杉本苑子　剣よ月下に舞え-新選代表作時代小説23　光風社出版（光風社文庫）　2001年5月

お関　おせき
旅の一座の衣裳付の女房　「新四谷怪談」　瀬戸英一　怪奇・伝奇時代小説選集13　四谷怪談　春陽堂書店（春陽文庫）　2000年10月

おせん
豆腐屋の働き者の娘おこうの我儘で手前勝手な弟妹たちの上の妹　「邪魔っけ」　平岩弓枝　親不幸長屋-人情時代小説傑作選　新潮社（新潮文庫）　2007年7月

おせん
棒手振りの魚屋角次郎の女房　「鰹千両」　宮部みゆき　情けがからむ朱房の十手-傑作時代小説　PHP研究所（PHP文庫）　2009年1月；撫子が斬る-女性作家捕物帳アンソロジー　光文社（光文社文庫）　2005年9月

お仙　おせん
奥州街道船木に隠れ家を持つ山賊の頭の女　「船木峠の美女群」　木屋進　石川五右衛門の生立-捕物時代小説選集3　春陽堂書店（春陽文庫）　2000年4月

お仙　おせん
旗本の箱入娘お縫の腰元　「池畔に立つ影」　江藤信吉　怪奇・伝奇時代小説選集7　幽明鏡草紙　春陽堂書店（春陽文庫）　2000年4月

お仙　おせん
呉服商伊勢屋茂兵衛殺しの嫌疑で挙げられた桶屋久六の娘　「靭猿」　諏訪ちゑ子　艶美白孔雀-捕物時代小説選集7　春陽堂書店（春陽文庫）　2000年11月

お仙　おせん
山谷堀の甚兵衛長屋に住む大年増、拾ったかねの狸にお告げをさせている女　「妖異お告げ狸」　矢桐重八　石川五右衛門の生立-捕物時代小説選集3　春陽堂書店（春陽文庫）　2000年4月

お仙　おせん
箱根山中の底倉の宿にいた旅の女　「決闘高田の馬場」　池波正太郎　武士道春秋-新鷹会・傑作時代小説選　光文社（光文社文庫）　2006年6月

お仙　おせん
福岡藩総目付十時半睡の屋敷の台所女　「叩きのめせ」　白石一郎　地獄の無明剣-時代小説傑作選　講談社（講談社文庫）　2004年9月

お千　おせん
江尻の料理屋「寿々屋」の一人娘　「桶屋の鬼吉」　村上元三　武士道歳時記-新鷹会・傑作時代小説選　光文社（光文社文庫）　2008年6月

おせん

おせん（麝香のおせん）　おせん（じゃこうのおせん）
怪盗疾風の勘兵衛が手先に使っている女　「百万両呪縛」　高木彬光　七人の十兵衛-傑作時代小説　PHP研究所（PHP文庫）　2007年11月

おせん（太公望おせん）　おせん（たいこうぼうおせん）
釣りが道楽の売れっ妓芸者でもう一つの顔は女岡っ引「太公望のおせん」　平岩弓枝　武士道日暦-新鷹会・傑作時代小説選　光文社（光文社文庫）　2007年6月

おそで
本所界隈では評判の小町娘で瓦師の清兵衛の家に嫁に来た娘　「よがり泣き」　小松重男　代表作時代小説 平成十四年度　光風社出版　2002年5月

お袖　おそで
江戸一番の面師仲保次の娘　「鬼面変化」　小山竜太郎　怪奇・伝奇時代小説選集8 百物語　春陽堂書店（春陽文庫）　2000年5月

おその
小松村の半可打ち七五郎の女房　「森の石松が殺された夜」　結城昌治　大江戸犯科帖-時代推理小説名作選　双葉社（双葉文庫）　2003年10月

お園　おその
千姫が吉田御殿に呼んだ女歌舞伎一座の座長　「千姫桜」　有吉佐和子　戦国女人十一話　作品社　2005年11月

お園　おその
素浪人大道破魔之介が道で出会った男の生首を提げた美しい娘で没落した札差佐渡屋の娘　「生首往生」　黒木忍　怪奇・伝奇時代小説選集10 怪談累ケ淵　春陽堂書店（春陽文庫）　2000年7月

お園　おその
東海道筋の旅籠や茶屋で蕎麦切り名人として名を売っていた蕎麦と酒しか食べ物を受けつけない異常体質の女　「蕎麦切りおその」　池波正太郎　江戸夢あかり-市井・人情小説傑作選　学習研究社（学研M文庫）　2003年7月

おそめ
火事で死んだ桶屋の権太の娘、醜男の経師職人鏡太郎の許嫁　「湯のけむり」　富田常雄　江戸の鈍感力-時代小説傑作選　集英社（集英社文庫）　2007年12月

お染　おそめ
京橋炭屋河岸の裏店に住む怠け者の桶屋職人・弥六のところに出て来た辰巳芸妓のゆうれい　「ゆうれい貸屋」　山本周五郎　江戸夢日和-市井・人情小説傑作選二　学習研究社（学研M文庫）　2004年1月

お染　おそめ
人気の浮世絵「お染十態」に描かれた美しい娘、大伝馬小町と言われる娘お袖の密会相手　「浮世絵の女」　笹沢左保　江戸浮世風-人情捕物帳傑作選　学習研究社（学研M文庫）　2004年8月

おたえ
京橋筋の北紺屋町にある紺屋の娘 「花冷え」 北原亞以子　江戸夢日和-市井・人情小説傑作選二　学習研究社(学研M文庫)　2004年1月

お妙　おたえ
関ケ原の戦で遊女屋の甚平が鎧武者から託された若い女子で背に埋蔵金の地図が彫られた女 「妖異女宝島」 葉田光　怪奇・伝奇時代小説選集11 妖艶の谷　春陽堂書店(春陽文庫)　2000年8月

お妙　おたえ
甲府から真南へ下る山道沿いの村落・大関の村の一本足の娘 「峠に哭いた甲州路」 笹沢左保　大江戸事件帖-時代推理小説名作選　双葉社(双葉文庫)　2005年7月

お妙　おたえ
日本橋の瀬戸物問屋の娘 「壁虎呪文」 黒木忍　怪奇・伝奇時代小説選集6 清姫・怨霊ばなし　春陽堂書店(春陽文庫)　2000年3月

お妙　おたお
京都五条・鍛冶屋町の長屋で浪人小藤左兵衛と暮らす幼い娘 「因業な髪」 澤田ふじ子　代表作時代小説 平成十七年度　光文社　2005年6月

おたか
花房家の屋敷に奉公している下婢のおしのの娘、髪結い 「さんま焼く」 平岩弓枝　江戸宵闇しぐれ-人情捕物帳傑作選二　学習研究社(学研M文庫)　2005年3月

おたか
小梅村の代々庄屋をつとめていた農家の長女おえいの妹で旗本屋敷の家臣に嫁いだ女 「彼岸花」 宇江佐真理　代表作時代小説 平成二十年度　光文社　2008年6月

おたか
上総国市原郡姉ヶ崎村の名主で伊豆大島へ島流しになった次郎兵衛の女房 「上総風土記」 村上元三　江戸の鈍感力-時代小説傑作選　集英社(集英社文庫)　2007年12月;侍たちの歳月-新鷹会・傑作時代小説選　光文社(光文社文庫)　2002年6月

お高　おたか
松本藩士西村金太夫の子、乳ばなれをしてすぐに松代藩士依田啓七郎の家に遣られた娘 「糸車」 山本周五郎　乱世の女たち-信州歴史時代小説傑作集第五巻　しなのき書房　2007年9月

お鷹　おたか
八丁堀の与力坂田三十郎から十手を預かる女目明し 「艶美白孔雀」 櫻町静夫　艶美白孔雀-捕物時代小説選集7　春陽堂書店(春陽文庫)　2000年11月

おたき
諏訪藩の侍・中山重助の美しい女房 「諏訪城下の夢と幻」 南條範夫　剣の道忍の掟-信州歴史時代小説傑作集第三巻　しなのき書房　2007年6月

お滝　おたき
根津権現前の岡場所「吉野」の売女 「夜の辛夷」 山本周五郎　江戸色恋坂-市井情話傑作選　学習研究社(学研M文庫)　2005年8月

おたき

お滝　おたき
浜松の町はずれの料理茶屋の女中頭 「金五十両」 山本周五郎 感涙-人情時代小説傑作選 KKベストセラーズ(ベスト時代文庫) 2004年11月;約束-極め付き時代小説選1 中央公論新社(中公文庫) 2004年9月

お滝の方　おたきのかた
有馬家九代当主有馬頼貴夫人の腰元、のち頼貴の側室の一人に加えられた女 「有馬猫騒動」 柴田錬三郎 動物-極め付き時代小説選3 中央公論新社(中公文庫) 2004年11月

おたけ
本所吉田町を根城にしている夜鷹、さんざ諸国をわたりあるいて来た図太い女 「夜鷹三味線」 村上元三 情けがからむ朱房の十手-傑作時代小説 PHP研究所(PHP文庫) 2009年1月

お竹　おたけ
浅草阿部川町の飯屋「ふきぬけや」の女中 「金太郎蕎麦」 池波正太郎 江戸の満腹力-時代小説傑作選 集英社(集英社文庫) 2005年12月

お竹　おたけ
日本橋横町の小間物屋「菊村」の仲働き 「石灯篭(半七捕物帳)」 岡本綺堂 傑作捕物ワールド第1巻 岡っ引き篇 リブリオ出版 2002年10月

織田 左門　おだ・さもん
豊臣秀頼御召使の女中山城宮内の娘のおじ、織田信長の孫で有楽斎の子 「菊女覚え書」 大原富枝 歴史小説の世紀-天の巻 新潮社(新潮文庫) 2000年9月

織田 三七信孝　おだ・さんしちのぶたか
戦国武将、亡き織田信長の三男 「織田三七の最期」 高橋直樹 愛染夢灯籠-時代小説傑作選 講談社(講談社文庫) 2005年9月

織田 三介信雄　おだ・さんすけのぶかつ
戦国武将、亡き織田信長の次男で三七信孝の異母兄 「織田三七の最期」 高橋直樹 愛染夢灯籠-時代小説傑作選 講談社(講談社文庫) 2005年9月

織田 獣鬼　おだ・じゅうき
忍者 「霧隠才蔵の秘密」 嵐山光三郎 剣の道忍の掟-信州歴史時代小説傑作集第三巻 しなのき書房 2007年6月

織田 草平　おだ・そうへい
南町奉行所臨時廻り同心、凄腕の定町廻りだった男 「臨時廻り」 押川國秋 しぐれ舟-時代小説招待席 広済堂出版 2003年9月

オタツ
世に稀れな力持ちの大女 「愚妖」 坂口安吾 偉人八傑推理帖-名探偵時代小説 双葉社(双葉文庫) 2004年7月

お達　おたつ
市ヶ谷田町の田原屋七郎右衛門の娘お道(滝野)の付き女中 「真説かがみやま」 杉本苑子 仇討ち-時代小説アンソロジー1 小学館(小学館文庫) 2006年12月

お辰　おたつ
牝の狐に容色を狙われた嫁「きつね」土師清二　怪奇・伝奇時代小説選集5 北斎と幽霊　春陽堂書店(春陽文庫) 2000年2月

お辰　おたつ
品川の上総楼で働く目つきのよくない女「上総楼の兎」戸板康二　大江戸犯科帖-時代推理小説名作選　双葉社(双葉文庫) 2003年10月

お辰(鬼神のお辰)　おたつ(きしんのおたつ)
江戸御用盗の首魁青木弥太郎の妾「貧窮豆腐」東郷隆　愛染夢灯籠-時代小説傑作選　講談社(講談社文庫) 2005年9月

小田内膳正　おだないぜんのしょう
東海道の金谷の本陣宿で譜代の大名松平近江守と相宿になった外様の小大名「狐の殿様」村上元三　大江戸の歳月-新鷹会・傑作時代小説　光文社(光文社文庫) 2003年6月

男谷下総守　おだにしもうさのかみ
剣客榊原健吉の師、幕府講武所頭取「明治兜割り」津本陽　武士の本懐〈弐〉-武士道小説傑作選 KKベストセラーズ(ベスト時代文庫) 2005年5月；人物日本の歴史 幕末維新編-時代小説版　小学館(小学館文庫) 2004年9月

男谷 精一郎　おだに・せいいちろう
剣客、亀沢町に直心影流の道場をかまえる男「悲剣月影崩し」光井雄二郎　柳生秘剣伝奇-時代小説セレクション　勉誠出版 2002年12月

男谷 精一郎　おだに・せいいちろう
本所の「直心影流道場」の師範代、旗本勝小吉の甥「小吉と朝右衛門」仁田義男　剣よ月下に舞え-新選代表作時代小説23　光風社出版(光風社文庫) 2001年5月

男谷 精一郎　おだに・せいいちろう
幕末の剣客、榊原鍵吉の師で講武所剣術師範役「榊原健吉」綱淵謙錠　人物日本剣豪伝五　学陽書房(人物文庫) 2001年7月

男谷 精一郎　おだに・せいいちろう
幕末の剣客、直心影流の高名者「剣客物語」子母澤寛　幕末の剣鬼たち-時代小説傑作選　コスミック出版(コスミック文庫) 2009年12月

男谷 精一郎　おだに・せいいちろう
幕末の剣客、直心影流の名人「男谷精一郎信友」戸川幸夫　花と剣と侍-新鷹会・傑作時代小説選　光文社(光文社文庫) 2009年6月

男谷 精一郎　おだに・せいいちろう
幕末の剣客、本所亀沢町の男谷道場の主「島田虎之助」早乙女貢　人物日本剣豪伝四　学陽書房(人物文庫) 2001年6月

男谷 精一郎　おだに・せいいちろう
幕末の剣客、本所亀沢町の直心影流の道場主「大石進」武蔵野次郎　人物日本剣豪伝五　学陽書房(人物文庫) 2001年7月

おだに

男谷 精一郎(新太郎)　おだに・せいいちろう(しんたろう)
幕末の剣客、旗本 「男谷精一郎」 奈良本辰也　人物日本剣豪伝四　学陽書房(人物文庫)　2001年6月

男谷 信友　おだに・のぶとも
本所亀沢町の男谷道場当主、直心影流十三代 「高柳又四郎の鍔」 新宮正春　秘剣舞う-剣豪小説の世界　学習研究社(学研M文庫)　2002年11月

男谷 彦四郎　おだに・ひこしろう
天領の代官、旗本勝小吉の実兄で直心影流剣士・男谷精一郎の養父 「小吉と朝右衛門」　仁田義男　剣よ月下に舞え-新選代表作時代小説23　光風社出版(光風社文庫)　2001年5月

おたね
盲目のやくざ座頭市の女房、貧乏漁師の娘 「座頭市物語」 子母沢寛　時代劇原作選集-あの名画を生みだした傑作小説　双葉社(双葉文庫)　2003年12月

お種　おたね
元長州藩士の娘、元直参旗本・近藤智忠の母せき刀自に見こまれ嫁に迎えられた女 「嫁入り道具」 竹田真砂子　逢魔への誘い-問題小説傑作選6 時代情恋篇　徳間書店(徳間文庫)　2000年3月

お種　おたね
楓川の東畔の坂本町にあった「布袋の湯」に通い奉公している女 「布袋湯の番台」 黒崎裕一郎　斬刃-時代小説傑作選　コスミック出版(コスミック時代文庫)　2005年5月

お種　おたね
木曽の福島や上松で稼いでいた女泥棒、雪女郎のお種 「渡籠雪女郎」 国枝史郎　乱世の女たち-信州歴史時代小説傑作集第五巻　しなのき書房　2007年9月

お種　おたね
疱瘡除けの仙魚と称して山椒魚を拝ませる商売をしていた源八と木賃宿で同宿した人妻 「山椒魚」 松本清張　江戸夢日和-市井・人情小説傑作選二　学習研究社(学研M文庫)　2004年1月

お多根　おたね
鳥取城下にある古い旅籠屋「万好屋」の早熟なひとり娘 「幽霊まいり」 峠八十八　怪奇・伝奇時代小説選集13 四谷怪談　春陽堂書店(春陽文庫)　2000年10月

織田 信雄　おだ・のぶかつ
戦国武将、織田信長の遺子で小牧・長久手ノ戦において徳川家康と同盟を結んだ将 「武返」 池宮彰一郎　代表作時代小説 平成十四年度　光風社出版　2002年5月

織田 信孝　おだ・のぶたか
戦国武将、織田信長の三男 「大返しの篝火-黒田如水」 川上直志　戦国軍師列伝-時代小説傑作選六　新人物往来社　2008年3月

織田 信忠　おだ・のぶただ
織田信長の嫡男 「最後の赤備え」 宮本昌孝　地獄の無明剣-時代小説傑作選　講談社(講談社文庫)　2004年9月

織田 信長　おだ・のぶなが
戦国武将「村重好み」秋月達郎　ふりむけば闇-時代小説招待席　広済堂出版　2003年6月

織田 信長　おだ・のぶなが
戦国武将、安土城主「官兵衛受難」赤瀬川隼　愛染夢灯籠-時代小説傑作選　講談社（講談社文庫）2005年9月

織田 信長　おだ・のぶなが
戦国武将、安土城主「天守閣の久秀」南條範夫　軍師の死にざま-短篇小説集　作品社　2006年10月

織田 信長　おだ・のぶなが
戦国武将、安土城主「夢魔の寝床-百地丹波」多岐川恭　戦国忍者武芸帳-時代小説傑作選五　新人物往来社　2008年3月

織田 信長　おだ・のぶなが
戦国武将、安土城主「蘭丸、叛く」宮本昌孝　本能寺・男たちの決断-傑作時代小説　PHP研究所（PHP文庫）2007年2月;時代小説 読切御免第三巻　新潮社（新潮文庫）2005年12月

織田 信長　おだ・のぶなが
戦国武将、安土城主で右大臣「最後に笑う禿鼠」南條範夫　本能寺・男たちの決断-傑作時代小説　PHP研究所（PHP文庫）2007年2月

織田 信長　おだ・のぶなが
戦国武将、伊丹城を攻囲し城主の荒木村重が人質として城に残して見捨てた一族の処刑を命じた男「六百七十人の怨霊」南條範夫　怪奇・伝奇時代小説選集12 血塗りの呪法　春陽堂書店（春陽文庫）2000年9月

織田 信長　おだ・のぶなが
戦国武将、家臣明智光秀の謀叛により本能寺で殺害された天下人「老の坂を越えて」津本陽　人物日本の歴史 戦国編-時代小説版　小学館（小学館文庫）2004年3月

織田 信長　おだ・のぶなが
戦国武将、姦婦の罪を犯した女の「私」が首実験される首級の化粧手として奉公した主君「首化粧」浅田耕三　花ごよみ夢一夜-新選代表作時代小説24　光風社出版（光風社文庫）2001年11月

織田 信長　おだ・のぶなが
戦国武将、岐阜城を本拠にしていた長篠の合戦前夜の信長「信長豪剣記」羽山信樹　変事異聞-時代小説アンソロジー5　小学館（小学館文庫）2007年7月

織田 信長　おだ・のぶなが
戦国武将、織田軍団の大将「最後の赤備え」宮本昌孝　地獄の無明剣-時代小説傑作選　講談社（講談社文庫）2004年9月

おだの

織田 信長　おだ・のぶなが
戦国武将、大和の志貴山城に立て籠もって叛旗をひるがえした松永弾正久秀を攻め滅ぼした男　「叛(はん)」　綱淵謙錠　神出鬼没!戦国忍者伝-傑作時代小説　PHP研究所(PHP文庫)　2009年3月

織田 信長　おだ・のぶなが
戦国武将、天下人　「本能寺の信長」　正宗白鳥　歴史小説の世紀-天の巻　新潮社(新潮文庫)　2000年9月

織田 信長　おだ・のぶなが
戦国武将、天皇のまねきに応じ京へのぼってきた大将　「雲州英雄記」　池波正太郎　軍師の死にざま-短篇小説集　作品社　2006年10月

織田 信長　おだ・のぶなが
戦国武将、土砂降りの桶狭間の戦で今川義元を破り梅雨の晴れ間に長篠の一戦で武田勝頼軍を倒した男　「梅雨将軍信長」　新田次郎　人物日本の歴史 戦国編-時代小説版　小学館(小学館文庫)　2004年3月

織田 信長　おだ・のぶなが
戦国武将、東美濃にある岩村城の遠山家に叔母のおつやの方を送り込んだ武田家の総領　「孤軍の城」　野田真理子　代表作時代小説 平成二十年度　光文社　2008年6月

織田 信長　おだ・のぶなが
戦国武将、尾張国主で美濃国の先主斎藤道三の娘婿　「稲葉山上の流星-織田信長」　童門冬二　戦国武将国盗り物語-時代小説傑作選七　新人物往来社　2008年3月

織田 信長　おだ・のぶなが
戦国武将、尾張半国の領主織田信秀の長男　「梟雄」　坂口安吾　歴史小説の世紀-天の巻　新潮社(新潮文庫)　2000年9月

織田 信長　おだ・のぶなが
戦国武将、琵琶湖のほとりに安土城を三年の月日をかけ築いた天下人　「修道士の首」　井沢元彦　偉人八傑推理帖-名探偵時代小説　双葉社(双葉文庫)　2004年7月

織田 信長　おだ・のぶなが
戦国武将、本能寺にて明智光秀の軍勢に襲われ憤死した男　「本能寺ノ変 朝-堺の豪商・天王寺屋宗及」　赤木駿介　本能寺・男たちの決断-傑作時代小説　PHP研究所(PHP文庫)　2007年2月

おたま
回向院前の岡場所で大層常磐津の上手な名物芸者　「猫芸者おたま-御宿かわせみ」　平岩弓枝　代表作時代小説 平成十六年度　光風社出版　2004年4月

お玉　おたま
羽田の女船頭、海賊の遺児　「悪因縁の怨」　江見水蔭　怪奇・伝奇時代小説選集5 北斎と幽霊　春陽堂書店(春陽文庫)　2000年2月

お珠　おたま
福岡藩大組に属する花房家の次女、無足組桐山辰之助に嫁いだ万引癖のある娘「観音妖女」　白石一郎　鍔鳴り疾風剣-新選代表作時代小説22　光風社出版（光風社文庫）2000年11月

お民　おたみ
新選組を抜けて高台寺党へ奔って切腹させられた隊士中村五郎の恋人「高台寺の間者」　新宮正春　代表作時代小説　平成十二年度　光風社出版　2000年5月

おたよ
浪人三沢伊兵衛の妻、士官を求める夫とともに旅をする女「雨あがる」山本周五郎　素浪人横町-人情時代小説傑作選　新潮社（新潮文庫）2009年7月

お多代　おたよ
神田八軒町の裏長屋に老母と住み提げ重をしている若い女「臨時廻り」押川國秋　しぐれ舟-時代小説招待席　広済堂出版　2003年9月

小田原御前　おだわらごぜん
甲斐武田家の当主武田勝頼の妻、北条氏政の妹「おふうの賭」山岡荘八　戦国女人十一話　作品社　2005年11月

於丹　おたん
小嘉（佐賀）の竜造寺軍の雑兵春兵衛と三年振りに逢った訳のある仲の女「唄えや雑兵」穂積驚　侍たちの歳月-新鷹会・傑作時代小説選　光文社（光文社文庫）2002年6月

落合　清四郎　おちあい・せいしろう
大身の旗本、中川舟番所の御番衆「寒紅梅」平岩弓枝　愛染夢灯籠-時代小説傑作選　講談社（講談社文庫）2005年9月

落合　忠右衛門　おちあい・ちゅうえもん*
関ケ原浪人、宮本武蔵の弟子「首が飛ぶ-宮本武蔵vs吉岡又七郎」岩井護　秘剣・豪剣!武芸決闘記-時代小説傑作選二　新人物往来社　2008年3月

おちえ
銀町の袋物屋の娘「蓮のつぼみ」梅本育子　江戸色恋坂-市井情話傑作選　学習研究社（学研M文庫）2005年8月

おちか
噺家かん生の女房「夜鷹蕎麦十六文」北原亞以子　職人気質-時代小説アンソロジー4　小学館（小学館文庫）2007年5月

お千加　おちか
質両替商伊勢屋重兵衛の後妻の娘、小夜の妹「笊医者」山手樹一郎　武士道日暦-新鷹会・傑作時代小説選　光文社（光文社文庫）2007年6月

おちか（綾瀬）　おちか（あやせ）
京町の大見世「松大黒楼」の遣り手、元女郎「はやり正月の心中」杉本章子　吉原花魁　角川書店（角川文庫）2009年12月;時代小説　読切御免第三巻　新潮社（新潮文庫）2005年12月

おちず

おちず
紀州在田郡広荘の網元の田島屋左兵衛の弟要蔵と女房のおみやの間にできた女の子 「黒い波濤」 大路和子 星明かり夢街道-新選代表作時代小説21 光風社出版 2000年5月

おちせ
紙問屋「吉野屋」の後家、旗本三百石の関家の中間の娘 「結葉」 藤原緋沙子 息づかい-好色時代小説集 講談社(講談社文庫) 2007年2月

お千勢　おちせ
日本橋堀留の織物問屋「大津屋」の若い後妻 「七種粥」 松本清張 江戸浮世風-人情捕物帳傑作選 学習研究社(学研M文庫) 2004年8月

越智 武夫　おち・たけお
三池監獄から樺戸集治監に移送される囚人たちの一人で自由民権運動にたずさわって逮捕投獄された男、高知県士族 「ボンベン小僧」 津本陽 剣よ月下に舞え-新選代表作時代小説23 光風社出版(光風社文庫) 2001年5月

お茶々　おちゃちゃ
太閤豊臣秀吉の愛妾 「妬心-ぎやまん物語」 北原亞以子 代表作時代小説 平成十二年度 光風社出版 2000年5月

おちよ
北馬道町の料亭につとめている娘 「岡っ引源蔵捕物帳(伝法院裏門前)」 南条範夫 捕物小説名作選一 集英社(集英社文庫) 2006年8月

お千代　おちよ
京都の町医者の娘 「甲州鎮撫隊」 国枝史郎 新選組興亡録 角川書店(角川文庫) 2008年9月

お千代　おちよ
京都島原の廓内・丹波やの芸妓、剣客青山熊之助の妻 「ごめんよ」 池波正太郎 感涙-人情時代小説傑作選 KKベストセラーズ(ベスト時代文庫) 2004年11月

お千代　おちよ
大工の子供留吉と同じ長屋の娘、「長屋小町」と呼ばれている美しい娘 「剣菓」 森村誠一 江戸の老人力-時代小説傑作選 集英社(集英社文庫) 2002年12月

お千代　おちよ
芳町の陰間茶屋「阪東屋」で陰間の菊弥を買う女、日本橋の薬種問屋の若後家 「振袖地獄」 勝目梓 息づかい-好色時代小説集 講談社(講談社文庫) 2007年2月

お蝶　おちょう
羽田村の漁師角蔵の娘で鷺にとりつかれた若い女 「鷺」 岡本綺堂 怪奇・伝奇時代小説選集12 血塗りの呪法 春陽堂書店(春陽文庫) 2000年9月

お蝶　おちょう
焼芋屋の権太郎の女房、浅草の奥山でろくろ首を売り物にする見世物芸人だった女 「ろくろ首」 松岡弘一 武士道春秋-新鷹会・傑作時代小説選 光文社(光文社文庫) 2006年6月

お蝶　おちょう
清水の次郎長の女房・二代目お蝶、甲州竹居一家の吃安の娘で黒駒の勝蔵の情婦だった女　「お蝶」　諸田玲子　花ふぶき-時代小説傑作選　角川春樹事務所（ハルキ文庫）2004年7月

お長　おちょう
花川戸の八百屋に奉公していた子守女　「異妖編」　岡本綺堂　怪奇・伝奇時代小説選集4 怪異黒姫おろし　春陽堂書店（春陽文庫）　2000年1月

お長　おちょう
江戸深川・洲崎の水茶屋「住吉屋」の女　「洲崎の女」　早乙女貢　代表作時代小説 平成十六年度　光風社出版　2004年4月

お長　おちょう
聖天の元締とよばれる浅草の親分吉五郎の末むすめ　「女毒」　池波正太郎　逢魔への誘い-問題小説傑作選6 時代情恋篇　徳間書店（徳間文庫）　2000年3月

お長　おちょう
大伝馬町にある木綿問屋「岩戸屋」の婿・平吉の色女　「おしろい猫」　池波正太郎　大江戸猫三昧-時代小説傑作選　徳間書店（徳間文庫）　2004年11月

お長　おちょう
堤燈長屋の住人、大工の助蔵の女房　「義士饅頭」　村上元三　武士道日暦-新鷹会・傑作時代小説選　光文社（光文社文庫）　2007年6月

お通　おつう
村の庄屋の娘　「剣豪列伝 異説・宮本武蔵」　上野登史郎　宮本武蔵伝奇-時代小説セレクション　勉誠出版　2002年12月

お通（小野のお通）　おつう*（おののおつう*）
宮中に仕えて諸礼式・礼法に通暁しているところから徳川家康の庇護を受けている女　「信濃大名記」　池波正太郎　武将列伝-信州歴史時代小説傑作集第一巻　しなのき書房　2007年4月；大江戸の歳月-新鷹会・傑作時代小説選　光文社（光文社文庫）　2003年6月

おつぎ
本所五間堀の古道具屋「鳳来堂」に弟と二人でびいどろの玉簪を売りに来た少女　「びいどろ玉簪」　宇江佐真理　代表作時代小説 平成十七年度　光文社　2005年6月

お槻さま　おつきさま
宿本陣の美しい娘　「鬼の宿」　和巻耿介　大江戸の歳月-新鷹会・傑作時代小説選　光文社（光文社文庫）　2003年6月

お蔦　おつた
大垣城下の小料理屋「魚伝」の女中、西濃騒動とよばれる強訴の首謀者として処刑された頭百姓要助の娘　「水の蛍」　澤田ふじ子　江戸の秘恋-時代小説傑作選　徳間書店（徳間文庫）　2004年10月

おつな
信濃飯田藩主堀山城守親言の息女、母が田沼意次の親類に当る姫　「月の出峠」　山本周五郎　侍の肖像-信州歴史時代小説傑作集第二巻　しなのき書房　2007年5月

おつね

おつね
市村座の木戸口に立つ木戸芸者の三次を見に来る女の子、江戸節の女師匠の奉公人 「木戸前のあの子」 竹田真砂子 春宵 濡れ髪しぐれ-時代小説傑作選 講談社(講談社文庫) 2003年9月

おつね
反りの合わない亭主の鹿蔵との暮らしが厭になって長屋から逃げた女房 「小田原鰹」 乙川優三郎 江戸の満腹力-時代小説傑作選 集英社(集英社文庫) 2005年12月

お恒　おつね
美濃の中津宿の親分政五郎の娘 「裏切った秋太郎」 子母澤寛 人情草紙-信州歴史時代小説傑作集第四巻 しなのき書房 2007年7月

お常　おつね
横川堀の寮に出養生に来ていた浅草の木綿問屋の娘で旗本の次男羽川金三郎と堀に身を投げた女 「恋慕幽霊」 小山龍太郎 怪奇・伝奇時代小説選集14 累物語 春陽堂書店(春陽文庫) 2000年11月

おつま
奉公人の周旋業者桂庵から「かわせみ」に廻してもらった女中 「江戸の精霊流し-御宿かわせみ」 平岩弓枝 代表作時代小説 平成十五年度 光風社出版 2003年5月

おつや
新銭座町の長屋暮らしから抜け出そうとした美人で働き者の娘 「終りのない階段」 北原亞以子 江戸浮世風-人情捕物帳傑作選 学習研究社(学研M文庫) 2004年8月

おつや
蔵前の大金持「鳴門屋」のお嬢さん、主宗右衛門の姪でもとは小悪党の身内だった娘 「妖肌秘帖」 小島健三 幽霊陰陽師-捕物時代小説選集5 春陽堂書店(春陽文庫) 2000年6月

おつやの方　おつやのかた
織田信長の叔母、東美濃にある岩村城の女城主で城を武田信玄麾下の秋山信友に明け渡し信友の妻となった女性 「孤軍の城」 野田真理子 代表作時代小説 平成二十年度 光文社 2008年6月

おつゆ
深川佐賀町にある干鰯問屋「日高屋」の主人佐十郎が逢引を続けている若い女、鼈甲の細工人の娘 「橋を渡って」 北原亞以子 江戸の秘恋-時代小説傑作選 徳間書店(徳間文庫) 2004年10月

お露　おつゆ
旗本飯島平左衛門の娘 「牡丹燈籠」 長田秀雄 怪奇・伝奇時代小説選集9 怪談牡丹燈籠 春陽堂書店(春陽文庫) 2000年6月

お露　おつゆ
牛込に屋敷をかまえる武芸者飯島平左ェ門の一人娘 「人形劇 牡丹燈籠」 川尻泰司 怪奇・伝奇時代小説選集9 怪談牡丹燈籠 春陽堂書店(春陽文庫) 2000年6月

お露　おつゆ
牛込の旗本飯島平左衛門の娘　「怪談　牡丹燈籠」　大西信行　怪奇・伝奇時代小説選集9　怪談牡丹燈籠　春陽堂書店（春陽文庫）　2000年6月

お露　おつゆ
本所横川橋近くにある旗本飯島平左衛門の別荘に女中と二人きりで暮らしていた一人娘　「怪異談　牡丹燈籠」　竹山文夫　怪奇・伝奇時代小説選集9　怪談牡丹燈籠　春陽堂書店（春陽文庫）　2000年6月

お鶴　おつる
江戸霊岸島の材木商河村瑞賢（十右衛門）の妻　「智恵の瑞賢」　杉本苑子　江戸の商人力－時代小説傑作選　集英社（集英社文庫）　2006年12月

お鶴　おつる
上京・五辻通りの裏長屋で育った十蔵の幼なじみで町絵師の娘　「夕鶴恋歌」　澤田ふじ子　江戸夢日和－市井・人情小説傑作選二　学習研究社（学研M文庫）　2004年1月

お鶴　おつる
深川材木町の丸太河岸にある居酒屋「川卯」に三味線を抱えてやってきたうらぶれた様子の女　「ぼろと釵」　山本周五郎　酔うて候－時代小説傑作選　徳間書店（徳間文庫）　2006年10月

おてい
銀座煉瓦街の洋服屋の若旦那山田孝之助の嫁、元与力の娘　「夢は飛ぶ」　杉本章子　代表作時代小説　平成十五年度　光風社出版　2003年5月

お貞の方　おていのかた
加賀藩主前田吉徳の側室、江戸神明の神主鏑木政幸の娘　「影は窈窕」　戸部新十郎　人物日本の歴史　江戸編〈下〉－時代小説版　小学館（小学館文庫）　2004年7月

小出切一雲　おでぎり・いちうん
兵法者針谷夕雲の愛弟子　「針谷夕雲」　稲垣史生　人物日本剣豪伝三　学陽書房（人物文庫）　2001年5月

お鉄　おてつ
質屋「山形屋」の女主人、じつは鬼神のお鉄と呼ばれる悪玉の大姐御　「悔心白浪月夜」　青木憲一　幽霊陰陽師－捕物時代小説選集5　春陽堂書店（春陽文庫）　2000年6月

お照　おてる
向島の料理屋「笹屋」の娘お京の母親　「ちっちゃなかみさん」　平岩弓枝　感涙－人情時代小説傑作選　KKベストセラーズ（ベスト時代文庫）　2004年11月；歴史小説の世紀－地の巻　新潮社（新潮文庫）　2000年9月

お照　おてる
薬種屋「大鳥屋」が売り出した薬湯の宣伝（ひろめ）女に使われたお化けお照と呼ばれる女　「廃藩奇話」　堀和久　大江戸殿様列伝－傑作時代小説　双葉社（双葉文庫）　2006年7月

おてん
織田信長の家臣伊藤七蔵の女房が夫の夜伽をさせるために召しかかえた側女　「女は遊べ物語」　司馬遼太郎　戦国女人十一話　作品社　2005年11月

おと

音　おと
伊賀の下忍　「最後の忍者-天正伊賀の乱」　神坂次郎　神出鬼没!戦国忍者伝-傑作時代小説　PHP研究所(PHP文庫)　2009年3月

おとき
深川木場の水番屋の番人・銀次郎の女房、かつて信州追分の旅芸者　「浅間追分け」　川口松太郎　人情草紙-信州歴史時代小説傑作集第四巻　しなのき書房　2007年7月

おとき
美濃屋清兵衛の女房、根岸にある店の寮で暮らす女　「律儀者」　北原亞以子　撫子が斬る-女性作家捕物帳アンソロジー　光文社(光文社文庫)　2005年9月

お時　おとき
元御用聞の風車売り・浜吉が馴染みになった茶屋女　「風車は廻る(風車の浜吉・捕物綴)」　伊藤桂一　捕物小説名作選一　集英社(集英社文庫)　2006年8月;傑作捕物ワールド第10巻　リブリオ出版　2002年10月

おとく
小梅村の代々庄屋をつとめていた農家の長女おえいの母親　「彼岸花」　宇江佐真理　代表作時代小説　平成二十年度　光文社　2008年6月

おとく
刀鍛冶清麿の女房　「酒しぶき清麿」　山本兼一　代表作時代小説　平成二十年度　光文社　2008年6月

お徳　おとく
二枚目役者市川新十郎の美しい女房　「嫉刃の血首」　村松駿吉　怪奇・伝奇時代小説選集8　百物語　春陽堂書店(春陽文庫)　2000年5月

於徳　おとく
引越し大名・松平直矩の従妹で妻、松江藩主・松平直政の娘　「引越し大名の笑い」　杉本苑子　大江戸殿様列伝-傑作時代小説　双葉社(双葉文庫)　2006年7月

男　おとこ
年に一度神無月の夜に小さな娘を寝かせて押し込みを働いてきた男　「神無月」　宮部みゆき　親不孝長屋-人情時代小説傑作選　新潮社(新潮文庫)　2007年7月;江戸夢あかり-市井・人情小説傑作選　学習研究社(学研M文庫)　2003年7月

音五郎　おとごろう
下総舟橋の狐釣　「きつね」　土師清二　怪奇・伝奇時代小説選集5　北斎と幽霊　春陽堂書店(春陽文庫)　2000年2月

おとし
江戸の太物商「丸見屋」の通い番頭・五介の女房　「ただ一度、一度だけ」　南條範夫　江戸の秘恋-時代小説傑作選　徳間書店(徳間文庫)　2004年10月

おとし
漆喰師幸吉の世話女房　「上総楼の兎」　戸板康二　大江戸犯科帖-時代推理小説名作選　双葉社(双葉文庫)　2003年10月

お年　おとし
九州の片山里でうわばみ退治を職業にしていた蛇吉の女房になった女「蛇精」岡本綺堂　怪奇・伝奇時代小説選集14 累物語　春陽堂書店（春陽文庫）2000年11月

音次郎　おとじろう
御船蔵前町にある問屋の手代、醤油売りのお勢の色恋沙汰の相手「お勢殺し」宮部みゆき　江戸の満腹力-時代小説傑作選　集英社（集英社文庫）2005年12月

音二郎　おとじろう
仮面彫師「濡事式三番」潮山長三　怪奇・伝奇時代小説選集7 幽明鏡草紙　春陽堂書店（春陽文庫）2000年4月

おとせ
水芸師、蔵前の大金持「鳴門屋」の勘当された息子宗之助の子供を産んだという女「妖肌秘帖」小島健三　幽霊陰陽師-捕物時代小説選集5　春陽堂書店（春陽文庫）2000年6月

お登勢　おとせ
駆け込み寺慶光寺の門前で御用を務める寺宿「橘屋」の主、美しい未亡人「雨上がり」藤原緋沙子　撫子が斬る-女性作家捕物帳アンソロジー　光文社（光文社文庫）2005年9月

音なし源　おとなしげん
回向院の文治郎にかかえられた下っ引「浮世絵の女」笹沢左保　江戸浮世風-人情捕物帳傑作選　学習研究社（学研M文庫）2004年8月

音無 清十郎　おとなし・せいじゅうろう
師崎藩作事頭、幕末の時代に私費を投じて大船の建造に取り組んだ男「あいのこ船」秋月達郎　散りぬる桜-時代小説招待席　広済堂出版　2004年2月

音無 兵庫　おとなし・ひょうご
師崎藩勘定方筆頭、藩の公金を着服した男「あいのこ船」秋月達郎　散りぬる桜-時代小説招待席　広済堂出版　2004年2月

おとは
南伊那の豪族領主関新蔵国盛が人質にとった下条領の旧家の娘「犬坊狂乱」井上靖　侍の肖像-信州歴史時代小説傑作集第二巻　しなのき書房　2007年5月

音松　おとまつ
本所五間堀で古道具屋「鳳来堂」を営む男、お鈴の亭主「びいどろ玉簪」宇江佐真理　代表作時代小説 平成十七年度　光文社　2005年6月

於富　おとみ
上州箕輪城主長野業政の娘、上泉伊勢守秀綱の愛弟子「上泉伊勢守」池波正太郎　剣聖-乱世に生きた五人の兵法者　新潮社（新潮文庫）2006年10月

お富の方　おとみのかた
菅沼十郎兵衛定氏の母、徳川家康の母方の祖母「菅沼十郎兵衛の母」安西篤子　紅葉谷から剣鬼が来る-時代小説傑作選　講談社（講談社文庫）2002年9月

おとよ

おとよ
十年前に嵐の海で死んだとされていた村人卯之吉の女房だった女 「海村異聞」 三浦哲郎 剣が哭く夜に哭く-新選代表作時代小説20 光風社出版 2000年1月

おとよ
松江藩御茶道頭正井宗昧の妻、宗昧の弟子と駈落ちした女 「萩の帷子-雲州松江の妻敵討ち」 安西篤子 士道無惨!仇討ち始末-時代小説傑作選四 新人物往来社 2008年3月

おとよ
深川久永町にある材木問屋「信濃屋」の女中 「木置き場の男」 乾荘次郎 紅蓮の剣-書下ろし時代小説傑作選5 ミリオン出版(大洋時代文庫) 2005年9月

おとよ
浅草駒形町の料理茶屋「富川」で下女奉公をする不嫖致な年増女 「長命水と桜餅」 宮本昌孝 夢を見にけり-時代小説招待席 広済堂出版 2004年6月

おとよ
本所の岡場所で春をひさいでいる三十路年増女 「おしゅん 吾嬬杜夜雨」 坂岡真 代表作時代小説 平成二十一年度 光文社 2009年6月

お登代　おとよ
芝居の立作者五瓶の恋の相手、妾宅に住む吉原の上妓だった女 「恋じまい」 松井今朝子 吉原花魁 角川書店(角川文庫) 2009年12月

お豊　おとよ
羽田村の漁師角蔵の女房 「鵞」 岡本綺堂 怪奇・伝奇時代小説選集12 血塗りの呪法 春陽堂書店(春陽文庫) 2000年9月

お豊　おとよ
掛川藩勘定方西村貞之助の母、偶然昔馴染みの同じ隠居の身の男と二人で旅をすることになった女 「後家の春」 山手樹一郎 江戸の老人力-時代小説傑作選 集英社(集英社文庫) 2002年12月

お豊　おとよ
経師屋喜左衛門の末の妹 「湯のけむり」 富田常雄 江戸の鈍感力-時代小説傑作選 集英社(集英社文庫) 2007年12月

お豊　おとよ
本所清水町の裏長屋で今まさに死のうとしていた糊売りの老婆お幸を見守っていた大家の女房 「末期の夢」 鎌田樹 花と剣と侍-新鷹会・傑作時代小説選 光文社(光文社文庫) 2009年6月

お登代(お加代)　おとよ(おかよ)
上松の居酒屋「佐倉屋」の酌婦、もとは武家の娘 「無礼討ち始末」 杉本苑子 侍の肖像-信州歴史時代小説傑作集第二巻 しなのき書房 2007年5月

お虎　おとら
福岡藩の下級武家の四男吉田杢助が林の中で飼っている二匹の捨て犬の一匹 「犬を飼う武士」 白石一郎 犬道楽江戸草紙-時代小説傑作選 徳間書店(徳間文庫) 2005年8月

お寅　おとら
日本橋横町の小間物屋「菊村」の女主人　「石灯篭（半七捕物帳）」　岡本綺堂　傑作捕物ワールド第1巻 岡っ引き篇　リブリオ出版　2002年10月

お酉　おとり
開国派の重鎮で暗殺された佐久間象山の妾だった女　「おれは不知火」　山田風太郎　剣狼-幕末を駆けた七人の兵法者　新潮社（新潮文庫）　2007年6月

おとわ
三百石旗本の家つき娘で香月弥右衛門の権高な妻　「怖妻の棺」　松本清張　大江戸犯科帖-時代推理小説名作選　双葉社（双葉文庫）　2003年10月

お登和　おとわ
松平長七郎の供の武士田村右平次の妹　「山王死人祭（松平長七郎江戸日記）」　村上元三　傑作捕物ワールド第3巻 人気侍篇　リブリオ出版　2002年10月

音羽　おとわ
後宮の女人、村長の娘　「埴輪刀」　黒岩重吾　鎮守の森に鬼が棲む-時代小説傑作選　講談社（講談社文庫）　2001年9月

お直　おなお
大伝馬町の太物屋「近江屋」のお内儀、吉原の遊女だった女　「紫陽花」　宇江佐真理　吉原花魁　角川書店（角川文庫）　2009年12月

お直　おなお
南鍛冶町の御家人くずれ園田兵太郎の娘　「傷」　北原亞以子　時代小説 読切御免第二巻　新潮社（新潮文庫）　2004年3月;傑作捕物ワールド第10巻 人情捕縄篇　リブリオ出版　2002年10月

お直の方　おなおのかた
織田信長の叔母、岩村城の女城主　「最後の赤備え」　宮本昌孝　地獄の無明剣-時代小説傑作選　講談社（講談社文庫）　2004年9月

おなつ
材木問屋の若主人徳次郎の妹　「爪の代金五十両」　南原幹雄　吉原花魁　角川書店（角川文庫）　2009年12月

お夏　おなつ
浅草並木町の御用聞・松田屋勘次郎を慕うお針子の娘　「宵闇の義賊」　山本周五郎　江戸宵闇しぐれ-人情捕物帳傑作選二　学習研究社（学研M文庫）　2005年3月

お鍋の方　おなべのかた
織田信長の側室、元は近江野洲郡の郷士の娘で八尾城主小倉右京亮実澄の妻　「蘭丸、叛く」　宮本昌孝　本能寺・男たちの決断-傑作時代小説　PHP研究所（PHP文庫）　2007年2月;時代小説 読切御免第三巻　新潮社（新潮文庫）　2005年12月

おなみ
深川佐賀町にある干鰯問屋「日高屋」の女房おりきの義妹　「橘を渡って」　北原亞以子　江戸の秘恋-時代小説傑作選　徳間書店（徳間文庫）　2004年10月

お波　おなみ
黒江町の小料理屋の女将「おんな舟」白石一郎　紅葉谷から剣鬼が来る-時代小説傑作選　講談社（講談社文庫）2002年9月

お浪　おなみ
大きな質屋の小町娘お静の顔馴染で廻り古着屋の女「五月闇聖天呪殺」潮山長三　怪奇・伝奇時代小説選集4　怪異黒姫おろし　春陽堂書店（春陽文庫）2000年1月

鬼吉（桶屋の鬼吉）　おにきち（おけやのおにきち）
尾張名古屋生まれの博奕打、清水次郎長の一の乾分になった男「桶屋の鬼吉」村上元三　武士道歳時記-新鷹会・傑作時代小説選　光文社（光文社文庫）2008年6月

鬼熊五郎　おにくまごろう
本所・横網町にある居酒屋「鬼熊」の老亭主「鬼熊酒屋」池波正太郎　赤ひげ横町-人情時代小説傑作選　新潮社（新潮文庫）2009年1月

鬼武　おにたけ
源頼朝の童「頼朝勘定」山岡荘八　人物日本の歴史 古代中世編-時代小説版　小学館（小学館文庫）2004年1月

オニピシ
東蝦夷ハエのアイヌの総乙名（酋長）「悪鬼になったピリト」岡田耕平　怪奇・伝奇時代小説選集7　幽明鏡草紙　春陽堂書店（春陽文庫）2000年4月

鬼坊主清吉（川越の旦那）　おにぼうずせいきち（かわごえのだんな）
大泥棒「金太郎蕎麦」池波正太郎　江戸の満腹力-時代小説傑作選　集英社（集英社文庫）2005年12月

鬼麿　おにまろ
刀鍛冶、師匠・源清麿の数打ち物の剣をみつけて折る旅をする男「三番勝負片車」隆慶一郎　剣の道忍の掟-信州歴史時代小説傑作集第三巻　しなのき書房　2007年6月

鬼麿　おにまろ
刀鍛冶、刀工山浦清麿に拾われ弟子となった男「氷柱折り」隆慶一郎　秘剣舞う-剣豪小説の世界　学習研究社（学研M文庫）2002年11月

鬼若　おにわか
隠居寺の寺男の爺さん、昔は問屋場の人足だった力持ちの大男「鬼の宿」和巻耿介　大江戸の歳月-新鷹会・傑作時代小説選　光文社（光文社文庫）2003年6月

おぬい
吉原の引手茶屋「千歳屋」の内儀、大店の勘当息子・信太郎と深い仲の子持ち後家「かくし子」杉本章子　花ふぶき-時代小説傑作選　角川春樹事務所（ハルキ文庫）2004年7月

おぬい
吉原仲之町の引手茶屋「千歳屋」の内儀、美濃屋を勘当された信太郎の女「水雷屯」杉本章子　撫子が斬る-女性作家捕物帳アンソロジー　光文社（光文社文庫）2005年9月

おぬい
元は娼婦で千住の岡場所でつとめをしていた女「おっ母、すまねえ」池波正太郎　親不幸長屋-人情時代小説傑作選　新潮社（新潮文庫）2007年7月

お㴱い
木曽福島の土豪の娘 「命、一千枚」 火坂雅志 侍の肖像-信州歴史時代小説傑作集第二巻 しなのき書房 2007年5月;時代小説 読切御免第四巻 新潮社(新潮文庫) 2005年12月

お縫 おぬい
旗本の箱入娘 「池畔に立つ影」 江藤信吉 怪奇・伝奇時代小説選集7 幽明鏡草紙 春陽堂書店(春陽文庫) 2000年4月

お縫の方 おぬいのかた
伊勢国長島藩の藩主増山河内守の愛妾 「首」 山田風太郎 人物日本の歴史 幕末維新編-時代小説版 小学館(小学館文庫) 2004年9月

於祢 おね
太閤豊臣秀吉の妻 「妬心-ぎやまん物語」 北原亞以子 代表作時代小説 平成十二年度 光風社出版 2000年5月

お禰(禰々) おね(ねね)
織田信長の足軽組頭浅野又左衛門の娘で父と同じ足軽組頭の木下藤吉郎(のちの太閤秀吉)を婿にした女性 「琴瑟の妻-ねね」 澤田ふじ子 人物日本の歴史 戦国編-時代小説版 小学館(小学館文庫) 2004年3月

おねね(北政所) おねね(きたのまんどころ)
羽柴秀吉(のちの豊臣秀吉)の妻、辰之助(小早川秀秋)の叔母 「裏切りしは誰ぞ」 永井路子 約束-極め付き時代小説選1 中央公論新社(中公文庫) 2004年9月

小野 和泉 おの・いずみ
筑後の柳川城主立花宗茂の家老 「立花宗茂」 海音寺潮五郎 九州戦国志-傑作時代小説 PHP研究所(PHP文庫) 2008年12月

おのう
宇都宮藩主奥平氏の連枝で改易処分を受けた奥平内蔵允一族の武士兵藤外記の妻 「ほたる合戦-浄瑠璃坂の仇討ち」 高橋義夫 士道無惨!仇討ち始末-時代小説傑作選四 新人物往来社 2008年3月

尾上 小紋三 おのえ・こもんざ
丹那村の鎮守の社の境内に掛かった七変化芝居大一座の七化役者 「丹那山の怪」 江見水蔭 怪奇・伝奇時代小説選集11 妖艶の谷 春陽堂書店(春陽文庫) 2000年8月

小野川 喜三郎 おのがわ・きさぶろう
久留米藩有馬家の抱え力士 「有馬騒動 冥府の密使」 野村敏雄 怪奇・伝奇時代小説選集6 清姫・怨霊ばなし 春陽堂書店(春陽文庫) 2000年3月

小野川喜三郎 おのがわきさぶろう
有馬家九代当主有馬頼貴のお抱え力士 「有馬猫騒動」 柴田錬三郎 動物-極め付き時代小説選3 中央公論新社(中公文庫) 2004年11月

おの女 おのじょ
藩の城代家老陸田精兵衛の妻 「日日平安」 山本周五郎 時代劇原作選集-あの名画を生みだした傑作小説 双葉社(双葉文庫) 2003年12月

おのじ

小野 次郎右衛門忠明（神子上 典膳）　おの・じろうえもんただあき（みこがみ・てんぜん）
兵法者、伊藤一刀斎の弟子でのち徳川家剣術指南役「小野次郎右衛門」江崎誠致　人物日本剣豪伝二　学陽書房（人物文庫）2001年4月

小野 次郎右衛門忠明　おの・じろえもんただあき
剣の名人、一刀流二世「睡り猫」津本陽　鎮守の森に鬼が棲む-時代小説傑作選　講談社（講談社文庫）2001年9月

小野 助三郎　おの・すけさぶろう
幕臣で彰義隊隊士、明治新政府後は床屋を開業した男「開化散髪どころ」池波正太郎　変事異聞-時代小説アンソロジー5　小学館（小学館文庫）2007年7月

小野 善鬼　おの・ぜんき
兵法者伊藤一刀斎の弟子、神子上典膳の兄弟子「烈風の剣-神子上典膳vs善鬼三介」早乙女貢　秘剣・豪剣!武芸決闘記-時代小説傑作選二　新人物往来社　2008年3月

小野 善鬼　おの・ぜんき
兵法者伊藤一刀斎景久の門弟「伊藤一刀斎」南條範夫　人物日本剣豪伝一　学陽書房（人物文庫）2001年4月

小野 大膳　おの・だいぜん
浅野安左衛門の旧友、公卿侍「燈籠堂の僧」長谷川伸　武士道日暦-新鷹会・傑作時代小説選　光文社（光文社文庫）2007年6月

小野田 龍太　おのだ・りゅうた
木曽の福島陣屋の役人、直訴事件を起した庄屋征矢野覚右衛門を追う男「渡籠雪女郎」国枝史郎　乱世の女たち-信州歴史時代小説傑作集第五巻　しなのき書房　2007年9月

小野寺 幸右衛門　おのでら・こうえもん
赤穂浪士、小野寺十内の養子で大高源五の弟「後世の月」澤田ふじ子　江戸色恋坂-市井情話傑作選　学習研究社（学研M文庫）2005年8月

小野寺 佐内　おのでら・さない
本所相生町にある剣術の道場主を隠れ蓑に依頼されて人を斬る刺客を商売にしていた男「人斬り佐内　秘剣腕落し」鳥羽亮　斬刃-時代小説傑作選　コスミック出版（コスミック時代文庫）2005年5月

小野寺 十内　おのでら・じゅうない
赤穂浪士、元赤穂藩京屋敷留守居役「後世の月」澤田ふじ子　江戸色恋坂-市井情話傑作選　学習研究社（学研M文庫）2005年8月

小野のお通　おののおつう*
宮中に仕えて諸礼式・礼法に通暁しているところから徳川家康の庇護を受けている女「信濃大名記」池波正太郎　武将列伝-信州歴史時代小説傑作集第一巻　しなのき書房　2007年4月；大江戸の歳月-新鷹会・傑作時代小説選　光文社（光文社文庫）2003年6月

小野 篁　おのの・たかむら
詩文に巧みであった小野岑守の子、淳和天皇の天長年中勅を奉じて清原夏野等と令義解を撰した人物「小野篁妹に恋する事」谷崎潤一郎　歴史小説の世紀-天の巻　新潮社（新潮文庫）2000年9月

小野 春風　おのの・はるかぜ
陸奥の胆沢鎮守府将軍 「絞鬼」 高橋克彦　時代小説 読切御免第三巻　新潮社(新潮文庫) 2005年12月

おのぶ
上総国市原郡姉ヶ崎村の名主の下男市兵衛の女房 「上総風土記」 村上元三　江戸の鈍感力-時代小説傑作選　集英社(集英社文庫) 2007年12月;侍たちの歳月-新鷹会・傑作時代小説選　光文社(光文社文庫) 2002年6月

おのぶ
島帰りの女で黒船橋の河岸で稼いでいる夜鷹 「黒髪心中」 早乙女貢　代表作時代小説 平成十四年度　光風社出版　2002年5月

お蓮　おはす
小田原の唐人町で有名な「外郎屋」の主で怪我をした乱破の小六を匿ってくれた女 「外郎と夏の花」 早乙女貢　代表作時代小説 平成十二年度　光風社出版　2000年5月

小幡 伊織　おばた・いおり
小石川江戸川端に屋敷を持っていた旗本 「半七捕物帳(お文の魂)」 岡本綺堂　捕物小説名作選一　集英社(集英社文庫) 2006年8月

小幡 勘兵衛　おばた・かんべえ
徳川将軍秀忠の側衆 「手向」 戸部新十郎　武士道歳時記-新鷹会・傑作時代小説選　光文社(光文社文庫) 2008年6月

小幡 硯次郎　おばた・げんじろう
検視の町方同心・寺門朱次郎の隣に住む旗本、松葉杖を突く隻脚の男 「麝香下駄」 土師清二　幽霊陰陽師-捕物時代小説選集5　春陽堂書店(春陽文庫) 2000年6月

小幡 小平次　おばた・こへいじ
江戸の役者、父の仇討ちのため旅に出た女形の玉川歌仙を旅廻りの一座に加えた男 「役者の化物」 水戸城仙　石川五右衛門の生立-捕物時代小説選集3　春陽堂書店(春陽文庫) 2000年4月

小幡 図書之介景純　おばた・ずしょのすけかげずみ
上州国峰城主小幡信貞の従弟、於富の夫 「上泉伊勢守」 池波正太郎　剣聖-乱世に生きた五人の兵法者　新潮社(新潮文庫) 2006年10月

小幡 信貞　おばた・のぶさだ
上州国峰城主 「上泉伊勢守」 池波正太郎　剣聖-乱世に生きた五人の兵法者　新潮社(新潮文庫) 2006年10月

お初　おはつ
一膳飯屋「姉妹屋」の妹娘 「迷い鳩(霊験お初捕物控)」 宮部みゆき　傑作捕物ワールド第4巻 女の情念篇　リブリオ出版　2002年10月

お初　おはつ
信濃の山麓の村野田村の百姓で兄新助は殺されたのだと庄屋に訴えた勝気な女 「石を投げる女」 片桐京介　乱世の女たち-信州歴史時代小説傑作集第五巻　しなのき書房　2007年9月

おはつ

お初　おはつ
大津城主京極高次の妻、亡き太閤秀吉の側室だった淀君の妹「蛍と呼ぶな」岩井三四二　代表作時代小説　平成十九年度　光文社　2007年6月

お初　おはつ
本石町のろうそく屋のおかみさんで魚河岸の魚勝の主人の情婦「恋売り小太郎」梅本育子　代表作時代小説　平成十二年度　光風社出版　2000年5月

お波津　おはつ
医師の辰之助の女房、下谷車坂の風呂屋越前屋佐兵衛の娘「大きな迷子」杉本苑子　剣狼-幕末を駆けた七人の兵法者　新潮社（新潮文庫）2007年6月

お初（初瀬）　おはつ（はつせ）
お関の二人きりの姉妹の妹で縹緻を望まれて旗本の側女となったが永代落橋の大惨事に遭った娘「姉と妹」杉本苑子　剣よ月下に舞え-新選代表作時代小説23　光風社出版（光風社文庫）2001年5月

お花　おはな
御先手組の与力で悪辣な男伊藤喜兵衛の妾の一人「四谷怪談」田中貢太郎　怪奇・伝奇時代小説選集13 四谷怪談　春陽堂書店（春陽文庫）2000年10月

お花　おはな
針医で強欲な高利貸の安川宗順の次女「怪談累ケ淵」柴田錬三郎　怪奇・伝奇時代小説選集10 怪談累ケ淵　春陽堂書店（春陽文庫）2000年7月

小花 鉄次郎　おばな・てつじろう
貧乏旗本の次男、上野の山にたてこもり敗走して同志とはぐれた彰義隊の隊士「燃える水」高橋義夫　代表作時代小説　平成十三年度　光風社出版　2001年5月

お波奈の方　おはなのかた
大奥の御中﨟、次期将軍家慶の寵愛随一といわれる女性「花しぐれ-べらんめぇ宗俊」天宮響一郎　紅蓮の剣-書下ろし時代小説傑作選5　ミリオン出版（大洋時代文庫）2005年9月

おばば
両国広小路で「萬身鑑定いたします」の看板を掲げて商売をしている老婆「うろこ」松岡弘一　武士道日暦-新鷹会・傑作時代小説選　光文社（光文社文庫）2007年6月

お浜　おはま
松平遠江守家中の下級藩士西沢伊織の妻、のち幕臣小野助三郎と結婚した女「開化散髪どころ」池波正太郎　変事異聞-時代小説アンソロジー5　小学館（小学館文庫）2007年7月

お浜　おはま
二枚目役者市川新十郎の新しい愛人で旗本の妾「嫉刃の血首」村松駿吉　怪奇・伝奇時代小説選集8 百物語　春陽堂書店（春陽文庫）2000年5月

お浜　おはま
貧乏浪人大和田平助が知り合った小料理屋「千鳥屋」の夜逃げ寸前の女将「浪人まつり」山手樹一郎　素浪人横町-人情時代小説傑作選　新潮社（新潮文庫）2009年7月

お浜　おはま
木場の材木問屋「山形屋」の木場小町云われる美しい娘　「ひょっとこ絵師」　高桑義生　灯籠伝奇-捕物時代小説選集8　春陽堂書店（春陽文庫）　2000年12月

おはる
神田九軒町代地にある竈職人の和兵衛親方の養女、弟子の佐久造を婿にした地味な女　「両国橋から」　千野隆司　逢魔への誘い-問題小説傑作選6　時代情恋篇　徳間書店（徳間文庫）　2000年3月

おはる
相州小田原で刀鍛冶の修行をする甚兵衛の親方の一人娘　「甚兵衛の手」　七瀬圭子　紅蓮の翼-異彩時代小説撰　叢文社　2007年8月

おはる
長唄師匠、剣の遣い手豊島仙太郎が居候している下谷の長屋の女　「髪切り異聞-江戸残剣伝」　東郷隆　代表作時代小説　平成十五年度　光風社出版　2003年5月

おはる
福岡藩の無役の武士柿谷一馬の妹、遠縁の大西平三郎を慕っていた娘　「妖しい月」　白石一郎　闇の旋風-問題小説傑作選5　捕物帖篇　徳間書店（徳間文庫）　2000年1月

おはる
棒手振りの魚屋角次郎の娘　「鰹千両」　宮部みゆき　情けがからむ朱房の十手-傑作時代小説　PHP研究所（PHP文庫）　2009年1月；撫子が斬る-女性作家捕物帳アンソロジー　光文社（光文社文庫）　2005年9月

お春　おはる
お茶ノ水の崖の下に死体で横たわっていた美しい娘、金沢町の油屋の一人娘　「赤い紐」　野村胡堂　傑作捕物ワールド第1巻　岡っ引き篇　リブリオ出版　2002年10月

お春　おはる
旗本小幡伊織とお道の娘　「半七捕物帳（お文の魂）」　岡本綺堂　捕物小説名作選一　集英社（集英社文庫）　2006年8月

お春　おはる
御数寄屋坊主河内山宗俊の子分の丑松の妹で丑松が座頭金から高利の金を借りた抵当に入れた娘　「闇風呂金-べらんめぇ宗俊」　天宮響一郎　江戸の刺客-書き下ろし時代小説傑作選6　大洋図書（大洋時代文庫）　2005年9月

お春　おはる
心中した女、岡崎の太物問屋「小倉屋」の娘　「遺書欲しや」　笹沢左保　怪奇・怪談時代小説傑作選　徳間書店（徳間文庫）　2004年9月

お春　おはる
亭主を殺された両国の料理屋「大和屋」の美しいお神　「紅恋の鬼女」　小島健三　石川五右衛門の生立-捕物時代小説選集3　春陽堂書店（春陽文庫）　2000年4月

お春　おはる
踊の師匠、鷺娘の化身かと思われる女人　「鷺娘」　潮山長三　怪奇・伝奇時代小説選集10　怪談累ケ淵　春陽堂書店（春陽文庫）　2000年7月

おはん

おはん
ぼて振りの定次郎の女房 「釣忍」 山本周五郎 親不幸長屋-人情時代小説傑作選 新潮社(新潮文庫) 2007年7月

おはん
力士雷電為右衛門の女房 「雷電曼陀羅」 安部龍太郎 人情草紙-信州歴史時代小説傑作集第四巻 しなのき書房 2007年7月

お半の方　おはんのかた
尾張藩主中納言宗春の愛妾、女歌舞伎の太夫 「天守閣の音」 国枝史郎 蛇の眼-捕物時代小説選集2 春陽堂書店(春陽文庫) 2000年3月

おひさ
京都の千本釈迦堂に近い風呂屋町の裏長屋に住む婆さんで賽銭泥棒を稼業にしている女 「あとの桜」 澤田ふじ子 江戸の老人力-時代小説傑作選 集英社(集英社文庫) 2002年12月

おひさ
江戸深川の辰巳芸者、材木問屋の一人息子市太郎の父親の女 「面影ほろり」 宇江佐真理 代表作時代小説 平成二十一年度 光文社 2009年6月

お久　おひさ
蕎麦屋の看板娘 「怪談累ケ淵」 柴田錬三郎 怪奇・伝奇時代小説選集10 怪談累ケ淵 春陽堂書店(春陽文庫) 2000年7月

お久　おひさ
根津七軒町にいた富本の師匠豊志賀のところに通ってくる弟子の若い娘 「女師匠の怨霊!」 島崎俊二 怪奇・伝奇時代小説選集4 怪異黒姫おろし 春陽堂書店(春陽文庫) 2000年1月

お秀　おひで
海辺大工町の長屋の住人、大工友造の女房 「べらぼう村正」 都筑道夫 星明かり夢街道-新選代表作時代小説21 光風社出版 2000年5月

お秀の方　おひでのかた
筑前秋月藩主黒田甲斐守政冬の側妾、小姓倉八十太夫の元許婚者 「妖剣林田左文」 山田風太郎 幻の剣鬼 七番勝負-傑作時代小説 PHP研究所(PHP文庫) 2008年5月

首皇子　おびとのおうじ
第四十五代天皇、文武天皇の子 「道鏡」 坂口安吾 人物日本の歴史 古代中世編-時代小説版 小学館(小学館文庫) 2004年1月

お紐(ヒモ)　おひも(ひも)
盗みと脱獄を繰り返した福岡生まれの田中ヒモという女賊 「女賊お紐の冒険」 神坂次郎 女人-時代小説アンソロジー2 小学館(小学館文庫) 2007年2月

お百　おひゃく
京の祇園の女郎で客という客が吸いよせられる魅力を持った美貌の娘 「姐妃のお百」 瀬戸内寂聴 歴史小説の世紀-地の巻 新潮社(新潮文庫) 2000年9月

おふさ

おひろ
浅草諏訪町の葉茶屋で働いている奉公人の小女 「こはだの鮓」 北原亞以子 紅葉谷から剣鬼が来る-時代小説傑作選 講談社(講談社文庫) 2002年9月

おふう
豪族・山家三方衆の作手亀山城主奥平美作守の嫡男九八郎貞昌の奥方を装って武田家の人質となった娘 「おふうの賭」 山岡荘八 戦国女人十一話 作品社 2005年11月

おふう
備中成羽の土豪三村親成の嫡男清十郎の妹 「人斬り水野」 火坂雅志 斬刃-時代小説傑作選 コスミック出版(コスミック時代文庫) 2005年5月

おふき
深川の高橋に四代前から店を構えている米屋「小原屋」の奉公人 「十六夜髑髏」 宮部みゆき 時代小説 読切御免第三巻 新潮社(新潮文庫) 2005年12月

おふく
中仙道玉村宿の旅籠で彰義隊士小花鉄次郎が足ぬけを手伝った飯盛女 「燃える水」 高橋義夫 代表作時代小説 平成十三年度 光風社出版 2001年5月

おふく
町奉行所同心笊ノ目万兵衛の妻 「笊ノ目万兵衛門外へ」 山田風太郎 武士道-時代小説アンソロジー3 小学館(小学館文庫) 2007年3月

お福　おふく
小石川の江戸川端に住んでいた幕臣西岡鶴之助の妹 「離魂病」 岡本綺堂 怪奇・伝奇時代小説選集8 百物語 春陽堂書店(春陽文庫) 2000年5月

お福　おふく
二代将軍秀忠の長子竹千代の乳母、元小早川家家老・稲葉正成の妻だった女 「春日局」 杉本苑子 大奥華伝 角川書店(角川文庫) 2006年11月

お福(春日局)　おふく(かすがのつぼね)
徳川三代将軍家光の乳母、明智光秀の重臣斎藤利光の娘で稲葉正成の妻であった女性 「春日局」 安西篤子 人物日本の歴史 江戸編<上>-時代小説版 小学館(小学館文庫) 2004年5月

お福(春日局)　おふく(かすがのつぼね)
徳川将軍家光の乳母で大奥第一の権力者 「柳生くノ一」 小山龍太郎 柳生秘剣伝奇-時代小説セレクション 勉誠出版 2002年12月

お福の方　おふくのかた
尾張徳川家四代藩主吉通の生母 「臍あわせ太平記」 神坂次郎 愛染夢灯籠-時代小説傑作選 講談社(講談社文庫) 2005年9月

おふさ
根津門前町の東の長屋で殺害されていた仲がいいと評判の夫婦の女房 「密室-定廻り同心十二人衆」 笹沢左保 代表作時代小説 平成十五年度 光風社出版 2003年5月

おふさ

おふさ
大垣藩の馬回り役の若侍を同時に愛した名家の姉妹二人の妹 「蚊帳のたるみ」 梅本育子 代表作時代小説 平成十四年度 光風社出版 2002年5月

お房 おふさ
長州藩京都屋敷出入りの経師屋の後家 「色」 池波正太郎 時代劇原作選集-あの名画を生みだした傑作小説 双葉社(双葉文庫) 2003年12月;新選組烈士伝 角川書店(角川文庫) 2003年10月

おふじ
江戸坂下町の小料理屋「小松」の酌取りの若い女 「後瀬の花」 乙川優三郎 代表作時代小説 平成十三年度 光風社出版 2001年5月

おふじ
浅草諏訪町の居酒屋「ちどり」の酌婦 「夕化粧」 杉本章子 合わせ鏡-女流時代小説傑作選 角川春樹事務所(ハルキ文庫) 2003年2月

おふじ
福岡藩の御材木奉行をつとめる梶山又右衛門の娘 「犬を飼う武士」 白石一郎 犬道楽江戸草紙-時代小説傑作選 徳間書店(徳間文庫) 2005年8月

お藤 おふじ
神田蛸師町の裏店に住む病気の浪人来栖源四郎の女房、料理茶屋の売れっこの仲居 「八辻ケ原」 峰隆一郎 素浪人横町-人情時代小説傑作選 新潮社(新潮文庫) 2009年7月

お藤 おふじ
父親がいとなんでいる大きな質店の後妻の座についた伯母と同居する姉妹の姉 「雲母橋」 皆川博子 春宵 濡れ髪しぐれ-時代小説傑作選 講談社(講談社文庫) 2003年9月

飯富 兵部 おぶ・ひょうぶ
戦国武将、武田家の家臣の猛将 「甲斐国追放-武田信玄」 永岡慶之助 戦国武将国盗り物語-時代小説傑作選七 新人物往来社 2008年3月

お二三 おふみ
金沢前田家の大小将組高島甚内の妻 「河童武者」 村上元三 剣が哭く夜に哭く-新選代表作時代小説20 光風社出版 2000年1月

お文 おふみ
お幸の母親、元は槙町で大きな「かもじ屋」を営んでいたが店をたたんで娘と裏長屋に住む女 「三十ふり袖」 山本周五郎 恋模様-極め付き時代小説選2 中央公論新社(中公文庫) 2004年10月

お文 おふみ
深川芸者の文吉、髪結いの伊三次の女 「ただ遠い空」 宇江佐真理 合わせ鏡-女流時代小説傑作選 角川春樹事務所(ハルキ文庫) 2003年2月

お文 おふみ
深川芸者の文吉、髪結いの伊三次の女 「因果堀」 宇江佐真理 江戸の秘恋-時代小説傑作選 徳間書店(徳間文庫) 2004年10月

おまさ

お文　おふみ
深川芸者の文吉、髪結いの伊三次の女　「星の降る夜」宇江佐真理　撫子が斬る-女性作家捕物帳アンソロジー　光文社(光文社文庫)　2005年9月

お文　おふみ
本所吉田町を根城にしている夜鷹、火事で焼け出された気の毒な娘　「夜鷹三味線」村上元三　情けがからむ朱房の十手-傑作時代小説　PHP研究所(PHP文庫)　2009年1月

おふゆ
大店の放蕩息子だった絵師の清次郎がかつて馴染みを重ねた花魁　「秋菊の別れ」開田あや　江戸の刺客-書き下ろし時代小説傑作選6　大洋図書(大洋時代文庫)　2005年9月

お冬　おふゆ
親無し子で深川の仕出し屋「河七」の下働きの少女　「黒髪心中」早乙女貢　代表作時代小説　平成十四年度　光風社出版　2002年5月

お冬さま　おふゆさま
大和筒井城主筒井順慶の側室　「青苔記」永井路子　本能寺・男たちの決断-傑作時代小説　PHP研究所(PHP文庫)　2007年2月

おぼろ麻耶　おぼろまや
闇風魔と名乗る忍盗一味の首領・甚内の娘　「巷説闇風魔」木屋進　幽霊陰陽師-捕物時代小説選集5　春陽堂書店(春陽文庫)　2000年6月

お万阿　おまあ
豊臣臣下の智将真田幸村の娘　「猿飛佐助の死」五味康祐　神出鬼没!戦国忍者伝-傑作時代小説　PHP研究所(PHP文庫)　2009年3月;剣の道忍の掟-信州歴史時代小説傑作集第三巻　しなのき書房　2007年6月

おまき
伊豆韮山の江川家で砲術を習っていた久能昌介がご隠居から頼まれて賀茂の親元まで送ることになった使用人の娘　「占い坂」条田念　伊豆の歴史を歩く-伊豆文学賞・歴史小説傑作集Ⅱ　羽衣出版　2006年3月

おまき
姉を殺された娘水芸師の姉妹の妹　「斑腰ひも」三田村連　灯籠伝奇-捕物時代小説選集8　春陽堂書店(春陽文庫)　2000年12月

おまき
芝神明宮近くの裏店に七之助という孝行息子と住んでいた猫好きな婆さん　「猫騒動」岡本綺堂　大江戸猫三昧-時代小説傑作選　徳間書店(徳間文庫)　2004年11月

おまき
深川門前仲町の口入屋「井筒屋」の番頭長兵衛のひとり娘　「いっぽん桜」山本一力　たそがれ長屋-人情時代小説傑作選　新潮社(新潮文庫)　2008年10月

おまさ
火付盗賊改方の密偵をつとめている女、大滝の五郎蔵の妻　「鬼平犯科帳 女密偵女賊」池波正太郎　花ごよみ夢一夜-新選代表作時代小説24　光風社出版(光風社文庫)　2001年11月

おまさ

おまさ
芸者上がりの大店の若隠居で若い絵師の清次郎に似姿描きを頼んだ女 「河童の川流れ」 開田あや 大江戸有情-書き下ろし時代小説傑作選4 大洋図書(大洋時代文庫) 2005年6月

おまさ
江戸っ子の道具鍛冶定吉の女房 「江戸鍛冶注文帳」 佐江衆一 春宵 濡れ髪しぐれ-時代小説傑作選 講談社(講談社文庫) 2003年9月

おまさ
鳥羽の港の船宿「小浜屋」のおかみ 「潮風の呻き」 梅本育子 剣が哭く夜に哭く-新選代表作時代小説20 光風社出版 2000年1月

おまち
深川の料亭「金太楼」の仲居、出合茶屋で武士と逢瀬を重ねていて急死した女 「出合茶屋」 白石一郎 江戸の秘恋-時代小説傑作選 徳間書店(徳間文庫) 2004年10月

おまち
本所の紙問屋「八幡屋」の女中 「雨の道行坂」 南原幹雄 江戸の秘恋-時代小説傑作選 徳間書店(徳間文庫) 2004年10月

おまつ
本所見廻り同心の深見十兵衛が二ツ目橋手前の小料理屋で見た人を待つ風情の女 「椋鳥-本所見廻り同心」 稲葉稔 紅蓮の剣-書下ろし時代小説傑作選5 ミリオン出版(大洋時代文庫) 2005年9月

お松　おまつ
鬼神の松と呼ばれる奥州では名の売れた毒婦、元深川芸者 「船木峠の美女群」 木屋進 石川五右衛門の生立-捕物時代小説選集3 春陽堂書店(春陽文庫) 2000年4月

お松　おまつ
五代目市川団十郎の義母で避妊法を天地の一吸から説明する女博士の賢女 「反古庵と女たち」 杉本苑子 江戸の爆笑力-時代小説傑作選 集英社(集英社文庫) 2004年12月

お松　おまつ
江戸の御鉄砲方井上左太夫の組下の与力和田弥太郎の妻 「鷲」 岡本綺堂 怪奇・伝奇時代小説選集12 血塗りの呪法 春陽堂書店(春陽文庫) 2000年9月

お松　おまつ
江戸の大火に焼け出されて料理屋「菊村」で仲居として再び働かしてもらうようになった女 「蚊帳のたるみ」 梅本育子 代表作時代小説 平成十四年度 光風社出版 2002年5月

お松　おまつ
江戸深川の大火事で気を失って倒れていたところを櫓下の鳶の頭に助けられた元中居頭の女 「笹紅」 梅本育子 代表作時代小説 平成十三年度 光風社出版 2001年5月

お松　おまつ
親父橋際の料理屋「菊村」の仲居頭 「俎上の恋」 梅本育子 愛染夢灯籠-時代小説傑作選 講談社(講談社文庫) 2005年9月

おみさ

お松　おまつ
日本橋上鞘町の小さな飲屋「みと松」の主人平吉の女房　「三十ふり袖」　山本周五郎　恋模様-極め付き時代小説選2　中央公論新社(中公文庫)　2004年10月

お松　おまつ
八丁堀の吟味方与力・鈴木精右衛門の屋敷に奉公する女　「恋の身がわり」　梅本育子　代表作時代小説　平成十六年度　光風社出版　2004年4月

お松　おまつ
与力の鈴木精右衛門の屋敷に妾奉公している女で以前は料理屋「菊村」の仲居頭　「恋のしがらみ」　梅本育子　代表作時代小説　平成十五年度　光風社出版　2003年5月

お万津　おまつ
槍術の尾張貫流二代目師範津田権之丞親信の妹　「武太夫開眼」　杉本苑子　武芸十八般-武道小説傑作選　KKベストセラーズ(ベスト時代文庫)　2005年10月

おまゆ
大店の女隠居が仕立てた船遊びの屋根船に乗り込んだ少女　「河童の川流れ」　開田あや　大江戸有情-書き下ろし時代小説傑作選4　大洋図書(大洋時代文庫)　2005年6月

お万　おまん
戦国の世に以前若武者だった島村東次郎と蒲生一平を救ってくれた山の娘、おゆきの母　「妖艶の谷」　早乙女貢　怪奇・伝奇時代小説選集11 妖艶の谷　春陽堂書店(春陽文庫)　2000年8月

お万　おまん
柳生家の息女　「伊賀の聴恋器」　山田風太郎　江戸の爆笑力-時代小説傑作選　集英社(集英社文庫)　2004年12月;恋模様-極め付き時代小説選2　中央公論新社(中公文庫)　2004年10月

悪萬　おまん
稀代の悪漢坊主「悪萬」　花村萬月　代表作時代小説　平成十九年度　光文社　2007年6月;息づかい-好色時代小説集　講談社(講談社文庫)　2007年2月

お万の方　おまんのかた
大奥取締、六条家の出で大奥総女中の行儀躾方を勤めた高雅な美女　「お万の方旋風」　海音寺潮五郎　大奥華伝　角川書店(角川文庫)　2006年11月

お万の方　おまんのかた
土津公(会津松平家藩祖保科正之)の継室　「鬼」　綱淵謙錠　歴史小説の世紀-地の巻　新潮社(新潮文庫)　2000年9月

阿万の方　おまんのかた
徳川三代将軍家光に寵愛され尼僧から大奥の住人になった女　「甘い匂いをもつ尼」　今東光　逆転　時代アンソロジー　祥伝社(祥伝社文庫)　2000年5月

おみさ
京都・俵屋町の長屋に足を運び女房のお定に家を出て気鬱の病になった又七の引き取りを懇願した娘　「女衒の供養」　澤田ふじ子　代表作時代小説　平成二十年度　光文社　2008年6月

おみち

おみち
ぼて振りの定次郎の母、日本橋の呉服屋「越前屋」の主人の後添 「釣忍」 山本周五郎 親不幸長屋-人情時代小説傑作選 新潮社(新潮文庫) 2007年7月

おみち
深川の高橋に四代前から店を構えている米屋「小原屋」の女中頭 「十六夜髑髏」 宮部みゆき 時代小説 読切御免第三巻 新潮社(新潮文庫) 2005年12月

お道　おみち
旗本松村彦太郎の妹で小幡伊織の妻 「半七捕物帳(お文の魂)」 岡本綺堂 捕物小説名作選一 集英社(集英社文庫) 2006年8月

お道(滝野)　おみち(たきの)
市ヶ谷田町の田原屋七郎右衛門の娘 「真説かがみやま」 杉本苑子 仇討ち-時代小説アンソロジー1 小学館(小学館文庫) 2006年12月

おみつ
深川芸者お文の女中 「ただ遠い空」 宇江佐真理 合わせ鏡-女流時代小説傑作選 角川春樹事務所(ハルキ文庫) 2003年2月

おみつ
大垣藩寺社町奉行の塩川家に奉公する娘 「花籠に月を入れて」 澤田ふじ子 剣が哭く夜に哭く-新選代表作時代小説20 光風社出版 2000年1月

おみつ
辻占売りの六歳の少女 「塩むすび」 笹沢左保 感涙-人情時代小説傑作選 KKベストセラーズ(ベスト時代文庫) 2004年11月

お光　おみつ
小舟町の地金問屋「三河屋」の主人喜蔵の女房 「三河屋騒動」 潮山長三 怪奇・伝奇時代小説選集11 妖艶の谷 春陽堂書店(春陽文庫) 2000年8月

お光　おみつ
新選組総長山南敬助の妾 「総司の眸」 羽山信樹 誠の旗がゆく-新選組傑作選 集英社(集英社文庫) 2003年12月

お美津　おみつ
江戸鉄砲洲の酒問屋「瀬の国屋」の当主久右衛門の一人娘 「なでしこ地獄」 広尾磨津夫 怪奇・伝奇時代小説選集14 累物語 春陽堂書店(春陽文庫) 2000年11月

お美津　おみつ
女岡っ引の娘 「腕すり呪文」 古巣夢太郎 怪奇・伝奇時代小説選集8 百物語 春陽堂書店(春陽文庫) 2000年5月

お美津　おみつ
両親を失って浅草聖天町の裏長屋に独り暮らしをする武士の娘 「昇竜変化」 角田喜久雄 動物-極め付き時代小説3 中央公論新社(中公文庫) 2004年11月

お美都　おみつ
甲斐国八代郡子酉川の右岸菊島の庄の鵜飼の長庄兵衛の一人娘 「子酉川鵜飼の怨霊」 今川徳三 怪奇・伝奇時代小説選集14 累物語 春陽堂書店(春陽文庫) 2000年11月

おみね
根津清水谷の萩原新三郎の貸長屋の孫店に住む夫婦の女房 「人形劇 牡丹燈籠」 川尻泰司 怪奇・伝奇時代小説選集9 怪談牡丹燈籠 春陽堂書店(春陽文庫) 2000年6月

おみね
根津清水谷の浪人者萩原新三郎の持家に住んでいた夫婦者の女房 「怪異談 牡丹燈籠」 竹山文夫 怪奇・伝奇時代小説選集9 怪談牡丹燈籠 春陽堂書店(春陽文庫) 2000年6月

お峰　おみね
根津清水谷の浪士萩原新三郎の家屋敷についた孫店に暮らしている夫婦の女房 「怪談牡丹燈籠」 大西信行 怪奇・伝奇時代小説選集9 怪談牡丹燈籠 春陽堂書店(春陽文庫) 2000年6月

お峯　おみね
旅の一座の役者中山仙十郎の女房 「新四谷怪談」 瀬戸英一 怪奇・伝奇時代小説選集13 四谷怪談 春陽堂書店(春陽文庫) 2000年10月

お峰の方　おみねのかた
城代家老笹子錦太夫政明の娘、殿様の愛妾 「ボロ家老は五十五歳」 穂積驚 江戸の老人力-時代小説傑作選 集英社(集英社文庫) 2002年12月

おみの
花火職人の信次が出会った相川町の裏店の住人、身体が不自由な錺職人忠助のお内儀 「がたくり橋は渡らない」 宇江佐真理 江戸色恋坂-市井情話傑作選 学習研究社(学研M文庫) 2005年8月

おみの
新撰組隊士に心を動かした女、西本願寺の傍の床屋「床伝」の娘 「夕焼けの中に消えた」 藤本義一 誠の旗がゆく-新選組傑作選 集英社(集英社文庫) 2003年12月

おみの
双方の親の代から親交がふかい江戸留守居役の大原宗兵衛と高木彦四郎が若い頃に二人共抱いた船宿の娘お栄の子 「疼痛二百両」 池波正太郎 たそがれ長屋-人情時代小説傑作選 新潮社(新潮文庫) 2008年10月；万事金の世-時代小説傑作選 徳間書店(徳間文庫) 2006年4月

お美濃　おみの
南町奉行大岡忠相の愛臣・池田大助に仕える娘、かつては「天女」という名で人気を博した軽業の太夫 「娘軽業師(池田大助捕物日記)」 野村胡堂 傑作捕物ワールド第6巻 名奉行篇 リブリオ出版 2002年10月

おみや
紀州在田郡広荘の水主の三次が逢瀬を重ねている女、網元の田島屋左兵衛の弟要蔵の女房 「黒い波濤」 大路和子 星明かり夢街道-新選代表作時代小説21 光風社出版 2000年5月

おみよ
居酒屋の酌婦おふじの妹 「夕化粧」 杉本章子 合わせ鏡-女流時代小説傑作選 角川春樹事務所(ハルキ文庫) 2003年2月

おみよ

おみよ
江戸の職人で鍛金師の源七の娘で小間物商に嫁いだ女 「急須の源七」 佐江衆一 代表作時代小説 平成十二年度 光風社出版 2000年5月

おみよ
札差久兵衛の女房で間男を繰り返す女、棒手振の和助の妹 「間男三昧」 小松重男 江戸夢日和-市井・人情小説傑作選2 学習研究社(学研M文庫) 2004年1月;逆転 時代アンソロジー 祥伝社(祥伝社文庫) 2000年5月

お美代　おみよ
小藩の槍術指南番高木宗兵衛の娘 「白魚橋の仇討」 山本周五郎 紅葉谷から剣鬼が来る-時代小説傑作選 講談社(講談社文庫) 2002年9月

お美代　おみよ
浅草田原町の糸屋善五郎の妻、元浅野家の奥方のお小姓 「奥方切腹」 海音寺潮五郎 女人-時代小説アンソロジー2 小学館(小学館文庫) 2007年2月

お美代　おみよ
笛の名人春日家の娘 「魔の笛」 野村胡堂 怪奇・怪談時代小説傑作選 徳間書店(徳間文庫) 2004年9月

おみわ
奥平大膳太夫の家中御近習今村丹下の隠居した母の家にいた美人の腰元で丹下にみそめられた娘 「婚礼の夜」 神田伯龍 怪奇・伝奇時代小説選集11 妖艶の谷 春陽堂書店(春陽文庫) 2000年8月

おむら
長崎丸山の売れっ子芸者、ナポレオンおむらを名乗る侠妓 「ナポレオン芸者」 白石一郎 女人-時代小説アンソロジー2 小学館(小学館文庫) 2007年2月

おむら
目明しむささびの源次の女房 「首」 山田風太郎 人物日本の歴史 幕末維新編-時代小説版 小学館(小学館文庫) 2004年9月

沢瀉 彦九郎　おもだか・ひこくろう
大名井伊家の武士 「異聞浪人記」 滝口康彦 時代劇原作選集-あの名画を生みだした傑作小説 双葉社(双葉文庫) 2003年12月

お元　おもと
江戸四谷忍町の質屋近江屋七兵衛の娘 「鼠」 岡本綺堂 人情草紙-信州歴史時代小説傑作集第四巻 しなのき書房 2007年7月;動物-極め付き時代小説選3 中央公論新社(中公文庫) 2004年11月

お茂登　おもと
大身の旗本落合清四郎の姉、成瀬家の後妻 「寒紅梅」 平岩弓枝 愛染夢灯籠-時代小説傑作選 講談社(講談社文庫) 2005年9月

おもと(お琴)　おもと(おこと)
蘭学者高野長英の娘で新吉原の稲本楼に売られて大地震のとき焼け死んだといわれている若い女「川は流れる」夏川今宵　江戸の刺客-書き下ろし時代小説傑作選6　大洋図書（大洋時代文庫）2005年9月

お茂代　おもよ
去年姉が死んで四ツ谷塩町の家に一人きりで住んでいる娘「人肌屏風」古巣夢太郎　怪奇・伝奇時代小説選集11 妖艶の谷　春陽堂書店（春陽文庫）2000年8月

お茂代　おもよ
壬生高樋町に住む目明しの与六の隣家の後家「壬生狂言の夜」司馬遼太郎　新選組烈士伝　角川書店（角川文庫）2003年10月

おもん
深川永代寺門前に住む女、中島町で一人暮らしをするおすまのお喋り友達「ともだち」北原亞以子　たそがれ長屋-人情時代小説傑作選　新潮社（新潮文庫）2008年10月

お紋　おもん
十五になるお清が去年の春から下女として住み込んでいる神田紺屋町の家の手習い師匠「寿ぎ花弔い花」飯野笙子　大江戸有情-書き下ろし時代小説傑作選4　大洋図書（大洋時代文庫）2005年6月

お紋　おもん
大五郎の女房、元商家の娘「背中の新太郎」伊藤桂一　人情草紙-信州歴史時代小説傑作集第四巻　しなのき書房　2007年7月

お紋　おもん
門前仲町の売れっ妓芸者「深川夜雨」早乙女貢　剣の意地 恋の夢-時代小説傑作選　講談社（講談社文庫）2000年9月

お八重　おやえ
自害したお峯の夫だった中山仙十郎が入夫となった家の女房「新四谷怪談」瀬戸英一　怪奇・伝奇時代小説選集13 四谷怪談　春陽堂書店（春陽文庫）2000年10月

お八重　おやえ
深川芸者、火事で身寄りをなくした少年小吉を引き取った女「永代橋一本所見廻り同心控」稲葉稔　姦殺の剣-書下ろし時代小説傑作選3　ミリオン出版（大洋時代文庫）2005年4月

お八重　おやえ
神田の弥助長屋の歌比丘尼、松代藩真田家の近習役小松一学の馴染みの女「田村騒動」海音寺潮五郎　侍の肖像-信州歴史時代小説傑作集第二巻　しなのき書房　2007年5月

お八重(八重)　おやえ(やえ)
本性院伊佐野の局の側仕えの女「顎十郎捕物帳（捨公方）」久生十蘭　捕物小説名作選一　集英社（集英社文庫）2006年8月

おやす

お安　おやす
播州姫路の榊原家の鉄砲三十挺頭鈴木主水の妻 「鈴木主水」 久生十蘭 歴史小説の世紀-天の巻　新潮社(新潮文庫) 2000年9月

お安　おやす
浪人多賀新兵衛の連れの女、元内藤新宿の旅籠宿の飯盛女 「近眼の新兵衛」 村上元三　侍の肖像-信州歴史時代小説傑作集第二巻　しなのき書房 2007年5月

小山田 一学　おやまだ・いちがく
美濃遠山藩の下級武士の倅、平栗久馬の父親の仇 「花咲ける武士道」 神坂次郎　江戸の爆笑力-時代小説傑作選　集英社(集英社文庫) 2004年12月

小山田 多門　おやまだ・たもん
越前宰相忠直の寵愛の臣 「忠直卿行状記」 海音寺潮五郎　江戸三百年を読む 上-傑作時代小説 江戸騒乱編　角川学芸出版(角川文庫) 2009年9月

小山田 鉄平　おやまだ・てっぺい
奥州三春藩の国詰めの藩士、許嫁の加代が江戸で水死したといわれた男　「ひぐらし蝉」　角田喜久雄　大江戸事件帖-時代推理小説名作選　双葉社(双葉文庫) 2005年7月

おやや
織田信長の足軽組頭浅野又左衛門の娘、木下藤吉郎(のちの太閤秀吉)の妻となったお禰の妹 「琴瑟の妻-ねね」 澤田ふじ子　人物日本の歴史 戦国編-時代小説版　小学館(小学館文庫) 2004年3月

おゆい
深川・佐賀町の米問屋「越後屋」の娘、凧が造りたくて凧師の末松の家に来た子供 「凧、凧、揚がれ」 宇江佐真理　江戸夢日和-市井・人情小説傑作選二　学習研究社(学研M文庫) 2004年1月

おゆう
延五郎親方の工房に通う紅師、生まれ在所の金町村を抜けてきた女 「寒紅おゆう」 佐伯泰英　花ふぶき-時代小説傑作選　角川春樹事務所(ハルキ文庫) 2004年7月

おゆう
京都三本木に近い古道具屋「阿波屋」の娘、祝言を前に心中した女 「金梨子地空鞘判断(若さま侍捕物手帖)」 城昌幸　傑作捕物ワールド第3巻 人気侍篇　リブリオ出版 2002年10月

おゆう
神楽巫女、自分を騙した旗本の次男坊を殺して八丈島に島流しになった女 「巫女の海」 大路和子　代表作時代小説 平成十六年度　光風社出版 2004年4月

おゆう
大店の女隠居が仕立てた船遊びの屋根船に乗り込んだ遊芸師匠といった風体の女 「河童の川流れ」 開田あや　大江戸有情-書き下ろし時代小説傑作選4　大洋図書(大洋時代文庫) 2005年6月

お悠　おゆう
医者半井玄節の娘　「沖田総司の恋-「新選組血風録」より」　司馬遼太郎　恋模様-極め付き時代小説選2　中央公論新社(中公文庫)　2004年10月

おゆき
深川大和町の家に死神と呼ばれる清之助という老人と一緒に住んでいる大女　「代替わり」　山本一力　花ふぶき-時代小説傑作選　角川春樹事務所(ハルキ文庫)　2004年7月

おゆき
戦国の世に以前若武者だった島村東次郎と蒲生一平を救ってくれた山女お万の娘　「妖艶の谷」　早乙女貢　怪奇・伝奇時代小説選集11 妖艶の谷　春陽堂書店(春陽文庫)　2000年8月

おゆき
東慶寺に駆け込んだ若女房で懐妊した女　「おゆき」　井上ひさし　代表作時代小説 平成二十年度　光文社　2008年6月

おゆき
百姓八兵衛の二番目の娘　「菅刈の庄」　梅本育子　剣の意地 恋の夢-時代小説傑作選　講談社(講談社文庫)　2000年9月

お幸　おゆき
日本橋上鞘町の裏長屋に母親と住む二十七の女、元は槙町で大きな「かもじ屋」を営んでいた家の娘　「三十ふり袖」　山本周五郎　恋模様-極め付き時代小説選2　中央公論新社(中公文庫)　2004年10月

お幸　おゆき
役目を負った旅の途中で古い辻堂に入った伊賀のくの一　「フルハウス」　藤水名子　夢を見にけり-時代小説招待席　広済堂出版　2004年6月

お雪　おゆき
高島藩領内塚原の豪農坂本孫左衛門の娘　「湖畔の人々」　山本周五郎　鎮守の森に鬼が棲む-時代小説傑作選　講談社(講談社文庫)　2001年9月

お雪　おゆき
赤津藩忍び組の首領・馬立牛斎の美しい娘　「筒を売る忍者」　山田風太郎　逢魔への誘い-問題小説傑作選6 時代情恋篇　徳間書店(徳間文庫)　2000年3月

おゆみ
横浜の海岸通の小鳥屋の女店主、元八丁堀の御家人・衣笠卯之助の女　「情けねえ」　白石一郎　代表作時代小説 平成十七年度　光文社　2005年6月

おゆみ
神田祭の騒ぎに紛れて殺された通り新石町の紙問屋「相模屋」の女主人　「三度殺された女」　南條範夫　闇の旋風-問題小説傑作選5 捕物帖篇　徳間書店(徳間文庫)　2000年1月

お弓(弓)　おゆみ(ゆみ)
旗本内田三郎右衛門の妾の連れ子、のち高田郡兵衛の妻　「脱盟の槍-「赤穂浪士伝」より」　海音寺潮五郎　約束-極め付き時代小説選1　中央公論新社(中公文庫)　2004年9月

お由良　おゆら
武田家当主晴信(信玄)直属の御支配屋敷のくノ一　「くノ一懺悔-望月千代女」永岡慶之助　戦国忍者武芸帳-時代小説傑作選五　新人物往来社　2008年3月;剣の道忍の掟-信州歴史時代小説傑作集第三巻　しなのき書房　2007年6月

お由羅の方　おゆらのかた
薩摩・大隅・日向三国の太守島津斉興の愛妾　「丑の刻異変」　中林節三　怪奇・伝奇時代小説選集5 北斎と幽霊　春陽堂書店(春陽文庫)　2000年2月

お百合　おゆり
京の祇園社の境内にある茶店の女主人お梶の娘　「秘図」池波正太郎　侍たちの歳月-新鷹会・傑作時代小説選　光文社(光文社文庫)　2002年6月

お由利　おゆり
浅草の見世物小屋で評判をよんでいる熊のような大女でおこうの郷里の村娘　「熊娘-おこう紅絵暦」　高橋克彦　代表作時代小説 平成十五年度　光風社出版　2003年5月

お葉　およう
美貌の夜鷹　「吸血の妖女」島守俊夫　怪奇・伝奇時代小説選集11 妖艶の谷　春陽堂書店(春陽文庫)　2000年8月

およし
一膳飯屋「姉妹屋」の妹娘お初の義姉、「姉妹屋」の女主人　「迷い鳩(霊験お初捕物控)」宮部みゆき　傑作捕物ワールド第4巻 女の情念篇　リブリオ出版　2002年10月

お芳　およし
京都鍛冶屋町の油問屋「市村座」の女房、縞模様を好む淫蕩の相のある女　「縞揃女油地獄」　澤田ふじ子　浮き世草紙-女流時代小説傑作選　角川春樹事務所(ハルキ文庫)　2002年10月

お芳　およし
江戸で暮らす貧乏浪人佐世得十郎が豊臣家にいた頃の同僚結城孫兵衛の妹　「一念不退転」海音寺潮五郎　武士の本懐〈弐〉-武士道小説傑作選　KKベストセラーズ(ベスト時代文庫)　2005年5月

お芳　およし
江戸鉄砲洲の酒問屋「瀬の国屋」の当主久右衛門の後妻　「なでしこ地獄」広尾磨津夫　怪奇・伝奇時代小説選集14 累物語　春陽堂書店(春陽文庫)　2000年11月

お芳　およし
豆腐屋に婿入りした塚次の舅重平の姪　「こんち午の日」山本周五郎　江戸の商人力-時代小説傑作選　集英社(集英社文庫)　2006年12月

お芳　およし
北信濃の戸狩村の郷士で代々村の百姓に火薬の製法を教えた煙火師の家の娘　「銀河まつり」吉川英治　人情草紙-信州歴史時代小説傑作集第四巻　しなのき書房　2007年7月

お由　およし
湯島の女太夫　「火術師」五味康祐　職人気質-時代小説アンソロジー4　小学館(小学館文庫)　2007年5月

およね
房総の大名里見家の百人衆のひとり金丸強右衛門の側女で百姓の娘 「海と風の郷」 岩井三四二 代表作時代小説 平成二十一年度 光文社 2009年6月

お米　およね
横川堀の寮に出養生に来ていた浅草の木綿問屋の娘お常の下女 「恋慕幽霊」 小山龍太郎 怪奇・伝奇時代小説選集14 累物語 春陽堂書店（春陽文庫） 2000年11月

お米　およね
元は娼婦で千住の岡場所でつとめをしていた女、おぬいの昔友達 「おっ母、すまねえ」 池波正太郎 親不幸長屋-人情時代小説傑作選 新潮社（新潮文庫） 2007年7月

およめ
勘定方役人の御家人堤算二郎が深川八幡の水茶屋で出会った茶屋女 「刀財布-堤算二郎金銀山日記」 白石一郎 代表作時代小説 平成十四年度 光風社出版 2002年5月

おらく
二条寺町の菓子屋の若後家 「武田観柳斎」 井上友一郎 新選組烈士伝 角川書店（角川文庫） 2003年10月

おらん
女中奉公をしていた屋敷で若侍と深い仲になり腿に入墨をされて放逐となった女 「鬼女の鱗（宝引の辰捕物帳）」 泡坂妻夫 傑作捕物ワールド第1巻 岡っ引き篇 リブリオ出版 2002年10月

お蘭　おらん
維新前は藩主の側室で元家臣の欅一十郎とは主従関係にあった女 「お蘭さまと一十郎」 南條範夫 代表作時代小説 平成十二年度 光風社出版 2000年5月

阿蘭　おらん
長崎圓山の遊女で町年寄の唐津屋文左衛門の妾となった娘 「阿蘭殺し」 井上雅彦 伝奇城-文庫書下ろし/伝奇時代小説アンソロジー 光文社（光文社文庫） 2005年2月

お蘭の方　おらんのかた
越後村松藩主堀直賀の寵愛する側室、維新後は伊藤博文の妾となった美しい女 「欅三十郎の生涯」 南條範夫 感涙-人情時代小説傑作選 KKベストセラーズ（ベスト時代文庫） 2004年11月

おりう
剣術家の森与平が可愛がっていた妾 「名月記」 子母沢寛 歴史小説の世紀-天の巻 新潮社（新潮文庫） 2000年9月

お利江　おりえ
牛込見附の土手で斬り殺された御徒の御家人野田弥兵衛の美しい後家 「ビードロを吹く女」 胡桃沢耕史 江戸宵闇しぐれ-人情捕物帳傑作選二 学習研究社（学研M文庫） 2005年3月

折小野　おりおの
小藩の江戸詰の侍、示現流の使い手 「梵鐘」 北方謙三 時代小説 読切御免第四巻 新潮社（新潮文庫） 2005年12月

おりき
畿内富ノ森の農民宇平の娘 「まよい蛍」 早乙女貢 鎮守の森に鬼が棲む-時代小説傑作選 講談社(講談社文庫) 2001年9月

おりき
深川佐賀町にある干鰯問屋「日高屋」の女房 「橋を渡って」 北原亞以子 江戸の秘恋-時代小説傑作選 徳間書店(徳間文庫) 2004年10月

お力　おりき
沖田総司に隠匿われた女 「甲州鎮撫隊」 国枝史郎 新選組興亡録 角川書店(角川文庫) 2008年9月

おりく
大坂の染料問屋の主人染屋治兵衛の女房 「川に沈む夕日」 辻原登 代表作時代小説 平成十八年度 光文社 2006年6月

織部 純之進　おりべ・じゅんのしん
酒井家の領地巡察使という役目を承り飛地の伊豆田方郡の諸村を見廻りの初旅をした若武士 「丹那山の怪」 江見水蔭 怪奇・伝奇時代小説選集11 妖艶の谷 春陽堂書店(春陽文庫) 2000年8月

お柳　おりゅう
斬殺された浪人矢部広之進の妻、亡夫の復讐を誓う女 「ほたるの庭」 杉本苑子 犬道楽江戸草紙-時代小説傑作選 徳間書店(徳間文庫) 2005年8月

お竜　おりゅう
呉服屋「白子屋」の主人源左衛門の女房で深川で芸者をしていた女 「ある強盗の幻影」 大田瓢一郎 怪奇・伝奇時代小説選集11 妖艶の谷 春陽堂書店(春陽文庫) 2000年8月

お竜　おりゅう
福岡藩の下級武家の四男吉田杢助が林の中で飼っている二匹の捨て犬の一匹 「犬を飼う武士」 白石一郎 犬道楽江戸草紙-時代小説傑作選 徳間書店(徳間文庫) 2005年8月

お竜　おりゅう
料亭「湖月」の女将 「刺青渡世(彫辰捕物帖)」 梶山季之 傑作捕物ワールド第5巻 渡世人篇 リブリオ出版 2002年10月

お龍　おりゅう
美しい足が自慢のしびれのお龍という女賊 「お龍月夜笠」 藤見郁 灯籠伝奇-捕物時代小説選集8 春陽堂書店(春陽文庫) 2000年12月

おりよ
労咳で余命数日の十七歳の娘、呉服太物問屋伊勢屋利三郎の内緒の子 「証」 北原亞以子 合わせ鏡-女流時代小説傑作選 角川春樹事務所(ハルキ文庫) 2003年2月

おりょう
江戸下谷で幼い娘と貧しい暮らしをしている女 「帰り花」 北原亞以子 代表作時代小説 平成二十一年度 光文社 2009年6月

おりょう
深川森下で評判の料理屋「分け鈴」の女将、かつては大物の盗っ人だった質屋のご隠居の孫 「なおし屋富蔵」 半村良　酔うて候-時代小説傑作選　徳間書店(徳間文庫) 2006年10月

おりょう
乱発の首領風魔小太郎の妾 「影を売った武士」 戸川幸夫　怪奇・怪談時代小説傑作選　徳間書店(徳間文庫) 2004年9月

お了　おりょう
尾張藩の儒者吉田素庵の末娘 「慶安御前試合」 隆慶一郎　花ごよみ夢一夜-新選代表作時代小説24　光風社出版(光風社文庫) 2001年11月

おりん
引合茶屋「矢車屋」の女主人 「耐える女」 佐藤雅美　江戸の秘恋-時代小説傑作選　徳間書店(徳間文庫) 2004年10月

おりん
広島城下にある呉服屋「松葉屋」の十歳のお転婆娘 「竈さらえ」 見延典子　浮き世草紙-女流時代小説傑作選　角川春樹事務所(ハルキ文庫) 2002年10月

おりん
紙屑買の和助の女房 「骨折り和助」 村上元三　万事金の世-時代小説傑作選　徳間書店(徳間文庫) 2006年4月

おりん
大坂曾根崎新地の花屋の娘 「死出の雪-崇禅寺馬場の敵討ち」 隆慶一郎　士道無惨!仇討ち始末-時代小説傑作選四　新人物往来社 2008年3月

お琳　おりん
仕事師、東洞院蛸薬師で絵屋をいとなむ女 「女狐の罠」 澤田ふじ子　闇の旋風-問題小説傑作選5 捕物帖篇　徳間書店(徳間文庫) 2000年1月

お琳　おりん
女町絵師、地蔵寺住職宗徳らと悪人どもを成敗する足引き寺の仲間の一人 「地蔵寺の犬」 澤田ふじ子　犬道楽江戸草紙-時代小説傑作選　徳間書店(徳間文庫) 2005年8月

おるい
三州挙母藩士萬田弥太郎の妻と失踪した中間・藤助のめっぽう気性の激しい女房 「こけ猿」 西村望　逢魔への誘い-問題小説傑作選6 時代情恋篇　徳間書店(徳間文庫) 2000年3月

オルガンティーノ
キリシタン司祭、安士セミナリオの校長 「修道士の首」 井沢元彦　偉人八傑推理帖-名探偵時代小説　双葉社(双葉文庫) 2004年7月

おれん
松平長七郎の右腕、女賊あがりの者 「山王死人祭(松平長七郎江戸日記)」 村上元三　傑作捕物ワールド第3巻 人気侍篇　リブリオ出版 2002年10月

おれん
大山道の側の三軒茶屋の銘酒屋 「菅刈の庄」 梅本育子 剣の意地 恋の夢-時代小説傑作選 講談社(講談社文庫) 2000年9月

おれん
浪士稲田安次郎の妻 「笊ノ目万兵衛門外へ」 山田風太郎 武士道-時代小説アンソロジー3 小学館(小学館文庫) 2007年3月

お蓮　おれん
出羽浪人清河八郎が鶴岡の娼家から身請けし可愛がっていた女 「奇妙なり八郎」 司馬遼太郎 時代劇原作選集-あの名画を生みだした傑作小説 双葉社(双葉文庫) 2003年12月

お蓮　おれん
福岡藩総目付十時半睡の旧友の内儀 「叩きのめせ」 白石一郎 地獄の無明剣-時代小説傑作選 講談社(講談社文庫) 2004年9月

お蓮の方　おれんのかた
信州松代藩真田家の六代藩主信安の愛妾 「田村騒動」 海音寺潮五郎 侍の肖像-信州歴史時代小説傑作集第二巻 しなのき書房 2007年5月

大蛇　おろち
北の国の果て三折峠の主と呼ばれる魔物で村長の美しい娘に恋した大蛇 「大蛇物語」 宮野叢子 怪奇・伝奇時代小説選集5 北斎と幽霊 春陽堂書店(春陽文庫) 2000年2月

お若　おわか
根津権現前の岡場所「吉野」の若い売女 「夜の辛夷」 山本周五郎 江戸色恋坂-市井情話傑作選 学習研究社(学研M文庫) 2005年8月

お和歌　おわか
京都三条御幸町にある諸国買物問屋「但馬屋」の主人弥左衛門の囲われ者 「雪提灯」 澤田ふじ子 春宵 濡れ髪しぐれ-時代小説傑作選 講談社(講談社文庫) 2003年9月

尾張　宗春　おわり・むねはる
尾張藩第七代藩主 「天守閣の音」 国枝史郎 蛇の眼-捕物時代小説選集2 春陽堂書店(春陽文庫) 2000年3月

音外坊　おんがいぼう
山伏、元浅野家側用人片岡源五右衛門の家の下僕 「南天」 東郷隆 異色忠臣蔵大傑作集 講談社(講談社文庫) 2002年12月

【か】

懐王　かいおう
楚の王 「屈原鎮魂」 真樹操 異色中国短篇傑作大全 講談社(講談社文庫) 2001年3月

快慶　かいけい
仏師、運慶の父康慶の弟子 「運慶」 松本清張　歴史小説の世紀-天の巻　新潮社(新潮文庫)　2000年9月

甲斐 源三郎　かい・げんざぶろう
矢野圭順(室井貞之助)の幼馴染み、ある藩の武術師範 「杖下」 北方謙三　時代小説-読切御免第一巻　新潮社(新潮文庫)　2004年3月

貝ノ馬介　かいのうますけ*
山稼ぎの荒くれ男 「舌を嚙み切った女」 室生犀星　歴史小説の世紀-天の巻　新潮社(新潮文庫)　2000年9月

海部 善六　かいふ・ぜんろく
尾張藩士、奥向きの隠秘の御用で上方への旅に出た男 「傿息図」 東郷隆　息づかい-好色時代小説集　講談社(講談社文庫)　2007年2月

楓　かえで
土津公(会津松平家藩祖保科正之)の第四女松姫付き老女野村に仕えていた女中 「鬼」 綱淵謙錠　歴史小説の世紀-地の巻　新潮社(新潮文庫)　2000年9月

楓姫　かえでひめ
江戸一番の面師保次に面を彫るように依頼した大名の姫君 「鬼面変化」 小山竜太郎　怪奇・伝奇時代小説選集8 百物語　春陽堂書店(春陽文庫)　2000年5月

花押　かおう
品川の遊女屋「うま屋」の遊女で殺された女 「仙台花押」 泡坂妻夫　代表作時代小説 平成十二年度　光風社出版　2000年5月

カオル
越後村松の町奉行の娘 「星霜」 瀧澤美恵子　鎮守の森に鬼が棲む-時代小説傑作選　講談社(講談社文庫)　2001年9月

加賀御前　かがごぜん
芸州広島の浅野本家当主浅野安芸守吉長の妻、加賀の前田家の姫君 「奥方切腹」 海音寺潮五郎　女人-時代小説アンソロジー2　小学館(小学館文庫)　2007年2月

加々美 主殿　かがみ・たのも
仙台藩目付、羅馬(ローマ)から帰国途中の支倉常長を正史とする遣欧使節団の船「陸奥丸」に乗り組んだ侍 「紀州鯨銛殺法」 新宮正春　武芸十八般-武道小説傑作選　KKベストセラーズ(ベスト時代文庫)　2005年10月

加賀屋寿之助(寿之助)　かがやじゅのすけ(じゅのすけ)
日本橋通町の木綿問屋、金を借りたために材木問屋和泉屋甚助の腰巾着となった男 「憚りながら日本一」 北原亞以子　浮き世草紙-女流時代小説傑作選　角川春樹事務所(ハルキ文庫)　2002年10月

柿生 昌平　かきお・しょうへい
伊予松山藩の山奉行書役、直真影流の剣の達人 「嘲斎坊とは誰ぞ」 小田武雄　江戸の爆笑力-時代小説傑作選　集英社(集英社文庫)　2004年12月

かきす

鶴亀助　かきすけ
戦国武者岡左内の中間　「ばてれん兜」神坂次郎　疾風怒涛!上杉戦記-傑作時代小説　PHP研究所(PHP文庫)　2008年3月

嘉吉　かきち
昼は研ぎ屋で夜盗っ人をしている男　「驟り雨」藤沢周平　歴史小説の世紀-地の巻　新潮社(新潮文庫)　2000年9月

嗅っ鼻の団次　かぎっぱなのだんじ
同心　「三度殺された女」南條範夫　闇の旋風-問題小説傑作選5 捕物帖篇　徳間書店(徳間文庫)　2000年1月

柿沼 岸之助　かきぬま・きしのすけ
掛川藩の飛び地の所領松崎の江奈陣屋勤番を申し渡された若い武士　「風待ち」片桐泰志　伊豆の歴史を歩く-伊豆文学賞・歴史小説傑作集Ⅱ　羽衣出版　2006年3月

柿本 源七郎　かきもと・げんしちろう
中年の武士、剣客　「剣の誓約-「剣客商売」より」池波正太郎　約束-極め付き時代小説選1　中央公論新社(中公文庫)　2004年9月

鍵屋万助(万助)　かぎやまんすけ(まんすけ)
幕末の大坂にいた侠客、「辛抱万助」といわれたほどにがまん強い男　「侠客万助珍談」司馬遼太郎　歴史小説の世紀-地の巻　新潮社(新潮文庫)　2000年9月

角右衛門(夜兎の角右衛門)　かくえもん(ようさぎのかくえもん)
盗賊、のち火付盗賊改方長谷川平蔵のためにはたらいた男　「看板」池波正太郎　歴史小説の世紀-地の巻　新潮社(新潮文庫)　2000年9月

覚円坊　かくえんぼう
山伏　「巌流小次郎秘剣斬り 武蔵羅切」新宮正春　宮本武蔵伝奇-時代小説セレクション　勉誠出版　2002年12月

覚慶(足利 義秋)　かくけい(あしかが・よしあき)
室町将軍足利義輝の弟、奈良興福寺一乗院門跡で後の十五代将軍義昭　「義輝異聞 遺恩」宮本昌孝　代表作時代小説 平成十三年度　光風社出版　2001年5月

霍光　かく・こう
景桓侯(霍去病)の異母弟、奉車都尉　「殺青」塚本青史　妃・殺・蝗-中国三色奇譚　講談社(講談社文庫)　2002年11月

角さん　かくさん
藩の老臣長岡佐渡の槍持ち　「よじょう」山本周五郎　「宮本武蔵」短編傑作選　角川書店(角川文庫)　2003年1月;七人の武蔵　角川書店(角川文庫)　2002年10月

角次郎　かくじろう
三好町の長屋に住む棒手振りの魚屋　「鰹千両」宮部みゆき　情けがからむ朱房の十手-傑作時代小説　PHP研究所(PHP文庫)　2009年1月;撫子が斬る-女性作家捕物帳アンソロジー　光文社(光文社文庫)　2005年9月

覚善　かくぜん
山伏　「南天」東郷隆　異色忠臣蔵大傑作集　講談社(講談社文庫)　2002年12月

角蔵　かくぞう
一膳飯屋の主、文次の雇い主で元火消し　「だるま猫」　宮部みゆき　怪奇・怪談時代小説傑作選　徳間書店(徳間文庫)　2004年9月

角蔵　かくぞう
羽田村の正直者の漁師　「鷺」　岡本綺堂　怪奇・伝奇時代小説選集12 血塗りの呪法　春陽堂書店(春陽文庫)　2000年9月

角太郎　かくたろう
日本橋の薬種問屋「紀の国屋」の若隠居　「夜嵐お絹の毒」　戸川昌子　合わせ鏡-女流時代小説傑作選　角川春樹事務所(ハルキ文庫)　2003年2月

格之進　かくのしん
土佐藩の若侍　「強情いちご」　田岡典夫　侍たちの歳月-新鷹会・傑作時代小説選　光文社(光文社文庫)　2002年6月

加具美　かぐみ
賀部野の長者喜志夫の末娘　「猿智物語」　新田次郎　動物-極め付き時代小説選3　中央公論新社(中公文庫)　2004年11月

覚楪　かくよう
老山伏　「南天」　東郷隆　異色忠臣蔵大傑作集　講談社(講談社文庫)　2002年12月

筧　卯三郎　かけい・うさぶろう
御家人、もめ事の始末屋稼業をしている男　「初不動地獄の証文」　結城昌治　闇の旋風-問題小説傑作選5 捕物帖篇　徳間書店(徳間文庫)　2000年1月

景家　かげいえ
高倉帝の従者、壇の浦決戦で平知盛と相携えて投身した若武者　「葵の風」　五味康祐　人物日本の歴史 古代中世編-時代小説版　小学館(小学館文庫)　2004年1月

筧　惣一郎　かけい・そういちろう
北町奉行所定町廻り同心　「急用札の男」　松井今朝子　撫子が斬る-女性作家捕物帳アンソロジー　光文社(光文社文庫)　2005年9月

筧　惣一郎　かけい・そういちろう
北町奉行所定町廻り同心　「恋じまい」　松井今朝子　吉原花魁　角川書店(角川文庫)　2009年12月

掛井　半之丞　かけい・はんのじょう*
前橋藩士藤野幸右衛門が筆頭家老から上意討ちするよう命じられた家老職の一人で幸右衛門の仕官を推挙してくれた恩人　「沙の波」　安住洋子　代表作時代小説 平成十八年度　光文社　2006年6月

影浦　大輔　かげうら・だいすけ
土浦藩士家の老職秋葉大膳の嫡男で父に盾ついて江戸へ飛び出してきた男　「うどん屋剣法」　山手樹一郎　感涙-人情時代小説傑作選　KKベストセラーズ(ベスト時代文庫)　2004年11月;逆転 時代アンソロジー　祥伝社(祥伝社文庫)　2000年5月

かけし

加筈梓　かけし
賀部野の長者喜志夫の長女 「猿智物語」 新田次郎　動物-極め付き時代小説選3　中央公論新社(中公文庫) 2004年11月

影の喜兵衛　かげのきへえ
三河譜代の旗本大久保家の家臣、伊賀の忍び上り 「江戸っ子由来」 柴田錬三郎　江戸三百年を読む 上-傑作時代小説 江戸騒乱編　角川学芸出版(角川文庫) 2009年9月

影山 久馬　かげやま・きゅうま
城代家老笹子錦太夫政明を斬殺した侍、錦太夫の亡妻らくの前夫の息子 「ボロ家老は五十五歳」 穂積驚　江戸の老人力-時代小説傑作選　集英社(集英社文庫) 2002年12月

陽炎　かげろう
並外れた武芸の腕を持つ遊女、実は大島三十郎という若衆で直江兼続に仕官したいという者 「くノ一紅騎兵」 山田風太郎　軍師の死にざま-短篇小説集　作品社 2006年10月

かこめ
京の都の六条名物であった扇売りの店の女房 「かこめ扇」 永井路子　花ごよみ夢一夜-新選代表作時代小説24　光風社出版(光風社文庫) 2001年11月

葛西 信清　かさい・のぶきよ
戦国武将で南部藩の家臣大浦弥四郎(のちの初代津軽藩主津軽為信)の将 「ゴロツキ風雲録」 長部日出雄　東北戦国志-傑作時代小説　PHP研究所(PHP文庫) 2009年9月

風車の浜吉　かざぐるまのはまきち
小石川伝通院の風車売り、元御用聞 「京屋の箱入娘-風車の浜吉捕物綴」 伊藤桂一　代表作時代小説 平成十四年度　光風社出版 2002年5月

風車の浜吉　かざぐるまのはまきち
小石川伝通院の風車売り、根津の親分と呼ばれる元御用聞 「絵師の死ぬとき」 伊藤桂一　江戸浮世風-人情捕物帳傑作選　学習研究社(学研M文庫) 2004年8月

風車の浜吉　かざぐるまのはまきち
小石川伝通院の風車売り、根津の親分と呼ばれる元御用聞 「月夜駕籠」 伊藤桂一　剣よ月下に舞え-新選代表作時代小説23　光風社出版(光風社文庫) 2001年5月

風車の浜吉　かざぐるまのはまきち
小石川伝通院の風車売り、根津の親分と呼ばれる元御用聞 「風車は廻る(風車の浜吉・捕物綴)」 伊藤桂一　捕物小説名作選一　集英社(集英社文庫) 2006年8月;傑作捕物ワールド第10巻　リブリオ出版 2002年10月

笠戸　かさど
源家の家人、比企の尼の娘 「頼朝勘定」 山岡荘八　人物日本の歴史 古代中世編-時代小説 小学館(小学館文庫) 2004年1月

累　かさね
百姓の与右衛門が好い女を後妻をもらうために殺した醜い女房 「累物語」 田中貢太郎　怪奇・伝奇時代小説選集14 累物語　春陽堂書店(春陽文庫) 2000年11月

笠原 助左衛門　かさはら・すけざえもん
甲州加賀美郷の郷士「まぼろしの軍師」新田次郎　軍師の生きざま-時代小説傑作選　コスミック出版（コスミック文庫）2008年11月；決戦 川中島-傑作時代小説　PHP研究所（PHP文庫）2007年3月

笠松 平九郎　かさまつ・へいくろう
陰陽師、陰陽頭・土御門泰栄の京都触頭の一人「縞揃女油地獄」澤田ふじ子　浮き世草紙-女流時代小説傑作選　角川春樹事務所（ハルキ文庫）2002年10月

笠松 平九郎　かさまつ・へいくろう
陰陽師を全国支配する土御門家の京都触頭「因業な髪」澤田ふじ子　代表作時代小説 平成十七年度　光文社　2005年6月

風森 太兵衛　かざもり・たへえ*
妻を亡くしてからいずれは嫁にやらねばならぬ娘を可愛がって独り身を通してきた武家「桔梗」安西篤子　剣よ月下に舞え-新選代表作時代小説23　光風社出版（光風社文庫）2001年5月

梶井　かじい
「僕」の中学の友達で僕の家の筋向こうの維新前は旗本の屋敷だった家に一家で引っ越して来た男「月の夜がたり」岡本綺堂　怪奇・伝奇時代小説選集7 幽明鏡草紙　春陽堂書店（春陽文庫）2000年4月

鍬沢 素平　かじかさわ・もとよし
東国の藩の江戸留守居方書役、公儀の奥右筆桃井三左衛門の釣友となった若者「ゆめ」岳宏一郎　代表作時代小説 平成十七年度　光文社　2005年6月

梶川 源八郎　かじかわ・げんぱちろう
老中戸田山城守の御側用人「人柱」徳永真一郎　侍たちの歳月-新鷹会・傑作時代小説選　光文社（光文社文庫）2002年6月

加治 源之介　かじ・げんのすけ
烏山藩との対抗試合のため国許から江戸へ出府した沼田藩の代表剣士「妻を怖れる剣士」南條範夫　江戸の爆笑力-時代小説傑作選　集英社（集英社文庫）2004年12月

梶女　かじじょ
祇園の茶屋の女主人、扇絵師・宮崎友禅を翻弄する美貌の女流歌人「宮崎友禅斎」永岡慶之助　江戸夢あかり-市井・人情小説傑作選　学習研究社（学研M文庫）2003年7月

梶田 藤蔵　かじた・とうぞう
内藤家の家老「仇討ちは雪の日に」二階堂玲太　武士道日暦-新鷹会・傑作時代小説選　光文社（光文社文庫）2007年6月

加治 日曜丸　かじ・にちようまる
越後の国人竹俣三河守が太刀守りの役につけた少年「竹俣」東郷隆　疾風怒涛！上杉戦記-傑作時代小説　PHP研究所（PHP文庫）2008年3月

梶野 長庵　かじの・ちょうあん
深川仲町の芸者そのの兄で犬畜生に劣る奴「へちまの棚」永井龍男　歴史小説の世紀-天の巻　新潮社（新潮文庫）2000年9月

加地 主水　かじ・もんど
越前福井藩の普請場支配で九頭竜川の治水工事の監督に当っている男「愚鈍物語」山本周五郎　江戸の鈍感力-時代小説傑作選　集英社(集英社文庫)　2007年12月

嘉十郎（縄手の嘉十郎）　かじゅうろう(なわてのかじゅうろう)
長州藩が利用している目明し「甲州鎮撫隊」国枝史郎　新選組興亡録　角川書店(角川文庫)　2008年9月

柏木 啓二郎　かしわぎ・けいじろう
警視庁の邏卒、御維新前には幕府直参の旗本であった男「怪盗ハイカラ小僧」真鍋元之　蛇の眼-捕物時代小説選集2　春陽堂書店(春陽文庫)　2000年3月

柏原 浩太郎　かしわら・こうたろう*
深川万年橋そばの御家人・時田十郎の家来の若者「純色だすき」山本一力　散りぬる桜-時代小説招待席　広済堂出版　2004年2月

梶原 左近　かじわら・さこん
元越後長岡藩の徒士小頭木村武兵衛の息子源之丞の敵、元長岡藩近習役「峠の剣」佐江衆一　時代小説 読切御免第二巻　新潮社(新潮文庫)　2004年3月

梶原 長門　かじわら・ながと
下総の長刀の達人「一の太刀」柴田錬三郎　幻の剣鬼 七番勝負-傑作時代小説　PHP研究所(PHP文庫)　2008年5月

梶原 長門　かじわら・ながと
廻国修行の兵法者「塚原卜伝」安西篤子　人物日本剣豪伝一　学陽書房(人物文庫)　2001年4月

梶原 長門　かじわら・ながと
薙刀の名人、下総の住人「百舌と雀鷹-塚原卜伝vs梶原長門」津本陽　秘剣・豪剣!武芸決闘記-時代小説傑作選二　新人物往来社　2008年3月

梶原 景時　かじわらの・かげとき
鎌倉の源頼朝の家来で義経を憎みいつも頼朝に讒言していた悪い男「静御前」西條八十　源義経の時代-短篇小説集　作品社　2004年10月

果心　かしん
外法使い「叛(はん)」綱淵謙錠　神出鬼没!戦国忍者伝-傑作時代小説　PHP研究所(PHP文庫)　2009年3月

可寿江（村山 たか）　かずえ(むらやま・たか)
大老井伊直弼の懐刀の国学者長野主馬子飼いの密偵「釜中の魚」諸田玲子　江戸三百年を読む下-傑作時代小説 幕末風雲編　角川学芸出版(角川文庫)　2009年9月;異色歴史短篇傑作大全　講談社　2003年11月

春日 正太郎　かすが・しょうたろう
奇談クラブ新会員、遠い祖先は笛の名人春日家「魔の笛」野村胡堂　怪奇・怪談時代小説傑作選　徳間書店(徳間文庫)　2004年9月

春日 新九郎　かすが・しんくろう
剣士、鐘巻自斎を討つために木曽の妻籠峠にこもり修業をする男　「大妻籠無極の太刀風」吉川英治　剣の道忍の掟-信州歴史時代小説傑作集第三巻　しなのき書房　2007年6

春日ノお局様　かすがのおつぼねさま
徳川三代将軍家光の乳人「甘い匂いをもつ尼」今東光　逆転 時代アンソロジー　祥伝社(祥伝社文庫)　2000年5月

春日局　かすがのつぼね
徳川三代将軍家光の乳母、明智光秀の重臣斎藤利光の娘で稲葉正成の妻であった女性「春日局」安西篤子　人物日本の歴史 江戸編<上>-時代小説版　小学館(小学館文庫)　2004年5月

春日局　かすがのつぼね
徳川将軍家光の乳母で大奥第一の権力者「柳生くノ一」小山龍太郎　柳生秘剣伝奇-時代小説セレクション　勉誠出版　2002年12月

春日局(お福)　かすがのつぼね(おふく)
二代将軍秀忠の長子竹千代の乳母、元小早川家家老・稲葉正成の妻だった女「春日局」杉本苑子　大奥華伝　角川書店(角川文庫)　2006年11月

春日部伊勢守 唯悪　かすかべいせのかみ・ただわる
幕府大目付「大江戸花見侍」清水義範　江戸の爆笑力-時代小説傑作選　集英社(集英社文庫)　2004年12月

香月(お香)　かずき(おこう)
旗本青江但馬の未亡人で白萩屋敷の女主人「白萩屋敷の月」平岩弓枝　江戸色恋坂-市井情話傑作選　学習研究社(学研M文庫)　2005年8月;傑作捕物ワールド第10巻 人情捕縄篇　リブリオ出版　2002年10月

香月 弥右衛門　かずき・やえもん
小納戸役三百石の直参、家つき娘の妻に抑えつけられてきた謹直な男「怖妻の棺」松本清張　大江戸犯科帖-時代推理小説名作選　双葉社(双葉文庫)　2003年10月

嘉介　かすけ
深川吉永町の丸源長屋の住人、焼き印職人「謀りごと」宮部みゆき　時代小説-読切御免第一巻　新潮社(新潮文庫)　2004年3月

鹿角 彦輔　かずの・ひこすけ
御家人の妻女の用心棒を兼ねた道連れになり目黒の新富士へ行く仕事を頼まれた無役の厄介者「新富士模様」逢坂剛　代表作時代小説 平成二十年度　光文社　2008年6月

鹿角 彦輔　かずの・ひこすけ
旅の道連れ(一種の用心棒)を商売にする御家人の三男坊「大目小目」逢坂剛　代表作時代小説 平成十八年度　光文社　2006年6月

数原 惣兵衛　かずはら・そうべえ
黒石藩の普請方三杉敬助のかつての上役、元勘定方取締「清貧の福」池宮彰一郎　歴史小説の世紀-地の巻　新潮社(新潮文庫)　2000年9月

かずま

数馬　かずま
不義の汚名に追われて故郷を出奔していらい浪々二年妻にも死なれた男「吸血の妖女」島守俊夫　怪奇・伝奇時代小説選集11 妖艶の谷　春陽堂書店（春陽文庫）2000年8月

鹿妻　天平　　かずま・てんぺい＊
羅馬（ローマ）から帰国途中の支倉常長を正史とする遣欧使節団の船「陸奥丸」に乗り組んだ仙台藩で凡下と呼ばれる足軽「紀州鯨銛殺法」新宮正春　武芸十八般－武道小説傑作選　KKベストセラーズ（ベスト時代文庫）2005年10月

霞之助　　かすみのすけ
豪勇の戦国武将真壁氏幹の寵童、常陸真壁家の宿老桜井大隈守の嫡男の美剣士「無明長夜」早乙女貢　代表作時代小説　平成十三年度　光風社出版　2001年5月

花扇　　かせん
大坂新町の太夫、御寮「張りの吉原」隆慶一郎　吉原花魁　角川書店（角川文庫）2009年12月

片岡　京之介　　かたおか・きょうのすけ
駿河藩書院番、二階堂源流を習得し未来知新流流祖・黒江剛太郎と駿府城で真剣勝負をした男「飛竜剣敗れたり」南條範夫　秘剣舞う－剣豪小説の世界　学習研究社（学研M文庫）2002年11月

片岡　源五右衛門　　かたおか・げんごえもん
元赤穂藩浅野家の側用人「南天」東郷隆　異色忠臣蔵大傑作集　講談社（講談社文庫）2002年12月

片岡　源五右衛門　　かたおか・げんごえもん
赤穂浪士「脱盟の槍－「赤穂浪士伝」より」海音寺潮五郎　約束－極め付き時代小説選1　中央公論新社（中公文庫）2004年9月

片岡　直次郎　　かたおか・なおじろう
花魁三千歳のむかしの間夫、御家人とは名ばかりの博奕打ち「三千歳たそがれ」藤沢周平　吉原花魁　角川書店（角川文庫）2009年12月

片岡　直次郎　　かたおか・なおじろう
御徒士の片岡家の婿養子になった御家人くずれ、まるで世間知らずのあやのを妻にした男「罪な女」北原亞以子　逢魔への誘い－問題小説傑作選6 時代情恋篇　徳間書店（徳間文庫）2000年3月

片岡　直次郎　　かたおか・なおじろう
無禄の御鳥見役、花魁三千歳の間夫「密夫大名－べらんめェ宗俊」天宮響一郎　姦殺の剣－書下ろし時代小説傑作選3 ミリオン出版（大洋時代文庫）2005年4月

片岡　直次郎（直侍）　　かたおか・なおじろう（なおざむらい）
御家人崩れの若侍、吉原の今売出し中の花魁三千歳の間夫「青楼悶え花－べらんめェ宗俊」天宮響一郎　大江戸有情－書き下ろし時代小説傑作選4　大洋図書（大洋時代文庫）2005年6月

片岡 直次郎(直侍)　かたおか・なおじろう(なおざむらい)
御数寄屋坊主河内山宗俊の身内になっている御家人崩れ 「闇風呂金-べらんめぇ宗俊」
天宮響一郎　江戸の刺客-書き下ろし時代小説傑作選6　大洋図書(大洋時代文庫)　2005年9月

片桐 且元　かたぎり・かつもと
戦国武将、関ケ原の戦後の大坂方の家老格 「切左衛門の訴状」戸部新十郎　侍たちの歳月-新鷹会・傑作時代小説選　光文社(光文社文庫)　2002年6月

片桐 且元　かたぎり・かつもと
豊臣恩顧の大名、秀吉子飼いの賤ケ嶽七本槍の一人 「陰の謀鬼-本多正信」堀和久　戦国軍師列伝-時代小説傑作選六　新人物往来社　2008年3月

片桐 小次郎　かたぎり・こじろう
烏山藩との対抗試合のため国許から江戸へ出府した沼田藩の代表剣士 「妻を怖れる剣士」南條範夫　江戸の爆笑力-時代小説傑作選　集英社(集英社文庫)　2004年12月

片桐 歳三　かたぎり・さいぞう
元は斬首人山田浅右衛門の門弟で旗本を斬って逃れてオランダ船に密航しやがて海賊船の船医になった男 「海賊船ドクター・サイゾー」松岡弘一　花と剣と侍-新鷹会・傑作時代小説選　光文社(光文社文庫)　2009年6月

加田 三七　かだ・さんしち
南町奉行所定廻り同心 「鬼灯遊女」村上元三　江戸浮世風-人情捕物帳傑作選　学習研究社(学研M文庫)　2004年8月

加田 三七　かだ・さんしち
南町奉行所定廻り同心 「八丁堀の狐」村上元三　闇の旋風-問題小説傑作選5 捕物帖篇　徳間書店(徳間文庫)　2000年1月

加田三七　かだ・さんしち
八丁堀の定廻り同心 「夜鷹三味線」村上元三　情けがからむ朱房の十手-傑作時代小説　PHP研究所(PHP文庫)　2009年1月

荷田 春満　かだの・あずままろ
国学者、伏見稲荷の神官 「桂籠」火坂雅志　仇討ち-時代小説アンソロジー1　小学館(小学館文庫)　2006年12月;異色忠臣蔵大傑作集　講談社(講談社文庫)　2002年12月

片帆　かたほ
真帆の妹、村に流れて来たよそ者の横瀬利七郎の女房 「鳴るが辻の怪」杉本苑子　怪奇・怪談時代小説傑作選　徳間書店(徳間文庫)　2004年9月

片山伯耆守 久安　かたやまほうきのかみ・きゅうあん
兵法者林崎甚助の門人、竹内流小具足腰廻の祖竹内久盛の弟 「林崎甚助」童門冬二　人物日本剣豪伝二　学陽書房(人物文庫)　2001年4月

勝魚(勝念坊)　かちお(かちねんぼう)
京の六角堂にいたかたり 「牛」山本周五郎　動物-極め付き時代小説選3　中央公論新社(中公文庫)　2004年11月

かちね

勝念坊　かちねんぼう
京の六角堂にいたかたり　「牛」　山本周五郎　動物-極め付き時代小説選3　中央公論新社(中公文庫)　2004年11月

勝　かつ
深川黒江町の料理屋「伊豆政」の真板　「恋あやめ」　梅本育子　春宵 濡れ髪しぐれ-時代小説傑作選　講談社(講談社文庫)　2003年9月

勝商　かつあき
東三河作手の萱野村の百姓で雑役の侍奉公に出た男　「雑兵譚」　数野和夫　紅蓮の翼-異彩時代小説撰　叢文社　2007年8月

勝 海舟　かつ・かいしゅう
旗本小普請組の小倅から海軍伝習生となり航海術・砲術などを学び、のち海軍の武官から幕府の要職についた男　「勝海舟と坂本龍馬」　邦光史郎　龍馬と志士たち　コスミック出版(コスミック文庫)　2009年11月

勝 海舟　かつ・かいしゅう
旧幕臣、江戸無血開城の立役者　「愚妖」　坂口安吾　偉人八傑推理帖-名探偵時代小説　双葉社(双葉文庫)　2004年7月

勝 海舟　かつ・かいしゅう
幕臣、戊辰戦争で江戸城を無血開城に導いた男　「勝海舟と榎本武揚」　綱淵謙錠　人物日本の歴史 幕末維新編-時代小説版　小学館(小学館文庫)　2004年9月

勝川 春草　かつかわ・しゅんしょう
天下の浮世絵師として残虐美と美しい緊縛女の絵にその名が高い人　「宙を彷徨う魂」　玉木重信　怪奇・伝奇時代小説選集12 血塗りの呪法　春陽堂書店(春陽文庫)　2000年9月

勝川 春草　かつかわ・しゅんしょう
浮世絵師、肉筆の名手と云われた人　「惨虐絵に心血を注ぐ勝川春草」　神保朋世　怪奇・伝奇時代小説選集7 幽明鏡草紙　春陽堂書店(春陽文庫)　2000年4月

勝子　かつこ
徳川と織田の合戦を画策すべく切腹した無双の烈女　「かつ女覚書」　井口朝生　戦国女人十一話　作品社　2005年11月;代表作時代小説 平成十二年度　光風社出版　2000年5月

勝 小吉　かつ・こきち
御家人、勝海舟の父親　「平山行蔵」　多岐川恭　人物日本剣豪伝四　学陽書房(人物文庫)　2001年6月

勝 小吉　かつ・こきち
勝海舟の父親で男谷精一郎の叔父　「男谷精一郎」　奈良本辰也　人物日本剣豪伝四　学陽書房(人物文庫)　2001年6月

勝 小吉　かつ・こきち
小普請の旗本、勝麟太郎の父親　「小吉と朝右衛門」　仁田義男　剣よ月下に舞え-新選代表作時代小説23　光風社出版(光風社文庫)　2001年5月

勝五郎　かつごろう
宮大工の棟梁、師崎藩作事頭・音無清十郎の大船建造に従事した職人「あいのこ船」
秋月達郎　散りぬる桜-時代小説招待席　広済堂出版　2004年2月

葛飾 北斎　かつしか・ほくさい
江戸の浮世絵師、嵯峨野の旦那に雇われて島原の遊女の春画描きをする男「口説北斎」
　藤本義一　春宵 濡れ髪しぐれ-時代小説傑作選　講談社（講談社文庫）　2003年9月

葛飾北斎　かつしかほくさい
絵師、浮世絵の名人「北斎と幽霊」国枝史郎　怪奇・伝奇時代小説選集5 北斎と幽霊
春陽堂書店（春陽文庫）　2000年2月

勝 成裕　かつ・せいゆう
羽州米沢藩の隠居上杉鷹山の内意を受けて深山幽谷に薬草を採りに行った典薬「壁の眼の怪」江見水蔭　怪奇・伝奇時代小説選集4 怪異黒姫おろし　春陽堂書店（春陽文庫）
　2000年1月

勝三　かつぞう
私娼と変わりない商いをしている水茶屋の見まわりをしている鬼面組のやくざ「赤い雨」
嵯峨野晶　紅蓮の剣-書下ろし時代小説傑作選5　ミリオン出版（大洋時代文庫）　2005年9月

勝蔵　かつぞう
甲斐から駿府へ流れた黒駒一家の親分でのちに官軍の隊士となった男「お蝶」諸田玲子　花ふぶき-時代小説傑作選　角川春樹事務所（ハルキ文庫）　2004年7月

勝田 喜六　かつた・きろく
水戸藩の普請奉行下役、神道無念流を習得している武士「無明剣客伝」早乙女貢　星明かり夢街道-新選代表作時代小説21　光風社出版　2000年5月

カッテンディーケ
長崎海軍伝習所の教官だったオランダの海軍士官「二度の岐路に立つ」三好徹　代表作時代小説 平成十九年度　光文社　2007年6月

河童　かっぱ
加賀の国に棲む人語をしゃべる河童「河童武者」村上元三　剣が哭く夜に哭く-新選代表作時代小説20　光風社出版　2000年1月

河童　かっぱ
河童の三吉という凶状持ち、永代橋が落ちた大騒ぎの真最中に召捕られた男「河童白状」潮山長三　蛇の眼-捕物時代小説選集2　春陽堂書店（春陽文庫）　2000年3月

勝姫　かつひめ
越前宰相忠直夫人、徳川将軍秀忠の娘「忠直卿行状記」海音寺潮五郎　江戸三百年を読む 上-傑作時代小説 江戸騒乱編　角川学芸出版（角川文庫）　2009年9月

勝本 三四郎　かつもと・さんしろう
奥州三春藩の江戸詰めの藩士、国詰めの小山田鉄平の親友「ひぐらし蝉」角田喜久雄
　大江戸事件帖-時代推理小説名作選　双葉社（双葉文庫）　2005年7月

かつら

桂 栄之進　かつら・えいのしん
教法寺事件で奇兵隊に殺された萩藩士　「汚名」　古川薫　愛染夢灯籠-時代小説傑作選　講談社(講談社文庫)　2005年9月

桂 小五郎　かつら・こごろう
幕末の志士、長州藩の過激派の指導者の一人　「京しぐれ」　南原幹雄　鍔鳴り疾風剣-新選代表作時代小説22　光風社出版(光風社文庫)　2000年11月

桂 小五郎(木戸 孝允)　かつら・こごろう(きど・こういん)
長州藩の志士、尊王攘夷の運動に挺身した男でのち明治新政府の総裁局顧問となった木戸孝允　「京洛の風雲」　南條範夫　幕末京都血風録-傑作時代小説　PHP研究所(PHP文庫)　2007年11月

桂 小五郎(木戸 孝允)　かつら・こごろう(きど・たかよし)
長州藩士の子、江戸に出て剣術修行者として斎藤弥九郎の練兵館に入門した維新の英傑のちの木戸孝允　「桂小五郎と坂本竜馬」　戸部新十郎　龍馬と志士たち　コスミック出版(コスミック文庫)　2009年11月

加藤 明利　かとう・あきとし
奥州会津藩主加藤明成の弟、二本松城主　「堀主水と宗矩」　五味康祐　小説「武士道」-時代小説短編傑作選　三笠書房(知的生きかた文庫)　2008年11月

加藤 明成　かとう・あきなり
奥州会津藩主、父加藤嘉明に似ず暗愚な主君　「堀主水と宗矩」　五味康祐　小説「武士道」-時代小説短編傑作選　三笠書房(知的生きかた文庫)　2008年11月

加藤 明成　かとう・あきなり
会津四十万石の太守加藤左馬助嘉明の嫡子、勇猛な父に似ず文弱の質の男　「左馬助殿軍語」　磯田道史　代表作時代小説 平成二十一年度　光文社　2009年6月

加藤 右馬允　かとう・うまのじょう
肥後藩の年寄衆、公儀に懇懃を通じているゆえに何者かに命を狙われている男　「柳生十兵衛七番勝負」　津本陽　代表作時代小説 平成十五年度　光風社出版　2003年5月

加藤 右馬允　かとう・うまのじょう
肥後藩の筆頭家老、清正公亡き後二派に分裂していた家臣団の一派の領袖　「故郷忘じたく候」　荒山徹　代表作時代小説 平成十五年度　光風社出版　2003年5月

加藤 吉太夫　かとう・きちだゆう
彦根藩井伊掃部頭家来　「ぎの煮つけ」　高橋義夫　紅葉谷から剣鬼が来る-時代小説傑作選　講談社(講談社文庫)　2002年9月

加藤 清正　かとう・きよまさ
熊本城主、元々は親豊臣派の武将　「二代目」　童門冬二　鎮守の森に鬼が棲む-時代小説傑作選　講談社(講談社文庫)　2001年9月

加藤 清正　かとう・きよまさ
戦国武将、肥後の熊本城主　「立花宗茂」　海音寺潮五郎　九州戦国志-傑作時代小説　PHP研究所(PHP文庫)　2008年12月

加藤 清正　かとう・きよまさ
肥後熊本五十二万石の大名　「秘太刀〝放心の位〟」戸部新十郎　柳生武芸帳七番勝負-時代小説傑作選一　新人物往来社　2008年3月；花ごよみ夢一夜-新選代表作時代小説24　光風社出版（光風社文庫）2001年11月

加藤 清正（虎之助）　かとう・きよまさ（とらのすけ）
戦国武将、織田軍団の後継者として名乗りを上げた羽柴秀吉軍の将士　「一番槍」高橋直樹　斬刃-時代小説傑作選　コスミック出版（コスミック時代文庫）2005年5月

加藤 清正（虎之助）　かとう・きよまさ（とらのすけ）
戦国武将、肥後熊本城主で故太閤秀吉の子飼いの臣　「虎之助一代」南原幹雄　九州戦国志-傑作時代小説　PHP研究所（PHP文庫）2008年12月

加藤 左馬助嘉明　かとう・さまのすけよしあき
会津四十万石の太守、太閤秀吉に仕え徳川の世に伊予松山二十万石から会津に封じられた大名　「左馬助殿軍語」磯田道史　代表作時代小説　平成二十一年度　光文社　2009年6月

嘉藤太　かとうだ
五条の姫君の屋敷にやって来るようになった滝口の侍だと云う男　「幽明鏡草紙」潮山長三　怪奇・伝奇時代小説選集7　幽明鏡草紙　春陽堂書店（春陽文庫）2000年4月

加藤 忠広　かとう・ただひろ
戦国武将加藤清正の嫡子、肥後加藤家除封を招いた凡愚の大名　「飯田覚兵衛言置のこと」南條範夫　鍔鳴り疾風剣-新選代表作時代小説22　光風社出版（光風社文庫）2000年11月

加藤 段蔵（飛加藤）　かとう・だんぞう（とびかとう）
忍びの名人、常州の牢人　「忍法短冊しぐれ-加藤段蔵」光瀬龍　戦国忍者武芸帳-時代小説傑作選五　新人物往来社　2008年3月

加藤 段蔵（飛加藤）　かとう・だんぞう（とびかとう）
忍者、上州箕輪の城主長野業正に召抱えられた男　「女忍小袖始末」光瀬龍　神出鬼没！戦国忍者伝-傑作時代小説　PHP研究所（PHP文庫）2009年3月

加藤肥後守 清正　かとうひごのかみ・きよまさ
戦国武将、慶長十六年六月居城隈本城で床に横たわって死期が迫っている男　「あとひとつ」鈴木輝一郎　斬刃-時代小説傑作選　コスミック出版（コスミック時代文庫）2005年5月

加藤 美作　かとう・みまさか
肥後藩の重臣、加藤清正公の従弟婿で清正公亡き後二派に分裂していた家臣団の一派の領袖　「故郷忘じたく候」荒山徹　代表作時代小説　平成十五年度　光風社出版　2003年5月

加藤 安兵衛　かとう・やすべえ
相模小田原藩の国元の家老　「秘術・身受けの滑り槍」二階堂玲太　代表作時代小説　平成二十年度　光文社　2008年6月

かどく

門倉 静馬　かどくら・しずま
沼田藩の家老 「妻を怖れる剣士」 南條範夫　江戸の爆笑力-時代小説傑作選　集英社 (集英社文庫)　2004年12月

角倉 信之助　かどくら・しんのすけ*
長州藩に潜入してそのまま消息を絶った二人の御庭番の一人 「吉備津の釜」 泡坂妻夫　代表作時代小説 平成十九年度　光文社　2007年6月

門田 豊之助　かどた・とよのすけ
浪人、常州真壁郡の桜井一族の者で桜井五郎助のいとこ 「斬り、撃ち、心に棲む-斎藤伝鬼坊vs桜井霞之助」 志茂田景樹　秘剣・豪剣!武芸決闘記-時代小説傑作選二　新人物往来社　2008年3月

角屋七郎兵衛(七郎兵衛)　かどやしちろうべえ(しちろうべえ)
安南の日本人町会安の頭領呉順官の父、伊勢松坂生れの豪商 「安南の六連銭」 新宮正春　機略縦横!真田戦記-傑作時代小説　PHP研究所(PHP文庫)　2008年7月

加奈　かな
武芸者上坂半左衛門安久の娘 「山小屋剣法」 伊藤桂一　花ごよみ夢一夜-新選代表作時代小説24　光風社出版(光風社文庫)　2001年11月

金井 勘兵衛　かない・かんべえ*
浪人者、高田常次郎の元同輩 「尺八乞食」 山手樹一郎　江戸の商人力-時代小説傑作選　集英社(集英社文庫)　2006年12月

香苗　かなえ
町奉行所与力神林通之進の妻、東吾の兄嫁 「白萩屋敷の月」 平岩弓枝　江戸色恋坂-市井情話傑作選　学習研究社(学研M文庫)　2005年8月;傑作捕物ワールド第10巻 人情捕縄篇　リブリオ出版　2002年10月

香苗　かなえ
徳川譜代最後の血戦を西国勢にいどんだ小藩黒菅藩の御徒目付佐々野平伍の妻 「末期の水」 田宮虎彦　歴史小説の世紀-天の巻　新潮社(新潮文庫)　2000年9月

香苗　かなえ
福井藩士喜多勘蔵の娘、橋本左内のまた従兄妹 「城中の霜」 山本周五郎　人物日本の歴史 幕末維新編-時代小説版　小学館(小学館文庫)　2004年9月

金津 新兵衛　かなず・しんべえ
戦国武将長尾景虎(上杉謙信)の傳 「一生不犯異聞」 小松重男　時代小説-読切御免第一巻　新潮社(新潮文庫)　2004年3月

金丸 強右衛門　かなまる・すねえもん
房総の大名里見家の百人衆のひとりで佐古村の住人 「海と風の郷」 岩井三四二　代表作時代小説 平成二十一年度　光文社　2009年6月

かなめ(勧進かなめ)　かなめ(かんじんかなめ)
無役の厄介者鹿角彦輔の仲間、以前東海道の蒲原宿で飯盛女をしていた女 「新富士模様」 逢坂剛　代表作時代小説 平成二十年度　光文社　2008年6月

金森出雲守　かなもりいずものかみ
参勤で江戸に一年在府し帰国の途についた美濃国郡上八幡の領主　「蓆」　松本清張　侍の肖像-信州歴史時代小説傑作集第二巻　しなのき書房　2007年5月

金輪 勇　かなわ・いさむ
公家の姉小路公知卿に仕える用心棒、今弁慶の異名をとる男　「猿ケ辻風聞」　滝口康彦　幕末京都血風録-傑作時代小説　PHP研究所(PHP文庫)　2007年11月

可児 才蔵　かに・さいぞう
戦国武将、福島正則の家臣　「武士サンチョの死」　野村敏雄　侍たちの歳月-新鷹会・傑作時代小説選　光文社(光文社文庫)　2002年6月

カニシカ
雄象、徳川将軍家への交趾国からの贈物　「ああ三百七十里」　杉本苑子　江戸の漫遊力-時代小説傑作選　集英社(集英社文庫)　2008年12月;極め付き時代小説選3　動物　中央公論新社(中公文庫)　2004年11月

蟹丸 悠軒　かにまる・ゆうけん
兵法者、霧ガ峰の鬼ガ谷に隠棲している霞流の達人　「宮本武蔵」　宮下幻一郎　宮本武蔵伝奇-時代小説セレクション　勉誠出版　2002年12月

金売り吉次　かねうりきちじ
かつて遮那王と名乗る源義経を奥州平泉にともなった老人　「吉野の嵐」　山田智彦　源義経の時代-短篇小説集　作品社　2004年10月

鐘ヶ江 甲太郎　かねがえ・こうたろう*
土浦藩の老職の父に盾ついて江戸へ飛び出してきた秋葉大輔の姉婿、江戸用人　「うどん屋剣法」　山手樹一郎　感涙-人情時代小説傑作選　KKベストセラーズ(ベスト時代文庫)　2004年11月;逆転 時代アンソロジー　祥伝社(祥伝社文庫)　2000年5月

金子 市之丞　かねこ・いちのじょう
花魁三千歳の間夫、下総流山生まれの博徒　「三千歳たそがれ」　藤沢周平　吉原花魁　角川書店(角川文庫)　2009年12月

金子 市之丞　かねこ・いちのじょう
町道場主の若侍、森田屋清蔵の用心棒　「花しぐれ-べらんめぇ宗俊」　天宮響一郎　紅蓮の剣-書下ろし時代小説傑作選5　ミリオン出版(大洋時代文庫)　2005年9月

金子 新左衛門　かねこ・しんざえもん
沼田城主沼田顕泰(万鬼斎)の重臣、沼田景義の伯父　「死猫」　野村敏雄　武士道歳時記-新鷹会・傑作時代小説選　光文社(光文社文庫)　2008年6月

金子 与三郎　かねこ・よさぶろう
上ノ山藩の側用人、清河八郎と同じ出羽の出身で親友づきあいをしていた男　「謀-清河八郎暗殺」　綱淵謙錠　必殺!幕末暗殺剣-時代小説傑作選三　新人物往来社　2008年3月

金成 弥兵衛　かねなり・やへえ*
相模小田原藩士、隠居して国元に帰ることになった武士　「秘術・身受けの滑り槍」　二階堂玲太　代表作時代小説 平成二十年度　光文社　2008年6月

かねな

金成 弥兵衛　かねなり・やへえ*
相模小田原藩士、大久保加賀守麻布下屋敷脇にある鏡心一刀流道場主 「困った奴よ」二階堂玲太　代表作時代小説 平成十九年度　光文社　2007年6月

金成 与九郎　かねなり・よくろう*
相模小田原藩士で鏡心一刀流道場主金成弥兵衛の息子、御広間詰 「困った奴よ」二階堂玲太　代表作時代小説 平成十九年度　光文社　2007年6月

兼平 綱則　かねひら・つなのり
戦国武将で南部藩の家臣大浦弥四郎(のちの初代津軽藩主津軽為信)の将 「ゴロツキ風雲録」長部日出雄　東北戦国志-傑作時代小説　PHP研究所(PHP文庫)　2009年9月

鐘巻 自斎　かねまき・じさい
天下の剣客、富田勢源の高弟で富田流剣術指南 「秘法燕返し」朝松健　伝奇城-文庫書下ろし/伝奇時代小説アンソロジー　光文社(光文社文庫)　2005年2月

鐘巻 自斎　かねまき・じさい
剣客、播州船坂山の出で富田流三家の随一と言われた名人 「大妻籠無極の太刀風」吉川英治　剣の道忍の掟-信州歴史時代小説傑作集第三巻　しなのき書房　2007年6月

鐘捲 自斎通家　かねまき・じさいみちいえ
兵法者、富田流の達人 「伊藤一刀斎」南條範夫　人物日本剣豪伝一　学陽書房(人物文庫)　2001年4月

鐘巻 文五郎(自斎)　かねまき・ぶんごろう(じさい)
兵法者富田勢源の高弟 「富田勢源」戸部新十郎　人物日本剣豪伝一　学陽書房(人物文庫)　2001年4月

印牧 弥二郎　かねまき・やじろう
越前太守朝倉敏景の近侍、中条流の兵法指南役印牧吉広の子 「茶巾」戸部新十郎　代表作時代小説 平成十三年度　光風社出版　2001年5月

金屋伊右衛門　かねやいえもん*
本所元町の醤油問屋の主人 「金太郎蕎麦」池波正太郎　江戸の満腹力-時代小説傑作選　集英社(集英社文庫)　2005年12月

加乃　かの
戦国武将で長篠城主奥平貞昌の家来鳥居強右衛門の妻 「鳥居強右衛門」池波正太郎　小説「武士道」-時代小説短編傑作選　三笠書房(知的生きかた文庫)　2008年11月

加乃　かの
徳川家康にしたがっている奥平貞能の家来鳥居強右衛門の妻 「炎の武士」池波正太郎　決戦 川中島-傑作時代小説　PHP研究所(PHP文庫)　2007年3月

かの(小雪)　かの(こゆき)
茶店の老爺彦作の女房、かつては武士堀江惣十郎の妻 「刈萱」安西篤子　時代小説-読切御免第一巻　新潮社(新潮文庫)　2004年3月

狩野 伊太郎　かの・いたろう
奥州中村六万石相馬長門守の参観交代の宿割役見習い 「槍一筋」山手樹一郎　武士道春秋-新鷹会・傑作時代小説選　光文社(光文社文庫)　2006年6月

狩野 園次郎　かのう・えんじろう*
旗本、女房を離縁した後役を退いた人嫌いの犬好きの男　「犬を飼う侍(ゆっくり雨太郎捕物控)」　多岐川恭　傑作捕物ワールド第2巻 与力同心篇　リブリオ出版　2002年10月

加納 藤兵衛　かのう・とうべえ
芸州広島浅野家の江戸詰勘定方、掏摸の六之助の右腕を切り落とした男　「東海道抜きつ抜かれつ」　村上元三　江戸の漫遊力-時代小説傑作選　集英社(集英社文庫)　2008年12月

加納屋彦兵衛(彦兵衛)　かのうやひこべえ(ひこべえ)
浅草今戸の袋物問屋「加納屋」の主人、番頭から入り婿となった男　「幽霊陰陽師」　矢桐重八　幽霊陰陽師-捕物時代小説選集5　春陽堂書店(春陽文庫)　2000年6月

狩野 融川　かのう・ゆうせん
将軍家斉の要請で朝鮮王に贈る屏風を描くことになった狩野宗家柳営絵所預の絵師　「北斎と幽霊」　国枝史郎　怪奇・伝奇時代小説選集5 北斎と幽霊　春陽堂書店(春陽文庫)　2000年2月

加納 了善　かのう・りょうぜん
産科医、医学界の陋習のために藪医者呼ばわりされている男　「沃子誕生」　渡辺淳一　異色歴史短篇傑作大全　講談社　2003年11月

鹿乃江　かのえ
微禄の武士甘露寺大造と恋仲になった藩の重役の娘　「山女魚剣法」　伊藤桂一　江戸の鈍感力-時代小説傑作選　集英社(集英社文庫)　2007年12月

鏑木　かぶらき
絵師の清次郎に変わった趣向の枕絵を描いてほしいと頼んできた本所の剣術道場主　「絡め獲られて」　開田あや　紅蓮の剣-書下ろし時代小説傑作選5　ミリオン出版(大洋時代文庫)　2005年9月

鏑木 主馬　かぶらぎ・しゅめ
修験の里見家の主家奥平駿河守家の重役　「血塗りの呪法」　野村敏雄　怪奇・伝奇時代小説選集12 血塗りの呪法　春陽堂書店(春陽文庫)　2000年9月

鏑木 兵庫　かぶらぎ・ひょうご
会津二十三万石の領主松平肥後守正容の側用人　「鎌いたち」　小松重男　花ごよみ夢一夜-新選代表作時代小説24　光風社出版(光風社文庫)　2001年11月

嘉平　かへい
向島の料理屋「笹屋」の娘お京の父親　「ちっちゃなかみさん」　平岩弓枝　感涙-人情時代小説傑作選　KKベストセラーズ(ベスト時代文庫)　2004年11月;歴史小説の世紀-地の巻　新潮社(新潮文庫)　2000年9月

嘉兵衛　かへえ
品川の上総楼の主　「上総楼の兎」　戸板康二　大江戸犯科帖-時代推理小説名作選　双葉社(双葉文庫)　2003年10月

かまい

かまいたちの長　かまいたちのちょう
ならず者「こんち午の日」山本周五郎　江戸の商人力-時代小説傑作選　集英社(集英社文庫)　2006年12月

釜岡 権蔵　かまおか・ごんぞう
南部家家臣塩川八右衛門正春の家来「南部鬼屋敷」池波正太郎　恋模様-極め付き時代小説選2　中央公論新社(中公文庫)　2004年10月

鎌次郎　かまじろう
日本橋にある公儀の金銀為替御用達「銀屋」の当主喜田村彦右衛門の双生児の弟「山王死人祭(松平長七郎江戸日記)」村上元三　傑作捕物ワールド第3巻 人気侍篇　リブリオ出版　2002年10月

神余 親綱　かまなり・ちかつな
越後上杉家の京方雑掌として洛東参寧坂の屋敷に住む男「人魚の海」火坂雅志　夢を見にけり-時代小説招待席　広済堂出版　2004年6月

加真藻　かまも
賀部野の長者喜志夫の次女「猿賀物語」新田次郎　動物-極め付き時代小説選3　中央公論新社(中公文庫)　2004年11月

ガマ六　がまろく
東海道線の国府津と松田の中間で轢死体で発見男、小田原の遊女屋のオヤジ「愚妖」坂口安吾　偉人八傑推理帖-名探偵時代小説　双葉社(双葉文庫)　2004年7月

上泉伊勢守 秀綱　かみいずみいせのかみ・ひでつな
兵法者、新陰流の創始者「柳生石舟斎宗厳」津本陽　人物日本剣豪伝一　学陽書房(人物文庫)　2001年4月

上泉伊勢守 秀綱　かみいずみいせのかみ・ひでつな
兵法者で新陰流の流祖、上州大胡城主「上泉伊勢守」池波正太郎　剣聖-乱世に生きた五人の兵法者　新潮社(新潮文庫)　2006年10月

上泉伊勢守 秀綱(大胡 秀綱)　かみいずみいせのかみ・ひでつな(おおご・ひでつな)
兵法者で新陰流の開祖、上州大胡城主「上泉伊勢守秀綱」桑田忠親　人物日本剣豪伝一　学陽書房(人物文庫)　2001年4月

上泉常陸介 秀胤　かみいずみひたちのすけ・ひでたね
兵法者で上州大胡城主・上泉伊勢守秀綱の嫡男「上泉伊勢守」池波正太郎　剣聖-乱世に生きた五人の兵法者　新潮社(新潮文庫)　2006年10月

上泉 秀綱　かみいずみ・ひでつな
兵法者、新陰流剣祖で柳生宗厳の師「刀」綱淵謙錠　剣聖-乱世に生きた五人の兵法者　新潮社(新潮文庫)　2006年10月

上泉主水正 泰綱　かみいずみもんどのしょう・やすつな*
戦国武将、剣聖・上泉伊勢守秀綱の次男で上杉家の筆頭家老直江家の侍大将「吹毛の剣」新宮正春　東北戦国志-傑作時代小説　PHP研究所(PHP文庫)　2009年9月

上泉 泰綱　かみいずみ・やすつな
戦国武将、上杉家の食客で剣聖上泉伊勢守秀綱の一族「くノ一紅騎兵」山田風太郎　軍師の死にざま-短篇小説集　作品社　2006年10月

上坂 半左衛門安久　かみさか・はんざえもんやすひさ
武芸者、奥飛騨の山小屋で研鑽にはげんだ松之助(中山家吉)の剣法の師「山小屋剣法」伊藤桂一　花ごよみ夢一夜-新選代表作時代小説24　光風社出版(光風社文庫)　2001年11月

神様　かみさま
人間をからかおうとした神様「大黒漬」泡坂妻夫　江戸の爆笑力-時代小説傑作選　集英社(集英社文庫)　2004年12月

神沢出羽守　かみさわでわのかみ*
甲賀流忍びの術の流祖「猿飛佐助の死」五味康祐　神出鬼没!戦国忍者伝-傑作時代小説　PHP研究所(PHP文庫)　2009年3月;剣の道忍の掟-信州歴史時代小説傑作集第三巻　しなのき書房　2007年6月

雷大吉　かみなりだいきち
武芸者、二階堂平法を完成した松山主水の孫で廻国修行の末豊前細川家当主忠利に召し抱えられた男「雷大吉」安部龍太郎　代表作時代小説 平成十三年度　光風社出版　2001年5月

神林 東吾　かみばやし・とうご
南町奉行所与力神林通之進の弟、るいの恋人「初春の客」平岩弓枝　撫子が斬る-女性作家捕物帳アンソロジー　光文社(光文社文庫)　2005年9月

神谷 源蔵　かみや・げんぞう*
尾張藩士、尾張貫流槍術の使い手青木武太夫の同僚「武太夫開眼」杉本苑子　武芸十八般-武道小説傑作選　KKベストセラーズ(ベスト時代文庫)　2005年10月

神屋 宗湛　かみや・そうたん
九州博多の商人、本能寺で催された織田信長の茶会に招かれ変事に遭遇した男「盗っ人宗湛」火坂雅志　本能寺・男たちの決断-傑作時代小説　PHP研究所(PHP文庫)　2007年2月

神屋宗湛　かみやそうたん
博多の豪商「石鹸」火坂雅志　軍師の生きざま-短篇小説集　作品社　2008年11月

神谷 伝八郎　かみや・でんぱちろう
長崎奉行所同心下役「坂本龍馬の写真」伴野朗　龍馬と志士たち　コスミック出版(コスミック文庫)　2009年11月

亀吉　かめきち
なじみになった一膳めし屋の娘のことでやくざに狙われている男「月夜駕籠」伊藤桂一　剣よ月下に舞え-新選代表作時代小説23　光風社出版(光風社文庫)　2001年5月

亀吉　かめきち
岡っ引「川風晋之介」風野真知雄　斬刃-時代小説傑作選　コスミック出版(コスミック時代文庫)　2005年5月

かめき

亀吉　かめきち
鳥羽へ寄港した材木船「弁慶丸」の船子、料理番　「潮風の呻き」梅本育子　剣が哭く夜に哭く-新選代表作時代小説20　光風社出版　2000年1月

亀吉　かめきち
目明しの親分「卯三次のウ」永井路子　大江戸犯科帖-時代推理小説名作選　双葉社（双葉文庫）2003年10月

亀寿丸（北条 次郎時行）　かめじゅまる（ほうじょう・じろうときゆき）
北条家総帥たる得宗の北条高時の子で元服後次郎時行を名乗る若君　「命懸け」高橋直樹　異色歴史短篇傑作大全　講談社　2003年11月

亀ぞう（ばちびんの亀ぞう）　かめぞう（ばちびんのかめぞう）
人別帳から弾かれた非人でむかし渡り中間をしていた男　「橋がかり」野村敏雄　武士道春秋-新鷹会・傑作時代小説選　光文社（光文社文庫）2006年6月

亀太　かめた
凧師の定吉の倅で浅草門前町の炭屋に丁稚奉公に出している子供　「笑い凧」佐江衆一　逆転 時代アンソロジー　祥伝社（祥伝社文庫）2000年5月

カメネフスキー
日露戦争中日本へ向かう途中マダガスカル島ヌシ・ベ島に寄港したロシア軍バルチック艦隊の少尉　「アイアイの眼-バルチック艦隊壊滅秘話」西木正明　代表作時代小説 平成十六年度　光風社出版　2004年4月

亀八　かめはち
岡っ引源蔵の手先「三度殺された女」南條範夫　闇の旋風-問題小説傑作選5 捕物帖篇　徳間書店（徳間文庫）2000年1月

蒲生 一平　がもう・いっぺい
戦国の世の武将島村東次郎の旧友で今は敵の武将となった男　「妖艶の谷」早乙女貢　怪奇・伝奇時代小説選集11 妖艶の谷　春陽堂書店（春陽文庫）2000年8月

蒲生 氏郷　がもう・うじさと
戦国武将、豊臣秀吉から奥州の鎮撫役を任された男　「奥羽の二人」松本清張　東北戦国志-傑作時代小説　PHP研究所（PHP文庫）2009年9月

カモ七　かもしち
世に稀れな力持ちの大女オタツの小男の働きのない亭主　「愚妖」坂口安吾　偉人八傑推理帖-名探偵時代小説　双葉社（双葉文庫）2004年7月

賀茂 忠行　かもの・ただゆき
内裏の陰陽寮に仕える術師　「夜光鬼」高橋克彦　春宵 濡れ髪しぐれ-時代小説傑作選　講談社（講談社文庫）2003年9月

鴨ノ内記　かものないき
信濃に棲む忍びの筑摩一族の首領・筑摩縄斎の甥で美男の忍術使い　「忍者六道銭」山田風太郎　剣の道忍の掟-信州歴史時代小説傑作集第三巻　しなのき書房　2007年6月

鴨 直平　かもの・なおひら
青鬼の背に乗った男 「青鬼の背に乗りたる男の譚」 夢枕獏　愛染夢灯籠-時代小説傑作選　講談社(講談社文庫)　2005年9月

萱野 三平　かやの・さんぺい
江戸城松の廊下の刃傷沙汰を国元に知らせる使者となった赤穂藩の武士 「赤穂飛脚」　山田風太郎　江戸の漫遊力-時代小説傑作選　集英社(集英社文庫)　2008年12月

加山 英良　かやま・えいりょう*
絵師、残酷絵を描いて手鎖の刑を受けた男 「臨時廻り」 押川國秋　しぐれ舟-時代小説招待席　広済堂出版　2003年9月

香山 又右衛門　かやま・またえもん*
深川吉永町の丸源長屋の住人、浪人者 「謀りごと」 宮部みゆき　時代小説-読切御免第一巻　新潮社(新潮文庫)　2004年3月

香山 幹之助　かやま・みきのすけ*
体が華奢で彰義隊への参加を妻に反対され腹を立てて隊士となった御家人 「二人の彰義隊士」　多岐川恭　花ごよみ夢一夜-新選代表作時代小説24　光風社出版(光風社文庫)　2001年11月

加谷 利助　かや・りすけ
津藩の藤堂家の藩士、義軍捕捉の探索員 「水の天女」 伊藤桂一　恋模様-極め付き時代小説選2　中央公論新社(中公文庫)　2004年10月

佳代　かよ
筑後藩士藤崎六衛門の妻 「残された男」 安部龍太郎　武士の本懐-武士道小説傑作選　KKベストセラーズ(ベスト時代文庫)　2004年6月

加代　かよ
かつぎ豆腐売りの信吉の姉の子 「ちっちゃなかみさん」 平岩弓枝　感涙-人情時代小説傑作選　KKベストセラーズ(ベスト時代文庫)　2004年11月;歴史小説の世紀-地の巻　新潮社(新潮文庫)　2000年9月

加代　かよ
奥州三春藩士・小山田鉄平の許嫁、藩主付きの腰元に加えられ江戸に行った女 「ひぐらし蝉」　角田喜久雄　大江戸事件帖-時代推理小説名作選　双葉社(双葉文庫)　2005年7月

加代　かよ
藩の納戸方頭取高林喜兵衛の妻 「裏の木戸はあいている」 山本周五郎　歴史小説の世紀-天の巻　新潮社(新潮文庫)　2000年9月

香代　かよ
武田信玄に寄り添う女官、腕の立つくの一で山本勘助の娘 「笑ひ猿」 飯野文彦　伝奇城-文庫書下ろし/伝奇時代小説アンソロジー　光文社(光文社文庫)　2005年2月

唐草　からくさ
白蛇を飼う美貌の傀儡師の女 「くぐつの女」 葉多黙太郎　怪奇・伝奇時代小説選集5 北斎と幽霊　春陽堂書店(春陽文庫)　2000年2月

からす

烏の与作　からすのよさく
廻り古着屋のお浪の悪足の変な男　「五月闇聖天呪殺」　潮山長三　怪奇・伝奇時代小説選集4 怪異黒姫おろし　春陽堂書店(春陽文庫)　2000年1月

烏婆　からすばば
貰い子もしている高利の金貸しの婆　「からす金」　土師清二　釘抜藤吉捕物覚書−捕物時代小説選集4　春陽堂書店(春陽文庫)　2000年5月

烏山　烏石　からすやま・うせき
江戸の書家「怪異石仏供養」　石川淳　怪奇・伝奇時代小説選集7 幽明鏡草紙　春陽堂書店(春陽文庫)　2000年4月

ガラッハ　がらっぱち
神田明神下の岡っ引銭形平次の子分　「瓢箪供養」　野村胡堂　酔うて候−時代小説傑作選　徳間書店(徳間文庫)　2006年10月

ガラッハ　がらっぱち
銭形の平次の子分　「赤い紐」　野村胡堂　傑作捕物ワールド第1巻 岡っ引き篇　リブリオ出版　2002年10月

狩麻呂　かりまろ
歌詠みの郎女のいとこでむかし訳ありの男　「しゐやさらさら」　梓澤要　異色歴史短篇傑作大全　講談社　2003年11月

かる
浅間山麓の三宿を巡り沓掛にある長倉神社の霊威を頂いた枕を売る商売をしていた百姓娘　「たまくらを売る女」　藤川桂介　しぐれ舟−時代小説招待席　広済堂出版　2003年9月

軽の大臣　かるのおとど
遣唐使として支那へ往き行方が判らなくなった大臣　「灯台鬼物語」　田中貢太郎　怪奇・伝奇時代小説選集15　春陽堂書店(春陽文庫)　2000年12月

川合 勘解由左衛門　かわい・かげゆざえもん
上州厩橋十五万石酒井家の勘定方・郷方・山方兼務家老　「九思の剣」　池宮彰一郎　武士道−時代小説アンソロジー3　小学館(小学館文庫)　2007年3月

河合 甚左衛門　かわい・じんざえもん
元岡山池田家の家臣渡部数馬の敵河合又五郎の叔父、郡山藩浪人　「胡蝶の舞い−伊賀鍵屋の辻の決闘」　黒部亨　士道無惨!仇討ち始末−時代小説傑作選四　新人物往来社　2008年3月

河合 甚左衛門　かわい・じんざえもん
大和郡山の松平家に仕える武士、家中第一の槍の名手　「荒木又右衛門」　池波正太郎　人物日本の歴史 江戸編〈上〉−時代小説版　小学館(小学館文庫)　2004年5月

河合 半左衛門　かわい・はんざえもん
岡山藩士渡辺数馬の弟の敵河合又五郎の父親、元上州高崎城主安藤右京進重長の家臣　「荒木又右衛門」　尾崎秀樹　人物日本剣豪伝三　学陽書房(人物文庫)　2001年5月

河合 半左衛門　かわい・はんざえもん
備前岡山藩池田家家中の者で又五郎の父、元上州高崎安藤家に仕えていた武士 「割を食う」 池宮彰一郎 仇討ち-時代小説アンソロジー1 小学館(小学館文庫) 2006年12月

河合 又五郎　かわい・またごろう
岡山藩士渡辺数馬の弟・源太夫の敵、藩主池田忠勝の児小姓仲間 「荒木又右衛門」 尾崎秀樹 人物日本剣豪伝三 学陽書房(人物文庫) 2001年5月

河合 又五郎　かわい・またごろう
元岡山池田家の家臣渡部数馬の弟源太夫の敵 「胡蝶の舞い-伊賀鍵屋の辻の決闘」 黒部亨 士道無惨!仇討ち始末-時代小説傑作選四 新人物往来社 2008年3月

河合 又五郎　かわい・またごろう
大和郡山の松平家に仕える武士荒木又右衛門の妻みねの下の弟を斬殺した若党、同家中の河合甚左衛門の甥 「荒木又右衛門」 池波正太郎 人物日本の歴史 江戸編〈上〉-時代小説版 小学館(小学館文庫) 2004年5月

河合 又五郎　かわい・またごろう
備前岡山藩池田家家中の河合半左衛門の倅、渡部源太夫の敵 「割を食う」 池宮彰一郎 仇討ち-時代小説アンソロジー1 小学館(小学館文庫) 2006年12月

河上 彦斎　かわかみ・げんさい
肥後藩士、熱烈な尊皇攘夷論者で「人斬り彦斎」の異名を持っていた男 「おれは不知火」 山田風太郎 剣狼-幕末を駆けた七人の兵法者 新潮社(新潮文庫) 2007年6月

川上 彦斎　かわかみ・げんさい
肥後の剣客、幕末の「三人斬り」の一人 「剣客物語」 子母澤寛 幕末の剣鬼たち-時代小説傑作選 コスミック出版(コスミック文庫) 2009年12月

河上 彦斎(高田 源兵衛)　かわかみ・げんさい(たかだ・げんべえ)
肥後熊本藩の尊攘運動家、肥後勤皇党主力の一人で「人斬り彦斎」と呼ばれた男 「白昼の斬人剣-佐久間象山暗殺」 井口朝生 必殺!幕末暗殺剣-時代小説傑作選三 新人物往来社 2008年3月

河上 彦斎(高田 源兵衛)　かわかみ・げんさい(たかだ・げんべえ)
肥後藩士、尊皇攘夷運動に従事し「人斬り彦斎」と異名されたほどの暗殺の名人で高田源兵衛は改名 「人斬り彦斎」 海音寺潮五郎 幕末の剣鬼たち-時代小説傑作選 コスミック出版(コスミック文庫) 2009年12月

川上 三右衛門　かわかみ・さんえもん
松前奉行所同心で牢番所詰めの柴田庄兵衛と同役の下級武士 「鼻くじり庄兵衛」 佐江衆一 武芸十八般-武道小説傑作選 KKベストセラーズ(ベスト時代文庫) 2005年10月

河上娘　かわかみのいらつめ
大臣蘇我馬子の娘 「暗殺者」 黒岩重吾 紅葉谷から剣鬼が来る-時代小説傑作選 講談社(講談社文庫) 2002年9月

川越の旦那　かわごえのだんな
大泥棒 「金太郎蕎麦」 池波正太郎 江戸の満腹力-時代小説傑作選 集英社(集英社文庫) 2005年12月

かわご

川越屋夫婦　かわごえやふうふ
菊川町の小間物問屋の主人夫婦　「置いてけ堀(本所深川ふしぎ草紙)」宮部みゆき　傑作捕物ワールド第9巻　妖異怪談篇　リブリオ出版　2002年10月

川崎 刑部　かわさき・ぎょうぶ
磐城平藩主内藤備後守正資の寵臣で悪才にかけては抜け目のない男　「兵助夫婦」山手樹一郎　大江戸の歳月-新鷹会・傑作時代小説選　光文社(光文社文庫)　2003年6月

川崎 小秀　かわさき・こひで
宇都宮の神陰流竹森道場を訪ねてきた女武芸者、東軍流の剣を学んだ娘　「礫撃ち」伊藤桂一　秘剣舞う-剣豪小説の世界　学習研究社(学研M文庫)　2002年11月

川崎 小秀　かわさき・こひで
夫の仇・古畑丈玄を討つために木曽福島へ向かう女剣士、東軍流の開祖川崎鑰之助の娘　「山犬剣法」伊藤桂一　剣の道忍の掟-信州歴史時代小説傑作集第三巻　しなのき書房　2007年6月

川路 利良　かわじ・としよし
パリの警察制度視察のためにフランスへ派遣された警保寮大警視　「巴里に雪のふるごとく」山田風太郎　偉人八傑推理帖-名探偵時代小説　双葉社(双葉文庫)　2004年7月

川路 利良　かわじ・としよし
創設されたばかりの東京警視庁の大警視　「蘇生剣」楠木誠一郎　伝奇城-文庫書下ろし/伝奇時代小説アンソロジー　光文社(光文社文庫)　2005年2月

川島　かわしま
国命館大学商科の学生　「菊の塵」連城三紀彦　大江戸犯科帖-時代推理小説名作選　双葉社(双葉文庫)　2003年10月

河島 昇　かわしま・のぼる
薩摩藩士、新選組隊士となり隊内に間者として潜入した男　「祇園石段下の決闘」津本陽　新選組アンソロジー下巻-その虚と実に迫る　舞字社　2004年2月

河尻 秀隆　かわじり・ひでたか
戦国武将、織田信長の側近で前原弥五郎(伊東一刀斎)とは旧知の間柄で武辺を愛する男　「信長豪剣記」羽山信樹　変事異聞-時代小説アンソロジー5　小学館(小学館文庫)　2007年7月

河尻 秀隆　かわじり・ひでたか
戦国武将、織田信長の寵臣　「最後の赤備え」宮本昌孝　地獄の無明剣-時代小説傑作選　講談社(講談社文庫)　2004年9月

蛙の伝左　かわずのでんざ
京橋界隈の鼻つまみ者　「傷」北原亞以子　時代小説 読切御免第二巻　新潮社(新潮文庫)　2004年3月；傑作捕物ワールド第10巻 人情捕縄篇　リブリオ出版　2002年10月

川田 平内　かわだ・へいない
小藩の馬廻組笹井新九郎の竹馬の友　「放し討ち柳の辻」滝口康彦　小説「武士道」-時代小説短編傑作選　三笠書房(知的生きかた文庫)　2008年11月

河内屋藤助　かわちやとうすけ
東国の藩の江戸藩邸出入りの古道具屋　「ゆめ」岳宏一郎　代表作時代小説　平成十七年度　光文社　2005年6月

川原 慶賀　かわはら・けいが
町絵師、シーボルトに画を認められ長崎の出島への出入りが許された若者でのちの川原慶賀　「阿蘭殺し」井上雅彦　伝奇城-文庫書下ろし/伝奇時代小説アンソロジー　光文社（光文社文庫）2005年2月

河原 佐久之進　かわはら・さくのしん
佐倉藩の家臣だった夫の仇討ちをする妻子の仇で武士崩れのごろつき　「仇討ち-野人刺客」北山悦史　紅蓮の剣-書下ろし時代小説傑作選5　ミリオン出版（大洋時代文庫）2005年9月

川村 菊馬　かわむら・きくま
明治四年長崎に設立された梅毒病院の助手になった青年医師　「眠れドクトル」杉本苑子　赤ひげ横町-人情時代小説傑作選　新潮社（新潮文庫）2009年1月

川村 三助　かわむら・さんすけ
新政府軍に攻囲された籠城会津藩士　「開城の使者」中村彰彦　春宵 濡れ髪しぐれ-時代小説傑作選　講談社（講談社文庫）2003年9月

河村 瑞賢（十右衛門）　かわむら・ずいけん（じゅうえもん）
江戸霊岸島の材木商で東回り・西回りの両海運の刷新や大坂の治水工事などで手腕を振るった人物　「智恵の瑞賢」杉本苑子　江戸の商人力-時代小説傑作選　集英社（集英社文庫）2006年12月

川村 純義　かわむら・すみよし
薩摩藩世子の島津斉彬の命により長崎海軍伝習所に派遣された藩士　「二度の岐路に立つ」三好徹　代表作時代小説　平成十九年度　光文社　2007年6月

川本 喜兵衛　かわもと・きへえ
御家人の田宮家の入り婿になった伊右衛門の兄、武士を捨てて札差になった男　「奇説四谷怪談」杉江唐一　怪奇・伝奇時代小説選集13 四谷怪談　春陽堂書店（春陽文庫）2000年10月

寒鳥の黒兵衛　かんがらすのくろべえ
大盗賊　「飛奴」泡坂妻夫　地獄の無明剣-時代小説傑作選　講談社（講談社文庫）2004年9月

岸涯小僧　がんぎこぞう
本所の置いてけ堀に出る化けもの　「置いてけ堀（本所深川ふしぎ草紙）」宮部みゆき　傑作捕物ワールド第9巻 妖異怪談篇　リブリオ出版　2002年10月

貫高　かんこう
趙の国相、前王張耳の食客であった譜代の家臣　「趙姫」塚本青史　黄土の虹-チャイナ・ストーリーズ　祥伝社　2000年2月

かんさ

勘左衛門　かんざえもん
飛騨国で起こった大原騒動という百姓一揆に味方して新島に流罪となった町人甚兵衛の次男「臥龍桜の里」小山啓子　武士道日暦-新鷹会・傑作時代小説選　光文社（光文社文庫）2007年6月

神崎 幸四郎　かんざき・こうしろう
摂津三田に転封された九鬼家の右筆で旧友の不慮の死に納得できなくて鳥羽に足を運んだ武士「暁の波」安住洋子　代表作時代小説　平成二十年度　光文社　2008年6月

神崎 甚五郎　かんざき・じんごろう
岡っ引人形佐七の上役の与力「捕物三つ巴（人形佐七捕物帳）」横溝正史　傑作捕物ワールド第1巻 岡っ引き篇　リブリオ出版　2002年10月

勘作　かんさく
鵜匠の藤作から鮎を買う不思議な翁、甲斐へ逃れ鵜匠になった平家の落武者平時忠の怨霊「子酉川鵜飼の怨霊」今川徳三　怪奇・伝奇時代小説選集14 累物語　春陽堂書店（春陽文庫）2000年11月

勘次　かんじ
目明し親分・釘抜藤吉の子分の岡っ引、葬式彦兵衛の兄貴分の勘弁勘次「釘抜藤吉捕物覚書」林不忘　釘抜藤吉捕物覚書-捕物時代小説選集4　春陽堂書店（春陽文庫）2000年5月

勘七　かんしち
明治政府の苗字許可令を郡役所から布告され村人に苗字をつけるよう申し付けられた三郷村の浦惣代「苗字騒動」神坂次郎　星明かり夢街道-新選代表作時代小説21　光風社出版　2000年5月

かん生　かんしょう
噺家「夜鷹蕎麦十六文」北原亞以子　職人気質-時代小説アンソロジー4　小学館（小学館文庫）2007年5月

干将　かんしょう
刀工「花の眉間尺」皆川博子　地獄の無明剣-時代小説傑作選　講談社（講談社文庫）2004年9月

勘次郎　かんじろう
御用聞、父の遺志を継ぎ鼠小僧次郎吉を捕縛しようとする浅草並木町の親分「宵闇の義賊」山本周五郎　江戸宵闇しぐれ-人情捕物帳傑作選二　学習研究社（学研M文庫）2005年3月

勧進かなめ　かんじんかなめ
無役の厄介者鹿角彦輔の仲間、以前東海道の蒲原宿で飯盛女をしていた女「新富士模様」逢坂剛　代表作時代小説　平成二十年度　光文社　2008年6月

勘助　かんすけ
目明し、国定忠治の弟分の浅太郎の伯父「真説・赤城山」天藤真　大江戸犯科帖-時代推理小説名作選　双葉社（双葉文庫）2003年10月

172

観世 金三郎　かんぜ・きんざぶろう
翁の面の鬚に浅草山の宿の紙屋の主人又四郎の長い鬚をほしがっているお能役者 「濡事式三番」 潮山長三　怪奇・伝奇時代小説選集7 幽明鏡草紙　春陽堂書店（春陽文庫）2000年4月

神田 権太夫　かんだ・ごんだゆう
平賀源内の顔見知りの同心、与力小泉忠蔵の配下 「サムライ・ザ・リッパー」 芦川淳一　伝奇城-文庫書下ろし/伝奇時代小説アンソロジー　光文社（光文社文庫）2005年2月

神南 佐太郎　かんなみ・さたろう
旗本屋敷で催された歌留多の会に来た若侍で鬼婆横町で妖婆を見た四人のひとり 「妖婆」 岡本綺堂　怪奇・伝奇時代小説選集12 血塗りの呪法　春陽堂書店（春陽文庫）2000年9月

神林 麻太郎　かんばやし・あさたろう＊
旧幕時代の南町奉行所与力神林通之進の息子 「桜十字の紋章」 平岩弓枝　代表作時代小説 平成二十年度　光文社　2008年6月

神林 千春　かんばやし・ちはる＊
神林東吾の娘、大川端町の「かわせみ」の女主人 「桜十字の紋章」 平岩弓枝　代表作時代小説 平成二十年度　光文社　2008年6月

神林 東吾　かんばやし・とうご＊
町奉行所与力神林通之進の弟 「白萩屋敷の月」 平岩弓枝　江戸色恋坂-市井情話傑作選　学習研究社（学研M文庫）2005年8月;傑作捕物ワールド第10巻 人情捕縄篇　リブリオ出版　2002年10月

神林 東吾　かんばやし・とうご＊
南町奉行所与力神林通之進の弟 「薬研堀の猫」 平岩弓枝　大江戸猫三昧-時代小説傑作選　徳間書店（徳間文庫）2004年11月

神林 東吾　かんばやし・とうご＊
南町奉行所与力神林通之進の弟、るいの恋人 「美男の医者」 平岩弓枝　鍔鳴り疾風剣-新選代表作時代小説22　光風社出版（光風社文庫）2000年11月

神林 東吾　かんばやし・とうご＊
南町奉行所与力神林通之進の弟、旅籠「かわせみ」の女主人るいの亭主 「江戸の精霊流し-御宿かわせみ」 平岩弓枝　代表作時代小説 平成十五年度　光風社出版　2003年5月

神林 東吾　かんばやし・とうご＊
南町奉行所与力神林通之進の弟、旅籠「かわせみ」の女主人るいの亭主 「猫一匹-御宿かわせみ」 平岩弓枝　代表作時代小説 平成十四年度　光風社出版　2002年5月

神林 東吾　かんばやし・とうご＊
南町奉行所与力神林通之進の弟、旅籠「かわせみ」の女主人るいの亭主 「猫芸者おたま-御宿かわせみ」 平岩弓枝　代表作時代小説 平成十六年度　光風社出版　2004年4月

かんば

神林 東吾　かんばやし・とうご＊
南町奉行所与力神林通之進の弟、旅籠「かわせみ」の女主人るいの恋人　「三つ橋渡った」　平岩弓枝　情けがからむ朱房の十手-傑作時代小説　PHP研究所（PHP文庫）　2009年1月

神林 通之進　かんばやし・みちのしん＊
町奉行所与力、東吾の兄　「白萩屋敷の月」　平岩弓枝　江戸色恋坂-市井情話傑作選　学習研究社（学研M文庫）　2005年8月；傑作捕物ワールド第10巻　人情捕縄篇　リブリオ出版　2002年10月

蒲原 求女（深井 染之丞）　かんばら・もとめ（ふかい・そめのじょう）
北町奉行附与力、実は肥前浦上の郷士の子で代々の切支丹　「馬上祝言」　野村胡堂　動物-極め付き時代小説選3　中央公論新社（中公文庫）　2004年11月

甘父　かんぷ
張騫の道案内　「汗血馬を見た男」　伴野朗　異色中国短篇傑作大全　講談社（講談社文庫）　2001年3月

勘兵衛（疾風の勘兵衛）　かんべえ（はやてのかんべえ）
京の都に暗躍する怪盗　「百万両呪縛」　高木彬光　七人の十兵衛-傑作時代小説　PHP研究所（PHP文庫）　2007年11月

神部 数馬　かんべ・かずま
信州のさる小藩の藩主式部少輔正信の小姓　「人斬り斑平」　柴田錬三郎　時代劇原作選集-あの名画を生みだした傑作小説　双葉社（双葉文庫）　2003年12月

巌流　がんりゅう
剣客、富田勢源の門弟　「巌流小次郎秘剣斬り 武蔵羅切」　新宮正春　宮本武蔵伝奇-時代小説セレクション　勉誠出版　2002年12月

甘露寺 大造　かんろじ・だいぞう
藩の重役の娘鹿乃江と恋仲になった微禄の武士　「山女魚剣法」　伊藤桂一　江戸の鈍感力-時代小説傑作選　集英社（集英社文庫）　2007年12月

【き】

偽庵　ぎあん
兵法者で眼医者、念流宗家七世　「樋口一族」　井口朝生　人物日本剣豪伝三　学陽書房（人物文庫）　2001年5月

城井谷安芸守 友房　きいだにあきのかみ・ともふさ
豊前中津十二万石に封ぜられた黒田家領内の城井谷を本拠としている地侍　「城井谷崩れ」　海音寺潮五郎　軍師の生きざま-短篇小説集　作品社　2008年11月

義一　ぎいち
女郎屋の主人で博徒の親分の「俺」の倅でからっきし意気地がない男　「三介の面」　長谷川伸　怪奇・伝奇時代小説選集10　怪談累ケ淵　春陽堂書店（春陽文庫）　2000年7月

きくじ

鬼一法眼　きいちほうげん
陰陽師法師、京八流の流祖「吉岡憲法」澤田ふじ子　人物日本剣豪伝一　学陽書房(人物文庫)　2001年4月

喜右衛門　きえもん
尊王攘夷運動家、京都の西木屋町にある古道具屋「枡屋」の主人「宵々山の斬り込み-池田屋の変」徳永真一郎　必殺!幕末暗殺剣-時代小説傑作選三　新人物往来社　2008年3月

喜右衛門　きえもん
長屋の大家「夜鷹蕎麦十六文」北原亞以子　職人気質-時代小説アンソロジー4　小学館(小学館文庫)　2007年5月

樹緒　きお
御家人長谷川家の家付女房、御先手同心長谷川冬馬の妻「野良猫侍」小松重男　大江戸猫三昧-時代小説傑作選　徳間書店(徳間文庫)　2004年11月

桔梗　ききょう
島原の遊女、金貸しの烏婆の養女「からす金」土師清二　釘抜藤吉捕物覚書-捕物時代小説選集4　春陽堂書店(春陽文庫)　2000年5月

桔梗　ききょう
竜造寺家の当主兼治の側室「影を売った武士」戸川幸夫　怪奇・怪談時代小説傑作選　徳間書店(徳間文庫)　2004年9月

桔梗屋平七　ききょうやへいしち
江戸の出版業者「羅生門河岸」都筑道夫　偉人八傑推理帖-名探偵時代小説　双葉社(双葉文庫)　2004年7月

きく
木曾川のほとりに家を持つ船頭茂平の娘「河鹿の鳴く夜」伊藤桂一　鍔鳴り疾風剣-新選代表作時代小説22　光風社出版(光風社文庫)　2000年11月

菊　きく
城代家老笹子錦太夫政明の若い後妻「ボロ家老は五十五歳」穂積驚　江戸の老人力-時代小説傑作選　集英社(集英社文庫)　2002年12月

菊　きく
浪人柊仙太郎を仇とねらう武家の娘「仇討ち-野人刺客」北山悦史　紅蓮の剣-書下ろし時代小説傑作選5　ミリオン出版(大洋時代文庫)　2005年9月

菊(駒菊)　きく(こまぎく)
旅芸人一座の十八歳になる娘芸人「春風街道」山手樹一郎　江戸の漫遊力-時代小説傑作選　集英社(集英社文庫)　2008年12月

菊次　きくじ
建具師、冤罪で島送りになって御赦免になった男「夢の通い路」伊藤桂一　春宵 濡れ髪しぐれ-時代小説傑作選　講談社(講談社文庫)　2003年9月

きくじ

菊女　きくじょ
浅井家に父親の代から仕えてきて落城を迎えた大阪城の淀どのの奥に仕える女中　「菊女覚え書」　大原富枝　歴史小説の世紀-天の巻　新潮社(新潮文庫)　2000年9月

菊池　小太郎　きくち・こたろう
領主菊池の倅で凛々しい若武士　「邪恋妖姫伝」　伊奈京介　怪奇・伝奇時代小説選集8 百物語　春陽堂書店(春陽文庫)　2000年5月

菊姫　きくひめ
筑前の宗像大神宮第七十八代大宮司宗像氏男の正室　「宗像怨霊譚」　西津弘美　怪奇・伝奇時代小説選集8 百物語　春陽堂書店(春陽文庫)　2000年5月

菊丸　きくまる
中仙道守山宿の外れにある料亭「萩乃家」で働く客相手の女　「馬追月夜」　伊藤桂一　代表作時代小説 平成十三年度　光風社出版　2001年5月

菊弥　きくや
祇園の芸妓　「新撰組余談 花の小五郎」　三好修　新選組伝奇　勉誠出版　2004年1月

菊弥　きくや
芳町の陰間茶屋「阪東屋」の抱えの売れっ子陰間　「振袖地獄」　勝目梓　息づかい-好色時代小説集　講談社(講談社文庫)　2007年2月

菊龍　きくりゅう
柳橋に住む売れっ妓の自前芸者、勤皇の郷士清川八郎の女　「妄執の女首がとりつく」　小山竜太郎　怪奇・伝奇時代小説選集15　春陽堂書店(春陽文庫)　2000年12月

喜佐　きさ
御家人の木辺家の養子の不運をかこって女と出奔した元夫と偶然出会い忍び逢いをくりかえす女　「笹の雪」　乙川優三郎　代表作時代小説 平成二十一年度　光文社　2009年6月

喜左衛門　きざえもん
経師屋、火事で死んだ権太の親友　「湯のけむり」　富田常雄　江戸の鈍感力-時代小説傑作選　集英社(集英社文庫)　2007年12月

喜作　きさく
炭焼の茂市の連れで大雪の夜に山小屋で雪女に呼吸を吹きかけられて死んだ老人　「伝奇物語 雪女」　大塚礫川　怪奇・伝奇時代小説選集4 怪異黒姫おろし　春陽堂書店(春陽文庫)　2000年1月

喜三郎　きさぶろう
江戸一番の面師仲保次の弟子　「鬼面変化」　小山竜太郎　怪奇・伝奇時代小説選集8 百物語　春陽堂書店(春陽文庫)　2000年5月

喜志夫　きしふ
賀部野の長者　「猿賀物語」　新田次郎　動物-極め付き時代小説選3　中央公論新社(中公文庫)　2004年11月

木嶋　元介　きじま・もとすけ
下館・水谷家の武士、親友和倉木壮樹郎の許婚者だった七生を思う男　「リメンバー」　藤水名子　しぐれ舟-時代小説招待席　広済堂出版　2003年9月

木十（林森） きじゅう（りんしん）
御成街道にある商家「更藤」の奉公人 「南蛮うどん」 泡坂妻夫 闇の旋風-問題小説傑作選5 捕物帖篇 徳間書店(徳間文庫) 2000年1月

喜十郎 きじゅうろう
宇都宮藩主奥平氏の連枝で改易処分を受けた奥平内蔵允一族の武士兵藤外記の若党 「ほたる合戦-浄瑠璃坂の仇討ち」 高橋義夫 士道無慘!仇討ち始末-時代小説傑作選四 新人物往来社 2008年3月

鬼神のお辰 きしんのおたつ
江戸御用盗の首魁青木弥太郎の妾 「貧窮豆腐」 東郷隆 愛染夢灯籠-時代小説傑作選 講談社(講談社文庫) 2005年9月

喜助 きすけ
居酒屋「いそかぜ」の主人、少女まきの雇い主 「紅珊瑚」 嵯峨野晶 江戸の闇始末-書下ろし時代小説傑作選7 ミリオン出版(大洋時代文庫) 2006年4月

喜助 きすけ
中間、元田宮家の下僕 「四谷怪談・お岩」 柴田錬三郎 怪奇・伝奇時代小説選集13 四谷怪談 春陽堂書店(春陽文庫) 2000年10月

喜助 きすけ
長崎の浦上中野郷のきりしたんの部落にいた男で図体は大きいが非常な臆病者だった青年 「最後の殉教者」 遠藤周作 歴史小説の世紀-地の巻 新潮社(新潮文庫) 2000年9月

義助 ぎすけ
江戸四谷忍町の質屋「近江屋」の手代 「鼠」 岡本綺堂 人情草紙-信州歴史時代小説傑作集第四巻 しなのき書房 2007年7月;動物-極め付き時代小説選3 中央公論新社(中公文庫) 2004年11月

喜助（小日向の喜助） きすけ（こひなたのきすけ）
御用聞、風車の浜吉親分の餓鬼のころからの仲間 「月夜駕籠」 伊藤桂一 剣よ月下に舞え-新選代表作時代小説23 光風社出版(光風社文庫) 2001年5月

義助 ぎすけ*
江戸の亀井町に住む仕立職人 「かぶき大阿闍梨」 竹田真砂子 逆転 時代アンソロジー 祥伝社(祥伝社文庫) 2000年5月

キセ
渡りお徒士・鵜沢左内に助けられた老女、象牙彫りの谷崎鴻斎の妻 「砂村心中」 杉本苑子 万事金の世-時代小説傑作選 徳間書店(徳間文庫) 2006年4月

きせ
藩祖以来の譜代和田家の娘 「吾亦紅」 安西篤子 鎮守の森に鬼が棲む-時代小説傑作選 講談社(講談社文庫) 2001年9月

喜勢（喜知次） きせ（きちじ）
大古湊の妓桜の女、浪人の緒方重三郎の娘 「苦界野ざらし仙次」 高橋義夫 時代小説読切御免第三巻 新潮社(新潮文庫) 2005年12月

義仙　ぎせん
柳生宗冬の末弟、裏柳生の総帥　「慶安御前試合」　隆慶一郎　花ごよみ夢一夜-新選代表作時代小説24　光風社出版（光風社文庫）2001年11月

徽宗　きそう
北宋末期の皇帝　「僭称」　井上祐美子　愛染夢灯籠-時代小説傑作選　講談社（講談社文庫）2005年9月

喜蔵　きぞう
四谷御門外に住む大工　「千姫と乳酪」　竹田真砂子　江戸の満腹力-時代小説傑作選　集英社（集英社文庫）2005年12月；剣の意地 恋の夢-時代小説傑作選　講談社（講談社文庫）2000年9月

喜蔵　きぞう
小舟町地金問屋「三河屋」の主人　「三河屋騒動」　潮山長三　怪奇・伝奇時代小説選集11 妖艶の谷　春陽堂書店（春陽文庫）2000年8月

喜蔵　きぞう
料亭「湖月」の女将お竜の旦那、岡っ引の大親分で本業は質屋　「刺青渡世（彫辰捕物帖）」　梶山季之　傑作捕物ワールド第5巻 渡世人篇　リブリオ出版　2002年10月

喜曽次　きそじ
出羽の国から京の都へ出て夜盗の群れにその身を投じた男　「夜叉姫」　中村晃　怪奇・伝奇時代小説選集12 血塗りの呪法　春陽堂書店（春陽文庫）2000年9月

木曾屋徳次郎　きそやとくじろう
材木問屋「木曾屋」の若主人　「爪の代金五十両」　南原幹雄　吉原花魁　角川書店（角川文庫）2009年12月

木曾義仲　きそよしなか
源氏の武将、源義賢の子　「山から都へ来た将軍」　清水義範　武将列伝-信州歴史時代小説傑作集第一巻 しなのき書房　2007年4月

木曽義仲　きそよしなか
源氏の嫡流源為義の孫、木曽山中に育ち京に上って征夷大将軍になった青年武将　「義仲の最期」　南條範夫　代表作時代小説 平成十三年度　光風社出版　2001年5月

喜多　きた
オランダ出島の探り番伍兵衛の一人娘　「名人」　白石一郎　江戸夢日和-市井・人情小説傑作選二　学習研究社（学研M文庫）2004年1月

北岡 留伊　きたおか・るい
横浜のオリエンタル・ホテルで働く混血のコック　「狂女」　山崎洋子　撫子が斬る-女性作家捕物帳アンソロジー　光文社（光文社文庫）2005年9月

北川 俊庵　きたがわ・しゅんあん
町医、神田の質両替商志摩屋与兵衛と親しい男　「死の釣舟」　松浦泉三郎　蛇の眼-捕物時代小説選集2　春陽堂書店（春陽文庫）2000年3月

喜多 勘一郎　きた・かんいちろう
福井藩士、香苗の兄 「城中の霜」 山本周五郎　人物日本の歴史 幕末維新編-時代小説版　小学館（小学館文庫） 2004年9月

喜田 十太夫　きだ・じゅうだいゆう
酒出藩の水潟町奉行 「歳月の舟」 北重人　代表作時代小説 平成二十一年度　光文社 2009年6月

起多 正一　きた・しょういち
広沢参議暗殺事件の容疑者、広沢の家令 「だれが広沢参議を殺したか」 古川薫　星明かり夢街道-新選代表作時代小説21　光風社出版　2000年5月

起田 正一　きだ・しょういち*
暗殺された新政府参議広沢真臣家の家令 「天衣無縫」 山田風太郎　逆転 時代アンソロジー　祥伝社（祥伝社文庫） 2000年5月

北田 源兵衛　きただ・げんべえ
東北辺鄙の黒石藩の普請方小頭 「清貧の福」 池宮彰一郎　歴史小説の世紀-地の巻　新潮社（新潮文庫） 2000年9月

北ノ方　きたのかた
豊後の大名大友義鑑の三番目の妻 「大友二階崩れ-大友宗麟」 早乙女貢　戦国武将国盗り物語-時代小説傑作選七　新人物往来社　2008年3月

北政所　きたのまんどころ
羽柴秀吉（のちの豊臣秀吉）の妻、辰之助（小早川秀秋）の叔母 「裏切りしは誰ぞ」 永井路子　約束-極め付き時代小説選1　中央公論新社（中公文庫） 2004年9月

北政所　きたのまんどころ
亡き太閤豊臣秀吉の正室 「黒百合抄」 山田風太郎　戦国女人十一話　作品社　2005年11月

北畠 具教　きたばたけ・とものり
伊勢の国司、兵法者 「〈第一番〉無刀取りへの道-柳生石舟斎」 綱淵謙錠　柳生武芸帳 七番勝負-時代小説傑作選一　新人物往来社　2008年3月

北原 掃部助　きたはら・かもんのすけ
関ケ原合戦の時の島津隊の武者 「天吹」 津本陽　時代小説 読切御免第三巻　新潮社（新潮文庫） 2005年12月

北原 彦右衛門　きたはら・ひこえもん
上伊那高遠城の大殿保科筑前守正俊の股肱の老臣 「槍弾正の逆襲」 中村彰彦　武将列伝-信州歴史時代小説傑作集第一巻　しなのき書房　2007年4月

貴田 孫兵衛　きだ・まごべえ*
ときの夫、朝鮮の役に出兵し朝鮮の官妓だったときを日本に連れ帰った肥後藩の武士 「故郷忘じたく候」 荒山徹　代表作時代小説 平成十五年度　光風社出版　2003年5月

北町 千鶴　きたまち・ちづ
明治四年長崎に設立された梅毒病院の助手になった女医 「眠れドクトル」 杉本苑子　赤ひげ横町-人情時代小説傑作選　新潮社（新潮文庫） 2009年1月

きたま

北政所　きたまんどころ
京都の三本木に隠退している豊臣秀吉の未亡人　「関ヶ原忍び風」　徳永真一郎　神出鬼没!戦国忍者伝-傑作時代小説　PHP研究所(PHP文庫)　2009年3月

喜多村 茶山　きたむら・さざん＊
江戸の両国広小路に小屋がある傀儡芝居「喜多村茶山一座」の人形師　「人形武蔵」　光瀬龍　「宮本武蔵」短編傑作選　角川書店(角川文庫)　2003年1月；七人の武蔵　角川書店(角川文庫)　2002年10月

喜太郎　きたろう＊
飯屋で働くおくみに惚れた指物職　「さんま焼く」　平岩弓枝　江戸宵闇しぐれ-人情捕物帳傑作選二　学習研究社(学研M文庫)　2005年3月

吉右衛門　きちえもん
京都の上京中立売通りに店を構える油屋の主人　「あとの桜」　澤田ふじ子　江戸の老人力-時代小説傑作選　集英社(集英社文庫)　2002年12月

吉五郎　きちごろう
神田明神下の岡っ引　「二度目の花嫁」　郡順史　灯籠伝奇-捕物時代小説選集8　春陽堂書店(春陽文庫)　2000年12月

吉五郎　きちごろう
放れ技で人の難儀を救ういい男と江戸で噂の巾着切り　「八百蔵吉五郎」　長谷川伸　釘抜藤吉捕物覚書-捕物時代小説選集4　春陽堂書店(春陽文庫)　2000年5月

吉五郎(聖天の吉五郎)　きちごろう＊(しょうてんのきちごろう)
浅草一帯の香具師の束ねをしている元締の老人　「夢の茶屋」　池波正太郎　江戸の老人力-時代小説傑作選　集英社(集英社文庫)　2002年12月

吉三郎　きちさぶろう
深川佐賀町の干鰯問屋「九十九屋」の元跡取り息子、家を出て裏長屋に移ってきた男　「男気」　鈴木英治　江戸の闇始末-書下ろし時代小説傑作選7　ミリオン出版(大洋時代文庫)　2006年4月

喜知次　きちじ
大古湊の妓桜の女、浪人の緒方重三郎の娘　「苦界野ざらし仙次」　高橋義夫　時代小説読切御免第三巻　新潮社(新潮文庫)　2005年12月

吉次　きちじ
熊野で薬草採りをしている久助の弟で山賊になった男　「熊野無情」　大路和子　剣よ月下に舞え-新選代表作時代小説23　光風社出版(光風社文庫)　2001年5月

吉次　きちじ
江戸横山町の岡っ引、私製の影富を売っていた男　「暫く、暫く、暫く」　佐藤雅美　時代小説　読切御免第四巻　新潮社(新潮文庫)　2005年12月

吉次(金売り吉次)　きちじ(かねうりきちじ)
かつて遮那王と名乗る源義経を奥州平泉にともなった老人　「吉野の嵐」　山田智彦　源義経の時代-短篇小説集　作品社　2004年10月

吉十郎　きちじゅうろう*
尾張藩直轄領南知多の利屋村の庄屋で困窮した村を救うため蜜柑栽培を根付かせた男　「蜜柑庄屋・金十郎」　澤田ふじ子　江戸の満腹力-時代小説傑作選　集英社(集英社文庫)　2005年12月

吉次郎　きちじろう
九州の片山里でうわばみ退治を職業にしていた男　「蛇精」　岡本綺堂　怪奇・伝奇時代小説選集14 累物語　春陽堂書店(春陽文庫)　2000年11月

吉次郎(鼠小僧)　きちじろう(ねずみこぞう)
入牢した新入りの囚人、大盗　「新入り(江戸の犯科帳)」　多岐川恭　傑作捕物ワールド第7巻 犯科帳篇　リブリオ出版　2002年10月

吉蔵　きちぞう*
寺大工、五代将軍綱吉の時代にお犬箱を売ってもうけた男　「元禄お犬さわぎ」　星新一　犬道楽江戸草紙-時代小説傑作選　徳間書店(徳間文庫)　2005年8月

吉太郎　きちたろう
出羽の国山形の紅花商人　「雪女」　中村晃　怪奇・伝奇時代小説選集4 怪異黒姫おろし　春陽堂書店(春陽文庫)　2000年1月

吉兵衛　きちべえ
吉原の大見世「扇屋」の番頭　「爪の代金五十両」　南原幹雄　吉原花魁　角川書店(角川文庫)　2009年12月

吉兵衛　きちべえ
神田三河町の莨問屋、甲州道中で追剥をしようとした元御家人永井権左衛門に呼び止められた男　「かっぱぎ権左」　浅田次郎　ふりむけば闇-時代小説招待席　広済堂出版　2003年6月

吉兵衛　きちべえ
富沢町の呉服屋富田屋清兵衛の番頭　「小夜衣の怨」　神田伯龍　怪奇・伝奇時代小説選集8 百物語　春陽堂書店(春陽文庫)　2000年5月

吉兵衛(鉄砲の吉兵衛)　きちべえ(てっぽうのきちべえ)
老渡世人　「狂女が唄う信州路」　笹沢左保　人情草紙-信州歴史時代小説傑作集第四巻　しなのき書房　2007年7月;約束-極め付き時代小説選1　中央公論新社(中公文庫)　2004年9月

吉兵衛(都田の吉兵衛)　きちべえ(みやこだのきちべえ)
都田の三兄弟の惣領、遠州横須賀の親分　「森の石松が殺された夜」　結城昌治　大江戸犯科帖-時代推理小説名作選　双葉社(双葉文庫)　2003年10月

吉弥　きちや
枕絵師清次郎の前で茶屋女おさちと絡む姿を見せた陰間の美少年　「泥水に泳ぐ魚」　開田あや　姦殺の剣-書下ろし時代小説傑作選3　ミリオン出版(大洋時代文庫)　2005年4月

きちょ

喜蝶　きちょう
おちかが働いている京町の大見世「松大黒楼」の花魁　「はやり正月の心中」杉本章子　吉原花魁　角川書店（角川文庫）2009年12月；時代小説 読切御免第三巻　新潮社（新潮文庫）2005年12月

帰蝶　きちょう
織田信長の正室、斎藤道三の娘　「最後の赤備え」宮本昌孝　地獄の無明剣-時代小説傑作選　講談社（講談社文庫）2004年9月

帰蝶　きちょう
美濃の大名斎藤道三の娘、大桑城の城主土岐次郎に嫁入りした姫　「帰蝶」岩井三四二　戦国女人十一話　作品社　2005年11月

吉川 広家　きっかわ・ひろいえ
毛利家の補佐役、出雲富田城の城主　「一字三星紋の流れ旗」新宮正春　紅葉谷から剣鬼が来る-時代小説傑作選　講談社（講談社文庫）2002年9月

吉川 元春　きっかわ・もとはる
戦国武将、毛利元就の子　「月山落城」羽山信樹　地獄の無明剣-時代小説傑作選　講談社（講談社文庫）2004年9月

吉川 元春　きっかわ・もとはる
戦国武将、毛利元就の次男　「吉川治部少輔元春」南條範夫　紅葉谷から剣鬼が来る-時代小説傑作選　講談社（講談社文庫）2002年9月

木戸 孝允　きど・こういん
長州藩の志士、尊王攘夷の運動に挺身した男でのち明治新政府の総裁局顧問となった木戸孝允　「京洛の風雲」南條範夫　幕末京都血風録-傑作時代小説　PHP研究所（PHP文庫）2007年11月

木戸 孝允　きど・たかよし
広沢参議暗殺事件の犯人として告訴された参議　「だれが広沢参議を殺したか」古川薫　星明かり夢街道-新選代表作時代小説21　光風社出版　2000年5月

木戸 孝允　きど・たかよし
長州藩士の子、江戸に出て剣術修行者として斎藤弥九郎の練兵館に入門した維新の英傑のちの木戸孝允　「桂小五郎と坂本竜馬」戸部新十郎　龍馬と志士たち　コスミック出版（コスミック文庫）2009年11月

きぬ
ぼけ老人のあほの太平の娘　「柳生の鬼」隆慶一郎　七人の十兵衛-傑作時代小説　PHP研究所（PHP文庫）2007年11月；柳生秘剣伝奇-時代小説セレクション　勉誠出版　2002年12月

きぬ
御家人黒部又右衛門の妻女　「新富士模様」逢坂剛　代表作時代小説 平成二十年度　光文社　2008年6月

きぬ
御番衆竹内平馬の妾、元竹内家の小間使い 「百日紅」 安西篤子 江戸色恋坂-市井情話傑作選 学習研究社(学研M文庫) 2005年8月

きぬ
出羽の国山形の紅花商人吉太郎が妻に迎えた京女 「雪女」 中村晃 怪奇・伝奇時代小説選集4 怪異黒姫おろし 春陽堂書店(春陽文庫) 2000年1月

きぬ
富本の師匠阿波大夫の内弟子、朝霧の妹 「南蛮うどん」 泡坂妻夫 闇の旋風-問題小説傑作選5 捕物帖篇 徳間書店(徳間文庫) 2000年1月

キヌ
柚野山麓の阪巻の聚落の娘 「水の天女」 伊藤桂一 恋模様-極め付き時代小説選2 中央公論新社(中公文庫) 2004年10月

絹 きぬ
産科医の加納了善の妻 「沃子誕生」 渡辺淳一 異色歴史短篇傑作大全 講談社 2003年11月

絹 きぬ
貧乏御家人の惣太の内職の手伝いをしている人形問屋「美人屋」の若い娘 「三つ巴御前」 睦月影郎 大江戸有情-書き下ろし時代小説傑作選4 大洋図書(大洋時代文庫) 2005年6月

絹 きぬ
法師の湯の湯治客、沼田藩の元納戸役の妻 「峠の剣」 佐江衆一 時代小説 読切御免第二巻 新潮社(新潮文庫) 2004年3月

きぬえ
長崎出島で阿蘭陀人の相手をする丸山の遊女 「出島阿蘭陀屋敷」 平岩弓枝 女人-時代小説アンソロジー2 小学館(小学館文庫) 2007年2月

衣笠 卯之助　きぬがさ・うのすけ
開港地横浜で荷揚作業の差配をつとめる男、元は江戸八丁堀の御家人 「情けねえ」 白石一郎 代表作時代小説 平成十七年度 光文社 2005年6月

衣笠 卯之助　きぬがさ・うのすけ
開港地横浜の伊勢屋回漕店の差配、元江戸の町同心 「とんでもヤンキー-横浜異人街事件帖」 白石一郎 代表作時代小説 平成十三年度 光風社出版 2001年5月

絹川 弥三右衛門　きぬかわ・やざえもん
陸奥相馬藩相馬長門守益胤の家来で参勤交代の大名行列の宿割役人を務める武士 「槍持ち佐五平の首」 佐藤雅美 江戸の漫遊力-時代小説傑作選 集英社(集英社文庫) 2008年12月

杵右衛門　きねえもん
南町奉行所が抜け荷の疑いで引っ捕らえた豪商 「番町牢屋敷」 南原幹雄 斬刃-時代小説傑作選 コスミック出版(コスミック時代文庫) 2005年5月

きねや

杵山 銀之丞　きねやま・ぎんのじょう
久留米藩主有馬頼貴の近習　「有馬騒動 冥府の密使」 野村敏雄　怪奇・伝奇時代小説選集6 清姫・怨霊ばなし　春陽堂書店（春陽文庫）2000年3月

キノ
横山町の小間物問屋「京屋」の箱入娘で隠れキリシタン一味に誘拐された娘　「京屋の箱入娘-風車の浜吉捕物綴」 伊藤桂一　代表作時代小説 平成十四年度　光風社出版 2002年5月

きの
尾張の国御供所村にいた百姓頭堀尾方泰の妻　「天正の橋」 水上勉　歴史小説の世紀-地の巻　新潮社（新潮文庫）2000年9月

紀の国屋角太郎（角太郎）　きのくにやかくたろう（かくたろう）
日本橋の薬種問屋「紀の国屋」の若隠居　「夜嵐お絹の毒」 戸川昌子　合わせ鏡-女流時代小説傑作選　角川春樹事務所（ハルキ文庫）2003年2月

紀伊国屋文左衛門　きのくにやぶんざえもん
江戸で指折りの豪商、幕府の材木御用達となり巨万の富を築いた男　「紀の海の大鯨-元禄の豪商・紀伊国屋文左衛門」 童門冬二　人物日本の歴史 江戸編＜下＞-時代小説版　小学館（小学館文庫）2004年7月

紀伊国屋文左衛門（紀文）　きのくにやぶんざえもん（きぶん）
豪商、老中の柳沢吉保を深川東永代町の隠れ家にお忍びで招いた人物　「そして、さくら湯-深川黄表紙掛取り帖」 山本一力　代表作時代小説 平成十五年度　光風社出版 2003年5月

木下 勝俊　きのした・かつとし
豊臣秀頼に命じられた伏見城留守居役、ねねの甥で若狭小浜の領主　「伏見城恋歌」 安部龍太郎　戦国女人十一話　作品社 2005年11月；時代小説 読切御免第二巻　新潮社（新潮文庫）2004年3月

木下 藤吉郎（豊臣 秀吉）　きのした・とうきちろう（とよとみ・ひでよし）
戦国武将、織田家の京都奉行のちの豊臣秀吉　「人魚の海」 火坂雅志　夢を見にけり-時代小説招待席　広済堂出版 2004年6月

木下 藤吉郎（豊臣 秀吉）　きのした・とうきちろう（とよとみ・ひでよし）
戦国武将、織田軍の司令官でのちの豊臣秀吉　「女は遊べ物語」 司馬遼太郎　戦国女人十一話　作品社 2005年11月

木下 藤吉郎（豊臣 秀吉）　きのした・とうきちろう（とよとみ・ひでよし）
戦国武将、織田信長の足軽組頭浅野又左衛門の娘お禰の婿になった同じ足軽組頭でのちの太閤秀吉　「琴瑟の妻-ねね」 澤田ふじ子　人物日本の歴史 戦国編-時代小説版　小学館（小学館文庫）2004年3月

木下 藤吉郎（豊臣 秀吉）　きのした・とうきちろう（とよとみ・ひでよし）
戦国武将、尾張国主織田信長の家臣でのちの豊臣秀吉　「稲葉山上の流星-織田信長」 童門冬二　戦国武将国盗り物語-時代小説傑作選七　新人物往来社 2008年3月

木下 藤吉郎（羽柴 秀吉）　きのした・とうきちろう（はしば・ひでよし）
戦国武将、織田信長の家臣でのちの豊臣秀吉　「鬼骨の人」津本陽　軍師の生きざま-時代小説傑作選　コスミック出版（コスミック文庫）2008年11月；戦国軍師列伝-時代小説傑作選六　新人物往来社　2008年3月

儀之助　ぎのすけ
富士講を率いる先達の八兵衛（元は前田藩の侍）を仇と狙う少年道者　「六合目の仇討」新田次郎　江戸の漫遊力-時代小説傑作選　集英社（集英社文庫）2008年12月

紀 道足　きの・みちたり
陸奥の胆沢鎮守府副将軍　「絞鬼」高橋克彦　時代小説 読切御免第三巻　新潮社（新潮文庫）2005年12月

木庭 貞政　きば・さだまさ
鹿児島県士族、西郷党の密偵　「ナポレオン芸者」白石一郎　女人-時代小説アンソロジー2　小学館（小学館文庫）2007年2月

喜八　きはち
深川木場の水番屋の番人、おときの夫　「浅間追分け」川口松太郎　人情草紙-信州歴史時代小説傑作集第四巻　しなのき書房　2007年7月

喜八　きはち
髪結いの伊三次の幼なじみの畳職人　「備後表」宇江佐真理　職人気質-時代小説アンソロジー4　小学館（小学館文庫）2007年5月

喜八郎　きはちろう
江戸蓬莱橋で損料屋を営みながら探り仕事をする男　「逃げ水」山本一力　代表作時代小説 平成十七年度　光文社　2005年6月

紀文　きぶん
豪商、老中の柳沢吉保を深川東永代町の隠れ家にお忍びで招いた人物　「そして、さくら湯-深川黄表紙掛取り帖」山本一力　代表作時代小説 平成十五年度　光風社出版　2003年5月

喜平次　きへいじ
鼠と呼ばれる盗賊次郎吉の幼なじみで江戸の大店「弥彦屋」の押込み強盗にされた男　「鼠、泳ぐ」赤川次郎　代表作時代小説 平成十七年度　光文社　2005年6月

喜平次（上杉 景勝）　きへいじ（うえすぎ・かげかつ）
戦国武将、上田城主長尾政景の子で上杉謙信が死んだ後相続して越後の太守となった人物　「芙蓉湖物語」海音寺潮五郎　疾風怒涛！上杉戦記-傑作時代小説　PHP研究所（PHP文庫）2008年3月

喜平太（むささび喜平太）　きへいた（むささびきへいた）
龍勝寺の本堂に忍んだ晋化僧に化けた曲者　「夢想正宗」柴田錬三郎　歴史小説の世紀-地の巻　新潮社（新潮文庫）2000年9月

喜兵衛　きへえ
京橋の足袋屋「巴屋」の旦那　「三十ふり袖」山本周五郎　恋模様-極め付き時代小説選2　中央公論新社（中公文庫）2004年10月

喜兵衛（影の喜兵衛）　きへえ（かげのきへえ）
三河譜代の旗本大久保家の家臣、伊賀の忍び上り「江戸っ子由来」柴田錬三郎　江戸三百年を読む 上-傑作時代小説 江戸騒乱編　角川学芸出版（角川文庫）2009年9月

君香　きみか
祇園の芸妓「祇園の女」火坂雅志　誠の旗がゆく-新選組傑作選　集英社（集英社文庫）2003年12月

君松（幾松）　きみまつ（いくまつ）
京都三本木の遊里の芸妓、元小浜藩酒井家の下級武士の娘「京しぐれ」南原幹雄　鍔鳴り疾風剣-新選代表作時代小説22　光風社出版（光風社文庫）2000年11月

奇妙丸（織田 信忠）　きみょうまる（おだ・のぶただ）
織田信長の嫡男「最後の赤備え」宮本昌孝　地獄の無明剣-時代小説傑作選　講談社（講談社文庫）2004年9月

金 誠一　きむ・そんいる
太閤豊臣秀吉の日本統一を祝賀するとの名目で日本に派遣された朝鮮通信使の副使「鼠か虎か」荒山徹　代表作時代小説 平成二十一年度　光文社　2009年6月

木村 喜左衛門　きむら・きざえもん
元越後長岡藩の徒士小頭木村武兵衛の老父「峠の剣」佐江衆一　時代小説 読切御免第二巻　新潮社（新潮文庫）2004年3月

木村 小太郎　きむら・こたろう
元越後長岡藩の徒士小頭木村武兵衛の孫「峠の剣」佐江衆一　時代小説 読切御免第二巻　新潮社（新潮文庫）2004年3月

木村 大八　きむら・だいはち
柳生但馬守から秘命をさずけられた黒鍬組の隠密「怨讐女夜叉抄」橘爪彦七　怪奇・伝奇時代小説選集6 清姫・怨霊ばなし　春陽堂書店（春陽文庫）2000年3月

木村 継次　きむら・つぐじ
新選組局長、元水戸の郷士で江戸の町道場の師範代「血汐首-芹沢鴨の女」南原幹雄　新選組烈士伝　角川書店（角川文庫）2003年10月

木村長門守 重成　きむらながとのかみ・しげなり
戦国武将、大坂方の豊臣秀頼の部将「人間の情景」野村敏雄　花と剣と侍-新鷹会・傑作時代小説選　光文社（光文社文庫）2009年6月

木村 常陸介　きむらひたちのすけ
太閤豊臣秀吉の家臣「五右衛門処刑」多岐川恭　石川五右衛門の生立-捕物時代小説選集3　春陽堂書店（春陽文庫）2000年4月

木村 武兵衛　きむら・ぶへえ
元越後長岡藩の徒士小頭「峠の剣」佐江衆一　時代小説 読切御免第二巻　新潮社（新潮文庫）2004年3月

金 礼蒙　きむ・れもん
朝鮮国王が日本へ派遣した第二回朝鮮通信使の書状官「我が愛は海の彼方に」荒山徹　代表作時代小説 平成二十年度　光文社　2008年6月

ぎゅう

肝付 庄左衛門　きもつき・しょうざえもん
関ヶ原の戦いにおける西軍島津軍の兵、肝付氏の地侍「退き口」東郷隆　関ヶ原・運命を分けた決断-傑作時代小説　PHP研究所(PHP文庫)　2007年6月

牛根 兵六　きもつき・へいろく
関ヶ原の戦いにおける西軍島津軍の兵、肝付氏の地侍庄左衛門の弟「退き口」東郷隆　関ヶ原・運命を分けた決断-傑作時代小説　PHP研究所(PHP文庫)　2007年6月

久一郎　きゅういちろう
新撰組副長土方歳三の実の子「土方歳三 残夢の剣」江崎俊平　新選組伝奇　勉誠出版　2004年1月

久右衛門　きゅうえもん
江戸鉄砲洲の酒問屋「瀬の国屋」の当主で二年前に行方不明になった男「なでしこ地獄」広尾磨津夫　怪奇・伝奇時代小説選集14 累物語　春陽堂書店(春陽文庫)　2000年11月

久作　きゅうさく
湯島天神境内にある料理茶屋「小松屋」に通う銀職人の四十男「いぶし銀の雪」佐江衆一　江戸夢あかり-市井・人情小説傑作選　学習研究社(学研M文庫)　2003年7月

久治　きゅうじ
烏山の油屋「油平」の番頭「卯三次のウ」永井路子　大江戸犯科帖-時代推理小説名作選　双葉社(双葉文庫)　2003年10月

久七(佐沼の久七)　きゅうしち(さぬまのきゅうしち)
渋谷に住む独りばたらきの盗賊を周旋する口合人「鬼平犯科帳 女密偵女賊」池波正太郎　花ごよみ夢一夜-新選代表作時代小説24　光風社出版(光風社文庫)　2001年11月

久次郎　きゅうじろう
池ノ端仲町の問屋「日野屋」の主人「江戸怪盗記」池波正太郎　情けがからむ朱房の十手-傑作時代小説　PHP研究所(PHP文庫)　2009年1月;江戸の鈍感力-時代小説傑作選　集英社(集英社文庫)　2007年12月

久助　きゅうすけ
熊野の薬草採りで山賊を弟に持つ男「熊野無情」大路和子　剣よ月下に舞え-新選代表作時代小説23　光風社出版(光風社文庫)　2001年5月

久助　きゅうすけ
江戸の御鉄砲方井上左太夫の組下の与力和田弥太郎の下男「鷲」岡本綺堂　怪奇・伝奇時代小説選集12 血塗りの呪法　春陽堂書店(春陽文庫)　2000年9月

牛助　ぎゅうすけ
信濃に棲む筑摩一族の忍法を相伝された者、首領・筑摩縄斎の甥・鴨ノ内記の下僕「忍者六道銭」山田風太郎　剣の道忍の掟-信州歴史時代小説傑作集第三巻　しなのき書房　2007年6月

久蔵　きゅうぞう
巾着切りの野田の久太「八百蔵吉五郎」長谷川伸　釘抜藤吉捕物覚書-捕物時代小説選集4　春陽堂書店(春陽文庫)　2000年5月

きゅう

九造(吉行 九造)　きゅうぞう*(よしゆき・きゅうぞう*)
長崎奉行松平図書頭康平の家来、三河西尾の松平家の図書頭となって日本全土を歩いた康平の供をした者 「長崎奉行始末」 柴田錬三郎　武士の本懐〈弐〉-武士道小説傑作選　KKベストセラーズ(ベスト時代文庫)　2005年5月

牛塔牛助(牛助)　ぎゅうとうぎゅうすけ(ぎゅうすけ)
信濃に棲む筑摩一族の忍法を相伝された者、首領・筑摩縄斎の甥・鴨ノ内記の下僕 「忍者六道銭」 山田風太郎　剣の道忍の掟-信州歴史時代小説傑作集第三巻　しなのき書房　2007年6月

久兵衛　きゅうべえ
伊勢白子村の百姓、年貢が払えず娘の体を売った男 「雁金」 潮山長三　蛇の眼-捕物時代小説選集2　春陽堂書店(春陽文庫)　2000年3月

久兵衛　きゅうべえ
札差「伊勢屋」の旦那、間男を繰り返すおみよの夫 「間男三昧」 小松重男　江戸夢日和-市井・人情小説傑作選2　学習研究社(学研M文庫)　2004年1月;逆転 時代アンソロジー　祥伝社(祥伝社文庫)　2000年5月

久兵衛　きゅうべえ
渡世人の銀次に処刑される国定忠治の首を盗んでほしいと頼んだ男 「暮坂峠への疾走」　笹沢左保　江戸の漫遊力-時代小説傑作選　集英社(集英社文庫)　2008年12月

久兵衛　きゅうべえ
肥前天草領の商人でみつの兄の政吉の知人だという男 「長崎犯科帳」 永井路子　傑作捕物ワールド第7巻 犯科帳篇　リブリオ出版　2002年10月

休兵衛　きゅうべえ
大坂堀江一番町の分銅屋 「花咲ける武士道」 神坂次郎　江戸の爆笑力-時代小説傑作選　集英社(集英社文庫)　2004年12月

九兵衛　きゅうべえ
備前岡山城下の旅籠屋の主人 「備前天一坊」 江見水蔭　大岡越前守-捕物時代小説選集6　春陽堂書店(春陽文庫)　2000年10月

魏 有裕　ぎ・ゆうゆう
治蝗将軍、初代治蝗将軍魏明の曾孫 「黄飛蝗」 森福都　妃・殺・蝗-中国三色奇譚　講談社(講談社文庫)　2002年11月

虚庵　きょあん
信州諏訪藩の政道にを批判した絵師でなにか曰くありげな男 「諏訪二の丸騒動」 新田次郎　侍の肖像-信州歴史時代小説傑作集第二巻　しなのき書房　2007年5月

京吉　きょうきち
小伝馬町の牢屋敷の囚人、重罪人の若者 「獄門帳」 沙羅双樹　約束-極め付き時代小説選1　中央公論新社(中公文庫)　2004年9月

京極佐渡守　きょうごくさどのかみ
讃州丸亀藩主 「暑い一日」 村上元三　武士道春秋-新鷹会・傑作時代小説選　光文社(光文社文庫)　2006年6月

京極 高次　きょうごく・たかつぐ
戦国武将、西軍の軍勢にとりまかれた大津城の城主　「蛍と呼ぶな」　岩井三四二　代表作時代小説 平成十九年度　光文社　2007年6月

京極 竜子　きょうごく・たつこ
元豊臣秀吉の側室、大津城主京極高次の妹　「伏見城恋歌」　安部龍太郎　戦国女人十一話　作品社　2005年11月；時代小説 読切御免第二巻　新潮社(新潮文庫)　2004年3月

京極丹後守 高広　きょうごくたんごのかみ・たかひろ
丹後国宮津藩主　「鰤の首」　神坂次郎　大江戸殿様列伝-傑作時代小説　双葉社(双葉文庫)　2006年7月

京極の御息所(御息所)　きょうごくのみやすどころ(みやすどころ)
高徳の老僧志賀寺上人が恋をした美しい御息所　「志賀寺上人の恋」　三島由紀夫　歴史小説の世紀-地の巻　新潮社(新潮文庫)　2000年9月

杏四　きょうし
関東の雄北条氏康の息子氏秀(のちの上杉景虎)の小姓、武田の素破　「流転の若鷹」　永井路子　疾風怒涛!上杉戦記-傑作時代小説　PHP研究所(PHP文庫)　2008年3月

行潤　ぎょうじゅん
女性の信者ばかりが訪れる寺の坊主　「腕すり呪文」　古巣夢太郎　怪奇・伝奇時代小説選集8 百物語　春陽堂書店(春陽文庫)　2000年5月

喬生　きょうせい
支那の浙東明州の城外にある家に住む書生　「牡丹燈記」　岡本綺堂　怪奇・伝奇時代小説選集9 怪談牡丹燈籠　春陽堂書店(春陽文庫)　2000年6月

喬生　きょうせい
鎮明嶺の下に住んでいた若い男で近ごろ女房に死なれて気病のようになっていた男　「牡丹灯籠 牡丹灯記」　田中貢太郎　怪奇・伝奇時代小説選集14 累物語　春陽堂書店(春陽文庫)　2000年11月

喬生　きょうせい
明州に住む細君を亡くしたばかりの若い男　「日本三大怪談集」　田中貢太郎　怪奇・怪談時代小説傑作選　徳間書店(徳間文庫)　2004年9月

行尊(文明寺行尊)　ぎょうそん(ぶんめいじぎょうそん)
上伊那高遠城の大殿保科筑前守正俊の客将、元大雲山文明寺の僧　「槍弾正の逆襲」　中村彰彦　武将列伝-信州歴史時代小説傑作集第一巻　しなのき書房　2007年4月

京太郎　きょうたろう
根津門前町の東の長屋で殺害されていた仲がいいと評判の夫婦の亭主　「密室-定廻り同心十二人衆」　笹沢左保　代表作時代小説 平成十五年度　光風社出版　2003年5月

鏡太郎　きょうたろう
経師屋喜左衛門の息子、経師職人　「湯のけむり」　富田常雄　江戸の鈍感力-時代小説傑作選　集英社(集英社文庫)　2007年12月

きょう

刑部　ぎょうぶ
四国中の狸の眷属を支配する狸　「戦国狸」　村上元三　動物-極め付き時代小説選3　中央公論新社（中公文庫）　2004年11月

教来石　兵助　きょうらいし・ひょうのすけ
北信濃の戸狩村の郷士で代々村の百姓に火薬の製法を教えた煙火師の家の当主、お芳の父　「銀河まつり」　吉川英治　人情草紙-信州歴史時代小説傑作集第四巻　しなのき書房　2007年7月

清河　八郎　きよかわ・はちろう
出羽国田川郡出身の尊王攘夷運動の浪士　「佐々木唯三郎」　戸川幸夫　武士道歳時記-新鷹会・傑作時代小説選　光文社（光文社文庫）　2008年6月；人物日本剣豪伝五　学陽書房（人物文庫）　2001年7月

清河　八郎　きよかわ・はちろう
出羽出身の浪人、清河塾塾長で尊王攘夷の党「虎尾の会」盟主　「謀-清河八郎暗殺」　綱淵謙錠　必殺！幕末暗殺剣-時代小説傑作選三　新人物往来社　2008年3月

清河　八郎　きよかわ・はちろう
出羽浪人、幕末の志士で幕府に進言して結成した浪士隊を朝廷付きにしようと策謀した男　「奇妙なり八郎」　司馬遼太郎　時代劇原作選集-あの名画を生みだした傑作小説　双葉社（双葉文庫）　2003年12月

清河　八郎　きよかわ・はちろう
幕末の出羽庄内浪士、幕府に進言して浪士隊を結成した策士　「浪士組始末」　柴田錬三郎　新選組興亡録　角川書店（角川文庫）　2008年9月；新選組アンソロジー上巻-その虚と実に迫る　舞字社　2004年2月

玉栄　ぎょくえい
市ヶ谷にある書店「藤乃屋」の主人で枕絵師もしている男　「三つ巴御前」　睦月影郎　大江戸有情-書き下ろし時代小説傑作選4　大洋図書（大洋時代文庫）　2005年6月

玉女　ぎょくじょ
蒙古軍と戦う高麗軍の兵士崔芝賢が珍島で助けた官妓　「三別抄耽羅戦記」　金重明　代表作時代小説　平成十九年度　光文社　2007年6月

玉笙　ぎょくしょう
唐の剣南西川節度使韋城武の妻　「薛濤-中国美女伝」　陳舜臣　代表作時代小説　平成十四年度　光風社出版　2002年5月

曲亭馬琴（滝沢　馬琴）　きょくていばきん（たきざわ・ばきん）
「南総里見八犬伝」の作者、旗本松平家の用人をしていた滝沢家を相続したが山東京伝に弟子入りし戯作者となった男　「曲亭馬琴」　堀内万寿夫　紅蓮の翼-異彩時代小説撰　叢文社　2007年8月

清子　きよこ
九州福岡藩の支藩である秋月藩の上級藩士臼井亘理の妻　「仇-明治十三年の仇討ち」　綱淵謙錠　士道無惨！仇討ち始末-時代小説傑作選四　新人物往来社　2008年3月

きょよ

許 宣　きょ・せん
杭州城内過軍橋の黒珠巷にいた若い男で保叔塔寺へお詣りに行って美しい女と出逢った男　「蛇性の婬 雷峰怪蹟」　田中貢太郎　怪奇・伝奇時代小説選集14 累物語　春陽堂書店(春陽文庫)　2000年11月

清原 秋忠　きよはら・あきただ
源満仲をうらむ公卿清原高明の子、満仲の子頼光の命をねらう者　「土蜘蛛」　三橋一夫　蛇の眼-捕物時代小説選集2　春陽堂書店(春陽文庫)　2000年3月

清原 秋広　きよはら・あきひろ
公卿清原高明の子、叡山の僧智寿に姿を変え源頼光の命をねらう者　「土蜘蛛」　三橋一夫　蛇の眼-捕物時代小説選集2　春陽堂書店(春陽文庫)　2000年3月

清原 彦右衛門　きよはら・ひこえもん
松本藩の徒士屋敷に住む下級藩士、源清麿の剣を持つ男　「三番勝負片車」　隆慶一郎　剣の道忍の掟-信州歴史時代小説傑作集第三巻　しなのき書房　2007年6月

清秀　きよひで
金売り吉次の孫の若者　「吉野の嵐」　山田智彦　源義経の時代-短篇小説集　作品社　2004年10月

清姫　きよひめ
紀伊ノ国日高郡の村長の娘で生れついての醜女　「邪恋妖姫伝」　伊奈京介　怪奇・伝奇時代小説選集8 百物語　春陽堂書店(春陽文庫)　2000年5月

清姫　きよひめ
紀州熊野の郷の長者屋敷の姫で旅の僧安珍に恋する娘　「恋の清姫」　橘爪彦七　怪奇・伝奇時代小説選集6 清姫・怨霊ばなし　春陽堂書店(春陽文庫)　2000年3月

清姫　きよひめ
三つの相に分ち顕れたる鬼女　「道成寺」　萱野二十一　怪奇・伝奇時代小説選集6 清姫・怨霊ばなし　春陽堂書店(春陽文庫)　2000年3月

清姫　きよひめ
真砂の里の名主の一人娘　「新釈娘道成寺」　八雲滉　怪奇・伝奇時代小説選集6 清姫・怨霊ばなし　春陽堂書店(春陽文庫)　2000年3月

喜与夫　きよふ
賀部野の長者喜志夫の弟　「猿聟物語」　新田次郎　動物-極め付き時代小説選3　中央公論新社(中公文庫)　2004年11月

清松 弥十郎　きよまつ・やじゅうろう
尼子家中随一の豪傑山中鹿之介の新妻千明と許嫁のような間柄にあった男で富田城を出奔してしまった武士　「雲州英雄記」　池波正太郎　軍師の死にざま-短篇小説集　作品社　2006年10月

許陽　きょよう
劉文叔(のちの後漢の光武帝)が無頼漢から助けた老人、前漢の遺臣　「燭怪」　田中芳樹　代表作時代小説 平成二十年度　光文社　2008年6月

きらい

鬼雷神越右衛門　きらいじんこしえもん＊
下赤坂村の百姓、のち山越藩の抱え力士　「五輪くだき」　逢坂剛　時代小説 読切御免第二巻　新潮社(新潮文庫)　2004年3月

吉良上野介　きらこうずけのすけ
元高家筆頭、赤穂浪士の襲撃を受けた吉良家当主　「吉良上野介御用足」　森村誠一　夢を見にけり-時代小説招待席　広済堂出版　2004年6月

吉良上野介　きらこうずけのすけ
元赤穂藩城代家老の大野九郎兵衛が泉岳寺で会った宗匠頭巾の老人、赤穂浪士が仇討ちをした相手　「噂のぬし」　新井英生　大江戸の歳月-新鷹会・傑作時代小説選　光文社(光文社文庫)　2003年6月

吉良上野介　きらこうずけのすけ
高家筆頭　「吉良上野の立場」　菊池寛　赤穂浪士伝奇-べんせいライブラリー時代小説セレクション　勉誠出版　2002年12月

吉良上野介　きらこうずけのすけ
高家筆頭　「錯乱」　高橋直樹　異色忠臣蔵大傑作集　講談社(講談社文庫)　2002年12月

吉良上野介　きらこうずけのすけ
高家筆頭　「富子すきすき」　宇江佐真理　異色忠臣蔵大傑作集　講談社(講談社文庫)　2002年12月

吉良上野介　きらこうずけのすけ
赤穂浪士らに討たれたはずが生きた屍となって上杉家下屋敷に命を保っていた大殿　「生きていた吉良上野」　榊山潤　赤穂浪士伝奇-べんせいライブラリー時代小説セレクション　勉誠出版　2002年12月

吉良上野介　きらこうずけのすけ
浅野内匠頭の刃傷沙汰以来目まぐるしい身の変転に見舞われ高家筆頭の役職から隠居した老人　「その日の吉良上野介」　池宮彰一郎　人物日本の歴史 江戸編〈上〉-時代小説版　小学館(小学館文庫)　2004年5月

吉良上野介 義央　きらこうずけのすけ・よしなか
高家衆の筆頭　「高輪泉岳寺」　諸田玲子　異色忠臣蔵大傑作集　講談社(講談社文庫)　2002年12月

吉良上野介 義央　きらこうずけのすけ・よしなか
高家筆頭　「剣鬼清水一学」　島守俊夫　赤穂浪士伝奇-べんせいライブラリー時代小説セレクション　勉誠出版　2002年12月

吉良上野介 義央　きらこうずけのすけ・よしなか
高家筆頭、赤穂藩主浅野長矩に江戸城中で刃傷に及ばれた男　「柳沢殿の内意」　南條範夫　江戸三百年を読む 上-傑作時代小説 江戸騒乱編　角川学芸出版(角川文庫)　2009年9月

吉良 左兵衛義周　きら・さひょうえよしちか
吉良家の養子、米沢藩主上杉弾正大弼綱憲の次男で上野介の孫　「左兵衛様ご無念」　新宮正春　異色忠臣蔵大傑作集　講談社(講談社文庫)　2002年12月

吉良左兵衛 義周　きらさひょうえ・よしちか
吉良上野介義央の孫で吉良家の養子となった若者「妖笛」皆川博子　剣よ月下に舞え-新選代表作時代小説23　光風社出版(光風社文庫)　2001年5月

切岡 孝太郎　きりおか・こうたろう
小伝馬町の牢役人、討役同心「芸者の首」泡坂妻夫　恋模様-極め付き時代小説選2　中央公論新社(中公文庫)　2004年10月

霧隠(織田 獣鬼)　きりがくれ(おだ・じゅうき)
忍者「霧隠才蔵の秘密」嵐山光三郎　剣の道忍の掟-信州歴史時代小説傑作集第三巻　しなのき書房　2007年6月

霧隠才蔵　きりがくれさいぞう
くノ一、宣教師ルイス・フロイスが堺の花街の女に生ませた子「霧隠才蔵の秘密」嵐山光三郎　剣の道忍の掟-信州歴史時代小説傑作集第三巻　しなのき書房　2007年6月

霧隠才蔵　きりがくれさいぞう
伊賀の頭領二代目百地三太夫を殺し里から逃げ出した少年「秘法燕返し」朝松健　伝奇城-文庫書下ろし/伝奇時代小説アンソロジー　光文社(光文社文庫)　2005年2月

霧隠才蔵(才蔵)　きりがくれさいぞう(さいぞう)
忍者、戦国武将真田幸村の十人の股肱の一人「真田十勇士」柴田錬三郎　剣の道　忍の掟-信州歴史時代小説傑作集第三巻　しなのき書房　2007年6月

桐塚 兵吾　きりずか・ひょうご
三河国刈谷藩の普請方の下級藩士「犬曳き侍」伊藤桂一　動物-極め付き時代小説選3　中央公論新社(中公文庫)　2004年11月

桐野 利秋　きりの・としあき
薩摩藩の志士、示現流の剣客で「人斬り半次郎」と恐れられた男でのちの陸軍少将・桐野利秋「示現流　中村半次郎「純情薩摩隼人」」柴田錬三郎　幕末の剣鬼たち-時代小説傑作選　コスミック出版(コスミック文庫)　2009年12月;剣狼-幕末を駆けた七人の兵法者　新潮社(新潮文庫)　2007年6月

桐野 利秋　きりの・としあき
薩摩藩士で薬丸自顕流を得意とした剣士、維新後は陸軍少将に任ぜられた男「殺人刀」津本陽　代表作時代小説　平成十九年度　光文社　2007年6月

桐野 利秋(中村 半次郎)　きりの・としあき(なかむら・はんじろう)
陸軍少将「薄野心中-新選組最後の人」船山馨　新選組アンソロジー下巻-その虚と実に迫る　舞字社　2004年2月;新選組烈士伝　角川書店(角川文庫)　2003年10月

桐野 利秋(中村 半次郎)　きりの・としあき(なかむら・はんじろう)
陸軍少将、元薩摩藩士「開化散髪どころ」池波正太郎　変事異聞-時代小説アンソロジー5　小学館(小学館文庫)　2007年7月

霧姫　きりひめ
木曾谷の隠れ里の里長の女「夕霧峡秘譚」狭山温　怪奇・伝奇時代小説選集12 血塗りの呪法　春陽堂書店(春陽文庫)　2000年9月

きりや

桐山　辰之助　きりやま・たつのすけ
福岡藩無足組に属する藩士、万引癖のある娘お珠を妻にした男　「観音妖女」　白石一郎　鍔鳴り疾風剣-新選代表作時代小説22　光風社出版（光風社文庫）　2000年11月

桐若　きりわか
大坂方の家老格片桐且元の家来達の頭ぶん　「切左衛門の訴状」　戸部新十郎　侍たちの歳月-新鷹会・傑作時代小説選　光文社（光文社文庫）　2002年6月

喜六　きろく
公事宿「鯉屋」の手代　「夜の橋」　澤田ふじ子　情けがからむ朱房の十手-傑作時代小説　PHP研究所（PHP文庫）　2009年1月

喜六　きろく
東三河作手の萱野村の百姓で雑役の侍奉公に出た男　「雑兵譚」　数野和夫　紅蓮の翼-異彩時代小説撰　叢文社　2007年8月

きわ
上州飯田村の豪農の一人娘で身分の違いを越えて大身の旗本の嫡男と結婚した娘　「銀杏の実」　南條範夫　花ごよみ夢一夜-新選代表作時代小説24　光風社出版（光風社文庫）　2001年11月

キン
信州のさる小藩の無足斑平の母、藩主生母の侍女　「人斬り斑平」　柴田錬三郎　時代劇原作選集-あの名画を生みだした傑作小説　双葉社（双葉文庫）　2003年12月

銀　ぎん
闘鶏師、風車売りの浜吉の女お時につきまとう猩猩の銀と呼ばれる男　「風車は廻る(風車の浜吉・捕物綴)」　伊藤桂一　捕物小説名作選一　集英社（集英社文庫）　2006年8月;傑作捕物ワールド第10巻　リブリオ出版　2002年10月

銀（猩々の銀）　ぎん（しょうじょうのぎん）
元御用聞の風車の浜吉親分の片腕　「月夜駕籠」　伊藤桂一　剣よ月下に舞え-新選代表作時代小説23　光風社出版（光風社文庫）　2001年5月

金　慶元　きん・けいげん
朝鮮に渡った紀州雑賀衆の武人・金忠善の長子　「何処か是れ他郷」　荒山徹　代表作時代小説　平成十六年度　光風社出版　2004年4月

金三郎　きんざぶろう
神田の蕎麦屋「天庵」の主人　「泥棒番付」　泡坂妻夫　剣よ月下に舞え-新選代表作時代小説23　光風社出版（光風社文庫）　2001年5月

銀鮫　鱒次郎　ぎんざめ・ますじろう
愛宕下の仙台屋敷にいる原田甲斐の家来の若侍、密偵　「赤西蠣太」　志賀直哉　時代劇原作選集-あの名画を生みだした傑作小説　双葉社（双葉文庫）　2003年12月

金さん　きんさん
北町奉行、市井の遊び人として町へも出没する男　「雪肌金さん（遠山の金さん捕物帳）」　陣出達朗　傑作捕物ワールド第6巻　名奉行篇　リブリオ出版　2002年10月

金さん　きんさん
遊び人、実は南町奉行「大江戸花見侍」清水義範　江戸の爆笑力-時代小説傑作選　集英社（集英社文庫）2004年12月

金次　きんじ
遊び人、女軽業師の春風小柳の情夫「石灯篭(半七捕物帳)」岡本綺堂　傑作捕物ワールド第1巻 岡っ引き篇　リブリオ出版　2002年10月

銀次　ぎんじ
岡っ引「灯籠伝奇」谷尾一歩　灯籠伝奇-捕物時代小説選集8　春陽堂書店（春陽文庫）2000年12月

銀次　ぎんじ
魚屋で駒形の親分新五の一の子分「蛇を刺す蛙」陣出達朗　江戸浮世風-人情捕物帳傑作選　学習研究社（学研M文庫）2004年8月

銀次　ぎんじ
深川の料理屋「松葉屋」の板前「左の腕」松本清張　親不孝長屋-人情時代小説傑作選　新潮社（新潮文庫）2007年7月;傑作捕物ワールド第7巻 犯科帳篇　リブリオ出版　2002年10月

銀次　ぎんじ
定吉の凧師仲間で女房のおみねと江戸を出ていった男前の職人「笑い凧」佐江衆一　逆転 時代アンソロジー　祥伝社（祥伝社文庫）2000年5月

銀次　ぎんじ
八丁堀の与力坂田三十郎から十手を預かるお鷹の乾分「艶美白孔雀」櫻町静夫　艶美白孔雀-捕物時代小説選集7　春陽堂書店（春陽文庫）2000年11月

銀次（いろはの銀次）　ぎんじ（いろはのぎんじ）
掏摸「大江戸花見侍」清水義範　江戸の爆笑力-時代小説傑作選　集英社（集英社文庫）2004年12月

銀次（竜舞の銀次）　ぎんじ（りゅうまいのぎんじ）
処刑される国定忠治の首を盗んで信州まで運んでほしいと頼まれた渡世人「暮坂峠への疾走」笹沢左保　江戸の漫遊力-時代小説傑作選　集英社（集英社文庫）2008年12月

錦瑟　きんしつ
女の妖怪「錦瑟と春燕」陳舜臣　鎮守の森に鬼が棲む-時代小説傑作選　講談社（講談社文庫）2001年9月

金次郎　きんじろう
室町の大店「長崎屋」の一番番頭「昇竜変化」角田喜久雄　動物-極め付き時代小説選3　中央公論新社（中公文庫）2004年11月

銀次郎　ぎんじろう
掛川藩御納戸方多田富右衛門隠居、偶然昔馴染みの同じ隠居の身の女と二人で旅をすることになった男「後家の春」山手樹一郎　江戸の老人力-時代小説傑作選　集英社（集英社文庫）2002年12月

ぎんじ

銀次郎　ぎんじろう
材木商の大店「大峰屋」の主　「心、荒む」　北山悦史　大江戸有情-書き下ろし時代小説傑作選4　大洋図書(大洋時代文庫)　2005年6月

銀次郎　ぎんじろう
深川木場の材木問屋「万屋」の川並　「浅間追分け」　川口松太郎　人情草紙-信州歴史時代小説傑作集第四巻　しなのき書房　2007年7月

銀次郎　ぎんじろう
川端町の小間物屋の娘ぬいの婿、芸者と駆け落ちした男　「母子かづら」　永井路子　江戸の秘恋-時代小説傑作選　徳間書店(徳間文庫)　2004年10月

金助　きんすけ
飯屋で働くおくみの父親、底抜けの大酒呑み　「さんま焼く」　平岩弓枝　江戸宵闇しぐれ-人情捕物帳傑作選二　学習研究社(学研M文庫)　2005年3月

欽宗　きんそう
北宋末期の皇帝徽宗の長子で皇太子、のち皇帝　「僭称」　井上祐美子　愛染夢灯籠-時代小説傑作選　講談社(講談社文庫)　2005年9月

金蔵　きんぞう
会津藩郡奉行笹沼与左衛門の草履とり　「第二の助太刀」　中村彰彦　偉人八傑推理帖-名探偵時代小説　双葉社(双葉文庫)　2004年7月

金蔵　きんぞう
江戸深川・木場の山源の筏師　「洲崎の女」　早乙女貢　代表作時代小説 平成十六年度　光風社出版　2004年4月

錦太夫　きんだゆう
笹子家の婿、ボロ家老と綽名される城代家老　「ボロ家老は五十五歳」　穂積驚　江戸の老人力-時代小説傑作選　集英社(集英社文庫)　2002年12月

金 忠善(太田 孫二郎)　きん・ちゅうぜん(おおた・まごじろう)
紀州雑賀衆の鉄砲の名手、豊臣秀吉に抗戦を続けるために朝鮮に渡り朝鮮軍に奔った武人　「何処か是れ他郷」　荒山徹　代表作時代小説 平成十六年度　光風社出版　2004年4月

誾千代　ぎんちよ
筑後の柳川城主立花宗茂の妻、立花道雪の一人娘　「立花宗茂」　海音寺潮五郎　九州戦国志-傑作時代小説　PHP研究所(PHP文庫)　2008年12月

誾千代　ぎんちよ
柳川城主立花宗茂の妻　「二代目」　童門冬二　鎮守の森に鬼が棲む-時代小説傑作選　講談社(講談社文庫)　2001年9月

金 通精　きん・つうせい
蒙古軍と戦う高麗軍の精鋭である三別抄の将軍　「三別抄耽羅戦記」　金重明　代表作時代小説 平成十九年度　光文社　2007年6月

金八　きんぱち
女賊しびれのお龍の子分になりたいといったずっこけの金八という男　「お龍月夜笠」　藤見郁　灯籠伝奇-捕物時代小説選集8　春陽堂書店（春陽文庫）　2000年12月

金八　きんぱち
赤城下の改代町に住む貸本屋　「首つり御門」　都筑道夫　怪奇・怪談時代小説傑作選　徳間書店（徳間文庫）　2004年9月

銀八　ぎんぱち
伊賀の忍者、伊賀崎道順の部下　「忍びの砦-伊賀崎道順」　今村実　戦国忍者武芸帳-時代小説傑作選五　新人物往来社　2008年3月

金八（遠山 金四郎）　きんぱち（とおやま・きんしろう）
蔵前の「鳴門屋」に奉公しいざこざのかたをつけている男、じつは遠山金四郎　「妖肌秘帖」　小島健三　幽霊陰陽師-捕物時代小説選集5　春陽堂書店（春陽文庫）　2000年6月

金八（遠山左衛門尉）　きんぱち（とおやまさえもんのじょう）
釜なし長屋に住む渡り折助、じつは南町奉行の遠山左衛門尉　「隠密奉行」　小島健三　幽霊陰陽師-捕物時代小説選集5　春陽堂書店（春陽文庫）　2000年6月

金原　忠蔵　きんばら・ちゅうぞう*
慶応四年上田藩の軽井沢宿に入った官軍・赤報隊の監察役、下総葛飾郡小金町の旧家「笹屋」竹内家の息子　「雪中の死」　東郷隆　代表作時代小説 平成十七年度　光文社　2005年6月

金峯小角　きんぷおずぬ
盗賊の疾風一味で坊主あがりの悪党　「腰紐呪法」　島本春雄　怪奇・伝奇時代小説選集10 怪談累ケ淵　春陽堂書店（春陽文庫）　2000年7月

金平　きんぺい
兵法者、塚原卜伝の弟子　「斎藤伝鬼房」　早乙女貢　人物日本剣豪伝一　学陽書房（人物文庫）　2001年4月

金平　きんぺい
兵法者、塚原卜伝の弟子で天流の創始者　「根岸兎角」　戸部新十郎　人物日本剣豪伝二　学陽書房（人物文庫）　2001年4月

銀平　ぎんぺい
浅草奥山の独楽芸人　「むくろ人形の謎」　大林清　灯籠伝奇-捕物時代小説選集8　春陽堂書店（春陽文庫）　2000年12月

銀平　ぎんぺい
日本橋乗物町の岡っ引　「人肌屏風」　古巣夢太郎　怪奇・伝奇時代小説選集11 妖艶の谷　春陽堂書店（春陽文庫）　2000年8月

金兵衛　きんべえ
谷中の延命院の寺男　「世は春じゃ」　杉本苑子　江戸の鈍感力-時代小説傑作選　集英社（集英社文庫）　2007年12月

きんべ

金兵衛　きんべえ
白山前町に店を持つ武具を扱う道具屋　「兜」岡本綺堂　怪奇・伝奇時代小説選集15　春陽堂書店（春陽文庫）2000年12月

金星　きんぼし*
淀君側近の親衛娘子隊「七人組」の一人、近習役鈴木源右衛門正詳の一族　「情炎大阪城」加賀淳子　戦国女人十一話　作品社　2005年11月

金蓮　きんれん
故の奉化州の州判の娘麗卿の婢女　「日本三大怪談集」田中貢太郎　怪奇・怪談時代小説傑作選　徳間書店（徳間文庫）2004年9月

金蓮　きんれん
書生の喬生の家に毎晩尋ねて来る美女麗卿の小婢で牡丹燈籠を持った少女　「牡丹燈記」岡本綺堂　怪奇・伝奇時代小説選集9　怪談牡丹燈籠　春陽堂書店（春陽文庫）2000年6月

金蓮　きんれん
鎮明嶺の下に一人で住んでいた喬生の家に毎晩泊まりに来た若い女嶺卿の婢女で灯籠を持った少女　「牡丹灯籠　牡丹灯記」田中貢太郎　怪奇・伝奇時代小説選集14　累物語　春陽堂書店（春陽文庫）2000年11月

【く】

光海君　くあんへぐん
朝鮮王朝第十四代王・宣祖の第二庶王子　「李朝懶夢譚」荒山徹　代表作時代小説　平成十八年度　光文社　2006年6月

光海君　くあんへぐん
朝鮮王朝第十四代王・宣祖の第二庶王子　「流離剣統譜」荒山徹　代表作時代小説　平成十九年度　光文社　2007年6月

空庵先生　くうあんせんせい
岡っ引の四方吉親分が事件の推理で世話になっている先生　「怨霊ばなし」多岐川恭　怪奇・伝奇時代小説選集6　清姫・怨霊ばなし　春陽堂書店（春陽文庫）2000年3月

くおん
安南人の女　「安南の六連銭」新宮正春　機略縦横！真田戦記-傑作時代小説　PHP研究所（PHP文庫）2008年7月

陸田　精兵衛　くがた・せいべえ
藩の城代家老　「日日平安」山本周五郎　時代劇原作選集-あの名画を生みだした傑作小説　双葉社（双葉文庫）2003年12月

釘抜藤吉　くぎぬきとうきち
合点長屋の目明し、釘抜きのように曲がった脚と噛んだら最後と釘抜きのように離れない粘りを持つ親分　「釘抜藤吉捕物覚書」林不忘　釘抜藤吉捕物覚書-捕物時代小説選集4　春陽堂書店（春陽文庫）2000年5月

九鬼 守隆　くき・もりたか
織田信長・豊臣秀吉の直属水軍として活躍し志摩国の国主となった九鬼嘉隆が家督をゆずった息子「孤島茫々 巨船」白石一郎　剣よ月下に舞え−新選代表作時代小説23　光風社出版(光風社文庫)　2001年5月

九鬼 嘉隆　くき・よしたか
戦国の世に織田信長・豊臣秀吉の直属水軍として活躍し志摩国の国主となった男「孤島茫々 巨船」白石一郎　剣よ月下に舞え−新選代表作時代小説23　光風社出版(光風社文庫)　2001年5月

日下部連駒　くさかべのむらじ・こま
舎人「左大臣の疑惑」黒岩重吾　人物日本の歴史 古代中世編−時代小説版　小学館(小学館文庫)　2004年1月

日下 隆之進　くさか・りゅうのしん
仮眠のため古い辻堂に入った旅の侍「フルハウス」藤水名子　夢を見にけり−時代小説招待席　広済堂出版　2004年6月

草乃　くさの
薩摩・島津家の武士・中馬大蔵の妻「男一代の記」海音寺潮五郎　武士道−時代小説アンソロジー3　小学館(小学館文庫)　2007年3月

草深 甚四郎　くさぶか・じんしろう
兵法深甚流流祖「水鏡」戸部新十郎　幻の剣鬼 七番勝負−傑作時代小説　PHP研究所(PHP文庫)　2008年5月;武芸十八般−武道小説傑作選　KKベストセラーズ(ベスト時代文庫)　2005年10月

櫛木 石見　くしき・いわみ
信濃の守護職小笠原勢の謀将「生命の糧」柴田錬三郎　武将列伝−信州歴史時代小説傑作集第一巻　しなのき書房　2007年4月

九条 稙通　くじょう・たねみち
元関白氏長者、飯綱の法を会得し自在の幻術を操るようになった老人「義輝異聞 遺恩」宮本昌孝　代表作時代小説 平成十三年度　光風社出版　2001年5月

楠 小十郎　くすのき・こじゅうろう
新選組の「隊中美男五人衆」の一人「隊中美男五人衆」子母澤寛　誠の旗がゆく−新選組傑作選　集英社(集英社文庫)　2003年12月

楠 小次郎(桂 小五郎)　くすのき・こじろう(かつら・こごろう)
幕末の志士、長州藩の過激派の指導者の一人「京しぐれ」南原幹雄　鍔鳴り疾風剣−新選代表作時代小説22　光風社出版(光風社文庫)　2000年11月

楠見 主膳　くすみ・しゅぜん
父母を亡くし十五の年に故郷を捨てて江戸に出てきた筋金入りの貧乏浪人「黒のスケルツォ」藤水名子　散りぬる桜−時代小説招待席　広済堂出版　2004年2月

屑屋　くずや
奥州の名代の天狗である羽黒の行者が箱根の山に引っ攫った屑屋「妖魔の辻占」泉鏡花　怪奇・伝奇時代小説選集7 幽明鏡草紙　春陽堂書店(春陽文庫)　2000年4月

くぜと

久世 藤吾　くぜ・とうご
尾張藩士、鳩侍「鳩侍始末」城山三郎　侍の肖像-信州歴史時代小説傑作集第二巻　しなのき書房　2007年5月

久世 半五郎　くぜ・はんごろう
北町奉行附与力「馬上祝言」野村胡堂　動物-極め付き時代小説選3　中央公論新社（中公文庫）　2004年11月

久世 広之　くぜ・ひろゆき
御側御用人、大奥取締お万の方の牽制役として登用された者「お万の方旋風」海音寺潮五郎　大奥華伝　角川書店（角川文庫）　2006年11月

口蔵　ぐちぞう
湯島の陰間（男娼）、役者「春宵相乗舟佃島」出久根達郎　春宵 濡れ髪しぐれ-時代小説傑作選　講談社（講談社文庫）　2003年9月

蛇の平十郎　くちなわのへいじゅうろう
大盗賊、火付盗賊改方・長谷川平蔵の暗殺に失敗したが鼻をあかそうとしてお盗（つとめ）をした男「蛇の眼」池波正太郎　蛇の眼-捕物時代小説選集2　春陽堂書店（春陽文庫）　2000年3月

朽木 弥五郎　くつき・やごろう
戦国武将、近江国の西部高島郡の山間部にある朽木谷の領主「朽木越え」岩井三四二　代表作時代小説 平成二十年度　光文社　2008年6月

屈原（平）　くつ・げん（へい）
楚の大夫、詩人「屈原鎮魂」真樹操　異色中国短篇傑作大全　講談社（講談社文庫）　2001年3月

工藤 祐経　くどう・すけつね
京で召捕らえられ鎌倉へ送られた静御前を監督することになった武士「静御前」西條八十　源義経の時代-短篇小説集　作品社　2004年10月

工藤 祐経　くどう・すけつね
幕府将軍・源頼朝の寵臣「曾我兄弟」滝口康彦　仇討ち-時代小説アンソロジー1　小学館（小学館文庫）　2006年12月

九度兵衛（生首の九度兵衛）　くどべえ（なまくびのくどべえ）
鳶人足の元締「花咲ける武士道」神坂次郎　江戸の爆笑力-時代小説傑作選　集英社（集英社文庫）　2004年12月

宮内の娘　くないのむすめ
落城を迎えた大阪城の豊臣秀頼御召使の女中「菊女覚え書」大原富枝　歴史小説の世紀-天の巻　新潮社（新潮文庫）　2000年9月

国市　くにいち
信濃国の男子禁制の寺院に尼僧たちに鍼を打ち幾日も逗留することになった座頭「座頭国市」柴田錬三郎　怪奇・伝奇時代小説選集10 怪談累ケ淵　春陽堂書店（春陽文庫）　2000年7月

国定忠治（忠治）　くにさだちゅうじ（ちゅうじ）
上州一といわれたやくざの国定一家の首領、捕吏に追われ赤城山に逃げた男　「真説・赤城山」　天藤真　大江戸犯科帖-時代推理小説名作選　双葉社（双葉文庫）　2003年10月

国戸 団左衛門　くにと・だんざえもん
老中松平伊豆守の家来　「国戸団左衛門の切腹」　五味康祐　武士の本懐-武士道小説傑作選　KKベストセラーズ（ベスト時代文庫）　2004年6月

邦之助　くにのすけ
隠居した布施孫左衛門の次男、間瀬家の婿で藩の近習組勤め　「静かな木」　藤沢周平　たそがれ長屋-人情時代小説傑作選　新潮社（新潮文庫）　2008年10月；鎮守の森に鬼が棲む-時代小説傑作選　講談社（講談社文庫）　2001年9月

邦原 勘次郎　くにはら・かんじろう
家に伝わる古い兜を持つ邦原家当主、元彰義隊士　「兜」　岡本綺堂　怪奇・伝奇時代小説選集15　春陽堂書店（春陽文庫）　2000年12月

国松　くにまつ
豊臣秀頼の嗣子　「竹中半兵衛」　柴田錬三郎　軍師の死にざま-短篇小説集　作品社　2006年10月

国麻呂　くにまろ
青年医師佐伯真東の供の少年　「一夜の客」　杉本苑子　時代小説 読切御免第二巻　新潮社（新潮文庫）　2004年3月

國盛　くにもり
錦絵師・歌川國貞の弟子、木場小町と云われるお浜を描きたいと思った醜男の絵師　「ひょっとこ絵師」　高桑義生　灯籠伝奇-捕物時代小説選集8　春陽堂書店（春陽文庫）　2000年12月

久能 昌介（浜田屋治兵衛）　くのう・しょうすけ（はまだやじへい）
江戸から伊豆韮山に連れて来られて江川家に寄宿し砲術を習っていた武士の若者　「占い坂」　条田念　伊豆の歴史を歩く-伊豆文学賞・歴史小説傑作集Ⅱ　羽衣出版　2006年3月

九戸 政実　くのへ・まさざね
戦国武将、南部一族にありながら主家に叛き豊臣秀吉の天下統一の最終戦・九戸合戦を引き起こした猛将　「贋まさざね記」　三浦哲郎　東北戦国志-傑作時代小説　PHP研究所（PHP文庫）　2009年9月

久保田 宗八郎　くぼた・そうはちろう
旧幕臣久保田正矩の弟、夜の銀座でガス灯敷設工事を見守る用心棒になった男　「明治の耶蘇祭典-銀座開化事件帖」　松井今朝子　代表作時代小説 平成十六年度　光風社出版　2004年4月

久保田 正矩　くぼた・まさのり
旧幕臣、維新後横浜に移りガス事業者高島嘉右衛門の配下になった男　「明治の耶蘇祭典-銀座開化事件帖」　松井今朝子　代表作時代小説 平成十六年度　光風社出版　2004年4月

久保田 龍三郎　くぼた・りゅうざぶろう
駿河国の小藩小島藩の重臣の妻志保の幼なじみでかつて夫婦約束をしながら結ばれなかった徒士目付「川沿いの道」諸田玲子　代表作時代小説 平成十九年度　光文社 2007年6月

熊井 十次郎　くまい・じゅうじろう
元赤穂藩浅野家の側用人片岡源五右衛門の実父「南天」東郷隆　異色忠臣蔵大傑作集　講談社(講談社文庫) 2002年12月

熊王　くまおう
戦国武将長岡藤孝(のちの細川幽斎)手飼いの鉄砲放の若者「銃隊」東郷隆　武芸十八般-武道小説傑作選　KKベストセラーズ(ベスト時代文庫) 2005年10月

熊倉 伝十郎　くまくら・でんじゅうろう
伊予松山城主松平勝善の江戸藩邸詰めの用人熊倉伝之丞の息子、江戸に聞こえた剣客井上玄斎の甥「創傷九か所あり-護持院ヶ原の敵討ち」新宮正春　士道無惨!仇討ち始末-時代小説傑作選四　新人物往来社　2008年3月

熊倉 伝之丞　くまくら・でんのじょう
伊予松山城主松平勝善の江戸藩邸詰めの用人、熊倉伝十郎の父「創傷九か所あり-護持院ヶ原の敵討ち」新宮正春　士道無惨!仇討ち始末-時代小説傑作選四　新人物往来社　2008年3月

熊造　くまぞう
東海道藤沢宿に近い間道の茶店の女おすぎの夫、駕籠かき「一会の雪」佐江衆一　剣の意地 恋の夢-時代小説傑作選　講談社(講談社文庫) 2000年9月

熊田 恰　くまだ・あだか
備中松山藩年寄役「伏刃記」早乙女貢　紅葉谷から剣鬼が来る-時代小説傑作選　講談社(講談社文庫) 2002年9月

熊野屋吉右衛門(吉右衛門)　くまのやきちえもん(きちえもん)
京都の上京中立売通りに店を構える油屋の主人「あとの桜」澤田ふじ子　江戸の老人力-時代小説傑作選　集英社(集英社文庫) 2002年12月

久美　くみ
大正の頃横浜の本牧あたりにあったチャブ屋と呼ばれる遊郭の娼妓「ドル箱」山崎洋子　夢を見にけり-時代小説招待席　広済堂出版　2004年6月

くめ
壬生寺の裏手にあった水茶屋「やまと屋」の娘「京の夢」戸部新十郎　花と剣と侍-新鷹会・傑作時代小説選　光文社(光文社文庫) 2009年6月

久米 孝太郎　くめ・こうたろう
新発田藩士だった父の敵討ちの旅に出た久米家の兄弟の長男「八十一歳の敵」長谷川伸　武士道春秋-新鷹会・傑作時代小説選　光文社(光文社文庫) 2006年6月

久米 盛次郎　くめ・せいじろう*
新発田藩士だった父の敵討ちの旅に出た久米家の兄弟の弟「八十一歳の敵」長谷川伸　武士道春秋-新鷹会・傑作時代小説選　光文社(光文社文庫) 2006年6月

粂八　くめはち
火付盗賊改方長谷川平蔵に助命され密偵となった男、小房の粂八と呼ばれた元盗賊「血頭の丹兵衛（鬼平犯科帳）」池波正太郎　傑作捕物ワールド第7巻 犯科帳篇　リブリオ出版　2002年10月

粂村（おくめ）　くめむら（おくめ）
江戸城大奥の中臈「世は春じゃ」杉本苑子　江戸の鈍感力-時代小説傑作選　集英社（集英社文庫）2007年12月

雲切仁左衛門　くもきりにざえもん
大盗「天守閣の音」国枝史郎　蛇の眼-捕物時代小説選集2　春陽堂書店（春陽文庫）2000年3月

雲地 団右衛門　くもじ・だんえもん
旅の武芸者、長州高杉家の中間「嘲斎坊とは誰ぞ」小田武雄　江戸の爆笑力-時代小説傑作選　集英社（集英社文庫）2004年12月

倉坂 左門　くらさか・さもん
深川北松代町の長屋に住む病身の浪人「浪人妻」伊藤桂一　剣が哭く夜に哭く-新選代表作時代小説20　光風社出版　2000年1月

倉西 幸三　くらにし・こうぞう
中寺町源光寺裏に住む男四人の世帯の一員、法律家志望「村上浪六」長谷川幸延　武士道歳時記-新鷹会・傑作時代小説選　光文社（光文社文庫）2008年6月

倉八 十太夫　くらはち・じゅうだゆう
筑前秋月藩主黒田甲斐守政冬の小姓「妖剣林田左文」山田風太郎　幻の剣鬼 七番勝負-傑作時代小説　PHP研究所（PHP文庫）2008年5月

蔵秀　くらひで*
汐見橋の定斎売り、江戸で起こる厄介ごとを請負っている男「そして、さくら湯-深川黄表紙掛取り帖」山本一力　代表作時代小説　平成十五年度　光風社出版　2003年5月

栗助　くりすけ
奥州中村六万石相馬長門守の参観交代の宿割役玉置半左衛門の槍持ち「槍一筋」山手樹一郎　武士道春秋-新鷹会・傑作時代小説選　光文社（光文社文庫）2006年6月

栗田 久左衛門　くりた・きゅうざえもん
幕府の巡見使を迎える羽州新庄藩の案内役を務めることになった藩士「御案内」高橋義夫　代表作時代小説　平成十二年度　光風社出版　2000年5月

栗田 伝兵衛　くりた・でんべえ
大刀大兵の剣術使い「千葉周作」長部日出雄　人物日本剣豪伝四　学陽書房（人物文庫）2001年6月

栗原 右三郎　くりはら・うさぶろう
丹後宮津藩のもと郡奉行栗原右門の倅で領内に起こった百姓一揆の件で江戸表へ急使に立った若い武士「霧の中」山手樹一郎　花と剣と侍-新鷹会・傑作時代小説選　光文社（光文社文庫）2009年6月

くりは

栗原 右門　くりはら・うもん
丹後宮津藩のもと郡奉行で領内百姓一統から評判がよかった武士「霧の中」山手樹一郎　花と剣と侍-新鷹会・傑作時代小説選　光文社(光文社文庫)　2009年6月

栗本 瀬兵衛(鋤雲)　くりもと・せべえ*(じょうん)
幕臣、蝦夷在任中函館奉行支配組頭を勤め軍艦奉行や外国奉行も勤めた人物「月魄」中山義秀　歴史小説の世紀-天の巻　新潮社(新潮文庫)　2000年9月

栗山 善助　くりやま・ぜんすけ
戦国武将、織田信長麾下の武将黒田官兵衛の右腕「官兵衛受難」赤瀬川隼　愛染夢灯籠-時代小説傑作選　講談社(講談社文庫)　2005年9月

栗山 善助(栗山 備後)　くりやま・ぜんすけ(くりやま・びんご)
戦国武将、黒田官兵衛の子飼いの家来でのちの黒田家一番家老「大返しの篝火-黒田如水」川上直志　戦国軍師列伝-時代小説傑作選六　新人物往来社　2008年3月

栗山 大膳　くりやま・だいぜん
黒田家本藩の国家老、栗山備後の子「妖剣林田左文」山田風太郎　幻の剣鬼 七番勝負-傑作時代小説　PHP研究所(PHP文庫)　2008年5月

栗山 備後　くりやま・びんご
戦国武将、黒田官兵衛の子飼いの家来でのちの黒田家一番家老「大返しの篝火-黒田如水」川上直志　戦国軍師列伝-時代小説傑作選六　新人物往来社　2008年3月

栗山 備後　くりやま・びんご
筑前秋月藩国家老「妖剣林田左文」山田風太郎　幻の剣鬼 七番勝負-傑作時代小説　PHP研究所(PHP文庫)　2008年5月

来栖 源四郎　くるす・げんしろう
神田蛸師町の裏店に住む浪人、病の床に就き女房お蝶の帰りを待っている男「八辻ケ原」峰隆一郎　素浪人横町-人情時代小説傑作選　新潮社(新潮文庫)　2009年7月

車丹波守　くるまたんばのかみ
戦国武将、上杉家の食客で常陸の佐竹家の家来「くノ一紅騎兵」山田風太郎　軍師の死にざま-短篇小説集　作品社　2006年10月

クロ
古志老人の飼い犬「一夜の客」杉本苑子　時代小説 読切御免第二巻　新潮社(新潮文庫)　2004年3月

黒板 猪七郎　くろいた・いしちろう*
越前福井藩の普請場支配で九頭竜川の治水工事の人事の支配役を勤めている男「愚鈍物語」山本周五郎　江戸の鈍感力-時代小説傑作選　集英社(集英社文庫)　2007年12月

黒江 剛太郎　くろえ・ごうたろう
二刀流の未来知新流流祖、甲府城下で名声を拡げ駿河藩への召抱えを願った男「飛竜剣敗れたり」南條範夫　秘剣舞う-剣豪小説の世界　学習研究社(学研M文庫)　2002年11月

黒江 孫右衛門　くろえ・まごえもん
紀州藩有田の北湊で蜜柑方をしている地士「蜜柑庄屋・金十郎」澤田ふじ子　江戸の満腹力-時代小説傑作選　集英社（集英社文庫）2005年12月

黒川 健吉　くろかわ・けんきち
中寺町源光寺裏に住む男四人の世帯の一員、小説家「村上浪六」長谷川幸延　武士道歳時記-新鷹会・傑作時代小説選　光文社（光文社文庫）2008年6月

黒川 源太主　くろかわ・げんたぬし
仙家の術を学び不老長生・変化自在の法を知っていたが深く秘して深山幽谷に住んだ人「女心軽佻」菊池寛　怪奇・伝奇時代小説選集14 累物語　春陽堂書店（春陽文庫）2000年11月

九郎三　くろざ
京の都の六条名物であった扇売りの店の女かこめの家に転がりこんで夫婦となった女蕩しの男「かこめ扇」永井路子　花ごよみ夢一夜-新選代表作時代小説24　光風社出版（光風社文庫）2001年11月

黒沢 勝義　くろさわ・かつよし
旗本の家を飛び出し刀剣商の婿に入った光三郎の父、腰物奉行「心中むらくも村正」山本兼一　代表作時代小説 平成十九年度　光文社　2007年6月

黒沢 岩十郎　くろさわ・がんじゅうろう＊
南町奉行所同心、まむしの岩十郎と仇名される町中の鼻つまみもの「蛇を刺す蛙」陣出達朗　江戸浮世風-人情捕物帳傑作選　学習研究社（学研M文庫）2004年8月

黒沢 五郎　くろさわ・ごろう
水戸浪士「笊ノ目万兵衛門外へ」山田風太郎　武士道-時代小説アンソロジー3　小学館（小学館文庫）2007年3月

黒沢 陣九郎　くろさわ・じんくろう
八百蔵お駒の色香に迷った小禄の悪党御家人「悔心白浪月夜」青木憲一　幽霊陰陽師-捕物時代小説選集5　春陽堂書店（春陽文庫）2000年6月

九郎蔵　くろぞう
両国の九郎蔵親分という無法乱暴者「妖肌秘帖」小島健三　幽霊陰陽師-捕物時代小説選集5　春陽堂書店（春陽文庫）2000年6月

黒田甲斐守 政冬　くろだかいのかみ・まさふゆ
筑前秋月藩主「妖剣林田左文」山田風太郎　幻の剣鬼 七番勝負-傑作時代小説　PHP研究所（PHP文庫）2008年5月

黒田勘解由（黒田 官兵衛孝高）　くろだかげゆ（くろだ・かんべえよしたか）
戦国武将、豊前中津十二万石の城主で故太閤秀吉の参謀として名高い男「虎之助一代」南原幹雄　九州戦国志-傑作時代小説　PHP研究所（PHP文庫）2008年12月

黒田勘解由 孝高（黒田 官兵衛）　くろだかげゆ・よしたか（くろだ・かんべえ）
戦国武将、関白豊臣秀吉の命により九州征伐の豊前豊後方面軍の軍目付になった男でのちの如水・官兵衛孝高「城井一族の殉節」高橋直樹　九州戦国志-傑作時代小説　PHP研究所（PHP文庫）2008年12月

黒田 官兵衛　くろだ・かんべえ
戦国武将、関白豊臣秀吉の命により九州征伐の豊前豊後方面軍の軍目付になった男での
ちの如水・官兵衛孝高「城井一族の殉節」高橋直樹　九州戦国志-傑作時代小説
PHP研究所(PHP文庫)　2008年12月

黒田 官兵衛　くろだ・かんべえ
戦国武将、織田信長麾下の武将で姫路城主「官兵衛受難」赤瀬川隼　愛染夢灯籠-時
代小説傑作選　講談社(講談社文庫)　2005年9月

黒田 官兵衛(如水)　くろだ・かんべえ(じょすい)
戦国武将、豊臣秀吉の名参謀として活躍した男「黒田如水」坂口安吾　軍師の生きざま
-時代小説傑作選　コスミック出版(コスミック文庫)　2008年11月；軍師の死にざま-短篇小
説集　作品社　2006年10月

黒田 官兵衛孝高　くろだ・かんべえよしたか
戦国武将、羽柴筑前守秀吉の参謀役「最後に笑う禿鼠」南條範夫　本能寺・男たちの決
断-傑作時代小説　PHP研究所(PHP文庫)　2007年2月

黒田 官兵衛孝高　くろだ・かんべえよしたか
戦国武将、豊臣秀吉の九州征伐の直後に豊前中津十二万石に封ぜられた将「城井谷崩
れ」海音寺潮五郎　軍師の生きざま-短篇小説集　作品社　2008年11月

黒田 官兵衛孝高　くろだ・かんべえよしたか
戦国武将、豊前中津十二万石の城主で故太閤秀吉の参謀として名高い男「虎之助一
代」南原幹雄　九州戦国志-傑作時代小説　PHP研究所(PHP文庫)　2008年12月

黒田 官兵衛孝高(黒田 如水)　くろだ・かんべえよしたか(くろだ・じょすい)
戦国武将、織田信長麾下の将「大返しの篝火-黒田如水」川上直志　戦国軍師列伝-時
代小説傑作選六　新人物往来社　2008年3月

黒田 三右衛門　くろだ・さんえもん
伝馬町牢奉行配下の同心「自鳴琴からくり人形」佐江衆一　地獄の無明剣-時代小説傑
作選　講談社(講談社文庫)　2004年9月

黒田 主膳　くろだ・しゅぜん
黒田藩の大番頭、燐藩の鍋島家へ祝儀の正使として赴くことになった武士「元禄武士道」
白石一郎　武士の本懐〈弐〉-武士道小説傑作選　KKベストセラーズ(ベスト時代文庫)
2005年5月

黒田 如水　くろだ・じょすい
戦国武将、織田信長麾下の将「大返しの篝火-黒田如水」川上直志　戦国軍師列伝-時
代小説傑作選六　新人物往来社　2008年3月

黒田 如水孝高　くろだ・じょすいよしたか
戦国武将、豊前中津十二万二千石の城主黒田長政の父で隠居の身「智謀の人-黒田如
水」池波正太郎　関ヶ原・運命を分けた決断-傑作時代小説　PHP研究所(PHP文庫)
2007年6月

黒田 長徳　くろだ・ながのり
九州福岡藩の支藩の秋月藩主　「仇-明治十三年の仇討ち」　綱淵謙錠　士道無惨!仇討ち始末-時代小説傑作選四　新人物往来社　2008年3月

黒田 長溥　くろだ・ながひろ
九州福岡藩の十一代藩主、薩摩藩二十五代藩主島津重豪の十二男　「仇-明治十三年の仇討ち」　綱淵謙錠　士道無惨!仇討ち始末-時代小説傑作選四　新人物往来社　2008年3月

黒田 長政　くろだ・ながまさ
戦国武将、豊前中津十二万二千石の城主で如水孝高の息子　「智謀の人-黒田如水」　池波正太郎　関ヶ原・運命を分けた決断-傑作時代小説　PHP研究所(PHP文庫)　2007年6月

クロード・ウイエ
フランス国王ルイ十四世の寵妃モンテスパン夫人に仕える部屋付き女官　「毒薬」　藤本ひとみ　代表作時代小説 平成十八年度　光文社　2006年6月

クロネ
朱色の着物を着て現われた戦士、野伏せりにさらわれた少女ヌジを助けた男　「ヌジ」　眉村卓　ふりむけば闇-時代小説招待席　広済堂出版　2003年6月

黒姫　くろひめ
一万石の大名堀出雲守之敏の出戻り娘で肌の色の黒い姫　「黒船懐胎」　山岡荘八　江戸の爆笑力-時代小説傑作選　集英社(集英社文庫)　2004年12月

黒藤 源太夫　くろふじ・げんだゆう
藩の次席家老、藩政を毒する中心人物　「日日平安」　山本周五郎　時代劇原作選集-あの名画を生みだした傑作小説　双葉社(双葉文庫)　2003年12月

黒兵衛　くろべえ
五十石取りの藩士伊丹仙太郎の妻・綾江の飼う黒猫　「黒兵衛行きなさい」　古川薫　大江戸猫三昧-時代小説傑作選　徳間書店(徳間文庫)　2004年11月

黒兵衛　くろべえ
深川吉永町の丸源長屋の差配人　「謀りごと」　宮部みゆき　時代小説-読切御免第一巻　新潮社(新潮文庫)　2004年3月

黒兵衛(寒烏の黒兵衛)　くろべえ(かんがらすのくろべえ)
大盗賊　「飛奴」　泡坂妻夫　地獄の無明剣-時代小説傑作選　講談社(講談社文庫)　2004年9月

黒部 賛之助　くろべ・さんのすけ*
城下に道場をひらいている剣法者　「山女魚剣法」　伊藤桂一　江戸の鈍感力-時代小説傑作選　集英社(集英社文庫)　2007年12月

黒部 又右衛門　くろべ・またえもん
御家人で鉄砲百人組の与力　「新富士模様」　逢坂剛　代表作時代小説 平成二十年度　光文社　2008年6月

くろも

くろものの猪由　くろもののいゆい
首実検される首級の化粧手として織田信長に奉公した「私」の男、首実検に立ち合うくろもの「首化粧」浅田耕三　花ごよみ夢一夜-新選代表作時代小説24　光風社出版（光風社文庫）2001年11月

グロリア
芸妓、日本とシナの混血女　「九原の涙」東郷隆　異色中国短篇傑作大全　講談社（講談社文庫）2001年3月

桑形 与四郎（槍の与四郎）　くわがた・よしろう（やりのよしろう）
佐賀の竜造寺軍の一員として沖田畷の戦いに参加した武将　「与四郎涙雨」滝口康彦　九州戦国志-傑作時代小説　PHP研究所（PHP文庫）2008年12月

桑名 紀八郎　くわな・きはちろう
武芸者、夢想天流の居合の使い手　「桜を斬る」五味康祐　秘剣舞う-剣豪小説の世界　学習研究社（学研M文庫）2002年11月

桑名 休務　くわな・きゅうむ*
土佐においてキリシタン信者であるとして捕らえられ獄中に四十年ちかく生きて牢死した人、古庵の弟　「桑名古庵」田中英光　歴史小説の世紀-天の巻　新潮社（新潮文庫）2000年9月

桑名 古庵　くわな・こあん
土佐においてキリシタン信者であるとして捕らえられ獄中にあること凡そ四十年にして没した人　「桑名古庵」田中英光　歴史小説の世紀-天の巻　新潮社（新潮文庫）2000年9月

桑名 水也　くわな・みずや*
キリシタン信者であるとして土佐から江戸へ送られ小石川茗荷谷のキリシタン屋敷で拷問による衰弱死をとげた人、古庵の兄　「桑名古庵」田中英光　歴史小説の世紀-天の巻　新潮社（新潮文庫）2000年9月

桑名屋徳兵衛　くわなやとくべえ
京の祇園の女郎お百に馴染み身代を傾けてしまった難波の回船問屋　「姐妃のお百」瀬戸内寂聴　歴史小説の世紀-地の巻　新潮社（新潮文庫）2000年9月

桑畑 権兵衛　くわはた・ごんべえ*
素破、伊賀者　「御錠に候」鈴木輝一郎　時代小説 読切御免第四巻　新潮社（新潮文庫）2005年12月

桑山 十兵衛　くわやま・じゅうべえ
関東取締出役　「思い立ったが吉日-八州廻り桑山十兵衛」佐藤雅美　代表作時代小説 平成十六年度　光風社出版　2004年4月

桑山 十兵衛　くわやま・じゅうべえ
関東取締出役　「彫物大名の置き土産」佐藤雅美　代表作時代小説 平成十三年度　光風社出版　2001年5月

軍蔵　ぐんぞう
紀州藩士鶴岡伝内殺しの下手人とされた中間、藩士清水新次郎の釣友　「秋篠新次郎」宮本昌孝　ふりむけば闇-時代小説招待席　広済堂出版　2003年6月

【け】

桂庵　けいあん
酒さえ飲まなければ名医の町医者「三本指の男」久世光彦　情けがからむ朱房の十手-傑作時代小説　PHP研究所(PHP文庫)　2009年1月

桂英　けいえい
木蘭渓上流沿いの杏花村の柳家の令嬢「美女と鷹」海音寺潮五郎　恋模様-極め付き時代小説選2　中央公論新社(中公文庫)　2004年10月

敬公　けいこう
劉文叔(のちの後漢の光武帝)と同じ長安の太学の学生「燭怪」田中芳樹　代表作時代小説 平成二十年度　光文社　2008年6月

佳子　けいし
後白河院の寵愛した女御「鬼界ガ島」安部龍太郎　源義経の時代-短篇小説集　作品社　2004年10月

恵順　けいじゅん
信濃国の男子禁制の寺院にいた若い比丘尼で座頭の国市がひそかに慕う女性「座頭国市」柴田錬三郎　怪奇・伝奇時代小説選集10 怪談累ケ淵　春陽堂書店(春陽文庫)　2000年7月

啓次郎　けいじろう
贅沢を禁止した寛政の改革で思わぬ悲劇に突き落とされていく呉服問屋の若夫婦の主人「赤い糸」嵯峨野晶　江戸の刺客-書き下ろし時代小説傑作選6　大洋図書(大洋時代文庫)　2005年9月

Kのおじさん　けいのおじさん
旗本の次男「半七捕物帳(お文の魂)」岡本綺堂　捕物小説名作選一　集英社(集英社文庫)　2006年8月

慶芳　けいほう*
御用部屋御坊主「御用部屋御坊主 慶芳」古賀宣子　武士道春秋-新鷹会・傑作時代小説選　光文社(光文社文庫)　2006年6月

袈裟八　けさはち
盗賊の疾風一味で寺小姓あがりの盗っ人「腰紐呪法」島本春雄　怪奇・伝奇時代小説選集10 怪談累ケ淵　春陽堂書店(春陽文庫)　2000年7月

月雲斎(神沢出羽守)　げつうんさい(かみさわでわのかみ*)
甲賀流忍びの術の流祖「猿飛佐助の死」五味康祐　神出鬼没!戦国忍者伝-傑作時代小説　PHP研究所(PHP文庫)　2009年3月;剣の道忍の掟-信州歴史時代小説傑作集第三巻　しなのき書房　2007年6月

げっか

月海（彌三郎）　げっかい（やさぶろう）
川人足をしていて武士を殺してしまい湯殿山本山の別当寺注連寺に逃げ込んで仏門に入った男　「贋お上人略伝」三浦哲郎　歴史小説の世紀-地の巻　新潮社（新潮文庫）2000年9月

月光院　げっこういん
徳川将軍家継の生母、大奥で実力第一となった女性　「絵島・生島」松本清張　江戸三百年を読む 上-傑作時代小説　江戸騒乱編　角川学芸出版（角川文庫）2009年9月

月光院（左京の方）　げっこういん（さきょうのかた）
徳川六代将軍家宣の側室で七代将軍家継の生母、元は町医者太田宗円の娘　「絵島の恋」平岩弓枝　乱世の女たち-信州歴史時代小説傑作集　しなのき書房　2007年9月；大奥華伝　角川書店（角川文庫）2006年11月

月山大君夫人　げっさんたいくん＊
朝鮮王朝の名君世宗大王の曾孫に当たる月山大君の寡婦　「柳と燕-暴君最期の日」荒山徹　伝奇城-文庫書下ろし/伝奇時代小説アンソロジー　光文社（光文社文庫）2005年2月

欅 一十郎　けやき・いちじゅうろう
維新前は藩主の側室で主従関係にあった女と十五年ぶりに会った男　「お蘭さまと一十郎」南條範夫　代表作時代小説 平成十二年度　光風社出版　2000年5月

欅 三十郎　けやき・さんじゅうろう
越後村松藩士、官軍に敗れ会津へ赴いた主君から寵姫お蘭の方と若君の供を命じられた男　「欅三十郎の生涯」南條範夫　感涙-人情時代小説傑作選　KKベストセラーズ（ベスト時代文庫）2004年11月

玄庵　げんあん
宇田川横丁に住む名医といわれる犬猫医者　「猫のご落胤」森村誠一　大江戸猫三昧-時代小説傑作選　徳間書店（徳間文庫）2004年11月

幻庵（北条 長綱）　げんあん（ほうじょう・ながつな）
小田原北条家の始祖早雲の三男　「金剛鈴が鳴る-風魔小太郎」戸部新十郎　戦国忍者武芸帳-時代小説傑作選五　新人物往来社　2008年3月

源右衛門　げんえもん
川端町の小間物屋の娘ぬいの家主　「母子かづら」永井路子　江戸の秘恋-時代小説傑作選　徳間書店（徳間文庫）2004年10月

健吉　けんきち
色男、角屋万兵衛の次男坊　「岡っ引源蔵捕物帳（伝法院裏門前）」南条範夫　捕物小説名作選一　集英社（集英社文庫）2006年8月

検校（夜もすがら検校）　けんぎょう（よもすがらけんぎょう）
平家琵琶の名手　「夜もすがら検校」長谷川伸　感涙-人情時代小説傑作選　KKベストセラーズ（ベスト時代文庫）2004年11月；約束-極め付き時代小説選1　中央公論新社（中公文庫）2004年9月

源五郎　げんごろう
道灌山の下金毛稲荷大明神の社領の横手にある家で縮れ毛直しの技術を施していた男「毒湯気綺譚」潮山長三　怪奇・伝奇時代小説選集10 怪談累ケ淵　春陽堂書店(春陽文庫)　2000年7月

源左衛門　げんざえもん
呉服屋「白子屋」の主人、深川で芸者をしていたお竜の亭主「ある強盗の幻影」大田瓢一郎　怪奇・伝奇時代小説選集11 妖艶の谷　春陽堂書店(春陽文庫)　2000年8月

乾山　けんざん
京の陶工、兄で絵師の尾形光琳亡き後義姉たちの後見役になっている男「乾山晩愁」葉室麟　代表作時代小説 平成十八年度　光文社　2006年6月

源次　げんじ
江戸で何人と数えられるほどの植木職を三十七で放りだした男「あとのない仮名」山本周五郎　たそがれ長屋-人情時代小説傑作選　新潮社(新潮文庫)　2008年10月

源次　げんじ
傘問屋の主人新之助の幼なじみでいまも遊び仲間の畳屋「にがい再会」藤沢周平　剣よ下に舞え-新選代表作時代小説23　光風社出版(光風社文庫)　2001年5月

源次(むささびの源次)　げんじ(むささびのげんじ)
井伊直弼の大獄のさい志士捕縛の総参謀長野主膳の手先となって江戸の反幕府党をふるえあがらせた目明し「首」山田風太郎　人物日本の歴史 幕末維新編-時代小説版　小学館(小学館文庫)　2004年9月

源七　げんしち
京橋の糸屋六兵衛のせがれ、新吉原の花魁・誰袖と深い仲になった男「幽霊を買った退屈男(旗本退屈男)」佐々木味津三　傑作捕物ワールド第3巻 人気侍篇　リブリオ出版　2002年10月

源七　げんしち
御用聞きの青馬の俵助の手下「からくり富」泡坂妻夫　江戸浮世風-人情捕物帳傑作選　学習研究社(学研M文庫)　2004年8月

源七　げんしち
江戸の職人で急須をつくらせたら右に出る者のない鍛金師「急須の源七」佐江衆一　代表作時代小説 平成十二年度　光風社出版　2000年5月

源七　げんしち
東海道の脇・姫街道の引佐峠で団子屋を営む男「象鳴き坂」薄井ゆうじ　しぐれ舟-時代小説招待席　広済堂出版　2003年9月

元章　げんしょう
宋国の大学者、能書家「潔癖」井上祐美子　異色中国短篇傑作大全　講談社(講談社文庫)　2001年3月

けんし

見性院　けんしょういん
徳川秀忠と側室お静の方の子幸松を養子にした尼、武田信玄の次女で穴山梅雪の北の方だった女性「浄光院さま逸事」中村彰彦　乱世の女たち-信州歴史時代小説傑作集第五巻　しなのき書房　2007年9月

源次郎　げんじろう
御家人青山家の次男、剣客青山熊之助の弟「ごめんよ」池波正太郎　感涙-人情時代小説傑作選　KKベストセラーズ（ベスト時代文庫）　2004年11月

源次郎　げんじろう
深川吉永町の丸源長屋の住人、鋳掛け屋のじいさん「謀りごと」宮部みゆき　時代小説-読切御免第一巻　新潮社（新潮文庫）　2004年3月

源次郎　げんじろう
武芸者飯島平左ヱ門の屋敷の隣に住む武士の次男坊で平左ヱ門の妾お国の愛人「人形劇 牡丹燈籠」川尻泰司　怪奇・伝奇時代小説選集9 怪談牡丹燈籠　春陽堂書店（春陽文庫）　2000年6月

源助　げんすけ
元赤穂藩浅野家の側用人片岡源五右衛門の槍持ち「南天」東郷隆　異色忠臣蔵大傑作集　講談社（講談社文庫）　2002年12月

阮籍　げんせ
魏の名族阮家の者、大将軍司馬昭の歩兵校尉で竹林の七賢の一人「終身、薄氷をふむ」陳舜臣　鍔鳴り疾風剣-新選代表作時代小説22　光風社出版（光風社文庫）　2000年11月

源蔵　げんぞう
岡っ引「岡っ引源蔵捕物帳（伝法院裏門前）」南条範夫　捕物小説名作選一　集英社（集英社文庫）　2006年8月

源蔵　げんぞう
岡っ引「三度殺された女」南條範夫　闇の旋風-問題小説傑作選5 捕物帖篇　徳間書店（徳間文庫）　2000年1月

源蔵　げんぞう
大工、谷中の庄兵衛長屋の住人で世話役の男「捨て子稲荷」半村良　春宵 濡れ髪しぐれ-時代小説傑作選　講談社（講談社文庫）　2003年9月

源蔵　げんぞう
探索御用の親方、旧幕時代は東町奉行所の捕亡下頭「西郷はんの写真（耳なし源蔵召捕記事）」有明夏夫　傑作捕物ワールド第8巻 明治推理篇　リブリオ出版　2002年10月

源造　げんぞう
江戸・御箪笥町に住む岡っ引「湯屋騒ぎ-木戸番人お江戸日記」喜安幸夫　代表作時代小説 平成十四年度　光風社出版　2002年5月

源蔵（海坊主の親方）　げんぞう（うみぼうずのおやかた）
旧幕時代に大坂東町奉行所御抱え手廻りを勤めた男「脱獄囚を追え」有明夏夫　星明かり夢街道-新選代表作時代小説21　光風社出版　2000年5月

玄蔵(下針)　げんぞう(さげばり)
紀州雑賀党の射撃の名手「左目の銃痕-雑賀孫市」新宮正春　戦国忍者武芸帳-時代小説傑作選五　新人物往来社　2008年3月

源太　げんた
甲府から真南へ下る山道沿いの村落・大関にいた嫌われ者で村を追われた片腕の男「峠に哭いた甲州路」笹沢左保　大江戸事件帖-時代推理小説名作選　双葉社(双葉文庫)　2005年7月

源太(音なし源)　げんた(おとなしげん)
回向院の文治郎にかかえられた下っ引「浮世絵の女」笹沢左保　江戸浮世風-人情捕物帳傑作選　学習研究社(学研M文庫)　2004年8月

源田 格次郎　げんだ・かくじろう
ご法度の博奕に手を出している御家人の部屋住の次男坊「大目小目」逢坂剛　代表作時代小説 平成十八年度　光文社　2006年6月

源太夫　げんだゆう
御鳥見役を勤める矢島家の居候「蛍の行方-お鳥見女房」諸田玲子　代表作時代小説 平成十四年度　光風社出版　2002年5月

源太郎　げんたろう
日本橋の本町通りにあった下駄屋の一人息子で呉服屋「志ま屋」の末娘おこうの幼馴染「おこう」平岩弓枝　侍たちの歳月-新鷹会・傑作時代小説選　光文社(光文社文庫)　2002年6月

玄兎　げんと
下級武士栂川が出会った絵師、月の絵を描く不思議な男「マン・オン・ザ・ムーン」薄井ゆうじ　散りぬる桜-時代小説招待席　広済堂出版　2004年2月

玄道　げんどう
熊野参詣をする途中に村長の家に一夜の宿を借りた二人の僧のひとり「邪恋妖姫伝」伊奈京介　怪奇・伝奇時代小説選集8 百物語　春陽堂書店(春陽文庫)　2000年5月

源内　げんない
上松の居酒屋「佐倉屋」へ飲みにくるようになった猟師「無礼討ち始末」杉本苑子　侍の肖像-信州歴史時代小説傑作集第二巻　しなのき書房　2007年5月

源内　げんない
大工の親方、仕事のひまにからくり人形を作っている男「連理返し」戸部新十郎　武士道日暦-新鷹会・傑作時代小説選　光文社(光文社文庫)　2007年6月

源ノ大夫　げんのだゆう*
讃岐の国多度郡の住人で天性の荒気ものだったがにわかに入道し仏道に帰し阿弥陀仏に近づこうと真直ぐに西をめざして歩き出した大男「極楽急行」海音寺潮五郎　歴史小説の世紀-天の巻　新潮社(新潮文庫)　2000年9月

源八　げんぱち
天明元年江戸の市中で疱瘡除けの仙魚と称して山椒魚を拝ませる商売をしていた男　「山椒魚」　松本清張　江戸夢日和-市井・人情小説傑作選二　学習研究社(学研M文庫)　2004年1月

源八　げんぱち
奈良奉行所与力の若党　「乱れ火-吉原遊女の敵討ち」　北原亞以子　士道無惨!仇討ち始末-時代小説傑作選四　新人物往来社　2008年3月

源兵衛　げんべえ
新石町の紙問屋「多田屋」の旦那、元は平川町の筆屋「千鳥屋」に奉公していた番頭　「芸者の首」　泡坂妻夫　恋模様-極め付き時代小説選2　中央公論新社(中公文庫)　2004年10月

源兵衛　げんべえ
浜松に住む商人、石川五右衛門の幼なじみ　「石川五右衛門」　鈴木泉三郎　幽霊陰陽師-捕物時代小説選集5　春陽堂書店(春陽文庫)　2000年6月

憲法　けんぽう
兵法者、京八流宗家吉岡家の当主　「巌流小次郎秘剣斬り 武蔵羅切」　新宮正春　宮本武蔵伝奇-時代小説セレクション　勉誠出版　2002年12月

玄浴主　げんよくす
連歌師貞阿が一夜の宿を頼んだ連歌友達、東大寺の塔頭に住んでいる堂衆の一人　「雪の宿り」　神西清　歴史小説の世紀-天の巻　新潮社(新潮文庫)　2000年9月

建礼門院　けんれいもんいん
亡き平清盛の娘、安徳帝の母　「壇の浦残花抄」　安西篤子　源義経の時代-短篇小説集　作品社　2004年10月

【こ】

小荒井 新十郎　こあらい・しんじゅうろう
江戸城将棋所二十石の家禄を持つ家の後継ぎ　「芸者の首」　泡坂妻夫　恋模様-極め付き時代小説選2　中央公論新社(中公文庫)　2004年10月

小池 大炊助　こいけ・おおいのすけ
東北の秘境で平家の落武者が隠れ住んだ三面谷の村一番の長者　「壁の眼の怪」　江見水蔭　怪奇・伝奇時代小説選集4 怪異黒姫おろし　春陽堂書店(春陽文庫)　2000年1月

小池 文次郎　こいけ・ぶんじろう
西国某藩の中奥小姓、評判の美男で茶道役の妻と逃げた男　「仇討心中」　北原亞以子　恋模様-極め付き時代小説選2　中央公論新社(中公文庫)　2004年10月

ごい鷺の弥七　ごいさぎのやしち
殺し屋　「おっ母、すまねえ」　池波正太郎　親不幸長屋-人情時代小説傑作選　新潮社(新潮文庫)　2007年7月

小泉 喜助　こいずみ・きすけ
日本橋の古本屋の主人「鴬替」出久根達郎　代表作時代小説　平成十四年度　光風社出版　2002年5月

小泉 三申　こいずみ・さんしん
小説家村上浪六の弟子、のち政界の黒幕「村上浪六」長谷川幸延　武士道歳時記-新鷹会・傑作時代小説選　光文社（光文社文庫）　2008年6月

小泉 弥兵衛　こいずみ・やへえ
馬庭念流の剣の遣い手「千葉周作」長部日出雄　人物日本剣豪伝四　学陽書房（人物文庫）　2001年6月

小出 重興　こいで・しげおき
一万石の貧乏小藩・泉州陶器藩藩主「廃藩奇話」堀和久　大江戸殿様列伝-傑作時代小説　双葉社（双葉文庫）　2006年7月

小糸　こいと
殺された熊野の紙造り職人の娘「大江戸花見侍」清水義範　江戸の爆笑力-時代小説傑作選　集英社（集英社文庫）　2004年12月

小糸　こいと
俳人で絵師の与謝蕪村の老いらくの恋の相手で祇園の芸妓「夜半亭有情」葉室麟　代表作時代小説　平成二十一年度　光文社　2009年6月

小井戸の手長　こいどのてなが
上杉謙信の家臣佐梨幸二郎配下の軒轅「忍法短冊しぐれ-加藤段蔵」光瀬龍　戦国忍者武芸帳-時代小説傑作選五　新人物往来社　2008年3月

小稲　こいね
吉原の番頭新造という遊女「剣鬼と遊女」山田風太郎　吉原花魁　角川書店（角川文庫）2009年12月

小稲（宮村 稲子）　こいね（みやむら・いねこ）
柳橋の船宿「若竹」の芸者、銀座煉瓦街の洋服屋の若旦那山田孝之助のなじみの妓「夢は飛ぶ」杉本章子　代表作時代小説　平成十五年度　光風社出版　2003年5月

豪　ごう
哀れを知る犬「女狐の罠」澤田ふじ子　闇の旋風-問題小説傑作選5 捕物帖篇　徳間書店（徳間文庫）　2000年1月

豪　ごう
京都堺町綾小路の地蔵寺住職・宗徳に拾われ育てられた紀州犬、人語を解する賢い犬「地蔵寺の犬」澤田ふじ子　犬道楽江戸草紙-時代小説傑作選　徳間書店（徳間文庫）2005年8月

豪　ごう
西軍の副将として戦に敗れ八丈島へ流罪となった宇喜多秀家の妻「人間の情景」野村敏雄　花と剣と侍-新鷹会・傑作時代小説選　光文社（光文社文庫）　2009年6月

こうあ

洪庵　こうあん
浪華で指折りの医塾「思々斎塾」で学ぶ若い蘭方医、後の洪庵　「禁書売り」　築山桂　撫子が斬る-女性作家捕物帳アンソロジー　光文社(光文社文庫)　2005年9月

項羽　こう・う
楚の上将、関中王　「范増と樊噲」　藤水名子　異色中国短篇傑作大全　講談社(講談社文庫)　2001年3月

光雲　こううん
駒形長命寺の和尚、金物問屋「黒松屋」の主人惣右衛門の見舞い客　「鼻欠き供養」　水谷準　幽霊陰陽師-捕物時代小説選集5　春陽堂書店(春陽文庫)　2000年6月

康王　こうおう
北宋末期の皇帝徽宗の九男で欽宗の弟、のち南宋の皇帝で高宗と諡された人　「僭称」　井上祐美子　愛染夢灯籠-時代小説傑作選　講談社(講談社文庫)　2005年9月

降穏　こうおん
芝増上寺山内の良源院の住職で吉原において女犯の罪で捕まった僧　「ありんす裁判」　土師清二　大江戸の歳月-新鷹会・傑作時代小説選　光文社(光文社文庫)　2003年6月

甲賀　伊織　こうが・いおり
掛川藩江戸留守居役　「長い串」　山本一力　江戸の満腹力-時代小説傑作選　集英社(集英社文庫)　2005年12月

孝吉　こうきち
老大工　「泥棒が笑った」　平岩弓枝　江戸の老人力-時代小説傑作選　集英社(集英社文庫)　2002年12月

幸吉　こうきち
漆喰師　「上総楼の兎」　戸板康二　大江戸犯科帖-時代推理小説名作選　双葉社(双葉文庫)　2003年10月

康熙帝　こうきてい
清王朝順治帝の第三子、第四代皇帝　「董妃」　陳舜臣　代表作時代小説 平成十七年度　光文社　2005年6月

孔圉　こうぎょ
衛の宰相　「指」　宮城谷昌光　紅葉谷から剣鬼が来る-時代小説傑作選　講談社(講談社文庫)　2002年9月；異色中国短篇傑作大全　講談社(講談社文庫)　2001年3月

康慶　こうけい
奈良仏師、運慶の父　「運慶」　松本清張　歴史小説の世紀-天の巻　新潮社(新潮文庫)　2000年9月

孝謙上皇(女帝)　こうけんじょうこう(じょてい)
聖武天皇の娘で孝謙天皇、上皇を経て称徳天皇　「女帝をくどく法」　田辺聖子　剣が哭く夜に哭く-新選代表作時代小説20　光風社出版　2000年1月

孝謙天皇　こうけんてんのう
女帝　「道鏡」　坂口安吾　人物日本の歴史 古代中世編-時代小説版　小学館(小学館文庫)　2004年1月

勾坂甚内　こうさかじんない
甲州透破　「金剛鈴が鳴る-風魔小太郎」　戸部新十郎　戦国忍者武芸帳-時代小説傑作選五　新人物往来社　2008年3月

高坂弾正 昌信　こうさかだんじょう・まさのぶ
甲陽流忍法の上忍、信玄二十四将の一人　「忍法短冊しぐれ-加藤段蔵」　光瀬龍　戦国忍者武芸帳-時代小説傑作選五　新人物往来社　2008年3月

高坂 昌宜　こうさか・まさのぶ*
戦国武将、武田家の宿将　「天目山の雲」　井上靖　決戦 川中島-傑作時代小説　PHP研究所(PHP文庫)　2007年3月

幸作　こうさく
神田佐久間町の三味線屋の娘三鈴の男づきあいの相手の遊び人　「神田悪魔町夜話」　杉本苑子　大江戸事件帖-時代推理小説名作選　双葉社(双葉文庫)　2005年7月

光三郎　こうざぶろう
旗本の家を飛び出し芝日蔭町の刀剣商「ちょうじ屋」の婿に入った男　「心中むらくも村正」　山本兼一　代表作時代小説 平成十九年度　光文社　2007年6月

光三郎　こうざぶろう
刀鍛冶清麿の弟子、腰物奉行の父から勘当された男で刀剣商「ちょうじ屋」の婿　「酒しぶき清麿」　山本兼一　代表作時代小説 平成二十年度　光文社　2008年6月

幸三郎　こうざぶろう
飾物の問屋で人足宿の親分、剣客榊原健吉の生活再建のため撃剣興行をひらいた男　「明治兜割り」　津本陽　武士の本懐〈弐〉-武士道小説傑作選　KKベストセラーズ(ベスト時代文庫)　2005年5月；人物日本の歴史 幕末維新編-時代小説版　小学館(小学館文庫)　2004年9月

衡山居士　こうざんこじ
画家、書詩画の三絶といわれた人　「冥府山水図」　三浦朱門　歴史小説の世紀-地の巻　新潮社(新潮文庫)　2000年9月

侯じいさん　こうじいさん
魏国の夷門の監者、囲碁の第一人者　「虎符を盗んで」　陳舜臣　動物-極め付き時代小説選3　中央公論新社(中公文庫)　2004年11月

高 爾旦　こう・じたん
徐南川の甥、御典医の助手　「蛙吹泉」　森福都　異色中国短篇傑作大全　講談社(講談社文庫)　2001年3月

香月 源四郎　こうずき・げんしろう
直心影流の島田虎之助の道場をあずかる剣士　「人斬り稼業」　三好徹　龍馬と志士たち　コスミック出版(コスミック文庫)　2009年11月

幸助　こうすけ
本所長崎町の小間物商の大店「上総屋」の主人　「浪人妻」　伊藤桂一　剣が哭く夜に哭く-新選代表作時代小説20　光風社出版　2000年1月

こうず

上泉伊勢守　こうずみいせのかみ
兵法者、神陰流の祖で諸国回歴の途次に柳生の庄にとどまった人物 「柳生一族」 松本清張　七人の十兵衛-傑作時代小説　PHP研究所(PHP文庫)　2007年11月

上泉伊勢守 秀綱　こうずみいせのかみ・ひでつな*
兵法者、新陰流剣祖 「〈第一番〉無刀取りへの道-柳生石舟斎」 綱淵謙錠　柳生武芸帳 七番勝負-時代小説傑作選一　新人物往来社　2008年3月

勾践　こうせん
越王、族長允常の嗣子で好戦の人 「越の范蠡」 宮城谷昌光　代表作時代小説　平成十七年度　光文社　2005年6月

句践(勾践)　こうせん(こうせん)
越王、族長允常の嗣子で好戦の人 「越の范蠡」 宮城谷昌光　代表作時代小説　平成十七年度　光文社　2005年6月

項荘　こう・そう
項羽の従弟 「范増と樊噲」 藤水名子　異色中国短篇傑作大全　講談社(講談社文庫)　2001年3月

光造　こうぞう
金町村から江戸に野菜を売りにくる男、紅師おゆうの幼なじみ 「寒紅おゆう」 佐伯泰英　花ふぶき-時代小説傑作選　角川春樹事務所(ハルキ文庫)　2004年7月

高孫　こうそん
亡命百済人の孤児、間者 「無声刀」 黒岩重吾　剣の意地 恋の夢-時代小説傑作選　講談社(講談社文庫)　2000年9月

公孫卿　こうそんけい
方士 「殺青」 塚本青史　妃・殺・蝗-中国三色奇譚　講談社(講談社文庫)　2002年11月

幸太　こうた
指物職人の貞次郎のおとうと弟子 「川は流れる」 夏川今宵　江戸の刺客-書き下ろし時代小説傑作選6　大洋図書(大洋時代文庫)　2005年9月

孝太郎　こうたろう
上野新黒門町の紙問屋「大城屋」の跡取り息子、比丘尼宿にいた胡蝶尼という女が忘れられない男 「比丘尼宿の女」 小杉健治　息づかい-好色時代小説集　講談社(講談社文庫)　2007年2月

孝太郎　こうたろう
芙佐の夫、下田湊の武家で廻船問屋の霜田家の息子 「母子草」 杜村眞理子　伊豆の歴史を歩く-伊豆文学賞・歴史小説傑作集Ⅱ　羽衣出版　2006年3月

庚太郎　こうたろう
神田の花屋「花扇」の遊び人の若旦那 「十二月十四日」 泡坂妻夫　代表作時代小説　平成十七年度　光文社　2005年6月

河内山 宗俊　こうちやま・そうしゅん
下谷の練塀小路屋敷に小悪党をかかえ強請を重ねるお数寄屋坊主 「密夫大名-べらんめェ宗俊」 天宮響一郎　姦殺の剣-書下ろし時代小説傑作選3　ミリオン出版（大洋時代文庫）2005年4月

河内山 宗俊　こうちやま・そうしゅん
下谷の練塀小路屋敷に小悪党をかかえ強請を重ねるお数寄屋坊主 「毛充狼-べらんめェ宗俊」 天宮響一郎　江戸の闇始末-書下ろし時代小説傑作選7　ミリオン出版（大洋時代文庫）2006年4月

河内山 宗俊　こうちやま・そうしゅん
下谷練塀小路の御数寄屋坊主、悪党の元締め 「闇風呂金-べらんめェ宗俊」 天宮響一郎　江戸の刺客-書き下ろし時代小説傑作選6　大洋図書（大洋時代文庫）2005年9月

河内山 宗俊　こうちやま・そうしゅん
下谷練塀小路の御数寄屋坊主、悪党の元締め 「花しぐれ-べらんめェ宗俊」 天宮響一郎　紅蓮の剣-書下ろし時代小説傑作選5　ミリオン出版（大洋時代文庫）2005年9月

河内山 宗俊　こうちやま・そうしゅん
下谷練塀小路の御数寄屋坊主、悪党の元締め 「青楼悶え花-べらんめェ宗俊」 天宮響一郎　大江戸有情-書き下ろし時代小説傑作選4　大洋図書（大洋時代文庫）2005年6月

黄蝶　こうちょう
俳諧師、年貢が払えない百姓の久兵衛に金をやろうとした男 「雁金」 潮山長三　蛇の眼-捕物時代小説選集2　春陽堂書店（春陽文庫）2000年3月

弘忍　こうにん
禅宗の五代目の祖 「慧能」 水上勉　紅葉谷から剣鬼が来る-時代小説傑作選　講談社（講談社文庫）2002年9月

鴻池 善右衛門　こうのいけ・ぜんえもん
大坂の富商 「虎徹」 司馬遼太郎　江戸三百年を読む 下-傑作時代小説 幕末風雲編　角川学芸出版（角川文庫）2009年9月

鴻池 善右衛門　こうのいけ・ぜんえもん
大阪の豪商で京の祇園の女郎お百を内久宝寺町の別宅に囲った男 「姐妃のお百」 瀬戸内寂聴　歴史小説の世紀-地の巻　新潮社（新潮文庫）2000年9月

河野 通直入道　こうの・みちなおにゅうどう
伊予国温泉郡の道後谷にある湯築城主 「戦国狸」 村上元三　動物-極め付き時代小説選3　中央公論新社（中公文庫）2004年11月

高 師直　こうの・もろなお
足利尊氏の執事 「足利尊氏」 村上元三　人物日本の歴史 古代中世編-時代小説版　小学館（小学館文庫）2004年1月

高 師泰　こうの・もろやす
足利尊氏の執事高師直の弟 「足利尊氏」 村上元三　人物日本の歴史 古代中世編-時代小説版　小学館（小学館文庫）2004年1月

こうの

甲ノ六　こうのろく
唐津岸岳城に進軍した小嘉(佐賀)の竜造寺家純の軍勢の雑兵　「唄えや雑兵」　穂積驚　侍たちの歳月-新鷹会・傑作時代小説選　光文社(光文社文庫)　2002年6月

項伯　こう・はく
項羽の叔父　「范増と樊噲」　藤水名子　異色中国短篇傑作大全　講談社(講談社文庫)　2001年3月

幸八　こうはち
田耕村の庄屋　「夜叉鴉」　船戸与一　時代小説-読切御免第一巻　新潮社(新潮文庫)　2004年3月

香妃　こうひ
西域カシュガルの首長一族のホージャ・ジハーンの妻、北京に連行された絶世の美女　「四人目の香妃」　陳舜臣　剣が哭く夜に哭く-新選代表作時代小説20　光風社出版　2000年1月

豪姫　ごうひめ
関ヶ原の戦いに敗れ八丈島へ流された宇喜多秀家の正室　「母恋常珍坊」　中村彰彦　地獄の無明剣-時代小説傑作選　講談社(講談社文庫)　2004年9月

光武帝　こうぶてい
東方の南陽郡蔡陽県から長安の太学へやってきた学生、のちの漢室を再興した光武帝　「燭怪」　田中芳樹　代表作時代小説　平成二十年度　光文社　2008年6月

孝平　こうへい
吉原の幇間だったが師匠に破門されて下谷で骨董屋のようなことを始めた男　「猿の眼」　岡本綺堂　怪奇・伝奇時代小説選集14　累物語　春陽堂書店(春陽文庫)　2000年11月

幸兵衛(上州屋幸兵衛)　こうべえ*(じょうしゅうやこうべえ*)
江戸深川・佐賀町の油問屋の隠居で隠居後町道場で初手から剣術を習い始めた老人　「動かぬが勝」　佐江衆一　代表作時代小説　平成十六年度　光風社出版　2004年4月

弘法大師　こうぼうだいし
四国の吉野川の辺に住んでいた四国三郎貞時という貪欲な長者の家に穢い容で来た旅僧　「長者」　田中貢太郎　怪奇・伝奇時代小説選集15　春陽堂書店(春陽文庫)　2000年12月

光明皇后(安宿)　こうみょうこうごう(あすか)
聖武天皇の皇后　「道鏡」　坂口安吾　人物日本の歴史　古代中世編-時代小説版　小学館(小学館文庫)　2004年1月

小梅　こうめ
織田信長の家臣伊藤七蔵の妻で非常な浪費家の女　「女は遊べ物語」　司馬遼太郎　戦国女人十一話　作品社　2005年11月

孝明天皇　こうめいてんのう
第百二十一代の天皇　「孝明天皇の死」　安部龍太郎　幕末京都血風録-傑作時代小説　PHP研究所(PHP文庫)　2007年11月

蝙蝠安　こうもりやす
悪党がって町内を借り歩き嫌われている安蔵という破戸漢(ごろつき)「蝙蝠安」長谷川伸　釘抜藤吉捕物覚書-捕物時代小説選集4　春陽堂書店(春陽文庫)　2000年5月

蝙蝠安　こうもりやす
御家人崩れの快男児安森吉三郎の連れの遊び人「腕すり呪文」古巣夢太郎　怪奇・伝奇時代小説選集8 百物語　春陽堂書店(春陽文庫)　2000年5月

香冶　完四郎　こうや・かんしろう
上野の古本商藤岡屋の居候、青山の香冶と言われる旗本の家を出た男「梅試合」高橋克彦　万事金の世-時代小説傑作選　徳間書店(徳間文庫)　2006年4月

高　乙那　こ・うるな
海の男「方士徐福」新宮正春　異色中国短篇傑作大全　講談社(講談社文庫)　2001年3月

紅蓮　こうれん
信州国府の大名本田越前守重富の母親、先殿美濃守の正室で元吉原の遊女「五十八歳の童女」村上元三　江戸の老人力-時代小説傑作選　集英社(集英社文庫)　2002年12月

香六　こうろく*
医者で捕物もする瓢庵の供をする男「鼻欠き供養」水谷準　幽霊陰陽師-捕物時代小説選集5　春陽堂書店(春陽文庫)　2000年6月

小えん　こえん
柳橋の若い芸者「生首往生」黒木忍　怪奇・伝奇時代小説選集10 怪談累ケ淵　春陽堂書店(春陽文庫)　2000年7月

桑折　小十郎　こおり・こじゅうろう
仙台藩主伊達正宗の小姓で主君から伊達家に召し抱えられた老武者和久宗是の世話を仰せつけられた少年「老将」火坂雅志　感涙-人情時代小説傑作選　KKベストセラーズ(ベスト時代文庫)　2004年11月

郡屋　土欽　こおりや・どきん
百八十石の下っ端旗本「江戸のゴリヤードキン氏」南條範夫　剣が哭く夜に哭く-新選代表作時代小説20　光風社出版　2000年1月

小垣　兵馬　こがき・ひょうま
兵法者名張虎眼を仇として敵討ちを念願している若侍「剣技凄絶 孫四郎の休日」永岡慶之助　柳生秘剣伝奇-時代小説セレクション　勉誠出版　2002年12月

木枯しきぬ　こがらしきぬ
烏山の油屋「油平」の奉公人の田舎娘、実は空ッ風一味の女賊「卯三次のウ」永井路子　大江戸犯科帖-時代推理小説名作選　双葉社(双葉文庫)　2003年10月

こがらしの丈太　こがらしのじょうた
江戸城松の廊下の刃傷沙汰の赤穂飛脚となった早水藤左衛門と萱野三平を追う兇賊一団の男「赤穂飛脚」山田風太郎　江戸の漫遊力-時代小説傑作選　集英社(集英社文庫)　2008年12月

こがら

木枯し紋次郎　こがらしもんじろう
上州無宿の渡世人「何れが欺く者」笹沢左保　剣の道忍の掟-信州歴史時代小説傑作集第三巻　しなのき書房　2007年6月

木枯し紋次郎　こがらしもんじろう
旅の渡世人「峠だけで見た男」笹沢左保　地獄の無明剣-時代小説傑作選　講談社（講談社文庫）2004年9月

小菊　こぎく
湖東守山の宿の妓楼「湖月楼」の遊女「蛍日の初夜」伊藤桂一　代表作時代小説　平成十二年度　光風社出版　2000年5月

小吉　こきち
火事で身寄りをなくして遠縁の深川芸者お八重に引き取られた少年「永代橋一本所見廻り同心控」稲葉稔　姦殺の剣-書下ろし時代小説傑作選3　ミリオン出版（大洋時代文庫）2005年4月

ゴーギャン
二十五歳の株式仲買人、熱心に絵を描いていてのち大画家に変身した男「巴里に雪のふるごとく」山田風太郎　偉人八傑推理帖-名探偵時代小説　双葉社（双葉文庫）2004年7月

小倉 仙十郎　こくら・せんじゅうろう
廃藩改易のあおりを喰って江戸へ流れて来た因州浪人「逃げる甚内」伊藤桂一　星明かり夢街道-新選代表作時代小説21　光風社出版　2000年5月

木暮 徳馬　こぐれ・とくま
狭霧の兄、小藩の国詰め藩士「晩春」北原亞以子　鎮守の森に鬼が棲む-時代小説傑作選　講談社（講談社文庫）2001年9月

小源太　こげんた
応仁の乱で混乱する都を出て浮浪者となった若者「はだしの小源太」喜安幸夫　武士道春秋-新鷹会・傑作時代小説選　光文社（光文社文庫）2006年6月

ご後室様（紅蓮）　ごこうしつさま（こうれん）
信州国府の大名本田越前守重富の母親、先殿美濃守の正室で元吉原の遊女「五十八歳の童女」村上元三　江戸の老人力-時代小説傑作選　集英社（集英社文庫）2002年12月

九重　ここのえ*
花魁、吉原大黒屋の売れっ妓で店の土蔵で死んでいた女「鬼灯遊女」村上元三　江戸浮世風-人情捕物帳傑作選　学習研究社（学研M文庫）2004年8月

虚斎　こさい
日本橋通りの紙問屋の隠居という湯治客で泥棒ばなしの話者「日本左衛門三代目」長谷川伸　大江戸の歳月-新鷹会・傑作時代小説選　光文社（光文社文庫）2003年6月

小さん　こさん
求禄の浪人で元芸州広島藩の武士管野草太郎(山路金三郎)の初恋の相手の芸者　「花骨牌」　湊邦三　武士道歳時記-新鷹会・傑作時代小説選　光文社(光文社文庫)　2008年6月

古志　こし
村の老人　「一夜の客」　杉本苑子　時代小説　読切御免第二巻　新潮社(新潮文庫)　2004年3月

ゴシケヴィチ
オロシャ人の通詞　「白い帆は光と陰をはらみて」　弓場剛　伊豆の歴史を歩く-伊豆文学賞・歴史小説傑作集Ⅱ　羽衣出版　2006年3月

小侍従　こじじゅう
宮仕えの女官　「小さな恋の物語」　杉本苑子　春宵　濡れ髪しぐれ-時代小説傑作選　講談社(講談社文庫)　2003年9月

呉子胥　ご・ししょ
中国春秋時代の呉王・夫差の右腕であった大夫　「天鵞」　森下翠　黄土の虹-チャイナ・ストーリーズ　祥伝社　2000年2月

小柴 小五郎　こしば・こごろう
新撰組の中で醜男といわれた男　「新撰組余談　花の小五郎」　三好修　新選組伝奇　勉誠出版　2004年1月

小柴 六三郎　こしば・ろくさぶろう
某大名の家中で江戸屋敷勤番の侍、深川仲町の芸者そのと深く馴染んで心中した若者　「へちまの棚」　永井龍男　歴史小説の世紀-天の巻　新潮社(新潮文庫)　2000年9月

小島 万兵衛　こじま・まんべえ*
播州の野口城を攻囲した総大将羽柴秀吉の謀略で「命を救う」と名指しされた城内の五人の武士の一人　「五人の武士」　武田八洲満　花と剣と侍-新鷹会・傑作時代小説選　光文社(光文社文庫)　2009年6月

呉 順官(ぬらりの順官)　ご・じゅんかん(ぬらりのじゅんかん)
安南の日本人町会安のシャバンダール(頭領)　「安南の六連銭」　新宮正春　機略縦横！真田戦記-傑作時代小説　PHP研究所(PHP文庫)　2008年7月

五条の姫君　ごじょうのひめぎみ
都の五条橋の東方六道の辻に居た不幸な人で家宝の鏡を大切にしていた姫君　「幽明鏡草紙」　潮山長三　怪奇・伝奇時代小説選集7　幽明鏡草紙　春陽堂書店(春陽文庫)　2000年4月

小次郎　こじろう
呉服商伊勢屋茂兵衛殺しの嫌疑で挙げられた若者　「靱猿」　諏訪ちゑ子　艶美白孔雀-捕物時代小説選集7　春陽堂書店(春陽文庫)　2000年11月

小次郎　こじろう
曾我兄弟の弟　「裾野」　永井路子　人物日本の歴史　古代中世編-時代小説版　小学館(小学館文庫)　2004年1月

こしん

小新　こしん
鶴岡城下赤川遊郭の女郎、男の生き血を吸いつくす山蛭女郎と呼ばれる女　「泣けよミイラ坊」　杉本苑子　江戸夢あかり-市井・人情小説傑作選　学習研究社(学研M文庫)　2003年7月

壺遂　こすい
司馬遷の同僚　「殺青」　塚本靑史　妃・殺・蝗-中国三色奇譚　講談社(講談社文庫)　2002年11月

梢　こずえ
佐倉の町に来た色男の剣士・柊仙太郎の世話をしてくれる寡婦　「蒸れ草いきれ-野人刺客」　北山悦史　江戸の闇始末-書下ろし時代小説傑作選7　ミリオン出版(大洋時代文庫)　2006年4月

梢　こずえ
佐倉藩の家臣だった夫の仇討ちを十歳の息子と二人で遂げようしていた妻　「仇討ち-野人刺客」　北山悦史　紅蓮の剣-書下ろし時代小説傑作選5　ミリオン出版(大洋時代文庫)　2005年9月

梢　こずえ
両親が死んで引きとってくれた叔父から「口べらし」のため鶴岡と酒田に別れて奉公に出された年若い姉妹の姉　「慕情」　中村晃　怪奇・伝奇時代小説選集12 血塗りの呪法　春陽堂書店(春陽文庫)　2000年9月

小机　源八郎　こずくえ・げんぱちろう
怪剣士、暗闇祭に出る怪物を退治しようとした三人のひとり　「怪異暗闇祭」　江見水蔭　怪奇・伝奇時代小説選集8 百物語　春陽堂書店(春陽文庫)　2000年5月

五介　ごすけ
江戸の太物商「丸見屋」の通い番頭、おとしの亭主　「ただ一度、一度だけ」　南條範夫　江戸の秘恋-時代小説傑作選　徳間書店(徳間文庫)　2004年10月

五介　ごすけ
仲間の三蔵とともに公儀の隠密のお小人組を抜け出した夢の五介という風来坊　「諏訪城下の夢と幻」　南條範夫　剣の道忍の掟-信州歴史時代小説傑作集第三巻　しなのき書房　2007年6月

小菅　邦之助　こすげ・くにのすけ
旗本、奥右筆衆の若者　「深川夜雨」　早乙女貢　剣の意地 恋の夢-時代小説傑作選　講談社(講談社文庫)　2000年9月

五助ヴィチ(ゴシケヴィチ)　ごすけびち(ごしけびち)
オロシャ人の通詞　「白い帆は光と陰をはらみて」　弓場剛　伊豆の歴史を歩く-伊豆文学賞・歴史小説傑作集Ⅱ　羽衣出版　2006年3月

小鶴姫　こずるひめ*
九州豊前国に四百年続く城井流宇都宮家の姫君　「城井一族の殉節」　高橋直樹　九州戦国志-傑作時代小説　PHP研究所(PHP文庫)　2008年12月

御前　ごぜん
徳川幕閣の要人、芝居町に潜んでいる山番のゴンの抱え主　「柳は緑 花は紅」　竹田真砂子　地獄の無明剣-時代小説傑作選　講談社(講談社文庫)　2004年9月

小袖　こそで
鼠と呼ばれる盗賊次郎吉の妹で小太刀の達人　「鼠、泳ぐ」　赤川次郎　代表作時代小説平成十七年度　光文社　2005年6月

小園　こぞの
紀伊家分家の奥方に仕える奥女中で公家の出の女性　「狐の殿様」　村上元三　大江戸の歳月-新鷹会・傑作時代小説選　光文社(光文社文庫)　2003年6月

五太　ごた*
町方同心大和川喜八郎の家に同居している孤児　「貧乏同心御用帳(南蛮船)」　柴田錬三郎　捕物小説名作選一　集英社(集英社文庫)　2006年8月

五代目　ごだいめ
役者の五代目市川団十郎、成田屋の嫡男　「反古庵と女たち」　杉本苑子　江戸の爆笑力-時代小説傑作選　集英社(集英社文庫)　2004年12月

小館　守之助　こたち・もりのすけ
平戸藩松浦家の武士　「一年余日」　山手樹一郎　武士の本懐〈弐〉-武士道小説傑選　KKベストセラーズ(ベスト時代文庫)　2005年5月

小谷　佐伝次　こたに・さでんじ
浅草茅町第六天の裏にある大きな質屋「伊勢屋」の小町娘お静を捨てた旗本の若侍　「五月闇聖天呪殺」　潮山長三　怪奇・伝奇時代小説選集4　怪異黒姫おろし　春陽堂書店(春陽文庫)　2000年1月

谺の伝十郎　こだまのでんじゅうろう
素破、伊賀者　「御諚に候」　鈴木輝一郎　時代小説 読切御免第四巻　新潮社(新潮文庫)　2005年12月

小太郎　こたろう
若い岡っ引、捩り鉢巻の鯉売りの男　「恋売り小太郎」　梅本育子　代表作時代小説 平成十二年度　光風社出版　2000年5月

小蝶　こちょう
武田家当主晴信(信玄)直属の御支配屋敷のくノ一　「くノ一懺悔-望月千代女」　永岡慶之助　戦国忍者武芸帳-時代小説傑作選五　新人物往来社　2008年3月;剣の道忍の掟-信州歴史時代小説傑作集第三巻　しなのき書房　2007年6月

小蝶　こちょう
柳橋の若手でいちばん売れっ妓の女　「首」　山田風太郎　人物日本の歴史 幕末維新編-時代小説版　小学館(小学館文庫)　2004年9月

胡蝶尼　こちょうに
紙問屋の跡取り・孝太郎が入った田原町の比丘尼宿にいた美しい尼　「比丘尼宿の女」　小杉健治　息づかい-好色時代小説集　講談社(講談社文庫)　2007年2月

こっく

コックス
横浜沖に停泊中の商船ホーク号の英吉利人乗組員、古道具商「萬栄堂」の客 「リボルバー」 山崎洋子 ふりむけば闇-時代小説招待席 広済堂出版 2003年6月

小鼓 こつずみ
土佐国の狸を司る狸右少弁狸の娘 「戦国狸」 村上元三 動物-極め付き時代小説選3 中央公論新社(中公文庫) 2004年11月

小蔦 こつた
深川仲町の蔦叶家という芸者屋の娘、春草が美人画に描いた女 「惨虐絵に心血を注ぐ勝川春草」 神保朋世 怪奇・伝奇時代小説選集7 幽明鏡草紙 春陽堂書店(春陽文庫) 2000年4月

小壺 こつぼ
美濃の領主斎藤義竜の愛妾、領内富岡郷の郷士の娘 「篝火と影」 野村敏雄 大江戸の歳月-新鷹会・傑作時代小説選 光文社(光文社文庫) 2003年6月

小露 こつゆ
東北の秘境で平家の落武者が隠れ住んだ三面谷の村の娘 「壁の眼の怪」 江見水蔭 怪奇・伝奇時代小説選集4 怪異黒姫おろし 春陽堂書店(春陽文庫) 2000年1月

小手鞠 こでまり
上伊那高遠城の大殿保科筑前守正俊の侍女 「槍弾正の逆襲」 中村彰彦 武将列伝-信州歴史時代小説傑作集第一巻 しなのき書房 2007年4月

小寺 官兵衛孝高(黒田 官兵衛) こでら・かんべえよしたか(くろだ・かんべえ)
戦国武将、織田信長麾下の武将で姫路城主 「官兵衛受難」 赤瀬川隼 愛染夢灯籠-時代小説傑作選 講談社(講談社文庫) 2005年9月

小寺 政職 こでら・まさもと
戦国武将、元黒田如水孝高が家老として仕えた主君の姫路城主 「智謀の人-黒田如水」 池波正太郎 関ヶ原・運命を分けた決断-傑作時代小説 PHP研究所(PHP文庫) 2007年6月

小寺 政職 こでら・まさもと
播磨国御着城を本拠とする小大名 「官兵衛受難」 赤瀬川隼 愛染夢灯籠-時代小説傑作選 講談社(講談社文庫) 2005年9月

小てる こてる*
行方不明の三毛猫探しを番屋に届け出た柳橋の売れっ妓 「薬研堀の猫」 平岩弓枝 大江戸猫三昧-時代小説傑作選 徳間書店(徳間文庫) 2004年11月

高 得宗 こ・どうくちょん
朝鮮国王が日本へ派遣した第二回朝鮮通信使の正使 「我が愛は海の彼方に」 荒山徹 代表作時代小説 平成二十年度 光文社 2008年6月

後藤 小十郎 ごとう・こじゅうろう
長州萩藩盗賊改方の下横目、頭の今橋剛蔵の部下 「萩城下贋札殺人事件」 古川薫 大江戸犯科帖-時代推理小説名作選 双葉社(双葉文庫) 2003年10月

後藤 象二郎　ごとう・しょうじろう
土佐藩参政　「龍（りょう）」　綱淵謙錠　龍馬と志士たち　コスミック出版（コスミック文庫）2009年11月；幕末京都血風録-傑作時代小説　PHP研究所（PHP文庫）　2007年11月

後藤但馬守 賢豊　ごとうたじまのかみ・かたとよ
南近江の守護大名六角佐々木氏の主君義賢の重臣　「忍びの砦-伊賀崎道順」今村実　戦国忍者武芸帳-時代小説傑作選五　新人物往来社　2008年3月

後藤 多門　ごとう・たもん
小藩の御馬役・後藤玄馬の部屋住みの三男　「足音が聞えてきた」　白石一郎　大江戸犯科帖-時代推理小説名作選　双葉社（双葉文庫）　2003年10月

古藤田 主水　ことうだ・もんど
中仙道坂本宿の旅籠の逗留客で大身の旗本の次男といった風貌の武士　「御用金盗難（まん姫様捕物控）」　五味康祐　傑作捕物ワールド第4巻 女の情念篇　リブリオ出版　2002年10月

後藤 又太夫　ごとう・まただゆう
黒石藩の普請方三杉敬助の同輩　「清貧の福」池宮彰一郎　歴史小説の世紀-地の巻　新潮社（新潮文庫）　2000年9月

後藤 又兵衛　ごとう・またべえ
戦国武将、黒田家を浪人してから零落し藤堂高虎の家臣で旧友の藤堂仁右衛門を訪ねた男　「後藤又兵衛」国枝史郎　軍師の生きざま-短篇小説集　作品社　2008年11月

後藤 又兵衛　ごとう・またべえ
戦国武将、大坂城入りした豊臣方の軍略家　「軍師二人」　司馬遼太郎　武将列伝-信州歴史時代小説傑作集第一巻　しなのき書房　2007年4月；軍師の死にざま-短篇小説集　作品社　2006年10月

後藤 茂助　ごとう・もすけ*
苗木領内の瀬戸村庄屋、元は武士で真新陰流の剣を使う男　「破門」羽山信樹　幻の剣鬼 七番勝負-傑作時代小説　PHP研究所（PHP文庫）　2008年5月；秘剣舞う-剣豪小説の世界　学習研究社（学研M文庫）　2002年11月

言栄　ことえ
弓の名手の浪人父娘の娘、父は美濃大垣藩の京屋敷詰めの武士だったが永御暇を出された奈倉左兵衛　「鳴弦の娘」澤田ふじ子　武芸十八般-武道小説傑作選　KKベストセラーズ（ベスト時代文庫）　2005年10月

琴乃　ことの
紅葉山文庫の御書物同心東雲丈太郎の妹　「鶯替」出久根達郎　代表作時代小説 平成十四年度　光風社出版　2002年5月

粉河 新左衛門　こなかわ・しんざえもん
紀州雑賀衆の鉄砲の名手、豊臣秀吉に抗戦を続けるため乳兄弟の太田孫二郎とともに朝鮮に渡り朝鮮軍に奔った武人　「何処か是れ他郷」荒山徹　代表作時代小説 平成十六年度　光風社出版　2004年4月

こなつ

小夏 こなつ
桶川の脇本陣の抱え芸者 「きつね美女」 山手樹一郎 約束-極め付き時代小説選1 中央公論新社(中公文庫) 2004年9月

小夏 こなつ
外神田界隈を縄張にする岡っ引・伊勢蔵の一番下の娘 「驚きの、また喜びの」 宇江佐真理 江戸宵闇しぐれ-人情捕物帳傑作選二 学習研究社(学研M文庫) 2005年3月

小南 こなん
伊賀の百地丹波の中忍 「最後の忍者-天正伊賀の乱」 神坂次郎 神出鬼没!戦国忍者伝-傑作時代小説 PHP研究所(PHP文庫) 2009年3月

小西 精太郎 こにし・せいたろう
信州・松本藩士、父の敵天野伝五郎を追って仇討ちの旅をつづけている若侍 「仇討ち街道」 池波正太郎 人情草紙-信州歴史時代小説傑作集第四巻 しなのき書房 2007年7月

小早川 隆景 こばやかわ・たかかげ
戦国武将、毛利元就の三男 「吉川治部少輔元春」 南條範夫 紅葉谷から剣鬼が来る-時代小説傑作選 講談社(講談社文庫) 2002年9月

小早川 秀秋 こばやかわ・ひであき
羽柴秀吉(のちの豊臣秀吉)とおねねの養子、小早川家に婿入りし筑前・筑後の大名となった男 「裏切りしは誰ぞ」 永井路子 約束-極め付き時代小説選1 中央公論新社(中公文庫) 2004年9月

小早川 秀秋 こばやかわ・ひであき
戦国武将、ねねの兄木下家定の五男で豊臣秀吉の養子 「放れ駒」 戸部新十郎 関ヶ原・運命を分けた決断-傑作時代小説 PHP研究所(PHP文庫) 2007年6月

小早川 秀秋 こばやかわ・ひであき
戦国武将、亡き豊臣秀吉の猶子で西軍に属している若者 「関ヶ原忍び風」 徳永真一郎 神出鬼没!戦国忍者伝-傑作時代小説 PHP研究所(PHP文庫) 2009年3月

小林 一茶(弥太郎) こばやし・いっさ(やたろう)
俳句の宗匠、信州柏原村の本百姓小林家の長男 「蚤さわぐ」 杉本苑子 人情草紙-信州歴史時代小説傑作集第四巻 しなのき書房 2007年7月

小林 勘蔵 こばやし・かんぞう
与力、北町奉行配下から大岡忠相の南町奉行就任と同時にその配下となった吟味方の名手 「大岡越前守」 土師清二 大岡越前守-捕物時代小説選集6 春陽堂書店(春陽文庫) 2000年10月

小林 正之丞 こばやし・せいのじょう*
嘉永の頃江戸雑司が谷にいた徳川家の鷹匠 「野藤」 阿川弘之 歴史小説の世紀-地の巻 新潮社(新潮文庫) 2000年9月

小林 寛之進 こばやし・ひろのしん
越後長岡藩主から浴びせられた「猫の蚤とりになって無様に暮らせ」という暴言に従って蚤とり屋(女に春を売る男娼)になった武士 「蚤とり侍」 小松重男 江戸の爆笑力-時代小説傑作選 集英社(集英社文庫) 2004年12月

小林 平八郎　こばやし・へいはちろう
吉良家家老、上杉家から藩籍を移し両家の繋ぎ役を果たした者 「小林平八郎-百年後の士道」 高橋直樹　武士道-時代小説アンソロジー3　小学館(小学館文庫)　2007年3月

小林 弥市郎　こばやし・やいちろう
松江藩御茶道頭正井宗昧の妻おとよの弟 「萩の帷子-雲州松江の妻敵討ち」 安西篤子　士道無惨!仇討ち始末-時代小説傑作選四　新人物往来社　2008年3月

小林 優之進　こばやし・ゆうのしん
貧乏御家人の次男坊で指物職人になった貞次郎の友人、町奉行所の吟味方与力の四男 「川は流れる」 夏川今宵　江戸の刺客-書き下ろし時代小説傑作選6　大洋図書(大洋時代文庫)　2005年9月

小春　こはる
京の島原通いにはまった大坂商人染屋治兵衛のなじみの太夫 「川に沈む夕日」 辻原登　代表作時代小説 平成十八年度　光文社　2006年6月

小春　こはる
元旗本の娘で遊女 「薄野心中-新選組最後の人」 船山馨　新選組アンソロジー下巻-その虚と実に迫る　舞字社　2004年2月;新選組烈士伝　角川書店(角川文庫)　2003年10月

小日向の喜助　こひなたのきすけ
御用聞、風車の浜吉親分の餓鬼のころからの仲間 「月夜駕籠」 伊藤桂一　剣よ月下に舞え-新選代表作時代小説23　光風社出版(光風社文庫)　2001年5月

小藤 左兵衛　こふじ・さへえ
五条・鍛冶屋町の長屋で扇骨削りの内職をしながら町辻で観相をする浪人、元美濃・大垣藩の京詰めの武士 「因業な髪」 澤田ふじ子　代表作時代小説 平成十七年度　光文社　2005年6月

小文　こふみ
勘定目付原口慎蔵の妹 「深い霧」 藤沢周平　剣の意地 恋の夢-時代小説傑作選　講談社(講談社文庫)　2000年9月

五瓶　ごへい
芝居の立作者、狂言方の並木拍子郎の師匠 「恋じまい」 松井今朝子　吉原花魁　角川書店(角川文庫)　2009年12月

五瓶　ごへい
大坂道頓堀に並ぶ芝居小屋の若い狂言作者 「五瓶劇場けいせい伝奇城」 芦辺拓　伝奇城-文庫書下ろし/伝奇時代小説アンソロジー　光文社(光文社文庫)　2005年2月

五平　ごへい
薬の行商人、五代将軍綱吉の時代にお犬医者としてもうけた男 「元禄お犬さわぎ」 星新一　犬道楽江戸草紙-時代小説傑作選　徳間書店(徳間文庫)　2005年8月

小平次　こへいじ
花札の小平次親分 「斑腰ひも」 三田村連　灯籠伝奇-捕物時代小説選集8　春陽堂書店(春陽文庫)　2000年12月

こへい

小平次（仏の小平次）　こへいじ（ほとけのこへいじ）
神田連雀町に住む岡っ引の老人「七化けおさん」平岩弓枝　武士道歳時記-新鷹会・傑作時代小説選　光文社（光文社文庫）2008年6月

小平次（仏の小平次）　こへいじ（ほとけのこへいじ）
神田連雀町に住む岡っ引の老人「太公望のおせん」平岩弓枝　武士道日暦-新鷹会・傑作時代小説選　光文社（光文社文庫）　2007年6月

小平太　こへいた
山伏姿の甲賀の忍び、甲賀の頭領望月家の三男「柳生十兵衛の眼」新宮正春　七人の十兵衛-傑作時代小説　PHP研究所（PHP文庫）2007年11月

五兵衛　ごへえ
山伏姿の甲賀の忍び「柳生十兵衛の眼」新宮正春　七人の十兵衛-傑作時代小説　PHP研究所（PHP文庫）2007年11月

伍兵衛　ごへえ
オランダ出島の探り番の一人、探りの名人と呼ばれている男「名人」白石一郎　江戸夢日和-市井・人情小説傑作選二　学習研究社（学研M文庫）2004年1月

小法師（羽黒の小法師）　こぼうし（はぐろのこぼうし）
奥州の名代の天狗「妖魔の辻占」泉鏡花　怪奇・伝奇時代小説選集7 幽明鏡草紙　春陽堂書店（春陽文庫）2000年4月

五本木の伊三郎　ごほんぎのいさぶろう
武州本庄宿の博徒の頭分「公事宿新左」津本陽　花ごよみ夢一夜-新選代表作時代小説24　光風社出版（光風社文庫）2001年11月

駒井 鉄之丞　こまい・てつのじょう
北町奉行所同心、大名屋敷だけを狙う盗賊を追う者「着流し同心」新田次郎　傑作捕物ワールド第2巻 与力同心篇　リブリオ出版　2002年10月

駒王　こまおう
源義賢を父に持つ源家の御曹司で木曾の庄司中原兼遠に預けられた男の児、元服後の義仲「悲劇の風雲児」杉本苑子　源義経の時代-短篇小説集　作品社　2004年10月

駒菊　こまぎく
旅芸人一座の十八歳になる娘芸人「春風街道」山手樹一郎　江戸の漫遊力-時代小説傑作選　集英社（集英社文庫）2008年12月

小牧 治部左衛門　こまき・じぶざえもん
東北辺鄙の黒石藩の家老「清貧の福」池宮彰一郎　歴史小説の世紀-地の巻　新潮社（新潮文庫）2000年9月

小俣 市兵衛　こまた・いちべえ
会津藩城代家老田中家の若党「第二の助太刀」中村彰彦　偉人八傑推理帖-名探偵時代小説　双葉社（双葉文庫）2004年7月

小松　こまつ
関ケ原の合戦以来敵味方に別れた真田兄弟の兄信之の妻「信濃大名記」池波正太郎　武将列伝-信州歴史時代小説傑作集第一巻　しなのき書房　2007年4月；大江戸の歳月-新鷹会・傑作時代小説選　光文社(光文社文庫)　2003年6月

小松　こまつ
戦国武将真田信之の妻、本多平八郎忠勝の娘「真田信之の妻-小松」池波正太郎　乱世の女たち-信州歴史時代小説傑作集第五巻　しなのき書房　2007年9月

小松　一学　こまつ・いちがく
信州松代藩真田家の近習役で逼迫する藩の財政を立て直したいと思っている青年「田村騒動」海音寺潮五郎　侍の肖像-信州歴史時代小説傑作集第二巻　しなのき書房　2007年5月

小松崎　多聞　こまつざき・たもん
小藩の次席家老浦部隼人の義弟、御文庫役「放し討ち柳の辻」滝口康彦　小説「武士道」-時代小説短編傑作選　三笠書房(知的生きかた文庫)　2008年11月

小松　典膳　こまつ・てんぜん
江戸に聞こえた剣客井上玄斎の門弟、大和十津川郷の郷士「創傷九か所あり-護持院ヶ原の敵討ち」新宮正春　士道無惨!仇討ち始末-時代小説傑作選四　新人物往来社　2008年3月

小松の方　こまつのかた
上州沼田城主真田信幸の妻、徳川家康の重臣本多平八郎忠勝の娘「男の城」池波正太郎　軍師の生きざま-時代小説傑作選　コスミック出版(コスミック文庫)　2008年11月

小松屋佐七(佐七)　こまつやさしち(さしち)
加賀藩主前田吉徳の側用人大槻伝蔵の配下の者で探索に手慣れた男「加賀騒動」安部龍太郎　江戸三百年を読む 下-傑作時代小説 幕末風雲編　角川学芸出版(角川文庫)　2009年9月

小南　五郎右衛門　こみなみ・ごろうえもん*
幕末に土佐藩兵がフランス水兵を殺傷した堺事件で藩主の命により事件責任者の処断に当たった大監察「大切腹」団鬼六　代表作時代小説 平成十二年度　光風社出版　2000年5月

こむら
大和ノくに添上ノ郡の小領池ノ上惟高の娘「牛」山本周五郎　動物-極め付き時代小説選3　中央公論新社(中公文庫)　2004年11月

小室　鉄之助　こむろ・てつのすけ
戊辰戦争に敗れ高田藩に永預けとなった多数の会津藩士の一人「清一郎は死んだ」早乙女貢　鍔鳴り疾風剣-新選代表作時代小説22　光風社出版(光風社文庫)　2000年11月

小森　八郎　こもり・はちろう
維新動乱の中江戸三大道場の一つ玄武館の塾頭・真田範之助に率いられて筑波山挙兵に加わろうとした塾生「真田範之助」長谷川伸　花と剣と侍-新鷹会・傑作時代小説選　光文社(光文社文庫)　2009年6月

こやた

小弥太　こやた
宮廷内からみかどの美しい姫君をさらって逃げた火焚屋の衛士　「光る道」　檀一雄　歴史小説の世紀-天の巻　新潮社(新潮文庫)　2000年9月

小ゆき　こゆき
吉原の袖留新造という遊女、越前生まれの上品な女　「吉原大門の殺人」　平岩弓枝　吉原花魁　角川書店(角川文庫)　2009年12月

小雪　こゆき
茶店の老爺彦作の女房、かつては武士堀江惣十郎の妻　「刈萱」　安西篤子　時代小説-読切御免第一巻　新潮社(新潮文庫)　2004年3月

小雪(雪女)　こゆき(ゆきおんな)
炭焼の茂市が大雪の夜に山小屋で出逢った雪女で茂市の妻となった女　「伝奇物語 雪女」　大塚礫川　怪奇・伝奇時代小説選集4 怪異黒姫おろし　春陽堂書店(春陽文庫)　2000年1月

小動 門之助　こゆるぎ・もんのすけ
浪人、二長町の生駒道場を出て人斬りになった男　「めんくらい凧(なめくじ長屋捕物さわぎ)」　都筑道夫　情けがからむ朱房の十手-傑作時代小説　PHP研究所(PHP文庫)　2009年1月;傑作捕物ワールド第5巻-渡世人篇　リブリオ出版　2002年10月

小よね　こよね
鳥羽の港の船宿「小浜屋」の若い女郎　「潮風の呻き」　梅本育子　剣が哭く夜に哭く-新選代表作時代小説20　光風社出版　2000年1月

吾来警部　ごらいけいぶ
警視庁随一の名探偵、強力犯係長の警部　「幽霊買い度し(ハイカラ右京探偵暦)」　日影丈吉　傑作捕物ワールド第9巻 妖異怪談篇　リブリオ出版　2002年10月

顧 侶松　こ・りょしょう
清朝乾隆帝の時のカシュガル遠征軍の法務官　「四人目の香妃」　陳舜臣　剣が哭く夜に哭く-新選代表作時代小説20　光風社出版　2000年1月

維明　これあきら
室町幕府の遣明船の綱司(船長)をつとめた若者　「北元大秘記」　芦辺拓　黄土の虹-チャイナ・ストーリーズ　祥伝社　2000年2月

惟任 光秀(明智 光秀)　これとう・みつひで(あけち・みつひで)
戦国武将、織田軍有力の将の一人で九州の名族惟任の姓と日向守を与えられた男　「優しい侍」　東秀紀　異色歴史短篇傑作大全　講談社　2003年11月

五郎　ごろう
伊予国の狸を司る中将狸の一族の狸　「戦国狸」　村上元三　動物-極め付き時代小説選3　中央公論新社(中公文庫)　2004年11月

五郎　ごろう
豆州君沢郡小坂村の庄屋の息子で父の敵討ちをして八丈島に配流になった男　「ははのてがみ」　高橋義夫　花ふぶき-時代小説傑作選　角川春樹事務所(ハルキ文庫)　2004年7月;代表作時代小説 平成十六年度　光風社出版　2004年4月

五郎左　ごろうざ
柳生の庄の剣聖柳生宗厳の十男、伯州の藩主後見役横田内膳正の出城飯ノ山城の客
「柳生の五郎左」村雨退二郎　柳生秘剣伝奇-時代小説セレクション　勉誠出版　2002年12月

五郎左衛門　ごろうざえもん*
南伝馬町に店を構える呉服屋「駿河屋」の主人　「末期の夢」鎌田樹　花と剣と侍-新鷹会・傑作時代小説選　光文社(光文社文庫)　2009年6月

五郎次　ごろうじ*
江戸二丁町の芝居小屋「中村座」の留場の男、女敵討ちをしようと江戸に来た男　「留場の五郎次」南原幹雄　散りぬる桜-時代小説招待席　広済堂出版　2004年2月

小六(大月の小六)　ころく(おおつきのころく)
天下人秀吉の大軍に包囲された小田原城に二人組で潜入した乱破　「外郎と夏の花」早乙女貢　代表作時代小説　平成十二年度　光風社出版　2000年5月

五郎助七三郎　ごろすけしちさぶろう
怪巷賊、暗闇祭に出る怪物を退治しようとした三人のひとり　「怪異暗闇祭」江見水蔭　怪奇・伝奇時代小説選集8 百物語　春陽堂書店(春陽文庫)　2000年5月

五郎八　ごろはち
下谷車坂の目明し勘八親分のあわて者の下ッ引　「舞台に飛ぶ兇刃」瀬戸口寅雄　艶美白孔雀-捕物時代小説選集7　春陽堂書店(春陽文庫)　2000年11月

ゴロヴニン
クナシリ島で捕えられ松前奉行所の牢屋に移送されてきたオロシャ軍艦ディアナ号の艦長　「鼻くじり庄兵衛」佐江衆一　武芸十八般-武道小説傑作選　KKベストセラーズ(ベスト時代文庫)　2005年10月

こん
鎌倉の亀ケ谷辻に住んでいて白粉や紅をひさいで暮らしていた女　「命懸け」高橋直樹　異色歴史短篇傑作大全　講談社　2003年11月

ゴン
昔大工の安五郎に飼われていた猫　「大工と猫」海野弘　大江戸猫三昧-時代小説傑作選　徳間書店(徳間文庫)　2004年11月

権　ごん
助といっしょに神田の市助長屋に住む駕籠かき　「逢魔の辻」藤原審爾　逢魔への誘い-問題小説傑作選6 時代情恋篇　徳間書店(徳間文庫)　2000年3月

ゴン(作ニ)　ごん(さくじ)
江戸の芝居町に潜んでいる山番、忍び　「柳は緑 花は紅」竹田真砂子　地獄の無明剣-時代小説傑作選　講談社(講談社文庫)　2004年9月

権左　ごんざ
元甲府勤番の幕府御家人、御一新の後生活に困窮し甲州道中での追剥をしようとした男　「かっぱぎ権左」浅田次郎　ふりむけば闇-時代小説招待席　広済堂出版　2003年6月

権左衛門　ごんざえもん
深川入船町の通称なめくじ長屋に暮らすいかさま師 「千軍万馬の闇将軍」 佐藤雅美　愛染夢灯籠-時代小説傑作選　講談社(講談社文庫)　2005年9月

権三郎　ごんざぶろう
上古田郷の百姓今右衛門の三男で駒ヶ岳開山に成功した二人の若者の一人 「駒ヶ岳開山」 新田次郎　人情草紙-信州歴史時代小説傑作集第四巻　しなのき書房　2007年7月

権次　ごんじ
駒込追分の浄心寺の坊主になりすました元夜盗 「首吊地蔵」 赤木春之　石川五右衛門の生立-捕物時代小説選集3　春陽堂書店(春陽文庫)　2000年4月

権次(野ざらし権次)　ごんじ(のざらしごんじ)
羅生門河岸辺りをうろつく愚連隊 「羅生門河岸」 都筑道夫　偉人八傑推理帖-名探偵時代小説　双葉社(双葉文庫)　2004年7月

権三　ごんぞう
室町の大店「長崎屋」の新参番頭 「昇竜変化」 角田喜久雄　動物-極め付き時代小説選3　中央公論新社(中公文庫)　2004年11月

権三　ごんぞう
本所深川一帯をあずかる岡っ引茂七の下っ引 「お勢殺し」 宮部みゆき　江戸の満腹力-時代小説傑作選　集英社(集英社文庫)　2005年12月

権三　ごんぞう
本所深川一帯をあずかる岡っ引茂七の下っ引 「鰹千両」 宮部みゆき　情けがからむ朱房の十手-傑作時代小説　PHP研究所(PHP文庫)　2009年1月;撫子が斬る-女性作家捕物帳アンソロジー　光文社(光文社文庫)　2005年9月

権太　ごんた
日本橋室町の大火の見物に出かけて煙に巻かれて死んだ桶屋 「湯のけむり」 富田常雄　江戸の鈍感力-時代小説傑作選　集英社(集英社文庫)　2007年12月

権大納言忠長卿　ごんだいなごんただながきょう
将軍徳川家光の実弟 「閨房禁令」 南條範夫　約束-極め付き時代小説選1　中央公論新社(中公文庫)　2004年9月

権太郎　ごんたろう*
焼芋屋、浅草の奥山でろくろ首を売り物にする見世物芸人だったお蝶と惚れ合って夫婦になった男 「ろくろ首」 松岡弘一　武士道春秋-新鷹会・傑作時代小説選　光文社(光文社文庫)　2006年6月

近藤 勇　こんどう・いさみ
嘉永二年天然理心流近藤周助の養子・島崎勝太となり江戸へむかった剣士、のちの新選組局長 「近藤勇、江戸の日々」 津本陽　幕末の剣鬼たち-時代小説傑作選　コスミック出版(コスミック文庫)　2009年12月;新選組烈士伝　角川書店(角川文庫)　2003年10月

近藤 勇　こんどう・いさみ
新撰組隊長、流山に敗走し官軍に包囲された男 「新撰組隊長」 火野葦平　新選組伝奇　勉誠出版　2004年1月

近藤 勇　こんどう・いさみ
新選組局長 「さらば新選組-土方歳三」 三好徹　誠の旗がゆく-新選組傑作選　集英社（集英社文庫） 2003年12月

近藤 勇　こんどう・いさみ
新選組局長 「沖田総司の恋-「新選組血風録」より」 司馬遼太郎　恋模様-極め付き時代小説選2　中央公論新社（中公文庫） 2004年10月

近藤 勇　こんどう・いさみ
新選組局長 「近藤と土方」 戸川幸夫　新選組興亡録　角川書店（角川文庫） 2008年9月

近藤 勇　こんどう・いさみ
新選組局長 「虎徹」 司馬遼太郎　江戸三百年を読む 下-傑作時代小説 幕末風雲編　角川学芸出版（角川文庫） 2009年9月

近藤 勇　こんどう・いさみ
新選組局長 「宵々山の斬り込み-池田屋の変」 徳永真一郎　必殺!幕末暗殺剣-時代小説傑作選三　新人物往来社 2008年3月

近藤 勇　こんどう・いさみ
新選組局長 「切腹-八木為三郎翁遺談」 戸川幸夫　剣よ月下に舞え-新選代表作時代小説23　光風社出版（光風社文庫） 2001年5月

近藤 勇　こんどう・いさみ
新選組局長 「忠助の赤いふんどし」 中村彰彦　新選組アンソロジー下巻-その虚と実に迫る　舞字社 2004年2月

近藤 勇　こんどう・いさみ
新選組局長 「波」 北原亞以子　新選組アンソロジー下巻-その虚と実に迫る　舞字社 2004年2月

近藤 勇　こんどう・いさみ
新選組局長 「敗れし人々」 子母沢寛　剣狼-幕末を駆けた七人の兵法者　新潮社（新潮文庫） 2007年6月

近藤 勇　こんどう・いさみ
新選組局長 「勇の腰痛」 火坂雅志　幕末京都血風録-傑作時代小説　PHP研究所（PHP文庫） 2007年11月

近藤 勇　こんどう・いさみ
新選組局長 「勇の首」 東郷隆　代表作時代小説 平成十六年度　光風社出版 2004年4月

近藤 勇　こんどう・いさみ
新選組局長 「流山の朝」 子母澤寛　人物日本の歴史 幕末維新編-時代小説版　小学館（小学館文庫） 2004年9月;新選組興亡録　角川書店（角川文庫） 2008年9月

近藤 勇　こんどう・いさみ
新選組局長、甲陽鎮撫隊の隊長で幕府若年寄格に任じられ大久保大和剛と改名 「近藤勇の最期」 長部日出雄　誠の旗がゆく-新選組傑作選　集英社（集英社文庫） 2003年12月

こんど

近藤 勇　こんどう・いさみ
新選組局長、甲陽鎮撫隊長 「近藤勇と科学」 直木三十五　新選組興亡録　角川書店（角川文庫）2008年9月

近藤 勇　こんどう・いさみ
新選組局長、天然理心流四代目師範 「近藤勇」 井代恵子　人物日本剣豪伝五　学陽書房（人物文庫）2001年7月

近藤 勇　こんどう・いさみ
多摩の豪農近藤家の養嗣子で天然理心流の後継者、のち新選組局長 「近藤勇 天然理心流」 戸部新十郎　幕末の剣鬼たち-時代小説傑作選　コスミック出版（コスミック文庫）2009年12月

近藤 勇　こんどう・いさみ
幕末の剣客、天然理心流の高名者 「剣客物語」 子母澤寛　幕末の剣鬼たち-時代小説傑作選　コスミック出版（コスミック文庫）2009年12月

近藤 勇　こんどう・いさみ
理心流四代、のち新選組局長 「理心流異聞」 司馬遼太郎　新選組興亡録　角川書店（角川文庫）2008年9月

近藤 勇（島崎 勇）　こんどう・いさみ（しまざき・いさみ）
天然理心流の四代目、のち新選組局長 「武士の妻」 北原亞以子　地獄の無明剣-時代小説傑作選　講談社（講談社文庫）2004年9月；誠の旗がゆく-新選組傑作選　集英社（集英社文庫）2003年12月

近藤 勇（宮川 勝五郎）　こんどう・いさみ（みやがわ・かつごろう）
新選組隊長、多摩上石原の豪農の末弟 「秘剣浮鳥」 戸部新十郎　紅葉谷から剣鬼が来る-時代小説傑作選　講談社（講談社文庫）2002年9月

近藤 右門（むっつり右門）　こんどう・うもん（むっつりうもん）
八丁堀同心 「南蛮幽霊（右門捕物帖）」 佐々木味津三　捕物小説名作選一　集英社（集英社文庫）2006年8月；傑作捕物ワールド第2巻 与力同心篇　リブリオ出版　2002年10月

近藤 勘四郎　こんどう・かんしろう
浪人、火付盗賊改方長谷川平蔵の妻久栄のむかしの男 「むかしの男」 池波正太郎　江戸浮世風-人情捕物帳傑作選　学習研究社（学研M文庫）2004年8月

近藤 左門　こんどう・さもん
北町奉行所の名同心 「ビードロを吹く女」 胡桃沢耕史　江戸宵闇しぐれ-人情捕物帳傑作選二　学習研究社（学研M文庫）2005年3月

近藤 周助（島崎 周平）　こんどう・しゅうすけ（しまざき・しゅうへい）
天然理心流三代目宗家、多摩の豪農の二男坊 「秘剣浮鳥」 戸部新十郎　紅葉谷から剣鬼が来る-時代小説傑作選　講談社（講談社文庫）2002年9月

近藤 重蔵　こんどう・じゅうぞう
幕末前夜北辺坊備に功があって与力から書物奉行に出世した武士 「近藤富士」 新田次郎　江戸三百年を読む 下-傑作時代小説 幕末風雲編　角川学芸出版（角川文庫）2009年9月

近藤 重蔵守重　こんどう・じゅうぞうもりしげ
長崎奉行所の目安方与力、幕府の隠密でのちの蝦夷地の探索家「名人」白石一郎　江戸夢日和-市井・人情小説傑作選二　学習研究社(学研M文庫)　2004年1月

近藤 主馬介　こんどう・しゅめのすけ＊
播州の野口城を攻囲した総大将羽柴秀吉の謀略で「命を救う」と名指しされた城内の五人の武士の一人「五人の武士」武田八洲満　花と剣と侍-新鷹会・傑作時代小説選　光文社(光文社文庫)　2009年6月

近藤 智忠　こんどう・ともただ
元直参旗本・近藤甚右衛門で維新後は文部省督学局役人、お種の夫「嫁入り道具」竹田真砂子　逢魔への誘い-問題小説傑作選6 時代情恋篇　徳間書店(徳間文庫)　2000年3月

近藤 方昌　こんどう・のぶあき
天然理心流二代目宗家「秘剣浮鳥」戸部新十郎　紅葉谷から剣鬼が来る-時代小説傑作選　講談社(講談社文庫)　2002年9月

近藤 勇五郎　こんどう・ゆうごろう
新選組局長近藤勇の甥で後の天然理心流五代目「勇の首」東郷隆　代表作時代小説 平成十六年度　光風社出版　2004年4月

権八　ごんぱち
役目を負った旅の途中で古い辻堂に入った伊賀の上忍「フルハウス」藤水名子　夢を見にけり-時代小説招待席　広済堂出版　2004年6月

権兵衛　ごんべえ
深川万年町に住む医者中島立石を殺した下男、権兵衛の名で麹町の米屋三左衛門方の米搗きに雇われた男「直助権兵衛」松原晃　艶美白孔雀-捕物時代小説選集7　春陽堂書店(春陽文庫)　2000年11月

権兵衛(直助権兵衛)　ごんべえ(なおすけごんべえ)
市谷田町の仕舞屋の主で全身刺青の悪党「四谷怪談・お岩」柴田錬三郎　怪奇・伝奇時代小説選集13 四谷怪談　春陽堂書店(春陽文庫)　2000年10月

【さ】

佐井木 重三郎　さいき・じゅうざぶろう＊
旗本、笛の半黒人で魔の笛「鈴虫」に執着した美男「魔の笛」野村胡堂　怪奇・怪談時代小説傑作選　徳間書店(徳間文庫)　2004年9月

斉木 兵庫　さいき・ひょうご
高島藩諏訪伊勢守家の江戸屋敷年寄役「湖畔の人々」山本周五郎　鎮守の森に鬼が棲む-時代小説傑作選　講談社(講談社文庫)　2001年9月

西京屋留蔵(留蔵)　さいきょうやとめぞう(とめぞう)
人形師喜多村茶山に恨みを持つ人形作り「人形武蔵」光瀬龍「宮本武蔵」短編傑作選　角川書店(角川文庫)　2003年1月;七人の武蔵　角川書店(角川文庫)　2002年10月

さいご

西郷 隆盛　さいごう・たかもり
征韓論争に敗れて下野した元明治新政府参議・陸軍大将 「西郷暗殺の密使」 神坂次郎 人物日本の歴史 幕末維新編-時代小説版 小学館(小学館文庫) 2004年9月

西郷 隆盛　さいごう・たかもり
明治政府の重鎮、陸軍大将 「犠牲の詩-西南戦争異聞」 赤瀬川隼 紅葉谷から剣鬼が来る-時代小説傑作選 講談社(講談社文庫) 2002年9月

西郷 従道(真吾)　さいごう・つぐみち(しんご)
西郷隆盛の弟、陸軍少将 「犠牲の詩-西南戦争異聞」 赤瀬川隼 紅葉谷から剣鬼が来る-時代小説傑作選 講談社(講談社文庫) 2002年9月

崔 芝賢　さい・しけん
蒙古軍と戦う高麗軍の精鋭である三別抄の兵士 「三別抄耽羅戦記」 金重明 代表作時代小説 平成十九年度 光文社 2007年6月

税所 篤　さいしょ・あつし
堺県令 「村上浪六」 長谷川幸延 武士道歳時記-新鷹会・傑作時代小説選 光文社(光文社文庫) 2008年6月

西條 武右衛門　さいじょう・ぶえもん ＊
江戸の剣術道場主 「千葉周作」 長部日出雄 人物日本剣豪伝四 学陽書房(人物文庫) 2001年6月

才次郎　さいじろう
彫師 「恋忘れ草」 北原亞以子 江戸色恋坂-市井情話傑作選 学習研究社(学研M文庫) 2005年8月

崔 信　さい・しん
長安の京兆府の中級官吏李章武の友人、華州の別駕 「玉人」 宮城谷昌光 時代小説読切御免第四巻 新潮社(新潮文庫) 2005年12月

財前 卯之吉　ざいぜん・うのきち
通詞、函館で独学で英語を学んだ男 「慕情」 宇江佐真理 代表作時代小説 平成十三年度 光風社出版 2001年5月

サイゾー(片桐 歳三)　さいぞー(かたぎり・さいぞう)
元は斬首人山田浅右衛門の門弟で旗本を斬って逃れてオランダ船に密航しやがて海賊船の船医になった男 「海賊船ドクター・サイゾー」 松岡弘一 花と剣と侍-新鷹会・傑作時代小説選 光文社(光文社文庫) 2009年6月

才蔵　さいぞう
忍者、戦国武将真田幸村の十人の股肱の一人 「真田十勇士」 柴田錬三郎 剣の道 忍の掟-信州歴史時代小説傑作集第三巻 しなのき書房 2007年6月

才谷 梅太郎　さいたに・うめたろう
土佐藩浪士、神戸海軍操練所幹部のち海援隊隊長 「うそつき小次郎と竜馬」 津本陽 龍馬と志士たち コスミック出版(コスミック文庫) 2009年11月;剣が哭く夜に哭く-新選代表作時代小説20 光風社出版 2000年1月

さいと

佐一郎　さいちろう
土佐藩参政吉田元吉(吉田東洋)の家来で探索係　「雨中の凶刃-吉田東洋暗殺」　高橋義夫　必殺!幕末暗殺剣-時代小説傑作選三　新人物往来社　2008年3月

斎藤 逸当　さいとう・いっとう
浪人者、雲風の亀吉の用心棒　「ひとり狼」　村上元三　花と剣と侍-新鷹会・傑作時代小説選　光文社(光文社文庫)　2009年6月;時代劇原作選集-あの名画を生みだした傑作小説　双葉社(双葉文庫)　2003年12月

斎藤 勘解由　さいとう・かげゆ
大名井伊家の老職　「異聞浪人記」　滝口康彦　時代劇原作選集-あの名画を生みだした傑作小説　双葉社(双葉文庫)　2003年12月

斎藤 歓之助　さいとう・かんのすけ
剣客斎藤弥九郎の三男　「斎藤弥九郎」　童門冬二　人物日本剣豪伝四　学陽書房(人物文庫)　2001年6月

斎藤 宮内　さいとう・くない
高家筆頭吉良上野介の側用人　「火消しの殿」　池波正太郎　大江戸殿様列伝-傑作時代小説　双葉社(双葉文庫)　2006年7月

斎藤 十左衛門　さいとう・じゅうざえもん
牢人、一刀流武甲派の遣い手　「人斬り佐内 秘剣腕落し」　鳥羽亮　斬刃-時代小説傑作選　コスミック出版(コスミック時代文庫)　2005年5月

斎藤 主馬之助　さいとう・しゅめのすけ
兵法者、常州真壁郡の出の放浪の剣客　「斬り、撃ち、心に棲む-斎藤伝鬼坊vs桜井霞之助」　志茂田景樹　秘剣・豪剣!武芸決闘記-時代小説傑作選二　新人物往来社　2008年3月

斎藤 主馬之助(伝鬼房)　さいとう・しゅめのすけ(でんきぼう)
兵法者、諸国武芸修行の後下妻城主多賀谷修理太夫重経に招かれた男　「無明長夜」　早乙女貢　代表作時代小説 平成十三年度　光風社出版　2001年5月

斎藤 新太郎　さいとう・しんたろう
剣客斎藤弥九郎の長男　「斎藤弥九郎」　童門冬二　人物日本剣豪伝四　学陽書房(人物文庫)　2001年6月

斎藤 龍興　さいとう・たつおき
戦国武将、斎藤道三の嫡男で美濃国主となった男　「鬼骨の人」　津本陽　軍師の生きざま-時代小説傑作選　コスミック出版(コスミック文庫)　2008年11月;戦国軍師列伝-時代小説傑作選六　新人物往来社　2008年3月

斎藤 伝鬼房(金平)　さいとう・でんきぼう(きんぺい)
兵法者、塚原卜伝の弟子　「斎藤伝鬼房」　早乙女貢　人物日本剣豪伝一　学陽書房(人物文庫)　2001年4月

斎藤 伝鬼房(金平)　さいとう・でんきぼう(きんぺい)
兵法者、塚原卜伝の弟子で天流の創始者　「根岸兎角」　戸部新十郎　人物日本剣豪伝二　学陽書房(人物文庫)　2001年4月

さいと

斎藤 伝鬼坊(斎藤 主馬之助)　さいとう・でんきぼう(さいとう・しゅめのすけ)
兵法者、常州真壁郡の出の放浪の剣客　「斬り、撃ち、心に棲む-斎藤伝鬼坊vs桜井霞之助」志茂田景樹　秘剣・豪剣!武芸決闘記-時代小説傑作選二　新人物往来社　2008年3月

斎藤 道三(松浪 庄九郎)　さいとう・どうさん(まつなみ・しょうくろう)
戦国武将、京の油商人から土岐頼芸の寵臣となりのち事実上の美濃国主となった男　「二頭立浪の旗風-斎藤道三」典厩五郎　戦国武将国盗り物語-時代小説傑作選七　新人物往来社　2008年3月

斎藤 道三(松波 庄五郎)　さいとう・どうさん(まつなみ・しょうごろう)
戦国武将、一介の油売りから稲葉城主となり美濃国守護職　「斎藤道三残虐譚」柴田錬三郎　人物日本の歴史 戦国編-時代小説版　小学館(小学館文庫)　2004年3月

斎藤 道三(松波 庄五郎)　さいとう・どうさん(まつなみ・しょうごろう)
戦国武将、美濃の国主で元は僧・灯油の行商人　「梟雄」坂口安吾　歴史小説の世紀-天の巻　新潮社(新潮文庫)　2000年9月

斎藤 利光　さいとう・としみつ
戦国武将、織田軍の惟任(明智)家の老臣　「優しい侍」東秀紀　異色歴史短篇傑作大全　講談社　2003年11月

斎藤 一　さいとう・はじめ
新選組隊士　「虎徹」司馬遼太郎　江戸三百年を読む 下-傑作時代小説 幕末風雲編　角川学芸出版(角川文庫)　2009年9月

斎藤 一　さいとう・はじめ
創設されたばかりの東京警視庁の密偵、新選組時代の斎藤一　「蘇生剣」楠木誠一郎　伝奇城-文庫書下ろし/伝奇時代小説アンソロジー　光文社(光文社文庫)　2005年2月

斎藤 一(山口 五郎)　さいとう・はじめ(やまぐち・ごろう)
元新選組副長助勤　「薄野心中-新選組最後の人」船山馨　新選組アンソロジー下巻-その虚と実に迫る　舞字社　2004年2月;新選組烈士伝　角川書店(角川文庫)　2003年10月

斎藤 妙椿　さいとう・みょうちん
美濃の領主土岐氏の家来　「梟雄」坂口安吾　歴史小説の世紀-天の巻　新潮社(新潮文庫)　2000年9月

斎藤 弥九郎　さいとう・やくろう
幕末の剣客、剣術道場「練兵館」の主　「斎藤弥九郎」童門冬二　人物日本剣豪伝四　学陽書房(人物文庫)　2001年6月

斎藤 弥九郎　さいとう・やくろう
幕末の剣客、神道無念流の高名者　「剣客物語」子母澤寛　幕末の剣鬼たち-時代小説傑作選　コスミック出版(コスミック文庫)　2009年12月

斎藤 弥九郎　さいとう・やくろう
幕末の兵法者、神道無念流の剣豪　「斎藤弥九郎」菊池寛;本山荻舟　剣狼-幕末を駆けた七人の兵法者　新潮社(新潮文庫)　2007年6月

斎藤 義竜　さいとう・よしたつ
戦国武将、斎藤道三の長男 「梟雄」 坂口安吾　歴史小説の世紀-天の巻　新潮社(新潮文庫) 2000年9月

斎藤 義竜　さいとう・よしたつ
戦国武将、美濃の領主 「篝火と影」 野村敏雄　大江戸の歳月-新鷹会・傑作時代小説選　光文社(光文社文庫) 2003年6月

斎藤 義竜　さいとう・よしたつ
戦国武将、父の道三を亡ぼし濃州の守護となった稲葉山の城主 「殺人墓を飼う妖将」 筑紫鯉思　怪奇・伝奇時代小説選集15　春陽堂書店(春陽文庫) 2000年12月

斎藤 義龍　さいとう・よしたつ
戦国武将、美濃国主 「真説 佐々木小次郎」 五味康祐　剣聖-乱世に生きた五人の兵法者　新潮社(新潮文庫) 2006年10月

才兵衛　さいべえ*
浅草奥山裏の茶屋「玉の尾」の主人、香具師の元締聖天の吉五郎の片腕 「夢の茶屋」 池波正太郎　江戸の老人力-時代小説傑作選　集英社(集英社文庫) 2002年12月

左右田 勘兵衛　さうだ・かんべえ
盗賊並火方御改役・中山勘解由の下で新しい責め道具を考える男 「巷説人肌呪縛」 玉木重信　釘抜藤吉捕物覚書-捕物時代小説選集4　春陽堂書店(春陽文庫) 2000年5月

サエ
那珂川の渡し船の娘船頭 「秋草の渡し」 伊藤桂一　剣の意地 恋の夢-時代小説傑作選　講談社(講談社文庫) 2000年9月

佐伯 真束　さえきの・まつか
医師、遣唐使船で唐へ留学することになっている青年 「一夜の客」 杉本苑子　時代小説読切御免第二巻　新潮社(新潮文庫) 2004年3月

佐伯連 金手　さえきのむらじ・かなて
軍事氏族 「暗殺者」 黒岩重吾　紅葉谷から剣鬼が来る-時代小説傑作選　講談社(講談社文庫) 2002年9月

三枝 喬之介　さえぐさ・きょうのすけ*
小伝馬町の牢屋敷の囚人、麹町三番町の御家人都築三之助用人 「獄門帳」 沙羅双樹　約束-極め付き時代小説選1　中央公論新社(中公文庫) 2004年9月

三枝 源次郎　さえぐさ・げんじろう
八丁堀の同心、花房一平の友人 「子を思う闇」 平岩弓枝　花と剣と侍-新鷹会・傑作時代小説選　光文社(光文社文庫) 2009年6月

三枝 源次郎　さえぐさ・げんじろう*
八丁堀の同心、花房一平の親友 「さんま焼く」 平岩弓枝　江戸宵闇しぐれ-人情捕物帳傑作選二　学習研究社(学研M文庫) 2005年3月

三枝 十兵衛　さえぐさ・じゅうべえ
山県昌景の家来、物見衆組頭「まぼろしの軍師」新田次郎　軍師の生きざま-時代小説傑作選 コスミック出版（コスミック文庫）2008年11月；決戦 川中島-傑作時代小説 PHP研究所（PHP文庫）2007年3月

三枝 十兵衛　さえぐさ・じゅうべえ
老武士「まぼろしの軍師」新田次郎　軍師の生きざま-時代小説傑作選 コスミック出版（コスミック文庫）2008年11月；決戦 川中島-傑作時代小説 PHP研究所（PHP文庫）2007年3月

三枝殿　さえぐさどの
駿府城の家老「閨房禁令」南條範夫　約束-極め付き時代小説選1 中央公論新社（中公文庫）2004年9月

早乙女 主水之介　さおとめ・もんどのすけ
直参旗本、眉間に三日月形の傷を持つ男「幽霊を買った退屈男（旗本退屈男）」佐々木味津三　傑作捕物ワールド第3巻 人気侍篇 リブリオ出版 2002年10月

酒井雅楽頭 忠清　さかいうたのかみ・ただきよ
幕府老中、将軍の寵愛ふかく「下馬将軍」とよばれるほどの権勢を誇示している男「獅子の眠り」池波正太郎　機略縦横！真田戦記-傑作時代小説 PHP研究所（PHP文庫）2008年7月

酒井雅楽頭 忠恭　さかいうたのかみ・ただやす
上州厩橋十五万石の藩主、幕府老中「九思の剣」池宮彰一郎　武士道-時代小説アンソロジー3 小学館（小学館文庫）2007年3月

酒井 忠次　さかい・ただつぐ
戦国武将、三河岡崎城主徳川家康の家臣「最後に笑う禿鼠」南條範夫　本能寺・男たちの決断-傑作時代小説 PHP研究所（PHP文庫）2007年2月

坂上 主膳　さかがみ・しゅぜん
最上家家臣、林崎甚助の父の敵「袈裟掛けの太刀-林崎甚助vs坂上主膳」羽山信樹　秘剣・豪剣！武芸決闘記-時代小説傑作選二 新人物往来社 2008年3月

榊 天鬼　さかき・てんき
着流しの素浪人「怨讐女夜叉抄」橋爪彦七　怪奇・伝奇時代小説選集6 清姫・怨霊ばなし 春陽堂書店（春陽文庫）2000年3月

榊原 健吉　さかきばら・けんきち
剣客、幕末には講武所教授方をつとめ維新後明治天皇台覧の下におこなわれた刀による鉢試しで兜を両断した男「明治兜割り」津本陽　武士の本懐〈弐〉-武士道小説傑作選 KKベストセラーズ（ベスト時代文庫）2005年5月；人物日本の歴史 幕末維新編-時代小説版 小学館（小学館文庫）2004年9月

榊原 健吉　さかきばら・けんきち
幕末の剣客、神道無念流の男谷精一郎の弟子「剣客物語」子母澤寛　幕末の剣鬼たち-時代小説傑作選 コスミック出版（コスミック文庫）2009年12月

榊原 健吉　さかきばら・けんきち
幕末の兵法者、直心影流の剣豪　「大きな迷子」杉本苑子　剣狼-幕末を駆けた七人の兵法者　新潮社(新潮文庫)　2007年6月

榊原 鍵吉　さかきばら・けんきち
幕末の剣客、幕臣で講武所剣術教授方　「榊原健吉」綱淵謙錠　人物日本剣豪伝五　学陽書房(人物文庫)　2001年7月

榊原 政岑　さかきばら・まさみね
播州姫路の榊原家の分家の四男だったが藩主政祐の急死でたちまち姫路十五万石を相続することになった男　「鈴木主水」久生十蘭　歴史小説の世紀-天の巻　新潮社(新潮文庫)　2000年9月

坂崎伊豆守　さかざきいずのかみ
戦国武将、大津城主京極高次の重臣　「蛍と呼ぶな」岩井三四二　代表作時代小説 平成十九年度　光文社　2007年6月

坂崎 勘解由　さかざき・かげゆ
津和野藩旧家老坂崎勘兵衛の子　「〈第三番〉小太刀崩し-柳生十兵衛」新宮正春　柳生武芸帳七番勝負-時代小説傑作選一　新人物往来社　2008年3月

坂崎 五郎兵衛　さかざき・ごろべえ
阿波藩の郡代奉行　「人柱」徳永真一郎　侍たちの歳月-新鷹会・傑作時代小説選　光文社(光文社文庫)　2002年6月

坂崎 恒三郎　さかざき・つねさぶろう
阿波藩の郡代奉行坂崎五郎兵衛の息子　「人柱」徳永真一郎　侍たちの歳月-新鷹会・傑作時代小説選　光文社(光文社文庫)　2002年6月

坂崎出羽守 成政　さかざきでわのかみ・なりまさ
津和野藩旧藩主、将軍家に反抗し自刃して果てた男　「〈第三番〉小太刀崩し-柳生十兵衛」新宮正春　柳生武芸帳七番勝負-時代小説傑作選一　新人物往来社　2008年3月

坂崎出羽守 成正　さかざきでわのかみ・なりまさ
戦国武将、石州津和野の城主で大坂落城の際徳川家康の孫娘千姫を救い出した男　「坂崎乱心」滝口康彦　人物日本の歴史 戦国編-時代小説版　小学館(小学館文庫)　2004年3月;鍔鳴り疾風剣B-新選代表作時代小説22　光風社出版(光風社文庫)　2000年11月

坂部 伊織　さかべ・いおり
元但馬国出石仙石家の物書役、浪人杉田庄左衛門の父親の敵　「辻無外」村上元三　人物日本剣豪伝三　学陽書房(人物文庫)　2001年5月

坂部 一郎兵衛(矢太郎)　さかべ・いちろべえ(やたろう)
元旗本の豆腐屋、公儀の探索方犬塚平蔵殺しの真犯人　「貧窮豆腐」東郷隆　愛染夢灯籠-時代小説傑作選　講談社(講談社文庫)　2005年9月

酒巻 源左衛門　さかまき・げんざえもん
柳生一門の使い手　「伊賀の聴恋器」山田風太郎　江戸の爆笑力-時代小説傑作選　集英社(集英社文庫)　2004年12月;恋模様-極め付き時代小説選2　中央公論新社(中公文庫)　2004年10月

坂巻 鶴之助（鶴）　さかまき・つるのすけ（つる）
女剣士、心貫流の遣い手　「柳生連也斎」伊藤桂一　人物日本剣豪伝三　学陽書房（人物文庫）2001年5月

相模屋伊助（伊助）　さがみやいすけ（いすけ）
日蔭町の刀商　「虎徹」司馬遼太郎　江戸三百年を読む 下-傑作時代小説 幕末風雲編　角川学芸出版（角川文庫）2009年9月

坂村 甚内　さかむら・じんない
廃藩改易のあおりを喰って江戸へ流れて来た播州浪人　「逃げる甚内」伊藤桂一　星明かり夢街道-新選代表作時代小説21　光風社出版　2000年5月

坂本 鉉之助　さかもと・げんのすけ
大阪城玉造口定番配下の与力　「短慮暴発」南條範夫　人物日本の歴史 江戸編＜下＞-時代小説版　小学館（小学館文庫）2004年7月

坂本 孫左衛門　さかもと・まござえもん
高島藩領内塚原の豪農　「湖畔の人々」山本周五郎　鎮守の森に鬼が棲む-時代小説傑作選　講談社（講談社文庫）2001年9月

坂本 養川　さかもと・ようせん
信州田沢村の名主の息子で江戸に出て測量術を学び日本全国の開拓事業を見て廻り故郷に帰って来た人　「諏訪二の丸騒動」新田次郎　侍の肖像-信州歴史時代小説傑作集 第二巻　しなのき書房　2007年5月

坂本 竜馬　さかもと・りょうま
土佐藩の郷士の子、江戸に出て剣術修行者として千葉道場に入門した維新の風雲児　「桂小五郎と坂本竜馬」戸部新十郎　龍馬と志士たち　コスミック出版（コスミック文庫）2009年11月

坂本 竜馬　さかもと・りょうま
土佐藩の志士　「武市半兵太」海音寺潮五郎　龍馬と志士たち　コスミック出版（コスミック文庫）2009年11月

坂本 竜馬　さかもと・りょうま
幕臣勝海舟の弟子、土佐藩を脱藩してきた男　「人斬り稼業」三好徹　龍馬と志士たち　コスミック出版（コスミック文庫）2009年11月

坂本 竜馬　さかもと・りょうま
幕末の土佐脱藩志士　「さんずん」神坂次郎　武士道日暦-新鷹会・傑作時代小説選　光文社（光文社文庫）2007年6月

坂本 龍馬　さかもと・りょうま
勤皇の志士、土佐藩浪士　「近江屋に来た男-坂本龍馬暗殺」中村彰彦　必殺!幕末暗殺剣-時代小説傑作選三　新人物往来社　2008年3月

坂本 龍馬　さかもと・りょうま
土佐藩の志士　「刺客」五味康祐　龍馬と志士たち　コスミック出版（コスミック文庫）2009年11月

坂本 龍馬　さかもと・りょうま
土佐藩の志士、海援隊長　「龍(りょう)」　綱淵謙錠　龍馬と志士たち　コスミック出版(コスミック文庫)　2009年11月;幕末京都血風録-傑作時代小説　PHP研究所(PHP文庫)　2007年11月

坂本 龍馬　さかもと・りょうま
土佐藩を脱藩した志士、幕府の要人勝海舟の家を訪ね教えを乞うこととなった男　「勝海舟と坂本龍馬」　邦光史郎　龍馬と志士たち　コスミック出版(コスミック文庫)　2009年11月

坂本 龍馬　さかもと・りょうま
土佐浪士　「坂本龍馬の写真」　伴野朗　龍馬と志士たち　コスミック出版(コスミック文庫)　2009年11月

坂本 龍馬　さかもと・りょうま
墓場から蘇って辻斬りとなった元土佐藩の志士　「蘇生剣」　楠木誠一郎　伝奇城-文庫書下ろし/伝奇時代小説アンソロジー　光文社(光文社文庫)　2005年2月

坂本 龍馬　さかもと・りょうま
幕末の志士、元土佐藩士で北辰一刀流千葉門の門人　「坂本龍馬」　宮地佐一郎　人物日本剣豪伝五　学陽書房(人物文庫)　2001年7月

坂本 龍馬　さかもと・りょうま
幕末の志士、土佐の海援隊長で薩長同盟を斡旋し討幕運動を進展させた人物　「龍馬殺し」　大岡昇平　江戸三百年を読む 下-傑作時代小説 幕末風雲編　角川学芸出版(角川文庫)　2009年9月

坂本 龍馬　さかもと・りょうま
幕末京都市中において暗殺された土佐藩の志士　「龍馬暗殺」　早乙女貢　人物日本の歴史 幕末維新編-時代小説版　小学館(小学館文庫)　2004年9月

坂本 竜馬(才谷 梅太郎)　さかもと・りょうま(さいたに・うめたろう)
土佐藩浪士、神戸海軍操練所幹部のち海援隊隊長　「うそつき小次郎と竜馬」　津本陽　龍馬と志士たち　コスミック出版(コスミック文庫)　2009年11月;剣が哭く夜に哭く-新選代表作時代小説20　光風社出版　2000年1月

相良 庄兵衛　さがら・しょうべえ
戦国武将、信濃の名族津月一族の家老　「寝返りの陣」　南原幹雄　侍の肖像-信州歴史時代小説傑作集第二巻　しなのき書房　2007年5月

相良 隼人之助　さがら・はやとのすけ
戦国武将、信濃の名族津月一族の家老相良庄兵衛の弟　「寝返りの陣」　南原幹雄　侍の肖像-信州歴史時代小説傑作集第二巻　しなのき書房　2007年5月

さき
私娼と変わりない商いをしている谷中の水茶屋「白梅」に勤めだしたばかりの女　「赤い雨」　嵯峨野晶　紅蓮の剣-書下ろし時代小説傑作選5　ミリオン出版(大洋時代文庫)　2005年9月

佐吉　さきち
伊沢町の裏店に住む大工、絵を描くのが好きな女お新を女房にした男 「さびしい水音」 宇江佐真理　万事金の世-時代小説傑作選　徳間書店(徳間文庫)　2006年4月

佐吉　さきち
角兵衛獅子の親方や女衒を経て今戸で金貸しを営む北国者 「雪の精(銭形平次捕物控)」野村胡堂　傑作捕物ワールド第9巻 妖異怪談篇　リブリオ出版　2002年10月

佐吉　さきち
大和郡山藩藩士生田家の中間 「死出の雪-崇禅寺馬場の敵討ち」 隆慶一郎　士道無惨! 仇討ち始末-時代小説傑作選四　新人物往来社　2008年3月

佐吉　さきち
浮世絵師歌川国芳に破門され白魚文(しらおぶん)とよばれる刺青師になった男 「刺青降誕」 仁田義男　職人気質-時代小説アンソロジー4　小学館(小学館文庫)　2007年5月

作吉　さきち
下級武士栂川の中間、不思議な絵師玄兎と出会った本好きな男 「マン・オン・ザ・ムーン」 薄井ゆうじ　散りぬる桜-時代小説招待席　広済堂出版　2004年2月

佐吉(石田 三成)　さきち(いしだ・みつなり)
戦国武将、関ヶ原の戦に敗れ京都六条河原で斬首されようとしている男 「義」 綱淵謙錠　人物日本の歴史 戦国編-時代小説版　小学館(小学館文庫)　2004年3月

左京の方　さきょうのかた
徳川六代将軍家宣の側室で七代将軍家継の生母、元は町医者太田宗円の娘 「絵島の恋」 平岩弓枝　乱世の女たち-信州歴史時代小説傑作集　しなのき書房　2007年9月;大奥華伝　角川書店(角川文庫)　2006年11月

狭霧　さぎり
小藩の藩士亡き山内修三郎の妻 「晩春」 北原亞以子　鎮守の森に鬼が棲む-時代小説傑作選　講談社(講談社文庫)　2001年9月

さく
ご維新後土佐の天浜村に幽閉された長崎の隠れ切支丹を改宗させるために送りこまれた遊女、元は武家の女 「パライゾの寺」 坂東眞砂子　代表作時代小説 平成十八年度　光文社　2006年6月

佐久　さく
三河国刈谷藩の前勘定役の後家 「犬曳き侍」 伊藤桂一　動物-極め付き時代小説選3　中央公論新社(中公文庫)　2004年11月

作吾　さくご
会津を攻囲する新政府軍の土佐藩の人足 「開城の使者」 中村彰彦　春宵 濡れ髪しぐれ-時代小説傑作選　講談社(講談社文庫)　2003年9月

作二　さくじ
江戸の芝居町に潜んでいる山番、忍び 「柳は緑 花は紅」 竹田真砂子　地獄の無明剣-時代小説傑作選　講談社(講談社文庫)　2004年9月

作十　さくじゅう
黒田藩の目薬売り、切支丹で礫投げの名手「武蔵を仆した男」新宮正春　江戸三百年を読む 上-傑作時代小説 江戸騒乱編　角川学芸出版（角川文庫）2009年9月

佐久造　さくぞう
竈職人、神田九軒町代地にある和兵衛親方の家の弟子から入婿になった男「両国橋から」千野隆司　逢魔への誘い-問題小説傑作選6 時代情恋篇　徳間書店（徳間文庫）2000年3月

作兵衛　さくべえ
浅草諏訪町の葉茶屋でめし炊きとして働いている奉公人「こはだの鮓」北原亞以子　紅葉谷から剣鬼が来る-時代小説傑作選　講談社（講談社文庫）2002年9月

佐久間 恪二郎　さくま・かくじろう
新選組隊士、西洋軍学者で尊攘派の浪士たちに暗殺された佐久間象山の息子「影（シャドウ・ボーイ）男」神坂次郎　誠の旗がゆく-新選組傑作選　集英社（集英社文庫）2003年12月

佐久間 恪二郎　さくま・かくじろう
幕末の開国派の重鎮で暗殺された佐久間象山の一子、新選組隊士「おれは不知火」山田風太郎　剣狼-幕末を駆けた七人の兵法者　新潮社（新潮文庫）2007年6月

佐久間 寛斎　さくま・かんさい
芸州広島城主福島正則の咄衆の一人「弓は袋へく福島正則〉」白石一郎　人物日本の歴史 江戸編〈上〉-時代小説版　小学館（小学館文庫）2004年5月

佐久間 象山　さくま・しょうざん
公武合体・開国論者「嘲斎坊とは誰ぞ」小田武雄　江戸の爆笑力-時代小説傑作選　集英社（集英社文庫）2004年12月

佐久間 象山　さくま・しょうざん
信濃松代藩真田家の家臣、松代藩邸の学問所頭取「白昼の斬人剣-佐久間象山暗殺」井口朝生　必殺！幕末暗殺剣-時代小説傑作選三　新人物往来社　2008年3月

佐久間 象山　さくま・ぞうざん
幕末の西洋軍学者、開国論者で尊攘派の浪士たちに暗殺された男「影（シャドウ・ボーイ）男」神坂次郎　誠の旗がゆく-新選組傑作選　集英社（集英社文庫）2003年12月

咲丸　さくまる*
甲賀忍者、豊臣秀吉の天下平定に叛骨を示して入観しなかった北条氏の総帥氏直の子「猿飛佐助の死」五味康祐　神出鬼没！戦国忍者伝-傑作時代小説　PHP研究所（PHP文庫）2009年3月；剣の道忍の掟-信州歴史時代小説傑作集第三巻　しなのき書房　2007年6月

桜井大隅守 吉勝　さくらいおおすみのかみ・よしかつ
常州真壁城主の真壁安芸守氏幹の重臣、桜井一族の頭領「斬り、撃ち、心に棲む-斎藤伝鬼坊vs桜井霞之助」志茂田景樹　秘剣・豪剣！武芸決闘記-時代小説傑作選二　新人物往来社　2008年3月

さくら

桜井 霞之助　さくらい・かすみのすけ
常州真壁城主の真壁安芸守氏幹の重臣で桜井一族の頭領である桜井大隅守吉勝の子「斬り、撃ち、心に棲む-斎藤伝鬼坊vs桜井霞之助」志茂田景樹　秘剣・豪剣!武芸決闘記-時代小説傑作選二　新人物往来社　2008年3月

桜井 五郎助　さくらい・ごろすけ
浪人、常州真壁郡の桜井一族の者「斬り、撃ち、心に棲む-斎藤伝鬼坊vs桜井霞之助」志茂田景樹　秘剣・豪剣!武芸決闘記-時代小説傑作選二　新人物往来社　2008年3月

桜井 左吉　さくらい・さきち
戦国武将、織田軍団の後継者として名乗りを上げた羽柴秀吉軍の将士「一番槍」高橋直樹　斬刃-時代小説傑作選　コスミック出版(コスミック時代文庫)　2005年5月

桜井 捨蔵　さくらい・すてぞう
この春藩の勘定奉行にまで昇りつめた宇野太左衛門がかつて蹴落とした男「九月の瓜」乙川優三郎　代表作時代小説　平成十四年度　光風社出版　2002年5月

桜井 半兵衛　さくらい・はんべえ
元岡山池田家の家臣渡部数馬の敵河合又五郎の妹婿、尼崎藩浪人「胡蝶の舞い-伊賀鍵屋の辻の決闘」黒部亨　士道無惨!仇討ち始末-時代小説傑作選四　新人物往来社　2008年3月

桜井 与惣兵衛　さくらい・よそべえ*
水戸藩士、神道無念流の使い手で藩の師範「無明剣客伝」早乙女貢　星明かり夢街道-新選代表作時代小説21　光風社出版　2000年5月

桜木 咲之進　さくらぎ・さきのしん
若い武士、旗本桜木剣之助の息子「大江戸花見侍」清水義範　江戸の爆笑力-時代小説傑作選　集英社(集英社文庫)　2004年12月

佐倉 俊斎　さくら・しゅんさい
産科医の加納了善の医学校時代からの友達「沃子誕生」渡辺淳一　異色歴史短篇傑作大全　講談社　2003年11月

佐倉 四郎　さくら・しろう
竜造寺家の家臣、出奔後乱発の首領から一国一城の主となった武士「影を売った武士」戸川幸夫　怪奇・怪談時代小説傑作選　徳間書店(徳間文庫)　2004年9月

桜田 郁之助　さくらだ・いくのすけ
城の奥方の命を受け宿下がり中の腰元を見舞う旅に出た末輩の藩士「藤の咲くころ」伊藤桂一　江戸色恋坂-市井情話傑作選　学習研究社(学研M文庫)　2005年8月

桜谷 俊助　さくらだに・しゅんすけ
東京に出た鳥居耀蔵(林頑固斎)が身を寄せた旧旗本木村家に仕える若者「東京南町奉行」山田風太郎　傑作捕物ワールド第6巻　名奉行篇　リブリオ出版　2002年10月

佐倉 主水正　さくら・もんどのしょう
北条一族の城主「影を売った武士」戸川幸夫　怪奇・怪談時代小説傑作選　徳間書店(徳間文庫)　2004年9月

ささき

下針　さげばり
紀州雑賀党の射撃の名手　「左目の銃痕-雑賀孫市」　新宮正春　戦国忍者武芸帳-時代小説傑作選五　新人物往来社　2008年3月

佐五平　さごへい
陸奥相馬家の家来で参勤交代の宿割役人を務める絹川弥三右衛門の槍持ち　「槍持ち佐五平の首」　佐藤雅美　江戸の漫遊力-時代小説傑作選　集英社(集英社文庫)　2008年12月

左近　さこん
阿波国の狸を司る狸　「戦国狸」　村上元三　動物-極め付き時代小説選3　中央公論新社(中公文庫)　2004年11月

左近(お佐枝)　さこん(おさえ)
四天王寺門前の饅頭屋「高麗屋」の娘、男の形で大坂四天王寺の楽人・東儀左近将監を名乗る女　「禁書売り」　築山桂　撫子が斬る-女性作家捕物帳アンソロジー　光文社(光文社文庫)　2005年9月

左近 雅春　さこん・まさはる
石州浜田六万石の領主松平周防守の嫡男　「真説かがみやま」　杉本苑子　仇討ち-時代小説アンソロジー1　小学館(小学館文庫)　2006年12月

笹井 新九郎　ささい・しんくろう
小藩の馬廻組の武士、剣客　「放し討ち柳の辻」　滝口康彦　小説「武士道」-時代小説短編傑作選　三笠書房(知的生きかた文庫)　2008年11月

小江　さざえ
美しい腰元　「赤西蠣太」　志賀直哉　時代劇原作選集-あの名画を生みだした傑作小説　双葉社(双葉文庫)　2003年12月

佐々木 愛次郎　ささき・あいじろう
新選組の「隊中美男五人衆」の一人　「隊中美男五人衆」　子母澤寛　誠の旗がゆく-新選組傑作選　集英社(集英社文庫)　2003年12月

佐々木 源吉　ささき・げんきち
新政府軍に攻囲された籠城会津藩士　「開城の使者」　中村彰彦　春宵 濡れ髪しぐれ-時代小説傑作選　講談社(講談社文庫)　2003年9月

佐々木 剣之助　ささき・けんのすけ
旗本仲間でも指折りの剣客　「藤馬は強い」　湊邦三　大江戸の歳月-新鷹会・傑作時代小説選　光文社(光文社文庫)　2003年6月

佐々木 小次郎　ささき・こじろう
青年武士、中条流の富田勢源の家人　「真説 佐々木小次郎」　五味康祐　剣聖-乱世に生きた五人の兵法者　新潮社(新潮文庫)　2006年10月

佐々木 小次郎　ささき・こじろう
美貌の少年剣士、豊前の剣客佐々木岩流の一人息子で天下の剣客鐘巻自斎の愛弟子　「秘法燕返し」　朝松健　伝奇城-文庫書下ろし/伝奇時代小説アンソロジー　光文社(光文社文庫)　2005年2月

ささき

佐々木 小次郎　ささき・こじろう
武芸者、豊前と長門の境にある船島(巌流島)で宮本武蔵と試合をした男　「武蔵と小次郎」　堀内万寿夫　紅蓮の翼-異彩時代小説撰　叢文社　2007年8月

佐々木 小次郎(巌流)　ささき・こじろう(がんりゅう)
剣客、富田勢源の門弟　「巌流小次郎秘剣斬り 武蔵羅切」　新宮正春　宮本武蔵伝奇-時代小説セレクション　勉誠出版　2002年12月

佐々木 新三郎(石井 兵助)　ささき・しんざぶろう(いしい・ひょうすけ)
旧幕時代の旗本の三男坊で榎本武揚に私怨をもつ者　「桜十字の紋章」　平岩弓枝　代表作時代小説 平成二十年度　光文社　2008年6月

笹木 仙十郎　ささき・せんじゅうろう
本所廻同心、千竜の俳号を持つ芭蕉の直弟子　「初しぐれ」　新宮正春　江戸宵闇しぐれ-人情捕物帳傑作選二　学習研究社(学研M文庫)　2005年3月

佐々木 只三郎　ささき・ただざぶろう
旗本、徳川軍の京都市中見廻組与頭　「まよい蛍」　早乙女貢　鎮守の森に鬼が棲む-時代小説傑作選　講談社(講談社文庫)　2001年9月

佐々木 只三郎　ささき・ただざぶろう
旧幕臣、京都見廻組与頭　「近江屋に来た男-坂本龍馬暗殺」　中村彰彦　必殺!幕末暗殺剣-時代小説傑作選三　新人物往来社　2008年3月

佐々木 只三郎　ささき・ただざぶろう
精武流の剣術家で講武所助教授、幕臣佐々木矢太夫の養子　「ごめんよ」　池波正太郎　感涙-人情時代小説傑作選　KKベストセラーズ(ベスト時代文庫)　2004年11月

佐々木 只三郎　ささき・ただざぶろう
幕臣、幕末に京都見廻組与頭となり坂本龍馬を斬ったといわれる武士　「龍馬暗殺」　早乙女貢　人物日本の歴史 幕末維新編-時代小説版　小学館(小学館文庫)　2004年9月

佐々木 唯三郎　ささき・ただざぶろう
幕臣、講武所教授方に抜擢されのち京都見廻組組頭として新選組とともに京都市中で血の雨をふらせた剣客　「奇妙なり八郎」　司馬遼太郎　時代劇原作選集-あの名画を生みだした傑作小説　双葉社(双葉文庫)　2003年12月

佐々木 唯三郎　ささき・ただざぶろう
幕臣、幕府が募集した浪士隊の世話係となった剣客　「佐々木唯三郎」　戸川幸夫　武士道歳時記-新鷹会・傑作時代小説選　光文社(光文社文庫)　2008年6月;人物日本剣豪伝五　学陽書房(人物文庫)　2001年7月

佐々木 豊彦　ささき・とよひこ
藩の工費を着服して江戸に出奔した家中随一の剣客箕島宗太郎の探索を命じられた徒目付　「ささら波」　安住洋子　代表作時代小説 平成二十一年度　光文社　2009年6月

佐々木 盛綱　ささき・もりつな
越後の城氏の居城鳥坂城を攻撃した鎌倉幕府軍の総大将　「坂額と浅利与一」　畑川皓紅蓮の翼-異彩時代小説撰　叢文社　2007年8月

佐々木 義賢　ささき・よしかた
南近江の守護大名六角佐々木氏の主君 「忍びの砦-伊賀崎道順」 今村実　戦国忍者武芸帳-時代小説傑作選五　新人物往来社　2008年3月

笹子錦太夫 政明（錦太夫）　ささこきんだゆう・まさあき＊（きんだゆう）
笹子家の婿、ボロ家老と綽名される城代家老 「ボロ家老は五十五歳」 穂積驚　江戸の老人力-時代小説傑作選　集英社（集英社文庫）　2002年12月

佐々島 俊蔵　ささじま・しゅんぞう＊
京都南町奉行所与力、ある大藩の京屋敷から紛失した宝刀捜しを頼まれた男 「金梨子地空鞘判断（若さま侍捕物手帖）」 城昌幸　傑作捕物ワールド第3巻 人気侍篇　リブリオ出版　2002年10月

笹沼 与左衛門　ささぬま・よざえもん
会津藩郡奉行 「第二の助太刀」 中村彰彦　偉人八傑推理帖-名探偵時代小説　双葉社（双葉文庫）　2004年7月

佐々野 平伍　ささの・へいご
徳川譜代最後の血戦を西国勢にいどんだ小藩黒菅藩の御徒目付 「末期の水」 田宮虎彦　歴史小説の世紀-天の巻　新潮社（新潮文庫）　2000年9月

笹原 伊三郎　ささはら・いさぶろう
会津藩士 「拝領妻始末」 滝口康彦　女人-時代小説アンソロジー2　小学館（小学館文庫）　2007年2月

笹原 文蔵　ささはら・ぶんぞう
会津藩士笹原伊三郎の次男 「拝領妻始末」 滝口康彦　女人-時代小説アンソロジー2　小学館（小学館文庫）　2007年2月

笹原 与五郎　ささはら・よごろう
会津藩士笹原伊三郎の嫡男 「拝領妻始末」 滝口康彦　女人-時代小説アンソロジー2　小学館（小学館文庫）　2007年2月

篠村 主馬　ささむら・しゅめ＊
長崎奉行所同心、江戸表へ象を護送する責任者の一人の武士 「ああ三百七十里」 杉本苑子　江戸の漫遊力-時代小説傑作選　集英社（集英社文庫）　2008年12月；極め付き時代小説選3 動物　中央公論新社（中公文庫）　2004年11月

佐七　さしち
岡っ引、人形という異名のあるほど男振りの捕り物の名人 「捕物三つ巴（人形佐七捕物帳）」 横溝正史　傑作捕物ワールド第1巻 岡っ引き篇　リブリオ出版　2002年10月

佐七　さしち
加賀藩主前田吉徳の側用人大槻伝蔵の配下の者で探索に手慣れた男 「加賀騒動」 安部龍太郎　江戸三百年を読む 下-傑作時代小説 幕末風雲編　角川学芸出版（角川文庫）　2009年9月

佐嶋 忠介　さじま・ちゅうすけ
与力 「むかしの男」 池波正太郎　江戸浮世風-人情捕物帳傑作選　学習研究社（学研M文庫）　2004年8月

佐十郎　さじゅうろう
深川佐賀町にある干鰯問屋「日高屋」の主人、おりきの夫　「橋を渡って」　北原亞以子　江戸の秘恋-時代小説傑作選　徳間書店(徳間文庫)　2004年10月

佐助　さすけ
京都三条の茶商増山家の奉公人、三絃の名手増山永斎の弟子　「花の名残」　村上元三　人情草紙-信州歴史時代小説傑作集第四巻　しなのき書房　2007年7月

佐助　さすけ
蛍小路でお上の十手を預かる御用聞きのお小夜の父親　「三本指の男」　久世光彦　情けがからむ朱房の十手-傑作時代小説　PHP研究所(PHP文庫)　2009年1月

佐助　さすけ
忍者、九度山麓に暮らす主君真田幸村から老忍者の百々地三太夫を味方につけるよう命じられた男　「百々地三太夫」　柴田錬三郎　神出鬼没!戦国忍者伝-傑作時代小説　PHP研究所(PHP文庫)　2009年3月

佐助　さすけ
忍者、戦国武将真田幸村の十人の股肱の一人　「真田十勇士」　柴田錬三郎　剣の道 忍の掟-信州歴史時代小説傑作集第三巻　しなのき書房　2007年6月

佐助　さすけ
美濃大垣城下の豆腐屋「美濃屋」の小僧　「師走狐」　澤田ふじ子　万事金の世-時代小説傑作選　徳間書店(徳間文庫)　2006年4月;動物-極め付き時代小説選3　中央公論新社(中公文庫)　2004年11月

佐世 得十郎　させ・とくじゅうろう
江戸で暮らす貧乏浪人、豊臣家の遺臣　「一念不退転」　海音寺潮五郎　武士の本懐〈弐〉-武士道小説傑作選　KKベストセラーズ(ベスト時代文庫)　2005年5月

左太　さた*
長崎奉行松平図書頭康平の供の者・九造が育てたオランダ人と日本娘の双子の混血児　「長崎奉行始末」　柴田錬三郎　武士の本懐〈弐〉-武士道小説傑作選　KKベストセラーズ(ベスト時代文庫)　2005年5月

定吉　さだきち
岡っ引　「春宮冊子畸聞」　木村哲二　釘抜藤吉捕物覚書-捕物時代小説選集4　春陽堂書店(春陽文庫)　2000年5月

定吉　さだきち
江戸っ子の道具鍛冶　「江戸鍛冶注文帳」　佐江衆一　春宵 濡れ髪しぐれ-時代小説傑作選　講談社(講談社文庫)　2003年9月

定吉　さだきち
江戸の凧師、深川仙台堀の裏長屋に独り住まいする男　「笑い凧」　佐江衆一　逆転 時代アンソロジー　祥伝社(祥伝社文庫)　2000年5月

佐竹 貫之丞　さたけ・かんのじょう
明治年間に高知の椎葉村で親族六人を殺害して自害した士族　「虫の声」　坂東眞砂子　代表作時代小説 平成十九年度　光文社　2007年6月

貞七　さだしち
武家の堀江家の小者「刈萱」安西篤子　時代小説-読切御免第一巻　新潮社(新潮文庫)　2004年3月

定七(万七)　さだしち(まんしち)
一人暮らしの女ばかりを狙う騙り「残り火」北原亞以子　万事金の世-時代小説傑作選　徳間書店(徳間文庫)　2006年4月;剣の意地 恋の夢-時代小説傑作選　講談社(講談社文庫)　2000年9月

定次郎　さだじろう
ぼて振り、日本橋の呉服屋「越前屋」の二男で腹違いの兄に店を継がせるためにわざと勘当された男「釣忍」山本周五郎　親不幸長屋-人情時代小説傑作選　新潮社(新潮文庫)　2007年7月

定次郎(天馬の定次郎)　さだじろう(てんまのさだじろう)
定廻り同心の太田原藤七が手札を与えている岡っ引「密室-定廻り同心十二人衆」笹沢左保　代表作時代小説 平成十五年度　光風社出版　2003年5月

貞近　さだちか
駿府の道場主の次男で幼少の頃より目に余る行為に終始し妖物と成り果てた男「異聞胸算用」平山夢明　伝奇城-文庫書下ろし/伝奇時代小説アンソロジー　光文社(光文社文庫)　2005年2月

佐太郎　さたろう
ぼて振りの定次郎の腹違いの兄で日本橋の呉服屋「越前屋」の総領息子「釣忍」山本周五郎　親不幸長屋-人情時代小説傑作選　新潮社(新潮文庫)　2007年7月

早竹(竹念坊)　さちく(ちくねんぼう)
京の六角堂にいたかたり「牛」山本周五郎　動物-極め付き時代小説選3　中央公論新社(中公文庫)　2004年11月

五月　さつき
神道流の道場主の妻、父の門弟だった志水直之進を姉の奈津から奪った女「磯波」乙川優三郎　花ふぶき-時代小説傑作選　角川春樹事務所(ハルキ文庫)　2004年7月

佐々 淳次郎　さっさ・じゅんじろう
肥後藩士、尊皇攘夷運動に従事した河上彦斎の同志「人斬り彦斎」海音寺潮五郎　幕末の剣鬼たち-時代小説傑作選　コスミック出版(コスミック文庫)　2009年12月

佐々 成政　さっさ・なりまさ
戦国武将、徳川家康に会うため雪の立山越えを強行した越中領主「佐々成政の北アルプス越え」新田次郎　武将列伝-信州歴史時代小説傑作集第一巻　しなのき書房　2007年4月

佐々 祐之進　さっさ・ゆうのしん*
志摩藩九亀家の若い武士、水軍奉行・倉館朝山の門弟中一番の末輩「身代わり切腹」郡順史　代表作時代小説 平成十三年度　光風社出版　2001年5月

さっし

察しのお小夜　さっしのおさよ
蛍小路でお上の十手を預かる御用聞きの姐さん「三本指の男」久世光彦　情けがからむ朱房の十手-傑作時代小説　PHP研究所(PHP文庫)　2009年1月

殺手姫　さでひめ
京都の公卿万里小路の姫「萩寺の女」久生十蘭　偉人八傑推理帖-名探偵時代小説　双葉社(双葉文庫)　2004年7月

さと
信州矢崎の藩主堀家の家臣飯倉修蔵の長女、暴君安高の命で贈りものとして田沼意次の子息意知に献上された娘「被虐の系譜-武士道残酷物語」南條範夫　時代劇原作選集-あの名画を生みだした傑作小説　双葉社(双葉文庫)　2003年12月

さと
徒士組市村家の嫁「花の顔」乙川優三郎　愛染夢灯籠-時代小説傑作選　講談社(講談社文庫)　2005年9月

佐登　さと
明智光秀の娘で織田信長に謀叛した荒木村重の嫡子新五郎村次の嫁であった女性「優しい侍」東秀紀　異色歴史短篇傑作大全　講談社　2003年11月

座頭　ざとう
利根川の渡し場にあらわれた座頭、元は奥州筋のある藩の若党「利根の渡」岡本綺堂　怪奇・怪談時代小説傑作選　徳間書店(徳間文庫)　2004年9月;怪奇・伝奇時代小説選集12 血塗りの呪法　春陽堂書店(春陽文庫)　2000年9月

座頭市　ざとういち
下総飯岡のやくざ石渡助五郎のところにいた盲目の子分「座頭市物語」子母沢寛　時代劇原作選集-あの名画を生みだした傑作小説　双葉社(双葉文庫)　2003年12月

佐藤 新太郎　さとう・しんたろう
武州日野宿出身で天然理心流の門人、乞食姿になって近藤勇の最後を見届けた若者「勇の首」東郷隆　代表作時代小説 平成十六年度　光風社出版　2004年4月

佐藤 忠信　さとう・ただのぶ
源義経の忠義な家来で都落ちの義経の身代わりとなった武士「静御前」西條八十　源義経の時代-短篇小説集　作品社　2004年10月

佐藤 忠信　さとう・ただのぶ
都落ちの源義経に付き従った側近の郎党「吉野の嵐」山田智彦　源義経の時代-短篇小説集　作品社　2004年10月

里江　さとえ
瀬戸村庄屋後藤茂助の末女「破門」羽山信樹　幻の剣鬼 七番勝負-傑作時代小説　PHP研究所(PHP文庫)　2008年5月;秘剣舞う-剣豪小説の世界　学習研究社(学研M文庫)　2002年11月

里美　さとみ
愛洲陰流の兵法者安田勘解由左衛門の娘で鬼神秋月常陸介を追い続ける三人のひとり「鬼神の弱点は何処に」笹沢左保　七人の十兵衛-傑作時代小説　PHP研究所(PHP文庫)　2007年11月

里見　平八郎　さとみ・へいはちろう
修験者、須永流修験道の須永柳玄師の弟子「血塗りの呪法」野村敏雄　怪奇・伝奇時代小説選集12 血塗りの呪法　春陽堂書店(春陽文庫)　2000年9月

里見　又之助　さとみ・またのすけ
修験者里見平八郎の兄、修験の家督を平八郎にゆずって城中に出仕した男「血塗りの呪法」野村敏雄　怪奇・伝奇時代小説選集12 血塗りの呪法　春陽堂書店(春陽文庫)　2000年9月

里村　藤之助　さとむら・ふじのすけ
山形城主最上義光の嫡子義康の近侍「霧の城」南條範夫　東北戦国志-傑作時代小説　PHP研究所(PHP文庫)　2009年9月

サナ
樋口奈津(一葉)といっしょに中島歌子の主宰する歌塾「萩の舎」に入門した良家のお嬢さん「命毛」出久根達郎　代表作時代小説 平成十八年度　光文社　2006年6月

早苗　さなえ
大垣武兵衛の娘、伊予松山藩山奉行書役柿生昌平の許嫁「嘲斎坊とは誰ぞ」小田武雄　江戸の爆笑力-時代小説傑作選　集英社(集英社文庫)　2004年12月

早苗　さなえ
不忍池の畔で御里炎四郎が買った武家の妻「江戸に消えた男」鳴海丈　斬刃-時代小説傑作選　コスミック出版(コスミック時代文庫)　2005年5月

早苗　さなえ
兵法者名張虎眼を仇として敵討ちを念願している若者の許婚者「剣技凄絶 孫四郎の休日」永岡慶之助　柳生秘剣伝奇-時代小説セレクション　勉誠出版　2002年12月

早苗　さなえ
北条一族の佐倉主水正の一人娘「影を売った武士」戸川幸夫　怪奇・怪談時代小説傑作選　徳間書店(徳間文庫)　2004年9月

佐梨　幸二郎　さなし・こうじろう
越後国主で春日山城主上杉謙信の家臣「忍法短冊しぐれ-加藤段蔵」光瀬龍　戦国忍者武芸帳-時代小説傑作選五　新人物往来社　2008年3月

真田伊豆守　信之　さなだいずのかみ・のぶゆき
真田家の隠居、戦国の世に徳川家康に味方して家名を存続させた稀代の名君「獅子の眠り」池波正太郎　機略縦横!真田戦記-傑作時代小説　PHP研究所(PHP文庫)　2008年7月

真田　大助幸安　さなだ・だいすけゆきやす
戦国武将、大坂方の軍師真田幸村の嫡子「真田の蔭武者」大佛次郎　軍師の生きざま-短篇小説集　作品社　2008年11月

さなだ

真田 信安　さなだ・のぶやす
信州松代藩真田家の六代藩主「田村騒動」海音寺潮五郎　侍の肖像-信州歴史時代小説傑作集第二巻　しなのき書房　2007年5月

真田 信幸　さなだ・のぶゆき
戦国武将、信州上田城主真田昌幸の長男で沼田城主となった男「龍吟の剣」宮本昌孝　機略縦横!真田戦記-傑作時代小説　PHP研究所(PHP文庫)　2008年7月

真田 信幸　さなだ・のぶゆき
戦国武将、信州上田城主真田昌幸の長男で上州沼田城主となった男「男の城」池波正太郎　軍師の生きざま-時代小説傑作選　コスミック出版(コスミック文庫)　2008年11月

真田 信之　さなだ・のぶゆき
戦国武将、関ケ原の合戦以来敵味方に別れた真田兄弟の兄で徳川方の将「信濃大名記」池波正太郎　武将列伝-信州歴史時代小説傑作集第一巻　しなのき書房　2007年4月;大江戸の歳月-新鷹会・傑作時代小説選　光文社(光文社文庫)　2003年6月

真田 信之　さなだ・のぶゆき
戦国武将、真田昌幸の嫡子で上野の沼田城の守将「本多忠勝の女(むすめ)」井上靖　乱世の女たち-信州歴史時代小説傑作集　しなのき書房　2007年9月;戦国女人十一話　作品社　2005年11月

真田 信之　さなだ・のぶゆき
戦国武将、真田昌幸の嫡男で幸村の兄「守り通した家門」安西篤子　武将列伝-信州歴史時代小説傑作集第一巻　しなのき書房　2007年4月

真田 信之　さなだ・のぶゆき
戦国武将、本多平八郎忠勝の娘で徳川家康の養女・小松の夫「真田信之の妻-小松」池波正太郎　乱世の女たち-信州歴史時代小説傑作集第五巻　しなのき書房　2007年9月

真田 範之助　さなだ・はるのすけ*
江戸三大道場の一つ玄武館の塾頭、維新動乱の中塾生を率いて筑波山挙兵に加わろうとした男「真田範之助」長谷川伸　花と剣と侍-新鷹会・傑作時代小説選　光文社(光文社文庫)　2009年6月

真田 昌幸　さなだ・まさゆき
戦国武将、関ヶ原の役で豊臣方についた武人「真田信之の妻-小松」池波正太郎　乱世の女たち-信州歴史時代小説傑作集第五巻　しなのき書房　2007年9月

真田 昌幸　さなだ・まさゆき
戦国武将、元信州上田城主で真田幸村の父親「戦国無頼」池波正太郎　剣の道忍の掟-信州歴史時代小説傑作集第三巻　しなのき書房　2007年6月

真田 昌幸　さなだ・まさゆき
戦国武将、信州上田城主で真田信幸・幸村兄弟の父「龍吟の剣」宮本昌孝　機略縦横!真田戦記-傑作時代小説　PHP研究所(PHP文庫)　2008年7月

真田 昌幸　さなだ・まさゆき
戦国武将、信州先方衆真田幸隆の三男「一眼月の如し-山本勘介」戸部新十郎　戦国軍師列伝-時代小説傑作選六　新人物往来社　2008年3月;武将列伝-信州歴史時代小説傑作集第一巻　しなのき書房　2007年4月

真田 昌幸　さなだ・まさゆき
戦国武将、信濃の上田城主で豊臣秀吉の家臣「本多忠勝の女(むすめ)」井上靖　乱世の女たち-信州歴史時代小説傑作集　しなのき書房　2007年9月;戦国女人十一話　作品社　2005年11月

真田 昌幸　さなだ・まさゆき
戦国武将、真田幸隆の三男で信州上田城主「男の城」池波正太郎　軍師の生きざま-時代小説傑作選　コスミック出版(コスミック文庫)　2008年11月

真田 昌幸　さなだ・まさゆき
戦国武将、真田幸隆の三男で武田晴信(信玄)の小姓「くノ一懺悔-望月千代女」永岡慶之助　戦国忍者武芸帳-時代小説傑作選五　新人物往来社　2008年3月;剣の道忍の掟-信州歴史時代小説傑作集第三巻　しなのき書房　2007年6月

真田 昌幸　さなだ・まさゆき
戦国武将、真田幸隆の子で真田家を嗣ぎ信州上田城主となった男「徳川軍を二度破った智将」南條範夫　機略縦横!真田戦記-傑作時代小説　PHP研究所(PHP文庫)　2008年7月;武将列伝-信州歴史時代小説傑作集第一巻　しなのき書房　2007年4月

真田 幸隆　さなだ・ゆきたか
戦国武将、信濃の小領主だったが武田信虎たちとの戦に敗れ上州に敗走した将「謀略の譜」広瀬仁紀　機略縦横!真田戦記-傑作時代小説　PHP研究所(PHP文庫)　2008年7月

真田 幸隆　さなだ・ゆきたか
戦国武将、武田家家臣で信濃先方衆「くノ一懺悔-望月千代女」永岡慶之助　戦国忍者武芸帳-時代小説傑作選五　新人物往来社　2008年3月;剣の道忍の掟-信州歴史時代小説傑作集第三巻　しなのき書房　2007年6月

真田 幸綱　さなだ・ゆきつな
戦国武将、真田幸村の嫡子で大坂夏の陣で豊臣秀頼の側に従った若者「真田影武者」井上靖　軍師の生きざま-時代小説傑作選　コスミック出版(コスミック文庫)　2008年11月;機略縦横!真田戦記-傑作時代小説　PHP研究所(PHP文庫)　2008年7月

真田 幸村　さなだ・ゆきむら
戦国武将、関ケ原の合戦以来敵味方に別れた真田兄弟の弟で豊臣方の部将「信濃大名記」池波正太郎　武将列伝-信州歴史時代小説傑作集第一巻　しなのき書房　2007年4月;大江戸の歳月-新鷹会・傑作時代小説選　光文社(光文社文庫)　2003年6月

真田 幸村　さなだ・ゆきむら
戦国武将、関ケ原の戦で西軍へ与して紀州高野山麓の九度山へ蟄居となった男「闇の中の声」池波正太郎　武士道日暦-新鷹会・傑作時代小説選　光文社(光文社文庫)　2007年6月

さなだ

真田 幸村　さなだ・ゆきむら
戦国武将、信州上田城主真田昌幸の次男 「徳川軍を二度破った智将」 南條範夫　機略縦横!真田戦記-傑作時代小説　PHP研究所(PHP文庫)　2008年7月;武将列伝-信州歴史時代小説傑作集第一巻　しなのき書房　2007年4月

真田 幸村　さなだ・ゆきむら
戦国武将、信州上田城主真田昌幸の次男 「龍吟の剣」 宮本昌孝　機略縦横!真田戦記-傑作時代小説　PHP研究所(PHP文庫)　2008年7月

真田 幸村　さなだ・ゆきむら
戦国武将、大坂の戦豊臣方の将 「戦国無頼」 池波正太郎　剣の道忍の掟-信州歴史時代小説傑作集第三巻　しなのき書房　2007年6月

真田 幸村　さなだ・ゆきむら
戦国武将、大坂夏の陣大坂方の将 「真田影武者」 井上靖　軍師の生きざま-時代小説傑作選　コスミック出版(コスミック文庫)　2008年11月;機略縦横!真田戦記-傑作時代小説　PHP研究所(PHP文庫)　2008年7月

真田 幸村　さなだ・ゆきむら
戦国武将、大坂城入りした豊臣方の軍略家 「軍師二人」 司馬遼太郎　武将列伝-信州歴史時代小説傑作集第一巻　しなのき書房　2007年4月;軍師の死にざま-短篇小説集　作品社　2006年10月

真田 幸村　さなだ・ゆきむら
戦国武将、大坂冬の陣で大坂城に入った応募の諸将の一人 「真田十勇士」 柴田錬三郎　剣の道 忍の掟-信州歴史時代小説傑作集第三巻　しなのき書房　2007年6月

真田 幸村　さなだ・ゆきむら
戦国武将、大坂方の軍師 「真田の蔭武者」 大佛次郎　軍師の生きざま-短篇小説集　作品社　2008年11月

真田 幸村　さなだ・ゆきむら
戦国武将、豊臣家の客将として大坂夏の陣といわれる合戦で徳川軍と戦った男 「真田幸村」 今川徳三　紅蓮の翼-異彩時代小説撰　叢文社　2007年8月

真田 幸村　さなだ・ゆきむら
戦国武将、豊臣秀頼の懇請にこたえ紀州九度山から大坂城に入城した将 「旗は六連銭」 滝口康彦　機略縦横!真田戦記-傑作時代小説　PHP研究所(PHP文庫)　2008年7月

真田 幸村　さなだ・ゆきむら
豊臣臣下の智将 「猿飛佐助の死」 五味康祐　神出鬼没!戦国忍者伝-傑作時代小説　PHP研究所(PHP文庫)　2009年3月;剣の道忍の掟-信州歴史時代小説傑作集第三巻　しなのき書房　2007年6月

佐沼の久七　さぬまのきゅうしち
渋谷に住む独りばたらきの盗賊を周旋する口合人 「鬼平犯科帳 女密偵女賊」 池波正太郎　花ごよみ夢一夜-新選代表作時代小説24　光風社出版(光風社文庫)　2001年11月

さへえ

佐野島 夏子(サナ)　さのしまなつこ(さな)
樋口奈津(一葉)といっしょに中島歌子の主宰する歌塾「萩の舎」に入門した良家のお嬢さん　「命毛」出久根達郎　代表作時代小説　平成十八年度　光文社　2006年6月

佐野 七五三之助　さの・しめのすけ
新選組隊士、伊東甲子太郎の一派で尾張藩浪士　「雨夜の暗殺-新選組の落日」船山馨　新選組興亡録　角川書店(角川文庫)　2008年9月;誠の旗がゆく-新選組傑作選　集英社(集英社文庫)　2003年12月

佐野 甚三衛門　さの・じんざえもん
長府藩勘定方頭取、財政悪化の憎まれ役を背負わされた男　「春雪の門」古川薫　女人-時代小説アンソロジー2　小学館(小学館文庫)　2007年2月

佐野 善佐衛門政言　さの・ぜんざえもんまさこと
御新番役の佐野家の家臣、成り上がりものの田沼家が佐野家の家来筋であるという証拠の家系図を持参した武士　「邪鬼」稲葉稔　伝奇城-文庫書下ろし/伝奇時代小説アンソロジー　光文社(光文社文庫)　2005年2月

佐野 政言　さの・まさこと
新御番組の旗本、江戸城中にて老中田沼意次の嫡男意知を刺殺した武士　「世直し大明神」安部龍太郎　人物日本の歴史 江戸編〈下〉-時代小説版　小学館(小学館文庫)　2004年7月

佐原 三郎次　さはら・さぶろうじ
江戸町奉行所の町方同心、大和川喜八郎の同輩　「貧乏同心御用帳(南蛮船)」柴田錬三郎　捕物小説名作選一　集英社(集英社文庫)　2006年8月

佐原 太郎　さはら・たろう*
新選組から分離脱盟した高台寺党の御陵衛士、阿部十郎の同志　「墨染」東郷隆　時代小説 読切御免第三巻　新潮社(新潮文庫)　2005年12月;誠の旗がゆく-新選組傑作選　集英社(集英社文庫)　2003年12月

佐分 儀兵衛　さぶ・ぎへえ
加賀百二万石前田家の支藩大聖寺藩の家老　「受城異聞記」池宮彰一郎　小説「武士道」-時代小説短編傑作選　三笠書房(知的生きかた文庫)　2008年11月

三郎　さぶろう
小藩の勘定方太田与兵衛の息子　「白魚橋の仇討」山本周五郎　紅葉谷から剣鬼が来る-時代小説傑作選　講談社(講談社文庫)　2002年9月

佐兵衛　さへえ
下谷車坂の榊原道場近くの風呂屋の主人、榊原健吉の撃剣会興行に出資した男　「大きな迷子」杉本苑子　剣狼-幕末を駆けた七人の兵法者　新潮社(新潮文庫)　2007年6月

佐兵衛　さへえ
村の百姓、真帆の夫　「鳴るが辻の怪」杉本苑子　怪奇・怪談時代小説傑作選　徳間書店(徳間文庫)　2004年9月

佐兵衛　さへえ
備後久井で詩人で書家の頼山陽の名を騙り贋作を書いている男　「非利法権天」　見延典子　代表作時代小説　平成二十一年度　光文社　2009年6月

寒井 千種（天野 宗一郎）　さむい・ちぐさ*（あまの・そういちろう）
旅籠「かわせみ」の客で長崎から江戸に来たという若い医者、実は将軍家御典医天野宗伯の息子　「美男の医者」　平岩弓枝　鍔鳴り疾風剣-新選代表作時代小説22　光風社出版（光風社文庫）　2000年11月

サムライ
生きたすっぽん一匹を都合して来て淀川をのぼる舟に乗りこんだサムライ　「前身」　石川淳　歴史小説の世紀-天の巻　新潮社（新潮文庫）　2000年9月

武士　さむらい
東海の名代の天狗である秋葉の行者が箱根の山に引っ攫った武士　「妖魔の辻占」　泉鏡花　怪奇・伝奇時代小説選集7 幽明鏡草紙　春陽堂書店（春陽文庫）　2000年4月

左門　さもん
柳生新陰流の総帥柳生宗矩の息子、将軍徳川家光の小姓　「柳枝の剣」　隆慶一郎　小説「武士道」-時代小説短編傑作選　三笠書房（知的生きかた文庫）　2008年11月；柳生武芸帳七番勝負-時代小説傑作選一　新人物往来社　2008年3月

左文字 小弥太　さもんじ・こやた
貧乏旗本左文字家の若隠居、深川で春を売る隠し売女たちの用心棒となった男　「べらぼう村正」　都筑道夫　星明かり夢街道-新選代表作時代小説21　光風社出版　2000年5月

さよ
城の奥方の命を受け宿下がり中の腰元の見舞で庄屋の家に来た藩士桜田郁之助の世話係となった美しい女　「藤の咲くころ」　伊藤桂一　江戸色恋坂-市井情話傑作選　学習研究社（学研M文庫）　2005年8月

さよ
藩の勘定吟味役・磐井威一郎の子を身籠った下女　「蝦蟇の恋-江戸役職白書・養育目付」　岳宏一郎　代表作時代小説　平成十六年度　光風社出版　2004年4月

佐代　さよ
小藩の馬廻組笹井新九郎の妻　「放し討ち柳の辻」　滝口康彦　小説「武士道」-時代小説短編傑作選　三笠書房（知的生きかた文庫）　2008年11月

佐代　さよ
土佐藩の若侍格之進の妹　「強情いちご」　田岡典夫　侍たちの歳月-新鷹会・傑作時代小説選　光文社（光文社文庫）　2002年6月

沙代　さよ
藩の家臣譜の編纂を行っている学者宇津木丈大夫の娘　「男の縁」　乙川優三郎　代表作時代小説　平成十八年度　光文社　2006年6月

沙与　さよ
祇園の料亭「深雪」に勤める仲居お孝の愛娘　「暗殺街」　村尾慎吾　新選組伝奇　勉誠出版　2004年1月

小夜　さよ
左右田勘兵衛の娘、奉行の中山勘解由に南蛮渡来の鉄帯をやわ肌に取りつけられた女「巷説人肌呪縛」玉木重信　釘抜藤吉捕物覚書-捕物時代小説選集4　春陽堂書店(春陽文庫) 2000年5月

小夜　さよ
質両替商伊勢屋重兵衛の先妻の娘「笊医者」山手樹一郎　武士道日暦-新鷹会・傑作時代小説選　光文社(光文社文庫) 2007年6月

小夜　さよ
上野の安倍川町で畳表の問屋業を営んでいる近江屋徳兵衛の娘で遊び人の男と家出した生娘「うろこ」松岡弘一　武士道日暦-新鷹会・傑作時代小説選　光文社(光文社文庫) 2007年6月

小夜　さよ
新選組の沖田総司が診察を受けに行っている医者の村戸順庵の娘「千鳥」森満喜子　新選組アンソロジー上巻-その虚と実に迫る　舞字社　2004年2月

小夜　さよ
大身の旗本落合清四郎の妻「寒紅梅」平岩弓枝　愛染夢灯籠-時代小説傑作選　講談社(講談社文庫) 2005年9月

小夜衣　さよぎぬ
吉原の朝日丸屋の花魁「小夜衣の怨」神田伯龍　怪奇・伝奇時代小説選集8 百物語　春陽堂書店(春陽文庫) 2000年5月

更級姫　さらしなひめ
盗賊の首領、武田に滅ぼされた逸見弾正正親の娘「邪恋妖姫伝」伊奈京介　怪奇・伝奇時代小説選集8 百物語　春陽堂書店(春陽文庫) 2000年5月

猿飛佐助　さるとびさすけ
真田党の忍者「霧隠才蔵の秘密」嵐山光三郎　剣の道忍の掟-信州歴史時代小説傑作集第三巻　しなのき書房　2007年6月

猿飛佐助(咲丸)　さるとびさすけ(さくまる*)
甲賀忍者、豊臣秀吉の天下平定に叛骨を示して入観しなかった北条氏の総帥氏直の子「猿飛佐助の死」五味康祐　神出鬼没!戦国忍者伝-傑作時代小説　PHP研究所(PHP文庫) 2009年3月;剣の道忍の掟-信州歴史時代小説傑作集第三巻　しなのき書房　2007年6月

猿飛佐助(佐助)　さるとびさすけ(さすけ)
忍者、九度山麓に暮らす主君真田幸村から老忍者の百々地三太夫を味方につけるよう命じられた男「百々地三太夫」柴田錬三郎　神出鬼没!戦国忍者伝-傑作時代小説　PHP研究所(PHP文庫) 2009年3月

猿飛佐助(佐助)　さるとびさすけ(さすけ)
忍者、戦国武将真田幸村の十人の股肱の一人「真田十勇士」柴田錬三郎　剣の道 忍の掟-信州歴史時代小説傑作集第三巻　しなのき書房　2007年6月

ざるの

笊ノ目 万兵衛　ざるのめ・まんべえ
町奉行所同心 「笊ノ目万兵衛門外へ」 山田風太郎 武士道-時代小説アンソロジー3 小学館(小学館文庫) 2007年3月

猿曳(伝次)　さるひき(でんじ)
猿を連れて盗みをはたらくじつはましら伝次という大泥棒 「からす金」 土師清二 釘抜藤吉捕物覚書-捕物時代小説選集4 春陽堂書店(春陽文庫) 2000年5月

猿丸　さるまる
乱発の首領風魔小太郎の配下 「影を売った武士」 戸川幸夫 怪奇・怪談時代小説傑作選 徳間書店(徳間文庫) 2004年9月

紗流麻呂　さるまろ
楢葉池の長者猪手麻呂の息子 「猿聟物語」 新田次郎 動物-極め付き時代小説選3 中央公論新社(中公文庫) 2004年11月

さわ
烏山の油屋「油平」の若旦那の嫁 「卯三次のウ」 永井路子 大江戸犯科帖-時代推理小説名作選 双葉社(双葉文庫) 2003年10月

さわ
久留米藩主有馬頼貴の奥方附女中の若い娘 「有馬騒動 冥府の密使」 野村敏雄 怪奇・伝奇時代小説選集6 清姫・怨霊ばなし 春陽堂書店(春陽文庫) 2000年3月

さわ
足軽茂平の女房 「生命の糧」 柴田錬三郎 武将列伝-信州歴史時代小説傑作集第一巻 しなのき書房 2007年4月

佐和　さわ
九鬼家の武士神崎幸四郎の旧友で不慮の死を遂げた小野木柾頼の新妻 「暁の波」 安住洋子 代表作時代小説 平成二十年度 光文社 2008年6月

沙和　さわ
小城鍋島家三代目当主元武の弟・直勝の愛妾 「影打ち」 えとう乱星 伝奇城-文庫書下ろし/伝奇時代小説アンソロジー 光文社(光文社文庫) 2005年2月

沢井 多津　さわい・たず
父の敵石塚源太夫を追って脱藩し御鳥見役矢島久右衛門の屋敷を訪ねてきた浪人 「千客万来」 諸田玲子 合わせ鏡-女流時代小説傑作選 角川春樹事務所(ハルキ文庫) 2003年2月

沢口 久馬　さわぐち・きゅうま
播州赤穂の領主浅野内匠頭長矩の児小姓 「火消しの殿」 池波正太郎 大江戸殿様列伝-傑作時代小説 双葉社(双葉文庫) 2006年7月

沢田 源内　さわだ・げんない
近江で偽系図作りを生業にしている男 「世之介誕生」 藤本義一 代表作時代小説 平成十四年度 光風社出版 2002年5月

沢田 清左衛門　さわだ・せいざえもん
会津松平家の家来で参勤交代の大名行列の宿割役人を務める武士　「槍持ち佐五平の首」　佐藤雅美　江戸の漫遊力-時代小説傑作選　集英社（集英社文庫）　2008年12月

沢乃井　さわのい
石州浜田六万石の領主松平周防守の嫡男左近の乳母　「真説かがみやま」　杉本苑子　仇討ち-時代小説アンソロジー1　小学館（小学館文庫）　2006年12月

沢橋 さし　さわはし・さわ
関ヶ原の戦いに敗れ八丈島へ流された宇喜田秀家父子の供をした次男万丸の乳母　「母恋常珍坊」　中村彰彦　地獄の無明剣-時代小説傑作選　講談社（講談社文庫）　2004年9月

沢村 助之進　さわむら・すけのしん
若侍若杉伊太郎の桃井道場の同門で無二の親友、八丁堀の若い与力　「春風街道」　山手樹一郎　江戸の漫遊力-時代小説傑作選　集英社（集英社文庫）　2008年12月

沢村 田之助（三代目）　さわむら・たのすけ（さんだいめ）
江戸市村座の立女形、脱疽の病で両手両足を失った男　「冰蝶」　皆川博子　鍔鳴り疾風剣-新選代表作時代小説22　光風社出版（光風社文庫）　2000年11月

佐原 甚右衛門　さわら・じんえもん
狐にたぶらかされて切腹されそうになった武士　「きつね」　土師清二　怪奇・伝奇時代小説選集5 北斎と幽霊　春陽堂書店（春陽文庫）　2000年2月

三右衛門　さんえもん
日本橋小網町の米問屋「大阪屋」の主人　「飛奴」　泡坂妻夫　地獄の無明剣-時代小説傑作選　講談社（講談社文庫）　2004年9月

三喜　さんき
噺家、人情噺の名人・論々亭喜鏡の弟子　「噺相撲」　島村匠　江戸の闇始末-書下ろし時代小説傑作選7　ミリオン出版（大洋時代文庫）　2006年4月

三吉　さんきち
江戸で暮らす貧乏浪人佐世得十郎の家の近くの左官職の家の小せがれ　「一念不退転」　海音寺潮五郎　武士の本懐〈弐〉-武士道小説傑作選　KKベストセラーズ（ベスト時代文庫）　2005年5月

三吉　さんきち
材木商の大店で働いている遊び人の男　「心、荒む」　北山悦史　大江戸有情-書き下ろし時代小説傑作選4　大洋図書（大洋時代文庫）　2005年6月

三吉　さんきち
柳生の庄の狭川村から柳生十兵衛が連れてきた少年　「〈第三番〉小太刀崩し-柳生十兵衛」　新宮正春　柳生武芸帳七番勝負-時代小説傑作選一　新人物往来社　2008年3月

三五右衛門　さんごえもん
宇都宮藩主奥平氏の連枝で改易処分を受けた奥平内蔵允一族の武士兵藤外記の若党　「ほたる合戦-浄瑠璃坂の仇討ち」　高橋義夫　士道無惨!仇討ち始末-時代小説傑作選四　新人物往来社　2008年3月

三斎　さんさい
熊本藩主細川忠利の父親、肥後八代城に隠居の身　「松山主水」　高野澄　人物日本剣豪伝三　学陽書房(人物文庫)　2001年5月

三次　さんじ
紀州在田郡広荘の網元の田島屋で働いている水主　「黒い波濤」　大路和子　星明かり夢街道-新選代表作時代小説21　光風社出版　2000年5月

三次　さんじ
市村座の木戸芸者　「木戸前のあの子」　竹田真砂子　春宵濡れ髪しぐれ-時代小説傑作選　講談社(講談社文庫)　2003年9月

三次　さんじ
神田多町の岡っ引　「死の釣舟」　松浦泉三郎　蛇の眼-捕物時代小説選集2　春陽堂書店(春陽文庫)　2000年3月

算治　さんじ
神田千両町の岡っ引宝引きの辰の手先　「五ん兵衛船」　泡坂妻夫　代表作時代小説　平成二十一年度　光文社　2009年6月

三七殿(織田 信孝)　さんしちどの(おだ・のぶたか)
戦国武将、織田信長の三男　「大返しの篝火-黒田如水」　川上直志　戦国軍師列伝-時代小説傑作選六　新人物往来社　2008年3月

三条 実美　さんじょう・さねとみ
公家、急進尊攘派の卿　「猿ケ辻風聞」　滝口康彦　幕末京都血風録-傑作時代小説　PHP研究所(PHP文庫)　2007年11月

三条 実美　さんじょう・さねとみ
公卿、禁裏内部で姉小路公知と同じ攘夷激派の人　「異説猿ヶ辻の変-姉小路公知暗殺」　隆慶一郎　必殺!幕末暗殺剣-時代小説傑作選三　新人物往来社　2008年3月

三条 実美　さんじょう・さねとみ
朝廷内の急進派少壮公卿の中心人物　「白昼の斬人剣-佐久間象山暗殺」　井口朝生　必殺!幕末暗殺剣-時代小説傑作選三　新人物往来社　2008年3月

三条の方　さんじょうのかた
武田信玄の正室、権大納言三条公頼の息女　「紅楓子の恋」　宮本昌孝　軍師の生きざま-短篇小説集　作品社　2008年11月

三介(猪名田の三介)　さんすけ(いなだのさんすけ)
女郎屋の主人で博徒の親分の「俺」が昔喧嘩で刺殺した博徒　「三介の面」　長谷川伸　怪奇・伝奇時代小説選集10 怪談累ケ淵　春陽堂書店(春陽文庫)　2000年7月

さんぞう
甲斐武田軍の軍役に出た百姓、とわの亭主　「後家倒し」　武田八洲満　武士道春秋-新鷹会・傑作時代小説選　光文社(光文社文庫)　2006年6月

三蔵　さんぞう
岡っ引、牛込神楽坂界隈を縄張りに料理屋などの副業も持つ男　「ビードロを吹く女」　胡桃沢耕史　江戸宵闇しぐれ-人情捕物帳傑作選二　学習研究社(学研M文庫)　2005年3月

三蔵（幻の三蔵）　さんぞう（まぼろしのさんぞう）
仲間の五介とともに公儀の隠密のお小人組を抜け出した幻の三蔵という風来坊　「諏訪城下の夢と幻」　南條範夫　剣の道忍の掟-信州歴史時代小説傑作集第三巻　しなのき書房　2007年6月

三代目　さんだいめ
江戸市村座の立女形、脱疽の病で両手両足を失った男　「冰蝶」　皆川博子　鍔鳴り疾風剣-新選代表作時代小説22　光風社出版（光風社文庫）　2000年11月

サンチョ・パンサ
郷士ドン・キホーテの従者　「武士サンチョの死」　野村敏雄　侍たちの歳月-新鷹会・傑作時代小説選　光文社（光文社文庫）　2002年6月

三の姫宮　さんのひめみや
火焚屋の衛士竹柴ノ小弥太が宮廷からさらって逃げたみかどの美しい姫君　「光る道」　檀一雄　歴史小説の世紀-天の巻　新潮社（新潮文庫）　2000年9月

三平　さんぺい
木曽川の対岸へ人を運ぶ籠渡の爺や　「渡籠雪女郎」　国枝史郎　乱世の女たち-信州歴史時代小説傑作集第五巻　しなのき書房　2007年9月

山陽　さんよう
芸州藩の藩儒頼春水の嫡子で江戸から広島に戻った放蕩児、後の警世の史家　「蕩児」　南條範夫　逆転 時代アンソロジー　祥伝社（祥伝社文庫）　2000年5月

【し】

ジイク氏　じいくし
米国の富豪　「幽霊買い度し（ハイカラ右京探偵暦）」　日影丈吉　傑作捕物ワールド第9巻 妖異怪談篇　リブリオ出版　2002年10月

十三妹（第二夫人）　しいさんめい（だいにふじん）
県長の安家の第二夫人で嫁入り前は女賊であったという女　「女賊の哲学」　武田泰淳　歴史小説の世紀-天の巻　新潮社（新潮文庫）　2000年9月

じぇすと・十次郎（十次郎）　じぇすとじゅうじろう（じゅうじろう）
大坂落城のあと呂宋に追放された切支丹大名高山右近の嫡男　「紀州鯨銛殺法」　新宮正春　武芸十八般-武道小説傑作選　KKベストセラーズ（ベスト時代文庫）　2005年10月

塩市丸の母（北ノ方）　しおいちまるのはは（きたのかた）
豊後の大名大友義鑑の三番目の妻　「大友二階崩れ-大友宗麟」　早乙女貢　戦国武将国盗り物語-時代小説傑作選七　新人物往来社　2008年3月

塩川　五太夫　しおかわ・ごだゆう
美濃大垣藩寺社町奉行　「花籠に月を入れて」　澤田ふじ子　剣が哭く夜に哭く-新選代表作時代小説20　光風社出版　2000年1月

しおか

塩川 正十郎　しおかわ・せいじゅうろう*
平松権右衛門が熊本城下に構えていた剣術道場の師範代　「秘剣」　五味康祐　幻の剣鬼　七番勝負-傑作時代小説　PHP研究所（PHP文庫）　2008年5月

塩川 荘太郎　しおかわ・そうたろう*
大垣藩寺社町奉行塩川家の世間からうつけ者と噂される跡取り息子　「花籠に月を入れて」　澤田ふじ子　剣が哭く夜に哭く-新選代表作時代小説20　光風社出版　2000年1月

塩川 八右衛門正春　しおかわ・はちえもんまさはる
奥州南部家の新参者の家臣、のち目付役　「南部鬼屋敷」　池波正太郎　恋模様-極め付き時代小説選2　中央公論新社（中公文庫）　2004年10月

塩津 与兵衛　しおず・よへえ
戦国武将、甲斐武田家の宿老板垣信形の家臣　「異説 晴信初陣記」　新田次郎　軍師の生きざま-短篇小説集　作品社　2008年11月

塩田 正五郎　しおた・しょうごろう*
神奈川奉行所の与力、衣笠卯之助の元同僚　「とんでもヤンキー-横浜異人街事件帖」　白石一郎　代表作時代小説　平成十三年度　光風社出版　2001年5月

塩田 正五郎　しおた・しょうごろう*
神奈川奉行所与力、先祖代々の徳川家の御家人　「情けねえ」　白石一郎　代表作時代小説　平成十七年度　光文社　2005年6月

シオツツ
漂着した異国の海人　「楽園から帰る」　長部日出雄　愛染夢灯籠-時代小説傑作選　講談社（講談社文庫）　2005年9月

塩見 平右衛門　しおみ・へいえもん
会津藩士、藩主松平容頌の寵愛を受けたいち（お市の方）の父親　「拝領妻始末」　滝口康彦　女人-時代小説アンソロジー2　小学館（小学館文庫）　2007年2月

塩女　しおめ
十禅師辻に住んでいた塩売りの翁の娘で絵師の大鳳金道と恋仲だった女　「不動殺生変」　潮山長三　怪奇・伝奇時代小説選集5　北斎と幽霊　春陽堂書店（春陽文庫）　2000年2月

慈恩（相馬 四郎義元）　じおん（そうま・しろうよしもと）
刀術者で日本兵法の始祖の一人、奥州相馬の相馬四郎忠重の子　「富田勢源」　戸部新十郎　人物日本剣豪伝一　学陽書房（人物文庫）　2001年4月

紫垣 小太郎政信　しがき・こたろうまさのぶ
二階堂流の兵法者、出羽の庄内に流された加藤肥後守忠広の家臣　「十兵衛の最期」　大隈敏　七人の十兵衛-傑作時代小説　PHP研究所（PHP文庫）　2007年11月

志賀 庫之助　しが・くらのすけ
小諸藩御家中の大番頭、志賀家の入婿となった左近の義父　「裏切り左近」　柴田錬三郎　侍の肖像-信州歴史時代小説傑作集第二巻　しなのき書房　2007年5月

志賀 左近　しが・さこん
小諸藩の山方という微禄の家の次男で全く独りで兵法を修業し大番頭志賀家の息女を危難から救い入婿となった男「裏切り左近」柴田錬三郎　侍の肖像-信州歴史時代小説傑作集第二巻　しなのき書房　2007年5月

鹿蔵　しかぞう
女房や息子に逃げられ一人長屋で暮らしている中年男「小田原鰹」乙川優三郎　江戸の満腹力-時代小説傑作選　集英社(集英社文庫)　2005年12月

志賀寺上人(上人)　しがでらしょうにん(しょうにん)
志賀の里の湖畔で見た美しい御息所に恋をした高徳の老僧「志賀寺上人の恋」三島由紀夫　歴史小説の世紀-地の巻　新潮社(新潮文庫)　2000年9月

志賀 平六左衛門　しが・へいろくざえもん
上伊那の土豪、巨漢で大力無双の者「槍弾正の逆襲」中村彰彦　武将列伝-信州歴史時代小説傑作集第一巻　しなのき書房　2007年4月

鹿間 梅次郎　しかま・うめじろう
南町奉行所の若い同心「番町牢屋敷」南原幹雄　斬刃-時代小説傑作選　コスミック出版(コスミック時代文庫)　2005年5月

式亭三馬　しきていさんば
江戸の小説家、長次郎(のちの為永春水)の小説の師「羅生門河岸」都筑道夫　偉人八傑推理帖-名探偵時代小説　双葉社(双葉文庫)　2004年7月

式部少輔正信　しきぶのしょうゆうまさのぶ
信州のさる小藩の藩主「人斬り斑平」柴田錬三郎　時代劇原作選集-あの名画を生みだした傑作小説　双葉社(双葉文庫)　2003年12月

重右衛門　しげえもん
室町の大店「長崎屋」の主人「昇竜変化」角田喜久雄　動物-極め付き時代小説選3　中央公論新社(中公文庫)　2004年11月

重三郎(伏鐘重三郎)　しげざぶろう(ふせがねしげざぶろう)
盗人「両国の大鯨(顎十郎捕物帳)」久生十蘭　傑作捕物ワールド第3巻 人気侍篇　リブリオ出版　2002年10月

重助　しげすけ*
那珂川の渡し船の船頭、娘船頭サエの父親「秋草の渡し」伊藤桂一　剣の意地 恋の夢-時代小説傑作選　講談社(講談社文庫)　2000年9月

茂田 一次郎　しげた・いちじろう
紀州藩勘定奉行「うそつき小次郎と竜馬」津本陽　龍馬と志士たち　コスミック出版(コスミック文庫)　2009年11月;剣が哭く夜に哭く-新選代表作時代小説20　光風社出版　2000年1月

繁太夫　しげだゆう
江戸浄瑠璃の一派である富本節の名取りで集金旅行を思いたち深川の長屋を発った極楽とんぼ「お馬は六百八十里」神坂次郎　江戸の漫遊力-時代小説傑作選　集英社(集英社文庫)　2008年12月

しげの

繁野　しげの
北国の藩の中では格の高い家の当主大倉左門が妻にむかえた色白の美人「雪女」加藤武雄　怪奇・伝奇時代小説選集4 怪異黒姫おろし　春陽堂書店（春陽文庫）2000年1月

滋野 上総介　しげの・かずさのすけ
徳川方に包囲された高天神城に籠城する甲斐武田衆の城番「城から帰せ」岩井三四二　代表作時代小説 平成十八年度　光文社　2006年6月

重平　しげへい＊
塚次と祝言した豆腐屋の娘おすぎの父親「こんち午の日」山本周五郎　江戸の商人力-時代小説傑作選　集英社（集英社文庫）2006年12月

しげる（おしま）
根津権現前の岡場所「吉野」の売女「夜の辛夷」山本周五郎　江戸色恋坂-市井情話傑作選　学習研究社（学研M文庫）2005年8月

慈玄　じげん
佐田藩主代々の菩提所である教法寺の住職、帰郷した脱藩者・深田清兵衛をかくまった老僧「帰郷」古川薫　代表作時代小説 平成十三年度　光風社出版　2001年5月

始皇帝　しこうてい
秦の皇帝「方士徐福」新宮正春　異色中国短篇傑作大全　講談社（講談社文庫）2001年3月

地獄の辰　じごくのたつ
深川堀河町の岡っ引「首なし地蔵は語らず（地獄の辰・無残捕物控）」笹沢左保　傑作捕物ワールド第5巻 渡世人篇　リブリオ出版　2002年10月

自斎　じさい
兵法者富田勢源の高弟「富田勢源」戸部新十郎　人物日本剣豪伝一　学陽書房（人物文庫）2001年4月

治作（浄念）　じさく（じょうねん）
下総の山寺の住職だったが吉原の遊女刈藻に迷って寺を捨てた破戒坊主「相学奇談」中山義秀　万事金の世-時代小説傑作選　徳間書店（徳間文庫）2006年4月

宍戸 元源　ししど・げんげん＊
戦国武将、宍戸家当主で甲立五龍城主「不敗の軍略-毛利元就」今村実　戦国武将国盗り物語-時代小説傑作選七　新人物往来社　2008年3月

四条 隆平　しじょう・たかひら＊
公家、王政復古派の岩倉具視の同志「孝明天皇の死」安部龍太郎　幕末京都血風録-傑作時代小説　PHP研究所（PHP文庫）2007年11月

志津　しず
お数寄屋坊主・河内山宗俊の妻「密夫大名-べらんめェ宗俊」天宮響一郎　姦殺の剣-書下ろし時代小説傑作選3　ミリオン出版（大洋時代文庫）2005年4月

志津　しず
お数寄屋坊主・河内山宗俊の妻「毛充狼-べらんめェ宗俊」天宮 響一郎　江戸の闇始末-書下ろし時代小説傑作選7　ミリオン出版（大洋時代文庫）2006年4月

志津　しず
松崎の御番宿の浜陣に手伝いに来ていた若い娘で日置流の弓を引く女　「風待ち」　片桐泰志　伊豆の歴史を歩く-伊豆文学賞・歴史小説傑作集Ⅱ　羽衣出版　2006年3月

志津　しず
常陸国下館城下の浅山一伝流の道場主森山七郎兵衛の一人娘　「子づれ兵法者」　佐江衆一　秘剣舞う-剣豪小説の世界　学習研究社(学研M文庫)　2002年11月

志津　しず
磐城平藩の納戸役高田家へ婿入りした兵助の花嫁　「兵助夫婦」　山手樹一郎　大江戸の歳月-新鷹会・傑作時代小説選　光文社(光文社文庫)　2003年6月

志津　しず
房総の大名里見家の百人衆のひとり金丸強右衛門の妻　「海と風の郷」　岩井三四二　代表作時代小説 平成二十一年度　光文社　2009年6月

紫都　しず
剣客細尾敬四郎の妻みやこの姉、みやことともに肥後小町と謳われた女　「秘剣」　五味康祐　幻の剣鬼 七番勝負-傑作時代小説　PHP研究所(PHP文庫)　2008年5月

静　しず
幕府瓦解後零落した武家の妻女で提重の行商女　「悪萬」　花村萬月　代表作時代小説 平成十九年度　光文社　2007年6月 ; 息づかい-好色時代小説集　講談社(講談社文庫)　2007年2月

志津(小春)　しず(こはる)
元旗本の娘で遊女　「薄野心中-新選組最後の人」　船山馨　新選組アンソロジー下巻-その虚と実に迫る　舞字社　2004年2月 ; 新選組烈士伝　角川書店(角川文庫)　2003年10月

静枝　しずえ
大坂の唐物商「平戸屋」の若旦那・万太郎の妾　「借り腹」　阿部牧郎　息づかい-好色時代小説集　講談社(講談社文庫)　2007年2月

静　しずか
都落ちの源義経がともなった妾の白拍子　「吉野の嵐」　山田智彦　源義経の時代-短篇小説集　作品社　2004年10月

静御前　しずかごぜん
源義経寵愛の京都の白拍子で吉野山で自首し鎌倉の頼朝の許まで護送されてきた女性　「千本桜」　領家髙子　異色歴史短篇傑作大全　講談社　2003年11月

静御前　しずかごぜん
京の白拍子で源義経の妻のなった娘　「静御前」　西條八十　源義経の時代-短篇小説集　作品社　2004年10月

治助　じすけ
かつぎ豆腐売りの信吉の姉の子、加代の弟　「ちっちゃなかみさん」　平岩弓枝　感涙-人情時代小説傑作選 KKベストセラーズ(ベスト時代文庫)　2004年11月 ; 歴史小説の世紀-地の巻　新潮社(新潮文庫)　2000年9月

じすけ

治助　じすけ
山科の糸商「尾張屋」の隠居、中仙道守山宿にある曖昧宿「萩乃家」で菊丸という女を抱いた客　「馬追月夜」伊藤桂一　代表作時代小説 平成十三年度　光風社出版　2001年5月

静子　しずこ
藩儒の頼家の放蕩児久太郎(後の警世の史家山陽)の母親　「蕩児」南條範夫　逆転 時代アンソロジー　祥伝社(祥伝社文庫)　2000年5月

静田 権之進　しずた・ごんのしん*
信州矢崎の藩主堀家の家老、無能の主君安高を廃して主家を横領しようとした男　「被虐の系譜−武士道残酷物語」南條範夫　時代劇原作選集−あの名画を生みだした傑作小説　双葉社(双葉文庫)　2003年12月

施 世驃(文秉)　し・せいひょう(ぶんへい)
清の靖海将軍施琅の六男　「妃紅」井上祐美子　妃・殺・蝗−中国三色奇譚　講談社(講談社文庫)　2002年11月

施 世綸(文賢)　し・せいりん(ぶんけん)
清の靖海将軍施琅の次男　「妃紅」井上祐美子　妃・殺・蝗−中国三色奇譚　講談社(講談社文庫)　2002年11月

設楽 半兵衛　しだら・はんべえ
備前岡山の小早川秀秋の家臣、関ヶ原の戦で大谷吉継の足軽大将湯浅五助の首を拾った男　「首」早乙女貢　剣よ月下に舞え−新選代表作時代小説23　光風社出版(光風社文庫)　2001年5月

七五郎　しちごろう
小松村の半可打ち　「森の石松が殺された夜」結城昌治　大江戸犯科帖−時代推理小説名作選　双葉社(双葉文庫)　2003年10月

七五郎　しちごろう
蔵前の札差の番頭　「傷」北原亞以子　時代小説 読切御免第二巻　新潮社(新潮文庫) 2004年3月;傑作捕物ワールド第10巻 人情捕縄篇　リブリオ出版　2002年10月

七助　しちすけ
伊勢神戸村の漁夫、百姓の久兵衛が落とした財布を届けにきた男　「雁金」潮山長三　蛇の眼−捕物時代小説選集2　春陽堂書店(春陽文庫)　2000年3月

七蔵(だら七)　しちぞう(だらしち)
素人の旦那芸の浄瑠璃語り、由次郎の幼馴染み　「土場浄瑠璃の」皆川博子　時代小説−読切御免第一巻　新潮社(新潮文庫)　2004年3月

七之助　しちのすけ
芝神明宮近くの裏店に猫好きな母のおまきと住んでいた孝行息子　「猫騒動」岡本綺堂　大江戸猫三昧−時代小説傑作選　徳間書店(徳間文庫)　2004年11月

七之助　しちのすけ
北信濃の戸狩村の煙火師　「銀河まつり」吉川英治　人情草紙−信州歴史時代小説傑作集第四巻　しなのき書房　2007年7月

七兵衛　しちべえ
江戸四谷忍町の質屋「近江屋」の主人 「鼠」岡本綺堂　人情草紙-信州歴史時代小説傑作集第四巻　しなのき書房　2007年7月；動物-極め付き時代小説選3　中央公論新社（中公文庫）2004年11月

七兵衛　しちべえ
室町の大店「長崎屋」の忠義者 「昇竜変化」角田喜久雄　動物-極め付き時代小説選3　中央公論新社（中公文庫）2004年11月

七兵衛　しちべえ
深川木場の川並の大頭 「浅間追分け」川口松太郎　人情草紙-信州歴史時代小説傑作集第四巻　しなのき書房　2007年7月

七兵衛（裏宿七兵衛）　しちべえ（うらじゅくしちべえ）
侠盗、青梅村の裏宿の小百姓 「侠盗の菌」もりたなるお　愛染夢灯籠-時代小説傑作選　講談社（講談社文庫）2005年9月

子朝　しちょう
霊公夫人南子の情夫 「指」宮城谷昌光　紅葉谷から剣鬼が来る-時代小説傑作選　講談社（講談社文庫）2002年9月；異色中国短篇傑作大全　講談社（講談社文庫）2001年3月

七郎　しちろう
将軍家兵法指南柳生宗矩の息子、丹生重之進は変名 「〈第三番〉小太刀崩し-柳生十兵衛」新宮正春　柳生武芸帳七番勝負-時代小説傑作選一　新人物往来社　2008年3月

七郎兵衛　しちろうべえ
安南の日本人町会安の頭領呉順官の父、伊勢松坂生れの豪商 「安南の六連銭」新宮正春　機略縦横！真田戦記-傑作時代小説　PHP研究所（PHP文庫）2008年7月

七郎義晴　しちろうよしはる
戦国武将、九州豊後の領主大友義鑑（宗玄）の嫡男でのちの宗麟 「ピント日本見聞記」杉本苑子　九州戦国志-傑作時代小説　PHP研究所（PHP文庫）2008年12月

七郎丸　しちろうる
瀬戸内水軍の塩飽海賊衆の舟大将の家柄である瀬尾家に生まれた少年 「春風仇討行」宮本昌孝　仇討ち-時代小説アンソロジー1　小学館（小学館文庫）2006年12月

疾（大叔）　しつ（たいしゅく）
衛の重臣 「指」宮城谷昌光　紅葉谷から剣鬼が来る-時代小説傑作選　講談社（講談社文庫）2002年9月；異色中国短篇傑作大全　講談社（講談社文庫）2001年3月

十官　じっかん
唐人、大明国で海内無双とうたわれた長剣の達人 「烈風の剣-神子上典膳vs善鬼三介」早乙女貢　秘剣・豪剣！武芸決闘記-時代小説傑作選二　新人物往来社　2008年3月

実成院　じっしょういん
徳川第十四代将軍家茂の生母 「化縁つきぬれば」大路和子　剣の意地 恋の夢-時代小説傑作選　講談社（講談社文庫）2000年9月

じっぺ

十返舎一九　じっぺんしゃいっく
戯作者、「東海道中膝栗毛」の作者　「よりにもよって」　諸田玲子　代表作時代小説　平成二十一年度　光文社　2009年6月

蔀 杏之介　しとみ・きょうのすけ
一年前まで岡っ引だった万蔵の抱えぬしの北町奉行所の定町廻り同心・蔀平左衛門の同心株を継いだひとり息子　「布袋湯の番台」　黒崎裕一郎　斬刃−時代小説傑作選　コスミック出版(コスミック時代文庫)　2005年5月

信濃守勝統　しなののかみかつむね
黒金藩藩主、藩士服部吉兵衛の婚約者松江を側室にした男　「雪間草」　藤沢周平　鍔鳴り疾風剣−新選代表作時代小説22　光風社出版(光風社文庫)　2000年11月

しの
飛騨の山奥で人体実験を行う異人の館にとらわれ身体に尾を植えさせられた女、穂高の郷士の娘　「畸人の館」　加納一朗　怪奇・伝奇時代小説選集15　春陽堂書店(春陽文庫)　2000年12月

しの
武家の風森太兵衛の妻で娘を生んでほどなく病床に就き亡くなった女　「桔梗」　安西篤子　剣よ月下に舞え−新選代表作時代小説23　光風社出版(光風社文庫)　2001年5月

志乃　しの
首斬り役六代目山田浅右衛門の妾　「首斬り浅右衛門」　柴田錬三郎　怪奇・伝奇時代小説選集7 幽明鏡草紙　春陽堂書店(春陽文庫)　2000年4月

志乃　しの
播州龍野藩士早川主馬の妹　「女人は二度死ぬ」　笹沢左保　大奥華伝　角川書店(角川文庫)　2006年11月

志乃　しの
藩の中老家の庶子で嫁ぎ先の家では厄介者として扱われて離縁され三度目になる嫁入りをする女　「蟹」　乙川優三郎　代表作時代小説　平成十二年度　光風社出版　2000年5月

志乃　しの
美濃の大名斎藤道三の命を受けて花嫁の帰蝶の侍女として大桑城に潜入した女忍び　「帰蝶」　岩井三四二　戦国女人十一話　作品社　2005年11月

志野　しの
薩摩島津家・鶴姫の侍女、若侍瀬戸口主税と縁談のある娘　「鶴姫」　滝口康彦　酔うて候−時代小説傑作選　徳間書店(徳間文庫)　2006年10月

篠井 求馬　しのい・もとめ
旗本浅井兵庫の美青年の近習　「ほたるの庭」　杉本苑子　犬道楽江戸草紙−時代小説傑作選　徳間書店(徳間文庫)　2005年8月

篠崎 大助　しのざき・だいすけ
相模小田原藩士で昨年隠居して国元に帰った武士　「秘術・身受けの滑り槍」　二階堂玲太　代表作時代小説　平成二十年度　光文社　2008年6月

篠崎 弥左衛門　しのざき・やざえもん
北町奉行所定廻り同心、堅物の単純な男　「地獄の目利き」　諸田玲子　撫子が斬る-女性作家捕物帳アンソロジー　光文社（光文社文庫）　2005年9月

東雲 丈太郎　しののめ・じょうたろう
江戸城内にある将軍家の蔵書を管理する役所・紅葉山御文庫の御書物同心　「鶯替」　出久根達郎　代表作時代小説 平成十四年度　光風社出版　2002年5月

篠原 国幹　しのはら・くにもと
鹿児島の私学校党幹部　「西郷暗殺の密使」　神坂次郎　人物日本の歴史 幕末維新編-時代小説版　小学館（小学館文庫）　2004年9月

篠原 泰之進　しのはら・たいのしん
新選組の柔術師範頭　「新選組物語」　子母沢寛　新選組烈士伝　角川書店（角川文庫）　2003年10月

篠原 義之助　しのはら・よしのすけ＊
宇都宮の神陰流竹森道場の高弟　「礫撃ち」　伊藤桂一　秘剣舞う-剣豪小説の世界　学習研究社（学研M文庫）　2002年11月

司馬 遷　しば・せん
史官　「殺青」　塚本青史　妃・殺・蝗-中国三色奇譚　講談社（講談社文庫）　2002年11月

柴田 勝家　しばた・かついえ
戦国武将、織田信長の重臣で信長が明智光秀に討たれた後羽柴秀吉との戦いに敗れた男　「羽柴秀吉」　林芙美子　歴史小説の世紀-天の巻　新潮社（新潮文庫）　2000年9月

柴田 外記　しばた・げき
伊達藩国老、藩政から疎外されていた家老　「原田甲斐」　中山義秀　江戸三百年を読む 上-傑作時代小説 江戸騒乱編　角川学芸出版（角川文庫）　2009年9月；人物日本の歴史 江戸編〈上〉-時代小説版　小学館（小学館文庫）　2004年5月

柴田 七九郎康忠　しばた・しちくろうやすただ
戦国武将、佐久の岩尾城を攻囲する依田信蕃軍の軍監　「戦国佐久」　佐藤春夫　武将列伝-信州歴史時代小説傑作集第一巻　しなのき書房　2007年4月；歴史小説の世紀-天の巻　新潮社（新潮文庫）　2000年9月

柴田 十太夫　しばた・じゅうだゆう
番町に屋敷を持つ七百石の旗本青山播磨の用人　「番町皿屋敷」　岡本綺堂　怪奇・伝奇時代小説選集13 四谷怪談　春陽堂書店（春陽文庫）　2000年10月

柴田 庄兵衛　しばた・しょうべえ
松前奉行所同心で牢番所詰めの下級武士、鼻ねじの短棒術の達人　「鼻くじり庄兵衛」　佐江衆一　武芸十八般-武道小説傑作選　KKベストセラーズ（ベスト時代文庫）　2005年10月

柴田 平蔵　しばた・へいぞう
藩の勘定吟味役、剣の遣い手・高鳥新兵衛の幼なじみ　「蝦蟇の恋-江戸役職白書・養育目付」　岳宏一郎　代表作時代小説 平成十六年度　光風社出版　2004年4月

次八　じはち
飛騨国で起こった大原騒動という百姓一揆で責任を取らされ伊豆諸島の新島に流罪になった男　「臥龍桜の里」　小山啓子　武士道日暦-新鷹会・傑作時代小説選　光文社(光文社文庫)　2007年6月

柴山 愛次郎　しばやま・あいじろう
薩摩藩の志士、精忠組と呼ばれる藩の討幕急先鋒の士　「寺田屋の散華」　津本陽　幕末京都血風録-傑作時代小説　PHP研究所(PHP文庫)　2007年11月

柴山 修理　しばやま・しゅり
近州大津の園城寺に仕える寺侍　「近眼の新兵衛」　村上元三　侍の肖像-信州歴史時代小説傑作集第二巻　しなのき書房　2007年5月

芝山別当 主膳　しばやまべっとう・しゅぜん
閑院宮典仁親王の尊号問題で江戸へ下向する勅使の万里小路典侍のお供　「公卿侍」　村上元三　星明かり夢街道-新選代表作時代小説21　光風社出版　2000年5月

しび六　しびろく
元紀州太地浦の銛打ちで支倉常長を正史とする遣欧使節団の船「陸奥丸」に乗せられた水夫　「紀州鯨銛殺法」　新宮正春　武芸十八般-武道小説傑作選　KKベストセラーズ(ベスト時代文庫)　2005年10月

子婦　しふ
美女の人妻、「子婦」は家の主の子の婦という意味　「玉人」　宮城谷昌光　時代小説 読切御免第四巻　新潮社(新潮文庫)　2005年12月

渋川 六蔵　しぶかわ・ろくぞう
幕府天文方兼御書物奉行　「町奉行再び」　土師清二　石川五右衛門の生立-捕物時代小説選集3　春陽堂書店(春陽文庫)　2000年4月

渋沢 藤吉　しぶさわ・とうきち
札幌樺戸集治監の門前で味噌屋をしている男、元幕府歩兵　「北の狼」　津本陽　新選組アンソロジー下巻-その虚と実に迫る　舞字社　2004年2月

治平(座頭)　じへい(ざとう)
利根川の渡し場にあらわれた座頭、元は奥州筋のある藩の若党　「利根の渡」　岡本綺堂　怪奇・怪談時代小説傑作選　徳間書店(徳間文庫)　2004年9月;怪奇・伝奇時代小説選集12 血塗りの呪法　春陽堂書店(春陽文庫)　2000年9月

次兵衛　じへえ
安南の日本人町会安の具足屋、元真田の旧臣　「安南の六連銭」　新宮正春　機略縦横!真田戦記-傑作時代小説　PHP研究所(PHP文庫)　2008年7月

治兵衛　じへえ
軍略家曽根内匠の郎党　「軍師哭く」　五味康祐　東北戦国志-傑作時代小説　PHP研究所(PHP文庫)　2009年9月

治兵衛　じへえ
大坂の染料問屋の主人で京の島原通いにはまった男　「川に沈む夕日」　辻原登　代表作時代小説 平成十八年度　光文社　2006年6月

しまず

治兵衛　じへえ
本所回向院前の小間物商「紅屋」の婿、おさとの夫　「龍の置き土産」高橋義夫　ふりむけば闇-時代小説招待席　広済堂出版　2003年6月

志保　しほ
駿河国の一万石の小藩小島藩の重臣杉浦近右衛門の妻　「川沿いの道」諸田玲子　代表作時代小説 平成十九年度　光文社　2007年6月

シーボルト
長崎の出島の阿蘭陀商館医で治療院兼蘭学塾「鳴滝塾」を設立した蘭人　「阿蘭殺し」井上雅彦　伝奇城-文庫書下ろし/伝奇時代小説アンソロジー　光文社（光文社文庫）2005年2月

嶋岡 礼蔵　しまおか・れいぞう
老武士、秋山小兵衛の剣術の弟弟子　「剣の誓約-「剣客商売」より」池波正太郎　約束-極め付き時代小説選1　中央公論新社（中公文庫）2004年9月

島川　しまかわ
上州の或る大名の城内で奥勤めをしている中老　「百物語」岡本綺堂　怪奇・伝奇時代小説選集8 百物語　春陽堂書店（春陽文庫）2000年5月

島越 角馬　しまごし・かくま
三河国の小藩の作事方　「梟の夜」伊藤桂一　鎮守の森に鬼が棲む-時代小説傑作選　講談社（講談社文庫）2001年9月

島崎 勇　しまざき・いさみ
天然理心流の四代目、のち新選組局長　「武士の妻」北原亞以子　地獄の無明剣-時代小説傑作選　講談社（講談社文庫）2004年9月；誠の旗がゆく-新選組傑作選　集英社（集英社文庫）2003年12月

島崎 周平　しまざき・しゅうへい
天然理心流三代目宗家、多摩の豪農の二男坊　「秘剣浮鳥」戸部新十郎　紅葉谷から剣鬼が来る-時代小説傑作選　講談社（講談社文庫）2002年9月

島津薩摩守　しまずさつまのかみ
薩摩七十万石の太守、参観の途中平戸港へ船をつけた若い大名　「一年余日」山手樹一郎　武士の本懐〈弐〉-武士道小説傑作選　KKベストセラーズ（ベスト時代文庫）2005年5月

島津 忠恒（又七郎）　しまず・ただつね（またしちろう）
薩州の第十八代太守　「情炎大阪城」加賀淳子　戦国女人十一話　作品社　2005年11月

島津 久光　しまず・ひさみつ
薩摩藩前藩主島津斉彬の弟、藩の事実上の支配者　「伏見の惨劇-寺田屋事変」早乙女貢　必殺!幕末暗殺剣-時代小説傑作選三　新人物往来社　2008年3月

島津 義弘　しまず・よしひろ
関ヶ原合戦の時の西軍島津隊の主将、薩摩・大隅・日向の領主　「天吹」津本陽　時代小説 読切御免第三巻　新潮社（新潮文庫）2005年12月

しまず

島津 義弘　しまず・よしひろ
戦国武将、関ヶ原に参戦した薩摩・島津家の当主「男一代の記」海音寺潮五郎　武士道-時代小説アンソロジー3　小学館(小学館文庫)　2007年3月

島津 義弘　しまず・よしひろ
戦国武将、関ヶ原の戦いにおける西軍島津軍の大将「退き口」東郷隆　関ヶ原・運命を分けた決断-傑作時代小説　PHP研究所(PHP文庫)　2007年6月

島津 義弘　しまず・よしひろ
戦国武将、薩摩の島津家の当主「立花宗茂」海音寺潮五郎　九州戦国志-傑作時代小説　PHP研究所(PHP文庫)　2008年12月

嶋田出雲守 利木　しまだいずものかみ・としき＊
北町奉行「柳は緑 花は紅」竹田真砂子　地獄の無明剣-時代小説傑作選　講談社(講談社文庫)　2004年9月

島田 魁　しまだ・かい
新選組隊士「総司が見た」南原幹雄　偉人八傑推理帖-名探偵時代小説　双葉社(双葉文庫)　2004年7月

島田 魁　しまだ・かい
新選組隊士「敗れし人々」子母沢寛　剣狼-幕末を駆けた七人の兵法者　新潮社(新潮文庫)　2007年6月

島田 倉太郎　しまだ・くらたろう＊
八丈島の流人、武家の出の男「巫女の海」大路和子　代表作時代小説　平成十六年度光風社出版　2004年4月

島田 魁　しまだ・さきがけ
元新選組伍長「巨体倒るとも」中村彰彦　誠の旗がゆく-新選組傑作選　集英社(集英社文庫)　2003年12月

島田 作兵衛　しまだ・さくべえ
上州厩橋十五万石酒井家の藩士川合家の用人「九思の剣」池宮彰一郎　武士道-時代小説アンソロジー3　小学館(小学館文庫)　2007年3月

島田 鉄之助　しまだ・てつのすけ
信州高遠藩士、柳生流の剣士「宮本武蔵」宮下幻一郎　宮本武蔵伝奇-時代小説セレクション　勉誠出版　2002年12月

島田 虎之助　しまだ・とらのすけ
小野派一刀流の剣士「創傷九か所あり-護持院ヶ原の敵討ち」新宮正春　士道無惨！仇討ち始末-時代小説傑作選四　新人物往来社　2008年3月

島田 虎之助　しまだ・とらのすけ
西国中津藩の者で九州随一の剣客「男谷精一郎」奈良本辰也　人物日本剣豪伝四　学陽書房(人物文庫)　2001年6月

島田 虎之助　しまだ・とらのすけ
武芸者、豊前中津藩の浪人「悲剣月影崩し」光井雄二郎　柳生秘剣伝奇-時代小説セレクション　勉誠出版　2002年12月

島田 虎之助　しまだ・とらのすけ
幕末の剣客「島田虎之助」早乙女貢　人物日本剣豪伝四　学陽書房（人物文庫）　2001年6月

島村 東次郎　しまむら・とうじろう
戦国の世に城中で籠城している味方を救うために囲みをぬけだした武将「妖艶の谷」早乙女貢　怪奇・伝奇時代小説選集11 妖艶の谷　春陽堂書店（春陽文庫）　2000年8月

清水 一学　しみず・いちがく
高家吉良上野介に仕える武士「赤穂飛脚」山田風太郎　江戸の漫遊力-時代小説傑作選　集英社（集英社文庫）　2008年12月

清水 一学　しみず・いちがく
上杉家から吉良邸につかわされて上野介義央のつけ人となった青年剣士「剣鬼清水一学」島守俊夫　赤穂浪士伝奇-べんせいライブラリー時代小説セレクション　勉誠出版　2002年12月

清水 重平　しみず・じゅうへい*
同心「夜の道行（市蔵、情けの手織り帖）」千野隆司　傑作捕物ワールド第10巻 人情捕縄篇　リブリオ出版　2002年10月

清水 新次郎　しみず・しんじろう
紀州藩主徳川宗直の小姓、敵討の許可を得て江戸へ来た若者「秋篠新次郎」宮本昌孝　ふりむけば闇-時代小説招待席　広済堂出版　2003年6月

清水の次郎長　しみずのじろちょう
やくざの親分「森の石松が殺された夜」結城昌治　大江戸犯科帖-時代推理小説名作選　双葉社（双葉文庫）　2003年10月

清水の次郎長　しみずのじろちょう
清水湊の博徒の親分、明治元年新政府の駿府町差配役判事の輩下となり沿道の治安にあたった男「泪雨」村松友視　散りぬる桜-時代小説招待席　広済堂出版　2004年2月

清水の長五郎（次郎長）　しみずのちょうごろう（じろちょう）
駿河の清水生まれの無法者、森の五郎親分のところに草鞋をぬいでいる男「桶屋の鬼吉」村上元三　武士道歳時記-新鷹会・傑作時代小説選　光文社（光文社文庫）　2008年6月

シメオン
キリシタン修道士、一年ほど前に法華宗から改宗し熱心な信者となった男「修道士の首」井沢元彦　偉人八傑推理帖-名探偵時代小説　双葉社（双葉文庫）　2004年7月

下川 利之助　しもかわ・りのすけ
江州辺の武家くずれで専らゆすり恐喝を業としている男「あやつり組由来記」南條範夫　江戸の商人力-時代小説傑作選　集英社（集英社文庫）　2006年12月

下田 歌子（平尾 せき）　しもだ・うたこ（ひらお・せき）
宮中の女官、のち華族女学校学監兼教授「女傑への出発」南條範夫　剣の意地 恋の夢-時代小説傑作選　講談社（講談社文庫）　2000年9月

しもだ

下田 猛雄　しもだ・たけお
下田歌子の夫、元丸亀藩士で下谷警察署で警吏に剣を教えている剣士　「女傑への出発」　南條範夫　剣の意地 恋の夢-時代小説傑作選　講談社（講談社文庫）　2000年9月

下毛野 素尚　しもつけぬの・もとなお
都の貴人の護りをする美男の下臈随身　「銀の扇」　高橋直樹　夢を見にけり-時代小説招待席　広済堂出版　2004年6月

下斗米 秀之進（相馬 大作）　しもとまい・ひでのしん（そうま・だいさく）
南部藩の家臣、兵法家平山行蔵の弟子で相馬大作は変名　「平山行蔵」　柴田錬三郎　小説「武士道」-時代小説短編傑作選　三笠書房（知的生きかた文庫）　2008年11月

シャクシャイン
東蝦夷シブチャリのアイヌの脇乙名（副酋長）、ピリトの父親　「悪鬼になったピリト」　岡田耕平　怪奇・伝奇時代小説選集7 幽明鏡草紙　春陽堂書店（春陽文庫）　2000年4月

寂長　じゃくちょう
極楽寺で寺の俗務を取り仕切っている者で白粉や紅をひさぐこんと懇ろになった男　「命懸け」　高橋直樹　異色歴史短篇傑作大全　講談社　2003年11月

麝香のおせん　じゃこうのおせん
怪盗疾風の勘兵衛が手先に使っている女　「百万両呪縛」　高木彬光　七人の十兵衛-傑作時代小説　PHP研究所（PHP文庫）　2007年11月

ジャック・ドゥ・ラ・フォンテーヌ
神の遣いを自称したジャンヌ・ダルクの異端審問に招聘されてパリからルーアンに来た修道士　「ルーアン」　佐藤賢一　散りぬる桜-時代小説招待席　広済堂出版　2004年2月

ジャンヌ・ダルク
神の遣いを自称し王太子シャルルの軍勢を率いてオルレアンで戦い異端の告発を受けた女　「ルーアン」　佐藤賢一　散りぬる桜-時代小説招待席　広済堂出版　2004年2月

じゅあん
大坂落城のあと呂宋に追放された切支丹大名高山右近のゆかりの侍　「紀州鯨銛殺法」　新宮正春　武芸十八般-武道小説傑作選　KKベストセラーズ（ベスト時代文庫）　2005年10月

周庵　しゅうあん
医師　「岡っ引源蔵捕物帳（伝法院裏門前）」　南条範夫　捕物小説名作選一　集英社（集英社文庫）　2006年8月

十右衛門　じゅうえもん
公方様（徳川吉宗）のご改革に協力したいと思い酒を原価で売る小さな居酒屋「豊島屋」を開いた男　「夢の居酒屋」　童門冬二　酔うて候-時代小説傑作選　徳間書店（徳間文庫）　2006年10月

十右衛門　じゅうえもん
江戸霊岸島の材木商で東回り・西回りの両海運の刷新や大坂の治水工事などで手腕を振るった人物　「智恵の瑞賢」　杉本苑子　江戸の商人力-時代小説傑作選　集英社（集英社文庫）　2006年12月

重五　じゅうご
休息をとるため古い辻堂に入った公儀御庭番　「フルハウス」　藤水名子　夢を見にけり-時代小説招待席　広済堂出版　2004年6月

十左衛門　じゅうざえもん
喜佐の元夫で御家人の木辺家の養子の不運をかこって女の出奔した男　「笹の雪」　乙川優三郎　代表作時代小説　平成二十一年度　光文社　2009年6月

重七　じゅうしち
女中のおとよが深川の木置き場で見つけた怪我をした男　「木置き場の男」　乾荘次郎　紅蓮の剣-書下ろし時代小説傑作選5　ミリオン出版(大洋時代文庫)　2005年9月

十次郎　じゅうじろう
大坂落城のあと呂宋に追放された切支丹大名高山右近の嫡男　「紀州鯨銛殺法」　新宮正春　武芸十八般-武道小説傑作選　KKベストセラーズ(ベスト時代文庫)　2005年10月

重助　じゅうすけ
山賊の通り魔の団九郎の乾分の一人　「妖魔千匹猿」　下村悦夫　怪奇・伝奇時代小説選集12 血塗りの呪法　春陽堂書店(春陽文庫)　2000年9月

十蔵　じゅうぞう
京都の料理屋「たけむら」に長く奉公し食い物屋の小店「鶴屋」を開いた男　「夕鶴恋歌」　澤田ふじ子　江戸夢日和-市井・人情小説傑作選二　学習研究社(学研M文庫)　2004年1月

重蔵　じゅうぞう*
目明し、漬物屋をやっている男　「杖下」　北方謙三　時代小説-読切御免第一巻　新潮社(新潮文庫)　2004年3月

重蔵坊　じゅうぞうぼう
永年にわたり尼子家の密偵として働いてきた老山伏　「雲州英雄記」　池波正太郎　軍師の死にざま-短篇小説集　作品社　2006年10月

十兵衛　じゅうべえ
川越の骨董好きの隠居で金唐革の財布を詐取された男　「金唐革の財布」　平岩弓枝　大江戸の歳月-新鷹会・傑作時代小説選　光文社(光文社文庫)　2003年6月

十兵衛　じゅうべえ
戦国武将、室町将軍足利義輝に仕え織田信長との連絡役を務めた側近　「義輝異聞 遺恩」　宮本昌孝　代表作時代小説　平成十三年度　光風社出版　2001年5月

重兵衛　じゅうべえ
質両替商「筮医者」　山手樹一郎　武士道日暦-新鷹会・傑作時代小説選　光文社(光文社文庫)　2007年6月

重兵衛　じゅうべえ
日本橋小網町の店「鍵屋」の主人、裏で大がかりな高利貸しをしている男　「逃げる甚内」　伊藤桂一　星明かり夢街道-新選代表作時代小説21　光風社出版　2000年5月

じゅう

重兵衛　じゅうべえ
木曾の山奥の杣小屋に太吉という男の児の二人きりでさびしく暮らしていた男　「木曾の旅人」　岡本綺堂　怪奇・伝奇時代小説選集10 怪談累ケ淵　春陽堂書店(春陽文庫)　2000年7月

朱炎　しゅえん
後漢の皇帝の隠密都尉の役目を負う武官　「惜別姫」　藤水名子　撫子が斬る-女性作家捕物帳アンソロジー　光文社(光文社文庫)　2005年9月

朱亥　しゅがい
諸国を遍歴して魏の国で屠者となった怪力無双の大男　「虎符を盗んで」　陳舜臣　動物-極め付き時代小説選3　中央公論新社(中公文庫)　2004年11月

寿桂尼　じゅけいに
駿河国主今川氏親夫人　「鴛鴦ならび行く」　安西篤子　軍師の生きざま-時代小説傑作選　コスミック出版(コスミック文庫)　2008年11月；戦国軍師列伝-時代小説傑作選六　新人物往来社　2008年3月

主人　しゅじん
親父橋際の料理屋「菊村」の主人　「俎上の恋」　梅本育子　愛染夢灯籠-時代小説傑作選　講談社(講談社文庫)　2005年9月

十官　じゅっかん
大力無双の唐人　「伊藤一刀斎」　南條範夫　人物日本剣豪伝一　学陽書房(人物文庫)　2001年4月

寿之助　じゅのすけ
日本橋通町の木綿問屋、金を借りたために材木問屋和泉屋甚助の腰巾着となった男　「憚りながら日本一」　北原亞以子　浮き世草紙-女流時代小説傑作選　角川春樹事務所(ハルキ文庫)　2002年10月

首馬　しゅめ
駿府の道場主の長男で品行方正な自分とは真逆な妖物と成り果てた弟を持った兄　「異聞胸算用」　平山夢明　伝奇城-文庫書下ろし/伝奇時代小説アンソロジー　光文社(光文社文庫)　2005年2月

春燕　しゅんえん
女の妖怪錦瑟の侍女　「錦瑟と春燕」　陳舜臣　鎮守の森に鬼が棲む-時代小説傑作選　講談社(講談社文庫)　2001年9月

俊寛　しゅんかん
京都・鹿ケ谷の山荘で平家打倒の陰謀をめぐらせたとして鬼界ガ島に流された僧　「鬼界ガ島」　安部龍太郎　源義経の時代-短篇小説集　作品社　2004年10月

順吉　じゅんきち
猿江町の左官屋・塗り長の職人、死のうとしたところを金貸しの老人清之助に助けられた男　「代替わり」　山本一力　花ふぶき-時代小説傑作選　角川春樹事務所(ハルキ文庫)　2004年7月

淳子　じゅんこ
芸州藩学問所の教官御園道英の娘で藩儒の頼家の放蕩児久太郎と結婚した女　「蕩児」南條範夫　逆転 時代アンソロジー　祥伝社(祥伝社文庫)　2000年5月

順斎　じゅんさい
江戸で名人と評判の高い経師屋　「人肌屏風」古巣夢太郎　怪奇・伝奇時代小説選集11 妖艶の谷　春陽堂書店(春陽文庫)　2000年8月

順治帝(愛新覚羅 福臨)　じゅんちてい(あいしんかくら・ふりん)
満州族政権の清王朝三代皇帝　「董妃」陳舜臣　代表作時代小説 平成十七年度　光文社　2005年6月

春鳥　しゅんちょう
日本橋小網町の米問屋「大阪屋」の隠居　「飛奴」泡坂妻夫　地獄の無明剣-時代小説傑作選　講談社(講談社文庫)　2004年9月

春念　しゅんねん
山深い真葛の里の長者の卑僕、入信後の名は春念　「春念入信記」山岡荘八　侍たちの歳月-新鷹会・傑作時代小説選　光文社(光文社文庫)　2002年6月

徐 阿繍　じょ・あしゅう
徐南川の養女　「蛙吹泉」森福都　異色中国短篇傑作大全　講談社(講談社文庫)　2001年3月

徐 市　じょ・いち
方士　「方士徐福」新宮正春　異色中国短篇傑作大全　講談社(講談社文庫)　2001年3月

紹益　じょうえき
本名は佐野重孝という京の富商佐野家の若いあと継ぎ、六条三筋町の郭の大夫だった徳子を身請けした男　「蓮台の月」澤田ふじ子　合わせ鏡-女流時代小説傑作選　角川春樹事務所(ハルキ文庫)　2003年2月

庄右衛門　しょうえもん
摂州尼崎に在る新陰流猪之田道場のあるじ猪之田兵斎の門弟、難波村の庄屋　「秘し刀霞落し」五味康祐　七人の十兵衛-傑作時代小説　PHP研究所(PHP文庫)　2007年11月

浄円　じょうえん
旅廻りの絵師の子をみごもった慈光寺の若い尼　「二人の母」杉本苑子　鍔鳴り疾風剣-新選代表作時代小説22　光風社出版(光風社文庫)　2000年11月

浄円院由利　じょうえんいんゆり
徳川幕府第八代将軍吉宗の生母　「吉宗の恋」岳宏一郎　代表作時代小説 平成二十年度　光文社　2008年6月

浄海　じょうかい
義法寺の和尚　「犬曳き侍」伊藤桂一　動物-極め付き時代小説選3　中央公論新社(中公文庫)　2004年11月

しょう

浄閑　じょうかん
川越街道の赤塚の村にある寺の住職、弟の永楽銭とともに甲斐国の乱波だった男　「山賊和尚」　喜安幸夫　代表作時代小説 平成十三年度　光風社出版　2001年5月

正慶　しょうけい
毛利家の使僧、正慶は別号　「一字三星紋の流れ旗」　新宮正春　紅葉谷から剣鬼が来る-時代小説傑作選　講談社(講談社文庫)　2002年9月

浄慶　じょうけい
捨て子だった浄円を弟子にした慈光寺の老庵主　「二人の母」　杉本苑子　鍔鳴り疾風剣-新選代表作時代小説22　光風社出版(光風社文庫)　2000年11月

照月　しょうげつ
本郷一丁目の蕎麦屋「天庵」の女主人　「泥棒番付」　泡坂妻夫　剣よ月下に舞え-新選代表作時代小説23　光風社出版(光風社文庫)　2001年5月

勝光院　しょうこういん
元大奥上臈御年寄　「化縁つきぬれば」　大路和子　剣の意地 恋の夢-時代小説傑作選　講談社(講談社文庫)　2000年9月

浄光院(お静)　じょうこういん(おしず)
徳川二代将軍秀忠の側室、高遠領主となった保科正之の生母　「浄光院さま逸事」　中村彰彦　乱世の女たち-信州歴史時代小説傑作集第五巻　しなのき書房　2007年9月

庄次(真砂の庄次)　しょうじ(まさごのしょうじ)
真砂の里の名主、清姫の父親　「新釈娘道成寺」　八雲滉　怪奇・伝奇時代小説選集6 清姫・怨霊ばなし　春陽堂書店(春陽文庫)　2000年3月

庄司 嘉兵衛　しょうじ・かへえ
水戸浪士、神道無念流を使う剣客　「梅一枝」　柴田錬三郎　武士道-時代小説アンソロジー3　小学館(小学館文庫)　2007年3月

東海林 小次郎　しょうじ・こじろう
西村山郡岩根沢の沼ノ平城主東海林隼人助の三人の子息たちの次男　「霧の城」　南條範夫　東北戦国志-傑作時代小説　PHP研究所(PHP文庫)　2009年9月

庄司 甚右衛門　しょうじ・じんえもん
徒党を組んだ焼餅女房たちに押しかけられた吉原の惣名主　「おいらん振袖」　早乙女貢　逢魔への誘い-問題小説傑作選6 時代情恋篇　徳間書店(徳間文庫)　2000年3月

東海林 宗三郎　しょうじ・そうざぶろう
西村山郡岩根沢の沼ノ平城主東海林隼人助の三人の子息たちの三男　「霧の城」　南條範夫　東北戦国志-傑作時代小説　PHP研究所(PHP文庫)　2009年9月

庄司ノ甚内　しょうじのじんない
相州乱破風魔一党の者　「金剛鈴が鳴る-風魔小太郎」　戸部新十郎　戦国忍者武芸帳-時代小説傑作選五　新人物往来社　2008年3月

東海林 隼人助　しょうじ・はやとのすけ
戦国武将、西村山郡岩根沢の沼ノ平城主　「霧の城」　南條範夫　東北戦国志-傑作時代小説　PHP研究所(PHP文庫)　2009年9月

庄司 半兵衛　しょうじ・はんべえ
大坂西町奉行所同心 「深川形櫛」 古賀宣子　花と剣と侍-新鷹会・傑作時代小説選　光文社(光文社文庫) 2009年6月

庄司 又左衛門　しょうじ・またざえもん
吉原の惣名主 「張りの吉原」 隆慶一郎　吉原花魁　角川書店(角川文庫) 2009年12月

東海林 弥太郎　しょうじ・やたろう
西村山郡岩根沢の沼ノ平城主東海林隼人助の三人の子息たちの長男 「霧の城」 南條範夫　東北戦国志-傑作時代小説　PHP研究所(PHP文庫) 2009年9月

上州屋幸兵衛　じょうしゅうやこうべえ＊
江戸深川・佐賀町の油問屋の隠居で隠居後町道場で初手から剣術を習い始めた老人 「動かぬが勝」 佐江衆一　代表作時代小説 平成十六年度　光風社出版 2004年4月

成就坊　じょうじゅぼう
越前一乗谷の朝倉氏当主義景の叔父、朝倉家から美濃の斎藤義竜の元へ出された人質 「富田勢源」 戸部新十郎　人物日本剣豪伝一　学陽書房(人物文庫) 2001年4月

徐 宇燮　じょ・うしょう
蒙古軍と戦う高麗軍の精鋭である三別抄の副官 「三別抄耽羅戦記」 金重明　代表作時代小説 平成十九年度　光文社 2007年6月

猩々の銀　しょうじょうのぎん
元御用聞の風車の浜吉親分の片腕 「月夜駕籠」 伊藤桂一　剣よ月下に舞え-新選代表作時代小説23　光風社出版(光風社文庫) 2001年5月

庄二郎　しょうじろう
大伝馬町の木綿問屋「嶋屋」のあるじ、勘当された美濃屋の息子信太郎の義兄 「水雷屯」 杉本章子　撫子が斬る-女性作家捕物帳アンソロジー　光文社(光文社文庫) 2005年9月

庄助　しょうすけ
からくり師、自鳴琴入りのからくり異国人形をつくって手鎖の刑に処せられた男 「自鳴琴からくり人形」 佐江衆一　地獄の無明剣-時代小説傑作選　講談社(講談社文庫) 2004年9月

松仙(松江)　しょうせん(まつえ)
鳳光院の尼、かつて婚約者服部吉兵衛と別れ黒金藩主信濃守勝統の側室となった女 「雪間草」 藤沢周平　鍔鳴り疾風剣-新選代表作時代小説22　光風社出版(光風社文庫) 2000年11月

庄太　しょうた
天明元年江戸の市中で疱瘡除けの仙魚と称して山椒魚を拝ませる商売をしていた源八の子分 「山椒魚」 松本清張　江戸夢日和-市井・人情小説傑作選二　学習研究社(学研M文庫) 2004年1月

庄太　しょうた
麦飯屋で働くおしずの亭主で大川端の百本杭に死体であがった男 「置いてけ堀(本所深川ふしぎ草紙)」 宮部みゆき　傑作捕物ワールド第9巻 妖異怪談篇　リブリオ出版 2002年10月

しょう

庄太　しょうた
蛤弁天の富くじで一番富を当てたらしい石屋の男　「からくり富」　泡坂妻夫　江戸浮世風-人情捕物帳傑作選　学習研究社(学研M文庫)　2004年8月

正太　しょうた
佃の渡しの渡し守、舟に乗ってきたよそ者のまつを女房にした若者　「恋闇沖漁炎佃島」　出久根達郎　逢魔への誘い-問題小説傑作選6 時代情恋篇　徳間書店(徳間文庫)　2000年3月

正太　しょうた
佃島と対岸の船松町を往復する舟の渡し守　「春宵相乗舟佃島」　出久根達郎　春宵 濡れ髪しぐれ-時代小説傑作選　講談社(講談社文庫)　2003年9月

庄田下総守 安利　しょうだしもうさのかみ・やすとし
大目付、側用人柳沢出羽守保明(のち吉保)の腰巾着　「男は多門伝八郎」　中村彰彦　武士の本懐-武士道小説傑作選　KKベストセラーズ(ベスト時代文庫)　2004年6月

庄太夫　しょうだゆう
東蝦夷シブチャリのアイヌの脇乙名(副酋長)シャクシャインの娘ピリトの婿になった和人の鷹待と称する猟夫　「悪鬼になったピリト」　岡田耕平　怪奇・伝奇時代小説選集7 幽明鏡草紙　春陽堂書店(春陽文庫)　2000年4月

尚太郎　しょうたろう
三河町の剣術道場の実家で後家を通している滝乃の娘みほが弟子入りする手習師匠、滝乃の初恋の男　「手習子の家」　梅本育子　花ごよみ夢一夜-新選代表作時代小説24　光風社出版(光風社文庫)　2001年11月

正太郎　しょうたろう
神田紺屋町の紫屋「つばめ屋」の長男、女浄瑠璃語りの竹本京駒の舞台に通いつめている若者　「あさきゆめみし」　宇江佐真理　浮き世草紙-女流時代小説傑作選　角川春樹事務所(ハルキ文庫)　2002年10月

常珍坊　じょうちんぼう
関ヶ原の戦いに敗れ八丈島へ流された宇喜田秀家父子の供をした乳母沢橋さしの息子、出家の身　「母恋常珍坊」　中村彰彦　地獄の無明剣-時代小説傑作選　講談社(講談社文庫)　2004年9月

聖天の吉五郎　しょうてんのきちごろう
浅草一帯の香具師の束ねをしている元締の老人　「夢の茶屋」　池波正太郎　江戸の老人力-時代小説傑作選　集英社(集英社文庫)　2002年12月

正塔　しょうとう
町内の医者　「飛奴」　泡坂妻夫　地獄の無明剣-時代小説傑作選　講談社(講談社文庫)　2004年9月

聖徳太子　しょうとくたいし
用明天皇の皇子　「子麻呂道」　黒岩重吾　地獄の無明剣-時代小説傑作選　講談社(講談社文庫)　2004年9月

上人　しょうにん
志賀の里の湖畔で見た美しい御息所に恋をした高徳の老僧「志賀寺上人の恋」三島由紀夫　歴史小説の世紀-地の巻　新潮社(新潮文庫)　2000年9月

浄念　じょうねん
下総の山寺の住職だったが吉原の遊女刈藻に迷って寺を捨てた破戒坊主「相学奇談」中山義秀　万事金の世-時代小説傑作選　徳間書店(徳間文庫)　2006年4月

正之助　しょうのすけ*
深川の芸者屋の女将たけの孫、真布施一刀流の町道場に通っている男「芸者の首」泡坂妻夫　恋模様-極め付き時代小説選2　中央公論新社(中公文庫)　2004年10月

丈之助　じょうのすけ*
若い岡っ引鯉売りの小太郎の兄貴分の岡っ引「恋売り小太郎」梅本育子　代表作時代小説　平成十二年度　光風社出版　2000年5月

丈八　じょうはち
信州無宿の流れ者の渡世人「狂女が唄う信州路」笹沢左保　人情草紙-信州歴史時代小説傑作集第四巻　しなのき書房　2007年7月;約束-極め付き時代小説選1　中央公論新社(中公文庫)　2004年9月

荘林　十兵衛　しょうばやし・じゅうべえ
肥後・加藤家の旧臣で八代城主細川三斎に召し抱えられたタイ捨流剣術の達人「雷大吉」安部龍太郎　代表作時代小説　平成十三年度　光風社出版　2001年5月

荘林　十兵衛　しょうばやし・じゅうべえ*
肥後八代城に隠居の身の細川忠興(三斎)付きの家来「松山主水」高野澄　人物日本剣豪伝三　学陽書房(人物文庫)　2001年5月

庄林　八治郎　しょうばやし・はちじろう
大和郡山藩藩士生田家の養子生田伝八郎の弟「死出の雪-崇禅寺馬場の敵討ち」隆慶一郎　士道無惨!仇討ち始末-時代小説傑作選四　新人物往来社　2008年3月

庄平　しょうへい
十津川の奥の菅野村の貧農の次男、義軍の募兵に応じた農兵「水の天女」伊藤桂一　恋模様-極め付き時代小説選2　中央公論新社(中公文庫)　2004年10月

庄兵衛　しょうべえ
甲斐国八代郡子酉川の右岸菊島の庄の鵜飼の長、お美都の父親「子酉川鵜飼の怨霊」今川徳三　怪奇・伝奇時代小説選集14　累物語　春陽堂書店(春陽文庫)　2000年11月

庄兵衛　しょうべえ
湯島の織物問屋結城屋の先代主人、吉原でツケを溜めて逃げた男「おいらん殺し(付き馬屋おえん)」南原幹雄　傑作捕物ワールド第4巻　女の情念篇　リブリオ出版　2002年10月

笑兵衛　しょうべえ
深川の中島町澪通りの木戸番「名人かたぎ」北原亞以子　江戸宵闇しぐれ-人情捕物帳傑作選二　学習研究社(学研M文庫)　2005年3月

しょう

笑兵衛　しょうべえ
深川中島町の木戸番、お捨の夫　「ともだち」　北原亞以子　たそがれ長屋-人情時代小説傑作選　新潮社(新潮文庫)　2008年10月

聖武天皇(首皇子)　しょうむてんのう(おびとのおうじ)
第四十五代天皇、文武天皇の子　「道鏡」　坂口安吾　人物日本の歴史 古代中世編-時代小説版　小学館(小学館文庫)　2004年1月

湘蓮　しょうれん
中国山東の妓館の若くて人気の妓女　「玉面」　井上祐美子　黄土の虹-チャイナ・ストーリーズ　祥伝社　2000年2月

正六　しょうろく
長屋暮らしから抜け出そうとした働き者のおつやを女房にした歯磨売りの男　「終りのない階段」　北原亞以子　江戸浮世風-人情捕物帳傑作選　学習研究社(学研M文庫)　2004年8月

鋤雲　じょうん
幕臣、蝦夷在任中函館奉行支配組頭を勤め軍艦奉行や外国奉行も勤めた人物　「月魄」　中山義秀　歴史小説の世紀-天の巻　新潮社(新潮文庫)　2000年9月

如雲斎　じょうんさい
尾張柳生の開祖　「慶安御前試合」　隆慶一郎　花ごよみ夢一夜-新選代表作時代小説24　光風社出版(光風社文庫)　2001年11月

徐 牙之(粉河 新左衛門)　じょ・がし(こなかわ・しんざえもん)
紀州雑賀衆の鉄砲の名手、豊臣秀吉に抗戦を続けるため乳兄弟の太田孫二郎とともに朝鮮に渡り朝鮮軍に奔った武人　「何処か是れ他郷」　荒山徹　代表作時代小説 平成十六年度　光風社出版　2004年4月

蜀山人　しょくさんじん
江戸から長崎へ出張して来ている勘定所の役人で文人としても名の知られた男　「泥棒が笑った」　平岩弓枝　江戸の老人力-時代小説傑作選　集英社(集英社文庫)　2002年12月

如水　じょすい
戦国武将、豊臣秀吉の名参謀として活躍した男　「黒田如水」　坂口安吾　軍師の生きざま-時代小説傑作選　コスミック出版(コスミック文庫)　2008年11月；軍師の死にざま-短篇小説集　作品社　2006年10月

書生　しょせい
海辺の宿屋「蓬莱屋」の宿泊客となった書生　「黒猫」　皆川博子　代表作時代小説 平成十二年度　光風社出版　2000年5月

女帝　じょてい
聖武天皇の娘で孝謙天皇、上皇を経て称徳天皇　「女帝をくどく法」　田辺聖子　剣が哭く夜に哭く-新選代表作時代小説20　光風社出版　2000年1月

徐 南川　じょ・なんせん
元高官　「蛙吹泉」　森福都　異色中国短篇傑作大全　講談社(講談社文庫)　2001年3月

徐 福（徐 市）　じょ・ふく（じょ・いち）
方士「方士徐福」新宮正春．異色中国短篇傑作大全　講談社（講談社文庫）2001年3月

ジョルジュ・アルバレス
九州豊後の有力大名大友家に弾薬を売りにきた南蛮商人ピントの相棒「ピント日本見聞記」杉本苑子　九州戦国志-傑作時代小説　PHP研究所（PHP文庫）2008年12月

白井 亨　しらい・とおる
江戸の剣客、岡山藩池田家の剣術指南役で下谷練塀小路東側にある一刀流中西道場の重鎮「天真嚇機・剣尖より火輪を発す」千野隆司　斬刃-時代小説傑作選　コスミック出版（コスミック時代文庫）2005年5月

白井 亨　しらい・とおる
幕末の剣客、一刀流中西道場の三羽烏の一人「白井亨」神坂次郎　人物日本剣豪伝四　学陽書房（人物文庫）2001年6月

地雷也の岩　じらいやのいわ
天馬町牢の新入りの囚人、旗本中間「群盲」山手樹一郎　侍たちの歳月-新鷹会・傑作時代小説選　光文社（光文社文庫）2002年6月

白江　しらえ
旗本の若殿奥津龍之介がお取潰しになった大名屋敷の池へ釣りに行って出逢った美しい姫の侍女「蛇性の淫」小島健三　怪奇・伝奇時代小説選集14 累物語　春陽堂書店（春陽文庫）2000年11月

白鳥 十郎　しらとり・じゅうろう
戦国武将、西村山郡河北の谷地城主「霧の城」南條範夫　東北戦国志-傑作時代小説　PHP研究所（PHP文庫）2009年9月

白縫姫　しらぬいひめ
若武士菊池小太郎の父に滅ぼされた天草七郎の遺児「邪恋妖姫伝」伊奈京介　怪奇・伝奇時代小説選集8 百物語　春陽堂書店（春陽文庫）2000年5月

白女　しらめ
木曾谷の隠れ里の女「夕霧峡秘譚」狭山温　怪奇・伝奇時代小説選集12 血塗りの呪法　春陽堂書店（春陽文庫）2000年9月

子竜　しりゅう
兵法者、御家人で心貫流十代目の流祖「平山行蔵」多岐川恭　人物日本剣豪伝四　学陽書房（人物文庫）2001年6月

子竜　しりゅう
兵法者で男谷精一郎の剣の師、伊賀組同心「男谷精一郎」奈良本辰也　人物日本剣豪伝四　学陽書房（人物文庫）2001年6月

子竜　しりょう
江戸四谷・北伊賀町に剣術道場を構え老体になっても質実剛健を貫く武芸者「子竜」諸田玲子　代表作時代小説 平成十七年度　光文社　2005年6月

しるり

シルリング
オロシャ人の通詞 「白い帆は光と陰をはらみて」 弓場剛 伊豆の歴史を歩く-伊豆文学賞・歴史小説傑作集Ⅱ 羽衣出版 2006年3月

四郎 しろう
浪々の武士、元坂崎出羽守の稚児方 「千姫桜」 有吉佐和子 戦国女人十一話 作品社 2005年11月

施琅 し・ろう
清の靖海将軍 「妃紅」 井上祐美子 妃・殺・蝗-中国三色奇譚 講談社(講談社文庫) 2002年11月

次郎 じろう
墓地の乞食、相州の相棒 「刀の中の顔」 宇野信夫 怪奇・怪談時代小説傑作選 徳間書店(徳間文庫) 2004年9月

四郎右衛門 しろうえもん
京都三条小橋の油問屋、都一の分限者 「怪異石仏供養」 石川淳 怪奇・伝奇時代小説選集7 幽明鏡草紙 春陽堂書店(春陽文庫) 2000年4月

四郎二郎 しろうじろう
甲賀の下忍、女忍びの志乃とかつては睦み合った仲の男 「帰蝶」 岩井三四二 戦国女人十一話 作品社 2005年11月

四郎時貞 しろうときさだ
島原の乱の首謀者、白皙の美少年 「日本のユダ〈山田右衛門作〉」 榊山潤 人物日本の歴史 江戸編〈上〉-時代小説版 小学館(小学館文庫) 2004年5月

しろがね屋善兵衛(善兵衛) しろがねやぜんべい(ぜんべえ)
堺の豪商、用心棒伊吹平九郎の雇い主 「一字三星紋の流れ旗」 新宮正春 紅葉谷から剣鬼が来る-時代小説傑作選 講談社(講談社文庫) 2002年9月

次郎吉(鬼雷神越右衛門) じろきち(きらいじんこしえもん*)
下赤坂村の百姓、のち山越藩の抱え力士 「五輪くだき」 逢坂剛 時代小説 読切御免第二巻 新潮社(新潮文庫) 2004年3月

次郎吉(鼠) じろきち(ねずみ)
甘酒屋次郎吉といわれて知られた遊び人、実は鼠と呼ばれる名高い盗賊 「鼠、泳ぐ」 赤川次郎 代表作時代小説 平成十七年度 光文社 2005年6月

次郎吉(鼠小僧次郎吉) じろきち(ねずみこぞうじろきち)
文政から天保へかけて大名邸を荒らし義賊と呼ばれて江戸市民の崇拝の的となった盗賊 「宵闇の義賊」 山本周五郎 江戸宵闇しぐれ-人情捕物帳傑作選二 学習研究社(学研M文庫) 2005年3月

次郎左衛門 じろざえもん
岡っ引の親分 「蓮のつぼみ」 梅本育子 江戸色恋坂-市井情話傑作選 学習研究社(学研M文庫) 2005年8月

次郎作　じろさく
戦国武将長岡藤孝(のちの細川幽斎)手飼いの鉄砲放の若者熊王の父　「銃隊」　東郷隆　武芸十八般-武道小説傑作選　KKベストセラーズ(ベスト時代文庫)　2005年10月

城 資盛　しろ・すけもり*
鎌倉幕府に叛き越後の居城鳥坂城に籠城し幕府軍と戦った城一族の大将　「坂額と浅利与一」　畑川皓　紅蓮の翼-異彩時代小説撰　叢文社　2007年8月

白妙　しろたえ
都の外れ九条坊門あたりにある家に住む姫、諸国を廻る繭商人だという老人千弥太の娘　「大盗伝」　石井哲夫　蛇の眼-捕物時代小説選集2　春陽堂書店(春陽文庫)　2000年3月

次郎長　じろちょう
元博徒で維新後はお上の御用を務める清水の次郎長一家の親分　「大兵政五郎」　諸田玲子　代表作時代小説　平成十三年度　光風社出版　2001年5月

次郎長　じろちょう
駿河の宿場町・江尻を本拠にする清水一家の親分で維新後は街道の治安にあたった侠客　「お蝶」　諸田玲子　花ふぶき-時代小説傑作選　角川春樹事務所(ハルキ文庫)　2004年7月

次郎長　じろちょう
駿河の清水生まれの無法者、森の五郎親分のところに草鞋をぬいでいる男　「桶屋の鬼吉」　村上元三　武士道歳時記-新鷹会・傑作時代小説選　光文社(光文社文庫)　2008年6月

次郎長(清水の次郎長)　じろちょう(しみずのじろちょう)
やくざの親分　「森の石松が殺された夜」　結城昌治　大江戸犯科帖-時代推理小説名作選　双葉社(双葉文庫)　2003年10月

次郎長(清水の次郎長)　じろちょう(しみずのじろちょう)
清水湊の博徒の親分、明治元年新政府の駿府町差配役判事の輩下となり沿道の治安にあたった男　「泪雨」　村松友視　散りぬる桜-時代小説招待席　広済堂出版　2004年2月

城ノ目 田左衛門　しろのめ・たざえもん*
戦国武将、会津領主上杉景勝の筆頭家老直江兼続の家来　「夕陽の割符-直江兼続」　光瀬龍　戦国軍師列伝-時代小説傑作選六　新人物往来社　2008年3月

次郎兵衛　じろべえ
上総国市原郡七ヶ村の姉ヶ崎村の名主で伊豆大島へ島流しになった男　「上総風土記」　村上元三　江戸の鈍感力-時代小説傑作選　集英社(集英社文庫)　2007年12月;侍たちの歳月-新鷹会・傑作時代小説選　光文社(光文社文庫)　2002年6月

次郎兵衛　じろべえ
築地の海産物問屋「伊豆屋」の次男　「捨て子稲荷」　半村良　春宵 濡れ髪しぐれ-時代小説傑作選　講談社(講談社文庫)　2003年9月

しん(おしん)
日本橋の古本屋の娘で御書物同心東雲丈太郎の妹と仲が良い娘　「鶯替」　出久根達郎　代表作時代小説　平成十四年度　光風社出版　2002年5月

しんい

新一郎　しんいちろう
旗本深谷新左衛門の嫡男　「怪談累ケ淵」　柴田錬三郎　怪奇・伝奇時代小説選集10 怪談累ケ淵　春陽堂書店(春陽文庫)　2000年7月

秦檜　しん・かい
朝廷の文官　「僭称」　井上祐美子　愛染夢灯籠-時代小説傑作選　講談社(講談社文庫)　2005年9月

新貝弥七郎　しんかい・やしちろう
高家筆頭の役職から隠居した吉良上野介の養子の当主左兵衛義周の側近　「その日の吉良上野介」　池宮彰一郎　人物日本の歴史 江戸編<上>-時代小説版　小学館(小学館文庫)　2004年5月

信吉　しんきち
かつぎ豆腐売り　「ちっちゃなかみさん」　平岩弓枝　感涙-人情時代小説傑作選　KKベストセラーズ(ベスト時代文庫)　2004年11月;歴史小説の世紀-地の巻　新潮社(新潮文庫)　2000年9月

新吉　しんきち
お七火事で死んだ歌舞伎役者の玉村紋弥の父親に弟分みたいにして育てられた少年　「ぎやまん蝋燭」　杉本苑子　江戸三百年を読む 上-傑作時代小説 江戸騒乱編　角川学芸出版(角川文庫)　2009年9月

新吉　しんきち
旗本の若侍に捨てられて身投げしようとした大きな質屋の小町娘お静を助けた紙屑拾い　「五月闇聖天呪殺」　潮山長三　怪奇・伝奇時代小説選集4 怪異黒姫おろし　春陽堂書店(春陽文庫)　2000年1月

新吉　しんきち
江戸の職人で鍛金師の源七の長男で家を出て行方知れずの男　「急須の源七」　佐江衆一　代表作時代小説 平成十二年度　光風社出版　2000年5月

新吉　しんきち
根津七軒町に住んでいた富本の師匠豊志賀と男女の仲になった若い男　「女師匠の怨霊!」　島崎俊二　怪奇・伝奇時代小説選集4 怪異黒姫おろし　春陽堂書店(春陽文庫)　2000年1月

新吉　しんきち
親をなくして姉の百合とともに横浜の古道具商「萬栄堂」の下働きとなった少年　「リボルバー」　山崎洋子　ふりむけば闇-時代小説招待席　広済堂出版　2003年6月

新吉　しんきち
清水の次郎長の子分政五郎の昔なじみで清水一家に転がり込んだ与太者　「大兵政五郎」　諸田玲子　代表作時代小説 平成十三年度　光風社出版　2001年5月

新吉　しんきち
大工の親方から受け取った十両を博奕ですってしまって大川へ身投げしようとした男　「死神」　山手樹一郎　武士道歳時記-新鷹会・傑作時代小説選　光文社(光文社文庫)　2008年6月

新吉　しんきち
日本橋乗物町の岡っ引銀平の元で岡っ引修業をしている男　「人肌屏風」　古巣夢太郎　怪奇・伝奇時代小説選集11 妖艶の谷　春陽堂書店（春陽文庫）　2000年8月

新吉　しんきち
本所菊川町に屋敷を持つ旗本畠山家の三男坊、ある時は遊び人の新吉の色男　「双面花見侍」　安達瑶　姦殺の剣-書下ろし時代小説傑作選3　ミリオン出版（大洋時代文庫）　2005年4月

神宮　迅一郎　じんぐう・じんいちろう
小人目付　「大目小目」　逢坂剛　代表作時代小説 平成十八年度　光文社　2006年6月

信玄　しんげん
戦国武将、名将平賀源心が守る海の口城攻めで初陣を飾った甲斐武田家の嫡男でのちの信玄　「異説 晴信初陣記」　新田次郎　軍師の生きざま-短篇小説集　作品社　2008年11月

新五　しんご
岡っ引、北町奉行所の同心頭大場伝蔵の下で働く駒形の親分　「蛇を刺す蛙」　陣出達朗　江戸浮世風-人情捕物帳傑作選　学習研究社（学研M文庫）　2004年8月

真吾　しんご
西郷隆盛の弟、陸軍少将　「犠牛の詩-西南戦争異聞」　赤瀬川隼　紅葉谷から剣鬼が来る-時代小説傑作選　講談社（講談社文庫）　2002年9月

神後 伊豆（伊阿弥）　じんご・いず（いあみ）
兵法者、上泉伊勢守の高弟　「花車」　戸部新十郎　鎮守の森に鬼が棲む-時代小説傑作選　講談社（講談社文庫）　2001年9月

神後 伊豆守 宗治　じんごいずのかみ・むねはる
兵法者上泉伊勢守秀綱の高弟、元箕輪城主長野業盛の家臣　「上泉伊勢守秀綱」　桑田忠親　人物日本剣豪伝一　学陽書房（人物文庫）　2001年4月

人皇王　じんこうおう
契丹国皇帝耶律阿保機の長男、「人皇王」という称号をあたえられ皇帝になれなかった男　「人皇王流転」　田中芳樹　代表作時代小説 平成十九年度　光文社　2007年6月

新五郎　しんごろう
吉原の貸し金取りたてをする付き馬屋「弁天屋」の番頭だった男、おえんの兄貴分　「おいらん殺し（付き馬屋おえん）」　南原幹雄　傑作捕物ワールド第4巻 女の情念篇　リブリオ出版　2002年10月

甚五郎　じんごろう
摂津池田の里山で炭を焼く老人、かつては美濃の陶工甚五郎だった男　「村重好み」　秋月達郎　ふりむけば闇-時代小説招待席　広済堂出版　2003年6月

新五郎（浜の嵐新五郎）　しんごろう（はまのあらししんごろう）
横浜本牧のチャブ屋の常連、博打の胴元　「九原の涙」　東郷隆　異色中国短篇傑作大全　講談社（講談社文庫）　2001年3月

じんざ

甚三郎　じんざぶろう
元赤穂浅野家中近松勘六の家僕、大石内蔵助の命を受け赤坂南部坂の屋敷に隠棲中の瑤泉院の許へ荷を届けた男　「密使」　古賀宣子　代表作時代小説 平成十七年度　光文社　2005年6月

甚三郎　じんざぶろう
長崎の浦上中野郷のきりしたんの部落にいた喜助の仲間の青年　「最後の殉教者」　遠藤周作　歴史小説の世紀-地の巻　新潮社(新潮文庫)　2000年9月

甄氏　しんし
袁紹の次男袁熙の妻、のち曹丕の妻　「曹操と曹丕」　安西篤子　異色中国短篇傑作大全　講談社(講談社文庫)　2001年3月

信次　しんじ
花火屋「鍵屋」の花火職人、両国の水茶屋で働くおてると所帯を持つ約束をしていた男　「がたくり橋は渡らない」　宇江佐真理　江戸色恋坂-市井情話傑作選　学習研究社(学研M文庫)　2005年8月

新十郎　しんじゅうろう
上州無宿の渡世人、天神の新十郎　「峠に哭いた甲州路」　笹沢左保　大江戸事件帖-時代推理小説名作選　双葉社(双葉文庫)　2005年7月

志ん生　しんしょう
かん生の師匠である噺家、初代　「夜鷹蕎麦十六文」　北原亞以子　職人気質-時代小説アンソロジー4　小学館(小学館文庫)　2007年5月

新庄 伊織　しんじょう・いおり
小姓組勤め、のち留守居に抜擢　「深い霧」　藤沢周平　剣の意地 恋の夢-時代小説傑作選　講談社(講談社文庫)　2000年9月

信次郎　しんじろう
東慶寺の御用宿「柏屋」の使用人　「おゆき」　井上ひさし　代表作時代小説 平成二十年度　光文社　2008年6月

信助　しんすけ
左官、谷中の庄兵衛長屋の住人で捨て子稲荷の祠に捨てられた赤ん坊を引きとった男　「捨て子稲荷」　半村良　春宵 濡れ髪しぐれ-時代小説傑作選　講談社(講談社文庫)　2003年9月

新助　しんすけ
江戸市中を荒らしている悪党　「小塚っ原綺聞」　畑耕一　怪奇・伝奇時代小説選集8 百物語　春陽堂書店(春陽文庫)　2000年5月

甚助　じんすけ
かげろうの甚助という異名で知られる忍び　「一字三星紋の流れ旗」　新宮正春　紅葉谷から剣鬼が来る-時代小説傑作選　講談社(講談社文庫)　2002年9月

甚助　じんすけ
京橋三十間堀にある材木問屋、粋人を気取って金を湯水のように遣っている男　「憚りながら日本一」　北原亞以子　浮き世草紙-女流時代小説傑作選　角川春樹事務所(ハルキ文庫)　2002年10月

新三　しんぞう
旗本深谷新左衛門の次男、門番の勘蔵がひきとって職人になった男　「怪談累ケ淵」　柴田錬三郎　怪奇・伝奇時代小説選集10 怪談累ケ淵　春陽堂書店(春陽文庫)　2000年7月

秦　宗権　しん・そうけん
唐の賊軍の武将　「茶王一代記」　田中芳樹　異色中国短篇傑作大全　講談社(講談社文庫)　2001年3月

新谷　半兵衛　しんたに・はんべえ
刀術者宮本武蔵の門弟　「武蔵を仆した男」　新宮正春　江戸三百年を読む 上-傑作時代小説 江戸騒乱編　角川学芸出版(角川文庫)　2009年9月

信太郎　しんたろう
河原崎座の勘定方、呉服太物店美濃屋の息子　「水雷屯」　杉本章子　撫子が斬る-女性作家捕物帳アンソロジー　光文社(光文社文庫)　2005年9月

信太郎　しんたろう
呉服太物の大店「美濃屋」の勘当息子、猿若三座のひとつ河原崎座で大札の手伝いをする男　「かくし子」　杉本章子　花ふぶき-時代小説傑作選　角川春樹事務所(ハルキ文庫)　2004年7月

信太郎　しんたろう
江戸猿若町の河原崎座で働く男で太物問屋美濃屋の勘当息子　「おすず」　杉本章子　代表作時代小説 平成十二年度　光風社出版　2000年5月

新太郎　しんたろう
元大五郎一家の子分でお紋の恋人　「背中の新太郎」　伊藤桂一　人情草紙-信州歴史時代小説傑作集第四巻　しなのき書房　2007年7月

新太郎　しんたろう
幕末の剣客、旗本　「男谷精一郎」　奈良本辰也　人物日本剣豪伝四　学陽書房(人物文庫)　2001年6月

仁太郎　じんたろう
盗賊の疾風一味の頭目　「腰紐呪法」　島本春雄　怪奇・伝奇時代小説選集10 怪談累ケ淵　春陽堂書店(春陽文庫)　2000年7月

神通丸　じんつうまる
伊勢の太神宮に神馬を奉じるため鎌倉を発った源義経の隊列をとりかこんだ野盗　「二人の義経」　永井路子　源義経の時代-短篇小説集　作品社　2004年10月

進藤　源四郎　しんどう・げんしろう
元赤穂藩藩士、大石内蔵助の親戚　「山科西野山村」　千野隆司　異色忠臣蔵大傑作集　講談社(講談社文庫)　2002年12月

しんど

進藤 左近　しんどう・さこん
陽明殿の諸大夫進藤主膳の息子で蔵人所に出仕している京侍　「妖女人面人心」　本山荻舟　怪奇・伝奇時代小説選集4 怪異黒姫おろし　春陽堂書店（春陽文庫）　2000年1月

進藤 三左衛門　しんどう・さんざえもん
関ヶ原西軍の総帥宇喜多秀家の近習　「日本の美しき侍」　中山義秀　武士の本懐-武士道小説傑作選　KKベストセラーズ（ベスト時代文庫）　2004年6月

進藤 弥五郎　しんどう・やごろう
麹町にいた落語や物真似が得意だった軽輩武士　「首つり御門」　都筑道夫　怪奇・怪談時代小説傑作選　徳間書店（徳間文庫）　2004年9月

真如院　しんにょいん
加賀藩主前田吉徳の側室　「加賀騒動」　安部龍太郎　江戸三百年を読む 下-傑作時代小説 幕末風雲編　角川学芸出版（角川文庫）　2009年9月

新之助　しんのすけ
剣客大石進の愛弟子、筑後柳河城下の米問屋「筑後屋」の一人息子　「大石進」　武蔵野次郎　人物日本剣豪伝五　学陽書房（人物文庫）　2001年7月

新之助　しんのすけ
傘問屋の主人、同じ町内で育った幼なじみの女と再会した男　「にがい再会」　藤沢周平　剣よ月下に舞え-新選代表作時代小説23　光風社出版（光風社文庫）　2001年5月

新之助　しんのすけ
二枚目役者市川新十郎の弟子　「嫉刃の血首」　村松駿吉　怪奇・伝奇時代小説選集8 百物語　春陽堂書店（春陽文庫）　2000年5月

進之助　しんのすけ
武芸者平川軍太夫の倅　「子づれ兵法者」　佐江衆一　秘剣舞う-剣豪小説の世界　学習研究社（学研M文庫）　2002年11月

新八　しんぱち
江戸無宿のならず者、色の道でも名の知られた小悪党　「ある強盗の幻影」　大田瓢一郎　怪奇・伝奇時代小説選集11 妖艶の谷　春陽堂書店（春陽文庫）　2000年8月

晋鄙　しんぴ
魏の将軍　「虎符を盗んで」　陳舜臣　動物-極め付き時代小説選3　中央公論新社（中公文庫）　2004年11月

甚平　じんぺい
関ヶ原の戦で軍兵相手の遊女屋を営み一儲けを企んだ男　「妖異女宝島」　葉田光　怪奇・伝奇時代小説選集11 妖艶の谷　春陽堂書店（春陽文庫）　2000年8月

甚平　じんぺい
吉良屋敷の門番　「生きていた吉良上野」　榊山潤　赤穂浪士伝奇-べんせいライブラリー 時代小説セレクション　勉誠出版　2002年12月

新兵衛　しんべえ
鳥羽へ寄港した材木船の千石船「弁慶丸」の船頭　「潮風の呻き」　梅本育子　剣が哭く夜に哭く-新選代表作時代小説20　光風社出版　2000年1月

甚兵衛　じんべえ
上松の親分「ひとり狼」村上元三　花と剣と侍-新鷹会・傑作時代小説選　光文社(光文社文庫)　2009年6月;時代劇原作選集-あの名画を生みだした傑作小説　双葉社(双葉文庫)　2003年12月

甚兵衛　じんべえ
神田豊島町の裏長屋の大家「首つり御門」都筑道夫　怪奇・怪談時代小説傑作選　徳間書店(徳間文庫)　2004年9月

甚兵衛　じんべえ
相州小田原在の腕のいい刀鍛冶の親方の弟子「甚兵衛の手」七瀬圭子　紅蓮の翼-異彩時代小説撰　叢文社　2007年8月

甚兵衛　じんべえ
堤燈長屋の家主、お市の父親「義士饅頭」村上元三　武士道日暦-新鷹会・傑作時代小説選　光文社(光文社文庫)　2007年6月

甚兵衛　じんべえ
飛騨国で起こった大原騒動という百姓一揆に味方して伊豆諸島の新島に流罪となった町人「臥龍桜の里」小山啓子　武士道日暦-新鷹会・傑作時代小説選　光文社(光文社文庫)　2007年6月

甚兵衛　じんべえ
美濃大垣城下の豆腐屋「美濃屋」の主人「師走狐」澤田ふじ子　万事金の世-時代小説傑作選　徳間書店(徳間文庫)　2006年4月;動物-極め付き時代小説選3　中央公論新社(中公文庫)　2004年11月

神保 小太郎　じんぼ・こたろう
鳥取城下にある旅籠屋「万好屋」の土蔵に出るという幽霊を退治しにきた鳥取藩中第一の豪傑「幽霊まいり」峠八十八　怪奇・伝奇時代小説選集13 四谷怪談　春陽堂書店(春陽文庫)　2000年10月

神保 大学茂安　じんぼ・だいがくしげやす
豊臣秀吉の元直参・神保長三郎相茂の嫡男、元紀州田辺城主・杉若越後守とお勝の孫「粟田口の狂女」滝口康彦　剣が哭く夜に哭く-新選代表作時代小説20　光風社出版　2000年1月

神保 長三郎相茂　じんぼ・ちょうざぶろうすけしげ
元紀州田辺城主杉若越後守の娘婿、豊臣秀吉の直参を経て関が原では東軍の将「粟田口の狂女」滝口康彦　剣が哭く夜に哭く-新選代表作時代小説20　光風社出版　2000年1月

新免 武蔵　しんめん・むさし
美作・吉野郡を領していた新免伊賀守の落し子で三つ児の三人の武蔵の一人「剣豪列伝 異説・宮本武蔵」上野登史郎　宮本武蔵伝奇-時代小説セレクション　勉誠出版　2002年12月

新免 武蔵(宮本 武蔵)　しんめん・むさし(みやもと・むさし)
播州の無名の武芸者「京の剣客」司馬遼太郎　「宮本武蔵」短編傑作選　角川書店(角川文庫)　2003年1月;七人の武蔵　角川書店(角川文庫)　2002年10月

しんも

新門 辰五郎　しんもん・たつごろう
元江戸の町火消し「を組」の頭取、十五代将軍家喜につき従って静岡までやってきた新門一家の親分　「望郷三番叟」　海渡英祐　闇の旋風-問題小説傑作選5 捕物帖篇　徳間書店(徳間文庫)　2000年1月

信陵君　しんりょうくん
魏の昭王の息子　「虎符を盗んで」　陳舜臣　動物-極め付き時代小説選3　中央公論新社(中公文庫)　2004年11月

【す】

すい(木枯しきぬ)　すい(こがらしきぬ)
烏山の油屋「油平」の奉公人の田舎娘、実は空ッ風一味の女賊　「卯三次のウ」　永井路子　大江戸犯科帖-時代推理小説名作選　双葉社(双葉文庫)　2003年10月

水鏡　すいきょう
噺家、人情噺の名人・論々亭喜鏡の弟子　「噺相撲」　島村匠　江戸の闇始末-書下ろし時代小説傑作選7　ミリオン出版(大洋時代文庫)　2006年4月

垂仁帝　すいにんてい
古代の王　「埴輪刀」　黒岩重吾　鎮守の森に鬼が棲む-時代小説傑作選　講談社(講談社文庫)　2001年9月

水原 親憲　すいばら・ちかのり
戦国武将、上杉家の古参の家臣でかぶき者　「ぬくもり-水原親憲」　火坂雅志　代表作時代小説 平成二十一年度　光文社　2009年6月

末松　すえまつ
凧師、深川・冬木町の家の板の間で近所の子供達に凧造りを教える男　「凧、凧、揚がれ」　宇江佐真理　江戸夢日和-市井・人情小説傑作選二　学習研究社(学研M文庫)　2004年1月

すが
会津藩士笹原伊三郎の妻女　「拝領妻始末」　滝口康彦　女人-時代小説アンソロジー2　小学館(小学館文庫)　2007年2月

菅田 平野　すがた・ひらの
北越の浪人で藩のお家騒動に首を突っ込んだ男　「日日平安」　山本周五郎　時代劇原作選集-あの名画を生みだした傑作小説　双葉社(双葉文庫)　2003年12月

菅沼 紀八郎(桑名 紀八郎)　すがぬま・きはちろう(くわな・きはちろう)
武芸者、夢想天流の居合の使い手　「桜を斬る」　五味康祐　秘剣舞う-剣豪小説の世界　学習研究社(学研M文庫)　2002年11月

菅沼 景八郎　すがぬま・けいはちろう
病妻の介護に疲れ果てた初老の武士　「介護鬼」　菊地秀行　女人-時代小説アンソロジー2　小学館(小学館文庫)　2007年2月;異色歴史短篇傑作大全　講談社　2003年11月

菅沼 十郎兵衛定氏(巳之助)　すがぬま・じゅうろべえさだうじ(みのすけ)
南設楽郡大野城城主、田峯の菅沼氏の嫡流菅沼定広の子で巳之助は幼名　「菅沼十郎兵衛の母」　安西篤子　紅葉谷から剣鬼が来る-時代小説傑作選　講談社(講談社文庫)　2002年9月

菅沼 新八郎定則　すがぬま・しんぱちろうさだのり
菅沼十郎兵衛定氏の叔父、南設楽郡野田城主　「菅沼十郎兵衛の母」　安西篤子　紅葉谷から剣鬼が来る-時代小説傑作選　講談社(講談社文庫)　2002年9月

管野 草太郎(山路 金三郎)　すがの・そうたろう(やまじ・きんざぶろう)
求禄の浪人、元芸州広島藩の武士で同藩の武士八人を斬って江戸に出て来た男　「花骨牌」　湊邦三　武士道歳時記-新鷹会・傑作時代小説選　光文社(光文社文庫)　2008年6月

菅野 六郎左衛門　すがの・ろくろうざえもん
伊予松平家の家臣　「決闘高田の馬場」　池波正太郎　武士道春秋-新鷹会・傑作時代小説選　光文社(光文社文庫)　2006年6月

菅野 六郎左衛門　すがの・ろくろうざえもん
伊予西条藩の江戸詰めの藩士、小石川牛天神下の堀内源太左衛門道場の門人　「堀部安兵衛」　百瀬明治　人物日本剣豪伝三　学陽書房(人物文庫)　2001年5月

菅谷巡査　すがやじゅんさ
田舎の駐在巡査　「愚妖」　坂口安吾　偉人八傑推理帖-名探偵時代小説　双葉社(双葉文庫)　2004年7月

杉　すぎ
徳川譜代最後の血戦を西国勢にいどんだ小藩黒菅藩の御長柄奉行山中重次郎の妻　「末期の水」　田宮虎彦　歴史小説の世紀-天の巻　新潮社(新潮文庫)　2000年9月

杉浦 平右衛門　すぎうら・へいえもん*
加賀の小一揆退治に出撃した三河門徒義勇軍に従軍した青年　「秘事法門」　杉浦明平　歴史小説の世紀-地の巻　新潮社(新潮文庫)　2000年9月

杉江　すぎえ
町方同心佐原三郎次の妻　「貧乏同心御用帳(南蛮船)」　柴田錬三郎　捕物小説名作選一　集英社(集英社文庫)　2006年8月

杉江　すぎえ
徒士組市村家の隣家の嫁　「花の顔」　乙川優三郎　愛染夢灯籠-時代小説傑作選　講談社(講談社文庫)　2005年9月

すぎすぎ小僧　すぎすぎこぞう
江戸で人気の義賊　「すぎすぎ小僧」　多田容子　夢を見にけり-時代小説招待席　広済堂出版　2004年6月

杉田 玄白　すぎた・げんぱく
医師、平賀源内とは旧知の仲で刑死体の腑分けをしたことのある男　「サムライ・ザ・リッパー」　芦川淳一　伝奇城-文庫書下ろし/伝奇時代小説アンソロジー　光文社(光文社文庫)　2005年2月

すぎた

杉田 庄左衛門　すぎた・しょうざえもん
浪人、但馬国出石仙石家の徒士頭杉田源五郎の嫡男　「辻無外」村上元三　人物日本剣豪伝三　学陽書房(人物文庫) 2001年5月

杉谷 弥十郎　すぎたに・やじゅうろう*
守護職小笠原長秀の侍大将　「生命の糧」柴田錬三郎　武将列伝-信州歴史時代小説傑作集第一巻　しなのき書房 2007年4月

杉田 立卿　すぎた・りっけい
蘭方医杉田玄白の末の息子で眼科を得意とする医師　「花はさくら木」杉本苑子　撫子が斬る-女性作家捕物帳アンソロジー　光文社(光文社文庫) 2005年9月

杉原 小三郎　すぎはら・こさぶろう
旅の兵法者　「一期一殺」羽山信樹　春宵 濡れ髪しぐれ-時代小説傑作選　講談社(講談社文庫) 2003年9月

杉原 隼人　すぎはら・はやと
若狭小浜の領主で伏見城留守居役木下勝俊の近習　「伏見城恋歌」安部龍太郎　戦国女人十一話　作品社 2005年11月;時代小説 読切御免第二巻　新潮社(新潮文庫) 2004年3月

杉辺 刑部　すぎべ・ぎょうぶ*
愛洲陰流の兵法者、もと北畠の家臣　「一の太刀」柴田錬三郎　幻の剣鬼 七番勝負-傑作時代小説　PHP研究所(PHP文庫) 2008年5月

杉村 義衛(永倉 新八)　すぎむら・よしえ(ながくら・しんぱち)
札幌樺戸集治監の剣術師範、元新選組二番隊長　「北の狼」津本陽　新選組アンソロジー下巻-その虚と実に迫る　舞字社 2004年2月

杉本 茂十郎　すぎもと・しげじゅうろう*
甲州出身の商人で江戸に入ってくる全国の主要な生産物を扱う総連合組織十組問屋の頭取として文化・文政期の経済界を支配した人物　「杉本茂十郎-江戸経済を支配した風雲児」屋代浩二郎　紅蓮の翼-異彩時代小説撰　叢文社 2007年8月

杉本 新左　すぎもと・しんざ
甲府の町に現れた猿そっくりの頓智を備えた者で武田信玄に御伽衆として召抱えられることとなった男　「笑ひ猿」飯野文彦　伝奇城-文庫書下ろし/伝奇時代小説アンソロジー　光文社(光文社文庫) 2005年2月

杉本 茂十郎　すぎもと・もじゅうろう
大坂出身の江戸の政商、世間から毛充狼と呼ばれ嫌われている男　「毛充狼-べらんめェ宗俊」天宮 響一郎　江戸の闇始末-書下ろし時代小説傑作選7　ミリオン出版(大洋時代文庫) 2006年4月

杉山 三左衛門　すぎやま・さんざえもん*
江戸深川・仙台堀にある香取神道流の町道場主　「動かぬが勝」佐江衆一　代表作時代小説 平成十六年度　光風社出版 2004年4月

杉若越後守（無心）　すぎわかえちごのかみ（むしん）
豊臣秀長の家臣を経て秀吉の直参、元紀州田辺城主「粟田口の狂女」滝口康彦　剣が哭く夜に哭く-新選代表作時代小説20　光風社出版　2000年1月

助　すけ
権といっしょに神田の市助長屋に住む駕籠かき「逢魔の辻」藤原審爾　逢魔への誘い-問題小説傑作選6 時代情恋篇　徳間書店（徳間文庫）2000年3月

助右衛門　すけえもん
永代寺門前仲町にある料理茶屋「芙蓉亭」の主人で指物職人の貞次郎の得意先「川は流れる」夏川今宵　江戸の刺客-書き下ろし時代小説傑作選6　大洋図書（大洋時代文庫）2005年9月

助蔵　すけぞう
堤燈長屋の住人、大工「義士饅頭」村上元三　武士道日暦-新鷹会・傑作時代小説選　光文社（光文社文庫）2007年6月

鈴木 意伯　すずき・いはく
新陰流の創始者上泉伊勢守秀綱の高弟「柳生石舟斎宗厳」津本陽　人物日本剣豪伝一　学陽書房（人物文庫）2001年4月

鈴木 右近　すずき・うこん
関ケ原の合戦以来敵味方に別れた真田兄弟の兄信之の家来「信濃大名記」池波正太郎　武将列伝-信州歴史時代小説傑作集第一巻　しなのき書房　2007年4月；大江戸の歳月-新鷹会・傑作時代小説選　光文社（光文社文庫）2003年6月

鈴木 右近忠重　すずき・うこんただしげ
真田家の老臣、大殿の信之同様隠居の身「獅子の眠り」池波正太郎　機略縦横!真田戦記-傑作時代小説　PHP研究所（PHP文庫）2008年7月

鈴木 右近忠重　すずき・うこんただしげ
戦国武将、上州の沼田衆とよばれる武将の一人鈴木主水の子で沼田城主真田信幸の家来となった男「男の城」池波正太郎　軍師の生きざま-時代小説傑作選　コスミック出版（コスミック文庫）2008年11月

鈴木 重成　すずき・しげなり
三河国足助の則定の名族の子孫で徳川家の臣、島原・天草の乱では鉄砲隊長を命ぜられ乱後は初代天草代官「腹切って江戸城にもの申す」童門冬二　代表作時代小説 平成十六年度　光風社出版　2004年4月

鈴木 精右衛門　すずき・せいえもん
かつて仲居頭のお松が妾奉公している吟味方与力の旦那「恋のしがらみ」梅本育子　代表作時代小説 平成十五年度　光風社出版　2003年5月

鈴木 精右衛門　すずき・せいえもん*
八丁堀の吟味方与力「恋の身がわり」梅本育子　代表作時代小説 平成十六年度　光風社出版　2004年4月

すずき

鈴木 主税　すずき・ちから
徳川譜代最後の血戦を西国勢にいどんだ小藩黒菅藩の御近習頭　「末期の水」　田宮虎彦　歴史小説の世紀-天の巻　新潮社(新潮文庫)　2000年9月

鈴木 長太夫　すずき・ちょうだゆう
庖丁人　「よじょう」　山本周五郎　「宮本武蔵」短編傑作選　角川書店(角川文庫)　2003年1月；七人の武蔵　角川書店(角川文庫)　2002年10月

鈴木 伝内　すずき・でんない
播州姫路の榊原家の鉄砲三十挺頭鈴木主水の父、義世流の剣客　「鈴木主水」　久生十蘭　歴史小説の世紀-天の巻　新潮社(新潮文庫)　2000年9月

鈴木 乗之助　すずき・のりのすけ
備中成羽の土豪三村家の嫡男清十郎の妹おふうの婿、実は徳川家の隠密　「人斬り水野」　火坂雅志　斬刃-時代小説傑作選　コスミック出版(コスミック時代文庫)　2005年5月

鈴木 蝙弥　すずき・へんや
下谷近辺で通行人の髪を切る「髪切り魔」の坊主侍　「髪切り異聞-江戸残剣伝」　東郷隆　代表作時代小説　平成十五年度　光風社出版　2003年5月

鈴木 孫市　すずき・まごいち
紀州雑賀党の頭目　「左目の銃痕-雑賀孫市」　新宮正春　戦国忍者武芸帳-時代小説傑作選五　新人物往来社　2008年3月

鈴木 三樹三郎　すずき・みきさぶろう
元新選組九番隊長、伊東甲子太郎の弟　「橋の上」　立原正秋　新選組烈士伝　角川書店(角川文庫)　2003年10月

鈴木 主水　すずき・もんど
播州姫路の先代藩主榊原政祐の近習を勤め元服後は鉄砲三十挺頭に任命された武士　「鈴木主水」　久生十蘭　歴史小説の世紀-天の巻　新潮社(新潮文庫)　2000年9月

鈴木 竜作　すずき・りゅうさく
旗本　「近藤勇と科学」　直木三十五　新選組興亡録　角川書店(角川文庫)　2008年9月

鈴田 重八　すずた・しげはち
赤穂浪士　「二人の内蔵助」　小山龍太郎　赤穂浪士伝奇-べんせいライブラリー時代小説セレクション　勉誠出版　2002年12月

須田 房之助(星野 房吉)　すだ・ふさのすけ(ほしの・ふさきち)
剣客、上州の名人楳本法神が流祖の法神流の二世　「楳本法神と法神流」　藤島一虎　武士道歳時記-新鷹会・傑作時代小説選　光文社(光文社文庫)　2008年6月

捨蔵　すてぞう
十二代将軍家慶の世子右大将家定の双生児の兄弟　「顎十郎捕物帳(捨公方)」　久生十蘭　捕物小説名作選一　集英社(集英社文庫)　2006年8月

捨蔵(前砂の捨蔵)　すてぞう(まえすなのすてぞう*)
盗賊夜兎の角右衛門一味の隠居　「看板」　池波正太郎　歴史小説の世紀-地の巻　新潮社(新潮文庫)　2000年9月

すて姫　すてひめ
山稼ぎの荒くれ男の中のただ一人の女　「舌を嚙み切った女」　室生犀星　歴史小説の世紀-天の巻　新潮社（新潮文庫）　2000年9月

捨松　すてまつ
日本橋通町の呉服問屋「上総屋」に丁稚奉公に出された十一歳の子供　「首吊り御本尊」　宮部みゆき　江戸の商人力-時代小説傑作選　集英社（集英社文庫）　2006年12月

須藤　市右衛門　すどう・いちえもん
会津藩の下級武士須藤金八郎の先祖、飯綱使いの名人　「蛇（だ）」　綱淵謙錠　動物-極め付き時代小説選3　中央公論新社（中公文庫）　2004年11月

首藤　鏡右衛門　すどう・きょうえもん
尾張藩士、鳩侍　「鳩侍始末」　城山三郎　侍の肖像-信州歴史時代小説傑作集第二巻　しなのき書房　2007年5月

須藤　金八郎　すどう・きんぱちろう
会津藩の下級武士、徒の者　「蛇（だ）」　綱淵謙錠　動物-極め付き時代小説選3　中央公論新社（中公文庫）　2004年11月

崇徳天皇　すとくてんのう
鳥羽上皇の子　「平清盛」　海音寺潮五郎　源義経の時代-短篇小説集　作品社　2004年10月

須永　庄九郎　すなが・しょうくろう
剣術家林崎甚助の甥高松勘兵衛の居合道場の師範代、甚助が父の敵討ちをした坂上主膳の孫　「袈裟掛けの太刀-林崎甚助vs坂上主膳」　羽山信樹　秘剣・豪剣!武芸決闘記-時代小説傑作選二　新人物往来社　2008年3月

須永　柳玄　すなが・りゅうげん
修験者、須永流修験道の師　「血塗りの呪法」　野村敏雄　怪奇・伝奇時代小説選集12 血塗りの呪法　春陽堂書店（春陽文庫）　2000年9月

須原　小一郎　すはら・こいちろう
長崎奉行所同心、江戸表へ象を護送する責任者の一人の武士　「ああ三百七十里」　杉本苑子　江戸の漫遊力-時代小説傑作選　集英社（集英社文庫）　2008年12月；極め付き時代小説選3　動物　中央公論新社（中公文庫）　2004年11月

須摩　すま
旗本納戸頭伏見小路家の老女　「貧乏同心御用帳（南蛮船）」　柴田錬三郎　捕物小説名作選一　集英社（集英社文庫）　2006年8月

すみ
下赤坂村の百姓次郎吉の妹　「五輪くだき」　逢坂剛　時代小説 読切御免第二巻　新潮社（新潮文庫）　2004年3月

墨縄の佐平　すみなわのさへい
盗賊　「捨て子稲荷」　半村良　春宵 濡れ髪しぐれ-時代小説傑作選　講談社（講談社文庫）　2003年9月

栖屋善六（善六） すみやぜんろく（ぜんろく）
浅草の御用商人 「絵島・生島」 松本清張 江戸三百年を読む 上-傑作時代小説 江戸騒乱編 角川学芸出版（角川文庫） 2009年9月

諏訪御料人 すわごりょうにん
信濃の名族諏訪氏の姫、諏訪刑部大輔頼重の娘で武田信玄の側室の一人 「諏訪御料人」 永岡慶之助 乱世の女たち-信州歴史時代小説傑作集第五巻 しなのき書房 2007年9月

諏訪 三郎 すわ・さぶろう
北条家総帥たる得宗の北条高時の側近を固める美丈夫の武士 「命懸け」 高橋直樹 異色歴史短篇傑作大全 講談社 2003年11月

諏訪 大助 すわ・だいすけ
信州諏訪藩の家老職諏訪図書の子で父とともに二の丸様と呼ばれ家老職を代行していた男 「諏訪二の丸騒動」 新田次郎 侍の肖像-信州歴史時代小説傑作集第二巻 しなのき書房 2007年5月

諏訪 忠厚 すわ・ただあつ*
信州の三万石の小藩諏訪藩の藩主 「諏訪二の丸騒動」 新田次郎 侍の肖像-信州歴史時代小説傑作集第二巻 しなのき書房 2007年5月

諏訪 忠林 すわ・ただとき
高島城三万石諏訪家の先代 「花の名残」 村上元三 人情草紙-信州歴史時代小説傑作集第四巻 しなのき書房 2007年7月

諏訪 則保 すわ・のりやす
鎌倉詰めの御家人、宝治の合戦で北条に味方した武士 「宝治の乱残葉」 永井路子 鎮守の森に鬼が棲む-時代小説傑作選 講談社（講談社文庫） 2001年9月

諏訪 頼重 すわ・よりしげ
戦国武将、諏訪湖畔上原城の当主 「甲斐国追放-武田信玄」 永岡慶之助 戦国武将国盗り物語-時代小説傑作選七 新人物往来社 2008年3月

諏訪 頼重 すわ・よりしげ
戦国武将、武田信虎の三女・禰々御料人を妻にした信濃の諏訪惣領家の若当主 「諏訪御料人」 永岡慶之助 乱世の女たち-信州歴史時代小説傑作集第五巻 しなのき書房 2007年9月

諏訪 頼豊 すわ・よりとよ*
戦国武将、信濃の名族津月一族と同盟をむすんだ甲斐の武田晴信の目付で諏訪の遺臣 「寝返りの陣」 南原幹雄 侍の肖像-信州歴史時代小説傑作集第二巻 しなのき書房 2007年5月

【せ】

栖雲斎　せいうんさい
兵法者、上泉伊勢守の一番門弟で疋田陰流を開創した人　「手向」戸部新十郎　武士道歳時記-新鷹会・傑作時代小説選　光文社(光文社文庫)　2008年6月

清海入道　せいかいにゅうどう
荒法師、真田幸村の十人の股肱の一人で怪盗石川五右衛門の倅　「真田十勇士」柴田錬三郎　剣の道　忍の掟-信州歴史時代小説傑作集第三巻　しなのき書房　2007年6月

青巌和尚　せいがんおしょう
洞雲寺の和尚で仙人のような篤学の老僧　「蛇性の淫」小島健三　怪奇・伝奇時代小説選集14 累物語　春陽堂書店(春陽文庫)　2000年11月

清吉　せいきち
江戸鉄砲洲の酒問屋「瀬の国屋」の奉公人　「なでしこ地獄」広尾磨津夫　怪奇・伝奇時代小説選集14 累物語　春陽堂書店(春陽文庫)　2000年11月

清吉　せいきち
山下の盛り場でとぐろを巻いている遊び人　「義士饅頭」村上元三　武士道日暦-新鷹会・傑作時代小説選　光文社(光文社文庫)　2007年6月

清吉　せいきち
馬喰町の太物問屋の手代で抜商いをしていた男　「金五十両」山本周五郎　感涙-人情時代小説傑作選　KKベストセラーズ(ベスト時代文庫)　2004年11月；約束-極め付き時代小説選1　中央公論新社(中公文庫)　2004年9月

清吉　せいきち
老渡世人の吉兵衛の娘お京の夫、洗馬宿の砥石問屋　「狂女が唄う信州路」笹沢左保　人情草紙-信州歴史時代小説傑作集第四巻　しなのき書房　2007年7月；約束-極め付き時代小説選1　中央公論新社(中公文庫)　2004年9月

政吉　せいきち*
大工の下働きを隠れ蓑にしていた泥棒、本所松阪町の吉良上野介の邸に忍び込んだ男　「吉良上野介御用足」森村誠一　夢を見にけり-時代小説招待席　広済堂出版　2004年6月

清五郎　せいごろう
巾着切りの彫物清五郎　「八百蔵吉五郎」長谷川伸　釘抜藤吉捕物覚書-捕物時代小説選集4　春陽堂書店(春陽文庫)　2000年5月

清左衛門　せいざえもん
信濃の山麓の村野田村の庄屋　「石を投げる女」片桐京介　乱世の女たち-信州歴史時代小説傑作集第五巻　しなのき書房　2007年9月

西施　せいし
越国苧蘿山麓の村に住む美貌の娘、のち呉王の妃　「西施と東施-顰みに倣った女」中村隆資　異色中国短篇傑作大全　講談社(講談社文庫)　2001年3月

西施　せいし
中国春秋時代の越の名臣范蠡の養女、呉王夫差に送られた美女　「天鵝」森下翠　黄土の虹-チャイナ・ストーリーズ　祥伝社　2000年2月

聖者　せいじゃ
中央アジアの高原地帯に住む遊牧民族サカ族の聚落に一つしかない泉の鍵を預かっている盲いた老聖者「聖者」井上靖　歴史小説の世紀-天の巻　新潮社(新潮文庫) 2000年9月

青州先生(梁 元象)　せいしゅうせんせい(りょう・げんしょう)
科挙に落第し長安で私塾「弘文塾」を開いて成功させた先生「香獣」森福都　黄土の虹-チャイナ・ストーリーズ　祥伝社 2000年2月

清十郎　せいじゅうろう
吉岡憲法家四代で三代直賢の子「吉岡憲法」澤田ふじ子　人物日本剣豪伝一　学陽書房(人物文庫) 2001年4月

清次郎　せいじろう
大店の主人や金回りのいい武家に頼まれて変わった趣向の枕絵を描いている絵師「絡め獲られて」開田あや　紅蓮の剣-書下ろし時代小説傑作選5　ミリオン出版(大洋時代文庫) 2005年9月

清次郎　せいじろう
大店の放蕩息子だった若い絵師でかつて馴染みを重ねた花魁から似姿描きを頼まれた男「秋菊の別れ」開田あや　江戸の刺客-書き下ろし時代小説傑作選6　大洋図書(大洋時代文庫) 2005年9月

清次郎　せいじろう
大店の放蕩息子だった若い絵師で芸者上がりの女隠居から似姿描きを頼まれた男「河童の川流れ」開田あや　大江戸有情-書き下ろし時代小説傑作選4　大洋図書(大洋時代文庫) 2005年6月

清次郎　せいじろう
日本橋横町の小間物屋「菊村」の番頭「石灯篭(半七捕物帳)」岡本綺堂　傑作捕物ワールド第1巻　岡っ引き篇　リブリオ出版 2002年10月

清次郎　せいじろう
枕絵師「泥水に泳ぐ魚」開田あや　姦殺の剣-書下ろし時代小説傑作選3　ミリオン出版(大洋時代文庫) 2005年4月

清蔵　せいぞう
深川猿江町の御用聞「夢の通い路」伊藤桂一　春宵　濡れ髪しぐれ-時代小説傑作選　講談社(講談社文庫) 2003年9月

誠太郎　せいたろう
通町のろうそく問屋「柏屋」の手代「迷い鳩(霊験お初捕物控)」宮部みゆき　傑作捕物ワールド第4巻　女の情念篇　リブリオ出版 2002年10月

正徳帝(万歳爺)　せいとくてい(おかみ)
明の第十一代皇帝「黒竜潭異聞」田中芳樹　代表作時代小説　平成十二年度　光風社出版 2000年5月

清之助　せいのすけ
深川大和町で死神と呼ばれている家主と金貸し業の老人 「代替わり」 山本一力　花ふぶき-時代小説傑作選　角川春樹事務所(ハルキ文庫) 2004年7月

精之助　せいのすけ
深川の芸者おきくのかつての許婚者友之助の弟 「手燭の明り」 梅本育子　鎮守の森に鬼が棲む-時代小説傑作選　講談社(講談社文庫) 2001年9月

清兵衛　せいべえ
穀物売買の生業をなす「俵屋」の主人 「師走狐」 澤田ふじ子　万事金の世-時代小説傑作選　徳間書店(徳間文庫) 2006年4月;動物-極め付き時代小説選3　中央公論新社(中公文庫) 2004年11月

清兵衛　せいべえ
根岸に寮を持つ日本橋本石町の「美濃屋」の主人 「律儀者」 北原亞以子　撫子が斬る-女性作家捕物帳アンソロジー　光文社(光文社文庫) 2005年9月

清兵衛　せいべえ
本所界隈では評判の小町娘のおそでを嫁にもらった瓦師 「よがり泣き」 小松重男　代表作時代小説 平成十四年度　光風社出版 2002年5月

精林　せいりん＊
呪術者小角の弟子 「葛城の王者」 黒岩重吾　七人の役小角　小学館(小学館文庫) 2007年10月

清六　せいろく
江戸横山町の岡っ引吉次の手下、吉次私製の影富をお店者や職人相手に売り歩いていた男 「暫く、暫く、暫く」 佐藤雅美　時代小説 読切御免第四巻　新潮社(新潮文庫) 2005年12月

瀬川　せがわ
江戸吉原「松葉屋」の太夫、越後村上藩の勘定方だった夫の敵を知るために苦界へ身を落とした女 「乱れ火-吉原遊女の敵討ち」 北原亞以子　士道無惨!仇討ち始末-時代小説傑作選四　新人物往来社 2008年3月

瀬川　菊之丞　せがわ・きくのじょう
大坂道頓堀に並ぶ芝居小屋の女形役者、のちの瀬川菊之丞 「五瓶劇場けいせい伝奇城」 芦辺拓　伝奇城-文庫書下ろし/伝奇時代小説アンソロジー　光文社(光文社文庫) 2005年2月

せき
成田家分家の当主で微禄の武士成田治郎作の妻 「風露草」 安西篤子　愛染夢灯籠-時代小説傑作選　講談社(講談社文庫) 2005年9月

碩翁　せきおう
江戸へ初めて出府した二人の田舎侍が庭に入り込んで歓待を受けた家の主人、将軍家斉の寵臣 「春日」 中山義秀　江戸の鈍感力-時代小説傑作選　集英社(集英社文庫) 2007年12月

関口 柔心　せきぐち・じゅうしん
兵法者林崎甚助の門人、西尾藩主本多甲斐守康俊の家臣 「林崎甚助」 童門冬二　人物日本剣豪伝二　学陽書房(人物文庫) 2001年4月

関口 八郎左衛門氏業　せきぐち・はちろうざえもんうじなり
関口流・柔術の道場主、創始者関口柔心の長男 「柔術師弟記」 池波正太郎　武芸十八般-武道小説傑作選　KKベストセラーズ(ベスト時代文庫) 2005年10月

関口 兵蔵　せきぐち・へいぞう
岡安家の当主甚之丞の道場仲間 「岡安家の犬」 藤沢周平　時代小説 読切御免第四巻　新潮社(新潮文庫) 2005年12月

石舟斎　せきしゅうさい
大和柳生の庄の兵法者、のち上泉伊勢守の門弟 「〈第一番〉無刀取りへの道-柳生石舟斎」 綱淵謙錠　柳生武芸帳七番勝負-時代小説傑作選一　新人物往来社 2008年3月

石舟斎　せきしゅうさい
兵法者、新陰流剣祖上泉秀綱の門弟で柳生新陰流の流祖 「刀」 綱淵謙錠　剣聖-乱世に生きた五人の兵法者　新潮社(新潮文庫) 2006年10月

石舟斎　せきしゅうさい
兵法者、神陰流の祖上泉伊勢守より印可を受け柳生流を唱えた人物 「柳生一族」 松本清張　七人の十兵衛-傑作時代小説　PHP研究所(PHP文庫) 2007年11月

石舟斎　せきしゅうさい
兵法者、和州柳生の庄の領主 「柳生石舟斎宗厳」 津本陽　人物日本剣豪伝一　学陽書房(人物文庫) 2001年4月

関 新蔵国盛　せき・しんぞうくにもり
南伊那の豪族領主 「犬坊狂乱」 井上靖　侍の肖像-信州歴史時代小説傑作集第二巻　しなのき書房 2007年5月

関 達之助　せき・たつのすけ
おちせの奉公先であった旗本三百石の関家の三男 「結葉」 藤原緋沙子　息づかい-好色時代小説集　講談社(講談社文庫) 2007年2月

石潭 良金　せきたん・りょうきん
修行僧、のち麻布桜田町の吸江寺の住持 「辻無外」 村上元三　人物日本剣豪伝三　学陽書房(人物文庫) 2001年5月

せき刀自　せきとじ
元長州藩士の娘お種の姑、息子智忠の長州閥加入を実現させた元直参・近藤家の気丈な母 「嫁入り道具」 竹田真砂子　逢魔への誘い-問題小説傑作選6 時代情恋篇　徳間書店(徳間文庫) 2000年3月

関戸播磨守 吉信　せきどはりまのかみ・よしのぶ
伊豆韮山の堀越公方足利政知の息子茶々丸の傳人 「前髪公方」 宮本昌孝　春宵 濡れ髪しぐれ-時代小説傑作選　講談社(講談社文庫) 2003年9月

関根 小十郎　せきね・こじゅうろう
大垣藩郡奉行下役、小料理屋「魚伝」の女中お蔦と深い仲になった関根家の入婿 「水の蛍」澤田ふじ子　江戸の秘恋-時代小説傑作選　徳間書店（徳間文庫）2004年10月

関屋（お滝の方）　せきや（おたきのかた）
有馬家九代当主有馬頼貴夫人の腰元、のち頼貴の側室の一人に加えられた女 「有馬猫騒動」柴田錬三郎　動物-極め付き時代小説選3　中央公論新社（中公文庫）2004年11月

女衒野郎　ぜげんやろう
女衒 「九原の涙」東郷隆　異色中国短篇傑作大全　講談社（講談社文庫）2001年3月

世津　せつ
昌平橋近くに屋敷のある内藤頼母の長女 「さんま焼く」平岩弓枝　江戸宵闇しぐれ-人情捕物帳傑作選二　学習研究社（学研M文庫）2005年3月

勢津　せつ
御用部屋御坊主慶芳の妻 「御用部屋御坊主 慶芳」古賀宣子　武士道春秋-新鷹会・傑作時代小説選　光文社（光文社文庫）2006年6月

雪斎　せっさい
禅僧、今川氏執権となり甲斐の武田氏・相模の北条氏と今川義元との同盟を成立させた人物 「鴛鴦ならび行く」安西篤子　軍師の生きざま-時代小説傑作選　コスミック出版（コスミック文庫）2008年11月；戦国軍師列伝-時代小説傑作選六　新人物往来社　2008年3月

薛濤　せっとう
中国唐代の美女、剣南西川節度使韋城武の館の官妓となった娘 「薛濤-中国美女伝」陳舜臣　代表作時代小説 平成十四年度　光風社出版　2002年5月

瀬戸助　せとすけ
向島小梅村に住む陶工の老人 「柴の家」乙川優三郎　代表作時代小説 平成十七年度　光文社　2005年6月

瀬名波 幻雲斎　せなわ・げんうんさい
武芸者、曾て関白秀次が師事した剣豪 「喪神」五味康祐　歴史小説の世紀-地の巻　新潮社（新潮文庫）2000年9月

銭形の平次　ぜにがたのへいじ
神田明神下の岡っ引 「赤い紐」野村胡堂　傑作捕物ワールド第1巻 岡っ引き篇　リブリオ出版　2002年10月

銭形平次　ぜにがたへいじ
神田明神下の岡っ引 「瓢箪供養」野村胡堂　酔うて候-時代小説傑作選　徳間書店（徳間文庫）2006年10月

銭形平次　ぜにがたへいじ
捕物名人の御用聞（親分） 「雪の精（銭形平次捕物控）」野村胡堂　傑作捕物ワールド第9巻 妖異怪談篇　リブリオ出版　2002年10月

妹尾 東次郎　せのお・とうじろう
米沢町の長屋に住む浪人者　「三度殺された女」　南條範夫　闇の旋風-問題小説傑作選5 捕物帖篇　徳間書店（徳間文庫）　2000年1月

瀬平　せへい*
上野の仁王門前にある蕎麦屋「無極庵」の主人　「金太郎蕎麦」　池波正太郎　江戸の満腹力-時代小説傑作選　集英社（集英社文庫）　2005年12月

瀬谷 住兵衛　せや・じゅうべえ
越後村松藩士、官軍に敗れ会津へ赴いた主君から欅三十郎と二人寵姫お蘭の方と若君の供を命じられた男　「欅三十郎の生涯」　南條範夫　感涙-人情時代小説傑作選　KKベストセラーズ（ベスト時代文庫）　2004年11月

世良 新太郎　せら・しんたろう
大御番組頭村田勘太夫に殺められた大御番士世良半之丞の長男で家督を継ぎ御番入りした旗本　「青江の太刀」　好村兼一　代表作時代小説 平成二十一年度　光文社　2009年6月

世良 半之丞　せら・はんのじょう
大御番組頭村田勘太夫の配下で青江の古名刀を所持する大御番士の旗本　「青江の太刀」　好村兼一　代表作時代小説 平成二十一年度　光文社　2009年6月

芹沢 鴨　せりざわ・かも
新選組が屯所をおく京都壬生の八木邸で暗殺された局長　「総司が見た」　南原幹雄　偉人八傑推理帖-名探偵時代小説　双葉社（双葉文庫）　2004年7月

芹沢 鴨　せりざわ・かも
新選組局長　「降りしきる」　北原亞以子　新選組興亡録　角川書店（角川文庫）　2008年9月

芹沢 鴨　せりざわ・かも
新選組局長　「切腹-八木為三郎翁遺談」　戸川幸夫　剣よ月下に舞え-新選代表作時代小説23　光風社出版（光風社文庫）　2001年5月

芹沢 鴨　せりざわ・かも
水戸浪士で天狗党員、のちの新選組局長　「豪剣ありき」　宇野鴻一郎　誠の旗がゆく-新選組傑作選　集英社（集英社文庫）　2003年12月

芹沢 鴨（木村 継次）　せりざわ・かも（きむら・つぐじ）
新選組局長、元水戸の郷士で江戸の町道場の師範代　「血汐首-芹沢鴨の女」　南原幹雄　新選組烈士伝　角川書店（角川文庫）　2003年10月

芹沢 甚四郎　せりざわ・じんしろう
周防の太守大内義興の子義隆の近習、早業を誇る兵法上手の色若衆　「邪剣の主」　津本陽　秘剣舞う-剣豪小説の世界　学習研究社（学研M文庫）　2002年11月

扇歌　せんか
都々逸節と呼ばれる流行の端唄の創造者、即興の唄で評判を取っている盲目の芸人　「浮かれ節」　宇江佐真理　世話焼き長屋-人情時代小説傑作選　新潮社（新潮文庫）　2008年2月

仙匡　せんがい
禅僧、博多の聖福寺の和尚　「島田虎之助」　早乙女貢　人物日本剣豪伝四　学陽書房
（人物文庫）2001年6月

全海和尚　ぜんかいおしょう
旗本の三男坊の田宮晋之介が居候している深川の東源寺の和尚　「川風晋之介」　風野
真知雄　斬刃-時代小説傑作選　コスミック出版（コスミック時代文庫）2005年5月

前鬼　ぜんき
呪術者小角の弟子　「葛城の王者」　黒岩重吾　七人の役小角　小学館（小学館文庫）
2007年10月

善鬼　ぜんき
兵法者伊藤一刀斎の弟子、神子上典膳（小野次郎右衛門）の兄弟子　「小野次郎右衛門」
　江崎誠致　人物日本剣豪伝二　学陽書房（人物文庫）2001年4月

善鬼 三介（小野 善鬼）　ぜんき・さんすけ（おの・ぜんき）
兵法者伊藤一刀斎の弟子、神子上典膳の兄弟子　「烈風の剣-神子上典膳vs善鬼三介」
早乙女貢　秘剣・豪剣!武芸決闘記-時代小説傑作選二　新人物往来社　2008年3月

仙吉　せんきち
下駄屋の女隠居のお島婆さんのところで世話になっている浮浪児　「寿ぎ花弔い花」　飯野
笙子　大江戸有情-書き下ろし時代小説傑作選4　大洋図書（大洋時代文庫）2005年6月

千吉　せんきち
本所入江町に住む大工、棟梁の倅と喧嘩して怪我をさせ暇を出されてしまった男　「法恩
寺橋-本所見廻り同心」　稲葉稔　大江戸有情-書き下ろし時代小説傑作選4　大洋図書
（大洋時代文庫）2005年6月

千石 少弐　せんごく・しょうに
京の今出川の貧乏公家の三男　「秘伝」　神坂次郎　武士道歳時記-新鷹会・傑作時代小
説選　光文社（光文社文庫）2008年6月

仙左衛門　せんざえもん
日本橋の瀬戸物問屋の主人、お妙の父親　「壁虎呪文」　黒木忍　怪奇・伝奇時代小説選
集6 清姫・怨霊ばなし　春陽堂書店（春陽文庫）2000年3月

仙次（野ざらし仙次）　せんじ（のざらしせんじ）
元武士、嫂と出奔した駆け落ち者　「苦界野ざらし仙次」　高橋義夫　時代小説 読切御免
第三巻　新潮社（新潮文庫）2005年12月

千珠　せんしゅ＊
みちのくの衣川で討たれた源義経の女（むすめ）、千珠は仮の名　「義経の女」　山本周五
郎　源義経の時代-短篇小説集　作品社　2004年10月

善助　ぜんすけ
神田豊島町の裏長屋の住人、飴細工屋　「首つり御門」　都筑道夫　怪奇・怪談時代小説
傑作選　徳間書店（徳間文庫）2004年9月

センセー
神田橋本町にあるなめくじ長屋に大道芸師たちと住む砂絵師のセンセー 「一番は諌鼓鶏」 都筑道夫 闇の旋風-問題小説傑作選5 捕物帖篇 徳間書店(徳間文庫) 2000年1

センセー
神田橋本町にあるなめくじ長屋に大道芸人たちと住む砂絵師のセンセー 「めんくらい凧(なめくじ長屋捕物さわぎ)」 都筑道夫 情けがからむ朱房の十手-傑作時代小説 PHP研究所(PHP文庫) 2009年1月;傑作捕物ワールド第5巻-渡世人篇 リブリオ出版 2002年10月

仙蔵　せんぞう
上野広小路の出合茶屋「喜仙」の亭主 「出合茶屋」 白石一郎 江戸の秘恋-時代小説傑作選 徳間書店(徳間文庫) 2004年10月

仙造　せんぞう
常盤町の御用聞の親分 「夜ごとの夢」 伊藤桂一 愛染夢灯籠-時代小説傑作選 講談社(講談社文庫) 2005年9月

善太　ぜんた
漆喰師幸吉の一人息子 「上総楼の兎」 戸板康二 大江戸犯科帖-時代推理小説名作選 双葉社(双葉文庫) 2003年10月

仙田　忠兵衛　せんだ・ちゅうべえ
豊島町の裏長屋に住む貧乏浪人、大和田平助とともに身売りをして薩摩屋敷の浪士隊に加わった男 「浪人まつり」 山手樹一郎 素浪人横町-人情時代小説傑作選 新潮社(新潮文庫) 2009年7月

仙太郎　せんたろう
飴屋、江戸中を歩きながら南町奉行大岡忠相の愛臣・池田大助の手助けをしている少年 「娘軽業師(池田大助捕物日記)」 野村胡堂 傑作捕物ワールド第6巻 名奉行篇 リブリオ出版 2002年10月

仙太郎　せんたろう
十年前に嵐の海で死んだとされていた村人卯之吉の女房だったおとよの子 「海村異聞」 三浦哲郎 剣が哭く夜に哭く-新選代表作時代小説20 光風社出版 2000年1月

仙太郎(三津田の仙太郎)　せんたろう(みつたのせんたろう)
小伝馬町の牢屋敷の囚人で一番役、脱獄後友蔵と変名 「狂女が唄う信州路」 笹沢左保 人情草紙-信州歴史時代小説傑作集第四巻 しなのき書房 2007年7月;約束-極め付き時代小説選1 中央公論新社(中公文庫) 2004年9月

仙千代(与三左衛門)　せんちよ(よざえもん*)
越後の太守上杉謙信の師傅ともいうべき宇佐美駿河守定行の孫、帰農して名を与三左衛門 「芙蓉湖物語」 海音寺潮五郎 疾風怒涛!上杉戦記-傑作時代小説 PHP研究所(PHP文庫) 2008年3月

仙之介　せんのすけ
三味線の名人の師匠を殺して名器「牡丹」の三味線を奪った芸人 「怨霊三味線」 原石寛 怪奇・伝奇時代小説選集11 妖艶の谷 春陽堂書店(春陽文庫) 2000年8月

仙之助　せんのすけ
町医者高木正斎の極道者の倅「じじばばの記」杉本苑子　江戸の老人力-時代小説傑作選　集英社(集英社文庫)　2002年12月

千之助　せんのすけ
勤皇・攘夷派の商人「京しぐれ」南原幹雄　鍔鳴り疾風剣-新選代表作時代小説22　光風社出版(光風社文庫)　2000年11月

善之助　ぜんのすけ
下古田郷の百姓善右衛門の次男で駒ヶ岳開山に成功した二人の若者の一人「駒ヶ岳開山」新田次郎　人情草紙-信州歴史時代小説傑作集第四巻　しなのき書房　2007年7月

善之助　ぜんのすけ
長崎の浦上中野郷のきりしたんの部落にいた喜助の仲間の青年「最後の殉教者」遠藤周作　歴史小説の世紀-地の巻　新潮社(新潮文庫)　2000年9月

千 利休　せんの・りきゅう
関白豊臣秀吉の怒りを買い自刃に追い込まれた茶人「利休の死」津本陽　人物日本の歴史 戦国編-時代小説版　小学館(小学館文庫)　2004年3月

仙波 阿古十郎　せんば・あこじゅうろう
江戸一の捕物の名人「両国の大鯨(顎十郎捕物帳)」久生十蘭　傑作捕物ワールド第3巻 人気侍篇　リブリオ出版　2002年10月

仙波 阿古十郎　せんば・あこじゅうろう
武家、元甲府勤番の風来坊「顎十郎捕物帳(捨公方)」久生十蘭　捕物小説名作選一　集英社(集英社文庫)　2006年8月

仙波阿古十郎(顎十郎)　せんば・あこじゅうろう(あごじゅうろう)
北町奉行所筆頭与力・森川庄兵衛を叔父に持つ風来坊、顎十郎と呼ばれる顎の長い男「紙凧」久生十蘭　江戸宵闇しぐれ-人情捕物帳傑作選二　学習研究社(学研M文庫)　2005年3月

仙波 一之進　せんば・いちのしん
江戸北町奉行所の与力筆頭、おこうの夫「熊娘-おこう紅絵暦」高橋克彦　代表作時代小説 平成十五年度　光風社出版　2003年5月

仙波 七郎太　せんば・しちろうた
信州高遠の牢人、新陰流の兵法者で鬼神秋月常陸介を追い続ける三人のひとり「鬼神の弱点は何処に」笹沢左保　七人の十兵衛-傑作時代小説　PHP研究所(PHP文庫)　2007年11月

千姫　せんひめ
吉田御殿の主、徳川三代将軍家光の姉「千姫桜」有吉佐和子　戦国女人十一話　作品社　2005年11月

千姫　せんひめ
大坂落城の際城内から救い出された右大臣家(豊臣秀頼)の御台所、徳川家康の孫「坂崎乱心」滝口康彦　人物日本の歴史 戦国編-時代小説版　小学館(小学館文庫)　2004年3月;鍔鳴り疾風剣B-新選代表作時代小説22　光風社出版(光風社文庫)　2000年11月

せんひ

千姫(天樹院)　せんひめ(てんじゅいん)
徳川幕府第二代将軍秀忠の長女　「千姫と乳酪」竹田真砂子　江戸の満腹力-時代小説傑作選　集英社(集英社文庫)　2005年12月；剣の意地 恋の夢-時代小説傑作選　講談社(講談社文庫)　2000年9月

膳平　ぜんぺい
飯田藩の武家娘お京の兄の屋敷に仲間奉公している男　「伝奇狒々族呪縛」水沢雪夫　怪奇・伝奇時代小説選集11 妖艶の谷　春陽堂書店(春陽文庫)　2000年8月

善兵衛　ぜんべえ
堺の豪商、用心棒伊吹平九郎の雇い主　「一字三星紋の流れ旗」新宮正春　紅葉谷から剣鬼が来る-時代小説傑作選　講談社(講談社文庫)　2002年9月

善兵衛　ぜんべえ
浅間山の大噴火の災害に襲われた鎌原村の百姓、ゆいの夫万次郎の朋輩　「浅間大変」立松和平　人情草紙-信州歴史時代小説傑作集第四巻　しなのき書房　2007年7月

善兵衛　ぜんべえ
大坂船場の大店加賀屋の主人　「おちょくり屋お紺」神坂次郎　紅葉谷から剣鬼が来る-時代小説傑作選　講談社(講談社文庫)　2002年9月

善兵衛　ぜんべえ
谷中の庄兵衛長屋の差配　「捨て子稲荷」半村良　春宵 濡れ髪しぐれ-時代小説傑作選　講談社(講談社文庫)　2003年9月

千松(お千代)　せんまつ*(おちょ)
京都島原の廓内・丹波やの芸妓、剣客青山熊之助の妻　「ごめんよ」池波正太郎　感涙-人情時代小説傑作選　KKベストセラーズ(ベスト時代文庫)　2004年11月

千弥太　せんやた
都の外れ九条坊門あたりに住む姫・白妙の父、諸国を廻る繭商人だという大柄な老人　「大盗伝」石井哲夫　蛇の眼-捕物時代小説選集2　春陽堂書店(春陽文庫)　2000年3月

仙六　せんろく
信州柏原村の本百姓小林家の次男、俳人小林一茶の異母弟　「蚤さわぐ」杉本苑子　人情草紙-信州歴史時代小説傑作集第四巻　しなのき書房　2007年7月

善六　ぜんろく
浅草の御用商人　「絵島・生島」松本清張　江戸三百年を読む 上-傑作時代小説 江戸騒乱編　角川学芸出版(角川文庫)　2009年9月

【そ】

宗右衛門　そうえもん
店を持たずに女を客にとりもつ阿呆烏稼業の宗六の兄、神田・鍋町の大店「和泉屋」の主人　「あほうがらす」池波正太郎　江戸夢日和-市井・人情小説傑作選二　学習研究社(学研M文庫)　2004年1月

惣右衛門　そうえもん
下谷松葉町の金物問屋「黒松屋」の主人、鼻を削がれて殺された男　「鼻欠き供養」　水谷準　幽霊陰陽師-捕物時代小説選集5　春陽堂書店(春陽文庫)　2000年6月

宗瓦　そうが
皮屋、堺の富商武野紹鴎の息子　「一字三星紋の流れ旗」　新宮正春　紅葉谷から剣鬼が来る-時代小説傑作選　講談社(講談社文庫)　2002年9月

増賀上人　ぞうがしょうにん
多武峯の上人　「厠の静まり」　古井由吉　歴史小説の世紀-地の巻　新潮社(新潮文庫)　2000年9月

宗吉　そうきち
旅の者で馬喰町の太物問屋の奉公人　「金五十両」　山本周五郎　感涙-人情時代小説傑作選　KKベストセラーズ(ベスト時代文庫)　2004年11月；約束-極め付き時代小説選1　中央公論新社(中公文庫)　2004年9月

宗玄　そうげん
戦国武将、九州豊後の領主　「ピント日本見聞記」　杉本苑子　九州戦国志-傑作時代小説　PHP研究所(PHP文庫)　2008年12月

宗三郎　そうざぶろう
日本橋の本両替の大店「大坂屋」三番組の手代　「逃げ水」　山本一力　代表作時代小説平成十七年度　光文社　2005年6月

曹児　そうじ
禅源寺の典座職　「清富記」　水上勉　剣の意地 恋の夢-時代小説傑作選　講談社(講談社文庫)　2000年9月

相州　そうしゅう
墓地の乞食、次郎の相棒　「刀の中の顔」　宇野信夫　怪奇・怪談時代小説傑作選　徳間書店(徳間文庫)　2004年9月

曹 昭容(瑛琳)　そう・しょうよう(えいりん)
後漢の皇帝曹の寵妃、隠密武官・朱炎の恋人だった女　「惜別姫」　藤水名子　撫子が斬る-女性作家捕物帳アンソロジー　光文社(光文社文庫)　2005年9月

曹 植　そう・しょく
曹操の息子で曹丕の弟　「曹操と曹丕」　安西篤子　異色中国短篇傑作大全　講談社(講談社文庫)　2001年3月

宗助　そうすけ
神田今川橋にある瀬戸物問屋の元手代、少女おしげの姉のために店の金をつかいこんで逃げた男　「梅屋のおしげ」　池波正太郎　江戸色恋坂-市井情話傑作選　学習研究社(学研M文庫)　2005年8月

宗助　そうすけ
浅草諏訪町の居酒屋で酌婦をしているおふじの妹おみよの亭主、左官　「夕化粧」　杉本章子　合わせ鏡-女流時代小説傑作選　角川春樹事務所(ハルキ文庫)　2003年2月

そうす

惣助　そうすけ
高利貸の男 「母子かづら」 永井路子　江戸の秘恋-時代小説傑作選　徳間書店（徳間文庫）2004年10月

曹操　そう・そう
漢の武将、魏王 「曹操と曹丕」 安西篤子　異色中国短篇傑作大全　講談社（講談社文庫）2001年3月

爽太　そうた
岡っ引、芝露月町にある鰻屋「十三川」の入婿のいい男 「終りのない階段」 北原亞以子　江戸浮世風-人情捕物帳傑作選　学習研究社（学研M文庫）2004年8月

爽太　そうた
十手持ち、鰻屋「十三川」の若旦那 「残り火」 北原亞以子　万事金の世-時代小説傑作選　徳間書店（徳間文庫）2006年4月；剣の意地 恋の夢-時代小説傑作選　講談社（講談社文庫）2000年9月

惣太　そうた
貧乏御家人で人形作りの内職をしている男 「三つ巴御前」 睦月影郎　大江戸有情-書き下ろし時代小説傑作選4　大洋図書（大洋時代文庫）2005年6月

惣太（村上 宇兵衛）　そうた（むらかみ・うへえ）
実物大の抱き人形を製作する下級武士 「熟れ肌ほの香」 睦月影郎　姦殺の剣-書下ろし時代小説傑作選3　ミリオン出版（大洋時代文庫）2005年4月

左右田　主膳　そうだ・しゅぜん
鳥取で武芸者荒木又右衛門を襲ったとされている刺客 「夢剣」 笹沢左保　江戸三百年を読む 上-傑作時代小説 江戸騒乱編　角川学芸出版（角川文庫）2009年9月

左右田　孫兵衛　そうだ・まごべえ
吉良家の重臣 「妖笛」 皆川博子　剣よ月下に舞え-新選代表作時代小説23　光風社出版（光風社文庫）2001年5月

宗太郎　そうたろう
小藩の槍術指南番高木宗兵衛の息子 「白魚橋の仇討」 山本周五郎　紅葉谷から剣鬼が来る-時代小説傑作選　講談社（講談社文庫）2002年9月

宗長　そうちょう
天下一と名高い連歌師、駿河守護・今川氏親の使者として勝山城に立て籠った駿河将兵二千人の帰還の交渉のため甲斐に来た老僧 「二千人返せ」 岩井三四二　代表作時代小説 平成十六年度　光風社出版　2004年4月

宗対馬守　義真　そうつしまのかみ・よしざね
対馬藩主で宗家中興の祖と仰がれる名君、万事派手好みの殿さま 「海峡の使者」 白石一郎　花ごよみ夢一夜-新選代表作時代小説24　光風社出版（光風社文庫）2001年11月

宗徳　そうとく
京都堺町綾小路の地蔵寺住職、西町奉行所同心蓮根佐仲の幼なじみで世の悪人の足引きをひそかに行う男 「地蔵寺の犬」 澤田ふじ子　犬道楽江戸草紙-時代小説傑作選　徳間書店（徳間文庫）2005年8月

宗徳　そうとく
仕事師、地蔵寺住職　「女狐の罠」　澤田ふじ子　闇の旋風-問題小説傑作選5 捕物帖篇　徳間書店(徳間文庫)　2000年1月

宗凡(隼人)　そうはん(はやと)
堺の豪商天王寺屋宗及の跡取り　「本能寺ノ変 朝-堺の豪商・天王寺屋宗及」　赤木駿介　本能寺・男たちの決断-傑作時代小説　PHP研究所(PHP文庫)　2007年2月

曹丕　そう・ひ
曹操の息子、漢の皇帝に即位した男　「曹操と曹丕」　安西篤子　異色中国短篇傑作大全　講談社(講談社文庫)　2001年3月

宗兵衛　そうべえ
本所大徳院門前の花屋、料理屋道楽の親爺さん　「恋あやめ」　梅本育子　春宵 濡れ髪しぐれ-時代小説傑作選　講談社(講談社文庫)　2003年9月

惣兵衛　そうべえ
山峡の杣小屋で眠狂四郎に妖怪話を聞かせた初老の樵夫　「妖異碓氷峠」　柴田錬三郎　剣の道忍の掟-信州歴史時代小説傑作集第三巻　しなのき書房　2007年6月

相馬 主計　そうま・かずえ
元新選組隊士、函館戦争で流刑囚となり伊豆七島の新島へ送られて赦免後は浅草の裏長屋に暮らしていた男　「明治新選組」　中村彰彦　新選組アンソロジー下巻-その虚と実に迫る　舞字社　2004年2月

相馬 主計　そうま・かずえ
五稜郭で官軍に敗れ新選組最後の隊長として伊豆の新島に流罪となり明治五年に赦免された男　「赦免船-島椿」　小山啓子　武士道歳時記-新鷹会・傑作時代小説選　光文社(光文社文庫)　2008年6月

相馬 主計　そうま・かずえ*
新選組局長近藤勇の家来、武州の壮士　「流山の朝」　子母澤寛　人物日本の歴史 幕末維新編-時代小説版　小学館(小学館文庫)　2004年9月;新選組興亡録　角川書店(角川文庫)　2008年9月

相馬 四郎義元　そうま・しろうよしもと
刀術者で日本兵法の始祖の一人、奥州相馬の相馬四郎忠重の子　「富田勢源」　戸部新十郎　人物日本剣豪伝一　学陽書房(人物文庫)　2001年4月

相馬 大作　そうま・だいさく
南部藩の家臣、兵法家平山行蔵の弟子で相馬大作は変名　「平山行蔵」　柴田錬三郎　小説「武士道」-時代小説短編傑作選　三笠書房(知的生きかた文庫)　2008年11月

宗佑　そうゆう*
汐見橋の定斎売り蔵秀の仲間　「そして、さくら湯-深川黄表紙掛取り帖」　山本一力　代表作時代小説 平成十五年度　光風社出版　2003年5月

宗琳　そうりん
京の公事宿「鯉屋」の先代、東山高台寺脇の妾宅で暮らす老人　「梅雨の蛍」　澤田ふじ子　江戸宵闇しぐれ-人情捕物帳傑作選二　学習研究社(学研M文庫)　2005年3月

宗六　そうろく
韋家の老下僕　「黄飛蝗」　森福都　妃・殺・蝗-中国三色奇譚　講談社（講談社文庫）2002年11月

宗六　そうろく＊
入谷・坂本町で川魚料理屋を営む一方店を持たずに女に客をとりもつ阿呆烏の稼業をする男　「あほうがらす」　池波正太郎　江戸夢日和-市井・人情小説傑作選二　学習研究社（学研M文庫）2004年1月

蘇我倉山田 石川麻呂　そがくらやまだ・いしかわまろ
蘇我一族だが入鹿と仲が悪い男　「時の日」　新田次郎　変事異聞-時代小説アンソロジー5　小学館（小学館文庫）2007年7月

曾我 五郎時致　そが・ごろうときむね
父河津三郎祐泰の仇工藤祐経を討った武士、伊豆の豪族伊東祐親の孫　「曾我兄弟」　滝口康彦　仇討ち-時代小説アンソロジー1　小学館（小学館文庫）2006年12月

曾我 十郎祐成　そが・じゅうろうすけなり
父河津三郎祐泰の仇工藤祐経を討った武士、伊豆の豪族伊東祐親の孫　「曾我兄弟」　滝口康彦　仇討ち-時代小説アンソロジー1　小学館（小学館文庫）2006年12月

蘇我 入鹿　そがの・いるか
政敵物部氏ほ亡ぼして以来政権を保持していた大豪族の蘇我一族、蝦夷の子　「時の日」　新田次郎　変事異聞-時代小説アンソロジー5　小学館（小学館文庫）2007年7月

蘇我 馬子　そがの・うまこ
大臣　「暗殺者」　黒岩重吾　紅葉谷から剣鬼が来る-時代小説傑作選　講談社（講談社文庫）2002年9月

蘇我 蝦夷　そがの・えみし
政敵物部氏を亡ぼして以来政権を保持していた大豪族の蘇我一族　「時の日」　新田次郎　変事異聞-時代小説アンソロジー5　小学館（小学館文庫）2007年7月

蘇我 蝦夷　そがの・えみし
蘇我馬子の子、大臣　「暗殺者」　黒岩重吾　紅葉谷から剣鬼が来る-時代小説傑作選　講談社（講談社文庫）2002年9月

曾我 五郎　そがの・ごろう
鎌倉武士、曾我兄弟の弟　「裾野」　永井路子　人物日本の歴史 古代中世編-時代小説版　小学館（小学館文庫）2004年1月

曾我 十郎　そがの・じゅうろう
鎌倉武士、曾我兄弟の兄　「裾野」　永井路子　人物日本の歴史 古代中世編-時代小説版　小学館（小学館文庫）2004年1月

蘇我 田守　そがの・たもり
大臣蘇我蝦夷の一族の若者、蘇我入鹿に従い山背大兄皇子を殺害した将校の一人　「神仙」　中村晃　怪奇・伝奇時代小説選集15　春陽堂書店（春陽文庫）2000年12月

疎暁　そぎょう
磐城のある寺の和尚　「怪（かい）」　綱淵謙錠　怪奇・怪談時代小説傑作選　徳間書店（徳間文庫）　2004年9月

十河 九郎兵衛高種　そごう・くろうびょうえたかたね
剣士、三好長慶の弟・十河一存の一族　「上泉伊勢守」　池波正太郎　剣聖-乱世に生きた五人の兵法者　新潮社（新潮文庫）　2006年10月

祖式 弦一郎　そしき・げんいちろう＊
臨時廻り同心　「猫のご落胤」　森村誠一　大江戸猫三昧-時代小説傑作選　徳間書店（徳間文庫）　2004年11月

祖心尼　そしんに
春日の局亡き後大奥で権勢をふるう尼僧　「妖尼」　新田次郎　江戸の老人力-時代小説傑作選　集英社（集英社文庫）　2002年12月

袖吉　そできち
老中戸田山城守の御側用人梶川源八郎の輩下　「人柱」　徳永真一郎　侍たちの歳月-新鷹会・傑作時代小説選　光文社（光文社文庫）　2002年6月

曽根 内匠　そね・たくみ
軍略家、元武田信玄に仕えた勇士で会津四郡の領主蘆名義広に召された男　「軍師哭く」　五味康祐　東北戦国志-傑作時代小説　PHP研究所（PHP文庫）　2009年9月

曾根 羽州　そね・はしゅう
甲斐国守護武田信縄の子信直（のちの武田信虎）の守り役　「喰らうて、統領」　二階堂玲太　代表作時代小説 平成十八年度　光文社　2006年6月

その
深川仲町の芸者、某大名の家中で江戸屋敷勤番の若侍小柴六三郎と深く馴染んで心中した女　「へちまの棚」　永井龍男　歴史小説の世紀-天の巻　新潮社（新潮文庫）　2000年9月

園田 兵太郎　そのだ・ひょうたろう
南鍛冶町の御家人くずれ　「傷」　北原亞以子　時代小説 読切御免第二巻　新潮社（新潮文庫）　2004年3月；傑作捕物ワールド第10巻 人情捕縄篇　リブリオ出版　2002年10月

園部 久之助　そのべ・ひさのすけ
裏長屋住いの若い浪人者、医者　「筮医者」　山手樹一郎　武士道日暦-新鷹会・傑作時代小説選　光文社（光文社文庫）　2007年6月

染吉　そめきち
岡っ引の手下　「蓮のつぼみ」　梅本育子　江戸色恋坂-市井情話傑作選　学習研究社（学研M文庫）　2005年8月

染子　そめこ
お側用人柳沢出羽守吉保の側妾　「元禄おさめの方」　山田風太郎　大奥華伝　角川書店（角川文庫）　2006年11月

染太郎　そめたろう
深川吉永町の丸源長屋の住人、役者崩れ　「謀りごと」　宮部みゆき　時代小説-読切御免第一巻　新潮社（新潮文庫）　2004年3月

染八　そめはち
深川芸者　「夜鷹蕎麦十六文」　北原亞以子　職人気質-時代小説アンソロジー4　小学館（小学館文庫）　2007年5月

染屋治兵衛（治兵衛）　そめやじへえ（じへえ）
大坂の染料問屋の主人で京の島原通いにはまった男　「川に沈む夕日」　辻原登　代表作時代小説　平成十八年度　光文社　2006年6月

征矢野　覚右衛門　そやの・かくえもん
木曽駒ヶ根村の義人の庄屋　「渡籠雪女郎」　国枝史郎　乱世の女たち-信州歴史時代小説傑作集第五巻　しなのき書房　2007年9月

曽呂利新左衛門　そろりしんざえもん
太閤秀吉のお伽衆、細作石川五右衛門の親友　「五右衛門と新左」　国枝史郎　石川五右衛門の生立-捕物時代小説選集3　春陽堂書店（春陽文庫）　2000年4月

曾呂利新左衛門（杉本 新左）　そろりしんざえもん（すぎもと・しんざ）
甲府の町に現れた猿そっくりの頓智を備えた者で武田信玄に御伽衆として召抱えられることとなった男　「笑ひ猿」　飯野文彦　伝奇城-文庫書下ろし/伝奇時代小説アンソロジー　光文社（光文社文庫）　2005年2月

孫　化龍　そん・かりょう
徐南川の甥　「蛙吹泉」　森福都　異色中国短篇傑作大全　講談社（講談社文庫）　2001年3月

【た】

第一夫人　だいいちふじん
県長の安家の第一夫人で農家出身の家庭に忠実な女　「女賊の哲学」　武田泰淳　歴史小説の世紀-天の巻　新潮社（新潮文庫）　2000年9月

太公望おせん　たいこうぼうおせん
釣りが道楽の売れっ妓芸者でもう一つの顔は女岡っ引　「太公望のおせん」　平岩弓枝　武士道日暦-新鷹会・傑作時代小説選　光文社（光文社文庫）　2007年6月

大五郎　だいごろう
薮原の宿の貸元　「背中の新太郎」　伊藤桂一　人情草紙-信州歴史時代小説傑作集第四巻　しなのき書房　2007年7月

大三郎　だいざぶろう
幕末に長崎に開設された海軍伝習所の伝習生に選ばれた幕臣、明治維新後も明治海軍の創設に関わった人物　「天命の人」　三好徹　代表作時代小説　平成二十年度　光文社　2008年6月

鯛沢 新三郎　たいざわ・しんざぶろう
八丁堀の常廻り同心、浪人夕月弦三郎の剣術道場における同門の友　「河童小僧」寿々木多呂九平　怪奇・伝奇時代小説選集10 怪談累ケ淵　春陽堂書店（春陽文庫）　2000年7月

大師（弘法大師）　だいし（こうぼうだいし）
四国の吉野川の辺に住んでいた四国三郎貞時という貪欲な長者の家に穢い容で来た旅僧　「長者」田中貢太郎　怪奇・伝奇時代小説選集15　春陽堂書店（春陽文庫）　2000年12月

大叔　たいしゅく
衛の重臣　「指」宮城谷昌光　紅葉谷から剣鬼が来る-時代小説傑作選　講談社（講談社文庫）　2002年9月；異色中国短篇傑作大全　講談社（講談社文庫）　2001年3月

大助　だいすけ
咸臨丸に乗り組んだ讃岐・塩飽の本島泊浦出身の幕府海軍の水夫　「桑港にて」植松三十里　代表作時代小説 平成十六年度　光風社出版　2004年4月

多市　たいち
甲賀の忍び五兵衛の子で瓜二つの双生児の兄　「柳生十兵衛の眼」新宮正春　七人の十兵衛-傑作時代小説　PHP研究所（PHP文庫）　2007年11月

太一　たいち
小島藩の城下町にある紙問屋「末広屋」の子供　「女たらし」諸田玲子　代表作時代小説 平成二十年度　光文社　2008年6月

大道寺 玄蕃　だいどうじ・げんば
尾張藩中きっての醜男で藩主義直がよく召して雑談の相手を命じる武士　「尾張の宮本武蔵」藤原審爾　宮本武蔵伝奇-時代小説セレクション　勉誠出版　2002年12月

大道 破魔之介　だいどう・はまのすけ
剣客の素浪人　「生首往生」黒木忍　怪奇・伝奇時代小説選集10 怪談累ケ淵　春陽堂書店（春陽文庫）　2000年7月

大道 破魔之介　だいどう・はまのすけ
素浪人　「蛇神異変」黒木忍　怪奇・伝奇時代小説選集5 北斎と幽霊　春陽堂書店（春陽文庫）　2000年2月

大道 破魔之介　だいどう・はまのすけ
浪人者　「壁虎呪文」黒木忍　怪奇・伝奇時代小説選集6 清姫・怨霊ばなし　春陽堂書店（春陽文庫）　2000年3月

第二郡屋　だいにこおりや
下っ端旗本郡屋土欽の分身　「江戸のゴリヤードキン氏」南條範夫　剣が哭く夜に哭く-新選代表作時代小説20　光風社出版　2000年1月

第二夫人　だいにふじん
県長の安家の第二夫人で嫁入り前は女賊であったという女　「女賊の哲学」武田泰淳　歴史小説の世紀-天の巻　新潮社（新潮文庫）　2000年9月

たいま

当麻 蹴速　たいまの・くえはや
大和の葛城氏の武人、出雲国の土師氏の勇者野見宿禰と力較べをした豪傑　「野見宿禰」
　黒岩重吾　武芸十八般-武道小説傑作選　KKベストセラーズ(ベスト時代文庫)　2005年10月

大門屋展徳(展徳)　だいもんやのぶとく(のぶとく)
伊豆戸田村の近郷で一番大きな船大工の棟梁　「白い帆は光と陰をはらみて」　弓場剛
伊豆の歴史を歩く-伊豆文学賞・歴史小説傑作集Ⅱ　羽衣出版　2006年3月

平 清盛　たいらの・きよもり
伊勢平氏の平正盛の子忠盛の嫡子、平治の乱後太政大臣にまで栄達した平氏一門の頭領　「平清盛」　海音寺潮五郎　源義経の時代-短篇小説集　作品社　2004年10月

平 貞盛　たいらの・さだもり
高望王の子・国香の長男　「平将門」　海音寺潮五郎　人物日本の歴史　古代中世編-時代小説版　小学館(小学館文庫)　2004年1月

平 貞盛　たいらの・さだもり
内裏の左馬寮の允に任じられている男　「夜光鬼」　高橋克彦　春宵 濡れ髪しぐれ-時代小説傑作選　講談社(講談社文庫)　2003年9月

平 重盛　たいらの・しげもり
平氏一門の頭領平清盛の嫡男　「平清盛」　海音寺潮五郎　源義経の時代-短篇小説集　作品社　2004年10月

平 忠盛　たいらの・ただもり
伊勢平氏の平正盛の子で清盛の父、鳥羽法皇に寵愛され殿上人に昇進した男　「平清盛」　海音寺潮五郎　源義経の時代-短篇小説集　作品社　2004年10月

平 時忠(勘作)　たいらの・ときただ(かんさく)
鵜匠の藤作から鮎を買う不思議な翁、甲斐へ逃れ鵜匠になった平家の落武者平時忠の怨霊　「子酉川鵜飼の怨霊」　今川徳三　怪奇・伝奇時代小説選集14 累物語　春陽堂書店(春陽文庫)　2000年11月

平 将門　たいらの・まさかど
東国平氏の武将、高望王の三男・良将の子　「平将門」　海音寺潮五郎　人物日本の歴史古代中世編-時代小説版　小学館(小学館文庫)　2004年1月

平 正盛　たいらの・まさもり
伊勢平氏の平正衡の子で因幡守を歴任、忠盛の父　「平清盛」　海音寺潮五郎　源義経の時代-短篇小説集　作品社　2004年10月

平 良兼　たいらの・よしかね
高望王の子、上総介　「平将門」　海音寺潮五郎　人物日本の歴史　古代中世編-時代小説版　小学館(小学館文庫)　2004年1月

平 兵部之輔　たいら・ひょうぶのすけ
高知の池川郷用居村の豪農、池川郷一揆の頭領　「血税一揆」　津本陽　紅葉谷から剣鬼が来る-時代小説傑作選　講談社(講談社文庫)　2002年9月

大竜院泰雲　だいりゅういんたいうん
怪山伏、暗闇祭に出る怪物を退治しようとした三人のひとり「怪異暗闇祭」江見水蔭　怪奇・伝奇時代小説選集8 百物語　春陽堂書店（春陽文庫）2000年5月

大六　だいろく
江戸城松の廊下の刃傷沙汰の赤穂飛脚となった早水藤左衛門と萱野三平を追う兇賊一団の男「赤穂飛脚」山田風太郎　江戸の漫遊力-時代小説傑作選　集英社（集英社文庫）2008年12月

多江　たえ
刀匠行国の妻「星霜」瀧澤美恵子　鎮守の森に鬼が棲む-時代小説傑作選　講談社（講談社文庫）2001年9月

妙　たえ
小普請組の旗本松沢家の兄弟の兄の哲之進を養子に迎えたいと申し入れをしてきた大身の旗本矢吹家の娘「婿入りの夜」古川薫　江戸の鈍感力-時代小説傑作選　集英社（集英社文庫）2007年12月

妙　たえ
大川へ身投げしようとしていた武家の娘「死神」山手樹一郎　武士道歳時記-新鷹会・傑作時代小説選　光文社（光文社文庫）2008年6月

妙子の方　たえこのかた
信州国府の大名本田越前守重富の正室、京都の公卿七条家の息女「五十八歳の童女」村上元三　江戸の老人力-時代小説傑作選　集英社（集英社文庫）2002年12月

妙姫　たえひめ
美濃高須城の姫で小姓と駈落したが護り役の蜷原嘉門に天童に連れて行かれて幽閉された姫「怨霊高須館」加納一朗　怪奇・伝奇時代小説選集10 怪談累ケ淵　春陽堂書店（春陽文庫）2000年7月

絶間姫　たえまひめ
帝から派遣されて鳴神上人の庵に入りこんだ姫「邪恋妖姫伝」伊奈京介　怪奇・伝奇時代小説選集8 百物語　春陽堂書店（春陽文庫）2000年5月

多岡　左助　たおか・さすけ
木曽路の福島代官所手付「公卿侍」村上元三　星明かり夢街道-新選代表作時代小説21 光風社出版　2000年5月

高　たか
初老の武士菅沼景八郎が介護している病妻の妻「介護鬼」菊地秀行　女人-時代小説アンソロジー2　小学館（小学館文庫）2007年2月；異色歴史短篇傑作大全　講談社　2003年11月

多賀井　又八郎　たかい・またはちろう*
会津藩主加藤明成の暗愚に耐えかね一族郎党を引き連れて藩を出奔した元家老堀主水の弟「堀主水と宗矩」五味康祐　小説「武士道」-時代小説短編傑作選　三笠書房（知的生きかた文庫）2008年11月

たかお

高丘親王　たかおかしんのう
平城帝の皇子、薬子の変によって皇太子の位を追われ仏道修行におもむき天竺へわたる決意をした親王「儒艮」澁澤龍彦　歴史小説の世紀-地の巻　新潮社(新潮文庫)　2000年9月

高垣 源三郎　たかがき・げんざぶろう
兵法修業のため伊藤一刀斎を訪れた武芸者風の若者「飛猿の女」郡順史　怪奇・伝奇時代小説選集11 妖艶の谷　春陽堂書店(春陽文庫)　2000年8月

高木 正斎　たかぎ・しょうさい＊
町医者「じじばばの記」杉本苑子　江戸の老人力-時代小説傑作選　集英社(集英社文庫)　2002年12月

高木 宗兵衛　たかぎ・そうべえ
小藩の槍術指南番、再出仕後は勘定方「白魚橋の仇討」山本周五郎　紅葉谷から剣鬼が来る-時代小説傑作選　講談社(講談社文庫)　2002年9月

高木 彦四郎　たかぎ・ひこしろう
松平家の江戸留守居役、北国の藩の江戸留守居役大原宗兵衛と親の代から親交がふかい男「疼痛二百両」池波正太郎　たそがれ長屋-人情時代小説傑作選　新潮社(新潮文庫)　2008年10月；万事金の世-時代小説傑作選　徳間書店(徳間文庫)　2006年4月

高倉院　たかくらいん
入道清盛の女・建礼門院を后にもつ帝「葵の風」五味康祐　人物日本の歴史 古代中世編-時代小説版　小学館(小学館文庫)　2004年1月

高倉 信右衛門　たかくら・しんえもん
小諸藩士、山口源吾の養父「梅一枝」柴田錬三郎　武士道-時代小説アンソロジー3　小学館(小学館文庫)　2007年3月

高桑 政右衛門　たかくわ・せいえもん
加賀藩主前田吉徳の寵臣大槻伝蔵の家士筆頭「影は窈窕」戸部新十郎　人物日本の歴史 江戸編＜下＞-時代小説版　小学館(小学館文庫)　2004年7月

高島 甚内盛次　たかしま・じんないもりつぐ
金沢前田家生え抜きの侍、河童の大敵の水虎を退治してやって水中で自在に泳げる水練を仕込まれた男「河童武者」村上元三　剣が哭く夜に哭く-新選代表作時代小説20　光風社出版　2000年1月

たか女　たかじょ
金閣寺の寺侍の女房、安政の大獄の最中井伊直弼の重臣長野主膳の手足となって働いた女「雪の音」大路和子　愛染夢灯籠-時代小説傑作選　講談社(講談社文庫)　2005年9月

たか女　たかじょ
出羽国山形の城下から義弟と奉公人と共に亡き夫中根政之助の敵討ちの旅に出た未亡人「逆転」池波正太郎　武士道歳時記-新鷹会・傑作時代小説選　光文社(光文社文庫)　2008年6月

多賀 新兵衛　たが・しんべえ
浪人、元京極家豊岡藩藩士で敵持ちの身　「近眼の新兵衛」　村上元三　侍の肖像-信州歴史時代小説傑作集第二巻　しなのき書房　2007年5月

高杉 晋作　たかすぎ・しんさく
奇兵隊の頭領、長州攘夷党の第一人者　「嘲斎坊とは誰ぞ」　小田武雄　江戸の爆笑力-時代小説傑作選　集英社（集英社文庫）　2004年12月

高杉 晋作　たかすぎ・しんさく
長州藩の勤王志士　「若き獅子」　池波正太郎　龍馬と志士たち　コスミック出版（コスミック文庫）　2009年11月

高杉 晋作　たかすぎ・しんさく
幕末外国連合艦隊の襲撃に備えて萩藩に結成された奇兵隊総督　「汚名」　古川薫　愛染夢灯籠-時代小説傑作選　講談社（講談社文庫）　2005年9月

高杉 晋作　たかすぎ・しんさく
幕末長州藩の志士、奇兵隊総督　「高杉晋作」　大岡昇平　人物日本の歴史 幕末維新編-時代小説版　小学館（小学館文庫）　2004年9月;歴史小説の世紀-天の巻　新潮社（新潮文庫）　2000年9月

高杉 晋作　たかすぎ・しんさく
幕末長州藩内の勤王派の志士、イギリス公使館の焼き討ちいらい幕府のお尋ね者となり藩政府からも追われて福岡に亡命した人物　「青梅」　古川薫　江戸三百年を読む 下-傑作時代小説 幕末風雲編　角川学芸出版（角川文庫）　2009年9月

高須 久四郎　たかす・きゅうしろう
人里の粗末な小屋に一人住んでいた老人で元は武士だった男　「戦国夢道陣」　加納一朗　怪奇・伝奇時代小説選集14 累物語　春陽堂書店（春陽文庫）　2000年11月

高須 久子　たかす・ひさこ
野山獄の囚人、姦淫の罪を犯した未亡人　「吉田松陰の恋」　古川薫　人物日本の歴史 江戸編〈下〉-時代小説版　小学館（小学館文庫）　2004年7月

誰袖　たがそで
新吉原の花魁、糸屋のせがれ源七と深い仲になった女　「幽霊を買った退屈男（旗本退屈男）」　佐々木味津三　傑作捕物ワールド第3巻 人気侍篇　リブリオ出版　2002年10月

高田 采女　たかだ・うねめ
西の丸の御側取次ぎ用人　「花しぐれ-べらんめぇ宗俊」　天宮響一郎　紅蓮の剣-書下ろし時代小説傑作選5　ミリオン出版（大洋時代文庫）　2005年9月

高田 郡兵衛　たかだ・ぐんべえ
赤穂浪士　「脱盟の槍-「赤穂浪士伝」より」　海音寺潮五郎　約束-極め付き時代小説選1　中央公論新社（中公文庫）　2004年9月

高田 源兵衛　たかだ・げんべえ
肥後熊本藩の尊攘運動家、肥後勤皇党主力の一人で「人斬り彦斎」と呼ばれた男　「白昼の斬人剣-佐久間象山暗殺」　井口朝生　必殺!幕末暗殺剣-時代小説傑作選三　新人物往来社　2008年3月

高田 源兵衛　たかだ・げんべえ
肥後藩士、尊皇攘夷運動に従事し「人斬り彦斎」と異名されたほどの暗殺の名人で高田源兵衛は改名　「人斬り彦斎」　海音寺潮五郎　幕末の剣鬼たち-時代小説傑作選　コスミック出版(コスミック文庫)　2009年12月

高田 三之丞　たかだ・さんのじょう
尾張柳生家の師範代　「秘太刀〝放心の位〟」　戸部新十郎　柳生武芸帳七番勝負-時代小説傑作選一　新人物往来社　2008年3月；花ごよみ夢一夜-新選代表作時代小説24　光風社出版(光風社文庫)　2001年11月

高田 三之丞　たかだ・さんのじょう
尾張柳生家の宗家柳生兵庫助利厳の高弟、兵法師範　「秘剣笠の下」　新宮正春　地獄の無明剣-時代小説傑作選　講談社(講談社文庫)　2004年9月

高田 三之丞　たかだ・さんのじょう
柳生道場の高弟、柳生兵助厳包(連也斎)の指導役　「柳生連也斎」　伊藤桂一　人物日本剣豪伝三　学陽書房(人物文庫)　2001年5月

高田殿　たかだどの
越後高田の松平家の当主光長の母で二代将軍秀忠の第三女　「怪異黒姫おろし」　江見水蔭　怪奇・伝奇時代小説選集4 怪異黒姫おろし　春陽堂書店(春陽文庫)　2000年1月

高田 直之助　たかだ・なおのすけ
馬庭念流の剣術家樋口又七郎定次の門弟　「体中剣殺法-樋口定次vs村上権左衛門」　峰隆一郎　秘剣・豪剣!武芸決闘記-時代小説傑作選二　新人物往来社　2008年3月

高田 兵助　たかだ・へいすけ*
磐城平藩の納戸役高田家へ婿入りした男　「兵助夫婦」　山手樹一郎　大江戸の歳月-新鷹会・傑作時代小説選　光文社(光文社文庫)　2003年6月

たかとり
新選組の沖田総司を何度か襲った長州者であるだろう浪士　「京の夢」　戸部新十郎　花と剣と侍-新鷹会・傑作時代小説選　光文社(光文社文庫)　2009年6月

鷹取　たかとり
左京の住人である右兵衛の舎人　「応天門の変」　南條範夫　変事異聞-時代小説アンソロジー5　小学館(小学館文庫)　2007年7月

高鳥 新兵衛　たかとり・しんべえ
藩の赤子養育方目付、次席家老より若殿・千松丸の警護役を命じられた剣の遣い手　「蝦蟇の恋-江戸役職白書・養育目付」　岳宏一郎　代表作時代小説 平成十六年度　光風社出版　2004年4月

高根 勘右衛門　たかね・かんえもん
狂歌師で御徒町の御家人、色好みの弟子に案内されて本郷のだいこん畑のかたわらにある遊女屋に行った粋人　「だいこん畑の女」　東郷隆　代表作時代小説 平成二十一年度　光文社　2009年6月

高野 十太郎　たかの・じゅうたろう
父の敵を探して江戸に来たもと攝津・高槻藩の若侍「夫婦浪人」池波正太郎　素浪人横町-人情時代小説傑作選　新潮社(新潮文庫)　2009年7月

高野 長英　たかの・ちょうえい
蘭方医、伝馬町牢の牢名主「群盲」山手樹一郎　侍たちの歳月-新鷹会・傑作時代小説選　光文社(光文社文庫)　2002年6月

高野 平八(山崎 与一郎)　たかの・へいはち(やまざき・よいちろう)
いかさま師の百助の仲間、偽目付「千軍万馬の闇将軍」佐藤雅美　愛染夢灯籠-時代小説傑作選　講談社(講談社文庫)　2005年9月

高野 蘭亭　たかの・らんてい
徂徠門の盲目の詩人、酒盃をあつめて愛撫愛玩している男「髑髏盃」澁澤龍彦　酔うて候-時代小説傑作選　徳間書店(徳間文庫)　2006年10月

高橋 外記　たかはし・げき
会津藩主松平正容の側用人「拝領妻始末」滝口康彦　女人-時代小説アンソロジー2　小学館(小学館文庫)　2007年2月

高橋 紹運　たかはし・じょううん
戦国武将、豊後の大友家の家臣で島津軍と戦い筑前岩屋城に籠城した勇将「さいごの一人」白石一郎　九州戦国志-傑作時代小説　PHP研究所(PHP文庫)　2008年12月

高畠 庄三郎　たかばたけ・しょうざぶろう
織田家中の弓の名手、信長の側室お鍋の方の縁者「蘭丸、叛く」宮本昌孝　本能寺・男たちの決断-傑作時代小説　PHP研究所(PHP文庫)　2007年2月;時代小説 読切御免第三巻　新潮社(新潮文庫)　2005年12月

高畑 房次郎　たかはた・ふさじろう
水戸浪士「笊ノ目万兵衛門外へ」山田風太郎　武士道-時代小説アンソロジー3　小学館(小学館文庫)　2007年3月

高林 喜兵衛　たかばやし・きへえ
藩の納戸方頭取、家の塀の内側にある箱の中にお金を入れておき困っている者なら誰でも借りていいようにしている武士「裏の木戸はあいている」山本周五郎　歴史小説の世紀-天の巻　新潮社(新潮文庫)　2000年9月

高林 佐大夫　たかばやし・さたゆう
一万石の貧乏小藩・泉州陶器藩の江戸家老「廃藩奇話」堀和久　大江戸殿様列伝-傑作時代小説　双葉社(双葉文庫)　2006年7月

高松 勘兵衛　たかまつ・かんべえ
剣術家林崎甚助の甥、武州一の宮の居合道場主「袈裟掛けの太刀-林崎甚助vs坂上主膳」羽山信樹　秘剣・豪剣!武芸決闘記-時代小説傑作選二　新人物往来社　2008年3月

高峯 藤左衛門(杢兵衛)　たかみね・とうざえもん(もくべえ)
関ケ原の戦に敗れ摂津池田の里まで遁走して来た武士、かつては摂津の陶工杢兵衛だった男「村重好み」秋月達郎　ふりむけば闇-時代小説招待席　広済堂出版　2003年6月

高安 彦太郎　たかやす・ひこたろう
金剛座の能役者 「奥方切腹」 海音寺潮五郎　女人-時代小説アンソロジー2　小学館（小学館文庫）2007年2月

高柳 楠之助　たかやなぎ・くすのすけ
紀州藩所有の蒸気船「明光丸」艦長 「うそつき小次郎と竜馬」 津本陽　龍馬と志士たち　コスミック出版（コスミック文庫）2009年11月；剣が哭く夜に哭く-新選代表作時代小説20　光風社出版 2000年1月

高柳 又四郎　たかやなぎ・またしろう
日本橋浜町にある小野派一刀流中西道場の師範代 「高柳又四郎の鍔」 新宮正春　秘剣舞う-剣豪小説の世界　学習研究社（学研M文庫）2002年11月

高柳 又四郎利辰　たかやなぎ・またしろうとしとき
幕末の剣客、一刀流中西道場の三羽烏の一人 「白井亨」 神坂次郎　人物日本剣豪伝四　学陽書房（人物文庫）2001年6月

高山 常次郎　たかやま・つねじろう
浪人者 「尺八乞食」 山手樹一郎　江戸の商人力-時代小説傑作選　集英社（集英社文庫）2006年12月

宝井 数馬　たからい・かずま
長州藩に潜入してそのまま消息を絶った二人の御庭番の一人 「吉備津の釜」 泡坂妻夫　代表作時代小説 平成十九年度　光文社 2007年6月

たき
徒士組市村家の嫁さとの義母 「花の顔」 乙川優三郎　愛染夢灯籠-時代小説傑作選　講談社（講談社文庫）2005年9月

瀧井 山三郎　たきい・やまさぶろう
大川から死骸で引き揚げられた女方役者 「柳は緑 花は紅」 竹田真砂子　地獄の無明剣-時代小説傑作選　講談社（講談社文庫）2004年9月

滝川 幸之進　たきがわ・こうのしん
備前岡山藩池田家の藩士、一刀流の剣では達人の腕を持っているという新参者 「備前名弓伝」 山本周五郎　武士の本懐-武士道小説傑作選　KKベストセラーズ（ベスト時代文庫）2004年6月

滝川 三九郎　たきがわ・さんくろう
伯耆十八万石中村家の家臣、織田信長の重臣滝川一益の後つぎの一忠の子 「武士の紋章・滝川三九郎」 池波正太郎　武士の本懐-武士道小説傑作選　KKベストセラーズ（ベスト時代文庫）2004年6月

滝沢 休右衛門　たきざわ・きゅうえもん
元新発田藩士で久米兄弟の父の敵討ちの相手 「八十一歳の敵」 長谷川伸　武士道春秋-新鷹会・傑作時代小説選　光文社（光文社文庫）2006年6月

滝沢 信太郎　たきざわ・しんたろう
大工の新吉が助けた手負いの彰義隊士、大川へ身投げしようとしていた娘妙の兄「死神」　山手樹一郎　武士道歳時記-新鷹会・傑作時代小説選　光文社（光文社文庫）2008年6月

滝沢 馬琴　たきざわ・ばきん
「南総里見八犬伝」の作者、旗本松平家の用人をしていた滝沢家を相続したが山東京伝に弟子入りし戯作者となった男「曲亭馬琴」堀内万寿夫　紅蓮の翼-異彩時代小説撰　叢文社　2007年8月

滝蔵　たきぞう
お尋ね者の盗人「刀の中の顔」宇野信夫　怪奇・怪談時代小説傑作選　徳間書店（徳間文庫）2004年9月

太吉　たきち
木曾の山奥の杣小屋に父親の重兵衛と二人きりで暮らしていた男の児「木曾の旅人」岡本綺堂　怪奇・伝奇時代小説選集10 怪談累ケ淵　春陽堂書店（春陽文庫）2000年7月

滝乃　たきの
三河町の剣術道場の実家に娘とふたりで暮らし後家を通している内儀「手習子の家」梅本育子　花ごよみ夢一夜-新選代表作時代小説24　光風社出版（光風社文庫）2001年11月

滝野　たきの
市ヶ谷田町の田原屋七郎右衛門の娘「真説かがみやま」杉本苑子　仇討ち-時代小説アンソロジー1　小学館（小学館文庫）2006年12月

滝の井　たきのい
備前岡山の大名松平家の奥女中になりすまし御落胤さわぎをおこした女「御守殿おたき（はやぶさ新八御用帳）」平岩弓枝　傑作捕物ワールド第2巻 与力同心篇　リブリオ出版　2002年10月

滝之助　たきのすけ
北国街道に網を張り印籠を盗み働く美少年「怪異黒姫おろし」江見水蔭　怪奇・伝奇時代小説選集4 怪異黒姫おろし　春陽堂書店（春陽文庫）2000年1月

滝夜叉姫　たきやしゃひめ
非業の死を遂げた平将門の娘「邪恋妖姫伝」伊奈京介　怪奇・伝奇時代小説選集8 百物語　春陽堂書店（春陽文庫）2000年5月

滝山　たきやま
大奥総取締の御年寄「化縁つきぬれば」大路和子　剣の意地 恋の夢-時代小説傑作選　講談社（講談社文庫）2000年9月

田桐 重太郎　たぎり・じゅうたろう
自害した元陸軍騎兵連隊将校「菊の塵」連城三紀彦　大江戸犯科帖-時代推理小説名作選　双葉社（双葉文庫）2003年10月

たぎり

田桐 セツ　たぎり・せつ
自殺した元陸軍騎兵連隊将校田桐重太郎の妻　「菊の塵」　連城三紀彦　大江戸犯科帖-時代推理小説名作選　双葉社（双葉文庫）　2003年10月

沢庵　たくあん
禅僧　「柳生宗矩・十兵衛」　赤木駿介　人物日本剣豪伝二　学陽書房（人物文庫）　2001年4月

宅悦　たくえつ
侍をやめた民谷伊右衛門から女房のお岩の体に薬を打つように依頼された按摩　「四谷快談」　丸木砂土　怪奇・伝奇時代小説選集13 四谷怪談　春陽堂書店（春陽文庫）　2000年10月

沢彦　たくげん
高僧、織田信長の師　「稲葉山上の流星-織田信長」　童門冬二　戦国武将国盗り物語-時代小説傑作選七　新人物往来社　2008年3月

田口 蔵人　たぐち・くろうど
豊後の大名大友家の家老　「大友二階崩れ-大友宗麟」　早乙女貢　戦国武将国盗り物語-時代小説傑作選七　新人物往来社　2008年3月

多久 長門　たく・ながと
肥前佐賀藩の執政、鍋島直茂の娘婿　「権謀の裏」　滝口康彦　軍師の生きざま-時代小説傑作選　コスミック出版（コスミック文庫）　2008年11月；戦国軍師列伝-時代小説傑作選六　新人物往来社　2008年3月

たけ
深川の芸者屋「小桜屋」の女将　「芸者の首」　泡坂妻夫　恋模様-極め付き時代小説選2　中央公論新社（中公文庫）　2004年10月

竹内 数馬　たけうち・かずま
肥後の藩主細川忠利の近侍　「秘剣」　五味康祐　幻の剣鬼 七番勝負-傑作時代小説　PHP研究所（PHP文庫）　2008年5月

竹内 久右衛門　たけうち・きゅうえもん
戦国武将可児才蔵の家来　「武士サンチョの死」　野村敏雄　侍たちの歳月-新鷹会・傑作時代小説選　光文社（光文社文庫）　2002年6月

竹内 平馬　たけうち・へいま
藩の村尾組に属する御番衆　「百日紅」　安西篤子　江戸色恋坂-市井情話傑作選　学習研究社（学研M文庫）　2005年8月

竹内 廉太郎（金原 忠蔵）　たけうち・れんたろう（きんばら・ちゅうぞう*）
慶応四年上田藩の軽井沢宿に入った官軍・赤報隊の監察役、下総葛飾郡小金町の旧家「笹屋」竹内家の息子　「雪中の死」　東郷隆　代表作時代小説 平成十七年度　光文社　2005年6月

竹柴ノ小弥太（小弥太）　たけしばのこやた（こやた）
宮廷内からみかどの美しい姫君をさらって逃げた火焚屋の衛士　「光る道」　檀一雄　歴史小説の世紀-天の巻　新潮社（新潮文庫）　2000年9月

竹島　たけしま
中年増の大奥女中、御中臈お波奈の方の側近 「花しぐれ-べらんめぇ宗俊」 天宮響一郎
　紅蓮の剣-書下ろし時代小説傑作選5 ミリオン出版(大洋時代文庫) 2005年9月

竹次郎　たけじろう
蕎麦売り 「残り火」 北原亞以子　万事金の世-時代小説傑作選　徳間書店(徳間文庫)
2006年4月;剣の意地 恋の夢-時代小説傑作選　講談社(講談社文庫) 2000年9月

竹二郎　たけじろう
恋しい伊佐吉と二人きりになるために親分を殺して逃げてきた博徒 「フルハウス」 藤水名
子　夢を見にけり-時代小説招待席　広済堂出版 2004年6月

竹助　たけすけ
谷中の庄兵衛長屋に住む左官の信助が捨て子を引きとって双子として育てた子 「捨て子
稲荷」 半村良　春宵 濡れ髪しぐれ-時代小説傑作選　講談社(講談社文庫) 2003年9月

たけぞう
剣客 「巌流小次郎秘剣斬り 武蔵羅切」 新宮正春　宮本武蔵伝奇-時代小説セレクション
　勉誠出版 2002年12月

武田 勝頼　たけだ・かつより
戦国武将、奥平貞昌の長篠城を攻撃した武田軍の大将 「鳥居強右衛門」 池波正太郎
小説「武士道」-時代小説短編傑作選　三笠書房(知的生きかた文庫) 2008年11月

武田 勝頼　たけだ・かつより
戦国武将、甲斐の国主武田信玄の息子 「天目山の雲」 井上靖　決戦 川中島-傑作時代
小説　PHP研究所(PHP文庫) 2007年3月

武田 勝頼　たけだ・かつより
戦国武将、甲斐武田家の当主で武田信玄の息子 「おふうの賭」 山岡荘八　戦国女人十
一話　作品社 2005年11月

武田 勝頼　たけだ・かつより
戦国武将、甲斐武田軍の総大将 「炎の武士」 池波正太郎　決戦 川中島-傑作時代小説
　PHP研究所(PHP文庫) 2007年3月

武田 勝頼　たけだ・かつより
戦国武将、信玄亡きあと武田家の統領となった青年 「信虎の最期」 二階堂玲太　武士道
歳時記-新鷹会・傑作時代小説選　光文社(光文社文庫) 2008年6月

武田 勝頼　たけだ・かつより
戦国武将、武田信玄の息子で武田家当主 「最後の赤備え」 宮本昌孝　地獄の無明剣-
時代小説傑作選　講談社(講談社文庫) 2004年9月

武田 観柳斎　たけだ・かんりゅうさい
新選組副長助勤 「隊中美男五人衆」 子母澤寛　誠の旗がゆく-新選組傑作選　集英社
(集英社文庫) 2003年12月

武田 観柳斎　たけだ・かんりゅうさい
新選組副長助勤 「武田観柳斎」 井上友一郎　新選組烈士伝　角川書店(角川文庫)
2003年10月

たけだ

武田 源三郎　たけだ・げんざぶろう
戦国武将、織田信長の五男「最後の赤備え」宮本昌孝　地獄の無明剣-時代小説傑作選　講談社(講談社文庫)　2004年9月

武田 源之進　たけだ・げんのしん
旧幕新選組五番隊組長武田観柳斎の末弟「明治新選組」中村彰彦　新選組アンソロジー下巻-その虚と実に迫る　舞字社　2004年2月

武田 信玄　たけだ・しんげん
戦国武将、甲斐の国主「川中島の戦」松本清張　決戦 川中島-傑作時代小説　PHP研究所(PHP文庫)　2007年3月

武田 信玄　たけだ・しんげん
戦国武将、甲斐の国主「天目山の雲」井上靖　決戦 川中島-傑作時代小説　PHP研究所(PHP文庫)　2007年3月

武田 信玄　たけだ・しんげん
戦国武将、甲斐の領主で信州・川中島において越後の上杉軍と大決戦をおこなった武田軍の総大将「真説 決戦川中島」池波正太郎　人物日本の歴史 戦国編-時代小説版　小学館(小学館文庫)　2004年3月

武田 信玄　たけだ・しんげん
戦国武将、甲斐国の領主「上杉謙信」檀一雄　武将列伝-信州歴史時代小説傑作集第一巻　しなのき書房　2007年4月;決戦 川中島-傑作時代小説　PHP研究所(PHP文庫)　2007年3月

武田 信玄　たけだ・しんげん
戦国武将、甲斐国主「一眼月の如し-山本勘介」戸部新十郎　戦国軍師列伝-時代小説傑作選六　新人物往来社　2008年3月;武将列伝-信州歴史時代小説傑作集第一巻　しなのき書房　2007年4月

武田 信玄　たけだ・しんげん
戦国武将、甲斐国主「紅楓子の恋」宮本昌孝　軍師の生きざま-短篇小説集　作品社　2008年11月

武田 信玄　たけだ・しんげん
戦国武将、甲斐国主「忍法短冊しぐれ-加藤段蔵」光瀬龍　戦国忍者武芸帳-時代小説傑作選五　新人物往来社　2008年3月

武田 信玄　たけだ・しんげん
戦国武将、甲斐国守護で武田家十八代当主信虎の嫡男でのち武田家当主「甲斐国追放-武田信玄」永岡慶之助　戦国武将国盗り物語-時代小説傑作選七　新人物往来社　2008年3月

武田 信玄　たけだ・しんげん
戦国武将、甲府の盆地を見下ろす躑躅ケ崎の屋形の主「笑ひ猿」飯野文彦　伝奇城-文庫書下ろし/伝奇時代小説アンソロジー　光文社(光文社文庫)　2005年2月

武田 信玄　たけだ・しんげん
戦国武将、武田家当主「くノ一懺悔-望月千代女」永岡慶之助　戦国忍者武芸帳-時代小説傑作選五　新人物往来社　2008年3月;剣の道忍の掟-信州歴史時代小説傑作集第三巻　しなのき書房　2007年6月

武田 信玄（武田 晴信）　たけだ・しんげん（たけだ・はるのぶ）
戦国武将、甲州の領主武田信虎の子でのち父を駿河に軟禁し新領主となった男「武田信玄」檀一雄　決戦 川中島-傑作時代小説　PHP研究所（PHP文庫）　2007年3月

武田 信繁　たけだ・のぶしげ
甲斐国守護で武田家十八代当主信虎の次男、晴信（信玄）の弟「甲斐国追放-武田信玄」永岡慶之助　戦国武将国盗り物語-時代小説傑作選七　新人物往来社　2008年3月

武田 信直　たけだ・のぶただ
甲斐国守護「二千人返せ」岩井三四二　代表作時代小説 平成十六年度　光風社出版　2004年4月

武田 信縄　たけだ・のぶつな
甲斐国守護、武田信虎（信直）の父「喰らうて、統領」二階堂玲太　代表作時代小説 平成十八年度　光文社　2006年6月

武田 信虎　たけだ・のぶとら
戦国武将、甲州の領主で武田晴信（のちの信玄）の父「武田信玄」檀一雄　決戦 川中島-傑作時代小説　PHP研究所（PHP文庫）　2007年3月

武田 信虎　たけだ・のぶとら
戦国武将、甲斐の領主で晴信（のちの信玄）の父「異説 晴信初陣記」新田次郎　軍師の生きざま-短篇小説集　作品社　2008年11月

武田 信虎　たけだ・のぶとら
戦国武将、甲斐国守護で武田家十八代当主「甲斐国追放-武田信玄」永岡慶之助　戦国武将国盗り物語-時代小説傑作選七　新人物往来社　2008年3月

武田 信虎　たけだ・のぶとら
亡き息子の信玄に甲斐の国から追われて三十三年ぶりに故郷に帰る武田家の長老「信虎の最期」二階堂玲太　武士道歳時記-新鷹会・傑作時代小説選　光文社（光文社文庫）　2008年6月

武田 信虎（信直）　たけだ・のぶとら（のぶなお）
甲斐国守護武田信縄の子で武田家の統領になった武将、武田信玄の父「喰らうて、統領」二階堂玲太　代表作時代小説 平成十八年度　光文社　2006年6月

武田 信恵　たけだ・のぶよし
甲斐国守護武田信虎の叔父で信虎と武田家の家督争いをした武将「喰らうて、統領」二階堂玲太　代表作時代小説 平成十八年度　光文社　2006年6月

武田 晴信　たけだ・はるのぶ
戦国武将、甲州の領主武田信虎の子でのち父を駿河に軟禁し新領主となった男「武田信玄」檀一雄　決戦 川中島-傑作時代小説　PHP研究所（PHP文庫）　2007年3月

たけだ

武田 晴信（信玄）　たけだ・はるのぶ（しんげん）
戦国武将、名将平賀源心が守る海の口城攻めで初陣を飾った甲斐武田家の嫡男でのちの信玄「異説 晴信初陣記」新田次郎　軍師の生きざま-短篇小説集　作品社　2008年11月

武田 晴信（武田 信玄）　たけだ・はるのぶ（たけだ・しんげん）
戦国武将、甲斐国守護で武田家十八代当主信虎の嫡男でのち武田家当主「甲斐国追放-武田信玄」永岡慶之助　戦国武将国盗り物語-時代小説傑作選七　新人物往来社　2008年3月

武田 晴信（武田 信玄）　たけだ・はるのぶ（たけだ・しんげん）
戦国武将、武田家当主「くノ一懺悔-望月千代女」永岡慶之助　戦国忍者武芸帳-時代小説傑作選五　新人物往来社　2008年3月;剣の道忍の掟-信州歴史時代小説傑作集第三巻　しなのき書房　2007年6月

武田 安次郎（袖吉）　たけだ・やすじろう（そできち）
老中戸田山城守の御側用人梶川源八郎の輩下「人柱」徳永真一郎　侍たちの歳月-新鷹会・傑作時代小説選　光文社（光文社文庫）2002年6月

武市 半平太　たけち・はんぺいた
土佐勤王党の領袖「桃井春蔵」笹原金次郎　人物日本剣豪伝四　学陽書房（人物文庫）2001年6月

武市 半平太　たけち・はんぺいた
土佐勤皇党の首領「無明の剣」津本陽　愛染夢灯籠-時代小説傑作選　講談社（講談社文庫）2005年9月

武市 半平太　たけち・はんぺいた
土佐勤皇党の盟主「雨中の凶刃-吉田東洋暗殺」高橋義夫　必殺!幕末暗殺剣-時代小説傑作選三　新人物往来社　2008年3月

武市 半平太　たけち・はんぺいた
土佐藩の志士、土佐勤王党の指導者「武市半兵太」海音寺潮五郎　龍馬と志士たち　コスミック出版（コスミック文庫）2009年11月

竹千代　たけちよ
三河領松平広忠の嫡男「鴛鴦ならび行く」安西篤子　軍師の生きざま-時代小説傑作選　コスミック出版（コスミック文庫）2008年11月;戦国軍師列伝-時代小説傑作選六　新人物往来社　2008年3月

竹千代　たけちよ
徳川幕府第三代将軍「柳生宗矩・十兵衛」赤木駿介　人物日本剣豪伝二　学陽書房（人物文庫）2001年4月

竹千代　たけちよ
二代将軍秀忠の長子「春日局」杉本苑子　大奥華伝　角川書店（角川文庫）2006年11月

竹中 半兵衛　たけなか・はんべえ
軍師、美濃国主斎藤龍興に仕えのち木下藤吉郎(秀吉)の家臣となった男「鬼骨の人」津本陽　軍師の生きざま-時代小説傑作選　コスミック出版(コスミック文庫)　2008年11月；戦国軍師列伝-時代小説傑作選六　新人物往来社　2008年3月

竹中 半兵衛　たけなか・はんべえ
軍師、豊臣秀吉が木下藤吉郎から羽柴筑前守に出世した頃に仕えた男「竹中半兵衛」柴田錬三郎　軍師の死にざま-短篇小説集　作品社　2006年10月

竹中 半兵衛　たけなか・はんべえ
織田勢の中国攻めの総大将羽柴秀吉の与力「官兵衛受難」赤瀬川隼　愛染夢灯籠-時代小説傑作選　講談社(講談社文庫)　2005年9月

竹中 半兵衛　たけなか・はんべえ
美濃の菩提山城の若さんで竹中遠江守重元の子、のちの戦国の世に聞こえた軍師「笹座」戸部新十郎　代表作時代小説　平成十四年度　光風社出版　2002年5月

竹内 伊賀亮　たけのうち・いがのすけ
京都九条関白家の浪人、紀州平野村に来て感応院の宝沢(後に天一坊)の家来となった者「天一坊」額田六福　大岡越前守-捕物時代小説選集6　春陽堂書店(春陽文庫)　2000年10月

竹之丞　たけのじょう
江戸随一の人気役者、市村座座元「かぶき大阿闍梨」竹田真砂子　逆転　時代アンソロジー　祥伝社(祥伝社文庫)　2000年5月

竹之助(切岡 孝太郎)　たけのすけ(きりおか・こうたろう)
小伝馬町の牢役人、討役同心「芸者の首」泡坂妻夫　恋模様-極め付き時代小説選2　中央公論新社(中公文庫)　2004年10月

竹姫　たけひめ
徳川五代将軍綱吉の側室大典侍の姪で綱吉の養女となった少女「吉宗の恋」岳宏一郎　代表作時代小説　平成二十年度　光文社　2008年6月

武弘　たけひろ
金沢の武弘という名の若狭の国府の侍、美しい女真砂の夫「藪の中」芥川竜之介　怪奇・伝奇時代小説選集15　春陽堂書店(春陽文庫)　2000年12月

竹俣 清兵衛　たけまた・せいべえ
元越後上杉家の家臣渡辺庄九郎とともに先代上杉謙信の小姓をつとめた武士「羊羹合戦」火坂雅志　疾風怒涛!上杉戦記-傑作時代小説　PHP研究所(PHP文庫)　2008年3月；異色歴史短篇傑作大全　講談社　2003年11月

竹俣三河守　たけまたみかわのかみ
越後竹俣に拠って代々三河守を私称した国人「竹俣」東郷隆　疾風怒涛!上杉戦記-傑作時代小説　PHP研究所(PHP文庫)　2008年3月

たけま

竹松　たけまつ
昔は駕籠屋でいまは佐久間町で口入業をはじめている博徒まがいの一家の親分「月夜駕籠」伊藤桂一　剣よ月下に舞え-新選代表作時代小説23　光風社出版（光風社文庫）2001年5月

竹村　武蔵　たけむら・むさし
美作・吉野郡を領していた新免伊賀守の落し子で三つ児の三人の武蔵の一人「剣豪列伝　異説・宮本武蔵」上野登史郎　宮本武蔵伝奇-時代小説セレクション　勉誠出版　2002年12月

竹本　長十郎（平　兵部之輔）　たけもと・ちょうじゅうろう（たいら・ひょうぶのすけ）
高知の池川郷用居村の豪農、池川郷一揆の頭領「血税一揆」津本陽　紅葉谷から剣鬼が来る-時代小説傑作選　講談社（講談社文庫）2002年9月

竹森　槻之助　たけもり・つきのすけ
剣法者、兄の仇・古畑丈玄を討つために山犬を曳いて旅をする男「山犬剣法」伊藤桂一　剣の道忍の掟-信州歴史時代小説傑作集第三巻　しなのき書房　2007年6月

竹屋　弥次兵衛　たけや・やじへえ
黒石藩の普請方三杉敬助の同輩「清貧の福」池宮彰一郎　歴史小説の世紀-地の巻　新潮社（新潮文庫）2000年9月

田坂　権太夫　たさか・ごんだゆう
中山道上松宿近くの山中の廃屋にいた盗賊の一団の頭「灰神楽」峰隆一郎　代表作時代小説　平成十三年度　光風社出版　2001年5月

田沢　主税　たざわ・ちから
陽明殿の諸大夫進藤主膳の妻の甥に当る若い浪人で類いまれな美女に恋した男「妖女人面人心」本山荻舟　怪奇・伝奇時代小説選集4　怪異黒姫おろし　春陽堂書店（春陽文庫）2000年1月

多子　たし
織田信長に謀叛した荒木村重の妻で村重が有岡城を脱出する際置き去りにした女性「優しい侍」東秀紀　異色歴史短篇傑作大全　講談社　2003年11月

多七　たしち
木場の材木商「木曾甚」の番頭「深川夜雨」早乙女貢　剣の意地　恋の夢-時代小説傑作選　講談社（講談社文庫）2000年9月

多襄丸　たじょうまる
洛中を徘徊する名高い盗人、金沢の武弘という侍の妻を奪おうとした男「藪の中」芥川竜之介　怪奇・伝奇時代小説選集15　春陽堂書店（春陽文庫）2000年12月

多津　たず
御鳥見役を勤める矢島家の居候「蛍の行方-お鳥見女房」諸田玲子　代表作時代小説　平成十四年度　光風社出版　2002年5月

太助　たすけ
瓦師の清兵衛の家に嫁に来たおそでの父親「よがり泣き」小松重男　代表作時代小説　平成十四年度　光風社出版　2002年5月

たちば

多田蔵人 行綱　ただくろうど・ゆきつな
摂津源氏の棟梁だった武者、幕府をひらいた源頼朝によって追放された男 「銀の扇」 高橋直樹　夢を見にけり-時代小説招待席　広済堂出版　2004年6月

多田 草司　ただ・そうじ
阿波藩士 「梅一枝」 柴田錬三郎　武士道-時代小説アンソロジー3　小学館（小学館文庫）　2007年3月

忠長卿（権大納言忠長卿）　ただながきょう（ごんだいなごんただながきょう）
将軍徳川家光の実弟 「閨房禁令」 南條範夫　約束-極め付き時代小説選1　中央公論新社（中公文庫）　2004年9月

多田 三郎　ただの・さぶろう
検非違使、摂津源氏の棟梁だった多田蔵人行綱の弟 「銀の扇」 高橋直樹　夢を見にけり-時代小説招待席　広済堂出版　2004年6月

忠信利平　ただのぶりへい
盗賊 「つぶて新月」 朱雀弦一郎　幽霊陰陽師-捕物時代小説選集5　春陽堂書店（春陽文庫）　2000年6月

忠平 考之助　ただひら・こうのすけ
美濃国多治見藩士、気弱ではきはきしない若者 「わたくしです物語」 山本周五郎　江戸の爆笑力-時代小説傑作選　集英社（集英社文庫）　2004年12月

立川 兼太郎　たちかわ・けんたろう
大阪若松町の監獄本署を脱獄した囚人 「脱獄囚を追え」 有明夏夫　星明かり夢街道-新選代表作時代小説21　光風社出版　2000年5月

立川 主税　たちかわ・ちから
旧新選組隊士 「歳三の写真」 草森紳一　新選組興亡録　角川書店（角川文庫）　2008年9月

立川 主水　たちかわ・もんど
武芸者、伊藤一刀斎の弟子 「小野次郎右衛門」 江崎誠致　人物日本剣豪伝二　学陽書房（人物文庫）　2001年4月

橘 左典　たちばな・さでん
木曽の妻籠の荒れ宮の老禰宜 「大妻籠無極の太刀風」 吉川英治　剣の道忍の掟-信州歴史時代小説傑作集第三巻　しなのき書房　2007年6月

立花 直芳　たちばな・なおよし
羽州米沢に漫遊中の江戸の画師の若者 「壁の眼の怪」 江見水蔭　怪奇・伝奇時代小説選集4 怪異黒姫おろし　春陽堂書店（春陽文庫）　2000年1月

橘 小染　たちばなのこそめ
広小路にある見世物小屋の女曲馬師 「飛奴」 泡坂妻夫　地獄の無明剣-時代小説傑作選　講談社（講談社文庫）　2004年9月

橘 三千代　たちばなの・みちよ
光明皇后の母 「道鏡」 坂口安吾　人物日本の歴史 古代中世編-時代小説版　小学館（小学館文庫）　2004年1月

たちは

橘 基好　たちばなの・もとよし
貴族「青鬼の背に乗りたる男の譚」夢枕獏　愛染夢灯籠-時代小説傑作選　講談社（講談社文庫）2005年9月

立花 宗茂　たちばな・むねしげ
九州名族の一人、柳川城主「二代目」童門冬二　鎮守の森に鬼が棲む-時代小説傑作選　講談社（講談社文庫）2001年9月

立花 宗茂　たちばな・むねしげ
戦国武将、筑後の柳川城主「立花宗茂」海音寺潮五郎　九州戦国志-傑作時代小説　PHP研究所（PHP文庫）2008年12月

立花 宗茂　たちばな・むねしげ
戦国武将、筑後柳川の大名「瘤取り作兵衛」宮本昌孝　武士の本懐〈弐〉-武士道小説傑作選　KKベストセラーズ（ベスト時代文庫）2005年5月

立花 宗茂　たちばな・むねしげ
戦国武将、豊臣秀吉の島津征伐の後に柳河十三万石を与えられたが関ヶ原の戦いで西軍に加わり所領を没収された大名「残された男」安部龍太郎　武士の本懐-武士道小説傑作選　KKベストセラーズ（ベスト時代文庫）2004年6月

立原 源太兵衛　たちはら・げんたべえ*
戦国武将、尼子氏の将「吉川治部少輔元春」南條範夫　紅葉谷から剣鬼が来る-時代小説傑作選　講談社（講談社文庫）2002年9月

多津　たつ
南部藩藩士の娘、のち塩川八右衛門正春の妻「南部鬼屋敷」池波正太郎　恋模様-極め付き時代小説選2　中央公論新社（中公文庫）2004年10月

辰（宝引の辰）　たつ（ほうびきのたつ）
神田千両町に住む捕者の名人と名高い岡っ引「鬼女の鱗（宝引の辰捕物帳）」泡坂妻夫　傑作捕物ワールド第1巻　岡っ引き篇　リブリオ出版　2002年10月

辰親分（宝引きの辰）　たつおやぶん（ほうびきのたつ）
神田千両町に住む捕者の名人と名高い岡っ引「五ん兵衛船」泡坂妻夫　代表作時代小説　平成二十一年度　光文社　2009年6月

辰親分（宝引きの辰）　たつおやぶん（ほうびきのたつ）
神田千両町に住む捕者の名人と名高い岡っ引「十二月十四日」泡坂妻夫　代表作時代小説　平成十七年度　光文社　2005年6月

辰親分（宝引の辰）　たつおやぶん（ほうびきのたつ）
神田千両町に住む捕者の名人と名高い岡っ引「菜の花や」泡坂妻夫　代表作時代小説　平成二十年度　光文社　2008年6月

辰吉　たつきち
森口慶次郎の同心時代についていた岡っ引「傷」北原亞以子　時代小説　読切御免第二巻　新潮社（新潮文庫）2004年3月；傑作捕物ワールド第10巻　人情捕縄篇　リブリオ出版　2002年10月

辰吉　たつきち
本所回向院前の小間物商「紅屋」の一人娘おさとと乳兄妹で店の小僧だった男　「龍の置き土産」　高橋義夫　ふりむけば闇-時代小説招待席　広済堂出版　2003年6月

辰五郎　たつごろう
岡っ引人形佐七のきんちゃくの辰五郎と呼ばれる子分　「捕物三つ巴（人形佐七捕物帳）」　横溝正史　傑作捕物ワールド第1巻 岡っ引き篇　リブリオ出版　2002年10月

辰次　たつじ
いかさま師の百助の子分　「千軍万馬の闇将軍」　佐藤雅美　愛染夢灯籠-時代小説傑作選　講談社（講談社文庫）　2005年9月

辰次　たつじ
盗っ人の留吉が仲間にした将軍家の御鷹の生き餌を取る鳥刺し（餌差し）だった男　「餌差しの辰」　多岐川恭　闇の旋風-問題小説傑作選5 捕物帖篇　徳間書店（徳間文庫）　2000年1月

辰次郎　たつじろう
汐見橋の定斎売り蔵秀の仲間　「そして、さくら湯-深川黄表紙掛取り帖」　山本一力　代表作時代小説 平成十五年度　光風社出版　2003年5月

辰三　たつぞう
神田多町で御用を預かる子之吉親分の子分　「花火の夜の出来ごと」　田中満津夫　灯籠伝奇-捕物時代小説選集8　春陽堂書店（春陽文庫）　2000年12月

辰蔵　たつぞう
浅草瓦町の庭一面に芍薬の花が咲く家に住んでいた水門造り（堰止め工事）の名人といわれた堰師　「芍薬奇人」　白井喬二　江戸夢あかり-市井・人情小説傑作選　学習研究社（学研M文庫）　2003年7月

辰造　たつぞう
岡っ引、鳥越の辰造　「棺桶相合傘」　水谷準　灯籠伝奇-捕物時代小説選集8　春陽堂書店（春陽文庫）　2000年12月

辰造（地獄の辰）　たつぞう（じごくのたつ）
深川堀河町の岡っ引　「首なし地蔵は語らず（地獄の辰・無残捕物控）」　笹沢左保　傑作捕物ワールド第5巻 渡世人篇　リブリオ出版　2002年10月

辰之助　たつのすけ
医師、旧幕時代から続いている日本橋の老舗の三男坊で剣術嫌いの男　「大きな迷子」　杉本苑子　剣狼-幕末を駆けた七人の兵法者　新潮社（新潮文庫）　2007年6月

辰之助（小早川 秀秋）　たつのすけ（こばやかわ・ひであき）
羽柴秀吉（のちの豊臣秀吉）とおねねの養子、小早川家に婿入りし筑前・筑後の大名となった男　「裏切りしは誰ぞ」　永井路子　約束-極め付き時代小説選1　中央公論新社（中公文庫）　2004年9月

辰之助（彫辰）　たつのすけ（ほりたつ）
刺青師　「刺青渡世（彫辰捕物帖）」　梶山季之　傑作捕物ワールド第5巻 渡世人篇　リブリオ出版　2002年10月

たつの

竜之助　たつのすけ*
親父橋際の料理屋「菊村」の真板 「俎上の恋」 梅本育子　愛染夢灯籠-時代小説傑作選　講談社(講談社文庫) 2005年9月

伊達 安芸　だて・あき
伊達藩仙台涌谷の領主、藩政の紊乱を幕府へ出訴した人物 「原田甲斐」 中山義秀　江戸三百年を読む 上-傑作時代小説 江戸騒乱編　角川学芸出版(角川文庫) 2009年9月;人物日本の歴史 江戸編<上>-時代小説版　小学館(小学館文庫) 2004年5月

伊達 小次郎（陸奥 宗光）　だて・こじろう(むつ・むねみつ)
紀州藩浪士、神戸海軍操練所塾生 「うそつき小次郎と竜馬」 津本陽　龍馬と志士たち　コスミック出版(コスミック文庫) 2009年11月;剣が哭く夜に哭く-新選代表作時代小説20　光風社出版 2000年1月

伊達 兵部　だて・ひょうぶ
伊達政宗の末子、伊達藩幼主亀千代君の後見の一人 「原田甲斐」 中山義秀　江戸三百年を読む 上-傑作時代小説 江戸騒乱編　角川学芸出版(角川文庫) 2009年9月;人物日本の歴史 江戸編<上>-時代小説版　小学館(小学館文庫) 2004年5月

建部 兵庫　たてべ・ひょうご
江戸城菊之間詰めの使番 「殿中にて」 村上元三　酔うて候-時代小説傑作選　徳間書店(徳間文庫) 2000年9月;剣の意地 恋の夢-時代小説傑作選　講談社(講談社文庫) 2006年10月

伊達 政宗　だて・まさむね
奥州の「王」、徳川家康の六男忠輝の岳父 「砕かれた夢」 中村真一郎　歴史小説の世紀-地の巻　新潮社(新潮文庫) 2000年9月

伊達 政宗　だて・まさむね
戦国武将、奥羽から虎視眈々と天下を狙い続けた独眼竜 「奥羽の二人」 松本清張　東北戦国志-傑作時代小説　PHP研究所(PHP文庫) 2009年9月

伊達 政宗　だて・まさむね
戦国武将、米沢城のち黒川城主となり奥州の太守となった男 「われ奥州をとれり-伊達政宗」 志茂田景樹　戦国武将国盗り物語-時代小説傑作選七　新人物往来社 2008年3月

伊達 政宗　だて・まさむね
戦国武将、陸奥仙台六十一万五千石の盟主 「独眼竜の涙-伊達政宗の最期」 赤木駿介　人物日本の歴史 江戸編<上>-時代小説版　小学館(小学館文庫) 2004年5月

伊達 政宗　だて・まさむね
譜代大名、天下の独眼竜 「国戸団左衛門の切腹」 五味康祐　武士の本懐-武士道小説傑作選　KKベストセラーズ(ベスト時代文庫) 2004年6月

伊達政宗（梵天丸）　だて・まさむね(ぼんてんまる)
戦国武将、米沢城主伊達家の嫡男でのち奥羽の覇者となった英雄 「奥羽の鬼姫-伊達政宗の母」 神坂次郎　東北戦国志-傑作時代小説　PHP研究所(PHP文庫) 2009年9月

帯刀　たてわき
たか女の夫で金閣寺の寺侍多田源左衛門の先妻の子　「雪の音」　大路和子　愛染夢灯籠-時代小説傑作選　講談社(講談社文庫)　2005年9月

田所　主水　たどころ・もんど
甲府勤番の直参　「梅一枝」　柴田錬三郎　武士道-時代小説アンソロジー3　小学館(小学館文庫)　2007年3月

田中　市之進　たなか・いちのしん
奥州南部藩から江戸詰となって初めて江戸へ出府してきた二人の田舎侍のひとり　「春日」　中山義秀　江戸の鈍感力-時代小説傑作選　集英社(集英社文庫)　2007年12月

田中　イト　たなか・いと
島原からシンガポールに売られてマダガスカル島の港町ディエゴ・スアレズまで流れてきた女郎　「アイアイの眼-バルチック艦隊壊滅秘話」　西木正明　代表作時代小説　平成十六年度　光風社出版　2004年4月

田中　河内介　たなか・かわちのすけ
京都で過激派の策士として知られる浪人　「奇妙なり八郎」　司馬遼太郎　時代劇原作選集-あの名画を生みだした傑作小説　双葉社(双葉文庫)　2003年12月

田中　三郎兵衛　たなか・さぶろべえ
会津藩初代城代家老、保科正之に仕え名家老といわれた人物　「第二の助太刀」　中村彰彦　偉人八傑推理帖-名探偵時代小説　双葉社(双葉文庫)　2004年7月

田中　新兵衛　たなか・しんべえ
薩摩の剣客、幕末の「三人斬り」の一人　「剣客物語」　子母澤寛　幕末の剣鬼たち-時代小説傑作選　コスミック出版(コスミック文庫)　2009年12月

田中　新兵衛　たなか・しんべえ
薩摩藩士、岡田以蔵と共に〝人斬り〟の異名をとる刺客人　「異説猿ヶ辻の変-姉小路公知暗殺」　隆慶一郎　必殺!幕末暗殺剣-時代小説傑作選三　新人物往来社　2008年3月

田中　新兵衛　たなか・しんべえ
薩摩藩士仁礼源之丞の家来、姉小路卿殺しの下手人として召し捕られた男　「猿ケ辻風聞」　滝口康彦　幕末京都血風録-傑作時代小説　PHP研究所(PHP文庫)　2007年11月

田中　大膳　たなか・だいぜん
筑後藩主田中家の筆頭家老　「残された男」　安部龍太郎　武士の本懐-武士道小説傑作選　KKベストセラーズ(ベスト時代文庫)　2004年6月

田中　貞四郎　たなか・ていしろう***
赤穂浪士　「脱盟の槍-「赤穂浪士伝」より」　海音寺潮五郎　約束-極め付き時代小説選1　中央公論新社(中公文庫)　2004年9月

田中　伝左衛門　たなか・でんざえもん
肥前平戸藩の平徒士、無類の刀術狂いで本所の下屋敷から逐電した男　「笹の露」　新宮正春　幻の剣鬼　七番勝負-傑作時代小説　PHP研究所(PHP文庫)　2008年5月

たなか

田中 直哉　たなか・なおや
薩摩出身の海老原穆が主宰する集思社の「評論新聞」の記者　「西郷暗殺の密使」神坂次郎　人物日本の歴史 幕末維新編-時代小説版　小学館(小学館文庫)　2004年9月

田中 光顕　たなか・みつあき
元宮内大臣、維新前は中岡慎太郎率いる陸援隊に属していた男　「刺客の娘」船山馨　龍馬と志士たち コスミック出版(コスミック文庫)　2009年11月;歴史小説の世紀-地の巻　新潮社(新潮文庫)　2000年9月

田中 吉政　たなか・よしまさ
戦国武将、三河十万石の城主で十数年前鳥取城主宮部長煕の父の側近に侍していた老将　「関ケ原別記」永井路子　関ケ原・運命を分けた決断-傑作時代小説　PHP研究所(PHP文庫)　2007年6月

谷風梶之助　たにかぜかじのすけ
力士・横綱、雷電の師匠　「雷電曼陀羅」安部龍太郎　人情草紙-信州歴史時代小説傑作集第四巻　しなのき書房　2007年7月

谷川 三次郎　たにがわ・さんじろう*
加賀の小一揆退治に出撃した三河門徒義勇軍に従軍した青年　「秘事法門」杉浦明平　歴史小説の世紀-地の巻　新潮社(新潮文庫)　2000年9月

谷川 次郎太夫　たにがわ・じろうだゆう
藩の密命で新田普請奉行の添役津島輔四郎が暗殺することになった忍びの者　「邯鄲」乙川優三郎　代表作時代小説 平成十五年度　光風社出版　2003年5月

谷口 登太　たにぐち・とうた
鹿児島の私学校党の密偵　「西郷暗殺の密使」神坂次郎　人物日本の歴史 幕末維新編-時代小説版　小学館(小学館文庫)　2004年9月

谷村 慶次郎　たにむら・けいじろう
目付役、奉行所の監察をする男　「馬」土師清二　艶美白孔雀-捕物時代小説選集7　春陽堂書店(春陽文庫)　2000年11月

谷村 要助　たにむら・ようすけ*
銀座煉瓦街の洋服屋の若旦那山田孝之助の投書道楽仲間、旧幕のころは数奇屋坊主だった男　「夢は飛ぶ」杉本章子　代表作時代小説 平成十五年度　光風社出版　2003年5月

谷村 竜太郎　たにむら・りゅうたろう
幕人、江戸を脱走して鴻ノ台へ屯集した大鳥圭介の隊に合流した男　「生命の灯」山手樹一郎　変事異聞-時代小説アンソロジー5　小学館(小学館文庫)　2007年7月

田沼 意次　たぬま・おきつぐ
政敵の白河藩主松平定信によって老中の職を追われた人物　「てれん(衒商)」白石一郎　江戸の商人力-時代小説傑作選　集英社(集英社文庫)　2006年12月

田沼 意次　たぬま・おきつぐ
幕府老中　「江戸城のムツゴロウ」童門冬二　愛染夢灯籠-時代小説傑作選　講談社(講談社文庫)　2005年9月

田沼 意次　たぬま・おきつぐ
幕府老中 「世直し大明神」 安部龍太郎　人物日本の歴史 江戸編〈下〉-時代小説版　小学館（小学館文庫） 2004年7月

田沼 意次　たぬま・おきつぐ
幕府老中 「嵐の前」 北原亞以子　代表作時代小説 平成十九年度　光文社　2007年6月

田沼 意次　たぬま・おきつぐ
老中、元御側用人 「天明の判官」 山田風太郎　大江戸事件帖-時代推理小説名作選　双葉社（双葉文庫） 2005年7月

田沼 意知　たぬま・おきとも
幕府老中田沼意次の息子、父意次の威光で若年寄にまで出世した男 「邪鬼」 稲葉稔　伝奇城-文庫書下ろし/伝奇時代小説アンソロジー　光文社（光文社文庫） 2005年2月

田沼 意知　たぬま・おきとも
幕府老中田沼意次の嫡男、江戸城中にて新御番組の旗本佐野政言に刺殺された男 「世直し大明神」 安部龍太郎　人物日本の歴史 江戸編〈下〉-時代小説版　小学館（小学館文庫） 2004年7月

田沼 甚五兵衛　たぬま・じんごべえ
会津藩馬廻組千々石伝内の隣家、同じ馬廻組で古参の者 「秘剣身知らず」 早乙女貢　斬刃-時代小説傑作選　コスミック出版（コスミック時代文庫） 2005年5月

多禰　たね
平戸藩松浦家の武士小館守之助の妻 「一年余日」 山手樹一郎　武士の本懐〈弐〉-武士道小説傑作選　KKベストセラーズ（ベスト時代文庫） 2005年5月

種田 勘九郎　たねだ・かんくろう
福知山藩主稲葉淡路守紀通の老臣、かつて守役 「鰤の首」 神坂次郎　大江戸殿様列伝-傑作時代小説　双葉社（双葉文庫） 2006年7月

煙草屋　たばこや
明治以後芝の桜川町に移って来て二十年あまりも商売をつづけている煙草屋 「月の夜がたり」 岡本綺堂　怪奇・伝奇時代小説選集7 幽明鏡草紙　春陽堂書店（春陽文庫） 2000年4月

旅人　たびびと
山道をくだって来て女乞食が倒れているのを見て足をとめた旅人 「笹鳴き」 杉本苑子　愛染夢灯籠-時代小説傑作選　講談社（講談社文庫） 2005年9月

旅人　たびびと
重兵衛の家を訪ねてきた旅人 「木曾の旅人」 岡本綺堂　怪奇・伝奇時代小説選集10 怪談累ケ淵　春陽堂書店（春陽文庫） 2000年7月

旅法師　たびほうし
竜造寺領内を出奔した矢並四郎が甲州の山で出会った片目の旅法師 「影を売った武士」 戸川幸夫　怪奇・怪談時代小説傑作選　徳間書店（徳間文庫） 2004年9月

多平　たへい
元植木職人の源次の弟子　「あとのない仮名」　山本周五郎　たそがれ長屋-人情時代小説傑作選　新潮社(新潮文庫)　2008年10月

多平　たへい
兵法者の竜堂寺家に長く仕える老僕　「剣魔稲妻刀」　柴田錬三郎　秘剣舞う-剣豪小説の世界　学習研究社(学研M文庫)　2002年11月

太平(あほの太平)　たへい*(あほのたへい*)
村の子供たちがいじめの対象としているぼけ老人、柳生の遣い手　「柳生の鬼」　隆慶一郎　七人の十兵衛-傑作時代小説　PHP研究所(PHP文庫)　2007年11月;柳生秘剣伝奇-時代小説セレクション　勉誠出版　2002年12月

太兵衛　たへえ
京都四条堀川の菱屋の主人、妾のお梅を新選組局長芹沢鴨にうばわれた男　「総司が見た」　南原幹雄　偉人八傑推理帖-名探偵時代小説　双葉社(双葉文庫)　2004年7月

タマ
新選組局長近藤勇の娘　「武士の妻」　北原亞以子　地獄の無明剣-時代小説傑作選　講談社(講談社文庫)　2004年9月;誠の旗がゆく-新選組傑作選　集英社(集英社文庫)　2003年12月

珠　たま
柳生連也の母、新陰流兵法第三世柳生兵庫助利厳の側室　「〈第七番〉影像なし-柳生連也」　津本陽　柳生武芸帳七番勝負-時代小説傑作選一　新人物往来社　2008年3月

玉扇　たまおうぎ
吉原の玉屋の人気おいらん　「廓法度」　南原幹雄　春宵 濡れ髪しぐれ-時代小説傑作選　講談社(講談社文庫)　2003年9月

玉川　歌仙　たまがわ・かせん
今業平と謳われた江戸の花形女形、もと上杉の藩士で父の仇討ちのため奥州への旅に出た男　「役者の化物」　水戸城仙　石川五右衛門の生立-捕物時代小説選集3　春陽堂書店(春陽文庫)　2000年4月

玉菊　たまぎく
江戸の錺職人の男と前の世で相対死した仲だといって巫女を通じて出て来た花魁　「あづさ弓」　加門七海　しぐれ舟-時代小説招待席　広済堂出版　2003年9月

玉菊　たまぎく
寺社奉行所へ証拠人として呼出された吉原の花魁　「ありんす裁判」　土師清二　大江戸の歳月-新鷹会・傑作時代小説選　光文社(光文社文庫)　2003年6月

玉木　宗庵　たまき・そうあん
西国某藩の茶道役、評判の美男の中奥小姓と逃げた登茂の夫　「仇討心中」　北原亞以子　恋模様-極め付き時代小説選2　中央公論新社(中公文庫)　2004年10月

たま吉　たまきち
深川の芸者　「恋売り小太郎」　梅本育子　代表作時代小説 平成十二年度　光風社出版　2000年5月

玉置 半左衛門　　たまき・はんざえもん
奥州中村六万石相馬長門守の参觀交代の宿割役　「槍一筋」　山手樹一郎　武士道春秋-新鷹会・傑作時代小説選　光文社（光文社文庫）　2006年6月

珠子　　たまこ
東美濃の岩村城の女城主、戦国武将遠山影任に嫁いだ織田信長の叔母　「霧の城」　安部龍太郎　代表作時代小説　平成十七年度　光文社　2005年6月

玉子（細川 ガラシア）　　たまこ（ほそかわ・がらしあ）
明智光秀の娘、細川家に嫁いだ女性　「瘤取り作兵衛」　宮本昌孝　武士の本懐〈弐〉-武士道小説傑作選　KKベストセラーズ（ベスト時代文庫）　2005年5月

玉虫　　たまむし
亡き平清盛の娘で安徳帝の母建礼門院の侍女　「壇の浦残花抄」　安西篤子　源義経の時代-短篇小説集　作品社　2004年10月

玉村 朱蝶　　たまむら・しゅちょう*
浮世絵師、子供のころに科人の似顔絵を描いていた男　「絵師の死ぬとき」　伊藤桂一　江戸浮世風-人情捕物帳傑作選　学習研究社（学研M文庫）　2004年8月

珠世　　たまよ
雑司ヶ谷の組屋敷に住む御鳥見役矢島伴之助の妻、隠居の久右衛門の娘　「千客万来」　諸田玲子　合わせ鏡-女流時代小説傑作選　角川春樹事務所（ハルキ文庫）　2003年2月

珠世　　たまよ
密命を帯びて遠出した御鳥見役の夫の留守宅をあずかる妻　「蛍の行方-お鳥見女房」　諸田玲子　代表作時代小説　平成十四年度　光風社出版　2002年5月

田宮 伊右衛門　　たみや・いえもん
お岩の夫で田宮家の婿養子　「日本三大怪談集」　田中貢太郎　怪奇・怪談時代小説傑作選　徳間書店（徳間文庫）　2004年9月

田宮 伊右衛門　　たみや・いえもん
四谷左門町にある御先手の組屋敷に住む田宮家の娘お岩の婿養子となった浪人　「権八伊衛門」　多岐川恭　怪奇・伝奇時代小説選集13 四谷怪談　春陽堂書店（春陽文庫）　2000年10月

田宮 伊右衛門　　たみや・いえもん
四谷左門町に住む御家人の田宮又左衛門に所望されて田宮家の入り婿になった浪人　「奇説四谷怪談」　杉江唐一　怪奇・伝奇時代小説選集13 四谷怪談　春陽堂書店（春陽文庫）　2000年10月

田宮 伊右衛門　　たみや・いえもん
四谷左門町の御先手同心組屋敷の田宮家の入婿、お岩の良人　「四谷怪談・お岩」　柴田錬三郎　怪奇・伝奇時代小説選集13 四谷怪談　春陽堂書店（春陽文庫）　2000年10月

田宮 伊右衛門　　たみや・いえもん
四谷左門殿町に住んでいた御先手組の同心田宮家の娘お岩の婿養子になった浪人　「四谷怪談」　田中貢太郎　怪奇・伝奇時代小説選集13 四谷怪談　春陽堂書店（春陽文庫）　2000年10月

たみや

民谷 伊右衛門　たみや・いえもん
侍をやめて何の職もない男、お岩の亭主　「四谷快談」　丸木砂土　怪奇・伝奇時代小説選集13 四谷怪談　春陽堂書店（春陽文庫）　2000年10月

田宮 晋之介　たみや・しんのすけ
旗本の三男坊で深川の寺に居候して川舟の船頭を務めさせられるようになった男　「川風晋之介」　風野真知雄　斬刃-時代小説傑作選　コスミック出版（コスミック時代文庫）　2005年5月

田宮 長勝　たみや・ながかつ
兵法者林崎甚助の門人田宮平兵衛重政の子、浜松城主徳川頼宣の家臣　「林崎甚助」　童門冬二　人物日本剣豪伝二　学陽書房（人物文庫）　2001年4月

田宮 又左衛門　たみや・またざえもん
四谷左門町に住む貧乏御家人、於いわの父　「奇説四谷怪談」　杉江唐一　怪奇・伝奇時代小説選集13 四谷怪談　春陽堂書店（春陽文庫）　2000年10月

田村 菊太郎　たむら・きくたろう
公事宿「鯉屋」の居候、京都東町奉行所同心組頭田村銕蔵の異腹の兄　「夜の橋」　澤田ふじ子　情けがからむ朱房の十手-傑作時代小説　PHP研究所（PHP文庫）　2009年1月

田村 菊太郎　たむら・きくたろう
姉小路大宮の公事宿「鯉屋」の居候、京都東町奉行所の同心組頭田村銕蔵の異腹兄　「梅雨の蛍」　澤田ふじ子　江戸宵闇しぐれ-人情捕物帳傑作選二　学習研究社（学研M文庫）　2005年3月

田村 銕蔵　たむら・てつぞう*
京都東町奉行所の同心組頭、公事宿「鯉屋」の居候菊太郎の異腹弟　「梅雨の蛍」　澤田ふじ子　江戸宵闇しぐれ-人情捕物帳傑作選二　学習研究社（学研M文庫）　2005年3月

田村 半右衛門　たむら・はんえもん
信州松代藩真田家の近習役小松一学の馴染みの女お八重の叔父で藩財政立て直しのため召抱えられた浪人　「田村騒動」　海音寺潮五郎　侍の肖像-信州歴史時代小説傑作集第二巻　しなのき書房　2007年5月

為吉　ためきち
ぼて振りの定次郎夫婦と相長屋の版木彫り職人　「釣忍」　山本周五郎　親不幸長屋-人情時代小説傑作選　新潮社（新潮文庫）　2007年7月

為吉　ためきち
日本橋の骨董屋「古仙堂」の道楽息子　「おんな舟」　白石一郎　紅葉谷から剣鬼が来る-時代小説傑作選　講談社（講談社文庫）　2002年9月

為次郎　ためじろう
駿河国の小藩小島藩の城下町に立寄った旅の与太者　「女たらし」　諸田玲子　代表作時代小説 平成二十年度　光文社　2008年6月

保　たもつ
水沢藩の下級武士、江戸へ出て算学者として身を立てようと思っている青年　「算学武士道」　小野寺公二　星明かり夢街道-新選代表作時代小説21　光風社出版　2000年5月

田本 研造　たもと・けんぞう
写真師　「歳三の写真」　草森紳一　新選組興亡録　角川書店（角川文庫）　2008年9月

田安 宗武　たやす・むねたけ
八代将軍吉宗の次子、南町奉行曲淵甲斐守のうしろ盾となった田安家の主　「天明の判官」　山田風太郎　大江戸事件帖-時代推理小説名作選　双葉社（双葉文庫）　2005年7月

たよ
上州厩橋十五万石酒井家の藩士川合家の用人島田作兵衛の娘　「九思の剣」　池宮彰一郎　武士道-時代小説アンソロジー3　小学館（小学館文庫）　2007年3月

多代　たよ
書生が海辺の宿屋「蓬莱屋」で落ち合う約束をした女　「黒猫」　皆川博子　代表作時代小説 平成十二年度　光風社出版　2000年5月

多羅尾 四郎右衛門光俊　たらお・しろうえもんみつとし*
甲賀忍者の甲賀五十一家の中でも名を知られた老人で信楽の屋形のあるじ　「決死の伊賀越え-忍者頭目服部半蔵」　滝口康彦　神出鬼没！戦国忍者伝-傑作時代小説　PHP研究所（PHP文庫）　2009年3月

だら七　だらしち
素人の旦那芸の浄瑠璃語り、由次郎の幼馴染み　「土場浄瑠璃の」　皆川博子　時代小説-読切御免第一巻　新潮社（新潮文庫）　2004年3月

樽屋杵右衛門（杵右衛門）　たるやきねえもん（きねえもん）
南町奉行所が抜け荷の疑いで引っ捕らえた豪商　「番町牢屋敷」　南原幹雄　斬刃-時代小説傑作選　コスミック出版（コスミック時代文庫）　2005年5月

太郎　たろう
おっかさんに逝かれ袋物の「葵屋」に奉公にあがることになった十歳の子ども　「女の首」　宮部みゆき　浮き世草紙-女流時代小説傑作選　角川春樹事務所（ハルキ文庫）　2002年10月

俵 幹雄　たわら・みきお
下野の志士、両国橘町の裏長屋にかくれ住む男　「恋の酒」　山手樹一郎　酔うて候-時代小説傑作選　徳間書店（徳間文庫）　2006年10月

丹覚坊（蛍）　たんかくぼう（ほたる）
紀州雑賀党の射撃の名手、元高野山の行人坊主　「左目の銃痕-雑賀孫市」　新宮正春　戦国忍者武芸帳-時代小説傑作選五　新人物往来社　2008年3月

団九郎（通り魔の団九郎）　だんくろう（とおりまのだんくろう）
紀州路から伊勢路へかけて人々から恐れられていた山賊の頭領　「妖魔千匹猿」　下村悦夫　怪奇・伝奇時代小説選集12 血塗りの呪法　春陽堂書店（春陽文庫）　2000年9月

段七　だんしち
縁切り宿「橘屋」に来たお勝の亭主で牡丹作りの名人　「雨上がり」　藤原緋沙子　撫子が斬る-女性作家捕物帳アンソロジー　光文社（光文社文庫）　2005年9月

だんじ

団十郎（八代目）　だんじゅうろう（はちだいめ）
江戸歌舞伎の人気役者、初代団十郎の横死の謎を解こうとする男 「初代団十郎暗殺事件」 南原幹雄　江戸夢あかり-市井・人情小説傑作選　学習研究社（学研M文庫）2003年7月；星明かり夢街道-新選代表作時代小説21　光風社出版　2000年5月

弾正大弼景家（景家）　だんじょうだいひつかげいえ（かげいえ）
高倉帝の従者、壇の浦決戦で平知盛と相携えて投身した若武者 「葵の風」 五味康祐　人物日本の歴史 古代中世編-時代小説版　小学館（小学館文庫）2004年1月

丹波屋弥兵衛（弥兵衛）　たんばややへえ（やへえ）
京都上京の笹屋町あたりに店をかまえる西陣の織屋「丹波屋」の主人 「不義の御旗」 澤田ふじ子　幕末京都血風録-傑作時代小説　PHP研究所（PHP文庫）2007年11月

【ち】

千秋　ちあき
長府藩勘定方頭取・佐野甚三衛門の娘、小太刀の名手で美形の三姉妹の一人 「春雪の門」 古川薫　女人-時代小説アンソロジー2　小学館（小学館文庫）2007年2月

千明　ちあき
戦国武将で尼子家中随一の豪傑山中鹿之介の新妻 「雲州英雄記」 池波正太郎　軍師の死にざま-短篇小説集　作品社　2006年10月

千秋 城之介　ちあき・じょうのすけ
南町奉行所定町回り同心 「はだぬぎ弁天（同心部屋御用帳）」 島田一男　傑作捕物ワールド第2巻 与力同心篇　リブリオ出版　2002年10月

ちえ
陶工尾形乾山の亡き兄で絵師の尾形光琳が江戸で子を産ませた女 「乾山晩愁」 葉室麟　代表作時代小説 平成十八年度　光文社　2006年6月

千加　ちか
女巾着切り 「生首往生」 黒木忍　怪奇・伝奇時代小説選集10 怪談累ケ淵　春陽堂書店（春陽文庫）2000年7月

千加　ちか
女巾着切り 「壁虎呪文」 黒木忍　怪奇・伝奇時代小説選集6 清姫・怨霊ばなし　春陽堂書店（春陽文庫）2000年3月

千賀　ちか
探索御用の親方源蔵の娘 「西郷はんの写真（耳なし源蔵召捕記事）」 有明夏夫　傑作捕物ワールド第8巻 明治推理篇　リブリオ出版　2002年10月

血頭の丹兵衛　ちがしらのたんべえ
江戸市中を荒らしまわる怪盗 「血頭の丹兵衛（鬼平犯科帳）」 池波正太郎　傑作捕物ワールド第7巻 犯科帳篇　リブリオ出版　2002年10月

千賀 道栄　ちが・どうえい
老中田沼意次の時代に将軍侍医を務めた千賀道有の孫、広大な道有屋敷に住む青年医師「蛇の眼」池波正太郎　蛇の眼-捕物時代小説選集2　春陽堂書店（春陽文庫）2000年3月

竹庵　ちくあん
横川堀の寮に出養生に来ていた浅草の木綿問屋の娘お常を往診していた医者「恋慕幽霊」小山龍太郎　怪奇・伝奇時代小説選集14 累物語　春陽堂書店（春陽文庫）2000年11月

筑後屋新之助（新之助）　ちくごやしんのすけ（しんのすけ）
剣客大石進の愛弟子、筑後柳河城下の米問屋「筑後屋」の一人息子「大石進」武蔵野次郎　人物日本剣豪伝五　学陽書房（人物文庫）2001年7月

千種　ちぐさ
北の国の果て四方を山に囲まれた里の村長の美しい娘「大蛇物語」宮野叢子　怪奇・伝奇時代小説選集5 北斎と幽霊　春陽堂書店（春陽文庫）2000年2月

竹念坊　ちくねんぼう
京の六角堂にいたかたり「牛」山本周五郎　動物-極め付き時代小説選3　中央公論新社（中公文庫）2004年11月

千坂 通胤　ちさか・みちたね
戦国武将、上杉の四家老の一人千坂対馬清胤の長男「城を守る者」山本周五郎　軍師の生きざま-時代小説傑作選　コスミック出版（コスミック文庫）2008年11月;疾風怒涛!上杉戦記-傑作時代小説　PHP研究所（PHP文庫）2008年3月

千坂 民部　ちさか・みんぶ
戦国武将、上杉家の家老「くノ一紅騎兵」山田風太郎　軍師の死にざま-短篇小説集　作品社　2006年10月

千々石 伝内　ちぢいわ・でんない
武士、会津藩馬廻組の軽輩で体捨流の使い手「秘剣身知らず」早乙女貢　斬刃-時代小説傑作選　コスミック出版（コスミック時代文庫）2005年5月

千々岩 求女　ちじわ・もとめ
浪人、元芸州広島の太守福島正則の家臣「異聞浪人記」滝口康彦　時代劇原作選集-あの名画を生みだした傑作小説　双葉社（双葉文庫）2003年12月

千津　ちず
昌平橋近くに屋敷のある内藤頼母の次女「さんま焼く」平岩弓枝　江戸宵闇しぐれ-人情捕物帳傑作選二　学習研究社（学研M文庫）2005年3月

千津　ちず
武家の風森太兵衛が妻を亡くしてから可愛がってきた娘「桔梗」安西篤子　剣よ月下に舞え-新選代表作時代小説23　光風社出版（光風社文庫）2001年5月

千勢　ちせ
初老の武士菅沼景八郎の娘「介護鬼」菊地秀行　女人-時代小説アンソロジー2　小学館（小学館文庫）2007年2月;異色歴史短篇傑作大全　講談社　2003年11月

千勢　ちせ
鍛冶橋の新聞縦覧所「半井」の看板娘　「幽霊買い度し（ハイカラ右京探偵暦）」　日影丈吉　傑作捕物ワールド第9巻　妖異怪談篇　リブリオ出版　2002年10月

知足院隆光　ちそくいんりゅうこう
妖僧、元禄山護持院の大僧正　「元禄おさめの方」　山田風太郎　大奥華伝　角川書店（角川文庫）　2006年11月

地次 源兵衛　ちつぎ・げんべえ
藩の勘定方を勤めて金を横領し討手を出された男　「這いずり-幽剣抄」　菊地秀行　代表作時代小説 平成十四年度　光風社出版　2002年5月

千鳥　ちどり
織田信長の侍女　「本能寺の信長」　正宗白鳥　歴史小説の世紀-天の巻　新潮社（新潮文庫）　2000年9月

千鳥　ちどり
藩の城代家老陸田精兵衛の一人娘　「日日平安」　山本周五郎　時代劇原作選集-あの名画を生みだした傑作小説　双葉社（双葉文庫）　2003年12月

千夏　ちなつ
長府藩勘定方頭取・佐野甚三衛門の娘、小太刀の名手で美形の三姉妹の一人　「春雪の門」　古川薫　女人-時代小説アンソロジー2　小学館（小学館文庫）　2007年2月

千野 兵庫　ちの・ひょうご
信州諏訪藩の家老職で三の丸様と呼ばれ藩の政治を取りしきっていた男　「諏訪二の丸騒動」　新田次郎　侍の肖像-信州歴史時代小説傑作集第二巻　しなのき書房　2007年5月

千葉 定吉　ちば・さだよし
剣客千葉周作の弟　「千葉周作」　長部日出雄　人物日本剣豪伝四　学陽書房（人物文庫）　2001年6月

千葉 サナ子　ちば・さなこ
北辰一刀流の剣客千葉周作の娘、坂本龍馬が千葉道場に通っていた頃に許婚者となった女性　「刺客」　五味康祐　龍馬と志士たち　コスミック出版（コスミック文庫）　2009年11月

千馬 三郎兵衛　ちば・さぶろべえ
赤穂藩浅野家の家臣　「千里の馬」　池宮彰一郎　異色忠臣蔵大傑作集　講談社（講談社文庫）　2002年12月

千葉 周作　ちば・しゅうさく
北辰一刀流開祖　「秘剣浮鳥」　戸部新十郎　紅葉谷から剣鬼が来る-時代小説傑作選　講談社（講談社文庫）　2002年9月

千葉 周作　ちば・しゅうさく
幕末の剣客、北辰一刀流の開祖　「千葉周作」　長部日出雄　人物日本剣豪伝四　学陽書房（人物文庫）　2001年6月

千葉 周作　ちば・しゅうさく
幕末の剣客、北辰一刀流の高名者　「剣客物語」　子母澤寛　幕末の剣鬼たち-時代小説傑作選　コスミック出版（コスミック文庫）　2009年12月

千葉 周作　ちば・しゅうさく
幕末の兵法者、北辰一刀流の剣豪 「千葉周作」 津本陽 剣狼-幕末を駆けた七人の兵法者 新潮社(新潮文庫) 2007年6月

千早　ちはや
土浦藩の老職の父に盾ついて江戸へ飛び出してきた秋葉大輔と同じ故郷の者だという武家娘 「うどん屋剣法」 山手樹一郎 感涙-人情時代小説傑作選 KKベストセラーズ(ベスト時代文庫) 2004年11月;逆転 時代アンソロジー 祥伝社(祥伝社文庫) 2000年5月

千春　ちはる
長府藩勘定方頭取・佐野甚三衛門の娘、小太刀の名手で美形の三姉妹の一人 「春雪の門」 古川薫 女人-時代小説アンソロジー2 小学館(小学館文庫) 2007年2月

ちひろ
小普請組の武士・三土路保胤の賢い娘 「浮かれ節」 宇江佐真理 世話焼き長屋-人情時代小説傑作選 新潮社(新潮文庫) 2008年2月

千穂の岐夫(岐夫)　ちほのふなんど(ふなんど)
奥州遠野の綾織村の陰陽師のせがれで二百年ぶりに竜宮をたずねあてる役目を負わされた男 「福子妖異録」 荒俣宏 花ごよみ夢一夜-新選代表作時代小説24 光風社出版(光風社文庫) 2001年11月

智文　ちもん
亡命百済人の孤児、間者 「無声刀」 黒岩重吾 剣の意地 恋の夢-時代小説傑作選 講談社(講談社文庫) 2000年9月

茶屋四郎次郎　ちゃちしろうじろう
京新町の豪商で三代目、初代茶屋四郎次郎の弟 「慶長大食漢」 山田風太郎 江戸の満腹力-時代小説傑作選 集英社(集英社文庫) 2005年12月

茶屋 四郎次郎　ちゃや・しろうじろう
京都の商人 「伊賀越え」 新田次郎 本能寺・男たちの決断-傑作時代小説 PHP研究所(PHP文庫) 2007年2月

ちゃり文　ちゃりもん
浅草の有名な彫物師 「金太郎蕎麦」 池波正太郎 江戸の満腹力-時代小説傑作選 集英社(集英社文庫) 2005年12月

仲華　ちゅうか
劉文叔(のちの後漢の光武帝)と同じ長安の太学の学生で俊才の少年 「燭怪」 田中芳樹 代表作時代小説 平成二十年度 光文社 2008年6月

忠源坊　ちゅうげんぼう
越前宰相忠直気に入りの家来、小山田多門の弟 「忠直卿行状記」 海音寺潮五郎 江戸三百年を読む 上-傑作時代小説 江戸騒乱編 角川学芸出版(角川文庫) 2009年9月

忠吾　ちゅうご
本所林町の番太郎、同心深見十兵衛の手先となって働いてくれる男 「椋鳥-本所見廻り同心」 稲葉稔 紅蓮の剣-書下ろし時代小説傑作選5 ミリオン出版(大洋時代文庫) 2005年9月

ちゅう

忠次　ちゅうじ
小伝馬町の牢屋敷の囚人で四番役　「狂女が唄う信州路」　笹沢左保　人情草紙-信州歴史時代小説傑作集第四巻　しなのき書房　2007年7月;約束-極め付き時代小説選1　中央公論新社(中公文庫)　2004年9月

忠治　ちゅうじ
上州一といわれたやくざの国定一家の首領、捕吏に追われ赤城山に逃げた男　「真説・赤城山」　天藤真　大江戸犯科帖-時代推理小説名作選　双葉社(双葉文庫)　2003年10月

中将　ちゅうじょう
伊予国の狸を司る狸　「戦国狸」　村上元三　動物-極め付き時代小説選3　中央公論新社(中公文庫)　2004年11月

中条 右京(吉村 右京)　ちゅうじょう・うきょう(よしむら・うきょう)
公家の姉小路公知卿に仕える勤王の志士、出石藩士の長男　「猿ケ辻風聞」　滝口康彦　幕末京都血風録-傑作時代小説　PHP研究所(PHP文庫)　2007年11月

中条兵庫頭 長秀　ちゅうじょうひょうごのかみ・ながひで
兵法者、鎌倉幕府の評定衆　「富田勢源」　戸部新十郎　人物日本剣豪伝一　学陽書房(人物文庫)　2001年4月

忠助　ちゅうすけ
花火職人の信次が出会った相川町の裏店の住人、身体の半分が不自由な錺職人　「がたくり橋は渡らない」　宇江佐真理　江戸色恋坂-市井情話傑作選　学習研究社(学研M文庫)　2005年8月

忠助　ちゅうすけ
元但馬豊岡の京極家の中間　「近眼の新兵衛」　村上元三　侍の肖像-信州歴史時代小説傑作集第二巻　しなのき書房　2007年5月

忠助　ちゅうすけ
日本橋堀留の織物問屋「大津屋」の手代　「七種粥」　松本清張　江戸浮世風-人情捕物帳傑作選　学習研究社(学研M文庫)　2004年8月

忠助　ちゅうすけ*
新選組局長近藤勇の馬丁に雇い入れられた若者　「忠助の赤いふんどし」　中村彰彦　新選組アンソロジー下巻-その虚と実に迫る　舞字社　2004年2月

忠蔵　ちゅうぞう
オランダ商館長ヘンミーの下僕、喜多の交際相手　「名人」　白石一郎　江戸夢日和-市井・人情小説傑作選二　学習研究社(学研M文庫)　2004年1月

中馬 大蔵　ちゅうまん・おおくら
戦国武将島津義弘の家臣、出水郷士となり関ケ原に参戦した武士　「男一代の記」　海音寺潮五郎　武士道-時代小説アンソロジー3　小学館(小学館文庫)　2007年3月

千代　ちよ
御用聞き青馬の俵助の娘　「からくり富」　泡坂妻夫　江戸浮世風-人情捕物帳傑作選　学習研究社(学研M文庫)　2004年8月

千代　ちよ
御用聞き青馬の俵助の娘で夢裡庵に惚れている女　「夢裡庵の逃走-夢裡庵先生捕物帳」
　泡坂妻夫　代表作時代小説　平成十五年度　光風社出版　2003年5月

千代　ちよ
人形問屋「美人屋」の女将　「三つ巴御前」　睦月影郎　大江戸有情-書き下ろし時代小説
傑作選4　大洋図書（大洋時代文庫）　2005年6月

趙 桓（欽宗）　ちょう・かん（きんそう）
北宋末期の皇帝徽宗の長子で皇太子、のち皇帝　「僭称」　井上祐美子　愛染夢灯籠-時
代小説傑作選　講談社（講談社文庫）　2005年9月

張 儀　ちょう・ぎ
秦の宰相、楚への使者　「屈原鎮魂」　真樹操　異色中国短篇傑作大全　講談社（講談社
文庫）　2001年3月

長吉　ちょうきち
金沢町の酒屋の倅　「赤い紐」　野村胡堂　傑作捕物ワールド第1巻　岡っ引き篇　リブリオ出
版　2002年10月

長吉　ちょうきち
美濃大垣城下の豆腐屋「美濃屋」の奉公人頭　「師走狐」　澤田ふじ子　万事金の世-時代
小説傑作選　徳間書店（徳間文庫）　2006年4月；動物-極め付き時代小説選3　中央公論新
社（中公文庫）　2004年11月

長吉　ちょうきち
木鼠長吉の仇名をとる盗賊、隠徳の相を持つ男　「奉行と人相学」　菊池寛　大岡越前守-
捕物時代小説選集6　春陽堂書店（春陽文庫）　2000年10月

張 佶　ちょう・きつ
軍師　「茶王一代記」　田中芳樹　異色中国短篇傑作大全　講談社（講談社文庫）　2001年
3月

兆恵　ちょうけい
清朝乾隆帝の時のカシュガル遠征軍の総司令官　「四人目の香妃」　陳舜臣　剣が哭く夜
に哭く-新選代表作時代小説20　光風社出版　2000年1月

張 騫　ちょう・けん
大月氏への漢皇帝の使者　「汗血馬を見た男」　伴野朗　異色中国短篇傑作大全　講談社
（講談社文庫）　2001年3月

張 敖　ちょう・ごう
中国の趙王、張耳の子で漢の高祖劉邦の娘婿　「趙姫」　塚本青史　黄土の虹-チャイナ・
ストーリーズ　祥伝社　2000年2月

趙 構（康王）　ちょう・こう（こうおう）
北宋末期の皇帝徽宗の九男で欽宗の弟、のち南宋の皇帝で高宗と諡された人　「僭称」
井上祐美子　愛染夢灯籠-時代小説傑作選　講談社（講談社文庫）　2005年9月

ちょう

長五郎　ちょうごろう
一人働きをやっている盗っ人「椋鳥-本所見廻り同心」稲葉稔　紅蓮の剣-書下ろし時代小説傑作選5　ミリオン出版（大洋時代文庫）2005年9月

長五郎　ちょうごろう
元は腕の良い大工だったが右手を砕いて以来仕事もせず人間を辞めてけだものになった男「異聞胸算用」平山夢明　伝奇城-文庫書下ろし/伝奇時代小説アンソロジー　光文社（光文社文庫）2005年2月

嘲斎　ちょうさい
伊吹の山で砂金を発見して財を蓄した老人、元は近江堅田ノ浦に在る北村という豪家の数寄者道遂の下僕だった男「秘伝」神坂次郎　武士道歳時記-新鷹会・傑作時代小説選　光文社（光文社文庫）2008年6月

長次　ちょうじ
掏摸の親分平五郎の腕の良い乾分、表向きは品川の飯盛り旅籠屋の客引き「東海道抜きつ抜かれつ」村上元三　江戸の漫遊力-時代小説傑作選　集英社（集英社文庫）2008年12月

張 子能　ちょう・しのう
北宋末期の皇帝欽宗の宰相、金の傀儡の皇帝となった男「僭称」井上祐美子　愛染夢灯籠-時代小説傑作選　講談社（講談社文庫）2005年9月

長者　ちょうじゃ
四国の吉野川の辺に住んでいた四国三郎貞時という貪欲な長者「長者」田中貢太郎　怪奇・伝奇時代小説選集15　春陽堂書店（春陽文庫）2000年12月

長次郎　ちょうじろう
滝亭鯉丈の弟、為永正輔という講釈師でのちの小説家為永春水「羅生門河岸」都筑道夫　偉人八傑推理帖-名探偵時代小説　双葉社（双葉文庫）2004年7月

長二郎（かまいたちの長）　ちょうじろう（かまいたちのちょう）
ならず者「こんち午の日」山本周五郎　江戸の商人力-時代小説傑作選　集英社（集英社文庫）2006年12月

長助　ちょうすけ
お花見が催された八丁堀のお組屋敷で殺された岡っ引「南蛮幽霊（右門捕物帖）」佐々木味津三　捕物小説名作選一　集英社（集英社文庫）2006年8月;傑作捕物ワールド第2巻 与力同心篇　リブリオ出版　2002年10月

長助　ちょうすけ
江戸佐賀町の蕎麦屋「長寿庵」の亭主で本所深川を縄張りとする岡っ引きの親分「猫芸者おたま-御宿かわせみ」平岩弓枝　代表作時代小説 平成十六年度　光風社出版　2004年4月

長助　ちょうすけ
前身はすっぽんであった貧棒な男「前身」石川淳　歴史小説の世紀-天の巻　新潮社（新潮文庫）2000年9月

長助　ちょうすけ
浜町あたりを縄張りにしている岡っ引「子を思う闇」平岩弓枝　花と剣と侍-新鷹会・傑作時代小説選　光文社(光文社文庫)　2009年6月

長助　ちょうすけ
武州中野村の百姓、長崎から江戸に来た象の餌になる藁と笹を調達する仕事を始めた男「わらしべの唄」薄井ゆうじ　夢を見にけり-時代小説招待席　広済堂出版　2004年6月

長増　ちょうそう*
叡山の東塔の僧「厠の静まり」古井由吉　歴史小説の世紀-地の巻　新潮社(新潮文庫)　2000年9月

長太郎　ちょうたろう
仕出し屋「万石」の若旦那「邪魔っけ」平岩弓枝　親不幸長屋-人情時代小説傑作選　新潮社(新潮文庫)　2007年7月

張 天衛（和田 源兵衛）　ちょう・てんえい（わだ・げんべえ）
福州の貿易商人、薩摩の人間で元は海賊「美女と鷹」海音寺潮五郎　恋模様-極め付き時代小説選2　中央公論新社(中公文庫)　2004年10月

長兵衛　ちょうべえ
心斎橋筋木挽町にある小間物店伊勢屋の主人、一人娘のお琴の父「道頓堀心中」阿部牧郎　代表作時代小説 平成十四年度　光風社出版　2002年5月

長兵衛　ちょうべえ
深川門前仲町の口入屋「井筒屋」の番頭である日突然主人から店を息子に任せるから一緒に隠居してくれと懇願された男「いっぽん桜」山本一力　たそがれ長屋-人情時代小説傑作選　新潮社(新潮文庫)　2008年10月

長兵衛　ちょうべえ
摂州尼崎に在る新陰流猪之田道場のあるじ猪之田兵斎の門弟、漁師頭「秘し刀　霞落し」　五味康祐　七人の十兵衛-傑作時代小説　PHP研究所(PHP文庫)　2007年11月

張 邦昌（張 子能）　ちょう・ほうしょう（ちょう・しのう）
北宋末期の皇帝欽宗の宰相、金の傀儡の皇帝となった男「僭称」井上祐美子　愛染夢灯籠-時代小説傑作選　講談社(講談社文庫)　2005年9月

張 良　ちょう・りょう
劉邦の謀臣「范増と樊噲」藤水名子　異色中国短篇傑作大全　講談社(講談社文庫)　2001年3月

千代菊　ちょぎく
大川端の旅籠「かわせみ」に頭巾を被った大男と二人連れで来た深夜の客「初春の客」平岩弓枝　撫子が斬る-女性作家捕物帳アンソロジー　光文社(光文社文庫)　2005年9月

千代丸（堀 育太郎）　ちよまる（ほり・いくたろう）
越後村松藩主堀直賀の側室お蘭の方に生まれた子、維新後は農商務省の官吏「欅三十郎の生涯」南條範夫　感涙-人情時代小説傑作選　KKベストセラーズ(ベスト時代文庫)　2004年11月

ちょん

鄭 仁弘　ちょん・いんほん
老妖術師　「流離剣統譜」　荒山徹　代表作時代小説　平成十九年度　光文社　2007年6月

張輔　ちょんふ
フランス軍に占領された安南王国の将軍　「密林の中のハンギ」　南條範夫　地獄の無明剣-時代小説傑作選　講談社(講談社文庫)　2004年9月

鄭 汝立　ちょん・よりぷ
朝鮮王朝の打倒を密謀して殺された思想家、朝鮮通信使副使金誠一の友　「鼠か虎か」　荒山徹　代表作時代小説　平成二十一年度　光文社　2009年6月

陳 恵山　ちん・けいざん
浅草奥山で南京出刃打ちの秘芸を見せる唐人服の男　「舞台に飛ぶ兇刃」　瀬戸口寅雄　艶美白孔雀-捕物時代小説選集7　春陽堂書店(春陽文庫)　2000年11月

陳 元贇　ちん・げんぴん
明の人、少林寺拳法の達人で詩人・老荘思想家　「秘剣笠の下」　新宮正春　地獄の無明剣-時代小説傑作選　講談社(講談社文庫)　2004年9月

陳 元明　ちん・げんめい
少林寺拳法の達人陳元贇の息子　「秘剣笠の下」　新宮正春　地獄の無明剣-時代小説傑作選　講談社(講談社文庫)　2004年9月

沈 仙　ちん・せん
村の長　「清富記」　水上勉　剣の意地 恋の夢-時代小説傑作選　講談社(講談社文庫)　2000年9月

陳 平　ちん・ぺい
漢の高祖劉邦の護軍将軍　「趙姫」　塚本青史　黄土の虹-チャイナ・ストーリーズ　祥伝社　2000年2月

珍万先生(高根 勘右衛門)　ちんまんせんせい(たかね・かんえもん)
狂歌師で御徒町の御家人、色好みの弟子に案内されて本郷のだいこん畑のかたわらにある遊女屋に行った粋人　「だいこん畑の女」　東郷隆　代表作時代小説　平成二十一年度　光文社　2009年6月

【つ】

つえ
南八丁堀の葉茶屋「駿河屋」のおかみ　「春宵相乗舟佃島」　出久根達郎　春宵 濡れ髪しぐれ-時代小説傑作選　講談社(講談社文庫)　2003年9月

津江 藤九郎　つえ・とうくろう
御家人の木辺家の養子の不運をかこった前夫に出奔された喜佐の次の婿養子になるかもしれない男　「笹の雪」　乙川優三郎　代表作時代小説　平成二十一年度　光文社　2009年6月

塚次　つかじ
豆腐屋の娘おすぎの婿、祝言した三日めに女房が出奔した男　「こんち午の日」　山本周五郎　江戸の商人力-時代小説傑作選　集英社(集英社文庫)　2006年12月

塚原 新右衛門　つかはら・しんえもん
剣客、新当流の創始者　「百舌と雀鷹-塚原卜伝vs梶原長門」　津本陽　秘剣・豪剣!武芸決闘記-時代小説傑作選二　新人物往来社　2008年3月

塚原 新右衛門(卜伝)　つかはら・しんえもん(ぼくでん)
兵法者、鹿島新当流の開祖　「一つの太刀」　津本陽　剣聖-乱世に生きた五人の兵法者　新潮社(新潮文庫)　2006年10月

塚原 新右衛門　つかはら・しんえもん*
兵法者、周防の太守大内義興に招かれ瀬戸内海を航行する大船に乗った男　「邪剣の主」　津本陽　秘剣舞う-剣豪小説の世界　学習研究社(学研M文庫)　2002年11月

塚原 新右衛門高幹(卜伝)　つかはら・しんえもんたかもと(ぼくでん)
兵法者、常陸大掾鹿島氏の家老吉川左京覚賢の次子で塚原土佐守安幹の養嗣子　「塚原卜伝」　安西篤子　人物日本剣豪伝一　学陽書房(人物文庫)　2001年4月

塚原土佐守 新左衛門安重　つかはらとさのかみ・しんざえもんやすしげ
常陸国鹿島郡塚原の城主、鹿島神宮の祇官卜部覚賢の息子小太郎(のちの卜伝)を養子とした人　「一の太刀」　柴田錬三郎　幻の剣鬼 七番勝負-傑作時代小説　PHP研究所(PHP文庫)　2008年5月

塚原土佐守 安幹　つかはらとさのかみ・やすもと
兵法者塚原新右衛門(卜伝)の養父、香取神道流の始祖で飯篠長威斎の高弟　「一つの太刀」　津本陽　剣聖-乱世に生きた五人の兵法者　新潮社(新潮文庫)　2006年10月

塚原土佐守 安幹　つかはらとさのかみ・やすもと
兵法者塚原新右衛門高幹(卜伝)の養父、常陸大掾鹿島氏の家臣で塚原城の当主　「塚原卜伝」　安西篤子　人物日本剣豪伝一　学陽書房(人物文庫)　2001年4月

塚原 卜伝　つかはら・ぼくでん
兵法者、常陸国鹿島郡塚原の城主塚原土佐守の養子となりのち卜伝流を創始した人　「一の太刀」　柴田錬三郎　幻の剣鬼 七番勝負-傑作時代小説　PHP研究所(PHP文庫)　2008年5月

塚原 卜伝　つかはら・ぼくでん
兵法者、足利将軍義輝に秘太刀「一ノ太刀」を伝授した人　「露カ涙カ-秘剣一ノ太刀」　早乙女貢　花ごよみ夢一会-新選代表作時代小説24　光風社出版(光風社文庫)　2001年11月

塚原 卜伝(塚原 新右衛門)　つかはら・ぼくでん(つかはら・しんえもん)
剣客、新当流の創始者　「百舌と雀鷹-塚原卜伝vs梶原長門」　津本陽　秘剣・豪剣!武芸決闘記-時代小説傑作選二　新人物往来社　2008年3月

塚本 権之丞　つかもと・ごんのじょう
勘定目付原口慎蔵の叔父、藩内の抗争に巻きこまれて上意討ちにされた男　「深い霧」　藤沢周平　剣の意地 恋の夢-時代小説傑作選　講談社(講談社文庫)　2000年9月

つかも

塚本 与惣太　つかもと・よそうた
勘定目付原口慎蔵の叔父塚本権之丞の父の従弟　「深い霧」　藤沢周平　剣の意地 恋の夢-時代小説傑作選　講談社(講談社文庫)　2000年9月

津軽 為信　つがる・ためのぶ
戦国武将、南部藩の家臣だったが南部宗家に叛旗を翻しのち初代津軽藩主となった男　「ゴロツキ風雲録」　長部日出雄　東北戦国志-傑作時代小説　PHP研究所(PHP文庫)　2009年9月

栂川　つがわ
作吉を中間に雇った武士、不思議な絵師玄兎と月を見ていた男　「マン・オン・ザ・ムーン」　薄井ゆうじ　散りぬる桜-時代小説招待席　広済堂出版　2004年2月

月影 兵庫　つきかげ・ひょうご
一関藩に入った旅の浪人　「この不吉な例(ジンクス)は破れないか(月影兵庫一殺多生剣)」　南條範夫　傑作捕物ワールド第3巻 人気侍篇　リブリオ出版　2002年10月

月ヶ瀬 式部　つきがせ・しきぶ
浪人、大坂冬夏の陣で大野治房に属した武者　「〈第二番〉幻の九番斬り-柳生宗矩」　滝口康彦　柳生武芸帳七番勝負-時代小説傑作選一　新人物往来社　2008年3月

月形 潔　つきがた・きよし
札幌樺戸集治監典獄　「北の狼」　津本陽　新選組アンソロジー下巻-その虚と実に迫る　舞字社　2004年2月

月形 洗蔵　つきがた・せんぞう
福岡藩内の勤王派の武士　「青梅」　古川薫　江戸三百年を読む 下-傑作時代小説 幕末風雲編　角川学芸出版(角川文庫)　2009年9月

月里　つきさと＊
淀君側近の親衛娘子隊「七人組」の一人、馬標奉行津川左近親家の娘　「情炎大阪城」　加賀淳子　戦国女人十一話　作品社　2005年11月

調首 子麻呂　つきのおびと・ねまろ
厩戸皇太子(聖徳太子)に仕える舎人の長、百済からの渡来系氏族調氏の子孫　「子麻呂道」　黒岩重吾　地獄の無明劫-時代小説傑作選　講談社(講談社文庫)　2004年9月

調首 子麻呂　つぎのおびと・ねまろ
斑鳩宮の捜査の官人、かつて厩戸皇太子の舎人だった男　「牧場の影と春-斑鳩宮始末記」　黒岩重吾　代表作時代小説 平成十五年度　光風社出版　2003年5月

月姫　つきひめ
信濃の上田城主真田昌幸の嫡子信之に嫁いで来た姫、徳川家の重臣本田忠勝の娘　「本多忠勝の女(むすめ)」　井上靖　乱世の女たち-信州歴史時代小説傑作集　しなのき書房　2007年9月;戦国女人十一話　作品社　2005年11月

筑紫 権之丞　つくし・ごんのじょう
浪人、蝙蝠組の統領　「丹前屏風」　大佛次郎　疾風怒涛!上杉戦記-傑作時代小説　PHP研究所(PHP文庫)　2008年3月

津久美 美作　つくみ・みまさか
豊後の大名大友家の家老　「大友二階崩れ-大友宗麟」　早乙女貢　戦国武将国盗り物語-時代小説傑作選七　新人物往来社　2008年3月

津雲 半四郎　つぐも・はんしろう*＊
浪人、元芸州広島の太守福島正則の家臣　「異聞浪人記」　滝口康彦　時代劇原作選集-あの名画を生みだした傑作小説　双葉社（双葉文庫）　2003年12月

柘植 半兵衛　つげ・はんべえ
伊賀忍者　「忍法わすれ形見」　南原幹雄　剣の道忍の掟-信州歴史時代小説傑作集第三巻　しなのき書房　2007年6月

辻 平右衛門　つじ・へいえもん
無外流の剣術家、秋山小兵衛の師　「剣の誓約-「剣客商売」より」　池波正太郎　約束-極め付き時代小説選1　中央公論新社（中公文庫）　2004年9月

辻 兵内（無外）　つじ・へいない（むがい）
兵法者、無外流の祖　「辻無外」　村上元三　人物日本剣豪伝三　学陽書房（人物文庫）　2001年5月

津島 輔四郎　つしま・すけしろう
藩の新田普請奉行の添役、妻と離縁して百姓の娘の女中と暮らす男　「邯鄲」　乙川優三郎　代表作時代小説 平成十五年度　光風社出版　2003年5月

津月 小太郎　つずき・こたろう*＊
戦国武将、信濃の名族津月一族の棟梁津月棟行の嫡男　「寝返りの陣」　南原幹雄　侍の肖像-信州歴史時代小説傑作集第二巻　しなのき書房　2007年5月

都築 三之助　つずき・さんのすけ
麹町三番町の御家人、有名な旗本鵺鴿組のあばれ者　「獄門帳」　沙羅双樹　約束-極め付き時代小説選1　中央公論新社（中公文庫）　2004年9月

津月 棟行　つずき・むねゆき*＊
戦国武将、信濃小県郡津月庄を追われて上州根尾に落ちてきた名族津月一族の棟梁　「寝返りの陣」　南原幹雄　侍の肖像-信州歴史時代小説傑作集第二巻　しなのき書房　2007年5月

津田 梅子　つだ・うめこ
アメリカ帰りの英語教師　「女傑への出発」　南條範夫　剣の意地 恋の夢-時代小説傑作選　講談社（講談社文庫）　2000年9月

津田 かつ女（勝子）　つだ・かつじょ（かつこ）
徳川と織田の合戦を画策すべく切腹した無双の烈女　「かつ女覚書」　井口朝生　戦国女人十一話　作品社　2005年11月;代表作時代小説 平成十二年度　光風社出版　2000年5月

津田 幸二郎（鉞）　つだ・こうじろう（まさかり）
江戸御用盗の首魁青木弥太郎の一の子分　「貧窮豆腐」　東郷隆　愛染夢灯籠-時代小説傑作選　講談社（講談社文庫）　2005年9月

つだご

津田 権之丞親信　つだ・ごんのじょうちかのぶ
槍術の尾張貫流二代目師範 「武太夫開眼」 杉本苑子　武芸十八般-武道小説傑作選 KKベストセラーズ（ベスト時代文庫）2005年10月

津田 庄左衛門　つだ・しょうざえもん
藩の作事奉行 「いさましい話」 山本周五郎　江戸の老人力-時代小説傑作選　集英社（集英社文庫）2002年12月

津田 宗及　つだ・そうきゅう
堺の豪商 「本能寺ノ変 朝-堺の豪商・天王寺屋宗及」 赤木駿介　本能寺・男たちの決断-傑作時代小説　PHP研究所（PHP文庫）2007年2月

津田 兵馬　つだ・ひょうま
常陸国下館城下の浅山一伝流の道場師範代 「子づれ兵法者」 佐江衆一　秘剣舞う-剣豪小説の世界　学習研究社（学研M文庫）2002年11月

土石　つちいし
後宮の女人音羽の父、村長 「埴輪刀」 黒岩重吾　鎮守の森に鬼が棲む-時代小説傑作選　講談社（講談社文庫）2001年9月

土江 長三郎　つちえ・ちょうざぶろう*
元長門清浦藩士で維新後近衛砲兵隊の将校となった土江彦蔵の一人息子 「遠い砲音」 浅田次郎　感涙-人情時代小説傑作選　KKベストセラーズ（ベスト時代文庫）2004年11月

土江 彦蔵　つちえ・ひこぞう*
近衛砲兵隊の将校、維新後も毛利三十七万石の支藩長門清浦藩の若殿に仕える忠義な元家臣 「遠い砲音」 浅田次郎　感涙-人情時代小説傑作選　KKベストセラーズ（ベスト時代文庫）2004年11月

土香　つちか*
淀君側近の親衛娘子隊「七人組」の一人、膳番土田主膳之助勝定の孫娘 「情炎大阪城」 加賀淳子　戦国女人十一話　作品社　2005年11月

土子 泥之助　つちこ・どろのすけ
常陸の剣術家諸岡一羽斎の高弟 「剣法一羽流」 池波正太郎　秘剣舞う-剣豪小説の世界　学習研究社（学研M文庫）2002年11月

土子 土呂之助　つちこ・どろのすけ
兵法者諸岡一羽斎の内弟子 「根岸兎角」 戸部新十郎　人物日本剣豪伝二　学陽書房（人物文庫）2001年4月

土田 惣馬　つちだ・そうま
落魄の浪人者、元幕臣で将軍家の便器持ちである公人朝夕人だった男 「破門」 羽山信樹　幻の剣鬼 七番勝負-傑作時代小説　PHP研究所（PHP文庫）2008年5月;秘剣舞う-剣豪小説の世界　学習研究社（学研M文庫）2002年11月

土田 又四郎　つちだ・またしろう
高利の借金に苦しむ微禄の旗本、同心駒井鉄之丞が訪ねた男 「着流し同心」 新田次郎　傑作捕物ワールド第2巻 与力同心篇　リブリオ出版　2002年10月

土橋 平大夫　つちはし・へいだゆう
紀州和歌浦の土豪土橋党の頭領九兵衛の息子　「左目の銃痕-雑賀孫市」　新宮正春　戦国忍者武芸帳-時代小説傑作選五　新人物往来社　2008年3月

土人（前鬼）　つちひと（ぜんき）
呪術者小角の弟子　「葛城の王者」　黒岩重吾　七人の役小角　小学館（小学館文庫）2007年10月

土屋 三餘　つちや・さんよ
那賀にある竹裡塾の先生　「風待ち」　片桐泰志　伊豆の歴史を歩く-伊豆文学賞・歴史小説傑作集Ⅱ　羽衣出版　2006年3月

筒井 定次　つつい・さだつぐ
大和筒井城主筒井順慶の養子　「青苔記」　永井路子　本能寺・男たちの決断-傑作時代小説　PHP研究所（PHP文庫）　2007年2月

筒井 順慶　つつい・じゅんけい
戦国武将、大和筒井城城主でのち郡山城主　「青苔記」　永井路子　本能寺・男たちの決断-傑作時代小説　PHP研究所（PHP文庫）　2007年2月

筒井 紋平　つつい・もんぺい
久留米藩有馬家の家臣石田喜左衛門家の忍びの術に長けた中間　「有馬騒動 冥府の密使」　野村敏雄　怪奇・伝奇時代小説選集6 清姫・怨霊ばなし　春陽堂書店（春陽文庫）2000年3月

堤 算二郎　つつみ・さんじろう
勘定方役人の御家人で佐渡奉行所へ出役ときまった算術の達者な男　「刀財布-堤算二郎金銀山日記」　白石一郎　代表作時代小説 平成十四年度　光風社出版　2002年5月

堤 将人　つつみ・まさと
会津藩主加藤明成の暗愚に耐えかね一族郎党を引き連れて藩を出奔した元家老堀主水の遠縁の侍　「堀主水と宗矩」　五味康祐　小説「武士道」-時代小説短編傑作選　三笠書房（知的生きかた文庫）　2008年11月

綱手　つなて*
天下の剣客鐘巻自斎の若くて美しい妾　「秘法燕返し」　朝松健　伝奇城-文庫書下ろし/伝奇時代小説アンソロジー　光文社（光文社文庫）2005年2月

つね
仕出し弁当で食中毒を起こし夫婦で大川へ身投げしようとした弁当屋の女房　「心中未遂」　平岩弓枝　江戸の商人力-時代小説傑作選　集英社（集英社文庫）　2006年12月

ツネ
新選組局長近藤勇の妻　「武士の妻」　北原亞以子　地獄の無明剣-時代小説傑作選　講談社（講談社文庫）　2004年9月；誠の旗がゆく-新選組傑作選　集英社（集英社文庫）2003年12月

常吉　つねきち
桐畑の幸右衛門のせがれで人形常という綽名をとる若い岡っ引　「津の国屋（半七捕物帳）」　岡本綺堂　傑作捕物ワールド第9巻 妖異怪談篇　リブリオ出版　2002年10月

つねき

常吉　つねきち
後家のおまつが小料理屋で待っている男で扇橋の普請場で働いていた椋鳥(出稼ぎ労働者)「椋鳥-本所見廻り同心」稲葉稔　紅蓮の剣-書下ろし時代小説傑作選5　ミリオン出版(大洋時代文庫)　2005年9月

常吉　つねきち
厚木宿の石大工の息子、お梅の幼馴染み「血汐首-芹沢鴨の女」南原幹雄　新選組烈士伝　角川書店(角川文庫)　2003年10月

常吉　つねきち
大工の棟梁、無口な独り者の男「対の鉋」佐江衆一　職人気質-時代小説アンソロジー4　小学館(小学館文庫)　2007年5月

常吉　つねきち
都田の三兄弟の弟「森の石松が殺された夜」結城昌治　大江戸犯科帖-時代推理小説名作選　双葉社(双葉文庫)　2003年10月

常吉　つねきち
東海道の金谷宿を本拠とする雲助、街道で客を引く招女お栄に恋をした巨体の男「雲助の恋」諸田玲子　江戸色恋坂-市井情話傑作選　学習研究社(学研M文庫)　2005年8月;浮き世草紙-女流時代小説傑作選　角川春樹事務所(ハルキ文庫)　2002年10月

常吉　つねきち
豆腐屋の働き者の娘おこうの我儘で手前勝手な弟妹たちの二十歳になる弟「邪魔っけ」平岩弓枝　親不幸長屋-人情時代小説傑作選　新潮社(新潮文庫)　2007年7月

常吉　つねきち
日本橋馬喰町の御用聞「秋草の渡し」伊藤桂一　剣の意地　恋の夢-時代小説傑作選　講談社(講談社文庫)　2000年9月

常蔵　つねぞう
町内の横町に住む筆師、風采の上がらぬ独り身の男「夕化粧」杉本章子　合わせ鏡-女流時代小説傑作選　角川春樹事務所(ハルキ文庫)　2003年2月

常山御前(鶴姫)　つねやまごぜん(つるひめ)
備前児島の常山城主・上野肥前守隆徳の北の方、備中の守護・三村修理亮元親の妹「黒髪の太刀」東郷隆　戦国女人十一話　作品社　2005年11月;代表作時代小説 平成十三年度　光風社出版　2001年5月

津乃　つの
三河国の小藩の作事方島越角馬と同藩の竹井久内の未亡人「梟の夜」伊藤桂一　鎮守の森に鬼が棲む-時代小説傑作選　講談社(講談社文庫)　2001年9月

燕の十郎　つばくろのじゅうろう
大盗火串の猪七の輩下「みささぎ盗賊」山田風太郎　歴史小説の世紀-地の巻　新潮社(新潮文庫)　2000年9月

妻五郎　つまごろう
旅籠屋「山伊」の若旦那の妾おしず殺しの下手人としてつかまえられた男　「怨霊ばなし」　多岐川恭　怪奇・伝奇時代小説選集6 清姫・怨霊ばなし　春陽堂書店（春陽文庫）2000年3月

つや
成田家分家の当主で微禄の武士成田治郎作の従妹　「風露草」　安西篤子　愛染夢灯籠-時代小説傑作選　講談社（講談社文庫）2005年9月

鶴　つる
女剣士、心貫流の遣い手　「柳生連也斎」　伊藤桂一　人物日本剣豪伝三　学陽書房（人物文庫）2001年5月

鶴吉　つるきち
小舟町の地金問屋「三河屋」の手代　「三河屋騒動」　潮山長三　怪奇・伝奇時代小説選集11 妖艶の谷　春陽堂書店（春陽文庫）2000年8月

鶴吉　つるきち
深川の材木問屋の若旦那で博奕の借金で首の回らなくなった男　「黒髪心中」　早乙女貢　代表作時代小説 平成十四年度　光風社出版　2002年5月

鶴吉　つるきち
目明し、芝居茶屋「江戸屋」の主人弁之助の取り巻きの芝居好きの男　「留場の五郎次」　南原幹雄　散りぬる桜-時代小説招待席　広済堂出版　2004年2月

鶴太郎　つるたろう
十五になるお清が生まれ育った浅草田原町の田楽長屋に住む左官職人の小さな子供　「寿ぎ花弔い花」　飯野笙子　大江戸有情-書き下ろし時代小説傑作選4　大洋図書（大洋時代文庫）2005年6月

鶴姫　つるひめ
関白一条兼良の姫君　「雪の宿り」　神西清　歴史小説の世紀-天の巻　新潮社（新潮文庫）2000年9月

鶴姫　つるひめ
島津惟新入道の妾腹の子で当主家久の異腹の妹　「鶴姫」　滝口康彦　酔うて候-時代小説傑作選　徳間書店（徳間文庫）2006年10月

鶴姫　つるひめ
備前児島の常山城主・上野肥前守隆徳の北の方、備中の守護・三村修理亮元親の妹　「黒髪の太刀」　東郷隆　戦国女人十一話　作品社　2005年11月；代表作時代小説 平成十三年度　光風社出版　2001年5月

鶴見 銀之助　つるみ・ぎんのすけ
伊勢国長島藩の若侍で江戸城桜田門外で水戸・薩摩浪士に暗殺された大老井伊直弼の首をひろってきた男　「首」　山田風太郎　人物日本の歴史 幕末維新編-時代小説版　小学館（小学館文庫）2004年9月

つるや

鶴屋南北　つるやなんぼく
神田橋本町の長屋に住んでいる道化方（地位の低い端し役者）、於いわの愛人「奇説四谷怪談」杉江唐一　怪奇・伝奇時代小説選集13　四谷怪談　春陽堂書店（春陽文庫）2000年10月

鶴若　つるわか
遣唐使として支那へ往き行方が判らなくなった軽の大臣の嫡子「灯台鬼物語」田中貢太郎　怪奇・伝奇時代小説選集15　春陽堂書店（春陽文庫）　2000年12月

津和　つわ
旗本水沼雷之進の妻「決闘小栗坂-札差平十郎」南原幹雄　時代小説-読切御免第一巻　新潮社（新潮文庫）2004年3月

ツンベリー
長崎オランダ商館の医師「邪鬼」稲葉稔　伝奇城-文庫書下ろし/伝奇時代小説アンソロジー　光文社（光文社文庫）　2005年2月

【て】

娣　てい
衛の重臣疾の妻の妹「指」宮城谷昌光　紅葉谷から剣鬼が来る-時代小説傑作選　講談社（講談社文庫）2002年9月；異色中国短篇傑作大全　講談社（講談社文庫）　2001年3月

貞阿　ていあ
連歌師「雪の宿り」神西清　歴史小説の世紀-天の巻　新潮社（新潮文庫）　2000年9月

貞次郎　ていじろう
貧乏御家人の次男坊に生まれ生家を抜け出したい一心で指物職人をめざし腕をみがいてきた男「川は流れる」夏川今宵　江戸の刺客-書き下ろし時代小説傑作選6　大洋図書（大洋時代文庫）2005年9月

鄭旦　ていたん
中国春秋時代の越の名臣范蠡の養女、呉王夫差に送られた美女「天鵝」森下翠　黄土の虹-チャイナ・ストーリーズ　祥伝社　2000年2月

ティポヌ
北元皇帝トグスティムールの遺児地保奴「北元大秘記」芦辺拓　黄土の虹-チャイナ・ストーリーズ　祥伝社　2000年2月

貞立尼　ていりゅうに
赤穂浪士小野寺十内の姉「後世の月」澤田ふじ子　江戸色恋坂-市井情話傑作選　学習研究社（学研M文庫）2005年8月

弟子丸 五郎助　でしまる・ごろうすけ
関ヶ原の戦いにおける西軍島津軍の兵、北薩の地侍「退き口」東郷隆　関ヶ原・運命を分けた決断-傑作時代小説　PHP研究所（PHP文庫）　2007年6月

手塚 半兵衛　てずか・はんべえ
丹後宮津藩から江戸表へ急使に立った若い武士栗原右三郎にかけられた追っ手「霧の中」山手樹一郎　花と剣と侍-新鷹会・傑作時代小説選　光文社(光文社文庫) 2009年6月

鉄　てつ
川人足をしていて武士二人を殺してしまい湯殿山本山の別当寺注連寺に逃げ込んで仏門に入った男「贋お上人略伝」三浦哲郎　歴史小説の世紀-地の巻　新潮社(新潮文庫) 2000年9月

鉄以　てつい
山城国妙心寺の僧、軍師山本勘助の子「まぼろしの軍師」新田次郎　軍師の生きざま-時代小説傑作選　コスミック出版(コスミック文庫) 2008年11月;決戦 川中島-傑作時代小説　PHP研究所(PHP文庫) 2007年3月

鉄五郎　てつごろう
湯殿山麓の宿継ぎ場・大網に住む百姓、恋敵の侍を殺してしまい出家して鉄門海という名の行人になった男「泣けよミイラ坊」杉本苑子　江戸夢あかり-市井・人情小説傑作選　学習研究社(学研M文庫) 2003年7月

鉄さん（鰻屋の鉄さん）　てつさん（うなぎやのてつさん）
鳥取城下にある旅籠屋「万好屋」のひとり娘お多根が婿に迎えた鰻屋の息子「幽霊まいり」峠八十八　怪奇・伝奇時代小説選集13 四谷怪談　春陽堂書店(春陽文庫) 2000年10月

鉄次　てつじ
神田明神の祭りの晩に殺されたが三途の川で追いかえされてきたという大工「一番は諫鼓鶏」都筑道夫　闇の旋風-問題小説傑作選5 捕物帖篇　徳間書店(徳間文庫) 2000年1月

鉄舟　てっしゅう
旧幕臣、講武所の世話役をつとめた剣客で書にも優れ文武両道の人「一刀正伝無刀流 山岡鉄舟「山岡鉄舟」」五味康祐　幕末の剣鬼たち-時代小説傑作選　コスミック出版(コスミック文庫) 2009年12月;剣狼-幕末を駆けた七人の兵法者　新潮社(新潮文庫) 2007年6月

鉄舟　てっしゅう
剣士、幕府講武所師範を免職になった男「人斬り稼業」三好徹　龍馬と志士たち　コスミック出版(コスミック文庫) 2009年11月

鉄舟　てっしゅう
幕末の剣客、一刀正伝無刀流の開祖「山岡鉄舟」豊田穣　人物日本剣豪伝五　学陽書房(人物文庫) 2001年7月

出尻伝兵衛　でっちでんべえ
神田鍋町の御用聞「萩寺の女」久生十蘭　偉人八傑推理帖-名探偵時代小説　双葉社(双葉文庫) 2004年7月

鉄砲の吉兵衛　てっぽうのきちべえ
老渡世人 「狂女が唄う信州路」 笹沢左保　人情草紙-信州歴史時代小説傑作集第四巻　しなのき書房　2007年7月;約束-極め付き時代小説選1　中央公論新社(中公文庫)　2004年9月

鉄門海(鉄)　てつもんかい(てつ)
川人足をしていて武士二人を殺してしまい湯殿山本山の別当寺注連寺に逃げ込んで仏門に入った男 「贋お上人略伝」 三浦哲郎　歴史小説の世紀-地の巻　新潮社(新潮文庫)　2000年9月

手長(小井戸の手長)　てなが(こいどのてなが)
上杉謙信の家臣佐梨幸二郎配下の軒轅 「忍法短冊しぐれ-加藤段蔵」 光瀬龍　戦国忍者武芸帳-時代小説傑作選五　新人物往来社　2008年3月

寺井 権吉　てらい・けんきち
藩の勘定方 「静かな木」 藤沢周平　たそがれ長屋-人情時代小説傑作選　新潮社(新潮文庫)　2008年10月;鎮守の森に鬼が棲む-時代小説傑作選　講談社(講談社文庫)　2001年9月

寺尾 求馬之助　てらお・くまのすけ
細川藩士で寺尾孫之丞の弟、晩年の宮本武蔵の直弟子でのち武蔵流二代目 「宮本武蔵の女」 山岡荘八 「宮本武蔵」短編傑作選　角川書店(角川文庫)　2003年1月;七人の武蔵　角川書店(角川文庫)　2002年10月

寺尾 文三郎　てらお・ぶんざぶろう
持弓同心の三男坊で四谷北伊賀町に剣術道場を構える老武芸者平山行蔵に弟子入りした若者 「子竜」 諸田玲子　代表作時代小説 平成十七年度　光文社　2005年6月

寺尾 孫之丞　てらお・まごのじょう
細川藩士、祐筆を務める武士で寺尾求馬之助の兄 「宮本武蔵の女」 山岡荘八 「宮本武蔵」短編傑作選　角川書店(角川文庫)　2003年1月;七人の武蔵　角川書店(角川文庫)　2002年10月

寺門 朱次郎　てらかど・あけじろう
検視の町方同心 「麝香下駄」 土師清二　幽霊陰陽師-捕物時代小説選集5　春陽堂書店(春陽文庫)　2000年6月

寺田 五右衛門宗有　てらだ・ごえもんむねあり
幕末の剣客、一刀流中西道場の三羽烏の一人 「白井亨」 神坂次郎　人物日本剣豪伝四　学陽書房(人物文庫)　2001年6月

寺田 半左衛門　てらだ・はんざえもん
会津四郡の領主蘆名家の重臣伴部兵庫介の弟、微禄の士 「軍師哭く」 五味康祐　東北戦国志-傑作時代小説　PHP研究所(PHP文庫)　2009年9月

照菊　てるぎく
歌舞伎芝居の女形 「花しぐれ-べらんめぇ宗俊」 天宮響一郎　紅蓮の剣-書下ろし時代小説傑作選5　ミリオン出版(大洋時代文庫)　2005年9月

輝虎　てるとら
戦国武将、越後の領主「城を守る者」山本周五郎　軍師の生きざま-時代小説傑作選　コスミック出版（コスミック文庫）2008年11月;疾風怒涛!上杉戦記-傑作時代小説　PHP研究所（PHP文庫）2008年3月

照葉　てるは
筑前の宗像大神宮第七十七代大宮司宗像正氏の側室、陶隆房の姪「宗像怨霊譚」西津弘美　怪奇・伝奇時代小説選集8　百物語　春陽堂書店（春陽文庫）2000年5月

照姫　てるひめ
会津藩主松平容保の姉「涙橋まで」中村彰彦　鎮守の森に鬼が棲む-時代小説傑作選　講談社（講談社文庫）2001年9月

照月　てれつく
本郷一丁目の蕎麦屋の女主人、若いころは富本の名手「南蛮うどん」泡坂妻夫　闇の旋風-問題小説傑作選5　捕物帖篇　徳間書店（徳間文庫）2000年1月

テン
母親に捨てられた少女伊根の稲荷鮨売りの組仲間の少年「花童」西條奈加　代表作時代小説　平成二十一年度　光文社　2009年6月

天一坊　てんいちぼう
将軍吉宗のご落胤徳川天一坊と名乗り大坂表へ現れた男「天一坊事件」菊池寛　大岡越前守-捕物時代小説選集6　春陽堂書店（春陽文庫）2000年10月

天一坊　てんいちぼう
将軍徳川吉宗の御落胤と称する者「御落胤」柴田錬三郎　人物日本の歴史　江戸編〈下〉-時代小説版　小学館（小学館文庫）2004年7月

天一坊　てんいちぼう
徳川将軍吉宗の御落胤と称する男「大岡越前の独立」直木三十五　傑作捕物ワールド第6巻　名奉行篇　リブリオ出版　2002年10月

天一坊　てんいちぼう
徳川八代将軍吉宗のご落胤を名乗る山伏「殺された天一坊」浜尾四郎　江戸三百年を読む　下-傑作時代小説　幕末風雲編　角川学芸出版（角川文庫）2009年9月;大江戸犯科帖-時代推理小説名作選　双葉社（双葉文庫）2003年10月

天一坊（宝沢）　てんいちぼう（ほうたく）
紀州平野山の感応院から謎の出奔をして八年後に徳川天一坊として家来とともに品川の本陣に着いた男「天一坊覚書」瀧川駿　大岡越前守-捕物時代小説選集6　春陽堂書店（春陽文庫）2000年10月

天一坊（宝沢）　てんいちぼう（ほうたく）
紀州平野村の感応院の弟子、村の取上げ婆おさんに育てられた男「天一坊」額田六福　大岡越前守-捕物時代小説選集6　春陽堂書店（春陽文庫）2000年10月

伝吉　でんきち
神田鍋町の岡っ引「サムライ・ザ・リッパー」芦川淳一　伝奇城-文庫書下ろし/伝奇時代小説アンソロジー　光文社（光文社文庫）2005年2月

でんき

伝吉　でんきち
渡世人 「峠だけで見た男」 笹沢左保 地獄の無明剣-時代小説傑作選 講談社(講談社文庫) 2004年9月

伝吉　でんきち
唐物商近江屋喜兵衛(葵小僧)の老父に化けた盗賊 「江戸怪盗記」 池波正太郎 情けがからむ朱房の十手-傑作時代小説 PHP研究所(PHP文庫) 2009年1月;江戸の鈍感力-時代小説傑作選 集英社(集英社文庫) 2007年12月

伝鬼房　でんきぼう
兵法者、諸国武芸修行の後下妻城主多賀谷修理太夫重経に招かれた男 「無明長夜」 早乙女貢 代表作時代小説 平成十三年度 光風社出版 2001年5月

伝九郎頭巾　でんくろうずきん
伝九郎染めの手拭を盗人かぶりにし悪逆非道をくりかえす極悪人 「降って来た赤ン坊」 笹沢左保 闇の旋風-問題小説傑作選5 捕物帖篇 徳間書店(徳間文庫) 2000年1月

伝左(蛙の伝左)　でんざ(かわずのでんざ)
京橋界隈の鼻つまみ者 「傷」 北原亞以子 時代小説 読切御免第二巻 新潮社(新潮文庫) 2004年3月;傑作捕物ワールド第10巻 人情捕縄篇 リブリオ出版 2002年10月

伝次　でんじ
阿波国駒形村に土地の人が夜行さんと呼んでいる首なし馬を買いにきた馬喰の男 「馬喰とんび」 園生義人 怪奇・伝奇時代小説選集4 怪異黒姫おろし 春陽堂書店(春陽文庫) 2000年1月

伝次　でんじ
隠密同心大久保新十郎の手先、猿江町の伝次 「七夕火事一件始末」 今川徳三 艶美白孔雀-捕物時代小説選集7 春陽堂書店(春陽文庫) 2000年11月

伝次　でんじ
猿を連れて盗みをはたらくじつはましら伝次という大泥棒 「からす金」 土師清二 釘抜藤吉捕物覚書-捕物時代小説選集4 春陽堂書店(春陽文庫) 2000年5月

伝次　でんじ
岡っ引、名うての巾着切りのおくまを追う親分 「名人かたぎ」 北原亞以子 江戸宵闇しぐれ-人情捕物帳傑作選二 学習研究社(学研M文庫) 2005年3月

伝七　でんしち
岡っ引、黒門町の伝七 「伝七捕物帖」 角田喜久雄 艶美白孔雀-捕物時代小説選集7 春陽堂書店(春陽文庫) 2000年11月

天智帝　てんじてい
斉明女帝の子、大海人皇子の兄 「薬玉」 杉本苑子 剣の意地 恋の夢-時代小説傑作選 講談社(講談社文庫) 2000年9月

天智天皇　てんじてんのう
皇太子大海人王子の兄、のち天智天皇 「額田女王」 平林たい子 歴史小説の世紀-天の巻 新潮社(新潮文庫) 2000年9月

天樹院　てんじゅいん
徳川幕府第二代将軍秀忠の長女 「千姫と乳酪」 竹田真砂子 江戸の満腹力-時代小説傑作選 集英社(集英社文庫) 2005年12月；剣の意地 恋の夢-時代小説傑作選 講談社(講談社文庫) 2000年9月

伝蔵　でんぞう
千住の娼婦だったお米の亭主 「おっ母、すまねえ」 池波正太郎 親不幸長屋-人情時代小説傑作選 新潮社(新潮文庫) 2007年7月

天童 一角　てんどう・いっかく
天童の里の城主だった天童竜元の弟、妙姫の叔父で業病におかされた男 「怨霊高須館」 加納一朗 怪奇・伝奇時代小説選集10 怪談累ケ淵 春陽堂書店(春陽文庫) 2000年7月

天童 敬一郎　てんどう・けいいちろう
那智の補陀落山寺の住職伝海和尚に拾われた捨子で和尚に拳法と学問を叩き込まれ修行の旅をしている若者 「加賀騒動」 安部龍太郎 江戸三百年を読む 下-傑作時代小説 幕末風雲編 角川学芸出版(角川文庫) 2009年9月

天王寺屋宗及(津田 宗及)　てんのうじやそうきゅう(つだ・そうきゅう)
堺の豪商 「本能寺ノ変 朝-堺の豪商・天王寺屋宗及」 赤木駿介 本能寺・男たちの決断-傑作時代小説 PHP研究所(PHP文庫) 2007年2月

伝兵衛　でんべえ
永代橋の東岸にある木村屋のあるじで一代で棒手振三十人を抱える魚卸を築き上げた男 「いっぽん桜」 山本一力 たそがれ長屋-人情時代小説傑作選 新潮社(新潮文庫) 2008年10月

伝兵衛　でんべえ
江戸に聞こえた剣客で下谷車坂の直心影流の道場主、熊倉伝之丞の実兄 「創傷九か所あり-護持院ヶ原の敵討ち」 新宮正春 士道無惨!仇討ち始末-時代小説傑作選四 新人物往来社 2008年3月

伝兵衛　でんべえ
浅草花川戸町の酒屋「丸庄」の主人 「岡っ引源蔵捕物帳(伝法院裏門前)」 南条範夫 捕物小説名作選一 集英社(集英社文庫) 2006年8月

伝兵衛(出尻伝兵衛)　でんべえ(でっちりでんべえ)
神田鍋町の御用聞 「萩寺の女」 久生十蘭 偉人八傑推理帖-名探偵時代小説 双葉社(双葉文庫) 2004年7月

転法寺 兵庫　てんぽうじ・ひょうご
豊前中津十二万石に封ぜられた黒田家領内の地侍・城井谷家の侍大将 「城井谷崩れ」 海音寺潮五郎 軍師の生きざま-短篇小説集 作品社 2008年11月

伝法寺 兵部　でんぽうじ・ひょうぶ
九州豊前国に四百年続く城井流宇都宮家の家老 「城井一族の殉節」 高橋直樹 九州戦国志-傑作時代小説 PHP研究所(PHP文庫) 2008年12月

てんま

天馬の定次郎　てんまのさだじろう
定廻り同心の太田原藤七が手札を与えている岡っ引「密室-定廻り同心十二人衆」笹沢左保　代表作時代小説　平成十五年度　光風社出版　2003年5月

伝馬 与兵衛　でんま・よへえ
材木商の大店「大峰屋」と縄張り争いをしている湊屋という一家の用心棒「心、荒む」北山悦史　大江戸有情-書き下ろし時代小説傑作選4　大洋図書（大洋時代文庫）2005年6月

天武天皇　てんむてんのう
皇太子中大兄王子の弟、のち天武天皇「額田女王」平林たい子　歴史小説の世紀-天の巻　新潮社（新潮文庫）2000年9月

天宥法印　てんゆうほういん
徳川幕府より伊豆の新島に流罪となった羽黒山第五十代別当「見えない糸」小山啓子　代表作時代小説　平成十八年度　光文社　2006年6月

伝六　でんろく
八丁堀同心むっつり右門の手下の岡っ引「南蛮幽霊（右門捕物帖）」佐々木味津三　捕物小説名作選一　集英社（集英社文庫）2006年8月；傑作捕物ワールド第2巻　与力同心篇　リブリオ出版　2002年10月

【と】

土肥 実平　とい・さねひら
源氏旗揚げ以来の頼朝の忠実な部下で義経の監視を言いふくめられた老将「二人の義経」永井路子　源義経の時代-短篇小説集　作品社　2004年10月

土井 利勝　どい・としかつ
徳川幕府老中、将軍秀忠の重臣「母恋常珍坊」中村彰彦　地獄の無明剣-時代小説傑作選　講談社（講談社文庫）2004年9月

藤吉　とうきち
紀州徳川家の家臣三宅家の下僕で幼ない志賀之助（猫之助）の守役をつとめた男「猫之助行状」神坂次郎　代表作時代小説　平成十二年度　光風社出版　2000年5月

藤吉（釘抜藤吉）　とうきち（くぎぬきとうきち）
合点長屋の目明し、釘抜きのように曲がった脚と噛んだら最後と釘抜きのように離れない粘りを持つ親分「釘抜藤吉捕物覚書」林不忘　釘抜藤吉捕物覚書-捕物時代小説選集4　春陽堂書店（春陽文庫）2000年5月

道鏡　どうきょう
孝謙上皇の寵臣となった宮廷の看病禅師、のち法王「女帝をくどく法」田辺聖子　剣が哭く夜に哭く-新選代表作時代小説20　光風社出版　2000年1月

道鏡（弓削道鏡）　どうきょう（ゆげのどうきょう）
天智天皇の皇孫「道鏡」坂口安吾　人物日本の歴史　古代中世編-時代小説版　小学館（小学館文庫）2004年1月

藤九郎盛長（盛長）　とうくろうもりなが（もりなが）
源家の家人、笠戸の夫「頼朝勘定」山岡荘八　人物日本の歴史 古代中世編-時代小説版　小学館（小学館文庫）2004年1月

道家 孫太郎　どうけ・まごたろう
父道三を亡ぼし濃州の守護となった斎藤義竜を討とうとする青年武士「殺人墓を飼う妖将」筑紫鯉思　怪奇・伝奇時代小説選集15　春陽堂書店（春陽文庫）2000年12月

道玄　どうげん
談合屋「花咲ける武士道」神坂次郎　江戸の爆笑力-時代小説傑作選　集英社（集英社文庫）2004年12月

登子　とうこ
足利尊氏の妻「足利尊氏」村上元三　人物日本の歴史 古代中世編-時代小説版　小学館（小学館文庫）2004年1月

藤五　とうご
相州乱破風魔一党の少年「金剛鈴が鳴る-風魔小太郎」戸部新十郎　戦国忍者武芸帳-時代小説傑作選五　新人物往来社　2008年3月

藤悟（とげ抜きの藤悟）　とうご（とげぬきのとうご）
上野に立て籠もっている彰義隊の大砲を見に行った江戸の町人「夢裡庵の逃走-夢裡庵先生捕物帳」泡坂妻夫　代表作時代小説　平成十五年度　光風社出版　2003年5月

東郷 藤兵衛重位　とうごう・とうべえしげたか
兵法者、薩摩示現流の開祖「東郷藤兵衛重位」一色次郎　人物日本剣豪伝二　学陽書房（人物文庫）2001年4月

藤三　とうざ
京の都の六条名物であった扇売りの店の女房かこめの息子「かこめ扇」永井路子　花ごよみ夢一夜-新選代表作時代小説24　光風社出版（光風社文庫）2001年11月

藤作　とうさく
甲斐国八代郡子酉川右岸の四日市場を舟着き場にしている鵜匠「子酉川鵜飼の怨霊」今川徳三　怪奇・伝奇時代小説選集14　累物語　春陽堂書店（春陽文庫）2000年11月

藤三郎　とうさぶろう
深川木場の材木商枡形屋忠左衛門の異母弟「雪肌金さん（遠山の金さん捕物帳）」陣出達朗　傑作捕物ワールド第6巻 名奉行篇　リブリオ出版　2002年10月

東施　とうし
醜女、西施と同じ村に住む同じ年頃の娘「西施と東施-顰みに倣った女」中村隆資　異色中国短篇傑作大全　講談社（講談社文庫）2001年3月

藤七　とうしち
村の囲み屋敷に幽閉されている咎人の女人の世話をすることになった盲目の青年「石榴の人」山崎洋子　しぐれ舟-時代小説招待席　広済堂出版　2003年9月

藤十郎　とうじゅうろう
御成街道にある商家「更藤」の大旦那「南蛮うどん」泡坂妻夫　闇の旋風-問題小説傑作選5 捕物帖篇　徳間書店（徳間文庫）2000年1月

道遂　どうすい
近江堅田ノ浦に在る北村という豪家の当主で茶道に熟した数寄者　「秘伝」　神坂次郎　武士道歳時記-新鷹会・傑作時代小説選　光文社（光文社文庫）2008年6月

藤助　とうすけ
三州挙母藩士渡辺家の中間、萬田弥太郎の妻るいを連れて武州豊島郡金井窪村まで来た男　「こけ猿」　西村望　逢魔への誘い-問題小説傑作選6 時代情恋篇　徳間書店（徳間文庫）2000年3月

藤堂 仁右衛門　とうどう・にえもん
戦国武将、藤堂高虎の家臣で阿野津城の城代を勤めている男　「後藤又兵衛」　国枝史郎　軍師の生きざま-短篇小説集　作品社　2008年11月

藤堂 平助　とうどう・へいすけ
新選組副長助勤　「祇園の女」　火坂雅志　誠の旗がゆく-新選組傑作選　集英社（集英社文庫）2003年12月

藤八　とうはち
小人目付神宮迅一郎の手先　「大目小目」　逢坂剛　代表作時代小説 平成十八年度　光文社　2006年6月

藤八（めくぼの藤八）　とうはち（めくぼのとうはち）
小人目付の神宮迅一郎の御用聞きをしている男　「新富士模様」　逢坂剛　代表作時代小説 平成二十年度　光文社　2008年6月

董妃　とうひ
清の順治帝（愛新覚羅福臨）の弟ポムポコルの妻、順治帝に愛されて皇貴妃となった美女　「董妃」　陳舜臣　代表作時代小説 平成十七年度　光文社　2005年6月

藤兵衛　とうべえ
伊賀の忍者、伊賀崎道順の腹心の部下　「忍びの砦-伊賀崎道順」　今村実　戦国忍者武芸帳-時代小説傑作選五　新人物往来社　2008年3月

藤兵衛　とうべえ
牛込白銀町に能登屋を構える銀師、鍛金師の源七の弟弟子でもあった男　「急須の源七」　佐江衆一　代表作時代小説 平成十二年度　光風社出版　2000年5月

藤兵衛　とうべえ
深川黒江町の材木問屋、裏では配下の者を使って賭場を開いていた男　「人斬り佐内 秘剣腕落し」　鳥羽亮　斬刃-時代小説傑作選　コスミック出版（コスミック時代文庫）2005年5月

藤兵衛　とうべえ
千住掃部宿の綿屋、家中でも評判の美人の腰元おみわの父親　「婚礼の夜」　神田伯龍　怪奇・伝奇時代小説選集11 妖艶の谷　春陽堂書店（春陽文庫）2000年8月

道龍　どうりゅう
道術家黒川源太主の弟子の若い医師　「女心軽佻」　菊池寛　怪奇・伝奇時代小説選集14 累物語　春陽堂書店（春陽文庫）2000年11月

道話先生　どうわせんせい
大阪京橋一丁目に住む老儒者　「脱獄囚を追え」　有明夏夫　星明かり夢街道-新選代表作時代小説21　光風社出版　2000年5月

遠柳 金五郎忠今（金さん）　とおやなぎ・きんごろうただいま（きんさん）
遊び人、実は南町奉行　「大江戸花見侍」　清水義範　江戸の爆笑力-時代小説傑作選　集英社（集英社文庫）　2004年12月

遠山 金四郎　とおやま・きんしろう
蔵前の「鳴門屋」に奉公しいざこざのかたをつけている男、じつは遠山金四郎　「妖肌秘帖」　小島健三　幽霊陰陽師-捕物時代小説選集5　春陽堂書店（春陽文庫）　2000年6月

遠山 金四郎　とおやま・きんしろう
北町奉行　「巷説闇風魔」　木屋進　幽霊陰陽師-捕物時代小説選集5　春陽堂書店（春陽文庫）　2000年6月

遠山左衛門尉　とおやまさえもんのじょう
釜なし長屋に住む渡り折助、じつは南町奉行の遠山左衛門尉　「隠密奉行」　小島健三　幽霊陰陽師-捕物時代小説選集5　春陽堂書店（春陽文庫）　2000年6月

遠山左衛門尉 景晋　とおやまさえもんのじょう・かげくに
長崎奉行、江戸の北町奉行遠山金四郎景元の実父　「阿蘭殺し」　井上雅彦　伝奇城-文庫書下ろし/伝奇時代小説アンソロジー　光文社（光文社文庫）　2005年2月

遠山左衛門尉 景元　とおやまさえもんのじょう・かげもと
北町奉行　「町奉行再び」　土師清二　石川五右衛門の生立-捕物時代小説選集3　春陽堂書店（春陽文庫）　2000年4月

遠山左衛門尉 景元　とおやまさえもんのじょう・かげもと
北町奉行、閣老水野忠邦の下で改革を強行する奉行　「馬」　土師清二　艶美白孔雀-捕物時代小説選集7　春陽堂書店（春陽文庫）　2000年11月

遠山左衛門尉 影元（金さん）　とおやまさえもんのじょう・かげもと（きんさん）
北町奉行、市井の遊び人として町へも出没する男　「雪肌金さん（遠山の金さん捕物帳）」　陣出達朗　傑作捕物ワールド第6巻 名奉行篇　リブリオ出版　2002年10月

通り魔の団九郎　とおりまのだんくろう
紀州路から伊勢路へかけて人々から恐れられていた山賊の頭領　「妖魔千匹猿」　下村悦夫　怪奇・伝奇時代小説選集12 血塗りの呪法　春陽堂書店（春陽文庫）　2000年9月

咎人　とがにん
盲目の青年藤七が世話をすることになった村の囲み屋敷に幽閉されている高貴な女人　「石榴の人」　山崎洋子　しぐれ舟-時代小説招待席　広済堂出版　2003年9月

戸叶 伝兵衛　とがのう・でんべえ
信州国府の大名本田家の江戸家老　「五十八歳の童女」　村上元三　江戸の老人力-時代小説傑作選　集英社（集英社文庫）　2002年12月

とき

とき
大和郡山藩の槍術師範遠城治左衛門・安藤喜八郎の継母、宗左衛門の実母 「死出の雪-崇禅寺馬場の敵討ち」 隆慶一郎 士道無惨!仇討ち始末-時代小説傑作選四 新人物往来社 2008年3月

とき
朝鮮の役に出兵した肥後藩の武士貴田孫兵衛に随って日本に渡ってきた朝鮮の官妓 「故郷忘じたく候」 荒山徹 代表作時代小説 平成十五年度 光風社出版 2003年5月

時枝 頼母　ときえだ・たのも
海辺大工町に住む御家人、ゆすりたかりを生業にしているならず者 「叩きのめせ」 白石一郎 地獄の無明剣-時代小説傑作選 講談社(講談社文庫) 2004年9月

時子　ときこ
亡き平清盛の妻、建礼門院の母 「壇の浦残花抄」 安西篤子 源義経の時代-短篇小説集 作品社 2004年10月

土岐 次郎　とき・じろう
美濃の大桑城主、斎藤道三の娘の帰蝶を嫁に迎えた青年武将 「帰蝶」 岩井三四二 戦国女人十一話 作品社 2005年11月

土岐 政房　とき・まさふさ
美濃国主たる九代守護 「二頭立浪の旗風-斎藤道三」 典厩五郎 戦国武将国盗り物語-時代小説傑作選七 新人物往来社 2008年3月

土岐 盛頼　とき・もりより
美濃国主たる九代守護土岐政房の長男 「二頭立浪の旗風-斎藤道三」 典厩五郎 戦国武将国盗り物語-時代小説傑作選七 新人物往来社 2008年3月

土岐 頼芸　とき・よりあき
美濃国主たる九代守護土岐政房の次男、のち美濃国主 「二頭立浪の旗風-斎藤道三」 典厩五郎 戦国武将国盗り物語-時代小説傑作選七 新人物往来社 2008年3月

常盤木　ときわぎ
江戸町の揚屋「巴屋」の抱え花魁 「辻無外」 村上元三 人物日本剣豪伝三 学陽書房(人物文庫) 2001年5月

徳川 家綱　とくがわ・いえつな
徳川幕府第四代将軍 「名君と振袖火事」 中村彰彦 剣の意地 恋の夢-時代小説傑作選 講談社(講談社文庫) 2000年9月

徳川 家光　とくがわ・いえみつ
徳川幕府第三代将軍 「慶安御前試合」 隆慶一郎 花ごよみ夢一夜-新選代表作時代小説24 光風社出版(光風社文庫) 2001年11月

徳川 家光　とくがわ・いえみつ
徳川幕府第三代将軍 「名君と振袖火事」 中村彰彦 剣の意地 恋の夢-時代小説傑作選 講談社(講談社文庫) 2000年9月

徳川 家光　とくがわ・いえみつ
徳川幕府第三代将軍　「柳枝の剣」　隆慶一郎　小説「武士道」-時代小説短編傑作選　三笠書房(知的生きかた文庫)　2008年11月；柳生武芸帳七番勝負-時代小説傑作選一　新人物往来社　2008年3月

徳川 家光(竹千代)　とくがわ・いえみつ(たけちよ)
徳川幕府第三代将軍　「柳生宗矩・十兵衛」　赤木駿介　人物日本剣豪伝二　学陽書房(人物文庫)　2001年4月

徳川 家光(竹千代)　とくがわ・いえみつ(たけちよ)
二代将軍秀忠の長子　「春日局」　杉本苑子　大奥華伝　角川書店(角川文庫)　2006年11月

徳川 家茂　とくがわ・いえもち
徳川幕府第十四代将軍　「化縁つきぬれば」　大路和子　剣の意地 恋の夢-時代小説傑作選　講談社(講談社文庫)　2000年9月

徳川 家茂　とくがわ・いえもち
徳川幕府第十四代将軍　「榊原健吉」　綱淵謙錠　人物日本剣豪伝五　学陽書房(人物文庫)　2001年7月

徳川 家茂　とくがわ・いえもち
徳川幕府第十四代将軍　「明治兜割り」　津本陽　武士の本懐〈弐〉-武士道小説傑作選　KKベストセラーズ(ベスト時代文庫)　2005年5月；人物日本の歴史 幕末維新編-時代小説版　小学館(小学館文庫)　2004年9月

徳川 家康　とくがわ・いえやす
将軍職を秀忠に譲り駿府に隠退した日本の支配者　「砕かれた夢」　中村真一郎　歴史小説の世紀-地の巻　新潮社(新潮文庫)　2000年9月

徳川 家康　とくがわ・いえやす
戦国武将、関ヶ原の戦で石田三成の軍勢に勝利した男　「義」　綱淵謙錠　人物日本の歴史 戦国編-時代小説版　小学館(小学館文庫)　2004年3月

徳川 家康　とくがわ・いえやす
戦国武将、五大老の一人　「放れ駒」　戸部新十郎　関ヶ原・運命を分けた決断-傑作時代小説　PHP研究所(PHP文庫)　2007年6月

徳川 家康　とくがわ・いえやす
戦国武将、五大老の一人　「夕陽の割符-直江兼続」　光瀬龍　戦国軍師列伝-時代小説傑作選六　新人物往来社　2008年3月

徳川 家康　とくがわ・いえやす
戦国武将、五大老の筆頭で太閤秀吉亡き後天下取りにでてきた実力者　「直江兼続参上」　南原幹雄　軍師の生きざま-時代小説傑作選　コスミック出版(コスミック文庫)　2008年11月；関ヶ原・運命を分けた決断-傑作時代小説　PHP研究所(PHP文庫)　2007年6月

とくが

徳川 家康　とくがわ・いえやす
戦国武将、堺で遊覧中に本能寺の変に接して身の危険を感じ伊賀越えを敢行した男 「伊賀越え」 新田次郎　本能寺・男たちの決断-傑作時代小説　PHP研究所（PHP文庫）　2007年2月

徳川 家康　とくがわ・いえやす
戦国武将、三河の豪族松平氏の宗家で岡崎城主 「かつ女覚書」 井口朝生　戦国女人十一話　作品社　2005年11月;代表作時代小説　平成十二年度　光風社出版　2000年5月

徳川 家康　とくがわ・いえやす
戦国武将、将軍職を息子秀忠に譲り駿府に隠居して大御所となった天下人 「戦国権謀」 松本清張　軍師の死にざま-短篇小説集　作品社　2006年10月

徳川 家康　とくがわ・いえやす
戦国武将、小牧・長久手ノ戦における三河軍の大将 「武返」 池宮彰一郎　代表作時代小説　平成十四年度　光風社出版　2002年5月

徳川 家康　とくがわ・いえやす
戦国武将、織田信長の同盟者で三河岡崎城主 「最後に笑う禿鼠」 南條範夫　本能寺・男たちの決断-傑作時代小説　PHP研究所（PHP文庫）　2007年2月

徳川 家康　とくがわ・いえやす
戦国武将、信州佐久蘆田の豪党依田信蕃を幕下に抱き込もうと云う将 「戦国佐久」 佐藤春夫　武将列伝-信州歴史時代小説傑作集第一巻　しなのき書房　2007年4月;歴史小説の世紀-天の巻　新潮社（新潮文庫）　2000年9月

徳川 家康　とくがわ・いえやす
戦国武将、大御所 「粟田口の狂女」 滝口康彦　剣が哭く夜に哭く-新選代表作時代小説20　光風社出版　2000年1月

徳川 家康　とくがわ・いえやす
戦国武将、大御所 「戦国無頼」 池波正太郎　剣の道忍の掟-信州歴史時代小説傑作集第三巻　しなのき書房　2007年6月

徳川 家康　とくがわ・いえやす
戦国武将、大御所 「落日」 中山義秀　人物日本の歴史 戦国編-時代小説版　小学館（小学館文庫）　2004年3月

徳川 家康　とくがわ・いえやす
戦国武将、大坂城を攻めた幕府将軍 「真田十勇士」 柴田錬三郎　剣の道 忍の掟-信州歴史時代小説傑作集第三巻　しなのき書房　2007年6月

徳川 家康　とくがわ・いえやす
戦国武将、徳川幕府初代将軍 「雨の中の犬-細川忠興」 岳宏一郎　地獄の無明剣-時代小説傑作選　講談社（講談社文庫）　2004年9月

徳川 家康　とくがわ・いえやす
戦国武将、浜松城主 「佐々成政の北アルプス越え」 新田次郎　武将列伝-信州歴史時代小説傑作集第一巻　しなのき書房　2007年4月

徳川 家康　とくがわ・いえやす
戦国武将、豊臣家総家老「秘剣夢枕」戸部新十郎　地獄の無明剣-時代小説傑作選　講談社(講談社文庫)　2004年9月

徳川 家康　とくがわ・いえやす
戦国武将、豊臣秀吉が関白太政大臣となって設けた五大老のひとり「ソロバン大名の大誤算」童門冬二　代表作時代小説 平成十三年度　光風社出版　2001年5月

徳川 家康　とくがわ・いえやす
戦国武将、豊臣秀吉に次ぐ一大勢力「本多忠勝の女(むすめ)」井上靖　乱世の女たち-信州歴史時代小説傑作集　しなのき書房　2007年9月;戦国女人十一話　作品社　2005年11月

徳川 家康　とくがわ・いえやす
戦国武将、豊臣秀吉の小田原北条征伐の最中に陣屋で黒田如水と会談した実力者「黒田如水」坂口安吾　軍師の生きざま-時代小説傑作選　コスミック出版(コスミック文庫)　2008年11月;軍師の死にざま-短篇小説集　作品社　2006年10月

徳川 家康　とくがわ・いえやす
戦国武将、豊臣秀吉亡き後天下の権をねらう大名「絶塵の将」池宮彰一郎　春宵濡れ髪しぐれ-時代小説傑作選　講談社(講談社文庫)　2003年9月

徳川 家康　とくがわ・いえやす
戦国武将、豊臣秀吉亡き後天下取りに動き始めた男「関ヶ原忍び風」徳永真一郎　神出鬼没!戦国忍者伝-傑作時代小説　PHP研究所(PHP文庫)　2009年3月

徳川 家康　とくがわ・いえやす
戦国武将、本能寺の変の報に接してわずかな手勢と供に伊賀超えで本国三河を目指した男「決死の伊賀越え-忍者頭目服部半蔵」滝口康彦　神出鬼没!戦国忍者伝-傑作時代小説　PHP研究所(PHP文庫)　2009年3月

徳川 家康　とくがわ・いえやす
大御所、徳川幕府初代将軍「慶長大食漢」山田風太郎　江戸の満腹力-時代小説傑作選　集英社(集英社文庫)　2005年12月

徳川 家康　とくがわ・いえやす
徳川幕府初代将軍「江戸っ子由来」柴田錬三郎　江戸三百年を読む 上-傑作時代小説 江戸騒乱編　角川学芸出版(角川文庫)　2009年9月

徳川 家慶　とくがわ・いえよし
徳川幕府第十二代将軍「鰈の縁側」小松重男　人物日本の歴史 江戸編<下>-時代小説版　小学館(小学館文庫)　2004年7月

徳川 綱条　とくがわ・つなえだ
水戸徳川家の三代目藩主、光圀の兄高松藩主松平頼重の息子「放浪の算勘師」童門冬二　代表作時代小説 平成十四年度　光風社出版　2002年5月

徳川 綱吉　とくがわ・つなよし
徳川第五代将軍「元禄おさめの方」山田風太郎　大奥華伝　角川書店(角川文庫)　2006年11月

徳川 綱吉　とくがわ・つなよし
徳川幕府将軍 「御用部屋御坊主 慶芳」 古賀宣子　武士道春秋-新鷹会・傑作時代小説選　光文社(光文社文庫) 2006年6月

徳川 綱吉　とくがわ・つなよし
徳川幕府第五代将軍 「一座存寄書」 鈴木輝一郎　異色忠臣蔵大傑作集　講談社(講談社文庫) 2002年12月

徳川 秀忠　とくがわ・ひでただ
徳川幕府第二代将軍 「二代目」 童門冬二　鎮守の森に鬼が棲む-時代小説傑作選　講談社(講談社文庫) 2001年9月

徳川 光友　とくがわ・みつとも
尾張藩主、柳生連也の主君で新陰流六世 「〈第七番〉影像なし-柳生連也」 津本陽　柳生武芸帳七番勝負-時代小説傑作選一　新人物往来社 2008年3月

徳川 宗春(尾張 宗春)　とくがわ・むねはる(おわり・むねはる)
尾張藩第七藩主 「天守閣の音」 国枝史郎　蛇の眼-捕物時代小説選集2　春陽堂書店(春陽文庫) 2000年3月

徳川 義直　とくがわ・よしなお
徳川家康の第九子、尾張藩祖 「秘剣笠の下」 新宮正春　地獄の無明剣-時代小説傑作選　講談社(講談社文庫) 2004年9月

徳川 義直　とくがわ・よしなお
尾張藩主 「尾張の宮本武蔵」 藤原審爾　宮本武蔵伝奇-時代小説セレクション　勉誠出版 2002年12月

徳川 義直　とくがわ・よしなお
尾張藩主、新陰流正統第四世 「〈第七番〉影像なし-柳生連也」 津本陽　柳生武芸帳七番勝負-時代小説傑作選一　新人物往来社 2008年3月

徳川 慶喜　とくがわ・よしのぶ
徳川幕府第十五代将軍 「伏刃記」 早乙女貢　紅葉谷から剣鬼が来る-時代小説傑作選　講談社(講談社文庫) 2002年9月

徳川 吉通　とくがわ・よしみち
尾張第四代藩主 「ちょんまげ伝記」 神坂次郎　剣の意地 恋の夢-時代小説傑作選　講談社(講談社文庫) 2000年9月

徳川 吉通　とくがわ・よしみち
尾張徳川家四代藩主 「臍あわせ太平記」 神坂次郎　愛染夢灯籠-時代小説傑作選　講談社(講談社文庫) 2005年9月

徳川 吉宗　とくがわ・よしむね
紀州藩第五代藩主、のち徳川幕府第八代将軍 「和佐大八郎の妻」 大路和子　紅葉谷から剣鬼が来る-時代小説傑作選　講談社(講談社文庫) 2002年9月

徳川 吉宗　とくがわ・よしむね
将軍、紀州二代光貞の子だが家老加納主計の子として育てられた者 「天一坊事件」 菊池寛　大岡越前守-捕物時代小説選集6　春陽堂書店(春陽文庫) 2000年10月

徳川 吉宗　とくがわ・よしむね
徳川幕府第八代将軍 「吉宗の恋」 岳宏一郎　代表作時代小説 平成二十年度　光文社
2008年6月

徳川 吉宗　とくがわ・よしむね
徳川幕府第八代将軍 「御落胤」 柴田錬三郎　人物日本の歴史 江戸編〈下〉-時代小説
版　小学館(小学館文庫)　2004年7月

徳川 吉宗　とくがわ・よしむね
徳川幕府第八代将軍 「江戸城のムツゴロウ」 童門冬二　愛染夢灯籠-時代小説傑作選
講談社(講談社文庫)　2005年9月

徳川 頼方(徳川 吉宗)　とくがわ・よりかた(とくがわ・よしむね)
紀州藩第五代藩主、のち徳川幕府第八代将軍 「和佐大八郎の妻」 大路和子　紅葉谷か
ら剣鬼が来る-時代小説傑作選　講談社(講談社文庫)　2002年9月

徳川 頼宣　とくがわ・よりのぶ
紀州藩主 「堀主水と宗矩」 五味康祐　小説「武士道」-時代小説短編傑作選　三笠書房
(知的生きかた文庫)　2008年11月

徳川 頼宣　とくがわ・よりのぶ
紀州藩祖、気性の激しい青年君主 「藪三左衛門」 津本陽　小説「武士道」-時代小説短
編傑作選　三笠書房(知的生きかた文庫)　2008年11月

得月齋(甚五郎)　とくげつさい(じんごろう)
摂津池田の里山で炭を焼く老人、かつては美濃の陶工甚五郎だった男 「村重好み」 秋
月達郎　ふりむけば闇-時代小説招待席　広済堂出版　2003年6月

徳子　とくこ
伊豆韮山の堀越公方足利政知の正室 「前髪公方」 宮本昌孝　春宵 濡れ髪しぐれ-時代
小説傑作選　講談社(講談社文庫)　2003年9月

徳子　とくこ
六条三筋町の「林屋」を退郭し富商佐野家のあと継ぎ灰屋紹益と暮らすかつては吉野大夫
と呼ばれた美女 「蓮台の月」 澤田ふじ子　合わせ鏡-女流時代小説傑作選　角川春樹事
務所(ハルキ文庫)　2003年2月

徳三郎　とくさぶろう
神田の岡っ引の親分 「さんま焼く」 平岩弓枝　江戸宵闇しぐれ-人情捕物帳傑作選二
学習研究社(学研M文庫)　2005年3月

徳次　とくじ
船遊びの屋根船の若い船頭 「河童の川流れ」 開田あや　大江戸有情-書き下ろし時代
小説傑作選4　大洋図書(大洋時代文庫)　2005年6月

徳次　とくじ
築地の舶来雑貨卸問屋「伊沢屋」の小僧、舶来雑貨問屋「甲州屋」の遺児 「「舶来屋」大
蔵の死」 早乙女貢　大江戸事件帖-時代推理小説名作選　双葉社(双葉文庫)　2005年7
月

徳次　とくじ
牢内の囚人、盗人　「新入り（江戸の犯科帳）」　多岐川恭　傑作捕物ワールド第7巻 犯科帳篇　リブリオ出版　2002年10月

徳次郎（木曾屋徳次郎）　とくじろう（きそやとくじろう）
材木問屋「木曾屋」の若主人　「爪の代金五十両」　南原幹雄　吉原花魁　角川書店（角川文庫）　2009年12月

徳三　とくぞう
大坂城下本町橋のちかくに店舗がある植木職「半惣」の職人　「虚空残月-服部半蔵」　南原幹雄　戦国忍者武芸帳-時代小説傑作選五　新人物往来社　2008年3月

徳太郎　とくたろう
慈光寺の尼浄円が産み南茅場町の表具師「但馬屋」の内儀お吉に育てられた男の子　「二人の母」　杉本苑子　鍔鳴り疾風剣-新選代表作時代小説22　光風社出版（光風社文庫）　2000年11月

徳之市　とくのいち
御数寄屋坊主河内山宗俊の子分の丑松に賭場で高利の金を用立てた座頭　「闇風呂金-べらんめぇ宗俊」　天宮響一郎　江戸の刺客-書き下ろし時代小説傑作選6　大洋図書（大洋時代文庫）　2005年9月

徳山 五兵衛秀栄　とくのやま・ごへえひでいえ
火付盗賊改　「秘図」　池波正太郎　侍たちの歳月-新鷹会・傑作時代小説選　光文社（光文社文庫）　2002年6月

徳兵衛　とくべえ
十五になるお清が生まれ育った浅草田原町の田楽長屋に住む料理人の老人　「寿ぎ花弔い花」　飯野笙子　大江戸有情-書き下ろし時代小説傑作選4　大洋図書（大洋時代文庫）　2005年6月

徳兵衛　とくべえ
上野の安倍川町で畳表の問屋業を営んでいる町人　「うろこ」　松岡弘一　武士道日暦-新鷹会・傑作時代小説選　光文社（光文社文庫）　2007年6月

徳兵衛　とくべえ
信濃の藩の郷手代の役についた足軽、郷手代だった父を殺された過去をもつ男　「石を投げる女」　片桐京介　乱世の女たち-信州歴史時代小説傑作集第五巻　しなのき書房　2007年9月

徳兵衛　とくべえ
蔵前の札差、札差仲間で三本の指に入る大身代　「千軍万馬の闇将軍」　佐藤雅美　愛染夢灯籠-時代小説傑作選　講談社（講談社文庫）　2005年9月

徳兵衛　とくべえ
旅人宿「刈豆屋」の主人　「暫く、暫く、暫く」　佐藤雅美　時代小説 読切御免第四巻　新潮社（新潮文庫）　2005年12月

としま

徳丸 半助（小山田 一学）　とくまる・はんすけ（おやまだ・いちがく）
美濃遠山藩の下級武士の倅、平栗久馬の父親の仇「花咲ける武士道」神坂次郎　江戸の爆笑力−時代小説傑作選　集英社（集英社文庫）2004年12月

土気 将監　とけ・しょうげん
熊野平の土豪　「狼（たいしょう）」神坂次郎　侍たちの歳月−新鷹会・傑作時代小説選　光文社（光文社文庫）2002年6月

とげ抜きの藤悟　とげぬきのとうご
上野に立て籠もっている彰義隊の大砲を見に行った江戸の町人　「夢裡庵の逃走−夢裡庵先生捕物帳」泡坂妻夫　代表作時代小説　平成十五年度　光風社出版　2003年5月

戸坂 八助　とさか・はちすけ＊
紀州藩祖徳川頼宣の小姓、徳川一門衆に準ずる重臣の嫡男　「藪三左衛門」津本陽　小説「武士道」−時代小説短編傑作選　三笠書房（知的生きかた文庫）2008年11月

トササナ
インドの象使い、悪党　「ああ三百七十里」杉本苑子　江戸の漫遊力−時代小説傑作選　集英社（集英社文庫）2008年12月；極め付き時代小説選3　動物　中央公論新社（中公文庫）2004年11月

土佐坊昌俊　とさのぼうしょうしゅん
鎌倉の源頼朝の家来で京の堀川館にいる義経を夜討ちした坊主　「静御前」西條八十　源義経の時代−短篇小説集　作品社　2004年10月

土佐の坊尊快　とさのぼうそんかい
大伝馬町に住んでいる修験者　「怨霊ばなし」多岐川恭　怪奇・伝奇時代小説選集6　清姫・怨霊ばなし　春陽堂書店（春陽文庫）2000年3月

とし
麹町のおうちに住むお琴や行儀作法のお師匠様の家に奉公する女　「異説・慶安事件」多岐川恭　大岡越前守−捕物時代小説選集6　春陽堂書店（春陽文庫）2000年10月

トシ
東海道の脇・姫街道の引佐峠の団子屋に来た身許不明の娘　「象鳴き坂」薄井ゆうじ　しぐれ舟−時代小説招待席　広済堂出版　2003年9月

寿姫　としひめ
肥後熊本城主加藤清正（虎之助）の正室、徳川家康の一族水野忠重の娘　「虎之助一代」南原幹雄　九州戦国志−傑作時代小説　PHP研究所（PHP文庫）2008年12月

豊島屋十右衛門（十右衛門）　としまやじゅうえもん（じゅうえもん）
公方様（徳川吉宗）のご改革に協力したいと思い酒を原価で売る小さな居酒屋「豊島屋」を開いた男　「夢の居酒屋」童門冬二　酔うて候−時代小説傑作選　徳間書店（徳間文庫）2006年10月

豊島屋半次郎　としまやはんじろう
江戸の日本橋蠣殻町にあった酒問屋の主人　「宇田川小三郎」小泉武夫　江戸の満腹力−時代小説傑作選　集英社（集英社文庫）2005年12月

とせ
薩摩藩日向穆佐の郷士・淵脇平馬の妻 「仲秋十五日」 滝口康彦 武士道-時代小説アンソロジー3 小学館(小学館文庫) 2007年3月

登瀬　とせ
前橋藩士藤野幸右衛門の妻 「沙の波」 安住洋子 代表作時代小説 平成十八年度 光文社 2006年6月

杜侘　とだ*
皇曾孫と呼ばれる劉病已と知り合った若者、漢宮廷の大僕・杜延年の子 「鶏争」 狩野あざみ 黄土の虹-チャイナ・ストーリーズ 祥伝社 2000年2月

富田 一放　とだ・いっぽう
剣客 「伊藤一刀斎」 南條範夫 人物日本剣豪伝一 学陽書房(人物文庫) 2001年4月

富田 一放　とだ・いっぽう
兵法者、中条流の太刀〝蜻蛉術〟の遣い手 「蜻蛉」 戸部新十郎 代表作時代小説 平成十二年度 光風社出版 2000年5月

富田 一放　とだ・いっぽう
兵法者、富田流宗家重政の隠し子 「秘剣夢枕」 戸部新十郎 地獄の無明剣-時代小説傑作選 講談社(講談社文庫) 2004年9月

戸田 三郎四郎　とだ・さぶろしろう
旧大垣藩主の庶子、銀座の唐物屋・九星堂主人で耶蘇信者 「明治の耶蘇祭典-銀座開化事件帖」 松井今朝子 代表作時代小説 平成十六年度 光風社出版 2004年4月

富田 重政　とだ・しげまさ
兵法者、富田流宗家 「秘剣夢枕」 戸部新十郎 地獄の無明剣-時代小説傑作選 講談社(講談社文庫) 2004年9月

富田 重持　とだ・しげもち
兵法中条流の宗家五代目 「水鏡」 戸部新十郎 幻の剣鬼 七番勝負-傑作時代小説 PHP研究所(PHP文庫) 2008年5月;武芸十八般-武道小説傑作選 KKベストセラーズ(ベスト時代文庫) 2005年10月

富田 治部左衛門景政　とだ・じぶざえもんかげまさ
中条流平法の宗家、天下人豊臣秀吉の甥秀次の兵法師範 「一の人、自裁剣」 宮本昌孝 異色歴史短篇傑作大全 講談社 2003年11月

富田 治部左衛門景政　とだ・じぶざえもんかげまさ
兵法者富田勢源の弟、越前朝倉氏の家臣富田家の当主 「富田勢源」 戸部新十郎 人物日本剣豪伝一 学陽書房(人物文庫) 2001年4月

戸田 新次郎　とだ・しんじろう
戸田家の婿養子となり十八歳で小普請入りした無役の旗本、向島小梅村で陶工の老人と知り合い作陶修業を始めた男 「柴の家」 乙川優三郎 代表作時代小説 平成十七年度 光文社 2005年6月

富田 勢源　とだ・せいげん
兵法者、越前より美濃の稲葉山城下へ来た中条流の達人 「笹座」 戸部新十郎　代表作時代小説 平成十四年度　光風社出版　2002年5月

富田 勢源　とだ・せいげん
兵法者、越前朝倉氏の家臣富田治部左衛門景家の長子 「富田勢源」 戸部新十郎　人物日本剣豪伝一　学陽書房(人物文庫)　2001年4月

富田 勢源　とだ・せいげん
兵法者、中条流の小太刀の使い手 「真説 佐々木小次郎」 五味康祐　剣聖-乱世に生きた五人の兵法者　新潮社(新潮文庫)　2006年10月

戸田 大一郎　とだ・だいいちろう
江州膳所六万石の勘定方戸田家の息子、閉門追放の沙汰を受け父母と国を離れた若者 「むかしの夢(加田三七捕物そば屋)」 村上元三　傑作捕物ワールド第8巻 明治推理篇　リブリオ出版　2002年10月

富田 康玄　とだ・やすはる
兵法者、富田流宗家重政の倅 「秘剣夢枕」 戸部新十郎　地獄の無明剣-時代小説傑作選　講談社(講談社文庫)　2004年9月

咄然斎　とつねんさい
戦国武将、上杉家の食客で前田利家の甥 「くノ一紅騎兵」 山田風太郎　軍師の死にざま-短篇小説集　作品社　2006年10月

とてちん松　とてちんまつ
浪人夕月弦三郎の家の下男で主が捕物で忙しい場合は下っ引をうけたまわる男 「河童小僧」 寿々木多呂九平　怪奇・伝奇時代小説選集10 怪談累ケ淵　春陽堂書店(春陽文庫)　2000年7月

都々逸坊扇歌(扇歌)　どどいつぼうせんか(せんか)
都々逸節と呼ばれる流行の端唄の創造者、即興の唄で評判を取っている盲目の芸人 「浮かれ節」 宇江佐真理　世話焼き長屋-人情時代小説傑作選　新潮社(新潮文庫)　2008年2月

十時 攝津　ととき・せっつ
筑後の柳川城主立花宗茂の家臣 「立花宗茂」 海音寺潮五郎　九州戦国志-傑作時代小説　PHP研究所(PHP文庫)　2008年12月

十時 半睡　ととき・はんすい
福岡藩の総目付 「犬を飼う武士」 白石一郎　犬道楽江戸草紙-時代小説傑作選　徳間書店(徳間文庫)　2005年8月

十時 半睡　ととき・はんすい
福岡藩総目付 「おんな舟」 白石一郎　紅葉谷から剣鬼が来る-時代小説傑作選　講談社(講談社文庫)　2002年9月

十時 半睡　ととき・はんすい
福岡藩総目付 「観音妖女」 白石一郎　鍔鳴り疾風剣-新選代表作時代小説22　光風社出版(光風社文庫)　2000年11月

とどき

十時 半睡　ととき・はんすい
福岡藩総目付「叩きのめせ」白石一郎　地獄の無明剣-時代小説傑作選　講談社(講談社文庫)　2004年9月

十時 半睡　ととき・はんすい
福岡藩総目付「妖しい月」白石一郎　闇の旋風-問題小説傑作選5 捕物帖篇　徳間書店(徳間文庫)　2000年1月

とど助(土々呂進)　とどすけ(とどろすすむ)
駕籠屋「両国の大鯨(顎十郎捕物帳)」久生十蘭　傑作捕物ワールド第3巻 人気侍篇　リブリオ出版　2002年10月

土々呂進　とどろすすむ
駕籠屋「両国の大鯨(顎十郎捕物帳)」久生十蘭　傑作捕物ワールド第3巻 人気侍篇　リブリオ出版　2002年10月

兎祢　とね
常陸真壁城主真壁氏幹の母・理秀尼に仕える美少女「無明長夜」早乙女貢　代表作時代小説 平成十三年度　光風社出版　2001年5月

土橋 市太夫　どばし・いちだゆう
西国の小藩の江戸詰藩士、深川の料亭の仲居と出合茶屋で逢瀬を重ねていた武士「出合茶屋」白石一郎　江戸の秘恋-時代小説傑作選　徳間書店(徳間文庫)　2004年10月

鳥羽 十郎太　とば・じゅうろうた
幕府の伊賀忍者「忍法わすれ形見」南原幹雄　剣の道忍の掟-信州歴史時代小説傑作集第三巻　しなのき書房　2007年6月

鳥羽法皇　とばほうおう
天皇退位後に院政を行った上皇「平清盛」海音寺潮五郎　源義経の時代-短篇小説集　作品社　2004年10月

飛加藤　とびかとう
忍びの名人、常州の牢人「忍法短冊しぐれ-加藤段蔵」光瀬龍　戦国忍者武芸帳-時代小説傑作選五　新人物往来社　2008年3月

飛加藤　とびかとう
忍者、上州箕輪の城主長野業正に召抱えられた男「女忍小袖始末」光瀬龍　神出鬼没! 戦国忍者伝-傑作時代小説　PHP研究所(PHP文庫)　2009年3月

鳶ノ甚内　とびのじんない
相州乱破風魔一党の者「金剛鈴が鳴る-風魔小太郎」戸部新十郎　戦国忍者武芸帳-時代小説傑作選五　新人物往来社　2008年3月

トホウ
まんまるくて頬のふくらんだとても大きな顔の福子「福子妖異録」荒俣宏　花ごよみ夢一夜-新選代表作時代小説24　光風社出版(光風社文庫)　2001年11月

トーマス・ライト・ブラキストン（ブラキストン）
幕末の函館に来日した英国人事業家、動物分布の境界線ブラキストン線を発見した博物学者「謎の人ブラキストン」戸川幸夫　剣が哭く夜に哭く-新選代表作時代小説20　光風社出版　2000年1月

登美　とみ
夜鷹、江戸の大店「弥彦屋」の旦那の妾だった女「鼠、泳ぐ」赤川次郎　代表作時代小説 平成十七年度　光文社　2005年6月

富岡 鉄斎　とみおか・てっさい
京都の蓮月尼の弟子、勤皇運動をあおる青年「信州の勤皇婆さん」童門冬二　乱世の女たち-信州歴史時代小説傑作集第五巻　しなのき書房　2007年9月

富子　とみこ
高家衆の筆頭吉良上野介の妻「高輪泉岳寺」諸田玲子　異色忠臣蔵大傑作集　講談社（講談社文庫）2002年12月

富子　とみこ
高家筆頭吉良上野介の妻「富子すきすき」宇江佐真理　異色忠臣蔵大傑作集　講談社（講談社文庫）2002年12月

富坂 俊三　とみさか・しゅんぞう
江戸の米問屋「備前屋」の用心棒、義賊すぎすぎ小僧に挑む浪人「すぎすぎ小僧」多田容子　夢を見にけり-時代小説招待席　広済堂出版　2004年6月

富蔵　とみぞう
深川森下の岡場所で焼酎の旨いなおしを飲ませる飲み屋をやっている男「なおし屋富蔵」半村良　酔うて候-時代小説傑作選　徳間書店（徳間文庫）2006年10月

富蔵　とみぞう
中京の紅花問屋「佐渡屋」の奉公人で盗賊に加担したとして処刑された男「女狐の罠」澤田ふじ子　闇の旋風-問題小説傑作選5 捕物帖篇　徳間書店（徳間文庫）2000年1月

富造　とみぞう
築地の舶来雑貨卸問屋「伊沢屋」の最年長の手代「「舶来屋」大蔵の死」早乙女貢　大江戸事件帖-時代推理小説名作選　双葉社（双葉文庫）2005年7月

富蔵（浅川の富蔵）　とみぞう（あさかわのとみぞう）
小伝馬町の牢屋敷の牢名主「狂女が唄う信州路」笹沢左保　人情草紙-信州歴史時代小説傑作集第四巻　しなのき書房　2007年7月；約束-極め付き時代小説選1　中央公論新社（中公文庫）2004年9月

富高 与一郎　とみたか・よいちろう
参勤で江戸に一年在府し帰国の途についた美濃国郡上八幡の領主金森出雲守の供をした家中の若侍「蓆」松本清張　侍の肖像-信州歴史時代小説傑作集第二巻　しなのき書房　2007年5月

とみた

富田 蔵人高定　とみた・くらんどたかさだ＊
戦国武将、太閤秀吉の怒りに触れて切腹を命ぜられた関白豊臣秀次の諫争の臣で「槍の蔵人」と異名されている男　「酒と女と槍と」　海音寺潮五郎　時代劇原作選集-あの名画を生みだした傑作小説　双葉社（双葉文庫）　2003年12月

富太郎　とみたろう
岡っ引の四方吉親分の子分　「怨霊ばなし」　多岐川恭　怪奇・伝奇時代小説選集6 清姫・怨霊ばなし　春陽堂書店（春陽文庫）　2000年3月

富永 隼人　とみなが・はやと
用心棒の腕利きの浪人者　「大目小目」　逢坂剛　代表作時代小説 平成十八年度　光文社　2006年6月

富永 弥兵衛　とみなが・やへえ
野山獄の囚人　「吉田松陰の恋」　古川薫　人物日本の歴史 江戸編＜下＞-時代小説版　小学館（小学館文庫）　2004年7月

富本繁太夫（繁太夫）　とみもとしげだゆう（しげだゆう）
江戸浄瑠璃の一派である富本節の名取りで集金旅行を思いたち深川の長屋を発った極楽とんぼ　「お馬は六百八十里」　神坂次郎　江戸の漫遊力-時代小説傑作選　集英社（集英社文庫）　2008年12月

鳥見屋地兵衛　とみやじへえ
日本橋にある大奥出入りの唐物屋のすばらしく美丈夫な主人　「天明の判官」　山田風太郎　大江戸事件帖-時代推理小説名作選　双葉社（双葉文庫）　2005年7月

戸村 兵馬　とむら・ひょうま
勤直な三百石旗本・香月弥右衛門の友で遊び慣れた男　「怖妻の棺」　松本清張　大江戸犯科帖-時代推理小説名作選　双葉社（双葉文庫）　2003年10月

とめ
織田信長が命じた荒木村重一族の処刑を免れ主君村重と城代荒木久左衛門に復讐を誓った召使女　「六百七十人の怨霊」　南條範夫　怪奇・伝奇時代小説選集12 血塗りの呪法　春陽堂書店（春陽文庫）　2000年9月

留吉　とめきち
岡っ引、八丁堀の吟味方与力・鈴木精右衛門のお妾の見張りをしていた男　「恋の身がわり」　梅本育子　代表作時代小説 平成十六年度　光風社出版　2004年4月

留吉　とめきち
江戸千駄ヶ谷の植木屋「植甚」の職人　「甲州鎮撫隊」　国枝史郎　新選組興亡録　角川書店（角川文庫）　2008年9月

留吉　とめきち
盗っ人、山伏町の彦三郎とっつぁんの一味で昼間は古着屋をやっている男　「餌差しの辰」　多岐川恭　闇の旋風-問題小説傑作選5 捕物帖篇　徳間書店（徳間文庫）　2000年1月

留吉　とめきち*
入布(元新選組隊士永倉新八)を師と慕う大工の子供、のち創作西洋菓子店「紅屋」の主人　「剣菓」　森村誠一　江戸の老人力-時代小説傑作選　集英社(集英社文庫)　2002年12月

留三郎　とめさぶろう
岡っ引地獄の辰の子分、役者　「首なし地蔵は語らず(地獄の辰・無残捕物控)」　笹沢左保　傑作捕物ワールド第5巻　渡世人篇　リブリオ出版　2002年10月

留蔵　とめぞう
人形師喜多村茶山に恨みを持つ人形作り　「人形武蔵」　光瀬龍　「宮本武蔵」短編傑作選　角川書店(角川文庫)　2003年1月；七人の武蔵　角川書店(角川文庫)　2002年10月

留造　とめぞう
岡っ引・小日向の喜助の手下の若い男　「絵師の死ぬとき」　伊藤桂一　江戸浮世風-人情捕物帳傑作選　学習研究社(学研M文庫)　2004年8月

留造　とめぞう
岡っ引・小日向の喜助の手下の若い男　「風車は廻る(風車の浜吉・捕物綴)」　伊藤桂一　捕物小説名作選一　集英社(集英社文庫)　2006年8月；傑作捕物ワールド第10巻　リブリオ出版　2002年10月

とも
越前前田家の重臣奥村助十郎の娘　「結解勘兵衛の感状」　戸部新十郎　大江戸の歳月-新鷹会・傑作時代小説選　光文社(光文社文庫)　2003年6月

登茂　とも
西国某藩の茶道役玉木宗庵の妻で評判の美男の中奥小姓と逃げた女　「仇討心中」　北原亞以子　恋模様-極め付き時代小説選2　中央公論新社(中公文庫)　2004年10月

ともえ
根津権現前の岡場所「吉野」の若い売女　「夜の辛夷」　山本周五郎　江戸色恋坂-市井情話傑作選　学習研究社(学研M文庫)　2005年8月

巴　ともえ
源義仲の妻、今井四郎兼平の妹　「山から都へ来た将軍」　清水義範　武将列伝-信州歴史時代小説傑作集第一巻　しなのき書房　2007年4月

巴　ともえ
信濃国木曽谷の豪族・中原権守兼遠の次女、源義仲の妾の女武者　「義仲の最期」　南條範夫　代表作時代小説　平成十三年度　光風社出版　2001年5月

巴　ともえ
木曾の庄司中原兼遠の娘、男まさりの活発な乙女　「悲劇の風雲児」　杉本苑子　源義経の時代-短篇小説集　作品社　2004年10月

巴御前　ともえごぜん
木曾義仲の愛妾、女武者　「一矢雲上」　陣出達朗　乱世の女たち-信州歴史時代小説傑作集第五巻　しなのき書房　2007年9月

ともき

伴吉　ともきち
吉良上野介の仲間「生きていた吉良上野」榊山潤　赤穂浪士伝奇-べんせいライブラリー時代小説セレクション　勉誠出版　2002年12月

友五郎　ともごろう
大川に身投げをした少女おしげを助けた深川の漁師、おしげと同じ痘痕面の男「梅屋のおしげ」池波正太郎　江戸色恋坂-市井情話傑作選　学習研究社(学研M文庫)　2005年8月

伴蔵　ともぞう
根津清水谷に住居している萩原新三郎の下男「牡丹燈籠」長田秀雄　怪奇・伝奇時代小説選集9 怪談牡丹燈籠　春陽堂書店(春陽文庫)　2000年6月

伴蔵　ともぞう
根津清水谷の萩原新三郎の貸長屋の孫店に住む夫婦の亭主「人形劇 牡丹燈籠」川尻泰司　怪奇・伝奇時代小説選集9 怪談牡丹燈籠　春陽堂書店(春陽文庫)　2000年6月

伴蔵　ともぞう
根津清水谷の浪士萩原新三郎の家屋敷についた孫店に暮らしている夫婦の亭主「怪談牡丹燈籠」大西信行　怪奇・伝奇時代小説選集9 怪談牡丹燈籠　春陽堂書店(春陽文庫)　2000年6月

伴蔵　ともぞう
根津清水谷の浪人者萩原新三郎の持家に住んでいた中年の夫婦者の亭主「怪異談 牡丹燈籠」竹山文夫　怪奇・伝奇時代小説選集9 怪談牡丹燈籠　春陽堂書店(春陽文庫)　2000年6月

友蔵　ともぞう
信州飯田の城下に住まう博徒の親分・座光寺の友蔵「何れが欺く者」笹沢左保　剣の道 忍の掟-信州歴史時代小説傑作集第三巻　しなのき書房　2007年6月

友造　ともぞう
大工、海辺大工町の長屋の住人でお秀の亭主「べらぼう村正」都筑道夫　星明かり夢街道-新選代表作時代小説21　光風社出版　2000年5月

知次　茂平　ともつぐ・もへい
美濃国多治見の城主松平河内守康秀の国家老「わたくしです物語」山本周五郎　江戸の爆笑力-時代小説傑作選　集英社(集英社文庫)　2004年12月

友之助　とものすけ
深川の芸者おきくのかつての許婚者、旗本の婿「手燭の明り」梅本育子　鎮守の森に鬼が棲む-時代小説傑作選　講談社(講談社文庫)　2001年9月

友之助(劉 友晃)　とものすけ(りゅう・ゆうこう)
少林寺拳法の達人陳元贇の甥「秘剣笠の下」新宮正春　地獄の無明剣-時代小説傑作選　講談社(講談社文庫)　2004年9月

伴 安成　とものやすなり
雅楽寮の伶人、笛の名手のほまれ高い男「小さな恋の物語」杉本苑子　春宵 濡れ髪しぐれ-時代小説傑作選　講談社(講談社文庫)　2003年9月

伴 善男　ともの・よしお
大納言、応天門に放火したとして流罪となった男　「応天門の変」　南條範夫　変事異聞-時代小説アンソロジー5　小学館(小学館文庫)　2007年7月

友兵衛　ともべえ
京都・俵屋町の長屋に足を運び女房のお定に家を出て気鬱の病になった又七の引き取りを懇願した若い男　「女衒の供養」　澤田ふじ子　代表作時代小説 平成二十年度　光文社　2008年6月

伴部 兵庫介　ともべ・ひょうごのすけ
会津四郡の領主蘆名家の重臣　「軍師哭く」　五味康祐　東北戦国志-傑作時代小説　PHP研究所(PHP文庫)　2009年9月

友松 清三氏宗(偽庵)　ともまつ・せいぞううじむね(ぎあん)
兵法者で眼医者、念流宗家七世　「樋口一族」　井口朝生　人物日本剣豪伝三　学陽書房(人物文庫)　2001年5月

友六　ともろく
夜もすがら検校の伴当　「夜もすがら検校」　長谷川伸　感涙-人情時代小説傑作選　KKベストセラーズ(ベスト時代文庫)　2004年11月；約束-極め付き時代小説選1　中央公論新社(中公文庫)　2004年9月

戸谷 清四郎　とや・せいしろう
美濃の領主斎藤義竜の小姓　「篝火と影」　野村敏雄　大江戸の歳月-新鷹会・傑作時代小説選　光文社(光文社文庫)　2003年6月

外山豊前守　とやまぶぜんのかみ
伊豆韮山の堀越公方家の重臣　「前髪公方」　宮本昌孝　春宵 濡れ髪しぐれ-時代小説傑作選　講談社(講談社文庫)　2003年9月

登世　とよ
会津藩馬廻組千々石伝内の妻　「秘剣身知らず」　早乙女貢　斬刃-時代小説傑作選　コスミック出版(コスミック時代文庫)　2005年5月

登代　とよ
白い雌鳩　「鳩侍始末」　城山三郎　侍の肖像-信州歴史時代小説傑作集第二巻　しなのき書房　2007年5月

登代　とよ
尾張藩士久世藤吾の妻　「鳩侍始末」　城山三郎　侍の肖像-信州歴史時代小説傑作集第二巻　しなのき書房　2007年5月

豊　とよ
相模小田原藩士で隠居して国元に帰ることになった金成弥兵衛の娘　「秘術・身受けの滑り槍」　二階堂玲太　代表作時代小説 平成二十年度　光文社　2008年6月

豊　とよ
相模小田原藩士で鏡心一刀流道場主金成弥兵衛の娘　「困った奴よ」　二階堂玲太　代表作時代小説 平成十九年度　光文社　2007年6月

とよい

豊市　とよいち＊
江戸幕府が倒れご維新後土佐の天浜村に流された長崎の浦上村の隠れ切支丹信徒　「パライゾの寺」　坂東眞砂子　代表作時代小説　平成十八年度　光文社　2006年6月

豊浦(若山)　とようら(わかやま)
飯田藩主牧野遠江守の妾　「梅一枝」　柴田錬三郎　武士道-時代小説アンソロジー3　小学館(小学館文庫)　2007年3月

豊雄　とよお
紀の国の三輪が崎にあった大宅家の三男で新宮の神奴安部弓麿の許へ通っていた男　「蛇性の婬　雷峰怪蹟」　田中貢太郎　怪奇・伝奇時代小説選集14 累物語　春陽堂書店(春陽文庫)　2000年11月

豊菊　とよぎく
深川の「小桜屋」の抱え芸者　「芸者の首」　泡坂妻夫　恋模様-極め付き時代小説選2　中央公論新社(中公文庫)　2004年10月

豊吉　とよきち
京紅をかついで売りにくる行商人　「母子かづら」　永井路子　江戸の秘恋-時代小説傑作選　徳間書店(徳間文庫)　2004年10月

豊次　とよじ
鳥山の油屋「油平」の若旦那の嫁・さわの弟　「卯三次のウ」　永井路子　大江戸犯科帖-時代推理小説名作選　双葉社(双葉文庫)　2003年10月

豊志賀　とよしが
根津七軒町に住んでいた富本の師匠　「女師匠の怨霊!」　島崎俊二　怪奇・伝奇時代小説選集4 怪異黒姫おろし　春陽堂書店(春陽文庫)　2000年1月

豊島 仙太郎　とよしま・せんたろう
柳剛流の剣の遣い手、長唄師匠おはるの下谷の長屋に転がり込んだ男　「髪切り異聞-江戸残剣伝」　東郷隆　代表作時代小説　平成十五年度　光風社出版　2003年5月

豊須賀　とよすが
針医で強欲な高利貸の安川宗順の長女、富本の女師匠　「怪談累ケ淵」　柴田錬三郎　怪奇・伝奇時代小説選集10 怪談累ケ淵　春陽堂書店(春陽文庫)　2000年7月

登与助(川原 慶賀)　とよすけ(かわはら・けいが)
町絵師、シーボルトに画を認められ長崎の出島への出入りが許された若者でのちの川原慶賀　「阿蘭殺し」　井上雅彦　伝奇城-文庫書下ろし/伝奇時代小説アンソロジー　光文社(光文社文庫)　2005年2月

豊田　とよだ
浅野家の奥女中　「奥方切腹」　海音寺潮五郎　女人-時代小説アンソロジー2　小学館(小学館文庫)　2007年2月

豊鶴　とよつる
遊女、吉原の大見世「扇屋」の売れっ子の呼び出し昼三　「爪の代金五十両」　南原幹雄　吉原花魁　角川書店(角川文庫)　2009年12月

豊臣 秀次　とよとみ・ひでつぐ
天下人豊臣秀吉の甥というだけで百姓の倅から関白にまでなった男 「一の人、自裁剣」 宮本昌孝　異色歴史短篇傑作大全　講談社　2003年11月

豊臣 秀次　とよとみ・ひでつぐ
聚楽第の主、兵法数寄の関白 「花車」 戸部新十郎　鎮守の森に鬼が棲む-時代小説傑作選　講談社(講談社文庫)　2001年9月

豊臣 秀吉　とよとみ・ひでよし
関白、天下人として勢威並ぶ者なきに至った武人 「利休の死」 津本陽　人物日本の歴史 戦国編-時代小説版　小学館(小学館文庫)　2004年3月

豊臣 秀吉　とよとみ・ひでよし
戦国武将、小田原北条征伐の最中で石垣山で淀君と遊んでいた天下人 「黒田如水」 坂口安吾　軍師の生きざま-時代小説傑作選　コスミック出版(コスミック文庫)　2008年11月；軍師の死にざま-短篇小説集　作品社　2006年10月

豊臣 秀吉　とよとみ・ひでよし
戦国武将、織田家の京都奉行のちの豊臣秀吉 「人魚の海」 火坂雅志　夢を見にけり-時代小説招待席　広済堂出版　2004年6月

豊臣 秀吉　とよとみ・ひでよし
戦国武将、織田家の重臣で本能寺の変後信長の後継者となった男 「盗っ人宗湛」 火坂雅志　本能寺・男たちの決断-傑作時代小説　PHP研究所(PHP文庫)　2007年2月

豊臣 秀吉　とよとみ・ひでよし
戦国武将、織田軍の司令官でのちの豊臣秀吉 「女は遊べ物語」 司馬遼太郎　戦国女人十一話　作品社　2005年11月

豊臣 秀吉　とよとみ・ひでよし
戦国武将、織田軍の総帥でのち豊臣秀吉 「吉川治部少輔元春」 南條範夫　紅葉谷から剣鬼が来る-時代小説傑作選　講談社(講談社文庫)　2002年9月

豊臣 秀吉　とよとみ・ひでよし
戦国武将、織田軍団の後継者として名乗りを上げたのちの豊臣秀吉 「一番槍」 高橋直樹　斬刃-時代小説傑作選　コスミック出版(コスミック時代文庫)　2005年5月

豊臣 秀吉　とよとみ・ひでよし
戦国武将、織田信長が明智光秀に討たれた後明智を滅ぼし柴田一族を亡して天下の実権を握った男 「羽柴秀吉」 林芙美子　歴史小説の世紀-天の巻　新潮社(新潮文庫) 2000年9月

豊臣 秀吉　とよとみ・ひでよし
戦国武将、織田信長の家臣で近江長浜城主のちの豊臣秀吉 「絶塵の将」 池宮彰一郎　春宵 濡れ髪しぐれ-時代小説傑作選　講談社(講談社文庫)　2003年9月

豊臣 秀吉　とよとみ・ひでよし
戦国武将、織田信長の足軽組頭浅野又左衛門の娘お禰の婿になった同じ足軽組頭でのちの太閤秀吉 「琴瑟の妻-ねね」 澤田ふじ子　人物日本の歴史 戦国編-時代小説版　小学館(小学館文庫)　2004年3月

とよと

豊臣 秀吉　とよとみ・ひでよし
戦国武将、織田信長子飼いの腹心でのちの豊臣秀吉 「最後に笑う禿鼠」 南條範夫　本能寺・男たちの決断-傑作時代小説　PHP研究所(PHP文庫)　2007年2月

豊臣 秀吉　とよとみ・ひでよし
戦国武将、織田信長麾下の将でのちの豊臣秀吉 「大返しの篝火-黒田如水」 川上直志　戦国軍師列伝-時代小説傑作選六　新人物往来社　2008年3月

豊臣 秀吉　とよとみ・ひでよし
戦国武将、織田勢の中国攻めの総大将でのち豊臣秀吉 「官兵衛受難」 赤瀬川隼　愛染夢灯籠-時代小説傑作選　講談社(講談社文庫)　2005年9月

豊臣 秀吉　とよとみ・ひでよし
戦国武将、辰之助(小早川秀秋)の養父でのち天下人 「裏切りしは誰ぞ」 永井路子　約束-極め付き時代小説選1　中央公論新社(中公文庫)　2004年9月

豊臣 秀吉　とよとみ・ひでよし
戦国武将、天下人 「奥羽の二人」 松本清張　東北戦国志-傑作時代小説　PHP研究所(PHP文庫)　2009年9月

豊臣 秀吉　とよとみ・ひでよし
戦国武将、天下人となり「唐国平定」を唱える男 「妬心-ぎやまん物語」 北原亞以子　代表作時代小説 平成十二年度　光風社出版　2000年5月

豊臣 秀吉　とよとみ・ひでよし
戦国武将、備中の高松城を攻めていた時に信長が本能寺で死んだことを聞かされた大将でのちの豊臣秀吉 「ヤマザキ」 筒井康隆　歴史小説の世紀-地の巻　新潮社(新潮文庫)　2000年9月

豊臣 秀吉　とよとみ・ひでよし
戦国武将、尾張国主織田信長の家臣でのちの豊臣秀吉 「稲葉山上の流星-織田信長」 童門冬二　戦国武将国盗り物語-時代小説傑作選七　新人物往来社　2008年3月

豊臣 秀吉　とよとみ・ひでよし
戦国武将、亡き織田信長の家臣 「織田三七の最期」 高橋直樹　愛染夢灯籠-時代小説傑作選　講談社(講談社文庫)　2005年9月

豊臣 秀吉　とよとみ・ひでよし
戦国武将、毛利方に寝返った別所長治の将長井四郎左衛門の守る野口城を攻囲した総大将でのちの豊臣秀吉 「五人の武士」 武田八洲満　花と剣と侍-新鷹会・傑作時代小説選　光文社(光文社文庫)　2009年6月

豊臣 秀吉　とよとみ・ひでよし
太閤 「五右衛門と新左」 国枝史郎　石川五右衛門の生立-捕物時代小説選集3　春陽堂書店(春陽文庫)　2000年4月

豊臣 秀吉　とよとみ・ひでよし
太閤 「五右衛門処刑」 多岐川恭　石川五右衛門の生立-捕物時代小説選集3　春陽堂書店(春陽文庫)　2000年4月

豊臣 秀頼　とよとみ・ひでより
豊臣秀吉の子、大阪落城と共に脱出して薩摩か琉球へ逃げたという風聞がある若君 「秀頼走路」 松本清張　変事異聞-時代小説アンソロジー5　小学館(小学館文庫) 2007年7月

豊臣 秀頼　とよとみ・ひでより
亡き豊臣秀吉と淀君の息子 「軍師二人」 司馬遼太郎　武将列伝-信州歴史時代小説傑作集第一巻　しなのき書房　2007年4月；軍師の死にざま-短篇小説集　作品社　2006年10月

豊寿　とよひさ
大垣藩寺社町奉行塩川五太夫の妻、世間からうつけ者と噂される跡取り息子荘太郎の母親 「花籠に月を入れて」 澤田ふじ子　剣が哭く夜に哭く-新選代表作時代小説20　光風社出版　2000年1月

杜 洛真　と・らくしん
長安の妓館「玉輪館」の看板妓女 「香獣」 森福都　黄土の虹-チャイナ・ストーリーズ　祥伝社　2000年2月

虎之助　とらのすけ
戦国武将、織田軍団の後継者として名乗りを上げた羽柴秀吉軍の将士 「一番槍」 高橋直樹　斬刃-時代小説傑作選　コスミック出版(コスミック時代文庫) 2005年5月

虎之助　とらのすけ
戦国武将、肥後熊本城主で故太閤秀吉の子飼いの臣 「虎之助一代」 南原幹雄　九州戦国志-傑作時代小説　PHP研究所(PHP文庫) 2008年12月

寅松　とらまつ
岡っ引 「ろくろ首」 松岡弘一　武士道春秋-新鷹会・傑作時代小説選　光文社(光文社文庫) 2006年6月

刀菊 弥三郎　とら・やさぶろう
狂言師、刀菊流宗家弥太郎の弟 「狂言師」 平岩弓枝　職人気質-時代小説アンソロジー4　小学館(小学館文庫) 2007年5月

刀菊 弥太郎　とら・やたろう
狂言師刀菊流宗家、上意に逆い遠島となった先代弥右衛門の子 「狂言師」 平岩弓枝　職人気質-時代小説アンソロジー4　小学館(小学館文庫) 2007年5月

鳥井甲斐守 忠耀　とりいかいのかみ・ただてる
南町奉行 「町奉行再び」 土師清二　石川五右衛門の生立-捕物時代小説選集3　春陽堂書店(春陽文庫) 2000年4月

鳥居 源八郎　とりい・げんぱちろう
松平隠岐守の留守居役鳥居主水正の子息 「宙を彷徨う魂」 玉木重信　怪奇・伝奇時代小説選集12 血塗りの呪法　春陽堂書店(春陽文庫) 2000年9月

とりい

鳥居 深造　とりい・しんぞう
明治の人で中国の大連でボルチェック商会に傭われてチベット入りした日本人、「卍九層録」の著者　「水の中の犬」　東郷隆　代表作時代小説　平成十四年度　光風社出版　2002年5月

鳥居 強右衛門　とりい・すねえもん
戦国武将、徳川家康にしたがっている奥平貞能の家来　「炎の武士」　池波正太郎　決戦川中島-傑作時代小説　PHP研究所(PHP文庫)　2007年3月

鳥居 強右衛門　とりい・すねえもん
戦国武将、武田軍に包囲された長篠城から敵中を突破して織田・徳川の援軍を求める決死の任務を買って出た男　「鳥居強右衛門」　池波正太郎　小説「武士道」-時代小説短編傑作選　三笠書房(知的生きかた文庫)　2008年11月

鳥井 宗室　とりい・そうしつ
九州博多の商人、本能寺で催された織田信長の茶会に招かれ変事に遭遇した男　「盗っ人宗湛」　火坂雅志　本能寺・男たちの決断-傑作時代小説　PHP研究所(PHP文庫)　2007年2月

鳥居 元忠　とりい・もとただ
徳川家康が任じた伏見城留守居役　「伏見城恋歌」　安部龍太郎　戦国女人十一話　作品社　2005年11月;時代小説　読切御免第二巻　新潮社(新潮文庫)　2004年3月

鳥居 主水正　とりい・もんどのしょう
松平隠岐守の留守居役　「宙を彷徨う魂」　玉木重信　怪奇・伝奇時代小説選集12 血塗りの呪法　春陽堂書店(春陽文庫)　2000年9月

鳥居 耀蔵　とりい・ようぞう
南町奉行、北町奉行遠山左衛門尉の失脚をねがう者　「雪肌金さん(遠山の金さん捕物帳)」　陣出達朗　傑作捕物ワールド第6巻 名奉行篇　リブリオ出版　2002年10月

鳥居 耀蔵　とりい・ようぞう
老人、旧幕時代は町奉行と勘定奉行の要職を兼任していた男　「老鬼」　平岩弓枝　武士道春秋-新鷹会・傑作時代小説選　光文社(光文社文庫)　2006年6月;時代小説　読切御免第四巻　新潮社(新潮文庫)　2005年12月

鳥居 耀蔵(林 頑固斎)　とりい・ようぞう(はやし・がんこさい)
明治四年四国の丸亀を出て東京の旧旗本木村家に身を託した老人　「東京南町奉行」　山田風太郎　傑作捕物ワールド第6巻 名奉行篇　リブリオ出版　2002年10月

鳥海 半兵衛　とりうみ・はんべえ
平戸藩松浦家の武士、参観の途中平戸港へ船をつけた島津薩摩守へ挨拶の使者としてつかわされた男　「一年余日」　山手樹一郎　武士の本懐<弐>-武士道小説傑作選　KKベストセラーズ(ベスト時代文庫)　2005年5月

鳥飼 郡兵衛　とりかい・ぐんべえ
藩の中老　「静かな木」　藤沢周平　たそがれ長屋-人情時代小説傑作選　新潮社(新潮文庫)　2008年10月;鎮守の森に鬼が棲む-時代小説傑作選　講談社(講談社文庫)　2001年9月

鳥飼 十蔵　とりかい・じゅうぞう
酒に酔ってつい彰義隊に入ると口走ったため入隊を余儀なくされた幕臣「二人の彰義隊士」多岐川恭　花ごよみ夢一夜-新選代表作時代小説24　光風社出版(光風社文庫)2001年11月

鳥越 主馬助　とりごえ・しゅめのすけ
伊勢牢人、陰流の武芸者で鎖鎌の使い手「一つの太刀」津本陽　剣聖-乱世に生きた五人の兵法者　新潮社(新潮文庫)　2006年10月

鳥浜の岩吉　とりはまのいわきち
盗賊一味の頭「鬼平犯科帳 女密偵女賊」池波正太郎　花ごよみ夢一夜-新選代表作時代小説24　光風社出版(光風社文庫)　2001年11月

ドルゴン
満州王朝創始者ヌルハチ(太祖)の14男で順治帝の母の再婚相手「董妃」陳舜臣　代表作時代小説 平成十七年度　光文社　2005年6月

泥亀　どろかめ
本郷新花町の岡っ引・文吉の下っ引の亀吉「首吊地蔵」赤木春之　石川五右衛門の生立-捕物時代小説選集3　春陽堂書店(春陽文庫)　2000年4月

とわ
甲斐武田軍の軍役に出た百姓さんぞうの女房「後家倒し」武田八洲満　武士道春秋-新鷹会・傑作時代小説選　光文社(光文社文庫)　2006年6月

呑海　どんかい
陰陽師、浅草今戸の袋物問屋「加納屋」に何度も来た男「幽霊陰陽師」矢桐重八　幽霊陰陽師-捕物時代小説選集5　春陽堂書店(春陽文庫)　2000年6月

呑太　どんた
岡っ引、南町奉行所同心野中平三郎の手先で疫病神と呼ばれる嫌われ者の大男「降って来た赤ン坊」笹沢左保　闇の旋風-問題小説傑作選5 捕物帖篇　徳間書店(徳間文庫)　2000年1月

尊室説　とんたっとちゅえつ
フランス軍に占領された安南王国の摂政「密林の中のハンギ」南條範夫　地獄の無明剣-時代小説傑作選　講談社(講談社文庫)　2004年9月

豚鈍　とんどん
紺屋町に住む戯作者崩れ「泥棒番付」泡坂妻夫　剣よ月下に舞え-新選代表作時代小説23　光風社出版(光風社文庫)　2001年5月

【な】

ない
旅をする刀鍛冶・鬼麿の後をついて来るはぐれ山窩の子供「三番勝負片車」隆慶一郎　剣の道忍の掟-信州歴史時代小説傑作集第三巻　しなのき書房　2007年6月

ないと

内藤 伊織　ないとう・いおり
松井町の娼家「しげ村」のお新の客、暮らしに困窮する三代つづきの小普請組の若侍 「ほくろ供養」 井口朝生　江戸夢あかり-市井・人情小説傑作選　学習研究社(学研M文庫) 2003年7月

内藤 数馬　ないとう・かずま
神田の市助長屋に住む浪人、駕籠かきの助や権たちに辻斬り退治をたのまれた若者 「逢魔の辻」 藤原審爾　逢魔への誘い-問題小説傑作選6 時代情恋篇　徳間書店(徳間文庫) 2000年3月

内藤豊後守 信満　ないとうぶんごのかみ・のぶみつ
寺社奉行 「番町牢屋敷」 南原幹雄　斬刃-時代小説傑作選　コスミック出版(コスミック時代文庫) 2005年5月

内府殿(徳川 家康)　ないふどの(とくがわ・いえやす)
戦国武将、関ヶ原の戦で石田三成の軍勢に勝利した男 「義」 綱淵謙錠　人物日本の歴史 戦国編-時代小説版　小学館(小学館文庫) 2004年3月

直　なお
大の犬好きだった岡安家の家族、当主甚之丞の母で寡婦 「岡安家の犬」 藤沢周平　時代小説 読切御免第四巻　新潮社(新潮文庫) 2005年12月

直江 兼続　なおえ・かねつぐ
戦国武将、会津領主上杉景勝の筆頭家老 「夕陽の割符-直江兼続」 光瀬龍　戦国軍師列伝-時代小説傑作選六　新人物往来社 2008年3月

直江 兼続　なおえ・かねつぐ
戦国武将、上杉家の筆頭家老 「吹毛の剣」 新宮正春　東北戦国志-傑作時代小説　PHP研究所(PHP文庫) 2009年9月

直江山城守 兼続　なおえやましろのかみ・かねつぐ
戦国武将、越後上杉家の執政 「羊羹合戦」 火坂雅志　疾風怒涛!上杉戦記-傑作時代小説　PHP研究所(PHP文庫) 2008年3月;異色歴史短篇傑作大全　講談社 2003年11月

直江山城守 兼続　なおえやましろのかみ・かねつぐ
戦国武将、上杉家家老の大智謀 「くノ一紅騎兵」 山田風太郎　軍師の死にざま-短篇小説集　作品社 2006年10月

直江山城守 兼続　なおえやましろのかみ・かねつぐ
戦国武将、上杉景勝の謀将で前田慶次利大を米沢に迎えた人物 「丹前屏風」 大佛次郎　疾風怒涛!上杉戦記-傑作時代小説　PHP研究所(PHP文庫) 2008年3月

直江山城守 兼続　なおえやましろのかみ・かねつぐ
戦国武将、太閤の命によって越後から百二十万石に大加増されて会津に入部した上杉景勝の執政で米沢城主 「直江兼続参上」 南原幹雄　軍師の生きざま-時代小説傑作選　コスミック出版(コスミック文庫) 2008年11月;関ヶ原・運命を分けた決断-傑作時代小説　PHP研究所(PHP文庫) 2007年6月

直江山城守 兼続　なおえやましろのかみ・かねつぐ
戦国武将、豊臣秀吉により越後から会津へ移封された上杉景勝の右腕として領民を治めた謀将「美鷹の爪」童門冬二　軍師の生きざま-時代小説傑作選　コスミック出版(コスミック文庫)　2008年11月;疾風怒涛!上杉戦記-傑作時代小説　PHP研究所(PHP文庫)　2008年3月

直江山城守 兼続　なおえやましろのかみ・なおつぐ
戦国武将、上杉家の家老「直江山城」尾崎士郎　軍師直江兼続　河出書房新社(河出文庫)　2008年11月

直江山城守 兼続　なおえやましろのかみ・なおつぐ
戦国武将、上杉家の家老「直江山城守」尾崎士郎　軍師の生きざま-短篇小説集　作品社　2008年11月

直江山城守 兼続　なおえやましろのかみ・なおつぐ
戦国武将、上杉家の家老「直江山城守兼続」永岡慶之助　軍師直江兼続　河出書房新社(河出文庫)　2008年11月

直吉　なおきち
料理屋の女将・お栄の亭主で料理人「浅間追分け」川口松太郎　人情草紙-信州歴史時代小説傑作集第四巻　しなのき書房　2007年7月

直子　なおこ
大泥棒日本左衛門の娘「蛇穴谷の美女」水上準也　怪奇・伝奇時代小説選集5 北斎と幽霊　春陽堂書店(春陽文庫)　2000年2月

直侍　なおざむらい
御家人崩れの若侍、吉原の今売出し中の花魁三千歳の間夫「青楼悶え花-べらんめェ宗俊」天宮響一郎　大江戸有情-書き下ろし時代小説傑作選4　大洋図書(大洋時代文庫)　2005年6月

直侍　なおざむらい
御数寄屋坊主河内山宗俊の身内になっている御家人崩れ「闇風呂金-べらんめェ宗俊」天宮響一郎　江戸の刺客-書き下ろし時代小説傑作選6　大洋図書(大洋時代文庫)　2005年9月

直次　なおじ
一膳飯屋「姉妹屋」の妹娘お初の次兄、植木職「迷い鳩(霊験お初捕物控)」宮部みゆき　傑作捕物ワールド第4巻 女の情念篇　リブリオ出版　2002年10月

直次　なおじ
岡っ引の市蔵の手先、女郎買いの好きな男「夜の道行(市蔵、情けの手織り帖)」千野隆司　傑作捕物ワールド第10巻 人情捕縄篇　リブリオ出版　2002年10月

直次郎　なおじろう
掏摸、神業の持ち主で髪結いの伊三次に情報をくれる若い男「因果堀」宇江佐真理　江戸の秘恋-時代小説傑作選　徳間書店(徳間文庫)　2004年10月

なおす

直助　なおすけ
軍平相手の遊女屋の妓たちの逃亡を防ぐ監視役の小者　「妖異女宝島」　葉田光　怪奇・伝奇時代小説選集11 妖艶の谷　春陽堂書店(春陽文庫)　2000年8月

直助　なおすけ
日本橋の呉服屋「伊勢屋」の息子、紫屋「つばめ屋」の長男正太郎の兄貴格の友人　「あさきゆめみし」　宇江佐真理　浮き世草紙-女流時代小説傑作選　角川春樹事務所(ハルキ文庫)　2002年10月

直助(権兵衛)　なおすけ(ごんべえ)
深川万年町に住む医者中島立石を殺した下男、権兵衛の名で麹町の米屋三左衛門方の米搗きに雇われた男　「直助権兵衛」　松原晃　艶美白孔雀-捕物時代小説選集7　春陽堂書店(春陽文庫)　2000年11月

直助権兵衛　なおすけごんべえ
市谷田町の仕舞屋の主で全身刺青の悪党　「四谷怪談・お岩」　柴田錬三郎　怪奇・伝奇時代小説選集13 四谷怪談　春陽堂書店(春陽文庫)　2000年10月

直助権兵衛　なおすけごんべえ
上州無宿の二つ名の小悪党　「奇説四谷怪談」　杉江唐一　怪奇・伝奇時代小説選集13 四谷怪談　春陽堂書店(春陽文庫)　2000年10月

直綱　なおつな
京で室町将軍家の「御兵法所」とされてきた吉岡家の四代目当主　「京の剣客」　司馬遼太郎　「宮本武蔵」短編傑作選　角川書店(角川文庫)　2003年1月；七人の武蔵　角川書店(角川文庫)　2002年10月

直基　なおもと
越前宰相忠直の弟　「忠直卿行状記」　海音寺潮五郎　江戸三百年を読む 上-傑作時代小説 江戸騒乱編　角川学芸出版(角川文庫)　2009年9月

永井　敬五郎　ながい・けいごろう
北町奉行所目付役　「町奉行再び」　土師清二　石川五右衛門の生立-捕物時代小説選集3　春陽堂書店(春陽文庫)　2000年4月

永井　権左衛門(権左)　ながい・ごんざえもん(ごんざ)
元甲府勤番の幕府御家人、御一新の後生活に困窮し甲州道中での追剥をしようとした男　「かっぱぎ権左」　浅田次郎　ふりむけば闇-時代小説招待席　広済堂出版　2003年6月

長井　四郎左衛門　ながい・しろうざえもん*
戦国武将、毛利方に寝返った別所長治の将で羽柴秀吉に攻囲された播州野口城の城主　「五人の武士」　武田八洲満　花と剣と侍-新鷹会・傑作時代小説選　光文社(光文社文庫)　2009年6月

中井　清太夫　なかい・せいだゆう
甲府飯田陣屋の代官、魔縁塚として恐れられていた信玄塚を掘り起こした男　「魔縁塚怪異記」　今川徳三　怪奇・伝奇時代小説選集15　春陽堂書店(春陽文庫)　2000年12月

長井 利隆　ながい・としたか
美濃国主土岐氏の家老職　「斎藤道三残虐譚」　柴田錬三郎　人物日本の歴史 戦国編-時代小説版　小学館（小学館文庫）2004年3月

長井 長弘　ながい・ながひろ
美濃国主土岐家の補佐役である斎藤家の家老長井本家の実力者　「二頭立浪の旗風-斎藤道三」　典厩五郎　戦国武将国盗り物語-時代小説傑作選七　新人物往来社　2008年3月

那珂 采女　なか・うねめ
秋田佐竹藩の江戸邸の用人を勤めている武士　「妲妃のお百」　瀬戸内寂聴　歴史小説の世紀-地の巻　新潮社（新潮文庫）2000年9月

長尾越前守 政景　ながおえちぜんのかみ・まさかげ
戦国武将、上杉謙信の従兄で上州境の要地上田の城主　「芙蓉湖物語」　海音寺潮五郎　疾風怒涛!上杉戦記-傑作時代小説　PHP研究所（PHP文庫）2008年3月

長尾 景虎　ながお・かげとら
戦国武将、越後守護代長尾為景の子で越後国の領主となった男　「上杉謙信」　檀一雄　武将列伝-信州歴史時代小説傑作集第一巻　しなのき書房　2007年4月;決戦 川中島-傑作時代小説　PHP研究所（PHP文庫）2007年3月

長尾 景虎（上杉 謙信）　ながお・かげとら（うえすぎ・けんしん）
戦国武将、中越後の栃尾城主　「一生不犯異聞」　小松重男　時代小説-読切御免第一巻　新潮社（新潮文庫）2004年3月

長岡肥後守 宗信　ながおかひごのかみ・むねのぶ
豊前・豊後の領主細川忠興の家臣　「生きすぎたりや」　安部龍太郎　地獄の無明剣-時代小説傑作選　講談社（講談社文庫）2004年9月

長尾 つる女　ながお・つるじょ
紀州藩水芸指南役川上勝左衛門の娘、藩祖よりの名家・長尾勘兵衛の九代目の後妻になった猛女　「猛女記」　神坂次郎　鍔鳴り疾風剣-新選代表作時代小説22　光風社出版（光風社文庫）2000年11月

長尾 貞之助　ながお・ていのすけ*
紀州藩の名家・長尾家の九代目勘兵衛の放蕩息子、のち隼人の名で藩中屈指の槍士となった男　「猛女記」　神坂次郎　鍔鳴り疾風剣-新選代表作時代小説22　光風社出版（光風社文庫）2000年11月

長尾 晴景　ながお・はるかげ
戦国武将、上杉謙信の兄で春日山城城主　「上杉謙信」　檀一雄　武将列伝-信州歴史時代小説傑作集第一巻　しなのき書房　2007年4月;決戦 川中島-傑作時代小説　PHP研究所（PHP文庫）2007年3月

長尾 政景　ながお・まさかげ
戦国武将、上田坂戸の城主　「上杉謙信」　檀一雄　武将列伝-信州歴史時代小説傑作集第一巻　しなのき書房　2007年4月;決戦 川中島-傑作時代小説　PHP研究所（PHP文庫）2007年3月

中川 右京太夫　なかがわ・うきょうだゆう
二条家の用人で京の人士に詳しい男 「乾山晩愁」 葉室麟 代表作時代小説 平成十八年度 光文社 2006年6月

中川 勘左衛門　なかがわ・かんざえもん
亡き織田信長の三男三七信孝と敵味方に分かれた異母兄三介信雄の使者 「織田三七の最期」 高橋直樹 愛染夢灯籠-時代小説傑作選 講談社(講談社文庫) 2005年9月

中川 佐平太　なかがわ・さへいた
据物斬りの名人の浪人 「巷説人肌呪縛」 玉木重信 釘抜藤吉捕物覚書-捕物時代小説選集4 春陽堂書店(春陽文庫) 2000年5月

中川 新兵衛　なかがわ・しんべえ
旅姿の武士、忍び者 「真説 佐々木小次郎」 五味康祐 剣聖-乱世に生きた五人の兵法者 新潮社(新潮文庫) 2006年10月

中川 文吉　なかがわ・ぶんきち
監獄の中にいた女賊ヒモと恋をした若い大工 「女賊お紐の冒険」 神坂次郎 女人-時代小説アンソロジー2 小学館(小学館文庫) 2007年2月

永倉 新八　ながくら・しんぱち
元新選組二番隊長 「橋の上」 立原正秋 新選組烈士伝 角川書店(角川文庫) 2003年10月

永倉 新八　ながくら・しんぱち
札幌樺戸集治監の剣術師範、元新選組二番隊長 「北の狼」 津本陽 新選組アンソロジー下巻-その虚と実に迫る 舞字社 2004年2月

永倉 新八　ながくら・しんぱち
新選組隊士、甲陽鎮撫隊の隊員 「近藤勇の最期」 長部日出雄 誠の旗がゆく-新選組傑作選 集英社(集英社文庫) 2003年12月

永倉 新八　ながくら・しんぱち
新選組副長助勤 「敗れし人々」 子母沢寛 剣狼-幕末を駆けた七人の兵法者 新潮社(新潮文庫) 2007年6月

永倉 新八　ながくら・しんぱち
新選組副長助勤、神道無念流の剣客 「新選組生残りの剣客-永倉新八」 池波正太郎 幕末の剣鬼たち-時代小説傑作選 コスミック出版(コスミック文庫) 2009年12月

永倉 新八　ながくら・しんぱち
本の行商をする長屋の老人、元新選組隊士永倉新八 「剣菓」 森村誠一 江戸の老人力-時代小説傑作選 集英社(集英社文庫) 2002年12月

長坂 寅次郎　ながさか・とらじろう
磐城平藩の家老の甥で江戸勤番が交替することになって帰国した傍若無人な男 「兵助夫婦」 山手樹一郎 大江戸の歳月-新鷹会・傑作時代小説選 光文社(光文社文庫) 2003年6月

長崎野郎　ながさきやろう
コミュニスト「九原の涙」東郷隆　異色中国短篇傑作大全　講談社(講談社文庫)　2001年3月

長沢 英三郎　ながさわ・えいざぶろう
藩のお家騒動の連判状を飯田の殿様に届ける役目を負ったお京の兄、藩中第一の使い手「伝奇狒々族呪縛」水沢雪夫　怪奇・伝奇時代小説選集11 妖艶の谷　春陽堂書店(春陽文庫)　2000年8月

中島 歌子　なかじま・うたこ
華族や金持ちの妻女が弟子の歌塾「萩の舎」を主宰する女性、元志士の妻「命毛」出久根達郎　代表作時代小説 平成十八年度　光文社　2006年6月

中島 衛平　なかじま・こうへい
陽明学者、九州福岡藩の支藩である秋月藩の藩学稽古館の助教「仇-明治十三年の仇討ち」綱淵謙錠　士道無惨!仇討ち始末-時代小説傑作選四　新人物往来社　2008年3月

中島 五郎作　なかじま・ごろさく
京橋三十間堀に店を出す呉服商「桂籠」火坂雅志　仇討ち-時代小説アンソロジー1　小学館(小学館文庫)　2006年12月；異色忠臣蔵大傑作集　講談社(講談社文庫)　2002年12月

中島 登　なかじま・のぼる
元新選組の江戸担当探索方「近江屋に来た男-坂本龍馬暗殺」中村彰彦　必殺!幕末暗殺剣-時代小説傑作選三　新人物往来社　2008年3月

中島 登　なかじま・のぼる
新選組隊士、尊攘浪士探索の密偵役をつとめた男「密偵」津本陽　誠の旗がゆく-新選組傑作選　集英社(集英社文庫)　2003年12月

長瀬 光太郎　ながせ・こうたろう*
無宿人、八王子千人同心の家柄で村を出奔した男「梅香る日」北方謙三　代表作時代小説 平成十九年度　光文社　2007年6月

中田 玄竹　なかだ・げんちく
大坂内ये堂寺町に住む町医、西町奉行荒尾但馬守に好まれた潔白高尚な人柄の男「死刑」上司小剣　石川五右衛門の生立-捕物時代小説選集3　春陽堂書店(春陽文庫)　2000年4月

中田 庄兵衛　なかだ・しょうべえ
御家人、大奥年寄・絵島の増上寺代参の取り巻きとなった本所悪御家人の領袖株の男「大奥情炎事件」森村誠一　乱世の女たち-信州歴史時代小説傑作集第五巻　しなのき書房　2007年9月

長田 新之丞　ながた・しんのじょう
江戸詰めの会津藩武士、越中島調練場で砲発訓練を受けている若者「洲崎の女」早乙女貢　代表作時代小説 平成十六年度　光風社出版　2004年4月

なかつ

中務　なかつかさ
豊後の徳川親藩の小大名　「暑い一日」　村上元三　武士道春秋-新鷹会・傑作時代小説選　光文社(光文社文庫)　2006年6月

中津川 祐範　なかつがわ・ゆうはん
卑しい浪人者だが腕前は相当な武芸者　「決闘高田の馬場」　池波正太郎　武士道春秋-新鷹会・傑作時代小説選　光文社(光文社文庫)　2006年6月

長綱 縫殿助　ながつな・ぬいのすけ
京都所司代捕方寄騎　「御詫に候」　鈴木輝一郎　時代小説 読切御免第四巻　新潮社(新潮文庫)　2005年12月

永戸 数馬　ながと・かずま
浪人、蝙蝠組の者　「丹前屏風」　大佛次郎　疾風怒涛!上杉戦記-傑作時代小説　PHP研究所(PHP文庫)　2008年3月

中臣 鎌子(藤原 鎌足)　なかとみの・かまこ(ふじわらの・かまたり)
小氏族の中臣氏の者で神祇の官、大化の新政後鎌足に改名し藤原の姓を賜った男　「時の日」　新田次郎　変事異聞-時代小説アンソロジー5　小学館(小学館文庫)　2007年7月

中臣 鎌足　なかとみの・かまたり
天智帝の内臣　「薬玉」　杉本苑子　剣の意地 恋の夢-時代小説傑作選　講談社(講談社文庫)　2000年9月

中根 才次郎　なかね・さいじろう
出羽国山形の城下から亡き兄政之助の未亡人と奉公人と共に中根家当主だった兄の敵討ちの旅に出た武士　「逆転」　池波正太郎　武士道歳時記-新鷹会・傑作時代小説選　光文社(光文社文庫)　2008年6月

中根 与七郎　なかね・よしちろう
首斬同心、頭役の山田朝右衛門の弟子　「小塚っ原綺聞」　畑耕一　怪奇・伝奇時代小説選集8 百物語　春陽堂書店(春陽文庫)　2000年5月

中大兄皇子　なかのおおえのおうじ
皇太子、のちの天智天皇　「時の日」　新田次郎　変事異聞-時代小説アンソロジー5　小学館(小学館文庫)　2007年7月

中大兄王子(天智天皇)　なかのおおえのおうじ(てんじてんのう)
皇太子大海人王子の兄、のち天智天皇　「額田女王」　平林たい子　歴史小説の世紀-天の巻　新潮社(新潮文庫)　2000年9月

中野 孝子　なかの・こうこ
会津藩士中野平内の妻　「涙橋まで」　中村彰彦　鎮守の森に鬼が棲む-時代小説傑作選　講談社(講談社文庫)　2001年9月

中野 権平　なかの・ごんべい
佐賀藩士、「葉隠」に記された武士の行動の解釈で対立し果し合いをすることになった若侍　「権平けんかのこと」　滝口康彦　武士の本懐-武士道小説傑作選　KKベストセラーズ(ベスト時代文庫)　2004年6月

長野 主膳　ながの・しゅぜん
安政の大獄の最中井伊直弼の重臣となった国学者　「雪の音」　大路和子　愛染夢灯籠-時代小説傑作選　講談社(講談社文庫)　2005年9月

長野 主馬　ながの・しゅめ
彦根藩士、大老井伊直弼の懐刀の国学者　「釜中の魚」　諸田玲子　江戸三百年を読む下-傑作時代小説 幕末風雲編　角川学芸出版(角川文庫)　2009年9月;異色歴史短篇傑作大全　講談社　2003年11月

中野 碩翁　なかの・せきおう
将軍の寵臣、御数寄屋坊主の悪党河内山宗俊の後ろ盾　「花しぐれ-べらんめぇ宗俊」　天宮響一郎　紅蓮の剣-書下ろし時代小説傑作選5　ミリオン出版(大洋時代文庫)　2005年9月

中野 竹子　なかの・たけこ
会津藩士中野平内の娘、戊辰戦争に参加した女性　「涙橋まで」　中村彰彦　鎮守の森に鬼が棲む-時代小説傑作選　講談社(講談社文庫)　2001年9月

長野 業政　ながの・なりまさ
上州箕輪城主　「上泉伊勢守」　池波正太郎　剣聖-乱世に生きた五人の兵法者　新潮社(新潮文庫)　2006年10月

中野播磨守 清茂(碩翁)　なかのはりまのかみ・きよしげ*(せきおう)
江戸へ初めて出府した二人の田舎侍が庭に入り込んで歓待を受けた家の主人、将軍家斉の寵臣　「春日」　中山義秀　江戸の鈍感力-時代小説傑作選　集英社(集英社文庫)　2007年12月

長野 氷山　ながの・ひょうざん
儒者、長野豊山の孫　「嘲斎坊とは誰ぞ」　小田武雄　江戸の爆笑力-時代小説傑作選　集英社(集英社文庫)　2004年12月

中野 平内　なかの・へいない
会津藩士、中野竹子の父　「涙橋まで」　中村彰彦　鎮守の森に鬼が棲む-時代小説傑作選　講談社(講談社文庫)　2001年9月

中野 優子　なかの・ゆうこ
会津藩士中野平内の娘、竹子の妹　「涙橋まで」　中村彰彦　鎮守の森に鬼が棲む-時代小説傑作選　講談社(講談社文庫)　2001年9月

中野 利右衛門　なかの・りえもん
丹後宮津藩の仕置家老　「霧の中」　山手樹一郎　花と剣と侍-新鷹会・傑作時代小説選　光文社(光文社文庫)　2009年6月

中畑 馬之允　なかはた・うまのすけ
富士講を率いる先達の八兵衛(元は前田藩の侍)を仇と狙う一味の者で同じ藩の侍だった男　「六合目の仇討」　新田次郎　江戸の漫遊力-時代小説傑作選　集英社(集英社文庫)　2008年12月

なかは

中原 兼遠　なかはら・かねとう
木曾の庄司、源家の御曹司駒王(義仲)を預かった武者 「悲劇の風雲児」 杉本苑子　源義経の時代−短篇小説集　作品社　2004年10月

中原 尚雄　なかはら・なおお
警視庁で小警部の地位にある鹿児島出身の男 「西郷暗殺の密使」 神坂次郎　人物日本の歴史 幕末維新編−時代小説版　小学館(小学館文庫)　2004年9月

中原 武太夫　なかはら・ぶだゆう
上州の或る大名の城内で夜詰めをしていた若侍たちと百物語を催した男 「百物語」 岡本綺堂　怪奇・伝奇時代小説選集8 百物語　春陽堂書店(春陽文庫)　2000年5月

長松 次郎右衛門　ながまつ・じろうえもん
幕府の巡見使を迎える羽州新庄藩の案内役の元締を務めることになった家老 「御案内」 高橋義夫　代表作時代小説 平成十二年度　光風社出版　2000年5月

中丸 治兵衛　なかまる・じへえ
幕末にフランス水兵を殺傷した堺事件に関与した土佐藩足軽兵の介錯を務めた藩士 「大切腹」 団鬼六　代表作時代小説 平成十二年度　光風社出版　2000年5月

永見右衛門尉 貞愛　ながみうえもんのじょう・さだちか
三河国知立明神の第三十一代神職、徳川家康の二男結城秀康の双子の弟 「永見右衛門尉貞愛」 武田八洲満　武士道歳時記−新鷹会・傑作時代小説選　光文社(光文社文庫)　2008年6月

中御門氏(寿桂尼)　なかみかどし(じゅけいに)
駿府国主今川氏親夫人 「鴛鴦ならび行く」 安西篤子　軍師の生きざま−時代小説傑作選　コスミック出版(コスミック文庫)　2008年11月;戦国軍師列伝−時代小説傑作選六　新人物往来社　2008年3月

永見 吉英　ながみ・よしひで*
三河国知立明神の第三十代神職、貞愛の祖父 「永見右衛門尉貞愛」 武田八洲満　武士道歳時記−新鷹会・傑作時代小説選　光文社(光文社文庫)　2008年6月

中村 伊勢　なかむら・いせ
旧浅野家表祐筆中村清右衛門の息女、間瀬久太夫の次男定八の許婚 「無明の宿」 澤田ふじ子　女人−時代小説アンソロジー2　小学館(小学館文庫)　2007年2月

中村 円太　なかむら・えんた
福岡藩内の勤王派の志士で獄を破って逃亡中の浪士 「青梅」 古川薫　江戸三百年を読む 下−傑作時代小説 幕末風雲編　角川学芸出版(角川文庫)　2009年9月

中村 鶴女　なかむら・かくにょ
囚人に仏法を説き聴かせる偽尼僧に化けて大阪若松町の監獄本署を訪れた女役者 「脱獄囚を追え」 有明夏夫　星明かり夢街道−新選代表作時代小説21　光風社出版　2000年5月

中村 勘三郎　なかむら・かんざぶろう
中村座の座元十一代目 「影かくし」 皆川博子　鎮守の森に鬼が棲む−時代小説傑作選　講談社(講談社文庫)　2001年9月

中村 勘平　なかむら・かんぺい
福岡藩総目付十時半睡に仕える武芸者 「おんな舟」 白石一郎　紅葉谷から剣鬼が来る-時代小説傑作選　講談社(講談社文庫)　2002年9月

中村 勘平　なかむら・かんぺい
福岡藩総目付十時半睡の若党 「叩きのめせ」 白石一郎　地獄の無明剣-時代小説傑作選　講談社(講談社文庫)　2004年9月

中村 喜久寿　なかむら・きくじゅ
女形の役者 「こんち午の日」 山本周五郎　江戸の商人力-時代小説傑作選　集英社(集英社文庫)　2006年12月

中村 鹿之助　なかむら・しかのすけ
旅廻りの歌舞伎役者、中村十蔵とともに怪談「播州皿屋敷」で評判を取っている女形 「八方峠の怪」 霜川遠志　怪奇・伝奇時代小説選集15　春陽堂書店(春陽文庫)　2000年12月

中村 十蔵　なかむら・じゅうぞう
旅廻りの歌舞伎役者、女形の中村鹿之助とともに怪談「播州皿屋敷」で評判を取っている男 「八方峠の怪」 霜川遠志　怪奇・伝奇時代小説選集15　春陽堂書店(春陽文庫)　2000年12月

中村 清右衛門　なかむら・せいえもん
旧浅野家の表祐筆、伊勢の父親 「無明の宿」 澤田ふじ子　女人-時代小説アンソロジー2　小学館(小学館文庫)　2007年2月

中村 鶴蔵　なかむら・つるぞう
歌舞伎役者、江戸での下積みを経て名古屋の小屋に出ている男 「八方峠の怪」 霜川遠志　怪奇・伝奇時代小説選集15　春陽堂書店(春陽文庫)　2000年12月

中村 仲蔵　なかむら・なかぞう
翁の面の鬚に浅草山の宿の紙屋の主人又四郎の長い鬚をほしがっている名優 「濡事式三番」 潮山長三　怪奇・伝奇時代小説選集7 幽明鏡草紙　春陽堂書店(春陽文庫)　2000年4月

中村 伯信　なかむら・はくしん*
札幌樺戸集治監看守長、広島県士族 「北の狼」 津本陽　新選組アンソロジー下巻-その虚と実に迫る　舞字社　2004年2月

中村 半次郎　なかむら・はんじろう
陸軍少将 「薄野心中-新選組最後の人」 船山馨　新選組アンソロジー下巻-その虚と実に迫る　舞字社　2004年2月;新選組烈士伝　角川書店(角川文庫)　2003年10月

中村 半次郎　なかむら・はんじろう
陸軍少将、元薩摩藩士 「開化散髪どころ」 池波正太郎　変事異聞-時代小説アンソロジー5　小学館(小学館文庫)　2007年7月

なかむ

中村 半次郎(桐野 利秋)　なかむら・はんじろう(きりの・としあき)
薩摩藩の志士、示現流の剣客で「人斬り半次郎」と恐れられた男でのちの陸軍少将・桐野利秋「示現流 中村半次郎「純情薩摩隼人」」柴田錬三郎　幕末の剣鬼たち-時代小説傑作選　コスミック出版(コスミック文庫)　2009年12月;剣狼-幕末を駆けた七人の兵法者　新潮社(新潮文庫)　2007年6月

中村 半次郎(桐野 利秋)　なかむら・はんじろう(きりの・としあき)
薩摩藩士で薬丸自顕流を得意とした剣士、維新後は陸軍少将に任ぜられた男「殺人刀」津本陽　代表作時代小説　平成十九年度　光文社　2007年6月

中村 半次郎　なかむら・はんじろうな
幕末の薩摩藩外交方、「人斬り」と呼ばれた男「墨染」東郷隆　時代小説 読切御免第三巻　新潮社(新潮文庫)　2005年12月;誠の旗がゆく-新選組傑作選　集英社(集英社文庫)　2003年12月

仲谷 九蔵　なかや・きゅうぞう*
将軍家より忠長卿脳気に対する見舞医として駿府に差向けられた医師山本道庵づきの用人「閨房禁令」南條範夫　約束-極め付き時代小説選1　中央公論新社(中公文庫)　2004年9月

仲 保次　なか・やすつぐ
江戸一番の面師、喜三郎の師匠「鬼面変化」小山竜太郎　怪奇・伝奇時代小説選集8 百物語　春陽堂書店(春陽文庫)　2000年5月

中山 家吉　なかやま・いえよし
奥飛騨の山小屋で師にあたる上坂半左衛門安久のもとで研鑽にはげんだ剣士「山小屋剣法」伊藤桂一　花ごよみ夢一夜-新選代表作時代小説24　光風社出版(光風社文庫)　2001年11月

中山 勘解由　なかやま・かげゆ
火付盗賊改役「ぎやまん蝋燭」杉本苑子　江戸三百年を読む 上-傑作時代小説 江戸騒乱編　角川学芸出版(角川文庫)　2009年9月

中山 勘解由　なかやま・かげゆ
盗賊並火方御改役「巷説人肌呪縛」玉木重信　釘抜藤吉捕物覚書-捕物時代小説選集4　春陽堂書店(春陽文庫)　2000年5月

中山 仙十郎　なかやま・せんじゅうろう
旅の一座の役者、お峯の夫「新四谷怪談」瀬戸英一　怪奇・伝奇時代小説選集13 四谷怪談　春陽堂書店(春陽文庫)　2000年10月

中山 忠光　なかやま・ただみつ
公家、中山忠能の第七子「夜叉鴉」船戸与一　時代小説-読切御免第一巻　新潮社(新潮文庫)　2004年3月

中山 団五右衛門　なかやま・だんごえもん*
武家の娘林美里が藤崎信三郎を伴って追う仇討ちの相手「秋萌えのラプソディー」藤水名子　ふりむけば闇-時代小説招待席　広済堂出版　2003年6月

404

中山 貞之助　なかやま・ていのすけ＊
柳橋の小料理屋「鶴善」の主人の妹・美代が惚れた男、近くの裏長屋に住む浪人「ぺっぽつしましょう」小松重男　逢魔への誘い-問題小説傑作選6 時代情恋篇　徳間書店(徳間文庫)　2000年3月

中山 弥一郎　なかやま・やいちろう
近江膳所藩の武士で亡父の仇討の旅に疲れた兄妹の兄「鳴弦の娘」澤田ふじ子　武芸十八般-武道小説傑作選　KKベストセラーズ(ベスト時代文庫)　2005年10月

中山 安兵衛　なかやま・やすべえ
赤穂浪士、新発田藩士中山弥次右衛門の嫡子「堀部安兵衛」百瀬明治　人物日本剣豪伝三　学陽書房(人物文庫)　2001年5月

中山 安兵衛(堀部 安兵衛)　なかやま・やすべえ(ほりべ・やすべえ)
越後新発田の浪人、のち浅野家の江戸御留守居役堀部弥兵衛の婿養子となった男「決闘高田の馬場」池波正太郎　武士道春秋-新鷹会・傑作時代小説選　光文社(光文社文庫)　2006年6月

半井 玄節　なからい・げんせつ
医者、法眼の位を持つ人物「沖田総司の恋-「新選組血風録」より」司馬遼太郎　恋模様-極め付き時代小説選2　中央公論新社(中公文庫)　2004年10月

半井 千鶴　なからい・ちず
芙蓉堂医館の女医、公儀奥医師半井元養法印の娘「花はさくら木」杉本苑子　撫子が斬る-女性作家捕物帳アンソロジー　光文社(光文社文庫)　2005年9月

長柄の安盛(安盛)　ながらのやすもり(やすもり)
遣唐使として支那へ往き行方が判らなくなった軽の大臣の随身「灯台鬼物語」田中貢太郎　怪奇・伝奇時代小説選集15　春陽堂書店(春陽文庫)　2000年12月

ナガレ目　ながれめ
子供の時から目がただれてヤニがたまって流れているように見える山男「愚妖」坂口安吾　偉人八傑推理帖-名探偵時代小説　双葉社(双葉文庫)　2004年7月

泣き兵衛　なきべえ
赤樫の木刀一本腰に落した遊び人「往生組始末記」飯田豊吉　怪奇・伝奇時代小説選集8 百物語　春陽堂書店(春陽文庫)　2000年5月

奈倉 左兵衛　なくら・さへえ
弓の名手の浪人父娘の父、美濃大垣藩の京屋敷詰めの武士だったが永御暇を出された男「鳴弦の娘」澤田ふじ子　武芸十八般-武道小説傑作選　KKベストセラーズ(ベスト時代文庫)　2005年10月

名倉 弥一　なぐら・やいち
千住の骨接ぎ医者で侠客、剣客榊原健吉の生活再建のため撃剣興行をひらいた男「明治兜割り」津本陽　武士の本懐〈弐〉-武士道小説傑作選　KKベストセラーズ(ベスト時代文庫)　2005年5月;人物日本の歴史 幕末維新編-時代小説版　小学館(小学館文庫)　2004年9月

なしも

梨本 桔平　なしもと・きっぺい
藩の金を横領した勘定方の地次源兵衛の討手に選ばれた下級武士　「這いずり-幽剣抄」
菊地秀行　代表作時代小説 平成十四年度　光風社出版　2002年5月

灘兵衛　なだべえ
熊野灘に接する島の漁師　「餌」　神坂次郎　武士道春秋-新鷹会・傑作時代小説選　光文社(光文社文庫)　2006年6月

なつ
備前岡山藩池田家の藩士青地三左衛門の娘　「備前名弓伝」　山本周五郎　武士の本懐-武士道小説傑作選　KKベストセラーズ(ベスト時代文庫)　2004年6月

奈津　なつ
海の見える丘の家で女塾をひらきひとりで暮らす女　「磯波」　乙川優三郎　花ふぶき-時代小説傑作選　角川春樹事務所(ハルキ文庫)　2004年7月

奈津　なつ
黒石藩の普請方三杉敬助の妻　「清貧の福」　池宮彰一郎　歴史小説の世紀-地の巻　新潮社(新潮文庫)　2000年9月

奈津　なつ
木曾谷の部落の娘　「鳩侍始末」　城山三郎　侍の肖像-信州歴史時代小説傑作集第二巻　しなのき書房　2007年5月

那津　なつ
高島藩諏訪伊勢守家の江戸屋敷年寄役斉木兵庫の妻　「湖畔の人々」　山本周五郎　鎮守の森に鬼が棲む-時代小説傑作選　講談社(講談社文庫)　2001年9月

長束 正家　なつか・まさいえ
戦国武将、甲賀郡を領地に持つ水口城主　「関ヶ原忍び風」　徳永真一郎　神出鬼没!戦国忍者伝-傑作時代小説　PHP研究所(PHP文庫)　2009年3月

長束 正家　なつか・まさいえ
戦国武将、豊臣秀吉政権の五奉行のひとりに任命された近江出身の大名　「ソロバン大名の大誤算」　童門冬二　代表作時代小説 平成十三年度　光風社出版　2001年5月

夏目 五郎左衛門　なつめ・ごろうざえもん
武田家の人質となったおふうの実父、三方衆の作手亀山城主奥平美作守貞能の側衆　「おふうの賭」　山岡荘八　戦国女人十一話　作品社　2005年11月

夏目 雪之丞　なつめ・ゆきのじょう
八丁堀の優男の蔭間同心　「三本指の男」　久世光彦　情けがからむ朱房の十手-傑作時代小説　PHP研究所(PHP文庫)　2009年1月

七生　ななお
下館・水谷家の足軽組頭の娘、関ヶ原の戦場に赴いた和倉木壮樹郎の許婚だった美女　「リメンバー」　藤水名子　しぐれ舟-時代小説招待席　広済堂出版　2003年9月

奈々姫　ななひめ
信濃松本に転封された戸田家当主丹波守光慈の美しい妹姫　「忍者六道銭」　山田風太郎　剣の道忍の掟-信州歴史時代小説傑作集第三巻　しなのき書房　2007年6月

難波吉士 高雄　なにわのきし・たかお
斑鳩の中級官人　「子麻呂道」　黒岩重吾　地獄の無明剣-時代小説傑作選　講談社（講談社文庫）　2004年9月

名張 虎眼　なばり・こがん
高崎城下に町道場をひらいている兵法者　「剣技凄絶 孫四郎の休日」　永岡慶之助　柳生秘剣伝奇-時代小説セレクション　勉誠出版　2002年12月

隠の与次　なばりのよじ
伊賀の下忍　「最後の忍者-天正伊賀の乱」　神坂次郎　神出鬼没!戦国忍者伝-傑作時代小説　PHP研究所（PHP文庫）　2009年3月

鍋島 勝茂　なべしま・かつしげ
肥前佐賀藩主、直茂の子　「権謀の裏」　滝口康彦　軍師の生きざま-時代小説傑作選　コスミック出版（コスミック文庫）　2008年11月;戦国軍師列伝-時代小説傑作選六　新人物往来社　2008年3月

鍋島 茂綱　なべしま・しげつな
肥前ノ国三十五万七千石の太守鍋島家の家老　「鍋島騒動 血啜りの影」　早乙女貢　怪奇・伝奇時代小説選集6 清姫・怨霊ばなし　春陽堂書店（春陽文庫）　2000年3月

鍋島信濃守 勝茂　なべしましなののかみ・かつしげ
肥前ノ国三十五万七千石の太守　「鍋島騒動 血啜りの影」　早乙女貢　怪奇・伝奇時代小説選集6 清姫・怨霊ばなし　春陽堂書店（春陽文庫）　2000年3月

鍋島 生山　なべしま・しょうさん
肥前佐賀の支配者鍋島直茂のいとこ鍋島清虎の子　「権謀の裏」　滝口康彦　軍師の生きざま-時代小説傑作選　コスミック出版（コスミック文庫）　2008年11月;戦国軍師列伝-時代小説傑作選六　新人物往来社　2008年3月

鍋島 直勝　なべしま・なおかつ
小城鍋島家三代目当主・元武の弟、先代の庶子で様々な悪評のある主君　「影打ち」　えとう乱星　伝奇城-文庫書下ろし/伝奇時代小説アンソロジー　光文社（光文社文庫）　2005年2月

鍋島 直茂　なべしま・なおしげ
肥前の国三十五万七千余石の名家竜造寺家の国政をあずかる実権者　「怨讐女夜叉抄」　橘爪彦七　怪奇・伝奇時代小説選集6 清姫・怨霊ばなし　春陽堂書店（春陽文庫）　2000年3月

鍋島 直茂　なべしま・なおしげ
肥前佐賀の国政の事実上の支配者　「権謀の裏」　滝口康彦　軍師の生きざま-時代小説傑作選　コスミック出版（コスミック文庫）　2008年11月;戦国軍師列伝-時代小説傑作選六　新人物往来社　2008年3月

なほ女　なほじょ
由紀が嫁いだ松本藩御納戸役・安倍休之助の老母　「藪の蔭」　山本周五郎　乱世の女たち-信州歴史時代小説傑作集第五巻　しなのき書房　2007年9月

なまく

生首の九度兵衛　なまくびのくどべえ
鳶人足の元締「花咲ける武士道」神坂次郎　江戸の爆笑力-時代小説傑作選　集英社（集英社文庫）2004年12月

菜美　なみ
幕府碁所で天文学者の安井算哲の妹「八寸の圭表」鳴海風　武士道日暦-新鷹会・傑作時代小説選　光文社（光文社文庫）2007年6月

波合の半蔵　なみあいのはんぞう
渡世人、旅の無頼浪人に右腕を斬り落とされた男「仇討ち街道」池波正太郎　人情草紙-信州歴史時代小説傑作集第四巻　しなのき書房　2007年7月

波入　勘之丞　なみいり・かんのじょう
笛の名人波入勘兵衛の一子「魔の笛」野村胡堂　怪奇・怪談時代小説傑作選　徳間書店（徳間文庫）2004年9月

並川　浪十郎　なみかわ・なみじゅうろう
女も混えた無頼浪人どもの一団極楽往生組の浪人「往生組始末記」飯田豊吉　怪奇・伝奇時代小説選集8 百物語　春陽堂書店（春陽文庫）2000年5月

並木　五八（五瓶）　なみき・ごはち（ごへい）
大坂道頓堀に並ぶ芝居小屋の若い狂言作者「五瓶劇場けいせい伝奇城」芦辺拓　伝奇城-文庫書下ろし/伝奇時代小説アンソロジー　光文社（光文社文庫）2005年2月

並木　五瓶　なみき・ごへい
寛政六年大坂から江戸に引き抜かれてきた人気狂言作者「阿吽」松井今朝子　合わせ鏡-女流時代小説傑作選　角川春樹事務所（ハルキ文庫）2003年2月

並木　五瓶　なみき・ごへい
芝居の立作者、狂言方の並木拍子郎の師匠「急用札の男」松井今朝子　撫子が斬る-女性作家捕物帳アンソロジー　光文社（光文社文庫）2005年9月

並木　正三　なみき・しょうぞう
歌舞伎作者、並木五八（のちの並木五瓶）の師匠「五瓶劇場けいせい伝奇城」芦辺拓　伝奇城-文庫書下ろし/伝奇時代小説アンソロジー　光文社（光文社文庫）2005年2月

並木　拍子郎　なみき・ひょうしろう
狂言作者並木五瓶の弟子、町で話の種を拾い集めている若者「阿吽」松井今朝子　合わせ鏡-女流時代小説傑作選　角川春樹事務所（ハルキ文庫）2003年2月

並木　拍子郎　なみき・ひょうしろう*
定町廻り同心筧惣一郎の弟、芝居の劇場の狂言方「急用札の男」松井今朝子　撫子が斬る-女性作家捕物帳アンソロジー　光文社（光文社文庫）2005年9月

並木　拍子郎　なみき・ひょうしろう*
定町廻り同心筧惣一郎の弟、芝居の劇場の狂言方「恋じまい」松井今朝子　吉原花魁　角川書店（角川文庫）2009年12月

波越 伊平太　なみこし・いへいた
佐賀の竜造寺軍の武将桑形与四郎のかつての親友で不死身の伊平太と異名をとる剛の者「与四郎涙雨」滝口康彦　九州戦国志-傑作時代小説　PHP研究所(PHP文庫)　2008年12月

浪越 典膳　なみこし・てんぜん
小藩の江戸家老「晩春」北原亞以子　鎮守の森に鬼が棲む-時代小説傑作選　講談社(講談社文庫)　2001年9月

名村 恵介　なむら・けいすけ
オランダ通詞「名人」白石一郎　江戸夢日和-市井・人情小説傑作選二　学習研究社(学研M文庫)　2004年1月

奈良原 喜八郎　ならはら・きはちろう
薩摩藩士、島津久光が京都へ派遣した誠忠組の同志「伏見の惨劇-寺田屋事変」早乙女貢　必殺!幕末暗殺剣-時代小説傑作選三　新人物往来社　2008年3月

成田 勘兵衛　なりた・かんべえ
成田家本家の当主で一門の長老「風露草」安西篤子　愛染夢灯籠-時代小説傑作選　講談社(講談社文庫)　2005年9月

成田 治郎作　なりた・じろさく
成田家分家の当主で微禄の武士「風露草」安西篤子　愛染夢灯籠-時代小説傑作選　講談社(講談社文庫)　2005年9月

成田 宅右衛門　なりた・たくえもん
成田家分家の当主、殿様の御愛顧を蒙って立身し一族で最も羽振がよい男「風露草」安西篤子　愛染夢灯籠-時代小説傑作選　講談社(講談社文庫)　2005年9月

斉温　なりはる
尾張藩の若い藩主「鳩侍始末」城山三郎　侍の肖像-信州歴史時代小説傑作集第二巻　しなのき書房　2007年5月

鳴神上人　なるかみしょうにん
山の主である竜神を谷の滝壺に封じ籠めた上人「邪恋妖姫伝」伊奈京介　怪奇・伝奇時代小説選集8 百物語　春陽堂書店(春陽文庫)　2000年5月

成島 甲子太郎(柳北)　なるしま・きねたろう(りゅうほく)
警保寮大警視川路利良らとともに横浜から出航しフランスへやって来た元幕府騎兵奉行「巴里に雪のふるごとく」山田風太郎　偉人八傑推理帖-名探偵時代小説　双葉社(双葉文庫)　2004年7月

成島 柳北　なるしま・りゅうぼく
朝野新聞社長、幕末には西洋式陸軍の歩兵頭並に取り立てられた人物「夢は飛ぶ」杉本章子　代表作時代小説 平成十五年度　光風社出版　2003年5月

成瀬 定太郎　なるせ・じょうたろう
お茂登の夫の先妻の子、旗本成瀬家の嫡男「寒紅梅」平岩弓枝　愛染夢灯籠-時代小説傑作選　講談社(講談社文庫)　2005年9月

成瀬 兵馬　なるせ・ひょうま
小城鍋島家三代目当主元武の弟・直勝から退屈しのぎに真剣の立ち合いをするよう命じられた若い武士「影打ち」えとう乱星　伝奇城-文庫書下ろし/伝奇時代小説アンソロジー　光文社(光文社文庫)　2005年2月

成富 又左衛門　なるとみ・またざえもん*
佐賀の竜造寺軍の一員として沖田畷の戦いに参加した武将、桑形与四郎の親友「与四郎涙雨」滝口康彦　九州戦国志-傑作時代小説　PHP研究所(PHP文庫)　2008年12月

鳴海 三七郎　なるみ・さんしちろう
笛の名人春日家の内弟子、お美代の許婚「魔の笛」野村胡堂　怪奇・怪談時代小説傑作選　徳間書店(徳間文庫)　2004年9月

縄手の嘉十郎　なわてのかじゅうろう
長州藩が利用している目明し「甲州鎮撫隊」国枝史郎　新選組興亡録　角川書店(角川文庫)　2008年9月

南郷力丸　なんごうりきまる
盗賊「つぶて新月」朱雀弦一郎　幽霊陰陽師-捕物時代小説選集5　春陽堂書店(春陽文庫)　2000年6月

南部信濃守　なんぶしなののかみ
奥州森岡の城主、若年にして名君という称讃が高かった人「かたくり献上」柴田錬三郎　大江戸殿様列伝-傑作時代小説　双葉社(双葉文庫)　2006年7月

南部 高信　なんぶ・たかのぶ
戦国武将、津軽石川の城主「ゴロツキ風雲録」長部日出雄　東北戦国志-傑作時代小説　PHP研究所(PHP文庫)　2009年9月

南部山城守 重直　なんぶやましろのかみ・しげなお
奥州南部藩藩主「南部鬼屋敷」池波正太郎　恋模様-極め付き時代小説選2　中央公論新社(中公文庫)　2004年10月

南陽房　なんようぼう
法蓮房(のちの斎藤道三)の弟弟子、美濃の領主土岐氏の家老の舎弟「梟雄」坂口安吾　歴史小説の世紀-天の巻　新潮社(新潮文庫)　2000年9月

南陽房(日運上人)　なんようぼう(にちうんしょうにん)
常在寺住職、元は法蓮房(松浪庄九郎のちの斎藤道三)の弟弟子「二頭立浪の旗風-斎藤道三」典厩五郎　戦国武将国盗り物語-時代小説傑作選七　新人物往来社　2008年3月

【に】

新出 去定　にいで・きょじょう
小石川養生所の老医師「徒労に賭ける」山本周五郎　赤ひげ横町-人情時代小説傑作選　新潮社(新潮文庫)　2009年1月

二位の尼御前（時子）　にいのあまごぜ（ときこ）
亡き平清盛の妻、建礼門院の母　「壇の浦残花抄」　安西篤子　源義経の時代-短篇小説集　作品社　2004年10月

仁王堂兵太左衛門　におうどうへいたざえもん
忍川藩の抱え力士　「五輪くだき」　逢坂剛　時代小説 読切御免第二巻　新潮社（新潮文庫）　2004年3月

二階堂 行義　にかいどう・ゆきよし
鎌倉幕府評定衆の一人、二階堂行村の子　「松山主水」　高野澄　人物日本剣豪伝三　学陽書房（人物文庫）　2001年5月

仁吉　にきち
越前堀の若い岡っ引　「なでしこ地獄」　広尾磨津夫　怪奇・伝奇時代小説選集14 累物語　春陽堂書店（春陽文庫）　2000年11月

和生 久之助　にぎゅう・きゅうのすけ＊
藩の納戸方頭取高林喜兵衛の隣り屋敷の武士で寄合肝煎を勤めている男　「裏の木戸はあいている」　山本周五郎　歴史小説の世紀-天の巻　新潮社（新潮文庫）　2000年9月

逃げ水半次　にげみずはんじ
蛍小路でお上の十手を預かる御用聞きのお小夜が頼りにする男　「三本指の男」　久世光彦　情けがからむ朱房の十手-傑作時代小説　PHP研究所（PHP文庫）　2009年1月

西岡 鶴之助　にしおか・つるのすけ
小石川の江戸川端に住んでいた幕臣　「離魂病」　岡本綺堂　怪奇・伝奇時代小説選集8 百物語　春陽堂書店（春陽文庫）　2000年5月

西尾 仁左衛門　にしお・にざえもん
徳川家康の次男で越前国福井六十七万石を領する結城秀康の家人、元は鳥居元忠の家来　「闇の中の声」　池波正太郎　武士道日暦-新鷹会・傑作時代小説選　光文社（光文社文庫）　2007年6月

錦木　にしきぎ
江戸吉原の太夫の世話をする引舟となった遊女　「乱れ火-吉原遊女の敵討ち」　北原亞以子　士道無惨!仇討ち始末-時代小説傑作選四　新人物往来社　2008年3月

西沢 勘兵衛　にしざわ・かんべえ
参州田原藩の火術師　「火術師」　五味康祐　職人気質-時代小説アンソロジー4　小学館（小学館文庫）　2007年5月

西沢 左京　にしざわ・さきょう
江戸詰めの紀州藩士、質地騒動鎮圧のため浪人西沢左京として出羽国長瀞村へ赴いた細作　「御改革」　北原亞以子　代表作時代小説 平成十七年度　光文社　2005年6月

西村 賢八郎　にしむら・けんぱちろう
剣客榊原健吉の高弟　「明治兜割り」　津本陽　武士の本懐〈弐〉-武士道小説傑作選　KKベストセラーズ（ベスト時代文庫）　2005年5月；人物日本の歴史 幕末維新編-時代小説版　小学館（小学館文庫）　2004年9月

にしむ

西村 左平次　にしむら・さへいじ
幕末にフランス水兵を殺傷した堺事件で切腹を命じられた土佐藩足軽兵の小隊長 「大切腹」団鬼六　代表作時代小説　平成十二年度　光風社出版　2000年5月

仁助　にすけ
呉服・太物商い人、身に覚えがない強淫をしたとして訴えられた男 「耐える女」佐藤雅美　江戸の秘恋−時代小説傑作選　徳間書店（徳間文庫）2004年10月

日運上人　にちうんしょうにん
常在寺住職、元は法蓮房（松浪庄九郎のちの斎藤道三）の弟弟子 「二頭立浪の旗風−斎藤道三」典厩五郎　戦国武将国盗り物語−時代小説傑作選七　新人物往来社　2008年3月

日潤　にちじゅん
谷中の延命院十五代住職 「女人は二度死ぬ」笹沢左保　大奥華伝　角川書店（角川文庫）2006年11月

日道　にちどう
谷中の延命院の住職、先代尾上菊五郎の落とし子で父親ゆずりの美貌の持ちぬし 「世は春じゃ」杉本苑子　江戸の鈍感力−時代小説傑作選　集英社（集英社文庫）2007年12月

日蓮　にちれん
身延の豪族波木井実長の招きを受け鎌倉街道を西へ布教の旅を続けていた僧 「子酉川鵜飼の怨霊」今川徳三　怪奇・伝奇時代小説選集14 累物語　春陽堂書店（春陽文庫）2000年11月

蜷原 嘉門　になはら・かもん
美濃高須城の妙姫と小姓の浅木弦之進を天童へ連れて行き幽閉した姫の護り役の武士 「怨霊高須館」加納一朗　怪奇・伝奇時代小説選集10 怪談累ケ淵　春陽堂書店（春陽文庫）2000年7月

二宮 久四郎　にのみや・きゅうしろう
代官所の手代、白痴の芳公の調査のために村に来た男 「河童火事」新田次郎　大江戸犯科帖−時代推理小説名作選　双葉社（双葉文庫）2003年10月

二宮 三太夫　にのみや・さんだゆう
福岡藩江戸藩邸目付役 「叩きのめせ」白石一郎　地獄の無明剣−時代小説傑作選　講談社（講談社文庫）2004年9月

二宮 三太夫　にのみや・さんだゆう
福岡藩目付 「おんな舟」白石一郎　紅葉谷から剣鬼が来る−時代小説傑作選　講談社（講談社文庫）2002年9月

二宮 忠八　にのみや・ちゅうはち＊
明治二十二年に丸亀の陸軍でカラス型飛行機を作って以来研究をつづけ玉虫型飛行機を発明した人 「夢の翼」市原麻里子　代表作時代小説　平成十二年度　光風社出版　2000年5月

二宮 半四郎　にのみや・はんしろう
佐賀藩士、「葉隠」に記された武士の行動の解釈で対立し果し合いをすることになった若侍　「権平けんかのこと」　滝口康彦　武士の本懐-武士道小説傑作選　KKベストセラーズ(ベスト時代文庫)　2004年6月

仁平次　にへいじ
北野天満宮の馬場南やまねこ稲荷で油問屋「熊野屋」をつぶす相談をしていたならず者の一人　「あとの桜」　澤田ふじ子　江戸の老人力-時代小説傑作選　集英社(集英社文庫)　2002年12月

仁兵衛　にへえ
通り新石町の紙問屋「相模屋」の番頭　「三度殺された女」　南條範夫　闇の旋風-問題小説傑作選5 捕物帖篇　徳間書店(徳間文庫)　2000年1月

日本左衛門　にほんざえもん
三河・遠江一帯を跳梁跋扈する大盗　「秘図」　池波正太郎　侍たちの歳月-新鷹会・傑作時代小説選　光文社(光文社文庫)　2002年6月

日本駄右衛門　にほんだえもん
盗賊、四十余州の賊徒の張本　「つぶて新月」　朱雀弦一郎　幽霊陰陽師-捕物時代小説選集5　春陽堂書店(春陽文庫)　2000年6月

入田 親誠　にゅうた・ちかざね*
豊後の大名大友義鑑の腹心の家老　「大友二階崩れ-大友宗麟」　早乙女貢　戦国武将国盗り物語-時代小説傑作選七　新人物往来社　2008年3月

入道　にゅうどう
平家に仕える伊豆の大名、元は源家の家人　「頼朝勘定」　山岡荘八　人物日本の歴史 古代中世編-時代小説版　小学館(小学館文庫)　2004年1月

ニュートン先生　にゅーとんせんせい
明治元年横浜に梅毒病院を設立し長崎にも病院をつくろうとしたイギリス海軍の軍医　「眠れドクトル」　杉本苑子　赤ひげ横町-人情時代小説傑作選　新潮社(新潮文庫)　2009年1月

女院(建礼門院)　にょいん(けんれいもんいん)
亡き平清盛の娘、安徳帝の母　「壇の浦残花抄」　安西篤子　源義経の時代-短篇小説作品社　2004年10月

仁礼 源之丞　にれ・げんのじょう
薩摩藩士、姉小路卿殺しの下手人として召し捕られた田中新兵衛の主人　「猿ケ辻風聞」　滝口康彦　幕末京都血風録-傑作時代小説　PHP研究所(PHP文庫)　2007年11月

仁寛　にんかん
都から伊豆大仁に流されてきた醍醐寺の高僧で白河院の弟・三宮輔仁親王の護持僧をつとめていた人　「伊豆の仁寛」　櫻井寛治　伊豆の歴史を歩く-伊豆文学賞・歴史小説傑作集Ⅱ　羽衣出版　2006年3月

人形屋安次郎(安次郎)　にんぎょうややすじろう(やすじろう)
幕末に駿河町の越後屋に奉公し特異な事業「あやつり組」を創めた男　「あやつり組由来記」　南條範夫　江戸の商人力-時代小説傑作選　集英社(集英社文庫)　2006年12月

【ぬ】

ぬい
京都市中見廻組与頭佐々木只三郎の妻　「まよい蛍」　早乙女貢　鎮守の森に鬼が棲む-時代小説傑作選　講談社(講談社文庫)　2001年9月

ぬい
小藩の寺社奉行野口典膳の妻　「足音が聞えてきた」　白石一郎　大江戸犯科帖-時代推理小説名作選　双葉社(双葉文庫)　2003年10月

ぬい
川端町の小間物屋の娘、亭主に駆け落ちされた女　「母子かづら」　永井路子　江戸の秘恋-時代小説傑作選　徳間書店(徳間文庫)　2004年10月

ぬい
大洲藩御用窯の窯元の後家、幻の磁器神原焼の壺を持つ女　「藍色の馬」　高市俊次　鍔鳴り疾風剣-新選代表作時代小説22　光風社出版(光風社文庫)　2000年11月

縫殿助　ぬいのすけ
佐賀の竜造寺軍の武将桑形与四郎のかつての親友の息子で沖田畷の戦いに初陣を飾った少年　「与四郎涙雨」　滝口康彦　九州戦国志-傑作時代小説　PHP研究所(PHP文庫)　2008年12月

額田王　ぬかたのおおきみ
天智帝の妃、前は大海人皇子の妻室　「薬玉」　杉本苑子　剣の意地 恋の夢-時代小説傑作選　講談社(講談社文庫)　2000年9月

額田女王　ぬかたのおおきみ
女流歌人、鏡王の二女で大海皇子・のち天智天皇の妃　「額田女王」　平林たい子　歴史小説の世紀-天の巻　新潮社(新潮文庫)　2000年9月

ヌジ
谷あいの村に住む金銀のありかがわかる力を持つ少女　「ヌジ」　眉村卓　ふりむけば闇-時代小説招待席　広済堂出版　2003年6月

沼田 顕泰(万鬼斎)　ぬまた・あきやす(まんきさい)
戦国武将、三浦沼田氏の第十二代沼田城主　「死猫」　野村敏雄　武士道歳時記-新鷹会・傑作時代小説選　光文社(光文社文庫)　2008年6月

沼田 朝憲(弥七郎)　ぬまた・あさのり(やしちろう)
沼田城主沼田顕泰(万鬼斎)の三男、沼田景義の異母兄　「死猫」　野村敏雄　武士道歳時記-新鷹会・傑作時代小説選　光文社(光文社文庫)　2008年6月

沼田 景義（平八郎）　ぬまた・かげよし（へいはちろう）
戦国武将、三浦沼田氏十二代沼田城主万鬼斎顕泰の側室の子　「死猫」野村敏雄　武士道歳時記-新鷹会・傑作時代小説選　光文社（光文社文庫）　2008年6月

沼野 玄昌　ぬまの・げんしょう*
人体発掘事件を起こした安房小湊村の医師　「コロリ」吉村昭　歴史小説の世紀-地の巻　新潮社（新潮文庫）　2000年9月

ぬらりの順官　ぬらりのじゅんかん
安南の日本人町会安のシャバンダール（頭領）　「安南の六連銭」新宮正春　機略縦横!真田戦記-傑作時代小説　PHP研究所（PHP文庫）　2008年7月

ぬれ闇の六助　ぬれやみのろくすけ
旅かせぎの巾着切　「仇討ち街道」池波正太郎　人情草紙-信州歴史時代小説傑作集第四巻　しなのき書房　2007年7月

【ね】

根上 孫四郎　ねがみ・まごしろう
上州高崎藩に移送された駿河大納言忠長の近習、柳生宗矩の門弟　「剣技凄絶 孫四郎の休日」永岡慶之助　柳生秘剣伝奇-時代小説セレクション　勉誠出版　2002年12月

根岸 兎角　ねぎし・とかく
江戸の剣術家、かつて常陸江戸崎の諸岡一羽道場で三羽烏の一人と囃された男　「恩讐の剣-根岸兎角vs岩間小熊」堀和久　秘剣・豪剣!武芸決闘記-時代小説傑作選二　新人物往来社　2008年3月

根岸 兎角　ねぎし・とかく
常陸の剣術家諸岡一羽斎の高弟　「剣法一羽流」池波正太郎　秘剣舞う-剣豪小説の世界　学習研究社（学研M文庫）　2002年11月

根岸 兎角　ねぎし・とかく
兵法者、斎藤伝鬼房の門人でのち諸岡一羽斎に弟子入りした男　「根岸兎角」戸部新十郎　人物日本剣豪伝二　学陽書房（人物文庫）　2001年4月

根岸の政次　ねぎしのまさじ
岡っ引　「夜の辛夷」山本周五郎　江戸色恋坂-市井情話傑作選　学習研究社（学研M文庫）　2005年8月

根岸肥前守　ねぎしひぜんのかみ
南町奉行　「さいかち坂上の恋人」平岩弓枝　江戸浮世風-人情捕物帳傑作選　学習研究社（学研M文庫）　2004年8月

根岸肥前守 正虎　ねぎしひぜんのかみ・まさとら
南町奉行　「番町牢屋敷」南原幹雄　斬刃-時代小説傑作選　コスミック出版（コスミック時代文庫）　2005年5月

ねぎし

根岸肥前守 鎮衛　ねぎしひぜんのかみ・やすもり
南町奉行 「迷い鳩(霊験お初捕物控)」 宮部みゆき 傑作捕物ワールド第4巻 女の情念篇 リブリオ出版 2002年10月

根岸肥前守 鎮衛　ねぎしひぜんのかみ・やすもり
奉行の内与力隼新八郎の主君 「寒紅梅」 平岩弓枝 愛染夢灯籠-時代小説傑作選 講談社(講談社文庫) 2005年9月

猫清　ねこせい
猫清という仇名の猫好きの彫師、飼い猫を残し本所の貧乏長屋で死んだ男 「猫清」 高橋克彦 大江戸猫三昧-時代小説傑作選 徳間書店(徳間文庫) 2004年11月

猫之助　ねこのすけ
紀州徳川家の家臣で江戸勤番を命じられ往還で騒ぎを起こし紀州徳川家の御付家老で新宮藩主水野忠央の家来になった男 「猫之助行状」 神坂次郎 代表作時代小説 平成十二年度 光風社出版 2000年5月

猫政　ねこまさ*
無頼の猫政一派の首領格 「剣菓」 森村誠一 江戸の老人力-時代小説傑作選 集英社(集英社文庫) 2002年12月

鼠　ねずみ
甘酒屋次郎吉といわれて知られた遊び人、実は鼠と呼ばれる名高い盗賊 「鼠、泳ぐ」 赤川次郎 代表作時代小説 平成十七年度 光文社 2005年6月

鼠小僧　ねずみこぞう
入牢した新入りの囚人、大盗 「新入り(江戸の犯科帳)」 多岐川恭 傑作捕物ワールド第7巻 犯科帳篇 リブリオ出版 2002年10月

鼠小僧次郎吉　ねずみこぞうじろきち
文政から天保へかけて大名邸を荒らし義賊と呼ばれて江戸市民の崇拝の的となった盗賊 「宵闇の義賊」 山本周五郎 江戸宵闇しぐれ-人情捕物帳傑作選二 学習研究社(学研M文庫) 2005年3月

鼠小僧の次郎吉　ねずみこぞうのじろきち
大名本庄宮内少輔の屋敷を追われ自害して果てた美鈴の妹美絵の復讐を救けた義賊 「妖呪盲目雛」 島本春雄 怪奇・伝奇時代小説選集5 北斎と幽霊 春陽堂書店(春陽文庫) 2000年2月

ねね
天下人豊臣秀吉の正室 「放れ駒」 戸部新十郎 関ヶ原・運命を分けた決断-傑作時代小説 PHP研究所(PHP文庫) 2007年6月

禰々　ねね
織田信長の足軽組頭浅野又左衛門の娘で父と同じ足軽組頭の木下藤吉郎(のちの太閤秀吉)を婿にした女性 「琴瑟の妻-ねね」 澤田ふじ子 人物日本の歴史 戦国編-時代小説版 小学館(小学館文庫) 2004年3月

子之吉　ねのきち
木更津船の水手茂七の幼な友達で江戸に出て落語家になった男「木更津余話」佐江衆一　代表作時代小説　平成十九年度　光文社　2007年6月;息づかい-好色時代小説集　講談社(講談社文庫)　2007年2月

眠 狂四郎　ねむり・きょうしろう
剣客、転び伴天連が日本人女性を犯して生まれた混血児「夢想正宗」柴田錬三郎　歴史小説の世紀-地の巻　新潮社(新潮文庫)　2000年9月

眠 狂四郎　ねむり・きょうしろう
剣客、転び伴天連が日本人女性を犯して生まれた混血児「妖異碓氷峠」柴田錬三郎　剣の道忍の掟-信州歴史時代小説傑作集第三巻　しなのき書房　2007年6月

【の】

野方 甚右衛門　のがた・じんうえもん
柳生の故老「柳生の鬼」隆慶一郎　七人の十兵衛-傑作時代小説　PHP研究所(PHP文庫)　2007年11月;柳生秘剣伝奇-時代小説セレクション　勉誠出版　2002年12月

野上 市之助　のがみ・いちのすけ
旗本の嫡男「よりにもよって」諸田玲子　代表作時代小説　平成二十一年度　光文社　2009年6月

野口 左京　のぐち・さきょう
小藩の寺社奉行野口典膳の部屋住みの弟、ぬいの義弟「足音が聞えてきた」白石一郎　大江戸犯科帖-時代推理小説名作選　双葉社(双葉文庫)　2003年10月

野ざらし権次　のざらしごんじ
羅生門河岸辺りをうろつく愚連隊「羅生門河岸」都筑道夫　偉人八傑推理帖-名探偵時代小説　双葉社(双葉文庫)　2004年7月

野ざらし仙次　のざらしせんじ
元武士、嫂と出奔した駆け落ち者「苦界野ざらし仙次」高橋義夫　時代小説 読切御免 第三巻　新潮社(新潮文庫)　2005年12月

野地 金之助　のじ・きんのすけ
岡安家の当主甚之丞の親友、道場仲間「岡安家の犬」藤沢周平　時代小説 読切御免 第四巻　新潮社(新潮文庫)　2005年12月

野末 頼母　のずえ・たのも
高崎藩勘定家老、山浦清麿の数打ちの刀を佩刀する算盤上手な武士「氷柱折り」隆慶一郎　秘剣舞う-剣豪小説の世界　学習研究社(学研M文庫)　2002年11月

野田 市左衛門　のだ・いちざえもん
甲府勤番士となった小普請組の旗本、武田氏の事蹟巡りをした男「魔縁塚怪異記」今川徳三　怪奇・伝奇時代小説選集15　春陽堂書店(春陽文庫)　2000年12月

野田 文蔵　のだ・ぶんぞう*
江戸町奉行大岡越前守に登用された算術の名手　「大岡越前守」　土師清二　大岡越前守-捕物時代小説選集6　春陽堂書店（春陽文庫）　2000年10月

野寺 知之丞　のでら・とものじょう
柳生一門の使い手　「伊賀の聴恋器」　山田風太郎　江戸の爆笑力-時代小説傑作選　集英社（集英社文庫）　2004年12月;恋模様-極め付き時代小説選2　中央公論新社（中公文庫）　2004年10月

野殿 新之介　のとの・しんのすけ*
柳生家の家士　「〈第三番〉小太刀崩し-柳生十兵衛」　新宮正春　柳生武芸帳七番勝負-時代小説傑作選一　新人物往来社　2008年3月

野中兵庫頭 鎮兼　のなかひょうごのかみ・しげかね
戦国武将、九州豊前国に四百年続く城井流宇都宮家の一族で長岩城に本拠を置く野中氏の当主　「城井一族の殉節」　高橋直樹　九州戦国志-傑作時代小説　PHP研究所（PHP文庫）　2008年12月

野々村 玄庵　ののむら・げんあん
下谷黒門町の医者、隻眼で巨漢の怪しい男　「灯籠伝奇」　谷尾一歩　灯籠伝奇-捕物時代小説選集8　春陽堂書店（春陽文庫）　2000年12月

野平 孝衛門　のひら・こうえもん
八王子千人同心を束ねている郷士　「梅香る日」　北方謙三　代表作時代小説　平成十九年度　光文社　2007年6月

のぶ
貧乏御家人の惣太の若妻　「三つ巴御前」　睦月影郎　大江戸有情-書き下ろし時代小説傑作選4　大洋図書（大洋時代文庫）　2005年6月

延沢能登守 満延　のぶさわのとのかみ・みつのぶ
戦国武将、山形の最上家の侍大将で釣鐘能登の異名を持つ豪傑　「吹毛の剣」　新宮正春　東北戦国志-傑作時代小説　PHP研究所（PHP文庫）　2009年9月

野藤　のふじ*
徳川家の鷹匠小林正之丞が仕込んでこよなく愛していた一羽の大鷹　「野藤」　阿川弘之　歴史小説の世紀-地の巻　新潮社（新潮文庫）　2000年9月

野伏ノ勝　のぶせのかつ
山稼ぎの荒くれ男　「舌を噛み切った女」　室生犀星　歴史小説の世紀-天の巻　新潮社（新潮文庫）　2000年9月

展徳　のぶとく
伊豆戸田村の近郷で一番大きな船大工の棟梁　「白い帆は光と陰をはらみて」　弓場剛　伊豆の歴史を歩く-伊豆文学賞・歴史小説傑作集II　羽衣出版　2006年3月

信直　のぶなお
甲斐国守護武田信縄の子で武田家の統領になった武将、武田信玄の父　「喰らうて、統領」　二階堂玲太　代表作時代小説　平成十八年度　光文社　2006年6月

野見 宿禰　のみの・すくね
出雲国の土師氏の武人、大和の葛城氏の豪傑当麻蹴速と力較べをした若者「野見宿禰」 黒岩重吾　武芸十八般-武道小説傑作選　KKベストセラーズ（ベスト時代文庫）　2005年10月

野見 宿禰　のみの・すくね
垂仁帝に武術の長として重用された武人「埴輪刀」 黒岩重吾　鎮守の森に鬼が棲む-時代小説傑作選　講談社（講談社文庫）　2001年9月

野村　のむら
土津公（会津松平家藩祖保科正之）の第四女松姫付き老女「鬼」 綱淵謙錠　歴史小説の世紀-地の巻　新潮社（新潮文庫）　2000年9月

野村 市助　のむら・いちすけ
鎌倉の縁切寺東慶寺の寺役人「長命水と桜餅」 宮本昌孝　夢を見にけり-時代小説招待席　広済堂出版　2004年6月

野村 彦右衛門　のむら・ひこえもん
奥州筋のある藩の侍、治平（座頭）の元主人「利根の渡」 岡本綺堂　怪奇・怪談時代小説傑作選　徳間書店（徳間文庫）　2004年9月；怪奇・伝奇時代小説選集12 血塗りの呪法　春陽堂書店（春陽文庫）　2000年9月

野村 望東　のむら・もと
勤王の志を抱く尼僧、もとは福岡藩士の妻「青梅」 古川薫　江戸三百年を読む 下-傑作時代小説 幕末風雲編　角川学芸出版（角川文庫）　2009年9月

野村 理三郎　のむら・りさぶろう
新選組局長近藤勇の家来、大坂の浪士「流山の朝」 子母澤寛　人物日本の歴史 幕末維新編-時代小説　小学館（小学館文庫）　2004年9月；新選組興亡録　角川書店（角川文庫）　2008年9月

則元　のりもと
天慶七年京で左少弁藤原為延に仕えながら夜盗を内職にしていた下侍「大盗伝」 石井哲夫　蛇の眼-捕物時代小説選集2　春陽堂書店（春陽文庫）　2000年3月

【は】

梅鶯　ばいおう
長崎出身の南京手妻の美人太夫の妹、日華混血の三つ子の一人「捕物三つ巴（人形佐七捕物帳）」 横溝正史　傑作捕物ワールド第1巻 岡っ引き篇　リブリオ出版　2002年10月

梅岳 承芳　ばいがく・しょうほう
禅僧雪斎の愛弟子、のち駿府国主「鴛鴦ならび行く」 安西篤子　軍師の生きざま-時代小説傑作選　コスミック出版（コスミック文庫）　2008年11月；戦国軍師列伝-時代小説傑作選六　新人物往来社　2008年3月

はいか

灰方 藤兵衛　はいかた・とうべえ
元赤穂藩武具奉行、小野寺十内の妻の兄 「後世の月」 澤田ふじ子　江戸色恋坂-市井情話傑作選　学習研究社(学研M文庫) 2005年8月

ハイカラ右京　はいからうきょう
外務嘱託の私立探偵、元国際スパイ 「幽霊買い度し(ハイカラ右京探偵暦)」 日影丈吉　傑作捕物ワールド第9巻 妖異怪談篇　リブリオ出版　2002年10月

拝郷 鏡三郎　はいごう・きょうざぶろう
大番屋元締、評定所御留役だったが失職した縮尻御家人 「耐える女」 佐藤雅美　江戸の秘恋-時代小説傑作選　徳間書店(徳間文庫) 2004年10月

梅雪　ばいせつ
戦国武将、武田家の御親類衆で甲斐の国で駿河にもっとも近い下山領主 「信虎の最期」 二階堂玲太　武士道歳時記-新鷹会・傑作時代小説選　光文社(光文社文庫) 2008年6月

灰屋紹益(紹益)　はいやじょうえき(じょうえき)
本名は佐野重孝という京の富商佐野家の若いあと継ぎ、六条三筋町の郭の大夫だった徳子を身請けした男 「蓮台の月」 澤田ふじ子　合わせ鏡-女流時代小説傑作選　角川春樹事務所(ハルキ文庫) 2003年2月

馬殷　ば・いん
木工から武将となり、のち楚王 「茶王一代記」 田中芳樹　異色中国短篇傑作大全　講談社(講談社文庫) 2001年3月

波賀 彦太郎　はが・ひこたろう
軍師竹中半兵衛に心服し伊賀忍び衆の頭目の地位をすてて終生半兵衛に仕えた男 「竹中半兵衛」 柴田錬三郎　軍師の死にざま-短篇小説集　作品社　2006年10月

袴野ノ麿　はかまのまろ
山稼ぎの荒くれ男の老人、すて姫を十三から育ていまは妻にしている者 「舌を噛み切った女」 室生犀星　歴史小説の世紀-天の巻　新潮社(新潮文庫) 2000年9月

羽川 金三郎　はがわ・きんざぶろう
旗本の次男で横川堀の寮に出養生に来ていた浅草の木綿問屋の娘お常と堀に身を投げて自分だけ助かった男 「恋慕幽霊」 小山龍太郎　怪奇・伝奇時代小説選集14 累物語　春陽堂書店(春陽文庫) 2000年11月

萩　はぎ
鴨直平の妻 「青鬼の背に乗りたる男の譚」 夢枕獏　愛染夢灯籠-時代小説傑作選　講談社(講談社文庫) 2005年9月

萩　はぎ
信州矢崎の藩主堀宗昌の愛妾でのち宗昌が家臣の飯倉久太郎に己れの児と双方押し付けた女性 「被虐の系譜-武士道残酷物語」 南條範夫　時代劇原作選集-あの名画を生みだした傑作小説　双葉社(双葉文庫) 2003年12月

萩香　はぎか
兵法者伊藤一刀斎の弟子の若い娘　「飛猿の女」　郡順史　怪奇・伝奇時代小説選集11
妖艶の谷　春陽堂書店(春陽文庫)　2000年8月

はぎの
九州の太守小早川秀秋の側女　「放れ駒」　戸部新十郎　関ヶ原・運命を分けた決断-傑作
時代小説　PHP研究所(PHP文庫)　2007年6月

萩乃　はぎの
織田家中の荒武者赤川左門の妹　「信長豪剣記」　羽山信樹　変事異聞-時代小説アンソ
ロジー5　小学館(小学館文庫)　2007年7月

萩姫　はぎひめ
山深い真葛の里の長者の一人娘　「春念入信記」　山岡荘八　侍たちの歳月-新鷹会・傑
作時代小説選　光文社(光文社文庫)　2002年6月

萩丸　はぎまる
越後国主で春日山城主上杉謙信の小姓　「忍法短冊しぐれ-加藤段蔵」　光瀬龍　戦国忍
者武芸帳-時代小説傑作選五　新人物往来社　2008年3月

萩山　徳次郎　はぎやま・とくじろう
浪人柊仙太郎を仇とねらう武家の娘菊の助太刀をした武士　「仇討ち-野人刺客」　北山悦
史　紅蓮の剣-書下ろし時代小説傑作選5　ミリオン出版(大洋時代文庫)　2005年9月

萩原　作之進　はぎわら・さくのしん
高島藩諏訪伊勢守家の勘定奉行　「湖畔の人々」　山本周五郎　鎮守の森に鬼が棲む-時
代小説傑作選　講談社(講談社文庫)　2001年9月

萩原　新三郎　はぎわら・しんざぶろう
江戸の根津清水谷に田畑と貸家の上りをもってささやかに暮らしていた若い浪人者　「怪異
談 牡丹燈籠」　竹山文夫　怪奇・伝奇時代小説選集9 怪談牡丹燈籠　春陽堂書店(春陽
文庫)　2000年6月

萩原　新三郎　はぎわら・しんざぶろう
根津の清水谷に貸長屋を持って住んでいた浪人者の青年　「人形劇 牡丹燈籠」　川尻泰
司　怪奇・伝奇時代小説選集9 怪談牡丹燈籠　春陽堂書店(春陽文庫)　2000年6月

萩原　新三郎　はぎわら・しんざぶろう
根津清水谷に住居している若い男　「牡丹燈籠」　長田秀雄　怪奇・伝奇時代小説選集9
怪談牡丹燈籠　春陽堂書店(春陽文庫)　2000年6月

萩原　新三郎　はぎわら・しんざぶろう
根津清水谷の親から譲られた孫店までついた家屋敷に暮らしている浪士　「怪談 牡丹燈
籠」　大西信行　怪奇・伝奇時代小説選集9 怪談牡丹燈籠　春陽堂書店(春陽文庫)　2000
年6月

白翁堂　はくおうどう
根津清水谷の浪人者萩原新三郎の持家に住んでいた老占師　「怪異談 牡丹燈籠」　竹山
文夫　怪奇・伝奇時代小説選集9 怪談牡丹燈籠　春陽堂書店(春陽文庫)　2000年6月

白翁堂勇斎　はくおうどうゆうさい
根津清水谷の萩原家の孫店に住む人相見　「牡丹燈籠」長田秀雄　怪奇・伝奇時代小説選集9 怪談牡丹燈籠　春陽堂書店(春陽文庫)　2000年6月

白 潤娘　はく・じゅんじょう
長安一といわれる名妓洛真の妹分の娼妓　「香獣」森福都　黄土の虹-チャイナ・ストーリーズ　祥伝社　2000年2月

白娘子　はくじょうし
杭州城内過軍橋の黒珠巷にいた若い男許宣が保叔塔寺へお詣りに行って出逢った美しい女　「蛇性の婬 雷峰怪蹟」田中貢太郎　怪奇・伝奇時代小説選集14 累物語　春陽堂書店(春陽文庫)　2000年11月

白石先生　はくせきせんせい
画家、衡山居士の先生　「冥府山水図」三浦朱門　歴史小説の世紀-地の巻　新潮社(新潮文庫)　2000年9月

伯蔵主　はくぞうしゅ
小石川伝通院の境内にある猫多羅天女を祭る弥彦神社別当、妖術使い　「化猫武蔵」光瀬龍　大江戸猫三昧-時代小説傑作選　徳間書店(徳間文庫)　2004年11月；宮本武蔵伝奇-時代小説セレクション　勉誠出版　2002年12月

白蝶　はくちょう
役者新道に住む踊りの師匠　「新道の女」泡坂妻夫　江戸の秘恋-時代小説傑作選　徳間書店(徳間文庫)　2004年10月

莫耶　ばくや*
刀工干将の妻　「花の眉間尺」皆川博子　地獄の無明剣-時代小説傑作選　講談社(講談社文庫)　2004年9月

白羅　はくら
白い雌鳩登代の生んだ白鳩　「鳩侍始末」城山三郎　侍の肖像-信州歴史時代小説傑作集第二巻　しなのき書房　2007年5月

羽黒の小法師　はぐろのこぼうし
奥州の名代の天狗　「妖魔の辻占」泉鏡花　怪奇・伝奇時代小説選集7 幽明鏡草紙　春陽堂書店(春陽文庫)　2000年4月

禿げっちょ　はげっちょ
越後刈羽郡山田村の者　「暫く、暫く、暫く」佐藤雅美　時代小説 読切御免第四巻　新潮社(新潮文庫)　2005年12月

橋口 壮介　はしぐち・そうすけ
薩摩藩の志士、精忠組と呼ばれる藩の討幕急先鋒の士　「寺田屋の散華」津本陽　幕末京都血風録-傑作時代小説　PHP研究所(PHP文庫)　2007年11月

橋口 伝蔵　はしぐち・でんぞう
薩摩藩の志士、精忠組と呼ばれる藩の討幕急先鋒の士　「寺田屋の散華」津本陽　幕末京都血風録-傑作時代小説　PHP研究所(PHP文庫)　2007年11月

はしば

橋田 十内　はしだ・じゅうない
山越藩御側組番頭 「五輪くだき」 逢坂剛　時代小説 読切御免第二巻　新潮社(新潮文庫)　2004年3月

羽柴筑前守 秀吉(豊臣 秀吉)　はしばちくぜんのかみ・ひでよし(とよとみ・ひでよし)
戦国武将、織田信長子飼いの腹心でのちの豊臣秀吉 「最後に笑う禿鼠」 南條範夫　本能寺・男たちの決断-傑作時代小説　PHP研究所(PHP文庫)　2007年2月

羽柴 秀吉　はしば・ひでよし
戦国武将、小牧・長久手ノ戦における尾張軍の大将 「武返」 池宮彰一郎　代表作時代小説 平成十四年度　光風社出版　2002年5月

羽柴 秀吉　はしば・ひでよし
戦国武将、織田信長の家臣でのちの豊臣秀吉 「鬼骨の人」 津本陽　軍師の生きざま-時代小説傑作選　コスミック出版(コスミック文庫)　2008年11月;戦国軍師列伝-時代小説傑作選六　新人物往来社　2008年3月

羽柴 秀吉(豊臣 秀吉)　はしば・ひでよし(とよとみ・ひでよし)
戦国武将、織田家の重臣で本能寺の変後信長の後継者となった男 「盗っ人宗湛」 火坂雅志　本能寺・男たちの決断-傑作時代小説　PHP研究所(PHP文庫)　2007年2月

羽柴 秀吉(豊臣 秀吉)　はしば・ひでよし(とよとみ・ひでよし)
戦国武将、織田軍の総帥でのち豊臣秀吉 「吉川治部少輔元春」 南條範夫　紅葉谷から剣鬼が来る-時代小説傑作選　講談社(講談社文庫)　2002年9月

羽柴 秀吉(豊臣 秀吉)　はしば・ひでよし(とよとみ・ひでよし)
戦国武将、織田軍団の後継者として名乗りを上げたのちの豊臣秀吉 「一番槍」 高橋直樹　斬刃-時代小説傑作選　コスミック出版(コスミック時代文庫)　2005年5月

羽柴 秀吉(豊臣 秀吉)　はしば・ひでよし(とよとみ・ひでよし)
戦国武将、織田信長が明智光秀に討たれた後明智を滅ぼし柴田一族を亡して天下の実権を握った男 「羽柴秀吉」 林芙美子　歴史小説の世紀-天の巻　新潮社(新潮文庫)　2000年9月

羽柴 秀吉(豊臣 秀吉)　はしば・ひでよし(とよとみ・ひでよし)
戦国武将、織田信長の家臣で近江長浜城主のちの豊臣秀吉 「絶塵の将」 池宮彰一郎　春宵 濡れ髪しぐれ-時代小説傑作選　講談社(講談社文庫)　2003年9月

羽柴 秀吉(豊臣 秀吉)　はしば・ひでよし(とよとみ・ひでよし)
戦国武将、織田信長麾下の将でのちの豊臣秀吉 「大返しの篝火-黒田如水」 川上直志　戦国軍師列伝-時代小説傑作選六　新人物往来社　2008年3月

羽柴 秀吉(豊臣 秀吉)　はしば・ひでよし(とよとみ・ひでよし)
戦国武将、織田勢の中国攻めの総大将でのち豊臣秀吉 「官兵衛受難」 赤瀬川隼　愛染夢灯籠-時代小説傑作選　講談社(講談社文庫)　2005年9月

羽柴 秀吉(豊臣 秀吉)　はしば・ひでよし(とよとみ・ひでよし)
戦国武将、辰之助(小早川秀秋)の養父でのち天下人 「裏切りは誰ぞ」 永井路子　約束-極め付き時代小説選1　中央公論新社(中公文庫)　2004年9月

はしば

羽柴 秀吉（豊臣 秀吉）　はしば・ひでよし（とよとみ・ひでよし）
戦国武将、備中の高松城を攻めていた時に信長が本能寺で死んだことを聞かされた大将でのちの豊臣秀吉　「ヤマザキ」　筒井康隆　歴史小説の世紀-地の巻　新潮社（新潮文庫）2000年9月

羽柴 秀吉（豊臣 秀吉）　はしば・ひでよし（とよとみ・ひでよし）
戦国武将、亡き織田信長の家臣　「織田三七の最期」　高橋直樹　愛染夢灯籠-時代小説傑作選　講談社（講談社文庫）2005年9月

羽柴 秀吉（豊臣 秀吉）　はしば・ひでよし（とよとみ・ひでよし）
戦国武将、毛利方に寝返った別所長治の将長井四郎左衛門の守る野口城を攻囲した総大将でのちの豊臣秀吉　「五人の武士」　武田八洲満　花と剣と侍-新鷹会・傑作時代小説選　光文社（光文社文庫）2009年6月

橋本 左内　はしもと・さない
福井藩藩医、井伊直弼の安政の大獄で捕縛され処刑された開明派の志士の一人　「城中の霜」　山本周五郎　人物日本の歴史 幕末維新編-時代小説版　小学館（小学館文庫）2004年9月

芭蕉　ばしょう
俳人、本所廻同心笹木仙十郎の師匠で下手人さがしの手助けもする情報通　「初しぐれ」　新宮正春　江戸宵闇しぐれ-人情捕物帳傑作選二　学習研究社（学研M文庫）2005年3月

葉末　はずえ
陽明殿の諸大夫進藤主膳の妻に甥に当る田沢主税という若い浪人が恋した類いまれな美女　「妖女人面人心」　本山荻舟　怪奇・伝奇時代小説選集4 怪異黒姫おろし　春陽堂書店（春陽文庫）2000年1月

蓮根 左仲　はすね・さちゅう
京の西町奉行所の町廻り同心、地蔵寺住職宗徳の幼なじみで悪人どもを成敗する足引き寺の仲間の一人　「地蔵寺の犬」　澤田ふじ子　犬道楽江戸草紙-時代小説傑作選　徳間書店（徳間文庫）2005年8月

蓮根 左仲　はすね・さちゅう
仕事師、京都西町奉行所同心　「女狐の罠」　澤田ふじ子　闇の旋風-問題小説傑作選5 捕物帖篇　徳間書店（徳間文庫）2000年1月

長谷川 宗喜　はせがわ・そうき
兵法者、中条流三家　「花車」　戸部新十郎　鎮守の森に鬼が棲む-時代小説傑作選　講談社（講談社文庫）2001年9月

長谷川 竹丸　はせがわ・たけまる
織田信長の小姓で徳川家康の堺見物の案内役をつとめた男　「決死の伊賀越え-忍者頭目服部半蔵」　滝口康彦　神出鬼没!戦国忍者伝-傑作時代小説　PHP研究所（PHP文庫）2009年3月

長谷川 冬馬　はせがわ・とうま
御家人長谷川家の婿で御先手同心、妻と樹緒とのら猫の虎太郎を可愛がっていた侍　「野良猫侍」　小松重男　大江戸猫三昧-時代小説傑作選　徳間書店（徳間文庫）2004年11月

はたけ

長谷川 縫殿助　はせがわ・ぬいのすけ
越前宰相忠直気に入りの家来「忠直卿行状記」海音寺潮五郎　江戸三百年を読む 上-傑作時代小説 江戸騒乱編　角川学芸出版(角川文庫)　2009年9月

長谷川 平蔵　はせがわ・へいぞう
火付盗賊改方「血頭の丹兵衛(鬼平犯科帳)」池波正太郎　傑作捕物ワールド第7巻 犯科帳篇　リブリオ出版　2002年10月

長谷川 平蔵　はせがわ・へいぞう
火付盗賊改方「蛇の眼」池波正太郎　蛇の眼-捕物時代小説選集2　春陽堂書店(春陽文庫)　2000年3月

長谷川 平蔵　はせがわ・へいぞう
火付盗賊改方の頭「江戸怪盗記」池波正太郎　情けがからむ朱房の十手-傑作時代小説　PHP研究所(PHP文庫)　2009年1月;江戸の鈍感力-時代小説傑作選　集英社(集英社文庫)　2007年12月

長谷川 平蔵　はせがわ・へいぞう
火付盗賊改方の頭領「看板」池波正太郎　歴史小説の世紀-地の巻　新潮社(新潮文庫)　2000年9月

長谷川 平蔵　はせがわ・へいぞう
前火付盗賊改方「むかしの男」池波正太郎　江戸浮世風-人情捕物帳傑作選　学習研究社(学研M文庫)　2004年8月

長谷川 平蔵　はせがわ・へいぞう
盗賊改方長官「鬼平犯科帳 女密偵女賊」池波正太郎　花ごよみ夢一夜-新選代表作時代小説24　光風社出版(光風社文庫)　2001年11月

支倉 常長(六右衛門)　はせくら・つねなが(ろくえもん)
仙台藩の侍、羅馬(ローマ)から帰国途中の「陸奥丸」に乗り組んだ遣欧使節団の正史「紀州鯨銛殺法」新宮正春　武芸十八般-武道小説傑作選　KKベストセラーズ(ベスト時代文庫)　2005年10月

馬實　ば・そう
馬殷の弟「茶王一代記」田中芳樹　異色中国短篇傑作大全　講談社(講談社文庫)　2001年3月

秦 切左衛門　はた・きりざえもん
関ケ原の戦後主人の本多上野介正純の命で大坂へいき片桐且元に仕えた武士「切左衛門の訴状」戸部新十郎　侍たちの歳月-新鷹会・傑作時代小説選　光文社(光文社文庫)　2002年6月

畠山検校　はたけやまけんぎょう
高利貸しの座頭金を組織している幹部の悪徳検校「闇風呂金-べらんめぇ宗俊」天宮響一郎　江戸の刺客-書き下ろし時代小説傑作選6　大洋図書(大洋時代文庫)　2005年9月

はたけ

畠山 真之介（新吉）　はたけやま・しんのすけ＊（しんきち）
本所菊川町に屋敷を持つ旗本畠山家の三男坊、ある時は遊び人の新吉の色男　「双面花見侍」　安達瑶　姦殺の剣-書下ろし時代小説傑作選3　ミリオン出版（大洋時代文庫）2005年4月

畑島 伝兵衛　はたしま・でんべえ＊
対馬藩の御船奉行、むかしは下級藩士の日高市五郎の上役だった武士　「海峡の使者」　白石一郎　花ごよみ夢一夜-新選代表作時代小説24　光風社出版（光風社文庫）　2001年11月

羽田 信作　はだ・しんさく
藩の金を横領した勘定方の地次源兵衛の討手に選ばれた下級武士　「這いずり-幽剣抄」　菊地秀行　代表作時代小説 平成十四年度　光風社出版　2002年5月

畑中 伝兵衛　はたなか・でんべえ
馬庭念流の剣術家樋口又七郎定次の門弟　「体中剣殺法-樋口定次vs村上権左衛門」　峰隆一郎　秘剣・豪剣!武芸決闘記-時代小説傑作選二　新人物往来社　2008年3月

秦 貞連　はたの・さだつら
内裏の陰陽寮に仕える術師賀茂忠行の上司　「夜光鬼」　高橋克彦　春宵 濡れ髪しぐれ-時代小説傑作選　講談社（講談社文庫）　2003年9月

波多野 秀尚　はたの・ひでなお
戦国武士で丹波矢上城主波多野秀治の弟、落武者となり北近江の村の僧となった浪人　「木魚が聞こえる」　喜安幸夫　代表作時代小説 平成十六年度　光風社出版　2004年4月

秦 真比呂　はたの・まひろ
御所の楽所の楽頭・秦真倉の三男で中納言藤原道長と親しい楽人　「象太鼓-平安妖異伝」　平岩弓枝　代表作時代小説 平成十三年度　光風社出版　2001年5月

秦 真比呂　はたの・まひろ
少年楽人、大内楽所の楽頭をつとめる秦真倉の三男　「花と楽人-平安妖異伝」　平岩弓枝　代表作時代小説 平成十二年度　光風社出版　2000年5月

秦造 河勝　はたのみやつこ・かわかつ
斑鳩宮の厩戸皇太子の側近　「牧場の影と春-斑鳩宮始末記」　黒岩重吾　代表作時代小説 平成十五年度　光風社出版　2003年5月

秦ノ安秋　はたの・やすあき
大和ノくに添上ノ郡の大領の秘書官で富豪の次男　「牛」　山本周五郎　動物-極め付き時代小説選3　中央公論新社（中公文庫）　2004年11月

秦部 魚足　はたべの・うおたり
斑鳩宮の捜査の官人調首子麻呂の部下　「牧場の影と春-斑鳩宮始末記」　黒岩重吾　代表作時代小説 平成十五年度　光風社出版　2003年5月

旗本偏屈男　はたもとへんくつおとこ
旗本きっての名物男　「大江戸花見侍」　清水義範　江戸の爆笑力-時代小説傑作選　集英社（集英社文庫）　2004年12月

ハチ
母親に捨てられて稲荷鮨売りの組仲間と長屋でくらしている少女伊根が好きな年上の美男
「花童」西條奈加 代表作時代小説 平成二十一年度 光文社 2009年6月

八五郎(ガラッハ) はちごろう(がらっぱち)
神田明神下の岡っ引銭形平次の子分 「瓢箪供養」野村胡堂 酔うて候-時代小説傑作選 徳間書店(徳間文庫) 2006年10月

八五郎(ガラッハ) はちごろう(がらっぱち)
銭形の平次の子分 「赤い紐」野村胡堂 傑作捕物ワールド第1巻 岡っ引き篇 リブリオ出版 2002年10月

八左衛門 はちざえもん
美濃の菩提山城の若さん竹中半兵衛(のちの軍師)に幼いころから仕えている男 「笹座」戸部新十郎 代表作時代小説 平成十四年度 光風社出版 2002年5月

蜂須賀 彦右衛門 はちすか・ひこえもん
戦国武将、備中の高松城を攻めていた羽柴秀吉軍と毛利軍との和議を担当していた将 「ヤマザキ」筒井康隆 歴史小説の世紀-地の巻 新潮社(新潮文庫) 2000年9月

八助 はちすけ
詐欺師、おこんの仲間 「おちょくり屋お紺」神坂次郎 紅葉谷から剣鬼が来る-時代小説傑作選 講談社(講談社文庫) 2002年9月

八代目 はちだいめ
江戸歌舞伎の人気役者、初代団十郎の横死の謎を解こうとする男 「初代団十郎暗殺事件」南原幹雄 江戸夢あかり-市井・人情小説傑作選 学習研究社(学研M文庫) 2003年7月;星明かり夢街道-新選代表作時代小説21 光風社出版 2000年5月

ぱちびんの亀ぞう ぱちびんのかめぞう
人別帳から弾かれた非人でむかし渡り中間をしていた男 「橋がかり」野村敏雄 武士道春秋-新鷹会・傑作時代小説選 光文社(光文社文庫) 2006年6月

八兵衛 はちべえ
旧幕時代四国土佐藩二十四万石の参政吉田東洋に仕えていた草履取り 「生籠り」杉田幸三 武士道春秋-新鷹会・傑作時代小説選 光文社(光文社文庫) 2006年6月

八兵衛 はちべえ
日本橋のはずれ米沢町に住む筆耕屋、夢の中でいつもなつという娘に会っている男 「夢筆耕」石川英輔 しぐれ舟-時代小説招待席 広済堂出版 2003年9月

八兵衛 はちべえ
百姓 「菅刈の庄」梅本育子 剣の意地 恋の夢-時代小説傑作選 講談社(講談社文庫) 2000年9月

八兵衛(淀川 八郎右衛門) はちべえ(よどがわ・はちろうえもん)
江戸にある富士講の一つ西神田講の先達になった町人、元は前田藩に仕えていた侍 「六合目の仇討」新田次郎 江戸の漫遊力-時代小説傑作選 集英社(集英社文庫) 2008年12月

蜂屋 謙三郎　はちや・けんざぶろう
儒学をもって藩に奉公する中士の蜂屋家の主「紫雲英」安西篤子　代表作時代小説　平成十二年度　光風社出版　2000年5月

蜂屋 慎吾　はちや・しんご
北信濃の戸狩村に出張していた松代藩のお狼火方の侍、藩の次席家老の倅「銀河まつり」吉川英治　人情草紙-信州歴史時代小説傑作集第四巻　しなのき書房　2007年7月

八郎秀高　はちろうひでたか
関ヶ原の戦いに敗れ父子共々八丈島へ流された宇喜多秀家の嫡男「母恋常珍坊」中村彰彦　地獄の無明剣-時代小説傑作選　講談社（講談社文庫）2004年9月

はつ
村の子守り娘「一期一殺」羽山信樹　春宵 濡れ髪しぐれ-時代小説傑作選　講談社（講談社文庫）2003年9月

初　はつ
徳川方が大阪城に潜入させていた女忍び「真田の蔭武者」大佛次郎　軍師の生きざま-短篇小説集　作品社　2008年11月

初瀬　はつせ
お関の二人きりの姉妹の妹で縹緻を望まれて旗本の側女となったが永代落橋の大惨事に遭った娘「姉と妹」杉本苑子　剣よ月下に舞え-新選代表作時代小説23　光風社出版（光風社文庫）2001年5月

泊瀬部王子　はつせべおうじ
大王「暗殺者」黒岩重吾　紅葉谷から剣鬼が来る-時代小説傑作選　講談社（講談社文庫）2002年9月

八田 軍平　はった・ぐんべい
大坂西町奉行所与力「深川形櫛」古賀宣子　花と剣と侍-新鷹会・傑作時代小説選　光文社（光文社文庫）2009年6月

服部 吉兵衛　はっとり・きちべえ
黒金藩の江戸詰の勘定方、藩主信濃守勝統の元側室・松仙尼の婚約者だった男「雪間草」藤沢周平　鍔鳴り疾風剣-新選代表作時代小説22　光風社出版（光風社文庫）2000年11月

服部 源三郎　はっとり・げんざぶろう
牛込神楽坂へんの小旗本の三男「首つり御門」都筑道夫　怪奇・怪談時代小説傑作選　徳間書店（徳間文庫）2004年9月

服部 小十郎　はっとり・こじゅうろう
江戸表より勘定奉行久世丹後守の使者としてつかわされた侍「公卿侍」村上元三　星明かり夢街道-新選代表作時代小説21　光風社出版　2000年5月

服部 小平次　はっとり・こへいじ
播州赤穂藩士の次男坊、大石内蔵助の命令で道具屋へ転職しのち討入りのとき吉良邸の絵図面を内蔵助のもとへとどけた男「舞台うらの男」池波正太郎　花と剣と侍-新鷹会・傑作時代小説選　光文社（光文社文庫）2009年6月

服部 三郎兵衛　はっとり・さぶろべえ*
新撰組を抜けて高台寺党という分派を結成した伊東甲子太郎の片腕　「高台寺の間者」
新宮正春　代表作時代小説　平成十二年度　光風社出版　2000年5月

服部 大陣　はっとり・たいじん
忍び組服部組の一門で牢人して柳生家に入門した伊賀者　「伊賀の聴恋器」　山田風太郎
　江戸の爆笑力-時代小説傑作選　集英社(集英社文庫)　2004年12月;恋模様-極め付き
時代小説選2　中央公論新社(中公文庫)　2004年10月

服部 梅竹　はっとり・ばいちく
元吉良屋敷の奥女中だったよしの弟、吉良上野介の茶坊主　「生きていた吉良上野」　榊
山潤　赤穂浪士伝奇-べんせいライブラリー時代小説セレクション　勉誠出版　2002年12月

服部 半蔵　はっとり・はんぞう
伊賀忍者の若者　「女忍小袖始末」　光瀬龍　神出鬼没!戦国忍者伝-傑作時代小説　PHP
研究所(PHP文庫)　2009年3月

服部 半蔵正就　はっとり・はんぞうまさなり
伊賀組頭領、二代目服部半蔵　「虚空残月-服部半蔵」　南原幹雄　戦国忍者武芸帳-時
代小説傑作選五　新人物往来社　2008年3月

服部 半蔵正成　はっとり・はんぞうまさなり
伊賀組頭取服部半蔵正就の父　「虚空残月-服部半蔵」　南原幹雄　戦国忍者武芸帳-時
代小説傑作選五　新人物往来社　2008年3月

服部 半蔵正成　はっとり・はんぞうまさなり
伊賀忍者、二代目服部半蔵の正就の父　「半蔵門外の変」　戸部新十郎　神出鬼没!戦国
忍者伝-傑作時代小説　PHP研究所(PHP文庫)　2009年3月

服部 半蔵正成　はっとり・はんぞうまさなり
伊賀忍者の頭目、徳川家康に仕えた男　「決死の伊賀越え-忍者頭目服部半蔵」　滝口康
彦　神出鬼没!戦国忍者伝-傑作時代小説　PHP研究所(PHP文庫)　2009年3月

服部 撫松　はっとり・ぶしょう
文人、旧幕のころは奥州二本松藩の儒者だった人物　「夢は飛ぶ」　杉本章子　代表作時
代小説　平成十五年度　光風社出版　2003年5月

服部 正就　はっとり・まさなり
伊賀忍者、父親の半蔵正成の後を継いだ二代目服部半蔵　「半蔵門外の変」　戸部新十
郎　神出鬼没!戦国忍者伝-傑作時代小説　PHP研究所(PHP文庫)　2009年3月

初音　はつね
薩摩・大隅・日向の太守島津斉興の愛妾お由羅の方おつきの女中　「丑の刻異変」　中林
節三　怪奇・伝奇時代小説選集5 北斎と幽霊　春陽堂書店(春陽文庫)　2000年2月

花　はな
母親に捨てられた少女伊根の稲荷鮨売りの組仲間で五歳の可愛い少女　「花童」　西條奈
加　代表作時代小説　平成二十一年度　光文社　2009年6月

花江　はなえ
将軍家慶の側室から姉妹で御中臈になった美しい女、雪江の姉　「猫姫」　島村洋子　大江戸猫三昧−時代小説傑作選　徳間書店(徳間文庫)　2004年11月;しぐれ舟−時代小説招待席　広済堂出版　2003年9月

花江　はなえ
豊前・豊後の領主細川忠興の家臣長岡肥後守宗信の妻、薙刀術の師範　「生きすぎたりや」　安部龍太郎　地獄の無明剣−時代小説傑作選　講談社(講談社文庫)　2004年9月

花枝　はなえ
大正の頃横浜の本牧あたりにあったチャブ屋と呼ばれる遊郭の売れっ子の娼妓　「ドル箱」　山崎洋子　夢を見にけり−時代小説招待席　広済堂出版　2004年6月

バナガンガ
雌象、徳川将軍家への交趾国からの贈物　「ああ三百七十里」　杉本苑子　江戸の漫遊力−時代小説傑作選　集英社(集英社文庫)　2008年12月;極め付き時代小説選3　動物　中央公論新社(中公文庫)　2004年11月

花吉　はなきち
小猿の花吉という風来坊、暴れ侍・葵新八郎の子分　「巷説闇風魔」　木屋進　幽霊陰陽師−捕物時代小説選集5　春陽堂書店(春陽文庫)　2000年6月

落語家　はなしか
東京市中の下谷御徒町で貸家をさがしていた落語家　「月の夜がたり」　岡本綺堂　怪奇・伝奇時代小説選集7　幽明鏡草紙　春陽堂書店(春陽文庫)　2000年4月

花田 紀右衛門　はなだ・きえもん*
紀州藩藩士、剛力で藩内でも聞こえた侍　「堀主水と宗矩」　五味康祐　小説「武士道」−時代小説短編傑作選　三笠書房(知的生きかた文庫)　2008年11月

花廼屋　はなのや
探偵　「狼大明神(明治開化安吾捕物帖)」　坂口安吾　傑作捕物ワールド第8巻　明治推理篇　リブリオ出版　2002年10月

花房　はなぶさ
京都三本木の遊里の芸妓　「京しぐれ」　南原幹雄　鍔鳴り疾風剣−新選代表作時代小説22　光風社出版(光風社文庫)　2000年11月

花房 一平　はなぶさ・いっぺい
御目付遠山金四郎景晋の配下　「泥棒が笑った」　平岩弓枝　江戸の老人力−時代小説傑作選　集英社(集英社文庫)　2002年12月

花房 一平　はなぶさ・いっぺい
御目付遠山左衛門尉景晋の配下　「さんま焼く」　平岩弓枝　江戸宵闇しぐれ−人情捕物帳傑作選二　学習研究社(学研M文庫)　2005年3月

花房 一平　はなぶさ・いっぺい
目付役遠山金四郎景晋に仕えている侍　「子を思う闇」　平岩弓枝　花と剣と侍−新鷹会・傑作時代小説選　光文社(光文社文庫)　2009年6月

花丸　はなまる
兵法者伊藤一刀斎の弟子の若い娘萩香といつも一しょの猿「飛猿の女」　郡順史　怪奇・伝奇時代小説選集11 妖艶の谷　春陽堂書店(春陽文庫)　2000年8月

塙 十四郎　はなわ・じゅうしろう
深川にある縁切り宿「橘屋」の用心棒をつとめる剣客「雨上がり」　藤原緋沙子　撫子が斬る-女性作家捕物帳アンソロジー　光文社(光文社文庫)　2005年9月

塙 武助　はなわ・ぶすけ*
西国浪人塙武助を装う赤穂浪士「ただ一度、一度だけ」　南條範夫　江戸の秘恋-時代小説傑作選　徳間書店(徳間文庫)　2004年10月

土津公(保科 正之)　はにつこう(ほしな・まさゆき)
会津藩松平家藩祖「鬼」　綱淵謙錠　歴史小説の世紀-地の巻　新潮社(新潮文庫)　2000年9月

歯抜け　はぬけ
越後刈羽郡山田村の者「暫く、暫く、暫く」　佐藤雅美　時代小説 読切御免第四巻　新潮社(新潮文庫)　2005年12月

馬場 多岐之介　ばば・たきのすけ
藩の祐筆小役、上意討ちの命を受け見知らぬ男・滝川才蔵を追う旅に出た男「才蔵は何処に」　菊地秀行　散りぬる桜-時代小説招待席　広済堂出版　2004年2月

馬場 信春　ばば・のぶはる
戦国武将、武田家の老将「天目山の雲」　井上靖　決戦 川中島-傑作時代小説　PHP研究所(PHP文庫)　2007年3月

ハビーブ
西域カシュガルの楽器作りの娘、絶世の美女「四人目の香妃」　陳舜臣　剣が哭く夜に哭く-新選代表作時代小説20　光風社出版　2000年1月

浜吉(風車の浜吉)　はまきち(かざぐるまのはまきち)
小石川伝通院の風車売り、元御用聞「京屋の箱入娘-風車の浜吉捕物綴」　伊藤桂一　代表作時代小説 平成十四年度　光風社出版　2002年5月

浜吉(風車の浜吉)　はまきち(かざぐるまのはまきち)
小石川伝通院の風車売り、根津の親分と呼ばれる元御用聞「絵師の死ぬとき」　伊藤桂一　江戸浮世風-人情捕物帳傑作選　学習研究社(学研M文庫)　2004年8月

浜吉(風車の浜吉)　はまきち(かざぐるまのはまきち)
小石川伝通院の風車売り、根津の親分と呼ばれる元御用聞「月夜駕籠」　伊藤桂一　剣よ月下に舞え-新選代表作時代小説23　光風社出版(光風社文庫)　2001年5月

浜吉(風車の浜吉)　はまきち(かざぐるまのはまきち)
小石川伝通院の風車売り、根津の親分と呼ばれる元御用聞「風車は廻る(風車の浜吉・捕物綴)」　伊藤桂一　捕物小説名作選一　集英社(集英社文庫)　2006年8月;傑作捕物ワールド第10巻　リブリオ出版　2002年10月

はまし

浜島 庄兵衛（日本左衛門）　はましま・しょうべえ（にほんざえもん）
三河・遠江一帯を跳梁跋扈する大盗「秘図」池波正太郎　侍たちの歳月-新鷹会・傑作時代小説選　光文社（光文社文庫）2002年6月

浜蔵　はまぞう
馬屋「弁天屋」の使用人「爪の代金五十両」南原幹雄　吉原花魁　角川書店（角川文庫）2009年12月

浜田 喜兵衛（丑太郎）　はまだ・きへえ（うしたろう）
奥州磐崎郡三坂の城主三坂越前守隆景に仕えた武者「怪（かい）」綱淵謙錠　怪奇・怪談時代小説傑作選　徳間書店（徳間文庫）2004年9月

浜田 源次郎　はまだ・げんじろう
有名な財産家浜田源右衛門の一人息子で吉原の花魁に馴染んだ男「小夜衣の怨」神田伯龍　怪奇・伝奇時代小説選集8 百物語　春陽堂書店（春陽文庫）2000年5月

浜田屋治兵衛　はまだやじへい
江戸から伊豆韮山に連れて来られて江川家に寄宿し砲術を習っていた武士の若者「占い坂」条田念　伊豆の歴史を歩く-伊豆文学賞・歴史小説傑作集Ⅱ　羽衣出版　2006年3月

浜の嵐新五郎　はまのあらししんごろう
横浜本牧のチャブ屋の常連、博打の胴元「九原の涙」東郷隆　異色中国短篇傑作大全　講談社（講談社文庫）2001年3月

浜村屋瀬川菊之丞（路考）　はまむらやせがわきくのじょう（ろこう）
江戸中の女子供の人気を蒐めている若女形、二代目路考「萩寺の女」久生十蘭　偉人八傑推理帖-名探偵時代小説　双葉社（双葉文庫）2004年7月

早川 主馬　はやかわ・しゅめ
播州龍野藩士で徒目付、志乃の兄「女人は二度死ぬ」笹沢左保　大奥華伝　角川書店（角川文庫）2006年11月

早川 典膳　はやかわ・てんぜん
武芸者、元小笠原藩士「秘剣」五味康祐　幻の剣鬼 七番勝負-傑作時代小説　PHP研究所（PHP文庫）2008年5月

林 桜園　はやし・おうえん
熊本の学者、極端な国粋主義者で肥後勤皇党の志士たちに影響を与えた人物「白昼の斬人剣-佐久間象山暗殺」井口朝生　必殺!幕末暗殺剣-時代小説傑作選三　新人物往来社　2008年3月

林 頑固斎　はやし・がんこさい
明治四年四国の丸亀を出て東京の旧旗本木村家に身を託した老人「東京南町奉行」山田風太郎　傑作捕物ワールド第6巻 名奉行篇　リブリオ出版　2002年10月

林 謹之助　はやし・きんのすけ
水沢藩士の保の算学仲間、一関藩の土木営繕方の仕事をしている男「算学武士道」小野寺公二　星明かり夢街道-新選代表作時代小説21　光風社出版　2000年5月

林崎 甚助　はやしざき・じんすけ
剣術家、居合の祖　「袈裟掛けの太刀-林崎甚助vs坂上主膳」　羽山信樹　秘剣・豪剣!武芸決闘記-時代小説傑作選二　新人物往来社　2008年3月

林崎 甚助　はやしざき・じんすけ
兵法者、居合い抜刀術の祖　「林崎甚助」　童門冬二　人物日本剣豪伝二　学陽書房(人物文庫)　2001年4月

林 三之丞　はやし・さんのじょう
兵法深甚流の遣い手　「水鏡」　戸部新十郎　幻の剣鬼 七番勝負-傑作時代小説　PHP研究所(PHP文庫)　2008年5月;武芸十八般-武道小説傑作選　KKベストセラーズ(ベスト時代文庫)　2005年10月

林田 左文　はやしだ・さもん
筑前秋月藩士、八人の剣士「左右良八天狗」の一人　「妖剣林田左文」　山田風太郎　幻の剣鬼 七番勝負-傑作時代小説　PHP研究所(PHP文庫)　2008年5月

林 董　はやし・ただす
幕医松本良順の実弟、のちの外務大臣　「歳三の写真」　草森紳一　新選組興亡録　角川書店(角川文庫)　2008年9月

林 忠崇　はやし・ただたか
上総請西藩一万石の藩主、維新の内乱において佐幕派の雄として徹底抗戦をした武士　「坐視に堪えず」　東郷隆　代表作時代小説 平成十九年度　光文社　2007年6月

林 董三郎(林 董)　はやし・とうさぶろう＊(はやし・ただす)
幕医松本良順の実弟、のちの外務大臣　「歳三の写真」　草森紳一　新選組興亡録　角川書店(角川文庫)　2008年9月

林連 作　はやしのむらじ・つくり
斑鳩宮の馬司の役人で落馬で命を落とした山背部石根の部下だった男　「牧場の影と春-斑鳩宮始末記」　黒岩重吾　代表作時代小説 平成十五年度　光風社出版　2003年5月

林 美里　はやし・みさと
許婚者であった佑一郎の兄藤崎信三郎を伴って仇討ちの旅に出た武家の娘　「秋萌えのラプソディー」　藤水名子　ふりむけば闇-時代小説招待席　広済堂出版　2003年6月

林家正蔵　はやしやしょうぞう
怪談ばなしの元祖の落語家　「羅生門河岸」　都筑道夫　偉人八傑推理帖-名探偵時代小説　双葉社(双葉文庫)　2004年7月

早瀬 隼人　はやせ・はやと
悪党一味に謀殺された勘定組頭上席早瀬主馬の弟　「疾風魔」　九鬼澹　怪奇・伝奇時代小説選集4 怪異黒姫おろし　春陽堂書店(春陽文庫)　2000年1月

疾風小僧(仁太郎)　はやてこぞう(じんたろう)
盗賊の疾風一味の頭目　「腰紐呪法」　島本春雄　怪奇・伝奇時代小説選集10 怪談累ケ淵　春陽堂書店(春陽文庫)　2000年7月

はやて

疾風の勘兵衛　はやてのかんべえ
京の都に暗躍する怪盗　「百万両呪縛」　高木彬光　七人の十兵衛-傑作時代小説　PHP研究所(PHP文庫)　2007年11月

隼人　はやと
堺の豪商天王寺屋宗及の跡取り　「本能寺ノ変　朝-堺の豪商・天王寺屋宗及」　赤木駿介　本能寺・男たちの決断-傑作時代小説　PHP研究所(PHP文庫)　2007年2月

隼之助　はやのすけ
倭人の囚人、倭寇で坊ノ津の阿多家の末子　「美女と鷹」　海音寺潮五郎　恋模様-極め付き時代小説選2　中央公論新社(中公文庫)　2004年10月

隼小僧　はやぶさこぞう
浅草花川戸の生まれの怪盗、人形師定七の女房お園の幼なじみ　「むくろ人形の謎」　大林清　灯籠伝奇-捕物時代小説選集8　春陽堂書店(春陽文庫)　2000年12月

隼 新八郎　はやぶさ・しんぱちろう
町奉行根岸肥前守に仕える内与力　「吉原大門の殺人」　平岩弓枝　吉原花魁　角川書店(角川文庫)　2009年12月

隼 新八郎　はやぶさ・しんぱちろう
南御番所の内与力　「金唐革の財布」　平岩弓枝　大江戸の歳月-新鷹会・傑作時代小説選　光文社(光文社文庫)　2003年6月

隼 新八郎　はやぶさ・しんぱちろう
南町奉行根岸肥前守の内与力　「さいかち坂上の恋人」　平岩弓枝　江戸浮世風-人情捕物帳傑作選　学習研究社(学研M文庫)　2004年8月

隼 新八郎　はやぶさ・しんぱちろう
南町奉行根岸肥前守鎮衛に仕える内与力　「御守殿おたき(はやぶさ新八御用帳)」　平岩弓枝　傑作捕物ワールド第2巻　与力同心篇　リブリオ出版　2002年10月

隼 新八郎　はやぶさ・しんぱちろう
奉行の内与力、落合清四郎と兄弟の縁を結ぶようになった男　「寒紅梅」　平岩弓枝　愛染夢灯籠-時代小説傑作選　講談社(講談社文庫)　2005年9月

速水 研四郎　はやみ・けんしろう
伊豆韮山にある道場で剣術師範をしている男　「占い坂」　条田念　伊豆の歴史を歩く-伊豆文学賞・歴史小説傑作集Ⅱ　羽衣出版　2006年3月

早見 伝兵衛　はやみ・でんべえ
藩の家臣譜の編纂を行っている学者宇津木丈大夫の家を訪ねた藩士で弓の師範の老人　「男の縁」　乙川優三郎　代表作時代小説 平成十八年度　光文社　2006年6月

早水 藤左衛門　はやみ・とうざえもん
江戸城松の廊下の刃傷沙汰を国元に知らせる使者となった赤穂藩の武士　「赤穂飛脚」　山田風太郎　江戸の漫遊力-時代小説傑作選　集英社(集英社文庫)　2008年12月

早水 藤左衛門　はやみ・とうざえもん
赤穂浪士、細川家に御預り中の身　「或日の大石内蔵助」　芥川龍之介　赤穂浪士伝奇-べんせいライブラリー時代小説セレクション　勉誠出版　2002年12月

原口 馬之助　はらぐち・うまのすけ
黒石藩の普請方三杉敬助の同輩「清貧の福」池宮彰一郎　歴史小説の世紀-地の巻　新潮社（新潮文庫）2000年9月

原口 慎蔵　はらぐち・しんぞう
勘定目付、桂木道場の俊才「深い霧」藤沢周平　剣の意地 恋の夢-時代小説傑作選　講談社（講談社文庫）2000年9月

原口 孫左衛門　はらぐち・まござえもん
勘定目付原口慎蔵の父「深い霧」藤沢周平　剣の意地 恋の夢-時代小説傑作選　講談社（講談社文庫）2000年9月

原 小隼人　はら・こはやと
少年の頃美貌の故に信州松代藩真田家六代の信安に寵愛され出世して家老職勝手係となり藩政を左右する身分になった男「田村騒動」海音寺潮五郎　侍の肖像-信州歴史時代小説傑作集第二巻　しなのき書房　2007年5月

原田 甲斐　はらだ・かい
伊達藩国老、藩の要職を専権する兵部一派の一人「原田甲斐」中山義秀　江戸三百年を読む 上-傑作時代小説 江戸騒乱編　角川学芸出版（角川文庫）2009年9月；人物日本の歴史 江戸編〈上〉-時代小説版　小学館（小学館文庫）2004年5月

原田 勘左衛門　はらだ・かんざえもん
肥前佐賀の鍋島家の江戸用人「元禄武士道」白石一郎　武士の本懐〈弐〉-武士道小説傑作選　KKベストセラーズ（ベスト時代文庫）2005年5月

原田 小次郎　はらだ・こじろう
播州龍野藩士で徒目付、志乃の許婚「女人は二度死ぬ」笹沢左保　大奥華伝　角川書店（角川文庫）2006年11月

原田 佐之助　はらだ・さのすけ
新選組十番隊隊長、伊予松山藩の足軽・原田精五郎の長男「ごろんぼ佐之助」池波正太郎　誠の旗がゆく-新選組傑作選　集英社（集英社文庫）2003年12月

原田 左之助　はらだ・さのすけ
新選組副長助勤「新選組物語」子母沢寛　新選組烈士伝　角川書店（角川文庫）2003年10月

原田 左之助　はらだ・さのすけ
新選組副長助勤「敗れし人々」子母沢寛　剣狼-幕末を駆けた七人の兵法者　新潮社（新潮文庫）2007年6月

原田 左之助　はらだ・さのすけ
新選組副長助勤、伊予松山藩の足軽だった美男「死に損ないの左之助」早乙女貢　新選組アンソロジー上巻-その虚と実に迫る　舞字社　2004年2月

原 胤昭　はら・たねあき
元八丁堀の与力、維新後は耶蘇信徒となり銀座に「耶蘇教書肆・十字屋」の看板を掲げた若者「明治の耶蘇祭典-銀座開化事件帖」松井今朝子　代表作時代小説 平成十六年度　光風社出版　2004年4月

原 雅之進　はら・まさのしん
野山藩主土屋義孝の側用人、前藩主の重臣たちから命をねらわれる男　「消えた黄昏」
高橋三千綱　散りぬる桜-時代小説招待席　広済堂出版　2004年2月

原 保太郎　はら・やすたろう
群馬の権田村烏川畔に於いて小栗上野介を斬首した官軍の軍監　「普門院の和尚さん」
井伏鱒二　歴史小説の世紀-天の巻　新潮社(新潮文庫)　2000年9月

針ヶ谷 夕雲　はりがや・せきうん
苗木領内瀬戸村に逗留している高名な剣術者　「破門」　羽山信樹　幻の剣鬼 七番勝負-傑作時代小説　PHP研究所(PHP文庫)　2008年5月;秘剣舞う-剣豪小説の世界　学習研究社(学研M文庫)　2002年11月

針谷 夕雲　はりがや・せきうん
兵法者、無住心剣流の創始者　「針谷夕雲」　稲垣史生　人物日本剣豪伝三　学陽書房(人物文庫)　2001年5月

ハル
斑鳩宮の馬司の役人で落馬で命を落とした山背部石根の妻　「牧場の影と春-斑鳩宮始末記」　黒岩重吾　代表作時代小説 平成十五年度　光風社出版　2003年5月

波留　はる
真田家の隠居信之の侍女、殺害された横目付の守屋甚太夫の娘　「獅子の眠り」　池波正太郎　機略縦横!真田戦記-傑作時代小説　PHP研究所(PHP文庫)　2008年7月

春香　はるか
京都島原の妓楼「輪違屋」の女　「雨夜の暗殺-新選組の落日」　船山馨　新選組興亡録　角川書店(角川文庫)　2008年9月;誠の旗がゆく-新選組傑作選　集英社(集英社文庫)　2003年12月

春風小柳　はるかぜこりゅう*
女軽業師　「石灯篭(半七捕物帳)」　岡本綺堂　傑作捕物ワールド第1巻 岡っ引き篇　リブリオ出版　2002年10月

春吉(由太郎)　はるきち(よしたろう)
武士の娘お美津の隣家に住む仏師、実は室町の大店「長崎屋」の一子　「昇竜変化」　角田喜久雄　動物-極め付き時代小説選3　中央公論新社(中公文庫)　2004年11月

春駒太夫　はるこまだゆう
遊び人泣き兵衛の恋人　「往生組始末記」　飯田豊吉　怪奇・伝奇時代小説選集8 百物語　春陽堂書店(春陽文庫)　2000年5月

春蔵　はるぞう
南八丁堀の葉茶屋「駿河屋」の番頭、元は湯島の陰間(男娼)　「春宵相乗舟佃島」　出久根達郎　春宵 濡れ髪しぐれ-時代小説傑作選　講談社(講談社文庫)　2003年9月

春蔵　はるぞう
北野天満宮の馬場南やまねこ稲荷で油問屋「熊野屋」をつぶす相談をしていたならず者の一人　「あとの桜」　澤田ふじ子　江戸の老人力-時代小説傑作選　集英社(集英社文庫)　2002年12月

媛姫　はるひめ
土佐公（会津松平家藩祖保科正之）の継室お万の方が生んだ姫「鬼」綱淵謙錠　歴史小説の世紀-地の巻　新潮社（新潮文庫）2000年9月

春兵衛　はるべえ
唐津岸岳城に進軍した小嘉（佐賀）の竜造寺家純の軍勢の雑兵「唄えや雑兵」穂積驚　侍たちの歳月-新鷹会・傑作時代小説選　光文社（光文社文庫）2002年6月

樊噲　はん・かい
劉邦の親衛隊長「范増と樊噲」藤水名子　異色中国短篇傑作大全　講談社（講談社文庫）2001年3月

坂額御前　はんがくごぜん
越後の城氏の姫で居城鳥坂城に籠城し佐々木盛綱を総大将とする鎌倉幕府軍と戦った女武者「坂額と浅利与一」畑川皓　紅蓮の翼-異彩時代小説撰　叢文社　2007年8月

ハンカラーシルク
元横浜ホテルの料理見習いで上海・マカオを経て横浜に帰ってきたオランダ人「情けねえ」白石一郎　代表作時代小説　平成十七年度　光文社　2005年6月

咸宜　はんぎ
フランス軍に占領された安南王国の国王「密林の中のハンギ」南條範夫　地獄の無明剣-時代小説傑作選　講談社（講談社文庫）2004年9月

半丘　はんきゅう
俳諧の宗匠「悪因縁の怨」江見水蔭　怪奇・伝奇時代小説選集5　北斎と幽霊　春陽堂書店（春陽文庫）2000年2月

半左衛門　はんざえもん
江戸吉原「松葉屋」の亭主「乱れ火-吉原遊女の敵討ち」北原亞以子　士道無惨！仇討ち始末-時代小説傑作選四　新人物往来社　2008年3月

半次　はんじ
悪党一味に謀殺された勘定組頭上席早瀬主馬家の若党「疾風魔」九鬼澹　怪奇・伝奇時代小説選集4　怪異黒姫おろし　春陽堂書店（春陽文庫）2000年1月

半次（逃げ水半次）　はんじ（にげみずはんじ）
蛍小路でお上の十手を預かる御用聞きのお小夜が頼りにする男「三本指の男」久世光彦　情けがからむ朱房の十手-傑作時代小説　PHP研究所（PHP文庫）2009年1月

半七　はんしち
元岡っ引の老人「猫騒動」岡本綺堂　大江戸猫三昧-時代小説傑作選　徳間書店（徳間文庫）2004年11月

半七　はんしち
神田の吉五郎という岡っ引の子分「石灯篭（半七捕物帳）」岡本綺堂　傑作捕物ワールド第1巻　岡っ引き篇　リブリオ出版　2002年10月

半七　はんしち
神田三河町の岡っ引「半七捕物帳（お文の魂）」岡本綺堂　捕物小説名作選一　集英社（集英社文庫）2006年8月

はんし

半七（和佐 次郎右衛門）　はんしち（わさ・じろえもん）
紀州藩お弓御用役和佐大八郎の弟、半七は通称　「和佐大八郎の妻」　大路和子　紅葉谷から剣鬼が来る-時代小説傑作選　講談社（講談社文庫）　2002年9月

播随院長兵衛　ばんずいいんちょうべえ
浅草花川戸で人夫一千人を率いる町奴の頭領　「男伊達」　安部龍太郎　武士道-時代小説アンソロジー3　小学館（小学館文庫）　2007年3月

幡随院長兵衛　ばんずいいんちょうべえ
侠客の牢人、町奴の首領　「殺（さつ）＜水野十郎左衛門・幡随院長兵衛＞」　綱淵謙錠　人物日本の歴史 江戸編＜上＞-時代小説版　小学館（小学館文庫）　2004年5月

半助　はんすけ
山家同心、後頭部を強打してから奇妙な感応力を得た男　「掌のなかの顔」　神坂次郎　怪奇・怪談時代小説傑作選　徳間書店（徳間文庫）　2004年9月

范 増　はん・ぞう
項羽の謀臣　「范増と樊噲」　藤水名子　異色中国短篇傑作大全　講談社（講談社文庫）　2001年3月

盤三　ばんぞう
回向院裏に住む大工の棟梁　「飛奴」　泡坂妻夫　地獄の無明剣-時代小説傑作選　講談社（講談社文庫）　2004年9月

半蔵（波合の半蔵）　はんぞう（なみあいのはんぞう）
渡世人、旅の無頼浪人に右腕を斬り落とされた男　「仇討ち街道」　池波正太郎　人情草紙-信州歴史時代小説傑作集第四巻　しなのき書房　2007年7月

半田 惣右衛門　はんだ・そうえもん
大坂城下本町橋のちかくに店舗がある植木職「半惣」の主人　「虚空残月-服部半蔵」　南原幹雄　戦国忍者武芸帳-時代小説傑作選五　新人物往来社　2008年3月

半田屋九兵衛（九兵衛）　はんだやきゅうべえ（きゅうべえ）
備前岡山城下の旅籠屋の主人　「備前天一坊」　江見水蔭　大岡越前守-捕物時代小説選集6　春陽堂書店（春陽文庫）　2000年10月

板東 十郎兵衛　ばんどう・じゅうろべえ
阿波北方五郡の宮島・鶴島両村を統べる庄屋で藩庁から他国米積入川口改裁判役を仰せつかった男　「人柱」　徳永真一郎　侍たちの歳月-新鷹会・傑作時代小説選　光文社（光文社文庫）　2002年6月

般若 半兵衛　はんにゃ・はんべえ
加賀小松の士　「水鏡」　戸部新十郎　幻の剣鬼 七番勝負-傑作時代小説　PHP研究所（PHP文庫）　2008年5月;武芸十八般-武道小説傑作選　KKベストセラーズ（ベスト時代文庫）　2005年10月

判 彦左衛門　ばん・ひこざえもん*
柳橋の小料理屋「鶴善」の常連客の老公事師　「ぺっぽつしましょう」　小松重男　逢魔への誘い-問題小説傑作選6 時代情恋篇　徳間書店（徳間文庫）　2000年3月

438

ハンフウキ
大川端の旅籠「かわせみ」に女と二人連れで来た深夜の客、頭巾をかぶった大男 「初春の客」 平岩弓枝 撫子が斬る-女性作家捕物帳アンソロジー 光文社(光文社文庫) 2005年9月

斑平　はんぺい
信州のさる小藩の無足、御殿女中と犬の間に生まれたと噂され無類の早足と居合の技をもつ男 「人斬り斑平」 柴田錬三郎 時代劇原作選集-あの名画を生みだした傑作小説 双葉社(双葉文庫) 2003年12月

半兵衛　はんべえ
奥州南部領内の海辺の村の肝煎り 「海村異聞」 三浦哲郎 剣が哭く夜に哭く-新選代表作時代小説20 光風社出版 2000年1月

半兵衛　はんべえ
大伝馬町の太物屋「近江屋」の主人、吉原の遊女だったお直を後妻にした男 「紫陽花」 宇江佐真理 吉原花魁 角川書店(角川文庫) 2009年12月

范蠡　はん・れい
中国春秋時代の越の名臣、美女西施と鄭旦の養父 「天鵝」 森下翠 黄土の虹-チャイナ・ストーリーズ 祥伝社 2000年2月

范蠡　はんれい
越王句践の臣 「越の范蠡」 宮城谷昌光 代表作時代小説 平成十七年度 光文社 2005年6月

【ひ】

柊 仙太郎　ひいらぎ・せんたろう
故郷の大多喜から逃げ佐倉の町に来て寡婦の梢のところに住み着いた色男の剣士 「蒸れ草いきれ-野人刺客」 北山悦史 江戸の闇始末-書下ろし時代小説傑作選7 ミリオン出版(大洋時代文庫) 2006年4月

柊 仙太郎　ひいらぎ・せんたろう
江戸に出て剣で身を立てようとする若侍 「心、荒む」 北山悦史 大江戸有情-書き下ろし時代小説傑作選4 大洋図書(大洋時代文庫) 2005年6月

柊 仙太郎　ひいらぎ・せんたろう
佐倉の武家母子の仇討ちに手を貸して本懐を遂げさせた武士 「異能感得-野人刺客」 北山悦史 江戸の刺客-書き下ろし時代小説傑作選6 大洋図書(大洋時代文庫) 2005年9月

柊 仙太郎　ひいらぎ・せんたろう
佐倉藩の家臣だった夫の仇討ちをする妻子の助太刀をした浪人 「仇討ち-野人刺客」 北山悦史 紅蓮の剣-書下ろし時代小説傑作選5 ミリオン出版(大洋時代文庫) 2005年9月

ひいら

柊 仙太郎　ひいらぎ・せんたろう
上総大多喜藩の家臣の次男、人を斬り柊仙太郎と名を変えて佐倉藩に逃げた美男の剣士「刺客誕生-お命ちょうだいいたす」北山悦史　姦殺の剣-書下ろし時代小説傑作選3　ミリオン出版（大洋時代文庫）2005年4月

檜垣 清治　ひがき・せいじ*
幕末の土佐脱藩志士「さんずん」神坂次郎　武士道日暦-新鷹会・傑作時代小説選　光文社（光文社文庫）2007年6月

ピカリッペ
東方の大国のある王朝の帝が后の一人に産ませた子で顔立ちの美しい色好みの男「最も愚かで幸せな后の話」清水義範　代表作時代小説　平成十八年度　光文社　2006年6月

疋田 清五郎　ひきた・せいごろう
兵法者、疋田文五郎が開創した疋田陰流の遣い手「手向」戸部新十郎　武士道歳時記-新鷹会・傑作時代小説選　光文社（光文社文庫）2008年6月

疋田 文五郎　ひきた・ぶんごろう
兵法者、上泉伊勢守の高弟「花車」戸部新十郎　鎮守の森に鬼が棲む-時代小説傑作選　講談社（講談社文庫）2001年9月

疋田 文五郎　ひきた・ぶんごろう
兵法者で上州大胡城主・上泉伊勢守秀綱の家臣で直系の門下「上泉伊勢守」池波正太郎　剣聖-乱世に生きた五人の兵法者　新潮社（新潮文庫）2006年10月

疋田 豊五郎　ひきた・ぶんごろう
新陰流の創始者上泉伊勢守秀綱の高弟「柳生石舟斎宗厳」津本陽　人物日本剣豪伝一　学陽書房（人物文庫）2001年4月

疋田 豊五郎　ひきだ・ぶんごろう
兵法者上泉伊勢守秀綱の高弟、疋田道伯の次男で秀綱の甥「上泉伊勢守秀綱」桑田忠親　人物日本剣豪伝一　学陽書房（人物文庫）2001年4月

疋田 文五郎（栖雲斎）　ひきた・ぶんごろう（せいうんさい）
兵法者、上泉伊勢守の一番門弟で疋田陰流を開創した人「手向」戸部新十郎　武士道歳時記-新鷹会・傑作時代小説選　光文社（光文社文庫）2008年6月

疋田 豊五郎　ひきた・ぶんごろう*
上泉伊勢守の高弟、京で天下一の称号をもつ剣豪「秘太刀"放心の位"」戸部新十郎　柳生武芸帳七番勝負-時代小説傑作選一　新人物往来社　2008年3月；花ごよみ夢一夜-新選代表作時代小説24　光風社出版（光風社文庫）2001年11月

疋田 文五郎景忠　ひきた・ぶんごろうかげただ
武芸奉納試合の審判、上泉伊勢守の弟子で豊臣秀次の師「喪神」五味康祐　歴史小説の世紀-地の巻　新潮社（新潮文庫）2000年9月

樋口 十郎兵衛定勝　ひぐち・じゅうろべえさだかつ
兵法者、馬庭念流宗家十一世で八世樋口又七郎定次の次男「樋口一族」井口朝生　人物日本剣豪伝三　学陽書房（人物文庫）2001年5月

樋口 十郎兵衛定胤　ひぐち・じゅうろべえさだたか
兵法者、馬庭念流十四世で十三世樋口十郎兵衛将定の嫡男 「樋口一族」 井口朝生　人物日本剣豪伝三　学陽書房(人物文庫)　2001年5月

樋口 宗助　ひぐち・そうすけ
野田道場の剣士 「深い霧」 藤沢周平　剣の意地 恋の夢-時代小説傑作選　講談社(講談社文庫)　2000年9月

樋口 奈津(一葉)　ひぐち・なつ(いちよう)
中島歌子の主宰する歌塾「萩の舎」に入門した娘 「命毛」 出久根達郎　代表作時代小説 平成十八年度　光文社　2006年6月

樋口飛騨次郎左衛門尉 重定　ひぐちひだじろうざえもんのじょう・しげさだ
兵法者、上州馬庭の樋口家十六世 「樋口一族」 井口朝生　人物日本剣豪伝三　学陽書房(人物文庫)　2001年5月

樋口 又七郎定次　ひぐち・またしちろうさだつぐ
剣術家、馬庭念流の中祖 「体中剣殺法-樋口定次vs村上権左衛門」 峰隆一郎　秘剣・豪剣!武芸決闘記-時代小説傑作選二　新人物往来社　2008年3月

樋口 又七郎定次　ひぐち・またしちろうさだつぐ
美濃国の岩村にいた無動流の祖と称する兵法者、正体は念流宗家の八世にして馬庭念流の祖樋口又七郎定次 「惨死」 笹沢左保　偉人八傑推理帖-名探偵時代小説　双葉社(双葉文庫)　2004年7月

樋口 又七郎定次　ひぐち・またしちろうさだつぐ
兵法者、上州馬庭の樋口家十七世で馬庭念流宗家八世 「樋口一族」 井口朝生　人物日本剣豪伝三　学陽書房(人物文庫)　2001年5月

樋口 主水助　ひぐち・もんどのすけ
上杉家の執政で米沢城主となった直江兼続の近習 「直江兼続参上」 南原幹雄　軍師の生きざま-時代小説傑作選　コスミック出版(コスミック文庫)　2008年11月;関ヶ原・運命を分けた決断-傑作時代小説　PHP研究所(PHP文庫)　2007年6月

曳馬野 玄馬　ひくまの・げんま
柳生一門の使い手 「伊賀の聴恋器」 山田風太郎　江戸の爆笑力-時代小説傑作選　集英社(集英社文庫)　2004年12月;恋模様-極め付き時代小説選2　中央公論新社(中公文庫)　2004年10月

鬚の又四郎　ひげのまたしろう
浅草山の宿の紙屋の主人で見事な白い顎鬚が世間的に有名になっている男 「濡事式三番」 潮山長三　怪奇・伝奇時代小説選集7 幽明鏡草紙　春陽堂書店(春陽文庫)　2000年4月

彦坂 織部　ひこさか・おりべ
会津藩の勘定奉行 「鎌いたち」 小松重男　花ごよみ夢一夜-新選代表作時代小説24　光風社出版(光風社文庫)　2001年11月

ひこさ

彦作　ひこさく
峠の茶店の老爺　「刈萱」　安西篤子　時代小説-読切御免第一巻　新潮社（新潮文庫）2004年3月

彦三郎（神保 大学茂安）　ひこさぶろう（じんぼ・だいがくしげやす）
豊臣秀吉の元直参・神保長三郎相茂の嫡男、元紀州田辺城主・杉若越後守とお勝の孫　「粟田口の狂女」　滝口康彦　剣が哭く夜に哭く-新選代表作時代小説20　光風社出版　2000年1月

彦太郎（高安 彦太郎）　ひこたろう（たかやす・ひこたろう）
金剛座の能役者　「奥方切腹」　海音寺潮五郎　女人-時代小説アンソロジー2　小学館（小学館文庫）2007年2月

彦兵衛　ひこべえ
浅草今戸の袋物問屋「加納屋」の主人、番頭から入り婿となった男　「幽霊陰陽師」　矢桐重八　幽霊陰陽師-捕物時代小説選集5　春陽堂書店（春陽文庫）2000年6月

彦兵衛　ひこべえ
目明し親分・釘抜藤吉の子分の岡っ引、勘弁勘次の弟分の葬式彦兵衛　「釘抜藤吉捕物覚書」　林不忘　釘抜藤吉捕物覚書-捕物時代小説選集4　春陽堂書店（春陽文庫）2000年5月

彦六　ひころく
肥前鍋島藩の重臣深堀三右衛門の中間　「十人義士」　白石一郎　仇討ち-時代小説アンソロジー1　小学館（小学館文庫）2006年12月

彦六　ひころく
平安の都に隠れのない第一の鏡造りの鋳物師　「幽明鏡草紙」　潮山長三　怪奇・伝奇時代小説選集7　幽明鏡草紙　春陽堂書店（春陽文庫）2000年4月

寿　ひさ
兵法者塚原新右衛門高幹（卜伝）の兄吉川常賢の許嫁、沼尾社の神官松岡氏一族の娘　「塚原卜伝」　安西篤子　人物日本剣豪伝一　学陽書房（人物文庫）2001年4月

久栄　ひさえ
前火付盗賊改方長谷川平蔵の妻　「むかしの男」　池波正太郎　江戸浮世風-人情捕物帳傑作選　学習研究社（学研M文庫）2004年8月

久豊（美作守久豊）　ひさとよ（みまさかのかみひさとよ）
小藩の武芸好みの主君　「放し討ち柳の辻」　滝口康彦　小説「武士道」-時代小説短編傑作選　三笠書房（知的生きかた文庫）2008年11月

土方 楠左衛門　ひじかた・くすざえもん＊
土佐藩士、土佐勤王党に参加し藩命により上京し公卿の屋敷に出入りしていた志士　「異説猿ヶ辻の変-姉小路公知暗殺」　隆慶一郎　必殺！幕末暗殺剣-時代小説傑作選三　新人物往来社　2008年3月

土方 歳三　ひじかた・としぞう
旧新選組副長、幕軍陸軍奉行並　「歳三の写真」　草森紳一　新選組興亡録　角川書店（角川文庫）2008年9月

土方 歳三　ひじかた・としぞう
新撰組副長「土方歳三 残夢の剣」江崎俊平　新選組伝奇　勉誠出版　2004年1月

土方 歳三　ひじかた・としぞう
新選組副長「さらば新選組-土方歳三」三好徹　誠の旗がゆく-新選組傑作選　集英社（集英社文庫）2003年12月

土方 歳三　ひじかた・としぞう
新選組副長「沖田総司の恋-「新選組血風録」より」司馬遼太郎　恋模様-極め付き時代小説選2　中央公論新社（中公文庫）2004年10月

土方 歳三　ひじかた・としぞう
新選組副長「近藤と土方」戸川幸夫　新選組興亡録　角川書店（角川文庫）2008年9月

土方 歳三　ひじかた・としぞう
新選組副長「近藤勇と科学」直木三十五　新選組興亡録　角川書店（角川文庫）2008年9月

土方 歳三　ひじかた・としぞう
新選組副長「虎徹」司馬遼太郎　江戸三百年を読む 下-傑作時代小説 幕末風雲編　角川学芸出版（角川文庫）2009年9月

土方 歳三　ひじかた・としぞう
新選組副長「降りしきる」北原亞以子　新選組興亡録　角川書店（角川文庫）2008年9月

土方 歳三　ひじかた・としぞう
新選組副長「歳三、五稜郭に死す」三好徹　幕末の剣鬼たち-時代小説傑作選　コスミック出版（コスミック文庫）2009年12月

土方 歳三　ひじかた・としぞう
新選組副長「散りてあとなき」早乙女貢　新選組アンソロジー上巻-その虚と実に迫る　舞字社　2004年2月;新選組烈士伝　角川書店（角川文庫）2003年10月

土方 歳三　ひじかた・としぞう
新選組副長「宵々山の斬り込み-池田屋の変」徳永真一郎　必殺!幕末暗殺剣-時代小説傑作選三　新人物往来社　2008年3月

土方 歳三　ひじかた・としぞう
新選組副長「色」池波正太郎　時代劇原作選集-あの名画を生みだした傑作小説　双葉社（双葉文庫）2003年12月;新選組烈士伝　角川書店（角川文庫）2003年10月

土方 歳三　ひじかた・としぞう
新選組副長「壬生狂言の夜」司馬遼太郎　新選組烈士伝　角川書店（角川文庫）2003年10月

土方 歳三　ひじかた・としぞう
新選組副長「敗れし人々」子母沢寛　剣狼-幕末を駆けた七人の兵法者　新潮社（新潮文庫）2007年6月

ひじか

土方 歳三　ひじかた・としぞう
新選組副長「遥かなる慕情」早乙女貢　地獄の無明剣-時代小説傑作選　講談社（講談社文庫）2004年9月

土方 歳三　ひじかた・としぞう
新選組副長「祇園石段下の決闘」津本陽　新選組アンソロジー下巻-その虚と実に迫る　舞字社　2004年2月

土方 歳三　ひじかた・としぞう
新選組副長、甲陽鎮撫隊の幹部で幕府寄合衆格「近藤勇の最期」長部日出雄　誠の旗がゆく-新選組傑作選　集英社（集英社文庫）2003年12月

土方 歳三　ひじかた・としぞう
幕人、新撰組副長「生命の灯」山手樹一郎　変事異聞-時代小説アンソロジー5　小学館（小学館文庫）2007年7月

土方 歳三　ひじかた・としぞう
理心流近藤道場師範代、のち新選組副長「理心流異聞」司馬遼太郎　新選組興亡録　角川書店（角川文庫）2008年9月

土子 泥之助　ひじこ・どろのすけ
江戸の剣術家根岸兎角の兄弟子でかつて常州江戸崎の諸岡一羽道場で三羽烏の一人と囃された男「恩讐の剣-根岸兎角vs岩間小熊」堀和久　秘剣・豪剣!武芸決闘記-時代小説傑作選二　新人物往来社　2008年3月

毘沙門天　びしゃもんてん
貧乏人の喜平次の家にあり何度も借金の抵当にされた毘沙門天の木像「木像を孕む女体」江本清　怪奇・伝奇時代小説選集15　春陽堂書店（春陽文庫）2000年12月

被慈利　ひじり
商人や茶店の老耶が言っていた旅の者らが一人消え二人消えした魔界かもしれない道へ入っていった修行僧「月と不死」中上健次　歴史小説の世紀-地の巻　新潮社（新潮文庫）2000年9月

日高 市五郎　ひだか・いちごろう
対馬藩士、氷を朝鮮から船で対馬へ運び殿さまへ届ける氷進上の役目を命じられた下級武士「海峡の使者」白石一郎　花ごよみ夢一夜-新選代表作時代小説24　光風社出版（光風社文庫）2001年11月

ピーター・グレイ
横浜のニュース・ペーパーのジャパン・エクスプレスで記者を務めるアメリカ人の若い男「とんでもヤンキー-横浜異人街事件帖」白石一郎　代表作時代小説　平成十三年度　光風社出版　2001年5月

比田 帯刀　ひだ・たてわき
元明智光秀の近習、落武者となり北近江の村にさまよいこんだ浪人「木魚が聞こえる」喜安幸夫　代表作時代小説　平成十六年度　光風社出版　2004年4月

秀三郎　ひでさぶろう
小間物問屋「三々屋」の女主人お紺の幼なじみ、通町の蝋燭問屋「巽屋」へ婿入りした美男と評判の男　「恋知らず」　北原亞以子　江戸夢あかり－市井・人情小説傑作選　学習研究社(学研M文庫)　2003年7月

秀三郎　ひでさぶろう*
織田信長が命じた荒木村重一族の処刑を免れ主君村重と城代荒木久左衛門に復讐を誓った若党　「六百七十人の怨霊」　南條範夫　怪奇・伝奇時代小説選集12 血塗りの呪法　春陽堂書店(春陽文庫)　2000年9月

秀姫　ひでひめ
明智光秀の娘、のち筒井順慶の養子定次の妻　「青苔記」　永井路子　本能寺・男たちの決断－傑作時代小説　PHP研究所(PHP文庫)　2007年2月

ひとみ
蘇我一族から逃れようと奈良の都を出た若者・蘇我田守が愛した民人(たみびと)の娘　「神仙」　中村晃　怪奇・伝奇時代小説選集15　春陽堂書店(春陽文庫)　2000年12月

人見　勝太郎　ひとみ・かつたろう
江戸城無血開城に反対して江戸を脱走して上総請西藩領にやって来た旧幕隊士　「坐視に堪えず」　東郷隆　代表作時代小説 平成十九年度　光文社　2007年6月

人見　勝太郎　ひとみ・かつたろう
幕軍軍監で遊撃隊長、松前奉行　「歳三の写真」　草森紳一　新選組興亡録　角川書店(角川文庫)　2008年9月

人見　勝太郎　ひとみ・かつたろう
幕臣で遊撃隊士　「伊庭八郎」　八尋舜右　人物日本剣豪伝五　学陽書房(人物文庫)　2001年7月

ひな菊　ひなぎく
妖刀村正を腰物方の同心石田孫八郎に預けた吉原の花魁　「心中むらくも村正」　山本兼一　代表作時代小説 平成十九年度　光文社　2007年6月

ひな女　ひなじょ
徳川十四代将軍家茂のお手付中臈　「化縁つきぬれば」　大路和子　剣の意地 恋の夢－時代小説傑作選　講談社(講談社文庫)　2000年9月

日野　勝光　ひの・かつみつ
公達、日野富子の兄　「乳母どの最期」　杉本苑子　人物日本の歴史 古代中世編－時代小説　小学館(小学館文庫)　2004年1月

檜　兵馬　ひのき・ひょうま
柳橋の売れっ妓小蝶の亭主、桜田門外の一挙の直前に水戸藩の同志を裏切った男　「首」　山田風太郎　人物日本の歴史 幕末維新編－時代小説版　小学館(小学館文庫)　2004年9月

日野　甚太夫孝貞　ひの・じんだゆうたかさだ
戦国武将、山陰の尼子家の武者　「月山落城」　羽山信樹　地獄の無明剣－時代小説傑作選　講談社(講談社文庫)　2004年9月

ひのと

日野 富子　ひの・とみこ
将軍足利義政の正室「乳母どの最期」杉本苑子　人物日本の歴史 古代中世編-時代小説版　小学館(小学館文庫)　2004年1月

日野屋久次郎(久次郎)　ひのやきゅうじろう(きゅうじろう)
池ノ端仲町の問屋「日野屋」の主人「江戸怪盗記」池波正太郎　情けがからむ朱房の十手-傑作時代小説　PHP研究所(PHP文庫)　2009年1月;江戸の鈍感力-時代小説傑作選　集英社(集英社文庫)　2007年12月

火花　ひばな
淀君側近の親衛娘子隊「七人組」の一人、小姓頭細川讃岐守の一族の娘「情炎大阪城」加賀淳子　戦国女人十一話　作品社　2005年11月

卑弥呼　ひみこ
邪馬台国の女王「卑弥呼」田辺聖子　人物日本の歴史 古代中世編-時代小説版　小学館(小学館文庫)　2004年1月

比村 源左衛門　ひむら・げんざえもん
鹿島神流の武芸者「喪神」五味康祐　歴史小説の世紀-地の巻　新潮社(新潮文庫)　2000年9月

姫　ひめ
京の都に出没する夜盗の群れにかどわかされた姫「夜叉姫」中村晃　怪奇・伝奇時代小説選集12 血塗りの呪法　春陽堂書店(春陽文庫)　2000年9月

ヒモ
盗みと脱獄を繰り返した福岡生まれの田中ヒモという女賊「女賊お紐の冒険」神坂次郎　女人-時代小説アンソロジー2　小学館(小学館文庫)　2007年2月

百助(権左衛門)　ひゃくすけ(ごんざえもん)
深川入船町の通称なめくじ長屋に暮らすいかさま師「千軍万馬の闇将軍」佐藤雅美　愛染夢灯籠-時代小説傑作選　講談社(講談社文庫)　2005年9月

百助　ひゃくすけ*
筑前博多の立花城から高い賃銀に釣られて岩屋城へ移ってきた足軽「さいごの一人」白石一郎　九州戦国志-傑作時代小説　PHP研究所(PHP文庫)　2008年12月

白蓮教主　びゃくれんきょうしゅ
満州族を追いはらい漢人の政府をつくろうと県城に攻め入った白蓮教の教主「女賊の哲学」武田泰淳　歴史小説の世紀-天の巻　新潮社(新潮文庫)　2000年9月

ビヤ樽ジョージ　びやだるじょーじ
東洋人のサイゾーの先輩の海賊船ドクター「海賊船ドクター・サイゾー」松岡弘一　花と剣と侍-新鷹会・傑作時代小説選　光文社(光文社文庫)　2009年6月

檜山 荘之助　ひやま・そうのすけ
旗本津田家の家臣で殿さまの側女の初瀬(お初)と不義密通の仲になった男「姉と妹」杉本苑子　剣よ月下に舞え-新選代表作時代小説23　光風社出版(光風社文庫)　2001年5月

瓢庵　ひょうあん
医者で捕物もする先生　「鼻欠き供養」　水谷準　幽霊陰陽師-捕物時代小説選集5　春陽堂書店(春陽文庫)　2000年6月

瓢庵　ひょうあん
岡っ引鳥越の辰造親分の謎解き仲間の医者　「棺桶相合傘」　水谷準　灯籠伝奇-捕物時代小説選集8　春陽堂書店(春陽文庫)　2000年12月

兵庫　ひょうご
諏訪藩の失脚した元上席家老　「諏訪城下の夢と幻」　南條範夫　剣の道忍の掟-信州歴史時代小説傑作集第三巻　しなのき書房　2007年6月

俵助(青馬の俵助)　ひょうすけ(あおうまのひょうすけ)
深川平野町で青馬という居酒屋を開いている御用聞き　「からくり富」　泡坂妻夫　江戸浮世風-人情捕物帳傑作選　学習研究社(学研M文庫)　2004年8月

俵助(青馬の俵助)　ひょうすけ(あおうまのひょうすけ)
深川平野町で青馬という居酒屋を開いている御用聞き　「夢裡庵の逃走-夢裡庵先生捕物帳」　泡坂妻夫　代表作時代小説　平成十五年度　光風社出版　2003年5月

兵藤　外記　ひょうどう・げき
宇都宮藩主奥平氏の連枝で改易処分を受けた奥平内蔵允一族の武士　「ほたる合戦-浄瑠璃坂の仇討ち」　高橋義夫　士道無惨!仇討ち始末-時代小説傑作選四　新人物往来社　2008年3月

兵藤　玄蕃　ひょうどう・げんば
宇都宮藩主奥平氏の連枝で改易処分を受けた奥平内蔵允一族の武士兵藤外記の大伯父、同藩家老　「ほたる合戦-浄瑠璃坂の仇討ち」　高橋義夫　士道無惨!仇討ち始末-時代小説傑作選四　新人物往来社　2008年3月

飄々斎佐兵衛　ひょうひょうさいさへえ
横山町の金物問屋の元主人、店を仕舞って寺島村の寮に住む物持の老人　「瓢箪供養」　野村胡堂　酔うて候-時代小説傑作選　徳間書店(徳間文庫)　2006年10月

瓢六　ひょうろく
小伝馬町の大牢に押し込められた色白の優男、長崎の古物商の倅で唐絵目利きだった男　「地獄の目利き」　諸田玲子　撫子が斬る-女性作家捕物帳アンソロジー　光文社(光文社文庫)　2005年9月

日吉姫　ひよしひめ
西村山郡河北の谷地城主白鳥十郎の息女で山形城主最上義光の嫡子義康の正室として迎えられた姫　「霧の城」　南條範夫　東北戦国志-傑作時代小説　PHP研究所(PHP文庫)　2009年9月

ひょっとこ官蔵　ひょっとこかんぞう
江戸城松の廊下の刃傷沙汰の赤穂飛脚となった早水藤左衛門と萱野三平を追う兇賊一団の男　「赤穂飛脚」　山田風太郎　江戸の漫遊力-時代小説傑作選　集英社(集英社文庫)　2008年12月

ひょろ松　ひょろまつ
神田の御用聞き 「両国の大鯨(顎十郎捕物帳)」 久生十蘭　傑作捕物ワールド第3巻 人気侍篇　リブリオ出版　2002年10月

平井 進之助　ひらい・しんのすけ
大垣藩の馬回り役で名家の娘の姉妹二人に同時に愛された若侍 「蚊帳のたるみ」 梅本育子　代表作時代小説 平成十四年度　光風社出版　2002年5月

平生 弥惣　ひらう・やそう
関口流・柔術の道場主関口八郎左衛門の高弟 「柔術師弟記」 池波正太郎　武芸十八般-武道小説傑作選　KKベストセラーズ(ベスト時代文庫)　2005年10月

平岡石見守 頼勝　ひらおかいわみのかみ・よりかつ
戦国武将、九州の太守小早川家の家老 「放れ駒」 戸部新十郎　関ヶ原・運命を分けた決断-傑作時代小説　PHP研究所(PHP文庫)　2007年6月

平岡 松月斎　ひらおか・しょうげつさい
松月派柳剛流の剣客 「理心流異聞」 司馬遼太郎　新選組興亡録　角川書店(角川文庫)　2008年9月

平岡 伝蔵　ひらおか・でんぞう
伊豆七島支配代官所の与力 「無明の宿」 澤田ふじ子　女人-時代小説アンソロジー2　小学館(小学館文庫)　2007年2月

平尾 せき　ひらお・せき
宮中の女官、のち華族女学校学監兼教授 「女傑への出発」 南條範夫　剣の意地 恋の夢-時代小説傑作選　講談社(講談社文庫)　2000年9月

平賀 源内　ひらが・げんない
戯作者、奇才の持ち主の浪人 「天明の判官」 山田風太郎　大江戸事件帖-時代推理小説名作選　双葉社(双葉文庫)　2005年7月

平賀 源内　ひらが・げんない
七年前に獄中で死んだと世に伝えられたが田沼家のはからいで相良へ移され隠棲していた男 「てれん(衒商)」 白石一郎　江戸の商人力-時代小説傑作選　集英社(集英社文庫)　2006年12月

平賀 源内　ひらが・げんない
神田白壁町に住む本草という漢方薬の学者で発明家でもある多技多才の士 「サムライ・ザ・リッパー」 芦川淳一　伝奇城-文庫書下ろし/伝奇時代小説アンソロジー　光文社(光文社文庫)　2005年2月

平賀 源内　ひらが・げんない
神田白壁町の七夕長屋に住むいくつもの名前を持つ浪人 「いろいろ源内」 阿井渉介　息づかい-好色時代小説集　講談社(講談社文庫)　2007年2月

平賀 源内　ひらが・げんない
神田白壁町の裏長屋に住む本草・究理学者の先生 「萩寺の女」 久生十蘭　偉人八傑推理帖-名探偵時代小説　双葉社(双葉文庫)　2004年7月

平賀 源内　ひらが・げんない
有名な学者先生で長崎土産の珍獣を引き連れて大坂入りした天下の奇人　「五瓶劇場けいせい伝奇城」　芦辺拓　伝奇城-文庫書下ろし/伝奇時代小説アンソロジー　光文社(光文社文庫)　2005年2月

平川 軍太夫　ひらかわ・ぐんだゆう
浪人、中西派一刀流の武芸者　「子づれ兵法者」　佐江衆一　秘剣舞う-剣豪小説の世界　学習研究社(学研M文庫)　2002年11月

平田 十三郎　ひらた・じゅうざぶろう
会津藩の下級武士、徒の者　「蛇(だ)」　綱淵謙錠　動物-極め付き時代小説選3　中央公論新社(中公文庫)　2004年11月

平田 孫三郎　ひらた・まごさぶろう
萩藩の武家屋敷町平安古に住む藩士、屋敷の地下室で贋の藩札を刷っていた男　「萩城下贋札殺人事件」　古川薫　大江戸犯科帖-時代推理小説名作選　双葉社(双葉文庫)　2003年10月

平田 武蔵　ひらた・むさし
美作・吉野郡を領していた新免伊賀守の落し子で三つ児の三人の武蔵の一人　「剣豪列伝 異説・宮本武蔵」　上野登史郎　宮本武蔵伝奇-時代小説セレクション　勉誠出版　2002年12月

平田 武仁(無二斎)　ひらた・むに(むにさい)
宮本武蔵の父親、宇喜田領竹山城主新免伊賀守宗貫の家老職で剣術の達人　「宮本武蔵」　藤原審爾　人物日本剣豪伝二　学陽書房(人物文庫)　2001年4月

平田屋利兵衛　ひらたやりへえ
大坂道修町の生薬問屋で熊野の薬草採りの久助が薬草を届けている商人　「熊野無情」　大路和子　剣よ月下に舞え-新選代表作時代小説23　光風社出版(光風社文庫)　2001年5月

平手 左京亮　ひらて・さきょうのすけ
織田信長の後見役で自殺した平手政秀の弟、朝廷の天文所に出仕したことがある男　「梅雨将軍信長」　新田次郎　人物日本の歴史 戦国編-時代小説版　小学館(小学館文庫)　2004年3月

平手 造酒　ひらて・みき
蔵前の札差「大和屋」の用心棒になった浪人　「初不動地獄の証文」　結城昌治　闇の旋風-問題小説傑作選5 捕物帖篇　徳間書店(徳間文庫)　2000年1月

平松 時次郎　ひらまつ・ときじろう
吉原遊郭の生駒太夫で三十過ぎの年増女のミノを身請けした駒形一家のいなせな男　「月島慕情」　浅田次郎　代表作時代小説 平成十五年度　光風社出版　2003年5月

平山 鋭太郎　ひらやま・えいたろう
幕臣の剣客平山行蔵の子、蝦夷へ渡り函館奉行支配組頭栗本瀬兵衛配下に編入された武士　「月魄」　中山義秀　歴史小説の世紀-天の巻　新潮社(新潮文庫)　2000年9月

ひらや

平山 金四郎　ひらやま・きんしろう
幕臣の剣客平山行蔵の子鋭太郎の養子、函館奉行支配組頭栗本瀬兵衛の門生となった青年　「月魄」　中山義秀　歴史小説の世紀-天の巻　新潮社(新潮文庫)　2000年9月

平山 行蔵　ひらやま・こうぞう
兵法家、江戸の「兵原草廬」道場の主　「平山行蔵」　柴田錬三郎　小説「武士道」-時代小説短編傑作選　三笠書房(知的生きかた文庫)　2008年11月

平山 行蔵(子竜)　ひらやま・こうぞう(しりゅう)
兵法者、御家人で心貫流十代目の流祖　「平山行蔵」　多岐川恭　人物日本剣豪伝四　学陽書房(人物文庫)　2001年6月

平山 行蔵(子竜)　ひらやま・こうぞう(しりゅう)
兵法者で男谷精一郎の剣の師、伊賀組同心　「男谷精一郎」　奈良本辰也　人物日本剣豪伝四　学陽書房(人物文庫)　2001年6月

平山 行蔵(子竜)　ひらやま・こうぞう(しりょう)
江戸四谷・北伊賀町に剣術道場を構え老体になっても質実剛健を貫く武芸者　「子竜」　諸田玲子　代表作時代小説 平成十七年度　光文社　2005年6月

平山 三之丞　ひらやま・さんのじょう
越前福井藩の藩士、金を貸した相手からもお人好しと馬鹿にされる好人物　「愚鈍物語」　山本周五郎　江戸の鈍感力-時代小説傑作選　集英社(集英社文庫)　2007年12月

ピリト
東蝦夷シブチャリのアイヌの脇乙名(副酋長)シャクシャインの娘　「悪鬼になったピリト」　岡田耕平　怪奇・伝奇時代小説選集7 幽明鏡草紙　春陽堂書店(春陽文庫)　2000年4月

蛭川 真弓　ひるかわ・まゆみ
武蔵国賀美郡を出て日本橋に呉服店蛭川商会を築いた男　「狼大明神(明治開化安吾捕物帖)」　坂口安吾　傑作捕物ワールド第8巻 明治推理篇　リブリオ出版　2002年10月

広沢 真臣　ひろさわ・さねおみ
麹町富士見町の邸で暗殺された新政府参議　「天衣無縫」　山田風太郎　逆転 時代アンソロジー　祥伝社(祥伝社文庫)　2000年5月

広沢 真臣　ひろさわ・さねおみ
明治四年一月九日私邸に賊が侵入し斬殺された参議　「だれが広沢参議を殺したか」　古川薫　星明かり夢街道-新選代表作時代小説21　光風社出版　2000年5月

広田 伊織　ひろた・いおり
新選組隊士、指宿藤次郎の朋輩　「祇園石段下の決闘」　津本陽　新選組アンソロジー下巻-その虚と実に迫る　舞字社　2004年2月

広田 大五郎　ひろた・だいごろう
御持筒組の家の厄介者の三男、下谷御徒町の幕臣伊庭家に住みこみ当主軍兵衛の愛犬の世話をする男　「絢爛たる犬」　司馬遼太郎　犬道楽江戸草紙-時代小説傑作選　徳間書店(徳間文庫)　2005年8月

弘中 勝之進　ひろなか・かつのしん
野山獄の囚人「吉田松陰の恋」古川薫　人物日本の歴史 江戸編＜下＞-時代小説版　小学館（小学館文庫）2004年7月

ピント
九州豊後の有力大名大友家に弾薬を売りにきた南蛮商人「ピント日本見聞記」杉本苑子　九州戦国志-傑作時代小説　PHP研究所（PHP文庫）2008年12月

【ふ】

ファン・カッテンディーケ（カッテンディーケ）
長崎海軍伝習所の教官だったオランダの海軍士官「二度の岐路に立つ」三好徹　代表作時代小説 平成十九年度　光文社　2007年6月

馮　ふう
中国山東の米屋の老爺、妓女・湘蓮のなじみの客「玉面」井上祐美子　黄土の虹-チャイナ・ストーリーズ　祥伝社　2000年2月

風外　ふうがい
銀座煉瓦街の洋服屋「松葉屋」の若旦那で新聞雑誌に投書している道楽者「夢は飛ぶ」杉本章子　代表作時代小説 平成十五年度　光風社出版　2003年5月

風箏（九条 稙通）　ふうそう（くじょう・たねみち）
元関白氏長者、飯綱の法を会得し自在の幻術を操るようになった老人「義輝異聞 遺恩」宮本昌孝　代表作時代小説 平成十三年度　光風社出版　2001年5月

風魔小太郎　ふうまこたろう
関東に根を張っていた風魔一族の怪盗「百万両呪縛」高木彬光　七人の十兵衛-傑作時代小説　PHP研究所（PHP文庫）2007年11月

風魔ノ小太郎　ふうまのこたろう
相州乱破風魔一党の頭領「金剛鈴が鳴る-風魔小太郎」戸部新十郎　戦国忍者武芸帳-時代小説傑作選五　新人物往来社　2008年3月

武衛さま　ぶえいさま
源家の統領、伊豆の蛭ケ小島に流人の身「頼朝勘定」山岡荘八　人物日本の歴史 古代中世編-時代小説版　小学館（小学館文庫）2004年1月

深井 染之丞　ふかい・そめのじょう
北町奉行附与力、実は肥前浦上の郷士の子で代々の切支丹「馬上祝言」野村胡堂　動物-極め付き時代小説選3　中央公論新社（中公文庫）2004年11月

深尾 喜左衛門　ふかお・きざえもん
土佐高知山内家の江戸留守居役「辻無外」村上元三　人物日本剣豪伝三　学陽書房（人物文庫）2001年5月

深草六兵衛　ふかくさろくべえ
高物師、両国に小屋掛けし鯨を見世物に出した男「両国の大鯨（顎十郎捕物帳）」久生十蘭　傑作捕物ワールド第3巻 人気侍篇　リブリオ出版　2002年10月

ふかだ

深田 清兵衛　ふかだ・せいべえ
播州佐田藩の元剣術師範、脱藩して三年ぶりに帰郷した男　「帰郷」　古川薫　代表作時代小説 平成十三年度　光風社出版 2001年5月

深堀 三右衛門　ふかほり・さんえもん*
肥前鍋島藩の重臣、長崎に来て町年寄高木彦右衛門の中間と揉めた老武士　「十人義士」　白石一郎　仇討ち-時代小説アンソロジー1　小学館（小学館文庫）2006年12月

深見 十兵衛　ふかみ・じゅうべえ
南町奉行所の本所見廻り同心　「法恩寺橋-本所見廻り同心」　稲葉稔　大江戸有情-書き下ろし時代小説傑作選4　大洋図書（大洋時代文庫）2005年6月

深見 十兵衛　ふかみ・じゅうべえ
本所見廻り同心　「永代橋―本所見廻り同心控」　稲葉稔　姦殺の剣-書下ろし時代小説傑作選3　ミリオン出版（大洋時代文庫）2005年4月

深見 十兵衛　ふかみ・じゅうべえ
本所見廻り同心　「椋鳥-本所見廻り同心」　稲葉稔　紅蓮の剣-書下ろし時代小説傑作選5　ミリオン出版（大洋時代文庫）2005年9月

深谷 新左衛門　ふかや・しんざえもん
小日向服部坂上にある空家同様の屋敷に住む貧乏旗本　「怪談累ケ淵」　柴田錬三郎　怪奇・伝奇時代小説選集10 怪談累ケ淵　春陽堂書店（春陽文庫）2000年7月

深谷 清海入道　ふかや・せいかいにゅうどう
戦国武将、大坂方の軍師真田幸村配下の将　「真田の蔭武者」　大佛次郎　軍師の生きざま-短篇小説集　作品社　2008年11月

ふき
向島小梅村に住む陶工の老人瀬戸助の孫娘　「柴の家」　乙川優三郎　代表作時代小説 平成十七年度　光文社　2005年6月

ふき
穀物売買の生業をなす「俵屋」の下女　「師走狐」　澤田ふじ子　万事金の世-時代小説傑作選　徳間書店（徳間文庫）2006年4月；動物-極め付き時代小説選3　中央公論新社（中公文庫）2004年11月

ふき（おふき）
深川の高橋に四代前から店を構えている米屋「小原屋」の奉公人　「十六夜髑髏」　宮部みゆき　時代小説 読切御免第三巻　新潮社（新潮文庫）2005年12月

福　ふく
茶屋の若い内儀　「霧の中」　山手樹一郎　花と剣と侍-新鷹会・傑作時代小説選　光文社（光文社文庫）2009年6月

福井 かね　ふくい・かね
広沢参議暗殺事件の容疑者、広沢の妾　「だれが広沢参議を殺したか」　古川薫　星明かり夢街道-新選代表作時代小説21　光風社出版　2000年5月

福岡 市郎右衛門　ふくおか・いちろうえもん＊
寺社奉行安藤対馬守が登用した三人の手附の寺社役の一人「ありんす裁判」土師清二　大江戸の歳月-新鷹会・傑作時代小説選　光文社(光文社文庫)　2003年6月

福沢 百助　ふくざわ・ひゃくすけ
中津藩蔵役人、大坂勤めの若侍でのち諭吉の父「禁書売り」築山桂　撫子が斬る-女性作家捕物帳アンソロジー　光文社(光文社文庫)　2005年9月

福沢 諭吉　ふくざわ・ゆきち
維新後三田の旧島原藩邸を手に入れ塾にした男、旧中津藩の下級武士「東京南町奉行」山田風太郎　傑作捕物ワールド第6巻　名奉行篇　リブリオ出版　2002年10月

福士 成豊　ふくし・なるとよ
英国人事業家ブラキストンの日本での友で協力者、函館気候測量所初代所長「謎の人ブラキストン」戸川幸夫　剣が哭く夜に哭く-新選代表作時代小説20　光風社出版　2000年1月

福士 半平　ふくし・はんぺい
奥州南部藩から江戸詰となって初めて江戸へ出府してきた二人の田舎侍のひとり「春日」中山義秀　江戸の鈍感力-時代小説傑作選　集英社(集英社文庫)　2007年12月

福島 五郎太　ふくしま・ごろうた
旗本の箱入娘お縫の許婚者大木弥四郎の用心棒で遊び仲間の悪党「池畔に立つ影」江藤信吉　怪奇・伝奇時代小説選集7　幽明鏡草紙　春陽堂書店(春陽文庫)　2000年4月

福島 丹波治重　ふくしま・たんばはるしげ
芸州広島城主福島家の家老「弓は袋へ〈福島正則〉」白石一郎　人物日本の歴史　江戸編〈上〉-時代小説版　小学館(小学館文庫)　2004年5月

福島 正則　ふくしま・まさのり
戦国武将、関ヶ原の合戦で徳川軍団結に指導的役割をはたした太閤遺臣「あばれ市松」南原幹雄　武将列伝-信州歴史時代小説傑作集第一巻　しなのき書房　2007年4月

福島 正則　ふくしま・まさのり
戦国武将、豊臣恩顧の荒大名で芸州広島城主「弓は袋へ〈福島正則〉」白石一郎　人物日本の歴史　江戸編〈上〉-時代小説版　小学館(小学館文庫)　2004年5月

福島 正則　ふくしま・まさのり
戦国武将、幕府から改易命令がくだった豊臣恩顧の有力大名「忍法わすれ形見」南原幹雄　剣の道忍の掟-信州歴史時代小説傑作集第三巻　しなのき書房　2007年6月

福島 正則(市松)　ふくしま・まさのり(いちまつ)
戦国武将、羽柴秀吉(豊臣秀吉)子飼いの家臣「絶塵の将」池宮彰一郎　春宵 濡れ髪しぐれ-時代小説傑作選　講談社(講談社文庫)　2003年9月

福島 正則(市松)　ふくしま・まさのり(いちまつ)
戦国武将、織田軍団の後継者として名乗りを上げた羽柴秀吉軍の将士「一番槍」高橋直樹　斬刃-時代小説傑作選　コスミック出版(コスミック時代文庫)　2005年5月

福善僧正　ふくぜんそうじょう
越後の明林寺の和尚　「座頭国市」　柴田錬三郎　怪奇・伝奇時代小説選集10 怪談累ケ淵　春陽堂書店（春陽文庫）　2000年7月

福田 平馬　ふくだ・へいま
新選組局長近藤勇が天然理心流の道場主であった頃の門人　「波」　北原亞以子　新選組アンソロジー下巻-その虚と実に迫る　舞字社　2004年2月

福田 林太郎　ふくだ・りんたろう
京都東町奉行所同心　「夜の橋」　澤田ふじ子　情けがからむ朱房の十手-傑作時代小説　PHP研究所（PHP文庫）　2009年1月

フクムシ
袴を着け脇差しを腰にさした大きな頭の福子　「福子妖異録」　荒俣宏　花ごよみ夢一夜-新選代表作時代小説24　光風社出版（光風社文庫）　2001年11月

福屋吉兵衛（吉兵衛）　ふくやきちべえ（きちべえ）
神田三河町の莨問屋、甲州道中で追剥をしようとした元御家人永井権左衛門に呼び止められた男　「かっぱぎ権左」　浅田次郎　ふりむけば闇-時代小説招待席　広済堂出版　2003年6月

福来 佐太夫　ふくら・さたゆう*
熊野平の土豪払田弾正の伝役　「狼（たいしょう）」　神坂次郎　侍たちの歳月-新鷹会・傑作時代小説選　光文社（光文社文庫）　2002年6月

福禄童　ふくろくわらべ*
日本橋で水油を商う扇屋が箱根山詣りの帰路に買い請けた頭が膨張した奇っ怪な童　「異聞胸算用」　平山夢明　伝奇城-文庫書下ろし/伝奇時代小説アンソロジー　光文社（光文社文庫）　2005年2月

夫差　ふさ
呉王、越王句践の軍に殺された先君の嫡子　「越の范蠡」　宮城谷昌光　代表作時代小説平成十七年度　光文社　2005年6月

芙佐　ふさ
下田に流行した麻疹の感染から逃れるため身重ながら峠を越えて山奥の村へ入った妊婦　「母子草」　杜村眞理子　伊豆の歴史を歩く-伊豆文学賞・歴史小説傑作集Ⅱ　羽衣出版　2006年3月

ふさ江（花房）　ふさえ（はなぶさ）
京都三本木の遊里の芸妓　「京しぐれ」　南原幹雄　鍔鳴り疾風剣-新選代表作時代小説22　光風社出版（光風社文庫）　2000年11月

扶佐姫　ふさひめ
元肥前ノ国の太守竜造寺高房の遺姫　「鍋島騒動 血啜りの影」　早乙女貢　怪奇・伝奇時代小説選集6 清姫・怨霊ばなし　春陽堂書店（春陽文庫）　2000年3月

房姫　ふさひめ
九州豊後の領主大友義鑑（宗玄）の末むすめ　「ピント日本見聞記」　杉本苑子　九州戦国志-傑作時代小説　PHP研究所（PHP文庫）　2008年12月

布佐女　ふさめ
富士の噴火で家や田畑を失った女乞食の老婆　「笹鳴き」　杉本苑子　愛染夢灯籠-時代小説傑作選　講談社(講談社文庫)　2005年9月

藤井 十四郎　ふじい・じゅうしろう
藩の重役の三男坊　「裏の木戸はあいている」　山本周五郎　歴史小説の世紀-天の巻　新潮社(新潮文庫)　2000年9月

富士 右衛門　ふじ・うえもん
定廻りの同心　「南蛮うどん」　泡坂妻夫　闇の旋風-問題小説傑作選5 捕物帖篇　徳間書店(徳間文庫)　2000年1月

富士 宇右門　ふじ・うえもん
北町奉行同心、荒木無人斎流柔術の達人　「飛奴」　泡坂妻夫　地獄の無明剣-時代小説傑作選　講談社(講談社文庫)　2004年9月

富士 宇右門　ふじ・うえもん
八丁堀の定廻り同心　「新道の女」　泡坂妻夫　江戸の秘恋-時代小説傑作選　徳間書店(徳間文庫)　2004年10月

富士 宇衛門　ふじ・うえもん
八丁堀の同心　「芸者の首」　泡坂妻夫　恋模様-極め付き時代小説選2　中央公論新社(中公文庫)　2004年10月

富士 宇衛門　ふじ・うえもん
八丁堀定廻り同心、荒木無人斎流柔術の達人　「泥棒番付」　泡坂妻夫　剣よ月下に舞え-新選代表作時代小説23　光風社出版(光風社文庫)　2001年5月

富士 宇衛門　ふじ・うえもん
北町奉行の同心　「からくり富」　泡坂妻夫　江戸浮世風-人情捕物帳傑作選　学習研究社(学研M文庫)　2004年8月

富士 宇衛門　ふじ・うえもん
北町奉行の同心　「仙台花押」　泡坂妻夫　代表作時代小説 平成十二年度　光風社出版　2000年5月

富士 宇衛門　ふじ・うえもん
北町奉行所の同心、荒木無人斎流柔術の達人　「夢裡庵の逃走-夢裡庵先生捕物帳」　泡坂妻夫　代表作時代小説 平成十五年度　光風社出版　2003年5月

フジ枝　ふじえ
岡山桃谷村の豪農和気の家に生まれた聾唖の娘　「カナオヤとカナコの黄昏の散文」　岩井志麻子　息づかい-好色時代小説集　講談社(講談社文庫)　2007年2月

藤岡屋由蔵(由蔵)　ふじおかやよしぞう(よしぞう)
上野の古本商、巷の噂や情報を売り買いする風変わりな男　「梅試合」　高橋克彦　万事金の世-時代小説傑作選　徳間書店(徳間文庫)　2006年4月

ふじお

藤乙　ふじおと
貧農の家から売られて旅先で男色稼ぎをしながら舞台に立つ美童「飛子」となった少年　「美童」皆川博子　花ごよみ夢一夜-新選代表作時代小説24　光風社出版(光風社文庫)　2001年11月

藤川 吉右衛門　ふじかわ・きちえもん*
かつて猪苗代の金子沢村での新田開発を願い出て許された町人　「第二の助太刀」中村彰彦　偉人八傑推理帖-名探偵時代小説　双葉社(双葉文庫)　2004年7月

藤吉　ふじきち
岡山桃谷村の豪農和気の家が村に呼んだ大道芸の一座の中にいた妖しい美少年　「カナオヤとカナコの黄昏の散文」岩井志麻子　息づかい-好色時代小説集　講談社(講談社文庫)　2007年2月

藤木 紋蔵　ふじき・もんぞう
南町奉行所例繰方に属する物書同心、突然居眠りをしてしまう奇病を持つ男　「落ちた玉いくつう」佐藤雅美　江戸浮世風-人情捕物帳傑作選　学習研究社(学研M文庫)　2004年8月

藤子　ふじこ
剣客山口源吾の母、飯田藩士山口団二郎の娘　「梅一枝」柴田錬三郎　武士道-時代小説アンソロジー3　小学館(小学館文庫)　2007年3月

藤崎 信三郎　ふじさき・しんざぶろう
弟佑一郎の許婚者であった美里と仇討ちの旅をする武士、神道無念流免許皆伝のつかい手　「秋萌えのラプソディー」藤水名子　ふりむけば闇-時代小説招待席　広済堂出版　2003年6月

藤崎 六衛門　ふじさき・ろくえもん
筑後藩士、藩主田中忠政の勘気をこうむり蟄居を命じられた武士　「残された男」安部龍太郎　武士の本懐-武士道小説傑作選　KKベストセラーズ(ベスト時代文庫)　2004年6月

藤島 貞助　ふじしま・さだすけ
研師、多江の父親　「星霜」瀧澤美恵子　鎮守の森に鬼が棲む-時代小説傑作選　講談社(講談社文庫)　2001年9月

藤田 五郎(斎藤 一)　ふじた・ごろう(さいとう・はじめ)
創設されたばかりの東京警視庁の密偵、新選組時代の斎藤一　「蘇生剣」楠木誠一郎　伝奇城-文庫書下ろし/伝奇時代小説アンソロジー　光文社(光文社文庫)　2005年2月

藤田 三郎兵衛　ふじた・さぶろべえ*
浪人者で元相馬の中村藩士、神夢想流の居合の使い手　「無明剣客伝」早乙女貢　星明かり夢街道-新選代表作時代小説21　光風社出版　2000年5月

藤田 伝五　ふじた・でんご
明智光秀の家臣、老将　「青苔記」永井路子　本能寺・男たちの決断-傑作時代小説　PHP研究所(PHP文庫)　2007年2月

藤田 徳馬　ふじた・とくま
信州国府の本田家の江戸家老「五十八歳の童女」村上元三　江戸の老人力-時代小説傑作選　集英社（集英社文庫）2002年12月

フジツボーシャ
東方の大国のある王朝の帝の后となった世にも愚かな女性「最も愚かで幸せな后の話」清水義範　代表作時代小説 平成十八年度　光文社　2006年6月

藤波 友衛　ふじなみ・ともえ
南町奉行所控同心、江戸一といわれる捕物の名人「紙凧」久生十蘭　江戸宵闇しぐれ-人情捕物帳傑作選二　学習研究社（学研M文庫）2005年3月

藤沼 庫之助　ふじぬま・くらのすけ
元京極家豊岡藩士多賀新兵衛に殺された江戸留守居藤沼内記の長男で敵討の旅へ出た男「近眼の新兵衛」村上元三　侍の肖像-信州歴史時代小説傑作集第二巻　しなのき書房　2007年5月

藤沼 内記　ふじぬま・ないき
元京極家豊岡藩士多賀新兵衛に殺された江戸留守居、藤沼庫之助の父「近眼の新兵衛」村上元三　侍の肖像-信州歴史時代小説傑作集第二巻　しなのき書房　2007年5月

藤乃　ふじの
稲川藩五万石の亡き主君に成り代わった双子の姉雪姫の侍女「くながい秘法」睦月影郎　江戸の闇始末-書下ろし時代小説傑作選7　ミリオン出版（大洋時代文庫）2006年4月

藤乃　ふじの
世に明かせぬ秘密を持つ若殿の世話をする老女「まぐわい平左」睦月影郎　江戸の刺客-書き下ろし時代小説傑作選6　大洋図書（大洋時代文庫）2005年9月

藤野　ふじの
将軍家茂の生母実成院付の御年寄「化縁つきぬれば」大路和子　剣の意地 恋の夢-時代小説傑作選　講談社（講談社文庫）2000年9月

藤野 幸右衛門　ふじの・こうえもん*
前橋藩士、筆頭家老から自分の仕官を推挙してくれた恩人の家老職の一人を上意討ちするよう命じられた男「沙の波」安住洋子　代表作時代小説 平成十八年度　光文社　2006年6月

藤野 浩之　ふじの・ひろゆき
幕末の長府藩の番方「夜叉鴉」船戸与一　時代小説-読切御免第一巻　新潮社（新潮文庫）2004年3月

富士春　ふじはる
常磐津の師匠「置いてけ堀（本所深川ふしぎ草紙）」宮部みゆき　傑作捕物ワールド第9巻 妖異怪談篇　リブリオ出版　2002年10月

武 子美　ぶ・しび
則天武后の実家である武氏一族、官職を追われている身「蛙吹泉」森福都　異色中国短篇傑作大全　講談社（講談社文庫）2001年3月

ふじひ

藤姫（おつな）　ふじひめ（おつな）
信濃飯田藩主堀山城守親言の息女、母が田沼意次の親類に当る姫　「月の出峠」　山本周五郎　侍の肖像-信州歴史時代小説傑作集第二巻　しなのき書房　2007年5月

藤松　ふじまつ
掛小屋芝居の女方、座頭の太夫・水木吉弥に惚れている男　「吉様いのち」　皆川博子　浮き世草紙-女流時代小説傑作選　角川春樹事務所（ハルキ文庫）　2002年10月

富士松（陳 元明）　ふじまつ（ちん・げんめい）
少林寺拳法の達人陳元贇の息子　「秘剣笠の下」　新宮正春　地獄の無明剣-時代小説傑作選　講談社（講談社文庫）　2004年9月

伏見小路 甚十郎　ふしみこうじ・じんじゅうろう
旗本納戸頭　「貧乏同心御用帳（南蛮船）」　柴田錬三郎　捕物小説名作選一　集英社（集英社文庫）　2006年8月

藤村 新三郎　ふじむら・しんざぶろう
幕府御使番・藤村新左衛門の三男、浮世絵師菱川師宣を師匠とする旗本絵師　「寒桜の恋」　小笠原京　撫子が斬る-女性作家捕物帳アンソロジー　光文社（光文社文庫）　2005年9月

藤山 軍兵衛　ふじやま・ぐんべえ
織田軍に攻囲された志貴城主松永弾正久秀の若い家臣　「天守閣の久秀」　南條範夫　軍師の死にざま-短篇小説集　作品社　2006年10月

藤原 兼家　ふじわらの・かねいえ
一条天皇の摂政、中納言藤原道長の父　「花と楽人-平安妖異伝」　平岩弓枝　代表作時代小説　平成十二年度　光風社出版　2000年5月

藤原 鎌足　ふじわらの・かまたり
小氏族の中臣氏の者で神祇の官、大化の新政後鎌足に改名し藤原の姓を賜った男　「時の日」　新田次郎　変事異聞-時代小説アンソロジー5　小学館（小学館文庫）　2007年7月

藤原 忠通　ふじわらの・ただみち
関白　「平清盛」　海音寺潮五郎　源義経の時代-短篇小説集　作品社　2004年10月

藤原 頼長　ふじわらの・ただみち
関白藤原忠通の弟で左大臣　「平清盛」　海音寺潮五郎　源義経の時代-短篇小説集　作品社　2004年10月

藤原 三守　ふじわらの・ただもり
右大臣、小野篁が恋した娘の父　「小野篁妹に恋する事」　谷崎潤一郎　歴史小説の世紀-天の巻　新潮社（新潮文庫）　2000年9月

藤原 豊成　ふじわらの・とよなり
右大臣　「道鏡」　坂口安吾　人物日本の歴史 古代中世編-時代小説版　小学館（小学館文庫）　2004年1月

藤原 仲麻呂　ふじわらの・なかまろ
太政大臣、孝謙上皇の恋人　「女帝をくどく法」　田辺聖子　剣が哭く夜に哭く-新選代表作時代小説20　光風社出版　2000年1月

藤原 仲麿（恵美押勝）　ふじわらの・なかまろ（えみのおしかつ）
大納言、豊成の弟 「道鏡」 坂口安吾 人物日本の歴史 古代中世編-時代小説版 小学館（小学館文庫） 2004年1月

藤原 道隆　ふじわらの・みちたか
一条天皇の摂政、中納言藤原道長の兄で中宮定子の父 「象太鼓-平安妖異伝」 平岩弓枝 代表作時代小説 平成十三年度 光風社出版 2001年5月

藤原 道長　ふじわらの・みちなが
中納言、一条天皇の摂政藤原兼家の子息 「花と楽人-平安妖異伝」 平岩弓枝 代表作時代小説 平成十二年度 光風社出版 2000年5月

藤原 道長　ふじわらの・みちなが
中納言、一条天皇の摂政藤原道隆の弟 「象太鼓-平安妖異伝」 平岩弓枝 代表作時代小説 平成十三年度 光風社出版 2001年5月

藤原 基経　ふじわらの・もとつね
左近衛中将 「応天門の変」 南條範夫 変事異聞-時代小説アンソロジー5 小学館（小学館文庫） 2007年7月

藤原 百川　ふじわらの・ももかわ
藤原一門の若い貴族 「道鏡」 坂口安吾 人物日本の歴史 古代中世編-時代小説版 小学館（小学館文庫） 2004年1月

藤原 良房　ふじわらの・よしふさ
太政大臣 「応天門の変」 南條範夫 変事異聞-時代小説アンソロジー5 小学館（小学館文庫） 2007年7月

伏鐘重三郎　ふせがねしげざぶろう
盗人 「両国の大鯨（顎十郎捕物帳）」 久生十蘭 傑作捕物ワールド第3巻 人気侍篇 リブリオ出版 2002年10月

布施 権十郎　ふせ・ごんじゅうろう
隠居した布施孫左衛門の総領息子、藩の勘定方 「静かな木」 藤沢周平 たそがれ長屋-人情時代小説傑作選 新潮社（新潮文庫） 2008年10月；鎮守の森に鬼が棲む-時代小説傑作選 講談社（講談社文庫） 2001年9月

布施 新九郎　ふせ・しんくろう
兵法修行者の若者 「妄執の雄叫び」 郡順史 宮本武蔵伝奇-時代小説セレクション 勉誠出版 2002年12月

布施 孫左衛門　ふせ・まござえもん
隠居の身、藩の元勘定方 「静かな木」 藤沢周平 たそがれ長屋-人情時代小説傑作選 新潮社（新潮文庫） 2008年10月；鎮守の森に鬼が棲む-時代小説傑作選 講談社（講談社文庫） 2001年9月

二木 豊後　ふたつぎ・ぶんご
信濃国中塔城の城主 「嘘」 武田八洲満 武士道日暦-新鷹会・傑作時代小説選 光文社（光文社文庫） 2007年6月

ぷちゃ

プチャーチン
大津波のため伊豆宮嶋村沖で沈んだオロシャの大船ディアナ号の海軍中将 「白い帆は光と陰をはらみて」 弓場剛 伊豆の歴史を歩く-伊豆文学賞・歴史小説傑作集Ⅱ 羽衣出版 2006年3月

淵脇 平馬　ふちわき・へいま
薩摩藩日向穆佐の郷士、伊集院家武将・源次郎忠真の暗殺を命ぜられた鉄砲の名手 「仲秋十五日」 滝口康彦 武士道-時代小説アンソロジー3 小学館（小学館文庫） 2007年3月

布都姫　ふつひめ
泊瀬部大王が妃にした物部連尾輿の孫娘 「暗殺者」 黒岩重吾 紅葉谷から剣鬼が来る-時代小説傑作選 講談社（講談社文庫） 2002年9月

武帝　ぶてい
漢の皇帝、景帝の第九子 「汗血馬を見た男」 伴野朗 異色中国短篇傑作大全 講談社（講談社文庫） 2001年3月

富徳　ふとく
清朝乾隆帝の時の副都統 「四人目の香妃」 陳舜臣 剣が哭く夜に哭く-新選代表作時代小説20 光風社出版 2000年1月

道祖王　ふなどおう
孝謙天皇の皇太子 「道鏡」 坂口安吾 人物日本の歴史 古代中世編-時代小説版 小学館（小学館文庫） 2004年1月

舟橋 康賢　ふなばし・やすかた
西賀茂の奥にある氷室村の京の領家で禁裏の北に屋敷をかまえる正三位侍従舟橋家の嫡男 「夜の蜩」 澤田ふじ子 逆転 時代アンソロジー 祥伝社（祥伝社文庫） 2000年5月

岐夫　ふなんど
奥州遠野の綾織村の陰陽師のせがれで二百年ぶりに竜宮をたずねあてる役目を負わされた男 「福子妖異録」 荒俣宏 花ごよみ夢一夜-新選代表作時代小説24 光風社出版（光風社文庫） 2001年11月

文恵　ふみえ
深川入船町の岡場所店で身をひさいでいる娘 「逃げる甚内」 伊藤桂一 星明かり夢街道-新選代表作時代小説21 光風社出版 2000年5月

文江　ふみえ
芸州広島浅野家の家臣加納藤兵衛の妻 「東海道抜きつ抜かれつ」 村上元三 江戸の漫遊力-時代小説傑作選 集英社（集英社文庫） 2008年12月

普門院の和尚さん　ふもんいんのおしょうさん
上野の図書館通いをして小栗上野介の資料研究をしていた普門院の和尚さん 「普門院の和尚さん」 井伏鱒二 歴史小説の世紀-天の巻 新潮社（新潮文庫） 2000年9月

ブラキストン
幕末の函館に来日した英国人事業家、動物分布の境界線ブラキストン線を発見した博物学者「謎の人ブラキストン」戸川幸夫　剣が哭く夜に哭く-新選代表作時代小説20　光風社出版　2000年1月

古市 総十郎　ふるいち・そうじゅうろう
廻り方の同心「梵鐘」北方謙三　時代小説 読切御免第四巻　新潮社（新潮文庫）　2005年12月

古市 総十郎　ふるいち・そうじゅうろう
江戸南町奉行所同心「梅香る日」北方謙三　代表作時代小説 平成十九年度　光文社　2007年6月

古市 総十郎　ふるいち・そうじゅうろう
南町奉行所同心「杖下」北方謙三　時代小説-読切御免第一巻　新潮社（新潮文庫）　2004年3月

古内 志摩　ふるうち・しま
伊達藩国老、藩政から疎外されていた家老「原田甲斐」中山義秀　江戸三百年を読む上-傑作時代小説 江戸騒乱編　角川学芸出版（角川文庫）　2009年9月；人物日本の歴史 江戸編＜上＞-時代小説版　小学館（小学館文庫）　2004年5月

古高 俊太郎（喜右衛門）　ふるたか・しゅんたろう（きえもん）
尊王攘夷運動家、京都の西木屋町にある古道具屋「枡屋」の主人「宵々山の斬り込み-池田屋の変」徳永真一郎　必殺！幕末暗殺剣-時代小説傑作選三　新人物往来社　2008年3月

古畑 丈玄　ふるはた・じょうげん
剣法者、木曽福島の宿外れの山裾に奇怪な道場を築いた男「山犬剣法」伊藤桂一　剣の道忍の掟-信州歴史時代小説傑作集第三巻　しなのき書房　2007年6月

古山 奈津之助　ふるやま・なつのすけ
雲見番頭、実は将軍直属の隠密方亜智一郎の仲間で将軍上洛に加わり二条城に入った男「妖刀時代」泡坂妻夫　代表作時代小説 平成十八年度　光文社　2006年6月

古山 奈津之助　ふるやま・なつのすけ
雲見番頭、実は将軍直属の隠密方亜智一郎の仲間で備中岡山に潜入した男「吉備津の釜」泡坂妻夫　代表作時代小説 平成十九年度　光文社　2007年6月

不破 友之進　ふわ・とものしん
北町奉行所定廻り同心「因果堀」宇江佐真理　江戸の秘恋-時代小説傑作選　徳間書店（徳間文庫）　2004年10月

不破 伴作　ふわ・ばんさく
関白豊臣秀次の近侍「花車」戸部新十郎　鎮守の森に鬼が棲む-時代小説傑作選　講談社（講談社文庫）　2001年9月

不破 龍之進　ふわ・りゅうのしん＊
北町奉行所の見習い同心「のうぜんかずらの花咲けば」宇江佐真理　代表作時代小説 平成十九年度　光文社　2007年6月

文吉　ぶんきち
居酒屋「鬼熊」の亭主熊五郎の娘おしんの婿になった男　「鬼熊酒屋」　池波正太郎　赤ひげ横町-人情時代小説傑作選　新潮社(新潮文庫)　2009年1月

文吉　ぶんきち
小網町に住む名人形師　「むくろ人形の謎」　大林清　灯籠伝奇-捕物時代小説選集8　春陽堂書店(春陽文庫)　2000年12月

文吉　ぶんきち
備後久井にいる自分の贋作者の家を訪ねた頼山陽が道案内に伴った少年　「非利法権天」　見延典子　代表作時代小説　平成二十一年度　光文社　2009年6月

文吉　ぶんきち
本郷新花町の岡っ引、剣星の文吉　「首吊地蔵」　赤木春之　石川五右衛門の生立-捕物時代小説選集3　春陽堂書店(春陽文庫)　2000年4月

文桂(宮の越の検校)　ぶんけい(みやのこしのけんぎょう)
盗癖があって鍼医の師匠に江戸へ立たせられた弟子の若者　「能面師の執念」　佐野孝　怪奇・伝奇時代小説選集7　幽明鏡草紙　春陽堂書店(春陽文庫)　2000年4月

文賢　ぶんけん
清の靖海将軍施琅の次男　「妃紅」　井上祐美子　妃・殺・蝗-中国三色奇譚　講談社(講談社文庫)　2002年11月

文吾(石川 五右衛門)　ぶんご(いしかわ・ごえもん)
山村で母と暮らす代々伊賀の郷士であった家の子ども、のちの石川五右衛門　「石川五右衛門の生立」　上司小剣　石川五右衛門の生立-捕物時代小説選集3　春陽堂書店(春陽文庫)　2000年4月

文次　ぶんじ
火消しになるのが夢で一膳飯屋で下働きしている若者　「だるま猫」　宮部みゆき　怪奇・怪談時代小説傑作選　徳間書店(徳間文庫)　2004年9月

文次　ぶんじ
江戸日本橋通一丁目の小間物店「白木屋」の鼈甲職人、親方から張型づくりをまかされたきまじめな男　「亀に乗る」　佐江衆一　代表作時代小説　平成十三年度　光風社出版　2001年5月

文四郎　ぶんしろう
東蝦夷に入り込んだ砂金取りの和人坑夫の首領　「悪鬼になったピリト」　岡田耕平　怪奇・伝奇時代小説選集7　幽明鏡草紙　春陽堂書店(春陽文庫)　2000年4月

文助　ぶんすけ
吉原の茶屋「桔梗屋」の主人　「小夜衣の怨」　神田伯龍　怪奇・伝奇時代小説選集8　百物語　春陽堂書店(春陽文庫)　2000年5月

文蔵　ぶんぞう
甘藷栽培で有名な学者、大岡越前の指示で古書探索の旅に出ることになった男　「蜜の味」　羽田雄平　斬刃-時代小説傑作選　コスミック出版(コスミック時代文庫)　2005年5月

文蔵　ぶんぞう
町奉行大岡越前守忠相の組下同心となった学者、「蕃藷考」の著者　「大岡越前守」　土師清二　大岡越前守-捕物時代小説選集6　春陽堂書店（春陽文庫）　2000年10月

文秉　ぶんへい
清の靖海将軍施琅の六男　「妃紅」　井上祐美子　妃・殺・蝗-中国三色奇譚　講談社（講談社文庫）　2002年11月

文明寺行尊　ぶんめいじぎょうそん
上伊那高遠城の大殿保科筑前守正俊の客将、元大雲山文明寺の僧　「槍弾正の逆襲」　中村彰彦　武将列伝-信州歴史時代小説傑作集第一巻　しなのき書房　2007年4月

【へ】

平　へい
楚の大夫、詩人　「屈原鎮魂」　真樹操　異色中国短篇傑作大全　講談社（講談社文庫）　2001年3月

平右衛門　へいえもん
烏山の油屋「油平」の大旦那　「卯三次のウ」　永井路子　大江戸犯科帖-時代推理小説名作選　双葉社（双葉文庫）　2003年10月

平吉　へいきち
新選組副長土方歳三の従僕　「色」　池波正太郎　時代劇原作選集-あの名画を生みだした傑作小説　双葉社（双葉文庫）　2003年12月；新選組烈士伝　角川書店（角川文庫）　2003年10月

平吉　へいきち
大伝馬町にある木綿問屋「岩戸屋」の婿の若主人　「おしろい猫」　池波正太郎　大江戸猫三昧-時代小説傑作選　徳間書店（徳間文庫）　2004年11月

平吉　へいきち
日本橋上鞘町の小さな飲屋「みと松」の主人　「三十ふり袖」　山本周五郎　恋模様-極め付き時代小説選2　中央公論新社（中公文庫）　2004年10月

平原君　へいげんくん
趙の恵文王の弟　「虎符を盗んで」　陳舜臣　動物-極め付き時代小説選3　中央公論新社（中公文庫）　2004年11月

平五郎　へいごろう
旦那という綽名で通っている江戸の掏摸の親分　「東海道抜きつ抜かれつ」　村上元三　江戸の漫遊力-時代小説傑作選　集英社（集英社文庫）　2008年12月

平左　へいざ
稲川藩五万石の家老の次男、亡き主君行正の身代わりのまぐわい番についた男　「くながい秘法」　睦月影郎　江戸の閨始末-書下ろし時代小説傑作選7　ミリオン出版（大洋時代文庫）　2006年4月

へいさ

兵斎　へいさい＊
兵法者、摂州尼崎に在る新陰流猪之田道場のあるじで将軍家武術指南役柳生宗矩と同門の仲「秘し刀 霞落し」五味康祐　七人の十兵衛-傑作時代小説　PHP研究所（PHP文庫）2007年11月

兵左衛門　へいざえもん
田宮伊右衛門の旧友の浪人でいまは料理茶屋のあるじだという男「権八伊右衛門」多岐川恭　怪奇・伝奇時代小説選集13 四谷怪談　春陽堂書店（春陽文庫）2000年10月

平次　へいじ
金沢前田家の大小将組高島甚内の道具持ちの供「河童武者」村上元三　剣が哭く夜に哭く-新選代表作時代小説20　光風社出版　2000年1月

平次（銭形の平次）　へいじ（ぜにがたのへいじ）
神田明神下の岡っ引「赤い紐」野村胡堂　傑作捕物ワールド第1巻 岡っ引き篇　リブリオ出版　2002年10月

平次（銭形平次）　へいじ（ぜにがたへいじ）
神田明神下の岡っ引「瓢箪供養」野村胡堂　酔うて候-時代小説傑作選　徳間書店（徳間文庫）2006年10月

平次（銭形平次）　へいじ（ぜにがたへいじ）
捕物名人の御用聞（親分）「雪の精（銭形平次捕物控）」野村胡堂　傑作捕物ワールド第9巻 妖異怪談篇　リブリオ出版　2002年10月

平十郎　へいじゅうろう
天王町の札差「辰巳屋」の主人「決闘小栗坂-札差平十郎」南原幹雄　時代小説-読切御免第一巻　新潮社（新潮文庫）2004年3月

平十郎（蛇の平十郎）　へいじゅうろう（くちなわのへいじゅうろう）
大盗賊、火付盗賊改方・長谷川平蔵の暗殺に失敗したが鼻をあかそうとしてお盗（つとめ）をした男「蛇の眼」池波正太郎　蛇の眼-捕物時代小説選集2　春陽堂書店（春陽文庫）2000年3月

平四郎　へいしろう
藩祖以来の譜代和田家の嗣子、きせの弟「吾亦紅」安西篤子　鎮守の森に鬼が棲む-時代小説傑作選　講談社（講談社文庫）2001年9月

平次郎　へいじろう
刀鍛冶清麿の弟子、偽名切り名人「酒しぶき清麿」山本兼一　代表作時代小説　平成二十年度　光文社　2008年6月

兵助　へいすけ
尾張柳生の祖、柳生石舟斎の孫「秘太刀〝放心の位〟」戸部新十郎　柳生武芸帳七番勝負-時代小説傑作選一　新人物往来社　2008年3月；花ごよみ夢一夜-新選代表作時代小説24　光風社出版（光風社文庫）2001年11月

兵助　へいすけ
柳生如雲斎の三男、三代将軍家光から江戸柳生の総帥柳生宗冬と御前試合を行うよう命ぜられた男　「慶安御前試合」　隆慶一郎　花ごよみ夢一夜-新選代表作時代小説24　光風社出版(光風社文庫)　2001年11月

平助　へいすけ
利根川の渡しの老いた船頭　「利根の渡」　岡本綺堂　怪奇・怪談時代小説傑作選　徳間書店(徳間文庫)　2004年9月;怪奇・伝奇時代小説選集12 血塗りの呪法　春陽堂書店(春陽文庫)　2000年9月

兵介(柳生 兵庫助利厳)　へいすけ(やぎゅう・ひょうごのすけとしとし)
正統新陰流第三世、柳生石舟斎宗厳の孫　「柳生刺客状」　隆慶一郎　剣よ月下に舞え-新選代表作時代小説23　光風社出版(光風社文庫)　2001年5月

平蔵(ましらの平蔵)　へいぞう(ましらのへいぞう)
江戸の大泥棒、角兵衛獅子だった弥一に匿われた男　「はぐれ角兵衛獅子」　小杉健治　夢を見にけり-時代小説招待席　広済堂出版　2004年6月

平太　へいた
首斬り役六代目山田浅右衛門　「首斬り浅右衛門」　柴田錬三郎　怪奇・伝奇時代小説選集7 幽明鏡草紙　春陽堂書店(春陽文庫)　2000年4月

平太　へいた
小間物問屋「三々屋」の女主人お紺の幼なじみ、悪童だったが木綿問屋の葛生屋平右衛門になった男　「恋知らず」　北原亞以子　江戸夢あかり-市井・人情小説傑作選　学習研究社(学研M文庫)　2003年7月

平八郎　へいはちろう
戦国武将、三浦沼田氏十二代沼田城主万鬼斎顕泰の側室の子　「死猫」　野村敏雄　武士道歳時記-新鷹会・傑作時代小説選　光文社(光文社文庫)　2008年6月

米 芾(元章)　べい・ふつ(げんしょう)
宋国の大学者、能書家　「潔癖」　井上祐美子　異色中国短篇傑作大全　講談社(講談社文庫)　2001年3月

平兵衛　へいべえ
京都四条堀川の太物問屋「菱屋」の主人　「血汐首-芹沢鴨の女」　南原幹雄　新選組烈士伝　角川書店(角川文庫)　2003年10月

平兵衛　へいべえ
扇子問屋の主人、元吉良上野介の仲間　「生きていた吉良上野」　榊山潤　赤穂浪士伝奇-べんせいライブラリー時代小説セレクション　勉誠出版　2002年12月

平栗 久馬　へぐり・きゅうま
仇討ち人、美濃遠山藩の下級武士の倅　「花咲ける武士道」　神坂次郎　江戸の爆笑力-時代小説傑作選　集英社(集英社文庫)　2004年12月

平秩 東作　へずつ・とうさく
江戸狂歌師、天明二年蝦夷地に旅をした山師気質の男　「平秩東作」　井上ひさし　江戸夢日和-市井・人情小説傑作選二　学習研究社(学研M文庫)　2004年1月

へびき

蛇吉（吉次郎）　へびきち（きちじろう）
九州の片山里でうわばみ退治を職業にしていた男　「蛇精」　岡本綺堂　怪奇・伝奇時代小説選集14 累物語　春陽堂書店（春陽文庫）　2000年11月

ヘルナンド
キリシタン修道士　「修道士の首」　井沢元彦　偉人八傑推理帖-名探偵時代小説　双葉社（双葉文庫）　2004年7月

ヴェルレーヌ
詩人、ゴーギャンの友人　「巴里に雪のふるごとく」　山田風太郎　偉人八傑推理帖-名探偵時代小説　双葉社（双葉文庫）　2004年7月

弁慶　べんけい
源氏の大将源義経の家来　「舟弁慶/安宅」　白洲正子　源義経の時代-短篇小説集　作品社　2004年10月

弁慶　べんけい
千本の刀を集めるため京を荒し回っていた坊主　「弁慶と九九九事件」　直木三十五　源義経の時代-短篇小説集　作品社　2004年10月

弁天小僧菊之助　べんてんこぞうきくのすけ
盗賊　「つぶて新月」　朱雀弦一郎　幽霊陰陽師-捕物時代小説選集5　春陽堂書店（春陽文庫）　2000年6月

弁之助　べんのすけ
江戸二丁町の芝居茶屋「江戸屋」の主人　「留場の五郎次」　南原幹雄　散りぬる桜-時代小説招待席　広済堂出版　2004年2月

ヘンミー
オランダ商館長　「名人」　白石一郎　江戸夢日和-市井・人情小説傑作選二　学習研究社（学研M文庫）　2004年1月

逸見　宗助　へんみ・そうすけ
剣客、警視庁師範で立身流居合の達者　「明治兜割り」　津本陽　武士の本懐〈弐〉-武士道小説傑作選　KKベストセラーズ（ベスト時代文庫）　2005年5月；人物日本の歴史 幕末維新編-時代小説版　小学館（小学館文庫）　2004年9月

【ほ】

法師　ほうし
恐ろしい大蛇が棲みついた三折峠にのぼって行った盲目の法師　「大蛇物語」　宮野叢子　怪奇・伝奇時代小説選集5 北斎と幽霊　春陽堂書店（春陽文庫）　2000年2月

芳春院　ほうしゅんいん
加賀藩主前田利長の母、利家の未亡人　「秘剣夢枕」　戸部新十郎　地獄の無明剣-時代小説傑作選　講談社（講談社文庫）　2004年9月

北条 氏直　ほうじょう・うじなお
豊臣秀吉に天下平定に叛骨を示して入覲しなかった北条氏の総帥「猿飛佐助の死」五味康祐　神出鬼没!戦国忍者伝-傑作時代小説　PHP研究所(PHP文庫)　2009年3月;剣の道忍の掟-信州歴史時代小説傑作集第三巻　しなのき書房　2007年6月

北条 氏秀　ほうじょう・うじやす
戦国武将、関東の雄北条氏康の息子で上杉謙信が養子として迎えた美貌の若殿「流転の若鷹」永井路子　疾風怒涛!上杉戦記-傑作時代小説　PHP研究所(PHP文庫)　2008年3月

北条 次郎時行　ほうじょう・じろうときゆき
北条家総帥たる得宗の北条高時の子で元服後次郎時行を名乗る若君「命懸け」高橋直樹　異色歴史短篇傑作大全　講談社　2003年11月

北条 時政　ほうじょう・ときまさ
伊豆の豪族「頼朝勘定」山岡荘八　人物日本の歴史 古代中世編-時代小説版　小学館(小学館文庫)　2004年1月

北条 時政　ほうじょう・ときまさ
将軍・源頼朝の義父で幕府創業の功臣「曾我兄弟」滝口康彦　仇討ち-時代小説アンソロジー1　小学館(小学館文庫)　2006年12月

北条 長綱　ほうじょう・ながつな
小田原北条家の始祖早雲の三男「金剛鈴が鳴る-風魔小太郎」戸部新十郎　戦国忍者武芸帳-時代小説傑作選五　新人物往来社　2008年3月

北条 政子　ほうじょう・まさこ
伊豆の豪族北条時政の姉姫「頼朝勘定」山岡荘八　人物日本の歴史 古代中世編-時代小説版　小学館(小学館文庫)　2004年1月

北条 政子　ほうじょう・まさこ
鎌倉幕府初代将軍源頼朝の妻、のちの尼将軍「千本桜」領家髙子　異色歴史短篇傑作大全　講談社　2003年11月

北条 政子　ほうじょう・まさこ
将軍源実朝の母「右京局小夜がたり」永井路子　歴史小説の世紀-地の巻　新潮社(新潮文庫)　2000年9月

宝蔵院胤栄　ほうぞういんいんえい
南都興福寺宝蔵院の覚禅房法印、兵法者でのち上泉伊勢守の門弟「〈第一番〉無刀取りへの道-柳生石舟斎」綱淵謙錠　柳生武芸帳七番勝負-時代小説傑作選一　新人物往来社　2008年3月

宝蔵院胤栄(胤栄)　ほうぞういんいんえい(いんえい)
兵法者、奈良興福寺の塔頭・宝蔵院の院主「刀」綱淵謙錠　剣聖-乱世に生きた五人の兵法者　新潮社(新潮文庫)　2006年10月

ほうた

宝沢　ほうたく
紀州平野山の感応院から謎の出奔をして八年後に徳川天一坊として家来とともに品川の本陣に着いた男「天一坊覚書」瀧川駿　大岡越前守-捕物時代小説選集6　春陽堂書店（春陽文庫）2000年10月

宝沢　ほうたく
紀州平野村の感応院の弟子、村の取上げ婆おさんに育てられた男「天一坊」額田六福　大岡越前守-捕物時代小説選集6　春陽堂書店（春陽文庫）2000年10月

宝沢　ほうたく
貧乏山伏に育てられた小坊主、将軍御落胤の源氏坊天一と名乗り江戸まで来た男「新説天一坊」直木三十五　釘抜藤吉捕物覚書-捕物時代小説選集4　春陽堂書店（春陽文庫）2000年5月

朴木　五郎　ほうのき・ごろう
仙台藩領刈田郡宮宿の農家の出の剣士、師の江戸詰めに同行し江戸に来た若者「燃える水」高橋義夫　代表作時代小説　平成十三年度　光風社出版　2001年5月

宝引きの辰　ほうびきのたつ
神田千両町に住む捕者の名人と名高い岡っ引「五ん兵衛船」泡坂妻夫　代表作時代小説　平成二十一年度　光文社　2009年6月

宝引きの辰　ほうびきのたつ
神田千両町に住む捕者の名人と名高い岡っ引「十二月十四日」泡坂妻夫　代表作時代小説　平成十七年度　光文社　2005年6月

宝引の辰　ほうびきのたつ
神田千両町に住む捕者の名人と名高い岡っ引「鬼女の鱗（宝引の辰捕物帳）」泡坂妻夫　傑作捕物ワールド第1巻　岡っ引き篇　リブリオ出版　2002年10月

宝引の辰　ほうびきのたつ
神田千両町に住む捕者の名人と名高い岡っ引「菜の花や」泡坂妻夫　代表作時代小説　平成二十年度　光文社　2008年6月

坊丸（武田　源三郎）　ぼうまる（たけだ・げんざぶろう）
戦国武将、織田信長の五男「最後の赤備え」宮本昌孝　地獄の無明剣-時代小説傑作選　講談社（講談社文庫）2004年9月

北枝（和泉屋北枝）　ほくし（いずみやほくし）
葛飾北斎の高弟の浮世絵師、三味線で猿回しのはやし物を弾く隠し芸を持つ男「浮世猿」中山義秀　江戸夢日和-市井・人情小説傑作選二　学習研究社（学研M文庫）2004年1月

卜伝　ぼくでん
兵法者、鹿島新当流の開祖「一つの太刀」津本陽　剣聖-乱世に生きた五人の兵法者　新潮社（新潮文庫）2006年10月

卜伝　ぼくでん
兵法者、常陸大掾鹿島氏の家老吉川左京覚賢の次子で塚原土佐守安幹の養嗣子「塚原卜伝」安西篤子　人物日本剣豪伝一　学陽書房（人物文庫）2001年4月

ホシ
斬殺された浪人矢部広之進の遺児・道之助の飼い犬 「ほたるの庭」 杉本苑子 犬道楽 江戸草紙-時代小説傑作選 徳間書店(徳間文庫) 2005年8月

保科 惣吾　ほしな・そうご
藩の寺社方吟味役保科惣右衛門の嫡男、母親代わりの姉里瀬に育てられた男 「今朝の月」 今井絵美子 花ふぶき-時代小説傑作選 角川春樹事務所(ハルキ文庫) 2004年7月

保科筑前守 正俊　ほしなちくぜんのかみ・まさとし
上伊那高遠城の城主保科弾正忠正直の父、隠居の身 「槍弾正の逆襲」 中村彰彦 武将列伝-信州歴史時代小説傑作集第一巻 しなのき書房 2007年4月

保科肥後守 正之　ほしなひごのかみ・まさゆき
会津藩第一世藩主 「名君と振袖火事」 中村彰彦 剣の意地 恋の夢-時代小説傑作選 講談社(講談社文庫) 2000年9月

保科 正之　ほしな・まさゆき
会津藩主、徳川三代将軍家光の異母弟 「第二の助太刀」 中村彰彦 偉人八傑推理帖-名探偵時代小説 双葉社(双葉文庫) 2004年7月

保科 正之　ほしな・まさゆき
会津藩松平家藩祖 「鬼」 綱淵謙錠 歴史小説の世紀-地の巻 新潮社(新潮文庫) 2000年9月

保科 正之(幸松)　ほしな・まさゆき(ゆきまつ*)
信州高遠三万石の領主で実は三代将軍家光の異母弟にあたる青年大名 「浄光院さま逸事」 中村彰彦 乱世の女たち-信州歴史時代小説傑作集第五巻 しなのき書房 2007年9月

星野 小五郎　ほしの・こごろう
黒田藩の江戸詰家士、燐藩の鍋島家へ祝儀の使者として赴くことになった武士 「元禄武士道」 白石一郎 武士の本懐〈弐〉-武士道小説傑作選 KKベストセラーズ(ベスト時代文庫) 2005年5月

星野 房吉　ほしの・ふさきち
剣客、上州の名人楳本法神が流祖の法神流の二世 「楳本法神と法神流」 藤島一虎 武士道歳時記-新鷹会・傑作時代小説選 光文社(光文社文庫) 2008年6月

星野 又八郎　ほしの・またはちろう
芸州広島城主福島正則の詰衆の一人 「弓は袋へ〈福島正則〉」 白石一郎 人物日本の歴史 江戸編〈上〉-時代小説版 小学館(小学館文庫) 2004年5月

穂積 孫八　ほずみ・まごはち
会津浪人 「殺(さつ)〈水野十郎左衛門・幡随院長兵衛〉」 綱淵謙錠 人物日本の歴史 江戸編〈上〉-時代小説版 小学館(小学館文庫) 2004年5月

細井 弥一郎　ほそい・やいちろう
旅の武家 「きつね美女」 山手樹一郎 約束-極め付き時代小説選1 中央公論新社(中公文庫) 2004年9月

ほそお

細尾 敬四郎　ほそお・けいしろう
念流の剣客、元小笠原藩士　「秘剣」　五味康祐　幻の剣鬼 七番勝負-傑作時代小説　PHP研究所（PHP文庫）　2008年5月

細川 興秋　ほそかわ・おきあき
戦国武将細川忠興の二男　「雨の中の犬-細川忠興」　岳宏一郎　地獄の無明剣-時代小説傑作選　講談社（講談社文庫）　2004年9月

細川 興秋　ほそかわ・おきあき
豊前・豊後の領主細川忠興の次男　「生きすぎたりや」　安部龍太郎　地獄の無明剣-時代小説傑作選　講談社（講談社文庫）　2004年9月

細川 ガラシア　ほそかわ・がらしあ
戦国武将細川忠興の亡き妻　「雨の中の犬-細川忠興」　岳宏一郎　地獄の無明剣-時代小説傑作選　講談社（講談社文庫）　2004年9月

細川 ガラシア　ほそかわ・がらしあ
明智光秀の娘、細川家に嫁いだ女性　「瘤取り作兵衛」　宮本昌孝　武士の本懐〈弐〉-武士道小説傑作選　KKベストセラーズ（ベスト時代文庫）　2005年5月

細川 ガラシャ　ほそかわ・がらしゃ
戦国武将細川忠興の妻、織田信長を亡した明智光秀の娘で切支丹の洗礼を受けた女性　「日本の聖女」　遠藤周作　戦国女人十一話　作品社　2005年11月

細川 加羅奢　ほそかわ・がらしゃ
戦国武将細川忠興夫人、明智光秀の娘で熱心な切支丹信者　「蠢めく妖虫」　西村亮太郎　怪奇・伝奇時代小説選集8 百物語　春陽堂書店（春陽文庫）　2000年5月

細川 三斎（細川 忠興）　ほそかわ・さんさい（ほそかわ・ただおき）
豊前細川家当主細川忠利の父、忠利の肥後入封後は九万二千石の八代城主　「雷大吉」　安部龍太郎　代表作時代小説 平成十三年度　光風社出版　2001年5月

細川 忠興　ほそかわ・ただおき
戦国武将、豊前・豊後の領主　「生きすぎたりや」　安部龍太郎　地獄の無明剣-時代小説傑作選　講談社（講談社文庫）　2004年9月

細川 忠興　ほそかわ・ただおき
戦国武将、豊前の国主　「雨の中の犬-細川忠興」　岳宏一郎　地獄の無明剣-時代小説傑作選　講談社（講談社文庫）　2004年9月

細川 忠興　ほそかわ・ただおき
豊前細川家当主細川忠利の父、忠利の肥後入封後は九万二千石の八代城主　「雷大吉」　安部龍太郎　代表作時代小説 平成十三年度　光風社出版　2001年5月

細川 忠興　ほそかわ・ただおき
豊前小倉城主　「二代目」　童門冬二　鎮守の森に鬼が棲む-時代小説傑作選　講談社（講談社文庫）　2001年9月

細川 忠興（三斎）　ほそかわ・ただおき（さんさい）
熊本藩主細川忠利の父親、肥後八代城に隠居の身　「松山主水」　高野澄　人物日本剣豪伝三　学陽書房（人物文庫）　2001年5月

細川 忠利　ほそかわ・ただとし
戦国武将細川忠興の三男　「雨の中の犬-細川忠興」　岳宏一郎　地獄の無明剣-時代小説傑作選　講談社(講談社文庫)　2004年9月

細川 忠利　ほそかわ・ただとし
肥後熊本藩主、細川忠利(三斎)の息子　「松山主水」　高野澄　人物日本剣豪伝三　学陽書房(人物文庫)　2001年5月

細川 忠利　ほそかわ・ただとし
肥後細川藩主　「秘剣」　五味康祐　幻の剣鬼 七番勝負-傑作時代小説　PHP研究所(PHP文庫)　2008年5月

細川 忠利　ほそかわ・ただとし
豊前細川家当主、将軍家師範柳生但馬守宗矩の門弟十傑に入るほどの使い手　「雷大吉」　安部龍太郎　代表作時代小説 平成十三年度　光風社出版　2001年5月

細川 藤孝(與一郎)　ほそかわ・ふじたか(よいちろう)
戦国武将、室町将軍足利義輝の幼少時からの側近　「義輝異聞 遺恩」　宮本昌孝　代表作時代小説 平成十三年度　光風社出版　2001年5月

細野 権八郎　ほその・ごんぱちろう
上州の親分大胡の和三郎一家に用心棒として寄宿している剣法者　「赤城の雁」　伊藤桂一　時代小説 読切御免第二巻　新潮社(新潮文庫)　2004年3月

蛍　ほたる
紀州雑賀党の射撃の名手、元高野山の行人坊主　「左目の銃痕-雑賀孫市」　新宮正春　戦国忍者武芸帳-時代小説傑作選五　新人物往来社　2008年3月

ボッカン和尚　ぼっかんおしょう
明治政府の苗字許可令を布告された三郷村の浦惣代の勘七に頼まれ村人たちに苗字をつけていった名智識物知りの和尚　「苗字騒動」　神坂次郎　星明かり夢街道-新選代表作時代小説21　光風社出版　2000年5月

ボッコ
座敷牢に閉じこめられている青白い顔の福子　「福子妖異録」　荒俣宏　花ごよみ夢一夜-新選代表作時代小説24　光風社出版(光風社文庫)　2001年11月

堀田相模守 正亮　ほったさがみのかみ・まさすけ
老中、御用番　「かたくり献上」　柴田錬三郎　大江戸殿様列伝-傑作時代小説　双葉社(双葉文庫)　2006年7月

払田 弾正　ほった・だんじょう
熊野平の土豪　「狼(たいしょう)」　神坂次郎　侍たちの歳月-新鷹会・傑作時代小説選　光文社(光文社文庫)　2002年6月

堀田 正俊　ほった・まさとし
幕府大老　「御用部屋御坊主 慶芳」　古賀宣子　武士道春秋-新鷹会・傑作時代小説選　光文社(光文社文庫)　2006年6月

ほった

堀田 六郎　ほった・ろくろう
屋敷に奉公していた腰元と通じ腿に入墨をされて放逐となった若侍 「鬼女の鱗(宝引の辰捕物帳)」 泡坂妻夫　傑作捕物ワールド第1巻 岡っ引き篇 リブリオ出版 2002年10月

仏の小平次　ほとけのこへいじ
神田連雀町に住む岡っ引の老人 「七化けおさん」 平岩弓枝　武士道歳時記-新鷹会・傑作時代小説選　光文社(光文社文庫) 2008年6月

仏の小平次　ほとけのこへいじ
神田連雀町に住む岡っ引の老人 「太公望のおせん」 平岩弓枝　武士道日暦-新鷹会・傑作時代小説選　光文社(光文社文庫) 2007年6月

ホノスセリ
海辺で暮らす部族の族長 「楽園から帰る」 長部日出雄　愛染夢灯籠-時代小説傑作選　講談社(講談社文庫) 2005年9月

ホホデミ
狩猟で暮らす部族の族長の子 「楽園から帰る」 長部日出雄　愛染夢灯籠-時代小説傑作選　講談社(講談社文庫) 2005年9月

ほり
赤穂浪人堀部安兵衛の妻 「左兵衛様ご無念」 新宮正春　異色忠臣蔵大傑作集　講談社(講談社文庫) 2002年12月

堀伊賀守　ほりいがのかみ
大坂西町奉行 「短慮暴発」 南條範夫　人物日本の歴史 江戸編〈下〉-時代小説版　小学館(小学館文庫) 2004年7月

堀 育太郎　ほり・いくたろう
越後村松藩主堀直賀の側室お蘭の方に生まれた子、維新後は農商務省の官吏 「欅三十郎の生涯」 南條範夫　感涙-人情時代小説傑作選 KKベストセラーズ(ベスト時代文庫) 2004年11月

堀出雲守 之敏　ほりいずものかみ・ゆきとし
黒船渡来事件で熱心な攘夷派だった一万石の大名 「黒船懐胎」 山岡荘八　江戸の爆笑力-時代小説傑作選　集英社(集英社文庫) 2004年12月

堀 右衛門　ほり・うえもん
越後村松藩の家老 「欅三十郎の生涯」 南條範夫　感涙-人情時代小説傑作選 KKベストセラーズ(ベスト時代文庫) 2004年11月

堀内 伝右衛門　ほりうち・でんえもん
細川家の家来 「或日の大石内蔵助」 芥川龍之介　赤穂浪士伝奇-べんせいライブラリー時代小説セレクション　勉誠出版 2002年12月

堀江 惣十郎　ほりえ・そうじゅうろう
武士、茶店の老爺の女房かの(小雪)の元夫 「刈萱」 安西篤子　時代小説-読切御免第一巻　新潮社(新潮文庫) 2004年3月

堀尾 金助　ほりお・きんすけ
尾張の国御供所村にいた若者で豊臣秀吉の家来堀尾家の分家の嫡男　「天正の橋」　水上勉　歴史小説の世紀-地の巻　新潮社(新潮文庫)　2000年9月

堀尾 方泰　ほりお・まさやす
尾張の国御供所村にいた百姓頭、豊臣秀吉の家来堀尾吉晴の叔父にあたる男　「天正の橋」　水上勉　歴史小説の世紀-地の巻　新潮社(新潮文庫)　2000年9月

堀尾 吉晴　ほりお・よしはる
戦国武将、豊臣秀吉の家来で佐和山城主に出世した堀尾本家の男　「天正の橋」　水上勉　歴史小説の世紀-地の巻　新潮社(新潮文庫)　2000年9月

堀口 久兵衛　ほりぐち・きゅうべえ
筑後藩士、藤崎六衛門の妻佳代の父で警護番組頭　「残された男」　安部龍太郎　武士の本懐-武士道小説傑作選　KKベストセラーズ(ベスト時代文庫)　2004年6月

堀口 弥三郎　ほりぐち・やさぶろう
旗本屋敷で催された歌留多の会に来た若侍で鬼婆横町で妖婆を見た四人のひとり　「妖婆」　岡本綺堂　怪奇・伝奇時代小説選集12 血塗りの呪法　春陽堂書店(春陽文庫)　2000年9月

堀式部少輔 安高　ほりしきぶしょうゆ・やすたか
信州矢崎の藩主堀家の当主、領国においては絶対主権者である暴君　「被虐の系譜-武士道残酷物語」　南條範夫　時代劇原作選集-あの名画を生みだした傑作小説　双葉社(双葉文庫)　2003年12月

彫辰　ほりたつ
刺青師　「刺青渡世(彫辰捕物帖)」　梶山季之　傑作捕物ワールド第5巻 渡世人篇　リブリオ出版　2002年10月

堀丹波守 宗昌　ほりたんばのかみ・むねまさ*
元禄の頃の信州矢崎の藩主堀家の当主　「被虐の系譜-武士道残酷物語」　南條範夫　時代劇原作選集-あの名画を生みだした傑作小説　双葉社(双葉文庫)　2003年12月

堀 藤次　ほりの・とうじ
京で召捕らえられ鎌倉へ送られた静御前が住むことになった邸の主　「静御前」　西條八十　源義経の時代-短篇小説集　作品社　2004年10月

堀部 主膳　ほりべ・しゅぜん
奥州会津藩の家老、加藤家の名臣　「堀主水と宗矩」　五味康祐　小説「武士道」-時代小説短編傑作選　三笠書房(知的生きかた文庫)　2008年11月

堀部 安兵衛　ほりべ・やすべえ
越後新発田の浪人、のち浅野家の江戸御留守居役堀部弥兵衛の婿養子となった男　「決闘高田の馬場」　池波正太郎　武士道春秋-新鷹会・傑作時代小説選　光文社(光文社文庫)　2006年6月

堀部 安兵衛　ほりべ・やすべえ
赤穂浪士　「脱盟の槍-「赤穂浪士伝」より」　海音寺潮五郎　約束-極め付き時代小説選1　中央公論新社(中公文庫)　2004年9月

堀部 安兵衛(中山 安兵衛)　ほりべ・やすべえ(なかやま・やすべえ)
赤穂浪士、新発田藩士中山弥次右衛門の嫡子「堀部安兵衛」百瀬明治　人物日本剣豪伝三　学陽書房(人物文庫)　2001年5月

堀部 弥兵衛　ほりべ・やへえ
赤穂浪士、堀部安兵衛の義父「堀部安兵衛」百瀬明治　人物日本剣豪伝三　学陽書房(人物文庫)　2001年5月

堀 主水　ほり・もんど
奥州会津藩主加藤明成の暗愚に耐えかね一族郎党三百余名を引き連れて藩を出奔した元家老「堀主水と宗矩」五味康祐　小説「武士道」-時代小説短編傑作選　三笠書房(知的生きかた文庫)　2008年11月

堀 主水　ほり・もんど
会津四十万石加藤家の家老、太守嘉明が遺言で加藤家の後事を託した剛勇の士「左馬助殿軍語」磯田道史　代表作時代小説　平成二十一年度　光文社　2009年6月

堀 弥太郎　ほり・やたろう
都落ちの源義経に付き従った側近の郎党「吉野の嵐」山田智彦　源義経の時代-短篇小説集　作品社　2004年10月

梵字雁兵衛　ぼんじがんべえ
江戸城松の廊下の刃傷沙汰の赤穂飛脚となった早水藤左衛門と萱野三平を追う兇賊一団の男「赤穂飛脚」山田風太郎　江戸の漫遊力-時代小説傑作選　集英社(集英社文庫)　2008年12月

本寿院　ほんじゅいん
尾張藩主徳川吉通の生母「ちょんまげ伝記」神坂次郎　剣の意地 恋の夢-時代小説傑作選　講談社(講談社文庫)　2000年9月

本寿院(お福の方)　ほんじゅいん(おふくのかた)
尾張徳川家四代藩主吉通の生母「臍あわせ太平記」神坂次郎　愛染夢灯籠-時代小説傑作選　講談社(講談社文庫)　2005年9月

本庄 宮内少輔　ほんじょう・くないしょう
美濃国一万石の大名「妖呪盲目雛」島本春雄　怪奇・伝奇時代小説選集5 北斎と幽霊　春陽堂書店(春陽文庫)　2000年2月

本庄 茂平次　ほんじょう・もへいじ
南町奉行鳥居耀蔵の隠し目付、江戸に聞こえた剣客井上玄斎の元家僕「創傷九か所あり-護持院ヶ原の敵討ち」新宮正春　士道無惨!仇討ち始末-時代小説傑作選四　新人物往来社　2008年3月

ぽん太　ぽんた
神田連雀町の岡っ引仏の小平次のお手先「七化けおさん」平岩弓枝　武士道歳時記-新鷹会・傑作時代小説選　光文社(光文社文庫)　2008年6月

本多 伊織　ほんだ・いおり
西ノ丸御書院番士松平外記の古手の同僚「鰈の縁側」小松重男　人物日本の歴史 江戸編〈下〉-時代小説　小学館(小学館文庫)　2004年7月

本田越前守 重富　ほんだえちぜんのかみ・しげとみ
信州国府の大名 「五十八歳の童女」村上元三　江戸の老人力-時代小説傑作選　集英社(集英社文庫)　2002年12月

本多上野介 正純　ほんだこうずけのすけ・まさずみ
戦国武将、徳川家康の側近 「切左衛門の訴状」戸部新十郎　侍たちの歳月-新鷹会・傑作時代小説選　光文社(光文社文庫)　2002年6月

本多上野介 正純　ほんだこうずけのすけ・まさずみ
徳川家康の側近、かつて家康の懐刀といわれた謀臣本多佐渡守正信の子 「坂崎乱心」滝口康彦　人物日本の歴史 戦国編-時代小説版　小学館(小学館文庫)　2004年3月;鍔鳴り疾風剣B-新選代表作時代小説22　光風社出版(光風社文庫)　2000年11月

本多佐渡守 正信　ほんだ さどのかみ・まさのぶ
戦国武将、徳川家康を支えた重臣 「本多正信」今川徳三　紅蓮の翼-異彩時代小説撰　叢文社　2007年8月

本多 重次　ほんだ・しげつぐ*
戦国武将、徳川譜代の臣 「永見右衛門尉貞愛」武田八洲満　武士道歳時記-新鷹会・傑作時代小説選　光文社(光文社文庫)　2008年6月

本田 忠勝　ほんだ・ただかつ
戦国武将、徳川家の重臣 「本多忠勝の女(むすめ)」井上靖　乱世の女たち-信州歴史時代小説傑作集　しなのき書房　2007年9月;戦国女人十一話　作品社　2005年11月

本多 忠吉郎　ほんだ・ちゅうきちろう*
青年武士、神田連雀町に住む岡っ引の仏の小平次の家の居候 「七化けおさん」平岩弓枝　武士道歳時記-新鷹会・傑作時代小説選　光文社(光文社文庫)　2008年6月

本多 忠吉郎　ほんだ・ちゅうきちろう*
青年武士、神田連雀町に住む岡っ引の仏の小平次の家の居候 「太公望のおせん」平岩弓枝　武士道日暦-新鷹会・傑作時代小説選　光文社(光文社文庫)　2007年6月

本多 正純　ほんだ・まさずみ
駿府に隠居した大御所家康の執事、本多正信の子 「戦国権謀」松本清張　軍師の死にざま-短篇小説集　作品社　2006年10月

本多 正純　ほんだ・まさずみ
大御所徳川家康の側近、謀臣本多正信の嫡男 「陰の謀鬼-本多正信」堀和久　戦国軍師列伝-時代小説傑作選六　新人物往来社　2008年3月

本多 正純　ほんだ・まさずみ
徳川幕府老中、二代将軍秀忠の側近 「絶塵の将」池宮彰一郎　春宵 濡れ髪しぐれ-時代小説傑作選　講談社(講談社文庫)　2003年9月

本多 政長　ほんだ・まさなが
加賀藩老 「水鏡」戸部新十郎　幻の剣鬼 七番勝負-傑作時代小説　PHP研究所(PHP文庫)　2008年5月;武芸十八般-武道小説傑作選　KKベストセラーズ(ベスト時代文庫)　2005年10月

本多 正信　ほんだ・まさのぶ
大御所徳川家康の謀臣「粟田口の狂女」滝口康彦　剣が哭く夜に哭く-新選代表作時代小説20　光風社出版　2000年1月

本多 正信　ほんだ・まさのぶ
大御所徳川家康の謀臣、二代将軍秀忠の後見職「陰の謀鬼-本多正信」堀和久　戦国軍師列伝-時代小説傑作選六　新人物往来社　2008年3月

本多 正信　ほんだ・まさのぶ
徳川第二代将軍秀忠の傅役、本多正純の父「戦国権謀」松本清張　軍師の死にざま-短篇小説集　作品社　2006年10月

本多 民部左衛門　ほんだ・みんぶざえもん
上州厩橋十五万石酒井家の筆頭国家老「九思の剣」池宮彰一郎　武士道-時代小説アンソロジー3　小学館(小学館文庫)　2007年3月

梵天丸　ぼんてんまる
戦国武将、米沢城主伊達家の嫡男でのち奥羽の覇者となった英雄「奥羽の鬼姫-伊達政宗の母」神坂次郎　東北戦国志-傑作時代小説　PHP研究所(PHP文庫)　2009年9月

ボンベン
三池監獄から樺戸集治監に移送される囚人たちの一人で自由民権運動にたずさわって逮捕投獄された男、鹿児島県士族で渾名はボンベン「ボンベン小僧」津本陽　剣よ月下に舞え-新選代表作時代小説23　光風社出版(光風社文庫)　2001年5月

【ま】

マイ
元明智光秀の近習で落武者となった比田帯刀がさまよいこんだ北近江の村の娘「木魚が聞こえる」喜安幸夫　代表作時代小説　平成十六年度　光風社出版　2004年4月

舞　まい
戯作者で「東海道中膝栗毛」の作者十返舎一九の娘「よりにもよって」諸田玲子　代表作時代小説　平成二十一年度　光文社　2009年6月

前砂の捨蔵　まえすなのすてぞう＊
盗賊夜兎の角右衛門一味の隠居「看板」池波正太郎　歴史小説の世紀-地の巻　新潮社(新潮文庫)　2000年9月

前田 慶次郎　まえだ・けいじろう
戦国武将、前田利家の甥で直江山城守の盟友「直江山城守」尾崎士郎　軍師の生きざま-短篇小説集　作品社　2008年11月

前田 慶次郎　まえだ・けいじろう
天下のかぶき者として名高い戦国武将、上杉家臣水原親憲の数寄仲間「ぬくもり-水原親憲」火坂雅志　代表作時代小説　平成二十一年度　光文社　2009年6月

前田 慶次郎（咄然斎）　まえだ・けいじろう（とつねんさい）
戦国武将、上杉家の食客で前田利家の甥　「くノ一紅騎兵」　山田風太郎　軍師の死にざま-短篇小説集　作品社　2006年10月

前田 玄以　まえだ・げんい
戦国武将、豊臣秀吉政権下の京都奉行　「二頭立浪の旗風-斎藤道三」　典厩五郎　戦国武将国盗り物語-時代小説傑作選七　新人物往来社　2008年3月

前田土佐守 直躬　まえだとさのかみ・なおみ
加賀藩の老臣筆頭　「影は窈窕」　戸部新十郎　人物日本の歴史 江戸編〈下〉-時代小説版　小学館（小学館文庫）　2004年7月

前田土佐守 直躬　まえだとさのかみ・なおみ
加賀藩主の一門に連なる八家の筆頭　「加賀騒動」　安部龍太郎　江戸三百年を読む 下-傑作時代小説　幕末風雲編　角川学芸出版（角川文庫）　2009年9月

前田 利長　まえだ・としなが
加賀藩主、前田利家の子　「秘伝夢枕」　戸部新十郎　地獄の無明剣-時代小説傑作選　講談社（講談社文庫）　2004年9月

前田 慶次利大　まえだ・よしつぐとします
戦国武将、前田利家の甥で戦国も終わり米沢から江戸見物に出てきた古強者　「丹前屏風」　大佛次郎　疾風怒涛！上杉戦記-傑作時代小説　PHP研究所（PHP文庫）　2008年3月

前田 吉徳　まえだ・よしのり
加賀藩主、前田綱紀の子　「影は窈窕」　戸部新十郎　人物日本の歴史 江戸編〈下〉-時代小説版　小学館（小学館文庫）　2004年7月

前原 弥五郎（伊東 一刀斎景久）　まえはら・やごろう（いとう・いっとうさいかげひさ）
兵法者、鐘捲自斎の高弟でのちの一刀流の祖である伊東一刀斎景久　「信長豪剣記」　羽山信樹　変事異聞-時代小説アンソロジー5　小学館（小学館文庫）　2007年7月

前原 和助　まえばら・わすけ
新選組二番隊士　「勇の腰痛」　火坂雅志　幕末京都血風録-傑作時代小説　PHP研究所（PHP文庫）　2007年11月

真壁安芸守 氏幹　まかべあきのかみ・うじもと
常州真壁城主、城主ながら"鬼真壁"とおそれられる剛の者　「斬り、撃ち、心に棲む-斎藤伝鬼坊vs桜井霞之助」　志茂田景樹　秘剣・豪剣！武芸決闘記-時代小説傑作選二　新人物往来社　2008年3月

真壁安芸守 氏幹　まかべあきのかみ・うじもと
常陸真壁城主、女を寄せつけぬ豪勇の戦国武将　「無明長夜」　早乙女貢　代表作時代小説 平成十三年度　光風社出版　2001年5月

真壁 大印　まかべ・だいいん
八人の剣士「左右良八天狗」の一人　「妖剣林田左文」　山田風太郎　幻の剣鬼 七番勝負-傑作時代小説　PHP研究所（PHP文庫）　2008年5月

真壁 道無(暗夜軒)　まかべ・どうむ(あんやけん)
兵法者、塚原卜伝の弟子　「斎藤伝鬼房」　早乙女貢　人物日本剣豪伝一　学陽書房(人物文庫)　2001年4月

曲淵甲斐守 景漸　まがりぶちかいのかみ・かげつぐ
江戸南町奉行を長く務めた名奉行　「天明の判官」　山田風太郎　大江戸事件帖-時代推理小説名作選　双葉社(双葉文庫)　2005年7月

まき
居酒屋「いそかぜ」で働く少女　「紅珊瑚」　嵯峨野晶　江戸の闇始末-書下ろし時代小説傑作選7　ミリオン出版(大洋時代文庫)　2006年4月

まき
近江堅田ノ浦に在る北村という豪家の奉公人の女　「秘伝」　神坂次郎　武士道歳時記-新鷹会・傑作時代小説選　光文社(光文社文庫)　2008年6月

まき
信州矢崎の藩主堀家の家臣飯倉修三の妻　「被虐の系譜-武士道残酷物語」　南條範夫　時代劇原作選集-あの名画を生みだした傑作小説　双葉社(双葉文庫)　2003年12月

槇 俊之介　まき・しゅんのすけ
鳥取藩の下級藩士の次男で医者の湯浅玄冲の蘭済塾に住みこんでいる塾生　「星侍」　二宮睦雄　異色歴史短篇傑作大全　講談社　2003年11月

槇助　まきすけ*
大泥棒日本左衛門の配下だった男　「蛇穴谷の美女」　水上準也　怪奇・伝奇時代小説選集5 北斎と幽霊　春陽堂書店(春陽文庫)　2000年2月

蒔田 金五　まきた・きんご
福井藩士　「城中の霜」　山本周五郎　人物日本の歴史 幕末維新編-時代小説版　小学館(小学館文庫)　2004年9月

牧 仲太郎　まき・なかたろう
薩摩・大隅・日向の太守島津斉興の愛妾お由羅一派の兵道者　「丑の刻異変」　中林節三　怪奇・伝奇時代小説選集5 北斎と幽霊　春陽堂書店(春陽文庫)　2000年2月

牧の方　まきのかた
尼御台(北条政子)の父北条時政の継室　「右京局小夜がたり」　永井路子　歴史小説の世紀-地の巻　新潮社(新潮文庫)　2000年9月

牧野 勘兵衛　まきの・かんべえ
戦国武将で石州津和野の城主坂崎出羽守成正お気に入りの側近で家老の一人　「坂崎乱心」　滝口康彦　人物日本の歴史 戦国編-時代小説版　小学館(小学館文庫)　2004年3月;鍔鳴り疾風剣B-新選代表作時代小説22　光風社出版(光風社文庫)　2000年11月

牧野遠江守 康哉　まきのとおとうみのかみ・やすとも
飯田藩主　「梅一枝」　柴田錬三郎　武士道-時代小説アンソロジー3　小学館(小学館文庫)　2007年3月

牧野長門守 成文　まきのながとのかみ・しげふみ
第三十六代伊勢山田奉行「犬の抜けまいり」佐江衆一　江戸の漫遊力-時代小説傑作選　集英社(集英社文庫) 2008年12月;犬道楽江戸草紙-時代小説傑作選　徳間書店(徳間文庫) 2005年8月

牧野兵庫頭 長虎　まきのひょうごのかみ・ながとら
紀州徳川家の家老「兵庫頭の叛乱〈由井正雪〉」神坂次郎　人物日本の歴史 江戸編〈上〉-時代小説版　小学館(小学館文庫) 2004年5月

真葛の長者　まくずのちょうじゃ
会津盆地とこしのみちのしりの国境にあった山深い真葛の里の長者「春念入信記」山岡荘八　侍たちの歳月-新鷹会・傑作時代小説選　光文社(光文社文庫) 2002年6月

孫右衛門　まごえもん
お七火事で死んだ歌舞伎役者の玉村紋弥の父親「ぎやまん蝋燭」杉本苑子　江戸三百年を読む 上-傑作時代小説 江戸騒乱編　角川学芸出版(角川文庫) 2009年9月

孫右衛門　まごえもん
摂州尼崎に在る新陰流猪之田道場のあるじ猪之田兵斎の門弟、魚商人「秘し刀 霞落し」五味康祐　七人の十兵衛-傑作時代小説　PHP研究所(PHP文庫) 2007年11月

孫三郎　まごさぶろう
紀州雑賀党の頭目鈴木孫市の末弟「左目の銃痕-雑賀孫市」新宮正春　戦国忍者武芸帳-時代小説傑作選五　新人物往来社 2008年3月

馬越 三郎　まごし・さぶろう
新選組の「隊中美男五人衆」の一人「隊中美男五人衆」子母澤寛　誠の旗がゆく-新選組傑作選　集英社(集英社文庫) 2003年12月

孫七　まごしち
小諸藩御家中の大番頭志賀庫之助の若党「裏切り左近」柴田錬三郎　侍の肖像-信州歴史時代小説傑作集第二巻　しなのき書房 2007年5月

孫七　まごしち
長崎の浦上の山里村居つきの農夫で天主のおん教を奉じて妻と養女のおぎんと三人牢に投げこまれた男「おぎん」芥川龍之介　怪奇・伝奇時代小説選集4 怪異黒姫おろし　春陽堂書店(春陽文庫) 2000年1月

孫次郎　まごじろう
紀州雑賀党の頭目鈴木孫市の次弟「左目の銃痕-雑賀孫市」新宮正春　戦国忍者武芸帳-時代小説傑作選五　新人物往来社 2008年3月

孫八(上松の孫八)　まごはち(あげまつのまごはち)
渡世人、上松の甚兵衛の子分「ひとり狼」村上元三　花と剣と侍-新鷹会・傑作時代小説選　光文社(光文社文庫) 2009年6月;時代劇原作選集-あの名画を生みだした傑作小説　双葉社(双葉文庫) 2003年12月

孫兵衛　まごべえ
金貸し「蓮のつぼみ」梅本育子　江戸色恋坂-市井情話傑作選　学習研究社(学研M文庫) 2005年8月

まさ

マサ
冤罪で島送りになった菊次と恋仲だった女 「夢の通い路」伊藤桂一 春宵 濡れ髪しぐれ-時代小説傑作選 講談社(講談社文庫) 2003年9月

正井 宗昧　まさい・そうまい
雲州松江藩御茶道頭 「萩の帷子-雲州松江の妻敵討ち」 安西篤子 士道無惨!仇討ち始末-時代小説傑作選四 新人物往来社 2008年3月

政江　まさえ
主家のために隠密な旅をしている女、おきよの朋輩 「恋文道中」 村上元三 紅葉谷から剣鬼が来る-時代小説傑作選 講談社(講談社文庫) 2002年9月

鉞　まさかり
江戸御用盗の首魁青木弥太郎の一の子分 「貧窮豆腐」 東郷隆 愛染夢灯籠-時代小説傑作選 講談社(講談社文庫) 2005年9月

正木 伊織　まさき・いおり
伊勢の津の藤堂家に客分として迎えられた武芸者荒木又右衛門の教えを得ている若侍、のち軍兵衛と改名 「夢剣」 笹沢左保 江戸三百年を読む 上-傑作時代小説 江戸騒乱編 角川学芸出版(角川文庫) 2009年9月

正木 辰之進　まさき・たつのしん
江戸の黒江町にある手習所の師匠で浪人の男 「面影ほろり」 宇江佐真理 代表作時代小説 平成二十一年度 光文社 2009年6月

政吉　まさきち
鹿蔵とおつね夫婦の息子で父親を嫌って自分から家を出て板前になった男 「小田原鰹」 乙川優三郎 江戸の満腹力-時代小説傑作選 集英社(集英社文庫) 2005年12月

政吉　まさきち
蔵前の札差伊勢屋徳兵衛の手代 「千軍万馬の闇将軍」 佐藤雅美 愛染夢灯籠-時代小説傑作選 講談社(講談社文庫) 2005年9月

正木 灘兵衛　まさき・なだべえ
南紀串本の漁師、かつては伊勢鳥羽の大名九鬼家の武士で九鬼水軍の侍 「子守唄」 火坂雅志 代表作時代小説 平成十六年度 光風社出版 2004年4月;ふりむけば闇-時代小説招待席 広済堂出版 2003年6月

雅子　まさこ
高杉晋作の正妻 「青梅」 古川薫 江戸三百年を読む 下-傑作時代小説 幕末風雲編 角川学芸出版(角川文庫) 2009年9月

真砂　まさご
若狭の国府の侍・武弘の美しく気性の烈しい妻 「藪の中」 芥川竜之介 怪奇・伝奇時代小説選集15 春陽堂書店(春陽文庫) 2000年12月

真砂の庄次　まさごのしょうじ
真砂の里の名主、清姫の父親 「新釈娘道成寺」 八雲滉 怪奇・伝奇時代小説選集6 清姫・怨霊ばなし 春陽堂書店(春陽文庫) 2000年3月

政五郎　まさごろう
美濃の中津宿の貸元で落ち目の親分「裏切った秋太郎」子母澤寛　人情草紙-信州歴史時代小説傑作集第四巻　しなのき書房　2007年7月

政五郎(大政)　まさごろう(おおまさ)
清水湊・紺屋町にある剣術道場の指南役で次郎長の一の子分といわれた男「大兵政五郎」諸田玲子　代表作時代小説　平成十三年度　光風社出版　2001年5月

政次(根岸の政次)　まさじ(ねぎしのまさじ)
岡っ引「夜の辛夷」山本周五郎　江戸色恋坂-市井情話傑作選　学習研究社(学研M文庫)　2005年8月

正七　まさしち
京の町尻小路の研師、美しい妻みをを応仁の乱後の引き揚げの雑兵に攫われた若い男「乱世」南條範夫　代表作時代小説　平成十七年度　光文社　2005年6月

雅乃　まさの*
汐見橋の定斎売り蔵秀の仲間「そして、さくら湯-深川黄表紙掛取り帖」山本一力　代表作時代小説　平成十五年度　光風社出版　2003年5月

増田 長盛　ました・ながもり
戦国武将、豊臣秀吉幕下にあって近江・水口の城主から大和・郡山城主になった将「勘兵衛奉公記」池波正太郎　武士の本懐〈弐〉-武士道小説傑作選　KKベストセラーズ(ベスト時代文庫)　2005年5月

間島 惣右衛門　ましま・そうえもん
毛利家の惣領で郡山城主毛利元就の間諜「不敗の軍略-毛利元就」今村実　戦国武将国盗り物語-時代小説傑作選七　新人物往来社　2008年3月

ましらの平蔵　ましらのへいぞう
江戸の大泥棒、角兵衛獅子だった弥一に匿われた男「はぐれ角兵衛獅子」小杉健治　夢を見にけり-時代小説招待席　広済堂出版　2004年6月

満寿　ます
尾張藩直轄領南知多の利屋村の庄屋大岩金十郎の妻「蜜柑庄屋・金十郎」澤田ふじ子　江戸の満腹力-時代小説傑作選　集英社(集英社文庫)　2005年12月

増壁 佑一郎　ますかべ・ゆういちろう*
藩道場の師範代「山女魚剣法」伊藤桂一　江戸の鈍感力-時代小説傑作選　集英社(集英社文庫)　2007年12月

真杉 小十郎　ますぎ・こじゅうろう
南町奉行所臨時廻り同心「田町三角夢見小路」加納一朗　灯籠伝奇-捕物時代小説選集8　春陽堂書店(春陽文庫)　2000年12月

増蔵　ますぞう
深川門前仲町の岡っ引「因果堀」宇江佐真理　江戸の秘恋-時代小説傑作選　徳間書店(徳間文庫)　2004年10月

ますだ

益田 蔵人　ますだ・くろうど
細川忠興の家臣長岡肥後守宗信の妻花江の従兄、細川家剣術指南役　「生きすぎたりや」　安部龍太郎　地獄の無明剣-時代小説傑作選　講談社(講談社文庫)　2004年9月

馬爪 源五右衛門　まずめ・げんごえもん*
前秋月藩中随一の学者　「妖剣林田左文」　山田風太郎　幻の剣鬼 七番勝負-傑作時代小説　PHP研究所(PHP文庫)　2008年5月

馬詰 柳太郎　まずめ・りゅうたろう
新選組の「隊中美男五人衆」の一人　「隊中美男五人衆」　子母澤寛　誠の旗がゆく-新選組傑作選　集英社(集英社文庫)　2003年12月

増山 永斎　ますやま・えいさい
京都三条の茶商増山家の隠居、三絃の名手　「花の名残」　村上元三　人情草紙-信州歴史時代小説傑作集第四巻　しなのき書房　2007年7月

間瀬 定八　ませ・さだはち
旧赤穂藩大目付間瀬久太夫の次男、姫路藩中老職雨森十五郎の客分　「無明の宿」　澤田ふじ子　女人-時代小説アンソロジー2　小学館(小学館文庫)　2007年2月

又市　またいち
吉岡憲法家三代直賢の子で四代直綱(清十郎)の弟　「吉岡憲法」　澤田ふじ子　人物日本剣豪伝一　学陽書房(人物文庫)　2001年4月

又右衛門　またえもん
将軍家兵法師範役、柳生石舟斎宗厳の末子で柳生新陰流の継承者　「柳生宗矩・十兵衛」　赤木駿介　人物日本剣豪伝二　学陽書房(人物文庫)　2001年4月

又右衛門　またえもん
兵法者、柳生但馬守宗厳(石舟斎)の嫡男　「柳生石舟斎宗厳」　津本陽　人物日本剣豪伝一　学陽書房(人物文庫)　2001年4月

又衛門　またえもん
戦国武将長岡藤孝(のちの細川幽斎)手飼いの鉄砲放の小頭　「銃隊」　東郷隆　武芸十八般-武道小説傑作選　KKベストセラーズ(ベスト時代文庫)　2005年10月

又右衛門(柳生但馬守 宗矩)　またえもん(やぎゅうたじまのかみ・むねのり)
柳生兵庫助(兵助)の叔父、のち将軍家兵法指南　「秘太刀"放心の位"」　戸部新十郎　柳生武芸帳七番勝負-時代小説傑作選一　新人物往来社　2008年3月;花ごよみ夢一夜-新選代表作時代小説24　光風社出版(光風社文庫)　2001年11月

又七　またしち
気鬱の病になって一度は捨てた女房子どもの住む京都・俵屋町の長屋に帰ってきた男　「女衒の供養」　澤田ふじ子　代表作時代小説 平成二十年度　光文社　2008年6月

又七郎　またしちろう
薩州の第十八代太守　「情炎大阪城」　加賀淳子　戦国女人十一話　作品社　2005年11月

又十郎　またじゅうろう
柳生新陰流の総帥柳生宗矩の息子　「柳枝の剣」隆慶一郎　小説「武士道」-時代小説短編傑作選　三笠書房(知的生きかた文庫)　2008年11月;柳生武芸帳七番勝負-時代小説傑作選一　新人物往来社　2008年3月

又四郎(越後の又四郎)　またしろう(えちごのまたしろう)
怪しい旅人　「蛇(だ)」綱淵謙錠　動物-極め付き時代小説選3　中央公論新社(中公文庫)　2004年11月

又四郎(鬚の又四郎)　またしろう(ひげのまたしろう)
浅草山の宿の紙屋の主人で見事な白い顎鬚が世間的に有名になっている男　「濡事式三番」潮山長三　怪奇・伝奇時代小説選集7 幽明鏡草紙　春陽堂書店(春陽文庫)　2000年4月

又之助　またのすけ
馬屋「弁天屋」の使用人　「爪の代金五十両」南原幹雄　吉原花魁　角川書店(角川文庫)　2009年12月

又八郎　またはちろう
保津川に沿った街道から身を隠すようにある村の若衆　「はだしの小源太」喜安幸夫　武士道春秋-新鷹会・傑作時代小説選　光文社(光文社文庫)　2006年6月

またぶどん
兵法らしいものを遣う老百姓　「水鏡」戸部新十郎　幻の剣鬼 七番勝負-傑作時代小説　PHP研究所(PHP文庫)　2008年5月;武芸十八般-武道小説傑作選　KKベストセラーズ(ベスト時代文庫)　2005年10月

まつ
加賀尾山城主前田利家の室　「結解勘兵衛の感状」戸部新十郎　大江戸の歳月-新鷹会・傑作時代小説選　光文社(光文社文庫)　2003年6月

まつ
五稜郭で官軍に敗れ伊豆の新島に流罪となった新選組最後の隊長相馬主計の妻となった島の娘　「赦免船-島椿」小山啓子　武士道歳時記-新鷹会・傑作時代小説選　光文社(光文社文庫)　2008年6月

まつ
高知の椎葉村の士族佐竹貫之丞の妻　「虫の声」坂東眞砂子　代表作時代小説 平成十九年度　光文社　2007年6月

まつ
佃の渡し舟に乗ってきて渡し守の正太の家に居ついた女　「恋闇沖漁炎佃島」出久根達郎　逢魔への誘い-問題小説傑作選6 時代情恋篇　徳間書店(徳間文庫)　2000年3月

松　まつ
江戸深川で富本節の名取りをしている繁太夫の内弟子　「お馬は六百八十里」神坂次郎　江戸の漫遊力-時代小説傑作選　集英社(集英社文庫)　2008年12月

松　まつ
俳諧の宗匠気取りでいる破唐坊の弟子、本業は神田の貸本屋　「菜の花や」　泡坂妻夫　代表作時代小説 平成二十年度　光文社　2008年6月

松（とてちん松）　まつ（とてちんまつ）
浪人夕月弦三郎の家の下男で主が捕物で忙しい場合は下っ引をうけたまわる男　「河童小僧」　寿々木多呂九平　怪奇・伝奇時代小説選集10 怪談累ケ淵　春陽堂書店（春陽文庫）2000年7月

松井 次左衛門　まつい・じざえもん*
御鳥見役の妻珠世と同じ組屋敷で生まれ育った幼なじみの武士　「蛍の行方-お鳥見女房」　諸田玲子　代表作時代小説 平成十四年度　光風社出版　2002年5月

松井 半左衛門　まつい・はんざえもん
尾張藩士、尾張貫流槍術の使い手　「武太夫開眼」　杉本苑子　武芸十八般-武道小説傑作選　KKベストセラーズ（ベスト時代文庫）　2005年10月

松浦 静山　まつうら・せいざん
肥前平戸藩の元藩主で本所の下屋敷に隠居する心形刀流の使い手で高名な大名剣客　「笹の露」　新宮正春　幻の剣鬼 七番勝負-傑作時代小説　PHP研究所（PHP文庫）　2008年5月

松浦 伝蔵　まつうら・でんぞう
南町奉行所の吟味与力、鬼与力と異名をとって世間から恐れられていた男　「疾風魔」　九鬼澹　怪奇・伝奇時代小説選集4 怪異黒姫おろし　春陽堂書店（春陽文庫）　2000年1月

松浦肥前守　まつうらひぜんのかみ
平戸藩松浦家の当主　「一年余日」　山手樹一郎　武士の本懐〈弐〉-武士道小説傑作選　KKベストセラーズ（ベスト時代文庫）　2005年5月

松恵　まつえ
浪人倉坂左門の妻、本所の小間物商「上総屋」の主人幸助の女　「浪人妻」　伊藤桂一　剣が哭く夜に哭く-新選代表作時代小説20　光風社出版　2000年1月

松江　まつえ
鳳光院の尼、かつて婚約者服部吉兵衛と別れ黒金藩主信濃守勝統の側室となった女　「雪間草」　藤沢周平　鍔鳴り疾風剣-新選代表作時代小説22　光風社出版（光風社文庫）　2000年11月

松尾　まつお
藩の国家老和泉図書助の美しい娘　「いさましい話」　山本周五郎　江戸の老人力-時代小説傑作選　集英社（集英社文庫）　2002年12月

松王様　まつおうさま
右兵衛佐殿（斯波義敏）の御曹子で家督を追われ僧になった若君　「雪の宿り」　神西清　歴史小説の世紀-天の巻　新潮社（新潮文庫）　2000年9月

松岡 萬　まつおか・つもる
山岡鉄舟門下の三狂の一人、元幕府の鷹匠でのち警視庁の大警部　「一刀正伝無刀流　山岡鉄舟「山岡鉄舟」」　五味康祐　幕末の剣鬼たち-時代小説傑作選　コスミック出版(コスミック文庫)　2009年12月；剣狼-幕末を駆けた七人の兵法者　新潮社(新潮文庫)　2007年6月

松尾 多勢子　まつお・たせこ
信州伊那の名主の妻、隠居して平田派国学を学び京都に出てきた勤皇の女志士　「信州の勤皇婆さん」　童門冬二　乱世の女たち-信州歴史時代小説傑作集第五巻　しなのき書房　2007年9月

松川 三郎兵衛　まつかわ・さぶろべえ
浅口奉行の部下　「燈籠堂の僧」　長谷川伸　武士道日暦-新鷹会・傑作時代小説選　光文社(光文社文庫)　2007年6月

松木 誠四郎　まつき・せいしろう
旗本松木家の嫡男で長患いのために養生している武士　「サムライ・ザ・リッパー」　芦川淳一　伝奇城-文庫書下ろし/伝奇時代小説アンソロジー　光文社(光文社文庫)　2005年2月

松木 内匠　まつき・たくみ
越中領主佐々成政の雪の立山越えの供をした武士　「佐々成政の北アルプス越え」　新田次郎　武将列伝-信州歴史時代小説傑作集第一巻　しなのき書房　2007年4月

松吉　まつきち
上州無宿のならず者、新八の盗人仲間　「ある強盗の幻影」　大田瓢一郎　怪奇・伝奇時代小説選集11　妖艶の谷　春陽堂書店(春陽文庫)　2000年8月

松吉　まつきち
深川吉永町の丸源長屋の住人、植木職人　「謀りごと」　宮部みゆき　時代小説-読切御免　第一巻　新潮社(新潮文庫)　2004年3月

松吉　まつきち
神田豊島町の裏長屋の住人、鋳掛屋　「首つり御門」　都筑道夫　怪奇・怪談時代小説傑作選　徳間書店(徳間文庫)　2004年9月

松吉　まつきち
島の漁師灘兵衛の孫　「餌」　神坂次郎　武士道春秋-新鷹会・傑作時代小説選　光文社(光文社文庫)　2006年6月

松吉　まつきち
本所清水町の裏長屋で今まさに死のうとしていた糊売りの老婆お幸のひとり息子　「末期の夢」　鎌田樹　花と剣と侍-新鷹会・傑作時代小説選　光文社(光文社文庫)　2009年6月

松子　まつこ
幕臣の剣客平山行蔵の孫平山金四郎の妻、幕士の娘で金四郎と同じ頃蝦夷へ移住してきた女　「月魄」　中山義秀　歴史小説の世紀-天の巻　新潮社(新潮文庫)　2000年9月

松五郎　まつごろう
大工、白い牝猫お千代を女房おかねより大事にしている男　「お千代」　池波正太郎　世話焼き長屋-人情時代小説傑作選　新潮社(新潮文庫)　2008年2月

まつご

松五郎　まつごろう
鳶職、吉原芸者のお梅が惚れている男　「廓法度」　南原幹雄　春宵 濡れ髪しぐれ-時代小説傑作選　講談社(講談社文庫)　2003年9月

松崎 慊堂　まつざき・こうどう
掛川藩の藩校徳造館に学監として迎えられた人物　「風待ち」　片桐泰志　伊豆の歴史を歩く-伊豆文学賞・歴史小説傑作集Ⅱ　羽衣出版　2006年3月

松沢 哲之丞　まつざわ・てつのじょう
小普請組の旗本松沢家の兄弟の実子の弟、世間では愚鈍な兄とくらべて賢弟といわれている男　「婿入りの夜」　古川薫　江戸の鈍感力-時代小説傑作選　集英社(集英社文庫)　2007年12月

松沢 哲之進　まつざわ・てつのしん
小普請組の旗本松沢家の兄弟の養子の兄、世間では出来のよい弟とくらべて愚兄といわれている男　「婿入りの夜」　古川薫　江戸の鈍感力-時代小説傑作選　集英社(集英社文庫)　2007年12月

松寿　まつじゅ＊
織田信長麾下の武将黒田官兵衛の一子　「官兵衛受難」　赤瀬川隼　愛染夢灯籠-時代小説傑作選　講談社(講談社文庫)　2005年9月

松助　まつすけ
谷中の庄兵衛長屋に住む左官の信助の子　「捨て子稲荷」　半村良　春宵 濡れ髪しぐれ-時代小説傑作選　講談社(講談社文庫)　2003年9月

松造(油日の和十)　まつぞう(あぶらびのわじゅう)
伊賀の忍者、服部半蔵の手の者　「夕陽の割符-直江兼続」　光瀬龍　戦国軍師列伝-時代小説傑作選六　新人物往来社　2008年3月

松造夫婦　まつぞうふうふ
神様がからかおうとした中年の夫婦　「大黒漬」　泡坂妻夫　江戸の爆笑力-時代小説傑作選　集英社(集英社文庫)　2004年12月

松平伊豆守 信綱　まつだいらいずのかみ・のぶつな
江戸幕府の老中、チエ伊豆と呼ばれ島原・天草の乱では総大将を務めた人物　「腹切って江戸城にもの申す」　童門冬二　代表作時代小説 平成十六年度　光風社出版　2004年4月

松平伊豆守 信綱　まつだいらいずのかみ・のぶつな
幕府老中　「名君と振袖火事」　中村彰彦　剣の意地 恋の夢-時代小説傑作選　講談社(講談社文庫)　2000年9月

松平伊豆守 信綱　まつだいらいずのかみ・のぶつな
幕府老中、知恵伊豆と云われるほどの知恵者　「妖尼」　新田次郎　江戸の老人力-時代小説傑作選　集英社(集英社文庫)　2002年12月

松平伊豆守 信祝　まつだいらいずのかみ・のぶとき
幕府老中、松平信綱の曾孫　「大岡越前の独立」　直木三十五　傑作捕物ワールド第6巻 名奉行篇　リブリオ出版　2002年10月

松平伊豆守 信祝　まつだいらいずのかみ・のぶとき
幕府老中、信綱の曾孫「御落胤」柴田錬三郎　人物日本の歴史 江戸編〈下〉-時代小説版　小学館（小学館文庫）2004年7月

松平和泉守 乗全（和泉守）　まつだいらいずみのかみ・のりたけ（いずみのかみ）
幕府老中、三州西尾の大名「暑い一日」村上元三　武士道春秋-新鷹会・傑作時代小説選　光文社（光文社文庫）2006年6月

松平 右近将監　まつだいら・うこんしょうげん
老中「かたくり献上」柴田錬三郎　大江戸殿様列伝-傑作時代小説　双葉社（双葉文庫）2006年7月

松平近江守 正次　まつだいらおうみのかみ・まさつぐ
東海道の金谷の本陣宿で外様の小大名と相宿になった譜代の大名「狐の殿様」村上元三　大江戸の歳月-新鷹会・傑作時代小説選　光文社（光文社文庫）2003年6月

松平 鶴翁　まつだいら・かくおう
隠居した元大名、老中松平河内守の父親「五十八歳の童女」村上元三　江戸の老人力-時代小説傑作選　集英社（集英社文庫）2002年12月

松平 清康　まつだいら・きよやす
徳川家康の祖父「菅沼十郎兵衛の母」安西篤子　紅葉谷から剣鬼が来る-時代小説傑作選　講談社（講談社文庫）2002年9月

松平 外記　まつだいら・げき
西ノ丸御書院番士、小納戸役で将軍家慶の大好物の鰈の縁側の骨取り役を勤める松平頼母の息子「鰈の縁側」小松重男　人物日本の歴史 江戸編〈下〉-時代小説版　小学館（小学館文庫）2004年7月

松平 定信　まつだいら・さだのぶ
奥州白河藩主「嵐の前」北原亞以子　代表作時代小説 平成十九年度　光文社　2007年6月

松平 三助　まつだいら・さんすけ
出雲藩主松平治郷の弟「雷電曼陀羅」安部龍太郎　人情草紙-信州歴史時代小説傑作集第四巻　しなのき書房　2007年7月

松平 新九郎　まつだいら・しんくろう
追っかけ屋愛蔵の相棒で直参旗本の二男坊「隠れ念仏」海老沢泰久　代表作時代小説 平成二十一年度　光文社　2009年6月

松平図書頭 康平　まつだいらずしょのかみ・やすひら
幕末の長崎奉行、三河西尾の松平家の図書頭「長崎奉行始末」柴田錬三郎　武士の本懐〈弐〉-武士道小説傑作選　KKベストセラーズ（ベスト時代文庫）2005年5月

松平 忠輝　まつだいら・ただてる
徳川家康の六男、キリシタン大名や岳父伊達政宗と結んで反乱を起こそうとした青年「砕かれた夢」中村真一郎　歴史小説の世紀-地の巻　新潮社（新潮文庫）2000年9月

まつだ

松平 忠敏　まつだいら・ただとし
剣客、将軍家一門で講武所師範役並出役　「豪剣ありき」　宇野鴻一郎　誠の旗がゆく-新選組傑作選　集英社(集英社文庫)　2003年12月

松平 忠直　まつだいら・ただなお
越前宰相、徳川将軍秀忠の兄秀康の長子　「忠直卿行状記」　海音寺潮五郎　江戸三百年を読む 上-傑作時代小説 江戸騒乱編　角川学芸出版(角川文庫)　2009年9月

松平 頼母　まつだいら・たのも
西ノ丸御小納戸役、御書院番士の松平外記の父で将軍家慶が大好物の煮魚の鰈の縁側の骨取り役を勤める男　「鰈の縁側」　小松重男　人物日本の歴史 江戸編〈下〉-時代小説版　小学館(小学館文庫)　2004年7月

松平 主税介　まつだいら・ちからのすけ
幕臣、駿河大納言家の唯一の血統で代々幕府から連枝の待遇で三百石の捨扶持をもらっていた家の当主　「奇妙なり八郎」　司馬遼太郎　時代劇原作選集-あの名画を生みだした傑作小説　双葉社(双葉文庫)　2003年12月

松平 長七郎長頼　まつだいら・ちょうしちろうながより*
故駿河大納言忠長の子で将軍家光の甥にあたる無位無官の太夫　「山王死人祭(松平長七郎江戸日記)」　村上元三　傑作捕物ワールド第3巻 人気侍篇　リブリオ出版　2002年10月

松平 綱教　まつだいら・つなのり
紀州藩第三代藩主　「和佐大八郎の妻」　大路和子　紅葉谷から剣鬼が来る-時代小説傑作選　講談社(講談社文庫)　2002年9月

松平 直矩　まつだいら・なおのり
播州姫路藩主、生涯に五度の転封を強いられた引越し大名　「引越し大名の笑い」　杉本苑子　大江戸殿様列伝-傑作時代小説　双葉社(双葉文庫)　2006年7月

松平中務 正幸(中務)　まつだいらなかつかさ・まさゆき(なかつかさ)
豊後の徳川親藩の小大名　「暑い一日」　村上元三　武士道春秋-新鷹会・傑作時代小説選　光文社(光文社文庫)　2006年6月

松平 斉宣　まつだいら・なりのぶ
十一代将軍徳川家斉の五十四人もいた息男息女のうちの五十三人目の子で播州明石の松平家に天くだりの養子として迎えられた若殿　「無礼討ち始末」　杉本苑子　侍の肖像-信州歴史時代小説傑作集第二巻　しなのき書房　2007年5月

松平 信綱　まつだいら・のぶつな
徳川幕府老中、智慧の伊豆守と云われる士　「江戸っ子由来」　柴田錬三郎　江戸三百年を読む 上-傑作時代小説 江戸騒乱編　角川学芸出版(角川文庫)　2009年9月

松平 信綱　まつだいら・のぶつな
幕府老中　「日本のユダ〈山田右衛門作〉」　榊山潤　人物日本の歴史 江戸編〈上〉-時代小説版　小学館(小学館文庫)　2004年5月

松平 信綱　まつだいら・のぶつな
幕府老中、関東郡代伊奈半十郎の上司 「伊奈半十郎上水記」松浦節　代表作時代小説 平成十五年度　光風社出版 2003年5月

松平肥後守 正容　まつだいらひごのかみ・まさかた
会津二十三万石の領主 「鎌いたち」小松重男　花ごよみ夢一夜-新選代表作時代小説 24　光風社出版(光風社文庫) 2001年11月

松平 正容　まつだいら・まさかた
会津藩主 「拝領妻始末」滝口康彦　女人-時代小説アンソロジー2　小学館(小学館文庫) 2007年2月

松平美濃守 吉保(柳沢 吉保)　まつだいらみののかみ・よしやす(やなぎさわ・よしやす)
徳川第五代将軍綱吉の御側取次 「一座存寄書」鈴木輝一郎　異色忠臣蔵大傑作集 講談社(講談社文庫) 2002年12月

松平 元康(徳川 家康)　まつだいら・もとやす(とくがわ・いえやす)
戦国武将、三河の豪族松平氏の宗家で岡崎城主 「かつ女覚書」井口朝生　戦国女人十一話　作品社 2005年11月;代表作時代小説 平成十二年度　光風社出版 2000年5月

松平 主水　まつだいら・もんど
上州厩橋十五万石酒井家の中老 「九思の剣」池宮彰一郎　武士道-時代小説アンソロジー3　小学館(小学館文庫) 2007年3月

松田 織部之助　まつだ・おりべのすけ
兵法者、柳生の庄にとどまった神陰流の祖上泉伊勢守に入門した者で戒重肥後守の家来 「柳生一族」松本清張　七人の十兵衛-傑作時代小説　PHP研究所(PHP文庫) 2007年11月

松田 小吉　まつだ・こきち
豊前国の城井流宇都宮家の総帥鎮房の小姓 「城井一族の殉節」高橋直樹　九州戦国志-傑作時代小説　PHP研究所(PHP文庫) 2008年12月

松田 重助　まつだ・しげすけ*
熊本藩の勤皇派の総帥宮部鼎蔵の高弟 「宵々山の斬り込み-池田屋の変」徳永真一郎　必殺!幕末暗殺剣-時代小説傑作選三　新人物往来社 2008年3月

松田 兵馬　まつだ・へいま
本郷五丁目で「萬困り事承ります」の看板を掲げて商売をしている男 「うろこ」松岡弘一　武士道日暦-新鷹会・傑作時代小説選　光文社(光文社文庫) 2007年6月

松田屋勘次郎(勘次郎)　まつだやかんじろう(かんじろう)
御用聞、父の遺志を継ぎ鼠小僧次郎吉を捕縛しようとする浅草並木町の親分 「宵闇の義賊」山本周五郎　江戸宵闇しぐれ-人情捕物帳傑作選二　学習研究社(学研M文庫) 2005年3月

松田 与五郎　まつだ・よごろう
関口流・柔術の道場主関口八郎左衛門の高弟 「柔術師弟記」池波正太郎　武芸十八般-武道小説傑作選　KKベストセラーズ(ベスト時代文庫) 2005年10月

松太郎　まつたろう
賀曽利宿の勘吉親分の子分　「苦界野ざらし仙次」　高橋義夫　時代小説 読切御免第三巻　新潮社(新潮文庫)　2005年12月

松永弾正 久秀　まつながだんじょう・ひさひで
戦国武将、近江国の朽木谷を撤退する織田信長軍の老将で大和一国の主　「朽木越え」　岩井三四二　代表作時代小説 平成二十年度　光文社　2008年6月

松永弾正 久秀　まつながだんじょう・ひさひで
戦国武将、織田信長に叛旗を翻し信長軍に攻囲された志貴城主　「天守閣の久秀」　南條範夫　軍師の死にざま-短篇小説集　作品社　2006年10月

松永弾正 久秀　まつながだんじょう・ひさひで
戦国武将、大和の志貴山城に立て籠もって織田信長に叛旗をひるがえした男　「叛(はん)」　綱淵謙錠　神出鬼没!戦国忍者伝-傑作時代小説　PHP研究所(PHP文庫)　2009年

松長 長三郎　まつなが・ちょうざぶろう
新潟奉行所組頭、ダッポン小路という色里の女郎おきぬの最初の客　「絹の女」　早乙女貢　剣が哭く夜に哭く-新選代表作時代小説20　光風社出版　2000年1月

松永 久秀　まつなが・ひさひで
戦国武将、足利義輝の執権三好長慶の家臣で大和の志貴山城主　「刀」　綱淵謙錠　剣聖-乱世に生きた五人の兵法者　新潮社(新潮文庫)　2006年10月

松永 久秀　まつなが・ひさひで
戦国武将、大和の信貴山城主　「村雨の首-松永弾正」　澤田ふじ子　戦国武将国盗り物語-時代小説傑作選七　新人物往来社　2008年3月

松永 久秀　まつなが・ひさひで
柳生宗厳の主君、足利十三代将軍義輝の執権三好長慶の家臣　「〈第一番〉無刀取りへの道-柳生石舟斎」　綱淵謙錠　柳生武芸帳七番勝負-時代小説傑作選一　新人物往来社　2008年3月

松永 久通　まつなが・ひさみち
戦国武将、松永久秀の嫡男で大和の多聞城主　「村雨の首-松永弾正」　澤田ふじ子　戦国武将国盗り物語-時代小説傑作選七　新人物往来社　2008年3月

松波 勘十郎　まつなみ・かんじゅうろう
放浪の算勘師、水戸藩徳川家の財政再建を委嘱された男　「放浪の算勘師」　童門冬二　代表作時代小説 平成十四年度　光風社出版　2002年5月

松浪 庄九郎　まつなみ・しょうくろう
戦国武将、京の油商人から土岐頼芸の寵臣となりのち事実上の美濃国主となった男　「二頭立浪の旗風-斎藤道三」　典厩五郎　戦国武将国盗り物語-時代小説傑作選七　新人物往来社　2008年3月

松波 庄五郎　まつなみ・しょうごろう
戦国武将、一介の油売りから稲葉城主となり美濃国守護職　「斎藤道三残虐譚」　柴田錬三郎　人物日本の歴史 戦国編-時代小説版　小学館(小学館文庫)　2004年3月

松波 庄五郎　まつなみ・しょうごろう
戦国武将、美濃の国主で元は僧・灯油の行商人　「梟雄」坂口安吾　歴史小説の世紀-天の巻　新潮社(新潮文庫)　2000年9月

松野河内守 助義　まつのかわちのかみ・すけよし
大坂西町奉行　「命をはった賭け-大坂商人・天野屋利兵衛」佐江衆一　江戸の商人力-時代小説傑作選　集英社(集英社文庫)　2006年12月

松之助(中山 家吉)　まつのすけ(なかやま・いえよし)
奥飛騨の山小屋で師にあたる上坂半左衛門安久のもとで研鑽にはげんだ剣士　「山小屋剣法」伊藤桂一　花ごよみ夢一夜-新選代表作時代小説24　光風社出版(光風社文庫)　2001年11月

松の丸(京極 竜子)　まつのまる(きょうごく・たつこ)
元豊臣秀吉の側室、大津城主京極高次の妹　「伏見城恋歌」安部龍太郎　戦国女人十一話　作品社　2005年11月;時代小説 読切御免第二巻　新潮社(新潮文庫)　2004年3月

松の丸さま　まつのまるさま
大津城主京極高次の姉、亡き太閤秀吉の側室だった美女　「蛍と呼ぶな」岩井三四二　代表作時代小説 平成十九年度　光文社　2007年6月

松の丸殿　まつのまるどの
太閤豊臣秀吉の愛妾　「五右衛門処刑」多岐川恭　石川五右衛門の生立-捕物時代小説選集3　春陽堂書店(春陽文庫)　2000年4月

松原 庵之助　まつばら・いおのすけ
南町奉行所与力　「番町牢屋敷」南原幹雄　斬刃-時代小説傑作選　コスミック出版(コスミック時代文庫)　2005年5月

松原 仙千代　まつばら・せんちよ
播州の野口城を攻囲した総大将羽柴秀吉の謀略で「命を救う」と名指しされた城内の五人の武士の一人　「五人の武士」武田八洲満　花と剣と侍-新鷹会・傑作時代小説選　光文社(光文社文庫)　2009年6月

松原 忠司　まつばら・ただし
新選組副長助勤兼柔術師範頭　「壬生狂言の夜」司馬遼太郎　新選組烈士伝　角川書店(角川文庫)　2003年10月

松原 忠司　まつばら・ただじ
新選組の柔術師範頭　「新選組物語」子母沢寛　新選組烈士伝　角川書店(角川文庫)　2003年10月

松姫　まつひめ
土津公(会津松平家藩祖保科正之)の第四女、加賀藩の前田綱紀と祝言することになった姫　「鬼」綱淵謙錠　歴史小説の世紀-地の巻　新潮社(新潮文庫)　2000年9月

松前 哲郎太　まつまえ・てつろうた
天流稲葉四郎の一子　「喪神」五味康祐　歴史小説の世紀-地の巻　新潮社(新潮文庫)　2000年9月

まつむ

松村 彦太郎　まつむら・ひこたろう
番町に屋敷を持っていた旗本　「半七捕物帳(お文の魂)」岡本綺堂　捕物小説名作選一　集英社(集英社文庫)　2006年8月

松本備前守 尚勝　まつもとびぜんのかみ・ひさかつ
常陸大掾鹿島氏の家老、香取神道流の祖飯篠長威斎の弟子で前名は政信　「塚原卜伝」安西篤子　人物日本剣豪伝一　学陽書房(人物文庫)　2001年4月

松本備前守 政信　まつもとびぜんのかみ・まさのぶ
鹿島神宮の祝部で鹿島四宿老の一人、塚原新右衛門(卜伝)の剣の師匠　「一つの太刀」津本陽　剣聖-乱世に生きた五人の兵法者　新潮社(新潮文庫)　2006年10月

松本備前守 政信　まつもとびぜんのかみ・まさのぶ
塚原卜伝(新右衛門)の剣術の師匠　「百舌と雀鷹-塚原卜伝vs梶原長門」津本陽　秘剣・豪剣!武芸決闘記-時代小説傑作選二　新人物往来社　2008年3月

松本 秀持　まつもと・ひでもち
幕府老中田沼意次の腹心　「世直し大明神」安部龍太郎　人物日本の歴史 江戸編<下>-時代小説　小学館(小学館文庫)　2004年7月

松本 良順　まつもと・りょうじゅん
幕医　「歳三の写真」草森紳一　新選組興亡録　角川書店(角川文庫)　2008年9月

松山 大蔵　まつやま・だいぞう
二階堂流平法の完成者松山主水の孫で松山主水大吉の兄　「松山主水」高野澄　人物日本剣豪伝三　学陽書房(人物文庫)　2001年5月

松山 不苦庵　まつやま・ふくあん
明治元年横浜に梅毒病院を設立したイギリス海軍の軍医ニュートン先生を助けた内科医　「眠れドクトル」杉本苑子　赤ひげ横町-人情時代小説傑作選　新潮社(新潮文庫)　2009年1月

松山 主水　まつやま・もんど
兵法者松山主水の祖父、二階堂流平法の完成者　「松山主水」高野澄　人物日本剣豪伝三　学陽書房(人物文庫)　2001年5月

松山 主水大吉　まつやま・もんどだいきち
兵法者、肥後熊本藩主細川忠利の兵法指南番　「松山主水」高野澄　人物日本剣豪伝三　学陽書房(人物文庫)　2001年5月

松山 主水大吉(雷大吉)　まつやま・もんどだいきち(かみなりだいきち)
武芸者、二階堂平法を完成した松山主水の孫で廻国修行の末豊前細川家当主忠利に召し抱えられた男　「雷大吉」安部龍太郎　代表作時代小説 平成十三年度　光風社出版　2001年5月

万里小路典侍 清子　までのこうじのすけ・きよこ
閑院宮典仁親王の尊号問題で江戸へ下向する女人の勅使　「公卿侍」村上元三　星明かり夢街道-新選代表作時代小説21　光風社出版　2000年5月

万天姫　までひめ
石州津和野四万三千石の領主亀井能登守の息女 「真説かがみやま」 杉本苑子　仇討ち-時代小説アンソロジー1　小学館(小学館文庫)　2006年12月

的場 慎太郎　まとば・しんたろう
湯島天神の神官見習い 「梅の参番」 島村洋子　夢を見にけり-時代小説招待席　広済堂出版　2004年6月

真女児　まなご
紀の国の三輪が崎にあった大宅家の三男豊雄が新宮の神奴安部弓麿の許へ通っていて出逢った美しい女 「蛇性の婬 雷峰怪蹟」 田中貢太郎　怪奇・伝奇時代小説選集14 累物語　春陽堂書店(春陽文庫)　2000年11月

間部 詮房　まなべ・あきふさ
徳川六代将軍家宣の御側用人で七代将軍家継のお守役 「絵島の恋」 平岩弓枝　乱世の女たち-信州歴史時代小説傑作集　しなのき書房　2007年9月;大奥華伝　角川書店(角川文庫)　2006年11月

真鍋 小兵衛　まなべ・こへえ
会津藩主加藤明成の暗愚に耐えかね一族郎党を引き連れて藩を出奔した元家老堀主水の弟 「堀主水と宗矩」 五味康祐　小説「武士道」-時代小説短編傑作選　三笠書房(知的生きかた文庫)　2008年11月

真帆　まほ
村の百姓佐兵衛の女房、片帆の姉 「鳴るが辻の怪」 杉本苑子　怪奇・怪談時代小説傑作選　徳間書店(徳間文庫)　2004年9月

真堀 洞斎　まぼり・どうさい
信州黒姫山中の隠宅に住む京の医師という老翁、大坂落城者の一人 「怪異黒姫おろし」 江見水蔭　怪奇・伝奇時代小説選集4 怪異黒姫おろし　春陽堂書店(春陽文庫)　2000年1月

幻の三蔵　まぼろしのさんぞう
仲間の五介とともに公儀の隠密のお小人組を抜け出した幻の三蔵という風来坊 「諏訪城下の夢と幻」 南條範夫　剣の道忍の掟-信州歴史時代小説傑作集第三巻　しなのき書房　2007年6月

儘田 筑前　ままた・ちくぜん
譜代の大名松平家の国家老 「狐の殿様」 村上元三　大江戸の歳月-新鷹会・傑作時代小説選　光文社(光文社文庫)　2003年6月

間宮 織部　まみや・おりべ
少年武士間宮和三郎の父 「武道伝来記」 海音寺潮五郎　武士の本懐-武士道小説傑作選　KKベストセラーズ(ベスト時代文庫)　2004年6月

間宮 林蔵　まみや・りんぞう
幕府の隠密として松前奉行所の牢屋にオロシャ人の捕囚ゴロヴニンをさぐりにきた探検家 「鼻くじり庄兵衛」 佐江衆一　武芸十八般-武道小説傑作選　KKベストセラーズ(ベスト時代文庫)　2005年10月

まみや

間宮 和三郎　まみや・わさぶろう
同藩の勘定奉行三千石の的場家の仲間に辱めを受けた少年武士 「武道伝来記」 海音寺潮五郎　武士の本懐-武士道小説傑作選　KKベストセラーズ（ベスト時代文庫） 2004年6月

豆六　まめろく
岡っ引人形佐七のうらなりの豆六と呼ばれる子分 「捕物三つ巴（人形佐七捕物帳）」 横溝正史　傑作捕物ワールド第1巻 岡っ引き篇　リブリオ出版　2002年10月

豆六　まめろく
町方同心大和川喜八郎の配下の岡っ引、刀槍の研師 「貧乏同心御用帳（南蛮船）」 柴田錬三郎　捕物小説名作選一　集英社（集英社文庫） 2006年8月

摩耶　まや
伊豆大仁の里長の娘 「伊豆の仁寛」 櫻井寛治　伊豆の歴史を歩く-伊豆文学賞・歴史小説傑作集Ⅱ　羽衣出版　2006年3月

真弓　まゆみ
番町に屋敷を持つ旗本の青山播磨の伯母で男まさりの気性の老女 「番町皿屋敷」 岡本綺堂　怪奇・伝奇時代小説選集13 四谷怪談　春陽堂書店（春陽文庫） 2000年10月

まり
筆耕屋の八兵衛の家を訪ねてきた貸本屋大蔵屋の娘 「夢筆耕」 石川英輔　しぐれ舟-時代小説招待席　広済堂出版　2003年9月

麻里　まり
兵法者中岡見参の娘 「妄執の雄叫び」 郡順史　宮本武蔵伝奇-時代小説セレクション　勉誠出版　2002年12月

マリアンヌ・マンシュ
フランス国王ルイ十四世の寵妃モンテスパン夫人に仕えることになった娘 「毒薬」 藤本ひとみ　代表作時代小説 平成十八年度　光文社　2006年6月

摩梨花　まりか
豊臣家の筆頭奉行石田三成が堺の宿院町にひそかに住まわせている女 「石鹸」 火坂雅志　軍師の生きざま-短篇小説集　作品社　2008年11月

鞠婆　まりばば
市谷左内坂町に住む金貸しの老婆 「大目小目」 逢坂剛　代表作時代小説 平成十八年度　光文社　2006年6月

鞠婆　まりばば
無役の厄介者鹿角彦輔の仲間、いつも蹴鞠を抱えているお婆 「新富士模様」 逢坂剛　代表作時代小説 平成二十年度　光文社　2008年6月

マル
青森の糠部郡宇曾利郷（下北半島）の名人マタギ万六の狩犬 「宇曾利山犬譚」 戸川幸夫　星明かり夢街道-新選代表作時代小説21　光風社出版　2000年5月

丸亀　まるがめ
京橋の豪商丸亀屋の主人でお松を吟味方与力の鈴木精右衛門のもとに妾奉公させた男「恋のしがらみ」梅本育子　代表作時代小説 平成十五年度　光風社出版　2003年5月

丸目 蔵人佐　まるめ・くらんどのすけ
兵法者、上泉伊勢守信綱の弟子でタイ捨流の流祖「丸目蔵人佐」野村敏雄　人物日本剣豪伝二　学陽書房(人物文庫)　2001年4月

丸目 隼人　まるめ・はやと
伊予尊攘党の党首株「嘲斎坊とは誰ぞ」小田武雄　江戸の爆笑力-時代小説傑作選　集英社(集英社文庫)　2004年12月

丸目 文之進　まるめ・ぶんのしん
旅武芸者に姿を変えた兵法者・早川文蔵、毒婦お松の亡夫・立部丈之助の仇「船木峠の美女群」木屋進　石川五右衛門の生立-捕物時代小説選集3　春陽堂書店(春陽文庫)　2000年4月

丸毛 貞三郎　まるも・ていざぶろう
上野彰義隊組頭、かつて京都で見廻組肝煎を勤めた幕臣「玉瘤」子母沢寛　江戸三百年を読む 下-傑作時代小説 幕末風雲編　角川学芸出版(角川文庫)　2009年9月

円山 応挙　まるやま・おうきょ
京の絵師、与謝蕪村の友人「夜半亭有情」葉室麟　代表作時代小説 平成二十一年度　光文社　2009年6月

万鬼斎　まんきさい
戦国武将、三浦沼田氏の第十二代沼田城主「死猫」野村敏雄　武士道歳時記-新鷹会・傑作時代小説選　光文社(光文社文庫)　2008年6月

万財 二郎九郎　まんざい・じろくろう
大和筒井城主筒井順慶の小姓「青苔記」永井路子　本能寺・男たちの決断-傑作時代小説　PHP研究所(PHP文庫)　2007年2月

万三郎　まんざぶろう
青森の糠部郡宇曾利郷(下北半島)の名人マタギ万六の父親、マタギ仲間の頭領だった男「宇曾利山犬譚」戸川幸夫　星明かり夢街道-新選代表作時代小説21　光風社出版　2000年5月

万七　まんしち
一人暮らしの女ばかりを狙う騙り「残り火」北原亞以子　万事金の世-時代小説傑作選　徳間書店(徳間文庫)　2006年4月;剣の意地 恋の夢-時代小説傑作選　講談社(講談社文庫)　2000年9月

満照　まんしょう*
呪術者小角の弟子「葛城の王者」黒岩重吾　七人の役小角　小学館(小学館文庫)　2007年10月

万次郎　まんじろう
浅間山の大噴火の災害に襲われた鎌原村の百姓、ゆいの夫「浅間大変」立松和平　人情草紙-信州歴史時代小説傑作集第四巻　しなのき書房　2007年7月

まんじ

萬次郎　まんじろう
私娼と変わりない商いをしている水茶屋の見まわりをしている鬼面組のやくざ　「赤い雨」嵯峨野晶　紅蓮の剣-書下ろし時代小説傑作選5　ミリオン出版（大洋時代文庫）　2005年9月

万助　まんすけ
江戸へ帰るところで熱田の築出しに一軒できた遊び茶屋の女郎の泊り客になってやった男　「熱田狐」梅本育子　星明かり夢街道-新選代表作時代小説21　光風社出版　2000年5月

万助　まんすけ
幕末の大坂にいた侠客、「辛抱万助」といわれたほどにがまん強い男　「侠客万助珍談」司馬遼太郎　歴史小説の世紀-地の巻　新潮社（新潮文庫）　2000年9月

万蔵　まんぞう
楓川の東畔の坂本町にあった「布袋の湯」のあるじで一年前まで岡っ引だった男　「布袋湯の番台」黒崎裕一郎　斬刃-時代小説傑作選　コスミック出版（コスミック時代文庫）　2005年5月

萬田 弥太郎　まんだ・やたろう
三州挙母藩の下級武士、男と失踪した妻ゆうを追って武州豊島郡金井窪村まで来た男　「こけ猿」西村望　逢魔への誘い-問題小説傑作選6 時代情恋篇　徳間書店（徳間文庫）　2000年3月

万太郎　まんたろう
大坂の唐物商「平戸屋」の若旦那、家に妾をおくことになった男　「借り腹」阿部牧郎　息づかい-好色時代小説集　講談社（講談社文庫）　2007年2月

万太郎　まんたろう
町奉行所同心笊ノ目万兵衛の息子　「笊ノ目万兵衛門外へ」山田風太郎　武士道-時代小説アンソロジー3　小学館（小学館文庫）　2007年3月

満之助　まんのすけ
狭霧と亡き夫山内修三郎の子　「晩春」北原亞以子　鎮守の森に鬼が棲む-時代小説傑作選　講談社（講談社文庫）　2001年9月

萬姫　まんひめ
四代将軍家綱の姉、上田藩への御用金貸与を斡旋した美しい姫　「御用金盗難（まん姫様捕物控）」五味康祐　傑作捕物ワールド第4巻 女の情念篇　リブリオ出版　2002年10月

万六　まんろく
十年前に嵐の海で死んだとされていた村人卯之吉の女房だったおとよの今の夫　「海村異聞」三浦哲郎　剣が哭く夜に哭く-新選代表作時代小説20　光風社出版　2000年1月

万六　まんろく
青森の糠部郡宇曾利郷（下北半島）の名人マタギ　「宇曾利山犬譚」戸川幸夫　星明かり夢街道-新選代表作時代小説21　光風社出版　2000年5月

【み】

三浦 休太郎　みうら・きゅうたろう
紀州藩公用人「うそつき小次郎と竜馬」津本陽　龍馬と志士たち　コスミック出版(コスミック文庫)　2009年11月；剣が哭く夜に哭く-新選代表作時代小説20　光風社出版　2000年1月

三浦 権太夫　みうら・ごんだゆう
奥州二本松藩士、奥羽列藩同盟で心ならずも官軍と戦い自刃した勤王の士「脛毛の筆-三浦権太夫」長谷川伸　武士道歳時記-新鷹会・傑作時代小説選　光文社(光文社文庫)　2008年6月

三浦 庄司　みうら・しょうじ
江戸城内の田沼閥の実力者「江戸城のムツゴロウ」童門冬二　愛染夢灯籠-時代小説傑作選　講談社(講談社文庫)　2005年9月

三浦 庄司　みうら・しょうじ
老中の職を追われた田沼意次家の公用人「てれん(街商)」白石一郎　江戸の商人力-時代小説傑作選　集英社(集英社文庫)　2006年12月

美絵　みえ
人形師の娘で大名本庄宮内少輔の屋敷を追われ自害して果てた美鈴の妹「妖呪盲目雛」島本春雄　怪奇・伝奇時代小説選集5 北斎と幽霊　春陽堂書店(春陽文庫)　2000年2月

三重吉　みえきち
猟師の源内の四つになる子供「無礼討ち始末」杉本苑子　侍の肖像-信州歴史時代小説傑作集第二巻　しなのき書房　2007年5月

みを
京の研師正七の美しい妻で応仁の乱後の引き揚げの雑兵に攫われた女「乱世」南條範夫　代表作時代小説 平成十七年度　光文社　2005年6月

美尾　みお
勘定目付原口慎蔵の叔父塚本権之丞の父の従弟与惣太の末娘「深い霧」藤沢周平　剣の意地 恋の夢-時代小説傑作選　講談社(講談社文庫)　2000年9月

御神楽 采女(旗本偏屈男)　みかぐら・うねめ(はたもとへんくつおとこ)
旗本きっての名物男「大江戸花見侍」清水義範　江戸の爆笑力-時代小説傑作選　集英社(集英社文庫)　2004年12月

三方 武松　みかた・たけまつ
内藤家の家老梶田藤蔵配下の捕吏三方末武の息子「仇討ちは雪の日に」二階堂玲太　武士道日暦-新鷹会・傑作時代小説選　光文社(光文社文庫)　2007年6月

三方 末武　みかた・まつたけ*
家老梶田藤蔵配下の捕吏、元宮津藩士で内藤家に仕官した男「仇討ちは雪の日に」二階堂玲太　武士道日暦-新鷹会・傑作時代小説選　光文社(光文社文庫)　2007年6月

みかわ

三河屋喜蔵(喜蔵)　みかわやきぞう(きぞう)
小舟町地金問屋「三河屋」の主人「三河屋騒動」潮山長三　怪奇・伝奇時代小説選集11 妖艶の谷　春陽堂書店(春陽文庫)　2000年8月

三河屋幸三郎(幸三郎)　みかわやこうざぶろう(こうざぶろう)
飾物の問屋で人足宿の親分、剣客榊原健吉の生活再建のため撃剣興行をひらいた男「明治兜割り」津本陽　武士の本懐〈弐〉-武士道小説傑作選　KKベストセラーズ(ベスト時代文庫)　2005年5月；人物日本の歴史　幕末維新編-時代小説版　小学館(小学館文庫)　2004年9月

みき
小間物屋の娘ぬいと逃げた亭主の銀次郎の間に生まれた娘「母子かづら」永井路子　江戸の秘恋-時代小説傑作選　徳間書店(徳間文庫)　2004年10月

三木田　みきた
芋売り爺さんに借銭を頼んでいた身形が乞食以下の子連れの浪人「橋がかり」野村敏雄　武士道春秋-新鷹会・傑作時代小説選　光文社(光文社文庫)　2006年6月

三樹 八郎　みき・はちろう
浅草天王閻魔の裏に住む浪人、梶派一刀流免許皆伝の腕の持ち主「武道宵節句」山本周五郎　万事金の世-時代小説傑作選　徳間書店(徳間文庫)　2006年4月

三雲 清兵衛　みくも・せいべえ
一万石の大名堀家の用人で近習頭、名君出雲守之敏の相談役である男「黒船懐胎」山岡荘八　江戸の爆笑力-時代小説傑作選　集英社(集英社文庫)　2004年12月

三宅 志賀之助(猫之助)　みけ・しかのすけ(ねこのすけ)
紀州徳川家の家臣で江戸勤番を命じられ往還で騒ぎを起こし紀州徳川家の御付家老で新宮藩主水野忠央の家来になった男「猫之助行状」神坂次郎　代表作時代小説　平成十二年度　光風社出版　2000年5月

眉間尺　みけんじゃく
刀工干将と莫耶の子「花の眉間尺」皆川博子　地獄の無明剣-時代小説傑作選　講談社(講談社文庫)　2004年9月

神子上 典膳　みこがみ・てんぜん
兵法者、伊藤一刀斎の弟子でのち徳川家剣術指南役「小野次郎右衛門」江崎誠致　人物日本剣豪伝二　学陽書房(人物文庫)　2001年4月

神子上 典膳　みこがみ・てんぜん
兵法者、伊藤一刀斎景久の門弟「伊藤一刀斎」南條範夫　人物日本剣豪伝一　学陽書房(人物文庫)　2001年4月

神子上 典膳　みこがみ・てんぜん
兵法者伊藤一刀斎の弟子「烈風の剣-神子上典膳vs善鬼三介」早乙女貢　秘剣・豪剣！武芸決闘記-時代小説傑作選二　新人物往来社　2008年3月

神子上 典膳(小野 次郎右衛門忠明)　みこがみ・てんぜん(おの・じろえもんただあき)
剣の名人、一刀流二世「睡り猫」津本陽　鎮守の森に鬼が棲む-時代小説傑作選　講談社(講談社文庫)　2001年9月

美沙生　みさお
町医岩佐良順の診療の手伝いをしていた武家の娘　「向椿山」　乙川優三郎　代表作時代小説 平成十六年度　光風社出版　2004年4月

御里 炎四郎　みさと・えんしろう
江戸の暗黒街で凄腕の〈事件屋〉として名高い男　「江戸に消えた男」　鳴海丈　斬刃-時代小説傑作選　コスミック出版（コスミック時代文庫）　2005年5月

三沢 伊兵衛　みさわ・いへえ
浪人、剣の腕は桁外れだが主家を退き妻のおたよと士官を求める旅に出た男　「雨あがる」　山本周五郎　素浪人横町-人情時代小説傑作選　新潮社（新潮文庫）　2009年7月

三沢 亀蔵　みさわ・かめぞう
北町奉行所吟味方与力　「町奉行再び」　土師清二　石川五右衛門の生立-捕物時代小説選集3　春陽堂書店（春陽文庫）　2000年4月

三島 権三衛門　みしま・ごんざえもん
奥州街道椛木に隠れ家を持つ山賊の頭　「船木峠の美女群」　木屋進　石川五右衛門の生立-捕物時代小説選集3　春陽堂書店（春陽文庫）　2000年4月

箕島 宗太郎　みしま・そうたろう
藩の工費を着服して江戸に出奔した家中随一の剣客　「ささら波」　安住洋子　代表作時代小説 平成二十一年度　光文社　2009年6月

三島屋武右衛　みしまやぶゆうえ*
松山藩の城下小唐人町に店を構える道具屋、幻の磁器神原焼に執心を持つ男　「藍色の馬」　高市俊次　鍔鳴り疾風剣-新選代表作時代小説22　光風社出版（光風社文庫）　2000年11月

みづき
鎌倉の宝治の合戦で三浦側についた領主小佐田助良の娘　「宝治の乱残葉」　永井路子　鎮守の森に鬼が棲む-時代小説傑作選　講談社（講談社文庫）　2001年9月

美月　みずき
美貌の女武者、惣太の妻のぶの長兄の許嫁　「三つ巴御前」　睦月影郎　大江戸有情-書き下ろし時代小説傑作選4　大洋図書（大洋時代文庫）　2005年6月

三杉 敬助　みすぎ・けいすけ
東北辺鄙の黒石藩の普請方　「清貧の福」　池宮彰一郎　歴史小説の世紀-地の巻　新潮社（新潮文庫）　2000年9月

水木 玄庵　みずき・げんあん
観相もする江戸の町医者　「相学奇談」　中山義秀　万事金の世-時代小説傑作選　徳間書店（徳間文庫）　2006年4月

三杉 さわ　みすぎ・さわ
戊辰戦争で会津藩士小室鉄之助と斬合った高田藩士門田清一郎の許婚者　「清一郎は死んだ」　早乙女貢　鍔鳴り疾風剣-新選代表作時代小説22　光風社出版（光風社文庫）　2000年11月

みずき

水木 新八郎　みずき・しんぱちろう
南町奉行大岡忠相の探索を手伝う町人侍と呼ばれる男　「消えた生き証人」　笹沢左保　犬道楽江戸草紙-時代小説傑作選　徳間書店(徳間文庫)　2005年8月

水草　みずくさ
淀君側近の親衛娘子隊「七人組」の一人、近習役平井吉左衛門保能の娘　「情炎大阪城」　加賀淳子　戦国女人十一話　作品社　2005年11月

三鈴　みすず
天保五年江戸の甲午火事の火もとになった神田佐久間町の三味線屋の娘　「神田悪魔町夜話」　杉本苑子　大江戸事件帖-時代推理小説名作選　双葉社(双葉文庫)　2005年7月

美鈴　みすず
柳橋芸者「馬上祝言」野村胡堂　動物-極め付き時代小説選3　中央公論新社(中公文庫)　2004年11月

水田 吉太夫　みずた・きちだゆう*
会津藩郡奉行笹沼家の家来　「第二の助太刀」　中村彰彦　偉人八傑推理帖-名探偵時代小説　双葉社(双葉文庫)　2004年7月

水沼 雷之進　みずぬま・らいのしん
小石川柳町に住む旗本、札差「辰巳屋」の札旦那　「決闘小栗坂-札差平十郎」　南原幹雄　時代小説-読切御免第一巻　新潮社(新潮文庫)　2004年3月

水野和泉守 忠邦　みずのいずみのかみ・ただくに
奏者番を務める唐津藩主、のち浜松藩主となり寺社奉行を経て老中　「色でしくじりゃ井上様よ」　佐藤雅美　大江戸殿様列伝-傑作時代小説　双葉社(双葉文庫)　2006年7月

水野越前守　みずのえちぜんのかみ
老中　「殿中にて」　村上元三　酔うて候-時代小説傑作選　徳間書店(徳間文庫)　2000年9月;剣の意地　恋の夢-時代小説傑作選　講談社(講談社文庫)　2006年10月

水野越前守 忠邦　みずのえちぜんのかみ・ただくに
閣老首席　「町奉行再び」　土師清二　石川五右衛門の生立-捕物時代小説選集3　春陽堂書店(春陽文庫)　2000年4月

水野越前守 忠邦　みずのえちぜんのかみ・ただくに
幕府老中首座　「あやつり組由来記」　南條範夫　江戸の商人力-時代小説傑作選　集英社(集英社文庫)　2006年12月

水野 是清　みずの・これきよ
元三万石水野家の跡取りで御一新後は雨竜千吉らとともに横浜で英語修業をした青年　「慕情」　宇江佐真理　代表作時代小説　平成十三年度　光風社出版　2001年5月

水野 十郎左衛門　みずの・じゅうろうざえもん
旗本、大小神祇組という旗本奴三百人の頭領　「男伊達」　安部龍太郎　武士道-時代小説アンソロジー3　小学館(小学館文庫)　2007年3月

水野 十郎左衛門　みずの・じゅうろうざえもん
三千石の旗本、旗本奴の大小神祇組の首領 「殺(さつ)〈水野十郎左衛門・幡随院長兵衛〉」 綱淵謙錠　人物日本の歴史 江戸編〈上〉-時代小説版　小学館(小学館文庫)　2004年5月

水野 忠邦　みずの・ただくに
老中、天保の改革を進めた徹底的な質素主義者 「天保の初もの」 松本清張　大奥華伝　角川書店(角川文庫)　2006年11月

水野 忠辰　みずの・ただとき
三河岡崎藩主、八代将軍吉宗の老中を勤めた水野忠之の孫 「名君狐愁」 安西篤子　大江戸殿様列伝-傑作時代小説　双葉社(双葉文庫)　2006年7月

水野 藤助　みずの・とうすけ
紀州藩祖徳川頼宣の小姓、徳川一門衆に準ずる重臣の嫡男 「藪三左衛門」 津本陽　小説「武士道」-時代小説短編傑作選　三笠書房(知的生きかた文庫)　2008年11月

水野土佐守 忠央　みずのとさのかみ・ただなか
紀州徳川家の御付家老で新宮城三万五千石の主 「猫之助行状」 神坂次郎　代表作時代小説 平成十二年度　光風社出版　2000年5月

水野日向守 勝成　みずのひゅうがのかみ・かつなり
備後福山十万石の領主、かつて戦国の猛将 「一念不退転」 海音寺潮五郎　武士の本懐〈弐〉-武士道時代小説傑作選　KKベストセラーズ(ベスト時代文庫)　2005年5月

ミス・リード
横浜のフェリス英和女学校の教師 「狂女」 山崎洋子　撫子が斬る-女性作家捕物帳アンソロジー　光文社(光文社文庫)　2005年9月

溝口 半兵衛　みぞぐち・はんべえ
天明年間の越後新発田藩の新家老、悪化するばかりの藩の財政難や飢饉に対処した人物 「乙路」 乙川優三郎　代表作時代小説 平成十九年度　光文社　2007年6月

みその
蔵前の札差「平野屋」のひとり娘 「純色だすき」 山本一力　散りぬる桜-時代小説招待席　広済堂出版　2004年2月

溝呂木 庄右衛門　みぞろぎ・しょうえもん
小城鍋島家三代目当主元武の弟で様々な悪評のある直勝に対して真っ直ぐにものを言う数少ない家臣 「影打ち」 えとう乱星　伝奇城-文庫書下ろし/伝奇時代小説アンソロジー　光文社(光文社文庫)　2005年2月

溝呂木 新三郎　みぞろぎ・しんざぶろう
小城鍋島家三代目当主元武の弟・直勝から退屈しのぎに真剣の立ち合いをするよう命じられた若い武士 「影打ち」 えとう乱星　伝奇城-文庫書下ろし/伝奇時代小説アンソロジー　光文社(光文社文庫)　2005年2月

深谷　みたに
深山幽谷に住んだ道術家黒川源太主の美貌の妻 「女心軽佻」 菊池寛　怪奇・伝奇時代小説選集14 累物語　春陽堂書店(春陽文庫)　2000年11月

みたに

三谷 甚兵衛　みたに・じんべえ
尾張徳川家の御膳所御台所改役 「臍あわせ太平記」 神坂次郎　愛染夢灯籠-時代小説傑作選　講談社(講談社文庫) 2005年9月

三谷 又助　みたに・またすけ
尾張徳川家御抱えの包丁人、御膳所に出仕することになった男 「臍あわせ太平記」 神坂次郎　愛染夢灯籠-時代小説傑作選　講談社(講談社文庫) 2005年9月

ミチ
摂州尼崎に在る新陰流猪之田道場のあるじ猪之田兵斎の身のまわりの世話をする漁師の娘 「秘し刀 霞落し」 五味康祐　七人の十兵衛-傑作時代小説　PHP研究所(PHP文庫) 2007年11月

道島 五郎兵衛　みちしま・ごろべえ
薩摩藩士、島津久光が京都へ派遣した誠忠組の同志 「伏見の惨劇-寺田屋事変」 早乙女貢　必殺!幕末暗殺剣-時代小説傑作選三　新人物往来社 2008年3月

三千歳　みちとせ
吉原「大口屋」の呼出し遊女、御家人片岡直次郎と足抜きをしようとしたことのある再勤めの年増女 「三千歳たそがれ」 藤沢周平　吉原花魁　角川書店(角川文庫) 2009年12月

三千歳　みちとせ
吉原で一世を風靡した花魁で森田屋清蔵が身請けした女 「闇風呂金-べらんめぇ宗俊」 天宮響一郎　江戸の刺客-書き下ろし時代小説傑作選6　大洋図書(大洋時代文庫) 2005年9月

三千歳　みちとせ
吉原の今売出し中の花魁、御家人崩れの間夫片岡直次郎に入れ揚げた遊女 「青楼悶え花-べらんめェ宗俊」 天宮響一郎　大江戸有情-書き下ろし時代小説傑作選4　大洋図書(大洋時代文庫) 2005年6月

道之助　みちのすけ
斬殺された浪人矢部広之進の遺児 「ほたるの庭」 杉本苑子　犬道楽江戸草紙-時代小説傑作選　徳間書店(徳間文庫) 2005年8月

みつ
出戻り女 「長崎犯科帳」 永井路子　傑作捕物ワールド第7巻 犯科帳篇　リブリオ出版 2002年10月

美津　みつ
男谷精一郎の娘 「悲剣月影崩し」 光井雄二郎　柳生秘剣伝奇-時代小説セレクション　勉誠出版 2002年12月

美津　みつ
知多半島の南端・師崎藩の名主の娘、藩作事頭・音無清十郎の大船建造を手伝った娘 「あいのこ船」 秋月達郎　散りぬる桜-時代小説招待席　広済堂出版 2004年2月

美津　みつ
日本橋小網町の米問屋「大阪屋」の娘 「飛奴」 泡坂妻夫　地獄の無明剣-時代小説傑作選　講談社(講談社文庫) 2004年9月

三井 丑之助　みつい・うしのすけ
新選組隊士、上州館林生まれの平隊士　「高台寺の間者」　新宮正春　代表作時代小説平成十二年度　光風社出版　2000年5月

光子　みつこ
女忍者、実は後陽成天皇の落胤　「柳生くノ一」　小山龍太郎　柳生秘剣伝奇-時代小説セレクション　勉誠出版　2002年12月

三津田の仙太郎　みつたのせんたろう
小伝馬町の牢屋敷の囚人で一番役、脱獄後友蔵と変名　「狂女が唄う信州路」　笹沢左保　人情草紙-信州歴史時代小説傑作集第四巻　しなのき書房　2007年7月;約束-極め付き時代小説選1　中央公論新社（中公文庫）　2004年9月

光村 帯刀　みつむら・たてわき
藩の筆頭家老　「深い霧」　藤沢周平　剣の意地 恋の夢-時代小説傑作選　講談社（講談社文庫）　2000年9月

三土路 保胤　みどろ・やすたね
幕府の小普請組に属する武士、音曲に熱中し一中節の宇治紫風という名取りでもある男　「浮かれ節」　宇江佐真理　世話焼き長屋-人情時代小説傑作選　新潮社（新潮文庫）　2008年2月

みな
信州上田藩主松平伊賀守の家来で近習頭をつとめる矢島与右衛門の子市之助の許嫁　「つるつる」　池波正太郎　侍の肖像-信州歴史時代小説傑作集第二巻　しなのき書房　2007年5月

水無瀬　みなせ
一族の長老・赤埴彦の美しい娘　「四人の勇者」　多岐川恭　大江戸犯科帖-時代推理小説名作選　双葉社（双葉文庫）　2003年10月

南淵 年名　みなふち・としな
参議左大弁兼勘解由長官　「応天門の変」　南條範夫　変事異聞-時代小説アンソロジー5　小学館（小学館文庫）　2007年7月

南の方（豪姫）　みなみのかた（ごうひめ）
関ヶ原の戦いに敗れ八丈島へ流された宇喜多秀家の正室　「母恋常珍坊」　中村彰彦　地獄の無明剣-時代小説傑作選　講談社（講談社文庫）　2004年9月

源 清光　みなもと・きよみつ*
四谷伊賀町に住む刀匠、行国の師匠　「星霜」　瀧澤美恵子　鎮守の森に鬼が棲む-時代小説傑作選　講談社（講談社文庫）　2001年9月

源 実朝　みなもとの・さねとも
鎌倉第三代将軍　「右京局小夜がたり」　永井路子　歴史小説の世紀-地の巻　新潮社（新潮文庫）　2000年9月

源 融　みなもとの・とおる
中納言　「応天門の変」　南條範夫　変事異聞-時代小説アンソロジー5　小学館（小学館文庫）　2007年7月

みなも

源 博雅　みなもとの・ひろまさ
貴族　「青鬼の背に乗りたる男の譚」　夢枕獏　愛染夢灯籠-時代小説傑作選　講談社（講談社文庫）　2005年9月

源 雅信　みなもとの・まさのぶ
左大臣、中納言藤原道長の妻倫子の父　「花と楽人-平安妖異伝」　平岩弓枝　代表作時代小説　平成十二年度　光風社出版　2000年5月

源 行家　みなもとの・ゆきいえ
源義仲の父義賢の弟　「山から都へ来た将軍」　清水義範　武将列伝-信州歴史時代小説傑作集第一巻　しなのき書房　2007年4月

源 義経　みなもとの・よしつね
伊勢の太神宮に神馬を奉じるため鎌倉を発った源氏の御曹子の若武者、頼朝の弟　「二人の義経」　永井路子　源義経の時代-短篇小説集　作品社　2004年10月

源 義経　みなもとの・よしつね
関東源氏の若大将　「静御前」　西條八十　源義経の時代-短篇小説集　作品社　2004年10月

源 義経　みなもとの・よしつね
源氏の大将　「壇の浦残花抄」　安西篤子　源義経の時代-短篇小説集　作品社　2004年10月

源 義経　みなもとの・よしつね
源氏の武将、源頼朝の弟で都落ちの身　「吉野の嵐」　山田智彦　源義経の時代-短篇小説集　作品社　2004年10月

源 義経　みなもとの・よしつね
千本の刀を集めるため京を荒し回っていた弁慶が五条の橋で会った源氏の少年、のちの源義経　「弁慶と九九九事件」　直木三十五　源義経の時代-短篇小説集　作品社　2004年10月

源 義経　みなもとの・よしつね
平家を滅ぼした後兄頼朝との仲が急激に悪くなり京都を退いた源氏の大将　「舟弁慶/安宅」　白洲正子　源義経の時代-短篇小説集　作品社　2004年10月

源 義朝　みなもとの・よしとも
源氏の頭領、下野守　「平清盛」　海音寺潮五郎　源義経の時代-短篇小説集　作品社　2004年10月

源 義仲（木曾義仲）　みなもとの・よしなか（きそよしなか）
源氏の武将、源義賢の子　「山から都へ来た将軍」　清水義範　武将列伝-信州歴史時代小説傑作集第一巻　しなのき書房　2007年4月

源 義仲（木曽義仲）　みなもとの・よしなか（きそよしなか）
源氏の嫡流源為義の孫、木曽山中に育ち京に上って征夷大将軍になった青年武将　「義仲の最期」　南條範夫　代表作時代小説　平成十三年度　光風社出版　2001年5月

源 義仲(駒王)　みなもとの・よしなか(こまおう)
源義賢を父に持つ源家の御曹司で木曾の庄司中原兼遠に預けられた男の児、元服後の義仲　「悲劇の風雲児」杉本苑子　源義経の時代-短篇小説集　作品社　2004年10月

源 頼朝　みなもとの・よりとも
源氏の棟梁、鎌倉に武家の府をひらき上洛をひかえた武士　「銀の扇」高橋直樹　夢を見にけり-時代小説招待席　広済堂出版　2004年6月

源 頼朝(武衛さま)　みなもとの・よりとも(ぶえいさま)
源家の統領、伊豆の蛭ケ小島に流人の身　「頼朝勘定」山岡荘八　人物日本の歴史 古代中世編-時代小説版　小学館(小学館文庫)　2004年1月

源 頼光　みなもとの・よりみつ
満仲の子、円融帝の御代京都で陽明門守護の任にあった源氏の若大将　「土蜘蛛」三橋一夫　蛇の眼-捕物時代小説選集2　春陽堂書店(春陽文庫)　2000年3月

みね
剣客青山熊之助の母親、下谷の薬種問屋「堀越屋」の娘　「ごめんよ」池波正太郎　感涙-人情時代小説傑作選　KKベストセラーズ(ベスト時代文庫)　2004年11月

みね
元岡山池田家の家臣で弟の敵を追う渡部数馬の実姉、荒木又右衛門の妻　「胡蝶の舞い-伊賀鍵屋の辻の決闘」黒部亨　士道無惨!仇討ち始末-時代小説傑作選四　新人物往来社　2008年3月

みね
御家人黒部又右衛門の妻女きぬの供の女中　「新富士模様」逢坂剛　代表作時代小説 平成二十年度　光文社　2008年6月

みね
大和郡山の松平家に仕える武士荒木又右衛門の妻　「荒木又右衛門」池波正太郎　人物日本の歴史 江戸編〈上〉-時代小説版　小学館(小学館文庫)　2004年5月

美音　みね
踊りの師匠・白蝶の住む役者新道に越してきた美しい新妻　「新道の女」泡坂妻夫　江戸の秘恋-時代小説傑作選　徳間書店(徳間文庫)　2004年10月

美禰　みね
能登の名門温井景隆の娘で越中領主・佐々成政の養女、成政の雪の立山越えに同行させられた美女　「佐々成政の北アルプス越え」新田次郎　武将列伝-信州歴史時代小説傑作集第一巻　しなのき書房　2007年4月

みね(お峰の方)　みね(おみねのかた)
城代家老笹子錦太夫政明の娘、殿様の愛妾　「ボロ家老は五十五歳」穂積驚　江戸の老人力-時代小説傑作選　集英社(集英社文庫)　2002年12月

峰吉　みねきち
岡っ引、壺屋の峰吉　「麝香下駄」土師清二　幽霊陰陽師-捕物時代小説選集5　春陽堂書店(春陽文庫)　2000年6月

みねむ

峰村 彌久馬　みねむら・やくま
土佐藩の若侍、格之進の親友　「強情いちご」　田岡典夫　侍たちの歳月-新鷹会・傑作時代小説選　光文社(光文社文庫)　2002年6月

ミノ
吉原遊郭の生駒太夫で駒形一家のいなせな男時次郎に身請けされた三十過ぎの年増女　「月島慕情」　浅田次郎　代表作時代小説　平成十五年度　光風社出版　2003年5月

巳乃　みの
奇怪な蛇神の里の里長の娘として生まれた美しい娘　「蛇神異変」　黒木忍　怪奇・伝奇時代小説選集5 北斎と幽霊　春陽堂書店(春陽文庫)　2000年2月

箕浦 猪之吉　みのうら・いのきち
幕末にフランス水兵を殺傷した堺事件で切腹を命じられた土佐藩足軽兵の小隊長　「大切腹」　団鬼六　代表作時代小説　平成十二年度　光風社出版　2000年5月

箕浦 猪之吉　みのうら・いのきち
幕末堺を占領行政することになった土佐藩の藩士　「侠客万助珍談」　司馬遼太郎　歴史小説の世紀-地の巻　新潮社(新潮文庫)　2000年9月

箕浦 雄介　みのうら・ゆうすけ
尾張藩上松材木役所に奉職する山廻り手代頭で木曾谷に巡見に来た若者　「夕霧峡秘譚」　狭山温　怪奇・伝奇時代小説選集12 血塗りの呪法　春陽堂書店(春陽文庫)　2000年9月

三乃吉　みのきち
鳥羽の九鬼家の武家屋敷に近い片町にある筆屋の手代だった男　「暁の波」　安住洋子　代表作時代小説　平成二十年度　光文社　2008年6月

巳之吉　みのきち
十時半睡の旧友の内儀お蓮の弟、実は情人　「叩きのめせ」　白石一郎　地獄の無明剣-時代小説傑作選　講談社(講談社文庫)　2004年9月

箕吉　みのきち
大工町の長屋に住む担ぎの油売りで十五年も病んでいた姉をとうとう亡くした男　「梅の雨降る」　宮部みゆき　代表作時代小説　平成十二年度　光風社出版　2000年5月

巳之助　みのすけ
南設楽郡大野城城主、田峯の菅沼氏の嫡流菅沼定広の子で巳之助は幼名　「菅沼十郎兵衛の母」　安西篤子　紅葉谷から剣鬼が来る-時代小説傑作選　講談社(講談社文庫)　2002年9月

巳之助　みのすけ
日本橋田所町の呉服屋「近江屋」の番頭　「夜の道行(市蔵、情けの手織り帖)」　千野隆司　傑作捕物ワールド第10巻 人情捕縄篇　リブリオ出版　2002年10月

箕輪 伝四郎　みのわ・でんしろう
酒出藩の政争に絡んで暗殺された兄の敵討ちの旅に出て果たせないまま絵師となり諸国を流浪して城下に戻った武士　「歳月の舟」　北重人　代表作時代小説　平成二十一年度　光文社　2009年6月

美鶴　みはく
朝鮮通信使の書状官金礼蒙の愛する女で倭寇に連れ去られた朝鮮の女　「我が愛は海の彼方に」　荒山徹　代表作時代小説 平成二十年度　光文社　2008年6月

壬生 孝之　みぶの・たかゆき
陰陽師　「口を縫われた男」　潮山長三　怪奇・伝奇時代小説選集4 怪異黒姫おろし　春陽堂書店(春陽文庫)　2000年1月

みほ
三河町の剣術道場の実家で後家を通している滝乃の娘で手習師匠に弟子入りする女の子　「手習子の家」　梅本育子　花ごよみ夢一夜-新選代表作時代小説24　光風社出版(光風社文庫)　2001年11月

美穂　みほ
芸州広島の福島家の浪人千々岩求女の妻、同じ福島家の浪人津雲半四郎の娘　「異聞浪人記」　滝口康彦　時代劇原作選集-あの名画を生みだした傑作小説　双葉社(双葉文庫)　2003年12月

三保蔵　みほぞう
小梅村の代々庄屋をつとめていた農家の長女おえいの婿でもとは瓦職人だった男　「彼岸花」　宇江佐真理　代表作時代小説 平成二十年度　光文社　2008年6月

美保代　みほよ
眠狂四郎の前にあらわれた美貌の女　「夢想正宗」　柴田錬三郎　歴史小説の世紀-地の巻　新潮社(新潮文庫)　2000年9月

美作守久豊　みまさかのかみひさとよ
小藩の武芸好みの主君　「放し討ち柳の辻」　滝口康彦　小説「武士道」-時代小説短編傑作選　三笠書房(知的生きかた文庫)　2008年11月

三村 清十郎親宣　みむら・せいじゅうろうちかのぶ
備中成羽の土豪三村親成の嫡男　「人斬り水野」　火坂雅志　斬刃-時代小説傑作選　コスミック出版(コスミック時代文庫)　2005年5月

三村 元親　みむら・もとちか
戦国武将、備中の守護　「黒髪の太刀」　東郷隆　戦国女人十一話　作品社　2005年11月; 代表作時代小説 平成十三年度　光風社出版　2001年5月

みや
築地の舶来雑貨卸問屋「伊沢屋」の女中　「「舶来屋」大蔵の死」　早乙女貢　大江戸事件帖-時代推理小説名作選　双葉社(双葉文庫)　2005年7月

美也　みや
豊臣秀吉の正室北政所の婢　「黒百合抄」　山田風太郎　戦国女人十一話　作品社　2005年11月

美耶　みや
霧ガ峰の鬼ガ谷に隠棲している兵法者蟹丸悠軒の妹　「宮本武蔵」　宮下幻一郎　宮本武蔵伝奇-時代小説セレクション　勉誠出版　2002年12月

みや

美弥　みや
御鳥見役の妻珠世の幼なじみの武士松井次左衛門の恋人だった女　「蛍の行方-お鳥見女房」　諸田玲子　代表作時代小説　平成十四年度　光風社出版　2002年5月

宮井　玄斎　みやい・げんさい
長崎出島の阿蘭陀屋敷出入りの医師　「坂本龍馬の写真」　伴野朗　龍馬と志士たち　コスミック出版(コスミック文庫)　2009年11月

宮入　欽之助　みやいり・きんのすけ
山賊の仲間入りをした浪人の若侍　「妖魔千匹猿」　下村悦夫　怪奇・伝奇時代小説選集12 血塗りの呪法　春陽堂書店(春陽文庫)　2000年9月

宮川　右衛門尉　みやがわ・うえもんのじょう＊
近江国の西部高島郡の山間部にある朽木谷の領主朽木家の家老　「朽木越え」　岩井三四二　代表作時代小説　平成二十年度　光文社　2008年6月

宮川　勝五郎　みやがわ・かつごろう
新選組隊長、多摩上石原の豪農の末弟　「秘剣浮鳥」　戸部新十郎　紅葉谷から剣鬼が来る-時代小説傑作選　講談社(講談社文庫)　2002年9月

宮城　彦輔　みやぎ・ひこすけ
馬関総奉行一手の御使番　「汚名」　古川薫　愛染夢灯籠-時代小説傑作選　講談社(講談社文庫)　2005年9月

三宅　勝之進　みやけ・かつのしん
南町奉行所吟味方下役、藤木紋蔵とともにうだつの上がらない物書同心　「落ちた玉いくつ」　佐藤雅美　江戸浮世風-人情捕物帳傑作選　学習研究社(学研M文庫)　2004年8月

三宅　久次郎　みやけ・きゅうじろう
中川舟番所の御番衆三宅久右衛門の弟　「寒紅梅」　平岩弓枝　愛染夢灯籠-時代小説傑作選　講談社(講談社文庫)　2005年9月

三宅　太郎光国　みやけの・たろうみつくに
主君源頼光の命令で平将門の残党を平定するために坂東の地に来た武士　「邪恋妖姫伝」　伊奈京介　怪奇・伝奇時代小説選集8 百物語　春陽堂書店(春陽文庫)　2000年5月

みやこ
剣客細尾敬四郎の妻、熊本城下に剣術道場を構えていた平松権右衛門の娘　「秘剣」　五味康祐　幻の剣鬼　七番勝負-傑作時代小説　PHP研究所(PHP文庫)　2008年5月

宮小路　保昌　みやこうじ・やすまさ
検非違使尉　「くぐつの女」　葉多黙太郎　怪奇・伝奇時代小説選集5 北斎と幽霊　春陽堂書店(春陽文庫)　2000年2月

都田の吉兵衛　みやこだのきちべえ
都田の三兄弟の惣領、遠州横須賀の親分　「森の石松が殺された夜」　結城昌治　大江戸犯科帖-時代推理小説名作選　双葉社(双葉文庫)　2003年10月

都 伝内　みやこ・でんない
放下師古伝内の子孫と称する男　「影かくし」　皆川博子　鎮守の森に鬼が棲む-時代小説傑作選　講談社(講談社文庫)　2001年9月

宮崎 友禅　みやざき・ゆうぜん
京の扇絵師、染織技術友禅染の考案者　「宮崎友禅斎」　永岡慶之助　江戸夢あかり-市井・人情小説傑作選　学習研究社(学研M文庫)　2003年7月

宮地 新六郎　みやじ・しんろくろう
南町奉行所の若い同心　「風ぐるま」　杉本苑子　江戸宵闇しぐれ-人情捕物帳傑作選二　学習研究社(学研M文庫)　2005年3月

御息所　みやすどころ
高徳の老僧志賀寺上人が恋をした美しい御息所　「志賀寺上人の恋」　三島由紀夫　歴史小説の世紀-地の巻　新潮社(新潮文庫)　2000年9月

宮の越の検校　みやのこしのけんぎょう
盗癖があって鍼医の師匠に江戸へ立たせられた弟子の若者　「能面師の執念」　佐野孝　怪奇・伝奇時代小説選集7 幽明鏡草紙　春陽堂書店(春陽文庫)　2000年4月

宮野辺 源次郎　みやのべ・げんじろう
牛込の旗本飯島平左衛門の家の隣家の次男で飯島の愛妾お国の愛人　「怪談 牡丹燈籠」　大西信行　怪奇・伝奇時代小説選集9 怪談牡丹燈籠　春陽堂書店(春陽文庫)　2000年6月

宮部 鼎蔵　みやべ・ていぞう
肥後熊本藩士、熊本藩の勤皇派の総帥　「宵々山の斬り込み-池田屋の変」　徳永真一郎　必殺!幕末暗殺剣-時代小説傑作選三　新人物往来社　2008年3月

宮部 長熙　みやべ・ながひろ
戦国武将、鳥取二十万石の若き城主で上杉景勝を討つために家康に従って東下した将　「関ケ原別記」　永井路子　関ヶ原・運命を分けた決断-傑作時代小説　PHP研究所(PHP文庫)　2007年6月

宮村 稲子　みやむら・いねこ
柳橋の船宿「若竹」の芸者、銀座煉瓦街の洋服屋の若旦那山田孝之助のなじみの妓　「夢は飛ぶ」　杉本章子　代表作時代小説 平成十五年度　光風社出版　2003年5月

宮本 伊織　みやもと・いおり
兵法者宮本武蔵の養子　「宮本造酒之助」　海音寺潮五郎　「宮本武蔵」短編傑作選　角川書店(角川文庫)　2003年1月;七人の武蔵　角川書店(角川文庫)　2002年10月

宮本 造酒之助　みやもと・みきのすけ
兵法者宮本武蔵の養子、姫路の家中に三百石を以ってつかえている男　「宮本造酒之助」　海音寺潮五郎　「宮本武蔵」短編傑作選　角川書店(角川文庫)　2003年1月;七人の武蔵　角川書店(角川文庫)　2002年10月

宮本 武蔵　みやもと・むさし
剣客　「日本剣豪列伝 宮本武蔵の巻」　直木三十五　宮本武蔵伝奇-時代小説セレクション　勉誠出版　2002年12月

宮本 武蔵　みやもと・むさし
剣客、大坂夏の陣以後播磨から京・大坂にかけて名を売って将軍指南役を志し江戸へ出てきた浪人　「化猫武蔵」　光瀬龍　大江戸猫三昧-時代小説傑作選　徳間書店(徳間文庫)　2004年11月；宮本武蔵伝奇-時代小説セレクション　勉誠出版　2002年12月

宮本 武蔵　みやもと・むさし
剣豪　「宮本武蔵」　直木三十五　剣聖-乱世に生きた五人の兵法者　新潮社(新潮文庫)　2006年10月；約束-極め付き時代小説選1　中央公論新社(中公文庫)　2004年9月

宮本 武蔵　みやもと・むさし
剣術の達人　「よじょう」　山本周五郎　「宮本武蔵」短編傑作選　角川書店(角川文庫)　2003年1月；七人の武蔵　角川書店(角川文庫)　2002年10月

宮本 武蔵　みやもと・むさし
大剣客　「宮本武蔵の女」　山岡荘八　「宮本武蔵」短編傑作選　角川書店(角川文庫)　2003年1月；七人の武蔵　角川書店(角川文庫)　2002年10月

宮本 武蔵　みやもと・むさし
刀術者、巌流島の決闘で佐々木小次郎を仆した男　「武蔵を仆した男」　新宮正春　江戸三百年を読む 上-傑作時代小説 江戸騒乱編　角川学芸出版(角川文庫)　2009年9月

宮本 武蔵　みやもと・むさし
播州の無名の武芸者　「京の剣客」　司馬遼太郎　「宮本武蔵」短編傑作選　角川書店(角川文庫)　2003年1月；七人の武蔵　角川書店(角川文庫)　2002年10月

宮本 武蔵　みやもと・むさし
肥後細川家の兵法指南　「秘剣」　五味康祐　幻の剣鬼 七番勝負-傑作時代小説　PHP研究所(PHP文庫)　2008年5月

宮本 武蔵　みやもと・むさし
武芸者　「首が飛ぶ-宮本武蔵vs吉岡又七郎」　岩井護　秘剣・豪剣！武芸決闘記-時代小説傑作選二　新人物往来社　2008年3月

宮本 武蔵　みやもと・むさし
武芸者、豊前と長門の境にある船島(巌流島)で佐々木小次郎と試合をした男　「武蔵と小次郎」　堀内万寿夫　紅蓮の翼-異彩時代小説撰　叢文社　2007年8月

宮本 武蔵　みやもと・むさし
兵法の達人　「宮本武蔵」　武者小路実篤　「宮本武蔵」短編傑作選　角川書店(角川文庫)　2003年1月；七人の武蔵　角川書店(角川文庫)　2002年10月

宮本 武蔵　みやもと・むさし
兵法家、江戸の浪人　「人形武蔵」　光瀬龍　「宮本武蔵」短編傑作選　角川書店(角川文庫)　2003年1月；七人の武蔵　角川書店(角川文庫)　2002年10月

宮本 武蔵　みやもと・むさし
兵法者　「宮本武蔵」　宮下幻一郎　宮本武蔵伝奇-時代小説セレクション　勉誠出版　2002年12月

宮本 武蔵　みやもと・むさし
兵法者「宮本武蔵」津本陽「宮本武蔵」短編傑作選　角川書店(角川文庫)　2003年1月；七人の武蔵　角川書店(角川文庫)　2002年10月

宮本 武蔵　みやもと・むさし
兵法者「真説 佐々木小次郎」五味康祐　剣聖-乱世に生きた五人の兵法者　新潮社(新潮文庫)　2006年10月

宮本 武蔵　みやもと・むさし
兵法者「尾張の宮本武蔵」藤原審爾　宮本武蔵伝奇-時代小説セレクション　勉誠出版　2002年12月

宮本 武蔵　みやもと・むさし
兵法者「妄執の雄叫び」郡順史　宮本武蔵伝奇-時代小説セレクション　勉誠出版　2002年12月

宮本 武蔵　みやもと・むさし
兵法者、宇喜田領竹山城主新免伊賀守宗貫の家老職平田武仁(無二斎)の子「宮本武蔵」藤原審爾　人物日本剣豪伝二　学陽書房(人物文庫)　2001年4月

宮本 武蔵　みやもと・むさし
兵法者、二天一流天下の名人「宮本造酒之助」海音寺潮五郎「宮本武蔵」短編傑作選　角川書店(角川文庫)　2003年1月；七人の武蔵　角川書店(角川文庫)　2002年10月

宮本 武蔵　みやもと・むさし
兵法者、美濃国の岩村に赤松小郎左衛門という剣の達人がいることを耳にして道場に立寄った男「惨死」笹沢左保　偉人八傑推理帖-名探偵時代小説　双葉社(双葉文庫)　2004年7月

宮本 武蔵(たけぞう)　みやもと・むさし(たけぞう)
剣客「巌流小次郎秘剣斬り 武蔵羅切」新宮正春　宮本武蔵伝奇-時代小説セレクション　勉誠出版　2002年12月

ミヨ
保津川に沿った街道から身を隠すようにある村の若い娘「はだしの小源太」喜安幸夫　武士道春秋-新鷹会・傑作時代小説選　光文社(光文社文庫)　2006年6月

ミヨ
冤罪で島送りになった菊次と恋仲だったマサの仲良し「夢の通い路」伊藤桂一　春宵濡れ髪しぐれ-時代小説傑作選　講談社(講談社文庫)　2003年9月

美代　みよ
越前福井藩の藩士平山三之丞の許嫁「愚鈍物語」山本周五郎　江戸の鈍感力-時代小説傑作選　集英社(集英社文庫)　2007年12月

美代　みよ
少年武士間宮和三郎の隣家の娘「武道伝来記」海音寺潮五郎　武士の本懐-武士道小説傑作選　KKベストセラーズ(ベスト時代文庫)　2004年6月

みよ

美代　みよ
柳橋の小料理屋「鶴善」の主人の妹、浪人中山貞之助に惚れている娘　「ぺっぽつしましょう」　小松重男　逢魔への誘い-問題小説傑作選6 時代情恋篇　徳間書店（徳間文庫）2000年3月

妙海　みょうかい
紀ノ国日高郡にある山寺道成寺の僧徒　「道成寺」　萱野二十一　怪奇・伝奇時代小説選集6 清姫・怨霊ばなし　春陽堂書店（春陽文庫）　2000年3月

妙海　みょうかい
老尼、元は赤坂のメッタ町の小店「増田屋」の女主人　「じじばばの記」　杉本苑子　江戸の老人力-時代小説傑作選　集英社（集英社文庫）　2002年12月

妙源　みょうげん
紀ノ国日高郡にある山寺道成寺の僧徒　「道成寺」　萱野二十一　怪奇・伝奇時代小説選集6 清姫・怨霊ばなし　春陽堂書店（春陽文庫）　2000年3月

妙信　みょうしん
紀ノ国日高郡にある山寺道成寺の僧徒　「道成寺」　萱野二十一　怪奇・伝奇時代小説選集6 清姫・怨霊ばなし　春陽堂書店（春陽文庫）　2000年3月

妙心尼　みょうしんに
古寺の妖しい若い尼僧　「悲願千人斬り」　橘千秋　怪奇・伝奇時代小説選集7 幽明鏡草紙　春陽堂書店（春陽文庫）　2000年4月

明千坊　みょうせんぼう
立山衆徒で本草者、兵法中条流の道統を継ぐ印牧弥二郎の曾孫　「茶巾」　戸部新十郎　代表作時代小説 平成十三年度　光風社出版　2001年5月

妙念　みょうねん
紀ノ国日高郡にある山寺道成寺の和尚　「道成寺」　萱野二十一　怪奇・伝奇時代小説選集6 清姫・怨霊ばなし　春陽堂書店（春陽文庫）　2000年3月

三好　みよし
土津公（会津松平家藩祖保科正之）の継室お万の方付き老女　「鬼」　綱淵謙錠　歴史小説の世紀-地の巻　新潮社（新潮文庫）　2000年9月

三好　清海（清海入道）　みよし・せいかい（せいかいにゅうどう）
荒法師、真田幸村の十人の股肱の一人で怪盗石川五右衛門の倅　「真田十勇士」　柴田錬三郎　剣の道 忍の掟-信州歴史時代小説傑作集第三巻　しなのき書房　2007年6月

三好　清海入道　みよし・せいかいにゅうどう
真田の勇士　「霧隠才蔵の秘密」　嵐山光三郎　剣の道忍の掟-信州歴史時代小説傑作集第三巻　しなのき書房　2007年6月

三好　長逸　みよし・ながゆき
戦国武将、三好三人衆の一人　「村雨の首-松永弾正」　澤田ふじ子　戦国武将国盗り物語-時代小説傑作選七　新人物往来社　2008年3月

三好 長慶　みよし・ながよし
戦国武将、松永久秀の亡主「村雨の首-松永弾正」澤田ふじ子　戦国武将国盗り物語-時代小説傑作選七　新人物往来社　2008年3月

三芳野　みよしの*
美濃稲葉山城主斎藤道三の側室、かつ女が侍女になった老婦人「かつ女覚書」井口朝生　戦国女人十一話　作品社　2005年11月；代表作時代小説　平成十二年度　光風社出版　2000年5月

三好 孫六郎(三好 義継)　みよし・まごろくろう(みよし・よしつぐ)
戦国武将、三好長慶の養子「村雨の首-松永弾正」澤田ふじ子　戦国武将国盗り物語-時代小説傑作選七　新人物往来社　2008年3月

三好 政康　みよし・まさやす
戦国武将、三好三人衆の一人「村雨の首-松永弾正」澤田ふじ子　戦国武将国盗り物語-時代小説傑作選七　新人物往来社　2008年3月

三好 義継　みよし・よしつぐ
戦国武将、三好長慶の養子「村雨の首-松永弾正」澤田ふじ子　戦国武将国盗り物語-時代小説傑作選七　新人物往来社　2008年3月

【む】

無外　むがい
兵法者、無外流の祖「辻無外」村上元三　人物日本剣豪伝三　学陽書房(人物文庫)　2001年5月

向井 将監　むかい・しょうげん
旗本、赤穂浅野家断絶の後柳沢吉保家の門前に日参していた浅野家遺臣岡本次郎左衛門を用人にした男「大坂留守居役岡本次郎左衛門」井上ひさし　犬道楽江戸草紙-時代小説傑作選　徳間書店(徳間文庫)　2005年8月

向井 甚八　むかい・じんぱち
剣術道場で御前試合の遣い手に選ばれて江戸に出立した下級藩士「ささら波」安住洋子　代表作時代小説　平成二十一年度　光文社　2009年6月

麦　むぎ
伊賀の下忍与次の妹「最後の忍者-天正伊賀の乱」神坂次郎　神出鬼没!戦国忍者伝-傑作時代小説　PHP研究所(PHP文庫)　2009年3月

むささび喜平太　むささびきへいた
龍勝寺の本堂に忍んだ晋化僧に化けた曲者「夢想正宗」柴田錬三郎　歴史小説の世紀-地の巻　新潮社(新潮文庫)　2000年9月

むささびの源次　むささびのげんじ
井伊直弼の大獄のさい志士捕縛の総参謀長野主膳の手先となって江戸の反幕府党をふるえあがらせた目明し「首」山田風太郎　人物日本の歴史 幕末維新編-時代小説版　小学館(小学館文庫)　2004年9月

むさし

武蔵坊弁慶（弁慶）　むさしぼうべんけい（べんけい）
源氏の大将源義経の家来 「舟弁慶/安宅」 白洲正子 源義経の時代-短篇小説集 作品社 2004年10月

武蔵坊弁慶（弁慶）　むさしぼうべんけい（べんけい）
千本の刀を集めるため京を荒し回っていた坊主 「弁慶と九九九事件」 直木三十五 源義経の時代-短篇小説集 作品社 2004年10月

無心　むしん
豊臣秀長の家臣を経て秀吉の直参、元紀州田辺城主 「粟田口の狂女」 滝口康彦 剣が哭く夜に哭く-新選代表作時代小説20 光風社出版 2000年1月

武宗　むそう
僧、菅沼紀八郎の師で元は夢想天流の武芸者 「桜を斬る」 五味康祐 秘剣舞う-剣豪小説の世界 学習研究社（学研M文庫） 2002年11月

六浦 琴之丞　むつうら・きんのじょう
裕福な旗本の若殿 「悪因縁の怨」 江見水蔭 怪奇・伝奇時代小説選集5 北斎と幽霊 春陽堂書店（春陽文庫） 2000年2月

むっつり右門　むっつりうもん
八丁堀同心 「南蛮幽霊（右門捕物帖）」 佐々木味津三 捕物小説名作選一 集英社（集英社文庫） 2006年8月；傑作捕物ワールド第2巻 与力同心篇 リブリオ出版 2002年10月

陸奥 宗光　むつ・むねみつ
紀州藩浪士、神戸海軍操練所塾生 「うそつき小次郎と竜馬」 津本陽 龍馬と志士たち コスミック出版（コスミック文庫） 2009年11月；剣が哭く夜に哭く-新選代表作時代小説20 光風社出版 2000年1月

武藤 喜兵衛（真田 昌幸）　むとう・きへえ（さなだ・まさゆき）
戦国武将、信州先方衆真田幸隆の三男 「一眼月の如し-山本勘介」 戸部新十郎 戦国軍師列伝-時代小説傑作選六 新人物往来社 2008年3月；武将列伝-信州歴史時代小説傑作集第一巻 しなのき書房 2007年4月

武藤 喜兵衛（真田 昌幸）　むとう・きへえ（さなだ・まさゆき）
戦国武将、真田幸隆の三男で武田晴信（信玄）の小姓 「くノ一懺悔-望月千代女」 永岡慶之助 戦国忍者武芸帳-時代小説傑作選五 新人物往来社 2008年3月；剣の道忍の掟-信州歴史時代小説傑作集第三巻 しなのき書房 2007年6月

宗像 氏貞　むなかた・うじさだ
筑前の宗像大神宮第七十九代大宮司 「宗像怨霊譚」 西津弘美 怪奇・伝奇時代小説選集8 百物語 春陽堂書店（春陽文庫） 2000年5月

無二斎　むにさい
宮本武蔵の父親、宇喜田領竹山城主新免伊賀守宗貫の家老職で剣術の達人 「宮本武蔵」 藤原審爾 人物日本剣豪伝二 学陽書房（人物文庫） 2001年4月

牟非　むひ
亡命百済人の孤児、間者 「無声刀」 黒岩重吾 剣の意地 恋の夢-時代小説傑作選 講談社（講談社文庫） 2000年9月

村尾 市右衛門　むらお・いちえもん*
藩の御番衆組頭、竹内平馬の上司「百日紅」安西篤子　江戸色恋坂-市井情話傑作選　学習研究社(学研M文庫)　2005年8月

村垣　むらがき
御庭番「顎十郎捕物帳(捨公方)」久生十蘭　捕物小説名作選一　集英社(集英社文庫)　2006年8月

村垣 左吉　むらがき・さきち
大岡越前の指示で古書探索の旅に出ることになった青木文蔵(昆陽)のお供、将軍直属の御庭番「蜜の味」羽田雄平　斬刃-時代小説傑作選　コスミック出版(コスミック時代文庫)　2005年5月

村上 宇兵衛　むらかみ・うへえ
実物大の抱き人形を製作する下級武士「熟れ肌ほの香」睦月影郎　姦殺の剣-書下ろし時代小説傑作選3　ミリオン出版(大洋時代文庫)　2005年4月

村上 吉之丞　むらかみ・きちのじょう
肥後熊本藩士、二階堂流の達人「松山主水」高野澄　人物日本剣豪伝三　学陽書房(人物文庫)　2001年5月

村上 権左衛門　むらかみ・ごんざえもん
高崎城下にある天道流の道場主、馬庭念流の剣術家樋口又七郎定次に果し状をつきつけた男「体中剣殺法-樋口定次vs村上権左衛門」峰隆一郎　秘剣・豪剣!武芸決闘記-時代小説傑作選二　新人物往来社　2008年3月

村上 俊五郎　むらかみ・しゅんごろう
山岡鉄舟門下の三狂の一人、徳島出身で勝海舟の義弟「一刀正伝無刀流 山岡鉄舟「山岡鉄舟」」五味康祐　幕末の剣鬼たち-時代小説傑作選　コスミック出版(コスミック文庫)　2009年12月;剣狼-幕末を駆けた七人の兵法者　新潮社(新潮文庫)　2007年6月

村上 俊五郎　むらかみ・しゅんごろう*
剣客山岡鉄舟の門下の四天王の一人「おれは不知火」山田風太郎　剣狼-幕末を駆けた七人の兵法者　新潮社(新潮文庫)　2007年6月

村上 庄左衛門　むらかみ・しょうざえもん
伊予西条藩の江戸詰めの藩士、菅野六郎左衛門の同僚「堀部安兵衛」百瀬明治　人物日本剣豪伝三　学陽書房(人物文庫)　2001年5月

村上 天流　むらかみ・てんりゅう
兵法者、高崎城下の天道流兵法の道場主「樋口一族」井口朝生　人物日本剣豪伝三　学陽書房(人物文庫)　2001年5月

村上 浪六(村上 信)　むらかみ・なみろく(むらかみ・まこと)
小説家「村上浪六」長谷川幸延　武士道歳時記-新鷹会・傑作時代小説選　光文社(光文社文庫)　2008年6月

村上 信　むらかみ・まこと
小説家「村上浪六」長谷川幸延　武士道歳時記-新鷹会・傑作時代小説選　光文社(光文社文庫)　2008年6月

村上 満信　むらかみ・みつのぶ
信濃の武将、代々南朝の宮方についていた将「生命の糧」柴田錬三郎　武将列伝-信州歴史時代小説傑作集第一巻　しなのき書房　2007年4月

村越 三造　むらこし・さんぞう＊
上野彰義隊の遊撃隊長、講武所の剣術教授方「名月記」子母沢寛　歴史小説の世紀-天の巻　新潮社(新潮文庫)　2000年9月

村沢　むらさわ
大奥中年寄「化縁つきぬれば」大路和子　剣の意地 恋の夢-時代小説傑作選　講談社(講談社文庫)　2000年9月

村瀬　むらせ
京都見廻組隊士「祇園石段下の決闘」津本陽　新選組アンソロジー下巻-その虚と実に迫る　舞字社　2004年2月

村瀬 藤馬　むらせ・とうま
仇討ちの旅に出た女剣士りやの供に選ばれた若い武士「春風仇討行」宮本昌孝　仇討ち-時代小説アンソロジー1　小学館(小学館文庫)　2006年12月

村田　むらた
交番の巡査「菊の塵」連城三紀彦　大江戸犯科帖-時代推理小説名作選　双葉社(双葉文庫)　2003年10月

村田 勘太夫　むらた・かんだゆう
配下の大御番士の所持する青江の古名刀に異常なほど執着した大御番組頭「青江の太刀」好村兼一　代表作時代小説 平成二十一年度　光文社　2009年6月

村田 新八　むらた・しんぱち
西郷隆盛の部下「犠牛の詩-西南戦争異聞」赤瀬川隼　紅葉谷から剣鬼が来る-時代小説傑作選　講談社(講談社文庫)　2002年9月

村田 助六　むらた・すけろく
関ヶ原の戦いに敗れ八丈島へ流された宇喜田秀家父子の供をした加賀藩藩医「母恋常珍坊」中村彰彦　地獄の無明剣-時代小説傑作選　講談社(講談社文庫)　2004年9月

村田屋卯吉(卯吉)　むらたやうきち(うきち)
煙管師、千住の娼婦だったおぬいの再婚相手「おっ母、すまねえ」池波正太郎　親不幸長屋-人情時代小説傑作選　新潮社(新潮文庫)　2007年7月

村田 与三　むらた・よぞう
兵法者、柳生家お抱えの隠密を采配している男「手向」戸部新十郎　武士道歳時記-新鷹会・傑作時代小説選　光文社(光文社文庫)　2008年6月

村田 与三　むらた・よぞう
柳生心陰流の先代石舟斎の側に仕えた直弟子、柳生領の郷士たちを指導する男「蜻蛉」戸部新十郎　代表作時代小説 平成十二年度　光風社出版　2000年5月

村地 信安　むらち・のぶやす
大身の旗本で上州飯мания村の領主、亮之介の父「銀杏の実」南條範夫　花ごよみ夢一夜-新選代表作時代小説24　光風社出版(光風社文庫)　2001年11月

村地 亮之介　むらち・りょうのすけ
大身の旗本で上州飯田村の領主村地信安の嫡男、身分の違いを越えて村の豪農の娘と結婚した青年「銀杏の実」南條範夫　花ごよみ夢一夜-新選代表作時代小説24　光風社出版(光風社文庫)　2001年11月

村山 五六郎　むらやま・ごろくろう
奥州磐崎郡三坂の城主三坂越前守隆景に仕えた武者浜田喜兵衛の傍輩「怪(かい)」綱淵謙錠　怪奇・怪談時代小説傑作選　徳間書店(徳間文庫)　2004年9月

村山 左近　むらやま・さこん
京の祇園の境内で興行している女歌舞伎の太夫「酒と女と槍と」海音寺潮五郎　時代劇原作選集-あの名画を生みだした傑作小説　双葉社(双葉文庫)　2003年12月

村山 たか　むらやま・たか
大老井伊直弼の懐刀の国学者長野主馬子飼いの密偵「釜中の魚」諸田玲子　江戸三百年を読む下-傑作時代小説 幕末風雲編　角川学芸出版(角川文庫)　2009年9月；異色歴史短篇傑作大全　講談社　2003年11月

村山 龍平　むらやま・りゅうへい
朝日新聞の社長「村上浪六」長谷川幸延　武士道歳時記-新鷹会・傑作時代小説選　光文社(光文社文庫)　2008年6月

夢裡庵(富士 右衛門)　むりあん(ふじ・うえもん)
定廻りの同心「南蛮うどん」泡坂妻夫　闇の旋風-問題小説傑作選5 捕物帖篇　徳間書店(徳間文庫)　2000年1月

夢裡庵(富士 宇右衛門)　むりあん(ふじ・うえもん)
北町奉行同心、荒木無人斎流柔術の達人「飛奴」泡坂妻夫　地獄の無明剣-時代小説傑作選　講談社(講談社文庫)　2004年9月

夢裡庵(富士 宇衛門)　むりあん(ふじ・うえもん)
八丁堀の定廻り同心「新道の女」泡坂妻夫　江戸の秘恋-時代小説傑作選　徳間書店(徳間文庫)　2004年10月

夢裡庵(富士 宇衛門)　むりあん(ふじ・うえもん)
八丁堀の同心「芸者の首」泡坂妻夫　恋模様-極め付き時代小説選2　中央公論新社(中公文庫)　2004年10月

夢裡庵(富士 宇衛門)　むりあん(ふじ・うえもん)
八丁堀定廻り同心、荒木無人斎流柔術の達人「泥棒番付」泡坂妻夫　剣よ月下に舞え-新選代表作時代小説23　光風社出版(光風社文庫)　2001年5月

夢裡庵(富士 宇衛門)　むりあん(ふじ・うえもん)
北町奉行の同心「からくり富」泡坂妻夫　江戸浮世風-人情捕物帳傑作選　学習研究社(学研M文庫)　2004年8月

夢裡庵(富士 宇衛門)　むりあん(ふじ・うえもん)
北町奉行の同心「仙台花押」泡坂妻夫　代表作時代小説 平成十二年度　光風社出版　2000年5月

むりあ

夢裡庵（富士 宇衛門）　むりあん（ふじ・うえもん）
北町奉行所の同心、荒木無人斎流柔術の達人　「夢裡庵の逃走-夢裡庵先生捕物帳」　泡坂妻夫　代表作時代小説　平成十五年度　光風社出版　2003年5月

室井 貞之助　むろい・さだのすけ
江戸の馬喰町で腕がいいと評判の町医者　「杖下」　北方謙三　時代小説-読切御免第一巻　新潮社（新潮文庫）　2004年3月

室屋 安向　むろやの・あむか
蘇我蝦夷が漏刻づくりを命じた学問好きの兄弟の家来の弟　「時の日」　新田次郎　変事異聞-時代小説アンソロジー5　小学館（小学館文庫）　2007年7月

室屋 麻向　むろやの・まむか
蘇我蝦夷が漏刻づくりを命じた学問好きの兄弟の家来の兄　「時の日」　新田次郎　変事異聞-時代小説アンソロジー5　小学館（小学館文庫）　2007年7月

【め】

めくぼの藤八　めくぼのとうはち
小人目付の神宮迅一郎の御用聞きをしている男　「新富士模様」　逢坂剛　代表作時代小説　平成二十年度　光文社　2008年6月

メンデス・ピント（ピント）
九州豊後の有力大名大友家に弾薬を売りにきた南蛮商人　「ピント日本見聞記」　杉本苑子　九州戦国志-傑作時代小説　PHP研究所（PHP文庫）　2008年12月

【も】

茂市　もいち
上野国の利根郡にある武尊山で大雪の夜に山小屋で雪女と出逢った炭焼の青年　「伝奇物語 雪女」　大塚礫川　怪奇・伝奇時代小説選集4 怪異黒姫おろし　春陽堂書店（春陽文庫）　2000年1月

孟 阿　もう・あ
隠棲人、もとは臨安城市に住んだ大金持　「清富記」　水上勉　剣の意地 恋の夢-時代小説傑作選　講談社（講談社文庫）　2000年9月

毛利 小三次　もうり・こさんじ
戦国武将、九州征伐の豊前豊後方面軍の豊前衆の申次　「城井一族の殉節」　高橋直樹　九州戦国志-傑作時代小説　PHP研究所（PHP文庫）　2008年12月

毛利修理大夫　もうりしゅりだゆう
元長門清浦藩士で近衛砲兵隊の将校土江彦蔵が維新後も仕える旧主の若殿　「遠い砲音」　浅田次郎　感涙-人情時代小説傑作選　KKベストセラーズ（ベスト時代文庫）　2004年11月

毛利 輝元　もうり・てるもと
戦国武将、毛利元就の長子隆元の子　「吉川治部少輔元春」　南條範夫　紅葉谷から剣鬼が来る-時代小説傑作選　講談社(講談社文庫)　2002年9月

毛利 元綱　もうり・もとつな
戦国武将、毛利家の惣領元就の弟で船山城主　「不敗の軍略-毛利元就」　今村実　戦国武将国盗り物語-時代小説傑作選七　新人物往来社　2008年3月

毛利 元就　もうり・もとなり
戦国武将、山陰の尼子領内に侵攻した毛利軍総大将　「月山落城」　羽山信樹　地獄の無明剣-時代小説傑作選　講談社(講談社文庫)　2004年9月

毛利 元就　もうり・もとなり
戦国武将、毛利家の惣領で郡山城主　「不敗の軍略-毛利元就」　今村実　戦国武将国盗り物語-時代小説傑作選七　新人物往来社　2008年3月

最上 義光　もがみ・よしみつ
戦国武将、山形城主　「霧の城」　南條範夫　東北戦国志-傑作時代小説　PHP研究所(PHP文庫)　2009年9月

最上 義康　もがみ・よしやす
戦国武将、山形城主最上義光の嫡子　「霧の城」　南條範夫　東北戦国志-傑作時代小説　PHP研究所(PHP文庫)　2009年9月

木喰上人　もくじきしょうにん
正統派に属さない私度僧で日本各地を巡り行く先々で祈りを籠めて仏像を刻み民家やお堂に納め廻国巡礼の旅を続けた人　「木喰上人」　一瀬玉枝　紅蓮の翼-異彩時代小説撰　叢文社　2007年8月

木犀　もくせい
淀君側近の親衛娘子隊「七人組」の一人、近習役平井治右衛門保延の妹　「情炎大阪城」　加賀淳子　戦国女人十一話　作品社　2005年11月

杢之助　もくのすけ
江戸・四ツ谷左門町の木戸番小屋の番人　「湯屋騒ぎ-木戸番人お江戸日記」　喜安幸夫　代表作時代小説　平成十四年度　光風社出版　2002年5月

杢兵衛　もくべえ
関ケ原の戦に敗れ摂津池田の里まで遁走して来た武士、かつては摂津の陶工杢兵衛だった男　「村重好み」　秋月達郎　ふりむけば闇-時代小説招待席　広済堂出版　2003年6月

杢兵衛　もくべえ
老中田沼意次の引き立てにより田沼一派に贈られた茶器・骨董などを売り捌いていた商人　「てれん(街商)」　白石一郎　江戸の商人力-時代小説傑作選　集英社(集英社文庫)　2006年12月

茂七　もしち
総州木更津と江戸を往復する木更津船の水手　「木更津余話」　佐江衆一　代表作時代小説　平成十九年度　光文社　2007年6月;息づかい-好色時代小説集　講談社(講談社文庫)　2007年2月

茂七　もしち
本所深川一帯をあずかり「回向院の旦那」と呼ばれる岡っ引　「お勢殺し」　宮部みゆき　江戸の満腹力-時代小説傑作選　集英社(集英社文庫)　2005年12月

茂七　もしち
本所深川一帯をあずかり「回向院の旦那」と呼ばれる岡っ引　「鰹千両」　宮部みゆき　情けがからむ朱房の十手-傑作時代小説　PHP研究所(PHP文庫)　2009年1月;撫子が斬る-女性作家捕物帳アンソロジー　光文社(光文社文庫)　2005年9月

茂七(回向院の茂七)　もしち(えこういんのもしち)
本所深川の岡っ引の親分　「置いてけ堀(本所深川ふしぎ草紙)」　宮部みゆき　傑作捕物ワールド第9巻　妖異怪談篇　リブリオ出版　2002年10月

文字とよ　もじとよ
本所二ツ目相生稲荷に住む踊りの師匠、猫を飼う婀娜っぽい女　「猫のご落胤」　森村誠一　大江戸猫三昧-時代小説傑作選　徳間書店(徳間文庫)　2004年11月

文字春　もじはる
赤坂裏伝馬町の常磐津の女師匠、幽霊のような娘に付きまとわれた女　「津の国屋(半七捕物帳)」　岡本綺堂　傑作捕物ワールド第9巻　妖異怪談篇　リブリオ出版　2002年10月

茂助(嘲斎)　もすけ*(ちょうさい)
伊吹の山で砂金を発見して財を蓄した老人、元は近江堅田ノ浦に在る北村という豪家の数寄者道遂の下僕だった男　「秘伝」　神坂次郎　武士道歳時記-新鷹会・傑作時代小説選　光文社(光文社文庫)　2008年6月

望月 伊之助　もちずき・いのすけ
新撰組の中で醜男といわれた男　「新撰組余談 花の小五郎」　三好修　新選組伝奇　勉誠出版　2004年1月

望月 七郎　もちずき・しちろう
京阪銀行の頭取　「村上浪六」　長谷川幸延　武士道歳時記-新鷹会・傑作時代小説選　光文社(光文社文庫)　2008年6月

望月 千代　もちずき・ちよ
くノ一、武田信玄に仕えた歩き巫女の頭領　「女忍小袖始末」　光瀬龍　神出鬼没!戦国忍者伝-傑作時代小説　PHP研究所(PHP文庫)　2009年3月

望月 千代　もちずき・ちよ
甲斐国主武田信玄の家臣、甲斐・信濃二国の巫女頭　「忍法短冊しぐれ-加藤段蔵」　光瀬龍　戦国忍者武芸帳-時代小説傑作選五　新人物往来社　2008年3月

望月 千代女　もちずき・ちよじょ
武田家当主晴信(信玄)直属の御支配屋敷のくノ一の首領　「くノ一懺悔-望月千代女」　永岡慶之助　戦国忍者武芸帳-時代小説傑作選五　新人物往来社　2008年3月;剣の道忍の掟-信州歴史時代小説傑作集第三巻　しなのき書房　2007年6月

望月 兵馬　もちずき・ひょうま*
目付、書物奉行近藤重蔵の私行上のことを調べた武士　「近藤富士」　新田次郎　江戸三百年を読む 下-傑作時代小説 幕末風雲編　角川学芸出版(角川文庫)　2009年9月

望月 兵太夫　もちずき・へいだゆう
甲賀の郷士で上忍、各地の大名のもとめに応じて下忍を派遣する忍者の元締め「帰蝶」岩井三四二　戦国女人十一話　作品社　2005年11月

物注 満柄　もつぎ・まつか
大和ノくに添上ノ郡の大領「牛」山本周五郎　動物-極め付き時代小説選3　中央公論新社(中公文庫)　2004年11月

元吉　もときち
江戸本町の美濃屋の勘当息子信太郎の幼友達で岡っ引の手下をしている男「おすず」杉本章子　代表作時代小説　平成十二年度　光風社出版　2000年5月

元吉　もときち＊
根津権現前の岡場所「吉野」のお滝の馴染み客、外神田の大工の一人息子「夜の辛夷」山本周五郎　江戸色恋坂-市井情話傑作選　学習研究社(学研M文庫)　2005年8月

元助　もとすけ
小栗山の村の評判の溢れ者で侍になろうと村を出た若者「ゴロツキ風雲録」長部日出雄　東北戦国志-傑作時代小説　PHP研究所(PHP文庫)　2009年9月

元助(音外坊)　もとすけ(おんがいぼう)
山伏、元浅野家側用人片岡源五右衛門の家の下僕「南天」東郷隆　異色忠臣蔵大傑作集　講談社(講談社文庫)　2002年12月

物部連 麻呂　もののべのむらじ・まろ
舎人「左大臣の疑惑」黒岩重吾　人物日本の歴史　古代中世編-時代小説版　小学館(小学館文庫)　2004年1月

茂平　もへい
信濃の守護職小笠原勢の足軽「生命の糧」柴田錬三郎　武将列伝-信州歴史時代小説傑作集第一巻　しなのき書房　2007年4月

茂平次　もへいじ
備前片上の在の船頭の老爺「妖異女宝島」葉田光　怪奇・伝奇時代小説選集11 妖艶の谷　春陽堂書店(春陽文庫)　2000年8月

茂兵衛　もへえ
伊豆の新島に流罪となった羽黒山別当天宥法印をお預かりすることになった百姓方、八重の父親「見えない糸」小山啓子　代表作時代小説　平成十八年度　光文社　2006年6月

桃井 三左衛門　ももい・さんざえもん
公儀の奥右筆、東国の藩の江戸留守居方書役・鯰沢素平の釣友となった初老の男「ゆめ」岳宏一郎　代表作時代小説　平成十七年度　光文社　2005年6月

桃井 春蔵　ももい・しゅんぞう
幕末の剣客、鏡新明智流・桃井家四代目で桃井春蔵直正「桃井春蔵」笹原金次郎　人物日本剣豪伝四　学陽書房(人物文庫)　2001年6月

桃井 春蔵直一　ももい・しゅんぞうなおかず
鏡新明智流・桃井家二代目「桃井春蔵」笹原金次郎　人物日本剣豪伝四　学陽書房(人物文庫)　2001年6月

ももい

桃井 春蔵直勝　ももい・しゅんぞうなおかつ
鏡新明智流・桃井家三代目　「桃井春蔵」　笹原金次郎　人物日本剣豪伝四　学陽書房
（人物文庫）　2001年6月

桃井 八郎左衛門直由　ももい・はちろうざえもんなおたか
鏡新明智流・桃井家初代　「桃井春蔵」　笹原金次郎　人物日本剣豪伝四　学陽書房（人物文庫）　2001年6月

百々地 三太夫　ももち・さんだゆう
伊豆の修善寺に隠棲している老忍者　「百々地三太夫」　柴田錬三郎　神出鬼没!戦国忍者伝-傑作時代小説　PHP研究所（PHP文庫）　2009年3月

百地 三太夫（百地 丹波）　ももち・さんだゆう（ももち・たんば）
忍者、伊賀者を束ねる一方の将　「夢魔の寝床-百地丹波」　多岐川恭　戦国忍者武芸帳-時代小説傑作選五　新人物往来社　2008年3月

百地 丹波　ももち・たんば
忍者、伊賀者を束ねる一方の将　「夢魔の寝床-百地丹波」　多岐川恭　戦国忍者武芸帳-時代小説傑作選五　新人物往来社　2008年3月

森岡 金吾　もりおか・きんご
戦国武将で南部藩の家臣大浦弥四郎（のちの初代津軽藩主津軽為信）の将　「ゴロツキ風雲録」　長部日出雄　東北戦国志-傑作時代小説　PHP研究所（PHP文庫）　2009年9月

森川出羽守 重俊　もりかわでわのかみ・しげとし
会津藩主蒲生忠郷の病死のさいに殉死しないで逃亡した側近森川若狭の叔父、のち幕府老中　「逃亡」　祖田浩一　春宵 濡れ髪しぐれ-時代小説傑作選　講談社（講談社文庫）　2003年9月

森川 若狭　もりかわ・わかさ
会津藩主蒲生忠郷の病死のさいに殉死しないで逃亡した側近の武士　「逃亡」　祖田浩一　春宵 濡れ髪しぐれ-時代小説傑作選　講談社（講談社文庫）　2003年9月

森 勘左衛門　もり・かんざえもん
土佐藩江戸留守居役　「長い串」　山本一力　江戸の満腹力-時代小説傑作選　集英社（集英社文庫）　2005年12月

森口 慶次郎　もりぐち・けいじろう
隠居の身で元南町奉行所定町廻り同心　「傷」　北原亞以子　時代小説 読切御免第二巻　新潮社（新潮文庫）　2004年3月；傑作捕物ワールド第10巻 人情捕縄篇　リブリオ出版　2002年10月

森口 慶次郎　もりぐち・けいじろう
元南町奉行所定町廻り同心、隠居して根岸で酒問屋「山口屋」の寮番をして暮らす男　「律儀者」　北原亞以子　撫子が斬る-女性作家捕物帳アンソロジー　光文社（光文社文庫）　2005年9月

森島 新兵衛　もりしま・しんべえ
町方同心　「廉之助の鯉」　鈴木英治　花ふぶき-時代小説傑作選　角川春樹事務所（ハルキ文庫）　2004年7月

森積 嘉兵衛　もりずみ・かへえ
旗本屋敷で催された歌留多の会に来た若侍で鬼婆横町で妖婆を見た四人のひとり 「妖婆」岡本綺堂　怪奇・伝奇時代小説選集12 血塗りの呪法　春陽堂書店(春陽文庫)　2000年9月

守蔵　もりぞう
湯島の陰間(男娼)、役者 「春宵相乗舟佃島」出久根達郎　春宵 濡れ髪しぐれ-時代小説傑作選　講談社(講談社文庫)　2003年9月

森蔵　もりぞう
深川を縄張にしているやくざの親分 「人斬り佐内 秘剣腕落し」鳥羽亮　斬刃-時代小説傑作選　コスミック出版(コスミック時代文庫)　2005年5月

森蔵　もりぞう*
尾張藩直轄領南知多の利屋村の隣村吹越村の組頭 「蜜柑庄屋・金十郎」澤田ふじ子　江戸の満腹力-時代小説傑作選　集英社(集英社文庫)　2005年12月

森田 思軒　もりた・しけん
郵便報知の編集長 「村上浪六」長谷川幸延　武士道歳時記-新鷹会・傑作時代小説選　光文社(光文社文庫)　2008年6月

森田屋清蔵　もりたやせいぞう
お数寄屋坊主河内山宗俊と義兄弟の盃を交わした男、強請の仲間 「毛充狼-べらんめェ宗俊」天宮 響一郎　江戸の闇始末-書下ろし時代小説傑作選7　ミリオン出版(大洋時代文庫)　2006年4月

森田屋清蔵　もりたやせいぞう
吉原の花魁三千歳の身請けに名乗りを挙げた表向きは大店の主人の悪党 「青楼悶え花-べらんめェ宗俊」天宮響一郎　大江戸有情-書き下ろし時代小説傑作選4　大洋図書(大洋時代文庫)　2005年6月

森田屋清蔵　もりたやせいぞう
御数寄屋坊主の悪党河内山宗俊と義兄弟の杯をかわした仲で表向き大店の主人を取り繕う男 「闇風呂金-べらんめェ宗俊」天宮響一郎　江戸の刺客-書き下ろし時代小説傑作選6　大洋図書(大洋時代文庫)　2005年9月

森田屋清蔵　もりたやせいぞう
御数寄屋坊主の悪党河内山宗俊と義兄弟の杯をかわした仲で表向き大店の主人を取り繕う男 「花しぐれ-べらんめェ宗俊」天宮響一郎　紅蓮の剣-書下ろし時代小説傑作選5　ミリオン出版(大洋時代文庫)　2005年9月

森 当左衛門　もり・とうざえもん
阿波の北方五郡の庄屋五人与の与頭で別当浦の庄屋 「人柱」徳永真一郎　侍たちの歳月-新鷹会・傑作時代小説選　光文社(光文社文庫)　2002年6月

盛長　もりなが
源家の家人、笠戸の夫 「頼朝勘定」山岡荘八　人物日本の歴史 古代中世編-時代小説版　小学館(小学館文庫)　2004年1月

森 長可　もり・ながよし
戦国武将、小牧・長久手ノ戦における羽柴秀吉軍の将　「武返」　池宮彰一郎　代表作時代小説 平成十四年度　光風社出版　2002年5月

森の石松　もりのいしまつ
清水の次郎長の子分　「森の石松が殺された夜」　結城昌治　大江戸犯科帖-時代推理小説名作選　双葉社（双葉文庫）　2003年10月

森野 元次郎（柳全）　もりの・げんじろう*（りゅうぜん）
幕府御家人でありながら吉原のたいこ持ちから乞食へと落ちぶれて谷中の延命院の納所坊主におさまった男　「世は春じゃ」　杉本苑子　江戸の鈍感力-時代小説傑作選　集英社（集英社文庫）　2007年12月

森 半右衛門　もり・はんえもん*
元米沢藩士、吉良家家老・小林平八郎の旧知の者で吉良家の台所方に召し抱えられた男　「小林平八郎-百年後の士道」　高橋直樹　武士道-時代小説アンソロジー3　小学館（小学館文庫）　2007年3月

森本 儀兵衛　もりもと・ぎへえ*
肥後熊本城主加藤清正（虎之助）の重臣　「虎之助一代」　南原幹雄　九州戦国志-傑作時代小説　PHP研究所（PHP文庫）　2008年12月

守屋 甚太夫　もりや・じんだゆう
殺害された松代藩の横目付　「獅子の眠り」　池波正太郎　機略縦横!真田戦記-傑作時代小説　PHP研究所（PHP文庫）　2008年7月

森山 七郎兵衛　もりやま・しちろべえ
常陸国下館城下の浅山一伝流の道場主　「子づれ兵法者」　佐江衆一　秘剣舞う-剣豪小説の世界　学習研究社（学研M文庫）　2002年11月

森 与平　もり・よへい
直心影流の剣術家、上野彰義隊に参加した男　「名月記」　子母沢寛　歴史小説の世紀-天の巻　新潮社（新潮文庫）　2000年9月

森 乱丸　もり・らんまる
織田信長の小姓　「本能寺の信長」　正宗白鳥　歴史小説の世紀-天の巻　新潮社（新潮文庫）　2000年9月

森 蘭丸　もり・らんまる
安土城主織田信長の小姓頭、信長第一の寵臣　「蘭丸、叛く」　宮本昌孝　本能寺・男たちの決断-傑作時代小説　PHP研究所（PHP文庫）　2007年2月;時代小説 読切御免第三巻　新潮社（新潮文庫）　2005年12月

森 蘭丸　もり・らんまる
織田信長の小姓　「夢魔の寝床-百地丹波」　多岐川恭　戦国忍者武芸帳-時代小説傑作選五　新人物往来社　2008年3月

森 六郎右衛門　もり・ろくろうえもん*
老中松平伊豆守信綱の家来で信綱の影のような人物　「妖尼」　新田次郎　江戸の老人力-時代小説傑作選　集英社（集英社文庫）　2002年12月

森脇 友三郎　もりわき・ともさぶろう＊
小諸藩の用人森脇善左衛門の三男で正月の御前試合で三連覇をめざす剣士　「裏切り左近」　柴田錬三郎　侍の肖像-信州歴史時代小説傑作集第二巻　しなのき書房　2007年5月

諸岡 一羽　もろおか・いっぱ
兵法者、根岸兎角の師で常陸江戸崎の道場主　「恩讐の剣-根岸兎角vs岩間小熊」　堀和久　秘剣・豪剣!武芸決闘記-時代小説傑作選二　新人物往来社　2008年3月

諸岡 一羽斎　もろおか・いっぱさい
常陸の剣術家、一羽流の創始者　「剣法一羽流」　池波正太郎　秘剣舞う-剣豪小説の世界　学習研究社(学研M文庫)　2002年11月

諸岡 一羽斎　もろおか・いっぱさい
兵法者、塚原ト伝の門人で江戸崎の住人　「根岸兎角」　戸部新十郎　人物日本剣豪伝二　学陽書房(人物文庫)　2001年4月

諸住 伊四郎　もろずみ・いしろう
暴風雨の夜に日本橋の浜町河岸で竜を見たという御徒士の侍　「異妖編」　岡本綺堂　怪奇・伝奇時代小説選集4 怪異黒姫おろし　春陽堂書店(春陽文庫)　2000年1月

門三郎　もんざぶろう
色事でしくじって大阪に預けられていた江戸役者　「姐妃のお百」　瀬戸内寂聴　歴史小説の世紀-地の巻　新潮社(新潮文庫)　2000年9月

紋治(山嵐の紋治)　もんじ(やまあらしのもんじ)
山賊の通り魔の団九郎の一の乾分　「妖魔千匹猿」　下村悦夫　怪奇・伝奇時代小説選集12 血塗りの呪法　春陽堂書店(春陽文庫)　2000年9月

紋次郎(木枯し紋次郎)　もんじろう(こがらしもんじろう)
上州無宿の渡世人　「何れが欺く者」　笹沢左保　剣の道忍の掟-信州歴史時代小説傑作集第三巻　しなのき書房　2007年6月

紋次郎(木枯し紋次郎)　もんじろう(こがらしもんじろう)
旅の渡世人　「峠だけで見た男」　笹沢左保　地獄の無明剣-時代小説傑作選　講談社(講談社文庫)　2004年9月

紋蔵　もんぞう
大盗賊・蛇の平十郎の配下、飯倉の唐物屋・白玉堂主人であった男　「蛇の眼」　池波正太郎　蛇の眼-捕物時代小説選集2　春陽堂書店(春陽文庫)　2000年3月

門田 清一郎　もんだ・せいいちろう
高田藩士、戊辰戦争の長岡の戦で高田半隊の司令をつとめた男　「清一郎は死んだ」　早乙女貢　鍔鳴り疾風剣-新選代表作時代小説22　光風社出版(光風社文庫)　2000年11月

モンテスパン夫人　もんてすぱんふじん
フランス国王ルイ十四世の寵妃　「毒薬」　藤本ひとみ　代表作時代小説　平成十八年度　光文社　2006年6月

主水　もんど
もと旗本の戯作者で噺家　「噺相撲」　島村匠　江戸の闇始末-書下ろし時代小説傑作選7　ミリオン出版(大洋時代文庫)　2006年4月

もんど

主水正　もんどのしょう
豊臣家の家来、淀君方の真野豊後の近習　「黒百合抄」　山田風太郎　戦国女人十一話　作品社　2005年11月

主水之助　もんどのすけ
吉田御殿の主千姫の色小姓、元坂崎出羽守の稚児方　「千姫桜」　有吉佐和子　戦国女人十一話　作品社　2005年11月

門馬　勘右衛門　もんま・かんえもん
藩の次席家老、剣の遣い手・高鳥新兵衛の烏帽子親　「蝦蟇の恋-江戸役職白書・養育目付」　岳宏一郎　代表作時代小説　平成十六年度　光風社出版　2004年4月

【や】

八一　やいち
隠居寺の寺男の鬼若といっしょに独居庵で寝泊りしている少年　「鬼の宿」　和巻耿介　大江戸の歳月-新鷹会・傑作時代小説選　光文社（光文社文庫）　2003年6月

弥一　やいち
越後月潟村の出の角兵衛獅子、不義密通の相手おさわを連れて江戸に逃げてきた男　「はぐれ角兵衛獅子」　小杉健治　夢を見にけり-時代小説招待席　広済堂出版　2004年6月

弥市　やいち
信州柏原村の本百姓小林家の本家の旦那、俳人小林一茶の親戚　「蚤さわぐ」　杉本苑子　人情草紙-信州歴史時代小説傑作集第四巻　しなのき書房　2007年7月

八重　やえ
行方不明の娘、旗本納戸頭伏見小路甚十郎の息女　「貧乏同心御用帳（南蛮船）」　柴田錬三郎　捕物小説名作選一　集英社（集英社文庫）　2006年8月

八重　やえ
徳川幕府より伊豆の新島に流罪となった羽黒山別当天宥法印の世話をすることになった娘　「見えない糸」　小山啓子　代表作時代小説　平成十八年度　光文社　2006年6月

八重　やえ
藩の下級武士羽田信作の妻　「這いずり-幽剣抄」　菊地秀行　代表作時代小説　平成十四年度　光風社出版　2002年5月

八重　やえ
武家の今西家の長男儀大夫の妻で夫の弟と不義密通の関係に走った女　「秋海棠」　安西篤子　花ごよみ夢一夜-新選代表作時代小説24　光風社出版（光風社文庫）　2001年11月

八重　やえ
豊前中津十二万石に封ぜられた黒田孝高の娘で領内の地侍・城井谷友房に嫁入りした女性　「城井谷崩れ」　海音寺潮五郎　軍師の生きざま-短篇小説集　作品社　2008年11月

八重　やえ
本性院伊佐野の局の側仕えの女　「顎十郎捕物帳（捨公方）」　久生十蘭　捕物小説名作選一　集英社（集英社文庫）　2006年8月

八重咲　やえさき
江戸吉原「松葉屋」の遊女　「乱れ火-吉原遊女の敵討ち」　北原亞以子　士道無惨!仇討ち始末-時代小説傑作選四　新人物往来社　2008年3月

八重姫　やえひめ
伊豆の大名伊東祐親の亡くなった先妻の姫　「頼朝勘定」　山岡荘八　人物日本の歴史 古代中世編-時代小説版　小学館（小学館文庫）　2004年1月

弥右衛門　やえもん
摂州尼崎に在る新陰流猪之田道場のあるじ猪之田兵斎の門弟、武庫川の庄屋　「秘し刀 霞落し」　五味康祐　七人の十兵衛-傑作時代小説　PHP研究所（PHP文庫）　2007年11月

やを
俳人小林一茶の二番目の女房、造り酒屋の傭い女　「蚤さわぐ」　杉本苑子　人情草紙-信州歴史時代小説傑作集第四巻　しなのき書房　2007年7月

八百蔵　やおぞう
やくざ、武州松山の米問屋の手代で店の養女お駒の情人だった男　「悔心白浪月夜」　青木憲一　幽霊陰陽師-捕物時代小説選集5　春陽堂書店（春陽文庫）　2000年6月

八百蔵吉五郎(吉五郎)　やおぞうきちごろう(きちごろう)
放れ技で人の難儀を救ういい男と江戸で噂の巾着切り　「八百蔵吉五郎」　長谷川伸　釘抜藤吉捕物覚書-捕物時代小説選集4　春陽堂書店（春陽文庫）　2000年5月

八木 為三郎　やぎ・ためさぶろう
京都壬生村の郷士で新選組の宿泊所となった家の子供　「切腹-八木為三郎翁遺談」　戸川幸夫　剣よ月下に舞え-新選代表作時代小説23　光風社出版（光風社文庫）　2001年5月

弥吉　やきち
岡っ引、鬼瓦の弥吉と呼ばれ人々の恨みをかっている男　「紅恋の鬼女」　小島健三　石川五右衛門の生立-捕物時代小説選集3　春陽堂書店（春陽文庫）　2000年4月

弥吉　やきち
紺屋の娘おたえの叔父のく型付けの仕事場で働く「万筋の弥吉」と呼ばれる腕のいい職人　「花冷え」　北原亞以子　江戸夢日和-市井・人情小説傑作選二　学習研究社（学研M文庫）　2004年1月

弥吉　やきち
詐欺師、おこんの仲間　「おちょくり屋お紺」　神坂次郎　紅葉谷から剣鬼が来る-時代小説傑作選　講談社（講談社文庫）　2002年9月

弥吉　やきち
常陸の目吹生まれの百姓の子、村を出て殺しの請け負いをしている男　「不忍池暮色」　池波正太郎　江戸の秘恋-時代小説傑作選　徳間書店（徳間文庫）　2004年10月

弥吉　やきち
深川黒江町の料理屋「伊豆政」の板前　「恋あやめ」　梅本育子　春宵 濡れ髪しぐれ-時代小説傑作選　講談社（講談社文庫）　2003年9月

柳生 左門友矩　やぎゅう・さもんとものり
兵法者柳生十兵衛の弟、将軍徳川家光の小姓　「柳生くノ一」　小山龍太郎　柳生秘剣伝奇-時代小説セレクション　勉誠出版　2002年12月

柳生 十兵衛　やぎゅう・じゅうべえ
兵法者、将軍家武術指南役柳生宗矩の嫡男で父より摂州尼崎に在る新陰流猪之田道場を潰すよう命じられた男　「秘し刀 霞落し」　五味康祐　七人の十兵衛-傑作時代小説　PHP研究所(PHP文庫)　2007年11月

柳生 十兵衛　やぎゅう・じゅうべえ
兵法者、柳生左門友矩の兄で将軍の密命をおびた隠密支配　「柳生くノ一」　小山龍太郎　柳生秘剣伝奇-時代小説セレクション　勉誠出版　2002年12月

柳生 十兵衛(七郎)　やぎゅう・じゅうべえ(しちろう)
将軍家兵法指南柳生宗矩の息子、丹生重之進は変名　「〈第三番〉小太刀崩し-柳生十兵衛」　新宮正春　柳生武芸帳七番勝負-時代小説傑作選一　新人物往来社　2008年3月

柳生 十兵衛光厳　やぎゅう・じゅうべえみつよし
兵法者、将軍家兵法指南の柳生家の嫡男　「柳生隠密記」　中村豊秀　柳生秘剣伝奇-時代小説セレクション　勉誠出版　2002年12月

柳生 十兵衛三厳　やぎゅう・じゅうべえみつよし
将軍家お手直役柳生但馬守の長子で剣をとっては柳生家はじまって以来の天才とうたわれる隻眼の剣客　「百万両呪縛」　高木彬光　七人の十兵衛-傑作時代小説　PHP研究所(PHP文庫)　2007年11月

柳生 十兵衛三厳　やぎゅう・じゅうべえみつよし
将軍家兵法師範役柳生但馬守宗矩の嫡男　「柳生宗矩・十兵衛」　赤木駿介　人物日本剣豪伝二　学陽書房(人物文庫)　2001年4月

柳生 十兵衛三厳　やぎゅう・じゅうべえみつよし
兵法者、剣客としての名声は天下にあまねく知られた人物　「十兵衛の最期」　大隈敏　七人の十兵衛-傑作時代小説　PHP研究所(PHP文庫)　2007年11月

柳生 十兵衛三厳　やぎゅう・じゅうべえみつよし
兵法者、将軍の兵法師範役柳生宗矩の息子　「柳生の鬼」　隆慶一郎　七人の十兵衛-傑作時代小説　PHP研究所(PHP文庫)　2007年11月;柳生秘剣伝奇-時代小説セレクション　勉誠出版　2002年12月

柳生 十兵衛三厳　やぎゅう・じゅうべえみつよし
兵法者、将軍家兵法指南柳生但馬守宗矩の長男　「柳生一族」　松本清張　七人の十兵衛-傑作時代小説　PHP研究所(PHP文庫)　2007年11月

柳生 十兵衛三厳　やぎゅう・じゅうべえみつよし
兵法者、将軍兵法師範柳生但馬守宗矩の長男で鬼神秋月常陸介を追い続ける三人のひとり　「鬼神の弱点は何処に」　笹沢左保　七人の十兵衛-傑作時代小説　PHP研究所(PHP文庫)　2007年11月

柳生 十兵衛三厳　やぎゅう・じゅうべえみつよし
兵法者、柳生の庄のあるじ柳生但馬守宗矩の長男で武者修行と称して諸国をまわっている男　「柳生十兵衛の眼」 新宮正春　七人の十兵衛-傑作時代小説　PHP研究所(PHP文庫)　2007年11月

柳生 十兵衛三厳　やぎゅう・じゅうべえみつよし
兵法者、柳生但馬主宗矩の嫡男で将軍徳川家光に諸国の情勢を探索する隠密の役を命じられた男　「柳生十兵衛七番勝負」 津本陽　代表作時代小説　平成十五年度　光風社出版　2003年5月

柳生 十兵衛三厳　やぎゅう・じゅうべえみつよし
柳生新陰流の総帥柳生宗矩の嫡男　「柳枝の剣」 隆慶一郎　小説「武士道」-時代小説短編傑作選　三笠書房(知的生きかた文庫)　2008年11月;柳生武芸帳七番勝負-時代小説傑作選一　新人物往来社　2008年3月

柳生 石舟斎　やぎゅう・せきしゅうさい
柳生兵庫助(兵助)の祖父、上泉伊勢守の弟子　「秘太刀〝放心の位〟」 戸部新十郎　柳生武芸帳七番勝負-時代小説傑作選一　新人物往来社　2008年3月;花ごよみ夢一夜-新選代表作時代小説24　光風社出版(光風社文庫)　2001年11月

柳生 石舟斎宗厳　やぎゅう・せきしゅうさいむねよし
兵法者、柳生の庄の城主　「上泉伊勢守秀綱」 桑田忠親　人物日本剣豪伝一　学陽書房(人物文庫)　2001年4月

柳生 石舟斎宗厳　やぎゅう・せきしゅうさいむねよし
兵法者、柳生新陰流の開祖　「柳生宗矩」 津本陽　柳生秘剣伝奇-時代小説セレクション　勉誠出版　2002年12月

柳生 石舟斎宗厳　やぎゅう・せきしゅうさいむねよし
柳生新陰流の老師、徳川家康の側近となった宗矩の父　「関ヶ原忍び風」 徳永真一郎　神出鬼没!戦国忍者伝-傑作時代小説　PHP研究所(PHP文庫)　2009年3月

柳生但馬守 宗矩　やぎゅうたじまのかみ・むねのり
剣術者、将軍家御師範役　「堀主水と宗矩」 五味康祐　小説「武士道」-時代小説短編傑作選　三笠書房(知的生きかた文庫)　2008年11月

柳生但馬守 宗矩　やぎゅうたじまのかみ・むねのり
将軍家剣術師範、柳生石舟斎宗厳の五男　「柳生宗矩」 津本陽　柳生秘剣伝奇-時代小説セレクション　勉誠出版　2002年12月

柳生但馬守 宗矩　やぎゅうたじまのかみ・むねのり
徳川三代将軍家光の兵法指南　「〈第二番〉幻の九番斬り-柳生宗矩」 滝口康彦　柳生武芸帳七番勝負-時代小説傑作選一　新人物往来社　2008年3月

柳生但馬守 宗矩　やぎゅうたじまのかみ・むねのり
兵法者、柳生石舟斎の倅　「秘剣夢枕」 戸部新十郎　地獄の無明剣-時代小説傑作選　講談社(講談社文庫)　2004年9月

柳生但馬守 宗矩　やぎゅうたじまのかみ・むねのり
柳生兵庫助(兵助)の叔父、のち将軍家兵法指南　「秘太刀"放心の位"」戸部新十郎　柳生武芸帳七番勝負-時代小説傑作選一　新人物往来社　2008年3月；花ごよみ夢一夜-新選代表作時代小説24　光風社出版(光風社文庫)　2001年11月

柳生但馬守 宗矩(又右衛門)　やぎゅうたじまのかみ・むねのり(またえもん)
将軍家兵法師範役、柳生石舟斎宗厳の末子で柳生新陰流の継承者　「柳生宗矩・十兵衛」赤木駿介　人物日本剣豪伝二　学陽書房(人物文庫)　2001年4月

柳生但馬守 宗厳　やぎゅうたじまのかみ・むねよし
兵法者、大和国柳生の庄の領主　「上泉伊勢守」池波正太郎　剣聖-乱世に生きた五人の兵法者　新潮社(新潮文庫)　2006年10月

柳生但馬守 宗厳(石舟斎)　やぎゅうたじまのかみ・むねよし(せきしゅうさい)
兵法者、神陰流の祖上泉伊勢守より印可を受け柳生流を唱えた人物　「柳生一族」松本清張　七人の十兵衛-傑作時代小説　PHP研究所(PHP文庫)　2007年11月

柳生但馬守 宗厳(石舟斎)　やぎゅうたじまのかみ・むねよし(せきしゅうさい)
兵法者、和州柳生の庄の領主　「柳生石舟斎宗厳」津本陽　人物日本剣豪伝一　学陽書房(人物文庫)　2001年4月

柳生 利厳　やぎゅう・としとし
柳生兵助厳包(連也斎)の父親、尾州柳生新陰流初代　「柳生連也斎」伊藤桂一　人物日本剣豪伝三　学陽書房(人物文庫)　2001年5月

柳生 利厳(如雲斎)　やぎゅう・としとし(じょうんさい)
尾張柳生の開祖　「慶安御前試合」隆慶一郎　花ごよみ夢一夜-新選代表作時代小説24　光風社出版(光風社文庫)　2001年11月

柳生 友景　やぎゅう・ともかげ
柳生新陰流きっての剣客、朝鮮柳生の女剣士柳生杏姫の夫の縁者　「李朝懶夢譚」荒山徹　代表作時代小説 平成十八年度　光文社　2006年6月

柳生 友景　やぎゅう・ともかげ
柳生新陰流きっての剣客、朝鮮柳生の女剣士柳生杏姫の夫の縁者　「流離剣統譜」荒山徹　代表作時代小説 平成十九年度　光文社　2007年6月

柳生 友矩(左門)　やぎゅう・とものり(さもん)
柳生新陰流の総帥柳生宗矩の息子、将軍徳川家光の小姓　「柳枝の剣」隆慶一郎　小説「武士道」-時代小説短編傑作選　三笠書房(知的生きかた文庫)　2008年11月；柳生武芸帳七番勝負-時代小説傑作選一　新人物往来社　2008年3月

柳生の五郎左(五郎左)　やぎゅうのごろうざ(ごろうざ)
柳生の庄の剣聖柳生宗厳の十男、伯州の藩主後見役横田内膳正の出城飯ノ山城の客　「柳生の五郎左」村雨退二郎　柳生秘剣伝奇-時代小説セレクション　勉誠出版　2002年12月

柳生播磨守　やぎゅうはりまのかみ
大目付　「暑い一日」村上元三　武士道春秋-新鷹会・傑作時代小説選　光文社(光文社文庫)　2006年6月

やぎゅ

柳生 飛騨守 宗冬　やぎゅうひだのかみ・むねふゆ
将軍家の兵法師範柳生宗矩の三男、江戸柳生宗家 「〈第五番〉一つ岩柳陰の太刀－柳生宗冬」 中村彰彦 柳生武芸帳七番勝負－時代小説傑作選一 新人物往来社 2008年3月

柳生 兵庫厳包　やぎゅう・ひょうごとしかね
新陰流兵法第三世柳生兵庫助利厳の三男、新陰流五世 「〈第七番〉影像なし－柳生連也」 津本陽 柳生武芸帳七番勝負－時代小説傑作選一 新人物往来社 2008年3月

柳生 兵庫助　やぎゅう・ひょうごのすけ
兵法者、尾張藩指南役 「尾張の宮本武蔵」 藤原審爾 宮本武蔵伝奇－時代小説セレクション 勉誠出版 2002年12月

柳生 兵庫助利厳　やぎゅう・ひょうごのすけとしとし
正統新陰流第三世、柳生石舟斎宗厳の孫 「柳生刺客状」 隆慶一郎 剣よ月下に舞え－新選代表作時代小説23 光風社出版(光風社文庫) 2001年5月

柳生 兵庫助利厳(兵助)　やぎゅう・ひょうごのすけとしとし(へいすけ)
尾張柳生の祖、柳生石舟斎の孫 「秘太刀"放心の位"」 戸部新十郎 柳生武芸帳七番勝負－時代小説傑作選一 新人物往来社 2008年3月;花ごよみ夢一夜－新選代表作時代小説24 光風社出版(光風社文庫) 2001年11月

柳生 兵助厳包(連也斎)　やぎゅう・ひょうすけとしかね(れんやさい)
尾州藩柳生新陰流の第三代目、初代柳生利厳の三男 「柳生連也斎」 伊藤桂一 人物日本剣豪伝三 学陽書房(人物文庫) 2001年5月

柳生 杏姫　やぎゅう・へんひ
朝鮮柳生の女剣士、夫は壬辰倭乱の際朝鮮側に投降した柳生新陰流の達人 「李朝懶夢譚」 荒山徹 代表作時代小説 平成十八年度 光文社 2006年6月

柳生 眞純　やぎゅう・ますみ
朝鮮柳生の剣士、女剣士柳生杏姫の息子 「李朝懶夢譚」 荒山徹 代表作時代小説 平成十八年度 光文社 2006年6月

柳生 眞純　やぎゅう・ますみ
朝鮮柳生の剣士、女剣士柳生杏姫の息子 「流離剣統譜」 荒山徹 代表作時代小説 平成十九年度 光文社 2007年6月

柳生 又右衛門宗矩　やぎゅう・またえもんむねのり
徳川家に仕える三千石の旗本 「伊賀の聴恋器」 山田風太郎 江戸の爆笑力－時代小説傑作選 集英社(集英社文庫) 2004年12月;恋模様－極め付き時代小説選2 中央公論新社(中公文庫) 2004年10月

柳生 宗厳(石舟斎)　やぎゅう・むねとし(せきしゅうさい)
兵法者、新陰流剣祖上泉秀綱の門弟で柳生新陰流の流祖 「刀」 綱淵謙錠 剣聖－乱世に生きた五人の兵法者 新潮社(新潮文庫) 2006年10月

柳生 宗矩　やぎゅう・むねのり
将軍家兵法指南 「〈第三番〉小太刀崩し－柳生十兵衛」 新宮正春 柳生武芸帳七番勝負－時代小説傑作選一 新人物往来社 2008年3月

やぎゅ

柳生 宗矩　やぎゅう・むねのり
将軍徳川秀忠の側近として仕える三千石の旗本で秀忠の兵法師範　「蜻蛉」戸部新十郎　代表作時代小説 平成十二年度　光風社出版　2000年5月

柳生 宗矩　やぎゅう・むねのり
徳川幕府将軍・秀忠の剣術師範　「人間の情景」野村敏雄　花と剣と侍-新鷹会・傑作時代小説選　光文社(光文社文庫)　2009年6月

柳生 宗矩　やぎゅう・むねのり
兵法指南柳生石舟斎宗厳の五男、将軍家　「柳生刺客状」隆慶一郎　剣よ月下に舞え-新選代表作時代小説23　光風社出版(光風社文庫)　2001年5月

柳生 宗矩　やぎゅう・むねのり
兵法者、将軍の兵法師範役　「柳生の鬼」隆慶一郎　七人の十兵衛-傑作時代小説　PHP研究所(PHP文庫)　2007年11月;柳生秘剣伝奇-時代小説セレクション　勉誠出版　2002年12月

柳生 宗矩　やぎゅう・むねのり
兵法者、柳生家の当主で将軍家兵法指南　「手向」戸部新十郎　武士道歳時記-新鷹会・傑作時代小説選　光文社(光文社文庫)　2008年6月

柳生 宗矩　やぎゅう・むねのり
兵法者、柳生但馬守宗厳(石舟斎)の次男で徳川秀忠の代に将軍家の兵法指南となった人物　「柳生一族」松本清張　七人の十兵衛-傑作時代小説　PHP研究所(PHP文庫)　2007年11月

柳生 宗矩　やぎゅう・むねのり
柳生新陰流の総帥、将軍家剣法指南役　「柳枝の剣」隆慶一郎　小説「武士道」-時代小説短編傑作選　三笠書房(知的生きかた文庫)　2008年11月;柳生武芸帳七番勝負-時代小説傑作選一　新人物往来社　2008年3月

柳生 宗矩(又右衛門)　やぎゅう・むねのり(またえもん)
兵法者、柳生但馬守宗厳(石舟斎)の嫡男　「柳生石舟斎宗厳」津本陽　人物日本剣豪伝一　学陽書房(人物文庫)　2001年4月

柳生 宗冬　やぎゅう・むねふゆ
江戸柳生の総帥　「慶安御前試合」隆慶一郎　花ごよみ夢一夜-新選代表作時代小説24　光風社出版(光風社文庫)　2001年11月

柳生 宗冬(又十郎)　やぎゅう・むねふゆ(またじゅうろう)
柳生新陰流の総帥柳生宗矩の息子　「柳枝の剣」隆慶一郎　小説「武士道」-時代小説短編傑作選　三笠書房(知的生きかた文庫)　2008年11月;柳生武芸帳七番勝負-時代小説傑作選一　新人物往来社　2008年3月

柳生 宗厳(石舟斎)　やぎゅう・むねよし(せきしゅうさい)
大和柳生の庄の兵法者、のち上泉伊勢守の門弟　「〈第一番〉無刀取りへの道-柳生石舟斎」綱淵謙錠　柳生武芸帳七番勝負-時代小説傑作選一　新人物往来社　2008年3月

柳生 宗頼(柳生但馬守 宗矩)　やぎゅう・むねより(やぎゅうたじまのかみ・むねのり)
兵法者、柳生石舟斎の倅 「秘剣夢枕」 戸部新十郎　地獄の無明剣-時代小説傑作選　講談社(講談社文庫) 2004年9月

柳生 宗頼(柳生 宗矩)　やぎゅう・むねより(やぎゅう・むねのり)
兵法者、柳生但馬守宗厳(石舟斎)の次男で徳川秀忠の代に将軍家の兵法指南となった人物 「柳生一族」 松本清張　七人の十兵衛-傑作時代小説　PHP研究所(PHP文庫) 2007年11月

柳生 列堂　やぎゅう・れつどう
将軍家の兵法師範柳生宗矩の四男、芳徳寺の住持 「〈第五番〉一つ岩柳陰の太刀-柳生宗冬」 中村彰彦　柳生武芸帳七番勝負-時代小説傑作選一　新人物往来社 2008年3月

柳生 連也(柳生 兵庫厳包)　やぎゅう・れんや(やぎゅう・ひょうごとしかね)
新陰流兵法第三世柳生兵庫助利厳の三男、新陰流五世 「〈第七番〉影像なし-柳生連也」 津本陽　柳生武芸帳七番勝負-時代小説傑作選一　新人物往来社 2008年3月

柳生 連也斎(兵助)　やぎゅう・れんやさい(へいすけ)
柳生如雲斎の三男、三代将軍家光から江戸柳生の総帥柳生宗冬と御前試合を行うよう命ぜられた男 「慶安御前試合」 隆慶一郎　花ごよみ夢一夜-新選代表作時代小説24　光風社出版(光風社文庫) 2001年11月

矢口 仁三郎　やぐち・にさぶろう
浅草・奥山裏にある俗に「夢の茶屋」と呼ばれる茶屋で働く男、御家人崩れの小悪党 「夢の茶屋」 池波正太郎　江戸の老人力-時代小説傑作選　集英社(集英社文庫) 2002年12月

櫓下のかしら　やぐらのかしら
江戸深川の大火事で気を失って倒れていたお松を助けた櫓下の鳶の頭 「笹紅」 梅本育子　代表作時代小説 平成十三年度　光風社出版 2001年5月

弥五兵衛　やごへえ
俳人小林一茶の父親、信州柏原村の本百姓 「蚤さわぐ」 杉本苑子　人情草紙-信州歴史時代小説傑作集第四巻　しなのき書房 2007年7月

弥五兵衛　やごべえ
真田の忍者 「闇の中の声」 池波正太郎　武士道日暦-新鷹会・傑作時代小説選　光文社(光文社文庫) 2007年6月

弥五郎　やごろう
兵法者、一刀流の祖 「伊藤一刀斎」 南條範夫　人物日本剣豪伝一　学陽書房(人物文庫) 2001年4月

弥左衛門　やざえもん
京都三条御幸町にある諸国買物問屋「但馬屋」の主人 「雪提灯」 澤田ふじ子　春宵 濡れ髪しぐれ-時代小説傑作選　講談社(講談社文庫) 2003年9月

弥三郎　やさぶろう
武家の出である花魁若浦と幼い頃からの許嫁同士だった若侍 「秋菊の別れ」 開田あや　江戸の刺客-書き下ろし時代小説傑作選6　大洋図書(大洋時代文庫) 2005年9月

彌三郎　やさぶろう
川人足をしていて武士を殺してしまい湯殿山本山の別当寺注連寺に逃げ込んで仏門に入った男　「贋お上人略伝」三浦哲郎　歴史小説の世紀-地の巻　新潮社（新潮文庫）2000年9月

野三郎成綱　やさぶろうなりつな*
源頼朝の童　「頼朝勘定」山岡荘八　人物日本の歴史 古代中世編-時代小説版　小学館（小学館文庫）2004年1月

弥七　やしち
浅間山麓の村娘かるの恋人、剣の修業をするといって江戸に出て行った男　「たまくらを売る女」藤川桂介　しぐれ舟-時代小説招待席　広済堂出版　2003年9月

弥七　やしち
木曾の山奥の杣小屋に男の児と二人きりで暮らしていた重兵衛と馴染の猟師　「木曾の旅人」岡本綺堂　怪奇・伝奇時代小説選集10 怪談累ケ淵　春陽堂書店（春陽文庫）2000年7月

弥七（ごい鷺の弥七）　やしち（ごいさぎのやしち）
殺し屋　「おっ母、すまねえ」池波正太郎　親不幸長屋-人情時代小説傑作選　新潮社（新潮文庫）2007年7月

弥七郎　やしちろう
沼田城主沼田顕泰（万鬼斎）の三男、沼田景義の異母兄　「死猫」野村敏雄　武士道歳時記-新鷹会・傑作時代小説選　光文社（光文社文庫）2008年6月

矢島 市之助　やじま・いちのすけ
信州上田藩士矢島与右衛門の子で若殿の学友に選ばれたが禿頭の容貌を恥ずかしめられ若殿をなぐりつけてしまった若者　「つるつる」池波正太郎　侍の肖像-信州歴史時代小説傑作集第二巻　しなのき書房　2007年5月

矢島の局　やじまのつぼね
四代将軍家綱の乳人、のち大奥総取締　「矢島の局の明暗」海音寺潮五郎　大奥華伝　角川書店（角川文庫）2006年11月

矢島 文治郎　やじま・ぶんじろう
信州上田藩の若殿の学友に選ばれたが禿頭の容貌を恥ずかしめられ若殿をなぐりつけてしまった矢島市之助に代わり矢島家を継ぐことになった若者　「つるつる」池波正太郎　侍の肖像-信州歴史時代小説傑作集第二巻　しなのき書房　2007年5月

矢島 保治郎　やじま・やすじろう
日本力行会に参加していた明治の人で世界無銭旅行を計画し海外へ飛び出して行ってチベット入りした日本人　「水の中の犬」東郷隆　代表作時代小説 平成十四年度　光風社出版　2002年5月

矢島 与右衛門　やじま・よえもん
信州上田藩主松平伊賀守の家来で近習頭をつとめる謹直な侍、若殿の学友に選ばれた市之助の父　「つるつる」池波正太郎　侍の肖像-信州歴史時代小説傑作集第二巻　しなのき書房　2007年5月

安　やす
すりを廃業して浪人月影兵庫とともに旅をする男 「この不吉な例（ジンクス）は破れないか（月影兵庫一殺多生剣）」 南條範夫　傑作捕物ワールド第3巻 人気侍篇　リブリオ出版　2002年10月

八寿　やす
大の犬好きだった岡安家の家族、当主甚之丞の妹 「岡安家の犬」 藤沢周平　時代小説読切御免第四巻　新潮社（新潮文庫）　2005年12月

安（蝙蝠安）　やす（こうもりやす）
御家人崩れの快男児安森吉三郎の連れの遊び人 「腕すり呪文」 古巣夢太郎　怪奇・伝奇時代小説選集8 百物語　春陽堂書店（春陽文庫）　2000年5月

安井 算哲　やすい・さんてつ
幕府碁所、初代幕府天文方に任じられたのちの渋川春海 「八寸の圭表」 鳴海風　武士道日暦-新鷹会・傑作時代小説選　光文社（光文社文庫）　2007年6月

安川 宗順　やすかわ・そうじゅん
根津の七軒町にいた鍼医で高利貸をやっていた強欲な男 「怪談累ケ淵」 柴田錬三郎　怪奇・伝奇時代小説選集10 怪談累ケ淵　春陽堂書店（春陽文庫）　2000年7月

安川 田村丸　やすかわ・たむらまる
兵法者、もと武田信玄の猿楽金春派の能の巧者で不思議の術を使う者 「真説 佐々木小次郎」 五味康祐　剣聖-乱世に生きた五人の兵法者　新潮社（新潮文庫）　2006年10月

安吉　やすきち
瀬戸内海の小島を出て広島城下の裏長屋に無断で住みついた貧しい一家の子ども 「竃さらえ」 見延典子　浮き世草紙-女流時代小説傑作選　角川春樹事務所（ハルキ文庫）　2002年10月

安吉（イラチの安）　やすきち（いらちのやす）
旧幕時代に大坂東町奉行所御抱え手廻りを勤めた源蔵の手先 「脱獄囚を追え」 有明夏夫　星明かり夢街道-新選代表作時代小説21　光風社出版　2000年5月

安吉（イラチの安）　やすきち（いらちのやす）
探索御用の親方源蔵の手下 「西郷はんの写真（耳なし源蔵召捕記事）」 有明夏夫　傑作捕物ワールド第8巻 明治推理篇　リブリオ出版　2002年10月

弥助　やすけ
関が原の戦いに村から強制的に駆り出され吉川広家の軍から脱走した男 「戦国夢道陣」 加納一朗　怪奇・伝奇時代小説選集14 累物語　春陽堂書店（春陽文庫）　2000年11月

弥助　やすけ
江戸っ子の道具鍛冶定吉の弟子 「江戸鍛冶注文帳」 佐江衆一　春宵 濡れ髪しぐれ-時代小説傑作選　講談社（講談社文庫）　2003年9月

弥助　やすけ
深川の干鰯問屋「蝦夷屋」の手代、訳ありの子供を預かる鎮五郎夫婦に育てられた男 「堀留の家」 宇江佐真理　しぐれ舟-時代小説招待席　広済堂出版　2003年9月

矢助　やすけ
天下人秀吉の大軍に包囲された小田原城に二人組で潜入した乱破　「外郎と夏の花」　早乙女貢　代表作時代小説　平成十二年度　光風社出版　2000年5月

安五郎　やすごろう
芝神明町の大工の棟梁、道具鍛冶定吉の誂え主　「江戸鍛冶注文帳」　佐江衆一　春宵濡れ髪しぐれ-時代小説傑作選　講談社(講談社文庫)　2003年9月

安五郎　やすごろう
大工、昔ゴンという猫を飼っていた男　「大工と猫」　海野弘　大江戸猫三昧-時代小説傑作選　徳間書店(徳間文庫)　2004年11月

安次　やすじ
岡っ引源蔵の手先　「三度殺された女」　南條範夫　闇の旋風-問題小説傑作選5 捕物帖篇　徳間書店(徳間文庫)　2000年1月

安次郎　やすじろう
幕末に駿河町の越後屋に奉公し特異な事業「あやつり組」を創めた男　「あやつり組由来記」　南條範夫　江戸の商人力-時代小説傑作選　集英社(集英社文庫)　2006年12月

安二郎　やすじろう
旗本新堀家の次男、武士を捨て深川森下の料理屋「分け鈴」の女将おりょうと暮らす男　「なおし屋富蔵」　半村良　酔うて候-時代小説傑作選　徳間書店(徳間文庫)　2006年10月

安蔵　やすぞう
何者かに絞め殺され賀茂川で水死体で見つかったならず者　「夜の橋」　澤田ふじ子　情けがからむ朱房の十手-傑作時代小説　PHP研究所(PHP文庫)　2009年1月

安田 作兵衛　やすだ・さくべえ
戦国武将、かつて明智光秀の家中で三羽烏の謳われた将　「人間の情景」　野村敏雄　花と剣と侍-新鷹会・傑作時代小説選　光文社(光文社文庫)　2009年6月

安田 作兵衛　やすだ・さくべえ
戦国武将、明智光秀の家臣で武辺者　「瘤取り作兵衛」　宮本昌孝　武士の本懐〈弐〉-武士道小説傑作選　KKベストセラーズ(ベスト時代文庫)　2005年5月

安太郎　やすたろう
人形屋安次郎の兄　「あやつり組由来記」　南條範夫　江戸の商人力-時代小説傑作選　集英社(集英社文庫)　2006年12月

安富 主計　やすとみ・かずえ
飯田藩城代家老　「梅一枝」　柴田錬三郎　武士道-時代小説アンソロジー3　小学館(小学館文庫)　2007年3月

やすな姫　やすなひめ
甲斐国守護武田信虎に敗北した上野椿城の領主大井信達の娘で信虎の花嫁となった姫　「喰らうて、統領」　二階堂玲太　代表作時代小説　平成十八年度　光文社　2006年6月

安之助　やすのすけ
本所の紙問屋「八幡屋」の道楽者の若旦那　「雨の道行坂」　南原幹雄　江戸の秘恋-時代小説傑作選　徳間書店(徳間文庫)　2004年10月

安春　やすはる
横手村の若者、猟師の子であったが博打打ちなどとつきあいもあって評判のよくない男「駒ヶ岳開山」新田次郎　人情草紙-信州歴史時代小説傑作集第四巻　しなのき書房　2007年7月

安広　やすひろ
京で藤原為延に仕える侍・則元の悪友、大盗賊鬼神丸の仲間に入った男「大盗伝」石井哲夫　蛇の眼-捕物時代小説選集2　春陽堂書店(春陽文庫)　2000年3月

保本 登　やすもと・のぼる
小石川養生所の見習、長崎遊学から帰ってきた青年医師「徒労に賭ける」山本周五郎　赤ひげ横町-人情時代小説傑作選　新潮社(新潮文庫)　2009年1月

安盛　やすもり
遣唐使として支那へ往き行方が判らなくなった軽の大臣の随身「灯台鬼物語」田中貢太郎　怪奇・伝奇時代小説選集15　春陽堂書店(春陽文庫)　2000年12月

安森 吉三郎　やすもり・きちさぶろう
江戸は下谷稲荷横町に住む御家人崩れの快男児「腕すり呪文」古巣夢太郎　怪奇・伝奇時代小説選集8 百物語　春陽堂書店(春陽文庫)　2000年5月

谷津 主水　やず・もんど*
戦国武将、出石藩主仙石忠政の家臣で猿面甲冑を着用した男「小猿主水」東郷隆　代表作時代小説 平成十八年度　光文社　2006年6月

弥惣次　やそうじ
江戸深川で富本節の名取りをしている繁太夫の長屋の居候で三味線ひきの男「お馬は六百八十里」神坂次郎　江戸の漫遊力-時代小説傑作選　集英社(集英社文庫)　2008年12月

八十右衛門　やそえもん
阿波国駒形村の長者「馬喰とんび」園生義人　怪奇・伝奇時代小説選集4 怪異黒姫おろし　春陽堂書店(春陽文庫)　2000年1月

八十吉　やそきち
下谷池之端の鳥料理屋「鳥八十」の主人「伊庭八郎」八尋舜右　人物日本剣豪伝五　学陽書房(人物文庫)　2001年7月

弥太吉　やたきち
芝・田町の岡場所の女おしまの幼なじみ、鋳職の修行中に失踪した男「田町三角夢見小路」加納一朗　灯籠伝奇-捕物時代小説選集8　春陽堂書店(春陽文庫)　2000年12月

矢田 五郎右衛門(塙 武助)　やだ・ごろうえもん(はなわ・ぶすけ*)
西国浪人塙武助を装う赤穂浪士「ただ一度、一度だけ」南條範夫　江戸の秘恋-時代小説傑作選　徳間書店(徳間文庫)　2004年10月

矢田部 織部　やたべ・おりべ
三島神社の大宮司「伊藤一刀斎」南條範夫　人物日本剣豪伝一　学陽書房(人物文庫)　2001年4月

やたろ

弥太郎　やたろう
俳句の宗匠、信州柏原村の本百姓小林家の長男　「蚤さわぐ」　杉本苑子　人情草紙-信州歴史時代小説傑作集第四巻　しなのき書房　2007年7月

弥太郎　やたろう
武士堀江惣十郎の甥　「刈萱」　安西篤子　時代小説-読切御免第一巻　新潮社（新潮文庫）　2004年3月

矢太郎　やたろう
元旗本の豆腐屋、公儀の探索方犬塚平蔵殺しの真犯人　「貧窮豆腐」　東郷隆　愛染夢灯籠-時代小説傑作選　講談社（講談社文庫）　2005年9月

夜刀　やと
百鬼党の阿修羅に仕え飛鳥の都に出没する美しい鬼　「小角伝説-飛鳥霊異記」　六道慧　七人の役小角　小学館（小学館文庫）　2007年10月

柳川 三五郎　やながわ・さんごろう
堤燈長屋で手習師匠をしている浪人　「義士饅頭」　村上元三　武士道日暦-新鷹会・傑作時代小説選　光文社（光文社文庫）　2007年6月

柳沢 淇園　やなぎさわ・きえん
柳沢家の家老曾根保格の次男で家督相続を取上げられ二十四歳で向島の別荘に隠居させられた男　「石臼の目切」　海野弘　江戸の老人力-時代小説傑作選　集英社（集英社文庫）　2002年12月

柳沢出羽守 吉保　やなぎさわでわのかみ・よしやす
徳川五代将軍綱吉のお側用人　「元禄おさめの方」　山田風太郎　大奥華伝　角川書店（角川文庫）　2006年11月

柳沢 吉保　やなぎさわ・よしやす
徳川五代将軍綱吉の寵臣　「柳沢殿の内意」　南條範夫　江戸三百年を読む 上-傑作時代小説 江戸騒乱編　角川学芸出版（角川文庫）　2009年9月

柳沢 吉保　やなぎさわ・よしやす
徳川第五代将軍綱吉の御側取次　「一座存寄書」　鈴木輝一郎　異色忠臣蔵大傑作集　講談社（講談社文庫）　2002年12月

柳沢 吉保　やなぎさわ・よしやす
幕府老中、五代将軍徳川綱吉の寵愛をうけている人物　「そして、さくら湯-深川黄表紙掛取り帖」　山本一力　代表作時代小説 平成十五年度　光風社出版　2003年5月

柳田 伝七郎　やなぎだ・でんしちろう
尾張藩藩校明倫堂の「掌物」の下役、尾張の親藩紀州徳川家で表祐筆をつとめる柳田家の三男　「蜜柑庄屋・金十郎」　澤田ふじ子　江戸の満腹力-時代小説傑作選　集英社（集英社文庫）　2005年12月

柳瀬 三左衛門　やなせ・さんざえもん
会津藩家老　「拝領妻始末」　滝口康彦　女人-時代小説アンソロジー2　小学館（小学館文庫）　2007年2月

矢並 四郎(佐倉 四郎)　やなみ・しろう(さくら・しろう)
竜造寺家の家臣、出奔後乱発の首領から一国一城の主となった武士 「影を売った武士」戸川幸夫　怪奇・怪談時代小説傑作選　徳間書店(徳間文庫)　2004年9月

矢之吉　やのきち
店の金を盗んで小料理屋の女と逃げた江戸の太物問屋の手代の若い男 「後瀬の花」乙川優三郎　代表作時代小説　平成十三年度　光風社出版　2001年5月

矢野 圭順(室井 貞之助)　やの・けいじゅん(むろい・さだのすけ)
江戸の馬喰町で腕がいいと評判の町医者 「杖下」北方謙三　時代小説-読切御免第一巻　新潮社(新潮文庫)　2004年3月

矢野 五右衛門　やの・ごえもん
伊吹山北西の寒村の名主、もとは武将の末裔であった老人 「日本の美しき侍」中山義秀　武士の本懐-武士道小説傑作選　KKベストセラーズ(ベスト時代文庫)　2004年6月

弥八　やはち
京の正三位侍従舟橋家の領地で禁裏へ氷を献上している氷室村の村人、お加代の兄 「夜の蜩」澤田ふじ子　逆転 時代アンソロジー　祥伝社(祥伝社文庫)　2000年5月

破唐坊　やぶからぼう
俳諧の宗匠気取りでいる男、本業は神田堀にある煙草屋 「菜の花や」泡坂妻夫　代表作時代小説　平成二十年度　光文社　2008年6月

藪 三左衛門　やぶ・さんざえもん
紀州藩祖徳川頼宣の家来、かつて大坂夏の陣で家康を刺客から救った豪傑 「藪三左衛門」津本陽　小説「武士道」-時代小説短編傑作選　三笠書房(知的生きかた文庫)　2008年11月

藪 大八郎　やぶ・だいはちろう
紀州藩祖徳川頼宣の家来でかつて大坂夏の陣で家康を刺客から救った豪傑藪三左衛門の長子 「藪三左衛門」津本陽　小説「武士道」-時代小説短編傑作選　三笠書房(知的生きかた文庫)　2008年11月

弥平　やへい
老人、元りえの父の下僕 「千里の馬」池宮彰一郎　異色忠臣蔵大傑作集　講談社(講談社文庫)　2002年12月

弥平次　やへいじ
旅先で男色稼ぎをしながら舞台に立つ美童「飛子」の藤乙に付添って世話をやく男衆 「美童」皆川博子　花ごよみ夢一夜-新選代表作時代小説24　光風社出版(光風社文庫)　2001年11月

弥兵衛　やへえ
京都上京の笹屋町あたりに店をかまえる西陣の織屋「丹波屋」の主人 「不義の御旗」澤田ふじ子　幕末京都血風録-傑作時代小説　PHP研究所(PHP文庫)　2007年11月

山嵐の紋治　やまあらしのもんじ
山賊の通り魔の団九郎の一の乾分 「妖魔千匹猿」下村悦夫　怪奇・伝奇時代小説選集12 血塗りの呪法　春陽堂書店(春陽文庫)　2000年9月

やまう

山内 伊賀之亮　やまうち・いがのすけ
貧乏山伏の寺で育てられた小坊主の宝沢を将軍御落胤の源氏坊天一と名乗らせ江戸まで連れて来た男「新説天一坊」直木三十五　釘抜藤吉捕物覚書-捕物時代小説選集4　春陽堂書店(春陽文庫) 2000年5月

山内 伊賀亮　やまうち・いがのすけ
将軍徳川吉宗の御落胤と称する天一坊に付き添っている浪人衆の筆頭「御落胤」柴田錬三郎　人物日本の歴史 江戸編<下>-時代小説版　小学館(小学館文庫) 2004年7月

山内 春竜　やまうち・しゅんりゅう
秋月藩御抱え医師の最長老「月と老人」白石一郎　江戸の老人力-時代小説傑作選　集英社(集英社文庫) 2002年12月

山内土佐守 豊昌　やまうちとさのかみ・とよまさ
土佐高知山内家の当主「辻無外」村上元三　人物日本剣豪伝三　学陽書房(人物文庫) 2001年5月

山内 元右衛門　やまうち・もとえもん＊
狭霧の頑固者の舅「晩春」北原亞以子　鎮守の森に鬼が棲む-時代小説傑作選　講談社(講談社文庫) 2001年9月

山浦 清麿　やまうら・きよまろ
四谷北伊賀町に住み四谷正宗と謳われた刀工「氷柱折り」隆慶一郎　秘剣舞う-剣豪小説の世界　学習研究社(学研M文庫) 2002年11月

山浦 清麿　やまうら・きよまろ
名人と呼ばれる刀鍛冶「酒しぶき清麿」山本兼一　代表作時代小説 平成二十年度　光文社 2008年6月

山浦式部 道見　やまうらしきぶ・どうけん＊
信濃国諏訪郡南大塩字山浦の土豪「荒び男」中山義秀　侍の肖像-信州歴史時代小説傑作集第二巻　しなのき書房 2007年5月

山岡 九蔵　やまおか・きゅうぞう＊
播州の野口城を攻囲した総大将羽柴秀吉の謀略で「命を救う」と名指しされた城内の五人の武士の一人「五人の武士」武田八洲満　花と剣と侍-新鷹会・傑作時代小説選　光文社(光文社文庫) 2009年6月

山岡 鉄舟　やまおか・てっしゅう
旧幕臣、新政府の駿河藩幹事役として清水の次郎長と会った男「泪雨」村松友視　散りぬる桜-時代小説招待席　広済堂出版 2004年2月

山岡 鉄太郎(鉄舟)　やまおか・てつたろう(てっしゅう)
旧幕臣、講武所の世話役をつとめた剣客で書にも優れ文武両道の人「一刀正伝無刀流山岡鉄舟「山岡鉄舟」」五味康祐　幕末の剣鬼たち-時代小説傑作選　コスミック出版(コスミック文庫) 2009年12月;剣狼-幕末を駆けた七人の兵法者　新潮社(新潮文庫) 2007年6月

山岡 鉄太郎(鉄舟)　やまおか・てつたろう(てっしゅう)
剣士、幕府講武所師範を免職になった男「人斬り稼業」三好徹　龍馬と志士たち　コスミック出版(コスミック文庫)　2009年11月

山岡 鉄太郎(鉄舟)　やまおか・てつたろう(てっしゅう)
幕末の剣客、一刀正伝無刀流の開祖「山岡鉄舟」豊田穣　人物日本剣豪伝五　学陽書房(人物文庫)　2001年7月

山岡 道阿弥　やまおか・どうあみ
甲賀忍者、瀬田城主山岡美作守景隆の弟「関ヶ原忍び風」徳永真一郎　神出鬼没!戦国忍者伝-傑作時代小説　PHP研究所(PHP文庫)　2009年3月

山鹿 素行　やまが・そこう
兵学者、敵討勝負の仲裁人「辻無外」村上元三　人物日本剣豪伝三　学陽書房(人物文庫)　2001年5月

山県 銀之丞　やまがた・ぎんのじょう
主君である大垣藩石川家の盗まれた宝刀を捜し諸国を廻っていた若侍「武道宵節句」山本周五郎　万事金の世-時代小説傑作選　徳間書店(徳間文庫)　2006年4月

山上 順助　やまがみ・じゅんすけ*
関ヶ原役で石田方に加担して取潰された大名の家来だった兄の名代で大阪城に集まった浪人の一人「秀頼走路」松本清張　変事異聞-時代小説アンソロジー5　小学館(小学館文庫)　2007年7月

山上 長十郎　やまがみ・ちょうじゅうろう
奥右筆の旗本「骨折り和助」村上元三　万事金の世-時代小説傑作選　徳間書店(徳間文庫)　2006年4月

山岸 弥五七　やまぎし・やごしち
加賀・金沢の浪人、荒井町のはずれの百姓家に念友稲田助九郎と住む女房役の男「夫婦浪人」池波正太郎　素浪人横町-人情時代小説傑作選　新潮社(新潮文庫)　2009年7月

山際 市之介　やまぎわ・いちのすけ
伊勢鳥羽五万五千石の大名九鬼守隆の近習、正木灘兵衛の幼な友達で同じ九鬼水軍の侍「子守唄」火坂雅志　代表作時代小説　平成十六年度　光風社出版　2004年4月;ふりむけば闇-時代小説招待席　広済堂出版　2003年6月

山口 和　やまぐち・かず
関流の算術家望月藤右衛門の一番弟子「風狂算法」鳴海風　武士道春秋-新鷹会・傑作時代小説選　光文社(光文社文庫)　2006年6月

山口 源吾　やまぐち・げんご
剣客、飯田藩士山口団二郎の孫「梅一枝」柴田錬三郎　武士道-時代小説アンソロジー3　小学館(小学館文庫)　2007年3月

山口 五郎　やまぐち・ごろう
元新選組副長助勤「薄野心中-新選組最後の人」船山馨　新選組アンソロジー下巻-その虚と実に迫る　舞字社　2004年2月;新選組烈士伝　角川書店(角川文庫)　2003年10月

山口 平太　やまぐち・へいた
大和郡山藩勘定家老の三男　「死出の雪-崇禅寺馬場の敵討ち」　隆慶一郎　士道無惨!仇討ち始末-時代小説傑作選四　新人物往来社　2008年3月

山崎 左門　やまざき・さもん
諸国を廻遊する兵法者塚原新右衛門の家人　「邪剣の主」　津本陽　秘剣舞う-剣豪小説の世界　学習研究社(学研M文庫)　2002年11月

山崎 左門　やまざき・さもん
兵法者塚原新右衛門(卜伝)の家来　「一つの太刀」　津本陽　剣聖-乱世に生きた五人の兵法者　新潮社(新潮文庫)　2006年10月

山崎 蒸　やまざき・すすむ
新撰組隊士　「夕焼けの中に消えた」　藤本義一　誠の旗がゆく-新選組傑作選　集英社(集英社文庫)　2003年12月

山崎 平　やまざき・たいら
長円寺の菜園番、空鈍流の剣術家　「ごめんよ」　池波正太郎　感涙-人情時代小説傑作選　KKベストセラーズ(ベスト時代文庫)　2004年11月

山崎屋四郎右衛門(四郎右衛門)　やまざきやしろうえもん(しろうえもん)
京都三条小橋の油問屋、都一の分限者　「怪異石仏供養」　石川淳　怪奇・伝奇時代小説選集7 幽明鏡草紙　春陽堂書店(春陽文庫)　2000年4月

山崎 与一郎　やまざき・よいちろう
いかさま師の百助の仲間、偽目付　「千軍万馬の闇将軍」　佐藤雅美　愛染夢灯籠-時代小説傑作選　講談社(講談社文庫)　2005年9月

山路 金三郎　やまじ・きんざぶろう
求禄の浪人、元芸州広島藩の武士で同藩の武士八人を斬って江戸に出て来た男　「花骨牌」　湊邦三　武士道歳時記-新鷹会・傑作時代小説選　光文社(光文社文庫)　2008年6月

山下 惣右衛門　やました・そうえもん
与力、近藤重蔵の子供のころから知り合いの武士　「近藤富士」　新田次郎　江戸三百年を読む 下-傑作時代小説 幕末風雲編　角川学芸出版(角川文庫)　2009年9月

山下義経(義経)　やましたのよしつね(よしつね)
近江源氏の一族で琵琶湖畔の山下城に拠っていた武者でもう一人の源義経　「二人の義経」　永井路子　源義経の時代-短篇小説集　作品社　2004年10月

山科 小次郎　やましな・こじろう
加賀藩主前田吉徳の寵臣大槻伝蔵の家士、持弓足軽の息子　「影は窈窕」　戸部新十郎　人物日本の歴史 江戸編<下>-時代小説版　小学館(小学館文庫)　2004年7月

山科 言経　やましな・ときつね
硬骨の勤皇公卿として知られる十三代言継卿の子　「柳生くノ一」　小山龍太郎　柳生秘剣伝奇-時代小説セレクション　勉誠出版　2002年12月

山城宮内の娘(宮内の娘)　やましろくないのむすめ(くないのむすめ)
落城を迎えた大阪城の豊臣秀頼御召使の女中　「菊女覚え書」　大原富枝　歴史小説の世紀-天の巻　新潮社(新潮文庫)　2000年9月

山城屋政吉　やましろやせいきち*
銀座煉瓦街の書肆の店主、洋服屋の若旦那山田孝之助の銀座煉瓦街の親友　「夢は飛ぶ」　杉本章子　代表作時代小説　平成十五年度　光風社出版　2003年5月

山城屋長助　やましろやちょうすけ
旗本飯沼新右衛門の屋敷へ出入りしている道具屋で飯沼のかくれ遊びの手引きをした男　「夢の茶屋」　池波正太郎　江戸の老人力-時代小説傑作選　集英社(集英社文庫)　2002年12月

山瀬 右近(西沢 左京)　やませうこん(にしざわ・さきょう)
江戸詰めの紀州藩士、質地騒動鎮圧のため浪人西沢左京として出羽国長瀞村へ赴いた細作　「御改革」　北原亞以子　代表作時代小説　平成十七年度　光文社　2005年6月

山田 浅右衛門　やまだ・あさえもん
首斬り同心、山田家の婿で六代目浅右衛門　「刀の中の顔」　宇野信夫　怪奇・怪談時代小説傑作選　徳間書店(徳間文庫)　2004年9月

山田 浅右衛門　やまだ・あさえもん
将軍家御試御用(首打役)　「妄執の女首がとりつく」　小山竜太郎　怪奇・伝奇時代小説選集15　春陽堂書店(春陽文庫)　2000年12月

山田 朝右衛門　やまだ・あさえもん
首斬同心の頭役　「小塚っ原綺聞」　畑耕一　怪奇・伝奇時代小説選集8 百物語　春陽堂書店(春陽文庫)　2000年5月

山田 浅右衛門(平太)　やまだ・あさえもん(へいた)
首斬り役六代目山田浅右衛門　「首斬り浅右衛門」　柴田錬三郎　怪奇・伝奇時代小説選集7 幽明鏡草紙　春陽堂書店(春陽文庫)　2000年4月

山田 浅右衛門吉睦　やまだ・あさえもんよしちか
公儀御験御用(首斬役)の山田浅右衛門五代目、吉原の花魁三千歳の馴染の不気味な老人　「剣鬼と遊女」　山田風太郎　吉原花魁　角川書店(角川文庫)　2009年12月

山田 朝右衛門吉昌(吉昌)　やまだ・あさえもんよしまさ(よしまさ)
将軍家御腰物御様用役、首斬り朝右衛門の六世　「小吉と朝右衛門」　仁田義男　剣よ月下に舞え-新選代表作時代小説23　光風社出版(光風社文庫)　2001年5月

山田 右衛門作　やまだ・うえもんさく
元有馬の家臣、絵師　「日本のユダ<山田右衛門作>」　榊山潤　人物日本の歴史 江戸編<上>-時代小説版　小学館(小学館文庫)　2004年5月

山田 金太夫　やまだ・きんだゆう
首斬り同心山田浅右衛門の義父　「刀の中の顔」　宇野信夫　怪奇・怪談時代小説傑作選　徳間書店(徳間文庫)　2004年9月

やまだ

山田 佐兵衛　やまだ・さへえ
若い浪人者、江戸大火のもとになった八百屋お七の恋の相手「ぎやまん蝋燭」杉本苑子　江戸三百年を読む 上-傑作時代小説 江戸騒乱編　角川学芸出版（角川文庫）2009年9月

山田 如水　やまだ・じょすい
絵師、江戸を出立して気ままな旅を西へ向けて続けた男「遺書欲しや」笹沢左保　怪奇・怪談時代小説傑作選　徳間書店（徳間文庫）2004年9月

山田 孝之助（風外）　やまだ・たかのすけ＊（ふうがい）
銀座煉瓦街の洋服屋「松葉屋」の若旦那で新聞雑誌に投書している道楽者「夢は飛ぶ」杉本章子　代表作時代小説 平成十五年度　光風社出版　2003年5月

山田の局　やまだのつぼね
筑前の宗像大神宮第七十八代大宮司宗像氏男の生母「宗像怨霊譚」西津弘美　怪奇・伝奇時代小説選集8 百物語　春陽堂書店（春陽文庫）2000年5月

山田 半兵衛　やまだ・はんべえ
五代将軍綱吉の時代に犬目付となり大いにもうけた下級旗本「元禄お犬さわぎ」星新一　犬道楽江戸草紙-時代小説傑作選　徳間書店（徳間文庫）2005年8月

山田 浮月斎　やまだ・ふげつさい
兵法者、疋田文五郎が開創した疋田陰流の直系「手向」戸部新十郎　武士道歳時記-新鷹会・傑作時代小説選　光文社（光文社文庫）2008年6月

山田 方谷　やまだ・ほうこく
学者・経済家、幕末備中松山藩公板倉勝静に見出されて藩財政の建て直しに尽力した人「伏刃記」早乙女貢　紅葉谷から剣鬼が来る-時代小説傑作選　講談社（講談社文庫）2002年9月

山田 茂平　やまだ・もへい
兵法者平山行蔵（子竜）の剣の師「平山行蔵」多岐川恭　人物日本剣豪伝四　学陽書房（人物文庫）2001年6月

大和川 喜八郎　やまとがわ・きはちろう
江戸町奉行所の町方同心「貧乏同心御用帳（南蛮船）」柴田錬三郎　捕物小説名作選一　集英社（集英社文庫）2006年8月

倭脚折　やまとのあしおり
警護隊長、剣の使い手「埴輪刀」黒岩重吾　鎮守の森に鬼が棲む-時代小説傑作選　講談社（講談社文庫）2001年9月

東漢直 駒　やまとのあやのあたい・こま
東漢直磐井の子、警護の副隊長「暗殺者」黒岩重吾　紅葉谷から剣鬼が来る-時代小説傑作選　講談社（講談社文庫）2002年9月

大和守直基（直基）　やまとのかみなおもと（なおもと）
越前宰相忠直の弟「忠直卿行状記」海音寺潮五郎　江戸三百年を読む 上-傑作時代小説 江戸騒乱編　角川学芸出版（角川文庫）2009年9月

やまな

倭彦命　やまとひこのみこと
垂仁帝の同母弟「埴輪刀」黒岩重吾　鎮守の森に鬼が棲む-時代小説傑作選　講談社（講談社文庫）2001年9月

山名 伊織　やまな・いおり
旗本の次男「首つり御門」都筑道夫　怪奇・怪談時代小説傑作選　徳間書店（徳間文庫）2004年9月

山中和泉守 重治　やまなかいずみのかみ・しげはる
徳川譜代最後の血戦を西国勢にいどんだ小藩黒菅藩の藩主「末期の水」田宮虎彦　歴史小説の世紀-天の巻　新潮社（新潮文庫）2000年9月

山中 鹿之介　やまなか・しかのすけ
戦国武将、主家尼子氏が富田城落城で滅亡し諸国を放浪しながら主家再興のために各地を転戦した豪傑「雲州英雄記」池波正太郎　軍師の死にざま-短篇小説集　作品社 2006年10月

山中 鹿之介　やまなか・しかのすけ
戦国武将、尼子氏の将「吉川治部少輔元春」南條範夫　紅葉谷から剣鬼が来る-時代小説傑作選　講談社（講談社文庫）2002年9月

山中 重次郎　やまなか・しげじろう*
徳川譜代最後の血戦を西国勢にいどんだ小藩黒菅藩の御長柄奉行「末期の水」田宮虎彦　歴史小説の世紀-天の巻　新潮社（新潮文庫）2000年9月

山中 陣馬　やまなか・じんば
森郷の士族、本川郷の一揆勢の総大将となった男「血税一揆」津本陽　紅葉谷から剣鬼が来る-時代小説傑作選　講談社（講談社文庫）2002年9月

山中 陸奥　やまなか・むつ
徳川譜代最後の血戦を西国勢にいどんだ小藩黒菅藩の首席藩老「末期の水」田宮虎彦　歴史小説の世紀-天の巻　新潮社（新潮文庫）2000年9月

山中 良吾　やまなか・りょうご
高知の本川郷脇ノ山村の荒くれ男、郷内一揆の頭領「血税一揆」津本陽　紅葉谷から剣鬼が来る-時代小説傑作選　講談社（講談社文庫）2002年9月

山南 敬助　やまなみ・けいすけ
新選組総長、隊を脱しようとした穏健派の隊士「総司の眸」羽山信樹　誠の旗がゆく-新選組傑作選　集英社（集英社文庫）2003年12月

山南 敬助　やまなみ・けいすけ
新選組隊士「切腹-八木為三郎翁遺談」戸川幸夫　剣よ月下に舞え-新選代表作時代小説23　光風社出版（光風社文庫）2001年5月

山南 敬助　やまなみ・けいすけ
新選組副長「散りてあとなき」早乙女貢　新選組アンソロジー上巻-その虚と実に迫る　舞字社 2004年2月；新選組烈士伝　角川書店（角川文庫）2003年10月

やまね

山根　やまね
小藩の江戸詰の侍 「梵鐘」 北方謙三　時代小説 読切御免第四巻　新潮社(新潮文庫) 2005年12月

山内 容堂　やまのうち・ようどう
土佐藩主 「雨中の凶刃-吉田東洋暗殺」 高橋義夫　必殺!幕末暗殺剣-時代小説傑作選三　新人物往来社　2008年3月

山野 八十八　やまの・やそはち
新選組の「隊中美男五人衆」の一人 「隊中美男五人衆」 子母澤寛　誠の旗がゆく-新選組傑作選　集英社(集英社文庫)　2003年12月

山野 八十八　やまの・やそはち
新選組隊士、加賀脱藩の士で義経神明流の遣い手 「京の夢」 戸部新十郎　花と剣と侍-新鷹会・傑作時代小説選　光文社(光文社文庫)　2009年6月

山彦　やまひこ
両親が死んで引きとってくれた叔父から「口べらし」のため鶴岡と酒田に別れて奉公に出された年若い姉弟の弟 「慕情」 中村晃　怪奇・伝奇時代小説選集12 血塗りの呪法　春陽堂書店(春陽文庫)　2000年9月

山伏(秋葉の行者)　やまぶし(あきばのぎょうじゃ)
東海の名代の天狗 「妖魔の辻占」 泉鏡花　怪奇・伝奇時代小説選集7 幽明鏡草紙　春陽堂書店(春陽文庫)　2000年4月

山南 敬助　やまみなみ・けいすけ
新選組隊士 「虎徹」 司馬遼太郎　江戸三百年を読む 下-傑作時代小説 幕末風雲編　角川学芸出版(角川文庫)　2009年9月

山村 甚兵衛　やまむら・じんべえ
鳥取藩士、天文好きの武士 「星侍」 二宮睦雄　異色歴史短篇傑作大全　講談社　2003年11月

山村 甚兵衛　やまむら・じんべえ
木曽路の福島代官 「公卿侍」 村上元三　星明かり夢街道-新選代表作時代小説21　光風社出版　2000年5月

山村 忠之進　やまむら・ただのしん
刀匠 「星霜」 瀧澤美恵子　鎮守の森に鬼が棲む-時代小説傑作選　講談社(講談社文庫)　2001年9月

山村 長太夫　やまむら・ちょうだゆう
木挽町の山村座の座元 「絵島・生島」 松本清張　江戸三百年を読む 上-傑作時代小説 江戸騒乱編　角川学芸出版(角川文庫)　2009年9月

山本 克己(一ノ瀬 直久)　やまもと・かつみ(いちのせ・なおひさ)
九州福岡藩の支藩の秋月藩士、尊王攘夷派の青年隊の猛者 「仇-明治十三年の仇討ち」 綱淵謙錠　士道無惨!仇討ち始末-時代小説傑作選四　新人物往来社　2008年3月

山本 勘介　やまもと・かんすけ
軍師、甲斐国主武田信玄の家臣 「一眼月の如し-山本勘介」 戸部新十郎　戦国軍師列伝-時代小説傑作選六　新人物往来社　2008年3月；武将列伝-信州歴史時代小説傑作集第一巻　しなのき書房　2007年4月

山本 勘介　やまもと・かんすけ
武田家当主晴信(信玄)直属の御支配屋敷総取締り 「くノ一懺悔-望月 千代女」 永岡慶之助　戦国忍者武芸帳-時代小説傑作選五　新人物往来社　2008年3月；剣の道忍の掟-信州歴史時代小説傑作集第三巻　しなのき書房　2007年6月

山本 勘助　やまもと・かんすけ
甲斐国主武田信玄の軍師 「紅楓子の恋」 宮本昌孝　軍師の生きざま-短篇小説集　作品社　2008年11月

山本 勘助　やまもと・かんすけ
諸国を廻遊する兵法者塚原新右衛門の家人、隻眼の剣士 「邪剣の主」 津本陽　秘剣舞う-剣豪小説の世界　学習研究社(学研M文庫)　2002年11月

山本 勘助　やまもと・かんすけ
武田信玄の参謀で武田二十四将の統率者 「笑ひ猿」 飯野文彦　伝奇城-文庫書下ろし/伝奇時代小説アンソロジー　光文社(光文社文庫)　2005年2月

山本 剛兵衛　やまもと・ごうへえ*
駕籠かきの助や権と同じ神田の市助長屋に住む浪人 「逢魔の辻」 藤原審爾　逢魔への誘い-問題小説傑作選6 時代情恋篇　徳間書店(徳間文庫)　2000年3月

山本 志丈　やまもと・しじょう
医者、根津清水谷に住居している萩原新三郎の永年の知己 「牡丹燈籠」 長田秀雄　怪奇・伝奇時代小説選集9 怪談牡丹燈籠　春陽堂書店(春陽文庫)　2000年6月

山本 志丈　やまもと・しじょう
浪人者萩原新三郎の父の代からの知合いの医者 「怪異談 牡丹燈籠」 竹山文夫　怪奇・伝奇時代小説選集9 怪談牡丹燈籠　春陽堂書店(春陽文庫)　2000年6月

山本 伝太郎　やまもと・でんたろう
旧幕府の御家人山本伝右衛門の長男で内藤新宿南町で八百屋を開業した男 「明治御家人奇談」 野村敏雄　武士道日暦-新鷹会・傑作時代小説選　光文社(光文社文庫)　2007年6月

山本 道庵　やまもと・どうあん
将軍家より忠長卿脳気に対する見舞医として駿府に差向けられた医師 「閨房禁令」 南條範夫　約束-極め付き時代小説選1　中央公論新社(中公文庫)　2004年9月

山百合　やまゆり
村の娘 「葛城の王者」 黒岩重吾　七人の役小角　小学館(小学館文庫)　2007年10月

山吉 新八　やまよし・しんぱち
吉良家の付け人、米沢藩上杉家から出向している武士 「左兵衛様ご無念」 新宮正春　異色忠臣蔵大傑作集　講談社(講談社文庫)　2002年12月

やまよ

山吉 新八　やまよし・しんぱち
米沢藩上杉家からつかわされた吉良左兵衛義周付きの中小姓　「妖笛」皆川博子　剣よ月下に舞え-新選代表作時代小説23　光風社出版（光風社文庫）2001年5月

矢村 清内　やむら・せいない
釣り好きの貧乏藩士、木曾川のほとりに家を持つ船頭茂平の一家と親しくする男　「河鹿の鳴く夜」伊藤桂一　鍔鳴り疾風剣-新選代表作時代小説22　光風社出版（光風社文庫）2000年11月

弥生　やよい
吉良上野介の屋敷に奉公にあがった女中　「剣鬼清水一学」島守俊夫　赤穂浪士伝奇-べんせいライブラリー時代小説セレクション　勉誠出版　2002年12月

耶律 阿保機　やりつ・あほき
契丹国皇帝で「遼の太祖」と称される人物　「人皇王流転」田中芳樹　代表作時代小説 平成十九年度　光文社　2007年6月

耶律 徳光　やりつ・とくこう
契丹国皇帝耶律阿保機の次男、帝位を継ぎ「遼の太宗」と称される人物　「人皇王流転」田中芳樹　代表作時代小説 平成十九年度　光文社　2007年6月

耶律 倍（人皇王）　やりつ・ばい（じんこうおう）
契丹国皇帝耶律阿保機の長男、「人皇王」という称号をあたえられ皇帝になれなかった男　「人皇王流転」田中芳樹　代表作時代小説 平成十九年度　光文社　2007年6月

槍の与四郎　やりのよしろう
佐賀の竜造寺軍の一員として沖田畷の戦いに参加した武将　「与四郎涙雨」滝口康彦　九州戦国志-傑作時代小説　PHP研究所（PHP文庫）2008年12月

弥六　やろく
京橋炭屋河岸のやんぱち長屋という裏店に住んでいた怠け者の桶屋職人　「ゆうれい貸屋」山本周五郎　江戸夢日和-市井・人情小説傑作選二　学習研究社（学研M文庫）2004年1月

【ゆ】

湯浅 玄冲　ゆあさ・げんちゅう
鳥取城下にある蘭済塾の医者　「星侍」二宮睦雄　異色歴史短篇傑作大全　講談社　2003年11月

湯浅 民部　ゆあさ・みんぶ*
幕府から加賀への使者徳山五兵衛の従者、公儀の廻し者　「霞の水」戸部新十郎　武士道春秋-新鷹会・傑作時代小説選　光文社（光文社文庫）2006年6月

ゆい
浅間山の大噴火の災害に襲われた鎌原村の百姓夫婦の女房　「浅間大変」立松和平　人情草紙-信州歴史時代小説傑作集第四巻　しなのき書房　2007年7月

由比 七兵衛　ゆい・しちべえ
由比文内の父で加賀藩の馬廻組「霞の水」戸部新十郎　武士道春秋-新鷹会・傑作時代小説選　光文社(光文社文庫)　2006年6月

油井 正雪　ゆい・しょうせつ
神田多町に屋敷を構える楠流の軍学者「異説・慶安事件」多岐川恭　大岡越前守-捕物時代小説選集6　春陽堂書店(春陽文庫)　2000年10月

由井 正雪　ゆい・しょうせつ
慶安事件の首謀者「由井正雪の最期」武田泰淳　江戸三百年を読む 上-傑作時代小説 江戸騒乱編　角川学芸出版(角川文庫)　2009年9月

由比 正雪　ゆい・しょうせつ
大奥で権勢をふるう祖心尼の牛込の領地内に軍学道場をかまえている浪人者「妖尼」新田次郎　江戸の老人力-時代小説傑作選　集英社(集英社文庫)　2002年12月

由比 文内　ゆい・ぶんない
加賀藩士、馬廻組由比七兵衛の息子「霞の水」戸部新十郎　武士道春秋-新鷹会・傑作時代小説選　光文社(光文社文庫)　2006年6月

ゆう
三州挙母藩の江戸詰の下士・萬田弥太郎の留守居妻、他家の中間藤助と失踪した女「こけ猿」西村望　逢魔への誘い-問題小説傑作選6 時代情恋篇　徳間書店(徳間文庫)　2000年3月

由布　ゆう
幕府老中田沼意次の愛妾「嵐の前」北原亞以子　代表作時代小説 平成十九年度　光文社　2007年6月

結城 庄三郎　ゆうき・しょうざぶろう
上松の居酒屋「佐倉屋」の酌婦お加代(お登代)の病臥している兄、もとは直参旗本の武士「無礼討ち始末」杉本苑子　侍の肖像-信州歴史時代小説傑作集第二巻　しなのき書房　2007年5月

結城 新十郎　ゆうき・しんじゅうろう
紳士探偵「愚妖」坂口安吾　偉人八傑推理帖-名探偵時代小説　双葉社(双葉文庫)　2004年7月

結城 新十郎　ゆうき・しんじゅうろう
名探偵「狼大明神(明治開化安吾捕物帖)」坂口安吾　傑作捕物ワールド第8巻 明治推理篇　リブリオ出版　2002年10月

結城 秀康　ゆうき・ひでやす
徳川家康の二男、三河国知立明神の神職永見貞愛の双子の兄「永見右衛門尉貞愛」武田八洲満　武士道歳時記-新鷹会・傑作時代小説選　光文社(光文社文庫)　2008年6月

結城 孫兵衛　ゆうき・まごべえ
江戸で暮らす貧乏浪人佐世得十郎が豊臣家にいた頃の同僚「一念不退転」海音寺潮五郎　武士の本懐〈弐〉-武士道小説傑作選　KKベストセラーズ(ベスト時代文庫)　2005年5月

ゆうご

勇五郎　ゆうごろう
新選組局長近藤勇の甥 「武士の妻」 北原亞以子　地獄の無明剣-時代小説傑作選　講談社(講談社文庫) 2004年9月;誠の旗がゆく-新選組傑作選　集英社(集英社文庫) 2003年12月

勇斉　ゆうさい
根津清水谷の萩原新三郎の貸長屋の孫店に住む人相見 「人形劇 牡丹燈籠」 川尻泰司　怪奇・伝奇時代小説選集9 怪談牡丹燈籠　春陽堂書店(春陽文庫) 2000年6月

勇斎(白翁堂勇斎)　ゆうさい(はくおうどうゆうさい)
根津清水谷の萩原家の孫店に住む人相見 「牡丹燈籠」 長田秀雄　怪奇・伝奇時代小説選集9 怪談牡丹燈籠　春陽堂書店(春陽文庫) 2000年6月

夕月 弦三郎　ゆうずき・げんざぶろう
浪人だが八丁堀の同心鯛沢新三郎へ協力していくつかの難事件を解決している男 「河童小僧」 寿々木多呂九平　怪奇・伝奇時代小説選集10 怪談累ケ淵　春陽堂書店(春陽文庫) 2000年7月

勇太　ゆうた
日本橋馬喰町の薬種商の手代 「秋草の渡し」 伊藤桂一　剣の意地 恋の夢-時代小説傑作選　講談社(講談社文庫) 2000年9月

右太　ゆうた*
長崎奉行松平図書頭康平の供の者・九造が育てたオランダ人と日本娘の双子の混血児 「長崎奉行始末」 柴田錬三郎　武士の本懐〈弐〉-武士道小説傑作選　KKベストセラーズ(ベスト時代文庫) 2005年5月

祐堂　ゆうどう
老僧 「顎十郎捕物帳(捨公方)」 久生十蘭　捕物小説名作選一　集英社(集英社文庫) 2006年8月

有徳院様(徳川 吉宗)　ゆうとくいんさま(とくがわ・よしむね)
徳川幕府第八代将軍 「江戸城のムツゴロウ」 童門冬二　愛染夢灯籠-時代小説傑作選　講談社(講談社文庫) 2005年9月

ゆき
武芸者瀬名波幻雲斎の娘 「喪神」 五味康祐　歴史小説の世紀-地の巻　新潮社(新潮文庫) 2000年9月

由季　ゆき
戦国武将で肥後熊本城主加藤清正(虎之助)の側室 「虎之助一代」 南原幹雄　九州戦国志-傑作時代小説　PHP研究所(PHP文庫) 2008年12月

由紀　ゆき
松本藩大寄合の家から御納戸役・安倍休之助に嫁いだ娘 「藪の蔭」 山本周五郎　乱世の女たち-信州歴史時代小説傑作集第五巻　しなのき書房 2007年9月

ゆき江　ゆきえ
旗本の家を飛び出し刀剣商の婿に入った光三郎の妻 「心中むらくも村正」 山本兼一　代表作時代小説 平成十九年度　光文社 2007年6月

雪江　ゆきえ
将軍家慶の側室から姉妹で御中﨟になった美しい女、花江の妹　「猫姫」　島村洋子　大江戸猫三昧-時代小説傑作選　徳間書店（徳間文庫）2004年11月；しぐれ舟-時代小説招待席　広済堂出版　2003年9月

雪江　ゆきえ
武家の女房　「生命の灯」　山手樹一郎　変事異聞-時代小説アンソロジー5　小学館（小学館文庫）2007年7月

雪於　ゆきお
近江膳所藩の武士の娘で亡父の仇討の旅に疲れた兄妹の妹　「鳴弦の娘」　澤田ふじ子　武芸十八般-武道小説傑作選　KKベストセラーズ（ベスト時代文庫）2005年10月

雪女　ゆきおんな
炭焼の茂市が大雪の夜に山小屋で出逢った雪女で茂市の妻となった女　「伝奇物語 雪女」　大塚礫川　怪奇・伝奇時代小説選集4 怪異黒姫おろし　春陽堂書店（春陽文庫）2000年1月

雪女　ゆきおんな
病気の妻の平癒祈願をこめて水垢離をしていた吉太郎が会った雪女　「雪女」　中村晃　怪奇・伝奇時代小説選集4 怪異黒姫おろし　春陽堂書店（春陽文庫）2000年1月

行国（山村　忠之進）　ゆきくに（やまむら・ただのしん）
刀匠　「星霜」　瀧澤美恵子　鎮守の森に鬼が棲む-時代小説傑作選　講談社（講談社文庫）2001年9月

雪園　ゆきぞの
京都祇園の芸妓、丹波屋弥兵衛の西陣の織屋に奉公していた娘　「不義の御旗」　澤田ふじ子　幕末京都血風録-傑作時代小説　PHP研究所（PHP文庫）2007年11月

行春　ゆきはる
中宮少進の職にある青侍、検非違使尉宮小路保昌の友　「くぐつの女」　葉多黙太郎　怪奇・伝奇時代小説選集5 北斎と幽霊　春陽堂書店（春陽文庫）2000年2月

雪姫　ゆきひめ
旗本の若殿奥津龍之介がお取潰しになった大名屋敷の池へ釣りに行って出逢った美しい姫　「蛇性の淫」　小島健三　怪奇・伝奇時代小説選集14 累物語　春陽堂書店（春陽文庫）2000年11月

雪姫　ゆきひめ
世に明かせぬ秘密を持つ若殿、実は男女の双子の病死した跡継ぎの兄に代わり男子に扮装した姉の雪姫　「まぐわい平左」　睦月影郎　江戸の刺客-書き下ろし時代小説傑作選6　大洋図書（大洋時代文庫）2005年9月

雪姫（黒姫）　ゆきひめ（くろひめ）
一万石の大名堀出雲守之敏の出戻り娘で肌の色の黒い姫　「黒船懐胎」　山岡荘八　江戸の爆笑力-時代小説傑作選　集英社（集英社文庫）2004年12月

ゆきま

行正（雪姫）　ゆきまさ（ゆきひめ）
世に明かせぬ秘密を持つ若殿、実は男女の双子の病死した跡継ぎの兄に代わり男子に扮装した姉の雪姫 「まぐわい平左」 睦月影郎 江戸の刺客-書き下ろし時代小説傑作選6 大洋図書（大洋時代文庫） 2005年9月

幸松　ゆきまつ*
信州高遠三万石の領主で実は三代将軍家光の異母弟にあたる青年大名 「浄光院さま逸事」 中村彰彦 乱世の女たち-信州歴史時代小説傑作集第五巻 しなのき書房 2007年9月

結解 勘兵衛　ゆげ・かんべえ
元蒲生家の家来で渡り奉公をする浪人 「結解勘兵衛の感状」 戸部新十郎 大江戸の歳月-新鷹会・傑作時代小説選 光文社（光文社文庫） 2003年6月

油下 清十郎俊光　ゆげ・せいじゅうろうとしみつ
兵法者、元福島正則の家臣 「桜を斬る」 五味康祐 秘剣舞う-剣豪小説の世界 学習研究社（学研M文庫） 2002年11月

弓削 是雄　ゆげの・これお
陸奥の胆沢鎮守府へ都から派遣された陰陽師 「絞鬼」 高橋克彦 時代小説 読切御免 第三巻 新潮社（新潮文庫） 2005年12月

弓削道鏡　ゆげのどうきょう
天智天皇の皇孫 「道鏡」 坂口安吾 人物日本の歴史 古代中世編-時代小説版 小学館（小学館文庫） 2004年1月

ユゴー
フランスの偉大な詩人で小説家 「巴里に雪のふるごとく」 山田風太郎 偉人八傑推理帖-名探偵時代小説 双葉社（双葉文庫） 2004年7月

ゆのみ
戦国武将沼田顕泰の息子・景義の生母 「死猫」 野村敏雄 武士道歳時記-新鷹会・傑作時代小説選 光文社（光文社文庫） 2008年6月

由布 雪下　ゆぶ・せっか
筑後の柳川城主立花宗茂の家臣 「立花宗茂」 海音寺潮五郎 九州戦国志-傑作時代小説 PHP研究所（PHP文庫） 2008年12月

弓　ゆみ
旗本内田三郎右衛門の妾の連れ子、のち高田郡兵衛の妻 「脱盟の槍-「赤穂浪士伝」より」 海音寺潮五郎 約束-極め付き時代小説選1 中央公論新社（中公文庫） 2004年9月

由美吉（若菜）　ゆみきち（わかな）
深川の「小桜屋」の抱え芸者、元平川町の筆屋「千鳥屋」の娘 「芸者の首」 泡坂妻夫 恋模様-極め付き時代小説選2 中央公論新社（中公文庫） 2004年10月

弓木 常右衛門　ゆみき・つねえもん*
会津藩の下級武士須藤金八郎の親友 「蛇（だ）」 綱淵謙錠 動物-極め付き時代小説選3 中央公論新社（中公文庫） 2004年11月

弓麻呂　ゆみまろ
歌詠みの郎女の夫、うだつの上がらない官人 「しゑやさらさら」 梓澤要 異色歴史短篇傑作大全 講談社 2003年11月

百合　ゆり
悪党一味に謀殺された勘定組頭上席早瀬主馬の亡妻の妹 「疾風魔」 九鬼澹 怪奇・伝奇時代小説選集4 怪異黒姫おろし 春陽堂書店(春陽文庫) 2000年1月

百合　ゆり
御三家筆頭尾張徳川家の戸山屋敷の警備を担当する女武芸者 「化鳥斬り」 東郷隆 代表作時代小説 平成二十年度 光文社 2008年6月

百合　ゆり
親をなくして弟の新吉とともに横浜の古道具商「萬栄堂」の下働きとなった少女 「リボルバー」 山崎洋子 ふりむけば闇-時代小説招待席 広済堂出版 2003年6月

由利　ゆり
金沢藩屈指の学者青地礼幹の孫娘 「加賀騒動」 安部龍太郎 江戸三百年を読む 下-傑作時代小説 幕末風雲編 角川学芸出版(角川文庫) 2009年9月

由利(浄円院由利)　ゆり(じょうえんいんゆり)
徳川幕府第八代将軍吉宗の生母 「吉宗の恋」 岳宏一郎 代表作時代小説 平成二十年度 光文社 2008年6月

由利 鎌之助　ゆり・かまのすけ
真田の勇士 「霧隠才蔵の秘密」 嵐山光三郎 剣の道忍の掟-信州歴史時代小説傑作集 第三巻 しなのき書房 2007年6月

【よ】

余市　よいち
甲賀の忍び五兵衛の子で瓜二つの双生児の弟 「柳生十兵衛の眼」 新宮正春 七人の十兵衛-傑作時代小説 PHP研究所(PHP文庫) 2007年11月

与市　よいち
備中船尾村の旧家の当主浅野平右衛門の叔母の末ッ子 「燈籠堂の僧」 長谷川伸 武士道日暦-新鷹会・傑作時代小説選 光文社(光文社文庫) 2007年6月

與一郎　よいちろう
戦国武将、室町将軍足利義輝の幼少時からの側近 「義輝異聞 遺恩」 宮本昌孝 代表作時代小説 平成十三年度 光風社出版 2001年5月

楊 一清　よう・いっせい
明の第十一代武宗正徳帝によって提督軍務にえらばれた男 「黒竜潭異聞」 田中芳樹 代表作時代小説 平成十二年度 光風社出版 2000年5月

楊 果　よう・か
長安の京兆府の中級官吏李章武の僕夫 「玉人」 宮城谷昌光 時代小説 読切御免第四巻 新潮社(新潮文庫) 2005年12月

ようさ

夜兎の角右衛門　ようさぎのかくえもん
盗賊、のち火付盗賊改方長谷川平蔵のためにはたらいた男「看板」池波正太郎　歴史小説の世紀-地の巻　新潮社(新潮文庫)　2000年9月

要次郎　ようじろう
神明町の糸屋「大野屋」の次男、おせきの親類で婿取りの相手「影を踏まれた女」岡本綺堂　怪奇・伝奇時代小説選集11　妖艶の谷　春陽堂書店(春陽文庫)　2000年8月

瑶泉院　ようぜいいん
播州赤穂藩主浅野内匠頭長矩の後室「高輪泉岳寺」諸田玲子　異色忠臣蔵大傑作集　講談社(講談社文庫)　2002年12月

要蔵　ようぞう
紀州在田郡広荘の網元の田島屋左兵衛の弟、水主の三次が逢瀬を重ねているおみやの亭主「黒い波濤」大路和子　星明かり夢街道-新選代表作時代小説21　光風社出版　2000年5月

用連　ようれん
亡命百済人の孤児、間者「無声刀」黒岩重吾　剣の意地 恋の夢-時代小説傑作選　講談社(講談社文庫)　2000年9月

与右衛門　よえもん
下総国岡田郡羽生村の百姓で醜い女房を殺して好い女を後妻をもらった男「累物語」田中貢太郎　怪奇・伝奇時代小説選集14　累物語　春陽堂書店(春陽文庫)　2000年11月

与右衛門　よえもん
湯治客の百姓で泥棒ばなしの聴者、実は会津藩の隠密方「日本左衛門三代目」長谷川伸　大江戸の歳月-新鷹会・傑作時代小説選　光文社(光文社文庫)　2003年6月

余吉　よきち
西ノ丸御small納戸役松平家の奉公人「鰈の縁側」小松重男　人物日本の歴史 江戸編〈下〉-時代小説版　小学館(小学館文庫)　2004年7月

与吉　よきち
天満組伊勢町の小間物店「川上屋」の手代見習だった男で九年前の主人殺しの犯人「深川形櫛」古賀宣子　花と剣と侍-新鷹会・傑作時代小説選　光文社(光文社文庫)　2009年6月

与吉　よきち
能面師、箱根山で殺された三州岡崎の能面師与之助の一子「能面師の執念」佐野孝　怪奇・伝奇時代小説選集7　幽明鏡草紙　春陽堂書店(春陽文庫)　2000年4月

横倉 甚五郎　よこくら・じんごろう
新撰組隊士「夕焼けの中に消えた」藤本義一　誠の旗がゆく-新選組傑作選　集英社(集英社文庫)　2003年12月

横瀬 庄兵衛　よこせ・しょうべえ
駒込の御旗本衆調練場同心、黒田藩江戸詰家士の小河久太夫の知人「化猫武蔵」光瀬龍　大江戸猫三昧-時代小説傑作選　徳間書店(徳間文庫)　2004年11月;宮本武蔵伝奇-時代小説セレクション　勉誠出版　2002年12月

横瀬 利七郎　よこせ・りしちろう
江戸を食いつめて村に流れて来たよそ者、真帆の妹の片帆の夫　「鳴るが辻の怪」　杉本苑子　怪奇・怪談時代小説傑作選　徳間書店（徳間文庫）　2004年9月

横田 主馬　よこた・しゅめ
伯州藩主松平伯耆守忠一の後見役横田内膳正村詮の嫡子　「柳生の五郎左」　村雨退二郎　柳生秘剣伝奇-時代小説セレクション　勉誠出版　2002年12月

横田 次郎兵衛　よこた・じろべえ
老中松平伊豆守の家来国戸団左衛門の友達、百人番の頭　「国戸団左衛門の切腹」　五味康祐　武士の本懐-武士道小説傑作選　KKベストセラーズ（ベスト時代文庫）　2004年6月

横田 甚五郎　よこた・じんごろう
徳川方に包囲された高天神城に籠城する甲斐武田衆の軍艦　「城から帰せ」　岩井三四二　代表作時代小説　平成十八年度　光文社　2006年6月

横田 常右衛門　よこた・つねえもん
相模小田原藩主の御前試合に勝ち抜けて剣術指南の道場主となった男　「秘術・身受けの滑り槍」　二階堂玲太　代表作時代小説　平成二十年度　光文社　2008年6月

横田内膳正 村詮　よこたないぜんのしょう・むらのり
伯州藩主松平伯耆守忠一の後見役、出城の飯ノ山城の城主　「柳生の五郎左」　村雨退二郎　柳生秘剣伝奇-時代小説セレクション　勉誠出版　2002年12月

横田備中守 高松　よこたびっちゅうのかみ・たかとし
戦国武将、武田が誇る二十四将のひとり　「笑ひ猿」　飯野文彦　伝奇城-文庫書下ろし/伝奇時代小説アンソロジー　光文社（光文社文庫）　2005年2月

横田 兵助　よこた・へいすけ
肥後熊本の剣客　「春風街道」　山手樹一郎　江戸の漫遊力-時代小説傑作選　集英社（集英社文庫）　2008年12月

横地 郡太左衛門　よこち・ぐんたざえもん
陸奥会津藩で代々御勘定吟味役をつとめる横地家当主　「大盗余聞」　田宮虎彦　艶美白孔雀-捕物時代小説選集7　春陽堂書店（春陽文庫）　2000年11月

横地 太郎兵衛　よこち・たろべえ
薩摩人で介者剣術の達者、巨人　「慶安御前試合」　隆慶一郎　花ごよみ夢一夜-新選代表作時代小説24　光風社出版（光風社文庫）　2001年11月

横地 藤蔵　よこち・とうぞう
会津藩御勘定吟味役・横地郡太左衛門の異母弟で美男の若侍　「大盗余聞」　田宮虎彦　艶美白孔雀-捕物時代小説選集7　春陽堂書店（春陽文庫）　2000年11月

横山 大膳長知　よこやま・だいぜんながちか
加賀藩藩老　「秘剣夢枕」　戸部新十郎　地獄の無明剣-時代小説傑作選　講談社（講談社文庫）　2004年9月

よざえ

与三左衛門　よざえもん＊
越後の太守上杉謙信の師傅ともいうべき宇佐美駿河守定行の孫、帰農して名を与三左衛門「芙蓉湖物語」海音寺潮五郎　疾風怒涛!上杉戦記-傑作時代小説　PHP研究所（PHP文庫）2008年3月

与作　よさく
御三家筆頭尾張徳川家の戸山屋敷に傭われた下働きの見習い奉公人「化鳥斬り」東郷隆　代表作時代小説　平成二十年度　光文社　2008年6月

与作(烏の与作)　よさく(からすのよさく)
廻り古着屋のお浪の悪足の変な男「五月闇聖天呪殺」潮山長三　怪奇・伝奇時代小説選集4 怪異黒姫おろし　春陽堂書店（春陽文庫）2000年1月

与謝 蕪村　よさの・ぶそん
京の俳人で絵師「夜半亭有情」葉室麟　代表作時代小説　平成二十一年度　光文社　2009年6月

よし
扇子問屋の主人で元吉良上野介の仲間だった平兵衛の女房、元吉良屋敷の奥女中「生きていた吉良上野」榊山潤　赤穂浪士伝奇-べんせいライブラリー時代小説セレクション　勉誠出版　2002年12月

与次(隠の与次)　よじ(なばりのよじ)
伊賀の下忍「最後の忍者-天正伊賀の乱」神坂次郎　神出鬼没!戦国忍者伝-傑作時代小説　PHP研究所（PHP文庫）2009年3月

吉井 雄二　よしい・ゆうじ
中寺町源光寺裏に住む男四人の世帯の一員「村上浪六」長谷川幸延　武士道歳時記-新鷹会・傑作時代小説選　光文社（光文社文庫）2008年6月

吉衛　よしえ
高知の椎葉村の士族佐竹貫之丞と相愛関係になった居酒屋の女「虫の声」坂東眞砂子　代表作時代小説　平成十九年度　光文社　2007年6月

由江　よしえ
江戸城菊之間詰めの使番建部兵庫の妻「殿中にて」村上元三　酔うて候-時代小説傑作選　徳間書店（徳間文庫）2000年9月;剣の意地 恋の夢-時代小説傑作選　講談社（講談社文庫）2006年10月

由尾　よしお
木曽福島の上田という郷士の娘、伊三蔵の子を生んだ女「ひとり狼」村上元三　花と剣と侍-新鷹会・傑作時代小説選　光文社（光文社文庫）2009年6月;時代劇原作選集-あの名画を生みだした傑作小説　双葉社（双葉文庫）2003年12月

吉岡 源左衛門直綱(憲法)　よしおか・げんざえもんなおつな(けんぽう)
兵法者、京八流宗家吉岡家の当主「巌流小次郎秘剣斬り 武蔵羅切」新宮正春　宮本武蔵伝奇-時代小説セレクション　勉誠出版　2002年12月

よしか

吉岡 憲法（直綱）　よしおか・けんぽう（なおつな）
京で室町将軍家の「御兵法所」とされてきた吉岡家の四代目当主「京の剣客」司馬遼太郎「宮本武蔵」短編傑作選　角川書店（角川文庫）2003年1月；七人の武蔵　角川書店（角川文庫）2002年10月

吉岡 憲法直賢　よしおか・けんぽうなおかた
吉岡憲法家三代で二代直光の子、足利十五代将軍義昭の兵法師範役「吉岡憲法」澤田ふじ子　人物日本剣豪伝一　学陽書房（人物文庫）2001年4月

吉岡 憲法直綱（清十郎）　よしおか・けんぽうなおつな（せいじゅうろう）
吉岡憲法家四代で三代直賢の子「吉岡憲法」澤田ふじ子　人物日本剣豪伝一　学陽書房（人物文庫）2001年4月

吉岡 憲法直光　よしおか・けんぽうなおみつ
吉岡憲法家二代で初代直元の弟、足利十三代将軍義輝の兵法師範役「吉岡憲法」澤田ふじ子　人物日本剣豪伝一　学陽書房（人物文庫）2001年4月

吉岡 憲法直元　よしおか・けんぽうなおもと
吉岡憲法家初代、足利十二代将軍義晴の兵法師範役「吉岡憲法」澤田ふじ子　人物日本剣豪伝一　学陽書房（人物文庫）2001年4月

吉岡 主膳　よしおか・しゅぜん
秋月藩内の若手の出世頭で御用役と奥頭取を兼ねている武士「月と老人」白石一郎　江戸の老人力-時代小説傑作選　集英社（集英社文庫）2002年12月

吉岡 甚作　よしおか・じんさく
写真師「西郷はんの写真（耳なし源蔵召捕記事）」有明夏夫　傑作捕物ワールド第8巻　明治推理篇　リブリオ出版　2002年10月

吉岡 徹之介　よしおか・てつのすけ
土佐藩の道中奉行、藩随一の大男「長い串」山本一力　江戸の満腹力-時代小説傑作選　集英社（集英社文庫）2005年12月

吉岡 伝七郎（又市）　よしおか・でんしちろう（またいち）
吉岡憲法家三代直賢の子で四代直綱（清十郎）の弟「吉岡憲法」澤田ふじ子　人物日本剣豪伝一　学陽書房（人物文庫）2001年4月

吉岡 又市郎　よしおか・またいちろう
京流の兵法家吉岡家の四代目当主吉岡憲法直綱の弟「京の剣客」司馬遼太郎「宮本武蔵」短編傑作選　角川書店（角川文庫）2003年1月；七人の武蔵　角川書店（角川文庫）2002年10月

吉岡 又七郎　よしおか・またしちろう
吉岡道場主吉岡清十郎の嫡子、六歳の少年「首が飛ぶ-宮本武蔵vs吉岡又七郎」岩井護　秘剣・豪剣!武芸決闘記-時代小説傑作選二　新人物往来社　2008年3月

吉川 左京覚賢　よしかわ・さきょうあきかた
兵法者塚原新右衛門高幹（卜伝）の実父、常陸大掾鹿島氏の家老「塚原卜伝」安西篤子　人物日本剣豪伝一　学陽書房（人物文庫）2001年4月

よしか

吉川 常賢　よしかわ・つねかた
兵法者塚原新右衛門高幹(卜伝)の双子の兄弟、常陸大掾鹿島氏の家老吉川左京覚賢の長子　「塚原卜伝」安西篤子　人物日本剣豪伝一　学陽書房(人物文庫)　2001年4月

嘉吉(緒明の嘉吉)　よしきち(おあけのよしきち)
伊豆戸田村の腕の良い船大工の棟梁　「白い帆は光と陰をはらみて」弓場剛　伊豆の歴史を歩く-伊豆文学賞・歴史小説傑作集Ⅱ　羽衣出版　2006年3月

依志子　よしこ
山の麓に鐘造りの小屋をたてて女人の工人達と一緒に住んでいる女鋳鐘師　「道成寺」萱野二十一　怪奇・伝奇時代小説選集6 清姫・怨霊ばなし　春陽堂書店(春陽文庫)　2000年3月

義子　よしこ
戦国武将伊達政宗の母、出羽国山形城主最上修理大夫義守の娘　「奥羽の鬼姫-伊達政宗の母」神坂次郎　東北戦国志-傑作時代小説　PHP研究所(PHP文庫)　2009年9月

美子　よしこ
二本松藩の姫君　「遥かなる慕情」早乙女貢　地獄の無明剣-時代小説傑作選　講談社(講談社文庫)　2004年9月

芳公　よしこう
百姓宗右衛門の芳という名のせがれ、火事を予知するといわれている白痴の男　「河童火事」新田次郎　大江戸犯科帖-時代推理小説名作選　双葉社(双葉文庫)　2003年10月

吉沢 長次郎　よしざわ・ちょうじろう
御持筒組の家の厄介者の三男、下谷御徒町の幕臣伊庭家に住みこみ当主軍兵衛の愛犬の世話をする男　「絢爛たる犬」司馬遼太郎　犬道楽江戸草紙-時代小説傑作選　徳間書店(徳間文庫)　2005年8月

由次郎(阿波太夫)　よしじろう(あわだゆう)
素人の旦那芸の浄瑠璃語り、元足袋屋の若旦那　「土場浄瑠璃の」皆川博子　時代小説-読切御免第一巻　新潮社(新潮文庫)　2004年3月

芳三　よしぞう
神田の蕎麦屋「天庵」の長男　「泥棒番付」泡坂妻夫　剣よ月下に舞え-新選代表作時代小説23　光風社出版(光風社文庫)　2001年5月

由蔵　よしぞう
上野の古本商、巷の噂や情報を売り買いする風変わりな男　「梅試合」高橋克彦　万事金の世-時代小説傑作選　徳間書店(徳間文庫)　2006年4月

由蔵　よしぞう
船形の由蔵、聖天の元締とよばれる浅草の親分吉五郎の片腕をもって任じていた男　「女毒」池波正太郎　逢魔への誘い-問題小説傑作選6 時代情恋篇　徳間書店(徳間文庫)　2000年3月

吉田 源四郎　よしだ・げんしろう
首斬り役人山田浅右衛門の門弟　「妄執の女首がとりつく」小山竜太郎　怪奇・伝奇時代小説選集15　春陽堂書店(春陽文庫)　2000年12月

吉田 松陰（吉田 寅次郎）　よしだ・しょういん（よしだ・とらじろう）
野山獄の囚人、元明倫館教授で松下村塾を開いて長州の討幕論の中心的存在になった人物 「吉田松陰の恋」 古川薫　人物日本の歴史 江戸編＜下＞-時代小説版　小学館（小学館文庫）2004年7月

吉田 清助　よしだ・せいすけ
桐生の代々織物で名を売ってきた店を引き継いだ若旦那で経営改革を実行した人 「学者商人と娘仕事人-桐生商人・吉田清助」 童門冬二　江戸の商人力-時代小説傑作選　集英社（集英社文庫）2006年12月

吉田 宗桂　よしだ・そうけい
甲斐武田家の当主武田勝頼の妻・小田原御前の茶道衆で勝頼の侍医 「おふうの賭」 山岡荘八　戦国女人十一話　作品社　2005年11月

吉田 忠左衛門　よしだ・ちゅうざえもん
赤穂浪士、細川家に御預り中の身 「或日の大石内蔵助」 芥川龍之介　赤穂浪士伝奇-べんせいライブラリー時代小説セレクション　勉誠出版　2002年12月

吉田 伝内　よしだ・でんない
旧赤穂藩士吉田忠左衛門の四男 「無明の宿」 澤田ふじ子　女人-時代小説アンソロジー2　小学館（小学館文庫）2007年2月

吉田 東洋　よしだ・とうよう
土佐藩の参政 「武市半平太」 海音寺潮五郎　龍馬と志士たち　コスミック出版（コスミック文庫）2009年11月

吉田 東洋　よしだ・とうよう
土佐藩参政 「雨中の凶刃-吉田東洋暗殺」 高橋義夫　必殺！幕末暗殺剣-時代小説傑作選三　新人物往来社　2008年3月

吉田 寅次郎　よしだ・とらじろう
野山獄の囚人、元明倫館教授で松下村塾を開いて長州の討幕論の中心的存在になった人物 「吉田松陰の恋」 古川薫　人物日本の歴史 江戸編＜下＞-時代小説版　小学館（小学館文庫）2004年7月

吉田 杢助　よしだ・もくすけ
福岡藩黒田家の無足組吉田家の四男、林の中に犬小屋をつくって二匹の捨て犬を飼っている武士 「犬を飼う武士」 白石一郎　犬道楽江戸草紙-時代小説傑作選　徳間書店（徳間文庫）2005年8月

吉田 元吉（吉田 東洋）　よしだ・もときち（よしだ・とうよう）
土佐藩参政 「雨中の凶刃-吉田東洋暗殺」 高橋義夫　必殺！幕末暗殺剣-時代小説傑作選三　新人物往来社　2008年3月

由太郎　よしたろう
武士の娘お美津の隣家に住む仏師、実は室町の大店「長崎屋」の一子 「昇竜変化」 角田喜久雄　動物-極め付き時代小説選3　中央公論新社（中公文庫）2004年11月

よした

由太郎　よしたろう
霊岸島町に何代も続く酒問屋「加勢屋」の総領　「はやり正月の心中」　杉本章子　吉原花魁　角川書店(角川文庫)　2009年12月；時代小説 読切御免第三巻　新潮社(新潮文庫)　2005年12月

義経　よしつね
近江源氏の一族で琵琶湖畔の山下城に拠っていた武者でもう一人の源義経　「二人の義経」　永井路子　源義経の時代-短篇小説集　作品社　2004年10月

吉野　よしの
松平隠岐守の留守居役鳥居主水正の奥方付の女中　「宙を彷徨う魂」　玉木重信　怪奇・伝奇時代小説選集12 血塗りの呪法　春陽堂書店(春陽文庫)　2000年9月

吉野 梢　よしの・こずえ
武士の柊仙太郎に手を貸してもらい仇討ちの本懐を遂げさせてもらった佐倉の武家屋敷の寡婦　「異能感得-野人刺客」　北山悦史　江戸の刺客-書き下ろし時代小説傑作選6　大洋図書(大洋時代文庫)　2005年9月

吉野 平左　よしの・へいざ
世に明かせぬ秘密を持つ若殿の代わりに奥方に子種を仕込む役目を仰せつかった若者　「まぐわい平左」　睦月影郎　江戸の刺客-書き下ろし時代小説傑作選6　大洋図書(大洋時代文庫)　2005年9月

吉野屋平兵衛(平兵衛)　よしのやへいべえ(へいべえ)
扇子問屋の主人、元吉良上野介の仲間　「生きていた吉良上野」　榊山潤　赤穂浪士伝奇-べんせいライブラリー時代小説セレクション　勉誠出版　2002年12月

好姫　よしひめ
北条家の姫君　「影を売った武士」　戸川幸夫　怪奇・怪談時代小説傑作選　徳間書店(徳間文庫)　2004年9月

美姫(美子)　よしひめ(よしこ)
二本松藩の姫君　「遥かなる慕情」　早乙女貢　地獄の無明剣-時代小説傑作選　講談社(講談社文庫)　2004年9月

吉昌　よしまさ
将軍家御腰物御様御用役、首斬り朝右衛門の六世　「小吉と朝右衛門」　仁田義男　剣よ月下に舞え-新選代表作時代小説23　光風社出版(光風社文庫)　2001年5月

吉松　よしまつ*
咸臨丸に乗り組んだ讃岐・塩飽の高見島出身の水夫　「桑港にて」　植松三十里　代表作時代小説 平成十六年度　光風社出版　2004年4月

吉村 右京　よしむら・うきょう
公家の姉小路公知卿に仕える勤王の志士、出石藩士の長男　「猿ケ辻風聞」　滝口康彦　幕末京都血風録-傑作時代小説　PHP研究所(PHP文庫)　2007年11月

吉行 九造　よしゆき・きゅうぞう*
長崎奉行松平図書頭康平の家来、三河西尾の松平家の図書頭となって日本全土を歩いた康平の供をした者「長崎奉行始末」柴田錬三郎　武士の本懐〈弐〉-武士道小説傑作選　KKベストセラーズ(ベスト時代文庫)　2005年5月

与司郎　よしろう
日本橋旗町の海苔問屋「雁金屋」の若旦那「南蛮うどん」泡坂妻夫　闇の旋風-問題小説傑作選5 捕物帖篇　徳間書店(徳間文庫)　2000年1月

余助　よすけ
深川吉永町の丸源長屋の住人、籠細工職人「謀りごと」宮部みゆき　時代小説-読切御免第一巻　新潮社(新潮文庫)　2004年3月

与助　よすけ
根津門前町の料理茶屋「惣八」の奉公人で店から五十両を盗んで逃げた男「密室-定廻り同心十二人衆」笹沢左保　代表作時代小説　平成十五年度　光風社出版　2003年5月

与惣次　よそじ
仕事師、羅宇屋で蓮根左仲の手下「女狐の罠」澤田ふじ子　闇の旋風-問題小説傑作選5 捕物帖篇　徳間書店(徳間文庫)　2000年1月

与惣次　よそじ
羅宇屋、京都の町中を商い歩きながら町廻り同心蓮根左仲の手下として勤める男「地蔵寺の犬」澤田ふじ子　犬道楽江戸草紙-時代小説傑作選　徳間書店(徳間文庫)　2005年8月

依田 啓七郎　よだ・けいしちろう
元松代藩士、糸繰りをして家計をたてているお高の育ての父「糸車」山本周五郎　乱世の女たち-信州歴史時代小説傑作集第五巻　しなのき書房　2007年9月

依田 源八郎信幸　よだ・げんぱちろうのぶゆき
戦国武将、信州佐久蘆田の豪党依田信蕃の舎弟「戦国佐久」佐藤春夫　武将列伝-信州歴史時代小説傑作集第一巻　しなのき書房　2007年4月；歴史小説の世紀-天の巻　新潮社(新潮文庫)　2000年9月

依田 善九郎信春　よだ・ぜんくろうのぶはる
戦国武将、信州佐久蘆田の豪党依田信蕃の舎弟「戦国佐久」佐藤春夫　武将列伝-信州歴史時代小説傑作集第一巻　しなのき書房　2007年4月；歴史小説の世紀-天の巻　新潮社(新潮文庫)　2000年9月

依田 信蕃　よだ・のぶしげ
戦国武将、信州佐久蘆田の豪党「戦国佐久」佐藤春夫　武将列伝-信州歴史時代小説傑作集第一巻　しなのき書房　2007年4月；歴史小説の世紀-天の巻　新潮社(新潮文庫)　2000年9月

淀川 八郎右衛門　よどがわ・はちろうえもん
江戸にある富士講の一つ西神田講の先達になった町人、元は前田藩に仕えていた侍「六合目の仇討」新田次郎　江戸の漫遊力-時代小説傑作選　集英社(集英社文庫)　2008年12月

よどぎ

淀君　よどぎみ
千姫の夫豊臣秀頼の母 「千姫と乳酪」 竹田真砂子　江戸の満腹力-時代小説傑作選　集英社(集英社文庫) 2005年12月;剣の意地 恋の夢-時代小説傑作選　講談社(講談社文庫) 2000年9月

淀君　よどぎみ
豊臣秀頼の母親、亡き太閤秀吉の側室 「情炎大阪城」 加賀淳子　戦国女人十一話　作品社　2005年11月

淀君　よどぎみ
亡き豊臣秀吉の側室、浅井長政の長女 「軍師二人」 司馬遼太郎　武将列伝-信州歴史時代小説傑作集第一巻　しなのき書房　2007年4月;軍師の死にざま-短篇小説集　作品社　2006年10月

米吉　よねきち
豆腐屋、おこうの父親 「邪魔っけ」 平岩弓枝　親不幸長屋-人情時代小説傑作選　新潮社(新潮文庫) 2007年7月

米倉　喜左衛門　よねくら・きざえもん
尾張藩御馬廻 「ちょんまげ伝記」 神坂次郎　剣の意地 恋の夢-時代小説傑作選　講談社(講談社文庫) 2000年9月

米沢　新九郎　よねざわ・しんくろう
大和の信貴山城主松永久秀の近習頭 「村雨の首-松永弾正」 澤田ふじ子　戦国武将国盗り物語-時代小説傑作選七　新人物往来社　2008年3月

米七　よねしち
心斎橋筋木挽町にある小間物店伊勢屋の手代 「道頓堀心中」 阿部牧郎　代表作時代小説 平成十四年度　光風社出版　2002年5月

米田　貞政　よねだ・さだまさ
細川忠興の家臣長岡肥後守宗信の妻花江の弟 「生きすぎたりや」 安部龍太郎　地獄の無明剣-時代小説傑作選　講談社(講談社文庫) 2004年9月

米田　孫四郎　よねだ・まごしろう
戦国武将長岡藤孝(のちの細川幽斎)の家臣、御筒奉行役 「銃隊」 東郷隆　武芸十八般-武道小説傑作選　KKベストセラーズ(ベスト時代文庫) 2005年10月

与八　よはち
京の俳人で絵師の与謝蕪村の家に突然現れた息子 「夜半亭有情」 葉室麟　代表作時代小説 平成二十一年度　光文社　2009年6月

与平　よへい
仕出し弁当で食中毒を起こし夫婦で大川へ身投げしようとした弁当屋の亭主 「心中未遂」 平岩弓枝　江戸の商人力-時代小説傑作選　集英社(集英社文庫) 2006年12月

与兵衛　よへえ
本所小泉町の絹呉服商「高田屋」の番頭、後家殺しをした過去のある男 「花火の夜の出来ごと」 田中満津夫　灯籠伝奇-捕物時代小説選集8　春陽堂書店(春陽文庫) 2000年12月

四方吉親分　よもきちおやぶん
岡っ引の親分「怨霊ばなし」多岐川恭　怪奇・伝奇時代小説選集6　清姫・怨霊ばなし　春陽堂書店(春陽文庫)　2000年3月

夜もすがら検校　よもすがらけんぎょう
平家琵琶の名手「夜もすがら検校」長谷川伸　感涙-人情時代小説傑作選　KKベストセラーズ(ベスト時代文庫)　2004年11月;約束-極め付き時代小説選1　中央公論新社(中公文庫)　2004年9月

与六　よろく
壬生高樋町に住む目明し「壬生狂言の夜」司馬遼太郎　新選組烈士伝　角川書店(角川文庫)　2003年10月

万丸秀継　よろずまるひでつぐ
関ヶ原の戦いに敗れ父子共々八丈島へ流された宇喜多秀家の次男「母恋常珍坊」中村彰彦　地獄の無明剣-時代小説傑作選　講談社(講談社文庫)　2004年9月

永昌大君　よんちゃんでぐん
朝鮮王朝第十四代王・宣祖と仁穆王妃との間に生まれた嫡男「李朝懶夢譚」荒山徹　代表作時代小説　平成十八年度　光文社　2006年6月

【ら】

頼 久太郎(山陽)　らい・きゅうたろう(さんよう)
芸州藩の藩儒頼春水の嫡子で江戸から広島に戻った放蕩児、後の警世の史家「蕩児」南條範夫　逆転　時代アンソロジー　祥伝社(祥伝社文庫)　2000年5月

頼 山陽　らい・さんよう
京の詩壇にその名を轟かせる詩人で書家「非利法権天」見延典子　代表作時代小説　平成二十一年度　光文社　2009年6月

頼 春水　らい・しゅんすい
芸州藩の藩儒、放蕩児頼久太郎(後の警世の史家山陽)の父親「蕩児」南條範夫　逆転　時代アンソロジー　祥伝社(祥伝社文庫)　2000年5月

雷電為右衛門　らいでんためえもん
力士・関脇、信州小県郡大石村で生まれた男「雷電曼陀羅」安部龍太郎　人情草紙-信州歴史時代小説傑作集第四巻　しなのき書房　2007年7月

らく
城代家老笹子錦太夫政明の美人妻「ボロ家老は五十五歳」穂積驚　江戸の老人力-時代小説傑作選　集英社(集英社文庫)　2002年12月

【り】

りえ

りえ
鉄砲洲の料理茶屋「花葉」の女主人、元備前岡山池田家の家臣の娘 「千里の馬」 池宮彰一郎　異色忠臣蔵大傑作集　講談社(講談社文庫)　2002年12月

李 英　り・えい
後漢皇帝の隠密武官・朱炎の友、飛将軍・李広の流れを汲むという放蕩者 「惜別姫」 藤水名子　撫子が斬る-女性作家捕物帳アンソロジー　光文社(光文社文庫)　2005年9月

利吉　りきち
川端の家と呼ばれている村の地主の家の娘おもんの婿で下男だった男 「河童火事」 新田次郎　大江戸犯科帖-時代推理小説名作選　双葉社(双葉文庫)　2003年10月

りく
元赤穂藩城代家老大石内蔵助の妻 「残る言の葉」 安西篤子　異色忠臣蔵大傑作集　講談社(講談社文庫)　2002年12月

りく
両国のおでん屋の後家 「橋の上」 立原正秋　新選組烈士伝　角川書店(角川文庫)　2003年10月

李 建　り・けん
徐福の弟子 「方士徐福」 新宮正春　異色中国短篇傑作大全　講談社(講談社文庫)　2001年3月

利左衛門　りざえもん
出羽国村山郡長瀞村で百姓から名子になり質地騒動を起こした男 「御改革」 北原亞以子　代表作時代小説　平成十七年度　光文社　2005年6月

李 嗣源　り・しげん
後唐王朝の第二代皇帝で「後唐の明宗」と称される人物 「人皇王流転」 田中芳樹　代表作時代小説　平成十九年度　光文社　2007年6月

李 従珂　り・じゅうか
後唐の明宗・李嗣源の養子、潞王 「人皇王流転」 田中芳樹　代表作時代小説　平成十九年度　光文社　2007年6月

李 従厚　り・じゅうこう
後唐の明宗・李嗣源の三男、宋王 「人皇王流転」 田中芳樹　代表作時代小説　平成十九年度　光文社　2007年6月

鯉丈　りじょう
江戸の滑稽小説作家で「花暦八笑人」の作者、長次郎(のちの為永春水)の兄 「羅生門河岸」 都筑道夫　偉人八傑推理帖-名探偵時代小説　双葉社(双葉文庫)　2004年7月

李 章武　り・しょうぶ
長安の京兆府の中級官吏 「玉人」 宮城谷昌光　時代小説　読切御免第四巻　新潮社(新潮文庫)　2005年12月

利助　りすけ
江戸猿若町の河原崎座の狂言作者部屋で見習いをやっている男 「おすず」 杉本章子　代表作時代小説　平成十二年度　光風社出版　2000年5月

梨世　りせ
盲目の混血少女、長崎の遊女と阿蘭陀人との間に生まれたという娘　「泥棒が笑った」平岩弓枝　江戸の老人力-時代小説傑作選　集英社(集英社文庫)　2002年12月

里瀬　りせ
藩の寺社方吟味役保科惣右衛門の娘、郡代を斬った土谷直治郎のあとを追い出奔した女　「今朝の月」今井絵美子　花ふぶき-時代小説傑作選　角川春樹事務所(ハルキ文庫)　2004年7月

李夫人　りふじん
後宮に仕えていた宮女　「僭称」井上祐美子　愛染夢灯籠-時代小説傑作選　講談社(講談社文庫)　2005年9月

利兵衛　りへえ
赤穂藩に出入りしていた大坂商人で大石内蔵助の頼みを受け武具を調達した人物　「命をはった賭け-大坂商人・天野屋利兵衛」佐江衆一　江戸の商人力-時代小説傑作選　集英社(集英社文庫)　2006年12月

りや
仇討ちの旅に出た女剣士、丸亀藩鉄砲足軽関口元右衛門の娘　「春風仇討行」宮本昌孝　仇討ち-時代小説アンソロジー1　小学館(小学館文庫)　2006年12月

リュウ
三河国刈谷藩の下級藩士岡見善助の飼犬　「犬曳き侍」伊藤桂一　動物-極め付き時代小説選3　中央公論新社(中公文庫)　2004年11月

龍吉　りゅうきち
鳶職、神田相生町に住む岡っ引伊勢蔵の娘小夏の恋の相手　「驚きの、また喜びの」宇江佐真理　江戸宵闇しぐれ-人情捕物帳傑作選二　学習研究社(学研M文庫)　2005年3月

劉瑾　りゅう・きん
明の第十一代武宗正徳帝の世に宦官出身で最高権力者になった男　「黒竜潭異聞」田中芳樹　代表作時代小説　平成十二年度　光風社出版　2000年5月

竜宮童子　りゅうぐうどうじ
精霊の落とし種で家に福をもたらす福子　「福子妖異録」荒俣宏　花ごよみ夢一夜-新選代表作時代小説24　光風社出版(光風社文庫)　2001年11月

隆源入道(諏訪 忠林)　りゅうげんにゅうどう(すわ・ただとき)
高島城三万石諏訪家の先代　「花の名残」村上元三　人情草紙-信州歴史時代小説傑作集第四巻　しなのき書房　2007年7月

隆光(知足院隆光)　りゅうこう(ちそくいんりゅうこう)
妖僧、元禄山護持院の大僧正　「元禄おさめの方」山田風太郎　大奥華伝　角川書店(角川文庫)　2006年11月

劉劭　りゅう・しょう
南朝の宋の文帝・劉義隆の皇太子　「徽音殿の井戸」田中芳樹　黄土の虹-チャイナ・ストーリーズ　祥伝社　2000年2月

りゅう

劉生　りゅうせい
書生の喬生の友人「牡丹燈記」岡本綺堂　怪奇・伝奇時代小説選集9 怪談牡丹燈籠　春陽堂書店（春陽文庫）2000年6月

柳全　りゅうぜん
幕府御家人でありながら吉原のたいこ持ちから乞食へと落ちぶれて谷中の延命院の納所坊主におさまった男「世は春じゃ」杉本苑子　江戸の鈍感力-時代小説傑作選　集英社（集英社文庫）2007年12月

柳川堂　りゅうせんどう
道具屋、店を張らないハタ師の道具屋で儲け上手の男「藍色の馬」高市俊次　鍔鳴り疾風剣-新選代表作時代小説22　光風社出版（光風社文庫）2000年11月

竜造寺 家久　りゅうぞうじ・いえひさ
戦国武将、沖田畷の戦いに出陣した佐賀の竜造寺軍の若君「与四郎涙雨」滝口康彦　九州戦国志-傑作時代小説　PHP研究所（PHP文庫）2008年12月

竜造寺 家久（多久 長門）　りゅうぞうじ・いえひさ（たく・ながと）
肥前佐賀藩の執政、鍋島直茂の娘婿「権謀の裏」滝口康彦　軍師の生きざま-時代小説傑作選　コスミック出版（コスミック文庫）2008年11月;戦国軍師列伝-時代小説傑作選六　新人物往来社　2008年3月

竜造寺 隆信　りゅうぞうじ・たかのぶ
戦国武将、沖田畷の戦いに出陣した佐賀の竜造寺軍の総大将「与四郎涙雨」滝口康彦　九州戦国志-傑作時代小説　PHP研究所（PHP文庫）2008年12月

竜造寺 高房　りゅうぞうじ・たかふさ
肥前の国三十五万七千余石の名家竜造寺家の十九代当主「怨讐女夜叉抄」橘爪彦七　怪奇・伝奇時代小説選集6 清姫・怨霊ばなし　春陽堂書店（春陽文庫）2000年3月

竜造寺 藤八郎高房　りゅうぞうじ・とうはちろうたかふさ
肥前佐賀の支配者鍋島直茂の養子「権謀の裏」滝口康彦　軍師の生きざま-時代小説傑作選　コスミック出版（コスミック文庫）2008年11月;戦国軍師列伝-時代小説傑作選六　新人物往来社　2008年3月

竜造寺 伯庵　りゅうぞうじ・はくあん
元肥前ノ国の太守竜造寺高房の弟で鍋島勝茂狙撃の犯人として捕らえられた僧「鍋島騒動 血啜りの影」早乙女貢　怪奇・伝奇時代小説選集6 清姫・怨霊ばなし　春陽堂書店（春陽文庫）2000年3月

龍太　りゅうた
奥州街道船木峠に出る山賊、シャ熊の龍太「船木峠の美女群」木屋進　石川五右衛門の生立-捕物時代小説選集3　春陽堂書店（春陽文庫）2000年4月

滝亭鯉丈（鯉丈）　りゅうていりじょう（りじょう）
江戸の滑稽小説作家で「花暦八笑人」の作者、長次郎（のちの為永春水）の兄「羅生門河岸」都筑道夫　偉人八傑推理帖-名探偵時代小説　双葉社（双葉文庫）2004年7月

劉徹　りゅう・てつ
漢の第七代皇帝　「殺靑」塚本靑史　妃・殺・蝗−中国三色奇譚　講談社(講談社文庫)
2002年11月

劉徹(武帝)　りゅう・てつ(ぶてい)
漢の皇帝、景帝の第九子　「汗血馬を見た男」伴野朗　異色中国短篇傑作大全　講談社
(講談社文庫)　2001年3月

竜之助　りゅうのすけ
豪商の丸亀屋の主人の妾を寝盗った板前でかつて仲居頭のお松と好き合った男　「恋のし
がらみ」梅本育子　代表作時代小説　平成十五年度　光風社出版　2003年5月

劉文叔(光武帝)　りゅう・ぶんしゅく(こうぶてい)
東方の南陽郡蔡陽県から長安の太学へやってきた学生、のちの漢室を再興した光武帝
「燭怪」田中芳樹　代表作時代小説　平成二十年度　光文社　2008年6月

隆平　りゅうへい
探索御用の親方源蔵の娘婿、大手前之町の司薬場に勤める技師　「西郷はんの写真(耳
なし源蔵召捕記事)」有明夏夫　傑作捕物ワールド第8巻　明治推理篇　リブリオ出版
2002年10月

劉病巳　りゅう・へいい
皇曾孫と呼ばれる若者、巫蠱の乱を起こした前皇太子・戻太子の一族の生き残り　「鶏争」
狩野あざみ　黄土の虹−チャイナ・ストーリーズ　祥伝社　2000年2月

劉邦　りゅう・ほう
漢の高祖、趙王・張敖の岳父　「趙姫」塚本靑史　黄土の虹−チャイナ・ストーリーズ　祥伝
社　2000年2月

劉邦　りゅう・ほう
漢王　「長城のかげ」宮城谷昌光　鎮守の森に鬼が棲む−時代小説傑作選　講談社(講談
社文庫)　2001年9月

劉邦　りゅう・ほう
沛公　「范増と樊噲」藤水名子　異色中国短篇傑作大全　講談社(講談社文庫)　2001年3
月

柳北　りゅうほく
警保寮大警視川路利良らとともに横浜から出航しフランスへやって来た元幕府騎兵奉行
「巴里に雪のふるごとく」山田風太郎　偉人八傑推理帖−名探偵時代小説　双葉社(双葉
文庫)　2004年7月

竜舞の銀次　りゅうまいのぎんじ
処刑される国定忠治の首を盗んで信州まで運んでほしいと頼まれた渡世人　「暮坂峠への
疾走」笹沢左保　江戸の漫遊力−時代小説傑作選　集英社(集英社文庫)　2008年12月

劉友晃　りゅう・ゆうこう
少林寺拳法の達人陳元贇の甥　「秘剣笠の下」新宮正春　地獄の無明剣−時代小説傑作
選　講談社(講談社文庫)　2004年9月

りゅど

竜堂寺 転　りゅうどうじ・うたた
兵法者竜堂寺左馬之介の修行中の息子　「剣魔稲妻刀」　柴田錬三郎　秘剣舞う-剣豪小説の世界　学習研究社（学研M文庫）　2002年11月

竜堂寺 左馬之介　りゅうどうじ・さまのすけ
戦国の兵法者、伝家の秘法稲妻刀の使い手　「剣魔稲妻刀」　柴田錬三郎　秘剣舞う-剣豪小説の世界　学習研究社（学研M文庫）　2002年11月

良玄　りょうげん
江戸の町はずれにある安徳寺の住職、五代将軍綱吉の時代に犬を埋葬するお犬寺の主としてもうけた男　「元禄お犬さわぎ」　星新一　犬道楽江戸草紙-時代小説傑作選　徳間書店（徳間文庫）　2005年8月

良言　りょうげん
京の醍醐の安養院の僧　「燈籠堂の僧」　長谷川伸　武士道日暦-新鷹会・傑作時代小説選　光文社（光文社文庫）　2007年6月

梁 元象　りょう・げんしょう
科挙に落第し長安で私塾「弘文塾」を開いて成功させた先生　「香獣」　森福都　黄土の虹-チャイナ・ストーリーズ　祥伝社　2000年2月

良抄　りょうしょう
佐久間町の蓮月稲荷の尼、浮気をしていなくなった女　「二度目の花嫁」　郡順史　灯籠伝奇-捕物時代小説選集8　春陽堂書店（春陽文庫）　2000年12月

良石和尚　りょうせきおしょう
新幡随院の和尚　「牡丹燈籠」　長田秀雄　怪奇・伝奇時代小説選集9 怪談牡丹燈籠　春陽堂書店（春陽文庫）　2000年6月

良太　りょうた
下田湊の武家で廻船問屋の霜田家の嫁芙佐の幼なじみ、加納の里の漁師　「母子草」　杜村眞理子　伊豆の歴史を歩く-伊豆文学賞・歴史小説傑作集Ⅱ　羽衣出版　2006年3月

了然　りょうねん
慶徳寺の布袋みたいに太った和尚　「三本指の男」　久世光彦　情けがからむ朱房の十手-傑作時代小説　PHP研究所（PHP文庫）　2009年1月

緑円　りょくえん*
土佐の天浜村の宝楽寺の和尚　「パライゾの寺」　坂東眞砂子　代表作時代小説 平成十八年度　光文社　2006年6月

りよ子　りよこ
中年増の女、夜もすがら検校の夜伽の者　「夜もすがら検校」　長谷川伸　感涙-人情時代小説傑作集　KKベストセラーズ（ベスト時代文庫）　2004年11月；約束-極め付き時代小説選1　中央公論新社（中公文庫）　2004年9月

りん
横浜関内の偉屋「宮源」の娘、フェリス英和女学校で英語を学ぶ女学生　「狂女」　山崎洋子　撫子が斬る-女性作家捕物帳アンソロジー　光文社（光文社文庫）　2005年9月

りん
儒学をもって藩に奉公する中士の蜂屋家の嫁 「紫雲英」 安西篤子 代表作時代小説 平成十二年度 光風社出版 2000年5月

林森 りんしん
御成街道にある商家「更藤」の奉公人 「南蛮うどん」 泡坂妻夫 闇の旋風-問題小説傑作選5 捕物帖篇 徳間書店(徳間文庫) 2000年1月

【る】

るい
江州膳所六万石を追放された戸田家の息子大一郎の許婚、徒士頭山本典膳の娘 「むかしの夢(加田三七捕物そば屋)」 村上元三 傑作捕物ワールド第8巻 明治推理篇 リブリオ出版 2002年10月

るい
赤穂浪士鈴田重八の妹、吉良邸の小間使に上がっていた娘 「二人の内蔵助」 小山龍太郎 赤穂浪士伝奇-べんせいライブラリー時代小説セレクション 勉誠出版 2002年12月

るい
大川端の旅籠「かわせみ」の女主人 「初春の客」 平岩弓枝 撫子が斬る-女性作家捕物帳アンソロジー 光文社(光文社文庫) 2005年9月

るい
大川端の旅籠「かわせみ」の女主人 「美男の医者」 平岩弓枝 鍔鳴り疾風剣-新選代表作時代小説22 光風社出版(光風社文庫) 2000年11月

るい
大川端の旅籠「かわせみ」の女主人 「薬研堀の猫」 平岩弓枝 大江戸猫三昧-時代小説傑作選 徳間書店(徳間文庫) 2004年11月

るい
大川端の旅籠「かわせみ」の女主人で神林東吾の内儀 「江戸の精霊流し-御宿かわせみ」 平岩弓枝 代表作時代小説 平成十五年度 光風社出版 2003年5月

るい
大川端の旅籠「かわせみ」の女主人で神林東吾の内儀 「三つ橋渡った」 平岩弓枝 情けがからむ朱房の十手-傑作時代小説 PHP研究所(PHP文庫) 2009年1月

るい
大川端の旅籠「かわせみ」の女主人で神林東吾の内儀 「猫一匹-御宿かわせみ」 平岩弓枝 代表作時代小説 平成十四年度 光風社出版 2002年5月

るい
大川端の旅籠「かわせみ」の女主人で神林東吾の内儀 「猫芸者おたま-御宿かわせみ」 平岩弓枝 代表作時代小説 平成十六年度 光風社出版 2004年4月

るい

るい
旅籠屋「かわせみ」の女主人 「白萩屋敷の月」 平岩弓枝 江戸色恋坂-市井情話傑作選 学習研究社(学研M文庫) 2005年8月;傑作捕物ワールド第10巻 人情捕縄篇 リブリオ出版 2002年10月

ルコック警部　るこっくけいぶ
パリ警視庁の警部 「巴里に雪のふるごとく」 山田風太郎 偉人八傑推理帖-名探偵時代小説 双葉社(双葉文庫) 2004年7月

ルシオ
海賊船ブラックローズ号が襲撃したスペイン商船の捕虜の若者 「海賊船ドクター・サイゾー」 松岡弘一 花と剣と侍-新鷹会・傑作時代小説選 光文社(光文社文庫) 2009年6

るり
小普請組の武士・三土路保胤の妻、柳橋の料理茶屋「増田屋」の娘 「浮かれ節」 宇江佐真理 世話焼き長屋-人情時代小説傑作選 新潮社(新潮文庫) 2008年2月

【れ】

麗卿　れいきょう
故の奉化州の州判の娘 「日本三大怪談集」 田中貢太郎 怪奇・怪談時代小説傑作選 徳間書店(徳間文庫) 2004年9月

麗卿　れいきょう
鎮明嶺の下に一人で住んでいた喬生の家に毎晩婢女に灯籠を持たせて泊まりに来た若い女 「牡丹灯籠 牡丹灯記」 田中貢太郎 怪奇・伝奇時代小説選集14 累物語 春陽堂書店(春陽文庫) 2000年11月

麗卿　れいけい
書生の喬生の家に毎晩尋ねて来る美女 「牡丹燈記」 岡本綺堂 怪奇・伝奇時代小説選集9 怪談牡丹燈籠 春陽堂書店(春陽文庫) 2000年6月

レオナルド・ダ・ヴィンチ
イタリアの天才芸術家、空を飛ぶことの命題に夢中になり飛行実験を繰り返した人 「ヴォラーレ-空を飛ぶ」 佐藤賢一 代表作時代小説 平成十二年度 光風社出版 2000年5月

蓮月　れんげつ
京都の尼、蓮月焼を作り勤皇運動家と交流のある老女 「信州の勤皇婆さん」 童門冬二 乱世の女たち-信州歴史時代小説傑作集第五巻 しなのき書房 2007年9月

蓮生　れんしょう
孟阿の手伝い女、牛頭の村の李の娘 「清富記」 水上勉 剣の意地 恋の夢-時代小説傑作選 講談社(講談社文庫) 2000年9月

レンドルフ
黒魔術のとりことなり故国プロシアを追放され漂流の末飛騨の山奥にたどりついた狂った外科医師 「畸人の館」 加納一朗 怪奇・伝奇時代小説選集15 春陽堂書店(春陽文庫) 2000年12月

廉之助　れんのすけ
駿州沼里宿西の浮島沼で鯉を釣って母との暮らしを支えている男の子　「廉之助の鯉」　鈴木英治　花ふぶき-時代小説傑作選　角川春樹事務所(ハルキ文庫)　2004年7月

連也斎　れんやさい
尾州藩柳生新陰流の第三代目、初代柳生利厳の三男　「柳生連也斎」　伊藤桂一　人物日本剣豪伝三　学陽書房(人物文庫)　2001年5月

【ろ】

浪庵　ろうあん
細川忠興夫人の加羅者に恋した異国の宣教師　「蠢めく妖虫」　西村亮太郎　怪奇・伝奇時代小説選集8 百物語　春陽堂書店(春陽文庫)　2000年5月

老人　ろうじん
江南の山中に一人住んでいた隠者の老人　「冥府山水図」　三浦朱門　歴史小説の世紀-地の巻　新潮社(新潮文庫)　2000年9月

六右衛門　ろくえもん
仙台藩の侍、羅馬(ローマ)から帰国途中の「陸奥丸」に乗り組んだ遣欧使節団の正史　「紀州鯨銛殺法」　新宮正春　武芸十八般-武道小説傑作選　KKベストセラーズ(ベスト時代文庫)　2005年10月

六郷 伊織　ろくごう・いおり
伊勢国長島藩の藩主増山河内守の愛妾お縫の方の情夫　「首」　山田風太郎　人物日本の歴史 幕末維新編-時代小説版　小学館(小学館文庫)　2004年9月

ロク助　ろくすけ
北山の竜祥寺の寺男、忍び　「柳は緑 花は紅」　竹田真砂子　地獄の無明剣-時代小説傑作選　講談社(講談社文庫)　2004年9月

六助　ろくすけ
三河野田城を囲む甲斐武田軍の兵　「野田城の蓮華草」　武田八洲満　侍たちの歳月-新鷹会・傑作時代小説選　光文社(光文社文庫)　2002年6月

六助　ろくすけ
八丁堀の米屋「備前屋」の手代、神隠しに三べんも会ったという男　「八丁堀の狐」　村上元三　闇の旋風-問題小説傑作選5 捕物帖篇　徳間書店(徳間文庫)　2000年1月

六助(ぬれ闇の六助)　ろくすけ(ぬれやみのろくすけ)
旅かせぎの巾着切　「仇討ち街道」　池波正太郎　人情草紙-信州歴史時代小説傑作集第四巻　しなのき書房　2007年7月

六蔵　ろくぞう
通町の岡っ引、お初の長兄　「迷い鳩(霊験お初捕物控)」　宮部みゆき　傑作捕物ワールド第4巻 女の情念篇　リブリオ出版　2002年10月

ろくの

六之助　ろくのすけ
右腕を切り落とされて死んだ掏摸の親分、平五郎の仲間　「東海道抜きつ抜かれつ」　村上元三　江戸の漫遊力-時代小説傑作選　集英社(集英社文庫)　2008年12月

瀧之介　ろくのすけ*
殺害された町年寄・唐津屋文左衛門の嫡男　「阿蘭殺し」　井上雅彦　伝奇城-文庫書下ろし/伝奇時代小説アンソロジー　光文社(光文社文庫)　2005年2月

六兵衛　ろくべえ
江戸の地本屋「山形屋」の三番番頭、旗本絵師・藤村新三郎宅に出入りする噂好きの男　「寒桜の恋」　小笠原京　撫子が斬る-女性作家捕物帳アンソロジー　光文社(光文社文庫)　2005年9月

六兵衛　ろくべえ
大坂西町奉行所同心庄司半兵衛の下聞　「深川形櫛」　古賀宣子　花と剣と侍-新鷹会・傑作時代小説選　光文社(光文社文庫)　2009年6月

六兵衛　ろくべえ
有名な財産家浜田源右衛門の番頭　「小夜衣の怨」　神田伯龍　怪奇・伝奇時代小説選集8 百物語　春陽堂書店(春陽文庫)　2000年5月

六兵衛(深草六兵衛)　ろくべえ(ふかくさろくべえ)
高物師、両国に小屋掛けし鯨を見世物に出した男　「両国の大鯨(顎十郎捕物帳)」　久生十蘭　傑作捕物ワールド第3巻 人気侍篇　リブリオ出版　2002年10月

六文銭　ろくもんせん
安南の日本人町会南に住む男で真田幸綱の遺児とされる日本人　「安南の六連銭」　新宮正春　機略縦横!真田戦記-傑作時代小説　PHP研究所(PHP文庫)　2008年7月

六郎次　ろくろうじ
女乞食の布佐女の倅　「笹鳴き」　杉本苑子　愛染夢灯籠-時代小説傑作選　講談社(講談社文庫)　2005年9月

路考　ろこう
江戸中の女子供の人気を蒐めている若女形、二代目路考　「萩寺の女」　久生十蘭　偉人八傑推理帖-名探偵時代小説　双葉社(双葉文庫)　2004年7月

六方　角蔵　ろっぽう・かくぞう
旧幕府の御家人でエーショ(葬式の人夫出し)の元締をしている老人　「明治御家人奇談」　野村敏雄　武士道日暦-新鷹会・傑作時代小説選　光文社(光文社文庫)　2007年6月

ロラン大尉　ろらんたいい
近衛砲兵隊の砲術教官、フランス陸軍の将校　「遠い砲音」　浅田次郎　感涙-人情時代小説傑作選　KKベストセラーズ(ベスト時代文庫)　2004年11月

盧綰　ろわん
劉邦の親友で臣下　「長城のかげ」　宮城谷昌光　鎮守の森に鬼が棲む-時代小説傑作選　講談社(講談社文庫)　2001年9月

論々亭三喜(三喜)　ろんろんていさんき(さんき)
噺家、人情噺の名人・論々亭喜鏡の弟子　「噺相撲」　島村匠　江戸の闇始末-書下ろし時代小説傑作選7　ミリオン出版(大洋時代文庫)　2006年4月

論々亭水鏡(水鏡)　ろんろんていすいきょう(すいきょう)
噺家、人情噺の名人・論々亭喜鏡の弟子　「噺相撲」　島村匠　江戸の闇始末-書下ろし時代小説傑作選7　ミリオン出版(大洋時代文庫)　2006年4月

【わ】

わか
町内の提灯屋の娘　「飛奴」　泡坂妻夫　地獄の無明剣-時代小説傑作選　講談社(講談社文庫)　2004年9月

若浦(おふゆ)　わかうら(おふゆ)
大店の放蕩息子だった絵師の清次郎がかつて馴染みを重ねた花魁　「秋菊の別れ」　開田あや　江戸の刺客-書き下ろし時代小説傑作選6　大洋図書(大洋時代文庫)　2005年9月

若さま　わかさま
京都南町奉行所与力佐々島俊蔵に呼ばれて江戸からきた若侍　「金梨子地空鞘判断(若さま侍捕物手帖)」　城昌幸　傑作捕物ワールド第3巻　人気侍篇　リブリオ出版　2002年10月

若杉 伊太郎　わかすぎ・いたろう
旅芸人の一座に転がり込んだ一本気だが世間知らずの若侍　「春風街道」　山手樹一郎　江戸の漫遊力-時代小説傑作選　集英社(集英社文庫)　2008年12月

若蔵　わかぞう
美濃の国の農夫　「夜もすがら検校」　長谷川伸　感涙-人情時代小説傑作選　KKベストセラーズ(ベスト時代文庫)　2004年11月;約束-極め付き時代小説選1　中央公論新社(中公文庫)　2004年9月

若だんな(一太郎)　わかだんな(いちたろう)
江戸通町の廻船問屋「長崎屋」で妖達と暮らすひ弱な跡取り息子　「茶巾たまご」　畠中恵　撫子が斬る-女性作家捕物帳アンソロジー　光文社(光文社文庫)　2005年9月

若月 雨太郎　わかつき・あめたろう
八丁堀同心　「犬を飼う侍(ゆっくり雨太郎捕物控)」　多岐川恭　傑作捕物ワールド第2巻　与力同心篇　リブリオ出版　2002年10月

若菜　わかな
深川の「小桜屋」の抱え芸者、元平川町の筆屋「千鳥屋」の娘　「芸者の首」　泡坂妻夫　恋模様-極め付き時代小説選2　中央公論新社(中公文庫)　2004年10月

若林 五郎諸行　わかばやし・ごろうもろゆき
戦国武将、山陰の尼子家の武者で宗八郎諸正の弟　「月山落城」　羽山信樹　地獄の無明剣-時代小説傑作選　講談社(講談社文庫)　2004年9月

わかば

若林 宗八郎諸正　わかばやし・そうはちろうもろまさ
戦国武将、山陰の尼子家の武者「月山落城」羽山信樹　地獄の無明剣-時代小説傑作選　講談社（講談社文庫）2004年9月

若者　わかもの
中央アジアの高原地帯に住む遊牧民族サカ族の人間で八年前に他氏族の聚落に人質として取上げられ帰されて来た若者「聖者」井上靖　歴史小説の世紀-天の巻　新潮社（新潮文庫）2000年9月

若山　わかやま
飯田藩主牧野遠江守の妾「梅一枝」柴田錬三郎　武士道-時代小説アンソロジー3　小学館（小学館文庫）2007年3月

脇坂淡路守 安董　わきざかあわじのかみ・やすただ
寺社奉行、播州龍野藩主「女人は二度死ぬ」笹沢左保　大奥華伝　角川書店（角川文庫）2006年11月

和吉　わきち
大川端に打捨てられていた舟の中で死んでいた髪結いの男「子を思う闇」平岩弓枝　花と剣と侍-新鷹会・傑作時代小説選　光文社（光文社文庫）2009年6月

和久 宗是　わく・そうぜ
戦国武将、関ヶ原合戦で西軍に属して戦った将で伊達家に客分として召し抱えられた老武者「老将」火坂雅志　感涙-人情時代小説傑作選　KKベストセラーズ（ベスト時代文庫）2004年11月

和倉木 壮樹郎　わくらぎ・そうじゅろう
下館・水谷家の武士、七生の許婚者だったが関ヶ原の戦場に赴いた荒武者「リメンバー」藤水名子　しぐれ舟-時代小説招待席　広済堂出版　2003年9月

和気 清麻呂　わけの・きよまろ
廷臣「道鏡」坂口安吾　人物日本の歴史 古代中世編-時代小説版　小学館（小学館文庫）2004年1月

和佐 次郎右衛門　わさ・じろえもん
紀州藩お弓御用役和佐大八郎の弟、半七は通称「和佐大八郎の妻」大路和子　紅葉谷から剣鬼が来る-時代小説傑作選　講談社（講談社文庫）2002年9月

和佐 大八郎　わさ・だいはちろう
紀州藩お弓御用役、京の三十三間堂の通し矢で大矢数天下総一となった武士「和佐大八郎の妻」大路和子　紅葉谷から剣鬼が来る-時代小説傑作選　講談社（講談社文庫）2002年9月

和三郎　わさぶろう
鎌倉の縁切寺東慶寺の門前の餅菓子屋「餅平」の倅「長命水と桜餅」宮本昌孝　夢を見にけり-時代小説招待席　広済堂出版　2004年6月

和助　わすけ
割長屋に住みその日暮らしの棒手振をしている男、おみよの兄　「間男三昧」　小松重男　江戸夢日和-市井・人情小説傑作選2　学習研究社(学研M文庫)　2004年1月;逆転　時代アンソロジー　祥伝社(祥伝社文庫)　2000年5月

和助　わすけ
紙屑買、父親が賭博で作った借金を返すために身を粉にして働く男　「骨折り和助」　村上元三　万事金の世-時代小説傑作選　徳間書店(徳間文庫)　2006年4月

和助(春蔵)　わすけ(はるぞう)
南八丁堀の葉茶屋「駿河屋」の番頭、元は湯島の陰間(男娼)　「春宵相乗舟佃島」　出久根達郎　春宵　濡れ髪しぐれ-時代小説傑作選　講談社(講談社文庫)　2003年9月

和田 源兵衛　わだ・げんべえ
福州の貿易商人、薩摩の人間で元は海賊　「美女と鷹」　海音寺潮五郎　恋模様-極め付き時代小説選2　中央公論新社(中公文庫)　2004年10月

和田 仙之助　わだ・せんのすけ
旗本の和田兄弟の弟で気弱な兄とは正反対の太刀を執ったら獣のように鋭い男　「藤馬は強い」　湊邦三　大江戸の歳月-新鷹会・傑作時代小説選　光文社(光文社文庫)　2003年6月

和田 藤馬　わだ・とうま*
旗本の和田兄弟の兄で太刀を執ったら獣のように鋭い弟とは正反対の気弱な男　「藤馬は強い」　湊邦三　大江戸の歳月-新鷹会・傑作時代小説選　光文社(光文社文庫)　2003年6月

渡辺 篤　わたなべ・あつし
剣客、臨終の間際に弟子に坂本龍馬を殺したのは自分であると告白した男　「刺客」　五味康祐　龍馬と志士たち　コスミック出版(コスミック文庫)　2009年11月

渡部 数馬　わたなべ・かずま
元岡山池田家の家臣で弟源太夫の敵河合又五郎を追う若者、荒木又右衛門の妻の実弟　「胡蝶の舞い-伊賀鍵屋の辻の決闘」　黒部亨　士道無惨!仇討ち始末-時代小説傑作選四　新人物往来社　2008年3月

渡部 数馬　わたなべ・かずま
大和郡山の松平家に仕える武士荒木又右衛門の妻みねの弟、岡山城主池田忠雄の家来　「荒木又右衛門」　池波正太郎　人物日本の歴史 江戸編<上>-時代小説版　小学館(小学館文庫)　2004年5月

渡部 数馬　わたなべ・かずま
備前岡山藩池田家家中の者　「割を食う」　池宮彰一郎　仇討ち-時代小説アンソロジー1　小学館(小学館文庫)　2006年12月

渡辺 数馬　わたなべ・かずま
岡山藩士で荒木又右衛門の義弟、河合又五郎に殺害された源太夫の兄　「荒木又右衛門」　尾崎秀樹　人物日本剣豪伝三　学陽書房(人物文庫)　2001年5月

わたな

渡辺 勘兵衛　わたなべ・かんべえ
戦国武将、「わたり奉公人」とよばれた武士　「勘兵衛奉公記」　池波正太郎　武士の本懐〈弐〉-武士道小説傑作選　KKベストセラーズ(ベスト時代文庫)　2005年5月

渡辺 きみ　わたなべ・きみ
元桑名藩士で京都見廻組の頭並渡辺篤(吉太郎)の娘　「刺客の娘」　船山馨　龍馬と志士たち　コスミック出版(コスミック文庫)　2009年11月;歴史小説の世紀-地の巻　新潮社(新潮文庫)　2000年9月

渡辺 金兵衛　わたなべ・きんべえ
伊達藩小姓頭、藩の要職を専権する兵部一派の一人　「原田甲斐」　中山義秀　江戸三百年を読む　上-傑作時代小説　江戸騒乱編　角川学芸出版(角川文庫)　2009年9月;人物日本の歴史　江戸編〈上〉-時代小説版　小学館(小学館文庫)　2004年5月

渡辺 源四郎　わたなべ・げんしろう
新選組隊士、上州館林浪人　「念流手の内」　津本陽　幻の剣鬼　七番勝負-傑作時代小説　PHP研究所(PHP文庫)　2008年5月

渡辺 源太　わたなべ・げんた
泰平の代の明和四年に家門のため実の妹を刺し殺すという事件をおこし世間を騒がせた男　「ますらを」　円地文子　歴史小説の世紀-天の巻　新潮社(新潮文庫)　2000年9月

渡辺 小右衛門　わたなべ・こえもん
南町奉行所与力　「風ぐるま」　杉本苑子　江戸宵闇しぐれ-人情捕物帳傑作選二　学習研究社(学研M文庫)　2005年3月

渡辺 庄九郎　わたなべ・しょうくろう
元越後上杉家の家臣、茶の湯に通じ主君上杉景勝・執政直江兼続から茶会で献上する羊羹作りを頼まれた男　「羊羹合戦」　火坂雅志　疾風怒涛!上杉戦記-傑作時代小説　PHP研究所(PHP文庫)　2008年3月;異色歴史短篇傑作大全　講談社　2003年11月

渡辺 助左衛門　わたなべ・すけざえもん
信州諏訪藩主諏訪忠厚の側用人　「諏訪二の丸騒動」　新田次郎　侍の肖像-信州歴史時代小説傑作集第二巻　しなのき書房　2007年5月

渡辺 長兵衛守　わたなべ・ちょうべえまもる
戦国武将渡辺勘兵衛の息子　「勘兵衛奉公記」　池波正太郎　武士の本懐〈弐〉-武士道小説傑作選　KKベストセラーズ(ベスト時代文庫)　2005年5月

和田 信淵　わだ・のぶひろ*
南近江の守護大名六角佐々木氏の主君義賢の家臣　「忍びの砦-伊賀崎道順」　今村実　戦国忍者武芸帳-時代小説傑作選五　新人物往来社　2008年3月

和田 又次郎　わだ・またじろう
江戸の御鉄砲方井上左太夫の組下の与力和田弥太郎の相続人　「鶯」　岡本綺堂　怪奇・伝奇時代小説選集12 血塗りの呪法　春陽堂書店(春陽文庫)　2000年9月

和田 弥太郎　わだ・やたろう
江戸の御鉄砲方井上左太夫の組下の与力で羽田の鷺撃ちの年番に当たった武士　「鷺」　岡本綺堂　怪奇・伝奇時代小説選集12 血塗りの呪法　春陽堂書店（春陽文庫）　2000年9月

和田 義盛　わだ・よしもり
信濃国和田山の城主、のち鎌倉幕府侍所別当　「一矢雲上」　陣出達朗　乱世の女たち-信州歴史時代小説傑作集第五巻　しなのき書房　2007年9月

和知 庸助　わち・ようすけ
密告者、旧庄内藩士　「薄野心中-新選組最後の人」　船山馨　新選組アンソロジー下巻-その虚と実に迫る　舞字社　2004年2月；新選組烈士伝　角川書店（角川文庫）　2003年10月

名前から引く登場人物名索引

【あ】

阿 あ→孟 阿
あい→あい
愛次郎 あいじろう→佐々木 愛次郎
愛次郎 あいじろう→柴山 愛次郎
会津屋清助 あいずやせいすけ→会津屋 清助
愛蔵 あいぞう→愛蔵
愛生 あおい→愛生
葵小僧 あおいこぞう→葵小僧(市之助)
葵の前 あおいのまえ→葵の前
青馬の俵助 あおうまのひょうすけ→青馬の俵助
アカ→アカ
赤鬼 あかおに→赤鬼
明石 あかし→石川 明石
赤埴彦 あかはにひこ→赤埴彦
赤丸 あかまる→赤丸
赤麿 あかまろ→赤麿
赤虫 あかむし→赤虫
安芸 あき→伊達 安芸
秋篠 あきしの→秋篠
秋忠 あきただ→清原 秋忠
秋太郎 あきたろう→秋太郎(伊那の秋太郎)
明利 あきとし→加藤 明利
秋成 あきなり→上田 秋成
明成 あきなり→加藤 明成
秋葉の行者 あきばのぎょうじゃ→秋葉の行者
秋広 あきひろ→清原 秋広
詮房 あきふさ→間部 詮房
阿気丸 あきまる→尾住 阿気丸
秋丸 あきまる→秋丸
顕泰 あきやす→沼田 顕泰(万鬼斎)
章 あきら→緒方 章(洪庵)
アキレス・ハンフウキ→アキレス・ハンフウキ
悪大夫 あくだゆう→悪大夫(源ノ大夫)
阿久里 あくり→阿久里
朱次郎 あけじろう→寺門 朱次郎
総角 あげまき→総角
上松の孫八 あげまつのまごはち→上松の孫八
アケミ→アケミ

阿古十郎 あこじゅうろう→仙波 阿古十郎
仙波阿古十郎 あこじゅうろう→仙波阿古十郎(顎十郎)
顎十郎 あごじゅうろう→顎十郎
顎十郎 あごじゅうろう→顎十郎(仙波 阿古十郎)
あこや→あこや
浅右衛門 あさえもん→山田 浅右衛門
浅右衛門 あさえもん→山田 浅右衛門(平太)
浅右衛門 あさえもん→浅右衛門
朝右衛門 あさえもん→山田 朝右衛門
浅右衛門吉睦 あさえもんよしちか→山田 浅右衛門吉睦
朝右衛門吉昌 あさえもんよしまさ→山田 朝右衛門吉昌(吉昌)
浅川の富蔵 あさかわのとみぞう→浅川の富蔵
浅吉 あさきち→浅吉
麻吉 あさきち→麻吉(稲荷の麻吉)
朝霧 あさぎり→朝霧
浅次郎 あさじろう→浅次郎
浅太郎 あさたろう→浅太郎
麻太郎 あさたろう*→神林 麻太郎
浅野内匠頭 あさのたくみのかみ→浅野内匠頭
朝憲 あさのり→沼田 朝憲(弥七郎)
浅里 あさり→浅里
阿繡 あしゅう→徐 阿繡
安宿 あすか→安宿
吾妻三之丞 あずまさんのじょう→吾妻三之丞
春満 あずままろ→荷田 春満
アダ→アダ
恰 あだか→熊田 恰
阿琢 あたく→阿琢
穆清 あつきよ→石谷因幡守 穆清
篤 あつし→税所 篤
篤 あつし→渡辺 篤
艶丸 あでまる→艶丸
跡部山城守 あとべやましろのかみ→跡部山城守
阿那女 あなめ→阿那女
油日の和十 あぶらびのわじゅう→油日の和十
阿部豊後守 あべぶんごのかみ→阿部豊後守
阿保機 あほき→耶律 阿保機

あほの太平　あほのたへい*→あほの太平
あま→あま
天野屋利兵衛　あまのやりへえ→天野屋利兵衛（利兵衛）
尼御台　あまみだい→尼御台（北条 政子）
甘利備前守　あまりびぜんのかみ→甘利備前守
安向　あむか→室屋 安向
雨太郎　あめたろう→若月 雨太郎
雨坊主　あめぼうず→雨坊主
綾江　あやえ→綾江
綾路　あやじ→綾路
綾瀬　あやせ→綾瀬
漢田人　あやたひと→漢田人
あやの→あやの
綾乃　あやの→綾乃
綾野　あやの→綾野
綾姫　あやひめ→綾姫
荒尾但馬守　あらおたじまのかみ→荒尾但馬守
荒二郎　あらじろう*→荒二郎
有綱　ありつな→有綱
阿波太夫　あわだゆう→阿波太夫
阿波大夫　あわだゆう→阿波大夫
阿波局　あわのつぼね→阿波局
安藝王　あんきおう→安藝王
安甲　あんこう→安甲
安珍　あんちん→安珍
安鎮　あんちん→安鎮
安展　あんてん→安展
安兜冽　あんどれ→安兜冽
暗夜軒　あんやけん→暗夜軒
按里　あんり→按里（霧隠才蔵）

【い】

伊阿弥　いあみ→伊阿弥
飯岡助五郎　いいおかのすけごろう→飯岡助五郎（石渡助五郎）
飯河豊前守　いいかわぶぜんのかみ→飯河豊前守
威一郎　いいちろう→磐井 威一郎（柴田 平蔵）
家貞　いえさだ→植村 家貞
家綱　いえつな→徳川 家綱
家久　いえひさ→竜造寺 家久
家久　いえひさ→竜造寺 家久（多久 長門）

家光　いえみつ→徳川 家光
家光　いえみつ→徳川 家光（竹千代）
家茂　いえもち→徳川 家茂
伊右衛門　いえもん→伊右衛門（金屋伊右衛門）
伊右衛門　いえもん→田宮 伊右衛門
伊右衛門　いえもん→民谷 伊右衛門
家康　いえやす→徳川 家康
家吉　いえよし→中山 家吉
家慶　いえよし→徳川 家慶
庵之助　いおのすけ→松原 庵之助
伊織　いおり→宮本 伊織
伊織　いおり→広田 伊織
伊織　いおり→甲賀 伊織
伊織　いおり→坂部 伊織
伊織　いおり→山名 伊織
伊織　いおり→小幡 伊織
伊織　いおり→新庄 伊織
伊織　いおり→正木 伊織
伊織　いおり→内藤 伊織
伊織　いおり→本多 伊織
伊織　いおり→六郷 伊織
伊賀守敦信　いがのかみあつのぶ→伊賀守敦信
伊賀之助　いがのすけ→安西 伊賀之助
伊賀之亮　いがのすけ→山内 伊賀之亮
伊賀亮　いがのすけ→山内 伊賀亮
伊賀亮　いがのすけ→竹内 伊賀亮
伊賀屋三次　いがやさんじ→伊賀屋三次（三次）
伊吉　いきち→伊吉
伊久　いく→伊久
郁子　いくこ→郁子
育太郎　いくたろう→堀 育太郎
郁之助　いくのすけ→桜田 郁之助
幾松　いくまつ→幾松
幾弥　いくや→小沢 幾弥
幾世　いくよ→幾世
池田播磨守　いけだはりまのかみ→池田播磨守
移香斎　いこうさい→愛洲 移香斎
伊左右衛門　いさえもん→伊左右衛門
伊佐吉　いさきち→伊佐吉
伊三吉　いさきち→伊三吉
イーサク　いーさく→イーサク（伊作）
伊作　いさく→伊作
伊三次　いさじ→伊三次

伊三蔵 いさぞう→伊三蔵（追分の伊三蔵）
伊三郎 いさぶろう→伊三郎
伊三郎 いさぶろう→伊三郎（五本木の伊三郎）
伊三郎 いさぶろう→笹原 伊三郎
勇 いさみ→近藤 勇
勇 いさみ→近藤 勇（宮川 勝五郎）
勇 いさみ→近藤 勇（島崎 勇）
勇 いさみ→島崎 勇
勇 いさむ→金輪 勇
石川麻呂 いしかわまろ→蘇我倉山田 石川麻呂
猪七郎 いしちろう*→黒板 猪七郎
石松 いしまつ→石松（森の石松）
伊四郎 いしろう→諸住 伊四郎
石渡助五郎 いしわたすけごろう*→石渡 助五郎
伊豆 いず→神後 伊豆（伊阿弥）
伊助 いすけ→伊助
和泉 いずみ→小野 和泉
和泉守 いずみのかみ→和泉守
和泉屋甚助 いずみやじんすけ→和泉屋 甚助（甚助）
和泉屋北枝 いずみやほくし→和泉屋 北枝
以世 いせ→以世
伊勢 いせ→中村 伊勢
伊勢蔵 いせぞう→伊勢蔵
伊勢伝十郎 いせでんじゅうろう→伊勢伝十郎（莢の伝十郎）
伊勢屋 いせや→伊勢屋
伊勢屋重兵衛 いせやじゅうべえ→伊勢屋 重兵衛（重兵衛）
伊勢屋四郎左衛門 いせやしろうざえもん→伊勢屋四郎左衛門
伊勢屋徳兵衛 いせやとくべえ→伊勢屋 徳兵衛（徳兵衛）
以蔵 いぞう→岡田 以蔵
磯の禅師 いそのぜんし→磯の禅師
井田さん いださん→井田さん
伊太八 いたはち→伊太八
伊太郎 いたろう→伊太郎
伊太郎 いたろう→若杉 伊太郎
伊太郎 いたろう→狩野 伊太郎
いち いち→いち（お市の方）
市 いち→徐 市
一雲 いちうん→小出切 一雲
市右衛門 いちえもん→須藤 市右衛門

市右衛門 いちえもん*→村尾 市右衛門
一学 いちがく→小山田 一学
一学 いちがく→小松 一学
一学 いちがく→清水 一学
市五郎 いちごろう→市五郎
市五郎 いちごろう→日高 市五郎
市左衛門 いちざえもん→野田 市左衛門
一三郎 いちさぶろう→雨宮 一三郎
一十郎 いちじゅうろう→欅 一十郎
一次郎 いちじろう→茂田 一次郎
市次郎 いちじろう→糸川 市次郎（藤田 三郎兵衛）
市助 いちすけ→市助
市助 いちすけ→野村 市助
市三 いちぞう→市三
市蔵 いちぞう→市蔵
市太夫 いちだゆう→土橋 市太夫
一太郎 いちたろう→一太郎
市太郎 いちたろう→市太郎
市之丞 いちのじょう→金子 市之丞
市之丞 いちのじょう→石森 市之丞
一之進 いちのしん→仙波 一之進
市之進 いちのしん→田中 市之進
市之介 いちのすけ→山際 市之介
市之助 いちのすけ→市之助
市之助 いちのすけ→野上 市之助
市之助 いちのすけ→矢島 市之助
市兵衛 いちべえ→市兵衛
市兵衛 いちべえ→小俣 市兵衛
市兵衛 いちべえ→大沼 市兵衛
市松 いちまつ→市松
一文斎 いちもんさい→一文斎
一葉 いちよう→一葉
市郎右衛門 いちろうえもん*→福岡 市郎右衛門
一郎兵衛 いちろべえ→坂部 一郎兵衛（矢太郎）
一角 いっかく→天童 一角
一国 いっこく→一国
一茶 いっさ→小林 一茶（弥太郎）
一水舎半丘 いっすいしゃはんきゅう→一水舎半丘（半丘）
一清 いっせい→楊 一清
逸当 いっとう→斎藤 逸当
一刀斎 いっとうさい→伊藤 一刀斎
一刀斎 いっとうさい→一刀斎

一刀斎景久　いっとうさいかげひさ→伊東
一刀斎景久
一刀斎景久　いっとうさいかげひさ→伊藤
一刀斎景久
一刀斎景久　いっとうさいかげひさ→伊藤
一刀斎景久(弥五郎)
一羽　いっぱ→諸岡 一羽
一羽斎　いっぱさい→諸岡 一羽斎
一瓢　いっぴょう→一瓢
一平　いっぺい→花房 一平
一平　いっぺい→蒲生 一平
一放　いっぽう→富田 一放
猪手麻呂　いでまろ→猪手麻呂
いと→いと
イト　いと→田中 イト
糸吉　いときち→糸吉
糸路　いとじ→糸路
夷奈　いな→夷奈
稲妻吉五郎　いなずまきちごろう→稲妻吉五郎
猪名田の三介　いなだのさんすけ→猪名田の三介
伊那の秋太郎　いなのあきたろう→伊那の秋太郎
稲姫　いなひめ→稲姫
いなみ→いなみ
稲荷の麻吉　いなりのあさきち→稲荷の麻吉
犬坊　いぬぼう→犬坊
伊根　いね→伊根
稲子　いねこ→宮村 稲子
伊之吉　いのきち→伊之吉
猪之吉　いのきち→猪之吉
猪之吉　いのきち→箕浦 猪之吉
伊之助　いのすけ→伊之助
伊之助　いのすけ→望月 伊之助
猪介　いのすけ→猪介
亥太　いのだ→亥太
猪股能登守　いのまたのとのかみ→猪股能登守
伊之松　いのまつ→伊之松
意伯　いはく→鈴木 意伯
伊平　いへい→伊平
伊平　いへい*→上島 伊平
伊兵太　いへいた→伊兵太
伊平太　いへいた→波越 伊平太
伊兵衛　いへえ→伊兵衛

伊兵衛　いへえ→三沢 伊兵衛
異房　いぼう→異房
大館今　いま→大館今
今参ノ局　いままいりのつぼね→今参ノ局
今参りの局　いままいりのつぼね→今参りの局(大館今)
猪由　いゆい→猪由(くろものの猪由)
伊与吉　いよきち→伊与吉
イラチの安　いらちのやす→イラチの安
郎女　いらつめ→郎女
入布　いりふ→入布(永倉 新八)
入鹿　いるか→蘇我 入鹿
いろはの銀次　いろはのぎんじ→いろはの銀次
伊呂姫　いろひめ→伊呂姫
いわ→いわ
岩瀬繁蔵　いわせしげぞう→岩瀬繁蔵
岩蔵　いわぞう→岩蔵(地雷也の岩)
岩太　いわた→岩太
石姫　いわひめ→石姫
石見　いわみ→櫛木 石見
殷　いん→馬 殷
隠々洞覚乗　いんいんどうかくじょう→隠々洞覚乗
胤栄　いんえい→胤栄
胤栄　いんえい→胤栄(宝蔵院胤栄)
仁弘　いんほん→鄭 仁弘
仁穆大妃　いんもくでび→仁穆大妃

【う】

羽　う→項 羽
植甚　うえじん→植甚
右衛門　うえもん→右衛門
右衛門　うえもん→富士 右衛門
右衛門　うえもん→堀 右衛門
宇右門　うえもん→富士 宇右門
宇衛門　うえもん→富士 宇衛門
右衛門作　うえもんさく→山田 右衛門作
右衛門尉　うえもんのじょう*→宮川 右衛門尉
魚勝　うおかつ→魚勝
魚足　うおたり→魚足
魚足　うおたり→秦部 魚足
宇賀長者　うがのちょうじゃ*→宇賀長者
卯吉　うきち→卯吉

浮寝ノ小太郎 うきねのこたろう*→浮寝ノ小太郎
右京 うきょう→安藤 右京
右京 うきょう→吉村 右京
右京 うきょう→大隅 右京
右京 うきょう→中条 右京（吉村 右京）
右京太夫 うきょうだゆう→中川 右京太夫
右京之介 うきょうのすけ→秋草 右京之介
右京局 うきょうのつぼね→右京局
浮世亭主水 うきよていもんど→浮世亭主水（主水）
右近 うこん→荒城 右近
右近 うこん→鈴木 右近
右近将監 うこんしょうげん→松平 右近将監
右近忠重 うこんただしげ→鈴木 右近忠重
卯三次 うさじ→卯三次
右三郎 うさぶろう→栗原 右三郎
宇三郎 うさぶろう→宇三郎
卯三郎 うさぶろう→筧 卯三郎
牛右衛門 うしえもん→牛右衛門
氏貞 うじさだ→宗像 氏貞
氏郷 うじさと→蒲生 氏郷
丑太郎 うしたろう→丑太郎
氏親 うじちか→今川 氏親
氏直 うじなお→饗庭 氏直
氏直 うじなお→北条 氏直
丑之助 うしのすけ→三井 丑之助
牛之助 うしのすけ→牛之助
丑松 うしまつ→丑松
牛松 うしまつ→牛松
氏幹 うじもと→真壁安芸守 氏幹
氏秀 うじやす→北条 氏秀
宇爕 うしょう→徐 宇爕
丑六 うしろく→丑六
牛若丸 うしわかまる→牛若丸（源 義経）
卯助 うすけ→卯助
ウストン→ウストン
宇簀女 うずめ→宇簀女
うずら様 うずらさま→うずら様（鶉 伝右衛門）
烏石 うせき→烏山 烏石
うた→うた
右大臣さま うだいじんさま→右大臣さま（源 実朝）
歌浦 うたうら→歌浦
歌川国直 うたがわくになお→歌川国直

歌子 うたこ→下田 歌子（平尾 せき）
歌子 うたこ→中島 歌子
転 うたた→竜堂寺 転
歌橋 うたはし→歌橋
内田法眼 うちだほうげん→内田法眼
鰻屋の鉄さん うなぎやのてつさん→鰻屋の鉄さん
采女 うねめ→芦谷 采女
采女 うねめ→御神楽 采女（旗本偏屈男）
采女 うねめ→高田 采女
采女 うねめ→采女
采女 うねめ→那珂 采女
うの→うの
宇之吉 うのきち→宇之吉
卯之吉 うのきち→卯之吉
卯之吉 うのきち→財前 卯之吉
右之助 うのすけ→大原 右之助
卯之助 うのすけ→衣笠 卯之助
卯之助 うのすけ→卯之助
宇平 うへい→宇平
宇兵衛 うへえ→村上 宇兵衛
卯兵衛 うへえ→卯兵衛
馬吉 うまきち→馬吉（春念）
馬子 うまこ→蘇我 馬子
右馬允 うまのじょう→加藤 右馬允
馬之允 うまのすけ→中畑 馬之允
馬之助 うまのすけ→原口 馬之助
厩戸皇太子 うまやどこうたいし→厩戸皇太子
厩戸皇太子 うまやどこうたいし→厩戸皇太子（聖徳太子）
海つばめのお銀 うみつばめのおぎん→海つばめのお銀
海坊主の親方 うみぼうずのおやかた→海坊主の親方
梅ヶ枝 うめがえ*→梅ヶ枝
梅吉 うめきち→梅吉
梅子 うめこ→津田 梅子
梅次郎 うめじろう→鹿間 梅次郎
梅次郎 うめじろう→梅次郎
梅津 うめず→梅津
梅太郎 うめたろう→才谷 梅太郎
梅野 うめの→梅野
梅之助 うめのすけ→梅之助
右門 うもん→近藤 右門（むっつり右門）
右門 うもん→栗原 右門
浦風 うらかぜ→浦風

583

裏宿七兵衛 うらじゅくしちべえ→裏宿七兵衛
裏次郎 うらじろう→裏次郎
乙那 うるな→高 乙那
雲橋 うんきょう→雲橋
運慶 うんけい→運慶

【え】

栄 えい→栄（お栄）
英 えい→李 英
栄五 えいご→栄五（大前田栄五郎）
永斎 えいさい→増山 永斎
英三郎 えいざぶろう→長沢 英三郎
栄次郎 えいじろう→栄次郎
栄二郎 えいじろう→栄二郎
英泉 えいせん→英泉
鋭太郎 えいたろう→平山 鋭太郎
栄之進 えいのしん→桂 栄之進
鋭飛 えいひ→鋭飛
永楽銭 えいらくせん→永楽銭
英良 えいりょう*→加山 英良
瑛琳 えいりん→瑛琳
恵瓊 えけい→安国寺 恵瓊
恵瓊 えけい→安国寺 恵瓊（正慶）
回向院の茂七 えこういんのもしち→回向院の茂七
恵尺 えさか→大分君 恵尺
絵師 えし→絵師
絵島 えじま→絵島
絵島の局 えじまのつぼね→絵島の局
蝦夷菊 えぞぎく→蝦夷菊
越後の又四郎 えちごのまたしろう→越後の又四郎
越後屋佐吉 えちごやさきち→越後屋佐吉（佐吉）
越前屋佐兵衛 えちぜんやさへえ→越前屋佐兵衛（佐兵衛）
越前屋長次郎 えちぜんやちょうじろう→越前屋長次郎（長次郎）
エテ公 えてこう→エテ公
エドウィン・ダン→エドウィン・ダン
江戸屋千之助 えどやせんのすけ→江戸屋千之助（千之助）
慧能 えのう→慧能
役君小角 えのきみおずぬ→役君小角
蝦夷 えみし→蘇我 蝦夷

恵美押勝 えみのおしかつ→恵美押勝
エロイーズ→エロイーズ
円覚 えんかく*→円覚
円空 えんくう→円空
円謙坊 えんけんぼう→円謙坊
燕山君 えんざんくん→燕山君
遠州屋杢兵衛 えんしゅうやもくべえ→遠州屋杢兵衛（杢兵衛）
炎四郎 えんしろう→御里 炎四郎
延次郎 えんじろう→延次郎
園次郎 えんじろう*→狩野 園次郎
円蔵 えんぞう→円蔵
円太 えんた→中村 円太
役小角 えんのおずぬ→役小角（小角）
円明海 えんめいかい→円明海

【お】

お愛の方 おあいのかた→お愛の方
おあき→おあき
お秋 おあき→お秋
緒明の嘉吉 おあけのよしきち→緒明の嘉吉
お葦 おあし→お葦
お綾 おあや→お綾
於阿和の方 おあわのかた→於阿和の方
おいち→おいち
おいち おいち→おいち（歌川 芳花）
お市 おいち→お市
お市の方 おいちのかた→お市の方
お糸 おいと→お糸
お糸の方 おいとのかた→お糸の方
おいね→おいね
お岩 おいわ→お岩
於いわ おいわ→於いわ
追分の伊三蔵 おいわけのいさぞう→追分の伊三蔵
王 おう→王
桜園 おうえん→林 桜園
扇屋 おうぎや→扇屋
応挙 おうきょ→円山 応挙
王珍 おうちん→王珍
おうの→おうの
お梅 おうめ→お梅
おえい→おえい
お栄 おえい→お栄
おえつ→おえつ

お江与ノ方　おえよのかた→お江与ノ方
おえん→おえん
おゑん→おゑん
大海人王子　おおあまのおうじ→大海人王子(天武天皇)
大海人皇子　おおあまのおうじ→大海人皇子
大炊助　おおいのすけ→小池 大炊助
大岡越前守　おおおかえちぜんのかみ→大岡越前守
大方殿　おおかたどの→大方殿
大蔵　おおくら→中馬 大蔵
大海人皇子　おおしあまおうじ→大海人皇子
大海人皇子　おおしあまのみこ→大海人皇子
大瀬　おおせ→大瀬
大滝の五郎蔵　おおたきのごろぞう→大滝の五郎蔵
大旦那さま　おおだんなさま→大旦那さま
大月の小六　おおつきのころく→大月の小六
大友皇子　おおとものおうじ→大友皇子
大友皇子　おおとものみこ→大友皇子
大鳥屋勘七　おおとりやかんしち→大鳥屋勘七
大番頭　おおばんとう→大番頭
大比　おおひ→大比
大姫　おおひめ→大姫
大前田栄五郎　おおまえだえいごろう→大前田栄五郎
大政　おおまさ→大政
大峰銀次郎　おおみねぎんじろう→大峰銀次郎(銀次郎)
お梶　おかじ→お梶
岡太　おかた→岡本 岡太
お勝　おかつ→お勝
岡っ引き　おかっぴき→岡っ引き
おかな→おかな
おかね→おかね
お兼ちゃん　おかねちゃん→お兼ちゃん
岡部丹波守　おかべたんばのかみ→岡部丹波守
万歳爺　おかみ→万歳爺
お亀　おかめ→お亀
おかよ→おかよ
お加代　おかよ→お加代
お軽　おかる→お軽

興秋　おきあき→細川 興秋
おきく　おきく
お菊　おきく→おきく(菊女)
お菊　おきく→お菊
お菊ばあさん　おきくばあさん→お菊ばあさん
おきた→おきた
おきち→おきち
お吉　おきち→お吉
沖津　おきつ→沖津
意次　おきつぐ→田沼 意次
意知　おきとも→田沼 意知
翁　おきな→翁
おきぬ→おきぬ
お絹　おきぬ→お絹
おきよ→おきよ
お喜代　おきよ→お喜代
お清　おきよ→お清
お聖　おきよ→お聖
お清　おきよ*→お清
お京　おきょう→お京
おきわ→おきわ
お喜和　おきわ→お喜和
おキン→おキン
おぎん→おぎん
お銀　おぎん→お銀
お銀　おぎん→お銀(海つばめのお銀)
お国　おくに→お国
おくま→おくま
お熊　おくま→お熊
おくみ→おくみ
おくめ→おくめ
お粂　おくめ→お粂
小倉屋新兵衛　おぐらやしんべえ→小倉屋新兵衛
御曲輪の御前　おくるわのごぜん→御曲輪の御前
おけい→おけい
お恵　おけい→お恵
桶屋の鬼吉　おけやのおにきち→桶屋の鬼吉
おげん→おげん
お源　おげん→お源
お鯉　おこい→お鯉
おこう→おこう
お孝　おこう→お孝
お幸　おこう→お幸

お甲　おこう→お甲
お香　おこう→お香
おこと→おこと
お琴　おこと→お琴
おこと婆さん　おことばあさん→おこと婆さん
おこな→おこな
お此　おこの→お此
おこま→おこま
お駒　おこま→お駒
おころ→おころ
おこん→おこん
お今　おこん→お今
お紺　おこん→お紺
お佐枝　おさえ→お佐枝
お冴　おさえ→お冴
おさき→おさき
お貞　おさだ→お貞
お定　おさだ→お定
お貞さん　おさださん→お貞さん
おさち→おさち
おさつ→おさつ
おさと→おさと
お里　おさと→お里
お実　おさね→お実
おさめの方　おさめのかた→おさめの方（染子）
おさよ→おさよ
お小夜　おさよ→お小夜
お小夜　おさよ→お小夜（察しのお小夜）
おさらば小僧　おさらばこぞう→おさらば小僧
おさわ→おさわ
お沢　おさわ→お沢
お沢の方　おさわのかた→お沢の方
おさん→おさん
おさん　おさん→おさん（吾妻三之丞）
おさん婆さん　おさんばあさん→おさん婆さん
おしか→おしか
押切の駒太郎　おしきりのこまたろう→押切の駒太郎
おしげ→おしげ
おしず→おしず
おしづ→おしづ
お静　おしず→お静
お品　おしな→お品

おしま→おしま
お島　おしま→お島
お嶋　おしま→お嶋
お霜　おしも→お霜
おしゅん→おしゅん
お俊　おしゅん→お俊
お順　おじゅん→お順
於順　おじゅん→於順
お志代　おしよ→お志代
おしん→おしん
お信　おしん→お信
お新　おしん→お新
おすぎ→おすぎ
おすず→おすず
お鈴　おすず→お鈴
お捨　おすて→お捨
小角　おずぬ→小角
小角　おずぬ→小角（役君小角）
小角行者　おずぬぎょうじゃ→小角行者（金峯小角）
おすま→おすま
おすみ→おすみ
お須美　おすみ→お須美
お澄　おすみ→お澄
於寿免　おすめ→於寿免
おせい→おせい
お勢　おせい→お勢
おせき→おせき
お関　おせき→お関
おせん→おせん
おせん　おせん→おせん（太公望おせん）
おせん　おせん→おせん（麝香のおせん）
お仙　おせん→お仙
お千　おせん→お千
おそで→おそで
お袖　おそで→お袖
おその→おその
お園　おその→お園
おそめ→おそめ
お染　おそめ→お染
おたえ→おたえ
お妙　おたえ→お妙
お妙　おたお→お妙
おたか→おたか
お高　おたか→お高
お鷹　おたか→お鷹

586

おたき→おたき
お滝　おたき→お滝
お滝の方　おたきのかた→お滝の方
おたけ→おたけ
お竹　おたけ→お竹
オタツ→オタツ
お達　おたつ→お達
お辰　おたつ→お辰
お辰　おたつ→お辰（鬼神のお辰）
小田内膳正　おだないぜんのしょう→小田内膳正
男谷下総守　おだにしもうさのかみ→男谷下総守
おたね→おたね
お種　おたね→お種
お多根　おたね→お多根
おたま→おたま
お玉　おたま→お玉
お珠　おたま→お珠
お民　おたみ→お民
おたよ→おたよ
お多代　おたよ→お多代
小田原御前　おだわらごぜん→小田原御前
於丹　おたん→於丹
おちえ→おちえ
おちか→おちか
おちか　おちか→おちか（綾瀬）
お千加　おちか→お千加
おちず→おちず
おちせ→おちせ
お千勢　おちせ→お千勢
お茶々　おちゃちゃ→お茶々
おちよ→おちよ
お千代　おちよ→お千代
お蝶　おちょう→お蝶
お長　おちょう→お長
お通　おつう→お通
お通　おつう*→お通（小野のお通）
おつぎ→おつぎ
お槻さま　おつきさま→お槻さま
お蔦　おつた→お蔦
おつな→おつな
おつね→おつね
お恒　おつね→お恒
お常　おつね→お常
おつま→おつま

おつや→おつや
おつやの方　おつやのかた→おつやの方
おつゆ→おつゆ
お露　おつゆ→お露
お鶴　おつる→お鶴
おてい→おてい
お貞の方　おていのかた→お貞の方
お鉄　おてつ→お鉄
お照　おてる→お照
おてん→おてん
音　おと→音
音　おと→犬養連 音
おとき→おとき
お時　おとき→お時
おとく→おとく
お徳　おとく→お徳
於徳　おとく→於徳
男　おとこ→男
音五郎　おとごろう→音五郎
おとし→おとし
お年　おとし→お年
音次郎　おとじろう→音次郎
音二郎　おとじろう→音二郎
おとせ→おとせ
お登勢　おとせ→お登勢
音なし源　おとなしげん→音なし源
おとは→おとは
音松　おとまつ→音松
於富　おとみ→於富
お富の方　おとみのかた→お富の方
おとよ→おとよ
お登代　おとよ→お登代
お登代　おとよ→お登代（お加代）
お豊　おとよ→お豊
お虎　おとら→お虎
お寅　おとら→お寅
お酉　おとり→お酉
おとわ→おとわ
お登和　おとわ→お登和
音羽　おとわ→音羽
お直　おなお→お直
お直の方　おなおのかた→お直の方
おなつ→おなつ
お夏　おなつ→お夏
お鍋の方　おなべのかた→お鍋の方
おなみ→おなみ

587

お波　おなみ→お波
お浪　おなみ→お浪
鬼吉　おにきち→鬼吉（桶屋の鬼吉）
鬼熊五郎　おにくまごろう→鬼熊五郎
鬼武　おにたけ→鬼武
オニピシ→オニピシ
鬼坊主清吉　おにぼうずせいきち→鬼坊主清吉（川越の旦那）
鬼麿　おにまろ→鬼麿
鬼若　おにわか→鬼若
おぬい→おぬい
お縫　おぬい→お縫
お縫の方　おぬいのかた→お縫の方
お襧　おね→お襧（襧々）
於袮　おね→於袮
おねね　おねね→おねね（北政所）
おのう→おのう
小野川喜三郎　おのがわきさぶろう→小野川喜三郎
おの女　おのじょ→おの女
小野のお通　おののおつう*→小野のお通
おのぶ→おのぶ
お蓮　おはす→お蓮
お初　おはつ→お初
お初　おはつ→お初（初瀬）
お波津　おはつ→お波津
お花　おはな→お花
お波奈の方　おはなのかた→お波奈の方
おばば→おばば
お浜　おはま→お浜
おはる→おはる
お春　おはる→お春
おはん→おはん
お半の方　おはんのかた→お半の方
おひさ→おひさ
お久　おひさ→お久
お秀　おひで→お秀
お秀の方　おひでのかた→お秀の方
首皇子　おびとのおうじ→首皇子
お紐　おひも→お紐（ヒモ）
お百　おひゃく→お百
おひろ→おひろ
おふう→おふう
おふき→おふき
おふく→おふく
お福　おふく→お福

お福　おふく→お福（春日局）
お福の方　おふくのかた→お福の方
おふさ→おふさ
お房　おふさ→お房
おふじ→おふじ
お藤　おふじ→お藤
お二三　おふみ→お二三
お文　おふみ→お文
おふゆ→おふゆ
お冬　おふゆ→お冬
お冬さま　おふゆさま→お冬さま
おぼろ麻耶　おぼろまや→おぼろ麻耶
お万阿　おまあ→お万阿
おまき→おまき
おまさ→おまさ
おまち→おまち
おまつ→おまつ
お松　おまつ→お松
お万津　おまつ→お万津
おまゆ→おまゆ
お万　おまん→お万
悪萬　おまん→悪萬
お万の方　おまんのかた→お万の方
阿万の方　おまんのかた→阿万の方
おみさ→おみさ
おみち→おみち
お道　おみち→お道
お道　おみち→お道（滝野）
おみつ→おみつ
お光　おみつ→お光
お美津　おみつ→お美津
お美都　おみつ→お美都
おみね→おみね
お峰　おみね→お峰
お峯　おみね→お峯
お峰の方　おみねのかた→お峰の方
おみの→おみの
お美濃　おみの→お美濃
おみや→おみや
おみよ→おみよ
お美代　おみよ→お美代
おみわ→おみわ
おむら→おむら
おもと　おもと→おもと（お琴）
お元　おもと→お元
お茂登　おもと→お茂登

588

お茂代 おもよ→お茂代
おもん→おもん
お紋 おもん→お紋
お八重 おやえ→お八重
お八重 おやえ→お八重(八重)
お安 おやす→お安
おやや→おやや
おゆい→おゆい
おゆう→おゆう
お悠 おゆう→お悠
おゆき→おゆき
お幸 おゆき→お幸
お雪 おゆき→お雪
おゆみ→おゆみ
お弓 おゆみ→お弓(弓)
お由良 おゆら→お由良
お由羅の方 おゆらのかた→お由羅の方
お百合 おゆり→お百合
お由利 おゆり→お由利
お葉 およう→お葉
およし→およし
お芳 およし→お芳
お由 およし→お由
およね→およね
お米 およね→お米
およめ→およめ
おらく→おらく
おらん→おらん
お蘭 おらん→お蘭
阿蘭 おらん→阿蘭
お蘭の方 おらんのかた→お蘭の方
おりう→おりう
お利江 おりえ→お利江
折小野 おりおの→折小野
おりき→おりき
お力 おりき→お力
おりく→おりく
織之助 おりのすけ→入江 織之助
織部 おりべ→間宮 織部
織部 おりべ→彦坂 織部
織部 おりべ→矢田部 織部
織部之助 おりべのすけ→松田 織部之助
お柳 おりゅう→お柳
お竜 おりゅう→お竜
お龍 おりゅう→お龍
おりよ→おりよ

おりょう→おりょう
お了 おりょう→お了
おりん→おりん
お琳 おりん→お琳
おるい→おるい
オルガンティーノ→オルガンティーノ
おれん→おれん
お蓮 おれん→お蓮
お蓮の方 おれんのかた→お蓮の方
大蛇 おろち→大蛇
お若 おわか→お若
お和歌 おわか→お和歌
音外坊 おんがいぼう→音外坊

【か】

果 か→楊 果
魁 かい→島田 魁
甲斐 かい→原田 甲斐
檜 かい→秦 檜
噲 かい→樊 噲
懐王 かいおう→懐王
快慶 かいけい→快慶
海舟 かいしゅう→勝 海舟
貝ノ馬介 かいのうますけ*→貝ノ馬介
楓 かえで→楓
楓姫 かえでひめ→楓姫
花押 かおう→花押
カオル→カオル
薫 かおる→伊志原 薫
加賀御前 かがごぜん→加賀御前
加賀屋寿之助 かがやじゅのすけ→加賀屋寿之助(寿之助)
鶴亀助 かきすけ→鶴亀助
蠣太 かきた→赤西 蠣太
嘉吉 かきち→嘉吉
嗅っ鼻の団次 かぎっぱなのだんじ→嗅っ鼻の団次
鍵屋万助 かぎやまんすけ→鍵屋万助(万助)
覚右衛門 かくえもん→征矢野 覚右衛門
角右衛門 かくえもん→角右衛門(夜兎の角右衛門)
覚円坊 かくえんぼう→覚円坊
鶴翁 かくおう→松平 鶴翁
覚慶 かくけい→覚慶(足利 義秋)
角さん かくさん→角さん

嘉久治 かくじ→大塚 嘉久治
格次郎 かくじろう→源田 格次郎
角次郎 かくじろう→角次郎
恪二郎 かくじろう→佐久間 恪二郎
覚善 かくぜん→覚善
角蔵 かくぞう→角蔵
角蔵 かくぞう→六方 角蔵
角太郎 かくたろう→角太郎
鶴女 かくにょ→中村 鶴女
格之進 かくのしん→格之進
格之助 かくのすけ→大塩 格之助
格之助 かくのすけ→大山 格之助
覚兵衛 かくべえ→飯田 覚兵衛
角馬 かくま→島越 角馬
加具美 かぐみ→加具美
覚楪 かくよう→覚楪
景家 かげいえ→景家
景勝 かげかつ→上杉 景勝
景晋 かげくに→遠山左衛門尉 景晋
加筆梓 かけし→加筆梓
景漸 かげつぐ→曲淵甲斐守 景漸
景時 かげとき→梶原 景時
景虎 かげとら→上杉 景虎(北条 氏秀)
景虎 かげとら→長尾 景虎
景虎 かげとら→長尾 景虎(上杉 謙信)
影の喜兵衛 かげのきへえ→影の喜兵衛
影元 かげもと→遠山左衛門尉 影元(金さん)
景元 かげもと→遠山左衛門尉 景元
勘解由 かげゆ→斎藤 勘解由
勘解由 かげゆ→坂崎 勘解由
勘解由 かげゆ→中山 勘解由
勘解由左衛門 かげゆざえもん→川合 勘解由左衛門
景義 かげよし→沼田 景義(平八郎)
陽炎 かげろう→陽炎
かこめ→かこめ
風車の浜吉 かざぐるまのはまきち→風車の浜吉
笠戸 かさど→笠戸
累 かさね→累
牙之 がし→徐 牙之(粉河 新左衛門)
梶井 かじい→梶井
梶女 かじじょ→梶女
甲子太郎 かしたろう→伊東 甲子太郎
嘉十郎 かじゅうろう→嘉十郎(縄手の嘉十郎)

果心 かしん→果心
和 かず→山口 和
可寿江 かずえ→可寿江(村山 たか)
主計 かずえ→安富 主計
主計 かずえ→相馬 主計
主計 かずえ*→相馬 主計
春日ノお局様 かすがのおつぼねさま→春日ノお局様
春日局 かすがのつぼね→春日局
春日局 かすがのつぼね→春日局(お福)
香月 かずき→香月(お香)
嘉介 かすけ→嘉介
上総介 かずさのすけ→滋野 上総介
数馬 かずま→永戸 数馬
数馬 かずま→神部 数馬
数馬 かずま→数馬
数馬 かずま→竹内 数馬
数馬 かずま→渡部 数馬
数馬 かずま→渡辺 数馬
数馬 かずま→内藤 数馬
数馬 かずま→宝井 数馬
霞之助 かすみのすけ→霞之助
霞之助 かすみのすけ→桜井 霞之助
歌仙 かせん→玉川 歌仙
花扇 かせん→花扇
賢豊 かたとよ→後藤但馬守 賢豊
片帆 かたほ→片帆
勝魚 かちお→勝魚(勝念坊)
勝念坊 かちねんぼう→勝念坊
勝 かつ→勝
勝商 かつあき→勝商
勝家 かついえ→柴田 勝家
勝静 かつきよ→板倉伊賀守 勝静
勝子 かつこ→勝子
勝五郎 かつごろう→宮川 勝五郎
勝五郎 かつごろう→勝五郎
勝貞 かつさだ→五十君 勝貞
葛飾北斎 かつしかほくさい→葛飾北斎
勝茂 かつしげ→鍋島 勝茂
勝茂 かつしげ→鍋島信濃守 勝茂
かつ女 かつじょ→津田 かつ女(勝子)
勝三 かつぞう→勝三
勝蔵 かつぞう→勝蔵
勝太郎 かつたろう→人見 勝太郎
カッテンディーケ→カッテンディーケ
勝俊 かつとし→木下 勝俊

勝成 かつなり→水野日向守 勝成
勝之進 かつのしん→弘中 勝之進
勝之進 かつのしん→三宅 勝之進
河童 かっぱ→河童
勝久 かつひさ→尼子 勝久
勝姫 かつひめ→勝姫
克己 かつみ→山本 克己(一ノ瀬 直久)
勝光 かつみつ→日野 勝光
且元 かつもと→片桐 且元
勝義 かつよし→黒沢 勝義
勝頼 かつより→武田 勝頼
嘉藤太 かとうだ→嘉藤太
角屋七郎兵衛 かどやしちろうべえ→角屋 七郎兵衛(七郎兵衛)
加奈 かな→加奈
香苗 かなえ→香苗
金手 かなて→佐伯連 金手
かなめ かなめ→かなめ(勧進かなめ)
金森出雲守 かなもりいずものかみ→金森 出雲守
カニシカ→カニシカ
かね かね→福井 かね
兼家 かねいえ→藤原 兼家
金売り吉次 かねうりきちじ→金売り吉次
金千代 かねちよ→岩田 金千代
兼続 かねつぐ→直江 兼続
兼続 かねつぐ→直江山城守 兼続
兼遠 かねとう→中原 兼遠
兼平 かねひら→今井 兼平
金道 かねみち→大鳳 金道
金屋伊右衛門 かねやいえもん*→金屋伊右衛門
かの かの→かの(小雪)
加乃 かの→加乃
加納屋彦兵衛 かのうやひこべえ→加納屋 彦兵衛(彦兵衛)
鹿乃江 かのえ→鹿乃江
鏑木 かぶらき→鏑木
嘉平 かへい→嘉平
嘉兵衛 かへえ→嘉兵衛
嘉兵衛 かへえ→庄司 嘉兵衛
嘉兵衛 かへえ→森積 嘉兵衛
かまいたちの長 かまいたちのちょう→かまいたちの長
鎌子 かまこ→中臣 鎌子(藤原 鎌足)
釜次郎 かまじろう→榎本 釜次郎(榎本 武揚)

鎌次郎 かまじろう→鎌次郎
鎌足 かまたり→中臣 鎌足
鎌足 かまたり→藤原 鎌足
鎌之助 かまのすけ→由利 鎌之助
加真藻 かまも→加真藻
ガマ六 がまろく→ガマ六
神様 かみさま→神様
神沢出羽守 かみさわでわのかみ*→神沢 出羽守
雷大吉 かみなりだいきち→雷大吉
神屋宗湛 かみやそうたん→神屋宗湛
亀吉 かめきち→亀吉
亀寿丸 かめじゅまる→亀寿丸(北条 次郎 時行)
亀ぞう かめぞう→亀ぞう(ばちびんの亀ぞう)
亀蔵 かめぞう→三沢 亀蔵
亀太 かめた→亀太
カメネフスキー→カメネフスキー
亀八 かめはち→亀八
鴨 かも→芹沢 鴨
鴨 かも→芹沢 鴨(木村 継次)
カモ七 かもしち→カモ七
鴨ノ内記 かものないき→鴨ノ内記
嘉門 かもん→蜷原 嘉門
掃部助 かもんのすけ→北原 掃部助
佳代 かよ→佳代
加代 かよ→加代
香代 かよ→香代
唐草 からくさ→唐草
ガラシア がらしあ→細川 ガラシア
ガラシャ がらしゃ→細川 ガラシャ
加羅奢 がらしゃ→細川 加羅奢
烏の与作 からすのよさく→烏の与作
烏婆 からすばば→烏婆
ガラッハ がらっぱち→ガラッハ
狩麻呂 かりまろ→狩麻呂
化龍 かりょう→孫 化龍
かる→かる
軽の大臣 かるのおとど→軽の大臣
河勝 かわかつ→秦造 河勝
河上娘 かわかみのいらつめ→河上娘
川越の旦那 かわごえのだんな→川越の旦那
川越屋夫婦 かわごえやふうふ→川越屋 夫婦
川島 かわしま→川島

蛙の伝左 かわずのでんざ→蛙の伝左
河内介 かわちのすけ→田中 河内介
河内屋藤助 かわちやとうすけ→河内屋藤助
桓 かん→趙 桓（欽宗）
勘一郎 かんいちろう→喜多 勘一郎
勘右衛門 かんえもん→高根 勘右衛門
勘右衛門 かんえもん→門馬 勘右衛門
寒烏の黒兵衛 かんがらすのくろべえ→寒烏の黒兵衛
岸涯小僧 がんぎこぞう→岸涯小僧
勘九郎 かんくろう→種田 勘九郎
貫高 かんこう→貫高
頑固斎 がんこさい→林 頑固斎
寛斎 かんさい→佐久間 寛斎
勘左衛門 かんざえもん→勘左衛門
勘左衛門 かんざえもん→原田 勘左衛門
勘左衛門 かんざえもん→森 勘左衛門
勘左衛門 かんざえもん→中川 勘左衛門
勘左衛門 かんざえもん→板野 勘左衛門
勘作 かんさく→勘作
勘三郎 かんざぶろう→中村 勘三郎
勘次 かんじ→勘次
勘七 かんしち→井手 勘七
勘七 かんしち→勘七
勘十郎 かんじゅうろう→松波 勘十郎
岩十郎 がんじゅうろう*→黒沢 岩十郎
かん生 かんしょう→かん生
干将 かんしょう→干将
勘四郎 かんしろう→近藤 勘四郎
完四郎 かんしろう→香冶 完四郎
勘次郎 かんじろう→勘次郎
勘次郎 かんじろう→邦原 勘次郎
勧進かなめ かんじんかなめ→勧進かなめ
勘介 かんすけ→山本 勘介
勘助 かんすけ→勘助
勘助 かんすけ→山本 勘助
勘蔵 かんぞう→小林 勘蔵
勘太夫 かんだゆう→村田 勘太夫
勘之丞 かんのじょう→波入 勘之丞
貫之丞 かんのじょう→佐竹 貫之丞
歓之助 かんのすけ→斎藤 歓之助
甘父 かんぷ→甘父
勘平 かんぺい→中村 勘平
勘兵衛 かんべえ→勘兵衛（疾風の勘兵衛）
勘兵衛 かんべえ→結解 勘兵衛
勘兵衛 かんべえ→高松 勘兵衛
勘兵衛 かんべえ→左右田 勘兵衛
勘兵衛 かんべえ→小幡 勘兵衛
勘兵衛 かんべえ→成田 勘兵衛
勘兵衛 かんべえ→西沢 勘兵衛
勘兵衛 かんべえ→渡辺 勘兵衛
勘兵衛 かんべえ→牧野 勘兵衛
官兵衛 かんべえ→黒田 官兵衛
官兵衛 かんべえ→黒田 官兵衛（如水）
勘兵衛 かんべえ*→金井 勘兵衛
官兵衛孝高 かんべえよしたか→黒田 官兵衛孝高
官兵衛孝高 かんべえよしたか→黒田 官兵衛孝高（黒田 如水）
官兵衛孝高 かんべえよしたか→小寺 官兵衛孝高（黒田 官兵衛）
巌流 がんりゅう→巌流
観柳斎 かんりゅうさい→武田 観柳斎

【き】

儀 ぎ→張 儀
偽庵 ぎあん→偽庵
義一 ぎいち→義一
鬼一法眼 きいちほうげん→鬼一法眼
喜右衛門 きえもん→喜右衛門
紀右衛門 きえもん*→花田 紀右衛門
淇園 きえん→柳沢 淇園
樹緒 きお→樹緒
桔梗 ききょう→桔梗
桔梗屋平七 ききょうやへいしち→桔梗屋平七
きく→きく
菊 きく→菊
菊 きく→菊（駒菊）
菊次 きくじ→菊次
喜久寿 きくじゅ→中村 喜久寿
菊女 きくじょ→菊女
菊太郎 きくたろう→田村 菊太郎
菊之丞 きくのじょう→瀬川 菊之丞
菊姫 きくひめ→菊姫
菊馬 きくま→川村 菊馬
菊丸 きくまる→菊丸
菊弥 きくや→菊弥
菊弥 きくや→菊弥
菊龍 きくりゅう→菊龍
喜佐 きさ→喜佐

喜左衛門　きざえもん→喜左衛門
喜左衛門　きざえもん→深尾 喜左衛門
喜左衛門　きざえもん→石田 喜左衛門
喜左衛門　きざえもん→米倉 喜左衛門
喜左衛門　きざえもん→木村 喜左衛門
喜作　きさく→喜作
喜三郎　きさぶろう→阿賀野 喜三郎
喜三郎　きさぶろう→喜三郎
喜三郎　きさぶろう→小野川 喜三郎
岸之助　きしのすけ→柿沼 岸之助
喜志夫　きしふ→喜志夫
木十　きじゅう→木十(林森)
喜十郎　きじゅうろう→喜十郎
義十郎　ぎじゅうろう*→岡沢 義十郎
鬼神のお辰　きしんのおたつ→鬼神のお辰
喜助　きすけ→喜助
喜助　きすけ→喜助(小日向の喜助)
喜助　きすけ→小泉 喜助
義助　ぎすけ→義助
義助　ぎすけ*→義助
キセ→キセ
喜勢　きせ→喜勢(喜知次)
義仙　ぎせん→義仙
徹宗　きそう→徹宗
喜蔵　きぞう→喜蔵
喜曽次　きそじ→喜曽次
木曾屋徳次郎　きそやとくじろう→木曾屋徳次郎
木曾義仲　きそよしなか→木曾義仲
木曽義仲　きそよしなか→木曾義仲
喜多　きた→喜多
北ノ方　きたのかた→北ノ方
北政所　きたのまんどころ→北政所
北政所　きたまんどころ→北政所
儀大夫　ぎだゆう→今西 儀大夫
喜太郎　きたろう*→喜太郎
吉右衛門　きちえもん→吉右衛門
吉右衛門　きちえもん*→藤川 吉右衛門
吉五郎　きちごろう→吉五郎
吉五郎　きちごろう*→宇野 吉五郎
吉五郎　きちごろう*→吉五郎(聖天の吉五郎)
吉三郎　きちさぶろう→安森 吉三郎
吉三郎　きちさぶろう→吉三郎
喜知次　きちじ→喜知次
吉次　きちじ→吉次

吉次　きちじ→吉次(金売り吉次)
吉十郎　きちじゅうろう*→吉十郎
吉次郎　きちじろう→吉次郎
吉次郎　きちじろう→吉次郎(鼠小僧)
吉蔵　きちぞう*→吉蔵
吉太夫　きちだゆう→加藤 吉太夫
吉太夫　きちだゆう*→水田 吉太夫
吉太郎　きちたろう→吉太郎
吉之丞　きちのじょう→村上 吉之丞
吉兵衛　きちべえ→吉兵衛
吉兵衛　きちべえ→吉兵衛(鉄砲の吉兵衛)
吉兵衛　きちべえ→吉兵衛(都田の吉兵衛)
吉兵衛　きちべえ→服部 吉兵衛
吉弥　きちや→吉弥
喜蝶　きちょう→喜蝶
帰蝶　きちょう→帰蝶
佶　きつ→張 佶
桔平　きっぺい→梨本 桔平
きぬ→きぬ
絹　きぬ→絹
きぬえ→きぬえ
杵右衛門　きねえもん→杵右衛門
甲子太郎　きねたろう→成島 甲子太郎(柳北)
キノ→キノ
紀の国屋角太郎　きのくにやかくたろう→紀の国屋角太郎(角太郎)
紀伊国屋文左衛門　きのくにやぶんざえもん→紀伊国屋文左衛門
紀伊国屋文左衛門　きのくにやぶんざえもん→紀伊国屋文左衛門(紀文)
儀之助　ぎのすけ→儀之助
喜八　きはち→喜八
喜八郎　きはちろう→安藤 喜八郎
喜八郎　きはちろう→喜八郎
喜八郎　きはちろう→大和川 喜八郎
喜八郎　きはちろう→奈良原 喜八郎
紀八郎　きはちろう→桑名 紀八郎
紀八郎　きはちろう→菅沼 紀八郎(桑名 紀八郎)
紀文　きぶん→紀文
喜平次　きへいじ→喜平次
喜平次　きへいじ→喜平次(上杉 景勝)
紀平次　きへいじ→安西 紀平次

喜平太 きへいた→喜平太(むささび喜平太)
義平太 ぎへいた→市川 義平太
喜兵衛 きへえ→伊藤 喜兵衛
喜兵衛 きへえ→喜兵衛
喜兵衛 きへえ→喜兵衛(影の喜兵衛)
喜兵衛 きへえ→高林 喜兵衛
喜兵衛 きへえ→川本 喜兵衛
喜兵衛 きへえ→大塚 喜兵衛
喜兵衛 きへえ→浜田 喜兵衛(丑太郎)
喜兵衛 きへえ→武藤 喜兵衛(真田 昌幸)
儀兵衛 ぎへえ→佐分 儀兵衛
儀兵衛 ぎへえ*→森本 儀兵衛
きみ きみ→渡辺 きみ
君香 きみか→君香
君松 きみまつ→君松(幾松)
奇妙丸 きみょうまる→奇妙丸(織田 信忠)
木村常陸介 きむらひたちのすけ→木村常陸介
久安 きゅうあん→片山伯耆守 久安
久一郎 きゅういちろう→久一郎
久右衛門 きゅうえもん→久右衛門
久右衛門 きゅうえもん→竹内 久右衛門
休右衛門 きゅうえもん→滝沢 休右衛門
久左衛門 きゅうざえもん→栗田 久左衛門
久左衛門 きゅうざえもん→荒木 久左衛門
久作 きゅうさく→久作
久治 きゅうじ→久治
久七 きゅうしち→久七(佐沼の久七)
久四郎 きゅうしろう→高須 久四郎
久四郎 きゅうしろう→二宮 久四郎
久次郎 きゅうじろう→久次郎
久次郎 きゅうじろう→三宅 久次郎
久助 きゅうすけ→久助
久助 きゅうすけ→五十君 久助
牛助 きゅうすけ→玉笙
久蔵 きゅうぞう→久蔵
九蔵 きゅうぞう*→山岡 九蔵
九蔵 きゅうぞう*→仲谷 九蔵
九造 きゅうぞう*→吉行 九造
九造 きゅうぞう*→九造(吉行 九造)
久太夫 きゅうだゆう*→小河 久太夫
久太郎 きゅうたろう→飯倉 久太郎
久太郎 きゅうたろう→頼 久太郎(山陽)
休太郎 きゅうたろう→三浦 休太郎
牛塔牛助 ぎゅうとうぎゅうすけ→牛塔牛助(牛助)

休之助 きゅうのすけ→安倍 休之助
久之助 きゅうのすけ*→和生 久之助
久兵衛 きゅうべえ→久兵衛
久兵衛 きゅうべえ→堀口 久兵衛
休兵衛 きゅうべえ→休兵衛
九兵衛 きゅうべえ→九兵衛
久馬 きゅうま→影山 久馬
久馬 きゅうま→沢口 久馬
久馬 きゅうま→平栗 久馬
休務 きゅうむ*→桑名 休務
虚庵 きょあん→虚庵
鏡右衛門 きょうえもん→首藤 鏡右衛門
京吉 きょうきち→京吉
京極佐渡守 きょうごくさどのかみ→京極佐渡守
京極の御息所 きょうごくのみやすどころ→京極の御息所(御息所)
鏡三郎 きょうざぶろう→拝郷 鏡三郎
杏四 きょうし→杏四
行潤 ぎょうじゅん→行潤
狂四郎 きょうしろう→眠 狂四郎
喬生 きょうせい→喬生
行尊 ぎょうそん→行尊(文明寺行尊)
京太郎 きょうたろう→京太郎
鏡太郎 きょうたろう→鏡太郎
京之進 きょうのしん→板野 京之進
杏之介 きょうのすけ→蕾 杏之介
京之介 きょうのすけ→片岡 京之介
喬之介 きょうのすけ*→三枝 喬之介
刑部 ぎょうぶ→刑部
刑部 ぎょうぶ→川崎 刑部
刑部 ぎょうぶ→入田 刑部
刑部 ぎょうぶ*→杉辺 刑部
玉栄 ぎょくえい→玉栄
玉女 ぎょくじょ→玉女
玉笙 ぎょくしょう→玉笙
曲亭馬琴 きょくていばきん→曲亭馬琴(滝沢 馬琴)
清子 きよこ→清子
清子 きよこ→万里小路典侍 清子
潔 きよし→月形 潔
清茂 きよしげ*→中野播磨守 清茂(碩翁)
去定 きょじょう→新出 去定
清胤 きたたね→千坂対馬 清胤
清秀 きよひで→清秀
清姫 きよひめ→清姫
喜与夫 きよふ→喜与夫

清昌 きよまさ→石谷 清昌
清正 きよまさ→加藤 清正
清正 きよまさ→加藤 清正(虎之助)
清正 きよまさ→加藤肥後守 清正
清麻呂 きよまろ→和気 清麻呂
清麿 きよまろ→山浦 清麿
清光 きよみつ*→源 清光
清盛 きよもり→平 清盛
清康 きよやす→松平 清康
許陽 きょよう→許陽
鬼雷神越右衛門 きらいじんこしえもん*→鬼雷神越右衛門
吉良上野介 きらこうずけのすけ→吉良上野介
霧隠 きりがくれ→霧隠(織田 獣鬼)
霧隠才蔵 きりがくれさいぞう→霧隠才蔵
霧隠才蔵 きりがくれさいぞう→霧隠才蔵(才蔵)
切左衛門 きりざえもん→秦 切左衛門
霧姫 きりひめ→霧姫
桐若 きりわか→桐若
喜六 きろく→喜六
喜六 きろく→勝田 喜六
きわ→きわ
キン→キン
瑾 きん→劉 瑾
銀 ぎん→銀
銀 ぎん→銀(猩々の銀)
金五 きんご→蒔田 金五
金吾 きんご→森岡 金吾
金吾 きんご→大竹 金吾
金五郎忠今 きんごろうただいま→遠柳 金五郎忠今(金さん)
金三郎 きんざぶろう→羽川 金三郎
金三郎 きんざぶろう→観世 金三郎
金三郎 きんざぶろう→金三郎
金三郎 きんざぶろう→山路 金三郎
金三郎 きんざぶろう→小笠原 金三郎
金三郎 きんざぶろう→池田 金三郎
金さん きんさん→金さん
金次 きんじ→金次
銀次 ぎんじ→銀次
銀次 ぎんじ→銀次(いろはの銀次)
銀次 ぎんじ→銀次(竜舞の銀次)
錦瑟 きんしつ→錦瑟
金十郎 きんじゅうろう→大岩 金十郎(吉十郎)

金四郎 きんしろう→遠山 金四郎
金四郎 きんしろう→平山 金四郎
金次郎 きんじろう→金次郎
銀次郎 ぎんじろう→銀次郎
金助 きんすけ→金助
金助 きんすけ→堀尾 金助
欽宗 きんそう→欽宗
金蔵 きんぞう→金蔵
錦太夫 きんだゆう→錦太夫
金太夫 きんだゆう→山田 金太夫
金太郎 きんたろう→足柄 金太郎(雨宮 一三郎)
闇千代 ぎんちよ→闇千代
公知 きんとも→姉小路 公知
琴之丞 きんのじょう→六浦 琴之丞
銀之丞 ぎんのじょう→杵山 銀之丞
銀之丞 ぎんのじょう→山県 銀之丞
欽之助 きんのすけ→宮入 欽之助
謹之助 きんのすけ→林 謹之助
金之助 きんのすけ→野地 金之助
銀之助 ぎんのすけ→鶴見 銀之助
金八 きんぱち→金八
金八 きんぱち→金八(遠山 金四郎)
金八 きんぱち→金八(遠山左衛門尉)
銀八 ぎんぱち→銀八
金八郎 きんぱちろう→須藤 金八郎
金峯小角 きんぷおずぬ→金峯小角
金平 きんぺい→金平
銀平 ぎんぺい→銀平
金兵衛 きんべえ→金兵衛
金兵衛 きんべえ→渡辺 金兵衛
金星 きんぼし*→金星
金蓮 きんれん→金蓮
金六 きんろく→飯田 金六

【く】

光海君 くあんへぐん→光海君
空庵先生 くうあんせんせい→空庵先生
蹴速 くえはや→当麻 蹴速
くおん→くおん
釘抜藤吉 くぎぬきとうきち→釘抜藤吉
草乃 くさの→草乃
楠左衛門 くすざえもん*→土方 楠左衛門
楠之助 くすのすけ→高柳 楠之助
屑屋 くずや→屑屋

口蔵 ぐちぞう→口蔵
蛇の平十郎 くちなわのへいじゅうろう→蛇の平十郎
九度兵衛 くどべえ→九度兵衛(生首の九度兵衛)
宮内 くない→斎藤 宮内
宮内少輔 くないしょう→本庄 宮内少輔
宮内の娘 くないのむすめ→宮内の娘
国市 くにいち→国市
国定忠治 くにさだちゅうじ→国定忠治(忠治)
邦之助 くにのすけ→小菅 邦之助
邦之助 くにのすけ→邦之助
国松 くにまつ→国松
国麻呂 くにまろ→国麻呂
国幹 くにもと→篠原 国幹
國盛 くにもり→國盛
九八郎貞昌 くはちろうさだまさ*→奥平 九八郎貞昌
熊王 くまおう→熊王
熊造 くまぞう→熊造
求馬之助 くまのすけ→寺尾 求馬之助
熊之助 くまのすけ→青山 熊之助
熊野屋吉右衛門 くまのやきちえもん→熊野屋吉右衛門(吉右衛門)
久美 くみ→久美
くめ→くめ
粂八 くめはち→粂八
粂村 くめむら→粂村(おくめ)
雲切仁左衛門 くもきりにざえもん→雲切仁左衛門
倉太郎 くらたろう*→島田 倉太郎
庫之助 くらのすけ→志賀 庫之助
庫之助 くらのすけ→藤沼 庫之助
内蔵助 くらのすけ→大石 内蔵助
内蔵助良雄 くらのすけよしお→大石 内蔵助良雄
内蔵助良雄 くらのすけよしかつ→大石 内蔵助良雄
蔵秀 くらひで*→蔵秀
蔵人 くらんど→秋山 蔵人
蔵人高定 くらんどたかさだ*→富田 蔵人高定
蔵人佐 くらんどのすけ→丸目 蔵人佐
栗助 くりすけ→栗助
車丹波守 くるまたんばのかみ→車丹波守
クロ→クロ

九郎右衛門 くろうえもん→鵜野 九郎右衛門
蔵人 くろうど→益田 蔵人
蔵人 くろうど→田口 蔵人
蔵人 くろうど→東 蔵人
九郎兵衛 くろうびょうえ→大野 九郎兵衛
九郎兵衛高種 くろうびょうえたかね→十河 九郎兵衛高種
九郎三 くろざ→九郎三
九郎蔵 くろぞう→九郎蔵
黒田勘解由 くろだかげゆ→黒田勘解由(黒田 官兵衛孝高)
クロード・ウイエ→クロード・ウイエ
クロネ→クロネ
黒姫 くろひめ→黒姫
九郎兵衛 くろべえ→大野 九郎兵衛
黒兵衛 くろべえ→黒兵衛
黒兵衛 くろべえ→黒兵衛(寒鳥の黒兵衛)
くろものの猪由 くろもののいゆい→くろものの猪由
グロリア→グロリア
鍬次郎 くわじろう→大石 鍬次郎
桑名屋徳兵衛 くわなやとくべえ→桑名屋徳兵衛
軍次 ぐんじ→伊沢 軍次
軍蔵 ぐんぞう→軍蔵
郡太左衛門 ぐんたざえもん→横地 郡太左衛門
軍太夫 ぐんだゆう→平川 軍太夫
軍平 ぐんべい→八田 軍平
軍平秀俊 ぐんぺいひでとし→伊庭 軍平秀俊
軍兵衛 ぐんべえ→藤山 軍兵衛
郡兵衛 ぐんべえ→高田 郡兵衛
郡兵衛 ぐんべえ→鳥飼 郡兵衛

【け】

慶庵 けいあん→小笠原 慶庵
桂庵 けいあん→桂庵
敬一郎 けいいちろう→天童 敬一郎
桂英 けいえい→桂英
慶賀 けいが→川原 慶賀
慶元 けいげん→金 慶元
圭吾 けいご→安住 圭吾
敬公 けいこう→敬公
敬五郎 けいごろう→永井 敬五郎

恵山　けいざん→陳　恵山
佳子　けいし→佳子
啓七郎　けいしちろう→依田　啓七郎
圭順　けいじゅん→矢野　圭順(室井　貞之助)
恵順　けいじゅん→恵順
敬四郎　けいしろう→細尾　敬四郎
啓次郎　けいじろう→啓次郎
啓二郎　けいじろう→柏木　啓二郎
慶次郎　けいじろう→森口　慶次郎
慶次郎　けいじろう→前田　慶次郎
慶次郎　けいじろう→前田　慶次郎(咄然斎)
慶次郎　けいじろう→谷村　慶次郎
圭介　けいすけ→大鳥　圭介
恵介　けいすけ→名村　恵介
敬助　けいすけ→三杉　敬助
敬助　けいすけ→山南　敬助
Kのおじさん　けいのおじさん→Kのおじさん
啓之進　けいのしん→大鐘　啓之進
景八郎　けいはちろう→菅沼　景八郎
慶芳　けいほう*→慶芳
外記　げき→井上　外記
外記　げき→高橋　外記
外記　げき→柴田　外記
外記　げき→松平　外記
外記　げき→兵藤　外記
袈裟八　けさはち→袈裟八
月雲斎　げつうんさい→月雲斎(神沢出羽守)
月海　げっかい→月海(彌三郎)
月光院　げっこういん→月光院
月光院　げっこういん→月光院(左京の方)
月山大君夫人　げっさんたいくん*→月山大君夫人
建　けん→李　建
騫　けん→張　騫
原　げん→屈　原(平)
幻庵　げんあん→幻庵(北条　長綱)
玄庵　げんあん→玄庵
玄庵　げんあん→水木　玄庵
玄庵　げんあん→野々村　玄庵
玄以　げんい→前田　玄以
玄一郎　げんいちろう→笈川　玄一郎
弦一郎　げんいちろう*→祖式　弦一郎
幻雲斎　げんうんさい→瀬名波　幻雲斎

源右衛門　げんえもん→源右衛門
源右衛門　げんえもん→大野木　源右衛門
源右衛門　げんえもん→天野　源右衛門
健吉　けんきち→健吉
健吉　けんきち→黒川　健吉
健吉　けんきち→榊原　健吉
権吉　けんきち→寺井　権吉
鍵吉　けんきち→榊原　鍵吉
源吉　げんきち→佐々木　源吉
検校　けんぎょう→検校(夜もすがら検校)
元源　げんげん*→宍戸　元源
源五　げんご→大高　源五
源吾　げんご→山口　源吾
源五右衛門　げんごえもん→片岡　源五右衛門
源五右衛門　げんごえもん*→朝山　源五右衛門
源五右衛門　げんごえもん*→馬爪　源五右衛門
源五郎　げんごろう→源五郎
玄斎　げんさい→井上　玄斎(伝兵衛)
玄斎　げんさい→宮井　玄斎
彦斎　げんさい→河上　彦斎
彦斎　げんさい→河上　彦斎(高田　源兵衛)
彦斎　げんさい→川上　彦斎
源左衛門　げんざえもん→源左衛門
源左衛門　げんざえもん→酒巻　源左衛門
源左衛門　げんざえもん→比村　源左衛門
源左衛門直綱　げんざえもんなおつな→吉岡　源左衛門直綱(憲法)
謙三郎　けんざぶろう→蜂屋　謙三郎
弦三郎　げんざぶろう→夕月　弦三郎
源三郎　げんざぶろう→井上　源三郎
源三郎　げんざぶろう→甲斐　源三郎
源三郎　げんざぶろう→高垣　源三郎
源三郎　げんざぶろう→市川　源三郎
源三郎　げんざぶろう→畝　源三郎
源三郎　げんざぶろう→武田　源三郎
源三郎　げんざぶろう→服部　源三郎
乾山　けんざん→乾山
源次　げんじ→源次
源次　げんじ→源次(むささびの源次)
源七　げんしち→源七
源七郎　げんしちろう→柿本　源七郎
源十郎　げんじゅうろう→石上　源十郎
元章　げんしょう→元章
元象　げんしょう→梁　元象

玄昌 げんしょう*→沼野 玄昌
見性院 けんしょういん→見性院
研四郎 けんしろう→速水 研四郎
源四郎 げんしろう→吉田 源四郎
源四郎 げんしろう→香月 源四郎
源四郎 げんしろう→秋田 源四郎
源四郎 げんしろう→進藤 源四郎
源四郎 げんしろう→渡辺 源四郎
源四郎 げんしろう→来栖 源四郎
硯次郎 げんじろう→小幡 硯次郎
源次郎 げんじろう→岡 源次郎
源次郎 げんじろう→宮野辺 源次郎
源次郎 げんじろう→源次郎
源次郎 げんじろう→三枝 源次郎
源次郎 げんじろう→浜田 源次郎
元次郎 げんじろう*→森野 元次郎（柳全）
源次郎 げんじろう*→三枝 源次郎
謙信 けんしん→上杉 謙信
謙信 けんしん→上杉 謙信（輝虎）
謙信 けんしん→上杉 謙信（長尾 景虎）
玄信斎長治 げんしんさいながはる→小笠原 玄信斎長治
源助 げんすけ→源助
阮籍 げんせ→阮籍
玄節 げんせつ→半井 玄節
研造 けんぞう→田本 研造
源蔵 げんぞう→奥平 源蔵
源蔵 げんぞう→源蔵
源蔵 げんぞう→源蔵（海坊主の親方）
源造 げんぞう→源造
玄蔵 げんぞう→玄蔵（下針）
源蔵 げんぞう*→神谷 源蔵
源太 げんた→源太
源太 げんた→源太（音なし源）
源太 げんた→大久保 源太
源太 げんた→渡辺 源太
源太主 げんたぬし→黒川 源太主
源太兵衛 げんたべえ*→立原 源太兵衛
源太夫 げんだゆう→源太夫
源太夫 げんだゆう→黒藤 源太夫
源太夫 げんだゆう→石塚 源太夫
兼太郎 けんたろう→立川 兼太郎
源太郎 げんたろう→源太郎
源太郎 げんたろう→畝 源太郎
玄丹 げんたん→井上 玄丹
玄竹 げんちく→中田 玄竹

玄冲 げんちゅう→湯浅 玄冲
玄兎 げんと→玄兎
玄道 げんどう→玄道
源内 げんない→源内
源内 げんない→沢田 源内
源内 げんない→平賀 源内
玄内 げんない→井沢 玄内
源之丞 げんのじょう→仁礼 源之丞
弦之進 げんのしん→浅木 弦之進
源之進 げんのしん→磯貝 源之進
源之進 げんのしん→武田 源之進
剣之助 けんのすけ→佐々木 剣之助
源之介 げんのすけ→加治 源之介
鉉之助 げんのすけ→坂本 鉉之助
源ノ大夫 げんのだゆう*→源ノ大夫
玄蕃 げんば→大道寺 玄蕃
玄蕃 げんば→兵藤 玄蕃
玄白 げんぱく→杉田 玄白
源八 げんぱち→奥平 源八
源八 げんぱち→源八
賢八郎 けんぱちろう→西村 賢八郎
源八郎 げんぱちろう→梶川 源八郎
源八郎 げんぱちろう→小机 源八郎
源八郎 げんぱちろう→鳥居 源八郎
源八郎信幸 げんぱちろうのぶゆき→依田 源八郎信幸
元贇 げんぴん→陳 元贇
源兵衛 げんべえ→源兵衛
源兵衛 げんべえ→高田 源兵衛
源兵衛 げんべえ→今泉 源兵衛
源兵衛 げんべえ→地次 源兵衛
源兵衛 げんべえ→北田 源兵衛
源兵衛 げんべえ→和田 源兵衛
憲法 けんぽう→吉岡 憲法（直綱）
憲法 けんぽう→憲法
元豊 げんぽう→韋 元豊
憲法直賢 けんぽうなおかた→吉岡 憲法直賢
憲法直綱 けんぽうなおつな→吉岡 憲法直綱（清十郎）
憲法直光 けんぽうなおみつ→吉岡 憲法直光
憲法直元 けんぽうなおもと→吉岡 憲法直元
玄馬 げんま→曳馬野 玄馬
元明 げんめい→陳 元明
玄浴主 げんよくす→玄浴主

建礼門院 けんれいもんいん→建礼門院

【こ】

古庵 こあん→桑名 古庵
ごい鷺の弥七 ごいさぎのやしち→ごい鷺の弥七
小一郎 こいちろう→須原 小一郎
小糸 こいと→小糸
小井戸の手長 こいどのてなが→小井戸の手長
小稲 こいね→小稲
小稲 こいね→小稲（宮村 稲子）
光 こう→霍 光
構 こう→趙 構（康王）
豪 ごう→豪
敫 ごう→張 敫
洪庵 こうあん→洪庵
孝允 こういん→木戸 孝允
光雲 こううん→光雲
孝衛門 こうえもん→野平 孝衛門
幸右衛門 こうえもん→小野寺 幸右衛門
幸右衛門 こうえもん*→藤野 幸右衛門
康王 こうおう→康王
降穏 こうおん→降穏
孝吉 こうきち→孝吉
幸吉 こうきち→幸吉
康熙帝 こうきてい→康熙帝
孔園 こうぎょ→孔園
香君 こうくん→王 香君
康慶 こうけい→康慶
孝謙上皇 こうけんじょうこう→孝謙上皇（女帝）
孝謙天皇 こうけんてんのう→孝謙天皇
孝子 こうこ→中野 孝子
勾坂甚内 こうさかじんない→勾坂甚内
幸作 こうさく→幸作
光三郎 こうざぶろう→光三郎
幸三郎 こうざぶろう→幸三郎
衡山居士 こうざんこじ→衡山居士
侯じいさん こうじいさん→侯じいさん
幸四郎 こうしろう→神崎 幸四郎
幸二郎 こうじろう→佐梨 幸二郎
幸二郎 こうじろう→津田 幸二郎（鋮）
幸助 こうすけ→幸助
上泉伊勢守 こうずみいせのかみ→上泉伊勢守

江雪斎 こうせつさい→板部岡 江雪斎
句践 こうせん→句践（勾践）
勾践 こうせん→勾践
光造 こうぞう→光造
幸三 こうぞう→倉西 幸三
行蔵 こうぞう→平山 行蔵
行蔵 こうぞう→平山 行蔵（子竜）
剛蔵 ごうぞう*→今橋 剛蔵
高孫 こうそん→高孫
公孫卿 こうそんけい→公孫卿
幸太 こうた→幸太
孝太郎 こうたろう→久米 孝太郎
孝太郎 こうたろう→孝太郎
孝太郎 こうたろう→切岡 孝太郎
庚太郎 こうたろう→庚太郎
剛太郎 ごうたろう→黒江 剛太郎
光太郎 こうたろう*→長瀬 光太郎
浩太郎 こうたろう*→柏原 浩太郎
甲太郎 こうたろう*→鐘ヶ江 甲太郎
交竹院 こうちくいん→奥山 交竹院
黄蝶 こうちょう→黄蝶
慊堂 こうどう→松崎 慊堂
弘忍 こうにん→弘忍
幸之進 こうのしん→市村 幸之進
幸之進 こうのしん→滝川 幸之進
考之助 こうのすけ→忠平 考之助
甲ノ六 こうのろく→甲ノ六
幸八 こうはち→幸八
香妃 こうひ→香妃
豪姫 ごうひめ→豪姫
光武帝 こうぶてい→光武帝
孝平 こうへい→孝平
衡平 こうへい→中島 衡平
幸兵衛 こうべえ*→幸兵衛（上州屋幸兵衛）
剛兵衛 ごうへえ*→山本 剛兵衛
豪兵衛猛秀 ごうべえたけひで→宇喜多 豪兵衛猛秀
弘法大師 こうぼうだいし→弘法大師
光明皇后 こうみょうこうごう→光明皇后（安宿）
小梅 こうめ→小梅
孝明天皇 こうめいてんのう→孝明天皇
蝙蝠安 こうもりやす→蝙蝠安
光琳 こうりん→尾形 光琳
紅蓮 こうれん→紅蓮
香六 こうろく*→香六

599

小右衛門 こえもん→渡辺 小右衛門
五右衛門 ごえもん→石川 五右衛門
五右衛門 ごえもん→矢野 五右衛門
五右衛門宗有 ごえもんむねあり→寺田 五右衛門宗有
小えん こえん→小えん
木枯しきぬ こがらしきぬ→木枯しきぬ
こがらしの丈太 こがらしのじょうた→こがらしの丈太
木枯し紋次郎 こがらしもんじろう→木枯し紋次郎
虎眼 こがん→名張 虎眼
小菊 こぎく→小菊
小吉 こきち→勝 小吉
小吉 こきち→小吉
小吉 こきち→松田 小吉
ゴーギャン→ゴーギャン
小熊 こぐま→岩間 小熊
小源太 こげんた→小源太
ご後室様 ごこうしつさま→ご後室様(紅蓮)
九重 ここのえ*→九重
小五郎 こごろう→桂 小五郎
小五郎 こごろう→桂 小五郎(木戸 孝允)
小五郎 こごろう→小柴 小五郎
小五郎 こごろう→星野 小五郎
虚斎 こさい→虚斎
小佐衛門 こざえもん*→太秦 小佐衛門
小三郎 こさぶろう→宇田川 小三郎
小三郎 こさぶろう→杉原 小三郎
小さん こさん→小さん
小三次 こさんじ→毛利 小三次
古志 こし→古志
ゴシケヴィチ→ゴシケヴィチ
小侍従 こじじゅう→小侍従
小十郎 こじゅうろう→関根 小十郎
小十郎 こじゅうろう→桑折 小十郎
小十郎 こじゅうろう→後藤 小十郎
小十郎 こじゅうろう→真杉 小十郎
小十郎 こじゅうろう→楠 小十郎
小十郎 こじゅうろう→服部 小十郎
五条の姫君 ごじょうのひめぎみ→五条の姫君
小次郎 こじろう→伊達 小次郎(陸奥 宗光)
小次郎 こじろう→原田 小次郎
小次郎 こじろう→佐々木 小次郎

小次郎 こじろう→佐々木 小次郎(巌流)
小次郎 こじろう→山科 小次郎
小次郎 こじろう→小次郎
小次郎 こじろう→東海林 小次郎
小次郎 こじろう→楠 小次郎(桂 小五郎)
小次郎 こじろう→片桐 小次郎
小新 こしん→小新
壺遂 こすい→壺遂
梢 こずえ→吉野 梢
梢 こずえ→梢
小助 こすけ→穴山 小助
五介 ごすけ→五介
五助ヴィチ ごすけびち→五助ヴィチ(ゴシケヴィチ)
小鶴姫 こずるひめ*→小鶴姫
御前 ごぜん→御前
小袖 こそで→小袖
小園 こぞの→小園
五太 ごた*→五太
五代目 ごだいめ→五代目
谺の伝十郎 こだまのでんじゅうろう→谺の伝十郎
五太夫 ごだゆう→塩川 五太夫
小太郎 こたろう→菊池 小太郎
小太郎 こたろう→小太郎
小太郎 こたろう→神保 小太郎
小太郎 こたろう→木村 小太郎
小太郎 こたろう*→津月 小太郎
小太郎政信 こたろうまさのぶ→紫垣 小太郎政信
小蝶 こちょう→小蝶
胡蝶尼 こちょうに→胡蝶尼
コックス→コックス
小鼓 こつづみ→小鼓
小蔦 こつた→小蔦
小壺 こつぼ→小壺
小露 こつゆ→小露
小手鞠 こでまり→小手鞠
小てる こてる*→小てる
小藤太 ことうた→一戸 小藤太
言栄 ことえ→言栄
琴乃 ことの→琴乃
小夏 こなつ→小夏
小南 こなん→小南
五八 ごはち→並木 五八(五瓶)
小隼人 こはやと→原 小隼人
小春 こはる→小春

小秀 こひで→川崎 小秀
小日向の喜助 こひなたのきすけ→小日向の喜助
小文 こふみ→小文
五瓶 ごへい→五瓶
五瓶 ごへい→並木 五瓶
五平 ごへい→五平
小平次 こへいじ→小幡 小平次
小平次 こへいじ→小平次
小平次 こへいじ→小平次(仏の小平次)
小平次 こへいじ→服部 小平次
小平太 こへいた→市川 小平太
小平太 こへいた→小平太
小兵衛 こへえ→秋山 小兵衛
小兵衛 こへえ→真鍋 小兵衛
五兵衛 ごへえ→五兵衛
伍兵衛 ごへえ→伍兵衛
五兵衛秀栄 ごへえひでいえ→徳山 五兵衛秀栄
小法師 こぼうし→小法師(羽黒の小法師)
五本木の伊三郎 ごほんぎのいさぶろう→五本木の伊三郎
駒 こま→東漢直 駒
駒 こま→日下部連 駒
駒王 こまおう→駒王
駒菊 こまぎく→駒菊
高麗十郎 こまじゅうろう→鵜飼 高麗十郎
小松 こまつ→小松
小松の方 こまつのかた→小松の方
小松屋佐七 こまつやさしち→小松屋佐七(佐七)
こむろ→こむろ
小紋三 こもんざ→尾上 小紋三
小弥太 こやた→左文字 小弥太
小弥太 こやた→小弥太
小ゆき こゆき→小ゆき
小雪 こゆき→小雪
小雪 こゆき→小雪(雪女)
小よね こよね→小よね
吾来警部 ごらいけいぶ→吾来警部
維明 これあきら→維明
是雄 これお→弓削 是雄
是清 これきよ→水野 是清
惟高 これたか→池ノ上 惟高
五郎 ごろう→安積 五郎
五郎 ごろう→五郎
五郎 ごろう→黒沢 五郎

五郎 ごろう→山口 五郎
五郎 ごろう→曾我 五郎
五郎 ごろう→藤田 五郎(斎藤 一)
五郎 ごろう→朴木 五郎
五郎右衛門 ごろうえもん→荒木 五郎右衛門
五郎右衛門 ごろうえもん→矢田 五郎右衛門(塙 武助)
五郎右衛門 ごろうえもん*→小南 五郎右衛門
五郎左 ごろうざ→五郎左
五郎左衛門 ごろうざえもん→夏目 五郎左衛門
五郎左衛門 ごろうざえもん*→五郎左衛門
五郎次 ごろうじ*→五郎次
五郎助 ごろうすけ→弟子丸 五郎助
五郎太 ごろうた→福島 五郎太
五郎時致 ごろうときむね→曾我 五郎時致
五郎諸行 ごろうもろゆき→若林 五郎諸行
小六 ころく→小六(大月の小六)
五六郎 ごろくろう→村山 五六郎
五郎作 ごろさく→中島 五郎作
五郎助 ごろすけ→桜井 五郎助
五郎助七三郎 ごろすけしちさぶろう→五郎助七三郎
五郎八 ごろはち→五郎八
ゴロヴニン→ゴロヴニン
五郎兵衛 ごろべえ→坂崎 五郎兵衛
五郎兵衛 ごろべえ→道島 五郎兵衛
毅 こわし→井上 毅
こん→こん
ゴン→ゴン
ゴン ごん→ゴン(作ニ)
権 ごん→権
権左 ごんざ→権左
権左衛門 ごんざえもん→永井 権左衛門(権左)
権左衛門 ごんざえもん→権左衛門
権左衛門 ごんざえもん→村上 権左衛門
権左衛門 ごんざえもん→大久保 権左衛門
権三衛門 ごんざえもん→三島 権三衛門
権三郎 ごんざぶろう→権三郎
権次 ごんじ→権次
権次 ごんじ→権次(野ざらし権次)
権十郎 ごんじゅうろう→布施 権十郎

権三　ごんぞう→権三
権蔵　ごんぞう→釜岡 権蔵
権太　ごんた→権太
権大納言忠長卿　ごんだいなごんただながきょう→権大納言忠長卿
権太夫　ごんだゆう→三浦 権太夫
権太夫　ごんだゆう→神田 権太夫
権太夫　ごんだゆう→田坂 権太夫
権太郎　ごんたろう*→権太郎
権之丞　ごんのじょう→筑紫 権之丞
権之丞　ごんのじょう→塚本 権之丞
権之丞親信　ごんのじょうちかのぶ→津田 権之丞親信
権之進　ごんのしん*→静田 権之進
権八　ごんぱち→権八
権八郎　ごんぱちろう→細野 権八郎
権平　ごんべい→中野 権平
権兵衛　ごんべえ→権兵衛
権兵衛　ごんべえ→権兵衛（直助権兵衛）
権兵衛　ごんべえ*→桑畑 権兵衛
昆陽　こんよう→青木 昆陽（文蔵）

【さ】

才覚　さいかく→伊沢 才覚
西鶴　さいかく→井原 西鶴
西京屋留蔵　さいきょうやとめぞう→西京屋留蔵（留蔵）
才次郎　さいじろう→才次郎
才次郎　さいじろう→中根 才次郎
サイゾー　さいぞー→サイゾー（片桐 歳三）
才蔵　さいぞう→可児 才蔵
才蔵　さいぞう→才蔵
歳三　さいぞう→片桐 歳三
佐一郎　さいちろう→佐一郎
才兵衛　さいべえ*→才兵衛
サエ→サエ
三枝殿　さえぐさどの→三枝殿
坂崎伊豆守　さかざきいずのかみ→坂崎伊豆守
相模屋伊助　さがみやいすけ→相模屋伊助（伊助）
さき→さき
魁　さきがけ→島田 魁
佐吉　さきち→佐吉
佐吉　さきち→佐吉（石田 三成）
左吉　さきち→桜井 左吉

左吉　さきち→村垣 左吉
作吉　さきち→作吉
咲之進　さきのしん→桜木 咲之進
左京　さきょう→荒城 左京
左京　さきょう→西沢 左京
左京　さきょう→野口 左京
左京覚賢　さきょうあきかた→吉川 左京覚賢
左京の方　さきょうのかた→左京の方
左京亮　さきょうのすけ→平手 左京亮
狭霧　さぎり→狭霧
さく→さく
佐久　さく→佐久
作吾　さくご→作吾
作二　さくじ→作二
作十　さくじゅう→作十
佐久造　さくぞう→佐久造
佐久之進　さくのしん→河原 佐久之進
作之進　さくのしん→萩原 作之進
作兵衛　さくべえ→安田 作兵衛
作兵衛　さくべえ→作兵衛
作兵衛　さくべえ→島田 作兵衛
咲丸　さくまる*→咲丸
下針　さげばり→下針
佐五平　さごへい→佐五平
左近　さこん→梶原 左近
左近　さこん→左近
左近　さこん→左近（お佐枝）
左近　さこん→志賀 左近
左近　さこん→進藤 左近
左近　さこん→村山 左近
小江　さざえ→小江
茶山　さざん*→喜多村 茶山
佐七　さしち→佐七
佐十郎　さじゅうろう→佐十郎
佐助　さすけ→佐助
左助　さすけ→多岡 左助
左太　さた*→左太
定吉　さだきち→定吉
貞清　さだきよ→石川備前守 貞清
貞七　さだしち→貞七
定七　さだしち→定七（万七）
定次郎　さだじろう→定次郎
定次郎　さだじろう→定次郎（天馬の定次郎）
貞助　さだすけ→藤島 貞助

貞愛　さだちか→永見右衛門尉 貞愛
貞近　さだちか→貞近
貞親　さだちか→伊勢 貞親
定次　さだつぐ→筒井 定次
貞連　さだつら→秦 貞連
貞之助　さだのすけ→室井 貞之助
定信　さだのぶ→松平 定信
定八　さだはち→間瀬 定八
貞昌　さだまさ→奥平 貞昌
貞政　さだまさ→米田 貞政
貞政　さだまさ→木庭 貞政
定満　さだみつ→宇佐美駿河守 定満
貞盛　さだもり→平 貞盛
佐大夫　さたゆう→高林 佐大夫
左太夫　さだゆう→伊丹 左太夫
佐太夫　さたゆう＊→福来 佐太夫
定行　さだゆき→宇佐美駿河守 定行
貞能　さだよし→奥平 貞能
定吉　さだよし→千葉 定吉
佐太郎　さたろう→佐太郎
佐太郎　さたろう→神南 佐太郎
早竹　さちく→早竹（竹念坊）
左仲　さちゅう→蓮根 左仲
五月　さつき→五月
察しのお小夜　さっしのおさよ→察しのお小夜
殺手姫　さでひめ→殺手姫
左典　さでん→橘 左典
佐伝次　さでんじ→小谷 佐伝次
さと→さと
佐登　さと→佐登
座頭　ざとう→座頭
座頭市　ざといち→座頭市
里江　さとえ→里江
里美　さとみ→里美
覚　さとる→赤池 覚（ボンベン）
サナ→サナ
佐内　さない→小野寺 佐内
左内　さない→鵜沢 左内
左内　さない→岡 左内
左内　さない→岡野 左内
左内　さない→橋本 左内
早苗　さなえ→早苗
サナ子　さなこ→千葉 サナ子
佐沼の久七　さぬまのきゅうしち→佐沼の久七

真臣　さねおみ→広沢 真臣
実美　さねとみ→三条 実美
実朝　さねとも→源 実朝
実平　さねひら→土肥 実平
佐野島 夏子　さのしまなつこ→佐野島 夏子（サナ）
佐之助　さのすけ→原田 佐之助
左之助　さのすけ→原田 左之助
左兵衛義周　さひょうえよしちか→吉良 左兵衛義周
三郎　さぶろう→三郎
三郎　さぶろう→諏訪 三郎
三郎　さぶろう→多田 三郎
三郎　さぶろう→馬越 三郎
三郎次　さぶろうじ→佐原 三郎次
三郎四郎　さぶろうしろう→上原 三郎四郎
三郎右衛門　さぶろえもん＊→内田 三郎右衛門
三郎四郎　さぶろしろう→戸田 三郎四郎
三郎兵衛　さぶろべえ→松川 三郎兵衛
三郎兵衛　さぶろべえ→千馬 三郎兵衛
三郎兵衛　さぶろべえ→田中 三郎兵衛
三郎兵衛　さぶろべえ＊→藤田 三郎兵衛
三郎兵衛　さぶろべえ＊→服部 三郎兵衛
左平次　さへいじ→西村 左平次
佐平太　さへいた→中川 佐平太
佐兵衛　さへえ→佐兵衛
佐兵衛　さへえ→山田 佐兵衛
左兵衛　さへえ→小藤 左兵衛
左兵衛　さへえ→奈倉 左兵衛
左馬之介　さまのすけ→竜堂寺 左馬之介
左馬助嘉明　さまのすけよしあき→加藤 左馬助嘉明
サムライ→サムライ
武士　さむらい→武士
左文　さもん→林田 左文
左門　さもん→近藤 左門
左門　さもん→左門
左門　さもん→山崎 左門
左門　さもん→織田 左門
左門　さもん→石倉 左門（石森 市之丞）
左門　さもん→赤川 左門
左門　さもん→倉坂 左門
左門　さもん→大倉 左門
左門友矩　さもんとものり→柳生 左門友矩
左門之介　さもんのすけ→大谷 左門之介
さよ→さよ

佐代　さよ→佐代
沙代　さよ→沙代
沙与　さよ→沙与
小夜　さよ→小夜
小夜衣　さよぎぬ→小夜衣
更級姫　さらしなひめ→更級姫
猿飛佐助　さるとびさすけ→猿飛佐助
猿飛佐助　さるとびさすけ→猿飛佐助(佐助)
猿飛佐助　さるとびさすけ→猿飛佐助(咲丸)
猿曳　さるひき→猿曳(伝次)
猿丸　さるまる→猿丸
紗流麻呂　さるまろ→紗流麻呂
さし　さわ→沢橋 さし
さわ→さわ
さわ　さわ→三杉 さわ
佐和　さわ→佐和
沙和　さわ→沙和
沢乃井　さわのい→沢乃井
三右衛門　さんえもん→黒田 三右衛門
三右衛門　さんえもん→三右衛門
三右衛門　さんえもん→川上 三右衛門
三右衛門　さんえもん*→深堀 三右衛門
三喜　さんき→三喜
三吉　さんきち→三吉
三九郎　さんくろう→滝川 三九郎
佐子　さんこ→大館 佐子
三五右衛門　さんごえもん→三五右衛門
三五郎　さんごろう→柳川 三五郎
三五郎　さんごろう→嵐 三五郎
三斎　さんさい→細川 三斎(細川 忠興)
三斎　さんさい→三斎
三左衛門　さんざえもん→進藤 三左衛門
三左衛門　さんざえもん→青地 三左衛門
三左衛門　さんざえもん→桃井 三左衛門
三左衛門　さんざえもん→柳瀬 三左衛門
三左衛門　さんざえもん→藪 三左衛門
三左衛門　さんざえもん*→杉山 三左衛門
三次　さんじ→三次
算治　さんじ→算治
加田三七　さんしち→加田三七
三七　さんしち→加田三七
三七殿　さんしちどの→三七殿(織田 信孝)
三七信孝　さんしちのぶたか→織田 三七信孝

三七郎　さんしちろう→鳴海 三七郎
三十郎　さんじゅうろう→浅羽 三十郎
三十郎　さんじゅうろう→欅 三十郎
山十郎　さんじゅうろう→大島 山十郎(陽炎)
三条の方　さんじょうのかた→三条の方
三四郎　さんしろう→勝本 三四郎
算二郎　さんじろう→堤 算二郎
三次郎　さんじろう*→谷川 三次郎
三申　さんしん→小泉 三申
三介　さんすけ→三介(猪名田の三介)
三介　さんすけ→善鬼 三介(小野 善鬼)
三助　さんすけ→松平 三助
三助　さんすけ→川村 三助
三介信雄　さんすけのぶかつ→織田 三介信雄
残雪　ざんせつ→優曇華 残雪
さんぞう→さんぞう
三蔵　さんぞう→三蔵
三蔵　さんぞう→三蔵(幻の三蔵)
三造　さんぞう*→村越 三造
三代目　さんだいめ→三代目
三太夫　さんだゆう→二宮 三太夫
三太夫　さんだゆう→百地 三太夫(百地 丹波)
三太夫　さんだゆう→百々地 三太夫
サンチョ・パンサ→サンチョ・パンサ
算哲　さんてつ→安井 算哲
三之丞　さんのじょう→高田 三之丞
三之丞　さんのじょう→青地 三之丞
三之丞　さんのじょう→平山 三之丞
三之丞　さんのじょう→林 三之丞
三之助　さんのすけ→都築 三之助
賛之助　さんのすけ*→黒部 賛之助
三の姫宮　さんのひめみや→三の姫宮
三平　さんぺい→萱野 三平
三平　さんぺい→三平
三平　さんぺい→大石 三平
三弥　さんや→伊藤 三弥
三餘　さんよ→土屋 三餘
山陽　さんよう→山陽
山陽　さんよう→頼 山陽

【し】

ジイク氏　じいくし→ジイク氏
十三妹　しいさんめい→十三妹(第二夫人)

じぇすと・十次郎 じぇすとじゅうじろう→じぇすと・十次郎(十次郎)
治右衛門 じえもん→安藤 治右衛門
治右衛門 じえもん*→押川 治右衛門
塩市丸の母 しおいちまるのはは→塩市丸の母(北ノ方)
シオツツ→シオツツ
塩女 しおめ→塩女
慈恩 じおん→慈恩(相馬 四郎義元)
鹿蔵 しかぞう→鹿蔵
志賀寺上人 しがでらしょうにん→志賀寺上人(上人)
志賀之助 しかのすけ→三宅 志賀之助(猫之助)
鹿之介 しかのすけ→山中 鹿之介
鹿之助 しかのすけ→中村 鹿之助
式亭三馬 しきていさんば→式亭三馬
式部 しきぶ→月ヶ瀬 式部
式部少輔正信 しきぶのしょうゆうまさのぶ→式部少輔正信
重右衛門 しげえもん→重右衛門
重興 しげおき→小出 重興
鎮兼 しげかね→野中兵庫頭 鎮兼
重子 しげこ→裏松 重子(大方殿)
重作 しげさく*→伊岡 重作
重定 しげさだ→樋口飛騨次郎左衛門尉 重定
重三郎 しげざぶろう→重三郎(伏鐘重三郎)
茂十郎 しげじゅうろう*→杉本 茂十郎
重次郎 しげじろう*→山中 重次郎
重助 しげすけ*→重助
重助 しげすけ*→松田 重助
繁太夫 しげだゆう→繁太夫
重次 しげつぐ*→本多 重次
茂綱 しげつな→鍋島 茂綱
重俊 しげとし→森川出羽守 重俊
重富 しげとみ→本田越前守 重富
重直 しげなお→南部山城守 重直
重長 しげなが→安藤 重長
重成 しげなり→木村長門守 重成
重成 しげなり→鈴木 重成
繁野 しげの→繁野
繁之進 しげのしん→伊原 繁之進
重八 しげはち→鈴田 重八
重治 しげはる→山中和泉守 重治
鎮房 しげふさ→宇都宮民部少輔 鎮房

成文 しげふみ→牧野長門守 成文
重平 しげへい*→重平
重政 しげまさ→富田 重政
重持 しげもち→富田 重持
重盛 しげもり→平 重盛
しげる→しげる(おしま)
思軒 しけん→森田 思軒
芝賢 しけん→崔 芝賢
嗣源 しげん→李 嗣源
鹿玄 じげん→慈玄
始皇帝 しこうてい→始皇帝
地獄の辰 じごくのたつ→地獄の辰
自斎 じさい→自斎
自斎 じさい→鐘巻 自斎
自斎 じさい→鐘巻 自斎
自斎通家 じさいみちいえ→鐘捲 自斎通家
次左衛門 じざえもん*→松井 次左衛門
治左衛門 じざえもん*→遠城 治左衛門
治作 じさく→治作(浄念)
子胥 ししょ→呉 子胥
志丈 しじょう→山本 志丈
志津 しず→志津
志津 しず→志津(小春)
紫都 しず→紫都
静 しず→静
静枝 しずえ→静枝
静 しずか→静
静御前 しずかごぜん→静御前
静御前 しずかごぜん→静御前
治助 じすけ→治助
静子 しずこ→静子
静馬 しずま→門倉 静馬
爾旦 じたん→高 爾旦
七九郎康忠 しちくろうやすただ→柴田 七九郎康忠
七五郎 しちごろう→七五郎
七十郎 しちじゅうろう→岩瀬 七十郎
七助 しちすけ→七助
七蔵 しちぞう→七蔵(だら七)
七蔵政国 しちぞうまさくに→伊藤 七蔵政国
七之助 しちのすけ→七之助
七兵衛 しちべえ→七兵衛
七兵衛 しちべえ→七兵衛(裏宿七兵衛)
七兵衛 しちべえ→由比 七兵衛
子朝 しちょう→子朝

七郎 しちろう→七郎
七郎 しちろう→望月 七郎
七郎太 しちろうた→仙波 七郎太
七郎兵衛 しちろうべえ→七郎兵衛
七郎義晴 しちろうよしはる→七郎義晴
七郎丸 しちろうる→七郎丸
七郎兵衛 しちろべえ→森山 七郎兵衛
疾 しつ→疾（大叔）
十官 じっかん→十官
実成院 じっしょういん→実成院
実之助 じつのすけ→梅崎 実之助
十返舎一九 じっぺんしゃいっく→十返舎一九
信濃守勝統 しなののかみかつむね→信濃守勝統
しの→しの
志乃 しの→志乃
志野 しの→志野
子能 しのう→張 子能
次八 じはち→次八
子美 しび→武 子美
しび六 しびろく→しび六
子婦 しふ→子婦
治部左衛門 じぶざえもん→小牧 治部左衛門
治部左衛門景政 じぶざえもんかげまさ→富田 治部左衛門景政
治平 じへい→治平（座頭）
次兵衛 じへえ→次兵衛
治兵衛 じへえ→治兵衛
治兵衛 じへえ→中丸 治兵衛
志保 しほ→志保
シーボルト→シーボルト
志摩 しま→古内 志摩
志摩 しま→荒尾 志摩
島川 しまかわ→島川
島津薩摩守 しまずさつまのかみ→島津薩摩守
清水の次郎長 しみずのじろちょう→清水の次郎長
清水の長五郎 しみずのちょうごろう→清水の長五郎（次郎長）
シメオン→シメオン
七五三之助 しめのすけ→佐野 七五三之助
シャクシャイン→シャクシャイン
寂長 じゃくちょう→寂長

麝香のおせん じゃこうのおせん→麝香のおせん
ジャック・ドゥ・ラ・フォンテーヌ→ジャック・ドゥ・ラ・フォンテーヌ
ジャンヌ・ダルク→ジャンヌ・ダルク
じゅあん→じゅあん
寿一郎 じゅいちろう*→厚木 寿一郎
周庵 しゅうあん→周庵
十右衛門 じゅうえもん→十右衛門
従珂 じゅうか→李 従珂
獣鬼 じゅうき→織田 獣鬼
重五 じゅうご→重五
従厚 じゅうこう→李 従厚
十五郎 じゅうごろう*→雨森 十五郎
十左衛門 じゅうざえもん→岡安 十左衛門
十左衛門 じゅうざえもん→斎藤 十左衛門
十左衛門 じゅうざえもん→十左衛門
周作 しゅうさく→千葉 周作
十三郎 じゅうざぶろう→石動 十三郎
十三郎 じゅうざぶろう→平田 十三郎
重三郎 じゅうざぶろう→緒方 重三郎
重三郎 じゅうざぶろう*→佐井木 重三郎
重七 じゅうしち→重七
十四郎 じゅうしろう→藤井 十四郎
十四郎 じゅうしろう→塙 十四郎
十次郎 じゅうじろう→熊井 十次郎
十次郎 じゅうじろう→十次郎
柔心 じゅうしん→関口 柔心
周助 しゅうすけ→浦見坂 周助
周助 しゅうすけ→近藤 周助（島崎 周平）
重助 じゅうすけ→重助
修蔵 しゅうぞう→飯倉 修蔵
十蔵 じゅうぞう→十蔵
十蔵 じゅうぞう→中村 十蔵
十蔵 じゅうぞう→鳥飼 十蔵
十蔵 じゅうぞう→内田 十蔵
重蔵 じゅうぞう→近藤 重蔵
重蔵 じゅうぞう*→重蔵
重蔵坊 じゅうぞうぼう→重蔵坊
重蔵守重 じゅうぞうもりしげ→近藤 重蔵守重
十太夫 じゅうだいゆう→喜田 十太夫
十太夫 じゅうだゆう→柴田 十太夫
十太夫 じゅうだゆう→倉八 十太夫
十太夫 じゅうだゆう*→小河 十太夫
十太郎 じゅうたろう→高野 十太郎
重太郎 じゅうたろう→田桐 重太郎

十内　じゅうない→橋田 十内
十内　じゅうない→小野寺 十内
周平　しゅうへい→島崎 周平
重平　じゅうへい*→清水 重平
住兵衛　じゅうべえ→瀬谷 住兵衛
十兵衛　じゅうべえ→桑山 十兵衛
十兵衛　じゅうべえ→三枝 十兵衛
十兵衛　じゅうべえ→十兵衛
十兵衛　じゅうべえ→深見 十兵衛
十兵衛　じゅうべえ→荘林 十兵衛
十兵衛　じゅうべえ→大西 十兵衛
十兵衛　じゅうべえ→柳生 十兵衛
十兵衛　じゅうべえ→柳生 十兵衛(七郎)
重兵衛　じゅうべえ→重兵衛
十兵衛　じゅうべえ*→荘林 十兵衛
十兵衛光厳　じゅうべえみつよし→柳生 十兵衛光厳
十兵衛三厳　じゅうべえみつよし→柳生 十兵衛三厳
十郎　じゅうろう→阿部 十郎
十郎　じゅうろう→曾我 十郎
十郎　じゅうろう→白鳥 十郎
十郎左衛門　じゅうろうざえもん→水野 十郎左衛門
十郎祐成　じゅうろうすけなり→曾我 十郎祐成
十郎太　じゅうろうた→井坂 十郎太
十郎太　じゅうろうた→鳥羽 十郎太
十郎兵衛　じゅうろべえ→板東 十郎兵衛
十郎兵衛定氏　じゅうろべえさだうじ→菅沼 十郎兵衛定氏(巳之助)
十郎兵衛定勝　じゅうろべえさだかつ→樋口 十郎兵衛定勝
十郎兵衛定昌　じゅうろべえさだたか→樋口 十郎兵衛定昌
朱炎　しゅえん→朱炎
朱亥　しゅがい→朱亥
寿桂尼　じゅけいに→寿桂尼
主人　しゅじん→主人
主膳　しゅぜん→吉岡 主膳
主膳　しゅぜん→黒田 主膳
主膳　しゅぜん→左右田 主膳
主膳　しゅぜん→坂上 主膳
主膳　しゅぜん→芝山別当 主膳
主膳　しゅぜん→青山 主膳
主膳　しゅぜん→石川 主膳
主膳　しゅぜん→長野 主膳

主膳　しゅぜん→楠見 主膳
主膳　しゅぜん→堀部 主膳
朱蝶　しゅちょう*→玉村 朱蝶
十官　じゅっかん→十官
寿之助　じゅのすけ→寿之助
主馬　しゅめ→奥田 主馬
主馬　しゅめ→奥平 主馬
主馬　しゅめ→横田 主馬
主馬　しゅめ→早川 主馬
主馬　しゅめ→長野 主馬
主馬　しゅめ→鏑木 主馬
首馬　しゅめ→首馬
主馬　しゅめ*→篠村 主馬
主馬助　しゅめのすけ→鳥越 主馬助
主馬之助　しゅめのすけ→斎藤 主馬之助
主馬之助　しゅめのすけ→斎藤 主馬之助(伝鬼房)
主馬介　しゅめのすけ*→近藤 主馬介
修理　しゅり→柴山 修理
修理之介　しゅりのすけ→大鳥 修理之介
俊庵　しゅんあん→北川 俊庵
春燕　しゅんえん→春燕
俊寛　しゅんかん→俊寛
順官　じゅんかん→呉 順官(ぬらりの順官)
順吉　じゅんきち→順吉
順慶　じゅんけい→筒井 順慶
淳子　じゅんこ→淳子
俊五郎　しゅんごろう→村上 俊五郎
俊五郎　しゅんごろう*→村上 俊五郎
俊斎　しゅんさい→佐倉 俊斎
順斎　じゅんさい→順斎
春朔　しゅんさく→大沢 春朔
春草　しゅんしょう→勝川 春草
潤娘　じゅんじょう→白 潤娘
淳次郎　じゅんじろう→佐々 淳次郎
春水　しゅんすい→頼 春水
俊助　しゅんすけ→桜谷 俊助
順助　じゅんすけ*→山上 順助
俊三　しゅんぞう→富坂 俊三
春蔵　しゅんぞう→桃井 春蔵
俊蔵　しゅんぞう*→佐々島 俊蔵
春蔵直一　しゅんぞうなおかず→桃井 春蔵直一
春蔵直勝　しゅんぞうなおかつ→桃井 春蔵直勝
俊太郎　しゅんたろう→古高 俊太郎(喜右衛門)

順治帝 じゅんちてい→順治帝（愛新覚羅福臨）
春鳥 しゅんちょう→春鳥
春泥 しゅんでい→伊沢 春泥
春念 しゅんねん→春念
純之進 じゅんのしん→織部 純之進
俊之介 しゅんのすけ→槇 俊之介
春竜 しゅんりゅう→山内 春竜
劭 しょう→劉 劭
時雍 じょう→王 時雍
正一 しょいち→起多 正一
正一 しょいち*→起田 正一
松陰 しょういん→吉田 松陰（吉田 寅次郎）
紹運 じょううん→高橋 紹運
紹益 じょうえき→紹益
庄右衛門 しょうえもん→溝呂木 庄右衛門
庄右衛門 しょうえもん→庄右衛門
浄円 じょうえん→浄円
浄円院由利 じょうえんいんゆり→浄円院由利
浄海 じょうかい→浄海
浄閑 じょうかん→浄閑
庄九郎 しょうくろう→松浪 庄九郎
庄九郎 しょうくろう→須永 庄九郎
庄九郎 しょうくろう→渡辺 庄九郎
正慶 しょうけい→正慶
浄慶 じょうけい→浄慶
照月 しょうげつ→照月
松月斎 しょうげつさい→平岡 松月斎
将監 しょうげん→向井 将監
将監 しょうげん→土気 将監
丈玄 じょうげん→古畑 丈玄
勝光院 しょうこういん→勝光院
浄光院 じょうこういん→浄光院（お静）
庄五郎 しょうごろう→九 庄五郎
庄五郎 しょうごろう→松波 庄五郎
正五郎 しょうごろう*→塩田 正五郎
正斎 しょうさい*→高木 正斎
庄左衛門 しょうざえもん→肝付 庄左衛門
庄左衛門 しょうざえもん→杉田 庄左衛門
庄左衛門 しょうざえもん→村上 庄左衛門
庄左衛門 しょうざえもん→津田 庄左衛門
庄三郎 しょうざぶろう→結城 庄三郎
庄三郎 しょうざぶろう→高畠 庄三郎
生山 しょうさん→鍋島 生山
象山 しょうざん→佐久間 象山

庄司 しょうじ→三浦 庄司
庄次 しょうじ→庄次（真砂の庄次）
小七 しょうしち*→板野 小七
庄司ノ甚内 しょうじのじんない→庄司ノ甚内
上州屋幸兵衛 じょうしゅうやこうべえ*→上州屋幸兵衛
成就坊 じょうじゅぼう→成就坊
猩々の銀 しょうじょうのぎん→猩々の銀
庄次郎 しょうじろう→岩佐 庄次郎
庄二郎 しょうじろう→庄二郎
象二郎 しょうじろう→後藤 象二郎
庄助 しょうすけ→庄助
昌介 しょうすけ→久能 昌介（浜田屋治兵衛）
正雪 しょうせつ→油井 正雪
正雪 しょうせつ→由井 正雪
正雪 しょうせつ→由比 正雪
松仙 しょうせん→松仙（松江）
正三 しょうぞう→並木 正三
庄太 しょうた→庄太
正太 しょうた→正太
庄太夫 しょうだゆう→庄太夫
庄太夫 しょうだゆう→生田 庄太夫
丈大夫 じょうだゆう→宇津木 丈大夫
尚太郎 しょうたろう→尚太郎
正太郎 しょうたろう→春日 正太郎
正太郎 しょうたろう→正太郎
丈太郎 じょうたろう→東雲 丈太郎
定太郎 じょうたろう→成瀬 定太郎
常珍坊 じょうちんぼう→常珍坊
聖天の吉五郎 しょうてんのきちごろう→聖天の吉五郎
正塔 しょうとう→正塔
聖徳太子 しょうとくたいし→聖徳太子
少弐 しょうに→千石 少弐
上人 しょうにん→上人
浄念 じょうねん→浄念
城之介 じょうのすけ→千秋 城之介
正之助 しょうのすけ*→正之助
丈之助 じょうのすけ*→丈之助
庄八 しょうはち→犬井 庄八
丈八 じょうはち→丈八
尚武 しょうぶ→今井 尚武
章武 しょうぶ→李 章武
城武 じょうぶ→韋 城武
尚平 しょうへい→伊牟田 尚平

庄平　しょうへい→庄平
昌平　しょうへい→柿生　昌平
庄兵衛　しょうべえ→横瀬　庄兵衛
庄兵衛　しょうべえ→柴田　庄兵衛
庄兵衛　しょうべえ→庄兵衛
庄兵衛　しょうべえ→相良　庄兵衛
庄兵衛　しょうべえ→中田　庄兵衛
庄兵衛　しょうべえ→浜島　庄兵衛（日本左衛門）
笑兵衛　しょうべえ→笑兵衛
承芳　しょうほう→梅岳　承芳
聖武天皇　しょうむてんのう→聖武天皇（首皇子）
昭容　しょうよう→曹　昭容（瑛琳）
湘蓮　しょうれん→湘蓮
正六　しょうろく→正六
鋤雲　じょうん→鋤雲
如雲斎　じょうんさい→如雲斎
植　しょく→曹　植
蜀山人　しょくさんじん→蜀山人
如水　じょすい→黒田　如水
如水　じょすい→山田　如水
如水　じょすい→如水
如水孝高　じょすいよしたか→黒田　如水孝高
書生　しょせい→書生
女帝　じょてい→女帝
ジョルジュ・アルバレス→ジョルジュ・アルバレス
地雷也の岩　じらいやのいわ→地雷也の岩
白江　しらえ→白江
白縫姫　しらぬいひめ→白縫姫
白女　しらめ→白女
子竜　しりゅう→子竜
子竜　しりょう→子竜
シルリング→シルリング
四郎　しろう→伊具　四郎
四郎　しろう→稲葉　四郎
四郎　しろう→佐倉　四郎
四郎　しろう→四郎
四郎　しろう→矢並　四郎（佐倉　四郎）
次郎　じろう→次郎
次郎　じろう→土岐　次郎
次郎　じろう→内海　次郎
四郎右衛門　しろうえもん→四郎右衛門

次郎右衛門　じろうえもん→長松　次郎右衛門
次郎右衛門忠明　じろうえもんただあき→小野　次郎右衛門忠明（神子上　典膳）
四郎右衛門光俊　しろうえもんみつとし*→多羅尾　四郎右衛門光俊
四郎兼平　しろうかねひら→今井　四郎兼平
次郎左衛門　じろうざえもん→稲生　次郎左衛門
次郎左衛門　じろうざえもん→岡本　次郎左衛門
次郎左衛門　じろうざえもん→赤松　次郎左衛門（樋口　又七郎定次）
四郎左衛門　しろうざえもん*→長井　四郎左衛門
四郎次郎　しろうじろう→茶屋　四郎次郎
四郎二郎　しろうじろう→四郎二郎
次郎太夫　じろうだゆう→谷川　次郎太夫
四郎時貞　しろうときさだ→四郎時貞
次郎時行　じろうときゆき→北条　次郎時行
次郎教氏　じろうのりうじ→大館　次郎教氏
四郎義元　しろうよしもと→相馬　四郎義元
次郎右衛門　じろえもん→和佐　次郎右衛門
次郎右衛門忠明　じろえもんただあき→小野　次郎右衛門忠明
しろがね屋善兵衛　しろがねやぜんべい→しろがね屋善兵衛（善兵衛）
次郎吉　じろきち→次郎吉（鬼雷神越右衛門）
次郎吉　じろきち→次郎吉（鼠）
次郎吉　じろきち→次郎吉（鼠小僧次郎吉）
二郎九郎　じろくろう→万財　二郎九郎
次郎左衛門　じろざえもん→次郎左衛門
次郎作　じろさく→次郎作
治郎作　じろさく→成田　治郎作
白妙　しろたえ→白妙
次郎長　じろちょう→次郎長
次郎長　じろちょう→次郎長（清水の次郎長）
次郎兵衛　じろべえ→横田　次郎兵衛
次郎兵衛　じろべえ→次郎兵衛
治郎兵衛　じろべえ→江藤　治郎兵衛
しん→しん（おしん）
信　しん→崔　信
新一郎　しんいちろう→新一郎
迅一郎　じんいちろう→神宮　迅一郎
甚右衛門　じんうえもん→野方　甚右衛門

609

信右衛門　しんえもん→高倉 信右衛門	信三郎　しんざぶろう→藤崎 信三郎
新右衛門　しんえもん→塚原 新右衛門	新三郎　しんざぶろう→溝呂木 新三郎
新右衛門　しんえもん→塚原 新右衛門（ト伝）	新三郎　しんざぶろう→佐々木 新三郎（石井 兵助）
新右衛門　しんえもん→飯沼 新右衛門	新三郎　しんざぶろう→鯛沢 新三郎
甚右衛門　じんえもん→佐原 甚右衛門	新三郎　しんざぶろう→藤村 新三郎
甚右衛門　じんえもん→庄司 甚右衛門	新三郎　しんざぶろう→萩原 新三郎
新右衛門　しんえもん*→塚原 新右衛門	甚三郎　じんざぶろう→甚三郎
新右衛門高幹　しんえもんたかもと→塚原 新右衛門高幹（ト伝）	甚三郎　じんざぶろう→石和 甚三郎
信吉　しんきち→信吉	甄氏　しんし→甄氏
新吉　しんきち→新吉	信次　しんじ→信次
新九郎　しんくろう→笹井 新九郎	新七　しんしち→有馬 新七
新九郎　しんくろう→春日 新九郎	新十郎　しんじゅうろう→結城 新十郎
新九郎　しんくろう→松平 新九郎	新十郎　しんじゅうろう→市川 新十郎
新九郎　しんくろう→布施 新九郎	新十郎　しんじゅうろう→秋月 新十郎
新九郎　しんくろう→米沢 新九郎	新十郎　しんじゅうろう→小荒井 新十郎
陣九郎　じんくろう→黒沢 陣九郎	新十郎　しんじゅうろう→新十郎
信玄　しんげん→信玄	新十郎　しんじゅうろう→大久保 新十郎
信玄　しんげん→武田 信玄	甚十郎　じんじゅうろう→石原 甚十郎
信玄　しんげん→武田 信玄（武田 晴信）	甚十郎　じんじゅうろう→伏見小路 甚十郎
慎吾　しんご→蜂屋 慎吾	志ん生　しんしょう→志ん生
新五　しんご→新五	信次郎　しんじろう→信次郎
真吾　しんご→真吾	新次郎　しんじろう→戸田 新次郎
人皇王　じんこうおう→人皇王	新次郎　しんじろう→清水 新次郎
甚五兵衛　じんごべえ→田沼 甚五兵衛	真次郎　しんじろう→市村 真次郎
新五郎　しんごろう→新五郎	甚四郎　じんしろう→芹沢 甚四郎
新五郎　しんごろう→新五郎（浜の嵐新五郎）	甚四郎　じんしろう→草深 甚四郎
新五郎　しんごろう→生島 新五郎	信助　しんすけ→信助
甚五郎　じんごろう→横倉 甚五郎	新助　しんすけ→新助
甚五郎　じんごろう→横田 甚五郎	甚助　じんすけ→甚助
甚五郎　じんごろう→神崎 甚五郎	甚助　じんすけ→林崎 甚助
甚五郎　じんごろう→甚五郎	深省　しんせい→尾形 深省（乾山）
新左　しんざ→杉本 新左	慎蔵　しんぞう→原口 慎蔵
新左衛門　しんざえもん→金子 新左衛門	新三　しんぞう→新三
新左衛門　しんざえもん→深谷 新左衛門	深造　しんぞう→鳥居 深造
新左衛門　しんざえもん→大橋 新左衛門	新蔵国盛　しんぞうくにもり→関 新蔵国盛
新左衛門　しんざえもん→粉河 新左衛門	甚太夫　じんだゆう→守屋 甚太夫
甚左衛門　じんざえもん→河合 甚左衛門	甚太夫孝貞　じんだゆうたかさだ→日野 甚太夫孝貞
甚三衛門　じんざえもん→佐野 甚三衛門	信太郎　しんたろう→信太郎
新左衛門安重　しんざえもんやすしげ→塚原土佐守 新左衛門安重	信太郎　しんたろう→滝沢 信太郎
信作　しんさく→羽田 信作	慎太郎　しんたろう→的場 慎太郎
慎策　しんさく→右京 慎策（ハイカラ右京）	新太郎　しんたろう→佐藤 新太郎
晋作　しんさく→高杉 晋作	新太郎　しんたろう→斎藤 新太郎
甚作　じんさく→吉岡 甚作	新太郎　しんたろう→新太郎
	新太郎　しんたろう→世良 新太郎

仁太郎　じんたろう→仁太郎
神通丸　じんつうまる→神通丸
甚内　じんない→坂村　甚内
甚内盛次　じんないもりつぐ→高島　甚内盛次
真如院　しんにょいん→真如院
慎之丞　しんのじょう→生田　慎之丞
新之丞　しんのじょう→長田　新之丞
甚之丞　じんのじょう→岡安　甚之丞
新之助　しんのすけ→新之助
晋之介　しんのすけ→田宮　晋之介
真之助　しんのすけ→井上　真之助
進之助　しんのすけ→進之助
進之助　しんのすけ→平井　進之助
信之助　しんのすけ＊→角倉　信之助
新之介　しんのすけ＊→野殿　新之介
真之介　しんのすけ＊→畠山　真之介（新吉）
陣馬　じんば→山中　陣馬
新八　しんぱち→永倉　新八
新八　しんぱち→山吉　新八
新八　しんぱち→新八
新八　しんぱち→村田　新八
甚八　じんぱち→向井　甚八
新八郎　しんぱちろう→葵　新八郎
新八郎　しんぱちろう→水木　新八郎
新八郎　しんぱちろう→隼　新八郎
新八郎定則　しんぱちろうさだのり→菅沼　新八郎定則
晋鄙　しんぴ→晋鄙
甚平　じんぺい→甚平
新兵衛　しんべえ→金津　新兵衛
新兵衛　しんべえ→高鳥　新兵衛
新兵衛　しんべえ→新兵衛
新兵衛　しんべえ→森島　新兵衛
新兵衛　しんべえ→多賀　新兵衛
新兵衛　しんべえ→中川　新兵衛
新兵衛　しんべえ→田中　新兵衛
甚兵衛　じんべえ→三谷　甚兵衛
甚兵衛　じんべえ→山村　甚兵衛
甚兵衛　じんべえ→甚兵衛
信陵君　しんりょうくん→信陵君
新六郎　しんろくろう→宮地　新六郎

【す】

すい　すい→すい（木枯しきぬ）
水鏡　すいきょう→水鏡
瑞賢　ずいけん→河村　瑞賢（十右衛門）
垂仁帝　すいにんてい→垂仁帝
末松　すえまつ→末松
すが→すが
菅谷巡査　すがやじゅんさ→菅谷巡査
杉　すぎ→杉
杉江　すぎえ→杉江
すぎすぎ小僧　すぎすぎこぞう→すぎすぎ小僧
杉若越後守　すぎわかえちごのかみ→杉若越後守（無心）
宿禰　すくね→野見　宿禰
助　すけ→助
助右衛門　すけえもん→助右衛門
助九郎　すけくろう→稲田　助九郎
助左衛門　すけざえもん→笠原　助左衛門
助左衛門　すけざえもん→渡辺　助左衛門
助三郎　すけさぶろう→小野　助三郎
助十郎　すけじゅうろう→奥村　助十郎
輔四郎　すけしろう→津島　輔四郎
助蔵　すけぞう→助蔵
祐親　すけちか→伊東　祐親（入道）
祐経　すけつね→工藤　祐経
助之進　すけのしん→沢村　助之進
資盛　すけもり＊→城　資盛
助義　すけよし→松野河内守　助義
助六　すけろく→村田　助六
図書　ずしょ→伊奈　図書
図書助　ずしょのすけ→和泉　図書助
図書之介景純　ずしょのすけかげずみ→小幡　図書之介景純
蒸　すすむ→山崎　蒸
進　すすむ→大石　進
捨蔵　すてぞう→桜井　捨蔵
捨蔵　すてぞう→捨蔵
捨蔵　すてぞう→捨蔵（前砂の捨蔵）
すて姫　すてひめ→すて姫
捨松　すてまつ→捨松
崇徳天皇　すとくてんのう→崇徳天皇
強右衛門　すねえもん→金丸　強右衛門
強右衛門　すねえもん→鳥居　強右衛門
須摩　すま→須摩
すみ→すみ
墨縄の佐平　すみなわのさへい→墨縄の佐平

栖屋善六 すみやぜんろく→栖屋善六(善六)
純義 すみよし→川村 純義
諏訪御料人 すわごりょうにん→諏訪御料人

【せ】

清一郎 せいいちろう→門田 清一郎
精一郎 せいいちろう→男谷 精一郎
精一郎 せいいちろう→男谷 精一郎(新太郎)
栖雲斎 せいうんさい→栖雲斎
政右衛門 せいえもん→高桑 政右衛門
清右衛門 せいえもん→中村 清右衛門
精右衛門 せいえもん→鈴木 精右衛門
精右衛門 せいえもん*→鈴木 精右衛門
清海 せいかい→三好 清海(清海入道)
清海入道 せいかいにゅうどう→三好 清海入道
清海入道 せいかいにゅうどう→深谷 清海入道
清海入道 せいかいにゅうどう→清海入道
青巌和尚 せいがんおしょう→青巌和尚
清吉 せいきち→清吉
政吉 せいきち*→政吉
勢源 せいげん→富田 勢源
清五郎 せいごろう→清五郎
清五郎 せいごろう→疋田 清五郎
清左衛門 せいざえもん→清左衛門
清左衛門 せいざえもん→沢田 清左衛門
静山 せいざん→松浦 静山
西施 せいし→西施
清治 せいじ*→檜垣 清治
聖者 せいじゃ→聖者
青州先生 せいしゅうせんせい→青州先生(梁 元象)
清十郎 せいじゅうろう→音無 清十郎
清十郎 せいじゅうろう→清十郎
正十郎 せいじゅうろう*→塩川 正十郎
清十郎親宣 せいじゅうろうちかのぶ→三村 清十郎親宣
清十郎俊光 せいじゅうろうとしみつ→油下 清十郎俊光
清四郎 せいしろう→戸谷 清四郎
清四郎 せいしろう→落合 清四郎
誠四郎 せいしろう→松木 誠四郎
清次郎 せいじろう→清次郎

盛次郎 せいじろう*→久米 盛次郎
清助 せいすけ→吉田 清助
清蔵 せいぞう→清蔵
清三氏宗 せいぞううじむね→友松 清三氏宗(偽庵)
清太夫 せいだゆう→中井 清太夫
精太郎 せいたろう→小西 精太郎
誠太郎 せいたろう→誠太郎
正徳帝 せいとくてい→正徳帝(万歳爺)
清内 せいない→矢村 清内
正之丞 せいのじょう*→小林 正之丞
清之助 せいのすけ→清之助
精之助 せいのすけ→精之助
世驃 せいひょう→施 世驃(文秉)
清兵衛 せいべえ→鵜野 清兵衛
清兵衛 せいべえ→三雲 清兵衛
清兵衛 せいべえ→小串 清兵衛
清兵衛 せいべえ→深田 清兵衛
清兵衛 せいべえ→清兵衛
清兵衛 せいべえ→竹俣 清兵衛
精兵衛 せいべえ→陸田 精兵衛
晴明 せいめい→安倍 晴明
成裕 せいゆう→勝 成裕
世綸 せいりん→施 世綸(文賢)
精林 せいりん*→精林
清六 せいろく→清六
瀬川 せがわ→瀬川
せき→せき
せき せき→平尾 せき
夕雲 せきうん→針ヶ谷 夕雲
夕雲 せきうん→針谷 夕雲
碩翁 せきおう→碩翁
碩翁 せきおう→中野 碩翁
石斎 せきさい→犬塚 石斎
石舟斎 せきしゅうさい→石舟斎
石舟斎 せきしゅうさい→柳生 石舟斎
石舟斎宗厳 せきしゅうさいむねよし→柳生 石舟斎宗厳
せき刀自 せきとじ→せき刀自
関屋 せきや→関屋(お滝の方)
女衒野郎 ぜげんやろう→女衒野郎
セツ せつ→田桐 セツ
世津 せつ→世津
勢津 せつ→勢津
雪下 せっか→由布 雪下
雪斎 せっさい→雪斎

612

攝津　せっつ→十時　攝津
薛濤　せつとう→薛濤
瀬戸助　せとすけ→瀬戸助
銭形の平次　ぜにがたのへいじ→銭形の平次
銭形平次　ぜにがたへいじ→銭形平次
瀬平　せへい*→瀬平
瀬兵衛　せべえ*→栗本　瀬兵衛（鋤雲）
瀬兵衛　せべえ*→小川　瀬兵衛
仙　せん→沈　仙
宣　せん→許　宣
遷　せん→司馬　遷
善右衛門　ぜんえもん→鴻池　善右衛門
扇歌　せんか→扇歌
仙厓　せんがい→仙厓
全海和尚　ぜんかいおしょう→全海和尚
前鬼　ぜんき→前鬼
善鬼　ぜんき→小野　善鬼
善鬼　ぜんき→善鬼
仙吉　せんきち→仙吉
千吉　せんきち→雨竜　千吉
千吉　せんきち→千吉
善九郎信春　ぜんくろうのぶはる→依田　善九郎信春
仙湖　せんこ→安　仙湖
専好　せんこう→池ノ坊　専好
仙左衛門　せんざえもん→仙左衛門
善佐衛門政言　ぜんざえもんまさこと→佐野　善佐衛門政言
仙次　せんじ→仙次（野ざらし仙次）
千珠　せんしゅ*→千珠
仙十郎　せんじゅうろう→笹木　仙十郎
仙十郎　せんじゅうろう→小倉　仙十郎
仙十郎　せんじゅうろう→中山　仙十郎
善助　ぜんすけ→岡見　善助
善助　ぜんすけ→栗山　善助
善助　ぜんすけ→栗山　善助（栗山　備後）
善助　ぜんすけ→善助
センセー→センセー
仙蔵　せんぞう→仙蔵
仙造　せんぞう→仙造
洗蔵　せんぞう→月形　洗蔵
善太　ぜんた→善太
仙太郎　せんたろう→伊丹　仙太郎
仙太郎　せんたろう→仙太郎
仙太郎　せんたろう→仙太郎（三津田の仙太郎）

仙太郎　せんたろう→柊　仙太郎
仙太郎　せんたろう→豊島　仙太郎
仙千代　せんちよ→松原　仙千代
仙千代　せんちよ→仙千代（与三左衛門）
仙之介　せんのすけ→仙之介
仙之助　せんのすけ→仙之助
仙之助　せんのすけ→和田　仙之助
千之助　せんのすけ→千之助
善之助　ぜんのすけ→善之助
千姫　せんひめ→千姫
千姫　せんひめ→千姫（天樹院）
膳平　ぜんぺい→膳平
善兵衛　ぜんべえ→善兵衛
千松　せんまつ*→千松（お千代）
千弥太　せんやた→千弥太
仙六　せんろく→仙六
善六　ぜんろく→海部　善六
善六　ぜんろく→善六

【そ】

操　そう→曹　操
荘　そう→項　荘
賓　そう→馬　賓
増　ぞう→范　増
宗庵　そうあん→玉木　宗庵
宗一郎　そういちろう→天野　宗一郎
惣一郎　そういちろう→筧　惣一郎
聡一郎　そういちろう→鵜沢　聡一郎
宗右衛門　そうえもん→宗右衛門
惣右衛門　そうえもん→間島　惣右衛門
惣右衛門　そうえもん→山下　惣右衛門
惣右衛門　そうえもん→惣右衛門
惣右衛門　そうえもん→半田　惣右衛門
宗瓦　そうが→宗瓦
増賀上人　ぞうがしょうにん→増賀上人
宗喜　そうき→長谷川　宗喜
宗吉　そうきち→宗吉
宗及　そうきゅう→津田　宗及
宗桂　そうけい→吉田　宗桂
宗権　そうけん→秦　宗権
宗玄　そうげん→宗玄
惣吾　そうご→保科　惣吾
宗左衛門　そうざえもん*→遠城　宗左衛門
宗三郎　そうざぶろう→宗三郎
宗三郎　そうざぶろう→東海林　宗三郎

613

象山 ぞうざん→佐久間 象山
曹児 そうじ→曹児
総司 そうじ→沖田 総司
草司 そうじ→多田 草司
壮七郎 そうしちろう→上宮 壮七郎
宗室 そうしつ→鳥井 宗室
相州 そうしゅう→相州
惣十郎 そうじゅうろう→堀江 惣十郎
総十郎 そうじゅうろう→古市 総十郎
壮樹郎 そうじゅろう→和倉木 壮樹郎
宗俊 そうしゅん→河内山 宗俊
宗順 そうじゅん→安川 宗順
宗助 そうすけ→逸見 宗助
宗助 そうすけ→宗助
宗助 そうすけ→樋口 宗助
壮介 そうすけ→橋口 壮介
惣助 そうすけ→惣助
宗是 そうぜ→和久 宗是
爽太 そうた→爽太
惣太 そうた→惣太
惣太 そうた→惣太(村上 宇兵衛)
宗太郎 そうたろう→宗太郎
宗太郎 そうたろう→箕島 宗太郎
草太郎 そうたろう→管野 草太郎(山路 金三郎)
荘太郎 そうたろう*→塩川 荘太郎
宗湛 そうたん→神屋 宗湛
宗長 そうちょう→宗長
宗徳 そうとく→宗徳
荘之助 そうのすけ→檜山 荘之助
宗伯 そうはく→浅田 宗伯
宗八郎 そうはちろう→久保田 宗八郎
宗八郎諸正 そうはちろうもろまさ→若林 宗八郎諸正
宗凡 そうはん→宗凡(隼人)
草平 そうへい→織田 草平
宗兵衛 そうべえ→高木 宗兵衛
宗兵衛 そうべえ→宗兵衛
惣兵衛 そうべえ→数原 惣兵衛
惣兵衛 そうべえ→惣兵衛
宗兵衛 そうべえ*→大原 宗兵衛
惣馬 そうま→土田 惣馬
宗昧 そうまい→正井 宗昧
宗佑 そうゆう*→宗佑
宗琳 そうりん→宗琳
宗麟 そうりん→大友 宗麟

宗六 そうろく→宗六
宗六 そうろく*→宗六
疎暁 そぎょう→疎暁
則命 そくめい→安藤 則命
素行 そこう→山鹿 素行
祖心尼 そしんに→祖心尼
袖吉 そできち→袖吉
その→その
染吉 そめきち→染吉
染子 そめこ→染子
染太郎 そめたろう→染太郎
染之丞 そめのじょう→深井 染之丞
染八 そめはち→染八
染屋治兵衛 そめやじへえ→染屋治兵衛(治兵衛)
徂徠 そらい→荻生 徂徠
曾呂利新左衛門 そろりしんざえもん→曽呂利新左衛門(杉本 新左)
曽呂利新左衛門 そろりしんざえもん→曽呂利新左衛門
誠一 そんいる→金 誠一

【た】

第一夫人 だいいちふじん→第一夫人
大一郎 だいいちろう→戸田 大一郎
大印 だいいん→真壁 大印
大学茂安 だいがくしげやす→神保 大学茂安
大器 だいき→穴吹 大器
太公望おせん たいこうぼうおせん→太公望おせん
大五郎 だいごろう→広田 大五郎
大五郎 だいごろう→大五郎
大作 だいさく→相馬 大作
大三郎 だいざぶろう→大三郎
大師 だいし→大師(弘法大師)
大叔 たいしゅく→大叔
大次郎 だいじろう→池田 大次郎
大治郎 だいじろう→秋山 大治郎
大陣 たいじん→服部 大陣
大助 だいすけ→篠崎 大助
大助 だいすけ→諏訪 大助
大助 だいすけ→赤岡 大助
大助 だいすけ→大助
大助 だいすけ→池田 大助
大輔 だいすけ→影浦 大輔

大輔　だいすけ→秋葉　大輔（影浦　大輔）
大助幸安　だいすけゆきやす→真田　大助幸安
大膳　だいぜん→栗山　大膳
大膳　だいぜん→小野　大膳
大膳　だいぜん→田中　大膳
大膳長知　だいぜんながちか→横山　大膳長知
大蔵　たいぞう→伊沢　大蔵
大蔵　だいぞう→松山　大蔵
大蔵　だいぞう→天野　大蔵（伝吉）
大造　だいぞう→甘露寺　大造
多市　たいち→多市
太一　たいち→太一
第二郡屋　だいにこおりや→第二郡屋
第二夫人　だいにふじん→第二夫人
泰之進　たいのしん→篠原　泰之進
大八　だいはち→木村　大八
大八郎　だいはちろう→和佐　大八郎
大八郎　だいはちろう→藪　大八郎
大門屋展徳　だいもんやのぶとく→大門屋展徳（展徳）
平　たいら→山崎　平
大竜院泰雲　だいりゅういんたいうん→大竜院泰雲
大六　だいろく→大六
多江　たえ→多江
妙　たえ→妙
妙子の方　たえこのかた→妙子の方
妙姫　たえひめ→妙姫
絶間姫　たえまひめ→絶間姫
たか　たか→村山　たか
高　たか→高
尊氏　たかうじ→足利　尊氏
高雄　たかお→難波吉士　高雄
高丘親王　たかおかしんのう→高丘親王
隆景　たかかげ→小早川　隆景
高倉院　たかくらいん→高倉院
たか女　たかじょ→たか女
誰袖　たがそで→誰袖
高田殿　たかだどの→高田殿
高次　たかつぐ→京極　高次
高松　たかとし→横田備中守　高松
たかとり→たかとり
鷹取　たかとり→鷹取
孝之助　たかのすけ*→山田　孝之助（風外）

高信　たかのぶ→南部　高信
隆信　たかのぶ→竜造寺　隆信
隆平　たかひら*→四条　隆平
高広　たかひろ→京極丹後守　高広
高房　たかふさ→竜造寺　高房
篁　たかむら→小野　篁
隆盛　たかもり→西郷　隆盛
孝之　たかゆき→壬生　孝之
孝允　たかよし→木戸　孝允
たき→たき
滝蔵　たきぞう→滝蔵
太吉　たきち→太吉
滝乃　たきの→滝乃
滝野　たきの→滝野
滝の井　たきのい→滝の井
多岐之介　たきのすけ→馬場　多岐之介
滝之助　たきのすけ→滝之助
滝夜叉姫　たきやしゃひめ→滝夜叉姫
滝山　たきやま→滝山
沢庵　たくあん→沢庵
宅悦　たくえつ→宅悦
宅右衛門　たくえもん→成田　宅右衛門
沢彦　たくげん→沢彦
内匠　たくみ→松木　内匠
内匠　たくみ→曽根　内匠
たけ→たけ
武揚　たけあき→榎本　武揚
武夫　たけお→越智　武夫
猛雄　たけお→下田　猛雄
竹子　たけこ→中野　竹子
竹柴ノ小弥太　たけしばのこやた→竹柴ノ小弥太（小弥太）
竹島　たけしま→竹島
竹次郎　たけじろう→竹次郎
竹二郎　たけじろう→竹二郎
竹助　たけすけ→竹助
たけぞう→たけぞう
竹千代　たけちよ→竹千代
武人　たけと→赤根　武人
竹之丞　たけのじょう→竹之丞
竹之助　たけのすけ→竹之助（切岡　孝太郎）
竹姫　たけひめ→竹姫
武弘　たけひろ→武弘
竹俣三河守　たけまたみかわのかみ→竹俣三河守
竹松　たけまつ→竹松

武松　たけまつ→三方　武松
竹丸　たけまる→長谷川　竹丸
太左衛門　たざえもん→宇野　太左衛門
田左衛門　たざえもん＊→城ノ目　田左衛門
多子　たし→多子
多七　たしち→多七
多襄丸　たじょうまる→多襄丸
多津　たず→多津
多津　たず→沢井　多津
太助　たすけ→太助
多勢子　たせこ→松尾　多勢子
忠厚　ただあつ＊→諏訪　忠厚
忠興　ただおき→細川　忠興
忠興　ただおき→細川　忠興（三斎）
忠勝　ただかつ→本田　忠勝
忠雄　ただかつ→池田　忠雄
忠清　ただきよ→酒井雅楽頭　忠清
忠邦　ただくに→水野　忠邦
忠邦　ただくに→水野越前守　忠邦
忠邦　ただくに→水野和泉守　忠邦
只三郎　ただざぶろう→佐々木　只三郎
唯三郎　ただざぶろう→佐々木　唯三郎
忠司　ただし→松原　忠司
忠司　ただじ→松原　忠司
唯四郎　ただしろう→猪谷　唯四郎
董　ただす→林　董
忠相　ただすけ→大岡　忠相
忠相　ただすけ→大岡越前守　忠相
忠崇　ただたか→林　忠崇
忠隣　ただちか→大久保　忠隣
忠次　ただつぐ→酒井　忠次
忠恒　ただつね→島津　忠恒（又七郎）
忠輝　ただてる→松平　忠輝
忠耀　ただてる→鳥井甲斐守　忠耀
忠辰　ただとき→水野　忠辰
忠林　ただとき→諏訪　忠林
忠敏　ただとし→松平　忠敏
忠利　ただとし→細川　忠利
忠直　ただなお→松平　忠直
忠央　ただなか→水野土佐守　忠央
忠長卿　ただながきょう→忠長卿（権大納言忠長卿）
忠之進　ただのしん→山村　忠之進
忠信　ただのぶ→佐藤　忠信
忠信利平　ただのぶりへい→忠信利平
忠広　ただひろ→加藤　忠広

忠順　ただまさ→小栗上野介　忠順
忠通　ただみち→藤原　忠通
頼長　ただみち→藤原　頼長
忠光　ただみつ→中山　忠光
三守　ただもり→藤原　三守
忠盛　ただもり→平　忠盛
忠恭　ただやす→酒井雅楽頭　忠恭
忠行　ただゆき→賀茂　忠行
忠世　ただよ→大久保　忠世
直義　ただよし→足利　直義
唯悪　ただわる→春日部伊勢守　唯悪
橘小染　たちばなのこそめ→橘小染
多津　たつ→多津
辰　たつ→辰（宝引の辰）
龍興　たつおき→斎藤　龍興
辰親分　たつおやぶん→辰親分（宝引きの辰）
辰親分　たつおやぶん→辰親分（宝引の辰）
辰吉　たつきち→辰吉
竜子　たつこ→京極　竜子
辰五郎　たつごろう→新門　辰五郎
辰五郎　たつごろう→辰五郎
辰次　たつじ→辰次
辰次郎　たつじろう→辰次郎
辰三　たつぞう→辰三
辰蔵　たつぞう→辰蔵
辰造　たつぞう→辰造
辰造　たつぞう→辰造（地獄の辰）
辰之進　たつのしん→正木　辰之進
達之助　たつのすけ→関　達之助
辰之助　たつのすけ→桐山　辰之助
辰之助　たつのすけ→辰之助
辰之助　たつのすけ→辰之助（小早川　秀秋）
辰之助　たつのすけ→辰之助（彫辰）
竜之助　たつのすけ＊→竜之助
帯刀　たてわき→安藤　帯刀
帯刀　たてわき→光村　帯刀
帯刀　たてわき→石出　帯刀
帯刀　たてわき→帯刀
帯刀　たてわき→比田　帯刀
谷風梶之助　たにかぜかじのすけ→谷風梶之助
多補　たね→多補
胤昭　たねあき→原　胤昭
稙通　たねみち→九条　稙通

田之助　たのすけ→沢村　田之助(三代目)
主殿　たのも→加々美　主殿
頼母　たのも→奥田　頼母
頼母　たのも→時枝　頼母
頼母　たのも→松平　頼母
頼母　たのも→野末　頼母
煙草屋　たばこや→煙草屋
旅人　たびびと→旅人
旅法師　たびほうし→旅法師
多平　たへい→多平
太平　たへい*→太平(あほの太平)
太兵衛　たへえ→太兵衛
太兵衛　たへえ*→風森　太兵衛
タマ→タマ
珠　たま→珠
玉扇　たまおうぎ→玉扇
玉菊　たまぎく→玉菊
たま吉　たまきち→たま吉
玉子　たまこ→玉子(細川　ガラシア)
珠子　たまこ→珠子
玉虫　たまむし→玉虫
珠世　たまよ→珠世
田村丸　たむらまる→安川　田村丸
為吉　ためきち→為吉
為三郎　ためさぶろう→八木　為三郎
為次郎　ためじろう→為次郎
為之丞　ためのじょう→石垣　為之丞
為信　ためのぶ→津軽　為信
為元　ためもと→石川備後　為元
保　たもつ→石坂　保
保　たもつ→保
田守　たもり→蘇我　田守
多聞　たもん→井上　多聞
多聞　たもん→小松崎　多聞
多門　たもん→後藤　多門
多門　たもん→小山田　多門
たよ→たよ
多代　たよ→多代
だら七　だらしち→だら七
樽屋杵右衛門　たるやきねえもん→樽屋杵右衛門(杵右衛門)
太郎　たろう→太郎
太郎　たろう*→佐原　太郎
太郎左衛門　たろうざえもん→牛尾　太郎左衛門
太郎光国　たろうみつくに→三宅　太郎光国

太郎兵衛　たろべえ→横地　太郎兵衛
団右衛門　だんえもん→雲地　団右衛門
丹覚坊　たんかくぼう→丹覚坊(蛍)
団九郎　だんくろう→団九郎(通り魔の団九郎)
丹下　たんげ→今村　丹下
団五右衛門　だんごえもん*→中山　団五右衛門
団左衛門　だんざえもん→国戸　団左衛門
段七　だんしち→段七
団十郎　だんじゅうろう→市川　団十郎(五代目)
団十郎　だんじゅうろう→団十郎(八代目)
弾正　だんじょう→払田　弾正
弾正大弼景家　だんじょうだいひつかげいえ→弾正大弼景家(景家)
団次郎　だんじろう*→大来　団次郎(嗅っ鼻の団次)
段蔵　だんぞう→加藤　段蔵(飛加藤)
丹波　たんば→百地　丹波
丹波治重　たんばはるしげ→福島　丹波治重
丹波屋弥兵衛　たんばややへえ→丹波屋弥兵衛(弥兵衛)

【ち】

千秋　ちあき→千秋
千明　ちあき→千明
ちえ→ちえ
千加　ちか→千加
千賀　ちか→千賀
親誠　ちかざね*→入田　親誠
血頭の丹兵衛　ちがしらのたんべえ→血頭の丹兵衛
親綱　ちかつな→神余　親綱
親憲　ちかのり→水原　親憲
主税　ちから→大石　主税
主税　ちから→田沢　主税
主税　ちから→立川　主税
主税　ちから→鈴木　主税
主税介　ちからのすけ→松平　主税介
主税助　ちからのすけ*→岩成　主税助
竹庵　ちくあん→竹庵
筑後屋新之助　ちくごやしんのすけ→筑後屋新之助(新之助)
千種　ちぐさ→千種
千種　ちぐさ*→寒井　千種(天野　宗一郎)

筑前　ちくぜん→儘田　筑前
竹念坊　ちくねんぼう→竹念坊
千津　ちづ→千津
千鶴　ちづ→半井　千鶴
千鶴　ちづ→北町　千鶴
千勢　ちせ→千勢
知足院隆光　ちそくいんりゅうこう→知足院 隆光
千鳥　ちどり→千鳥
千夏　ちなつ→千夏
千早　ちはや→千早
千春　ちはる→千春
千春　ちはる*→神林　千春
ちひろ→ちひろ
千穂の岐夫　ちほのふなんど→千穂の岐夫（岐夫）
智文　ちもん→智文
茶屋四郎次郎　ちゃちしろうじろう→茶屋四郎次郎
茶々丸　ちゃちゃまる→足利　茶々丸
ちゃり文　ちゃりもん→ちゃり文
忠右衛門　ちゅうえもん*→奥村　忠右衛門
忠右衛門　ちゅうえもん*→落合　忠右衛門
仲華　ちゅうか→仲華
忠吉郎　ちゅうきちろう*→本多　忠吉郎
忠源坊　ちゅうげんぼう→忠源坊
忠吾　ちゅうご→忠吾
忠左衛門　ちゅうざえもん→吉田　忠左衛門
忠左衛門　ちゅうざえもん→猪狩　忠左衛門
忠次　ちゅうじ→忠次
忠治　ちゅうじ→忠治
中将　ちゅうじょう→中将
忠介　ちゅうすけ→佐嶋　忠介
忠助　ちゅうすけ→忠助
忠助　ちゅうすけ*→忠助
忠善　ちゅうぜん→金　忠善（太田　孫二郎）
忠蔵　ちゅうぞう→岡田　忠蔵
忠蔵　ちゅうぞう→忠蔵
忠蔵　ちゅうぞう*→金原　忠蔵
忠八　ちゅうはち*→二宮　忠八
忠兵衛　ちゅうべえ→仙田　忠兵衛
千代　ちよ→千代
千代　ちよ→望月　千代
長庵　ちょうあん→梶野　長庵
長英　ちょうえい→高野　長英
長右衛門　ちょうえもん→秋山　長右衛門
長吉　ちょうきち→長吉

兆恵　ちょうけい→兆恵
長五郎　ちょうごろう→長五郎
嘲斎　ちょうさい→嘲斎
長左衛門　ちょうざえもん→秋山　長左衛門
長三郎　ちょうざぶろう→松長　長三郎
長三郎　ちょうざぶろう*→土江　長三郎
長三郎相茂　ちょうざぶろうすけしげ→神保　長三郎相茂
長次　ちょうじ→長次
長七郎長頼　ちょうしちろうながより*→松平　長七郎長頼
長者　ちょうじゃ→長者
長十郎　ちょうじゅうろう→山上　長十郎
長十郎　ちょうじゅうろう→竹本　長十郎（平兵部之輔）
長次郎　ちょうじろう→吉沢　長次郎
長次郎　ちょうじろう→長次郎
長二郎　ちょうじろう→長二郎（かまいたちの長）
長助　ちょうすけ→長助
長増　ちょうそう*→長増
長太夫　ちょうだゆう→山村　長太夫
長太夫　ちょうだゆう→鈴木　長太夫
長太郎　ちょうたろう→長太郎
長兵衛　ちょうべえ→秋山　長兵衛
長兵衛　ちょうべえ→長兵衛
長兵衛守　ちょうべえまもる→渡辺　長兵衛守
千代菊　ちよぎく→千代菊
千代女　ちよじょ→望月　千代女
千代丸　ちよまる→千代丸（堀　育太郎）
張輔　ちょんふ→張輔
珍万先生　ちんまんせんせい→珍万先生（高根　勘右衛門）

【つ】

通精　つうせい→金　通精
つえ→つえ
塚次　つかじ→塚次
栂川　つがわ→栂川
月里　つきさと*→月里
槻之助　つきのすけ→竹森　槻之助
月姫　つきひめ→月姫
継次　つぐじ→木村　継次
従道　つぐみち→西郷　従道（真吾）
作　つくり→林連　作

土石 つちいし→土石
土香 つちか*→土香
土人 つちひと→土人（前鬼）
綱条 つなえだ→徳川 綱条
綱手 つなて*→綱手
綱教 つなのり→松平 綱教
綱憲 つなのり→上杉 綱憲
綱則 つなのり→兼平 綱則
綱吉 つなよし→徳川 綱吉
ツネ→ツネ
常右衛門 つねえもん→横田 常右衛門
常右衛門 つねえもん*→弓木 常右衛門
恒興 つねおき→池田 恒興
常賢 つねかた→吉川 常賢
常吉 つねきち→常吉
恒三郎 つねさぶろう→坂崎 恒三郎
常次郎 つねじろう→高山 常次郎
常蔵 つねぞう→常蔵
常長 つねなが→支倉 常長（六右衛門）
常山御前 つねやまごぜん→常山御前（鶴姫）
津乃 つの→津乃
燕の十郎 つばくろのじゅうろう→燕の十郎
妻五郎 つまごろう→妻五郎
萬 つもる→松岡 萬
つや→つや
鶴 つる→鶴
鶴吉 つるきち→鶴吉
つる女 つるじょ→長尾 つる女
鶴蔵 つるぞう→中村 鶴蔵
鶴太郎 つるたろう→鶴太郎
鶴之助 つるのすけ→坂巻 鶴之助（鶴）
鶴之助 つるのすけ→西岡 鶴之助
鶴姫 つるひめ→鶴姫
鶴屋南北 つるやなんぼく→鶴屋南北
鶴若 つるわか→鶴若
津和 つわ→津和
ツンベリー→ツンベリー

【て】

娣 てい→娣
貞阿 ていあ→貞阿
貞三郎 ていざぶろう→丸毛 貞三郎
貞次郎 ていじろう→貞次郎
貞四郎 ていしろう*→田中 貞四郎

鼎蔵 ていぞう→宮部 鼎蔵
鄭旦 ていたん→鄭旦
貞之助 ていのすけ*→中山 貞之助
貞之助 ていのすけ*→長尾 貞之助
ティポヌ→ティポヌ
貞立尼 ていりゅうに→貞立尼
徹 てつ→劉 徹
徹 てつ→劉 徹（武帝）
鉄 てつ→鉄
鉄以 てつい→鉄以
鉄五郎 てつごろう→鉄五郎
鉄斎 てっさい→富岡 鉄斎
鉄さん てつさん→鉄さん（鰻屋の鉄さん）
鉄次 てつじ→鉄次
鉄舟 てっしゅう→山岡 鉄舟
鉄舟 てっしゅう→鉄舟
鉄次郎 てつじろう→小花 鉄次郎
銕蔵 てつぞう*→田村 銕蔵
鉄太郎 てつたろう→山岡 鉄太郎（鉄舟）
出尻伝兵衛 でっちりでんべえ→出尻伝兵衛
哲之丞 てつのじょう→松沢 哲之丞
鉄之丞 てつのじょう→駒井 鉄之丞
哲之進 てつのしん→松沢 哲之進
徹之介 てつのすけ→吉岡 徹之介
鉄之助 てつのすけ→市村 鉄之助
鉄之助 てつのすけ→小室 鉄之助
鉄之助 てつのすけ→島田 鉄之助
鉄平 てっぺい→小山田 鉄平
鉄砲の吉兵衛 てっぽうのきちべえ→鉄砲の吉兵衛
鉄門海 てつもんかい→鉄門海（鉄）
哲郎太 てつろうた→松前 哲郎太
手長 てなが→手長（小井戸の手長）
照菊 てるぎく→照菊
輝虎 てるとら→輝虎
照葉 てるは→照葉
照姫 てるひめ→照姫
輝元 てるもと→毛利 輝元
輝幸 てるゆき→海野能登守 輝幸
照月 てれつく→照月
出羽 でわ→池田 出羽
テン→テン
天一坊 てんいちぼう→天一坊
天一坊 てんいちぼう→天一坊（宝沢）
天衛 てんえい→張 天衛（和田 源兵衛）

伝右衛門　でんえもん→堀内 伝右衛門
伝右衛門　でんえもん→鵜 伝右衛門
天鬼　てんき→榊 天鬼
伝吉　でんきち→伝吉
伝鬼坊　でんきぼう→斎藤 伝鬼坊（斎藤 主馬之助）
伝鬼房　でんきぼう→斎藤 伝鬼房（金平）
伝鬼房　でんきぼう→伝鬼房
伝九郎頭巾　でんくろうずきん→伝九郎頭巾
伝五　でんご→藤田 伝五
伝五郎　でんごろう→天野 伝五郎
伝左　でんざ→伝左（蛙の伝左）
伝左衛門　でんざえもん→田中 伝左衛門
伝三郎　でんざぶろう＊→赤坂 伝三郎
伝次　でんじ→伝次
伝七　でんしち→伝七
伝七郎　でんしちろう→吉岡 伝七郎（又市）
伝七郎　でんしちろう→大仏 伝七郎
伝七郎　でんしちろう→柳田 伝七郎
天智帝　てんじてい→天智帝
天智天皇　てんじてんのう→天智天皇
天樹院　てんじゅいん→天樹院
伝十郎　でんじゅうろう→熊倉 伝十郎
伝四郎　でんしろう→箕輪 伝四郎
典膳　てんぜん→小松 典膳
典膳　てんぜん→神子上 典膳
典膳　てんぜん→神子上 典膳（小野 次郎右衛門忠明）
典膳　てんぜん→早川 典膳
典膳　てんぜん→浪越 典膳
伝蔵　でんぞう→橋口 伝蔵
伝蔵　でんぞう→松浦 伝蔵
伝蔵　でんぞう→大槻 伝蔵
伝蔵　でんぞう→伝蔵
伝蔵　でんぞう→平岡 伝蔵
伝太郎　でんたろう→山本 伝太郎
伝内　でんない→吉田 伝内
伝内　でんない→千々石 伝内
伝内　でんない→都 伝内
伝内　でんない→鈴木 伝内
天王寺屋宗及　てんのうじやそうきゅう→天王寺屋宗及（津田 宗及）
伝之丞　でんのじょう→熊倉 伝之丞
伝八郎　でんぱちろう→神谷 伝八郎
伝八郎　でんぱちろう→生田 伝八郎
伝八郎　でんぱちろう→多門 伝八郎

天平　てんぺい＊→鹿妻 天平
伝兵衛　でんべえ→栗田 伝兵衛
伝兵衛　でんべえ→戸叶 伝兵衛
伝兵衛　でんべえ→早見 伝兵衛
伝兵衛　でんべえ→伝兵衛
伝兵衛　でんべえ→伝兵衛（出尻伝兵衛）
伝兵衛　でんべえ→内山 伝兵衛
伝兵衛　でんべえ→畑中 伝兵衛
伝兵衛　でんべえ＊→畑島 伝兵衛
天馬の定次郎　てんまのさだじろう→天馬の定次郎
天武天皇　てんむてんのう→天武天皇
天宥法印　てんゆうほういん→天宥法印
天流　てんりゅう→村上 天流
伝六　でんろく→伝六

【と】

道阿弥　どうあみ→山岡 道阿弥
道庵　どうあん→山本 道庵
道栄　どうえい→千賀 道栄
藤吉　とうきち→渋沢 藤吉
藤吉　とうきち→藤吉
藤吉　とうきち→藤吉（釘抜藤吉）
藤吉郎　とうきちろう→木下 藤吉郎（羽柴 秀吉）
藤吉郎　とうきちろう→木下 藤吉郎（豊臣 秀吉）
道鏡　どうきょう→道鏡
道鏡　どうきょう→道鏡（弓削道鏡）
得宗　どうくちょん→高 得宗
藤九郎　とうくろう→津江 藤九郎
藤九郎盛長　とうくろうもりなが→藤九郎盛長（盛長）
道玄　どうげん→道玄
道見　どうけん＊→山浦式部 道見
登子　とうこ→登子
東吾　とうご→神林 東吾
藤五　とうご→藤五
藤吾　とうご→久世 藤吾
藤悟　とうご→藤悟（とげ抜きの藤悟）
東吾　とうご＊→神林 東吾
藤三　とうざ→藤三
洞斎　どうさい→真堀 洞斎
当左衛門　とうざえもん→森 当左衛門
藤左衛門　とうざえもん→高峯 藤左衛門（杢兵衛）

藤左衛門　とうざえもん→早水 藤左衛門
東作　とうさく→畝 東作
東作　とうさく→平秩 東作
藤作　とうさく→藤作
藤三郎　とうさぶろう→藤三郎
董三郎　とうさぶろう＊→林 董三郎（林 董）
道三　どうさん→斎藤 道三（松波 庄五郎）
道三　どうさん→斎藤 道三（松浪 庄九郎）
東施　とうし→東施
藤次　とうじ→堀 藤次
藤七　とうしち→太田原 藤七
藤七　とうしち→藤七
藤十郎　とうじゅうろう→藤十郎
道順　どうじゅん→伊賀崎 道順
東次郎　とうじろう→島村 東次郎
東次郎　とうじろう→妹尾 東次郎
藤次郎　とうじろう→指宿 藤次郎（河島 昇）
道遂　どうすい→道遂
藤助　とうすけ→水野 藤助
藤助　とうすけ→藤助
藤蔵　とうぞう→横地 藤蔵
藤蔵　とうぞう→梶田 藤蔵
登太　とうた→谷口 登太
藤太　とうた→有馬 藤太
藤太　とうた＊→有馬 藤太
藤之進　とうのしん＊→円鍔 藤之進
藤八　とうはち→藤八
藤八　とうはち→藤八（めくぼの藤八）
藤八郎高房　とうはちろうたかふさ→竜造寺 藤八郎高房
董妃　とうひ→董妃
藤兵衛　とうべえ→加納 藤兵衛
藤兵衛　とうべえ→灰方 藤兵衛
藤兵衛　とうべえ→藤兵衛
藤兵衛重位　とうべえしげたか→東郷 藤兵衛重位
冬馬　とうま→長谷川 冬馬
藤馬　とうま→村瀬 藤馬
藤馬　とうま＊→和田 藤馬
道無　どうむ→真壁 道無（暗夜軒）
東洋　とうよう→吉田 東洋
道龍　どうりゅう→道龍
道話先生　どうわせんせい→道話先生
遠山左衛門尉　とおやまさえもんのじょう→遠山左衛門尉
通り魔の団九郎　とおりまのだんくろう→通り魔の団九郎

亨　とおる→白井 亨
融　とおる→源 融
兎角　とかく→根岸 兎角
咎人　とがにん→咎人
とき→とき
時子　ときこ→時子
時次郎　ときじろう→平松 時次郎
時忠　ときただ→平 時忠（勘作）
言経　ときつね→山科 言経
時政　ときまさ→北条 時政
常盤木　ときわぎ→常盤木
土欽　どきん→郡屋 土欽
得月齋　とくげつさい→得月齋（甚五郎）
徳子　とくこ→徳子
徳光　とくこう→耶律 徳光
徳三郎　とくさぶろう→徳三郎
徳次　とくじ→徳次
得十郎　とくじゅうろう→佐世 得十郎
徳次郎　とくじろう→徳次郎（木曾屋徳次郎）
徳次郎　とくじろう→萩山 徳次郎
徳三　とくぞう→徳三
徳太郎　とくたろう→徳太郎
徳之市　とくのいち→徳之市
徳兵衛　とくべえ→大倉 徳兵衛
徳兵衛　とくべえ→徳兵衛
徳馬　とくま→藤田 徳馬
徳馬　とくま→木暮 徳馬
とげ抜きの藤悟　とげぬきのとうご→とげ抜きの藤悟
トササナ→トササナ
土佐坊昌俊　とさのぼうしょうしゅん→土佐坊昌俊
土佐の坊尊快　とさのぼうそんかい→土佐の坊尊快
トシ→トシ
利秋　としあき→桐野 利秋
利秋　としあき→桐野 利秋（中村 半次郎）
利勝　としかつ→土井 利勝
利木　としき＊→嶋田出雲守 利木
歳三　としぞう→土方 歳三
利隆　としたか→長井 利隆
利厳　としとし→柳生 利厳
利厳　としとし→柳生 利厳（如雲斎）
年名　としな→南淵 年名
利長　としなが→前田 利長
寿姫　としひめ→寿姫

621

豊島屋十右衛門　としまやじゅうえもん→豊島屋十右衛門（十右衛門）
豊島屋半次郎　としまやはんじろう→豊島屋半次郎
利通　としみち→大久保 利通
利光　としみつ→斎藤 利光
利良　としよし→川路 利良
とせ→とせ
登瀬　とせ→登瀬
杜侘　とだ*→杜侘
咄然斎　とつねんさい→咄然斎
とてちん松　とてちんまつ→とてちん松
都々逸坊扇歌　どどいつぼうせんか→都々逸坊扇歌（扇歌）
とど助　とどすけ→とど助（土々呂進）
土々呂進　とどろすすむ→土々呂進
兎祢　とね→兎祢
鳥羽法皇　とばほうおう→鳥羽法皇
飛加藤　とびかとう→飛加藤
鳶ノ甚内　とびのじんない→鳶ノ甚内
トホウ→トホウ
トーマス・ライト・ブラキストン→トーマス・ライト・ブラキストン（ブラキストン）
登美　とみ→登美
富右衛門　とみえもん→尾崎 富右衛門
富子　とみこ→日野 富子
富子　とみこ→富子
富三郎　とみさぶろう→市山 富三郎（瀬川菊之丞）
富蔵　とみぞう→富蔵
富蔵　とみぞう→富蔵（浅川の富蔵）
富造　とみぞう→富造
富太郎　とみたろう→富太郎
富朝　とみとも→秋元越中守 富朝
富本繁太夫　とみもとしげだゆう→富本繁太夫（繁太夫）
鳥見屋地兵衛　とみやじへえ→鳥見屋地兵衛
とめ→とめ
留吉　とめきち→留吉
留吉　とめきち*→留吉
留三郎　とめさぶろう→留三郎
留蔵　とめぞう→留蔵
留造　とめぞう→留造
留六郎　とめろくろう*→板倉 留六郎
とも→とも
登茂　とも→登茂

智一郎　ともいちろう→亜 智一郎
ともえ→ともえ
巴　ともえ→巴
友衛　ともえ→藤波 友衛
巴御前　ともえごぜん→巴御前
友景　ともかげ→柳生 友景
伴吉　ともきち→伴吉
友清　ともきよ→海老名 友清
友五郎　ともごろう→友五郎
友三郎　ともさぶろう*→森脇 友三郎
伴蔵　ともぞう→伴蔵
友蔵　ともぞう→友蔵
友造　ともぞう→友造
智忠　ともただ→近藤 智忠
知之丞　とものじょう→野寺 知之丞
友之進　とものしん→不破 友之進
友之助　とものすけ→友之助
友之助　とものすけ→友之助（劉 友晃）
具教　とものり→北畠 具教
友矩　とものり→柳生 友矩（左門）
友房　ともふさ→城井谷安芸守 友房
友兵衛　ともべえ→友兵衛
具視　ともみ→岩倉 具視
友六　ともろく→友六
外山豊前守　とやまぶぜんのかみ→外山豊前守
登世　とよ→登世
登代　とよ→登代
豊　とよ→豊
豊市　とよいち*→豊市
豊浦　とようら→豊浦（若山）
豊雄　とよお→豊雄
豊菊　とよぎく→豊菊
豊吉　とよきち→豊吉
豊次　とよじ→豊次
豊志賀　とよしが→豊志賀
豊須賀　とよすが→豊須賀
登与助　とよすけ→登与助（川原 慶賀）
豊田　とよだ→豊田
豊鶴　とよつる→豊鶴
豊成　とよなり→藤原 豊成
豊之助　とよのすけ→門田 豊之助
豊彦　とよひこ→佐々木 豊彦
豊寿　とよひさ→豊寿
豊昌　とよまさ→山内土佐守 豊昌
虎次郎　とらじろう→井土 虎次郎

寅次郎 とらじろう→吉田 寅次郎
寅次郎 とらじろう→長坂 寅次郎
虎之允 とらのじょう→大深 虎之允
虎之介 とらのすけ→泉山 虎之介
虎之助 とらのすけ→虎之助
虎之助 とらのすけ→島田 虎之助
寅松 とらまつ→寅松
虎泰 とらやす→甘利 虎泰
鳥浜の岩吉 とりはまのいわきち→鳥浜の岩吉
ドルゴン→ドルゴン
泥亀 どろかめ→泥亀
泥之助 どろのすけ→土子 泥之助
土呂之助 どろのすけ→土子 土呂之助
とわ→とわ
呑海 どんかい→呑海
呑太 どんた→呑太
尊室説 とんたっとちゅえつ→尊室説
豚鈍 とんどん→豚鈍

【な】

ない→ない
内記 ないき→藤沼 内記
内府殿 ないふどの→内府殿(徳川 家康)
直 なお→直
直家 なおいえ→稲富 直家
直家 なおいえ→宇喜多 直家
尚雄 なおお→中原 尚雄
直勝 なおかつ→鍋島 直勝
直吉 なおきち→直吉
直子 なおこ→直子
直侍 なおざむらい→直侍
直次 なおじ→直次
直茂 なおしげ→鍋島 直茂
直次郎 なおじろう→大田 直次郎(蜀山人)
直次郎 なおじろう→直次郎
直次郎 なおじろう→片岡 直次郎
直次郎 なおじろう→片岡 直次郎(直侍)
直助 なおすけ→直助
直助 なおすけ→直助(権兵衛)
直弼 なおすけ→井伊 直弼
直弼 なおすけ→井伊掃部頭 直弼
直助権兵衛 なおすけごんべえ→直助権兵衛
直胤 なおたね→石出 直胤

兼続 なおつぐ→直江山城守 兼続
直綱 なおつな→直綱
直之助 なおのすけ→高田 直之助
直矩 なおのり→松平 直矩
尚春 なおはる→梓 尚春
直久 なおひさ→一ノ瀬 直久
直平 なおひら→鴨 直平
直政 なおまさ→井伊 直政
直躬 なおみ→前田土佐守 直躬
直基 なおもと→直基
直哉 なおや→田中 直哉
直芳 なおよし→立花 直芳
長勝 ながかつ→田宮 長勝
長崎野郎 ながさきやろう→長崎野郎
仲蔵 なかぞう→中村 仲蔵
仲太郎 なかたろう→牧 仲太郎
中務 なかつかさ→中務
長綱 ながつな→北条 長綱
長門 ながと→梶原 長門
長門 ながと→多久 長門
長虎 ながとら→牧野兵庫頭 長虎
中大兄王子 なかのおおえのおうじ→中大兄王子(天智天皇)
中大兄皇子 なかのおおえのおうじ→中大兄皇子
長矩 ながのり→浅野内匠頭 長矩
長徳 ながのり→黒田 長徳
長秀 ながひで→小笠原 長秀
長秀 ながひで→中条兵庫頭 長秀
長弘 ながひろ→長井 長弘
長溥 ながひろ→黒田 長溥
長熙 ながひろ→宮部 長熙
長政 ながまさ→黒田 長政
仲麻呂 なかまろ→藤原 仲麻呂
仲麿 なかまろ→藤原 仲麿(恵美押勝)
中御門氏 なかみかどし→中御門氏(寿桂尼)
長行 ながみち→小笠原図書頭 長行
長盛 ながもり→増田 長盛
長逸 ながゆき→三好 長逸
長可 ながよし→森 長可
長慶 ながよし→三好 長慶
長柄の安盛 ながらのやすもり→長柄の安盛(安盛)
ナガレ目 ながれめ→ナガレ目
泣き兵衛 なきべえ→泣き兵衛
灘兵衛 なだべえ→正木 灘兵衛

灘兵衛 なだべえ→灘兵衛
なつ→なつ
奈津 なつ→奈津
奈津 なつ→樋口 奈津(一葉)
那津 なつ→那津
奈津之助 なつのすけ→古山 奈津之助
七生 ななお→七生
奈々姫 ななひめ→奈々姫
隠の与次 なばりのよじ→隠の与次
なほ女 なほじょ→なほ女
生首の九度兵衛 なまくびのくどべえ→生首の九度兵衛
菜美 なみ→菜美
波合の半蔵 なみあいのはんぞう→波合の半蔵
波三郎 なみさぶろう*→小串 波三郎
浪十郎 なみじゅうろう→並川 浪十郎
浪六 なみろく→村上 浪六(村上 信)
斉宜 なりのぶ→松平 斉宜
斉温 なりはる→斉温
業政 なりまさ→長野 業政
成政 なりまさ→佐々 成政
成政 なりまさ→坂崎出羽守 成政
成正 なりまさ→坂崎出羽守 成正
鳴神上人 なるかみしょうにん→鳴神上人
成豊 なるとよ→福士 成豊
縄手の嘉十郎 なわてのかじゅうろう→縄手の嘉十郎
南郷力丸 なんごうりきまる→南郷力丸
南川 なんせん→徐 南川
南部信濃守 なんぶしなののかみ→南部信濃守
南陽房 なんようぼう→南陽房
南陽房 なんようぼう→南陽房(日運上人)

【に】

二位の尼御前 にいのあまごぜ→二位の尼御前(時子)
仁右衛門 にえもん→藤堂 仁右衛門
仁王堂兵太左衛門 におうどうへいたざえもん→仁王堂兵太左衛門
仁吉 にきち→仁吉
逃げ水半次 にげみずはんじ→逃げ水半次
仁左衛門 にざえもん→西尾 仁左衛門
仁三郎 にさぶろう→矢口 仁三郎

錦木 にしきぎ→錦木
仁助 にすけ→仁助
日運上人 にちうんしょうにん→日運上人
日潤 にちじゅん→日潤
日道 にちどう→日道
日曜丸 にちようまる→加治 日曜丸
日蓮 にちれん→日蓮
仁平次 にへいじ→仁平次
仁兵衛 にへえ→仁兵衛
仁兵衛 にへえ*→岡田 仁兵衛
日本左衛門 にほんざえもん→日本左衛門
日本駄右衛門 にほんだえもん→日本駄右衛門
入道 にゅうどう→入道
ニュートン先生 にゅーとんせんせい→ニュートン先生
女院 にょいん→女院(建礼門院)
仁寛 にんかん→仁寛
人形屋安次郎 にんぎょうややすじろう→人形屋安次郎(安次郎)

【ぬ】

ぬい→ぬい
縫殿助 ぬいのすけ→長綱 縫殿助
縫殿助 ぬいのすけ→長谷川 縫殿助
縫殿助 ぬいのすけ→縫殿助
額田王 ぬかたのおおきみ→額田王
額田女王 ぬかたのおおきみ→額田女王
ヌジ→ヌジ
奴之助 ぬのすけ*→稲岡 奴之助
ぬらりの順官 ぬらりのじゅんかん→ぬらりの順官
ぬれ闇の六助 ぬれやみのろくすけ→ぬれ闇の六助

【ね】

根岸の政次 ねぎしのまさじ→根岸の政次
根岸肥前守 ねぎしひぜんのかみ→根岸肥前守
猫清 ねこせい→猫清
猫之助 ねこのすけ→猫之助
猫政 ねこまさ*→猫政
鼠 ねずみ→鼠
鼠小僧 ねずみこぞう→鼠小僧

鼠小僧次郎吉 ねずみこぞうじろきち→鼠小僧次郎吉
鼠小僧の次郎吉 ねずみこぞうのじろきち→鼠小僧の次郎吉
ねね→ねね
補々 ねね→補々
子之吉 ねのきち→子之吉
子麻呂 ねまろ→調首 子麻呂

【の】

野ざらし権次 のざらしごんじ→野ざらし権次
野ざらし仙次 のざらしせんじ→野ざらし仙次
のぶ→のぶ
方昌 のぶあき→近藤 方昌
信郎 のぶお→今井 信郎
信形 のぶかた→板垣 信形
信雄 のぶかつ→織田 信雄
信君 のぶきみ*→穴山 信君(梅雪)
信清 のぶきよ→葛西 信清
信貞 のぶさだ→小幡 信貞
野藤 のふじ*→野藤
信繁 のぶしげ→武田 信繁
信蕃 のぶしげ→依田 信蕃
野伏ノ勝 のぶせのかつ→野伏ノ勝
信孝 のぶたか→織田 信孝
信忠 のぶただ→織田 信忠
信直 のぶただ→武田 信直
信綱 のぶつな→松平 信綱
信綱 のぶつな→松平伊豆守 信綱
信縄 のぶつな→武田 信縄
信輝 のぶてる→池田 信輝
信祝 のぶとき→松平伊豆守 信祝
展徳 のぶとく→展徳
信友 のぶとも→秋山 信友
信友 のぶとも→男谷 信友
信虎 のぶとら→武田 信虎
信虎 のぶとら→武田 信虎(信直)
信直 のぶなお→信直
信長 のぶなが→織田 信長
信春 のぶはる→馬場 信春
信淵 のぶひろ*→和田 信淵
信昌 のぶまさ→奥平 信昌
信正 のぶまさ→安藤対馬守 信正
伸道 のぶみち→在原ノ 伸道

信満 のぶみつ→内藤豊後守 信満
信安 のぶやす→真田 信安
信安 のぶやす→村地 信安
信幸 のぶゆき→真田 信幸
信之 のぶゆき→真田 信之
信之 のぶゆき→真田伊豆守 信之
信睦 のぶゆき→安藤対馬守 信睦
信恵 のぶよし→武田 信恵
昇 のぼる→河島 昇
登 のぼる→中島 登
登 のぼる→保本 登
野村 のむら→野村
乗全 のりたけ→松平和泉守 乗全(和泉守)
乗之助 のりのすけ→鈴木 乗之助
紀通 のりみち→稲葉淡路守 紀通
則元 のりもと→則元
則保 のりやす→諏訪 則保
則良 のりよし*→赤松 則良(大三郎)

【は】

倍 ばい→耶律 倍(人皇王)
梅鶯 ばいおう→梅鶯
ハイカラ右京 はいからうきょう→ハイカラ右京
梅雪 ばいせつ→穴山 梅雪
梅雪 ばいせつ→梅雪
梅竹 ばいちく→服部 梅竹
灰屋紹益 はいやじょうえき→灰屋紹益(紹益)
袴野ノ麿 はかまのまろ→袴野ノ麿
萩 はぎ→萩
萩香 はぎか→萩香
はぎの→はぎの
萩乃 はぎの→萩乃
萩姫 はぎひめ→萩姫
萩丸 はぎまる→萩丸
馬琴 ばきん→滝沢 馬琴
伯 はく→項 伯
伯庵 はくあん→竜造寺 伯庵
白翁堂 はくおうどう→白翁堂
白翁堂勇斎 はくおうどうゆうさい→白翁堂 勇斎
白娘子 はくじょうし→白娘子
伯信 はくしん*→中村 伯信
白石 はくせき→新井 白石

白石先生　はくせきせんせい→白石先生
伯蔵主　はくぞうしゅ→伯蔵主
白蝶　はくちょう→白蝶
莫耶　ばくや*→莫耶
白羅　はくら→白羅
羽黒の小法師　はぐろのこぼうし→羽黒の小法師
禿げっちょ　はげっちょ→禿げっちょ
一　はじめ→斎藤 一
一　はじめ→斎藤 一（山口 五郎）
羽州　はしゅう→曾根 羽州
芭蕉　ばしょう→芭蕉
葉末　はずえ→葉末
畠山検校　はたけやまけんぎょう→畠山検校
旗本偏屈男　はたもとへんくつおとこ→旗本偏屈男
ハチ→ハチ
八右衛門正春　はちえもんまさはる→塩川 八右衛門正春
八五郎　はちごろう→八五郎（ガラッ八）
八左衛門　はちざえもん→八左衛門
八左衛門種政　はちざえもんたねまさ→大石 八左衛門種政
八治郎　はちじろう→庄林 八治郎
八助　はちすけ→八助
八助　はちすけ*→戸坂 八助
八代目　はちだいめ→八代目
ばちびんの亀ぞう　ばちびんのかめぞう→ばちびんの亀ぞう
八兵衛　はちべえ→八兵衛
八兵衛　はちべえ→八兵衛（淀川 八郎右衛門）
八郎　はちろう→伊庭 八郎
八郎　はちろう→三樹 八郎
八郎　はちろう→小森 八郎
八郎　はちろう→清河 八郎
八郎右衛門　はちろうえもん→淀川 八郎右衛門
八郎左衛門氏業　はちろうざえもんうじなり→関口 八郎左衛門氏業
八郎左衛門直由　はちろうざえもんなおたか→桃井 八郎左衛門直由
八郎秀高　はちろうひでたか→八郎秀高
はつ→はつ
初　はつ→初
初瀬　はつせ→初瀬
泊瀬部王子　はつせべおうじ→泊瀬部王子

初音　はつね→初音
花　はな→花
花江　はなえ→花江
花枝　はなえ→花枝
バナガンガ→バナガンガ
花吉　はなきち→花吉
落語家　はなしか→落語家
花廼屋　はなのや→花廼屋
花房　はなぶさ→花房
花丸　はなまる→花丸
土津公　はにつこう→土津公（保科 正之）
歯抜け　はぬけ→歯抜け
ハビーブ→ハビーブ
浜吉　はまきち→浜吉（風車の浜吉）
浜蔵　はまぞう→浜蔵
浜田屋治兵衛　はまだやじへい→浜田屋治兵衛
浜の嵐新五郎　はまのあらししんごろう→浜の嵐新五郎
破魔之介　はまのすけ→大道 破魔之介
浜村屋瀬川菊之丞　はまむらやせがわきくのじょう→浜村屋瀬川菊之丞（路考）
浜藻　はまも→五十嵐 浜藻
林家正蔵　はやしやしょうぞう→林家正蔵
疾風小僧　はやてこぞう→疾風小僧（仁太郎）
疾風の勘兵衛　はやてのかんべえ→疾風の勘兵衛
隼人　はやと→井土 隼人
隼人　はやと→浦部 隼人
隼人　はやと→奥平 隼人
隼人　はやと→丸目 隼人
隼人　はやと→杉原 隼人
隼人　はやと→早瀬 隼人
隼人　はやと→隼人
隼人　はやと→富永 隼人
隼人助　はやとのすけ→東海林 隼人助
隼人之助　はやとのすけ→相良 隼人之助
隼之助　はやのすけ→隼之助
隼小僧　はやぶさこぞう→隼小僧
播磨　はりま→青山 播磨
ハル→ハル
波留　はる→波留
春香　はるか→春香
晴景　はるかげ→長尾 晴景
春風　はるかぜ→小野 春風
春風小柳　はるかぜこりゅう*→春風小柳

春吉　はるきち→春吉(由太郎)
春駒太夫　はるこまだゆう→春駒太夫
春咲　はるさき→梅野　春咲
春蔵　はるぞう→春蔵
晴近　はるちか→秋山　晴近
治長　はるなが→大野　治長
範之助　はるのすけ*→真田　範之助
晴信　はるのぶ→武田　晴信
晴信　はるのぶ→武田　晴信(信玄)
晴信　はるのぶ→武田　晴信(武田 信玄)
晴久　はるひさ→尼子　晴久
媛姫　はるひめ→媛姫
春兵衛　はるべえ→春兵衛
半右衛門　はんえもん→田村　半右衛門
半右衛門　はんえもん*→森　半右衛門
坂額御前　はんがくごぜん→坂額御前
ハンカラーシルク→ハンカラーシルク
咸宜　はんぎ→咸宜
半丘　はんきゅう→半丘
半五郎　はんごろう→久世　半五郎
半左衛門　はんざえもん→伊奈　半左衛門
半左衛門　はんざえもん→河合　半左衛門
半左衛門　はんざえもん→玉置　半左衛門
半左衛門　はんざえもん→寺田　半左衛門
半左衛門　はんざえもん→松井　半左衛門
半左衛門　はんざえもん→半左衛門
半左衛門安久　はんざえもんやすひさ→上坂　半左衛門安久
伴作　ばんさく→石子　伴作
伴作　ばんさく→不破　伴作
半次　はんじ→半次
半次　はんじ→半次(逃げ水半次)
半七　はんしち→半七
半七　はんしち→半七(和佐 次郎右衛門)
半十郎忠治　はんじゅうろうただはる→伊奈　半十郎忠治
半四郎　はんしろう→岩井　半四郎
半四郎　はんしろう→二宮　半四郎
半次郎　はんじろう→中村　半次郎
半次郎　はんじろう→中村　半次郎(桐野 利秋)
半四郎　はんしろう*→津雲　半四郎
半次郎　はんじろうな→中村　半次郎
半睡　はんすい→十時　半睡
播随院長兵衛　ばんずいいんちょうべえ→播随院長兵衛

幡随院長兵衛　ばんずいいんちょうべえ→幡随院長兵衛
半助　はんすけ→徳丸　半助(小山田 一学)
半助　はんすけ→半助
半蔵　はんぞう→半蔵(波ало の半蔵)
半蔵　はんぞう→服部　半蔵
盤三　ばんぞう→盤三
半蔵正就　はんぞうまさなり→服部　半蔵正就
半蔵正成　はんぞうまさなり→服部　半蔵正成
半田屋九兵衛　はんだやきゅうべえ→半田屋九兵衛(九兵衛)
半之丞　はんのじょう→世良　半之丞
半之丞　はんのじょう*→掛井　半之丞
半之助　はんのすけ→池沢　半之助
ハンフウキ→ハンフウキ
半平　はんぺい→福士　半平
斑平　はんぺい→斑平
半平太　はんぺいた→武市　半平太
半兵衛　はんべえ→溝口　半兵衛
半兵衛　はんべえ→桜井　半兵衛
半兵衛　はんべえ→山田　半兵衛
半兵衛　はんべえ→手塚　半兵衛
半兵衛　はんべえ→庄司　半兵衛
半兵衛　はんべえ→新谷　半兵衛
半兵衛　はんべえ→設楽　半兵衛
半兵衛　はんべえ→浅沼　半兵衛
半兵衛　はんべえ→竹中　半兵衛
半兵衛　はんべえ→鳥海　半兵衛
半兵衛　はんべえ→柘植　半兵衛
半兵衛　はんべえ→半兵衛
半兵衛　はんべえ→般若　半兵衛
范蠡　はんれい→范蠡

【ひ】

飛　ひ→王　飛(異房)
丕　ひ→曹　丕
ピカリッペ→ピカリッペ
鬚の又四郎　ひげのまたしろう→鬚の又四郎
彦右衛門　ひこえもん→清原　彦右衛門
彦右衛門　ひこえもん→蜂須賀　彦右衛門
彦右衛門　ひこえもん→北原　彦右衛門
彦右衛門　ひこえもん→野村　彦右衛門

彦九郎　ひこくろう→沢瀉 彦九郎
彦左衛門　ひこざえもん→大久保 彦左衛門
彦左衛門　ひこざえもん*→判 彦左衛門
彦作　ひこさく→彦作
彦三郎　ひこさぶろう→彦三郎（神保 大学 茂安）
彦十郎　ひこじゅうろう→青山 彦十郎
彦四郎　ひこしろう→高木 彦四郎
彦四郎　ひこしろう→男谷 彦四郎
彦輔　ひこすけ→宮城 彦輔
彦輔　ひこすけ→鹿角 彦輔
彦蔵　ひこぞう*→土江 彦蔵
彦太郎　ひこたろう→高安 彦太郎
彦太郎　ひこたろう→松村 彦太郎
彦太郎　ひこたろう→波賀 彦太郎
彦太郎　ひこたろう→彦太郎（高安 彦太郎）
彦之丞　ひこのじょう→石川 彦之丞
彦兵衛　ひこべえ→彦兵衛
彦兵衛直次　ひこべえなおつぐ→安藤 彦兵衛直次
彦馬　ひこま→上野 彦馬
彦六　ひころく→伊木 彦六
彦六　ひころく→彦六
寿　ひさ→寿
久栄　ひさえ→久栄
尚勝　ひさかつ→松本備前守 尚勝
久子　ひさこ→高須 久子
久豊　ひさとよ→久豊（美作守久豊）
久之助　ひさのすけ→園部 久之助
久秀　ひさひで→松永 久秀
久秀　ひさひで→松永弾正 久秀
久通　ひさみち→松永 久通
久光　ひさみつ→島津 久光
久幸　ひさゆき→尼子 久幸
毘沙門天　びしゃもんてん→毘沙門天
被慈利　ひじり→被慈利
ピーター・グレイ→ピーター・グレイ
常陸介　ひたちのすけ→秋月 常陸介
秀秋　ひであき→小早川 秀秋
秀家　ひでいえ→宇喜多 秀家
秀三郎　ひでさぶろう→秀三郎
秀三郎　ひでさぶろう*→秀三郎
秀隆　ひでたか→河尻 秀隆
秀忠　ひでただ→徳川 秀忠
秀胤　ひでたね→上泉常陸介 秀胤

秀次　ひでつぐ→豊臣 秀次
秀綱　ひでつな→上泉 秀綱
秀綱　ひでつな→上泉伊勢守 秀綱
秀綱　ひでつな→上泉伊勢守 秀綱（大胡 秀綱）
秀綱　ひでつな→大胡 秀綱
秀綱　ひでつな*→上泉伊勢守 秀綱
秀尚　ひでなお→波多野 秀尚
秀之進　ひでのしん→下斗米 秀之進（相馬 大作）
秀姫　ひでひめ→秀姫
秀持　ひでもち→松本 秀持
秀康　ひでやす→結城 秀康
秀吉　ひでよし→羽柴 秀吉
秀吉　ひでよし→羽柴 秀吉（豊臣 秀吉）
秀吉　ひでよし→羽柴筑前守 秀吉（豊臣 秀吉）
秀吉　ひでよし→豊臣 秀吉
秀頼　ひでより→豊臣 秀頼
ひとみ→ひとみ
ひな菊　ひなぎく→ひな菊
ひな女　ひなじょ→ひな女
日野屋久次郎　ひのやきゅうじろう→日野屋久次郎（久次郎）
火花　ひばな→火花
卑弥呼　ひみこ→卑弥呼
姫　ひめ→姫
ヒモ→ヒモ
百助　ひゃくすけ→百助（権左衛門）
百助　ひゃくすけ→福沢 百助
百助　ひゃくすけ*→百助
白蓮教主　びゃくれんきょうしゅ→白蓮教主
ビヤ樽ジョージ　びやだるじょーじ→ビヤ樽ジョージ
瓢庵　ひょうあん→瓢庵
兵庫　ひょうご→音無 兵庫
兵庫　ひょうご→月影 兵庫
兵庫　ひょうご→建部 兵庫
兵庫　ひょうご→斉木 兵庫
兵庫　ひょうご→千野 兵庫
兵庫　ひょうご→浅井 兵庫
兵庫　ひょうご→鏑木 兵庫
兵庫　ひょうご→転法寺 兵庫
兵庫　ひょうご→梅津 兵庫
兵庫　ひょうご→兵庫
兵吾　ひょうご→桐塚 兵吾

兵庫厳包　ひょうごとしかね→柳生　兵庫厳包
兵庫介　ひょうごのすけ→伴部　兵庫介
兵庫助　ひょうごのすけ→柳生　兵庫助
兵庫助利厳　ひょうごのすけとしとし→柳生　兵庫助利厳
兵庫助利厳　ひょうごのすけとしとし→柳生　兵庫助利厳(兵助)
氷山　ひょうざん→長野　氷山
拍子郎　ひょうしろう→並木　拍子郎
兵次郎　ひょうじろう→板倉　兵次郎
拍子郎　ひょうしろう*→並木　拍子郎
俵助　ひょうすけ→俵助(青馬の俵助)
兵助　ひょうすけ→石井　兵助
兵助　ひょうすけ→石河　兵助
兵助厳包　ひょうすけとしかね→柳生　兵助厳包(連也斎)
兵太郎　ひょうたろう→園田　兵太郎
兵助　ひょうのすけ→教来石　兵助
飄々斎佐兵衛　ひょうひょうさいさへえ→飄々斎佐兵衛
兵部　ひょうぶ→伊達　兵部
兵部　ひょうぶ→伝法寺　兵部
兵部　ひょうぶ→飯富　兵部
兵部　ひょうぶ*→江副　兵部
兵部之輔　ひょうぶのすけ→平　兵部之輔
兵馬　ひょうま→戸村　兵馬
兵馬　ひょうま→小垣　兵馬
兵馬　ひょうま→成瀬　兵馬
兵馬　ひょうま→石黒　兵馬
兵馬　ひょうま→津田　兵馬
兵馬　ひょうま→檜　兵馬
兵馬　ひょうま*→望月　兵馬
瓢六　ひょうろく→瓢六
日吉姫　ひよしひめ→日吉姫
ひょっとこ官蔵　ひょっとこかんぞう→ひょっとこ官蔵
ひょろ松　ひょろまつ→ひょろ松
平田屋利兵衛　ひらたやりへえ→平田屋利兵衛
平野　ひらの→菅田　平野
ピリト→ピリト
広家　ひろいえ→吉川　広家
広重　ひろしげ→歌川　広重
寛之進　ひろのしん→小林　寛之進
博文　ひろぶみ→伊藤　博文
博雅　ひろまさ→源　博雅

広之　ひろゆき→久世　広之
浩之　ひろゆき→藤野　浩之
備後　びんご→栗山　備後
ピント→ピント

【ふ】

ファン・カッテンディーケ→ファン・カッテンディーケ(カッテンディーケ)
馮　ふう→馮
風外　ふうがい→風外
風箏　ふうそう→風箏(九条　稙通)
風魔小太郎　ふうまこたろう→風魔小太郎
風魔ノ小太郎　ふうまのこたろう→風魔ノ小太郎
武衛さま　ぶえいさま→武衛さま
武右衛門　ぶえもん→岡本　武右衛門
武右衛門　ぶえもん*→西條　武右衛門
深草六兵衛　ふかくさろくべえ→深草六兵衛
ふき→ふき
ふき→ふき(おふき)
福　ふく→徐　福(徐　市)
福　ふく→福
不苦庵　ふくあん→松山　不苦庵
福善僧正　ふくぜんそうじょう→福善僧正
フクムシ→フクムシ
福屋吉兵衛　ふくやきちべえ→福屋吉兵衛(吉兵衛)
福禄童　ふくろくわらべ*→福禄童
浮月斎　ふげつさい→山田　浮月斎
夫差　ふさ→夫差
芙佐　ふさ→芙佐
ふさ江　ふさえ→ふさ江(花房)
房吉　ふさきち→星野　房吉
房次郎　ふさじろう→高畑　房次郎
房之丞　ふさのじょう→石川　房之丞
房之助　ふさのすけ→江口　房之助
房之助　ふさのすけ→須田　房之助(星野　房吉)
扶佐姫　ふさひめ→扶佐姫
房姫　ふさひめ→房姫
布佐女　ふさめ→布佐女
フジ枝　ふじえ→フジ枝
藤岡屋由蔵　ふじおかやよしぞう→藤岡屋由蔵(由蔵)
藤乙　ふじおと→藤乙

藤吉　ふじきち→藤吉
藤子　ふじこ→藤子
藤孝　ふじたか→細川　藤孝（與一郎）
フジツボーシャ→フジツボーシャ
藤乃　ふじの→藤乃
藤野　ふじの→藤野
藤之助　ふじのすけ→里村　藤之助
富士春　ふじはる→富士春
藤姫　ふじひめ→藤姫（おつな）
藤松　ふじまつ→藤松
富士松　ふじまつ→富士松（陳 元明）
撫松　ぶしょう→服部　撫松
武助　ぶすけ*→塙　武助
伏鐘重三郎　ふせがねしげざぶろう→伏鐘重三郎
蕪村　ぶそん→与謝　蕪村
武太夫　ぶだゆう→石黒　武太夫
武太夫　ぶだゆう→中原　武太夫
武太夫保知　ぶだゆうやすとも→青木　武太夫保知
プチャーチン→プチャーチン
苾　ふつ→米　苾（元章）
布都姫　ふつひめ→布都姫
武帝　ぶてい→武帝
富徳　ふとく→富徳
道祖王　ふなどおう→道祖王
岐夫　ふなんど→岐夫
武兵衛　ぶへえ→大垣　武兵衛
武兵衛　ぶへえ→木村　武兵衛
文恵　ふみえ→文恵
文江　ふみえ→文江
普門院の和尚さん　ふもんいんのおしょうさん→普門院の和尚さん
ブラキストン→ブラキストン
福臨　ふりん→愛新覚羅　福臨
文吉　ぶんきち→中川　文吉
文吉　ぶんきち→文吉
文桂　ぶんけい→文桂（宮の越の検校）
文賢　ぶんけん→文賢
文吾　ぶんご→文吾（石川　五右衛門）
豊後　ぶんご→二木　豊後
文五郎　ぶんごろう→鐘巻　文五郎（自斎）
文五郎　ぶんごろう→疋田　文五郎
文五郎　ぶんごろう→疋田　文五郎（栖雲斎）
豊五郎　ぶんごろう→疋田　豊五郎
豊五郎　ぶんごろう*→疋田　豊五郎

文五郎景忠　ぶんごろうかげただ→疋田　文五郎景忠
文三郎　ぶんざぶろう→寺尾　文三郎
文次　ぶんじ→池田　文次
文次　ぶんじ→文次
文叔　ぶんしゅく→劉　文叔（光武帝）
文四郎　ぶんしろう→文四郎
文次郎　ぶんじろう→小池　文次郎
文治郎　ぶんじろう→矢島　文治郎
文助　ぶんすけ→文助
文蔵　ぶんぞう→笹原　文蔵
文蔵　ぶんぞう→文蔵
文蔵　ぶんぞう*→野田　文蔵
文内　ぶんない→由比　文内
文之進　ぶんのしん→丸目　文之進
文秉　ぶんへい→文秉
文明寺行尊　ぶんめいじぎょうそん→文明寺行尊

【へ】

平　へい→平
平　ぺい→陳　平
病已　へいい→劉　病已
平右衛門　へいえもん→塩見　平右衛門
平右衛門　へいえもん→岡本　平右衛門
平右衛門　へいえもん→浅野　平右衛門
平右衛門　へいえもん→辻　平右衛門
平右衛門　へいえもん→平右衛門
平右衛門　へいえもん*→杉浦　平右衛門
平吉　へいきち→平吉
平九郎　へいくろう→伊吹　平九郎
平九郎　へいくろう→笠松　平九郎
平原君　へいげんくん→平原君
平伍　へいご→佐々野　平伍
平五郎　へいごろう→平五郎
平左　へいざ→吉野　平左
平左　へいざ→平左
兵斎　へいさい*→兵斎
兵左衛門　へいざえもん→飯島　平左ヱ門
平左ヱ門　へいざえもん→伊勢　平左衛門
平左衛門　へいざえもん→市川　平左衛門
平左衛門　へいざえもん→飯島　平左衛門
平三郎　へいざぶろう→今西　平三郎
平三郎　へいざぶろう→大西　平三郎

平次 へいじ→平次
平次 へいじ→平次(銭形の平次)
平次 へいじ→平次(銭形平次)
平十郎 へいじゅうろう→平十郎
平十郎 へいじゅうろう→平十郎(蛇の平十郎)
平四郎 へいしろう→平四郎
平次郎 へいじろう→平次郎
兵四郎 へいしろう*→板屋 兵四郎
兵介 へいすけ→兵介(柳生 兵庫助利厳)
兵助 へいすけ→横田 兵助
兵助 へいすけ→兵助
平助 へいすけ→大和田 平助
平助 へいすけ→藤堂 平助
平助 へいすけ→平助
兵助 へいすけ*→高田 兵助
兵蔵 へいぞう→関口 兵蔵
平蔵 へいぞう→犬塚 平蔵
平蔵 へいぞう→柴田 平蔵
平蔵 へいぞう→長谷川 平蔵
平蔵 へいぞう→平蔵(ましらの平蔵)
平太 へいた→山口 平太
平太 へいた→平太
兵太夫 へいだゆう→望月 兵太夫
兵大夫 へいだゆう→土橋 平大夫
兵内 へいない→辻 兵内(無外)
平内 へいない→岡 平内
平内 へいない→川田 平内
平内 へいない→中野 平内
平八 へいはち→高野 平八(山崎 与一郎)
平八郎 へいはちろう→小林 平八郎
平八郎 へいはちろう→大塩 平八郎
平八郎 へいはちろう→平八郎
平八郎 へいはちろう→里見 平八郎
平兵衛 へいべえ→平兵衛
平兵衛包房 へいべえかねふさ→小津 平兵衛包房
兵馬 へいま→松田 兵馬
平馬 へいま→竹内 平馬
平馬 へいま→福田 平馬
平馬 へいま→淵脇 平馬
兵六 へいろく→牛根 兵六
兵六 へいろく→大場 兵六
平六左衛門 へいろくざえもん→志賀 平六左衛門
蛇吉 へびきち→蛇吉(吉次郎)
ヘルナンド→ヘルナンド

ヴェルレーヌ→ヴェルレーヌ
弁慶 べんけい→弁慶
弁天小僧菊之助 べんてんこぞうきくのすけ→弁天小僧菊之助
弁之助 べんのすけ→弁之助
杏姫 へんひ→柳生 杏姫
ヘンミー→ヘンミー
蝙弥 へんや→鈴木 蝙弥

【ほ】

邦 ほう→劉 邦
方谷 ほうこく→山田 方谷
法師 ほうし→法師
芳春院 ほうしゅんいん→芳春院
邦昌 ほうしょう→張 邦昌(張 子能)
法神 ほうしん→楳本 法神
豊介 ほうすけ→今中 豊介
宝蔵院胤栄 ほうぞういんいんえい→宝蔵院胤栄
宝蔵院胤栄 ほうぞういんいんえい→宝蔵院胤栄(胤栄)
宝沢 ほうたく→宝沢
宝引きの辰 ほうびきのたつ→宝引きの辰
宝引の辰 ほうびきのたつ→宝引の辰
坊丸 ぼうまる→坊丸(武田 源三郎)
北斎 ほくさい→葛飾 北斎
北枝 ほくし→北枝(和泉屋北枝)
ト伝 ぼくでん→塚原 ト伝
ト伝 ぼくでん→塚原 ト伝(塚原 新右衛門)
ト伝 ぼくでん→ト伝
ホシ→ホシ
蛍 ほたる→蛍
ボッカン和尚 ぼっかんおしょう→ボッカン和尚
ボッコ→ボッコ
仏の小平次 ほとけのこへいじ→仏の小平次
ホノスセリ→ホノスセリ
ホホデミ→ホホデミ
ほり→ほり
堀伊賀守 ほりいがのかみ→堀伊賀守
彫辰 ほりたつ→彫辰
梵字雁兵衛 ぼんじがんべえ→梵字雁兵衛
本寿院 ほんじゅいん→本寿院

本寿院 ほんじゅいん→本寿院(お福の方)
ぽん太 ぽんた→ぽん太
梵天丸 ぼんてんまる→梵天丸
ボンベン→ボンベン

【ま】

マイ→マイ
舞 まい→舞
前砂の捨蔵 まえすなのすてぞう＊→前砂の捨蔵
まき→まき
槙助 まきすけ＊→槙助
牧の方 まきのかた→牧の方
真葛の長者 まくずのちょうじゃ→真葛の長者
孫市 まごいち→鈴木 孫市
孫右衛門 まごえもん→岩本 孫右衛門
孫右衛門 まごえもん→黒江 孫右衛門
孫右衛門 まごえもん→孫右衛門
孫左衛門 まござえもん→原口 孫左衛門
孫左衛門 まござえもん→坂本 孫左衛門
孫左衛門 まござえもん→布施 孫左衛門
孫三郎 まごさぶろう→孫三郎
孫三郎 まごさぶろう→平田 孫三郎
孫七 まごしち→石井 孫七
孫七 まごしち→孫七
孫四郎 まごしろう→根上 孫四郎
孫四郎 まごしろう→米田 孫四郎
孫次郎 まごじろう→孫次郎
孫二郎 まごじろう→太田 孫二郎
孫太郎 まごたろう→道家 孫太郎
信 まこと→村上 信
孫之丞 まごのじょう→寺尾 孫之丞
孫八 まごはち→孫八(上松の孫八)
孫八 まごはち→穂積 孫八
孫八郎 まごはちろう→石田 孫八郎
孫兵衛 まごべえ→結城 孫兵衛
孫兵衛 まごべえ→左右田 孫兵衛
孫兵衛 まごべえ→孫兵衛
孫兵衛 まごべえ＊→貴田 孫兵衛
孫六郎 まごろくろう→三好 孫六郎(三好義継)
マサ→マサ
政明 まさあき＊→笹子錦太夫 政明(錦太夫)
正家 まさいえ→長束 正家

政江 まさえ→政江
政景 まさかげ→奥 政景
政景 まさかげ→長尾 政景
政景 まさかげ→長尾越前守 政景
正容 まさかた→松平 正容
正容 まさかた→松平肥後守 正容
正容 まさかた→内田伊勢守 正容
正勝 まさかつ→稲葉 正勝
将門 まさかど→平 将門
鉞 まさかり→鉞
政吉 まさきち→政吉
雅子 まさこ→雅子
政子 まさこ→北条 政子
真砂 まさご→真砂
政言 まさこと→佐野 政言
真砂の庄次 まさごのしょうじ→真砂の庄次
政五郎 まさごろう→政五郎
政五郎 まさごろう→政五郎(大政)
政実 まさざね→九戸 政実
政次 まさじ→政次(根岸の政次)
政重 まさしげ→入江 政重
正七 まさしち→正七
正亮 まさすけ→堀田相模守 正亮
正純 まさずみ→本多 正純
正純 まさずみ→本多上野介 正純
正次 まさつぐ→松平近江守 正次
将人 まさと→堤 将人
正俊 まさとし→保科筑前守 正俊
正俊 まさとし→堀田 正俊
政知 まさとも→足利 政知
正虎 まさとら→根岸肥前守 正虎
政長 まさなが→本多 政長
正就 まさなり→服部 正就
雅乃 まさの＊→雅乃
雅之進 まさのしん→原 雅之進
雅信 まさのぶ→源 雅信
昌信 まさのぶ→高坂弾正 昌信
政信 まさのぶ→松本備前守 政信
正信 まさのぶ→本多 正信
正信 まさのぶ→本多佐渡守 正信
昌宜 まさのぶ＊→高坂 昌宜
正矩 まさのり→久保田 正矩
正則 まさのり→福島 正則
正則 まさのり→福島 正則(市松)
雅春 まさはる→左近 雅春

政房 まさふさ→土岐 政房
政冬 まさふゆ→黒田甲斐守 政冬
正巳 まさみ→梓 正巳
正通 まさみち→稲葉丹後守 正通
政岑 まさみね→榊原 政岑
伊達政宗 まさむね→伊達政宗(梵天丸)
政宗 まさむね→伊達 政宗
政職 まさもと→小寺 政職
正甫 まさもと→井上河内守 正甫
正盛 まさもり→平 正盛
政康 まさやす→三好 政康
正休 まさやす→稲葉 正休
方泰 まさやす→堀尾 方泰
昌幸 まさゆき→真田 昌幸
正幸 まさゆき→松平中務 正幸(中務)
正之 まさゆき→保科 正之
正之 まさゆき→保科 正之(幸松)
正之 まさゆき→保科肥後守 正之
ましらの平蔵 ましらのへいぞう→ましらの平蔵
満寿 ます→満寿
満壽子 ますこ→大久保 満壽子
鱒次郎 ますじろう→銀鮫 鱒次郎
増蔵 ますぞう→増蔵
眞純 ますみ→柳生 眞純
又市 またいち→又市
又市郎 またいちろう→吉岡 又市郎
又右衛門 またえもん→荒木 又右衛門
又右衛門 またえもん→黒部 又右衛門
又右衛門 またえもん→又右衛門
又右衛門 またえもん→又右衛門(柳生但馬守 宗矩)
又衛門 またえもん→又衛門
又右衛門 またえもん*→香山 又右衛門
又右衛門宗矩 またえもんむねのり→柳生 又右衛門宗矩
又五郎 またごろう→河合 又五郎
又左衛門 またざえもん→庄司 又左衛門
又左衛門 またざえもん→浅野 又左衛門
又左衛門 またざえもん→田宮 又左衛門
又左衛門 またざえもん*→成富 又左衛門
又七 またしち→又七
又七郎 またしちろう→吉岡 又七郎
又七郎 またしちろう→浅利 又七郎
又七郎 またしちろう→又七郎
又七郎定次 またしちろうさだつぐ→樋口 又七郎定次

又七郎義明 またしちろうよしあき→浅利 又七郎義明
又十郎 またじゅうろう→又十郎
又四郎 またしろう→高柳 又四郎
又四郎 またしろう→土田 又四郎
又四郎 またしろう→又四郎(越後の又四郎)
又四郎 またしろう→又四郎(鬚の又四郎)
又次郎 またじろう→和田 又次郎
又四郎利辰 またしろうとしとき→高柳 又四郎利辰
又助 またすけ→三谷 又助
又太夫 まただゆう→後藤 又太夫
又内 またない→犬塚 又内
又之丞 またのじょう→伊刈 又之丞
又之助 またのすけ→又之助
又之助 またのすけ→里見 又之助
又八郎 またはちろう→星野 又八郎
又八郎 またはちろう→又八郎
又八郎 またはちろう*→多賀井 又八郎
またぶどん→またぶどん
又兵衛 またべえ→後藤 又兵衛
又兵衛 またべえ→赤羽 又兵衛
又兵衛 またべえ*→猪之田 又兵衛(兵斎)
町子 まちこ→正親町 町子
まつ→まつ
松 まつ→松
松 まつ→松(とてちん松)
松浦肥前守 まつうらひぜんのかみ→松浦肥前守
松恵 まつえ→松恵
松江 まつえ→松江
松尾 まつお→松尾
松王様 まつおうさま→松王様
真束 まつか→佐伯 真束
満柄 まつか→物注 満柄
松吉 まつきち→松吉
松子 まつこ→松子
松五郎 まつごろう→松五郎
松寿 まつじゅ*→松寿
松次郎 まつじろう→岡浜 松次郎
松助 まつすけ→松助
松造 まつぞう→松造(油日の和十)
松造夫婦 まつぞうふうふ→松造夫婦
末武 まつたけ*→三方 末武

松田屋勘次郎 まつだやかんじろう→松田屋勘次郎(勘次郎)
松太郎 まつたろう→松太郎
松千代 まつちよ→小倉 松千代
松之助 まつのすけ→松之助(中山 家吉)
松の丸 まつのまる→松の丸(京極 竜子)
松の丸さま まつのまるさま→松の丸さま
松の丸殿 まつのまるどの→松の丸殿
松姫 まつひめ→松姫
万天姫 までひめ→万天姫
真女児 まなご→真女児
真比呂 まひろ→秦 真比呂
真帆 まほ→真帆
幻の三蔵 まぼろしのさんぞう→幻の三蔵
麻向 まむか→室屋 麻向
豆六 まめろく→豆六
摩耶 まや→摩耶
真弓 まゆみ→真弓
真弓 まゆみ→蛭川 真弓
まり→まり
麻里 まり→麻里
マリアンヌ・マンシュ→マリアンヌ・マンシュ
摩梨花 まりか→摩梨花
鞠婆 まりばば→鞠婆
マル→マル
丸亀 まるがめ→丸亀
麻呂 まろ→物部連 麻呂
万鬼斎 まんきさい→万鬼斎
万作 まんさく→大橋 万作
万三郎 まんざぶろう→万三郎
万七 まんしち→万七
満照 まんしょう*→満照
万次郎 まんじろう→万次郎
萬次郎 まんじろう→萬次郎
万助 まんすけ→万助
万蔵 まんぞう→万蔵
万太郎 まんたろう→万太郎
満之助 まんのすけ→満之助
萬姫 まんひめ→萬姫
万兵衛 まんべえ→笊ノ目 万兵衛
万兵衛 まんべえ*→小島 万兵衛
万六 まんろく→万六

【み】

美絵 みえ→美絵

三重吉 みえきち→三重吉
みを→みを
美尾 みお→美尾
三河屋喜蔵 みかわやきぞう→三河屋喜蔵(喜蔵)
三河屋幸三郎 みかわやこうざぶろう→三河屋幸三郎(幸三郎)
みき→みき
造酒 みき→平手 造酒
幹雄 みきお→俵 幹雄
三樹三郎 みきさぶろう→鈴木 三樹三郎
三木田 みきた→三木田
造酒之助 みきのすけ→宮本 造酒之助
幹之助 みきのすけ*→香山 幹之助
眉間尺 みけんじゃく→眉間尺
美沙生 みさお→美沙生
美里 みさと→林 美里
三島屋武右衛 みしまやぶゆうえ*→三島屋武右衛
みづき→みづき
美月 みずき→美月
水草 みずくさ→水草
三すじ みすじ→市川 三すじ
三鈴 みすず→三鈴
美鈴 みすず→美鈴
水野越前守 みずのえちぜんのかみ→水野越前守
水也 みずや*→桑名 水也
ミス・リード→ミス・リード
みその→みその
深谷 みたに→深谷
ミチ→ミチ
通清 みちきよ→石川備中守 通清
道隆 みちたか→藤原 道隆
通胤 みちたね→千坂 通胤
道足 みちたり→紀 道足
三千歳 みちとせ→三千歳
通直入道 みちなおにゅうどう→河野 通直入道
道長 みちなが→藤原 道長
通之進 みちのしん*→神林 通之進
道之助 みちのすけ→道之助
三千代 みちよ→橘 三千代
みつ→みつ
美津 みつ→美津
光顕 みつあき→田中 光顕
光子 みつこ→光子

三津田の仙太郎 みつたのせんたろう→三津田の仙太郎
光友 みつとも→徳川 光友
三成 みつなり→石田 三成
三成 みつなり→石田治部少輔 三成
満延 みつのぶ→延沢能登守 満延
満信 みつのぶ→村上 満信
光秀 みつひで→惟任 光秀(明智 光秀)
光秀 みつひで→明智 光秀
光秀 みつひで→明智 光秀(十兵衛)
光秀 みつひで→明智日向守 光秀
光政 みつまさ→池田 光政
みな→みな
水無瀬 みなせ→水無瀬
南の方 みなみのかた→南の方(豪姫)
みね→みね
みね みね→みね(お峰の方)
みね みね→今泉 みね
美音 みね→美音
美禰 みね→美禰
峰吉 みねきち→峰吉
ミノ→ミノ
巳乃 みの→巳乃
三乃吉 みのきち→三乃吉
巳之吉 みのきち→巳之吉
箕吉 みのきち→箕吉
巳之助 みのすけ→巳之助
美鶴 みはく→美鶴
みほ→みほ
美穂 みほ→美穂
三保蔵 みほぞう→三保蔵
美保代 みほよ→美保代
美作 みまさか→加藤 美作
美作 みまさか→津久美 美作
美作守久豊 みまさかのかみひさとよ→美作守久豊
みや→みや
美也 みや→美也
美耶 みや→美耶
美弥 みや→美弥
みやこ→みやこ
都田の吉兵衛 みやこだのきちべえ→都田の吉兵衛
御息所 みやすどころ→御息所
宮の越の検校 みやのこしのけんぎょう→宮の越の検校
ミヨ→ミヨ

美代 みよ→美代
妙海 みょうかい→妙海
妙源 みょうげん→妙源
妙信 みょうしん→妙信
妙心尼 みょうしんに→妙心尼
明千坊 みょうせんぼう→明千坊
妙椿 みょうちん→斎藤 妙椿
妙念 みょうねん→妙念
三好 みよし→三好
三芳野 みよしの*→三芳野
民部 みんぶ→千坂 民部
民部 みんぶ*→湯浅 民部
民部左衛門 みんぶざえもん→本多 民部左衛門

【む】

無外 むがい→無外
麦 むぎ→麦
むささび喜平太 むささびきへいた→むささび喜平太
むささびの源次 むささびのげんじ→むささびの源次
武蔵 むさし→宮本 武蔵
武蔵 むさし→宮本 武蔵(たけぞう)
武蔵 むさし→新免 武蔵
武蔵 むさし→新免 武蔵(宮本 武蔵)
武蔵 むさし→竹村 武蔵
武蔵 むさし→平田 武蔵
武蔵坊弁慶 むさしぼうべんけい→武蔵坊弁慶(弁慶)
無心 むしん→無心
武宗 むそう→武宗
陸奥 むつ→山中 陸奥
むっつり右門 むっつりうもん→むっつり右門
武仁 むに→平田 武仁(無二斎)
無二斎 むにさい→無二斎
到明 むねあき→大友 到明
宗景 むねかげ*→浦上 宗景
宗茂 むねしげ→立花 宗茂
宗武 むねたけ→田安 宗武
宗厳 むねとし→柳生 宗厳(石舟斎)
宗信 むねのぶ→長岡肥後守 宗信
宗信 むねのぶ→飯河肥後守 宗信
宗矩 むねのり→柳生 宗矩
宗矩 むねのり→柳生 宗矩(又右衛門)

宗矩　むねのり→柳生但馬守　宗矩
宗矩　むねのり→柳生但馬守　宗矩（又右衛門）
宗治　むねはる→神後伊豆守　宗治
宗春　むねはる→徳川　宗春（尾張　宗春）
宗春　むねはる→尾張　宗春
宗冬　むねふゆ→柳生　宗冬
宗冬　むねふゆ→柳生　宗冬（又十郎）
宗冬　むねふゆ→柳生飛騨守　宗冬
宗昌　むねまさ*→堀丹波守　宗昌
宗光　むねみつ→陸奥　宗光
棟行　むねゆき*→津月　棟行
宗厳　むねよし→柳生　宗厳（石舟斎）
宗厳　むねよし→柳生但馬守　宗厳
宗厳　むねよし→柳生但馬守　宗厳（石舟斎）
宗頼　むねより→柳生　宗頼（柳生　宗矩）
宗頼　むねより→柳生　宗頼（柳生但馬守　宗矩）
牟非　むひ→牟非
村垣　むらがき→村垣
村沢　むらさわ→村沢
村重　むらしげ→荒木　村重
村瀬　むらせ→村瀬
村田　むらた→村田
村田屋卯吉　むらたやうきち→村田屋卯吉（卯吉）
村詮　むらのり→横田内膳正　村詮
夢裡庵　むりあん→夢裡庵（富士　右衛門）
夢裡庵　むりあん→夢裡庵（富士　宇右門）
夢裡庵　むりあん→夢裡庵（富士　宇衛門）

【め】

めくぼの藤八　めくぼのとうはち→めくぼの藤八
メンデス・ピント→メンデス・ピント（ピント）

【も】

茂市　もいち→茂市
毛利修理大夫　もうりしゅりだゆう→毛利修理大夫
木喰上人　もくじきしょうにん→木喰上人
杢助　もくすけ→吉田　杢助
木犀　もくせい→木犀
杢之助　もくのすけ→杢之助

杢兵衛　もくべえ→杢兵衛
茂左衛門　もざえもん→県　茂左衛門
藻汐　もしお→石川　藻汐
茂七　もしち→茂七
茂七　もしち→茂七（回向院の茂七）
茂七郎　もしちろう→浅野　茂七郎
文字とよ　もじとよ→文字とよ
文字春　もじはる→文字春
茂十郎　もじゅうろう→杉本　茂十郎
茂助　もすけ*→後藤　茂助
茂助　もすけ*→茂助（嘲斎）
望東　もと→野村　望東
元右衛門　もとえもん*→山内　元右衛門
元吉　もときち→吉田　元吉（吉田　東洋）
元吉　もときち→元吉
元吉　もときち*→元吉
元介　もとすけ→木嶋　元介
元助　もとすけ→元助
元助　もとすけ→元助（音外坊）
元忠　もとただ→鳥居　元忠
元親　もとちか→三村　元親
元綱　もとつな→毛利　元綱
基経　もとつね→藤原　基経
素尚　もとなお→下毛野　素尚
元就　もとなり→毛利　元就
元春　もとはる→吉川　元春
求女　もとめ→蒲原　求女（深井　染之丞）
求女　もとめ→千々岩　求女
求馬　もとめ→篠井　求馬
元康　もとやす→松平　元康（徳川　家康）
基好　もとよし→橘　基好
素平　もとよし→鰍沢　素平
茂平　もへい→山田　茂平
茂平　もへい→知次　茂平
茂平　もへい→茂平
茂平次　もへいじ→本庄　茂平次
茂平次　もへいじ→茂平次
茂兵衛　もへえ→茂兵衛
百川　ももかわ→藤原　百川
守蔵　もりぞう→守蔵
森蔵　もりぞう→森蔵
森蔵　もりぞう*→森蔵
守隆　もりたか→九鬼　守隆
森田屋清蔵　もりたやせいぞう→森田屋清蔵
盛綱　もりつな→佐々木　盛綱

636

盛長　もりなが→盛長
森の石松　もりのいしまつ→森の石松
守之助　もりのすけ→小館 守之助
盛頼　もりより→土岐 盛頼
師直　もろなお→高 師直
師泰　もろやす→高 師泰
門三郎　もんざぶろう→朝岡 門三郎
門三郎　もんざぶろう→門三郎
紋治　もんじ→紋治（山嵐の紋治）
紋次郎　もんじろう→紋次郎（木枯し紋次郎）
紋蔵　もんぞう→藤木 紋蔵
紋蔵　もんぞう→紋蔵
モンテスパン夫人　もんてすぱんふじん→モンテスパン夫人
主水　もんど→加地 主水
主水　もんど→古藤田 主水
主水　もんど→主水
主水　もんど→松山 主水
主水　もんど→松平 主水
主水　もんど→田所 主水
主水　もんど→堀 主水
主水　もんど→立川 主水
主水　もんど→鈴木 主水
主水　もんど*→谷津 主水
主水大吉　もんどだいきち→松山 主水大吉
主水大吉　もんどだいきち→松山 主水大吉（雷大吉）
主水正　もんどのしょう→佐倉 主水正
主水正　もんどのしょう→主水正
主水正　もんどのしょう→鳥居 主水正
主水助　もんどのすけ→樋口 主水助
主水之介　もんどのすけ→早乙女 主水之介
主水之助　もんどのすけ→主水之助
門之助　もんのすけ→小動 門之助
紋平　もんぺい→筒井 紋平

【や】

八一　やいち→八一
弥一　やいち→名倉 弥一
弥一　やいち→弥一
弥市　やいち→弥市
弥一郎　やいちろう→細井 弥一郎
弥一郎　やいちろう→中山 弥一郎

弥市郎　やいちろう→小林 弥市郎
八重　やえ→八重
八重咲　やえさき→八重咲
八重姫　やえひめ→八重姫
弥右衛門　やえもん→香月 弥右衛門
弥右衛門　やえもん→弥右衛門
やを→やを
八百蔵　やおぞう→八百蔵
八百蔵吉五郎　やおぞうきちごろう→八百蔵吉五郎（吉五郎）
弥吉　やきち→弥吉
柳生の五郎左　やぎゅうのごろうざ→柳生の五郎左（五郎左）
柳生播磨守　やぎゅうはりまのかみ→柳生 播磨守
彌久馬　やくま→峰村 彌久馬
櫓下のかしら　やぐらのかしら→櫓下のかしら
弥九郎　やくろう→斎藤 弥九郎
弥五七　やごしち→山岸 弥五七
弥五兵衛　やごべえ→弥五兵衛
弥五兵衛　やごべえ→奥村 弥五兵衛
弥五兵衛　やごべえ→弥五兵衛
弥五郎　やごろう→伊東 弥五郎（一刀斎）
弥五郎　やごろう→井上 弥五郎
弥五郎　やごろう→朽木 弥五郎
弥五郎　やごろう→進藤 弥五郎
弥五郎　やごろう→前原 弥五郎（伊東 一刀斎景久）
弥五郎　やごろう→弥五郎
弥左衛門　やざえもん→篠崎 弥左衛門
弥左衛門　やざえもん→弥左衛門
弥三右衛門　やざえもん→絹川 弥三右衛門
弥三郎　やさぶろう→刀菊 弥三郎
弥三郎　やさぶろう→堀口 弥三郎
弥三郎　やさぶろう→弥三郎
彌三郎　やさぶろう→彌三郎
弥三郎朝房　やさぶろうともふさ→宇都宮 弥三郎朝房
野三郎成綱　やさぶろうなりつな*→野三郎成綱
弥七　やしち→弥七
弥七　やしち→弥七（ごい鷺の弥七）
弥七郎　やしちろう→新貝 弥七郎
弥七郎　やしちろう→弥七郎
弥次兵衛　やじへえ→竹屋 弥次兵衛

矢島の局　やじまのつぼね→矢島の局
弥十郎　やじゅうろう→清松 弥十郎
弥十郎　やじゅうろう*→杉谷 弥十郎
弥四郎　やしろう→大浦 弥四郎(津軽 為信)
弥四郎　やしろう→大木 弥四郎
弥次郎　やじろう→荒作 弥次郎
弥二郎　やじろう→印牧 弥二郎
安　やす→安
安　やす→安(蝙蝠安)
八寿　やす→八寿
安秋　やすあき→秦ノ 安秋
康賢　やすかた→舟橋 康賢
安吉　やすきち→安吉
安吉　やすきち→安吉(イラチの安)
弥助　やすけ→弥助
矢助　やすけ→矢助
安五郎　やすごろう→安五郎
安左衛門　やすざえもん→浅野 安左衛門
安次　やすじ→安次
安次郎　やすじろう→安次郎
安次郎　やすじろう→稲田 安次郎
安次郎　やすじろう→武田 安次郎(袖吉)
安二郎　やすじろう→安二郎
保治郎　やすじろう→矢島 保治郎
安蔵　やすぞう→安蔵
安高　やすたか→堀式部少輔 安高
安董　やすただ→脇坂淡路守 安董
保胤　やすたね→三土路 保胤
安太郎　やすたろう→安太郎
保太郎　やすたろう→原 保太郎
保次　やすつぐ→仲 保次
泰綱　やすつな→上泉 泰綱
泰綱　やすつな*→上泉主水正 泰綱
安利　やすとし→庄田下総守 安利
康哉　やすとも→牧野遠江守 康哉
やすな姫　やすなひめ→やすな姫
安成　やすなり→伴 安成
安之助　やすのすけ→安之助
安春　やすはる→安春
康玄　やすはる→富田 康玄
康平　やすひら→松平図書頭 康平
安広　やすひろ→安広
安兵衛　やすべえ→加藤 安兵衛
安兵衛　やすべえ→中山 安兵衛
安兵衛　やすべえ→中山 安兵衛(堀部 安兵衛)
安兵衛　やすべえ→堀部 安兵衛
安兵衛　やすべえ→堀部 安兵衛(中山 安兵衛)
保昌　やすまさ→宮小路 保昌
安幹　やすもと→塚原土佐守 安幹
安盛　やすもり→安盛
鎮衛　やすもり→根岸肥前守 鎮衛
康哉　やすや→大村 康哉
弥惣　やそう→平生 弥惣
弥惣次　やそうじ→弥惣次
八十右衛門　やそえもん→八十右衛門
八十吉　やそきち→八十吉
八十八　やそはち→山野 八十八
弥惣兵衛　やそべえ→井沢 弥惣兵衛
弥太吉　やたきち→弥太吉
弥太郎　やたろう→青木 弥太郎
弥太郎　やたろう→刀菊 弥太郎
弥太郎　やたろう→東海林 弥太郎
弥太郎　やたろう→堀 弥太郎
弥太郎　やたろう→弥太郎
弥太郎　やたろう→和田 弥太郎
弥太郎　やたろう→萬田 弥太郎
矢太郎　やたろう→矢太郎
夜刀　やと→夜刀
矢之吉　やのきち→矢之吉
弥八　やはち→弥八
弥八郎　やはちろう→甘利 弥八郎
弥八郎　やはちろう→生駒 弥八郎
破唐坊　やぶからぼう→破唐坊
弥平　やへい→弥平
弥平次　やへいじ→弥平次
弥兵衛　やへえ→小泉 弥兵衛
弥兵衛　やへえ→富永 弥兵衛
弥兵衛　やへえ→堀部 弥兵衛
弥兵衛　やへえ→弥兵衛
弥兵衛　やへえ*→金成 弥兵衛
山嵐の紋治　やまあらしのもんじ→山嵐の紋治
山崎屋四郎右衛門　やまざきやしろうえもん→山崎屋四郎右衛門(四郎右衛門)
山三郎　やまさぶろう→瀧井 山三郎
山下義経　やましたのよしつね→山下義経(義経)
山城宮内の娘　やましろくないのむすめ→山城宮内の娘(宮内の娘)

638

山城屋政吉　やましろやせいきち＊→山城屋政吉
山城屋長助　やましろやちょうすけ→山城屋長助
山瀬右近　やませうこん→山瀬右近(西沢左京)
山田の局　やまだのつぼね→山田の局
大和　やまと→奥村大和(諏訪頼豊)
倭脚折　やまとのあしおり→倭脚折
大和守直基　やまとのかみなおもと→大和守直基(直基)
倭彦命　やまとひこのみこと→倭彦命
山根　やまね→山根
山彦　やまひこ→山彦
山伏　やまぶし→山伏(秋葉の行者)
山百合　やまゆり→山百合
弥生　やよい→弥生
槍の与四郎　やりのよしろう→槍の与四郎
弥六　やろく→弥六

【ゆ】

ゆい→ゆい
ゆう→ゆう
由布　ゆう→由布
佑一郎　ゆういちろう＊→増壁佑一郎
悠軒　ゆうけん→蟹丸悠軒
優子　ゆうこ→中野優子
友晃　ゆうこう→劉友晃
勇五郎　ゆうごろう→近藤勇五郎
勇五郎　ゆうごろう→勇五郎
勇斎　ゆうさい→勇斎(白翁堂勇斎)
勇斉　ゆうさい→勇斉
祐三郎　ゆうさぶろう→今井祐三郎
雄二　ゆうじ→吉井雄二
雄介　ゆうすけ→箕浦雄介
融川　ゆうせん→狩野融川
友禅　ゆうぜん→宮崎友禅
勇太　ゆうた→勇太
右太　ゆうた＊→右太
祐堂　ゆうどう→祐堂
有徳院様　ゆうとくいんさま→有徳院様(徳川吉宗)
優之進　ゆうのしん→小林優之進
祐之進　ゆうのしん＊→佐々祐之進
祐範　ゆうはん→中津川祐範
有裕　ゆうゆう→魏有裕

ゆき→ゆき
由季　ゆき→由季
由紀　ゆき→由紀
行家　ゆきいえ→源行家
ゆき江　ゆきえ→ゆき江
雪江　ゆきえ→雪江
雪於　ゆきお→雪於
雪女　ゆきおんな→雪女
行国　ゆきくに→行国(山村忠之進)
雪園　ゆきぞの→雪園
幸隆　ゆきたか→真田幸隆
諭吉　ゆきち→福沢諭吉
幸綱　ゆきつな→真田幸綱
行綱　ゆきつな→多田蔵人行綱
之敏　ゆきとし→堀出雲守之敏
雪之丞　ゆきのじょう→夏目雪之丞
行春　ゆきはる→行春
雪姫　ゆきひめ→雪姫
雪姫　ゆきひめ→雪姫(黒姫)
行正　ゆきまさ→行正(雪姫)
幸松　ゆきまつ＊→幸松
幸村　ゆきむら→真田幸村
行義　ゆきよし→二階堂行義
行吉　ゆきよし＊→大井行吉
弓削道鏡　ゆげのどうきょう→弓削道鏡
ユゴー→ユゴー
ゆのみ→ゆのみ
弓　ゆみ→弓
由美吉　ゆみきち→由美吉(若菜)
弓麻呂　ゆみまろ→弓麻呂
夢之丞　ゆめのじょう→嵐夢之丞
百合　ゆり→百合
由利　ゆり→由利
由利　ゆり→由利(浄円院由利)

【よ】

余市　よいち→余市
与一　よいち→浅利与一
与市　よいち→与市
与一郎　よいちろう→山崎与一郎
与一郎　よいちろう→富高与一郎
与市郎　よいちろう→伊牟田与市郎
與一郎　よいちろう→與一郎
夜兎の角右衛門　ようさぎのかくえもん→夜兎の角右衛門

639

要次郎　ようじろう→要次郎
庸助　ようすけ→和知 庸助
要助　ようすけ*→谷村 要助
瑶泉院　ようぜいいん→瑶泉院
養川　ようせん→坂本 養川
耀蔵　ようぞう→鳥居 耀蔵
耀蔵　ようぞう→鳥居 耀蔵(林 頑固斎)
要蔵　ようぞう→要蔵
容堂　ようどう→山内 容堂
用連　ようれん→用連
与右衛門　よえもん→矢島 与右衛門
与右衛門　よえもん→与右衛門
余吉　よきち→余吉
与吉　よきち→与吉
与九郎　よくろう*→金成 与九郎
与五郎　よごろう→笹原 与五郎
与五郎　よごろう→松田 与五郎
与左衛門　よざえもん→笹沼 与左衛門
与三左衛門　よざえもん*→与三左衛門
与作　よさく→与作
与作　よさく→与作(烏の与作)
与三郎　よさぶろう→金子 与三郎
よし→よし
与次　よじ→与次(隠の与次)
義鑑　よしあき→大友 義鑑
義鑑　よしあき→大友 義鑑(宗玄)
義秋　よしあき→足利 義秋
義衛　よしえ→杉村 義衛(永倉 新八)
吉衛　よしえ→吉衛
由江　よしえ→由江
善男　よしお→伴 善男
由尾　よしお→由尾
義景　よしかげ→朝倉 義景
義賢　よしかた→佐々木 義賢
吉勝　よしかつ→桜井大隅守 吉勝
良兼　よしかね→平 良兼
嘉吉　よしきち→嘉吉(緒明の嘉吉)
依志子　よしこ→依志子
義子　よしこ→義子
美子　よしこ→美子
芳公　よしこう→芳公
義真　よしざね→宗対馬守 義真
義鎮　よししげ→大友 義鎮(大友 宗麟)
由次郎　よじじろう→由次郎(阿波太夫)
芳三　よしぞう→芳三
由蔵　よしぞう→由蔵

嘉隆　よしたか→九鬼 嘉隆
孝高　よしたか→黒田勘解由 孝高(黒田 官兵衛)
美忠　よしただ→上田 美忠
義竜　よしたつ→斎藤 義竜
義龍　よしたつ→斎藤 義龍
由太郎　よしたろう→由太郎
義周　よしちか→吉良左兵衛 義周
与七郎　よしちろう→中根 与七郎
義継　よしつぐ→三好 義継
吉継　よしつぐ→大谷 吉継
慶次利大　よしつぐとします→前田 慶次利大
義経　よしつね→義経
義経　よしつね→源 義経
義輝　よしてる→足利 義輝
義朝　よしとも→源 義朝
善友　よしとも→安西 善友
義直　よしなお→徳川 義直
義央　よしなか→吉良上野介 義央
義仲　よしなか→源 義仲(駒王)
義仲　よしなか→源 義仲(木曾義仲)
義仲　よしなか→源 義仲(木曽義仲)
吉長　よしなが→浅野安芸守 吉長
吉野　よしの→吉野
義之助　よしのすけ*→篠原 義之助
吉信　よしのぶ→関戸播磨守 吉信
慶喜　よしのぶ→徳川 慶喜
良信　よしのぶ→新井 良信
吉野屋平兵衛　よしのやへいべえ→吉野屋平兵衛(平兵衛)
吉徳　よしのり→前田 吉徳
芳花　よしはな→歌川 芳花
義晴　よしはる→大友 義晴(七郎義晴)
吉晴　よしはる→堀尾 吉晴
義久　よしひさ→尼子 義久
吉英　よしひで*→永見 吉英
好姫　よしひめ→好姫
美姫　よしひめ→美姫(美子)
義弘　よしひろ→島津 義弘
良房　よしふさ→藤原 良房
吉昌　よしまさ→吉昌
吉政　よしまさ→田中 吉政
吉松　よしまつ*→吉松
吉通　よしみち→徳川 吉通
義光　よしみつ→最上 義光
吉宗　よしむね→徳川 吉宗

義元 よしもと→今川 義元(梅岳 承芳)
義盛 よしもり→和田 義盛
義康 よしやす→最上 義康
吉保 よしやす→松平美濃守 吉保(柳沢 吉保)
吉保 よしやす→柳沢 吉保
吉保 よしやす→柳沢出羽守 吉保
芳雪 よしゆき*→歌川 芳雪
与司郎 よしろう→与司郎
与四郎 よしろう→桑形 与四郎(槍の与四郎)
余助 よすけ→余助
与助 よすけ→与助
与三 よぞう→村田 与三
与惣太 よそうた→塚本 与惣太
与惣次 よそじ→与惣次
与惣兵衛 よそべえ*→桜井 与惣兵衛
淀君 よどぎみ→淀君
米吉 よねきち→米吉
米七 よねしち→米七
与八 よはち→与八
与平 よへい→森 与平
与平 よへい→与平
与兵衛 よへえ→塩津 与兵衛
与兵衛 よへえ→太田 与兵衛
与兵衛 よへえ→伝馬 与兵衛
与兵衛 よへえ→与兵衛
四方吉親分 よもきちおやぶん→四方吉親分
夜もすがら検校 よもすがらけんぎょう→夜もすがら検校
頼芸 よりあき→土岐 頼芸
頼方 よりかた→徳川 頼方(徳川 吉宗)
頼勝 よりかつ→平岡石見守 頼勝
頼重 よりしげ→諏訪 頼重
頼貴 よりたか→有馬 頼貴
頼忠 よりただ→宇多 頼忠
頼朝 よりとも→源 頼朝
頼朝 よりとも→源 頼朝(武衛さま)
頼豊 よりとよ*→諏訪 頼豊
頼宣 よりのぶ→徳川 頼宣
汝立 よりぷ→鄭 汝立
頼光 よりみつ→源 頼光
与六 よろく→与六
万丸秀継 よろずまるひでつぐ→万丸秀継
永昌大君 よんちゃんでぐん→永昌大君

【ら】

雷電為右衛門 らいでんためえもん→雷電為右衛門
雷之進 らいのしん→水沼 雷之進
らく→らく
洛真 らくしん→杜 洛真
蘭亭 らんてい→高野 蘭亭
乱丸 らんまる→森 乱丸
蘭丸 らんまる→森 蘭丸

【り】

りえ→りえ
利右衛門 りえもん→中野 利右衛門
力太郎 りきたろう→上野 力太郎
利吉 りきち→利吉
利休 りきゅう→千 利休
りく→りく
利左衛門 りざえもん→利左衛門
理三郎 りさぶろう→野村 理三郎
利七郎 りしちろう→横瀬 利七郎
鯉丈 りじょう→鯉丈
利助 りすけ→加谷 利助
利助 りすけ→利助
梨世 りせ→梨世
里瀬 りせ→里瀬
立卿 りっけい→杉田 立卿
利之助 りのすけ→下川 利之助
李夫人 りふじん→李夫人
利兵衛 りへえ→利兵衛
りや→りや
リュウ→リュウ
龍吉 りゅうきち→龍吉
竜宮童子 りゅうぐうどうじ→竜宮童子
柳玄 りゅうげん→須永 柳玄
隆源入道 りゅうげんにゅうどう→隆源入道(諏訪 忠林)
隆光 りゅうこう→隆光(知足院隆光)
竜作 りゅうさく→鈴木 竜作
龍三郎 りゅうざぶろう→久保田 龍三郎
劉生 りゅうせい→劉生
柳全 りゅうぜん→柳全
柳川堂 りゅうせんどう→柳川堂
龍太 りゅうた→小野田 龍太

龍太　りゅうた→龍太
柳太郎　りゅうたろう→馬詰 柳太郎
竜太郎　りゅうたろう→谷村 竜太郎
滝亭鯉丈　りゅうていりじょう→滝亭鯉丈（鯉丈）
隆之進　りゅうのしん→日下 隆之進
龍之進　りゅうのしん*→不破 龍之進
竜之助　りゅうのすけ→竜之助
龍之介　りゅうのすけ→奥津 龍之介
隆平　りゅうへい→隆平
龍平　りゅうへい→村山 龍平
柳北　りゅうほく→柳北
柳北　りゅうぼく→成島 柳北
竜舞の銀次　りゅうまいのぎんじ→竜舞の銀次
良　りょう→張 良
良金　りょうきん→石潭 良金
良玄　りょうげん→良玄
良言　りょうげん→良言
良吾　りょうご→山中 良吾
良順　りょうじゅん→岩佐 良順
良順　りょうじゅん→松本 良順
良抄　りょうしょう→良抄
良石和尚　りょうせきおしょう→良石和尚
了善　りょうぜん→加納 了善
良太　りょうた→良太
了然　りょうねん→了然
亮之介　りょうのすけ→村地 亮之介
竜馬　りょうま→坂本 竜馬
竜馬　りょうま→坂本 竜馬（才谷 梅太郎）
龍馬　りょうま→坂本 龍馬
緑円　りょくえん*→緑円
りよ子　りよこ→りよ子
侶松　りょしょう→顧 侶松
りん→りん
林森　りんしん→林森
林蔵　りんぞう→間宮 林蔵
林太郎　りんたろう→福田 林太郎

【る】

るい→るい
留伊　るい→北岡 留伊
ルコック警部　るこっくけいぶ→ルコック警部
ルシオ→ルシオ
るり→るり

【れ】

蠡　れい→范 蠡
麗卿　れいきょう→麗卿
麗卿　れいけい→麗卿
礼蔵　れいぞう→嶋岡 礼蔵
レオナルド・ダ・ヴィンチ→レオナルド・ダ・ヴィンチ
列堂　れつどう→柳生 列堂
礼蒙　れもん→金 礼蒙
蓮月　れんげつ→蓮月
蓮生　れんしょう→蓮生
連四郎　れんしろう→大江 連四郎
廉太郎　れんたろう→竹内 廉太郎（金原 忠蔵）
レンドルフ→レンドルフ
廉之助　れんのすけ→廉之助
連也　れんや→柳生 連也（柳生 兵庫厳包）
連也斎　れんやさい→柳生 連也斎（兵助）
連也斎　れんやさい→連也斎

【ろ】

琅　ろう→施 琅
浪庵　ろうあん→浪庵
老人　ろうじん→老人
六右衛門　ろくえもん→六右衛門
六衛門　ろくえもん→藤崎 六衛門
六三郎　ろくさぶろう→小柴 六三郎
ロク助　ろくすけ→ロク助
六助　ろくすけ→六助
六助　ろくすけ→六助（ぬれ闇の六助）
六蔵　ろくぞう→渋川 六蔵
六蔵　ろくぞう→六蔵
六之助　ろくのすけ→六之助
瀧之介　ろくのすけ*→瀧之介
六兵衛　ろくべえ→梅津 六兵衛
六兵衛　ろくべえ→六兵衛
六兵衛　ろくべえ→六兵衛（深草六兵衛）
六文銭　ろくもんせん→六文銭
六郎　ろくろう→臼井 六郎
六郎　ろくろう→堀田 六郎
六郎右衛門　ろくろうえもん*→森 六郎右衛門

六郎左衛門 ろくろうざえもん→菅野 六郎左衛門
六郎次 ろくろうじ→六郎次
路考 ろこう→路考
ロラン大尉 ろらんたいい→ロラン大尉
盧綰 ろわん→盧綰
論々亭三喜 ろんろんていさんき→論々亭三喜（三喜）
論々亭水鏡 ろんろんていすいきょう→論々亭水鏡（水鏡）

【わ】

わか→わか
若浦 わかうら→若浦（おふゆ）
若狭 わかさ→森川 若狭
若さま わかさま→若さま
若蔵 わかぞう→若蔵
若だんな わかだんな→若だんな（一太郎）
若菜 わかな→若菜
若者 わかもの→若者
若山 わかやま→若山
和吉 わきち→和吉
和三郎 わさぶろう→岡 和三郎
和三郎 わさぶろう→間宮 和三郎
和三郎 わさぶろう→和三郎
和助 わすけ→前原 和助
和助 わすけ→和助
和助 わすけ→和助（春蔵）
亙理 わたり→臼井 亙理

歴史・時代小説登場人物索引 アンソロジー篇 2000-2009

2010年5月31日 初版第一刷発行

発行者/河西雄二
編集・発行/株式会社ＤＢジャパン
　〒221-0052 神奈川県横浜市神奈川区栄町13-11-203
　電話(045)453-1335　FAX(045)453-1347
　http://www.db-japan.co.jp/
　E-mail:dbjapan@cello.ocn.ne.jp

表紙デザイン/中村丈夫

電算漢字処理/ＤＢジャパン

印刷・製本/株式会社平河工業社

不許複製・禁無断転載≪日本板紙(株)中性紙琥珀使用≫
〈落丁・乱丁本はお取替えいたします〉
ISBN978-4-86140-014-8　Printed in Japan,2010